BIBLIOTHÈQUE

DE

LA CONVERSATION.

AVIS IMPORTANT.

Pour ne pas dépasser le nombre de feuilles promis, nous avons omis à dessein l'explication de plusieurs mots à leur ordre alphabétique, et nous avons reporté cette explication à d'autres mots synonymes. La table qui se trouve après le titre indique les renvois de ces mots.

IMP. DE MOQUET ET HAUQUELIN, RUE DE LA HARPE 90.

L. Griffon lith.

B.R

Honoré ARNOUL.

BIBLIOTHÈQUE

DE LA

CONVERSATION

VÉRITABLE ENCYCLOPÉDIE PORTATIVE

DES CONNAISSANCES HUMAINES

PAR

MM. Honoré **ARNOUL**, rédacteur de la *Presse*; Frédéric **THOMAS**, idem.; **ISABELLE**, du ministère de l'instruction publique; Auguste **HUMBERT**, ancien chef d'institution; Victor **DE LESTANG**, chanoine et vicaire-général; V. **LACAINE** aîné, rédacteur du *Biographe*; Eugène **DULAC**; **DAUPTAIN**, chimiste.

HONORÉ ARNOUL,

RÉDACTEUR EN CHEF.

•《 》•

PREMIÈRE PARTIE.

•《 》•

PARIS,

LIBRAIRIE ECCLÉSIASTIQUE, CLASSIQUE, ÉLÉMENTAIRE,

DE ÉDOUARD TETU ET Cie, SUCCESSEURS DE H. DELLOYE,

RUE J.-J. ROUSSEAU, 3.

1842

PRÉFACE.

A moins d'être doué de la science infuse, personne n'a une bibliothèque dans sa tête ; nous avons essayé de faire qu'avec notre livre tout le monde pût avoir une bibliothèque sous sa main.

Sans excéder le volume d'un dictionnaire purement technologique, l'ouvrage que nous offrons aujourd'hui renferme, aussi complet que possible, l'ensemble de toutes les connaissances humaines. Nous avons voulu créer, pour ainsi dire, un *cicerone* de la conversation.

Depuis les sciences exactes jusqu'aux choses de l'esprit, depuis la philosophie transcendante jusqu'aux éléments des arts les plus vulgaires, l'histoire, l'industrie, l'économie politique, tout s'y trouve ; et, malgré le cadre restreint où il a fallu englober et résumer tout cela, nous osons espérer que, grâce à une méthode sévère, à un classement logique, nous aurons évité le désordre et la confusion.

Le plus ou moins d'étendue dans nos développements a été mesuré sur le plus ou moins de place que prennent dans la *conversation* les objets traités dans cette nomenclature ; car, avant tout, nous tenions à rester fidèles à notre titre.

Comme la conversation n'a aucune limite, sans rien négliger, nous avons donné une large part aux choses les plus indispensables, et notamment aux sciences agronomiques et historiques, de telle sorte qu'il suffirait de les distraire de notre livre pour que chacune d'elles pût former un petit traité spécial et complet.

Quant aux sciences proprement dites et aux découvertes, des hommes versés dans ces diverses branches nous ont aidé de leurs conseils.

En somme, nous avons voulu faire une œuvre *utile,* nous n'osons dire indispensable ; l'accueil du public pourra seul nous inspirer cet orgueil. Rien ne nous a coûté pour atteindre ce but populaire, ni la patience, ni les longues recherches, ni les investigations de toute nature. Nous avons procédé dans ce travail avec zèle et conscience, persuadés qu'autant les auteurs se donnent de peine pour écrire, autant ils en enlèvent au public qui daigne les lire.

Honoré ARNOUL.

TABLE

DES MOTS OMIS A DESSEIN A LEUR ORDRE ALPHABÉTIQUE, ET DONT L'EXPLICATION A ÉTÉ RENVOYÉE A D'AUTRES MOTS SYNONYMES, POUR NE PAS DÉPASSER LE NOMBRE DE FEUILLES PROMIS.

mot	voyez
bris et naufrage	vaisseaux
brisans	rocher
brise	vent
broc	vase, vin
brocanteur	marchand
brocart	raillerie
brocart	soie et satin
broche	tournebroche
brodequin	soulier
broderie	mousseline
broussailles	taillis
brosse	porc
brou	noix
brouet	ragoût
bruant	passereau
brucolaque	vampire
brugnon	pêche
bruine	pluie
brûlot	navire
brûlure	topique
brûler	inhumation, supplice
brumaire	calendrie
brume	vapeur
brunelle	plante
bruyère	landes
bryone	vigne vierge
buanderie	lessive
bubon	tumeur
bubuline	vache
bucail	sarrazin
buccellaire	munitionnaire
buccinateur	trompette
bucentaure	mariage
bûche	noël
bûcher	inhumation, supplice
bucràne	ornement d'architecture
buffa	opéra
buffet	meubles
buffle	jachmur
buglosse	plante
buis	plante
bu sson ardent	néflier
bulbe	oignon
bulletin	note
bulletin des lois	loi
bupthalmie	ophthalmie
bure	vêtement
bureaucratie	préfecture
burette	vase
burin	gravure
busard, buse, harpaye	vautour
buste	peinture, sculpture
butin	pillage, vol
butome	jonc
buvette	liquoriste

C.

mot	voyez
Cabillaud	morue
cabinet	ministre
cable	vaisseau
cabotin	théâtre
cabri	mouton
cachemire	kachemire
cachet	sceau
cachot	prison
cacophonie	voix
cadastre	territoire
cadenas	serrure
cadence	musique
cadi	juges
cadre	tableau
caduc, caducité	vieillesse
caducée	sceptre
cafard	tartuffe
caftan	robe
cage	oiseau
cahier des charges	vente
caillebotin	marine
caillot	sang
caillou	pierre
caïman	lézard
caisse des dépôts et consignations	trésor
caisson	poudr projectile
calamite	roseau
calando	musique
calandre	machine, tissu
calcaire	pierre
calcanéum	pied
calcédoine	minéraux
calcul	ierre
cale	marine
calebassier	machamane (nom qu'on donne en Guinée au calebassier)
caléfacteur	poêle
calembourg	rebus
calendre	seigle
calfat, calefater	marine
calice	messe
calicot	toile
califat, calife	khalifat
calligraphie	typographie
callosité	pied
calmant	médicament
calmar	sèche
calomel	mercure
calomnie	injure
calorifère	poêle
calque	transparent
calumet	pipe
calvitie	vieillesse
camail	prêtre, office
camaldule	religieux
camard, camus	nez
camé	pélourde
camée	intailles
caméléon	lézard
camelot	laine
camériste	servante
camerlingue	trésor
camion	voiture
camisard	troupe
camisole	vêtement
camomille	plante
camp, campement	troupe
campagnol	mulot
campanule	plante
campêche	teinture
canaille	populace
canapé	lit
canardière	mousquet
cancan	médisance
cancer	sein
cancer	zodiaque
candelabre	lampe
candi	sucre
candidat, candidature	postulant
canette	vase, tisserand
canevas	toile
canicule	sirius
canitie	poil
caniveau	pavé
canne à sucre	sucre
canne	roseau
canelle	laurier
canibales et caraïbes	sauvages
canon	troupes
canonicat	prébende
canoniques	livre
canonisation	jugement
canonier	troupe
canot	marine
cantaloup	melon
cantharides	mouche
cantique	psaumes
canton	territoire
cantonnement	troupe, officier
cape ou cappe	vêtement
cape	marine
capillaire	plante
capillaires	vaisseaux, veines
capilotade	ragoût
capitaine	troupe,
capitale	peine
capitales	majuscules
capitaliste	propriétaire
capitan-pacha ou capoudan-pacha	pacha
capitation	tête
capitaux	numéraire
capitaux	péchés
capiteux	vins
capitulation	siége
capot, capote	tête
capre	marine
capricorne	zodiaque
capsule	mousquet, pistolet
capuchon	moine
capucine	plante
capucin et capucine	religieux
caque	marée
carabine, carabinier	troupe
caravane	voyageur
carcan	pilori, supplice
carde	laine
cardinaux (points)	point
carême	quadragésime
carence	saisie
carène	navire
caret	tortue
cargaison	marine
cargue	marine
carie	os
carillon	sonnerie
carlin	monnaie
carmes et carmelites	ordres religieux
carmin	peinture
carminatif	plante
carnaval	masque, paganisme
carotide	sang
carotte	ombellifère
caroubier	plante
carreau	vitre
carrefour	rue
carrelage	potier
carrelet	poisson
carier et carrière	pierre
carrousel	tournois
carton	papier
cartouche	poudre
cascade	rocher
casemate ou cazemate	retranchement
casqué	pompier
cassation (cour de)	tribunaux
cassave	manioc
casse	mane
casse	typographie
cassette	malle
cassolette	réchaud
castrat et castration	homme, eunuque
cataclysme	inondation
catafalque	mausolée
catalepsie	syncope
catalogue	livre
catapulte	machine
catarrheux	rhume
catéchisme	religion
catégorie	ordre
cathédrale	paroisse
cathétérisme	pierre
catholicisme	christianisme, religion
catogan	queue
cauchemar	rêve
cautère	vésicatoire
caution; cautionnement	solidarité
cavalcade	masques
cavalerie	troupe
cavatine	musique
cave	vin
caverne	souterrain
cécité	ophthalmie, quinze-vingts
cédule	pape
céleri	ombellifère
célestine	minéraux
célestin	religieux
célibat	mariage
cellier	vin
cellule	monastère salle
cénacle	repas
cène	repas
cénobite	moine
cénotaphe	tombeau
censure	journaux
centaurée	plante
centenier	troupe
centurion	troupe
cep	vigne
céphalalgie	tête
céraste	vipère
cérat	onguent
cercueil	inhumation
cerf	renne
cerfeuil	persil
cerf-volant	scarabée
cerisier	merisier
certificat	témoignage
céruse	peinture
césure	vers
cétérach	scolopendre
chacal	jakal
chagrin	reliure
chair	viande

	voyez		*voyez*		*voyez*		*voyez*
corvette	marine	cuirassier	troupe	détachement	troupe	dragonade	persécution
coryphée	musique, secte	culotte	pantalon	détente	pistolet	dragon	lézard
coryza	rhume	culte	religion	détention	possession	dragons	troupe
cosmographie	monde	curateur	tutelle		illégale	drap	laine, lit
cosmorama	univers	curé	prêtre	détention	réclusion	drastique	purgatifs
coste	pois	cutter	marine	détersif	purgatif,	drogman	interprète
côte	os	cuve	vase		plante	duc	noblesse
côte	rivage	cynique	philosophe	détour	sinuosité	duc	hulotte
côtier (pilote)	marine	cynoglosse	langue de	détraction	médisance	ducat	monnaie
cotisation	impôts		chiens	détriment	préjudice	duègne	matronne
coton	malvacées, lin	cyste	vessie	deuil	tristesse	dunette	marine
cotte d'armes	tunique	czar	tzar	deutéronome	penta-	dure-mère	membrane
cotte de mailles	tricot				teuque, livres saints	durillon	pieds,
cotyloïde	os	**D.**		dévastation	ruine,		oignons
couchant (le)	soleil				vandalisme	duvet	plume
couchette	lit	Dactyle	vers	dévergondage	libertinage	dynastie	race sang
coudée	poids et mesure	dague	poignard	devise	maxime	dyssenterie	sang
coudrier	noisetier	daim	ruminants	dévotion	piété		
couenne	lard	dalmatique	ornement	dey	souverain, pacha		
couleuvre	serpent		d'église	diabète	urine	**E.**	
couleuvrine	machine	damas	soierie, sabre	diable	satan		
	de guerre	dard	javelot	diacode	sirop		
coulis	suc	dartre	peau	diaconat	ordres sacrés	ébauche	tableau
couperose	rougeur,	dé	jeux	diagnostic	séméiologie	ébène	tabletterie
	vert de gris	débâcle	inondation,	dialecte	langage	ébéniste	meubles
couplet	stance		rivière	diarrhée	selle	écarlate	teinture
coupole	voûte	débats	querelle	diascordium	opiat	écarté	jeu
coupon	toile	débordement	inondation	diastase	luxation	échafaud	supplice
cour	maison, palais,	décade et décadi	semaine,	diffamation	injure	échalotte	oignon
	tribunaux, miracles	décalogue	livre saint	digeste	loi	échanges	trafic
	(cour des)	décès	mort	digue	port	échantillon	marchandise
courbature	lassitude	déchéance	prescription	diligence	voiture	écharpe	troupes
courbe	géométrie, troupe	décime	monnaie	dimanche	semaine	échevins	juges, ma-
courbette	salutation	déclamation	théâtre	dîme	tribut		gistrats
courge	plante	déclin	jour, nuit	dinde, dindon	gallinacées	échoppe	marchand
courrier	poste	décoction	infusion	dîner	repas	éclairage	luminaire
courroie	lien	décrépitude	vieillesse	diphthongue	syllabe	écluse	rivière
cours	professeur	décret	ordonnance	diplôme	lettres-patentes	économat	régisseur
courtier	négociant	dédicace	offrande	discipline	troupe	écorce	végétaux
courtine	mur	dédommage-		disette	vivres	écoutes	marine
courtisan	seigneur	ment	indemnité	dispensaire	remède	écoutilles	marine
courtisane	prostituée	défaillance	syncope	dispense	permission	écouvillon	troupe
cousin	moucheron	défets	typographie	dissidence	scission	écrevisse	poisson
coût	prix	défi	provocation	distension	tension	écrin	parure
coutil	toile	déficit	perte	district	juridiction	écriteau	placard
coutre	soc	défilé	passage	divan	sopha, ministère	écrouelles	scrofules
couvent	monastère	défrichement	terrain		(oriental)	écu	monnaie
couvée	portée	déjeuner	repas	divination	prédiction	écueil	mer
couvert	table	délire	folie	doctorat	instruction	écume de mer	magnésie
crampe	muscle	délit	tribunaux	doge	magistrat	écumeurs	
crapaud	yeux de serpent	déluge	inondation	dogme	religion	de mer	pirates
crapulacées	joubarbe	démangeaison	prurit	dol	tromperie	édifices	monuments
cratère	volcan	démence	folie	doléances	plaintes	édice	monuments
cravate	vêtement	démission	renonciation	dollar	monnaie	édit	statut
crayon	minéral	démon, démo-		domaine	propriété	éditeur	livres
créance	prêt	niaque	satan	dôme	voûte	édition	livres
crèche	mangeoire	démoralisation	per-	domesticité	servitude	édredon	lit
crédence	messe		versité	domicile	logis	édulcoration	miel
crédit	paiement	déni	justice (de)	dominante	musique	effendi	magistrat
crème	lait	denier	monnaie	dominicain	religieux	effigie	image, portrait
créole	nègre	dénouement	solution	dominicales	calendrier	effraie	hulotte
crépi	mur	denrée	marchandise	domino	masques	égide	palladium
cresson	salade	département	préfecture	dominos	jeux	églantine	floraux (jeux)
cretonne	toile	dépendance	subordina-	dommages-		égrugeoir	pilon
creuset	métaux		tion	intérêts	tort	éléphantiasis	ichor
cric	levier	déposition	témoin	donation	testament	élision	voyelle
crise	maladie	déprédation	pillage	donjon	tour	élite	troupe
crispation	muscle	député	élections, pair	dorique	architecture	élus	saints
critique	littérature	derme	peau	dose	médicament	émancipation	majorité
crocheteur	porte-faix	déshérence	succession	dossier	pièces	embarcadère	marine
crocus	safran	désinence	terminaison	dot	mariage	embarcation	navigation
croissant	lune	dessein	plan, projet	doublage	marine	embossage	marine
croup	pharynx	dessert	repas	doublon	monnaie	embryon	fœtus
croûte	pain, pein-	dessus	musique	douce-amère	plante	embûche	piège
	ture	destin	sort	drachme	poids et mesure	émeute	sédition
croyant	musulman	destitution	révocation	dragées	sucrerie		
cucurbitacées	plante	destrier	palefroi	drageons	tiges		

	voyez		*voyez*		*voyez*		*voyez*
éminence	titre, montagne	équinoxe	printemps	faubourg	ville	fourrage	pré
émir	mahometans	équipages	troupes	faucille	instruments aratoires	fourrure	pelleterie
emmagasinement	marchandise	équitation	manège	faulx	instruments aratoires	foyer	théâtre
emphythéose	rachat	ergot	seigle			fracas	vacarme
emplâtre	vésicatoire	ermitage, ermite	solitaire	fauteuil	siége	franc	monnaie
empoisonnement	poison	escadre	marine	felouque	marine	franciscains	religieux
emporte-pièce	poinçon	escadrille	marine	fenêtre	vitres	fratricide	meurtre
emprisonnement	prison	escadron	troupe	festin	repas	frégate	marine
emprunt	prêt	escalade	siége, vol	feston	mousseline	frein	mors
encadrement	tableau	escalier	maison	feuillants	religieux	frelon	mouche
encan	vente	escargot	limaçon	feuilleton	journal	frères des écoles chrétiennes	ignorantins
enchifrenement	nez	esclavage	servitude	feydeau	théâtre	frères prêcheurs	ordre religieux
enclaves	limites	escouade	troupe	fiançailles	mariage		
enclos	murs	escrime	lutte	fiche	jeux	fresaie	hulotte
enclume	marteau, métaux	espalier	jardin	fifre	tambour	friche	terre
		espion	police	fil	lin	frimaire	calendrier
encyclique	lettre	esquinancie	larynx	filasse	lin	fripon	voleur
enduit	mastic	essaim	ruche	fille publique	prostitution	frise	monument
energumène	possédé	est	points-cardinaux	filoselle	soie	frisquette	typographie
énervation	nerfs	estampille	timbre	filou	voleur	frisson	tremblement
enfants trouvés	maternité	esquif	marine	firman	ordonnance	fronde	faction
engrenage	roue	estampe	image	fisc	trésor	frontières	pays, limite
énigme	sphinx	étape	voyage	flagellation	supplice	fronton	monument
enivrement	ivresse	étiologie	maladie	flambeau	lumière	fructidor	calendrier
enjambement	versification	étisie	marasme	flamberge	rapière	funambules	théâtres
		étole	ornements sacrés	flanelle	laine	fusée	pétard
enlèvement	rapt	étranglement	supplice	flatuosités	vent	futur	verbe
enquête	information, recherche	étrier	selle	fléau	instruments aratoires	futaine	vêtement
		eucologe	rituel				
enrôlement	recrutement	évêque	christianisme	floréal	calendrier		
enrouement	voix	éventail	toilette	florin	monnaie	**G.**	
enseigne	vaisseau	évolution	manœuvre	flot	mer		
enseignement	instruction	exergue	médaille	flotille	marine	Gabare	marine
		exhalaison	miasme	flûte	musique (instrument de)	gabier	marine
ensorcellement	sortilège	exhérédation	testament			gage	nantissement
ensuple	tisserand	exhumation	tombeau	foin	pré	gageure	pari
entérite	intestin	exostose	os	foire	marché	gain	lucre
enterrement	inhumation	expiation	pénitence	folio	registre	gaîté	théâtre
entorse	luxation	extradition	prisonnier	follet	météore	galanterie	politesse
entrailles	intestin	extrême onction	sacrement	folliculaire	journal	galet	jeux
entremets	repas			fondations	maison	galetas	taudis
entrepont	marine			fondeur	métaux	galiote	navire
entrepôt	marchandise	**P.**		fondrière	marais	galop	trop
entresol	maison			fonte	métaux	gambade	saut
envergure	marine			forêt	puits, tonneaux	garni	hôtels
envoyé	mandataire	Fa	musique			gâteau	pâtisserie
épaule	omoplate	facette	pierre	forban	pirate	gazouillement	ramage
épée	sabre	facteur	poste	forçat	bagne, galérien	genisse	vache
éphores	magistrats (chez les anciens)	faction	sentinelle	forge	métaux	gibelins	faction
		facture	mémoire	formicaléo	insecte	giboulée	pluie
		faix	porte-faix	forteresse	tour	grâce	pardon
épiglotte	langue	falbala	robe	fosse	tombeau	gothique	architecture
épingle	laiton	famine	pain	fossé	limite	gravelle	pierre
épique	épopée	fanal	port	fouet	supplice	grès	pierre, pavé
épiscopat	christianisme	fanfare	trompette	foulard	mouchoir	grisette	ouvrière
épispastique	vésicatoire	fanon et fanons		foulure	luxation	guet-à-pens	piège
épithète	surnom	fanion	oriflamme	fourche	instruments aratoires	gueux	mendiants
épizootie	peste	fantassin	infanterie			guidon	troupe
épousailles	mariage	fantôme	spectre	fourgon	troupe		oriflamme
époux	mari	farfadet	lutin	fournée	pain	guillotine	supplice
épreuve	typographie	fastes	mémorial	fourniment	troupe	guelphes	faction

La suite de cette table sera donnée avec la deuxième partie.

BIBLIOTHÈQUE

DE

LA CONVERSATION.

A.

A, lettre voyelle, la première de l'alphabet, a plusieurs significations ; grand A, ou majuscule ; — petit ᴀ, ou minuscule. Sans accent, cette lettre désigne la troisième personne du présent de l'indicatif du verbe ᴀᴠᴏɪʀ. — Avec un accent, c'est la marque du datif : donnez ce livre à Paul. — Étant employé comme préposition, il est également marqué d'un accent. A, signifiant après ; à deux jours de là, pour après deux jours. — Avec ; à regret, pour avec regret. — Dans ; blessé à la jambe. — Environ ; ils marchèrent huit à neuf jours. — Par ; obtenir à force de prières. — Pour ; prendre à témoin. — Selon ; à votre compte. — Si ; à vous entendre, si l'on vous entend. — Vers ; il tire à sa fin. Marquant le temps ; à midi, il revint à trois heures. — Le lieu ; à l'écart, vivre à Paris. — La situation ; à pied, à cheval. — La posture ; à genoux, à bras ouverts. — La manière ; à voiles déployées. — La qualité ; étoffe à poil. — La quantité ; la dépense monte à trois cents francs. — Le prix et la valeur ; du drap à trente francs l'aune. — Le motif ; à dessein, à bonne intention. — Le moyen ; à ma prière.

La lettre A est le signe indicatif des pièces de monnaies fabriquées à Paris.

AA est celui des monnaies fabriquées à Metz.

a a à signifie en chimie *amalgamer* ou *amalgame.*

ABATTOIR. — Tuerie des bestiaux. — Cette dernière expression a été remplacée par le mot *abattoir.* Depuis très long-temps l'hygiène réclamait pour les villes populeuses, et surtout pour Paris, la réunion dans un même lieu de toutes les tueries. Napoléon ordonna la construction des abattoirs de Paris, par un décret rendu en 1809, et régla les conditions du programme par un autre décret du 9 février 1810. Les abattoirs, dans une partie de l'Amérique, sont placés sur un terre-plein établi au milieu du courant de la rivière qui baigne les murs de la ville. Un pont-volant conduit du quai à l'abattoir ; c'est le chemin que suivent les animaux pour se rendre à leur destination. Une trappe est pratiquée au milieu de la cour ; lorsque l'animal est dépecé, on le descend par cette trappe dans une barque qui le reçoit et le conduit à la ville. Un grand nombre de réservoirs fournissent abondamment de l'eau pour le service.

Il est fâcheux qu'en France on n'ait point imité la construction des abattoirs américains ; mais tels que nous les avons, ils n'en possèdent pas moins de très grands avantages pour la salubrité et l'utilité publique. Nous sommes affranchis du spectacle dégoûtant qui s'offrait dans les rues affectées aux tueries, où l'on voyait des ruisseaux mêler du sang corrompu à leurs eaux impures ; les sens étaient affectés par les débris des animaux. Il arrivait souvent que des bœufs échappés répandaient l'effroi en parcourant la cité.

ABBÉ. Supérieur d'une abbaye d'hommes ; aujourd'hui, on désigne indistinctement par le mot *abbé,* toute personne qui porte l'habit ecclésiastique (*Voyez* ᴍᴏɴᴀsᴛᴇ̀ʀᴇ).

ABDOMEN. On divise le corps humain en trois grandes cavités : la supérieure ou la tête, la moyenne ou la poitrine, et l'inférieure ou l'*abdomen.*

Cette troisième cavité, séparée de la seconde par le diaphragme, est tapissée d'une membrane que les anatomistes appellent *péritoine.* Les principales parties qu'elle contient, sont : l'estomac, le foie, la rate, le pancréas, les intestins, les reins et le mésentère.

ABEILLE. Insecte volant duquel nous tirons la cire et le miel. L'abeille, comme les autres insectes, passe de l'état de vermisseau à celui de chrysalide ou de nymphe, et de celui de nymphe à celui de papillon. Elle demeure 10 à 12 jours dans le premier de ces trois états, environ 15 jours dans le second, et le reste de sa vie, c'est-à-dire 7 à 8 ans, dans le troisième. On distingue dans le corps de l'abeille, comme dans le corps de l'homme, trois cavités : la tête, la poitrine et le ventre. La tête est armée de deux mâchoires et d'une trompe ; les mâchoires ou plutôt les serres, jouent en s'ouvrant et fermant de gauche à droite ; ces serres leur servent pour prendre la cire, pour la pétrir et pour jeter dehors ce qui est incommode. La trompe est une espèce de chalumeau long et pointu, souple et mobile en tout sens, que l'abeille porte jusqu'au fond du cœur des fleurs, et par lequel elle suce ce qu'elles ont de plus délicat et de plus spiritueux. Voilà pour la première cavité. La cavité moyenne, ou la poitrine, forme le milieu du corps de l'abeille. Elle soutient les six pattes et les quatre ailes de cet animal. La troisième cavité, ou le ventre, est distinguée en six anneaux qui s'allongent et s'accourcissent, en glissant les uns sur les autres. Elle contient les intestins, la bouteille de miel, celle de venin et l'aiguillon. Les intestins servent à la digestion ; la bouteille de miel, transparente comme le cristal, est, pour ainsi dire, le réservoir du miel que l'abeille va lever sur les fleurs, et dont elle ne prend qu'une très petite partie pour sa nourriture. La bouteille de venin ou de fiel est à la racine de l'aiguillon, au travers duquel, comme par une espèce de tuyau, l'abeille fait découler quelques gouttes de cette liqueur amère sur la blessure qu'elle vient de faire. Enfin, l'aiguillon est composé de deux dards renfermés dans un étui très pointu, qui s'ouvre lorsqu'il a fait la première piqûre. La douleur que l'on ressent alors est donc causée par deux piqûres, et par l'effusion d'un

1

poison très subtil; on ne la fait cesser qu'en arrachant l'aiguillon, et qu'en ouvrant la blessure pour en faire couler le venin.

Il y a cependant des abeilles qui n'ont point d'aiguillon ; de ce genre sont celles auxquelles on a donné le nom de *Bourdons.* Les naturalistes qui remarquent que les abeilles dont nous venons de faire la description, ne sont ni mâles ni femelles, ajoutent que les bourdons sont les mâles, et qu'ils ont pour femelle une grosse abeille, armée d'un aiguillon, qu'on doit regarder comme la Reine de la ruche. Elle est unique dans une ruche de sept à huit mille abeilles, et il y en a deux à trois de cette espèce dans une ruche double ou triple. Pour les bourdons, on en remarque une centaine dans une petite ruche, et deux à trois cents dans une ruche plus forte. Ils sont bien nourris, ne travaillent point, et lorsqu'ils sortent ce n'est que pour se promener et respirer l'air. Aussi aux approches de l'hiver, les chasse-t-on presque tous de la ruche, hors de laquelle le mauvais temps et le manque de nourriture les font périr. Cette nation laborieuse ne souffre les paresseux qu'autant de temps qu'ils sont nécessaires pour donner des sujets à l'état. Mais ce qu'il y a de plus intéressant dans cette république, c'est la police qui y règne. A peine les mouches à miel ont-elles choisi une retraite, qu'elles se mettent à l'œuvre pour s'y loger commodément. Elles se partagent en quatre bandes. Les unes vont chercher en campagne la cire qui doit être la matière de l'édifice ; d'autres dégrossissent les matériaux et ébauchent les cellules : d'autres perfectionnent l'ouvrage : d'autres enfin (ce sont probablement les moins habiles) apportent à manger à celles qui ne veulent pas quitter le travail pour aller chercher leur nourriture. Ce qu'il y a encore de plus admirable, c'est que dans l'espace d'un jour elles élèvent un bâtiment de cire, capable de contenir trois mille abeilles.

On trouve dans ce bâtiment deux espèces de magasins, l'un à cire, et l'autre à miel. Les abeilles vont chercher la cire sur la roquette, sur les pavots simples, et sur presque toutes les fleurs ; à leur retour elles trouvent à la porte de la ruche une partie de leurs compagnes qui les attendent pour les décharger, et pour mettre le butin en sûreté ; une troisième bande est occupée à étendre la cire, à la pétrir, à la façonner, à l'épurer et à lui donner une couleur uniforme.

Outre cette cire fine, les abeilles ont encore une cire grossière, noirâtre et amère, qu'elles ramassent sur des bois pourris, sur les pailles, sur les liqueurs altérées ou aigres, et sur des plantes d'une odeur très désagréable. Elle leur sert de glu avec laquelle elles ont soin de boucher exactement tous les trous de leur logement ; la dureté de ce mastic rend les ruches inaccessibles aux vents, et son amertume en écarte les insectes. Pour ce qui regarde le miel, les abeilles le trouvent sur les fleurs, à peu près comme la cire. Elles le sucent avec leur trompe, et le vident en arrivant dans les loges du magasin : elles ferment les unes avec de la cire, pour les découvrir au besoin en hiver ; les autres demeurent ouvertes, et chacune y va prendre ses repas avec sobriété.

ABERRATION. — Erreur. — Mouvement apparent des étoiles fixes. Les étoiles fixes nous paraissent avoir trois mouvements, l'un d'Orient en Occident autour des pôles du monde, l'autre d'Occident en Orient autour des pôles de l'écliptique, et le troisième autour du point réel où chaque étoile se trouve placée ; le premier se fait dans l'espace de 24 heures dans des cercles parallèles à l'équateur ; le second, dans l'espace de vingt-cinq mille neuf cent années, dans des cercles parallèles à l'écliptique, et le troisième dans l'espace d'une année, dans de très petites ellipses, appelées par les astronomes *ellipses d'aberration.*

ABRACADABRA. Mot de cabale, de tradition juive. Les astrologues supposaient qu'en arrangeant certains mots dans un certain ordre, comme l'*abracadabra*,

qui forme le triangle, ils produisaient des effets miraculeux. Les cabalistes *praticiens* admettaient aussi cette théorie ; et pour guérir les vertiges et les maux d'yeux, il leur suffisait d'écrire *Schiauriri* en forme d'équerre. Voici l'ordre suivi pour écrire ces deux mots :

```
          A                    S
        A B                    S C
      A B R                    S C H
    A B R A                    S C H I
  A B R A C                    S C H I A
A B R A C A                    S C H I A U
A B R A C A D                  S C H I A U R
A B R A C A D A                S C H I A U R I
A B R A C A D A B              S C H I A U R I R
A B R A C A D A B R            S C H I A U R I R I
A B R A C A D A B R A.         S C H I A U R I R I.
```

ABSCISSE. — Portion de courbe, partie de l'axe interceptée entre une ordonnée et le point que l'on a pris pour l'origine des abscisses.

ABSIDE. — Il y a deux sortes d'absides, la haute et la basse. — La haute abside est le point de l'orbite où la planète se trouve plus éloignée, et la basse abside est celui où elle se trouve moins éloignée du foyer.

ABSINTHE. — Cette plante croît dans les parties montueuses de toute l'Europe, et est cultivée abondamment dans les jardins ; elle s'élève à deux pieds, et ses feuilles très découpées sont d'un gris blanchâtre ; son amertume est proverbiale. La liqueur du même nom n'est autre chose que l'esprit de vin, dans lequel on a laissé infuser des feuilles de la plante.

ABSORPTION. — Disparition. Les habitants de Ripou (Yorskshire) ont éprouvé, en 1834, de grandes alarmes par suite d'une *absorption terrestre,* phénomène qu'ils ont pris à tort pour l'effet d'un tremblement de terre. Une roche de forme ronde a disparu dans un champ situé au nord de Ripou, et a laissé un trou de 13 aunes de diamètre et de 23 de profondeur, un tiers et demi rempli d'eau ; à l'examen on a trouvé près de la surface une mince couche de terre, et au-dessous une couche de gravier, toutes deux environ d'une aune d'épaisseur, et le reste était rempli par une couche solide formée du roc même. Des phénomènes analogues se sont manifestés dans les champs voisins. Un savant, qui a examiné le fait avec soin, pense que c'est un exemple de ces *absorptions terrestres* dont ont parlé *Kircher* et d'autres géologues. D'immenses abîmes se sont ouverts, des cités et même des montagnes ont été englouties, des rivières se sont détournées de leur cours. Ces accidents ne sont pas toujours des résultats de tremblement de terre, mais viennent aussi de causes accidentelles ou de décompositions naturelles. — Dans l'économie animale, c'est une action par laquelle les orifices ouverts des vaisseaux pompent les liqueurs répandues dans les cavités du corps ou à sa surface. — Dans le règne végétal, c'est l'action en vertu de laquelle les plantes reçoivent les sucs destinés à leur nutrition.

ABSTÈME. Terme de théologie par lequel on désigne ceux qui, dans la communion, ne peuvent prendre les espèces du vin, à cause de l'aversion qu'ils ont pour cette liqueur. On dit d'une personne qui ne boit point de vin qu'elle est *abstème.*

ABSTRACTION. Sorte de séparation qui se fait par la pensée. Souvent on considère un tout par parties, c'est une espèce d'abstraction ; c'est ainsi qu'en anatomie on fait des démonstrations particulières de la tête, ensuite de la poitrine, etc. ; mais c'est plutôt diviser qu'abstraire : on appelle plus particulièrement *faire abstraction,* lorsque l'on considère quelque propriété des objets sans faire attention ni à l'objet, ni aux autres propriétés, ou lorsque l'on considère l'objet sans les propriétés, alors c'est un *sens abstrait.* Il y a *sens concret,* au contraire, lorsque l'on considère le sujet uni au mode, ou le mode uni au sujet ; lorsque l'on regarde un sujet tel qu'il est, et que l'on pense que ce sujet et sa qualité ne font ensemble qu'une même chose, et forment un être particulier.

ACACIA (faux), ou cassie des jardiniers. — Ces deux arbres sont d'une agréable odeur, et se sont naturalisés dans nos climats. Le premier est originaire du Canada et de Virginie ; son parfum approche de celui de la fleur d'orange. L'autre est originaire du Levant ; il croît dans nos orangeries ; ses fleurs sont très odoriférantes ; on le cultive aussi avec avantage dans les pays méridionaux, comme l'Italie et la Provence.

ACADÉMIE. Réunion de savants. Ce mot tire son origine d'un lieu situé près d'Athènes qu'Académus céda à Platon pour y tenir son école. En 1634, des poètes et des hommes de lettres se réunissaient dans la maison d'un secrétaire du roi Louis XIII, rue Saint Denis, pour lire entre eux leurs vers et leur prose. Le Cardinal de Richelieu se déclara le protecteur de cette société, et lui fit accorder, au mois de janvier 1635, des Lettres-patentes, portant qu'elle serait érigée en Académie française, et que ses membres n'excéderaient pas le nombre de quarante. Après la mort de Richelieu, le chancelier Séguier se déclara protecteur de l'Académie, et lui permit de tenir ses séances dans son hôtel. Dans la suite, Louis XIV, ayant pris le titre de protecteur de l'Académie, lui accorda pour ses séances une salle dans le Louvre, où elle a continué de siéger jusqu'en 1793, époque où fut organisé l'Institut de France. Dans la constitution de l'an 3, promulguée le 1er vendémiaire, an 4, le titre X portait : « Il y aura pour toute la république un institut national, chargé de recueillir les découvertes, de perfectionner les arts et les sciences. » En 1803, Bonaparte divisa l'Institut en quatre classes : la première classe comprit les sciences physiques et mathématiques et fut composée de soixante-trois membres. La seconde, qui eut pour objet la langue et la littérature françaises, se composa de quarante membres. La troisième, celle de la littérature et histoire anciennes, fut composée de quarante membres, huit associés étrangers et soixante correspondants. La quatrième classe, relative aux beaux arts, contenait vingt membres, huit associés étrangers et trente-six correspondants.

En 1815, le nom d'Institut fut conservé, mais on donna aux quatre classes leurs vieilles dénominations : la première classe fut appelée Académie des Sciences ; la seconde, Académie française ; la troisième, Académie des Inscriptions et Belles-lettres, et la quatrième, Académie de Peinture et de Sculpture. La seconde classe de l'Institut est celle dont le public s'occupe davantage, parce que ses travaux sont plus à sa portée. Le palais où siége l'Académie fut fondé par Mazarin, sur l'emplacement de l'hôtel de Nesle, et porta d'abord le nom de collége des Quatre-Nations, parce que le cardinal y faisait élever 60 gentilshommes de nations diverses.

L'ancienne église a été transformée en salle de séances ; elle est ornée d'arbustes et des statues des principaux savants de la France. La façade est ornée de colonnes et de deux fontaines où quatre lions lancent quelquefois un mince filet d'eau ; ces lions sont peints en *vert antique.*

ACARUS. Genre d'insectes aptères (sans ailes) extrêmement petits. Des Acarus vivants ont été extraits sur des galeux ; ces insectes se trouvaient sous l'épiderme, à l'extrémité d'un sillon blanchâtre, long d'une ligne ou deux, qui toujours part de la vésicule.

ACCEPTION. Sorte de préférence. Faire acception des personnes, c'est avoir pour les uns des égards qu'on n'a pas pour les autres.

ACCÈS. — Abord ; attaque d'un mal. Collection de phénomènes qui se produisent dans les maladies, disparaissent par intervalle, et dont les retours ont lieu à des époques fixes ou indéterminées.

ACÉPHALE, SANS TÊTE. En histoire naturelle, les Acéphales constituent un ordre de la classe des mollusques (sans vertèbres), qui comprend les espèces qui n'ont réellement pas de tête et dont la bouche est cachée sous le manteau ; tels sont les Moules, les Huîtres, etc. En anatomie, on donne le nom d'Acéphale au fœtus qui n'a point de tête, et qui ne peut vivre que dans le sein de la mère.

ACCRUE. Augmentation que reçoit une terre par la retraite des eaux ; une forêt dont le bois s'étend au delà de son enceinte. On dira, par exemple : il y a eu accrue de dix arpents.

ACÉTATE. Nom générique des sels formés par l'union, en proportions définies, de l'acide acétique avec les bases salifiables. Ces composés n'existant qu'à l'état neutre et à l'état de sels basiques, sont généralement plus ou moins solubles dans l'eau et l'alcool. L'acide sulfurique les décompose ; ils dégagent une odeur d'acide acétique très facile à reconnaître. Exposés à l'action de la chaleur, ils donnent, soit leur acide en totalité, et leur base ou son métal (par exemple l'acétate d'argent), soit une partie seulement de cet acide, puis des gaz hydrocarbonés, oxycarbonés, et un produit éthéré particulier, appelé *esprit pyro-acétique.* Les acétates affectent souvent une texture feuilletée, lamelleuse et nacrée, qui est presque toujours distincte quand ils ont éprouvé la fusion ignée. On les obtient par l'action de l'acide acétique sur les oxydes ou leurs carbonates, et encore par doubles décompositions.

ACÉTOMÈTRE. Instrument en verre avec lequel on mesure la force du vinaigre. Il est composé d'un globe de huit millimètres de diamètre, précédé d'une petite boule de lest, et surmonté d'une tige effilée, de la longueur de huit centimètres, contenant une bande de papier, sur le milieu de laquelle est tracée une ligne transversale ; une capsule, chargée de différents poids, est supportée par cette tige.

ACHÉRON. Fleuve des Enfers, selon les païens. En arrivant aux enfers, les âmes, appelées communément ombres ou mânes, trouvaient Caron, vieillard dur et inflexible, qui était chargé de leur faire passer le fleuve dans une barque où l'on n'entrait point sans payer. De là vient que les Grecs et les Romains mettaient une obole dans la bouche de leurs morts. Quand les corps n'avaient pas été inhumés, leurs ombres erraient cent ans sur le rivage, avant que Caron les reçût dans sa barque, et c'était pour elles un grand supplice. Les autres fleuves qui environnaient les enfers, étaient : le Styx le Cocyte, le Léthé et le Phlégéton.

ACHROMATIQUE (verre sans iris). Les verres achromatiques sont des objectifs de lunettes formés de deux ou trois verres superposés, dans lesquels la diffraction de la lumière se compense de manière à donner des images blanches (privées de couleurs). On entend par *achromatisme*, la destruction des couleurs étrangères que l'on aperçoit dans l'image d'un objet, lorsqu'on le regarde à travers un verre lenticulaire. Lorsque la lumière blanche passe d'un milieu dans un autre (surtout à travers un prisme), elle est décomposée ; à sa sortie le faisceau de lumière présente une image allongée et de différentes couleurs ; on nomme cette figure *spectre solaire* ; cependant *spectre solaire*, proprement dit, s'entend d'une image colorée et oblongue, que forment sur la muraille d'une chambre obscure les rayons de lumière rompus et écartés par le prisme.

ACIDE. — Substance ayant une saveur aigre. Elle a la propriété de se combiner aux bases salifiables (un alcali ou un oxyde), et de rougir les couleurs bleues végétales. Les acides se divisent en solides, liquides ou gazeux : comme acide tartarique, nitrique, carbonique On divise encore les acides, en acides *minéraux*, et en acides *végétaux.* On compte parmi les premiers, les acides nitrique, sulfurique, hydrochlorique ; et parmi les seconds, les acides acétique, citrique, etc., qu'on rencontre dans l'orange, l'épine-vinette, la groseille, etc.

ACIDE ACÉTIQUE.—Acide de vinaigre. Il se trouve presque généralement dans tous les corps ; il forme le vinaigre ; le meilleur est celui que l'on retire de la distillation du bois ; on pourrait extraire du vinaigre de l'urine, qui contient beaucoup d'acide acétique. Un corps qui s'aigrit décèle la présence de cet acide.

ACIDE CITRIQUE. — Acide de citron. Il se trouve dans tous les fruits qui lui doivent leur saveur. On le rencontre principalement dans la groseille.

ACIDE MURIATIQUE, mieux HYDROCHLORIQUE.—Acide du sel marin, d'une saveur aigre, brûlante, mais moins forte que celle des acides nitrique et sulfurique. L'usage de cet acide est très répandu en chimie et dans les arts. Les médecins l'administrent à petite dose dans certains gargarismes, et, mêlé au miel, on s'en sert pour toucher certains ulcères gangréneux de la gorge.

ACIDE NITRIQUE, mieux AZOTIQUE. — Esprit de nitre ; mélangé, il forme l'eau forte. C'est un des plus violents poisons que l'on connaisse ; il décompose presque tous les métaux, l'or excepté et quelques autres ; mais il attaque l'argent, le cuivre etc. : pour savoir ce qu'il y a d'argent et de cuivre dans une pièce de 15 ou 30 sous, placez la pièce dans un verre ; versez de l'acide nitrique ; la décomposition a lieu ; pour les séparer complètement, versez de l'acide hydrochlorique (muriatique). S'il entrait de l'or en quelque petite partie que ce fût, l'or n'étant point attaqué se trouverait en petites molécules au fond du verre. C'est ce qu'on appelle analyse nitrique. Cet acide jaunit la peau d'une manière très intense.

ACIDE PRUSSIQUE. — Acide du bleu de Prusse ; lorsqu'il est concentré, c'est un poison très subtil que les anciens ont connu. Son réactif est l'ammoniaque et le chlore. Cet acide existe en une si grande quantité dans les feuilles du laurier-cerise, que l'usage de ces feuilles est toujours dangereux. On lit dans l'histoire sainte que Moïse a fondu le veau d'or ; il ne peut, d'après les chimistes, avoir employé d'autre dissolvant que l'acide prussique.

ACIDE SULFURIQUE. — Acide de soufre ; huile de vitriol. C'est un poison très violent.

ACIDE TARTARIQUE ou TARTRIQUE. — C'est un acide végétal extrait du tartre ; pur, il est cristallisé et ressemble à du sucre candi. Dissous en petite quantité dans beaucoup d'eau, il procure une boisson rafraîchissante ; si on le réduit en poudre, et qu'on le mêle avec une quantité suffisante de sucre également broyé, il donnera de la limonade sèche. Il remplace pour beaucoup d'usages l'acide citrique et le citron.

ACIER. — Fer raffiné, alors très dur et très pur, contenant beaucoup plus de soufre et de sel que le fer ordinaire.

ACOTYLÉDONES. Plantes dépourvues de cotylédons. Elles forment la première des trois grandes divisions du règne végétal, celle qui renferme les algues, les mauves, les lichens, les champignons, etc. ; outre que ces plantes sont dépourvues de cotylédons, elles n'ont ni embryon, ni fleurs, ni organes sexuels proprement dits.

ACOUSTIQUE. Théorie des sons ; ce qui concerne l'ouïe. Cette science est le lien commun des mathématiques, de la physique et de la musique. L'acoustique mathématique fait connaître les lois du mouvement de vibration, considéré comme cause occasionnelle du son ; l'acoustique physique étudie les phénomènes sonores ; et l'acoustique musicale est celle qui considère les sons comme faisant partie d'un système de musique.

ACRE. — La saveur âcre est la troisième des sept saveurs principales. Une grande quantité de sels acides en est la cause physique.

ACROSTICHE.—Espèce de poésie où les premières lettres de chaque vers, prises de suite, font un sens.

ACROTÈRES. Ce sont des piédestaux aux extrémités d'un frontispice.

ACUPUNCTURE. Piqûre d'aiguille. Cette opération est empruntée aux Chinois et aux Japonais qui l'ont pratiquée depuis très long-temps, dans le but de calmer divers genres de douleurs. Ce n'est que depuis un siècle et demi que cette opération est connue en Europe ; elle consiste à introduire dans la peau et les chairs, une aiguille assez analogue à celles dont se servent les dames. En France, la première expérience eut lieu en 1811, sur une femme traitée par ce moyen. Depuis, les essais ont été répétés sans résultats satisfaisants ; alors l'acupuncture tomba dans l'oubli ; mais dans le courant de 1824, elle reprit tout-à-coup faveur, pour retomber bientôt en désuétude.

ADIPOCIRE. Blanc de baleine ; substance analogue à la graisse et à la cire. Les cadavres enfouis depuis assez de temps présentent cette espèce de savon animal.

ADIVE. — Chien à queue droite, à toison d'un fauve pâle ou doré, habitant les régions chaudes de l'Asie. Il se tient caché pendant le jour sur les montagnes et dans les forêts. Ces animaux se rassemblent en troupes de soixante à deux cents, pendant la nuit ; ils marchent lentement, la tête inclinée ; mais dès qu'ils sentent leur proie, ils courent avec vitesse. Les chiens adives n'osent attaquer les hommes faits, mais ils dévorent les enfants. Ils mettent à mort les petits animaux et les oiseaux ; ils se nourrissent aussi de fruits, de racines, et déterrent les cadavres pour en faire leur pâture. L'adive s'accouple comme le chien domestique, au printemps ; la femelle porte un mois, et met bas de cinq à huit petits. Cet animal s'apprivoise parfaitement ; il répand une odeur de musc. Si un d'eux donne de la voix, tous les autres lui répondent ; ce son nocturne s'étend au loin. Leur voix fait frémir ; c'est un composé du hurlement et du jappage des chiens, c'est-à-dire, un cri sourd, prolongé, coupé par des sons tranchants : ce bruit réveille, dit-on, tous les animaux qui, quittant brusquement leur fort, courent çà et là, et tombent dans les troupes d'adives cantonnés en différents endroits. On doute si l'adive n'est pas le chien sauvage dans son état de nature. L'adive paraît être une espèce très voisine du chacal, ou peut-être même n'est-ce qu'une variété plus petite, moins forte, et conséquemment moins entreprenante.

ADORATION.—Hommage.—Ce mot nous vient des Romains, chez lesquels le culte sacré consistait dans l'adoration des dieux, dans les prières publiques et particulières, et surtout dans les sacrifices. Ceux qui priaient se tenaient debout, la tête voilée, afin de n'être pas troublés par quelque face ennemie, comme le dit Virgile dans le troisième livre de son Énéide, et pour que l'esprit fût plus attentif aux prières. Il y avait un prêtre qui, un livre à la main, prononçait les prières avec tout le monde, afin qu'on ne transposât rien, et qu'elles fussent faites sans confusion. Pendant les prières on touchait les autels, comme le faisaient ceux qui prêtaient serment. Les suppliants embrassaient quelquefois les genoux des dieux, parce qu'ils regardaient les genoux comme le siége de la miséricorde. Après leurs prières, ils faisaient un tour entier sur le droite en formant un cercle. Ils ne s'asseyaient qu'après avoir fait toutes leurs prières, de peur de paraître rendre leurs respects aux dieux avec trop de négligence. Ils portaient aussi leur main à leur bouche, en se tournant du côté de l'Orient pour prier, avec le soin d'invoquer les dieux par leur nom. En commençant leur prière, ils avaient coutume de dire : soit que vous soyez Dieu, que vous soyez Déesse. Ils écrivaient leurs vœux sur des tablettes, et les attachaient avec de la cire aux genoux des statues ; et lorsque leurs vœux étaient accomplis, ils le faisaient connaître en suspendant dans le temple leurs tablettes ou quelque autre chose. Ils croyaient que les dieux venaient habiter dans ces statues, quand elles étaient consacrées avec toutes les cérémonies requises : ce qui faisait donner à ces statues le nom des dieux qu'ils s'imaginaient habiter dans leurs temples. Ils frottaient aussi, par dévotion, ces statues avec des parfums, et les lavaient en certain temps avec de l'eau vive. Saint Augustin dit que les Romains ont adoré leurs dieux sans statues pendant 170 ans.

AÉRIFORME. Tous les gaz sont fluides *aériformes*, parce qu'ils ont la transparence et l'élasticité de l'air atmosphérique. Avant la nouvelle nomenclature chimique, plusieurs étaient appelés *airs*.

AÉROLITHES, vulgairement appelées *pierres tombées du ciel*. Ce sont des amas minéraux qui tombent de l'atmosphère en certaines circonstances. Presque toujours la chute des aérolithes est accompagnée d'un météore lumineux ; on les désigne par les noms de bolides, météorolithes, uranolithes. On divise les aérolithes en trois classes : dans la première les aérolithes composées de fer pur, combiné avec une légère quantité de nickel (métal gris) ; les aérolithes pierreuses, ne renfermant que quelques parcelles de fer, extremité la seconde classe, et dans la troisième sont compris les aérolithes charbonneuses.

AÉROMÈTRE. Instrument de physique qui sert à mesurer la condensation (épaisseur), ou la raréfaction (étendue) de l'air.

AÉROSTAT, *globe rempli de gaz.* — Notre siècle est célèbre en découvertes, mais il en reste encore à faire à nos descendants. Dans un temps plus ou moins éloigné, des découvertes plus frappantes que celles qui nous éblouissent honoreront leurs inventeurs ; la nature n'offre pas son sanctuaire à tous ceux qui la consultent : nous nous croyons initiés dans ses mystères, et à peine avons-nous parcouru les portiques de son auguste temple. La découverte des aérostats est sans contredit celle qui a produit le plus de sensation ; elle appartient aux frères Montgolfier, manufacturiers d'Anonnay, qui, en 1783, construisirent une *montgolfière* de 110 pieds de circonférence, pouvant contenir 22,000 pieds cubes. Cet aérostat avait la forme d'un globe presque sphérique ; il était de toile, doublé en papier et pesait 500 livres. A la partie inférieure était ménagée une ouverture sous laquelle on brûla de la paille qui produisit un feu très vif, et qui introduisit dans l'enveloppe 22 000 pieds cubes d'air échauffé. Cet air ainsi dilaté dans l'intérieur de l'aérostat, tendit à l'élever, et bientôt il monta majestueusement dans les airs.

Peu de temps après cette expérience fut répétée de toutes parts ; le 15 septembre 1784, Pilatre des Rosiers et le marquis d'Arlande montèrent intrépidement dans une nacelle suspendue au-dessous du ballon, et s'élevèrent, à plusieurs reprises, à 300 pieds de hauteur : l'aérostat était retenu par des cordes.

Le physicien Charles eut l'heureuse idée de renfermer dans une enveloppe légère un gaz (*l'hydrogène*) qui est environ quinze fois plus léger que l'air. L'expérience eut le plus heureux succès le 27 août 1783, et dès ce moment le danger des ascensions aérostatiques disparut presque entièrement.

Les voyages aériens les plus célèbres sont celui de Guyton-Morveau et Bertrand à Dijon, le 25 avril 1784 ; le passage de Douvres à Calais, par Blanchard et Jafferies, le 7 janvier 1785 ; l'ascension de Testa du 18 juin 1786. A la bataille de Fleurus, le 26 juin 1794, le Maréchal Jourdan avait employé un ballon qui planait sur les deux armées, et lui en faisait connaître les mouvements. Quoique ce ballon ait contribué au gain de la bataille, on y a renoncé depuis à cause des accidents qui peuvent survenir.

Le 15 septembre 1804, M. Gay-Lussac entreprit un voyage aérostatique dans le but de faire des observations scientifiques ; il s'éleva jusqu'à 7,000 mètres.

En 1802, la tentative d'une descente en *parachute* fut faite par Garnerin qui fut assez audacieux pour se laisser tomber de 200 toises de hauteur, en coupant la

corde qui retenait la nacelle au ballon. La chute se fit d'abord avec une accélération très rapide ; mais bientôt, le parachute se développant, la vitesse fut considérablement diminuée, par cette cause que la descente d'un corps peut être ralenti en lui donnant un grand développement de surface ; par exemple un poids de 300 kilog., qui aurait la forme d'un parapluie de 15 mètres de diamètre, tomberait très lentement.

On remplit un ballon de gaz hydrogène en mettant des éclats de fer produits par le tour dans des tonneaux qu'on ferme hermétiquement après y avoir jeté de l'acide sulfurique étendu d'eau. L'eau se décompose alors ; son oxygène s'unit au fer, et l'hydrogène qui se dégage est conduit dans le ballon par des tuyaux.

En août 1834, on construisit un ballon-navire de 130 pieds de long sur 34 de hauteur ; sa capacité était trois fois plus considérable que celle des plus forts ballons dont on ait encore fait usage ; sa forme était celle d'un poisson, un peu grosse du milieu, et terminée à chaque extrémité par un cône aigu ; cette forme a, dit-on, l'avantage de rencontrer dans l'air une résistance six fois moindre qu'un ballon sphérique. Le nouveau ballon était destiné à enlever un poids de 6,500 livres ; la nacelle placée immédiatement au-dessous de l'appareil lui était adhérente, à la différence des nacelles dont on fait usage, qui, suspendues sous le ballon, sont entièrement soumises à son impulsion sans pouvoir lui imprimer aucun mouvement. Le ballon nouveau était contenu dans un immense filet, dont tous les fils aboutissaient à l'endroit où se trouvait placée la nacelle, dont tout mouvement pouvait dès lors se communiquer au ballon, et se répartir immédiatement sur toute sa surface. Sur le filet qui contenait le ballon, étaient placées des échelles de cordes qui permettaient d'aller visiter toutes les parties extérieures, et d'y faire au besoin des réparations. La nacelle avait 66 pieds de long ; construite en osier, en forme de galerie, elle pouvait contenir trente personnes. Ce navire aérien était construit au moyen d'une toile préparée de manière à contenir le gaz pendant près de 15 jours. Jusqu'à présent les tissus employés offrent le grave inconvénient de laisser échapper le gaz, et par suite de mettre les aéronautes dans la nécessité de prendre terre plus tôt qu'ils ne veulent, souvent dans des endroits dangereux. En avant et en arrière de la nacelle, était un gouvernail ; de chaque côté, deux roues armées de rames en toile, construites à l'imitation des roues des bateaux à vapeur. Chaque gouvernail et chaque roue devaient frapper l'air, tantôt d'une manière permanente aux dépens de la vitesse propre du navire, et tantôt par des mouvements ayant pour but d'accélérer la vitesse. Ces roues étaient disposées de manière à aller successivement ou simultanément en sens contraire pour produire l'effet du gouvernail. Voici comment les nouveaux aéronautes prétendaient faire monter et descendre leur ballon, sans jeter de lest ou sans perdre de gaz : dès 1787, deux membres de l'Académie des Sciences ont observé que la vessie natatoire, qui se trouve dans le corps des poissons, a la propriété de leur permettre de descendre au fond de l'eau ou de s'élever à la surface, selon qu'ils la compriment ou qu'ils la laissent se dilater ; c'est une conséquence de ce fait que l'air comprimé est plus lourd que l'air dilaté. Par imitation de ce phénomène, les nouveaux aéronautes avaient imaginé d'introduire, dans leur grand ballon, un ballon particulier qui, selon la quantité d'air extérieur qu'on y introduirait, devait produire sur la pesanteur du grand ballon une différence de trente livres en plus ou en moins. Or, pour qu'un ballon s'élève, il suffit qu'il pèse une demi-livre de moins que s'il était rempli d'air atmosphérique. La faculté de donner au ballon un poids de trente livres en plus ou en moins, était donc un immense moyen mis à la disposition des nouveaux aéronautes, pour s'élever et s'abaisser à volonté dans la couche d'air qu'il leur conviendrait de choisir. Ils avaient, en outre, la prétention de pouvoir influer sur le mouvement ascendant ou descendant de leur ballon, en présentant alternativement chaque roue et chaque gouvernail dans une direction qui tendrait à les faire monter ou descendre, à l'imitation des oiseaux qui ne vont pas en ligne droite contre le vent, mais qui louvoient dans l'air en s'élevant et s'abaissant dans les directions inclinées.— Dans ce système, le navire aérien aurait louvoyé par des mouvements inclinés alternativement de haut en bas, tandis que les oiseaux louvoient par des mouvements horizontaux de droite à gauche, et réciproquement. La possibilité de s'élever et de s'abaisser dans l'air respirable étant admise, on pouvait dès lors choisir la couche d'air la plus favorable à la route que l'on eût voulu suivre. Les nouveaux aéronautes ont prétendu que dans les ascensions qu'ils ont faites, ils ont remarqué que dans l'air respirable, qui comprend de 3,000 à 3,500 toises, il y a presque toujours deux ou trois courants d'air se dirigeant dans des sens différents. Le même phénomène a été observé pour les courants d'eau, lors des essais de la navigation sous-marine qui ont été faits dans ces derniers temps. S'il fût arrivé que toutes les couches d'air leur fussent contraires, ils se seraient alors placés entre deux couches opposées, où ils prétendaient trouver un air à l'état de remous (tournoiement), dans lequel ils auraient pu naviguer avec une vitesse de 2 à 5 lieues à l'heure, à l'aide des roues adaptées à leur nacelle. Il paraît qu'outre le moyen de direction que nous venons d'indiquer, ils en avaient encore un dont ils ont conservé le secret, mais qui, d'après le peu qu'ils en ont dit, semblait consister à créer, à l'aide de soufflets de leur invention, des courants d'air assez rapides pour faire des points d'appui à chaque roue et à chaque gouvernail. Voici quels auraient été les moyens de direction : ils auraient cherché une couche d'air qui aurait pu les porter où ils auraient voulu se diriger, et cette couche d'air étant trouvée, ils s'y seraient rendus avec une vitesse moyenne de 10 à 12 lieues à l'heure, et souvent avec une vitesse de 35 à 40 lieues à l'heure. Dans les Antilles, il y a des courants d'air d'une vitesse de 100 lieues à l'heure. Une fois placés entre deux vents de direction différente, ils avançaient avec une vitesse de 2 à 5 lieues à l'heure, où ils auraient demeuré sédentaires, attendant un vent favorable ; ou bien encore, s'ils n'eussent trouvé qu'un vent contraire, ils devaient louvoyer en décrivant des lignes courbes de haut en bas, dans le courant d'air où ils se seraient trouvés, à la manière des oiseaux qui veulent aller contre le vent. En cas de long séjour dans un navire aérien, il paraît que le poids du gaz perdu serait inférieur au poids des aliments consommés par les passagers, et que, par conséquent, le ballon aurait la même force d'ascension que lors de son départ. Enfin, les nouveaux aéronautes devaient emporter avec eux une boussole, un baromètre, un électromètre (mesure de l'électricité), un thermomètre et un instrument remplaçant le loch des navires. Le loch est un instrument qui sert à mesurer la vitesse des navires; celui qu'ils auraient emporté eût servi à mesurer la vitesse verticale, et la vitesse horizontale. Ils se seraient également munis d'une loupe à la Dawy et d'une lanterne sourde phosphorique, qui, sans présenter le danger de mettre le feu au ballon, leur auraient procuré une clarté suffisante pour lire et écrire.

Mais malheureusement, cette expérience, qui pouvait enfanter de si utiles résultats sous le rapport de l'art et de la science, n'a pas reçu un commencement d'exécution. Un accident a fait échouer l'entreprise ; le ballon a fait explosion pendant qu'on l'emplissait de gaz ; il s'est enlevé seul, et l'explosion n'a eu lieu qu'à une certaine hauteur. D'après cela, il paraîtrait que la tension intérieure du gaz était plus grande que celle à laquelle pouvait résister le tissu dont était fait le ballon.

Depuis, il a été question de construire un ballon en cuivre, en tôle ou en tout autre substance analogue. Selon l'auteur, ce ballon recevrait sa force ascensionnelle par l'absence de l'air. Pour faire le vide, on remplirait d'eau le ballon, et on le viderait au moyen d'un tube de 32 pieds, qui laisserait écouler le liquide. L'auteur de ces idées nouvelles prétend, par un raisonnement qui lui appartient, que la force de la pression ne peut avoir aucune influence sur le ballon, quelque faible que soit le métal. Tout l'appareil serait mis en mouvement par une machine à vapeur établie dans la nacelle, et faisant tourner dans l'air des roues ou volants qui seraient dans l'air ce que les bateaux à vapeur sont dans l'eau. Se fondant ensuite sur la rapidité des pigeons courriers, qui font 50 lieues à l'heure, sur celle de la corneille qui en fait 25, et sur celle de l'hirondelle qui en fait 92, l'auteur arrive à cette conclusion : que la vitesse des navires aériens, *si la méthode en question réussit*, surpassera certainement toute attente.

Nous terminerons par les deux ascensions les plus remarquables qui viennent d'avoir lieu en Angleterre dans le courant de septembre 1838. M. Wise, aéronaute anglais, s'est élevé à la hauteur de 13,000 pieds, à cette élévation, le gaz de son ballon s'échappa en moins de dix secondes ; mais heureusement qu'en approchant de la terre, un courant de vent sud développa son parachute. M. Wise rapporte que la sensation qu'il a éprouvée pendant cette chute précipitée, est la même que celle qu'on éprouve en rêvant qu'on tombe d'une grande élévation. Depuis cette ascension, M. Green, autre célèbre aéronaute anglais, en a fait une de 27,000 pieds de hauteur, c'est-à-dire qu'il planait au-dessus des plus hautes montagnes du globe. M. Green rapporte avoir traversé des régions couvertes de neige ; son thermomètre est descendu à 27 degrés au-dessous de zéro, et le baromètre à 11 p. Jusqu'à ce jour la découverte des ballons n'a rien produit de réellement utile, et n'a servi qu'à satisfaire de temps en temps la curiosité des fêtes publiques ; sans doute un temps viendra où l'aérostation recevra une application avantageuse.

AGAMI. Oiseau du genre des poules, originaire de l'Amérique méridionale; il se trouve surtout dans la Guiane. L'agami est un peu plus gros que la poule, très leste à la course, volant rarement parce que avec ses ailes courtes il ne peut se soutenir long-temps en l'air. Quoique né dans un pays situé entre les tropiques, il s'acclimaterait en Europe. Son plumage est d'un beau noir, et celui qui couvre sa poitrine présente des reflets de vert, de bleu et de violet. L'agami s'apprivoise très facilement et demeure attaché à son maître. On lui accorde différents talents qui lui ont acquis plusieurs surnoms, tels que celui d'*oiseau-trompette*, etc., mais les explications fournies à cet égard demandent que les recherches soient continuées.

AGAPES. — Repas des premiers chrétiens, dans les églises.

AGE. Différents degrés de la vie. La vie de l'homme est partagée en six périodes : l'enfance, depuis le premier instant de la naissance jusqu'à l'âge de sept ans, alors commence l'adolescence qui se prolonge jusqu'à douze ans pour les femmes, et jusqu'à quinze pour les hommes ; la jeunesse succède à l'adolescence, et dure pour les hommes jusqu'à l'âge de vingt-cinq ans, et pour les femmes jusqu'à vingt. Ensuite commence l'âge adulte qui s'étend pour les femmes jusqu'à l'âge de cinquante ans, et pour les hommes jusqu'à soixante; parvenu à l'âge viril, l'homme jouit de toute la plénitude de ses facultés physiques et intellectuelles. Enfin à soixante ans, l'homme entre dans cette dernière période de la vie appelée vieillesse, qui s'étend jusqu'à quatre-vingts ans pour faire place à la décrépitude. Les marques distinctives de chaque âge sont trop faciles à reconnaître pour qu'il soit nécessaire de les décrire.

On entend aussi par âge, la succession des siècles. Les quatre âges de la mythologie sont : l'âge d'or, le plus célèbre, parce qu'il prête davantage aux charmes de la poésie et parce qu'il est plus agréable de peindre le bonheur des hommes que les maux dont ils sont la proie. Cet âge est proprement le règne de Saturne : on vivait alors dans l'innocence ; et la terre produisait d'elle-même sans avoir besoin d'être cultivée. — L'âge d'argent marque le temps où Saturne, chassé du ciel, se réfugia dans l'Italie et y enseigna l'agriculture, la terre devenant moins féconde à proportion que les hommes s'écartaient de leur première innocence.—L'âge d'airain est le temps qui suivit le règne de Saturne : les hommes, devenus méchants, virent tous les vices remplacer leurs vertus. — Enfin l'âge de fer est le temps où la terre, souillée par des crimes, ne produisait plus rien. Quelque brillantes que soient les peintures de l'âge d'or, on sait qu'elles ne sont que d'agréables mensonges.

LES SEPT AGES DU MONDE.

Le 1er âge, depuis la création du monde à 1656, le déluge.
Le 2me depuis 1658 à 2006, mort de Noé.
Le 3me — 2006 à 2400, Moïse sauvé des eaux.
Le 4me — 2400 à 3000, mort de David.
Le 5me — 3000 à 3300, captivité en Assyrie.
Le 6me — 3300 à 3984, naissance de Jésus-Christ.
Le 7me — 3984 et continue.

LES QUATRE AGES DES SCIENCES, DES ARTS ET DES LETTRES.

Le premier de ces siècles est celui de Philippe et d'Alexandre, ou celui des Périclès, des Démosthènes, des Aristote, des Platon, des Apelles, des Phydias et des Praxitèles.

Le second siècle est celui de César et d'Auguste.

Le troisième siècle, celui qui suivit la prise de Constantinople par Mahomet.

Le quatrième siècle est celui qu'on nomme siècle de Louis XIV.

AGGLOMÉRATS. Terme de minéralogie par lequel on désigne les roches dont l'origine n'est pas instantanée : ainsi du pondingue (caillou), de la brèche (sorte de marbre), du grès qui sont composés de fragments de roches d'une époque antérieure, agglomérés (réunis en masse) par un ciment quelconque.

AGNUS-DEI. Cire bénite par le Pape, dont l'empreinte est la figure d'un agneau.

AGRICULTURE. C'est l'art de cultiver la terre et de la faire fructifier : c'est la science de gouverner les biens de la campagne. Indépendamment de ce que l'agriculture nous nourrit, elle est la source des véritables biens et des richesses qui ont un prix réel : indépendantes de l'opinion, elles suffisent aux besoins de l'homme, et forment le principal revenu de l'État.

Les Égyptiens qui tiennent le premier rang d'ancienneté parmi les peuples faisaient honneur de l'agriculture, le plus utile des arts, à Isis et Osiris ; les Grecs l'attribuaient à Cérès et à Triptolème, et leur érigèrent des autels. Les auteurs d'un si grand bienfait devaient inspirer une reconnaissance éternelle. Son origine toute divine prouve qu'elle se perd dans la nuit des temps, et qu'elle a pris naissance avec les premières sociétés. L'agriculture renferme l'art de gouverner, de multiplier tous les animaux utiles, d'en améliorer les races, ainsi que les arts économiques qui appartiennent à l'industrie agricole. La pratique raisonnée de toutes les différentes branches de l'agriculture se désigne communément sous le nom d'*économie rurale*. On divise la science agricole en deux parties : la première, désignée par le nom d'*Agriculture théorique ou Agronomie*, comprend la physique agricole, la culture des champs, l'art vétérinaire et l'architecture rurale. — La seconde partie embrasse l'agriculture ou la culture des champs, l'éducation des bestiaux, l'art économique et l'architecture

rurale. Ces connaissances sont appelées : *Agriculture*. Pour entendre parfaitement l'agriculture, on doit être instruit de ces connaissances essentielles qui demandent une étude particulière ; mais le cadre de notre Dictionnaire ne nous permettant pas de donner toute l'étendue nécessaire à l'article Agriculture, nous mentionnerons seulement les travaux d'*économie rurale et domestique* pendant les douze mois de l'année. D'autres détails se trouveront aux mots techniques de l'agriculture, suivant l'ordre alphabétique.

JANVIER. Dans ce mois, qui est ordinairement un des plus froids de l'année, et le plus sujet aux pluies, aux frimats et au mauvais temps, le cultivateur, forcé de garder la maison, doit s'y occuper du soin de raccommoder les instruments du labourage, savoir : charrette, charrue, harnais, bêche, etc., tout doit être visité et mis en bon état. On apprête les échalas pour la vigne ; on travaille les chanvres et les lins ; on s'occupe de la salaison des cochons. Lorsque le temps permet de sortir, on doit couper les saules, les aunes, les peupliers ; fumer les terres qui languissent ou qui n'ont point encore reçu d'engrais ; labourer les terres légères, relever les fossés ; couper des bois pour les bourrées, les espaliers et les treilles ; tailler les arbres des jardins ; couvrir les plantes qui craignent le froid, abriter des pluies les jeunes plantes, et s'occuper, enfin, à la maison et autour de son habitation, de tout ce que le temps permet de faire. On sème dans ce mois de la laitue à couper, dite *petite laitue*, la chicorée sauvage et les fournitures, le nasitor, le pourpier vert, la pimprenelle, la corne de cerf, les radis et petites raves de primeur, de la carotte jaune courte, si l'on veut. On élève des plantes de laitue gotte, de romaine, de chicorée, de cardons, pour repiquer sur couche ; des choux-fleurs pommés hâtifs, frisés hâtifs, de Bonneuil, d'Alsace ; des choux-fleurs d'Angleterre, des choux-fleurs tendres, des brocolis blanc et violet, enfin les melons et concombres de primeur, qu'il faut replanter tous les quinze jours, pendant deux mois, sur de nouvelles couches. On sème encore des pois hâtifs et des haricots en bonne exposition. Tout ceci ne doit se pratiquer que dans les terrains bien exposés et très chauds.

FÉVRIER. Ce mois nous amène quelquefois d'assez beaux jours, et c'est alors qu'il faut fumer les prés, les jardins et les couches, achever d'élaguer les arbres, labourer et fumer les terres qu'on destine à recevoir de l'avoine, des lentilles, des pois chiches, des chanvres, des lins ; semer ses grains, nettoyer le colombier, le poulailler, les ruches, acheter des mouches à miel, donner ses soins aux brebis qui agnèlent et aux autres bestiaux. Si la terre n'est ni gelée ni couverte de neige, on continue à semer sur couche les petites salades et leurs fournitures, les radis mêlés si l'on veut de carottes, de navets et de panais. Dans les terrains chauds, on sème les oignons de primeur, le poireau, la ciboule, des pois, des fèves de marais, du persil ; on risque la scorsonère. On sème sur couche, fort dru, des pois michauds, pour replanter sur une autre couche en mars ; des haricots et pois sur couches en mannequin, pour les remettre en terre et faire succéder aux autres. On sème encore des couches, dont la chaleur se passe, des choux-fleurs, brocolis, des choux pommés, des choux de Milan, des choux d'Angleterre à pain de sucre, pour les avancer et les replanter en place au mois de mars. On replante à quelque bon abri, et pour les faire pommer, les laitues semées dans l'automne. On élève aussi sur couches du plant de chicorée et de scarole pour l'été, des laitues gottes, brune, mousseronne, crêpe, sur des laitues hollandaises, qu'on repique en pleine terre ; on élève encore du plant de romaine. On plante dans les terrains légers de l'échalotte, de l'ail et de la rocambole, et aux premières pluies douces on sème des radis. On commence à planter des pommes de terre et des topinambours, ou semer sur couches, sous châssis, des me-

...ons et des cantaloups , qu'il faudra replanter deux fois sous couches ou châssis. Sur la fin du mois on sème des melons maréchel ou maraiger, et autres tardifs, que l'on ne replantera qu'une seule fois , et des concombres. On sème de la graine d'asperges en pleine terre , et toutes sortes de graines d'arbres, comme les glands, les châtaignes, les graines d'orme, de troëne, de sycomore, de tilleul de Hollande, de pin, de pin de Hollande, de sapin, de sapin de Piémont , d'aubépine, les baies de laurier, de houx, d'if, et diverses graines d'arbustes à fleurs; on les fait germer dans le sable pour la plupart, si on ne les a pas mises en terre pendant l'hiver. On plante toutes les espèces d'arbres à fruit, d'arbres de forêt, et toutes les espèces d'arbustes qui s'accommodent de notre climat. On coupe , sur la fin du mois , des greffes pour les conserver jusqu'au dix ou au douze du mois de mars. On sème les pepins d'orange et de citron, et on fait des boutures de toutes les espèces d'arbustes.

Mars. C'est dans ce mois qu'il faut se préparer plus particulièrement aux travaux de la campagne. Les moineaux-francs commencent à se rassembler autour des maisons, et s'aperçoivent déjà que la nature cherche à se renouveler. C'est alors qu'il faut donner aux vignes le premier labour, la seconde façon aux terres qui sont en jachère , pour y semer les mars, qui sont l'avoine, le soucrion, la vesce, la dragée qui est un mélange de vesce d'été ou de pois avec un tiers d'avoine, même de certains légumes, comme les fèves, les lentilles, les lupins. On plante au commencement de ce mois, les pommes de terre, objet essentiel pour la nourriture des animaux. On donne aussi le premier labour aux jardins, on greffe les arbres, on replante les choux pommés et ceux de Milan qu'on avait mis en pépinière le mois précédent, on fait des cloches pour replanter les premiers melons; il est bon alors d'acheter des bœufs, parce qu'ils sont à bas prix, à cause de leur maigreur. On a soin des troupeaux, et surtout des vaches qui viennent à vêler. Les semences de février se répètent en mars sur de nouvelles couches , soit pour l'usage, soit pour remplacer le plant qui aurait manqué, ou pour lui succéder. Ce mois est celui où l'on sème le plus de verdure , de racines ou autres légumes en pleine terre , l'arroche, la poirée, l'oseille, la carotte, le panais, le navet printanier, les différents ognons , les raves et radis, quelques scorsonères et salsifis, des épinards, du cerfeuil , du cresson, des cornes de cerf, des capucines, du pourpier et de la roquette. On élève des laitues romaines et autres, du choux-fleur tendre et du cardon; on plante des pois, des fèves de marais, grosses et petites, et on risque quelques haricots; on sème des asperges en pleine terre, et on plante les racines qui se vendent au cent; on élève sur couche le chilé ou poivre long , la nigelle épicée. On achèvera les plantations d'arbres, si elles ne le sont pas. On fait la plantation de la plupart des fraisiers, pour produire dans les deux années suivantes seulement, et non dans la même année.

Avril. C'est dans ce mois que la nature commence à se renouveler ; les côteaux se parent de verdure ; une foule d'oiseaux font retentir l'air de leur ramage , et les hommes et les troupeaux se répandent dans les campagnes. Le vigneron va tailler les nouvelles vignes, le laboureur va tracer ses guérets. On sème le sainfoin ou bourgogne, le trèfle ; on fait saillir les cavales , les ânesses , les brebis qui portent deux fois ; on fait la seconde taille aux branches à fruits des pêchers, on les accourcit jusqu'au fruit noué , on les pince , on regarnit les places où les arbres ne viennent pas bien, on pince les pois semés à la mi-octobre; on arrose les pieds des arbres nouvellement plantés, on sème clairement en pleine terre la chicorée blanche, on sème les premiers cardons d'Espagne; on pince les melons, on plante les asperges. Il faut sarcler avec soin, arracher les drageons des fraisiers qui fleurissent beaucoup et ne nouent point sur la

fin du mois ; on fait la troisième taille des pêchers, on en pince les gros jets, on taille de même les autres fruits à noyau. Comme ce mois décide ordinairement de la moisson, il est bon d'examiner les blés dans ce temps, de les sarcler, échardonner, et de voir en quel état ils sont, ainsi que les autres grains. On sème la scorsonère , les salsifis et les betteraves ; ces racines tendres à la gelée, semées précédemment, pourraient périr. On sème de la poirée blonde à replanter pour manger en cardes; on sème les cardons d'Espagne et de Tours, la chicorée sauvage pour blanchir l'hiver. On sème les pois gourmands, nains et à rame , le pois carré vert, pour faire sécher, et d'autres espèces , et des fèves de marais ; on commence les semailles des haricots. Il est à propos de semer une partie de ses giraumonts , potirons , pépons , pastissons et congourlons. On sème les épinards à l'ombre des laitues , pour pommer, comme mousseronne, Italie, royale , Batavia et des romaines. On sème sur terre en bonne exposition, du pourpier doré, du céleri, de l'oseille soit en planches , soit par rayons , des raves, des radis gris , du cresson, de la chicorée sauvage et du persil. On continue de semer les choux-fleurs et surtout le dur. On sème encore de l'ognon, de la ciboule, du poireau , enfin tous les légumes qui auraient manqué, ou qu'on n'aurait point semés dans le mois précédent. On plante des asperges, et on regarnit celles qui paraissent avoir manqué ; on plante encore les artichauds. On sème le maïs, le panais, et l'on continue à semer des mars, si l'on se trouve retardé.

Mai. Ce mois est ordinairement le plus beau de l'année. Les ruisseaux ne coulent que parmi les fleurs des prairies ; les moutons bondissants couvrent les coteaux chargés de verdure. Le Rossignol se joint au concert des autres oiseaux; l'homme semble renaître avec toute la nature : tout s'anime, se vivifie, et nous offre le tableau de la création. C'est alors qu'il faut donner le second labour à la vigne, ététer les arbres , labourer les jachères, sarcler les blés , faire châtrer les veaux, tondre les brebis , faire le beurre et le fromage; redoubler ses soins pour toutes les parties de l'agriculture, œilletonner les artichauds , en replanter de nouveaux, semer les laitues, en replanter; ramer les pois qui sont forts, replanter à trois rangs, dans chaque planche , vers la fin du mois , le céleri dans des planches creuses , comme on plante les asperges ; pelisser les nouveaux jets des arbres, placer le gros jet, lier les greffes et ébourgeonner les prairies. On peut encore semer dans ce mois des betteraves, de la scorsonère, des concombres en pleine terre, et surtout des cornichons , du choux-fleur et de celui d'Angleterre, des cardons de Tours et d'Espagne, des laitues pour pommer et des romaines , quelques raves et radis, du pourpier en pleine terre , des haricots de toutes espèces et des pois sans pareils. On sème le chanvre de Piémont, ainsi que le commun et le sorgum ; on finit d'œilletonner et de planter les artichauds.

Juin. On commence à s'apercevoir, dans ce mois, de ce que promet la récolte ; les prairies semblent attendre la main du faucheur ; les oiseaux occupés du soin de leurs familles ne traversent les airs que pour fournir aux besoins de leurs petits ; le laboureur voit avec plaisir l'épi faire pencher la tête du chaume ; il donne le second labour aux jachères, fauche ses prés, fane ses foins, arrache ses lins , nettoie ses ruches ; le vigneron lie ses vignes, les ébourgeonne; chacun travaille son jardin , sème de la laitue, de la chicorée, pour en replanter le reste de l'été ; il replante des cardes poirées, arrose deux fois par semaine ses melons et les plantes qui ont besoin d'arrosement ; rame ses haricots, sème des pois à la mi-juin, et greffe à la pousse des fruits à noyaux. On recueille les graines qui sont mûres, on ente en écusson les jasmins, orangers, rosiers, etc. On met des baguettes pour soutenir les plantes faibles. L'été est le temps de la récolte ; il n'est guère question de semer ni de planter ; on sème cependant encore en juin, dans les parties mi-ombres, des épinards et des fournitures ; mais ces semences n'ont qu'une coupe. On sème la grosse rave, les radis longs, le petit radis noir et le gros, de la graine de raiponce, comme en août, en l'arrosant souvent ; on sème des laitues pour pommer, et des chicorées, des haricots-suisses, des pois-michauds.

JUILLET. Les côteaux et les plaines commencent à se dorer ; déjà les seigles tombent sous la faucille, et les moissonneurs se répandent dans les champs ; on prépare la grange à recevoir le premier tribut que la terre paye à nos travaux ; le vigneron donne le troisième labour aux vignes, il en unit la terre ; c'est dans ce mois qu'on recueille les légumes d'été, qu'on sème ceux d'hiver. Il est bon de visiter les pommiers, pruniers et autres arbres, pour en ôter les fruits gâtés ; de faire couvrir les vaches ; d'arroser fréquemment son jardin, d'y semer des chicorées, des laitues pour l'automne et l'hiver, y replanter des choux pour la fin de l'automne ; semer vers le milieu du mois des pois carrés pour octobre ; marcotter les œillets des pêchers, si les branches sont assez fortes : c'est le temps de vendre ou d'acheter des bestiaux dans les foires, de faire tondre les agneaux ; il faut choisir pour cette tonte, un beau jour. On sème en juillet, les carottes et les panais pour passer l'hiver ; dans les terres fortes, de l'oignon blanc pour replanter en octobre ; dans les terres légères, on ne sème qu'en août. Au 20 de ce mois, on sème un peu de choux-fleurs pour passer l'hiver ; on peut semer aussi du chervis, de la scorsonère, et de gros navets pour servir à la nourriture des bestiaux.

AOUT. La terre se couvre de moissonneurs ; on fait la récolte des froments et des mars ; on donne le troisième labour aux jachères ; on charrie le fumier sur les terres ; on arrache les chanvres ; on bat le seigle pour les semailles ; on brûle les mauvaises herbes, les ronces, les épines qui sont dans les fêtis. Il faut semer des épinards pour la mi-septembre, de la laitue à coquille pour l'automne, et des mâches pour l'hiver ; fouler les montants des oignons, les feuilles de betteraves, carottes, panais, etc., replanter les fraisiers élevés en motte, et beaucoup de chicorée à un bon pied l'une de l'autre, lier celle qui est grande : on cherche dans ce mois des sources d'eau si l'on en a besoin, pour des puits et des fontaines ; la chaleur de la température excite les exhalaisons, et l'on est à même de les rencontrer facilement ; ce qu'on peut faire en se couchant à plat ventre dans la campagne et un peu avant le lever du soleil, appuyant le menton contre terre : on examine ainsi de tous côtés où l'on peut apercevoir quelque légère vapeur, ou bien un petit brouillard qui semble se lever de terre. Cette vapeur ou brouillard indique que l'eau n'est pas loin de la surface ; ainsi on peut creuser à l'endroit indiqué. Cette manière de procéder à plusieurs fois fait obtenir les plus heureux succès. On sème dans ce mois, de l'oseille, du persil, du cerfeuil et de la poirée qui se trouve très hâtive au printemps ; mais elle est délicate à la gelée. On élève diverses espèces de laitues à planter sur couches en hiver, et en terre en bonne exposition ; savoir : laitue cocasse d'Italie, coquille, crêpe et romaine d'hiver.

On sème de la graine de raiponce, mêlée avec de la terre et du sable bien fin, dans une terre bien préparée, où l'on sèmera en même temps des radis, pour que l'ombre que leurs feuilles donneront à la raiponce l'empêche de brûler, si le soleil était ardent.

On sème des choux pommés hâtifs, frisés hâtifs, de Bonneuil, d'Alsace et de Milan, pour planter après l'hiver et cueillir en mai et juin ; du choux-fleur dur pour la deuxième fois, que l'on conserve dans la serre, en baquet ou en pépinière en bon abri, et des brocolis à replanter en place au printemps. On sème encore des navets pour en sabler en novembre, dans la serre, ou les couvrir dehors. Dans les terres légères, on sème l'oignon blanc hâtif et de la ciboule.

On sème de la graine de diverses fraises, à cinq ou

six pieds d'un mur au nord ou au couchant, sur un bon labour de terre fraîche bien dressé, couverte de deux lignes de sable et de terreau tamisés ; on ne recouvre la graine que de très peu de ce même mélange, et on sarcle soigneusement.

SEPTEMBRE. La terre, dans ce mois, se dépouille insensiblement de ses dons ; déjà le raisin coloré promet de récompenser le vigneron de ses soins ; on prépare les cuves et les cuviers, les tonneaux, les celliers, les futailles ; tout est en état, et déjà les vendangeurs dépouillent la vigne de son fruit, la cave se remplit, le jus coule dans les muids ; ailleurs, on coupe le maïs ou blé de Turquie, etc., ici l'on sème le seigle et le méteil, et plus loin on laboure les jachères ; on se pourvoit de cochons maigres, pour les mettre à la glandée et les engraisser ; le laboureur répand le fumier sur les terres, il l'enfouit en labourant ; on replante encore des chicorées à demi-pied l'une de l'autre ; on les arrose lorsqu'elles en ont besoin. Vers la mi-septembre, on greffe les pêchers sur les amandiers, ou sur d'autres pêchers en place. A la fin du mois, on plante les épinards et des mâches, on lie les choux-fleurs dont la pomme paraît formée ; on sème les graines des plantes annuelles. On peut encore semer en septembre presque tout ce qui a été indiqué pour les deux mois précédents, en outre les radis noirs pour tout l'hiver, des panais, des carottes pour avril, mai et juin. On plante les fraisiers si l'on veut en jouir l'année suivante. On sème les petits pois et haricots de Hollande à bouquets, pour les mettre sur les couches chaudes sous châssis, quand le temps devient rude.

OCTOBRE. Chez les premiers peuples agricoles qui habitaient sous le climat tempéré de la haute Asie, dont le ciel est pur et serein, les vendanges suivaient de près les moissons, et les semences étaient faites, comme elles le sont encore, dans le mois d'octobre. Alors, le laboureur débarrassé de ses travaux, pouvait se livrer au plaisir de la chasse, surtout dans un temps où l'aristocratie ne s'était point encore réservé uniquement le droit de délivrer les campagnes des animaux qui ne les dévastent que trop souvent. Le laboureur qui, en France, comme dans tous les pays libres, jouit du droit naturel de chasser de son domaine les ennemis de ses travaux, tend des filets et des pièges aux animaux des champs, ou les poursuit à la course ; aussi le travail d'*Hercule* qui répond à ce mois, le représentait se rendant maître d'une biche. Dans nos climats, plus rapprochés du nord, c'est dans ce mois qu'on fait la récolte des fruits, et qu'on commence, dans beaucoup d'endroits, à dépouiller les côteaux des présents de l'automne. Partout où les vendanges ne sont point commencées, on les commence, on achève d'enlever à la vigne son fruit précieux ; on fait des raisins secs, des pruneaux, du raisiné, du vin et du cidre ; on met la vigne en provins, on sème les lupins, les pois, les féveroles, l'orge carrée ; toutes sortes d'arbres sont plantés ; les derniers labours sont donnés aux terres humides ; on plante vers le milieu de ce mois toutes les espèces d'oignons ; enfin, après avoir, dans les mois précédents, rempli ses granges et ses greniers, on travaille dans celui-ci à remplir le fruitier, les cuves et le cellier. C'est le temps de la chasse, ainsi que nous venons de le dire ; la terre dépouillée laisse peu de refuge au gibier qui ne peut échapper à l'œil du chasseur.

Si l'on veut avoir des épinards vers le mois de mai, il faut en planter en octobre ; il n'est pas hors de propos de préparer les paillassons et les abris qu'on veut ménager pour garantir les plantes des premières gelées.

Dans le mois d'octobre, on sème encore à diverses fois la mâche et l'épinard pour le carême, le cerfeuil pour le printemps. On fait la seconde semence de divers plants qui portent le nom de *Saint-Remy*, laitue crêpe, de la paillon, coquille, gotte et romaine hâtive pour replanter ; choux pommés, frisés, hâtifs, et choux-fleurs durs, à repiquer à l'abri sous cloche, et couvert de litière. On commence à semer des pois-michauds au pied des

2

murs, à une bonne exposition. Les curieux de nouveautés, qui veulent à force de dépense manger des concombres en avril, commencent à les semer dans ce moisci en pleine terre, pour les transplanter en pots, afin de les mettre d'abord à couvert des nuits fraîches, puis sur les couches chaudes, sous châssis, quand il en sera besoin. Ils sèment aussi des pois nains et des haricots, dans des paniers qu'on expose au midi, et qu'on destine à être mis en serre les nuits, puis sur couches chaudes à l'arrivée des temps rudes. On plante des œilletons d'artichauts pour le printemps et on les arrose peu.

NOVEMBRE. On commence, dans ce mois, à planter toutes les espèces d'arbres fruitiers et autres, et on continue au printemps dans les temps favorables. Si, dans l'Orient et dans les pays méridionaux, on a déjà commencé à ensemencer la terre, on recommence, dans beaucoup d'endroits de nos climats l'opération la plus essentielle à l'agriculture, partout où le froment n'a point été semé, à moins qu'on ait des raisons de différer jusqu'au mois suivant. C'est alors qu'il faut faire des provisions d'herbes et de fourrage pour le bestiaux, serrer les fruits d'automne qu'on n'a pu récolter dans le mois précédent, encaver les vins, planter et provigner la vigne, serrer les échalats, couper des bourrées pour le four, couper les bois à bâtir, couper les saules, tailler la vigne, émonder les arbres, couvrir les chicorées, artichauts, céleri, poireaux, etc., avec des fumiers secs, aussitôt que le froid se fait sentir, les couvrir davantage à mesure que le froid augmente, couvrir avec de longue paille les laitues d'hiver, replanter en mottes les chouxpommés dont on veut avoir de la graine, planter les arbrisseaux qui ne craignent point la gelée et couvrir toutes les plantes auxquelles elle est funeste, casser les noix pour en faire de l'huile, en faire aussi avec de la graine de chanvre et autres plantes huileuses. On place, à la Toussaint, sur les nouvelles couches, les premières semences de laitue, de radis, de cresson, etc. On sème dans les terres fortes des poids-michauds, aux côtières bien terreautées de gadoue et de fiente de pigeons.

On sème le fruit de l'amandier, les noyaux de prunes, de pêches, au pied des espaliers, pour rester en place; on en sable les noyaux qu'on peut planter au printemps dans les pépinières, et on enterre diverses graines d'arbres à trois pieds en terre; là, à l'abri de la gelée, elles se façonnent et se disposent mieux à germer, comme celles de l'aubépine, du sycomore, du hêtre, etc.

DÉCEMBRE. C'est pour ce mois que la galerie phénicienne représentait Hercule nettoyant les étables d'Augias avec des torrents d'eau; ce qui se rapporte aux pluies abondantes qui tombent assez ordinairement dans cette saison, et aux occupations que doit avoir alors tout cultivateur, comme de tenir ses écuries et ses étables propres, de visiter ses bestiaux et de les soigner à la maison, de les y nourrir et tenir proprement afin de les conserver pour les travaux prochains. C'est aussi le temps dont le laboureur profite pour réparer et nettoyer son domaine, et pour faire tout ce que les travaux passés ne lui avaient pas permis de faire. La nature paraît alors tout à fait engourdie, à peine aperçoit-on la moindre verdure; les brouillards, les pluies et le froid retiennent chacun auprès de son foyer; mais l'intempérie de la saison ne peut retenir un laboureur vigilant, et lorsqu'il peut sortir, il va semer ou marner ses terres, couvrir de fumier le pied de ses arbres, serrer et couvrir ce qui n'a pu l'être en novembre, semer à quelque abri les premiers pois, pour en avoir au mois de mai, mettre en terre les amandes pour les faire germer, tailler les arbres pendant qu'il ne gèle pas, les repalisser après les avoir taillés; et lorsqu'il ne peut sortir, il bat son blé dans la grange, il tue et sale un cochon, il vend des dindes, des oies, des poules, des chapons, des veaux, ainsi que des œufs, du beurre et des fromages qui sont alors plus rares. On sème sur les couches de décembre des radis, des raves, des salades, du cresson, de la moutarde pour

les fournitures et des concombres; mais il faut la plus grande surveillance pour faire réussir cette culture dans un temps où l'on ne peut donner aux plantes l'air si nécessaire à leur végétation, sans introduire un froid humide qui contrarie beaucoup la température artificielle des fumiers chauds. Alors les couches doivent être fort étroites, afin que la chaleur des réchauds dont on les entoure, puisse pénétrer jusqu'à leur centre.

La récolte des graines est une des occupations essentielles; elle doit être faite avec soin quand le moment de la maturité est arrivé, car sans bonnes graines le travail et le temps seraient perdus. La maturité de chacune n'ayant pas lieu dans le même temps, lorsque l'époque est arrivée, il faut chaque jour visiter les porte-graines, et prendre avec précaution les graines mûres, ou enlever les pieds de celles qu'on ne peut récolter qu'en levant ou coupant la plante. Ce travail doit se faire autant qu'il est possible par un temps sec. Chaque espèce de graine, après avoir été bien mondée, nettoyée, c'est-à-dire, celles qui n'ont pas d'enveloppes ou de capsules, doit être enfermée séparément, et étiquetée avec l'année de sa récolte, dans des sacs de toile ou dans des boîtes; elles doivent être placées dans un endroit sec, aéré, sans soleil. Voici, d'après l'expérience, jusqu'à quel âge les graines potagères peuvent être semées avec confiance, si toutefois elles ont été récoltées très bonnes, et qu'elles aient été bien conservées.

Des graines potagères et de leur durée.

Anis	3 ans	Céleri		3 à 4
Basilic	3	Cerfeuil		3
Betterave	2	Chervis ou —		
Capucine	3 à 4	Chirouis		3 à 4
Cardon	10	Chicorée		10 à 12
Ciboule	2 ans	Panais		1
Citrouille	7 à 8	Persil		4 à 5
Concombre	7 à 8	Pimprenelle		3
Coriandre	2	Poireau		2 à 3
Corne de cerf	2 à 3	Poirée		8 à 10
Courge	7 à 8	Pois		2 à 3
Cresson	2	Poivre-long		10 à 12
Epinard	3	Pourpier		8 à 10
Estragon	2 à 3	Raves		10 à 12
Fève de marais	2 à 3	Radis		10 à 12
Haricot	2	Salsifis		
Laitue	3 à 4	d'Espagne		2
Mâche commune	7 à 8	Salsifis		
Mâche d'Italie	5 à 6	communs		1
Maïs	2	Sarriette		4 à 5
Melon	7 à 8	Senevé		
Navet	3 à 4	ou		3 à 4
Oignon	2 à 4	moutarde		
Oseille	3 à 4			

Fleurs de parterre, leur arrangement et leur semis.

Avant de planter, il faut connaître sa terre pour l'améliorer ou l'amender de la manière la plus convenable, et la passer au petit crible pour les plantes destinées à être mises au pot.

Tous les trois ans, temps où les oignons se lèvent et où l'on écarte les touffes des plantes vivaces pour les rajeunir, la terre des plates-bandes et des planches d'un jardin à fleurs doit être amendée avec du fumier de vache bien consommé si la terre est légère, et avec du fumier de cheval si la terre est fraîche.

Au bas des plates-bandes on place les oignons et les petites fleurs, arbustes. Dans les plates-bandes des grands parterres, on ne plante que des oignons rustiques, qui ne gèlent pas, comme ceux des tulipes communes, et narcisses blanc ou jaune, de jacinthes, des couronnes impériales et d'anémones simples.

Le milieu des plates-bandes se garnit de petits arbustes, comme lilas de Perse, lilas varin, chèvre-feuilles, genêts d'Espagne, rosiers de différentes espèces, etc. Entre ces arbustes on place de grosses fleurs vivaces, comme soleils, lis, mufle de lion, valérianes, ancolies, giroflées musquées, jaunes et autres, roses trémières, belles de nuit, etc.

Si l'on n'a pas d'oignons, on met à la place, pour la première fois, des fleurs printanières, comme hépatiques, primevères, marguerites et autres plantes à fleurs hâtives. A la seconde saison, on plante au second rang des œillets de poète, des œillets d'Espagne, mignardises, croix de Jérusalem, coquelourdes, campanules, jacées, gros œillets communs, immortelles, scabieuses, etc.

Pour la troisième saison, on met amaranthes tricolores, roses d'Inde, reines-marguerites, balsamines, œillets d'Inde, belles de nuit et thlaspi. Le printemps est la saison la meilleure et la plus favorable pour les fleurs; c'est le temps où l'air est le plus tempéré. On ne plante en automne que les oignons plus durs à lever, et qui passent l'hiver en terre pour avancer leur germination. Dans une terre bien remuée, rompue et presque pulvérisée, on les sème par rayons, espacés de quatre doigts pour ne pas les mêler. Celles qui doivent être replantées avant l'hiver, se sèment de bonne heure, et elles ne se replantent que quand elles sont assez fortes pour être reprises avant les gelées ou avant les sécheresses. En plantant, il faut presser un peu la terre contre la plante, l'arroser souvent, et quand elle est bien reprise et qu'elle a commencé à jeter, remuer légèrement la terre, afin qu'elle ne s'endurcisse pas.

Les plantes se multiplient donc par graines, qu'il faut autant que possible avoir bonnes et nouvelles selon leur espèce; par boutures qui se font de plusieurs façons; par drageons, rejetons, enracinés ou marcottés par couchages, comme les figuiers, les rosiers, la vigne, etc.; par éclats de pieds; par division de cayeux etc. Opération qui se fait en mars, mais beaucoup mieux en octobre.

Des boutures.

Toutes les boutures d'arbres, arbustes et plantes vivaces de pleine terre, se mettent à l'ombre, dans une terre douce, bien amendée, et mieux encore en terre de bruyère; celles des plantes d'orangerie se mettent dans des terrines ou des pots, à l'ombre, sous cloches, sur couches ou sous châssis. Les boutures des plantes grasses se font de leurs branches et même de leurs feuilles éclatées, que l'on laisse faner pendant deux ou trois jours à l'ombre, et jusqu'à ce que la plaie soit cicatrisée; on les met alors sous cloche ou sous châssis dans des petits pots remplis de terre de bruyère peu humide et que l'on n'arrose que rarement. La greffe à œil poussant ne s'emploie guère que pour les arbustes d'agrément, et plus particulièrement pour les rosiers.

Le vrai temps d'écussonner à œil dormant est depuis le commencement de juillet jusqu'à la fin d'août, pour les fruits à noyaux; et pour les fruits à pepins, depuis la mi-juillet jusque vers la mi-septembre, c'est-à-dire, autant qu'il y aura de sève. Tout sujet propre à écussonner les fruits à noyaux doit avoir tout au plus trois ans; s'il est plus vieux, la réussite en sera douteuse; à moins de se servir de branches, encore faut-il qu'elles soient jeunes et tendres, au lieu qu'on peut écussonner tout sujet à pepins depuis trois jusqu'à six et même jusqu'à huit ans. Il ne faut jamais placer deux écussons sur le même sujet, vis-à-vis l'un de l'autre; lorsque l'on met deux écussons, il doit toujours y en avoir un plus élevé. Pour bien réussir dans l'écusson, il faut choisir de jeunes rameaux, produits de l'année, qui aient des yeux bien nourris, soit pour les fruits à pepins ou ceux à noyaux: la connaissance qu'on doit avoir de branches garnies de bons yeux est essentielle.

Quand on a des sujets propres à écussonner, il faut remarquer l'endroit le plus propre et le plus uni, pour y faire avec la pointe du greffoir une incision en forme de T. Celle du haut doit être horizontale, large d'un demi-pouce, et celle d'en bas doit être perpendiculaire, longue d'un pouce, en prenant bien garde de ne pas toucher le bois sous l'écorce, parce que l'écusson ne pourrait plus s'y attacher: avec la spatule du greffoir, qui est toujours un morceau d'ivoire aminci à cet effet, on lève l'écorce avec précaution.

La levée de l'écusson se fait en prenant des rameaux récemment cueillis; on coupe les feuilles jusque près de la queue seulement, ce qui facilite à tenir l'écusson entre les doigts, afin de le placer plus aisément dans l'incision faite au sauvageon; si ce sont des pêches ou brugnons qu'on veut écussonner, il faut que les écussons qu'on lève sur les rameaux soient garnies de yeux doublés ou triplés; à l'égard de toutes les autres espèces de fruits, tant à pepins qu'à noyaux, les yeux simples sont bons et réussissent très aisément.

Pour parvenir à bien lever ces yeux sur les rameaux, il faut se servir de la pointe du greffoir, avec laquelle on fait trois incisions semblables à un delta ou triangle Δ, autour de l'œil; on détache ensuite l'œil de son bois très aisément avec les doigts. L'écusson étant levé, il faut qu'il se trouve sous l'œil un petit germe, s'il n'est pas resté attaché sur le bois: c'est dans ce germe que se tient et que réside le siége de la génération; faute de quoi le temps serait perdu. Toujours il faut observer d'écussonner par un temps couvert, qui ne soit ni trop chaud ni pluvieux, parce que l'ardeur du soleil dessèche l'écusson, et les pluies l'empêchent de s'attacher au sujet. S'il arrive que l'écusson veuille s'émouvoir avant l'automne, il faut l'en empêcher en le déliant; autrement, il pousserait et périrait infailliblement par le froid: la sève alors passe outre, et ne se communiquant pas entièrement à l'écusson, elle fait avorter.

Enfin, après toutes les précautions prises, on laisse l'écusson en cette situation jusqu'au mois de mars; s'il donne alors des marques évidentes de sa reprise, c'est-à-dire, s'il commence à pousser, on coupe le sujet à deux pouces au-dessous de l'écusson; ce long délai qu'on attend pour couper le sujet, a fait donner à cette sorte de greffe le nom d'écusson à œil dormant. L'opération d'écussonner à œil poussant se fait de la même manière que ci-dessus et avec les mêmes soins; mais aux mois de mai et juin, ou aussitôt que la sève est en mouvement, on coupe les branches du sujet en n'y laissant que deux yeux afin de faire partir l'œil plus promptement. Afin de préserver les greffes des chenilles et des fourmis, on entoure la tige du sujet près de l'écusson, de vieux oing, de la largeur d'un demi-pouce, ou avec une ceinture de laine imbibée d'huile, large de quatre doigts; on répand au pied de la sciure de bois ou de la suie de cheminées. La fumée ou fumigation de crottes de chèvres, de gousses d'ail et de buis, fait périr les chenilles. Les fourmilières sont très rares dans les endroits labourés; ainsi le labour fait au pied des arbres en écarte les fourmis qui le feraient périr.

La fécondité particulière du sol de la France seconde merveilleusement l'industrie du cultivateur: tandis que nos campagnes produisent des moissons fertiles, et les coteaux de belles vendanges, les grasses prairies, les eaux pures distribuées comme à souhait dans toute la France, offrent partout une nourriture abondante à de nombreux troupeaux.

L'agriculture, sortie de Marseille (colonie grecque), se répandit lentement dans les Gaules, et lorsque les Gaulois cessèrent d'être un peuple nomade, ils sentirent la nécessité d'ensemencer les terres.

Cent cinquante ans avant Jésus-Christ, Lucius Opimius ayant passé les Alpes, fit brûler les vignes et les moissons de la Gaule méridionale. La culture de la vigne et les connaissances qu'elle exige, supposent une agriculture établie depuis longtemps dans les Gaules. A partir de cette époque, ses progrès furent rapides. Lors de l'expédition de César, elle s'étendait depuis la province Romaine jusqu'au nord de la Belgique; les habitants des bords de l'Escaut eurent la douleur de voir couper leurs moissons par ce conquérant.

Sous Auguste et Tibère, à l'exception des bois et des marais, on ne trouvait pas dans la Gaule un pouce de terrain qui ne fût en valeur. Les Gaulois ne se contentèrent pas de suivre l'agriculture des Grecs et des Romains leurs maîtres, ils avancèrent eux-mêmes les progrès de l'art par des expériences et des procédés particuliers. Ils trouvèrent l'art d'amender la terre par la terre même ; et les premiers de tous les peuples, ils employèrent la marne ou terre calcaire et le mélange des terres de toute espèce, pour engraisser les champs, ou réparer leurs forces.

C'est aux Gaulois que les Romains durent l'invention des cribles de toute espèce, si commodes pour la préparation des grains et des farines ; celle des vaisseaux de bois entourés de cercles (les tonneaux), où les vins se conservent mieux que dans les autres, et qui rendent leur manipulation plus facile.

On remarque avec douleur, que de nos jours, notre industrie agricole est placée au-dessous de celle des pays voisins. Cependant le nôtre est doué d'avantages naturels, et néanmoins dans cette fièvre industrielle qui s'est emparée de notre époque, il est déplorable que l'agriculture ait été oubliée. Il faut bien le dire, la France, qui tient le premier rang parmi les pays de l'Europe, sous tant de rapports, est placée au-dessous de la Suède et du Danemarck, sous celui de l'Industrie agricole qui est peut-être la partie la plus importante de notre prospérité nationale. Il faut espérer que cet état de choses ne durera pas, et que bientôt les capitaux mieux répartis dans toutes les branches industrielles, afflueront pour une part égale vers l'agriculture ; car les cultivateurs ne pouvant être employés dans leur pays, pendant certain temps, sont dans la dure nécessité de l'abandonner pour aller chercher du travail ailleurs ; ces émigrations tournent toujours au dépérissement de l'agriculture, à la surcharge des grandes villes et au désavantage de l'état.

AI. Animal du genre des Bradipes ou les paresseux. On le trouve sur les arbres de l'Amérique méridionale. Il se nourrit de feuilles tendres, surtout du cécropie. Il ne boit pas, craint la pluie ; il monte facilement sur les arbres, en descend avec lenteur, marche plus lentement encore ; lorsqu'il est étonné, il fléchit la tête ; le son de sa voix marque six tons ; son cri est lamentable comme celui d'un animal misérable. Le corps de l'ai est couvert de beaucoup de poils gris, sa face est nue, sa gorge jaune, ses oreilles nulles ; la queue paraît comme ovale ; les pieds antérieurs plus longs que les postérieurs, sont très écartés ; trois doigts sont comme réunis à chaque pied ; les ongles sont comprimés, très forts, arqués, autant que de doigts ; les deux mamelles situées sur la poitrine.

L'ai, aussi gros que l'unau, mais moins long d'un tiers, a le poil plus court et d'un gris taché de noir ; lorsqu'il fait entendre sa voix qui n'est pas plus forte que celle d'un jeune chat, tantôt il répète *ai, aï, aï,* sur un ton plaintif, tantôt il pousse des sons coupés qui descendent diatoniquement du *la* à l'*ut,* en répétant six fois *ha.*

AIGLE. Le plus fier et le plus audacieux des oiseaux de proie ; il réunit la force à la vélocité ; ses yeux soutiennent le vif éclat du soleil. — C'est aussi le nom d'une constellation boréale, remarquable par une étoile de première grandeur, *altaïr,* placée au milieu de deux autres étoiles tertiaires. Ces trois étoiles sont presque en ligne droite.

AIGRE. — C'est la cinquième des sept saveurs principales. Une grande quantité de sels acides en est la cause physique.

AIGU. — Tranchant, perçant. On dit qu'un angle est aigu, lorsqu'il a moins de 90 degrés. — Terme de géométrie.

AIL. Cette plante, de la famille des asphodelées, est connue de tout le monde sous le nom de gousses d'ail. Pour les habitants du nord, l'ail n'est qu'un assaisonnement employé dans l'art culinaire ; mais le Provençal en frotte le pain pour l'aromatiser, et l'Espagnol en fait sa principale nourriture. Cette plante ne jouit d'aucune propriété nutritive ; c'est un stimulant pour l'estomac, comme son odeur l'est pour l'organe de l'odorat. Les chevaux qui en mangent, mêlé à l'avoine, passent pour avoir plus de force et de vivacité ; les Anglais en donnent aux coqs avant de les faire combattre.

AIMANT. L'aimant est un composé de pierre et de fer. Sa couleur tire, pour l'ordinaire, sur le noir. Ce fut par hasard que se fit la découverte de cette admirable pierre. Un berger, nommé Magnès, gardait son troupeau sur le mont Ida ; il enfonça dans la terre son bâton armé d'une pointe de fer ; il eut de la peine à l'en retirer. Curieux de découvrir la cause du nouvel obstacle qu'il rencontrait, il creusa autour du bâton et il en trouva la pointe attachée à un excellent aimant. Ceux qui regardent cette histoire comme une fable assurent avec beaucoup de vraisemblance que cette pierre tire son nom d'une ville de Lydie appelée *Magnétie,* située sous le mont *Sypile,* très-fécond en métaux et en aimants.

Chaque aimant a deux pôles, c'est-à-dire, deux points dans lesquels réside sa force. Un de ces points s'appelle *pôle du nord* ou *pôle boréal,* et l'autre *pôle austral* ou *méridional* ou *pôle du sud.*

On nomme pôle du nord le côté de la pierre et l'extrémité de l'aiguille aimantée qui se tournent vers le *nord;* le *pôle du sud* est ainsi nommé parce que le côté de la pierre et l'extrémité de l'aiguille aimantée se tournent vers le *midi.* L'aimant possède une atmosphère composée de corpuscules magnétiques ; ceci ne doit pas être regardé comme une chose douteuse, puisque le fer s'aimante sans toucher l'aimant, pourvu qu'on le mette dans l'atmosphère de la pierre d'aimant. Les pores de l'aimant sont remplis de corpuscules magnétiques, et chaque corpuscule magnétique est regardé comme un petit aimant auquel on donne un axe, un pôle boréal, un pôle méridional, etc. Ces corpuscules magnétiques ont à peu près une figure ronde, et la facilité qu'ils ont de se mouvoir sur leur axe en est une preuve ; mais ceux qui viennent de la partie boréale de la terre ne sont pas tout à fait semblables à ceux qui viennent de la partie méridionale. Chaque corpuscule magnétique a une direction constante. Libre, il tourne une des extrémités de son axe vers le pôle boréal de la terre, et l'autre extrémité vers le pôle méridional. Mais d'où peut venir, à ces corpuscules, une direction aussi constante ? De tout temps, les physiciens ont assuré que la terre était un grand aimant ; elle a des pores parallèles à son axe, et elle nous fournit tous les corpuscules magnétiques qui se trouvent dans son atmosphère. L'émission de ces corpuscules est causée par la violente fermentation qui règne dans le sein de notre globe ; elle ne peut se faire que par les pôles de la terre, puisque l'ouverture par laquelle elle se fait se trouve ou aux pôles, ou aux environs des pôles. Ces corpuscules magnétiques, inertes de leur nature, conservent, au moins pour la plupart, un aspect et une direction vers les pôles de la terre, puisque c'est de là qu'ils sortent.

Faites toucher à une pierre d'aimant une aiguille ou de fer ou d'acier ; elle recevra, par le contact, la plupart des propriétés de l'aimant, parce que le fer et l'acier ont des pores à peu près semblables à ceux de l'aimant ; aussi les appelle-t-on des aimants commencés. Faites-vous toucher une aiguille de fer ou d'acier à une pierre d'aimant, il sort de cette pierre des corpuscules magnétiques qui vont se loger dans les pores de l'aiguille, et qui lui communiquent les principales propriétés de l'aimant.

Cachez une pierre d'aimant dans la limaille de fer ; quelques moments après, retirez-la, vous apercevrez la limaille attachée à deux endroits préférablement à tous les autres ; ce sont là les deux pôles de la pierre.

Lorsqu'une aiguille aimantée est suspendue sur un pivot, on voit une de ses extrémités tournée vers le pôle boréal de la terre, et l'autre extrémité vers le pôle méridional. Tout le jeu de l'aimant et des corps aimantés vient des corpuscules magnétiques qui sont renfermés dans les pores. Ces corpuscules magnétiques se tournent d'un côté vers le pôle boréal de la terre, et de l'autre côté vers le pôle méridional ; n'est-il pas naturel qu'ils tournent leurs aimants avec eux, et qu'ils communiquent à leur axe une direction constante vers les deux pôles de la terre ? De là l'aiguille aimantée se trouve-t-elle sous l'équateur, vous la verrez parallèle à l'horizon, parce que l'axe des corpuscules magnétiques conserve la même direction que l'axe de la terre. Par la même raison, l'aiguille aimantée doit être, sous les pôles, perpendiculaire à l'horizon. Enfin, dans les pays septentrionaux, l'extrémité qui regarde le pôle boréal, et dans les pays méridionaux, l'extrémité qui regarde le pôle méridional, doit s'incliner vers l'horizon.

Il est à remarquer cependant que l'aiguille aimantée ne se tourne pas exactement d'un côté vers le pôle boréal, et de l'autre côté vers le pôle méridional de la terre, mais qu'elle décline tantôt vers l'orient et tantôt vers l'occident. On n'en sera pas surpris, si l'on fait attention qu'il y a dans le sein de la terre des mines d'aimant et de fer, dont les atmosphères s'étendent fort au loin ; de ces atmosphères, il vient des corpuscules magnétiques vers l'aiguille aimantée. Ces corpuscules viennent-ils des régions occidentales ? l'aiguille décline vers l'occident ; elle déclinera au contraire vers l'orient, si ces corpuscules viennent de quelque mine située dans les pays orientaux.

Présentez le pôle boréal d'une pierre d'aimant au pôle méridional d'une autre pierre de même volume ; ces deux aimants s'attireront, parce que ainsi placés, ils sont chacun entourés d'une atmosphère homogène ; leurs atmosphères se touchent, se confondent, prennent la figure ronde, et chassent les deux aimants à leur centre commun. La même chose arrive tous les jours à deux gouttes d'eau qui ne sauraient se toucher sans se confondre, et sans perdre la figure ronde. Par une raison contraire ces deux aimants se fuiraient, si vous présentiez le pôle boréal de l'un au pôle boréal do l'autre ; en voici la raison physique : dans cette seconde hypothèse, les atmosphères de ces deux aimants deviennent hétérogènes, elles ne sauraient se mêler ensemble lors même qu'elles se touchent, et l'on doit en être aussi peu surpris, qu'on l'est de voir l'eau et l'huile se toucher sans se confondre. Cependant lorsque les atmosphères de deux aimants deviennent hétérogènes, ceci a lieu non pas quant à la matière qui le compose, mais quant à la direction des corpuscules magnétiques.

Tout le monde sait qu'un aimant armé a beaucoup plus de force qu'un aimant désarmé. Armé, il soutient quelquefois un poids cent quatre-vingt fois plus grand que lorsqu'il était désarmé. Il ne faut pas être surpris de la force prodigieuse des aimants armés ; par le moyen de l'armure, les corpuscules magnétiques, non-seulement ne s'évaporent pas, mais encore, au lieu d'être épars çà et là, ils vont tous se réunir dans les deux boutons que l'on nomme les pôles.

On arme un aimant en appliquant à chacun de ses pôles une plaque d'acier terminée par un bouton, et ces deux boutons sont les deux endroits où va se réunir toute la force des deux pôles ; aussi est-ce sur un des deux boutons que l'on doit frotter ce que l'on veut aimanter.

AIR. L'air que nous respirons est un corps fluide, grave, élastique, compressible, insipide, inodore, diaphane, invisible, qui environne notre globe, et s'élevant dans l'espace jusqu'à une hauteur de quinze ou seize lieues. La fluidité de l'air est démontrée par la facilité avec laquelle se divisent ses parties ; sa gravité par le baromètre que l'on place dans le récipient de la machine pneumatique, et dont on voit le mercure descendre, à mesure que l'on pompe l'air contenu dans le récipient ; enfin son élasticité par les effets merveilleux que produisent les instruments à vent. Nous nous mouvons dans l'atmosphère avec une grande facilité, sans sentir le poids de la colonne d'air, et cependant chacun de nous porte un poids très considérable, puisqu'il est égal à celui d'une colonne d'eau, dont la hauteur serait 32 pieds. Donc l'eau étant mille fois plus pesante que l'air, chaque individu supporte trente-deux mille livres d'air. Mais comme les colonnes d'air sont en équilibre les unes avec les autres, nous ne devons pas en ressentir le poids. Et quoique l'eau soit mille fois plus pesante que l'air, les plongeurs cependant ne sentent pas au fond de la mer le poids immense de la colonne d'eau qui correspond à leur tête, parce qu'elle est en équilibre avec les colonnes latérales.

Lorsque le baromètre se soutient à vingt-huit pouces (beau fixe) qui est le maximum de la pesanteur, nous nous sentons plus agiles, la respiration et toutes les fonctions s'exécutent mieux. Le contraire arrive lorsque la colonne de mercure du baromètre baisse beaucoup : on respire péniblement, un sentiment de malaise se manifeste en nous ; cet accablement a pour cause le défaut de pesanteur, quoiqu'on dise assez généralement, surtout en été, à l'approche d'un orage, que *le temps est lourd*, parce que l'équilibre étant troublé entre la compression extérieure et l'expansion des fluides intérieurs, ceux-ci affluent à la périphérie du corps, avec une abondance insolite, qui distend les tissus et les fatigue.

L'air peut-il s'altérer ? D'après plusieurs expériences l'air ne peut s'altérer. On avait établi en théorie que nos ancêtres vivaient plus long-temps que nous, étaient d'une constitution plus robuste que la nôtre, parce qu'ils respiraient un air plus pur, et d'après cette même théorie, l'air étant susceptible de se vicier, il n'est pas étonnant qu'Abraham, Moïse, etc. eussent vécu de 8 à 900 ans. Cette théorie est absurde ; depuis 40 ans on est parvenu à fixer, d'une manière précise, l'analyse de l'air. Tout le règne animal et végétal respire. Les hommes et les animaux respirent le gaz oxigène qui sature l'air ; ils l'expirent en acide carbonique, qui devient l'air respirable des fleurs, des plantes, etc. Alors ces végétaux nous le rendent de nouveau en gaz oxigène pur. Telles sont les combinaisons célestes ; depuis 40 ans l'air n'a subi aucune variation, et tout prouve qu'il a toujours été de même. Ainsi il y a entre le règne animal et le règne végétal, un prêté pour un rendu. Pendant la nuit le voisinage d'un parterre est très malsain, par la grande quantité d'acide carbonique qui s'exhale, mais qui, répandu dans l'air, le sature et le rend sain. Ceci nous explique que les végétaux, étant en plus grande quantité dans les champs, l'air est plus pur à la campagne que dans la ville.

L'air atmosphérique de Paris et de beaucoup d'autres lieux, contient de l'ammoniaque et des matières organiques, ce que l'on reconnait dans l'eau de la rosée. La composition de l'air peut varier dans quelques localités, par la nature des combustibles employés en grande quantité, par la décomposition des matières organiques. C'est ainsi que l'air de Londres contient de l'acide sulfureux ; que l'air des égouts contient de l'acétate et de l'hydrosulfate d'ammoniaque, que l'air des environs de la voirie de Montfaucon renferme de l'ammoniaque, et de l'hydrosulfate de la même base.

AIRE. Géométriquement, on entend par l'aire d'une figure l'espace renfermé entre les côtés qui la terminent. On trouve l'aire d'un carré parfait en multipliant un de ses côtés par lui-même ; ainsi un des côtés d'un carré parfait contient-il 10 pieds, son aire en contiendra 100. L'aire d'un carré long se connaît en multipliant sa longueur par sa hauteur : un carré de 10 pieds de longueur, et de 8 de hauteur, aura son aire de 80 pieds. On connaît l'aire d'un triangle, en multipliant sa base par la moitié de sa hauteur ; un triangle de 12 pieds et 8 de hauteur, aura 48 pieds d'aire. La hauteur d'un triangle se mesure par la ligne perpendiculaire tirée du sommet du triangle sur sa base. Enfin, l'aire d'un cercle se connaît en multipliant sa circonférence par le quart de son diamètre. Un cercle d'une circonférence de 60 pieds et d'un diamètre de 20 pieds aura une aire de 300 pieds. La circonférence d'un cercle est sensiblement triple de son diamètre. Ainsi connaissant le diamètre d'un cercle, il est très aisé de connaître sensiblement sa circonférence ; les aires de deux cercles sont comme les carrés de leurs diamètres.

ALCALI. Sel tiré de la soude. Le mot alcali est devenu générique ; on l'applique, en chimie, aux corps qui ont la propriété de ramener au bleu la teinture de tournesol rougie par un acide, de verdir le sirop de violette, de ramener au bleu les couleurs bleues végétales rougies par les acides, et de se combiner avec les acides, pour former des sels. On compte un assez grand nombre d'alcalis, nous citerons entre autres : la soude, la potasse, la chaux, la baryte (terre alcaline), la strontiane (terre grise), l'ammoniaque, la morphine et l'émétine qu'on retire de l'opium et de l'ipécacuanha.

ALCALI VOLATIL. Ammoniaque liquide. Eau distillée saturée de gaz ammoniac qui se rencontre dans la plupart des matières animales putréfiées.

L'alcali volatil appliqué sur la peau, agit comme caustique ; une compresse imbibée de ce liquide, peut faire lever une cloche sur la peau, et produire instantanément un vésicatoire. On fait souvent respirer de l'alcali volatil aux malades dans les cas de syncopes ou d'asphyxie. Souvent il a été employé avec succès, au début des attaques d'épilepsie ; il est en grand usage pour cautériser la morsure des vipères. Du reste, il y a beaucoup de précautions à prendre dans l'emploi de ce remède. On s'en sert dans les cas d'ivresse produite surtout par les liqueurs spiritueuses ; mais afin que son action soit innocente sur l'estomac, l'alcali volatil doit être étendu dans une grande quantité d'eau, par exemple à la dose de quatre, six, dix, quinze gouttes dans un verre d'eau sucrée. Enfin, quand on fait respirer de l'alcali volatil à un malade, dans le cas de syncope, il faut avoir soin de passer rapidement le flacon sous le nez, sans l'y laisser trop séjourner, et de reboucher la bouteille sur-le-champ.

ALCALIMÈTRE. L'invention de cet instrument remonte à 1804 ; il est formé d'un tube de verre de la capacité de 5 centimètres, divisé en cent degrés ; on s'en sert pour mesurer les alcalis et reconnaître la quantité d'alcali réel contenu dans les alcalis du commerce.

ALCHIMIE. — Art chimérique de transmuter les métaux ; — Science hermétique. Ce n'est point exagérer en disant qu'il existe six ou sept mille traités sur l'alchimie. Ceux qui s'occupent de cette science donnent aux sept métaux le nom de sept planètes : selon eux, le Soleil répond à l'or ; la Lune à l'argent ; Saturne au plomb ; Jupiter à l'étain ; Mars au fer ; Vénus au cuivre, et Mercure au vif-argent. Les alchimistes prétendent qu'il n'est pas une allégorie ancienne dont on ne trouve la véritable clef dans les procédés chimiques. Jupiter, transmuté en pluie d'or pour séduire l'intéressante Danaé ; le nuage dont ce maître des dieux s'enveloppe en approchant de la sensible Io ; les prodiges de la lyre d'Orphée ; la pierre de Deucalion ; Midas, à qui Bacchus accorde le don fatal de convertir en or ce qu'il touche ; le phénix qui renaît de sa cendre ; l'enlèvement des pommes du jardin des Hespérides après la défaite du terrible Dragon ; enfin cette toison d'or, seul but du voyage des Argonautes, et qui n'était, suivant les Adeptes, qu'un livre écrit sur des peaux, et où l'on enseignait la manière de faire de l'or. Au reste, toutes les théories mystérieuses du *grand arcane* sur la transmutation des métaux, ne démontrent pas suffisamment la possibilité d'arriver au *grand-œuvre*. Après que les métaux ont éprouvé l'oxydation, et perdu par là leurs propriétés premières, la *résultante* donne un oxyde métallique, qui n'est que la partie fixe

du métal sur lequel on a opéré, combiné à l'oxygène de l'air. Ces terres de métaux, comme on les appelait autrefois, présentent entre elles une très grande analogie, et, lorsqu'on veut les *revivifier*, chaque métal reprend son premier état. Mais la terre ou l'oxyde d'un métal, peuvent-ils se changer en parties constituantes d'un autre métal ? A-t-on déjà obtenu de l'or avec de l'oxyde de plomb ou de cuivre ? — L'alchimie répond, *peut-être* ; la raison dit : *jamais*.

Les alchimistes prétendent que les Mages avaient le secret de la pierre philosophale, longuement expliquée dans la table d'Hermès. Suidas, qui a donné lieu à cette conjecture, rapporte que l'empereur Dioclétien fit brûler tous les livres des anciens Égyptiens, et ceux des livres contenant les mystères de l'alchimie. Pline dit aussi que l'empereur Caligula fit des essais, pour tirer de l'or de l'orpiment (oxyde arsenical). Mais Zosime, qui vivait dans le cinquième siècle, passe pour le premier auteur qui ait laissé un traité sur cette matière. Son livre est écrit en grec, et doit se trouver parmi les manuscrits de la bibliothèque royale.

Enfin, on a traité de fous ceux qui cherchaient la pierre philosophale, et l'on a eu raison. On voit que la folie des hommes a toujours été de vouloir pénétrer le secret de la nature ; et, lorsqu'à ce premier attrait, déjà si puissant, vient se joindre celui plus puissant encore d'acquérir des trésors immenses, il faudrait bien peu connaître l'espèce humaine pour supposer qu'elle y résistera jamais.

ALCOOL. Esprit de vin pur ; produit volatil des liqueurs fermentées. On le retire du vin, du cidre, de la bière, des fruits, des grains, des racines qui contiennent du sucre susceptible de fermentation. La liqueur appelée *eau-de-vie* et qui marque de dix-huit à vingt degrés à l'aéromètre, est de l'alcool faible. Le trois-six, l'alcool du commerce appelé vulgairement esprit de vin, marque de trente-quatre à trente-six degrés.

ALCORAN. — Le mot alcoran se compose de la particule arabe *al*, qui indique l'excellence, et de *coran*, lecture. Livre de la loi de Mahomet. Le mahométisme, que les sectateurs de Mahomet appellent l'*Islamisme*, c'est-à-dire, l'*Église orthodoxe*, se divise en deux parties : celui des *sonnites*, qui mettent la *sonna* ou le livre des traditions au nombre de leurs écritures saintes, et qui regardent Omar et ses successeurs comme les califes légitimes ; et celui des *schiites* (nom qui revient à celui de schismatique), qui rejettent la *sonna*, et dont la plupart sont les sectateurs d'Ali, gendre de Mahomet. Les Turcs suivent le premier parti et les Persans le second.

ALGÈBRE. C'est l'art de faire sur les lettres de l'alphabet les mêmes opérations que sur les nombres. Voici les signes dont on se sert en algèbre :

$+$	signifie	plus.
$-$	. .	moins.
$=$	. .	égal.
$\pm$	. .	plus ou moins.
$\times$	. .	multipliant.
$>$	. .	plus grand.
$<$	. .	moindre.
$\sqrt{}$ ou $\sqrt{}^2$	. .	racine carrée.
$\sqrt{}^3$	. .	racine cubique.

Une quantité qui n'a devant elle aucun signe est supposée avoir le signe $+$. Ainsi $a = +a$.

Les grandeurs algébriques qui n'ont qu'un des deux signes $+$ ou $-$ sont simples ou incomplexes. Elles sont composées ou complexes, lorsqu'elles sont jointes par $+$, ou séparées par $-$. La grandeur $+a$, de même que la grandeur $-d$, sont donc des grandeurs simples, tandis que $a + b$, et $c - d$ sont des grandeurs composées.

Toute grandeur simple se nomme *monome*, et toute grandeur composée s'appelle *polynome*. Le *polynome* prend le nom de *binome*, lorsqu'il a deux termes ; de *trinome*, lorsqu'il en a trois ; de *quadrinome*, lorsqu'il en a quatre, etc. + a est un *monome* ; a — d, un *binome* ; a — d + c, un *trinome* ; a — b + c + d un *quadrinome*.

Toute grandeur qui n'est affectée d'aucun signe radical, est *commensurable* ou *rationnelle* : elle est *incommensurable* ou *irrationnelle*, lorsqu'elle est affectée de quelqu'un des signes radicaux. Exemples : a — d est une grandeur *rationnelle* ; $\sqrt{}$ a — d est une grandeur *irrationnelle*.

Le chiffre qui précède un terme algébrique, s'appelle *coefficient*, et le chiffre qu'on met au-dessus de lui, se nomme *exposant*. La grandeur 3 b aura 3 pour *coefficient*, et la grandeur b^5 aura 3 pour exposant. Les quantités qui ne sont précédées d'aucun chiffre, ont 1 pour *coefficient*, et ce même chiffre 1 est l'*exposant* des termes au-dessus desquels on n'en marque aucun.

Le *coefficient* est la marque de l'addition, et l'*exposant* de la multiplication. Ainsi $2 a = 1 a + 1 a$; mais $a^2 = 1 a \times 1 a$.

De la réduction. — Réduire une grandeur algébrique, c'est faire garder l'ordre alphabétique aux lettres qui la représentent, joindre en un seul les termes composés des mêmes lettres et précédés des mêmes signes, effacer totalement ou en partie ceux qui sont composés des mêmes lettres, mais qui sont précédés de signes différents. La grandeur $4 + f 2 f — 6 c + 6 c + 4 a — 2 a$, devient, lorsqu'elle est réduite, $2 a + 6 f$.

De l'addition. — Additionner des grandeurs algébriques, c'est en prendre la somme ; et cette somme, on l'aura infailliblement, si l'on écrit tout de suite les termes donnés avec leurs signes, et que l'on fasse, immédiatement après, la réduction ordinaire :

Termes donnés $2 a + 6 f — 10 c + 2 b$.
Termes donnés $3 a — 3 f — 2$ $c — 2 b$.

Somme $\overline{2 a + 3 a + 2 b — 2 b — 10 c — 2 c + 6 f — 3 f}$.

Somme réduite $5 a — 12 c + 2 f$.

Les deux premières lignes de cet exemple contiennent les quantités qu'il faut additionner ; la troisième ligne contient ces quantités additionnées, et la quatrième représente ces mêmes quantités réduites.

De la soustraction. — Pour soustraire une grandeur algébrique d'une autre, il faut changer les signes de la quantité qui doit être soustraite, la mettre à la suite de celle dont on doit faire la soustraction, et réduire le tout suivant les règles ordinaires. Exemple :

On doit $\quad$ $+ 4 b + 6 a — 2 c$.
On paie $\quad$ $— 2 b + 2 a + 4 m$.

Reste $\quad$ $6 a — 2 a + 4 b + 2 b — 2 c — 4 m$.
Reste réduit $\overline{4 a + 6 b — 2 c — 4 m}$.

La première ligne de cet exemple représente la grandeur dont on doit faire la soustraction ; la seconde donne la grandeur qui doit être soustraite ; la troisième représente la soustraction faite, et la quatrième la soustraction réduite aux termes les plus simples.

De la multiplication. — Pour multiplier cette grandeur algébrique $+ 3 a^2$, par $+ 2 a^3$ nous devons distinguer quatre choses : le signe $+$, le coefficient 3, la lettre a et l'exposant 2. Il faut opérer sur ces quatre choses.

Lorsque les mêmes signes se multiplient, leur produit est $+$, et lorsque différents signes se multiplient, leur produit est —. Ainsi :

$+ \times +$ $\quad$ donne $+$
$— \times —$ $\quad$ donne $+$
$+ \times —$ $\quad$ donne —
$— \times +$ $\quad$ donne —

Par le résultat suivant, il est évident que l'on doit agir de la sorte dans la multiplication des signes.

L'on donne à multiplier $+ 8 — 3$ par $+ 4 — 2$;

Le produit ne doit être que 10, parce que c'est comme si l'on donnait à multiplier 5 par 2. On n'aura un pareil produit, que lorsque $+ \times +$ donnera $+$, $— \times —$ donnera $+$, $+ \times —$ donnera —, et — $\times +$ donnera

— ; comme il est aisé de s'en convaincre par l'opération suivante :

Multiplicande	$+ 8$	$— 3$
Multiplicateur	$+ 4$	$— 2$
Opérations	$— 16$	$+ 6$
	$+ 32$	$— 12$
Produit	$+ 32 — 28$	$+ 6$
Réduction	$38 — 28 =$	10

Les coefficients se multiplient comme dans l'arithmétique ordinaire. On multiplie les lettres en les mettant les unes après les autres suivant l'ordre alphabétique.

Ainsi a b est le produit de a multiplié par b.

Les exposants des mêmes lettres ne se multiplient pas l'un par l'autre, mais s'ajoutent l'un à l'autre. Ainsi a^5 est le produit de a^3 multiplié par a^2.

Les quatre exemples suivants sont l'application de ces quatre règles.

Premier ex : $+ 2 a^4 \times + 3 a^2 = + 6 a^6$.
Second ex : $— 3 a^2 \times — 3 b^5 = + 9 a^2 b^5$.
Troisième ex : $+ 2 a b \times — 2 a b = — 4 a a b b = — 4 a^2 b^2$.
Quatrième ex : $— 10 m r \times + 10 b f = — 100 b m r f$.

Lorsque le *multiplicande* et le *multiplicateur* ont plusieurs termes, il faut que chaque terme du *multiplicateur* multiplie tous les termes du *multiplicande*, comme dans l'arithmétique ordinaire, avec cette différence cependant qu'on peut commencer les opérations par la gauche ou par la droite à son gré. Exemple :

Multiplicande $+ 2 a b — 4 m$.
Multiplicateur $+ 3 a c — 6 r$.

Produit $+ 6 a a b c — 12 a c m — 12 a b r + 24 m r$.

De la division. — Il y a dans tout *dividende*, comme dans tout *multiplicande*, quatre choses à distinguer : le signe, le coefficient, les lettres, et l'exposant. Il en est de même du *diviseur* qu'on sépare toujours du *dividende* par une ligne, pour en former une espèce de fraction. Il faut dans la division, comme dans la multiplication, opérer sur les *signes*, les *coefficients*, les *lettres* et les *exposants*.

On suit pour les *signes* les règles de la multiplication.

$+$ divisé par $+$ donne $+$; $—$ divisé par $—$ donne $+$;
$+$ divisé par $—$ donne — ; — divisé par $+$ donne —.

Les *coefficients* se divisent comme dans l'arithmétique ordinaire.

On ôte les *lettres* qui sont communes au *dividende* et au *diviseur* ; on met les autres dans la fraction qui forme le *quotient*, celles du *dividende* dans le *numérateur*, et celles du *diviseur* dans le *dénominateur*.

Lorsque la même *lettre* se trouve dans le *dividende* et dans le *diviseur* avec des *exposants* différents, on efface l'*exposant* le plus petit avec sa lettre correspondante, et l'on met leur différence à la place de l'*exposant* le plus grand.

Lorsque la même *lettre* se trouve dans le *dividende* et dans le *diviseur* avec le même *exposant*, l'on efface absolument et la *lettre* et l'*exposant* de part et d'autre. Et même on ne met 1 à leur place, que lorsqu'il n'y a pas d'autres *lettres* dans les termes qui doivent former le *quotient*.

Exemples :

Dividende	$+ 6 a^4 bm.$	Quotient $+ \dfrac{3 a^2 m}{f.}$
Diviseur	$+ 2 a^2 bf.$	
Dividende	$— 4 a^3 bf.$	Quotient $+ \dfrac{bf.}{3 rf.}$
Diviseur	$— 12 a^5 rf.$	
Dividende	$+ 8 b^4 df.$	Quotient $— 4 b^2.$
Diviseur	$— 2 b^2 df.$	
Dividende	$— 2 b^5 mn.$	Quotient $+ \dfrac{1}{mn.}$
Diviseur	$+ 2 b^5 m^2 n^2.$	

Ce qui prouve que toutes ces opérations sont exactes, c'est que dans ces quatre différents exemples l'on aura le *dividende*, en multipliant le *diviseur* par le *quotient*.

Pour diviser une grandeur complexe, par une grandeur complexe, il faut appliquer à chaque terme les règles de la division, des grandeurs incomplexes.

Exemple :

Dividende $+12\,a\,b\,c-4\,m\,r\,f$. } Quotient $+2\,b\,c-2\,f$
Diviseur $+6\,a\,d\,f+2\,m\,r\,t$. } $+d\,f+t$.

De la composition des puissances algébriques.

L'*exposant* de la première puissance est 1 ; celui de la seconde, 2 ; celui de la troisième, 3, etc. Ainsi a^1 est une quantité du premier, a^2 du second, a^3 du troisième degré.

Pour élever une quantité à une puissance donnée, il faut la multiplier par elle-même autant de fois, moins une, que l'*exposant* de la puissance contient d'unités. Pour élever b à sa seconde puissance, ou à son carré, il faut le multiplier une fois ; pour l'élever à sa troisième puissance, ou à son cube, il faut le multiplier deux fois par lui-même, etc. En effet $b \times b$ donne le carré de b, et $b \times b \times b$ donne son cube.

Lorsque la grandeur que l'on veut élever à une puissance quelconque, a un *exposant* différent de l'unité, il faut multiplier cet *exposant* par celui de la puissance demandée. Ainsi la seconde puissance de b^3 sera $b^3 \times^2 = b^6$.

Ces mêmes règles se gardent, lorsqu'il s'agit d'élever une grandeur composée à quelqu'une de ses puissances. En effet pour avoir le carré de $a + b$, il faut multiplier $a + b$ par $a + b$, suivant les règles ordinaires : pour avoir son cube, il faut multiplier suivant les mêmes règles le carré de $a + b$ par $a + b$. Aussi le carré de $a + b$ est-il $a\,a + 2\,a\,b + b\,b$, et son cube $a^3 + 3\,a\,a\,b + 3\,a\,b\,b + b^3$.

Il suit évidemment de là que le carré d'un binôme quelconque $a + b$ est composé du carré du premier terme, $+$ du carré du second terme, $+$ du produit du double du premier terme par le second terme.

Il suit encore que le cube d'un binôme quelconque $a + b$ est composé du cube du premier terme, $+$ du cube du second, et de deux produits dont l'un est composé de trois fois le carré du premier terme multiplié par le second, et l'autre de trois fois le carré du terme, multiplié par le premier.

Pour élever une quantité algébrique quelconque à une puissance quelconque m, on lui donne m pour *exposant*. Ainsi a^m n'est autre chose que a élevé à la puissance m.

De même $a^{\frac{m}{n}}$ est a élevé à la puissance fractionnaire $\frac{m}{n}$; a^{-m} est a élevé à la puissance négative $-m$; enfin a^o est a élevé à la puissance o.

Nous verrons bientôt que $a^{\frac{m}{n}} = \sqrt[n]{a^m}$; que $a^{-m} = \frac{1}{a^m}$; que $a^o = 1$.

Pour élever a^m à la puissance n ; il faut multiplier l'*exposant* m par l'*exposant* n ; donc a^{mn} est a^m élevé à la puissance n.

De la décomposition des puissances algébriques.

Décomposer une puissance algébrique, c'est en extraire la racine carrée, cubique, etc. Cette extraction est fondée sur les principes suivants :

Lorsque la quantité a un *coefficient*, il faut en extraire la racine demandée, suivant les règles de l'arithmétique ordinaire.

Il faut diviser l'*exposant* de cette quantité par 2, 3, 4, etc., suivant qu'on demande la racine carrée, cubique, quatrième, etc.

Exemple :

La racine carrée de $25\ a^2\ b^2$ est $5\ a^{\frac{2}{2}}\ b^{\frac{2}{2}} = 5\ a^1\ b^1 = 5\ a\ b$.

La racine carrée de a ou a^1 est $a^{\frac{1}{2}}$. Mais la racine carrée de a^1 est $\sqrt{a^1}$, donc $a^{\frac{1}{2}} = \sqrt{}$. En général une quantité quelconque élevée à une puissance fractionnaire, n'est autre chose que la racine d'une puissance dont l'exposant est le numérateur de la fraction, et dont le dénominateur est l'exposant de la racine.

La racine cubique de $27\ a^3\ b^3$ est $3\ a^{\frac{3}{3}}\ b^{\frac{3}{3}} = 3\ a^1\ b^1 = 3\,ab$.

La racine cubique de a^2 est $a^{\frac{2}{3}} = \sqrt[3]{a^2}$; celle de a^m est $a^{\frac{m}{3}} = \sqrt[3]{a^m}$; la racine n de la grandeur a élevée à la puissance m est $a^{\frac{m}{n}} = \sqrt[n]{a^m}$; enfin la racine cubique de $a^{\frac{1}{2}}$ est $a^{\frac{1}{6}} = \sqrt[6]{a^2}$.

Il n'est pas difficile d'extraire la racine carrée ou cubique d'un carré, ou d'un cube parfait dont la racine n'est qu'un binôme. Pour avoir la racine carrée du carré parfait $a\,a + 2\,a\,b + b\,b$, il faut extraire la racine carrée du monome $a\,a$ et du monome $b\,b$; on obtient d'un côté la lettre a, et de l'autre la lettre b. Ces deux lettres formeront les deux termes de la racine cherchée. L'état de la question déterminera à mettre $+ a + b$, ou $- a - b$; car il ne faut pas oublier que $+ a + b \times + a + b$ donne pour produit $a\,a + 2\,a\,b + b\,b$, et que $- a - b \times - a - b$ donne le même produit. De même s'il fallait extraire la racine carrée du carré parfait $a\,a - 2\,a\,b + b\,b$, l'état de la question déterminerait à prendre pour racine $+ a - b$, ou $- a + b$.

Pour avoir la racine cubique du cube parfait $a^3 + 3\,a\,b + 3\,a\,b\,b + b^3$, il faut extraire la racine cubique du monome a^3, et celle du monome b^3 ; alors on aura $+ a + b$ pour la racine demandée. En effet le cube de $a + b$ est $a^3 + 3\,a\,a\,b + a\,a\,b + b^3$. Par la même raison $- a^3 - 3\,a\,a\,b - 3\,a\,b\,b - b^3$ sera la racine cubique du cube parfait $- a^3 - 3\,a\,a\,b - 3\,a\,b\,b - b^3$.

Si le polynôme proposé était un carré, ou un cube imparfait, sa racine serait ce même polynôme affecté d'un radical, ou d'un exposant fractionnaire. Ainsi la racine carrée de $a\,a + b\,b$ est $\sqrt{a\,a + b\,b}$, ou $a\,a + b\,b)^{\frac{1}{2}}$, ou $(a\,a + b\,b)^{\frac{1}{2}}$; sa racine cubique est $\sqrt[3]{a\,a + b\,b}$, ou $a\,a + b\,b)^{\frac{1}{3}}$, ou $(a\,a + b\,b)^{\frac{1}{3}}$.

Du calcul des puissances par leurs exposants.

Pour additionner deux quantités composées des mêmes lettres, mais affectées de différents *exposants*, il faut les joindre avec leurs signes. Ainsi $a^3 + a^2$ est une somme composée du cube de a et du carré de a.

Pour les soustraire, il faut changer le signe de celle qui doit être soustraite. Exemple : $a^3 - a^2$ marque que l'on a soustrait $+ a^2$ de $+ a^3$. Par la même raison, $b^3 - b^2$ marquera que l'on a soustrait $- b^2$ de $+ b^3$.

Pour les multiplier, il faut ajouter leurs exposants. Exemples :

S'il faut multiplier a^3 par a^2, mettez $a^3 \times^2 = a^5$.

De même $a^m \times a^n$ est le produit de a^m par a^n ; enfin a^m est le produit de a^{-m} par a^{2m}, puisque $a^{m2-m} = a^m$.

Le multiplicande est toujours égal au *produit* divisé par le multiplicateur. Ainsi $a^{-m} = \dfrac{a^m}{a^{2m}}$. Mais $\dfrac{a^m}{a^{2m}} = \dfrac{1}{a^m}$ donc $a^{-m} = \dfrac{1}{a^m}$. En général une quantité élevée à une puissance dont l'*exposant* est un nombre entier négatif, n'est autre chose que l'unité divisée par la puissance positive de cette quantité. C'est pour cela que $a^{-3} = \dfrac{1}{a^3}$.

Il suit encore que a^1 est le produit de a^1 par a^o. En effet, $a^o \times a^1 = a^o + ^1 = a^1$; donc a^o est un *multiplicateur* qui n'augmente, ni ne diminue le *multiplicande*, ce qui ne convient qu'à l'unité ; donc $a^o = 1$; en général une quantité quelconque élevée à la puissance zéro, n'est autre chose que l'unité.

Pour diviser deux quantités qui ont les mêmes lettres et différents *exposants*, il faut soustraire l'*exposant* du *diviseur* de celui du *dividende*. Ainsi a^2 est le *quotient* de a^5 divisé par a^3, puisque $a^{5-3} = a^2$.

Pour élever une quantité affectée d'un *exposant* à une puissance quelconque, il faut multiplier l'*exposant* de la *quantité* par l'*exposant* de la puissance.

Exemple : $a^m\ p$ n'est autre chose que a^m élevé à la puissance p.

Pour tirer une racine quelconque d'une quantité affectée d'un *exposant*, il faut diviser l'*exposant* de la *quantité* par l'*exposant* de la *racine*.

Ainsi $a^m\ q$ n'est autre chose que a^m d'où l'on a extrait la racine q. Cette lettre marque une racine quelconque.

Du calcul des radicaux.

S'il faut additionner, soustraire, multiplier, ou diviser deux radicaux, on devra commencer par les délivrer de leur signe radical, en leur donnant un *exposant* fractionnaire; cette opération une fois faite, l'on observera à leur égard les règles de l'article précédent.

Par exemple, sont donnés les deux radicaux $\sqrt{2}\ a^3$ et $\sqrt[3]{}\ a^2$; avant que de faire sur eux aucune opération, faites les $\sqrt{2}\ a^3 = a^{\frac{3}{2}}$; et $\sqrt[3]{}\ a^2 = a^{\frac{2}{3}}$, comme nous l'avons remarqué dans l'article de la décomposition des puissances. Cela supposé, vous voyez au premier coup-d'œil que $a^{\frac{3}{2}} + a^{\frac{2}{3}}$ est la somme des radicaux en question; leur *différence* est $a^{\frac{3}{2}}$; leur *produit* $a^{\frac{3}{2}} + \frac{2}{3}$; leur *quotient*, $a^{\frac{3}{2}} - \frac{2}{3}$.

Pour appliquer facilement l'arithmétique algébrique à l'analyse, il faut poser quelques principes sur lesquels sont fondées les règles qu'on a coutume d'employer dans la solution de tous les problèmes. Ces principes sont au nombre de sept.

1° On entend par *équation* deux expressions différentes de la même quantité; comme lorsqu'on dit $8 + 2 = 12 - 2$.

2° Une *équation* du premier, second, troisième degré, etc., est celle où l'*inconnue* est élevée à la première, seconde, troisième puissance, etc.

3° Trouver la valeur d'une *inconnue* contenue dans une équation, c'est tellement manier cette équation, que l'*inconnue* se trouve seule dans un membre, et toutes les *connues* dans l'autre.

4° Proposer un problème, c'est demander que l'on trouve la valeur d'une ou de plusieurs *inconnues*, à cause du rapport qu'elles ont avec des quantités *connues*.

5° Résoudre un problème possible, c'est trouver la valeur de toutes les *inconnues* proposées.

6° Résoudre un problème impossible, c'est démontrer que les rapports donnés impliquent contradiction.

7° Tout problème possible est ou *déterminé* ou *indéterminé*, c'est-à-dire est susceptible d'une ou de plusieurs solutions; le problème est *déterminé*, lorsque le nombre des équations données est égal à celui des quantités requises; il est *indéterminé*, lorsque le nombre des quantités requises surpasse celui des équations données. Les règles suivantes sont fondées sur ces principes.

Règle 1. Ayez une espèce de registre dans lequel vous exprimerez les quantités *connues* de votre problème par les premières lettres de l'alphabet, et les quantités *inconnues* par les dernières.

Règle 2. Concevez bien l'état de la question, et pour le saisir d'une manière parfaite, examinez avec attention quelles sont les conditions du problème, combien il y a de quantités *connues*, et combien il y en a d'*inconnues*; voyez surtout si le problème est *déterminé* ou *indéterminé*. Dans ce dernier cas, ne vous servez des règles suivantes qu'après avoir donné à quelqu'une des *inconnues* une certaine valeur, dont les bornes seront fixées par l'état de la question.

Règle 3. Exprimez en *lettres* votre problème avec le plus de précision que vous pourrez.

Règle 4. Méditez sur les conditions de votre problème, et formez ensuite différentes équations, dont ces mêmes conditions seront comme la matière; ces équations vous fourniront de nouvelles expressions de vos quantités *inconnues*, que vous transporterez dans le registre pour vous en servir dans l'occasion.

Règle 5. Lorsque vous serez parvenu à n'avoir qu'une *inconnue*, travaillez alors à former une équation qui renferme ou toutes, ou du moins une des principales conditions de votre problème. Réduisez ensuite cette équa-

tion aux termes les plus simples par l'addition, la soustraction, la multiplication, la division, l'extraction des racines, etc. Mettez enfin l'*inconnue* seule d'un côté avec le signe $+$, et toutes les autres *connues* dans l'autre membre avec leurs signes correspondants; et votre problème sera résolu.

Dans l'hypothèse que l'équation $\dfrac{a - 3\,x}{5} = \dfrac{b - 5\,x}{7}$ contienne toutes les conditions du problème proposé, voici comment il faut opérer, pour mettre d'un côté l'*inconnue* x et de l'autre les *connues* a et b.

1° Réduisez à un même dénominateur les deux fractions qui forment cette équation, vous aurez

$$\frac{7a - 21\,x}{35} = \frac{5b - 25\,x}{35}.$$

2° Effacez le dénominateur de ces deux fractions, il vous restera $7a - 21x = 5b - 25x$. En voici la preuve: si $\dfrac{40 - 10}{2} = \dfrac{50 - 20}{2}$, vous pourrez assurer que $40 - 10 = 50 - 20$: de même si $\dfrac{7a - 21\,x}{35} = \dfrac{5b - 25\,x}{35}$, vous aurez évidemment $7a - 21\,x = 5b - 25\,x$. Donc, en général, lorsqu'une équation est composée de deux fractions réduites à une même dénominateur, on peut, sans ôter l'égalité, effacer de part et d'autre le dénominateur commun.

3° Dans l'équation $7a - 21\,x = 5b - 25\,x$, ajoutez $21\,x$ de part et d'autre, vous aurez $7a - 21\,x + 21\,x = 5b - 25\,x + 21\,x$; ce qui donne *par la réduction* $7a = 5b - 4x$. Vous pouvez donc, sans ôter l'égalité, effacer deux quantités égales qui se trouvent dans les deux membres d'une équation.

4° Dans l'équation $7a = 5b - 4\,x$, ajoutez $4x$ de part et d'autre, vous aurez $7a + 4x = 5b - 4x + 4x$, et *par réduction* $7a + 4x = 5b$; ainsi, lorsque l'on veut faire disparaître d'un membre d'une équation une quantité qui a le signe $-$, on doit la transporter dans l'autre membre avec le signe $+$.

5° Dans l'équation $7a + 4x = 5b$, ôtez de part et d'autre $7a$, vous aurez $7a - 7a + 4x = 5b - 7a$, et *par réduction* $4x = 5b - 7a$; voulant faire disparaître d'un membre d'une équation une quantité qui a le signe $+$, il faut la transporter dans l'autre membre avec le signe $-$.

6° Dans l'équation $4x = 5b - 7a$, divisez l'un et l'autre membre par 4, vous aurez $\dfrac{4\,x}{4} = \dfrac{5b - 7\,a}{4}$, et *par réduction*, $x = \dfrac{5b - 7\,a}{4}$; pour faire disparaître un *coefficient*, vous devez l'effacer de l'endroit où il est, et diviser les autres termes par ce même *coefficient*.

L'équation donnée $\dfrac{a - 3\,x}{5} = \dfrac{b - 5\,x}{7}$ devient, après l'opération faite dans les règles, $x = \dfrac{5b - 7\,a}{4}$. Mais a et b sont supposées des quantités *connues*, et par toutes ces opérations x a passé de l'état d'*inconnue* à celui de *connue*.

7° Si pour équation on avait eu $\dfrac{x\,x}{4} = a + b$, on aurait obtenu, en multipliant par 4 les deux membres de l'équation $\dfrac{4\,x\,x}{4} = 4a + 4b$, et par réduction, $x\,x = 4a + 4b$; on fait disparaître le dénominateur d'une fraction, en l'effaçant de l'endroit où il est, et en le mettant dans tous les autres termes où il n'est pas.

8° Enfin l'extraction de la racine carrée changera l'équation $x\,x = 4a + 4b$ en celle-ci, $x = \sqrt{4a + 4b}$ puisqu'il est évident que les deux racines de deux quantités égales doivent être égales entre elles.

Quand le membre de l'équation où se trouve l'*inconnue* n'est pas un carré parfait, on le complète en ajou-

3

tant à chaque membre de l'équation le carré de la moitié de la quantité *connue* qui multiplie l'*inconnue*.

Exemple: vous avez $xx - 2bx = a$; vous compléterez le carré imparfait $xx - 2bx$, en ajoutant le carré de la moitié de la quantité *connue* $2b$ qui multiplie l'*inconnue* x, et vous aurez $xx - 2bx + bb = a + bb$; donc $x - b = \sqrt{a + bb}$; donc $x = +b + \sqrt{a + bb}$; voilà le problème résolu.

PROBLÈME 1.

Un orfèvre achète 318 francs une masse de métal, composée de 3 onces d'or et de 5 onces d'argent. Il achète 522 francs une autre masse composée de 5 onces d'or et de 7 onces d'argent. On demande la valeur de l'once d'or et celle de l'once d'argent.

Registre.
$$
\begin{cases}
318 = a \\
522 = b \\
\text{once d'or } x = \dfrac{5b - 7a}{4} = 96 \\
\text{once d'argent } y = \dfrac{a - 3x}{5} = 6
\end{cases}
$$

Résolution.

Première opération.

$$3x + 5y = a$$
$$5y = a - 3x$$
$$y = \frac{a - 3x}{5}$$

Seconde opération.

$$5x + 7y = b$$
$$7y = b - 5x$$
$$y = \frac{b - 5x}{7}$$

Troisième opération.

$$\frac{a - 3x}{5} = \frac{b - 5x}{7}$$
$$\frac{7a - 21x}{35} = \frac{5b - 25x}{35}$$
$$7a - 21x = 5b - 25x$$
$$7a = 5b - 4x$$
$$7a + 4x = 5b$$
$$4x = 5b - 7a$$
$$x = \frac{5b - 7a}{4}$$
$$x = \frac{2610 - 2226}{4}$$
$$x = \frac{384}{4}$$
$$x = 96$$

Quatrième opération.

$$y = \frac{a - 3x}{5}$$
$$y = \frac{318 - 288}{5}$$
$$y = \frac{30}{5} = 6$$

Le problème proposé est du premier degré, puisque dans l'équation principale $\dfrac{a - 3x}{5} = \dfrac{b - 5x}{7}$, l'*inconnue* x n'est élevée qu'à la première puissance. Ce même problème est dans la classe de ceux qu'on appelle *déterminés*, puisqu'il contient deux *connues* et deux *inconnues*. La première condition du problème a donné l'équation $3x + 5y = a$, laquelle, étant travaillée, a fourni pour première valeur de y la fraction $\dfrac{a - 3x}{5}$; la se-

conde condition a fait former l'équation $5x + 7y = b$; et cette équation a donné pour seconde valeur de y, la fraction $\dfrac{b - 5x}{7}$.

De là la première et de la seconde valeur de y, a été formée l'équation principale $\dfrac{a - 3x}{5} = \dfrac{b - 5x}{7}$ laquelle a fait trouver $x = \dfrac{5b - 7a}{4}$; depuis que x est devenu une quantité *connue*, la valeur de y s'est présentée comme d'elle-même, parce que $y = \dfrac{a - 3x}{5}$ *par la troisième équation* de la première opération.

Ce qui prouve en effet que dans la première masse de métal, l'once d'or a coûté à l'orfèvre 96 francs, et l'once d'argent 6 francs, c'est que 288 francs *valeur de 3 onces d'or*, $+$ 30 francs *valeur de 5 onces d'argent* = 318 francs, *prix donné* par l'orfèvre. De même dans la seconde masse de métal, 480 francs *valeur de 5 onces d'or* $+$ 42 francs, *valeur de 7 onces d'argent* = 522 francs, *prix donné* par l'orfèvre.

Il ne nous est pas possible de donner plus d'étendue à cet article; nous avons fait en sorte que les principes élémentaires de l'arithmétique algébrique y soient exposés clairement; et nous nous flattons qu'ils seront un guide sûr pour les jeunes mathématiciens qui le consulteront.

ALIBI, terme de droit. Absence d'un lieu, prouvée par la présence dans un autre. — Alléguer un alibi pour sa défense.

ALIMENT. — Sous ce nom sont désignées toutes les substances qui, introduites dans notre estomac, sont rendues aptes à apaiser notre faim. Lorsqu'elles ont subi, tout le long du canal intestinal, les changements nécessaires, elles réparent l'économie et deviennent partie constituante de l'organisation. L'homme ne tire ses aliments que du règne animal et du règne végétal. Les substances inorganiques ou minérales ne lui fourniraient que des assaisonnements ou des poisons.

ALIZARIN, principe colorant retiré de la garance. Cette matière colorante, d'un jaune rougeâtre, est volatile, cristallisable, soluble dans l'alcool et l'éther, accompagnée d'une autre substance colorante appelée *purpurine*; c'est à ces deux principes colorants que sont attribuées les plus belles nuances de la garance.

ALLÉGORIE. Figure de rhétorique qui a beaucoup de rapport avec la métaphore. L'allégorie n'est même qu'une métaphore continuée; c'est un discours qui est d'abord présenté sous un sens propre, qui paraît tout autre chose que ce qu'on a dessein de faire entendre, et qui cependant ne sert que de comparaison, pour donner l'intelligence d'un autre sens qu'on n'exprime point. La métaphore joint le mot figuré à quelque terme propre, par exemple : le *feu de vos yeux*; *yeux* est au propre, au lieu que dans l'allégorie tous les mots ont d'abord un sens figuré, c'est-à-dire, que tous les mots d'une phrase ou d'un discours allégorique forment d'abord un sens littéral qui n'est pas celui qu'on a dessein de faire entendre: les idées accessoires dévoilent ensuite facilement le véritable sens qu'on veut exciter dans l'esprit, elles démasquent pour ainsi dire le sens littéral étroit, elles en font l'application. Les chercheurs de la pierre philosophale s'expriment aussi par allégorie dans leurs livres, ce qui donne à ces livres un air de mystère et de profondeur, que la simplicité de la vérité ne pourrait jamais leur concilier; ils couvrent, sous les voiles mystérieux de l'allégorie, leur folle persuasion. En effet, la nature n'a qu'une voie dans ses opérations; voie unique que l'art peut contrefaire, mais qu'il ne peut jamais imiter parfaitement. Il est aussi impossible de faire de l'or par un moyen différent de celui dont la nature se sert pour former l'or, qu'il est impossible de faire un grain de blé d'une manière différente de celle qu'elle emploie pour produire le blé.

Les énigmes sont aussi des espèces d'allégorie : elles cachent avec soin ce qui peut les dévoiler ; mais les autres espèces d'allégorie ne doivent point être des énigmes, elles doivent être exprimées de manière qu'on puisse aisément en faire l'application.

ALLOBROGES. Peuples de la Gaule qui habitaient le département de l'Isère. On se sert du mot *allobroge*, pour désigner un rustre peu poli.

ALLOPATHIE. Terme de médecine, pour désigner un système opposé à l'homœopathie.

ALLUSION. Les allusions et les jeux de mots ont du rapport avec l'allégorie ; de même que les allégories, les allusions présentent un sens et en font entendre un autre. Les allusions doivent être facilement aperçues.

ALPHABET. C'est aux Phéniciens que l'on doit l'invention des caractères de l'alphabet qui a servi de type aux Grecs pour former leurs lettres, que les Latins ont imitées. Nous en avons nous-mêmes composé les lettres de notre langue ; et cette invention a beaucoup contribué à étendre la sphère des connaissances humaines.

ALUMINE. Argile pure, l'oxyde d'aluminium des chimistes. Cette terre argileuse pure est blanche, douce, onctueuse au toucher, insipide. Mêlée de silice, elle forme les argiles, dont la plupart sont employées dans les arts ; combinée avec l'acide sulfurique et la potasse ou l'ammoniaque, on en obtient l'alun. L'alumine est une des substances les plus répandues sur le globe ; on la rencontre dans l'argile, combinée avec d'autres terres; et dans l'alun, sous forme de sel, ou intimement unie avec un acide. Mais le plus ordinairement, elle est mélangée avec la silice, dans les glaises ; on la trouve quelquefois cristallisée et à l'état de pureté : alors elle est nommée corindon; si en même temps elle est transparente, elle compose les pierres gemmes, telles que le rubis et le saphir.

ALUMINIUM. Métal qui fait la base de l'alumine. Il est en poudre noirâtre, et ne décompose l'eau qu'à chaud (100°) ; par la chaleur, il s'oxyde à l'air.

ALUN. Sel neutre, espèce de vitriol que l'on trouve surtout au fond ou aux environs des mines d'argent ; on en trouve aussi aux environs des volcans. Ce sel est diaphane, incolore, d'une saveur acide styptique (astringent). L'alun est d'un usage très fréquent en teinture, il sert à fixer les couleurs sur les tissus.

AMADOU. Gros champignon horizontal, sans pédicule, et appliqué immédiatement contre la branche qui le soutient ; on le trouve dans les forêts, sur les vieux chênes, les vieux tilleuls et d'autres arbres. Ce champignon est désigné par le nom d'agaric de chêne, et sert à fabriquer l'amadou. On sépare l'écorce du champignon, ensuite on le coupe par tranches que l'on bat avec un maillet de fer, sur un billot de bois, jusqu'à ce qu'elles soient devenues souples, minces et spongieuses.

AMALGAME. Terme de chimie, mélange de métaux par la combinaison du mercure. Les amalgames les plus usités sont ceux de l'or avec l'argent, ceux de l'étain avec le bismuth. Plus le mercure est en grande quantité, plus l'amalgame est liquide, ressemblant au mercure, mais coulant plus difficilement. Lorsque la portion du mercure est moindre, alors l'amalgame est solide, cassant et cristallisable. Généralement les amalgames sont blancs, peuvent être décomposés par la chaleur, et l'air les oxyde.

AMANDES. Le Languedoc, la Touraine, la Provence fournissent des amandes ; les meilleures sont celles récoltées sur les côtes d'Afrique et dans le Comtat-Venaissin. Il existe deux variétés d'amandiers qui, semblables en tout, ne se distinguent que par le goût de la graine contenue dans le fruit. L'une fournit les amandes *douces*,

l'autre les amandes *amères*. Les amandes douces que l'on sert sur nos tables sont un aliment d'une digestion assez difficile, à cause d'une grande proportion d'huile grasse (54 p. %) que contiennent ces graines ; elles rendent le gosier sec, excitent la soif, et cette dernière propriété les fait rechercher des buveurs ; mais l'homme sobre doit les faire proscrire et se contenter d'en manger en petit nombre. On emploie les amandes pour les usages de la toilette ; le marc laissé à la presse, lors de la fabrication de l'huile, est un cosmétique très connu sous le nom de *pâte d'amande*.

AMAZONE (mythologie). Vêtement de femme pour monter à cheval ; femme guerrière. Les Amazones étaient des femmes guerrières qui habitaient la Scythie ; elles élevaient leurs filles dans l'exercice des armes, estropiaient ou tuaient leurs enfants mâles. Elles furent attaquées et vaincues par Hercule auprès du fleuve Thermodon; les douze principales Amazones furent tuées; dans ce nombre était *Hippolyte* qui avait refusé de donner à Hercule le baudrier qu'il lui avait demandé ; *Ménalippe*, reine des Amazones, se racheta en donnant son baudrier au vainqueur ; cette conquête fut le neuvième travail d'Hercule. On désigne sous le nom de rivière des Amazones, le plus grand fleuve de l'Amérique méridionale.

AMBIDEXTRE, *qui a deux mains droites*, se dit d'un individu qui se sert également des deux mains.

AMBLE. Sorte d'allure d'un cheval ; l'amble est l'élévation simultanée des deux jambes du même côté, alternativement avec celle des jambes du côté opposé.

AMBRE. Substance résineuse. Plusieurs savants et naturalistes ont parlé diversement de cette précieuse substance. D'après plusieurs opinions combattues les unes par les autres, il en est résulté que la meilleure et la plus probable est celle que l'ambre gris n'est autre chose qu'un composé de cire et de miel que les mouches font sur les arbres dont sont remplies les côtes de la mer Baltique, et principalement dans le creux des rochers situés sur le bord de la mer des Indes, près des îles Moluques. Cette matière se cuit et s'ébauche au soleil ; détachée ensuite par l'effort des vents et par l'élévation des eaux, ou par son propre poids, elle tombe dans la mer et achève de s'y élaborer. Ce qui vient à l'appui de cette opinion, c'est que l'on a pêché quelquefois de grosses parties d'ambre gris, qui n'avaient pas encore toute leur perfection ; et, en les rompant, on a trouvé des rayons de cire et de miel dans le milieu de leur substance.

Il y a deux sortes d'ambre répandues dans le commerce, l'une grise et l'autre noire. L'ambre gris est préféré à cause de son odeur suave et douce. Les marques auxquelles on peut le reconnaître, sont de petites taches ou yeux de perdrix veinés de jaune et noir, et couleur cramoisi.

L'ambre noir n'est pas sans mérite, tant à cause de son odeur que parce qu'il est beaucoup meilleur marché que l'ambre gris, et qu'il se trouve indifféremment sur tous les rivages de la mer ; néanmoins la plus grande quantité vient de l'Archipel.

L'ambre jaune, substance solide, jaune, extrêmement électrique par le frottement, combustible, transparente, et susceptible de recevoir un très beau poli, se trouve en abondance sur les côtes de la mer Baltique ; on s'en sert pour fabriquer diverses parures. L'ambre jaune, désigné aussi sous le nom de succin ou karabé, renferme un acide particulier appelé *acide succinique*.

AMBRETTE. Abel-Mosc, ou semence musquée. L'ambrette est une petite semence de la *grosseur* d'une tête de grosse épingle, d'un gris brun, d'une odeur de musc et d'ambre, principalement quand elle est nouvelle, bien sèche et nette. Cette plante croît à la Martinique, aux Antilles et aussi en Égypte.

AME. Principe de la vie, influence du moral sur le physique. L'union de deux substances, l'une spirituelle, l'autre corporelle, l'accord entre deux êtres de nature absolument différente, est un mystère incompréhensible ; et c'est pourtant, comme dit saint Augustin, dans cette mutuelle correspondance que tout l'homme consiste. Dans le système des causes occasionnelles, Dieu est le lien et le médiateur de l'union de l'âme et du corps, et il établit une loi pour la correspondance de leurs effet réciproques : en sorte que l'âme a des affections à l'occasion de tels mouvements du corps, et que le corps exécute de tels mouvements à l'occasion de telles affections de l'âme : jeu successif qui n'est que la cause occasionnelle de l'action immédiate de Dieu sur l'une et l'autre substance. Cette hypothèse est assez probable ; mais elle a ses contradicteurs, et le fond de la question est un problème, ou plutôt une énigme que l'esprit humain ne pourra jamais expliquer. Les anciens ont beaucoup varié sur le siège de l'âme qu'ils plaçaient dans le cerveau ; mais d'après les observations exactes et multipliées des modernes, l'anatomie est encore muette sur le siège de l'âme.

AMER. Saveur rude, la seconde des sept saveurs primitives. Un corps amer est composé de molécules irrégulières, couvertes d'inégalités et mal cuites.

AMIANTE ou **ASBESTE**. Pierre flexible et filamenteuse qui a beaucoup de ressemblance avec l'alun de plume. On détache adroitement des fils pour les mettre au rouet, et en faire l'*asbeste* qui est une toile qui non-seulement résiste au feu, mais encore se purifie et se blanchit dans cet élément. Pline le naturaliste fait une grande description de l'asbeste, dans le chapitre 28 de son histoire ; il a fait une grande faute dans son intéressante description, en disant qu'on ne trouvait l'amiante que dans les climats brûlants. On en trouve non-seulement dans toutes les parties de l'Europe où les chaleurs sont très modérées, mais encore sur les montagnes des Alpes et des Pyrénées, en divers lieux de la Russie et dans les climats les plus glacés du nord. L'amiante contient plusieurs parties métalliques, et surtout plusieurs parties ferrugineuses ; sa ductilité n'a rien de surprenant, puisque c'est la principale qualité des métaux. Le moyen le plus simple de distinguer cette pierre de l'alun de plume avec lequel nous avons dit qu'elle avait beaucoup de ressemblance, c'est de la jeter dans l'eau ou dans le feu. Dans le premier de ces deux éléments, elle demeurera insoluble, et dans le second inaltérable. L'alun de plume, au contraire, se fond dans l'eau et se calcine sur les charbons ardents. Pour filer l'amiante, on casse avec un marteau de bois la pierre en morceaux ; on jette ces morceaux dans une lessive chaude, et on les y laisse quelque temps en macération ; on remue souvent ces pierres, qu'on fait passer de la lessive dans l'eau chaude pure ; on change la lessive et l'eau chaude, jusqu'à ce que les fils soient bien séparés et que la matière calcaire qui unissait les fibres soyeuses ait disparu. Lorsque cette espèce de filasse a été séchée au soleil, on la carde doucement et avec beaucoup de précaution ; on prend ensuite une bobine de lin ordinaire filé très fin, et on couvre, à l'aide d'un fuseau, le fil de lin de deux à trois fils d'amiante. Les fileuses trempent de temps en temps leurs doigts dans l'huile d'olive, afin de faire plus facilement cette union. Dans le Groënland, on se sert de ces fils pour faire des mèches qui ne se consument jamais. Un ouvrage, imprimé à Milan en 1807 sur du papier asbeste, est conservé à la bibliothèque de l'Institut de France.

AMIDON. Pâte de fleur de blé. Ce produit végétal est rangé dans la classe des substances neutres ; l'amidon paraît être la base de la substance nutritive du blé. Le sucre d'amidon se fait avec 190 parties d'amidon, 400 p. d'eau, 1 p. d'acide sulfurique mélangée avec l'eau. Ce sucre d'amidon mêlé à la vendange, donne au vin une qualité supérieure ; l'ébullition du sucre d'amidon doit être soutenue pendant vingt-quatre heures, de 36 à 40 degrés ; on passe ce sucre sur une toile enduite d'une couche de chaux.

AMMONIAQUE. Alcali volatil. Pendant longtemps cette substance fut regardée comme simple, sous le nom d'alcali volatil fluor ; elle fut analysée en 1785 par Berthollet, qui l'a trouvée composée en volume d'environ trois parties de gaz azote et une d'hydrogène.

AMPHIBIE. Qui vit sur terre et dans l'eau. Les espèces d'amphibies sont de deux genres, les phoques et les morses.

AMPHICTYONS. Représentants des villes grecques, qui avaient droit de suffrage dans le conseil général de la nation.

AMPHISCIENS. Nom qu'on donne aux peuples qui habitent sous la zône torride, parce que dans une saison de l'année ils ont leur ombre vers le sud, et dans l'autre vers le nord.

AMPLIFICATION. Figure de rhétorique ; forme que l'orateur donne à son discours, et qui consiste à faire paraître les choses plus grandes ou moindres qu'elles ne sont en effet.

AMPLITUDE. C'est l'arc de l'horizon compris entre l'équateur et l'astre dont on demande l'amplitude. Les seules étoiles qui se trouvent dans l'équateur n'ont aucune amplitude soit orientale, soit occidentale : toutes les autres en ont une plus ou moins grande, suivant qu'elles sont plus ou moins éloignées de l'équateur.

ANAGRAMME. Transposition de lettres, qui, dans un mot ou une phrase, fait trouver un autre mot, une autre phrase : Léon est l'anagramme de Noël. On fait aussi une anagramme en divisant un mot en plusieurs : Pont-oise.

ANALOGIE. Les mathématiciens confondent ce mot avec celui de proportion géométrique ; pour les physiciens, ils le confondent avec celui de *similitude* lorsqu'ils disent, par exemple, qu'il y a une vraie analogie entre les causes du tonnerre et celles des tremblements de terre ; cela signifie que les causes qui produisent les tonnerres dans l'atmosphère, sont semblables à celles qui produisent dans le sein de la terre les secousses dont notre globe est de temps en temps agité.

ANARCHIE. Est la même chose qu'*absence de gouvernement.* En prenant le mot *gouvernement* dans son sens véritable, on voit que l'anarchie peut avoir lieu de deux manières : 1° lorsque dans la société civile, il n'existe aucun pouvoir suprême ; 2° lorsque le pouvoir prédominant est illégitime. Dans cette dernière supposition, on peut distinguer quatre principales sortes d'anarchie, savoir : l'*ochlocratie*, l'*oligarchie*, la *démagogie* et le *despotisme.*

L'ochlocratie, ou l'anarchie populaire, a lieu lorsqu'une multitude quelconque s'empare du suprême pouvoir.

L'oligarchie a lieu lorsqu'un petit nombre d'individus ou de familles exercent le suprême pouvoir, sans en être légalement investis.

La démagogie a lieu lorsqu'un ou plusieurs individus, sans vocation légitime, mènent le peuple à leur gré, en exerçant réellement le pouvoir qu'ils semblent laisser dans les mains de la multitude.

Le despotisme a lieu lorsqu'un individu exerce un pouvoir absolu qui n'a point d'origine légale et qui, par conséquent, ne reconnaît point de bornes. On voit que le *despotisme* diffère essentiellement de la *monarchie pure ou absolue.* Le monarque tient son pouvoir de la nation, et l'exercice en est réglé par les lois fondamentales de l'État. Le despote, au contraire, prétend tenir son pouvoir de son épée ; il ne suit d'autre loi que sa volonté, et dispose à son gré de la vie et des biens de ses sujets. Il ne faut pas confondre le *despotisme* avec la *tyrannie :* ce dernier terme est réservé, chez les peuples modernes, pour exprimer les abus violents et cruels de l'autorité dans tous les genres de gouvernement. Mais le despotisme n'est pas nécessairement *tyrannique*, c'est-à-dire, violent, cruel ; il n'est point incompatible avec quelques formes administratives qui appartiennent proprement aux états réguliers.

ANASTOMOSE. La jonction d'une artère avec une artère, ou d'un nerf avec un nerf, s'appelle *anastomose* en langage anatomique.

ANATOMIE. C'est une science qui a pour but l'étude de la structure des corps organisés. Elle prend différents noms, suivant qu'il s'agit de l'étude d'un être organisé, considéré comme appartenant à une espèce ou à une classe d'êtres ; ainsi l'on nomme *androtomie* ou *anthropotomie* l'anatomie de l'homme ; — *zootomie*, celle des autres espèces du règne animal ; — *anatomie vétérinaire*, celle des animaux domestiques. Par le mot *anatomie* employé seul, on entend l'anatomie humaine, ou l'étude des organes de l'homme dans l'état de santé. — L'*anatomie pathologique* est l'étude du corps humain malade. Un grand nombre d'organes ayant une structure semblable, étant formés des mêmes tissus, on les a groupés en *systèmes* ou *genres d'organes*, et l'étude ou la connaissance de ces systèmes se nomme *anatomie générale*. — L'*anatomie descriptive* est l'étude de chaque organe en particulier ; elle se divise en *squelettologie*, qui comprend l'ostéologie (traité des os) ; et la *syndesmologie* (anatomie des ligamens) ; et en *sarcologie* (traité des chairs), qui se subdivise en *myologie* (traité des muscles), *névrologie* (traité des nerfs), *angéiologie* (traité des vaisseaux), *adénologie* (traité des glandes), *splanchnologie* (anatomie des viscères), et *dermologie* (traité de la peau). — On appelle *anatomie chirurgicale*, l'application de toutes les notions d'anatomie, soit physiologique, soit pathologique. — L'*anatomie topographique* est l'étude de toutes les parties que l'on rencontre dans telle ou telle région, l'étude de la position respective des muscles, des nerfs, etc.— On appelle *anatomie comparée*, l'étude comparative de chaque organe, sous le rapport des modifications de sa structure. Par *anatomie clastique* on entend la représentation de toutes les parties dont se compose le corps humain, au moyen de pièces d'anatomie solides, non sujettes à se briser, et qui peuvent aisément se monter et se démonter. — L'anatomie végétale ou *phytotomie*, est la connaissance intuitive de la structure des organes des végétaux, telle que nos sens nous la fournissent par eux-mêmes ou à l'aide d'instruments, laissant à la physiologie végétale le soin d'analyser et d'expliquer l'action réciproque de ces organes.

L'anatomie humaine, la seule qui doive nous occuper ici, est la base de toutes les connaissances médicales ; sans elle, le médecin ne peut qu'aller à tâtons ; sans elle, la physiologie est muette et la chirurgie incertaine et funeste. Son étude, trop négligée des gens du monde, est indispensable : 1° au peintre et au sculpteur, auxquels elle enseigne les formes extérieures du corps et les modifications apportées dans ces formes, par les divers mouvements et par les diverses attitudes ; 2° au philosophe, auquel elle enseigne le mécanisme de nos organes et les diverses transformations qu'ils subissent par l'effet de l'âge ; 3° à l'avocat, auquel elle montre les causes et le mécanisme de certaines lésions, qui peuvent le mettre sur la voie de la vérité et de la découverte du crime ; 4° au littérateur, auquel elle apprend la place qu'occupe chaque organe, auquel elle apprend à ne pas confondre les organes entre eux, et à ne pas attribuer aux uns les fonctions des autres.

L'anatomie humaine se divise en deux grandes branches : l'une, l'anatomie générale, découverte moderne due au génie de l'immortel *Bichat*, s'occupe uniquement de l'étude des éléments qui entrent dans la composition de nos tissus ; l'autre, l'anatomie descriptive, qui s'occupe de la forme, du volume, de la position, des rapports, de la couleur, de la consistance et de l'élasticité de nos organes.

L'anatomie descriptive a divisé le corps humain en parties solides et en parties liquides.

Les parties solides sont :

1° Les *os* qui forment la charpente du corps humain, servent de levier aux mouvements et présentent un point d'appui aux muscles.

2° Les *muscles*, organes actifs du mouvement, et qui sont mis en jeu par l'influence du système nerveux.

3° Les *nerfs* répandus dans toutes les parties organisées du corps ; ce sont les organes de la sensibilité ; ils transmettent au cerveau les impressions du dehors et communiquent aux muscles l'influence cérébrale sans laquelle ceux-ci ne sauraient être mis en mouvement.

4° Les *vaisseaux* divisés en deux grandes classes, les *veines* qui conduisent de la périphérie du corps aux poumons le sang qui doit subir certaines modifications, et les *artères* qui reconduisent du poumon à la périphérie du corps le sang élaboré par les poumons.

5° Les *glandes*, dont les unes sont émonctoires et destinées à éliminer du sang les principes qui ne sont plus utiles à la nutrition, et dont les autres préparent à l'assimilation les substances absorbées.

6° Les *ligaments* qui unissent les os entre eux.

7° Les *tendons* qui unissent les muscles aux os.

8° Le *tissu cellulaire* qui unit entre elles toutes les parties du corps et les divers éléments d'un même organe.

9° Le système tégumentaire qui enveloppe le corps à l'extérieur, c'est la *peau* ; et qui tapisse les cavités qui sont en communication avec l'air extérieur, ce sont les *membranes muqueuses*.

10° Les *cartilages* qui revêtent les extrémités des os, pour prévenir l'usure qui résulterait des frottements.

11° Les membranes *séreuses* qui tapissent les cavités où se trouvent des organes mobiles, et qui sont destinées à faciliter leur mouvement.

Les parties liquides sont :

1° Le *sang*, divisé en sang rouge ou artériel, et en sang noir ou veineux ; l'un et l'autre sont répandus dans tous les tissus organisés ; ce sont eux qui fournissent les éléments nécessaires à la composition, au développement et à la nutrition des organes ; ce sont eux qui, élaborés par les organes émonctoires, abandonnent les produits de sécrétions qu'ils contiennent. Le sang noir est soumis dans le poumon à une action chimique, en vertu de laquelle il dépose le carbone qu'il contient, et devient sang artériel ; c'est cette transformation qui a reçu le nom d'*hématose*.

2° Le *chyle*, produit de l'absorption des matières alimentaires.

3° Les *sécrétions* telles que la salive, les larmes, la bile, l'urine, la sueur, etc., qui toutes sont fournies par le sang artériel, à l'exception de la bile qui est produite par le sang veineux.

Quant aux différents organes, nous y reviendrons dans leur ordre alphabétique.

ANCOLIE. On voit cette plante fleurie dès le mois de mai, au jardin des Tuileries ; sa nuance est d'un bleu violet, et il y en a une variété à fleur violet-clair, dont la tige est plus basse. On désigne aussi vulgairement les fleurs d'ancolie sous le nom de clochettes. Cette plante semble être la fleur favorite de plusieurs auteurs qui l'ont citée dans leurs *méditations*.

ANDROMÈDE. Constellation boréale que l'on rencontre en s'éloignant de Cassiopée, en marchant vers le sud. Andromède est surtout remarquable par trois étoiles disposées à peu près en ligne droite et qu'on appelle la *tête*, la *ceinture* et le *pied* d'Andromède. Cette ceinture est l'objet de la conquête d'Hercule dans son neuvième travail. Andromède est représentée avec les mains étendues et attachées comme elle les avait lorsqu'elle fut exposée au monstre qu'elle semble redouter encore, car elle détourne la tête, et porte ses regards vers le nord.

ANÉMOMÈTRE. Instrument propre à mesurer la

force du vent. C'est une boîte longue, fermée, et dans laquelle est contenu un ressort à boudin. Une tige, terminée par une planchette d'un pied carré, pénètre dans cette boîte. Cette tige est arrêtée par le moyen d'une bride à ressort faible, afin que l'observation ait le temps de se faire. La planche exposée perpendiculairement à la direction du vent, qui fait entrer une quantité de la tige dans la boîte, indique sa force. Pour graduer l'instrument, on place successivement sur la planche les poids auxquels on désire comparer la force du vent, et on les marque sur la tige.

ANGÉLIQUE. Cette plante croît en Bohême, en Espagne, en Angleterre et en France ; elle fait partie de la famille des ombellifères. Les confiseurs font une très grande consommation des tiges d'angélique ; celle qui vient de Bohême est préférée.

ANGLE. On nomme *angle* l'ouverture de deux lignes qui se touchent en un point, et qui ne forment pas une même ligne. Les deux lignes sont-elles droites ? l'angle sera rectiligne. Les deux lignes sont-elles courbes ? l'angle sera curviligne. Si l'une des deux lignes est droite et l'autre courbe, l'angle sera mixte.

ANIMAL. L'animal sent, se meut à volonté ; c'est un être organisé qui discerne, choisit et saisit sa pâture, qui croît, vit et meurt. L'homme est classé dans le règne animal ; il réunit tous les caractères des animaux les plus parfaits, mais il a au-dessus d'eux tous la faculté de la pensée et de la parole, celle de connaître, d'aimer et de servir son créateur. Sous ces rapports il est hors de rang et au-dessus de tous les êtres qui composent la nature. On divise les animaux en huit ordres, savoir : 1° les quadrupèdes ; 2° les cétacées, ou grands animaux marins vivipares, qui ont des nageoires charnues ; 3° les oiseaux ; 4° les quadrupèdes ovipares comme les lézards, les tortues ; 5° les serpents ; 6° les poissons ; 7° les insectes ; 8° les vers. Plusieurs savants ont proposé ou suivi d'autres divisions.

Presque toutes les classes d'animaux fournissent à nos besoins, à notre nourriture, à notre vêtement ou à nos plaisirs. Celle des quadrupèdes a mis sous la dépendance immédiate de l'homme, le bœuf, le bélier, le cheval, l'âne, le chien, l'éléphant, le buffle, le chameau, qui vivent parmi nous comme en société et nous aident dans des travaux au-dessus de nos forces ; celle des oiseaux nous fournit plusieurs espèces qui sont formées à vivre familièrement parmi nous, telles que la poule, le canard, le coq d'Inde, le paon, le pigeon, les oiseaux de volière et ceux qu'on dresse pour la chasse. Sur les côtes maritimes plusieurs espèces d'oiseaux de rivage fournissent aux habitants, au moyen de leurs œufs, un aliment que la rareté des productions de la terre leur rend précieux. Parmi les amphibies, l'industrie du castor qui nous fournit une fourrure précieuse, fixe notre admiration et notre attention. Parmi les poissons auxquels nous sommes redevables d'une nourriture variée et abondante, il faut distinguer la baleine dont la pêche est un grand objet de commerce, et le hareng dont l'excessive multiplication procure aux habitants du nord et à l'Europe entière un aliment léger et sain. Dans la classe des insectes, on remarque l'abeille qui s'est rendue domestique, qui, apprivoisée parmi nous, obéit à la voix de l'homme, lui donne sa cire et lui ouvre les magasins que sa prévoyance a remplis de miel. Dans celle des vers, on distingue le ver à soie dont l'industrie sert à vêtir les riches et à meubler leurs palais.

Classification des animaux en général. — On en compte neuf classes : La première est celle des mammifères tels que les amphibies, les animaux ruminants, les carnassiers ou les quadrumanes. — La seconde, celle des oiseaux ; la troisième, les reptiles ; la quatrième, les poissons ; la cinquième, celle des mollusques, tels que les céphalopodes, gastéropodes et acéphales ; la sixième, celle des vers ; la septième, les crustacées ; la huitième, les insectes ; et la neuvième, celle des zoophytes.

ANNÉE. Il y a des années solaires et des années lunaires ; les premières contiennent 365 jours, 5 heures, 48 minutes, 51 secondes. Les secondes ne comprennent que 354 jours (voir Calendrier).

ANTARCTIQUE. Ce terme signifie méridional.

ANTÉCIENS. C'est le nom qu'on donne aux peuples placés sous le même méridien et à la même distance de l'équateur, les uns vers le nord, les autres vers le midi.

ANTHOLOGIE, choix de poésies. On désigne aussi par ce nom un recueil des épigrammes de divers auteurs grecs.

ANTIDOTE. Contrepoison ; médicament qui a la propriété de prévenir ou de combattre les effets d'un poison et d'un venin. Les principaux antidotes connus, sont : le blanc d'œuf ou *albumine*, dans les empoisonnements par le sublimé corrosif ; la décoction ou la poudre de quinquina, dans les empoisonnements par l'émétique ; les dissolutions étendues de sulfate de soude ou de magnésie, la magnésie et l'eau de savon dans les empoisonnements par acide. Il faut bien observer que ces divers antidotes ne conviennent pas indistinctement dans tous les cas.

ANTILOGIE. Contradiction de mots dans un discours ; ce mot se dit aussi pour exprimer les contradictions de phrases dans un auteur.

ANTILOPE. — Les antilopes forment une famille de quadrupèdes, intermédiaire entre les cerfs et les chèvres ; elles ont le port du cerf, les cornes des chèvres ; elles ont une vésicule du fiel, des larmiers, les fosses des aines formées par des replis ; leurs yeux noirs sont superbes ; elles sont très agiles, timides, très vites à la course ; leurs corps et leurs jambes sont plus grêles que ceux du cerf. Elles marchent par troupes très nombreuses, souvent de plus de mille individus. Elles se nourrissent d'arbrisseaux. Elles fréquentent plus souvent les collines que les plaines. Le plus grand nombre des espèces se trouvent en Afrique et en Asie. Leur chair est en général bonne à manger, à moins qu'elle n'ait une forte odeur de musc ou de bouquin.

ANTIMOINE. Demi-métal blanc ; c'est un composé de soufre, de vitriol et de différents corpuscules métalliques. On le trouve non-seulement dans les propres mines, mais encore dans les mines d'argent. On l'emploie avec 75 p^{ces} stibium, contre 25 p^{ces} plomb.

Quelques auteurs prétendent qu'il fut nommé antimoine, parce que des moines voulurent, avec ce métal, faire des expériences qui leur furent funestes. Le véritable nom est *stibium*, purgatif assez violent et qui entre en grande partie dans le remède dit de Leroy.

On a regardé long-temps l'antimoine comme un métal pur, la combinaison naturelle de l'antimoine avec le soufre. Il se réduit très facilement ; c'est alors un métal bleuâtre et lamelleux, le choc du marteau le réduit en poussière : il s'évapore à un grand feu. On emploie l'antimoine allié avec d'autres métaux pour les caractères d'imprimerie, et dans la fabrication des poteries d'étain ; un des principaux remèdes de la médecine (l'émétique) est une combinaison d'antimoine avec un sel. Uni avec le soufre, il forme encore un médicament qu'on appelle *kermès*.

ANTINOÜS. Constellation boréale. Antinoüs fut placé aux cieux par Adrien, qui craignait apparemment qu'on oubliât ses débauches. Antinoüs est au-dessous de l'Aigle, du côté du midi. Les étoiles de troisième grandeur, se présentent sous la forme d'un trapèze, figure à quatre côtés.

ANTIPATHIE, aversion naturelle ; sentiment de répugnance, sourde inimitié qui nous rend quelquefois pénible la présence d'une personne. On doit faire tous ses efforts pour se guérir d'une semblable disposition, car, dans l'intérêt de son propre bonheur, on ne doit voir personne avec déplaisir, sans de justes motifs.

ANTIPÉRISTASE. Actions de deux qualités contraires, dont l'une augmente la force de l'autre.

ANTIPHRASE. Figure de rhétorique. Antiphrase signifie *contre-vérité*. Plusieurs grammairiens ne veulent pas admettre l'antiphrase au nombre des figures, car elle ne satisfait pas l'esprit. C'est être opposé à l'ordre naturel que de nommer une chose par son contraire, d'appeler *lumineux* un objet parce qu'il est obscur.

ANTIPODES. La terre a une figure à peu près sphérique ; l'hémisphère opposé à celui que nous habitons, porte le nom d'Antipodes ; nous donnons aussi ce nom aux peuples qui ont leur zénith dans l'endroit où nous avons notre nadir.

ANTITHÈSE. Figure de rhétorique propre à orner et à embellir le discours. L'antithèse est une des figures les plus agréables que puissent employer les orateurs et les poètes, mais avec habileté, car alors l'antithèse dégénérerait en jeux de mots puérils.

ANTONOMASE. Figure de rhétorique, espèce de synecdoque, par laquelle on met un nom commun pour un nom propre, ou bien un nom propre pour un nom commun. Dans le premier cas, on veut faire entendre que la personne ou la chose dont on parle, excelle sur toutes celles qui peuvent être comprises sous le nom commun ; et dans le second cas, on fait entendre que le personnage dont on parle ressemble à ceux dont le nom propre est célèbre par quelque vice ou par quelque vertu.

AORTE. L'aorte, ou la grande artère, est un gros vaisseau qui, partant de la cavité gauche du cœur, se divise en ascendante et en descendante. De l'aorte ascendante tirent leur origine les artères qui se distribuent à la tête et aux membres supérieurs, et de l'aorte descendante viennent celles qui se rendent à l'abdomen et aux membres inférieurs.

APÉTALE, fleur dépourvue de pétales et conséquemment qui n'a pas de corolle. Il y a deux degrés dans l'*a. étalie*: dans le premier, il n'existe qu'une seule enveloppe florale autour des organes sexuels, comme dans le daphné, le lis ; dans le second, il n'y a aucune enveloppe autour des étamines et du pistil, comme dans les saules.

APHÉLIE. Les astres qui tournent autour du soleil ne sont pas toujours également éloignés de lui ; ils sont dans leur aphélie, lorsqu'ils sont dans leur plus grande distance ; ils sont dans leur périhélie, lorsqu'ils sont dans leur plus petite distance du soleil ; et ils sont dans leur distance moyenne, lorsqu'ils sont aussi éloignés de leur aphélie que de leur périhélie. Les astronomes ont observé que la plus grande distance de la terre au soleil est de 20976 $\frac{2}{7}$ rayons terrestres ; sa plus petite distance de 20275 $\frac{1}{2}$ et sa distance moyenne de 20626. Un rayon terrestre contient environ 1433 lieues.

APHORISME. Maxime qui comprend les propriétés d'une chose.

APOGÉE. Un astre est apogée, lorsqu'il est dans sa plus grande distance, et il est périgée, lorsqu'il est dans sa plus petite distance de la terre.

APOTHÉOSE. Déification ; éloge outré. Les anciens Romains mettaient au nombre des dieux du pays, les empereurs qui étaient jugés dignes de la divinité. Le premier qui eut cet honneur fut Jules-César. Après lui, ce fut Auguste et tous ses successeurs, ceux-mêmes qui étaient chrétiens, jusqu'à Gratien, ce qui se prouve aisément par les anciennes inscriptions. Cette apothéose se faisait avec beaucoup de pompe et de magnificence. On brûlait leurs corps dans le champ de *Mars*, et on créait alors pour eux des prêtres que l'on nommait *flamines* et *sodales*. On créait même des compagnies entières, aussi bien que des prêtresses que l'on appelait *flaminices*. Les femmes, les sœurs, les filles des empereurs étaient mises au rang des déesses : ce qu'il y a de plus

surprenant, c'est que les Grecs d'Alexandrie, par une basse et honteuse flatterie, déifièrent Antinoüs, favori d'Adrien. On en vint même jusqu'à rendre les honneurs divins aux empereurs pendant leur vie, comme on le voit à l'égard de Jules-César, Auguste, Domitien, etc. On éleva aussi des temples et on dressa des autels dans les provinces, en l'honneur des magistrats romains, et et autres personnes illustres. La marque ordinaire de l'apothéose des empereurs était un aigle, et un paon pour les impératrices.

APPÉTIT. Ce mot diffère essentiellement de celui qui rend l'expression du besoin de manger, et qu'on nomme *faim*. L'appétit peut être provoqué, excité ; il se prononce pour tel aliment de préférence à un autre. La *faim*, au contraire, désire également toute espèce d'aliment pour lequel on n'a pas de répugnance. La faim s'apaise en mangeant, au lieu que quelquefois l'appétit se développe ; la faim portée à l'excès se nomme *boulimie*.

APRE. La saveur âpre est la quatrième des sept saveurs principales. Elle annonce des molécules mal cuites. En effet, un fruit est âpre lorsqu'il n'est pas encore mûr.

ARBITRAGE. Jugement par arbitres. L'arbitrage est imposé comme une nécessité pour vider toutes les contestations relatives aux sociétés commerciales : en toute autre manière, il n'est que facultatif ; mais comme il présente le moyen le plus simple, le plus facile et le plus prompt pour terminer, sans frais, comme sans éclat, toutes espèces de contestations, il est devenu la juridiction la plus commune, surtout en matière commerciale.

ARBRE. Plante ligneuse à un seul tronc avec branches et rameaux. La grosseur des arbres n'est pas moins variée que leur hauteur ; certains arbres n'acquièrent que par une longue suite d'années une hauteur et un diamètre considérables, par exemple, le chêne ; d'autres prennent leur accroissement dans un temps bien plus court, tel que le peuplier. Généralement les arbres de nos forêts ne dépassent pas 120 à 130 pieds d'élévation ; il en est qui ont 25 à 30 pieds de tour, comme certains chênes et certains ormes. La durée d'un chêne peut être de 600 ans, et celle d'un olivier de 300. — Nous parlerons d'une manière plus étendue de trois espèces d'arbres qui méritent une attention particulière.

L'arbre de cire a le port du myrte, sa hauteur est celle de nos petits cerisiers ; les baies de cet arbuste aquatique sont de la grosseur d'un grain de coriandre et d'un gris cendré ; elles contiennent des noyaux recouverts d'une espèce de résine qui a quelques rapports avec la cire. On retire de ces baies, en les faisant bouillir dans de l'eau, une sorte de cire verte qui surnage, et dont on peut faire des bougies. Une livre de grains produit deux onces de cire. On parvient ensuite à blanchir un peu ce résidu, qui a une odeur douce et aromatique ; cependant, quelque soin que l'on puisse prendre, sa blancheur n'égale jamais celle de notre cire ordinaire. Ce sont sans doute les fruits de cet arbrisseau que les sauvages des îles Gambier appellent *rama*, et qu'ils brûlent pour s'éclairer, après les avoir enfilés à un petit bâton. L'arbre de cire est assez commun à la Louisiane et dans les Carolines. On l'a transporté en Angleterre et en France dans les jardins botaniques ; mais on ignorait jusqu'ici qu'il existât en Chine.

L'arbre à pain est très élevé, d'une belle forme et qui se ramifie beaucoup ; il vient naturellement aux îles Sandwich qui font partie de la Polynésie, de deux mots grecs qui expriment, en effet, un immense assemblage d'îles. Les feuilles de l'arbre à pain, qui croissent aux extrémités des branches, sont dentelées et longues de deux pieds sur dix-huit pouces de large. Le fruit, qui est sphérique et d'un pied environ de diamètre, recouvert d'une peau raboteuse, renferme une grande quantité d'amondes assez grosses, attachées à un centre charnu ; ces amandes, recouvertes par plusieurs membranes, sont farineuses comme la châtaigne. On cueille ce fruit un peu avant qu'il soit parvenu à son entière maturité. Toute la préparation qu'on lui donne, consiste à le couper en tranches et à le faire sécher sur des charbons, ou bien à le faire cuire en entier dans un four, jusqu'à ce que l'écorce soit noire ; alors on le ratisse et l'on mange le dedans qui est blanc et tendre comme la mie du pain frais, et qui constitue un aliment sain et agréable. Sa saveur approche de celle du pain de froment, avec un léger mélange du goût de l'artichaut lorsqu'il est cuit. Les habitants de la mer du sud jouissent de ce fruit pendant huit mois de l'année ; mais comme ils en sont privés pendant quatre, ils y suppléent en préparant avec la pulpe de ce fruit, une pâte fermentée et acide qu'ils conservent, et dont ils font une sorte de pain qu'ils cuisent au four à mesure qu'ils en ont besoin.

L'arbre à vernis croît dans la Chine, la Cochinchine, le royaume de Siam et des Moluques ; il est d'une moyenne grosseur ; sa hauteur est médiocre, ses rameaux s'élèvent verticalement ; on prétend que ses fruits desséchés peuvent être mangés sans danger, sans cette précaution ils empoisonneraient. Le principal usage qu'on fait de cet arbre, est d'en tirer le vernis ; ce vernis est employé pur ou mêlé avec diverses substances colorées ; il est appliqué ensuite sur différents meubles et objets de luxe, auxquels il donne un poli et un éclat tout particuliers. Cette résine est employée encore comme médicament en certaines maladies, après toutefois qu'on l'a fait bouillir pour lui enlever un principe volatil qui est d'une âcreté extrême. Pour tirer de l'arbre la liqueur dont est composé le vernis, on fait une ou plusieurs incisions au tronc, et le jus coule dans un vase adapté pour le recevoir ; lorsque ce vernis sort de l'arbre, il est d'un blanc jaunâtre ; mais dès qu'il est reposé à l'air, sa surface prend d'abord une couleur roussâtre, et peu après il devient noir. Beaucoup de personnes ne peuvent en soutenir l'odeur ni même la vue, aussi long-temps qu'il est dans un état liquide ; si elles s'en approchaient peu de temps après, la tête enflerait et la peau se couvrirait de pustules et d'ulcères : cet effet n'est pas cependant général, il dépend du tempérament. Peu d'ouvriers, parmi ceux qui travaillent à extraire le vernis, sont exempts d'être attaqués une fois au moins de la maladie des clous de vernis, ou pustules sur la peau ; mais elle n'est que douloureuse et n'est point mortelle. Il est, du reste, par une loi fort sage, à ces ouvriers de se servir d'un masque, d'avoir des gants, des bottines et un plastron de peau devant l'estomac.

ARC. Portion de cercle, dont les divisions sont toujours correspondantes à celles de cette courbe ; la latitude et la déclinaison sont des arcs du méridien et du vertical, et la longitude est l'arc de l'équateur compris entre les deux cercles de déclinaison.

ARC-EN-CIEL. Météore en arc de diverses couleurs. Lorsqu'on a le dos tourné au soleil élevé sur l'horizon de moins de 42 degrés, et que l'on regarde une nuée qui fond en pluie, éclairée par cet astre, on aperçoit souvent dans le ciel deux arcs à la fois, l'un intérieur, l'autre extérieur. Dans l'arc intérieur, les couleurs sont rangées en cet ordre en allant de la partie inférieure à la partie supérieure, le violet, l'indigo, le bleu, le vert, le jaune, l'orangé et le rouge. Dans l'arc extérieur, les couleurs sont rangées dans un ordre tout différent ; le rouge occupe la partie inférieure, et le violet la partie supérieure.

On remarque encore que les couleurs sont plus vives dans l'arc intérieur que dans l'arc extérieur. Rien n'est plus simple que l'explication de ce phénomène intéressant. On distingue dans l'arc-en-ciel les sept couleurs primitives, parce que les gouttes d'eau décomposent les rayons de lumière aussi bien que le prisme de verre ; puisque le prisme, décomposant les rayons de lumière, nous représente les sept couleurs primitives, donc l'arc-

en-ciel doit nous les représenter aussi. Dans l'arc intérieur, la couleur rouge paraît la plus élevée par la raison que dans cet arc, les rayons de lumière entrent par la partie supérieure, et sortent par la partie inférieure de la goutte d'eau ; les rayons rouges, qui sont moins réfrangibles que les autres, seront donc plus élevés. Dans l'arc extérieur, la couleur rouge paraît la moins élevée, parce que dans cet arc la réfraction se fait dans un sens contraire, c'est-à-dire, les rayons de lumière entrent par la partie inférieure de la goutte d'eau, et sortent par sa partie supérieure. Ensuite, les rayons de lumière ne souffrant qu'une réflexion et deux réfractions dans l'arc intérieur, tandis qu'ils souffrent, dans l'arc extérieur, deux réflexions et deux réfractions, les couleurs sont plus vives dans l'arc intérieur que dans l'arc extérieur. L'arc-en-ciel, ou *l'iris* paraît en forme d'arc, parce que les rayons de lumière forment un cône dont la base est la nuée sur laquelle l'iris est répandu, et au sommet duquel se trouve l'œil du spectateur. Aussi, verrions-nous le cercle entier, si nous étions assez élevés sur l'horizon.

ARC-DE-TRIOMPHE. Monument triomphal, bâti en forme d'arc. Le premier élevé à Paris, en 1672, le fut en l'honneur de Louis XIV, d'après les dessins de Blondel ; il est plus particulièrement connu sous le nom de *Porte-saint-Denis* ; sa façade est de 72 pieds sur 73 de hauteur. Du côté de la rue Saint-Denis, le bas-relief, dans la frise, représente le passage du Rhin à Tholuys. Un autre arc fut construit en 1674, non loin du précédent, d'après les dessins de Bullet ; c'est la *Porte-saint-Martin*, dont les bas-reliefs sont consacrés aux souvenirs de la guerre des Pays-Bas, où les armées de Louis XIV obtinrent de brillants succès. — En 1806, on éleva l'*arc-de-triomphe du Carrousel*, pour rappeler les hauts faits de la grande armée. L'arc de Septime-Sévère à Rome servit de modèle ; il est percé de trois arcades dans sa face, coupées par une arcade transversale ; il a 45 pieds de haut, 60 de large et 21 d'épaisseur. L'entablement supporte un char attelé de quatre chevaux de plomb bronzé, guidés par la Paix. Plusieurs actions mémorables de la campagne de 1805 sont rappelées dans les bas-reliefs ; les colonnes sont surmontées de statues qui représentent les différents corps qui se trouvaient à la bataille d'Austerlitz. L'*arc-de-triomphe de l'Étoile* fut commencé en 1806 ; il décore l'entrée des Champs-Élysées. Les travaux interrompus en 1814, ont été repris en 1823, et le monument fut entièrement terminé en 1836. Il a 137 pieds de hauteur ; sa façade d'une seule arcade est de 87 pieds de haut sur 47 de large. Il a coûté 9,651,115 f. 62 c.

Quatre groupes de sculpture de grande dimension y représentent, l'un le *Départ* (1792), l'autre le *Triomphe* (1810) ; le troisième, la *Résistance* (1814) ; le dernier, la *Paix* (1815). Trente bas-reliefs d'une admirable exécution, qui figurent dans la décoration extérieure de l'arc-de-triomphe, reproduisent les principaux faits d'armes des armées françaises. Les autres victoires mémorables, au nombre de quatre-vingt-seize, sont rappelées dans l'intérieur, dans les emplacements libres de la grande et de la petite voûte. Les noms de trois cent quatre-vingt-quatre généraux français, qui se sont distingués dans les premières campagnes, sont inscrits sur le monument, partagés en quatre groupes, de six colonnes chacune. Quatre victoires et les figures allégoriques des grandes victoires de l'armée, en complètent la décoration. C'est par l'arc-de-triomphe que la grande armée victorieuse à Eylau, à Friedland, rentra dans la capitale après la paix de Tilsitt, et que l'armée d'Espagne, conduite par le duc d'Angoulême, revint à Paris, après la campagne de 1823.

ARCHÉOLOGIE. Traité, science des antiquités ; l'archéologie qui embrasse les différentes parties de l'art, forme sept grandes divisions : l'architecture antique ; la sculpture ; la peinture ; la glyptographie (pierres gravées) ; la paléographie (inscriptions) ; la numismatique (médailles) ; et la septième comprend les armes, meubles et ustensiles. La science de l'archéologie a pour but d'augmenter le savoir ; et par la connaissance acquise des mœurs et des usages des anciens, elle évite ou détruit les erreurs. Un savant archéologue a écrit de Palenque, l'*Herculanum* du Mexique, en date du 1er novembre 1832, que depuis huit jours qu'il était dans cet endroit, il n'était pas encore revenu de son étonnement. Les ruines qu'il a étudiées, s'étendent dans un espace de 12 à 15 lieues, sur les flancs d'une chaîne de montagnes qui longe la rivière de Michol. Ce sont des constructions de toutes les dimensions qui ne ressemblent point à ce qu'on voit dans le Mexique : ici, grossièrement ébauchées, là d'un beau fini, et partout grandes, étonnantes. Tout prouve que Palenque a été bâti par un peuple avancé en civilisation, dans une époque rapprochée des temps héroïques de la Grèce, et que c'est d'ici que partit Quetzalcoat (l'homme blanc et barbu) qui fut le premier législateur des Mexicains. Quelques inscriptions qu'on aperçoit ne semblent pas être hiéroglyphiques comme celles des anciens Fulticas.

Une des plus importantes découvertes que l'archéologie ait faites dernièrement est celle du tombeau du roi Pharamond, sur les bords de la Vesle à Prouilly. Près du cadavre du roi de France, au fond d'une grotte sombre, faisaient sentinelle une trentaine de statues en marbre noir et blanc de grandeur naturelle.

Chaque jour l'archéologie enrichit nos musées de monuments précieux.

ARCHIPEL. Terme de géographie. On nomme archipel un endroit de la mer parsemé d'îles. — Archipel, mer *Egée* des anciens, partie considérable de la mer Méditerrannée, entre la Romanie, la Natolie, la Macédoine, la Livadie, la Morée et l'île de Candie. Elle fait la séparation de l'Europe et de l'Asie, depuis l'île de Rhodes jusqu'à la mer de Marmara.

ARCHIPRÊTRE. Premier curé dans un diocèse, celui qui est préposé au-dessus des autres, principalement pour l'office sacerdotal. Dans les premiers siècles de la monarchie, le titre d'*archiprêtre* répondait à celui de vicaire épiscopal : dans la suite il fut donné aux prêtres subordonnés aux archidiacres : leur dignité était pareille à ce qu'est aujourd'hui celui des *doyens* ruraux. Armand de Cervole, né d'une famille noble de Gascogne, quoique chevalier et marié, jouissait du revenu d'un *archiprêtre*, suivant l'usage qui subsistait encore dans quelques provinces, en 1337. On voit dans cette coutume des vestiges de ces donations faites aux gens de guerre, par Charles-Martel, des revenus ecclésiastiques.

ARCHITECTURE. Science qui apprend à disposer les bâtiments avec ordre, avec symétrie et pour être propres à l'usage auquel on les destine. Il y a trois sortes d'architecture : la civile, la militaire et la navale. La première consiste dans les ornements extérieurs et dans les commodités intérieures ; la seconde, dans l'art de mettre une place en état de résister avec un petit nombre de troupes à un plus grand qui l'attaque ; enfin, la troisième sorte d'architecture est l'art de construire des vaisseaux, soit pour la guerre, soit pour le commerce.

L'architecture civile se divise en cinq ordres qui sont : le dorique, l'ionique, le corinthien, le toscan et le composite. On y ajoute le gothique, qui est une ancienne manière de bâtir dont on s'est servi dans la construction des cathédrales.

L'*ordre dorique* a été la première idée régulière de l'architecture ; son caractère essentiel est la solidité. C'est pour cette raison qu'on doit l'appliquer principalement aux grands édifices et aux magnifiques bâtiments. L'antiquité de son origine se perd dans la nuit des temps ; néanmoins Vitruve l'attribue, avec assez de vraisemblance, à un prince d'Achaïe nommé *Dorus* ; c'est lui apparemment qui a donné son nom aux Doriens. Ce prince, étant souverain du Péloponèse, fit bâtir dans la ville d'Argos un superbe temple à la déesse Junon. Ce temple fut le premier modèle de cet ordre. Les peuples voisins en élevèrent plusieurs à son imitation, entre lesquels le plus renommé fut celui que la ville d'Olympie avait consacré à Jupiter surnommé Olympien. La manière héroïque de cet ordre fait un merveilleux effet et montre une certaine beauté mâle et naïve, qui est proprement ce qu'on appelle la grande manière.

L'*ordre ionique*. Les Ioniens furent les premiers rivaux des Doriens, et comme ils n'avaient pas la gloire de l'invention, ils s'efforcèrent d'enchérir sur les auteurs. Considérant donc que la figure du corps d'un homme, tel, par exemple, qu'était Hercule, sur laquelle on avait formé l'*ordre dorique*, était d'une taille trop massive pour convenir aux maisons sacrées et à la représentation des choses célestes, ils voulurent composer un *ordre à* leur mode, et choisirent un modèle d'une proportion plus délicate et plus élégante, qui est le corps de la femme, ayant plus d'égard à la beauté qu'à la solidité de l'ouvrage, auquel ils ajoutèrent beaucoup d'ornements. Entre les temples célèbres bâtis par les Ioniens, le plus mémorable est le fameux temple de Diane à Ephèse.

L'*ordre corinthien* prit naissance à Corinthe. Quoiqu'on ne sache pas précisément où vivait Callimaque, à qui Vitruve en attribue toute la gloire, on peut néanmoins juger, par la noblesse de ses ornements, qu'il fut inventé pendant la magnificence et la splendeur de Corinthe, et bientôt après l'ordre ionique, auquel il est semblable, à la réserve du chapiteau. L'ordre corinthien est le plus délicat et le plus riche de tous les ordres d'architecture. Son chapiteau est orné de deux rangs de feuilles, de huit grandes volutes (ornement fait en forme de spirale) et de huit petites, qui semblent soutenir le tailloir qui est la partie supérieure du chapiteau des colonnes. Callimaque, sculpteur grec, est, dit-on, l'inventeur du chapiteau corinthien. Une espèce de hasard donna lieu ; ayant vu en passant près d'un tombeau, un panier qu'on avait mis sur une plante d'acanthe, Callimaque fut frappé de l'arrangement fortuit et du bel effet que produisaient les feuilles naissantes de cette acanthe qui environnaient le panier. Et quoique le panier avec l'acanthe n'eussent aucun rapport naturel avec le chapiteau d'une colonne et avec un bâtiment massif, cependant, il en imita la manière dans les colonnes qu'il fit depuis à Corinthe, établissant et réglant sur ce modèle les proportions et les ornements de l'ordre corinthien.

Le *chapiteau composite* a été inventé par les Romains, d'après l'imitation des chapiteaux ionique et corinthien.

L'*ordre toscan*, selon l'opinion commune, a pris son origine dans la Toscane, dont il garde encore le nom. De tous les ordres, il est le plus simple et le plus dépourvu d'ornements ; il est même si grossier, qu'on le met rarement en usage, si ce n'est pour quelque bâtiment rustique, où il n'est besoin que d'un seul ordre, ou pour quelque grand édifice, tel qu'un amphithéâtre, etc.

La *colonne toscane*, sans aucun architrave (l'architrave est un membre d'architecture, qui pose immédiatement sur le chapiteau des colonnes ou des pilastres, et au-dessus duquel est la *frise*, pièce qui précède la *corniche*), la *colonne toscane*, donc, est la seule pièce qui mérite d'être mise en œuvre, et qui puisse rendre cet ordre recommandable ; la colonne *trajane* est un des plus superbes restes de la magnificence romaine. Ce monument a plus immortalisé l'empereur Trajan, que toutes les plumes des historiens n'auraient pu faire.

L'*ordre composite* a été inventé par les Romains. Il participe de l'*ionique* et du *corinthien*, ce qui l'a fait nommer *composite*. On l'appelle aussi *italique* ou *romain*. Cet ordre est encore plus orné que le *corinthien*. Les maîtres de l'art, et les personnes d'un goût éclairé, se plaignent de ce qu'on emploie trop souvent cet *ordre* qui s'éloigne de la belle architecture des Grecs.

4

L'ordre *attique* a passé d'Italie en France, en même temps que la *mansarde*; mais les architectes ne s'en sont pas servi si souvent. C'était autrefois un édifice construit à la manière athénienne, où il ne paraissait point de toit. On donne aujourd'hui le nom de *mansarde* à un étage qui termine une façade, et qui n'a, pour l'ordinaire, que les deux tiers de l'étage inférieur.

L'ordre *cariatique* est celui qui a des figures de femmes à la place des colonnes. Ce sont des femmes captives, vêtues de longues robes, dont la tête sert d'appui à un entablement, et qu'on emploie à la place des colonnes et des pilastres. Les habitants de Carie, dans le Péloponèse, s'étant mis avec les Perses, contre les autres peuples de la Grèce, furent vaincus, et s'attirèrent, par ce service, une guerre sanglante de la part de ceux qu'ils avaient attaqués. Leur ville ayant été prise par les Grecs, tous les hommes furent passés au fil de l'épée; les femmes furent emmenées captives sans distinction d'état. Les architectes de ce temps-là, pour éterniser la mémoire de la trahison et du châtiment, mirent, au lieu de colonnes, dans les édifices publics, la figure de ces infortunées captives qui, sous le poids de l'entablement, dont elles étaient chargées, rappelaient celui de leur captivité; telle est l'origine de l'*ordre cariatique*.

On a donné quelquefois le nom d'*ordre français* à un *ordre* d'architecture dont le chapiteau est composé des attributs particuliers à la nation, tels que des têtes de coqs, d'aigles, des fleurs de lys, etc., et dans lequel on suit les proportions corinthiennes.

L'ordre *gothique* vient des Goths. Cette architecture, en général, est celle qui est éloignée des proportions antiques, sans correction de profils, ni bon goût dans ses ornements chimériques. Elle a beaucoup de solidité et de merveilleux, à cause de l'artifice de son travail; on distingue deux architectures *gothiques*, l'une ancienne, l'autre moderne. L'ancienne est celle que les Goths ont apportée du Nord, dans le cinquième siècle. Les édifices construits selon la *gothique* ancienne, étaient massifs, pesants et grossiers. Les ouvrages de la *gothique* moderne étaient plus délicats, plus déliés, plus légers, et d'une hardiesse de travail étonnante. Elle a été longtemps en usage, surtout en Italie; elle a duré depuis le treizième siècle, jusqu'au rétablissement de l'architecture antique, dans le seizième siècle.

L'ordre *persique* est celui où, au lieu de colonnes, on emploie des figures d'hommes et d'esclaves persans, pour soutenir les entablements. Les Grecs avaient inventé cet *ordre* par mépris et par haine pour les Perses, leurs ennemis.

Enfin, l'ordre *rustique* est celui où l'on emploie les *refonds* ou *bossages*, comme les colonnes du palais du Luxembourg.

ARCHITRAVE. Partie de l'entablement au-dessous de la frise et au-dessus du chapiteau.

ARCTIQUE (ἄρκτος, *septentrional*). On donne ce nom au pôle boréal, parce qu'il n'est pas éloigné de la constellation appelée la *grande ourse*.

ARDOISE. Substance minérale très-répandue, dont l'usage est très-commun. L'ardoise sert principalement, sous forme de lames minces, plates et unies, à la couverture des édifices, à daller les appartements; l'ardoise remplace aussi le papier pour écrire, calculer, dessiner, et même pour peindre.

ARÉOPAGE, Tribunal d'Athènes. Cet établissement, le plus majestueux dans son origine et le plus utile par son objet, fut fondé par *Cécrops* (1er roi des Athéniens, 1558 avant J.-C.); c'était dans le fait le sénat d'Athènes : ses membres étaient pris parmi les citoyens connus par leur intégrité, leur mérite, et distingués par leur naissance et leur fortune. Solon ordonna qu'on n'y admettrait que ceux qui auraient été *archontes* (magistrats) dans l'année. L'aréopage était chargé de punir les crimes; l'éloquence était bannie de ce tribunal,

qui prononçait ses jugements la nuit. Démosthènes lui rend le témoignage que, pendant une longue suite de siècles qui s'étaient écoulés depuis son établissement, il n'avait rendu aucun jugement qui ne fût équitable; aussi était-il en vénération dans toute la Grèce.

ARGENT. Métal. L'argent est composé de mercure, de soufre et de sel; il y a beaucoup moins de particules salines et beaucoup plus de pores dans l'argent que dans l'or; aussi, ces deux métaux diffèrent-ils spécifiquement entre eux. Les plus riches et les plus abondantes mines d'argent se trouvent dans le Potasi, province du Pérou, dans l'Amérique méridionale. Lorsqu'il est pur, il s'oxyde difficilement. Ce métal, très malléable, est d'un blanc terne, mou, peu résistant, d'une pesanteur spécifique de 10,47; il acquiert de l'éclat, de la dureté et de la solidité par son alliage (en petite proportion) avec le cuivre.

Dans la mine, l'argent est renfermé dans la pierre. Pour l'en tirer, on met cette pierre en poussière : avec de l'eau, on fait de cette poussière une pâte qu'on laisse un peu sécher : on pétrit de nouveau cette pâte avec du sel marin; enfin on y jette du mercure et on pétrit pour une troisième fois, afin d'avoir un *amalgame*, c'est-à-dire, un composé de terre, de sel marin, de mercure et d'argent broyés ensemble : on lave l'*amalgame* dans plusieurs différentes eaux, jusqu'à ce qu'il ne reste qu'une masse composée de mercure et d'argent, qu'on nomme *pigne* : on pose la *pigne* sur un trépied au-dessous duquel est un vase rempli d'eau; on couvre le tout avec de la terre en forme de chapiteau, que l'on environne de charbons ardents; l'action du feu sépare l'argent du mercure, et fait tomber celui-ci dans l'eau où il se condense.

ARISTOCRATIE. Gouvernement des grands. C'est un état dans lequel le suprême pouvoir est exercé par un corps choisi à perpétuité, qui gouverne et se renouvelle sans le concours du peuple : telle était l'ancienne république de Venise.

ARITHMÉTIQUE. C'est l'art de compter ou la science des nombres; on se sert, en arithmétique, de dix caractères différents, qui sont :

0 1 2 3 4 5 6 7 8 9

zéro un deux trois quatre cinq six sept huit neuf. Neuf de ces caractères sont appelés chiffres positifs; le zéro n'exprime aucune valeur, à moins qu'il ne soit mis à la suite d'un autre chiffre. C'est la combinaison et l'arrangement de ces caractères ou chiffres, qui donnent l'art d'exprimer en chiffres les nombres énoncés dans le discours, et d'énoncer dans le discours les nombres exprimés en chiffres. Lorsque des dix caractères ou chiffres dont nous venons de parler, il s'en trouve plusieurs de suite, leur valeur augmente en proportion décuple, allant de droite à gauche; c'est-à-dire qu'une unité du chiffre précédent vers la gauche est dix fois plus grande que celle qui suit vers la droite. Par exemple, dans la suite des chiffres 46527, chaque unité du chiffre 2 est dix fois plus grande que chaque unité du chiffre 7; chaque unité du chiffre 5 est dix fois plus grande que chaque unité du chiffre 2, et ainsi de suite. Zéro seul, nous l'avons dit, ne signifie rien; mais étant précédé d'un chiffre, il rend la valeur de celui-ci dix fois plus grande. Ainsi le chiffre 1, tout seul, ne vaut qu'une unité; mais s'il est suivi d'un 0, il vaudra 10 ou dix unités; si de 2; il vaudra 100 ou cent unités; si de 3, il vaudra mille, ainsi de suite. Et si au lieu de zéro il y avait des chiffres positifs, ils conserveraient leur valeur selon leur ordre; comme 4537, qui représentent quatre mille cinq cent trente-sept. Les chiffres qui servent à opérer dans l'arithmétique s'appellent chiffres arabes; nous présentons ici la table de leur valeur et de leur rapport avec les chiffres appelés romains, lesquels, quoique étrangers aux opérations que nous allons définir, ne doivent pas être ignorés de ceux qui se livrent à l'étude du calcul.

	Arabes.	Romains.
Un.	1	I
Deux.	2	II
Trois.	3	III
Quatre.	4	IV
Cinq.	5	V
Six.	6	VI
Sept.	7	VII
Huit.	8	VIII
Neuf.	9	IX
Dix.	10	X
Onze.	11	XI
Vingt.	20	XX
Trente.	30	XXX
Quarante.	40	XL
Cinquante.	50	L
Soixante.	60	LX
Soixante-dix.	70	LXX
Quatre-vingts.	80	LXXX ou IV^{xx}
Quatre-vingt-dix.	90	XC ou IV^{xx} X
Cent.	100	C
Deux cents.	200	CC ou II^c
Trois cents.	300	CCC ou III^c
Quatre cents.	400	CCCC ou IV^c
Cinq cents.	500	D ou V^c ou I$\circ$
Six cents.	600	DC ou VI^c ou I$\circ c$
Sept cents.	700	DCC ou VII^c ou I$\circ cc$
Huit cents.	800	DCCC ou VIII^c ou I$\circ ccc$
Neuf cents.	900	DCCCC ou IX^c ou I$\circ cccc$
Mille.	1000	M

Pour exprimer en chiffres des nombres énoncés dans le discours, par exemple, pour mettre en chiffres le nombre un million six cent quatre-vingt-quatorze mille huit cent quarante-deux, lequel nombre est égal à un million, six cent mille, vingt mille, quatre mille, huit cent, quarante et deux, on exprime d'abord le nombre donné par parties :

Un million.	1000000
Six cent mille.	600000
Vingt mille.	20000
Quatre mille.	4000
Huit cents.	800
Quarante.	40
Deux.	2

Et comme dans cette suite les zéro ne servent qu'à faire garder aux figures significatives le rang qu'elles doivent tenir pour conserver leur valeur, supprimez les zéro et descendez tous les chiffres sur une même ligne, et vous aurez 1,624,842, ce qui exprime le nombre énoncé dans le discours.

Arbre de numération.

Centaines de milliards.	Dixaines de milliards.	Milliards.	Centaines de millions.	Dixaines de millions.	Millions.	Centaines de mille.	Dixaines de mille.	Mille.	Centaines.	Dixaines.	Unités ou nombres.
5,	6	7,	4	5	6,	7	8	9,	3	4	6.

Pour savoir à combien s'élève la somme ci-dessus, on commence par la tranche qui est à gauche, et il ne faut énoncer le nom propre à chaque tranche (composée de trois chiffres et séparée de l'autre tranche par une virgule), qu'à la fin de ladite tranche. Ainsi la suite des chiffres 567,456,789,346 signifie : cinq cent soixante-sept milliards, quatre cent cinquante-six millions, sept cent quatre-vingt-neuf mille, trois cent quarante-six. Les principales opérations en arithmétique, sont : l'addition, la soustraction, la multiplication et la division. Dès que l'on est au fait de ces quatre règles, on peut facilement se former à toutes les autres opérations du calcul qui n'en sont que l'application.

De l'addition. — Additionner, c'est joindre ensemble plusieurs sommes ou nombres, pour en avoir ce qu'on appelle le total. Par exemple, il est dû 2,411 francs, 3,165 francs et 6,123 francs; pour savoir combien ces trois sommes réunies doivent produire, il faut les poser les unes sous les autres de manière que les unités soient sous les unités, les dizaines sous les dizaines, les centaines sous les centaines, et s'il y a des centimes, les centimes sous les centimes, comme il suit :

```
          D C B A
          2, 4 1 1
A ajouter....  3, 1 6 5
          6, 1 2 3
          ───────────
Total....  1 1, 6 9 9 fr.
```

Cela fait, on commence à compter par la colonne A, disant de bas en haut : 3 et 5 font 8 et 1 font 9, que l'on pose au bas de ladite colonne. On retourne à la colonne B, et l'on dit : 2 et 6 font 8 et 1 font 9, que l'on pose au bas de la colonne; puis à la colonne C, on dit : 1 et 1 font 2 et 4 font 6 que l'on pose de même, et enfin à la colonne D, et l'on dit : 6 et 3 font 9 et 2 font 11 que l'on pose comme il est marqué à la figure ; et l'on a pour total des trois sommes à ajouter, celle de 11,699 francs. Mais si l'on a les trois sommes ci-dessous à ajouter :

```
     F E D C   B A
     4, 3 8 2 fr. 2 0 c.
        4 6 3   8 0
     9, 3 7 9   9 0
     ──────────────────
    14, 2 2 5 fr. 9 0 c.
```

on commence l'opération comme la précédente, par la colonne A, et l'on dit : 0-0 que l'on pose ; ensuite à la colonne B, 9 et 8 font 17 et 2 font 19, en 19 il y a une dizaine et 9 unités ; on pose donc 9 au bas de la colonne B et l'on retient 1. Puis allant à la colonne C, on dit : 9 et 1 de retenu font 10, et 3, 13, et 2, 15 ; en 15 il y a une dizaine et 5 unités ; on pose les 5 unités sous la colonne C et l'on retient la dizaine. Puis allant à la colonne D, on dit : 7 et 1 de retenu font 8, et 6, 14, 22 ; en 22 il y a 2 centaines et 2 dizaines ; on pose les 2 dizaines sous la colonne D, et l'on retient les 2 centaines ; passant à la colonne E, on dit : 3 et 2 de retenue font 5, et 4, 9, et 3, 12 ; en 12 il y a une dizaine et 2 unités qui se posent au bas de la colonne E, en retenant la dizaine ; alors continuant à la colonne F, on dit : 9 et 1 de retenue font 10, et 4, 14, que l'on pose comme il est figuré à l'exemple ; et l'on trouve que le total des trois sommes est de : 14,225 fr. 90 c. Pour les personnes au fait de l'addition, il est une manière d'opérer qui simplifie beaucoup l'opération en supprimant les retenues ; on commence à la gauche en posant la somme telle qu'elle se trouve et de la manière suivante :

```
     A B C D   E F
     2 4 3 9   9 5
     8 7 5 8   8 0
     2 6 2 9   8 5
     ─────────────
     1 2
       1 7
         1 0
           2 6
             2 5
               1 0
     ─────────────
     1 3,8 2 8   6 0
```

En commençant par la colonne A, on dit : 2 et 8, 10, et 2, 12, que l'on pose tels ; à la colonne B : 4 et 7, 11, et 6, 17, que l'on pose en reculant toujours un chiffre ; à la colonne C : 3 et 5, 8 et 2, 10 ; à la colonne D : 9 et 8, 17, et 9, 26 ; à la colonne E : 9 et 8, 17, et 8, 25, que l'on pose de la même manière qu'à l'exemple ci-dessus ; enfin à la colonne F, 5 et 5 font 10. — Cette manière d'opérer est la plus avantageuse pour les longues additions.

De la soustraction. — Soustraire, c'est ôter d'une

somme une somme moindre, pour trouver ce qui *reste* ou la *différence*. Il est dû 897 francs ; sur cette somme on reçoit à compte 753 francs ; pour savoir ce qui reste encore à toucher, on opère de la manière suivante :

```
        C B A
Dù.....  8 9 7
Payé...  7 5 3
Reste .  1 4 4
```

Commençant toujours l'opération à droite, on dit : qui de 7 paie 3, reste 4, qu'on pose sous la colonne A. Allant à la colonne B, on dit : de 9 paie 5, reste 4, qu'on pose sous la même colonne ; puis à la colonne C, on dit : de 8 paie 7, reste 1, qu'on écrit aussi sous cette colonne ; et l'on a 144, qui est la somme restant due. Mais lorsque le chiffre supérieur est plus petit que l'inférieur qui est à soustraire, il faut alors augmenter le chiffre supérieur d'une unité prise sur le chiffre précédent, laquelle unité est une dizaine par rapport au chiffre suivant pour lequel on emprunte. Or le chiffre précédent sur lequel on emprunte cette unité doit être diminué d'autant lorsqu'on opérera sur lui ; ou bien on peut le laisser tel qu'il est, et augmenter de cette unité le chiffre inférieur qui lui est correspondant : ces deux procédés reviennent au même. Par exemple :

```
S'il est dû........  625 fr.
Et que l'on paie.  453
Il reste..........  172
```

Pour opérer, on dit : de 5 ôtez 3, reste 2, qu'on écrit sous la colonne des unités. On passe aux dizaines : de 2 ôtez 5, cela ne se peut ; on emprunte une unité sur le chiffre précédent 6, que l'on marque d'un point afin de s'en souvenir, et cette unité ajoutée à 2 fait alors 12, desquels ôtant 5, reste 7, qu'on écrit sous la colonne des dizaines. On passe aux centaines, et le point qui est au-dessus de 6 avertissant qu'on a emprunté une unité, il ne vaut plus que 5, et l'on dit : de 5 ôtez 4, ou ce qui revient au même, de 6 ôtez 5, reste 1, que l'on écrit sous la colonne. On trouve quelquefois des zéro dans le nombre supérieur : il faut, dans ce cas, emprunter une unité au premier chiffre positif à gauche, laquelle ajoutée à zéro fait une dizaine, et ensuite opérer comme dans l'exemple suivant :

```
45,030
32,621

12,409
```

De 0 ôtez 1, cela ne se peut ; on emprunte du 3 une unité qui vaut 10 ; si de 10 on ôte 1, reste 9 : ensuite de 2 ôtez 2, ou (laissant le chiffre supérieur tel qu'il est, et augmentant de l'unité empruntée le chiffre inférieur) de 3 ôtez 3, reste rien, et l'on met 0 sous la colonne ; et comme le chiffre suivant, dans le nombre supérieur, se trouve être un 0, l'on opère comme on a déjà fait, c'est-à-dire, que l'on emprunte une unité du chiffre voisin à gauche. Si dans le nombre supérieur, il se trouve plusieurs zéro de suite devant le chiffre pour lequel il faut emprunter, alors l'unité doit être empruntée du premier chiffre positif qui précède à gauche ; mais dans ce cas tous les zéro interposés entre ce chiffre et le chiffre pour lequel on emprunte, se changent en autant de 9. En effet, si de 402 il faut retrancher 3, il est clair qu'après avoir emprunté une unité du 4 pour la donner à 2, le nombre 40 qui précède ne vaut plus que 39, et par conséquent le 0 interposé entre 4 et 2 se change en 9 ; voici un exemple :

```
30,002
12,851

17,151
```

De 2 ôtez 1, reste 1. On passe à la colonne des dizaines : de 0 ôtez 5, cela ne se peut ; on emprunte une unité du chiffre 3 et l'on dit : de 10 ôtez 5, reste 5. On va à la colonne des centaines, et le zéro étant changé en

9, on dit : de 9 ôtez 8, reste 1 ; dans la colonne suivante, on dit pareillement : de 9 ôtez 2, reste 7 ; enfin pour la dernière colonne : de 2 ôtez 1, reste 1. S'il y a des centimes, l'opération est la même en commençant par la colonne des centimes. Exemple :

```
8,748 fr. 20 c.
7,982    15

0,766 fr. 05 c.
```

La preuve des différentes soustractions se fait en additionnant la somme payée avec ce qui reste ; il est clair qu'il faut, pour que l'opération soit juste, que ces deux sommes soient égales à ce qui est dû.

La soustraction sert aussi à vérifier si l'addition est bien faite. On suppose qu'on veuille faire la preuve de l'addition ci-dessous :

```
          345
          456
          325

Total.......  1126
Preuve....    12
              16
               0
```

On commence à compter à rebours, c'est-à-dire à gauche, et l'on dit : 3 et 4 font 7 et 3 sont 10, on ôte ces 10 de 11 qui sont au-dessous, et qui avaient été posés les derniers en faisant l'addition, et il reste 1 que l'on pose sous 11 ; on descend ensuite à côté le chiffre 2 du total. Passant à la seconde colonne, on trouve que les trois chiffres qui y sont donnent 11, qui étant ôtés de 12 (formés de 1 de reste et du 2 descendu), il reste encore 1, qu'on pose sous le 2 et l'on descend à côté le 6, du total. Ajoutant ensuite les trois chiffres de la troisième colonne on trouve 16 même nombre. Or de 16 ôtez 16, reste zéro, ce qui prouve que l'addition est bien faite.

De la multiplication. — Multiplier, c'est trouver un nombre qui contienne autant de fois le nombre à multiplier, qu'il y a d'unités dans le nombre qui multiplie. Cette opération contient trois parties : le *multiplicande*, le *multiplicateur* et le *produit*. Par son usage, on trouve, par exemple, une aune de drap valant 8 francs, combien 24 aunes au même prix doivent valoir, etc. Avant d'expliquer la manière d'opérer, nous allons faire connaître la table de multiplication à l'aide de laquelle on peut trouver très facilement le produit d'un nombre simple. On attribue l'invention de cette table à Pythagore, illustre philosophe de Samos, né 590 ans avant J.-C.

A _____ B

1	2	3	4	5	6	7	8	9
2	4	6	8	10	12	14	16	18
3	6	9	12	15	18	21	24	27
4	8	12	16	20	24	28	32	36
5	10	15	20	25	30	35	40	45
6	12	18	24	30	36	42	48	54
7	14	21	28	35	42	49	56	63
8	16	24	32	40	48	56	64	72
9	18	27	36	45	54	63	72	81

C _____ D

Dans cette table, tous les nombres simples étant à côté les uns des autres dans la ligne supérieure A B, et .

les uns sous les autres dans la ligne perpendiculaire A C, si l'on veut multiplier un nombre par un autre, par exemple, si vous voulez savoir combien produira le nombre 8 pris dans la ligne A C, multiplié par 7 pris dans la ligne A B, vous trouverez ce produit, qui est de 56, dans la case qui répond en même temps au chiffre supérieur et au chiffre collatéral 8. Le résultat eût été le même si l'on eût pris 7 dans la ligne A C, et 8 dans la ligne A B.

La multiplication se rencontre sous différentes formes, et l'usage apprend la manière d'opérer dans chacune de ces espèces. On veut savoir combien coûteront 47 volumes à 6 francs le volume ; on pose d'abord 47, qui est le multiplicande, et sous lui à droite, on écrit le multiplicateur 6, comme il suit :

Multiplicande.... 47 volumes.
Multiplicateur.:. 6 fr.
                 ———————
                 282 fr.

On dit : 6 fois 7 sont 42 ; on pose 2 sous les unités, et l'on retient 4. On continue : 6 fois 4 sont 24, et 4 de retenus sont 28, que l'on pose comme il est figuré à l'exemple ; et l'on a 282 francs pour le prix de 47 volumes à 6 francs. Si le multiplicande avait moins de chiffres que le multiplicateur, par exemple, si l'on voulait savoir combien 6 aunes de drap coûteront à 47 francs l'aune, il s'agirait de faire du multiplicande le multiplicateur et réciproquement. Mais si le multiplicande et le multiplicateur sont des nombres composés, c'est-à-dire, s'ils sont formés de plusieurs chiffres, il faudra multiplier tout le multiplicande par chaque chiffre du multiplicateur, savoir : par les unités, les dizaines, les centaines, etc. Or, le multiplicande, multiplié par les unités du multiplicateur, donnera un produit d'*unités* ; multiplié par les dizaines du multiplicateur, il donnera un produit de *dizaines* ; multiplié par les centaines du multiplicateur, il donnera un produit de *centaines* et ainsi de suite. Il faudra écrire ces différents produits les uns sous les autres, en observant de garder les rangs propres à chaque ordre ; la somme des produits partiels donnera le produit total ; exemple :

Multiplicande.............. 284
Multiplicateur.............. 125

Produit des unités......... 1170
Produit des dizaines....... 468
Produit des centaines...... 284
                          ———————
                          29250

La preuve de la multiplication se fait en prenant la moitié de la somme du multiplicande et en doublant celle du multiplicateur :

288   144
 24   48
————   ————
1172   1172
 576   576
————   ————
6932   6932

Mais s'il y a une 1/2, alors après avoir doublé la somme du multiplicateur vous en reprenez la moitié que vous posez dessous, comme dans l'exemple suivant :

225   Preuve... 112 1/2
 12   24
————   ————
 450   448
 225   224
————   12
2700   ————
                     2700

On veut savoir combien il faut d'aunes de papier pour tapisser une chambre qui a 16 aunes de largeur et 4 aunes de hauteur : on multiplie la largeur par la hauteur, c'est-à-dire 16 par 4, et le produit 64 indique au juste qu'il faudra ce nombre d'aunes de papier pour couvrir ladite chambre. On veut savoir combien il faudra de briques carrées pour carreler une chambre : on pose de file

dans la longueur la quantité desdits carreaux ou d'autres objets d'une dimension égale, qu'elle pourra comporter : supposons qu'elle en contienne 54 ; on fait la même opération sur la largeur, et nous supposons encore qu'il en faille 32 dans ce sens-ci. On multiplie de même la longueur par la largeur, et l'on trouve qu'il faudra 1728 carreaux pour le parquet. Enfin, règle générale, la largeur multipliée par la longueur, ou, ce qui est la même chose, la longueur multipliée par la largeur, donnent la superficie ; dès lors rien de plus facile que l'application.

Pour multiplier tout d'un coup un nombre par 10, par exemple 24, on n'a qu'à ajouter un zéro, et l'on verra que 10 fois 24 font 240. Si l'on veut savoir combien valent 28 aunes de drap à 28 francs l'aune, on ajoute un zéro à 28, et l'on a 280 francs prix de 28 aunes. Pour multiplier par 100, on ajoute deux zéro, et si l'on veut multiplier par mille, on en ajoute trois.

De la division. — La division est une opération par laquelle on cherche combien de fois une somme est contenue dans une autre somme plus grande. Cette dernière somme est appelée *dividende*, et l'autre se nomme *diviseur* ; le nombre trouvé par l'opération se nomme *quotient*. On veut savoir combien 3,748 francs, partagés à quatre personnes, doivent produire à chacune ; on fait la position de ces deux nombres comme ci-dessous :

Dividende........ 3748 | 4 Diviseur.

Cela fait, commençant à gauche du dividende, au contraire des trois autres règles de l'arithmétique, on dit : en 3 combien de fois 4 ? il n'y est pas : alors en 37 combien de fois 4 ? il y est 9 fois ; on écrit donc 9 au quotient, et on multiplie le diviseur 4 par ce 9, ce qui donne 36 que l'on écrit sous 37 (une personne exercée au calcul ne pose qu'en idée ces produits partiels) : on soustrait alors 36 de 37, et il reste 1 que l'on pose, et à côté duquel on abaisse le chiffre 5 (en ayant soin de marquer d'un point, au dividende, le chiffre abaissé), du dividende, ce qui donne 14 pour second membre de division. On dit ensuite : en 14 combien de fois 4 ? il y est trois fois, on écrit 3 au quotient, et l'on multiplie le diviseur par ce 3 : ce qui fait 12, que l'on ôte du second membre de division 14 ; il reste 2, que l'on pose, et à côté duquel on descend le 8 du dividende ; on a pour troisième membre de division le nombre 28 : en examinant combien de fois 4 est contenu en 28, on trouve qu'il y est juste sept fois : on pose 7 au quotient, et l'on a 937, qui est la somme que doit avoir chacune des 4 personnes qui se partagent les 3,748 francs.

3748 { 4
 36 { 937
————
  14
  12
————
  28

Lorsqu'il y a plusieurs chiffres au diviseur, on fait d'abord la position comme il a été dit, puis l'on opère comme dans l'exemple suivant, en prenant pour premier membre de division les deux chiffres 17, qui contiennent le diviseur : en 17, combien de fois 12 ? une fois ; on écrit 1 au quotient. Le second membre de division sera 52 ; alors en 52 combien de fois 12 ? 4 fois ; on écrit 4 au quotient. Enfin on aura pour troisième membre de division 48 ; en 48 combien de fois 12 ? 4 fois ; on écrit 4 au quotient.

1728 { 12
 12 { 144
————
  52
  48

Si le diviseur est composé de trois chiffres, on opérera comme il suit : on regarde si les trois chiffres du diviseur sont contenus dans les trois premiers chiffres du dividende : s'ils y sont contenus, on opère sur ces trois chiffres pour savoir combien le diviseur y est contenu de fois. Mais dans l'exemple que nous présentons, 345, diviseur, n'est pas contenu dans 167 qui sont les premiers chiffres du dividende ; alors on en prend 4 pour premier dividende partiel, et l'on dit : en 1675, combien de fois 345 ?

$$16754 \left\{ \begin{array}{l} 345 \quad \text{Reste.} \\ 48 \quad 194 \end{array} \right.$$
$$\begin{array}{l} 2954 \\ 194 \end{array} \quad \overline{226} \; (V. \text{ fractions).}$$

La division se prouve par la multiplication ; ce qui se fait en multipliant le diviseur par le quotient, ou le quotient par le diviseur. Si l'opération est bien faite, il viendra au produit la somme du dividende. Toutefois il faut observer que s'il y avait un reste, il faudrait joindre ce reste au produit de la multiplication. En effet, si 79 contient huit fois 9 avec le reste 7, il est évident qu'il faut, après avoir multiplié le diviseur 9 par le quotient 8, ajouter le reste 7 au produit 72, pour retrouver le dividende 79. La division peut aussi se prouver par la division ; et, en effet, divisant le dividende par le quotient, le diviseur viendra pour résultat de cette opération.

Division.   Preuve.
$$8 \left\{ \begin{array}{l} 2 \\ 4 \end{array} \right. \qquad 8 \left\{ \begin{array}{l} 4 \\ 2 \end{array} \right.$$

La division s'abrège, en certains cas, par le procédé contraire de celui que nous avons indiqué pour abréger certaines multiplications. Par exemple, lorsque le diviseur est composé de l'unité suivie de plusieurs zéro, s'il y a autant de zéro ou plus à la fin du dividende que dans le diviseur, on n'a qu'à retrancher autant de zéro dans le dividende qu'il y en a dans le diviseur, et le reste est le quotient. Ainsi, pour diviser 75,000 par mille, retranchez les trois zéro du dividende, et le reste 75 est le quotient de la division ; si vous divisez le même nombre par 100, retranchez deux zéro, le quotient est 750 ; si vous divisez par 10, retranchez un zéro, et le quotient est 7,500.

De la réduction. — La réduction est une opération par laquelle on change tantôt une espèce supérieure en une espèce inférieure, et tantôt une espèce inférieure en une espèce supérieure, sans rien changer à la valeur équivalente de la somme sur laquelle on opère. La première de ces réductions se fait par la multiplication et se nomme *réduction descendante;* la seconde se fait par la division et s'appelle *réduction ascendante.* Pour n'avoir aucune peine dans ces sortes d'opérations, il faut toujours avoir présents à l'esprit les principes suivants :

Un *franc* vaut 20 *sous*, et puisqu'un *sou* vaut 5 *centimes*, 1 franc vaut 100 *centimes.*

Lorsqu'il s'agit de poids, une *livre* vaut 16 *onces*, et puisqu'un *marc* vaut 8 *onces*, une livre vaut 2 *marcs.*

Une *once* vaut 8 *gros* ou *dragmes*, et par conséquent un *marc* vaut 64 *gros* et une *livre* en vaut 128.

Un *gros* vaut 3 *deniers*, par conséquent une *once* vaut 24 *deniers*, un *marc* en vaut 192, et une *livre* 384.

Un *denier* vaut 24 *grains*, et par conséquent un *gros* vaut 72 *grains*, une *once* en vaut 576, un *marc* 4,608, et une *livre* 9,216.

La *toise* vaut 6 *pieds*, et puisque le *pied* vaut 12 *pouces*, la *toise* vaut 72 *pouces.*

Le *pouce* vaut 12 *lignes*, et par conséquent le *pied* vaut 144 *lignes*, et la *toise* en vaut 864.

La *ligne* vaut 12 *points*, et par conséquent le *pouce* vaut 144 *points*, le *pied* en vaut 1,728, et la *toise* 10,368.

Le *jour* est de 24 *heures*, et puisque l'*heure* est de 60 *minutes*, le jour est de 1,440 *minutes.*

La *minute* contient 60 *secondes*, et par conséquent l'*heure* contient 3,600 *secondes*, et le jour en contient 86,400.

Le résultat sera opposé si vous multipliez l'objet par ses parties ; les connaissances supposées, on n'aura point de peine à faire les réductions (voyez poids et mesures anciens et nouveaux).

Des nombres complexes. — On appelle nombres complexes ceux qui contiennent des quantités de différentes espèces ; le nombre 40 fr. 75 c. et celui de 26 toises 4 pieds 10 pouces sont des nombres complexes.

Règle de trois. — Cette règle consiste à trouver, à l'aide de trois nombres connus, un quatrième nombre qui est inconnu. Pour la disposition de cette règle, il faut placer les trois nombres connus, de telle sorte que le premier et le troisième soient de même nom, c'est-à-dire, s'il y a des aunes au premier terme, il devra y avoir des aunes au troisième ; et s'il y a des francs au second, il viendra des francs au quatrième terme.

Il y a deux sortes de règle de *trois* ; l'une est *directe* et l'autre *inverse.* La règle est directe lorsque les termes correspondants vont du plus au plus, ou du moins au moins ; elle est inverse, lorsque les termes correspondants vont du plus au moins, ou du moins au plus. Enfin soit que la règle de trois soit directe ou inverse, elle peut être simple ou composée. Elle est simple, lorsqu'il n'y a que trois termes connus ; elle est composée, lorsqu'il y en a plus de trois. Exemple : 25 ouvriers ont fait 32 toises d'ouvrage, combien 50 ouvriers en feront-ils dans le même temps ? — Plus il y aura d'ouvriers, plus il y aura d'ouvrage ; la règle est donc directe.

Si 25 ouv. 32 T. 50
$$50$$
$$\overline{1600 \text{ T.}} \quad 1600 \left\{ \begin{array}{l} 25 \\ 64 \text{ T. nombre demandé.} \end{array} \right.$$

Vingt hommes ont consommé un magasin de vivres en 16 jours, en combien de jours 40 hommes l'auraient-ils consommé ? — Plus il y a d'hommes, moins il faut de jours ; les termes correspondants allant du plus au moins, la règle de trois est inverse.

Si 20 h. en 16 j. . . . . combien 40 h.
$$20$$
$$\overline{320 \text{ j.}} \quad 320 \left\{ \begin{array}{l} 40 \\ 8 \text{ jours, nombre demandé.} \end{array} \right.$$

Règle de compagnie. — Cette règle sert, dans une société, à répartir un gain ou une perte proportionnellement à la mise de chaque associé.

Trois libraires ont entrepris l'impression d'un ouvrage qui contient 100 feuilles, tiré à 1,000 exemplaires. Combien chacun doit-il payer pour sa part, à raison de la quantité d'exemplaires qu'il prendra ?

Le premier en prend 500, le second 300, le troisième 200.

On fait d'abord le bordereau de dépense comme il suit :

200 rames à 8 fr. la rame. . . . . 1,600 fr.
Composition et tirage à raison de 16 fr.
la feuille. 1,600
Reliure. 100
                        Total   3,300 fr.

Cela fait, pour savoir combien chacun doit débourser à raison du nombre d'exemplaires qu'il veut avoir, on fera trois règles de trois, comme il suit :

Si 1,000 vol. val. 3,300 combien 500
Si 1,000 . . . . 3,300 300
Si 1,000 . . . . 3,300 200

1er Libraire . . . . 1,650 fr.
2e id. 990
3e id. 660
                              3,300 fr. preuve.

Si le prix de chaque volume est demandé, on divise les 3,300 francs par les 1,000 volumes, et on obtient 3 fr. 30 cent.

Règle d'intérêt. — On parvient par cette règle à fixer la somme due pour de l'argent, prêté à un intérêt convenu. On veut savoir combien 2,000 fr. doivent rapporter en 29 mois, à raison de 5 p.% l'an. Il faut remarquer

que 100 fr. pendant un an ou 12 mois , doivent rapporter le même intérêt que 12 fois 100 fr. en un mois, et que 2,000 fr. en 29 mois , doivent rapporter le même intérêt que 29 fois 2,000 fr. ou 58,000 fr. en un mois ; on dira donc en faisant la règle de trois :
Si 1,200 fr. prod. 5 fr. en un mois, comb. 58,000 fr.
Résultat. 241 f. 70 c. d'intérêt.

Règle d'escompte. — L'escompte est ce que l'on doit diminuer , sur une somme payée avant l'échéance. On présente à un banquier un billet de 3,000 fr. , qui ne doit échoir que dans six mois ; combien le banquier paiera-t-il en prenant 5 p.% l'an d'escompte ? Puisque 5 p.% font 2 fr. 50 c. pour six mois , il est clair qu'il faut rabattre cette dernière somme sur 105, et il viendra 102 fr. 30 c. Faisant alors la règle de trois , en observant les réductions aux plus petites espèces , on dit :
Si 105 est réduit à 102 - 50 , combien 3,000 fr. ?
On obtient pour résultat : 2,928 fr. 55 c. , et une fraction qu'on néglige.

Règle d'alliage. — Cette règle consiste à unir plusieurs choses de qualités différentes , ou de différents prix, afin d'avoir un mélange d'un prix moyen. Par exemple : on a du vin à 7 sous le litre et du vin à 12 sous. On veut un mélange à 10 sous ; la règle d'alliage fera connaître quelle quantité de chaque espèce doit entrer dans ce mélange , etc. Il faut multiplier la valeur d'une chose de chaque espèce, par le nombre des choses de cette même espèce, ou réciproquement lorsqu'on veut connaître le prix moyen de plusieurs sortes de choses, dont on sait le nombre et la valeur ; puis on ajoute tous les produits , et la somme se divise par le nombre total des choses mêlées.

On a quatre sortes de café. La livre de la première vaut 2 fr. 90 c. ; celle de la seconde 2 fr. 45 c. , de la troisième 1 fr. 40 c. , et celle de la quatrième 1 fr. 10 c. Combien faut-il de livres de chaque espèce pour avoir du café à 1 fr. 80 c. ?

	2 f. 90 c.	57 l. de café à 1 f. 80 c.	prod. 102 f. 60 c.
	2 45	14	à 2 f. 90 c.	40 f. 60 c.
1-80	1 40	8	2 45	19 60
	1 10	13	1 40	18 20
		22	1 10	25 20
		Somme pareille	102 f. 60 c.

ARITHMÉTIQUE SUBLIME. On donne ce nom à l'arithmétique des grandeurs infinies, soit qu'elles soient infiniment grandes , soit qu'elles soient infiniment petites. Toute grandeur infinie se marque par le caractère ∞ . Il y a des grandeurs infinies de tous les ordres. ∞, ∞², ∞³, sont trois caractères dont le premier représente un infini du premier ordre , le second un infini du second ordre , le troisième un infini du troisième ordre, etc. Un infini du second ordre est infiniment plus grand qu'un infini du premier ordre , et ainsi d'un infini du troisième ordre par rapport à un infini du second.

Une quantité infinie ne peut être augmentée par l'addition d'aucune quantité finie, ni diminuée par la soustraction d'aucune quantité finie. Toute grandeur infiniment petite est représentée par une fraction dont le numérateur est un fini et le dénominateur un infini. Ainsi $\frac{1}{\infty}, \frac{1}{\infty^2}, \frac{1}{\infty^3}$, etc., sont des fractions qui représentent des grandeurs infiniment petites , du premier, du second et du troisième ordre. Une grandeur infiniment petite est encore représentée par une fraction dont le numérateur est un infini d'un ordre inférieur à celui du dénominateur. Ainsi $\frac{\infty}{\infty^2}$ représente une grandeur infiniment petite.

Un infiniment petit du second ordre représente une grandeur infiniment plus petite qu'un infiniment petit du premier ordre , et ainsi des autres à l'infini.

Une quantité infiniment petite n'est rien par rapport à une quantité finie. Ainsi $1 + \frac{1}{\infty} = 1$; de même 2 $- \frac{1}{\infty} = 2$.

La réduction se fait dans l'arithmétique sublime, comme dans l'arithmétique algébrique ordinaire ; on joint en un seul terme les grandeurs semblables qui sont précédées du même signe, et l'on efface totalement ou en partie celles qui sont précédées de différents signes.

Pour additionner plusieurs grandeurs ou infinies ou infiniment petites, il faut les écrire tout de suite avec leurs signes , et faire ensuite la réduction suivant les règles ordinaires.

La soustraction des quantités ou infiniment grandes, ou infiniment petites, se fait en changeant le signe de la quantité qui doit être soustraite , et la mettant à la suite de celle dont on doit faire la soustraction ; la réduction se fait ensuite selon les règles ordinaires.

Les règles de la multiplication algébrique ordinaire se gardent dans l'arithmétique sublime, soit pour les *signes*, soit pour les *coefficients*, soit pour les *exposants*.

Les règles de la division sont les mêmes pour l'arithmétique sublime et pour l'arithmétique algébrique.

ARPÉGE , leçon d'arpégement , manière de frapper successivement les sons d'un accord, au lieu de les frapper simultanément. Par exemple , le piano ne rend que des sons qui ne durent pas ; on est donc quelquefois obligé, pour soutenir l'harmonie, de frapper plusieurs fois et l'une après l'autre les touches de cet instrument. Ce que nous disons du piano s'applique également à la harpe.

ARPENTAGE. Art de mesurer les terres. Les instruments nécessaires pour arpenter sont : un arpent (compas de bois dont les jambes longues de 5 à 6 pieds s'ouvrent à volonté) ; des piquets ou signaux pour s'aligner et pour former les côtés des figures que l'on veut mesurer; un cercle divisé en 4 parties égales, avec une pinnule (plaque d'alidade ; règle mobile sur un centre) , à chaque division : cet instrument sert surtout à former les angles droits des rectangles que l'on trace sur le champ que l'on va arpenter ; une chaîne dont on connaît la longueur. On commence à parcourir le champ donné à arpenter , afin de voir en gros quelles sont les figures que l'on peut y tracer. Dans ce métier , comme dans beaucoup d'autres , la théorie ne suffit pas ; il faut beaucoup de pratique ; les plus savants géomètres ne sont pas toujours les meilleurs arpenteurs.

ARRHES. Argent qu'on donne pour assurer l'exécution d'un marché. Si celui qui a donné des *arrhes* se dédit, il les perd ; si c'est, au contraire, celui qui les a reçues, il en rend le double en les rendant.

ARROSEMENT. Ce que la boisson est pour les animaux, l'arrosement l'est pour les végétaux. C'est surtout pendant les chaleurs de l'été que les plantes ont besoin d'être arrosées ; et c'est le matin et le soir que cette opération doit être faite. L'arrosement du matin empêchera les ravages de la chaleur, et celui du soir les réparera.

ARSENAL. Magasin d'armes. Parmi les vastes et nombreux arsenaux que la France possède, celui de Metz est un des plus beaux ; rien ne surpasse sa grande salle, où se trouvent disposés dans un ordre vraiment admirable, des armes, fusils, sabres, pistolets, pour 150 mille hommes , cavalerie et infanterie.

On remarque dans cette salle une pièce que l'on nomme l'*amusette* du maréchal de Saxe, espèce de fusil de rempart d'une très grande portée et monté sur un affût. Dans les vastes cours , les bombes , obus, boulets se comptent par centaines de milliers ; les pièces de canon, les obusiers , les matières y sont en nombre prodigieux. C'est dans les belles forges d'Ayange que se coulent les projectiles. Parmi ces masses si imposantes se trouve le *griffon*, la plus longue comme la plus forte pièce d'artillerie qui existe en Europe. Elle a été coulée en 1529, et c'est à *Erenbrestein* près de Coblentz que l'armée française en fit la conquête en 1800. Cette couleuvrine a dix-sept pieds de longueur et pèse 22,500 livres. Sa culasse a trois pieds de diamètre et sa gueule dix pouces et demi. Son énorme affût a vingt-quatre pieds de long : le boulet qui devrait la charger a 157 livres de calibre ; la charge de poudre serait ainsi de 52 livres. Napoléon avait formé le projet de la placer devant l'Hôtel des Invalides à Paris ; la restauration voulut la fondre ; le hasard seul a conservé ce beau trophée. Cette pièce a pris son nom de l'oiseau fabuleux qui se trouve en relief près de sa lumière en forme carrée.

M. le colonel Paixhans est l'inventeur d'un mortier de 1,000 livres, dont l'essai a été fait, en décembre 1832, à l'armée du Nord. Le mortier pèse 150,000 livres, et la bombe 1,000. C'est une sphère dont les parois ont trois pouces d'épaisseur, elle contient 100 livres de poudre. On a employé successivement la charge de 1 à 8 kilogrammes. A 8 kilogrammes, la bombe a été lancée à 1,340 mètres ; la charge calculée est de 16 kilogrammes. Dans les précédents essais, la bombe s'était brisée, mais on a facilement remédié à cet inconvénient ; le tir a paru d'une justesse parfaite. Jusqu'ici, il n'avait été fait d'expériences sur les projectiles que jusqu'à 150 livres ; passer tout-à-coup de 150 à 1,000, était une hardiesse qui méritait d'être couronnée de succès. On se ferait difficilement une idée de l'épouvantable effet produit par la bombe Paixhans. C'est une véritable mine qui traverse les airs, au poids de laquelle il n'est ni blindage ni casemate qui puisse résister ; elle enfonce en terre, et éclate en bouleversant tout ce qui se trouve autour d'elle. Ce mortier a été fondu à Liége.

ARSENIC, de ἄρσην, mâle ou homme, et de νιχχω, vaincre, tuer : métal ainsi appelé parce que c'est un des poisons les plus actifs. L'arsenic est un corps solide, gris d'acier, brillant lorsque sa cassure est récente ; mais il se ternit rapidement à l'air. Lorsqu'il est exposé au feu, il exhale une vapeur dont l'odeur est analogue à celle de l'ail. Il n'a point de saveur ; sa pesanteur est de 5,959. Mêlé même en assez petite quantité avec quelque métal, il le rend friable, et il lui ôte sa malléabilité ; pour l'en séparer, on ajoute un peu de fer au mélange ; l'arsenic s'y attache, et le premier métal redevient malléable comme auparavant.

ART. On entend par le mot *art*, la connaissance qui nous donne des règles pour faire sûrement quelque chose. On distingue les arts libéraux des arts mécaniques. Les arts libéraux sont ceux qui exigent plus d'esprit et plus de génie que les autres, tels que les sciences, comme la grammaire, la dialectique, la rhétorique, la poésie, la musique, le dessin, la peinture et la sculpture. Tous les autres sont appelés arts mécaniques, parce qu'ils exigent plutôt le travail de la main ou du corps que celui de l'esprit. Les premiers sont nommés arts libéraux, parce qu'ils n'étaient exercés anciennement que par des personnes libres et d'un certain rang.

ARTÈRES. Les artères sont des conduits cylindriques qui tirent leur origine de l'aorte, et qui sont destinés à porter le sang depuis le cœur jusqu'aux extrémités du corps. Les anatomistes remarquent qu'elles sont formées par trois enveloppes qu'ils appellent *tuniques*, et ils ajoutent qu'elles ont une grande élasticité.

ARTILLERIE, science qui enseigne la manière de lancer, au moyen de la poudre, toute sorte de projectiles. L'invention de la poudre à canon est attribuée à Schwart, en 1300 ; quelques écrivains placent dans l'année 1338 l'invention des armes à feu ; d'autres en placent le premier usage au siége de Trin-le-Château, en 1340 ; plusieurs enfin, en 1346, à l'époque de la bataille de Crécy. L'artillerie embrasse un grand nombre de sciences : les mathématiques, surtout la théorie des courbes, la physique, la chimie et la mécanique. — On entend aussi par artillerie, l'ensemble de toutes les armes à feu. On divise l'artillerie en trois espèces : artillerie de siége, artillerie de campagne, et artillerie légère.

Ce fut Frédéric-le-Grand, roi de Prusse, qui le premier organisa des batteries d'artillerie légère. — On désigne souvent par le mot artillerie, les troupes qui sont employées au service des pièces.

ARTISTE. L'artiste est celui qui cultive un art où concourent l'esprit et la main ; l'artisan est celui qui pratique un art purement mécanique. Ainsi, le menuisier, le maçon, le tailleur, sont des artisans ; le peintre, le sculpteur, le graveur, l'acteur, le musicien, sont des artistes.

ASCARIDES (ἀσχαρίζω, *sauter*). Petits vers qu'on trouve surtout dans les intestins des enfants.

ASCENDANT. Cet adjectif est très usité en physique. On entend par nœud ascendant, celui des deux nœuds par lequel passe une planète quelconque, lorsqu'elle va de la partie méridionale dans la partie boréale de la sphère. On donne le nom de *nœuds* aux deux points où l'orbite d'une planète coupe l'écliptique.

La latitude *ascendante* d'une planète est sa latitude septentrionale. Les signes *ascendants*, sont : le Bélier, le Taureau, les Gémeaux, le Cancer, le Lion et la Vierge ; ils ne sont ascendants que pour les lieux où le pôle boréal est plus élevé sur l'horizon, que le pôle méridional : il en est de même de la latitude *ascendante*. L'adjectif *ascendant* est encore un terme d'anatomie. On dit l'aorte *ascendante*, la veine cave *ascendante*.

ASCENDANT. Les parents ascendants sont ceux dont on est descendu. — Ligne ascendante.

ASCENSION DROITE. L'arc de l'équateur intercepté entre le cercle de déclinaison d'une étoile quelconque, et le point où l'équateur concourt avec l'écliptique, qui est le premier degré du signe du Bélier, marque l'ascension droite de cette étoile.

ASCENSION OBLIQUE. L'arc de l'ascension oblique d'un astre est l'arc de l'équateur compris entre le premier point du signe du Bélier, et le point de l'équateur qui, dans la sphère oblique, se lève en même temps que l'astre dont il s'agit. On la compte comme l'ascension droite, d'occident en orient.

ASCIENS (sans ombre). Habitants de la Zône torride ; en certains jours de l'année, ces peuples n'ont point d'ombre à midi, savoir, quand le soleil se trouve précisément dans leur zénith. Ceux qui demeurent sous les tropiques, ne sont *asciens* qu'une fois l'année ; les uns quand le soleil entre dans le signe du cancer, les autres quand le soleil entre dans le signe du capricorne.

ASPHALTE. Bitume solide dont on fait un ciment qui résiste à l'eau (voyez bitume).

ASPHYXIE, suspension des phénomènes de la respiration, et par suite celle des fonctions cérébrales, de la circulation et de toutes les fonctions.

ASSA-FOETIDA. Gomme résine qui découle, pendant les grandes chaleurs, de la racine d'une plante qui croît sur les montagnes de l'Inde, principalement autour de la ville du Tard ; la meilleure assa-fœtida est celle qui contient le plus de larmes blanchâtres et transparentes ; celle qui est sale, noirâtre et mêlée d'ordures ne vaut rien. Elle entre dans la composition du vinaigre des quatre voleurs.

ASTÉRISQUE. Marque en forme d'étoile qui indique un renvoi.

ASTHÉNIE. Diminution générale ou partielle de l'action organique, que produit souvent l'influence de causes excitantes. Le cerveau trop excité par les travaux intellectuels, tombe quelquefois dans une véritable asthénie. Chez les vieillards, l'asthénie est l'effet naturel de l'âge. Le *marasme* est regardé comme une asthénie du tissu cellulaire par l'effet de longues maladies. Un état morbide du cordon rachidien ou du cerveau, produit l'*anesthésie* regardée comme une asthénie du système nerveux. L'asthènie du système vasculaire sanguin, résultant de quelque phlegmasie chronique, se nomme *anémie*.

ASTRE. Il y a des astres qui ont une lumière propre, tels que le soleil et les étoiles, et il y en a qui n'ont qu'une lumière réfléchie, tels que les planètes et les comètes. Nous parlerons des uns et des autres dans leurs articles relatifs.

ASTROLABE. Instrument pour prendre la hauteur des astres; projection sténographique de la sphère sur le plan d'un de ses grands cercles. L'astrolabe fut inventé en Portugal sous le règne de Jean II, par deux médecins juifs, aidés du fameux mathématicien Martin-Behem ou de Bohême. Ce sont eux qui rédigèrent les premières tables des déclinaisons du soleil.

ASTROLOGIE. Art prétendu de connaître l'avenir par l'inspection des astres. L'astrologie judiciaire n'est qu'un amas de principes imposteurs tirés de l'aspect des planètes, et de la connaissance de leurs prétendues influences, par lesquels on s'engage à prédire les événements moraux, ou à deviner ce qui s'est passé. Rien de plus pénible à parcourir, que le tableau des erreurs et des abus enfantés par l'astrologie. On voit l'homme, que le présent occupe à peine, tourmenté par un désir insatiable de connaître l'avenir, imaginant, pour accomplir sa folie, d'interroger l'enfer et les démons.

ASTRONOMIE. La science qui donne la connaissance des astres, se nomme astronomie; elle consiste à considérer tous les corps célestes, à déterminer et à calculer leurs divers mouvements, à mesurer leur éloignement et la grandeur des planètes et des étoiles, enfin à calculer les éclipses du soleil, de la lune, etc. L'astronomie doit son origine aux Chaldéens, peuple de la Babylonie dont les prêtres s'adonnèrent particulièrement à cette science. On leur doit les cadrans solaires; ils établirent le culte des astres; leur Dieu *Belus* était le soleil.

On nomme *système* en astronomie certain plan que s'est fait quelque astronome célèbre de la position, des distances, des mouvements et de la grandeur de certains astres, et par lequel il prétend expliquer tous les phénomènes et les changements observés dans le ciel. Les principaux systèmes sont ceux de Ptolémée, de Copernic, de Tycho-Brahé et de Descartes.

Système de Ptolémée. Ptolémée, célèbre astronome d'Alexandrie, qui vivait vers l'an 138 de notre ère, suppose que la terre est immobile au centre du monde. Autour de la terre, il fait tourner en vingt-quatre heures le ciel avec tous les astres, d'Occident en Orient, ce qui donne le jour et la nuit. Outre ce mouvement commun, les étoiles fixes et les planètes au nombre desquelles il met le soleil et la lune, font des révolutions particulières d'Occident en Orient, en des temps inégaux, selon leur éloignement de la terre. La lune en est la plus voisine: au-dessus de la lune circulent Vénus, Mercure, le soleil, Mars, Jupiter et Saturne, la plus élevée de toutes celles qu'il connut. Ce système, uniquement fondé sur des apparences, mais contraire aux observations astronomiques et aux principes de la physique, est abandonné depuis plus de trois siècles.

Système de Copernic: Copernic, né à Thorn, dans la Prusse, en 1473, renouvela et étendit ce système qui avait été adopté par quelques philosophes anciens. Képler, Galilée, Newton, et d'autres savants l'ont perfectionné après lui et l'ont porté au dernier point d'évidence; en sorte que c'est aujourd'hui la seule manière raisonnable d'expliquer les phénomènes célestes. Dans ce système le soleil est placé au centre de l'univers, ensuite les planètes Mercure, Vénus, la Terre et la Lune, Mars, Jupiter et Saturne. Les modernes, d'après leurs observations, y ont ajouté Vesta, Junon, Cérès, Pallas, situées entre Mars et Jupiter, plus la planète Uranus après Saturne.

Système de Tycho-Brahé. Tycho-Brahé, né à Knudstrop, en Danemarck, en 1546, fit la plus grande partie de ses études à l'Université de Copenhague. On le destinait au barreau, mais la grande éclipse de soleil de 1560 développa son goût pour l'astronomie. Il approuvait tout le système de Copernic, à l'exception du mouvement de la terre, qui lui semblait contraire à l'Écriture Sainte. Il crut donc corriger cette prétendue erreur en plaçant la terre immobile au centre du monde. Autour de la terre, il faisait tourner la lune, puis le soleil et toutes les étoiles, tandis que le soleil était le centre du mouvement des cinquante planètes.

Système de Descartes. Descartes, né en Touraine (à la Haye en 1596), fut élevé chez les Jésuites à La Flèche, et il passa ses premières années au service qu'il quitta pour se livrer plus librement à l'étude. Il crut trouver un moyen vraisemblable d'expliquer le mouvement des astres, en imaginant des tourbillons qui environnent certaines planètes principales, et sont entraînés avec elles dans leur mouvement, aussi bien que les planètes moindres qui se trouvent dans ces tourbillons. Ce philosophe regarde chacune des étoiles fixes comme autant de soleils qui sont au centre d'un tourbillon auquel elles donnent le mouvement. Son système est celui de Copernic; mais l'idée des tourbillons n'est pas heureuse.

On trouvera dans les articles de ce dictionnaire qui commencent par les mots *sphère, éclipses, étoiles, planètes* et *comètes*, ce qu'il y a de plus intéressant dans la partie physique de l'astronomie: aussi nous bornons-nous dans cet article à en faire connaître les progrès. Pour ne pas fatiguer le lecteur et pour ne pas le faire revenir plusieurs fois sur ses pas, nous avons préféré la méthode chronologique à la méthode géographique.

Année 640 avant J.-C. Vers ce temps environ naquit à Milet, ville d'Ionie dans la Grèce, le fameux Thalès. On le regarde comme le premier qui ait prédit les éclipses. Il fixa les points des solstices, et il trouva en quelle raison est le diamètre du soleil au cercle qu'il paraît décrire autour de la terre.

Année 547. On savait en ce temps-là que la lune n'a qu'une lumière empruntée; que le soleil est plus grand que la terre; que cet astre n'est qu'une masse de feu. On construisait des cadrans solaires. On traçait des cartes géographiques. On connaissait l'obliquité de l'écliptique. On doit toutes ces connaissances à Anaximandre, natif de Milet, et disciple de Thalès.

Année 530. Pythagore enseigna environ à cette époque que la terre tourne autour du soleil immobile au centre du monde.

Année 439. Cette année-là même, Meton, célèbre astronome d'Athènes, publia son fameux *Cycle lunaire*, ou révolution de dix-neuf années solaires, au bout desquelles les nouvelles lunes tombent aux mêmes jours auxquels elles étaient arrivées dix-neuf ans auparavant.

Année 370. Ce fut à peu près alors qu'Eudoxe de Cnide régla l'année solaire à trois cent soixante-cinq jours, six heures. Cet astronome eut encore la gloire de déterminer le temps précis que mettent les planètes à tourner périodiquement autour du soleil.

Année 340. À peu près en ce temps-là Aristote observa une comète et une éclipse de Mars par la Lune.

Année 200. Alors florissait à Syracuse Archimède, qui s'adonna à l'astronomie avec une espèce de fureur. Il fit une sphère de verre, dont les cercles suivaient les mouvements des cieux avec beaucoup d'exactitude. Dans ce temps-là même vivait Erasthostène, qui fixa la distance de la Terre au Soleil et à la Lune.

Année 140. Hipparque, le plus grand astronome de l'antiquité, composa ses ouvrages entre l'an 168 et 129 avant J.-C. Il prédit les éclipses et il calcula toutes celles qu'il devait y avoir de Soleil et de Lune dans l'espace de six cents ans. Il compta les étoiles et il marqua la situation et la grandeur des principales. Il fit plus; il s'aperçut que les étoiles avaient un mouvement d'Occident en Orient autour des pôles de l'écliptique.

5

Année 138 de J.-C. En ce temps-là florissait à Alexandrie Claude Ptolémée, dont nous avons fait connaître le système astronomique au commencement de cet article. Ce fut lui qui rangea les étoiles les plus considérables sous quarante-huit constellations.

Année 269. Cette année-là même fut fait évêque de Laodicée saint Anatole. Le traité qu'il composa sur la *Pâque* est une preuve incontestable des grands progrès qu'il avait faits dans l'astronomie.

Année 813. Le calife Almamoun, prince mahométan, commença cette année-là son empire. Il s'adonna à l'astronomie avec tant de soin, qu'on dressa sur ses observations des Tables astronomiques qui portent son nom.

Année 1252. Le 1er juin de cette année monta sur le trône de Léon et de Castille, Alfonse, surnommé l'astronome. Ce prince dépensa quatre cent mille ducats à la construction des Tables astronomiques, nommées *Alfonsiennes*. Les Tables furent dressées en 1270.

Année 1267. Roger Bacon, cordelier, proposa, dans le cours de cette année, au pape Clément IV, la correction du calendrier, dans lequel il avait découvert une erreur très considérable. Elle ne fut exécutée qu'en l'année 1580 sous le pontificat de Grégoire XIII.

Année 1410. Dominique Maria, Bolonais, travailla, en ce temps-là, avec beaucoup de soin, au rétablissement de l'astronomie. Il donna du goût pour cette science au fameux Copernic dont il fut le précepteur.

Année 1460. Alors florissait en Allemagne Jean Müller, connu sous le nom de *Régiomontan*. Il publia le premier des éphémérides pour plusieurs années. Il donna l'abrégé de l'*Almageste* (recueil d'observations astronomiques) de Ptolémée, et il observa avec beaucoup de soin la comète de 1472.

Année 1473. Le 19 février 1473, naquit à Thorn le célèbre Nicolas Copernic. Il publia en 1530 le vrai système du ciel, dont il trouva le fond dans les écrits de Pythagore, et dont nous avons rendu compte à l'article *système de Copernic*.

Année 1531. Cette année est fameuse par l'apparition de la comète que l'on a vue revenir pendant les années 1607, 1682 et 1759. Elle fut observée la première fois par Pierre Apiano de Leipsick, astronome de l'empereur.

Année 1546. Le 19 décembre de 1546 naquit à Knudstorp, le grand astronome Tycho-Brahé. Il fit bâtir dans son château d'Uranilbourg, un fameux observatoire, d'où il détermina les vrais lieux de sept cent soixante-dix-sept étoiles fixes; nous avons parlé de son système.

Année 1564. Cette année-là même naquit l'inventeur des télescopes astronomiques, le célèbre Galilée. A l'aide de ces instruments, il découvrit les quatre satellites de Jupiter. Mais enseignant le système de Copernic, l'inquisition en prit ombrage et le cita. Il passa deux ans dans les prisons du Saint-Office; il fut obligé de se rétracter, et son livre fut brûlé. Le fréquent usage du télescope et l'intensité de la lumière le rendirent aveugle. Il mourut à Ascetri, en 1642, près de Florence où il était né.

Année 1571. Le 22 décembre 1571 naquit à Wiel Jean Képler; les deux lois qu'il a trouvées, et dont nous allons rendre compte, l'ont fait surnommer le *père de l'astronomie*. *Première loi* : « Les aires astronomiques » parcourues par les planètes, sont comme les temps » employés à les parcourir. » *Seconde loi* : « Les carrés » des temps périodiques des planètes qui tournent au- » tour d'un centre commun, sont comme les cubes de » leurs distances à ce centre. » Quelques-uns, au lieu d'énoncer la seconde loi de Képler, comme nous l'avons fait, la proposent de la manière suivante : « Les temps » périodiques de deux planètes qui tournent autour du » soleil, sont comme les racines carrées des cubes de » leurs distances à cet astre. » La seconde loi de Képler peut encore se proposer ainsi : « Les distances des pla- » nètes au soleil sont comme les racines cubiques des » carrés de leurs temps périodiques autour de cet astre.»

Les trois manières dont on peut proposer la seconde loi de Képler, conduisent au même terme; il nous paraît cependant que la première manière est plus claire que les deux autres. Il faut remarquer que si les planètes décrivaient des cercles autour du soleil, la seconde loi de Képler se vérifierait dans tous les points de leurs orbites. Mais elles décrivent des ellipses; aussi cette seconde loi ne se vérifie-t-elle à l'égard des planètes, que lorsqu'elles se trouvent vers l'extrémité de leur petit axe; parce qu'elles ont alors une vitesse égale à celle qu'elles auraient, si elles décrivaient un cercle qui eût pour rayon leur rayon *vecteur*, et pour centre celui des deux foyers auquel se trouve le soleil. Les astronomes appellent *rayon vecteur* d'une planète qui tourne autour du soleil, une ligne droite tirée du centre du soleil au centre de la planète.

Année 1582. Cette année fut publié le calendrier réformé par l'ordre de Grégoire XIII. Ce fut le père Clavius, Jésuite, qui eut la principale part à cette réformation, si nécessaire à l'astronomie.

Année 1583. Cette année naquit Christophe Scheiner, Jésuite ; c'est à cet astronome que nous devons la découverte des taches du soleil (Voyez Taches).

Année 1592. Cette année est célèbre par la naissance de Gassendi. Il nous a laissé, dans *ses œuvres astronomiques*, des observations de la dernière exactitude. On trouve dans ses commentaires sur le dixième livre de *Diogène Laërce*, la description de l'aurore boréale de 1621. Gassendi, prévôt de la cathédrale de Digne, naquit à Chantersier, village de Provence. Il eut quelques démêlés avec Descartes, mais les deux philosophes se réconcilièrent et vécurent ensemble en bonne intelligence. Gassendi admettait les atômes comme Épicure (Voyez Atôme). On rapporte qu'avant de mourir, il prit la main de Valler, son secrétaire, et la mettant sur son cœur : «Voilà, dit-il, ce que c'est que la vie de l'homme.»

Année 1596. Voci encore une époque pour la physique en général et pour l'astronomie en particulier ; c'est la naissance de Descartes, dont le nom seul fait l'éloge. Les sciences lui ont de grandes obligations ; et si depuis lui, on a été plus loin, il a eu la gloire d'ouvrir la carrière. Ayant passé en Suède, sur l'invitation de la reine Christine, il mourut à Stockolm en 1650, âgé de soixante-dix ans. Dix-sept ans après sa mort, son corps fut transporté à Paris, et enterré à Sainte-Geneviève ; une des rues qui avoisinent cette église fut nommée *rue Descartes*.

Année 1598. A la fin du seizième siècle, Jean Néper s'immortalisa par l'invention des logarithmes (nombres arithmétiques.voyez ce mot). Tous les astronomes savent combien grand est le service que ce géomètre a rendu aux sciences. A peu près vers ce temps florissait Jean Boyer. C'est à cet astronome que nous devons la division des principales étoiles en soixante constellations. Cette année est encore célèbre par la naissance de Jean-Baptiste Riccioli, jésuite, connu par plusieurs ouvrages astronomiques, et surtout par son nouvel almageste et par sa *sélénographie* (description de la lune). Il s'associa dans ses observations le père Grimaldi, de la même compagnie, aussi grand astronome que lui. Ils augmentèrent de trois cent cinq étoiles le catalogue de Képler.

Année 1611. Le 8 janvier 1611 naquit à Dantzick l'infatigable astronome Hévélius. Il calcula les positions de quinze cent cinquante-trois étoiles fixes. Il découvrit le premier une espèce de vibration (balancement) dans le mouvement de la lune, et il fit sur les autres planètes plusieurs observations importantes que l'on trouve dans ses ouvrages.

Année 1625. Le grand astronome Jean Dominique Cassini naquit dans le comté de Nice le 8 juin 1625. La principale découverte qu'il ait faite est celle de quatre satellites de Saturne. Il observa plusieurs comètes, celle en particulier de 1682, dont il annonça le retour pour l'année 1759. L'évènement a prouvé combien sûrs étaient ses principes, lorsqu'il fit cette prédiction.

Année 1629. La Hollande n'eut rien à envier au comté de Nice ; le 16 avril 1629, elle vit naître dans son sein Huygens, qui découvrit le premier *l'anneau* de Saturne et le quatrième satellite de cette planète. Il inventa les pendules astronomiques et il perfectionna les télescopes dioptriques.

Année 1642. Cette année naquit à Woolstrop en Angleterre, le plus grand savant que le monde ait encore eu, c'est l'immortel Newton. La philosophie de Descartes avait alors prévalu ; Newton l'étudia et y fit des améliorations. Ce fut vers 1664 qu'il inventa la méthode des suites et le calcul de l'infini. Bientôt après, une autre découverte servit de fondement à sa théorie des couleurs. En 1665, étant à la campagne, la chute d'une pomme détachée d'un arbre, le frappa, le fit réfléchir à la cause de la pesanteur, et donna naissance à son système du monde. Il s'occupa en même temps du perfectionnement des télescopes. On peut dire de Newton, que c'est à lui que nous devons l'état brillant où nous voyons l'astronomie aujourd'hui.

Année 1644. Olaus Roëmer, qui naquit à Arhus dans le Danemarck, le 25 septembre 1644, nous apprit que la lumière du soleil parcourt en chaque minute environ quatre millions de lieues (Voyez Lumière).

Année 1646. Flamstées, auteur d'un catalogue astronomique de trois mille étoiles, naquit à Derby en Angleterre le 19 août 1646.

Année 1656. L'Angleterre produisit encore, le 8 novembre 1656, un célèbre astronome ; c'est Edmond Halley. Il a déterminé la position de trois cent soixante-treize étoiles australes, et les orbites de vingt-quatre comètes.

Année 1666. Auzout, l'un des premiers membres de l'Académie royale des sciences de Paris, fit cette année la découverte du micromètre, instrument qui a tant contribué à la perfection de l'astronomie.

Année 1683. L'existence de la lumière zodiacale fut constatée cette année par Cassini (Voyez Lumière).

Année 1684. Leibnitz publia cette année dans les actes de Leipsick les règles du *calcul différentiel*, dont les astronomes, qui ne s'en tiennent pas aux pures observations, font un si grand usage.

Année 1702. Cette année La Hire donna au public ses Tables astronomiques. Nous devons encore à ce savant la continuation de la fameuse méridienne commencée par Picard.

Année 1713. Le 15 du mois de mars de l'année 1713, naquit à Rumigni, village près de Rheims, Nicolas Louis de la Caille, l'un des plus fameux astronomes de l'Europe, dans ce siècle fécond en savants illustres. Si la partie méridionale du ciel fut alors aussi connue que sa partie septentrionale, c'est à cet infatigable astronome qu'il faut l'attribuer. Il observa au cap de Bonne-Espérance plus de dix mille étoiles, dont la plupart étaient inconnues. Ce fut là qu'il s'aperçut que les cercles parallèles boréaux n'étaient pas exactement égaux aux cercles parallèles méridionaux correspondants. Ce fut là enfin qu'il fixa les parallaxes (variations) de la Lune, du Soleil, de Mars et de Vénus.

Année 1726. Le 19 octobre 1726 parut la plus fameuse aurore boréale dont il soit fait mention dans les histoires. De Mairan s'en servit pour démontrer que l'atmosphère terrestre a plus de deux cent soixante-six lieues de hauteur.

Année 1727. Bradley et Malyneux découvrent la cause physique de l'aberration des étoiles fixes (Voyez en l'explication à l'article Étoiles).

Année 1734. Cette année partirent, par l'ordre de Louis XV, pour le Nord, de Maupertuis, Clairaut, Lecamus, Lemonnier, l'abbé Outhier et Celsius ; et pour le Pérou : Bougner, de la Condamine et Godin. Les opérations qu'ils ont faites dans ces deux parties du monde démontrent évidemment que la terre est un sphéroïde aplati vers les pôles et élevé vers l'équateur.

Année 1748. Bougner publia cette année dans les mémoires de l'Académie des sciences de Paris, la manière de construire le micromètre objectif. Ce ne fut que cinq ans après que les Anglais l'appliquèrent au télescope de Newton.

Année 1749. Dollon, célèbre opticien de Londres, trouva cette année les lunettes achromatiques. Cet instrument admirable ne parut que quelques années après dans toute sa perfection.

Année 1759. Dès cette époque, il n'est plus permis de révoquer en doute que les comètes soient de véritables planètes qui tournent périodiquement autour du soleil ; on en tira une preuve sans réplique de celle qui parut au mois d'avril 1759.

Année 1762. Harrizon, fameux horloger de Londres ; trouva les longitudes sur mer (Voyez Longitudes).

Képler, trouvant des proportions harmoniques dans les distances des planètes, annonça qu'un accord manquait entre Mars et Jupiter. Tel était donc le génie de Képler, qu'il a deviné une partie de nos découvertes modernes. Ses hypothèses harmoniques firent réfléchir le monde savant ; et les plus hardis convenant que la distance qui sépare Mars et Jupiter est immense, pensèrent qu'une planète avait pu la partager jadis, et depuis s'être perdue dans l'espace ; les autres regardèrent cette idée comme ingénieuse, et la placèrent à côté des nombres mystiques (allégoriques) de Pythagore.

Le 13 mars 1781, un homme qui, de musicien allemand est devenu l'un des astronomes dont s'honore le plus l'Angleterre, Herschell, regardait avec un télescope de sept pieds les étoiles situées vers l'extrémité boréale des gémeaux, et fut très étonné d'en voir une plus large et moins lumineuse que les autres. Il continua de l'examiner, s'aperçut en vingt minutes qu'elle avait un mouvement, et la traita de *comète*. Bientôt après tous les astronomes de l'Europe l'ayant observée, enrichirent notre système planétaire d'un huitième monde ; on la nomma *Herschell ou Uranus*. Par une singularité remarquable, cette planète, la plus éloignée que l'on connaisse, puisqu'elle gravite vers le soleil à la distance de plus de six cent soixante millions de lieues, suivait les lois de la théorie harmonique de Képler, sans représenter cet accord qu'il cherchait entre Mars et Jupiter.

Dans la soirée du premier jour de l'année 1800, Piazzi, professeur à Palerme, observant entre le Bélier et le Taureau, vit une étoile de huitième grandeur, qui lui était inconnue (*Cérès*) ; il ne la retrouva plus le lendemain à la même place ; il s'assura de son mouvement, et la prit aussi pour une comète. Ce fut au mois d'août seulement qu'il écrivit à notre célèbre Lalande, pour lui faire part de sa nouvelle découverte. L'année suivante (1801), Lalande publie son histoire céleste et le catalogue d'étoiles le plus considérable.

Le 28 mars 1802, Olbers examinait sur les neuf heures du soir, Cérès, découverte une année auparavant, quand il aperçut dans l'aile gauche de la Vierge une étoile de 7e grandeur qu'il n'avait pas remarquée jusqu'alors. C'était encore une nouvelle planète : on l'appela *Pallas*.

Le 5 septembre 1804, Harding découvrit une troisième nommé *Junon* ; et ce même Olbers, à qui nous devons Pallas, nous donna *Vesta*, le 28 mars 1807.

VESTA, JUNON, CÉRÈS, PALLAS, sont situées entre MARS et JUPITER ; ces planètes sont si petites, si peu distantes les unes des autres, que le bureau des longitudes paraît adopter l'opinion de M. Olbers, qui les regarde comme les débris d'un astre plus gros, circulant autrefois entre ces deux planètes.

Dans le même temps, le célèbre Laplace composa son immortel ouvrage, la *Mécanique céleste*, et son exposition du système du monde.

En 1837, M. Strawe, directeur de l'Observatoire de Dorpat, termine son grand travail donnant les mesures micrométriques des étoiles doubles, dont M. Ch. Dien publie un extrait en 1839. Enfin, Herschell, fils du grand astronome, revient en 1838 du cap de Bonne-Espérance et ajoute de nouvelles connaissances à l'astronomie pratique.

ATHÉE. Impie qui nie l'existence de l'Être suprême. A l'article *Dieu*, nous démontrons qu'il n'est que la débauche et la stupidité qui aient pu produire l'athéisme.

ATHLÈTE. Homme qui prenait part aux jeux du Cirque chez les Romains. Il y avait six principaux jeux, savoir : la course, la lutte ou le combat gymnastique, le jeu troyen, la chasse, la course à pied et à cheval, et enfin le combat naval ; cependant on appelait le plus souvent jeu du Cirque, la course à cheval, que les Romains aimaient avec passion. Ils couraient, ou sur des chevaux, ou sur des chars. Dans la course, ils sautaient quelquefois d'un cheval sur un autre. Ceux qui conduisaient les chars étaient ordinairement des hommes ignobles, et le plus souvent des esclaves. Mais lorsque les mœurs de la république eurent été corrompues, les personnes de la première distinction, et même plusieurs empereurs, se glorifiaient du titre de *cocher*. Ceux qui conduisaient les chars se partageaient en quatre troupes appelées *factions*, qui se distinguaient par les différentes couleurs de leurs habits : on disait, la faction blanche, la faction rouge, la faction bleue, la faction verte ; les principales étaient la verte et la bleue. Domitien en ajouta deux autres : la faction dorée et la faction de pourpre ; mais il en est rarement fait mention dans les auteurs. Les différentes factions formaient parmi le peuple Romain des partis différents : chaque parti pariait pour telle ou telle faction, et montrait de l'argent aux cochers, le leur promettant s'ils remportaient la victoire ; ces différents partis causaient quelquefois des séditions. Les empereurs choisissaient eux-mêmes une faction qu'ils affectionnaient plus que les autres ; ce qui n'est pourtant guère arrivé qu'aux mauvais empereurs, tels que Caïus, Néron, Vitellius, Vérus. — On tirait au sort la place que les chars devaient occuper devant la barrière, car il y avait des places plus avantageuses les unes que les autres, et plus rapprochées du but. Celui qui présidait aux jeux donnait le signal, en agitant un morceau d'étoffe qu'il déployait ; aussitôt les chars étaient lancés vers la droite du Cirque (voyez ce mot), afin de tourner à gauche autour de la borne. Celui qui le premier avait achevé sept fois cette course, était le vainqueur ; il lui fallait beaucoup d'adresse et d'habileté. Ces sept tours autour de la borne s'appelaient *missus* ; il y en avait ordinairement vingt-trois à chaque représentation, et quelquefois davantage. Pour ne point se tromper dans le nombre des sept tours, il y avait sept Dauphins de bois, placés sur la pointe de la borne ; à chaque tour on en enlevait un. Le Dauphin était un animal consacré à Neptune, en l'honneur duquel les jeux du Cirque avaient été institués. Grœvius, qui explique autrement l'origine de ces dauphins, prétend qu'ils étaient placés sur des colonnes. Lorsque les sept tours étaient achevés, le vainqueur sautait sur la borne ; il était proclamé, et il recevait le prix, qui souvent était considérable et en argent comptant. — La deuxième sorte de jeux du Cirque était le combat gymnique ou athlétique, dont le succès dépendait de la force ou de la vitesse des athlètes, et qui consistait dans la course à pied, dans le pugilat et dans la lutte. Cet exercice venait des Grecs, comme l'indique le nom qu'on lui donnait, puisqu'il n'était appelé *gymnique* que du mot γυμνός, *nudus*, parce que l'on combattait tout nu, sauf une espèce de bandage. — Le combat de la course à pied commençait comme la course à cheval, c'est-à-dire qu'on se partageait en plusieurs factions. Le pugilat, ou le combat du ceste, se pratiquait par le moyen d'une espèce de gantelet de cuir, garni de fer ou de plomb ; afin d'assurer mieux les coups, les gantelets étaient attachés aux bras et aux épaules par des courroies. La lutte était un

combat de deux hommes qui s'efforçaient de se renverser l'un l'autre par la force de leurs bras ; les Grecs appelaient ce jeu πάλη. De là vient que le lieu où les lutteurs s'exerçaient s'appelait *palœstra* ; ce nom se donnait aussi à l'exercice même, et à toute sorte de lieu où l'on s'exerçait. Les lutteurs avaient coutume de se frotter le corps d'huile ou de cire, afin que leurs membres fussent plus agiles ; et ils les enduisaient ensuite de poussière ou de sable, afin de pouvoir se saisir plus aisément. Tous les athlètes mangeaient fort sobrement, et faisaient beaucoup d'exercices ; durant l'hiver, ils s'exerçaient dans un endroit couvert appelé *xystus*. — Au nombre des jeux athlétiques étaient le saut et le jet du disque ou palet ; ce qui formait en tout cinq jeux de cette espèce que les Grecs appelaient πένταθλον et les Latins *quinquertium*. Cependant le saut et le jet du disque, à ce qu'il paraît, n'ont jamais été pratiqués chez les Romains, ou l'ont été rarement. — Le jeu troyen se pratiquait dans le cirque par des jeunes gens de la première condition, qui couraient à cheval, disposés par escadrons, et représentaient une espèce de combat. Virgile en fait la description au cinquième livre de l'Énéide (vers 561 et suiv.). — Un autre spectacle du cirque était la *chasse*, qui consistait dans les combats de bêtes, entre elles ou contre des hommes. Souvent on ne faisait que montrer les animaux. Quelquefois aussi on se contentait de faire voir des bêtes apprivoisées ensemble, comme un lion et un lièvre. Pour la décoration de ce spectacle, on plantait quelquefois des arbres dans le cirque, afin qu'il ressemblât à une forêt. Le premier spectacle de cette espèce qui ait été donné au peuple, le fut par Métellus, qui, l'an de Rome 503, fit paraître dans le cirque cent quarante-deux éléphants pris sur les Carthaginois. Dans la suite on donna souvent au public de ces sortes de chasses, et pour cet effet on fit venir des pays éloignés, avec des frais immenses, une multitude incroyable de bêtes, que l'on nourrissait jusqu'au temps de ces spectacles. Quelquefois c'était le peuple même qui tuait ces bêtes à coups de flèches ; tantôt on les faisait combattre les unes contre les autres, ou contre des hommes appelés *bestiaires*, qui étaient condamnés à cela (comme les chrétiens le furent très souvent) ou qui le faisaient de leur plein gré, et qui étaient ordinairement regardés comme des gens infâmes. Le combat à pied et à cheval était l'image d'une vraie bataille ; il y avait un camp dans le cirque, et ce jeu coûtait quelquefois la vie à plusieurs personnes. C'est ainsi que l'empereur Claude donna dans le champ de Mars le spectacle de la prise et du pillage d'une ville. La *Naumachie* était la représentation d'un vrai combat naval. Dans les premiers temps, on faisait entrer de l'eau dans le cirque par des aqueducs. Dans la suite, il y eut un lieu particulier destiné pour ce spectacle. On donna quelquefois dans le cirque les combats des gladiateurs (voyez Gladiateur). Sous l'empereur Constantin, qui avait de l'aversion pour les usages des Païens, les jeux du cirque paraissaient avoir cessé ainsi que la Naumachie, vers le même temps. Mais il est vraisemblable que les combats à pied et à cheval furent en usage jusqu'au temps de l'empereur Justinien. A l'égard des autres spectacles, ils cessèrent lorsque Rome eut été prise par les Goths (410 de l'ère chrétienne). Le combat des chars fut maintenu à Constantinople jusqu'à la prise de cette ville par les Latins, c'est-à-dire par les Français et les Vénitiens, l'an 1204 de J.-C.

ATLANTES. On croit que l'espace compris entre Madère et les Açores fut occupé anciennement par une terre assez vaste pour mériter le nom de continent. Cette terre, qui s'étendait au loin vers le sud, enfermait aussi dans ses plaines depuis submergées, les Canaries, les îles du Cap Vert et toutes les petites vigies éparses entre ces groupes d'îles. Telle était l'opinion de l'antiquité, par qui cette terre inconnue, quoique réellement découverte, moitié vraie, moitié fabuleuse, fut appelée *Atlantide*. On rapporte que de l'Atlantide sortirent des hommes civilisés et civilisateurs qui précédèrent dans la science les prêtres de l'Égypte et les brames de l'Inde. Sous la conduite d'*Atlas*, les Atlantes vinrent en conquérants, après avoir subjugué l'Afrique, jusqu'en Égypte, où ils ont établi leur culte, leurs lois et laissé leur science, apportés ensuite à la Grèce. Solon, le législateur de l'Attique, consacrait les loisirs de sa vieillesse à composer une grande Epopée sur cette tradition nationale. Homère, Hésiode et Euripide ont parlé des Atlantes et de leur île; mais Platon s'est plus occupé de ce peuple primitif: ses deux dialogues *Timée* et *Critias* sont consacrés à l'histoire de L'Atlantide. — Platon, encore enfant, écoute ce récit de *Critias* son aïeul qui avait appris de Solon même ce qu'avait enseigné à ce dernier un vieux prêtre égyptien de Saïs: « L'Atlantide était jadis une grande » île située dans l'océan en face de l'embouchure appelée » *Les colonnes d'Hercule*; sa figure était un carré oblong, » d'une longueur de 3000 stades (150 lieues) et 2000 » stades de largeur (100 lieues). Son territoire s'étendait vers le sud, et du côté du nord; les montagnes » qui le bordaient, l'emportaient en grandeur et en » beauté sur toutes les autres montagnes connues. Elles » étaient couvertes de villages et abondaient en forêts, » en rivières, en lacs et en prairies. L'île fournissait » abondamment toutes les choses nécessaires à la vie » de l'homme; riche en métaux solides ou fusibles, » l'Atlantide produisait surtout *l'orichalque* (platine), le » plus précieux de tous, après l'or. Les forêts procuraient une très grande quantité de bois de construction » et servaient d'asile à un grand nombre d'animaux, » parmi lesquels des éléphants. » Platon, après la description de cette île qu'il appelle fertile, sainte et merveilleuse, fait connaître son culte et son gouvernement; il ajoute « que le temple de Neptune était pavé » d'argent et d'orichalque; ses voûtes étaient d'ivoire » ciselé; la statue en or, qui représentait le Dieu, était » montée sur un char traîné par six chevaux ailés et » qu'entouraient cent Néréides (nymphes de la mer) » assises sur des dauphins; elle s'élevait jusqu'au faîte. » Dans ce temple, s'assemblaient tous les aus les dix rois » qui se partageaient le gouvernement de l'île, pour » renouveler leur serment, faire les lois et rendre la » justice. Pendant très longtemps les Atlantes respectèrent les dieux et pratiquèrent la vertu; mais leurs » mœurs douces et pures finirent par s'altérer; l'innocence et le bonheur s'enfuirent de leur île; à la simplicité succéda l'orgueil; le goût du luxe et des » richesses devint dominant, la sobriété, la paix domestique furent remplacées par l'ambition des conquêtes; abandonnant les champs que leurs pères » avaient cultivés, les Atlantes sortirent en armes pour » se répandre sur les terres voisines, et n'écoutant plus » que l'injustice et la violence, ils aspiraient à la conquête du monde. Jupiter, gardien des mœurs, et » vengeur des lois éternelles, assembla le conseil des » Dieux pour le châtiment de ce peuple impie; sa destruction fut résolue, et les fléaux du ciel furent appelés à punir ceux qui s'étaient faits les fléaux de la terre. » Jupiter déchaîna les tempêtes, fit trembler le monde » sur ses fondements, et dans l'espace d'une nuit, l'île » Atlantide disparut sous les flots. C'est pourquoi, la » mer qui se trouve là n'est ni navigable, ni reconnue » par personne, puisqu'il s'y est formé peu à peu un » limon provenant de cette île submergée. » — Dans ce récit, Platon est non-seulement historien, mais encore moraliste; il voulait donner aux hommes une leçon de modération et s'appuyait sur un exemple fameux. C'est précisément ce besoin de justifier le précepte par l'événement, cette intention de faire jaillir la morale de l'histoire, qui démontrent la réalité du fait qu'il a choisi. Son récit sur l'Atlantide est certainement la croyance de l'antiquité, et la nature volcanique des îles qui subsistent encore, rend cette croyance au moins vraisemblable. Les Carthaginois furent, de tous les peuples

de l'antiquité, celui qui effectua le plus de voyages; toutes les découvertes de ces temps anciens lui sont dues. Il est un fait bien constaté; c'est cette grande expédition maritime entreprise à la fois par trois flottes, sur les deux fleuves de l'Afrique et sur la côte occidentale de l'Europe. Vers l'an 435 avant notre ère, Hannon et Himilon passèrent ensemble le détroit de Gibraltar; le premier, tournant à gauche, descendit jusqu'au Sénégal, et fonda la colonie de *Cerné*, dans une île en face de l'Afrique (Cap Vert, autrefois l'une des Gorgades).Le second, remontant à droite, côtoya le littoral de l'Espagne, pénétra dans le golfe de Gascogne, visita le rivage des Gaules, et franchissant le détroit que nous nommons Pas de Calais, pénétra dans la mer du Nord jusqu'à la hauteur de la Hollande. Pendant leurs voyages à l'occident, une troisième flotte équipée en Orient descendait de la mer rouge, jusqu'au détroit de Mozambique, entre le continent africain et Madagascar; quelques pas de plus, et le cap de Bonne-Espérance était trouvé. Cette triple expédition des Carthaginois réunit les trois plus longs voyages des anciens sur mer, car on doit regarder comme une fable l'histoire des Phéniciens envoyés à la découverte par Nécho, roi d'Égypte, plus de 616 ans avant J.-C., lesquels auraient doublé la pointe méridionale de l'Afrique, 21 siècles avant Vasco de Gama, et seraient revenus en Europe par les colonnes d'Hercule. Le fait est qu'à cette époque, les Phocéens (habitans de Phocée, ville considérable de l'Ionie) entreprirent un long voyage maritime; ayant chez eux un sol étroit et aride, ils étaient plutôt marins qu'agriculteurs; les Phocéens subsistaient de la pêche et du commerce, et quelquefois de la piraterie que l'on regardait dans ces temps-là comme un métier honorable; après s'être avancés hardiment jusqu'aux bords de la Méditerranée, ils abordèrent au golfe de Lyon. Charmés de la beauté de ce pays, ils firent, de retour chez eux, le rapport de ce qu'ils avaient vu, et engagèrent un plus grand nombre de leurs concitoyens à les suivre. Le chef de la flotte, nommé *Protis*, brûlant d'envie de bâtir une ville sur les frontières des Ségobrigiens, en va trouver le roi, et lui demande son amitié; le prince était alors occupé des apprêts des noces de sa fille, qui, suivant l'usage du pays, devait se choisir un époux au milieu du repas. Protis y fut invité, et d'étranger qu'il était, il devint gendre du roi et en obtint le lieu où il fonda Marseille. Il donna à sa nouvelle ville le nom de *Massilia*, qui était celui de sa femme. Ce qui nous a privés des relations que les Carthaginois auraient pu transmettre aux autres peuples, c'est qu'ils avaient pour politique de faire un mystère de la situation des pays qu'ils fréquentaient dans l'Océan; sans doute par cette raison, qu'ils s'y procuraient quelque denrée précieuse, telle que la pourpre, dont ils étaient jaloux de conserver le commerce exclusif; ou peut-être bien, comme le dit Aristote, afin de faire cesser une émigration qui dépeuplait la métropole; enfin, Diodore de Sicile pour qu'ils voulaient se réserver un asile dans ces contrées et y transporter leur domination, en cas qu'il arrivât un évènement funeste à la république.

ATLAS. On donne le nom d'*Atlas terrestre* à une collection de cartes géographiques de toutes les parties connues du monde. Cette manière de parler vient de ce que les cartes paraissent porter le monde, à peu près comme la sphère dont Atlas est regardé comme le premier inventeur, paraît le porter. On appelle *Atlas céleste* une collection de cartes qui donnent la position des étoiles.

ATMOSPHÈRE. Des particules très déliées dont un corps est environné, forment son atmosphère; tels sont les corpuscules magnétiques qui entourent une pierre d'aimant; telles sont encore les particules odoriférantes qui viennent s'insinuer dans l'organe de l'odorat, lors même que nous sommes assez éloignés de certaines herbes ou de certaines fleurs. Nous connaissons en physique peu de corps qui ne soient entourés d'une atmosphère plus ou moins étendue, et plus ou moins sensible ; ceux cependant dont l'atmosphère nous intéresse davantage, sont le soleil et la terre ; aussi croyons-nous devoir traiter cette matière dans deux articles particuliers.

ATMOSPHÈRE SOLAIRE. Le soleil est environné d'une atmosphère qui nous éclaire, puisqu'elle est la cause physique de la lumière zodiacale. Est-ce par sa propre nature que la matière de l'atmosphère solaire est lumineuse ? Est-ce parce que, étant très-inflammable, elle est actuellement enflammée par les rayons du soleil? Est-ce enfin parce que, consistant en des particules beaucoup plus grossières que celles de la lumière, elle les réfléchit vers nous? Ce sont là autant de points de physique dont l'éclaircissement ne nous paraît pas nécessaire. Ce qu'il y a de sûr, c'est que, lorsque les particules de l'atmosphère solaire ne sont pas éloignées de la terre d'environ 60,000 lieues, elles sont plus attirées par la terre que par le soleil, et par conséquent elles doivent tomber dans l'atmosphère terrestre. Cette règle est fondée sur cette démonstration : que la force attributive du soleil n'est que de deux cent vingt-sept mille cinq cent douze fois plus grande que celle de la terre. Ensuite, l'atmosphère solaire est tantôt plus, tantôt moins étendue ; elle s'étend souvent jusqu'à plus de trente millions de lieues au-delà du soleil. Ne soyons pas surpris de tous ces changements ; il règne de temps en temps dans l'atmosphère solaire une fermentation étonnante, un bouillonnement prodigieux, qui doivent soulever les unes au-dessus des autres les particules dont elle est composée, et qui par conséquent doivent augmenter son volume de plusieurs millions de lieues. Quand les comètes, dans leur périhélie, passent dans l'atmosphère solaire, elles attirent, suivant les lois de la gravitation mutuelle, une partie de cette atmosphère, dont se forme ce que l'on nomme la queue, la ba be, et la chevelure des comètes. Toutes les causes physiques, jointes à une infinité d'autres, apportent de grands changements dans l'atmosphère solaire.

ATMOSPHÈRE TERRESTRE. Par atmosphère terrestre, les physiciens entendent tout le fluide qui entoure notre globe, qui pèse sur sa surface et qui participe à tous les mouvements de la terre, c'est-à-dire, au mouvement diurne sur son axe, et au mouvement annuel autour du soleil. On s'est trompé grossièrement, en fixant la hauteur de l'atmosphère terrestre à une vingtaine de lieues. Il est sûr que la matière des aurores boréales se trouve dans l'atmosphère terrestre ; alors, puisque des aurores boréales ont été aperçues en même temps à Varsovie, à Moscou, à St-Pétersbourg, à Rome, à Paris, à Naples, à Madrid et à Cadix, il est certain que ces phénomènes étaient élevés de plus de vingt lieues au-dessus de la surface de la terre ; sans cela ils n'auraient pas été vus, à la même heure, dans tant de villes différentes aussi éloignées les unes des autres ; il faut alors que chacune de ces aurores boréales ait été placée à environ 266 lieues au-dessus de la surface de la terre. Cette proposition n'a rien de hasardé ; elle est fondée sur les opérations de la plus simple trigonométrie. Par exemple, l'aurore boréale qui a été vue, en même temps, dans toutes les villes que nous avons nommées, avait, à Paris, sa parallaxe élevée de 37 degrés au-dessus de l'horizon, et de 20 seulement à Rome. L'atmosphère terrestre a donc plus de 266 lieues de hauteur.

ATOME. Tout corps, dans la nature, peut être divisé en une quantité de parties que l'on appelle molécules ; mais il arrive un point où les particules devenant infiniment petites, ne sont plus susceptibles de division ; ces particules ont reçu le nom d'atomes. Ces atomes peuvent se présenter sous des formes différentes.—Dans l'antiquité, les atomes donnèrent lieu à des systèmes plus ou moins bizarres, parmi lesquels nous citerons celui d'Epicure qui admettait leur existence de toute éternité sous forme de corpuscules durs, crochus, carrés,

oblongs, de toute forme, et tous en mouvement dans l'espace immense du vide. Selon ce philosophe, ces corpuscules s'étant agglomérés, avaient formé, par leur réunion, un soleil, une mer, des terres, des plantes, des hommes ; l'univers, ajoutait-il, étant l'œuvre du hasard, devait être un jour anéanti par le hasard. Un pareil système est assurément plus ridicule que scandaleux.

ATTRACTION. Action d'attirer. L'attraction se divise en active, passive et mutuelle.

ATTRACTION ACTIVE. Exercer une attraction active sur un corps, c'est être cause du mouvement accéléré de ce corps abandonné à lui-même. La terre exerce une attraction active sur une pierre jetée en l'air, parce qu'elle est cause de la chute accélérée de cette pierre.

ATTRACTION PASSIVE. Souffrir une attraction passive de la part d'un corps, c'est être obligé de tomber vers ce corps ; quelle que soit la cause de cette tendance, c'est tendre vers ce corps. Une pierre jetée en l'air souffre une attraction passive de la part de la terre, parce qu'elle est obligée de tomber vers la terre. Il en est de même, non-seulement de tous les corps sublunaires par rapport au globe terrestre, mais encore de tous les corps qui tournent autour du soleil par rapport à cet astre. Les premiers, sans en excepter même la lune, abandonnés à eux-mêmes, tomberaient sur la terre, et les seconds se précipiteraient dans le soleil.

ATTRACTION MUTUELLE. Deux corps s'attirent mutuellement, ou exercent l'un sur l'autre une attraction mutuelle, lorsqu'ils tendent à se joindre l'un avec l'autre, et lorsque, pour y parvenir, ils sont obligés de faire chacun une partie du chemin qui les sépare. Il règne une attraction, ou une gravitation mutuelle entre tous les corps qui composent l'univers ; le flux de la mer et les irrégularités observées dans le mouvement des corps célestes en sont des preuves. La même force qui fait retomber sur la terre une pierre jetée en l'air, précipiterait les planètes et les comètes dans le soleil, si elles étaient abandonnées à leur force centripète, c'est-à-dire à leur gravité ; les planètes et les comètes sont donc des corps graves. La gravité d'un corps ne peut avoir pour cause que l'essence de ce corps, ou une matière environnant ce corps, ou enfin une loi générale de la nature que le Créateur a établie volontairement. On ne peut pas dire que la gravité des planètes leur soit essentielle ; ce serait alors faire revivre les qualités occultes de l'ancienne époque, qui ont fait pendant si long-temps le déshonneur de la philosophie et la honte de l'esprit humain ; on peut encore moins donner pour cause de la gravité des planètes, une matière environnant ces corps ; c'est là une des chimères produites par l'imagination de Descartes. Il faut donc reconnaître une loi générale du Créateur, comme la cause immédiate de la gravité des corps, et par conséquent, nous dirons que les corps s'attirent mutuellement, et sont portés les uns vers les autres en vertu d'une loi générale de la nature.

AUBERGE. Maison où les voyageurs logent et mangent en payant. Dans l'enfance des sociétés, les hommes plus attachés au sol qui les avait vus naître, voyageaient peu ; ils ne pouvaient espérer d'hospitalité, dans des terres étrangères, que des liaisons d'amitié ou de l'humanité qui unit tous les hommes. La Bible et Homère nous donnent mille preuves touchantes de cette coutume établie dans l'Orient, pour ainsi dire depuis l'origine du monde ; cette même coutume y subsiste encore en partie. Les Gaulois, nos ancêtres, étaient aussi très hospitaliers ; les étrangers qui venaient visiter leur pays étaient reçus et fêtés. Mais cette hospitalité, qui honore le cœur humain, est en même temps la preuve d'une civilisation incomplète. Quand les hommes, entraînés par les besoins du commerce ou par la seule curiosité, parcourent les différents pays de la terre, il fallut alors que l'intérêt se chargeât de leur donner un logement et des vivres ; la bienveillance n'aurait pu suffire aux frais considérables de cette multitude d'étrangers. On rapporte que les Crétois furent les premiers qui élevèrent des hospices. La religion chrétienne consacra l'hospitalité et en fit un devoir ; il y eut des hospices publics pour les pèlerins ; les particuliers les recevaient également. Les riches voyageurs prirent l'habitude, à leur départ, d'offrir un présent qui souvent était refusé : néanmoins cette coutume s'établit peu à peu ; on plaça même des troncs à la porte , afin que le voyageur y déposât son offrande. Bientôt les bénéfices qui revenaient de cette coutume engagèrent des personnes à se faire un état du soin de recevoir les étrangers, et mirent des enseignes pour faire reconnaître leurs maisons. Le mot *auberge* vient du vieux mot français *héberger* ou *alberger*. Les aubergistes se nommèrent aussi *hôteliers* et leurs maisons *hôtelleries*.

AURORE. C'est une lumière qui paraît, lorsque le soleil est à 18 degrés sous l'horizon avant son lever.

AURORE BORÉALE. Deux ou trois heures après le coucher du soleil, on aperçoit quelquefois du côté du Nord un brouillard assez obscur fait en segment de cercle, dont la partie occidentale commence à paraître éclairée. De ce segment de cercle , on voit d'abord sortir des arcs lumineux , des jets et des rayons de lumière ; on aperçoit ensuite un mouvement général et une espèce de troublons dans toute la masse du phénomène , causé sans doute par les vibrations de lumière et par les éclairs réitérés qui se succèdent , presque sans interruption, les uns aux autres ; on voit enfin, lorsque le phénomène est dans sa plus grande magnificence, une espèce de couronne lumineuse se former vers le zénith. Voilà ce qu'on a coutume de nommer aurore boréale.

Ceux qui regardent l'aurore boréale comme l'effet de l'inflammation des particules nitreuses, sulfureuses, salines , huileuses et bitumineuses, qui , de la terre, s'élèvent dans l'atmosphère , n'ont pas sans doute fait attention aux circonstances qui ne manquent jamais d'accompagner ce phénomène. En effet, si telle est la cause physique des aurores boréales, pourquoi ne sont-elles pas plus fréquentes et paraissent-elles plus souvent en hiver qu'en été ? Puisque nous les voyons constamment du côté du pôle nord , le mouvement diurne de la terre sur son axe ne devrait-il pas , suivant les lois des forces centrifuges, porter vers l'équateur ces parties inflammables ? Pourquoi enfin ce phénomène est-il quelquefois élevé de plus de 260 lieues au-dessus de la surface de la terre ? Sait-on pas que les météores dont la terre fournit la matière , ne sont tout au plus qu'à deux lieues de nous ? Toutes ces raisons et beaucoup d'autres qu'il n'est pas nécessaire de rapporter, nous engagent à renoncer à une pareille explication et à adopter le système que voici : Le soleil est environné d'une atmosphère qui nous éclaire et s'étend quelquefois jusqu'à plus de trente millions de lieues ? Il est probable que la matière de cette atmosphère ne nous éclaire que parce qu'elle consiste en des particules ou inflammables par les rayons du soleil, ou susceptibles de réfléchir la lumière. Lorsque les dernières couches de l'atmosphère solaire ne sont pas éloignées de plus de 60 mille lieues de la terre , elles doivent , suivant les lois de la gravitation mutuelle des corps, tomber vers notre globe. Lorsque la matière de l'atmosphère solaire se précipite en assez grande quantité dans l'atmosphère terrestre, elle doit nécessairement y causer des aurores boréales. Pourquoi ce phénomène se range-t-il du côté des pôles, car il est probable que les habitants des plages méridionales voient autant d'aurores australes, que les habitants des pays septentrionaux en voient de boréales ? La raison en est évidente : la partie de l'atmosphère terrestre qui correspond à l'équateur de la terre ou à la zône torride, a beaucoup plus de force centrifuge que la partie qui répond aux pôles ou aux zônes glaciales ; la matière des

aurores boréales tombant dans l'atmosphère terrestre, doit pénétrer plus difficilement la partie de cette atmosphère qui répond à la zône torride, qu'elle ne pénètre la partie qui répond aux zônes glaciales ; elle doit donc être rejetée vers les pôles , et il s'ensuit que ce phénomène doit être boréal pour les habitants des pays septentrionaux, et austral pour les habitants des pays méridionaux.

Le milieu de l'aurore boréale ne répond jamais exactement au dessous du pôle , et toute la masse décline ordinairement de 10 à 12 degrés vers le couchant ; la raison en est que le couchant étant à la fin du jour la dernière portion de notre atmosphère qui a rencontré l'atmosphère solaire et qui s'est imprégnée de la matière qui la compose , il n'est pas extraordinaire que cette matière se trouve en plus grande quantité vers l'occident, et que par conséquent l'aurore boréale, dont elle est la cause physique , ait coutume de décliner de ce côté-là.

La matière de l'atmosphère solaire tombant tantôt en colonnes , tantôt en pelotons , quelquefois en traînées, en un mot en cent manières différentes, dans l'atmosphère terrestre , produit ces colonnes de feu , ces jets de lumière , ces éclairs , ces vibrations , ces ondulations que l'on remarque dans les aurores boréales.

La couronne lumineuse que l'on aperçoit près du zénith dans les grandes aurores boréales, n'est là qu'un objet purement optique. Imaginons-nous la matière du phénomène tombant dans notre atmosphère en forme de colonnes perpendiculaires à la surface de la terre ; si ces colonnes sont en grand nombre , elles produiront dans l'œil du spectateur l'apparence d'une couronne placée près du zénith. Cette couronne nous paraîtra permanente, parce que aux premières colonnes poussées vers les pôles par le mouvement diurne de la terre, il en succède d'autres qui tombent perpendiculairement dans l'atmosphère terrestre. La matière des aurores boréales se trouve dans l'atmosphère terrestre ; elle aurait sans cela un mouvement journalier apparent d'orient en occident, et qu'aucun astronome n'a encore observé.

AURORE MÉRIDIONALE. Phénomène qui paraît du côté du pôle méridional , de la même manière et souvent dans le même temps que l'aurore boréale se montre du côté du Nord. Il y a non-seulement des aurores boréales , mais encore des aurores méridionales. Si la partie australe de la terre avait autant d'observateurs que la partie septentrionale , et que les brouillards y fussent moins fréquents, nous aurions des tables très exactes des aurores méridionales.

AUSCULTATION. C'est le nom qu'on donne à l'exploration , au moyen de l'oreille , des bruits qui se produisent dans la poitrine. Ce mode d'investigation est une des conquêtes de la médecine nouvelle ; elle ne date que d'une vingtaine d'années. L'auscultation se pratique en interposant entre l'oreille et les parois pectorales, un cylindre de bois d'une longueur et d'une forme variables , perforé à son centre et nommé *stéthoscope*.

AUTEL. Constellation australe. Selon la mythologie, c'est sur cet autel que les dieux cimentèrent leur union avant d'aller combattre les Titans. L'autel monte à la suite de la queue du scorpion ; il est formé de trois étoiles de troisième grandeur, placées sous la queue de cet animal.

AUTEUR , inventeur ; se dit plus particulièrement de celui qui fait un livre. Les auteurs d'écrits en tout genre, les compositeurs de musique , les peintres et les dessinateurs qui font graver des tableaux et des dessins, jouissent durant leur vie entière du droit d'en céder la propriété en tout ou en partie. Leurs héritiers ou cessionnaires jouissent du même droit durant l'espace de dix ans après la mort des auteurs. Les héritiers de l'auteur d'un ouvrage de littérature, ou de gravure , ou de toute autre production de l'esprit ou du génie qui appartient aux beaux-arts, en ont la propriété exclusive pendant dix années.

AUTOGRAPHE. Écrit même de la main de l'auteur.

AUTOMATE. C'est une machine qui a en soi le principe de son mouvement. Nos montres et nos horloges sont donc des automates ordinaires. On regarde comme des automates extraordinaires le coq de l'horloge Saint-Jean, à Lyon, et celui de l'horloge de Strasbourg. Le célèbre Vaucanson avait construit trois machines extraordinaires. Son premier automate était une figure humaine de 5 pieds et demi de hauteur, qui jouait de la flûte avec toute la délicatesse possible. Son second automate était un canard qui avançait son col pour prendre du grain, l'avalait, le digérait et le rendait par les voies ordinaires tout digéré. Ce canard buvait et barbotait dans l'eau, comme les animaux ordinaires. Enfin, son troisième automate était un joueur de tambourin qui jouait une vingtaine de contredanses. Tous ces automates gardent inviolablement les lois de la mécanique et ne donnent aucune marque de connaissance, ils ne sauraient donc servir à prouver que les animaux sont de pures machines.

Dans le courant de l'année 1833, M. Stévenard, mécanicien, a produit un des automates les plus curieux qui aient été exécutés jusqu'à ce jour. Sur un socle en bois de palissandre, décoré d'incrustations diverses, est placé un piédestal en bronze argenté mat, orné de torsades et de feuilles d'acanthe dorées, d'une très-riche, quoique très-simple exécution. Sur la plate-forme, un escamoteur habillé en Turc, et d'environ six pouces de haut, est assis sur un canapé; en face de lui est une petite table en bronze doré dont les ornements figurent un tapis; à sa droite, est un guéridon sur lequel sont placés trois gobelets et une sorte de tambour creux de plus grande dimension que les gobelets.

Le mécanisme intérieur exécute d'abord une ouverture; il est disposé pour jouer à volonté celles de *Moïse*, de *Tancrède*, et du *Barbier de Séville*. L'air est à peine terminé que le petit escamoteur se lève et salue trois fois la compagnie, comme le doit faire tout escamoteur bien élevé. Il prend ensuite deux de ses gobelets, les change de main et escamote trois petites boules d'argent, qu'il fait successivement passer sous l'un et l'autre gobelet pour les réunir au centre de la table sous un seul. Il remet alors les gobelets à leur place, et le tambour s'abaisse. L'escamoteur le frappe trois fois, il se relève, et laisse une petite danseuse articulée qui, sur le devant de la table, danse accompagnée d'un air que joue le mécanisme. Le tambour s'abaisse de nouveau, et quand il se relève, la danseuse n'est plus là; alors l'escamoteur qui, pendant la danse, n'a cessé d'approuver de la tête et du maintien, prend le troisième gobelet qui ne lui a pas servi encore, le place au centre de la table, et le soulève bientôt pour laisser voir un œuf d'argent. Nouvelle merveille: de cet œuf d'argent sort un oiseau, très-richement orné de vives couleurs et d'une petitesse inouïe, qui, perché sur le haut de l'œuf et semblant tout joyeux de sa délivrance, se met à battre des ailes avec cette vivacité particulière et scintillante que le plaisir imprime aux ailes des oiseaux, à tourner le cou et à chanter un air. L'escamoteur le recouvre alors et tout disparaît, puis il remet gravement son gobelet, salue et se rassied. Un air termine la séance. Il n'est pas à notre connaissance que jamais l'art de la mécanique ait rien créé de plus parfait, de plus approchant de la nature que les mouvements pleins de grâces et de dextérité de l'automate de M. Stévenard; ni que jamais illusion plus complète ait été produite. Ce chef-d'œuvre a été vendu 30,000 fr.; l'auteur a consacré cinq années à sa composition.

AUTOMNE. L'automne dure trois mois. Cette saison commence le jour que le soleil paraît sous le premier degré du signe de la *Balance*, c'est-à-dire environ le

22 septembre, et elle dure le temps que le soleil paraît sous les signes de la *Balance*, du *Scorpion* et du *Sagittaire*.

AVALANCHES. Chute de neiges qui se détachent des montagnes. En hiver, lorsque la neige tombe et que le vent est très-fort, les pelotons de neige chassés sont d'abord peu volumineux; mais en roulant sur des pentes, ils grossissent bientôt, entraînent des pierres, et renversent ce qu'ils rencontrent dans leur chute accélérée; la chute d'une avalanche est ordinairement accompagnée d'un épouvantable sifflement. Les avalanches de printemps sont encore plus dangereuses; lorsque les rayons du soleil commencent à fondre la neige, l'adhérence de celle-ci à la terre diminue, et l'action de la pesanteur de cet énorme amas de neige ne peut plus être balancée; l'avalanche se détache, glisse avec un très-grand bruit, accélère sa chute, arrive bientôt au pied de la montagne, et engloutit quelquefois des villages entiers.

AVOCATIER. Arbre de l'Amérique du Sud; dans la langue caraïbe, on nomme son fruit *aouïcate* (poire d'avocatier); il a la forme d'une très-grosse poire, et est très-estimé par les gastronomes de l'Ile-Bourbon.

AVOINE. Genre de la famille des graminées. On nomme *gruau* les semences de l'avoine dépouillées de leur enveloppe et grossièrement concassées; cette substance est très-adoucissante et très-nutritive. On a trouvé que la farine d'avoine contenait: fécule, 59; albumine, 4,30; gomme, 2,50; sucre et principe amer, 8,25; huile grasse, 2; et une quantité variable de matière fibreuse.

AXE. Une ligne qui partage un corps en deux parties égales, et sur laquelle ce corps se meut, a le nom d'axe. Nous parlerons, dans nos articles relatifs, de l'axe du monde, l'axe de la terre et l'axe d'une ellipse, qui sont les principaux dont la connaissance est nécessaire.

AXIOME. Toute vérité connue de tout le monde, s'appelle axiome. Voici les principaux: Tout ce qui est renfermé dans l'idée claire et distincte d'une chose, lui convient nécessairement. — Il est impossible qu'une même chose soit et ne soit pas en même temps. — Le tout est plus grand qu'aucune de ses parties. — Deux grandeurs égales à une troisième, sont égales entre elles. — Si on augmente, ou si on diminue également deux choses égales, elles resteront égales; mais si on les augmente, ou si on les diminue inégalement, elles deviendront inégales. — Les quantités doubles, triples, quadruples de quantités égales, sont égales entre elles. — Tout effet a une cause. — Ni l'art ni la nature ne peuvent faire une chose de rien, etc.

AXIS. L'axis est un quadrupède ruminant, du genre du cerf, portant un bois assez semblable au sien, mais grêle et à trois andouillers seulement. Il a la taille et la légèreté du daim; la queue plus longue; le pelage fauve également tacheté de blanc. Il habite les pays chauds de l'Asie et multiplie cependant facilement en France.

AXONGE. Graisse de porc préparée; cette graisse se trouve en abondance sous la peau de cet animal, particulièrement vers la région des reins. L'axonge entre dans la composition d'un grand nombre de pommades et d'onguents.

AZÉDARACH. Cet arbrisseau, naturalisé en Espagne, est originaire d'Asie. Les Espagnols emploient ses racines comme *vermifuge* (médicament qui chasse les vers).

AZIMUT. Tout grand cercle de la sphère qui passe par le zénith et le nadir, et qui coupe l'horizon en deux points diamétralement opposés, est un cercle azimutal ou vertical. Le premier vertical doit passer par le zénith et le nadir, et couper l'horizon dans les deux points du vrai orient et du vrai occident.

AZOTE. Gaz permanent, incolore, transparent, inodore, insipide, plus léger que l'air atmosphérique, insoluble dans l'eau. Les physiciens lui avaient donné le nom de *phlogistique* (partie inflammable); aujourd'hui, d'après Berzélius, il est désigné sous le nom de *nitrogène* (qui forme le nitre). — Il ne faut pas confondre l'azote avec l'azoth (mercure). L'azote constitue les quatre cinquièmes de notre atmosphère à peu près ; il donne au pain sa qualité nutritive, et si l'on ne se dégoûte jamais du pain, il faut l'attribuer à ce qu'il contient du sucre et de l'azote. Moins un aliment contient d'azote, et moins il nourrit. Ce gaz n'est connu que depuis 1772.

AZOTATE. Les combinaisons de l'acide azotique ou *nitrique* avec les bases salifiables, sont désignées par ce nom générique : *azotate*. L'azotate de potasse est ce sel qui se forme naturellement à la surface des murs humides et du sol, dans les lieux habités. On le nomme vulgairement *salpêtre*. Après sa préparation, il prend le nom de *nitre de houssage*, et présente, de la manière la plus marquée, la propriété de fuser sur les charbons ardents ; il fait la base de la poudre à canon.

AZOTITE. Ce sont des sels formés d'une base et d'acide azoteux.

AZYME. Pain sans levain. La pâte n'ayant rien en elle-même qui puisse la faire lever, elle forme, sans levain, un pain mat et insipide autant qu'indigeste. Le levain n'est autre chose que de la pâte aigrie.

B

BABLAH. Nom indien qui est adopté dans le commerce pour désigner des gousses de l'*Acacia arabica*, qui contiennent beaucoup d'acide gallique, du tannin et de la gomme. Elles servent au tannage et à la teinture ; à poids égal, elles l'emportent sur la noix de Galle.

BABOUIN. Singe qui a le museau très-allongé, très-épais, la face rouge, les poils clair-semés et très-courts ; le bout de son museau est violet; les cils des paupières supérieures sont longs, noirs et touffus. Ses oreilles pointues, sont cachées dans le poil; ses dents canines très-longues. Ses bras et ses jambes sont très épais ; les mains et les pieds presque nus, tous les ongles arrondis et plats. Cet animal est fier, indomptable, très fort et très lubrique ; il se nourrit de fruits, d'insectes. Dans sa jeunesse, il peut être apprivoisé, et peut servir de garde, comme les chiens. Lorsqu'on le frappe, il pousse des soupirs et des gémissements, accompagnés de larmes.

BACCHANAL. Grand bruit. Nom donné par allusion aux *bacchanales* qui étaient des fêtes en l'honneur de Bacchus. Elles se célébraient à Rome ; il s'y passait toute sorte de turpitudes et d'infamies. Le sénat de Rome les abolit l'an 564 de la fondation de la ville par Romulus. On les appelait aussi *orgies*, nom commun à plusieurs autres fêtes, comme à celle des muses, à celles de Cérès, et aux fêtes de Cybèle. La véritable fête de Bacchus se nommait *Liberalia*. On lui faisait des libations de miel, dont on croyait qu'il avait inventé l'usage, et on lui immolait un bouc ou un chevreau, parce que c'est un animal pernicieux pour la vigne.

BACCHANTES ou *Ménades*. Prêtresses de Bacchus. Dans la célébration des fêtes de ce dieu, elles couraient alors sur des montagnes, et mettaient en pièces tous les hommes qu'elles rencontraient. Elles étaient habillées de peaux de tigres, et avaient les cheveux épars ; chacune tenait à la main un thyrse (javelot entouré de pampre) et une torche ardente.

BACCHARIS. Le baccharis est une herbe appelée vulgairement *Gant de Notre-Dame*. Les anciens lui attribuaient une vertu salutaire contre les enchantements. Plusieurs poëtes épiques, à l'exemple de Virgile, s'en sont servis pour couronner les gens de lettres.

BADIANE (ou anis de la Chine). Cet arbre croît à la Chine, aux îles Philippines, en Tartarie ; son fruit étoilé est de l'odeur la plus suave.

BAGNE. Prison des forçats. Qui ne connaît pas ce que c'est que la servitude, qui n'a jamais vu ce qui se passe tous les jours dans les bagnes, ne soupçonne pas à quel degré d'avilissement peut arriver l'homme, sous le poids de la misère et de l'abattement. Tous les soirs, les forçats sont renfermés dans un bagne ; chargés de leurs chaînes et accouplés, ils couchent sur la terre presque nue. Dès la pointe du jour, les gardes-chiourmes,

armés de bâtons, éveillent les forçats et les conduisent comme des troupeaux à leurs pénibles travaux. Les uns sont employés à l'arsenal, où la moindre faute leur attire les punitions les plus sévères; d'autres, comme des bêtes de somme, sont employés à transporter d'énormes fardeaux. Plusieurs de ces malheureux ne se livrent à l'insubordination que pour recevoir la mort qu'ils implorent. Pendant la dernière période décennale, la proportion décroissante de la population des bagnes est un fait digne de remarque. Au 1er janvier 1821, le nombre des forçats qui, dans tous les bagnes, s'élevait à 11,181, n'était plus que de 10,779 au 1er janvier 1822; — de 10,256 au 1er janvier 1823; — de 9,489 au 1er janvier 1824;— de 9,211 au 1er janvier 1825;— de 9,134 au 1er janvier 1826;— de 9,121 au 1er janvier 1827; — de 8,988 au 1er janvier 1828; — de 7,921 au 1er janvier 1829;— de 7,842 au 1er janvier 1830, et n'était plus que de 7,406 au 1er janvier 1831; ce qui présente une différence de 3,775 entre 1821 et 1831, ou de plus d'un tiers.

BAIE. C'est un petit golfe dont l'entrée est très resserrée.

BAIL. Convention par laquelle la jouissance d'une maison, d'un terrain, ou autre espèce de biens, est transférée à quelqu'un pour un certain temps, moyennant une redevance payable au bailleur à certain temps stipulé, pour lui tenir lieu de l'usage ou de la jouissance dont il se dépouille. Une seule année de jouissance accordée ne forme pas moins un *bail* que s'il y en avait plusieurs ; car ce n'est pas le nombre des années qui détermine la nature du bail, mais la cession de la jouissance pour un temps limité. Il y a différentes sortes de baux : on appelle *bail à loyer* le louage des maisons et celui des meubles ; — *bail à ferme* celui des héritages ruraux ; — *loyer*, le louage du travail ou du service ; — *bail à cheptel*, celui des animaux dont le profit se partage entre le propriétaire et celui à qui il les confie.

BAILLEMENT. Ouverture involontaire de la bouche, qui marque l'ennui, ou le besoin de dormir. Le bâillement s'annonce par une dilatation presque simultanée de tous les muscles qui servent à la respiration, qui donne au poumon une très grande extension, en lui faisant inspirer une quantité considérable d'air ; mais une partie de cet air se trouvant bientôt rejetée par l'expiration, les muscles reprennent leur état naturel.

BAIN. Lieu où l'on se baigne; immersion plus ou moins prolongée du corps, ou d'une partie du corps dans un liquide. Les bains se divisent en bains entiers ou généraux, si c'est tout le corps qui subit l'immersion ; locaux ou partiels (*demi-bains*, *bains de siège*), si elle n'a lieu que pour une partie du corps seulement. L'usage des bains remonte aux temps les plus reculés. Il se retrouve dans l'histoire de tous les peuples, aussi bien chez l'habitant des climats méridionaux que chez celui des pays glacés des régions polaires. Chez les Grecs, les sources d'eau chaude étaient consacrées à Hercule, le dieu de la force. De nos jours, les bains sont chez les Musulmans un des devoirs indispensables de leur religion. La magnificence des établissements de bains, chez les Romains, prouve toute l'importance qu'ils y attachaient pour l'entretien de la santé. Enfin, chez nous-mêmes, cette utilité est sentie des classes les moins aisées de la société. Les modifications que les bains amènent dans l'organisme sont dues à la pression du liquide à la surface du corps, qui cause probablement cette gêne, cette oppression, ce serrement à la région de l'estomac, ressenti au moment de l'immersion; au contact d'un plus grand nombre de molécules, qui rend plus sensible l'addition ou la soustraction de la chaleur, et nous fait paraître l'eau froide plus froide ou plus chaude que l'air élevé au même degré de température (ces phénomènes dépendent de la densité plus considérable de ce liquide); à la soustraction de la peau au contact de l'air; à l'absorption de l'eau qui est en rapport avec la chaleur du bain; enfin aux changements apportés à la peau qu'ils gonflent, qu'ils amollissent, en la rendant plus douce, et débarrassent des concrétions formées à sa surface par la matière de la transpiration et la poussière des corps extérieurs. Les bains les plus sains sont ceux que l'on prend pendant l'été dans une eau courante, telles que les eaux de fontaine, ou de rivière. Mais il est certaines précautions que l'on ne doit pas négliger; par exemple, il ne faudra jamais se mettre dans l'eau à une époque très rapprochée du dernier repas, et dans le cas où la transpiration serait établie, il faudrait attendre que le corps fût sec. En entrant dans un bain froid, il faut avoir soin de se mouiller la face avant de plonger le reste du corps, et, en sortant de l'eau, on doit s'essuyer promptement, et éviter le refroidissement; après le bain froid, un léger exercice est des plus salutaires.—Sous le rapport de la température, on distingue les bains *très froids*, *froids*, *tempérés*, *chauds*. Les bains sont *très froids* à une température moindre de + 10° (Réaumur). Les bains sont *froids* lorsque leur température est de 10 à 15°; ils sont *frais*, lorsqu'elle est de 15 à 20°; le bain est *tempéré* à 20 à 25°; et enfin le bain est *chaud* à 25 à 30°.—On nomme *bain électrique* l'état d'un individu placé sur un isoloire et communiquant, au moyen d'une tige métallique, avec le conducteur principal de la machine électrique, pendant que celle-ci est en action. —Les *bains de mer* se prennent le plus communément à la même température et dans la même saison que les bains *frais*; les hydro-chlorates de soude et de chaux contenus dans l'eau de la mer, contribuent à produire une excitation assez vive du système cutané et à stimuler toute l'économie. Les bains réitérés dans l'eau de la mer sont un remède des plus efficaces contre l'hydrophobie (horreur de l'eau); on conçoit, en effet, avec quelle énergie doivent agir des bains froids dans une eau chargée de principes excitants, accompagnés de l'exercice salutaire de la natation, ou du moins d'une sorte de douches produites par le choc continuel des lames. — Les bains d'*eaux minérales naturelles* sont un des moyens curatifs le plus anciennement en usage; tous les peuples ont cru à leurs vertus, et l'observation justifie la confiance qu'ils leur ont accordée. — Les bains sont particulièrement utiles à ceux qui ont l'habitude des travaux intellectuels; et ils sont très recommandés pour les blessures.—En chimie, on se sert de l'expression de *bain*, en y ajoutant un autre mot qui en caractérise l'espèce, pour désigner un vase que l'on place sur un fourneau évaporatoire, et qui contient une substance quelconque dans laquelle on plonge le vaisseau où est la matière que l'on veut évaporer ou distiller.—Une matière contenue dans un vaisseau qu'on ne présente au feu qu'après l'avoir entouré de sable, de limailles de fer ou de cendres, est une matière qui s'échauffe aux *bains de sable*, de limailles de fer, ou de cendres.—Un vaisseau qu'on enterre dans

un tas de fumier chaud, contient une matière qui s'échauffe au *bain de fumier*.—Si l'on enterrait ce vaisseau dans un tas de marcs de raisin, ce qu'il renferme serait mis au *bain de marcs de raisin*.—Échauffez un vaisseau par la vapeur de l'eau, ce sera là un *bain de vapeur*. —Enfin, en mettant du feu sous un vaisseau rempli d'eau, et ensuite un second vaisseau dans cette eau, ce qu'il contient s'échauffera au *bain-marie* (balneum Mariæ). Cette expression s'est introduite par corruption; la primitive et la véritable serait celle de *bain-de-mer* (balneum maris).

BALANCE. Septième signe du Zodiaque. Le soleil commence à paraître sous ce signe le 23 septembre. Suivant la mythologie, c'est la balance d'Astrée, déesse de la Justice, qui se retira dans le ciel pendant le siècle de fer.

BALANCE, instrument pour peser. C'est un levier de la première espèce; la puissance est représentée par le poids de métal que l'on met dans l'un des deux bassins; le poids par la marchandise que l'on met dans l'autre; et le point d'appui par cette espèce de clou autour duquel se meut le *fléau* de la balance. Comme cette machine ne doit servir qu'à mettre en équilibre deux quantités égales de matière, le fléau doit être partagé en deux parties parfaitement égales; les deux bassins doivent être parfaitement égaux; les chaînes ou cordes qui servent à les suspendre ne doivent pas être plus pesantes les unes que les autres; en un mot, la balance vide doit être, lorsqu'elle est suspendue, dans un parfait équilibre. — Nous donnons l'explication de la balance hydrostatique dans le quatrième usage de l'hydrostatique.

BALANCE DE TORSION. Appareil formé d'une cage cylindrique en verre; au centre de cette cage est un plateau qui sert de support à une potence de quatre pieds de hauteur. A l'extrémité du bras de cette potence est suspendu, à un fil de métal, un cylindre garni d'un index, à l'extrémité, qui marque sur un cadran les angles que les vibrations ou les torsions du fil de métal font décrire au cylindre; alors la force des répulsions électriques des deux corps est indiquée, et par conséquent fait connaître l'intensité ou la quantité de leur électricité.

BALANCIER. Nom donné à toute partie d'une machine qui a un mouvement d'oscillation, et qui sert à régler le mouvement des autres parties. La machine qui sert à frapper les monnaies et les médailles est aussi nommée balancier.

BALEINE. Cétacée. *Balœna major.* On la trouve dans les mers du Pôle arctique, principalement dans celles qui bordent le Groënland et le Spitzberg. C'est un animal timide, qui nage avec la plus grande célérité, quoique ce soit le plus grand de tous, puisqu'il a soixante-dix à cent pieds de longueur. Il se nourrit de crabes, de coquillages, de méduses. La femelle, qui a deux petites mamelles ventrales, porte neuf à dix mois, ne met bas, le plus souvent, qu'un petit, rarement deux, long de dix pieds; elle paraît les aimer tendrement. Sa chair est sèche, plus succulente vers la queue, plus molle, cependant peu savoureuse. Les lames de corne qui garnissent sa mâchoire (d'un grand usage dans le commerce), sont au nombre de sept cents; la plus longue est de dix-huit à vingt pieds. On trouve entre la peau et les muscles une graisse si épaisse, qu'on a retiré d'un seul individu jusqu'à cent tonnes d'huile. On les recherche principalement pour cette graisse et les lames appelées *baleines*. Cette pêche était en vigueur au douzième siècle, sur les côtes de France. La tête, qui constitue le tiers de l'animal, est aplatie en dessus, surmontée d'une tubérosité formée par la saillie des évents. Un os long, replié en S romaine, s'étend de chaque côté jusqu'aux yeux. La mâchoire inférieure est très large, surtout vers le milieu. La langue, molle, adhère à la mâchoire inférieure; elle est blanche, tachetée de noir sur les côtés.

Les yeux, placés au-dessus des oreilles, sur les côtés, sont très éloignés entre eux ; ils sont de la grosseur de ceux des bœufs. La peau, qui a l'épaisseur d'un pouce, est recouverte par un épiderme épais comme une plume à écrire ; elle est lisse, rarement tout-à-fait noire ou bigarrée de noir et de jaune, plus rarement encore toute blanche. Un angle, comme aigu, s'étend du milieu de la queue, qui est un peu divisée en deux jusque sur le milieu du dos. L'ouverture de la gueule de la baleine est de vingt pieds ; la mâchoire inférieure, plus large que la supérieure, en reçoit les fanons, c'est-à-dire les lames cornées, qui s'y ajustent dans des enfoncements comme dans des étuis. Ces lames sont tranchantes d'un côté, et garnies d'appendices comme des soies de sanglier ; c'est avec cette espèce de rateau que la baleine balaie devant elle tous les insectes marins dont une partie de sa nourriture ; on prétend aussi qu'en avançant, elle avale les harengs, et même les saumons qui abondent dans les parages où elle se tient. La mère porte son petit en le soutenant de ses nageoires, quand il ne tette pas. Il existe plusieurs variétés de baleines. — La pêche de ce cétacée remonte au moins au troisième siècle de l'ère chrétienne. Pour prendre cet animal, les pêcheurs font usage d'un harpon qui tient à une longue corde, et qu'ils enfoncent, en le lançant, dans le corps de la baleine. Les grands et inutiles efforts que fait la baleine pour se débarrasser du harpon, déterminent chez elle une perte de sang très considérable, qui affaiblit peu à peu ses forces. Dès que les pêcheurs la voient fatiguée, ils s'approchent alors de leurs baleiniers (navires pour la pêche), achèvent de la tuer à coups de lances, puis ils la tirent sur le rivage, où ils la dépècent. Dans les temps anciens la baleine était plus commune qu'aujourd'hui ; on en voyait fréquemment sur nos côtes ; on mangeait sa chair ; mais au seizième siècle, lorsqu'on fit usage de morue et d'autres poissons meilleurs, les pauvres seuls mangeaient de la chair dure et coriace de la baleine ; enfin, quand on eut trouvé l'art de convertir la graisse de cet animal en une huile qui avait quelque valeur, on n'en mangea plus que dans le besoin. On ne voit plus de baleines dans la Méditerranée et dans l'Océan, parce que les pêcheurs se mettant tous les ans à leur poursuite dans nos parages, les ont obligées de se réfugier dans les mers du nord. On remarque même qu'elles s'éloignent toujours de plus en plus, de sorte que pour en rencontrer à présent, il faut s'élever assez près du pôle boréal.

BALEINE. Constellation australe qui se rencontre sous le bélier et les poissons. La tête de la baleine se fait remarquer par un groupe de sept étoiles immédiatement placé sous le bélier. Quatre de ces étoiles sont de quatrième grandeur, et forment un quadrilatère au-dessous duquel on voit les trois autres étoiles disposées en triangle. Le cou de la baleine porte une étoile changeante appelée Mira. La baleine renferme deux autres quadrilatères ; le plus proche de la queue est assez remarquable, et beaucoup plus grand que celui qui touche le fleuve de l'Éridan. On distingue encore les deux étoiles de la queue, dont une est de seconde grandeur. Selon la mythologie, ce monstre est celui que Neptune envoya contre Andromède, et qui fut tué par Persée.

BALISTE. Machine de guerre chez les anciens. Ils avaient des catapultes et des balistes, dont la force consistait dans celle des hommes qui les faisaient agir. Les catapultes servaient à lancer de grands javelots, et les balistes étaient pour jeter des pierres, des torches allumées et autres matières combustibles. On a souvent confondu les noms de ces deux machines, qui servaient à empêcher les ennemis d'approcher du camp, ou des villes qu'ils voulaient assiéger.

BALIVAGE. C'est le compte ou la marque des baliveaux qu'on doit laisser sur chaque arpent de bois qui doivent être coupés, pour les laisser croître en haute futaie. Les baliveaux sont donc les jeunes arbres qu'on

laisse lorsqu'on coupe le bois. Il est enjoint par les lois et les ordonnances de laisser seize baliveaux de l'âge du bois dans chaque arpent de bois taillis que l'on coupe, outre les anciens et nouveaux. Les propriétaires peuvent vendre les baliveaux lorsqu'ils en ont reçu l'autorisation de l'administration forestière.

BALLADE. Ancienne poésie française qui se rapporte au chant royal, comme le triolet au rondeau. Elle n'a que trois couplets, et l'envoi qui contient quatre ou cinq vers, selon que le couplet est un huitain ou un dixain. Il faut que les mêmes rimes règnent dans tous les couplets chacune à la place qui lui a été assignée dans le premier. Les vers de huit syllabes y conviennent fort bien quand le sujet est un peu sérieux ; autrement on doit s'en tenir à ceux de dix syllabes, comme dans les rondeaux. Les ballades furent jadis très en vogue.

BALLE, plomb pour les armes à feu. Une balle faite avec de la cire à frotter, mise dans une carabine de calibre, avec une cartouche dont la balle de plomb avait été ôtée, a traversé complètement une planche de chêne de seize lignes d'épaisseur et fait une ouverture de sortie inégale et déchirée tout comme une balle de plomb. Il était impossible de constater sur cette planche une différence entre l'action d'une balle de plomb et celle de la balle de cire. Une balle faite avec du papier mâché encore humide, ou de la pâte encore molle, a produit les mêmes résultats. Il ressort de ces expériences plusieurs fois répétées, que de pareilles balles produiraient sur le corps humain des effets pareils à ceux des balles de plomb. Néanmoins, comme pour les balles de plomb, plus la distance du tir devient grande, plus l'effet devient moindre. Le sel avec lequel on charge quelquefois les fusils, pourrait faire les blessures plus graves à une courte distance. Cette remarque est importante pour la médecine légale ; il en est de même de la suivante : Les tissus de laine, de lin, le feutre, s'allongent devant la balle avant d'être perforés, reviennent ensuite sur eux-mêmes après avoir été percés, de telle sorte que l'ouverture qu'ils présentent, n'est plus en rapport avec le volume du projectile. Une balle frappant un chapeau de feutre, par exemple, allonge le tissu, finit par le perforer, et entre dans le crâne après avoir fait un trou dans celui-ci ; si on examine l'ouverture du feutre, on trouve infiniment plus petite que celle du crâne. L'ignorance de ce phénomène a donné naissance au bruit que Charles XII, roi de Suède, avait été assassiné. Il reçut le 11 décembre 1718, au siège de Frédérichstadt, une balle à la tête. On prétendit qu'il avait été tué par une des personnes de sa suite. Le chapeau de ce prince, que l'on garde à Stockolm, et la petitesse du trou dont il est percé, comparé à la grandeur beaucoup plus considérable de celui qui se trouvait à la paroi du crâne, contribuèrent à propager ce bruit calomnieux. Une observation de chirurgie a, comme on le voit, jeté un grand jour sur une difficulté historique.

BANANIER, ou figuier d'Adam. Le régime ou grappe du bananier est ordinairement composé de huit ou neuf fruits arrondis, et long de sept ou huit pouces, recouvert d'une pellicule jaunâtre. Une substance molle, d'un goût aigrelet et doux, remplit l'intérieur de ces fruits. La hauteur de l'arbrisseau, qui les produit, est de dix à douze pieds, et la tige n'a que huit à dix pouces de diamètre ; les feuilles du bananier sont les plus grandes que l'on connaisse ; elles ont jusqu'à neuf pieds de longueur sur deux de largeur. Cet arbrisseau croît en abondance dans l'Océanie.

BANQUE. Commerce d'argent. Les principales villes de France comptent depuis quelques années des banques de circulation, et long de sept ou huit pouces, rendu de très grands services au commerce. En 1800, fut fondée la banque de France ; une loi, rendue le 24 germinal an XI (14 avril 1803), lui déféra, pour quinze ans, le privilège d'émettre des billets payables au porteur et à vue ; par une nouvelle loi rendue le 22 avril 1806, la prorogation de ce privilège fut fixée jusqu'au 22 septembre 1843. Le capital primitif de la banque de France était de quarante-cinq millions, divisés en quarante-cinq mille actions de mille francs. En 1808, par une autorisation du gouvernement, il fut émis quarante-cinq mille nouvelles actions de douze cents francs. Le capital des quarante-cinq mille premières actions fut élevé à la même somme par un prélèvement (opéré sur les réserves que possédait l'établissement), de deux cents francs en faveur de chacune de ces actions ; alors le capital de la banque fut porté à cent huit millions répartis en quatre-vingt-dix mille actions de douze cents francs ; depuis cette époque, la banque a racheté près de vingt-trois mille de ces actions ; on n'en compte guère en circulation que soixante-six mille qui sont possédées par trois mille actionnaires environ. Une action de la banque de France vaut aujourd'hui deux mille six cents francs. Le capital de la banque de France se compose donc de 90,000 actions avec un fonds de réserve formé d'une portion du bénéfice qu'elles produisent, et que l'administration place de la manière qui lui paraît la plus convenable. Ces actions sont mobilières, et, sous ce rapport, elles sont soumises aux mêmes règles que les autres actions de commerce ; mais il dépend des actionnaires de les rendre immobilières en en faisant la déclaration, et alors elles sont réglées par les lois sur la propriété foncière. Néanmoins, il leur est loisible de rendre plus tard à ces actions leur qualité première d'effets mobiliers, en en faisant la déclaration à la banque : cette déclaration, qui doit contenir l'établissement de la propriété des actionnaires, est transcrite au bureau des hypothèques de Paris, et soumise, s'il y a lieu, aux formalités de purge légale auxquelles les contrats de vente immobilière sont assujettis. Les actions de la banque de France se transfèrent par une déclaration du propriétaire, certifiée par un agent de change. Elles peuvent faire l'objet d'un usufruit, sauf les actions nouvelles achetées avec le fonds de réserve qui appartiennent au nu-propriétaire. Celles qui sont immobilisées ne peuvent être transférées qu'après avoir justifié des formalités pour purger les hypothèques, ou d'un certificat de non-inscription. Les tuteurs et les curateurs ont le droit de faire vendre sans publication ni autorisation, les droits des mineurs et interdits, jusqu'à concurrence seulement de la valeur d'une action. Les principales opérations de la banque consistent : à escompter des billets ; faire des avances sur dépôt de lingots, de monnaies étrangères d'or ou d'argent ; elle tient, moyennant un faible droit, une caisse volontaire de dépôt pour titres, contrats, métaux précieux, diamants, et elle répond des valeurs confiées à sa garde. Son revenu le plus important provient des avances qu'elle fait au trésor public et au commerce. Enfin, sans percevoir aucune rétribution, elle sert de caissier aux personnes qui la chargent de faire soit leurs paiements, soit leurs recouvrements. Un gouverneur et deux sous-gouverneurs régissent la banque, dont l'administration générale est composée de quinze régents et trois censeurs qui sont les membres du conseil général, et de douze membres qui forment le conseil d'escompte. Le nombre des employés est environ de cent, parmi lesquels on distingue les garçons de recette et les employés de bureau. Un million est employé annuellement pour les frais d'administration. L'hôtel de la banque fut bâti en 1620 par Mansard, pour le duc de la Vrillière ; depuis, le comte de Toulouse et le duc de Penthièvre l'ont possédé ; en 1811 il fut restauré et rendu propre à sa destination.

BARBARISME. Emploi d'un mot forgé, ou pris dans un sens qui n'est pas le sien.

BARBE. Poil des joues et du menton. La manière de porter la barbe a varié selon les coutumes et les usages des différents peuples. Chez toutes les nations de l'antiquité, les princes, les prêtres et les magistrats la laissaient croître ; c'est à tort qu'on a attribué cette croissance à la négligence des philosophes. On lit dans Plutarque que les Macédoniens commencèrent à se raser sous le règne

d'Alexandre. Les Romains, suivant Pline, ne commencèrent à couper leur barbe qu'en 454 ; ce fut *Scipion l'Africain*, qui, le premier, adopta l'usage de se la faire tous les jours. Il n'y a point de nation où le gouvernement de la barbe ait plus varié qu'en France. La décadence des barbes date du règne de Louis XIII ; elles furent réduites à la simple moustache sous le règne de Louis XIV. Enfin, de nos jours, on voit encore quelques jeunes gens porter de nouveau la royale, puis la moustache, et même la barbe épaisse du seizième siècle.

BARÉGINE. Matière trouvée dans les eaux minérales et sulfureuses de Barèges, à six lieues de Tarbes, département des Hautes-Pyrénées. Cette substance, dont la nature organique fut long-temps contestée, a subi, tout récemment, un examen qui en admet deux espèces, l'une vraie, l'autre fausse. La première, en gelée inodore, est inaltérable ; la seconde, sulfureuse, blanche, noire et brune, en filaments membraneux ou penniformes, semble se rapprocher des nostocs ou des substances confervoïdes. L'une et l'autre sont azotées.

BARIUM. Ce métal, d'un blanc d'argent, un peu malléable, est très altérable par l'air, et avec l'oxygène il forme un protoxyde connu sous le nom de *baryte*, et un deutoxyde, qui, se combinant avec les acides affaiblis, repasse à l'état de protoxyde, en abandonnant à l'eau son oxygène.

BAROMÈTRE. Le baromètre, instrument destiné à nous indiquer les variations qui surviennent dans la pesanteur de l'air, doit être composé d'un tube de verre bien net, purgé d'air, et dont le diamètre soit d'environ deux lignes ; l'extrémité supérieure de ce tube doit être fermée hermétiquement ; son extrémité inférieure doit être plongée dans un petit vase rempli de mercure, sur la surface duquel l'air que nous respirons ait la facilité de graviter. C'est l'action de l'air extérieur sur la surface du mercure contenu dans ce vase, qui fait monter et qui soutient dans le tube du baromètre la colonne de vif-argent tantôt à 26, tantôt à 27 1/2 et quelquefois à 29 pouces de hauteur. Toricelli est l'inventeur de cet instrument météorologique. Deux baromètres parfaitement égaux ayant été placés, l'un au pied, l'autre au sommet de la montagne du *Puy-de-Dôme*, le mercure monta plus haut dans le tube du premier que dans le tube du second ; il faut conclure de là que le mercure n'était soutenu dans le baromètre que par l'action de la colonne d'air, puisque plus la colonne était longue, plus le mercure montait dans le tube du baromètre. Les expériences suivantes nous apprendront quels sont les principaux usages de cet instrument. Sommes-nous menacés de mauvais temps, par exemple, de *pluie* ? le baromètre baissera au-dessous de sa hauteur moyenne, c'est-à-dire, au-dessous de 27 pouces 1/2. La plupart des physiciens attribuent non-seulement à la pesanteur, mais encore à l'élasticité de l'air les variations qu'éprouve le baromètre ; plusieurs ne s'attachent qu'à la dernière de ces deux causes. Dans un temps pluvieux, l'air perd beaucoup de son élasticité, puisque l'humidité qui règne alors dans la région inférieure de l'atmosphère, doit communiquer une trop grande flexibilité aux particules dont il est composé ; le baromètre doit donc baisser un temps de pluie au-dessous de sa hauteur moyenne. Le temps calme et sec vient-il à succéder à un temps pluvieux ? le baromètre monte au-dessus de sa hauteur moyenne. Dans un temps calme et sec, l'air est très élastique, puisque ses particules perdent cette trop grande flexibilité que la pluie leur avait communiquée ; le baromètre doit donc monter dans ce cas au-dessus de sa hauteur moyenne. Prenez deux baromètres parfaitement égaux, et placez l'un au pied et l'autre au sommet d'une montagne dont la hauteur perpendiculaire soit de 96 toises ; vous verrez que le baromètre placé au sommet de la montagne sera plus bas de 8 lignes que celui que vous aurez placé au pied. C'est la même expérience que celle du *Puy-de-Dôme*, et nous ne la rapportons que pour faire connaî t que l'on peut se servir du baromètre pour déterminer la hauteur perpendiculaire d'un édifice, d'une tour, d'une montagne, etc. On doit supposer pour cela qu'une élévation perpendiculaire de 12 toises produit dans le baromètre un abaissement d'une ligne.

BAROMÈTRE PHOSPHORIQUE. On donne ce nom aux baromètres qui, agités dans l'obscurité, causent de la lumière. Ce phénomène fut aperçu pour la première fois en 1675 par un physicien (Picard) qui transportait par hasard son baromètre d'un lieu à un autre, dans une grande obscurité.

BAROMACROMÈTRE. Cet instrument est destiné à faire connaître et le poids et la longueur d'un enfant nouveau-né. Le *baromacromètre* consiste en un ressort d'acier plié en <; une des branches est mobile sur une portion de cadran de laiton divisée en quinze parties, qui marquent autant de livres. Un plateau de balance est suspendu à la partie inférieure de ce peson; on pose l'enfant sur ce plateau, en toile cirée, d'une forme allongée, et sur la longueur duquel est peinte une échelle destinée à la mesure.

BARRIÈRE, porte de ville. Les barrières ne datent que de 1782. Louis XVI, ayant chargé les fermiers-généraux de construire de nouveaux murs de clôture, l'architecte Ledoux fut choisi par eux pour l'exécution de ces travaux. Elles sont au nombre de 58 à Paris, et presque toutes d'une construction élégante. Les principales sont : La barrière *Saint-Martin*, véritable monument d'architecture; ses quatre faces présentent chacune un péristyle en saillie, orné de huit pilastres carrés et isolés, de l'ordre toscan. L'étage supérieur est composé d'une galerie percée de 20 arcades, supportées par 40 colonnes accouplées. La barrière du *Mont-Parnasse* tire son nom d'une butte sur laquelle les écoliers des divers collèges de Paris s'assemblaient les jours de congé. La barrière *Mouffetard* prend son nom d'un terrain qui, en 1230, était appelé *Mont-Fétard*. On la désigne aussi sous les noms de *Barrière d'Italie* et de *Fontainebleau*. La barrière de *Neuilly*, construite en 1786; on la désigne aussi sous le nom de barrière de l'*Étoile*, parce qu'elle est située à l'entrée d'une grande place circulaire où aboutissent quatre grandes routes; Paris n'a pas d'entrée plus remarquable. La barrière de *Reuilly* tire son nom de *Romiliacum*, château des rois de la première race, qui existait en 1352. C'était la résidence ordinaire de Dagobert, en 629. La barrière du *Trône*, ainsi nommée à cause du trône magnifique qui y fut élevé pour Louis XIV et Marie-Thérèse d'Autriche lors de leur entrée dans Paris, en 1660. On y remarque deux belles colonnes d'ordre dorique, d'une élévation de 75 pieds, en y comprenant le soubassement qui leur sert de piédestal.

BARYTE (terre alcaline). La baryte n'a encore été trouvée dans la nature que combinée avec les acides du soufre et du carbonate. On l'extrait du sulfate ou du carbonate de baryte. Celle qu'on nomme sulfatée est assez commune; c'est une sorte de pierre très pesante, à l'état de cristallisation; elle est désignée sous le nom de spath pesant, spath de Bologne. En 1774 fut découverte l'eau de baryte; elle est très vénéneuse; la médecine ne l'emploie pas à l'état pur; c'est un réactif qui décèle la présence de l'acide sulfurique et des sulfates.

BASALTE. Sorte de marbre noir. La géologie regarde avec raison comme des produits volcaniques les roches compactes que l'on rencontre dans certaines contrées. Les basaltes sont des masses minérales dont le pyroxène et le sel de spath intimement unis sont la base. Le basalte forme des masses puissantes qui constituent des montagnes, des plateaux et des pays très étendus. On divise les basaltes en prismes dont la variation du nombre des pans est de trois à six, rarement neuf; les plus fréquents sont à cinq. On rencontre quelquefois de ces prismes qui atteignent vingt mètres de hauteur.

BASE. En chimie, on désigne par ce nom, les corps qui ont la propriété de saturer les acides, et de former des sels. En parlant d'un corps solide, on nomme *base*, ce qui lui sert d'appui et de soutien. Dans une figure plane, on prend pour *base* la partie la plus basse. Cependant, dans un triangle, le côté opposé au plus grand angle est pris pour *base*.

BASILIC, plante odoriférante. Les anciens donnaient le nom de basilic à un serpent fabuleux sur lequel ils faisaient mille contes puériles. Ils débitaient que cet animal était produit par les œufs des vieux coqs; que s'il lançait le premier ses regards sur l'homme, il lui donnait la mort; mais qu'il périssait aussi, si l'homme lançait le premier ses regards sur lui.

BASSINS. Terme de géographie et de physique. Par ce nom sont désignées des surfaces de terrain plus ou moins étendues, où les eaux, suivant des versants divers, finissent par se réunir en un seul canal qui les conduit dans un réservoir commun, soit l'Océan, soit une mer intérieure, soit quelque fleuve. Quatre grands bassins divisent la France : ce sont ceux de la Loire, de la Garonne, du Rhône et de la Seine. Les bassins secondaires sont ceux du Rhin, de la Charente, de l'Adour, de l'Aude, etc. Le bassin de la Loire est le plus étendu et le plus central de tous; il contient dix-neuf départements qui forment la France centrale.

BATEAU. Du mot saxon *bat*, barque de rivière. Les Phéniciens sont les premiers navigateurs; dans le principe, le bateau était fait d'un arbre creusé; jusqu'à environ l'an 670, la marine égyptienne n'était composée que de barques, ou même de radeaux, dont on se servait pour côtoyer les bords du golfe Arabique. Dans la première guerre punique, on vit aux Romains une flotte de cent soixante voiles; ils ne mirent que soixante jours à couper le bois, et à fabriquer tous ces vaisseaux qui n'étaient autre chose que des pirogues faites à peu près comme celle dont nous donnons la description, et qui a été découverte en 1834 à Cheheuf, près de Saint-Valéry-sur-Somme. Cette pirogue, de 28 pieds de long, est formée d'un seul chêne; sa profondeur est de vingt pouces; il en est de même de sa largeur. On remarque à quatre pieds de l'une des deux extrémités, un trou qui a dû servir à placer un petit mât, et deux entailles pratiquées dans le bordage, destinées sans doute à recevoir une pièce transversale à laquelle était attaché le collier qui servait à maintenir la mâture. Plus tard, les besoins de communications firent perfectionner ces premiers essais de la marine.

BATEAU-PLONGEUR. Le célèbre contrebandier anglais Johnston a offert au pacha d'Égypte le bateau-plongeur dont il est l'inventeur. On peut avec ce bateau, naviguer sous les eaux dans toutes les directions. Il contient assez d'air pour que six hommes puissent rester pendant six heures sous l'eau sans revenir à la surface. Une espèce de machine infernale, également inventée par Johnston, fait partie du bateau qui peut, sans être aperçu, s'attacher à la quille d'un vaisseau ennemi, pour y accrocher la terrible machine. Celle-ci n'éclate qu'après un temps déterminé, et fait sauter le navire. Johnston affirme qu'il lui serait possible en quinze jours de détruire une flotte entière. On sait que du vivant de Napoléon, il avait conçu le projet de l'enlever de Sainte-Hélène au moyen de son bateau-plongeur. La barque devait rester pendant le jour sous l'eau et ne paraître à la surface que la nuit; Napoléon devait, à minuit, être descendu des rochers par des cordes.

BATEAU-SOUS-MARIN. En 1832 il a été fait à Noirmoutiers l'expérience publique d'un bateau sous-marin. L'inventeur a fait à sa machine une heureuse application des formes et des moyens de locomotion dont la nature a doué les poissons. Longue de 3 mètres 29 centimètres, sur 1 mètre 19 centimètres dans son plus grand diamètre, trois hommes suffisent pour la manœuvrer, et ils peuvent demeurer pendant plus d'une heure sans être incommodés. La mer étant dans son plein, la machine a été poussée au large. Le bateau sous-marin a d'abord couru à fleur-d'eau pendant une demi-heure ; puis, plongeant à une profondeur de 15 ou 18 pieds, il a enlevé du fond de l'eau des cailloux et recueilli quelques coquillages. Ensuite, il a couru en divers sens, pendant cette submersion, afin de tromper une partie des canots qui l'entouraient depuis le commencement de l'expérience. Remontant ensuite, il a reparu à quelque distance, se dirigeant à fleur-d'eau dans diverses directions. Après cette navigation, qui a duré cinq quarts d'heure, l'inventeur a ouvert son panneau et s'est montré au public qui l'a accueilli de ses suffrages.

BATEAU A VAPEUR. Vincent de Beauvais, ancien historien, soutient que le premier inventeur des machines à vapeur fut le célèbre Gerbert, pape, sous le nom de Silvestre II, qui, dès le dixième siècle, avait construit des horloges et orgues se mouvant par la vapeur. La force élastique de la vapeur, récemment appliquée aux bateaux, est une puissance motrice qu'on pouvait ne pas espérer obtenir en mécanique. Par la vapeur, les bateaux voguent malgré les courants et les tempêtes, sans s'écarter de la route qui leur est tracée par le pilote ; les voitures les plus pesantes marchent sans le secours des chevaux. On estime la force d'une machine à vapeur, par le nombre d'atmosphères dont elle peut soulever le poids. En 1784, Watt construisit une machine à double effet, dans laquelle la vapeur pénètre alternativement en dessous et en dessus du piston dans un même corps de pompe, de sorte que si vous condensez la vapeur en dessous, celle de dessus fait descendre le piston, et réciproquement. La production de la condensation de la vapeur s'obtient en faisant communiquer en temps à propos la cavité du corps de pompe avec une autre cavité refroidie, nommée condensateur. — Dans ces derniers temps, on adopte plus généralement des machines que l'on nomme à haute pression. Elles présentent une grande économie, non-seulement dans la construction, mais encore dans la consommation du combustible. Depuis, il a été imaginé une machine à très haute pression, et qui paraît devoir l'emporter sur toutes les autres. Son mécanisme consiste en un vase métallique très épais et d'une capacité médiocre ; on le remplit d'eau que l'on chauffe à deux cents et quelques degrés. Aucune vapeur ne peut s'en échapper, par cette raison que la soupape résiste à une semblable pression ; on peut y introduire par une ouverture, et à l'aide d'une petite pompe, une légère quantité de nouvelle eau ; aussitôt, la soupape s'ouvre, et l'eau qui en sort étant à plus de deux cents degrés, se réduit rapidement en vapeur, et la pression qu'elle produit sur le piston est tellement énorme qu'elle procure une force de dix chevaux avec un piston qui n'a pas plus de deux pouces de diamètre. — M. Poth, ingénieur à Philadelphie, vient d'inventer une nouvelle pompe pour entretenir d'eau les chaudières des machines à vapeur. Cette pompe peut être substituée, dans beaucoup de cas, à la pompe ordinaire ; mais elle exige que l'eau destinée à passer dans la chaudière ait son réservoir au-dessus du niveau auquel elle devra s'élever dans cette chaudière, ou que la pompe elle-même soit placée plus haut que ce niveau.

BAUDRUCHE. Pellicule du boyau rectum du bœuf. Elle sert à plusieurs usages dans les arts ; en médecine elle est employée, recouverte de substances emplastiques, pour garantir du contact de l'air des surfaces malades ; sa souplesse lui permet le libre exercice des mouvements et ne gêne en rien les parties douloureuses. Pour employer la baudruche à la fabrication des aérostats, il faut la faire tremper douze à quinze heures dans l'eau tiède ; ce qui permet de la développer facilement.

BAUME. Les anciens désignaient par ce mot des substances résineuses, odorantes, précieusement recueillies et conservées pour la composition des parfums et pour les embaumements. De nos jours on est convenu d'appeler baumes les seules substances résineuses contenant une certaine quantité d'acide benzoïque, qu'on retire soit par l'ébullition dans l'eau, soit par d'autres procédés chimiques. Les baumes de Judée, de la Mecque, du Caire, d'Egypte et de Constantinople, sont désignés sous le nom de baume blanc. C'est une résine liquide, d'un goût âcre et aromatique ; elle a l'odeur de citron ; l'arbrisseau qui la produit porte le nom de baumier. Ce baume est rare ; on en distingue de trois espèces : la plus précieuse est la première qui découle de l'arbre par incision ; la seconde espèce est le produit de la première ébullition des rameaux et des feuilles : les dames turques en font un grand usage. C'est une huile propre à adoucir la peau. La troisième espèce est le produit de la seconde ébullition. Le meilleur baume est le plus nouveau ; versé de haut dans de l'eau, il surnage et se coagule ; le vieux se précipite au fond du vase.

Baume du Pérou. Suc résineux, inflammable, que fournit un arbre de l'Amérique. L'espèce obtenue par incision, et connue sous le nom de Baume en coque, est la plus estimée. Il est blanc et a une odeur de styrax.

Baume de Tolu, de Carthagène, de l'Amérique. C'est un suc résineux, tenace ; il a l'odeur de benjoin, une saveur douce, agréable, et produit le même effet que le baume de Judée ; il découle par incision d'un arbre de l'Amérique Méridionale. Les habitants de Tolu le reçoivent dans des cuillers de cire noire et le versent dans des calebasses.

BAZAR. Marché, en Orient. Les bazars se composent d'un certain nombre de rues étroites, que couvre une espèce de banne tendue de l'un à l'autre côté. Elles se coupent généralement entre elles à angles droits. Les boutiques ressemblent à nos cabanes dans les foires de campagne ; elles sont construites sur un plancher élevé d'environ trois pieds au-dessus du sol ; ce plancher avance d'un peu d'un mètre dans la rue, de manière à former un large banc qui, s'adaptant à celui de la boutique voisine, se prolonge ainsi dans toute l'étendue du bazar. De beaux tapis et de jolies nattes garnissent ce banc et le plancher de chaque boutique ; les marchandises sont étalées sur des rayons le long des murs. Le marchand se tient en dehors, les jambes croisées et une pipe à la bouche. Lorsqu'il voit entrer un chaland, il retire sa pipe, et sans se lever, lui sourit et le salue en signe de bon accueil. Les salamalecs s'échangent entre eux, puis la négociation est entamée. Ce qu'il y a d'assez curieux, c'est que leur conversation commence par un sujet tout différent de l'affaire à traiter. Par exemple, si c'est un homme du même rang que le marchand qui se présente dans la boutique, après le salut d'usage, il lui dit : au nom de Dieu ! toute votre maison va-t-elle bien ? — Sur une réponse de ce genre : Dieu merci ! elle va bien, le chaland reprend : Et votre santé ? — De même. Après quelques autres propos, il finit par dire : Avez-vous du sucre ? — Je n'en ai pas. — Au nom de Dieu, vous n'avez pas de sucre ? — Le chaland se rejette alors sur quelque autre article dont il peut avoir besoin, puis ils reprennent leur conversation, pendant laquelle le marchand prête sa pipe à l'acheteur qui finit par sortir pour aller compléter ses emplettes dans d'autres boutiques. — Ce mot bazar s'applique aujourd'hui à tout établissement où sont réunies des marchandises de toute espèce, pour être vendues.

BÈGUE. On donne ce nom à ceux qui prononcent avec difficulté, qui répètent plusieurs fois les mêmes mots et les mêmes syllabes. Ce défaut vient surtout de la glotte qui ne change pas aussi facilement de figure qu'il est nécessaire pour parler avec facilité.

BÉLIER, premier signe du zodiaque : le soleil commence à paraître sous ce signe le 21 mars. C'est ce bélier, dit la mythologie, qui portait la Toison-d'or, et sur lequel Phryxus et sa sœur Hellé se sauvèrent, en fuyant la cour d'Iolchos, où on voulait les immoler. Hellé, effrayée de se voir au milieu des flots, se laissa tomber, et donna son nom à l'Hellespont. Phryxus, étant arrivé en Colchide, sacrifia son bélier à Jupiter.

BÉLIER, animal bisulce, à huit dents incisives inférieures, et dont l'espèce parait hors d'état de subsister par elle-même telle qu'elle est en domesticité. Les cornes de notre bélier paraissent dès la première année, et croissent ensuite d'un anneau tous les ans : à un an, il perd les deux incisives antérieures, et ensuite les six autres, qui sont toutes tombées à trois ans, et remplacées par d'autres que l'âge noircit et déchausse bientôt. Cet animal est craintif, stupide et délicat, mais c'est un des plus utiles, dans l'économie domestique, par sa chair très délicate, surtout dans nos provinces méridionales, par sa peau, et plus encore par sa toison, avec laquelle on prépare presque tous nos vêtements.

BÉLIER, ancienne machine de guerre dont on se servait pour abattre les murailles. C'était une grosse poutre, au bout de laquelle était une masse de fer, en forme de tête de bélier, et c'est ce qui lui a fait donner ce nom. Cette machine était très puissante; aussi quand on assiégeait une ville, on lui promettait de la traiter favorablement si elle voulait se rendre avant qu'on eût fait approcher le bélier, comme nous pouvons faire aujourd'hui avec le canon.

BÉLIER-HYDRAULIQUE. Cette machine fut inventée par Montgolfier; elle se compose de deux tuyaux, l'un horizontal nommé corps du bélier, l'autre vertical appelé tuyau montant; d'un réservoir d'air; d'une soupape d'arrêt et d'une soupape ascensionnelle. Cette machine est peu dispendieuse et demande peu de réparations, mais il faut qu'elle soit construite très solidement. La force du mouvement d'un bélier hydraulique peut s'élever jusqu'à 67/100 de la force motrice du courant qui le fait mouvoir.

BEN, espèce de noix. L'arbre qui porte le ben est très rare en Europe; les Égyptiens en font un grand commerce. On retire par expression de l'amande une huile inodore, qui est excellente pour absorber l'odeur des fleurs.

BENJOIN. Gomme résine d'un grand arbre appelé chez les Siamois bessot, qui croît en quantité dans la Cochinchine. Cette gomme-résine découle du tronc et des branches de l'arbre par le moyen des incisions que l'on y fait. On doit choisir le benjoin en larmes dorées en dessus, blanches en dedans, mêlées de petites veines claires blanches et rouges, d'une odeur suave et aromatique, le moins rempli d'ordures qu'il sera possible. Il faut rejeter celui qui est noir, terreux et inodore; c'est souvent du benjoin factice, composé de différentes gommes fondues ensemble, proprement nommé encens de village.

BENZAMIDE. Substance solide, blanche, cristallisable. Elle entre en ébullition à 120°; le liquide qu'elle procure par la distillation a de l'analogie avec l'huile volatile d'amandes amères; elle est inflammable et brûle avec une flamme fuligineuse. L'eau bouillante la dissout très bien; les acides et les alcalis la changent en acide benzoïque et en ammoniaque. La composition de la benzamide représente les élémens du benzoate d'ammoniaque, moins l'atôme d'eau. La benzamide s'obtient en traitant le chlorure de benzoïle par le gaz ammoniac, et lavant à l'eau froide la masse cristalline; la partie soluble est la benzamide.

BÉTEL. Le bétel est une espèce de poivre cultivé dans les diverses parties de l'Asie, surtout près des côtes de la mer, et qui grimpe à la manière de la vigne, sur les arbres ou sur les supports qu'on lui donne. Les Indiens le mâchent continuellement; ils prennent le bétel après le repas pour ôter l'odeur des viandes, et avant de se présenter chez les personnes auxquelles on doit des égards. Dans les visites, ils s'en présentent mutuellement, et le mâchent toujours.

BETTERAVE. Grosse racine de bette qui contient 85 p. % de liquide et 3 à 6 p. % de sucre. Les premiers essais de la fabrication de sucre avec de la betterave remontent à l'an 1809. La betterave est au foin, sous le rapport alimentaire, comme 100 à 45, c'est-à-dire qu'un hectare, planté en foin, permet d'entretenir une tête de bétail; planté en betterave, il suffit pour en nourrir deux. Au moyen de cette culture, l'agriculteur peut doubler ses troupeaux et augmenter ses engrais. La betterave peut se cultiver dans presque tous les terrains; néanmoins, ceux qu'elle préfère sont les sols légers, meubles, profonds, riches en humus, tels que les terrains d'alluvion; elle se plaît d'ailleurs dans des climats très différents. La betterave blanche, dite de Silésie, et la variété peau rose et à chair blanche, sont les espèces qui donnent le plus de jus et le plus de sucre, et qui, sous tous les rapports, paraissent mériter la préférence pour la fabrication. Le cultivateur fera bien de recueillir lui-même sa semence; ordinairement c'est en avril qu'on la sème dans le nord de la France, parce qu'alors les gelées tardives ne sont plus à craindre. La semaille à la herse est celle généralement adoptée dans le département du Nord. Un cordeau, tendu au moyen de deux piquets, guide un ouvrier qui pratique une raie de quelques pouces de profondeur, en faisant entrer l'un des angles d'une petite herse en terre; après cette ligne, il en ouvre une deuxième et ainsi de suite. Une femme suit et dépose dans la première ligne les graines, qu'elle répartit également; une seconde femme recouvre les graines en promenant alternativement les deux pieds sur la raie. L'homme et la première femme marchent en sens contraire afin d'arriver en même temps aux deux extrémités du champ, pour ôter ensemble les piquets du cordeau et les reporter à la ligne suivante. — Le repiquage a lieu du 15 mai au 15 juin; les binages et sarclages fréquents sont la garantie de la prospérité des racines. L'arrachage se fait du 15 septembre à la fin d'octobre; on choisit un temps sec afin que la terre se détache facilement des racines, dont on coupe immédiatement le collet. Toutes les betteraves que l'on suppose devoir traiter avant les fortes gelées peuvent se conserver en petits tas, à l'air, près de la fabrique ou dans des granges, même dans les champs; on les dispose en petits monts recouverts de huit pouces de terre; le surplus se place dans des fosses de trois à six pieds de largeur sur autant de profondeur; la longueur est selon la localité. Lorsque la fosse est comble, on recouvre avec douze à dix-huit pouces de terre battue amoncelée en pentes. Au milieu du fossé, à cinq ou six pieds d'intervalles, sont implantées des fascines ou bourrées qui sortent de quelques pouces au-dessus de l'ouverture en terre; le fossé est entamé par un bout pour y prendre chaque jour la quantité de betteraves à traiter. — Le nettoyage se fait en frottant, dans un baquet à demi plein d'eau, les betteraves les unes contre les autres, à l'aide d'un vieux balai, ou bien encore, en les agitant dans une manne à claire-voie plongée dans l'eau. Dans les terres légères et non pierreuses, les betteraves sont toujours assez propres pour être râpées sans nettoyage. Le râpage se fait à bras par deux hommes, dont l'un tourne la manivelle, tandis que l'autre pousse graduellement les betteraves contre le cylindre, à la main ou avec un instrument en bois. Une seule personne est nécessaire lorsque la râpe est mue par un manége ou des bœufs ou des chevaux font tourner. — Pour pressurer, la pulpe est enfermée dans des toiles claires qu'on reborde en les croisant jusqu'à ce que la pression ne fasse pas sortir la pulpe. On extrait un peu de suc en passant le rouleau en bois sur la pulpe ainsi enveloppée, puis on empile successivement sur le plateau de la presse jusqu'à deux ou trois pieds de hauteur des toiles remplies de pulpe et aplaties, séparées chacune par une claie.

D'abord la presse se serre très doucement, et enfin de plus en plus jusqu'à ce qu'on ne puisse plus faire sortir de suc. Le liquide obtenu est soumis immédiatement à la défécation; la chaux la plus convenable pour la défécation est celle qui, mêlée au jus chauffé au point de ne pouvoir y tenir le doigt, donne, au commencement de l'ébullition, une écume forte. De la fin de septembre à novembre, on emploie de six à sept livres de chaux pour mille livres de jus. Le marc de pulpe pressée s'utilise en le donnant aux bestiaux, et surtout aux vaches laitières. Le liquide se passe deux fois au filtre, et la clarification se fait par du charbon animal.—En 1814, il n'y avait en France qu'une seule fabrique digne de ce nom ; mais aujourd'hui les produits dépassent trente millions de kilogrammes par an ; ils suffiront bientôt au tiers de la consommation annuelle de la France, qui est de cent millions de kilogrammes. Nous comptons près de cinq cents grandes fabriques de sucre de betteraves, qui se propagent aussi en Belgique et en Allemagne. Il y a tout lieu de croire que la fabrication du sucre de betterave pourra se faire en petit, et que le jour viendra où dans chaque ferme on fera son sucre, comme on y fait son beurre.— Depuis 1822, la consommation de notre sucre indigène rend les réclamations des colons de plus en plus véhémentes, parce que les progrès de notre industrie permettront d'obtenir le produit encore à meilleur marché, et de le mettre à la portée d'un plus grand nombre de consommateurs (*Voyez* SUCRE).

BEURRE. Crème épaisse à force d'être battue. C'est un des principes constituants du lait de vache et de quelques autres quadrupèdes mammifères, tels que la brebis, la chèvre, etc. Il suffit d'agiter la crème pour l'obtenir, après avoir laissé la matière caséeuse se séparer spontanément. Trois corps gras composent le beurre : l'*étaine*, la *margarine*, et un peu de *butyrine* qui lui donne son odeur spéciale. Le beurre est nourrissant ; mais il devient âcre et irritant à mesure qu'il rancit. Les parties séreuses et caséeuses qu'il contient lui donnent cette propriété qu'il a de rancir facilement au contact de l'air. On le conserve assez longtemps, lorsqu'il est débarrassé de ces parties, par des lavages réitérés ou par la fusion à une douce chaleur. C'est aux acides volatils que le beurre rance doit son odeur.— Dans les premiers siècles de l'ère chrétienne, le beurre ne se mangeait, les jours maigres, qu'en substance : on ne l'employait point dans les cuisines en assaisonnement. Les aliments alors, chez les moines surtout, s'apprêtaient avec de l'huile ; coutume empruntée aux pays chauds, où l'on a des olives en abondance et peu de pâturages ; et qui ne convient point à nos climats, où l'on a des pâturages et point d'olives. Des représentations ayant été faites à ce sujet en 817, au concile tenu à Aix-la-Chapelle, le concile y eut égard ; il permit d'employer, au lieu d'huile, de la graisse ou de l'huile de lard. Par la suite on trouva que c'était une friandise peu convenable à des moines, gens qui se dévouaient, par pénitence, à une vie austère ; on défendit l'huile de lard pour l'assaisonnement des mets, et le beurre y fut substitué. L'usage du beurre et du lait, autorisé depuis long-temps par la nécessité, attira enfin la censure ecclésiastique ; un concile d'Angers, tenu en 1365, le condamna, et voulut ramener à l'ancien usage de l'huile : « Il défendit à toute personne quelle qu'elle fût le lait et le beurre en carême, même dans le pain et les légumes ; à moins qu'elle n'en eût obtenu une permission particulière. » Cette loi fut rigoureusement observée jusque vers les dernières années du quinzième siècle. Les rois eux-mêmes s'y assujettirent ainsi que le reste de la nation. Charles V, dont la santé se trouvait très altérée depuis qu'il avait été empoisonné par le roi de Navarre, ayant eu besoin d'adoucir son maigre par l'usage du lait et du beurre, en demanda la permission au Saint-Siège. Le pape Grégoire XI lui accorda ; mais il exigea un certificat du confesseur et du médecin, et imposa au prince, pour compensation,

un certain nombre de prières et d'œuvres pies. Par la même bulle, le pontife permettait aux officiers de bouche du monarque de *goûter* aux sauces et aux ragoûts qu'ils apprêtaient pour le roi avec du beurre. Enfin, en 1491, la reine Anne, duchesse de Bretagne, fit, comme Charles V, solliciter à Rome la permission d'user de beurre, parce que la Bretagne ne produisait point d'huile. A l'exemple de la reine, la Bretagne sollicita et obtint la même faveur, puis successivement les autres provinces de la France.

BIBLIOGRAPHIE. Science qui consiste dans la connaissance des livres, de leurs différentes éditions, de leur plus ou moins de rareté et de curiosité, de leur valeur intrinsèque et extrinsèque, en un mot, du rang qu'ils doivent occuper dans le système de classification. La bibliographie comprend quatre grandes divisions principales : l'histoire littéraire, la bibliographie spéciale, la bibliologie générale et la bibliologie spéciale. L'histoire littéraire apprend à connaître les livres, l'objet dont ils parlent, et les auteurs qui les ont composés. La bibliologie est la bibliographie élémentaire ; elle définit les mots et les principes de la science bibliographique. La bibliologie générale parle des livres de tout genre indistinctement, classés par ordre alphabétique. La bibliographie spéciale n'a rapport qu'à un seul genre d'ouvrages ; elle ne s'occupe que de ceux publiés sur la matière dont elle s'occupe.

BIBLIOTHÈQUE. Collection de livres ; lieu où on les serre. Les livres des anciens étaient des feuilles de peaux cousues les unes au bout des autres, qu'on nommait *rouleaux*. Les Juifs, les Grecs, les Romains, les Perses et les Indiens ont suivi cette coutume, qui a continué quelques siècles après la naissance de Jésus-Christ. Les livres en rouleaux étaient composés de plusieurs feuilles attachées les unes aux autres, et roulées autour d'un bâton appelé *cumbilicus*, qui servait comme de centre à la colonne du cylindre que formait le rouleau. Le côté extérieur des feuilles s'appelait *frons*, les extrémités du bâton se nommaient *cornua*. C'est ainsi qu'étaient les livres composant les deux bibliothèques de la ville d'Alexandrie, qui ont été successivement la proie des flammes. La première était placée dans le *Brachion*, quartier situé sur le plus grand des deux ports. Quatre cent mille volumes étaient renfermés dans cette bibliothèque, consumée par un incendie dans la guerre que César soutint contre les habitants d'Alexandrie. L'autre bibliothèque, regardée comme un supplément de la première, contenant déjà trois cent mille volumes ; elle avait été établie dans le quartier nommé *Rhacotis*, d'où partait la chaussée de communication avec l'île de Pharos. Ce fut dans cette bibliothèque que Cléopâtre mit les deux cent mille volumes dont Marc-Antoine lui avait fait présent ; ils avaient été pris dans la bibliothèque de Pergame. Elle devint plus considérable que la première et subsista jusqu'à la prise d'Alexandrie par les Sarrasins (642); Amrou, suivant les ordres du calife Omar, envoya tous les livres aux bains publics, qui en furent chauffés pendant six mois. — Les feuilles de ces anciens rouleaux devaient se sécher ou se moisir ; mais, pour les empêcher de se gâter, on les trempait dans l'huile de cèdre, et on les parfumait d'écorce de citron. De cette manière de rouler les ouvrages des anciens est venu le mot *volume*. Avant l'invention de l'imprimerie, les livres étaient plus rares et plus chers que les pierreries. Jusqu'à Charlemagne, les nations barbares n'en eurent presque point. Depuis ce prince jusqu'à Charles V, on en vit très peu. En 1067, sous Philippe Ier, Grécie, comtesse de Sujon, acheta un recueil d'homélies deux cents brebis, un muid de froment, un autre de seigle, un troisième de millet, et une certaine quantité de peaux de martres. Du huitième siècle de notre ère jusqu'au treizième, on ne vit des livres que chez les Arabes; nous ne savions pas lire que la Chine en était remplie. En 1355, Henri II rendit une ordonnance portant défense d'imprimer aucun livre sans nom d'auteur ; Louis XIII en rendit une pareille en 1626. On lit dans les chroniques anciennes que, en 1471, Louis XI, désirant avoir dans sa bibliothèque une copie du livre du médecin Rasé, emprunta l'original de la Faculté de Médecine de Paris, et donna pour la sûreté de ce manuscrit douze marcs d'argent, vingt livres sterling, et l'obligation d'un bourgeois pour la somme de cent écus d'or. — La Bible et Homère forment la base d'une bibliothèque ; ce sont deux grands monuments placés à la tête de tous les siècles et de toutes les sociétés ; ils ouvrent toutes les religions et toutes les littératures. Dans la Bible, on voit le berceau du genre humain et le premier pas de l'homme dans la vie et la société, dont l'aspect est plus pur dans la Bible que dans Homère. Celui-ci indique le premier pas de la civilisation en Europe, tandis que la Bible nous montre les premiers développements de la civilisation en Asie. La Bible nous fait entrer dans les tentes des patriarches, et le poëte grec nous introduit dans les palais des rois. Tous les siècles se sont réunis pour donner à l'étude les plus éclatants et en reconnaître l'excellence. Non-seulement la lecture des bons livres est la nourriture de l'ame en développant ce germe de vertu que le Créateur a placé dans le cœur de l'homme, mais elle orne l'esprit, forme le jugement, et soulage dans l'adversité. Les bibliothèques publiques de la ville de Paris sont :

La bibliothèque royale, renfermant 900,000 volumes et brochures imprimées ; 60,000 manuscrits ; 100,000 médailles ; 1,600,000 estampes ; 300,000 cartes et plans.

Bibliothèque de l'Arsenal,	180,000 vol.	
	6,300 man.	
— Sainte-Geneviève,	150,000 vol.	
	30,000 man.	
— Mazarine,	100,000 vol.	
	4,500 man.	
— de la ville,	48,000 vol.	
— de l'Ecole de Médecine,	30,000 vol.	
— du Muséum d'histoire naturelle,	13,000 vol.	
— de l'Ecole des Mines,	6,000 vol.	

Ces bibliothèques sont ouvertes les lundis et les jeudis, de onze heures du matin à quatre heures de l'après-midi, et tous les jours aux étudiants et aux étrangers. Outre ces bibliothèques publiques que nous venons de citer, il y en a d'autres entretenues avec les deniers de l'Etat, où l'on peut être admis sur une demande écrite :

Bibliothèque de l'Institut,	80,000 vol.
— du Conseil d'Etat,	55,000 vol.
— de la Cour de Cassation,	35,000 vol.
— de la Chambre des Députés,	44,000 vol.
— de la Chambre des Pairs,	11,000 vol.
— des Arts et Métiers,	12,000 vol.
— de l'Université,	30,000 vol.
— des Invalides,	25,000 vol.
— de l'Ecole polytechnique,	26,000 vol.
— du Tribunal de 1re instance,	4,000 vol.
— de l'ordre des avocats,	7,000 vol.
— du ministère de la justice,	8,000 vol.
— des affaires étrangères,	15,000 vol.
— de l'intérieur,	14,000 vol.
— des finances,	3,500 vol.
— du dépôt des cartes et plans de la guerre,	19,000 vol.
	8,000 man.
— des cartes de la marine,	14,000 vol.
— du dépôt central de l'artillerie,	6,000 vol.
— de la préfecture de police,	4,000 vol.
— du séminaire de Saint-Sulpice,	20,000 vol.
— de l'Ecole de Droit,	8,000 vol.
— des ponts-et-chaussées,	5,000 vol.
— de la Cour des Comptes,	6,000 vol.
— de l'Observatoire,	4,500 vol.
— du Palais-Royal,	25,000 vol.

Ce qui offre un total d'un million, huit cent vingt-trois mille, cinq cents volumes ; cent huit mille huit cents manuscrits ; cent mille médailles et un million six cent mille estampes. Dans les 85 autres départements, il y a en tout et pour tout, 192 villes qui ont des bibliothèques publiques ; les plus importantes sont celles de Troyes, 50,000 vol. ; Marseille, 35,000 ; Aix, 75,000 ; Caen, 40,000 ; Dijon, 40,000 ; Besançon, 56,000 ; Bordeaux, 115,000 ; Versailles, 45,000 ; Rouen, 28,000 ; Amiens, 48,000 ; Lyon, 47,000. — Huit cent vingt-deux villes de 3,000 à 18,000 âmes sont entièrement privées de bibliothèques publiques. — Les cent quatre-vingt-douze villes qui jouissent d'établissements de ce genre, réunissent à elles toutes trois millions de volumes qui, comparés à la population totale des 85 départements, donnent un volume pour quinze habitants. La ville de Paris en possède, avons-nous dit, un million huit cent vingt-trois mille cinq cents, ou quatre volumes pour deux habitants.

BICOQUE. Très petite maison. *Bicoque* est aussi le nom d'une place sur le chemin de Lodi à Milan, où les impériaux, en 1522, soutinrent l'assaut contre les Français ; ayant échoué devant cette petite ville, peu considérable, on a depuis pris le mot *Bicoque* en mauvaise part.

BIÈRE. La bière est l'une des plus anciennes boissons, et peut-être celle de toutes qui a été le plus en usage en Europe. Les habitants de Peluse, ville d'Egypte, l'an du monde 2107, sont regardés comme les inventeurs de la bière. Ne pouvant cultiver dans leurs terres que des grains, parce que tous les ans elles étaient inondées par le Nil, les Pelusiens trouvèrent l'art de se faire avec ces grains mêmes une boisson. — Les matières qui entrent dans la composition de la bière sont l'eau, l'orge, le houblon et la levure. L'eau doit être légère et pénétrante ; l'orge doit être germée et ensuite moulue. Toute orge portée au cellier, ne manque jamais d'y germer, lorsqu'elle a trempé auparavant pendant vingt-quatre heures. Le moulin dont on se sert pour la moudre ne doit la briser que grossièrement, de façon cependant que la farine se détache du son. Le houblon est une plante dont la fleur donne à la bière sa force et son principal agrément. La levure est l'écume que la bière jette hors de la cuve ; on la recueille pour faire fermenter la nouvelle. La bière n'est donc qu'une eau dans laquelle on a fait passer ce qu'il y a de meilleur dans le houblon et dans la farine d'orge. Sur le fond volant de la cuve où l'on doit *brasser* la bière, le houblon doit être étendu à la hauteur d'un pouce ; et sur ce houblon se répand la farine d'orge, à raison d'un setier pour un muid d'eau. Un muid de bière demande un seau de levure ; un muid d'eau sur lequel on ne jetterait que la moitié ou le tiers des matières dont nous venons de faire l'énumération, ne donnerait que de la bière simple, ou de la petite bière, et non pas de la bière double.

BILAN. On nomme *bilan* l'état de situation actuelle d'un négociant ; c'est l'état passif (ce qu'il doit) et actif (ce qu'il possède) de ses affaires. En cas de faillite, le bilan doit contenir l'énumération et l'évaluation de tous les effets mobiliers et immobiliers du débiteur, l'état des dettes actives et passives, le tableau de ses profits et de ses pertes, ainsi que celui de ses dépenses. Le bilan doit être certifié véritable, daté et signé par le failli. Aux termes de la loi, tout marchand en état de faillite doit déposer son *bilan* à ses créanciers ; si le failli ne l'a pas fait, les agents de la faillite doivent le faire, et s'il est décédé, sa veuve, ses enfants peuvent le suppléer pour la formation du bilan.

BILE. C'est une liqueur jaunâtre séparée de la substance du sang, et sécrétée par le foie. Les anatomistes la regardent avec raison comme un des principaux agents de la digestion qui se fait dans le *duodenum*. Aussi est-ce dans cet intestin qu'elle tombe sans cesse goutte à goutte par des conduits appelés *biliaires*.

BILLON, monnaie de cuivre. La circulation, en

7

France, du billon, tel que pièces d'un sou et de deux sous, forme un capital de cinquante millions. — Les liards et les pièces de six liards, forment quinze millions (centimes compris) ; à l'étranger ces pièces n'ont pas de cours et ne présentent qu'une valeur de papier-monnaie.

BINOCLE. Instrument d'optique analogue aux bésicles, et au moyen duquel on voit un objet avec les deux yeux en même temps, ce qui le distingue de la simple lorgnette. En chirurgie, on nomme *binocle* un bandage roulé, appelé aussi *diophthalme*, destiné à maintenir un appareil sur les deux yeux, et dont les croisés se trouvent en arrière, sur l'occiput.

BINOME. On appelle ainsi toute grandeur algébrique composée de deux termes unis par le signe $+$, ou séparés par le signe $-$. Les grandeurs a$+$b et a$-$b sont deux binomes.

BIOGRAPHIE. La biographie diffère de l'histoire en ce qu'elle ne raconte de l'histoire d'un homme ou des peuples que ce qui est en rapport avec l'individu dont elle parle. Comme l'histoire, ce genre d'ouvrage demande à être écrit avec la plus scrupuleuse impartialité.

BIQUADRATIQUE. C'est la quatrième puissance; c'est le carré du carré ; a^4 est donc la puissance biquadratique de a, et 16 celle de 2.

BISANNUEL. Nom qu'on donne aux végétaux qui ne vivent que deux ans. Les plantes bisannuelles ne fleurissent que deux ans. La première année elles ne poussent que des feuilles privées de tiges; la seconde année elles produisent une tige qui porte des fleurs et des fruits.

BISE. C'est le vent du nord. On assure communément en physique que ce vent se charge de particules de nitre et de glace, très communes dans les plages boréales, et que c'est là ce qui le rend froid.

BISMUTH. Demi-métal. Le bismuth, nommé pendant longtemps *étain gris*, est d'un blanc jaunâtre, et comme formé de lames polies, si fragiles, qu'elles se réduisent en poussière sous le choc du marteau ; il se fond presque aussi facilement que le plomb, et on en fait des alliages qui donnent beaucoup de dureté aux métaux combinés.

BISON. Espèce de bœuf sauvage. On le trouve en Lithuanie, dans la forêt appelée Bialoviez. Cet animal surpasse en grosseur et en hauteur les plus grands bœufs d'Ukraine ou de Hongrie, qui sont les plus grands bœufs connus. On le trouve par troupeaux dans la Nouvelle-Espagne et dans l'intérieur de l'Amérique septentrionale, dans les prairies humides. Quoique féroce, il s'apprivoise ; il pèse 1600 à 2900 livres. On remarque que les bisons ont dans chaque forêt un canton qu'ils préfèrent ; ils s'établissent toujours dans les bas-fonds auprès des rivières. L'été ils paissent, choisissent des graminées aquatiques, surtout les carets *carices*. L'hiver ils se nourrissent de rameaux et d'arbrisseaux ; ils savent former des puits dans la neige, et mettre à découvert différentes herbes vivaces, surtout des lichens nutritifs. La force du bison est prodigieuse ; ils combattent des pieds et des cornes ; d'un seul coup, ils fracassent, dans leur fureur, des arbres gros comme la cuisse. Ils ne redoutent point les ours ; ils les attaquent en inclinant la tête, les saisissent avec adresse et les lancent en l'air à plusieurs pieds et à plusieurs reprises. Mais si dans sa fureur, un bison poursuit un chasseur, celui-ci n'a qu'à tomber, contrefaire le mort ; alors le bison, en murmurant, le roule à quelques pas sans le frapper, et l'abandonne bientôt sans le blesser. La chasse des bisons se fait de trois manières : les paysans inclinent une forte branche d'un arbre, l'attachent avec une corde à un pieu, mettent une botte de foin dans un nœud coulant ; l'animal, en tirant le foin, engage sa tête dans l'anse, soulève la corde attachée au pieu, et est étranglé par le ressort de la branche qui se soulève avec force. La chasse commandée se fait de la manière suivante : On enveloppe de filets la péninsule des bisons ; des veneurs, précédés de gros chiens, les lancent ; ils se retirent dans leur péninsule ; les chiens, en les poursuivant, les poussent vers les filets; les paysans qui sont derrière les tuent avec des lances. D'autres fois, on creuse sur leur passage des fosses que l'on recouvre de branchages et de gazon ; l'animal poursuivi brise, par son poids, ces branchages et tombe dans la fosse : alors on l'a vivant ; mais il faut le tuer, car on n'a jamais pu apprivoiser un bison adulte. La différence du bœuf et du bison n'est pas notable sous le rapport de l'anatomie ; seulement l'estomac et les intestins du bison sont plus petits que ceux du bœuf ; mais les muscles sont plus forts et plus épais chez le bison. Le cerveau de cet animal exhale une douce odeur de musc, comme les poils de sa tête. L'antipathie qui se manifeste entre le bœuf et le bison est aussi forte que celle qui existe entre le loup et le chien.

BISSECTION. Division d'une étendue quelconque en deux parties.

BISSEXTILE. Se dit d'une année composée de 366 jours, et qui arrive tous les quatre ans. Pour trouver si une année sera ou ne sera pas bissextile, on divise le nombre qui exprime l'année par quatre ; s'il n'y a aucun reste, cette année sera bissextile ; si au contraire il y a un reste, l'année ne sera pas bissextile.

Exemples :

$$\begin{array}{c|c}
1839 & 4 \\
\hline
16 & 459 \\
23 & \\
20 & \\
39 & \\
3 & \\
\end{array}$$

1839 divisé par quatre donne le quotient 459 ; le reste 3 indique que 1839 est la troisième année après l'année bissextile.

$$\begin{array}{c|c}
1840 & 4 \\
\hline
24 & 460 \\
24 & \\
0 & \\
\end{array}$$

1840 divisé par quatre donne le quotient 460 ; il n'y a point de reste ; donc l'année 1840 sera bissextile.

BITUME. Le bitume est une substance fossile qui contient beaucoup de feu, beaucoup d'huile, peu d'eau et très peu de terre. Le bitume a communément une couleur noire ; on en voit cependant de blanc et de jaune. Les rivages de la mer Baltique nous fournissent cette espèce de bitume, désignée sous le nom de *ambre ;* selon les gens du pays , c'est un assez bon remède contre les douleurs de la goutte ; ce qu'il y a de sûr, c'est que l'eau de bitume est excellente contre la plupart des maladies qui attaquent les nerfs. Le bitume est insoluble dans l'eau et dans l'alcool ; il se liquéfie à la chaleur, et brûle sans laisser de résidu avec une épaisse fumée très odorante. Le bitume liquide est appelé naphte et huile de pétrole. On désigne le bitume glutineux sous le nom de poix minérale ou pissasphalte ; le bitume solide se nomme asphalte ou bitume de Judée : on le recueille dans le lac Asphaltique, à la surface duquel il surnage. Les bitumes sont regardés comme produits par la décomposition de corps organiques.

BIVALVE. On appelle ainsi toute coquille composée de deux parties qui s'ouvrent à peu près comme une porte à deux battants (*Voyez* COQUILLES).

BLANC. Le mélange de toutes les couleurs primitives forme le blanc, comme nous l'avons expliqué dans l'article des *couleurs*.

BLANC D'ESPAGNE, blanc de Meudon. Sous-carbonate de chaux pulvérisé réduit en pâte au moyen de l'eau, et moulé sous forme de pains ovoïdes ou cylindriques. C'est un absorbant, de même que tous les carbonates calcaires.

BLANC DE BALEINE. Ce n'est autre chose

qu'une substance du cerveau, du cervelet et de la moelle allongée du cachalot, espèce de baleine assez commune au Cap-Finistère, à la côte de Galicie, et même en Norwège. On doit choisir cette substance en belles écailles, blanche et transparente, et prendre garde qu'elle ne soit falsifiée avec de la cire blanche, comme il arrive souvent; ce qui est facile à connaître, tant par son odeur de cire, que parce qu'elle est d'un blanc mat. Il faut avoir soin de ne point l'exposer à l'air, afin de la conserver dans sa blancheur.

BLANC D'OEUF. *Albumine* presque pure. Le blanc d'œuf est un liquide transparent, légèrement verdâtre, inodore, presque insipide, soluble dans l'eau froide, donnant à ce fluide de la viscosité, et la faculté de mousser par l'agitation, coagulable par l'action de la chaleur, de l'alcool et de l'éther, etc. Des blancs d'œufs, délayés dans l'eau, ou battus avec ce liquide, servent efficacement à neutraliser les effets d'un empoisonnement produit par le cuivre, le mercure et notamment par le sublimé corrosif (deutochlorure de mercure); mais dès le début, il faut en donner au malade en de très grandes proportions.

BLASON. On entend par blason la science des armoiries qui apprend à nommer toutes les parties dans leurs termes propres et particuliers. Le mot *armoirie* se dit de la devise, et le mot *blason* en est le développement ou la description. Les armoiries sont proprement des marques d'honneur, composées de certaines couleurs et figures, représentées dans les écussons pour distinguer les familles nobles. Les armoiries commencèrent à se perfectionner pendant les expéditions de la Terre-Sainte, sous le règne de Louis-le-Jeune; on s'en servit pour distinguer les divers chefs des Croisés, et leurs troupes respectives. Il y a dans le blason deux sortes d'armoiries, savoir: les armoiries pleines qui sont le partage du seul aîné d'une maison noble, et les armoiries brisées qui sont pour les puînés et cadets. Les avis sont partagés sur l'étymologie de ce mot. Les uns disent qu'il vient de l'allemand; d'autres qu'il tire son origine de l'anglais: quoi qu'il en soit, les anciens auteurs se sont servis du mot *blasonner* pour *louer* ou *blâmer*. On appelle métaux, l'or et l'argent; les émaux sont l'azur, les gueules, le sinople, le sable et le pourpre. La principale règle du blason consiste à ne jamais mettre couleur sur couleur, ni métal sur métal. L'habit de livrée se donne toujours suivant le champ ou fonds de l'écusson; l'azur est bleu; les gueules rouges; le sinople vert; le sable noir; le pourpre violet; l'or jaune; l'argent blanc. La principale pièce de l'écu doit fournir la couleur pour l'habit de livrée; les passements, les parements et aiguillettes se prennent des moindres figures de l'écu. Pour blasonner, on commence toujours par le champ: *telle maison porte d'argent au chef de gueules.* — Il y a neuf sortes de couronnes: la couronne impériale, la couronne royale, électorale, impériale mahométane, les couronnes d'archiduc, de duc, de marquis, de comte et de baron. Les gentilshommes doivent porter des casques ouverts. Il y a en outre la *tiare* ou couronne du pape, nommée *tiare* parce qu'elle est composée de trois couronnes attachées à un bonnet. Elle n'a pas toujours été de trois couronnes; d'abord ce n'était qu'un bonnet rond entouré d'une simple couronne; mais Boniface VIII, vers l'an 1300, l'embellit d'une seconde couronne; environ quarante ans après, Benoît XII en ajouta une troisième. Deux clefs, placées en sautoir, sont la marque de la juridiction papale; à l'égard des animaux qu'on trouve dans les armoiries, ils doivent toujours regarder le côté droit de l'écu; autrement on les dit contournés. — La révolution de 1789 détruisit les armoiries en abolissant les privilèges; mais Napoléon ressuscita la noblesse et les abus qui en sont le cortège inséparable. Pendant son séjour en Autriche, il institua l'ordre des trois Toisons-d'Or, dont il s'est déclaré grand maître; la création de la Légion-d'Honneur fut un des actes qui signalèrent son avè-

nement au trône. Les armoiries du régime impérial furent renouvelées; elles avaient au moins le mérite d'être claires: un chevalier avait un plumet; un baron en avait trois; un comte cinq; et un duc sept. Aujourd'hui, la langue du blason est totalement tombée en désuétude; elle est même ignorée de ceux pour qui elle fut inventée.

BLÉ. Plante graminée, froment. Quand le blé a passé par le moulin, il offre deux produits différents, la farine et le son; mais ce son est toujours chargé d'une quantité plus ou moins considérable de farine adhérente à l'écorce, et surtout d'une quantité de gruau, qui est la partie la plus blanche du grain, ainsi que la plus savoureuse et la plus nourrissante. Ce gruau était jadis rejeté; il ne servait qu'à engraisser les animaux ou à faire de l'amidon. Enfin, on imagina, pour le séparer du vrai son, de le faire repasser sous la meule quatre à cinq fois de suite: c'est là ce qui a donné à l'opération le nom d'*économique*. Elle produit plusieurs sortes de farines, dont une, plus belle que la farine ordinaire, se vend plus cher, et s'emploie de préférence pour les petits pains et la pâtisserie. Le blé, et surtout le froment, quand il a poussé en épis, a besoin de quinze jours pour fleurir, autant pour grener et autant pour mûrir. Arrivé à cette dernière époque, *le blé se mûrit deux fois.* Dès sa première maturité, le blé est déjà bon pour la faucille, et alors il donnera une excellente farine et peu de son. Mais si le blé doit servir à de nouvelles semailles, il faut qu'il ait atteint le point de sa seconde maturité, ce qui a lieu huit ou dix jours après, et ce qu'on reconnaît quand les épis commencent à se courber sur les tuyaux. Si le blé était pris encore vert, et même s'il n'était que très peu mûr, il donnerait, à la vérité, une farine très blanche, mais de bien peu de consistance; et à cause de sa douceur, le grain ne tarderait pas à être attaqué par le *charançon* (scarabée). Si le blé qui doit être moulu était laissé jusqu'à sa dernière maturité, il donnerait une très bonne farine, mais qui serait toujours un peu rude, et beaucoup de son. Pour éviter ces deux inconvénients, il faut prendre un terme moyen. Les deux plus grands obstacles à la conservation du blé sont, sans contredit, la fermentation qui l'altère et les insectes qui le rongent. La fermentation dans le grain n'est autre chose qu'un commencement de végétation et de développement du germe. L'expérience apprend qu'un blé étuvé est incapable de germer. Lorsque le pain est retiré du four, mettez-y quelques livres de blé, et laissez-les jusqu'à ce que le four ait perdu sa chaleur. Semez ensuite quelques-uns de ces grains dans un vase, et pareil nombre de ceux qui n'auront pas été au four, dans un autre vase; que tous les deux soient également arrosés et exposés au même soleil. Au bout de sept à huit jours, les grains non étuvés pousseront des tiges, tandis qu'un mois après, vous trouverez en terre les grains étuvés, tels qu'ils étaient lorsqu'on les a semés. Non-seulement la chaleur de l'étuve tue le germe du grain; elle tue encore les charançons et les autres petits animaux de cette espèce qui pourraient s'y être formés. On peut entasser comme on voudra le blé étuvé; pourvu qu'il soit garanti de l'humidité extérieure qui pourrait le pourrir, on est dispensé de tout autre soin à son égard. Le grenier où le blé est enfermé doit être très propre, avoir des ouvertures au nord et au midi et des soupiraux en haut. Le blé doit être bien sec et bien net. Il faut pendant les six premiers mois le remuer de quinze jours en quinze jours, et les dix-huit mois suivants le remuer tous les mois. Il n'est plus à craindre qu'après ce temps-là il s'échauffe. En 1580, le duc d'Epernon fit un grand amas de blé dans la citadelle de Metz; on le conserva jusqu'à l'année 1707. D'abord ce blé fut bien remué et bien criblé, et on en fit des tas aussi gros que le plancher put le permettre; on mit ensuite sur chaque tas un lit de chaux vive en poudre, de quatre pouces d'épaisseur, puis avec des arrosoirs, on humecta cette chaux qui forma une croûte avec le blé. Cette croûte était si forte, qu'on se promenait dessus sans qu'elle fléchît.

BLEU. La cinquième des sept couleurs primitives.— Le bleu en liqueur est d'une très belle couleur indigo, d'une saveur acide des plus intenses. C'est de l'*acide sulfurique* (vitriol) qui tient en dissolution de l'*indigo*. Dans l'économie domestique, on emploie le bleu en liqueur en teinture, pour passer au *bleu* le linge qui a été blanchi (la dose en est très minime dans une grande quantité d'eau). On ne saurait, dans les ménages, user de trop de précautions afin d'éviter toute méprise. Il est bien d'affecter, à cette liqueur empoisonnée, un vase de forme particulière.

Bleu de Prusse, prussiate de fer. Avant d'en connaître la composition on lui donnait le nom de bleu de Prusse, d'abord à cause de sa couleur, et ensuite, parce qu'on le préparait exclusivement à Berlin.

BOA. Gros serpent aquatique. Les naturalistes l'ont appelé *roi des serpents*. Sa tête ressemble à celle des chiens couchants; sa mâchoire, bien garnie de dents, est privée des crochets à venin; ses vertèbres sont plus nombreuses que celles des autres reptiles; sa force de pression est comparativement plus grande. Il a le dessous du ventre et de la queue protégé par une série de plaques transversales que bordent des deux côtés de grandes écailles hexagones (à six angles). Le dessus de son dos est parsemé de belles taches ovales rangées avec symétrie; quelquefois ces taches sont d'un fauve doré, ou bien encore noires et rouges, bordées de blanc. On distingue d'espace en espace, des marques brillantes semblables à celles qui ornent la queue du paon. Par dessous, sa couleur est cendrée ou jaunâtre, mouchetée de noir. Ce reptile est très vorace; les fleuves ne sont pas même un refuge contre ce monstre poursuivant sa victime au milieu des flots.

BOEUF. Le taureau domestique est un animal bisulce, ruminant, à cornes simples et creuses, sans incisives supérieures, à huit inférieures, qui sont toutes renouvelées à l'âge de 3 ans. On le soumet à la castration à l'âge de 18 à 20 mois; après cette opération le taureau prend le nom de bœuf; elle le modifie singulièrement, le rend plus traitable; alors c'est peut-être le plus utile des animaux. La force prodigieuse de sa tête, de son cou et de ses épaules, le rend propre à rompre, attelé à la charrue, les terrains les plus durs, et à traîner les plus lourds fardeaux, attelé par deux à un chariot. Comme il s'engraisse facilement à tout âge, il offre encore à l'homme, après de longs services, une chair succulente et très salubre. Les bœufs se défendent avec leurs cornes; ils aiment les pâturages humides. Les espèces de ce genre sont difficiles à caractériser; on peut prendre aisément de simples variétés pour des espèces, comme dans les genres des brebis, des chèvres. La ciguë, l'aconit, l'anémone lui sont funestes. Sa vie est de 14 à 15 ans. La vache porte neuf mois; elle met bas un veau, rarement deux. Peu d'animaux sont aussi sensibles à l'harmonie que l'espèce bovine. Quand le bouvier entonne sa chanson, vous voyez le bœuf secouer sa tête sous le joug, et donner plus d'activité à toutes les parties de son corps. On a vu des taureaux se battant avec violence, suspendre le combat pour écouter une belle voix. Il y a en Suisse des rhythmes arrêtés et certains pour la garde et les diverses évolutions des troupeaux, qui sont aussi invariables et aussi anciens que le plain-chant. — A Paris, la consommation annuelle des bœufs est de 81,312.

BOIS. Nous entendons par *bois* un grand terrain planté d'arbres qui ne sont pas fruitiers. Ce n'est point l'homme qui a été chargé de planter et d'entretenir les arbres des forêts. Dieu s'est réservé ce soin; lui seul les a plantés, lui seul les entretient. C'est lui qui en disperse les petites graines sur toute une large contrée. C'est lui qui a donné des ailes à la plupart de ces graines, pour être plus aisément emportées par l'air et répandues en plus de lieux : il suffit, pour s'en convaincre, de jeter les yeux sur la graine du tilleul, de l'érable et de l'orme.

C'est lui qui en tire ensuite ces vastes corps qui s'élèvent majestueusement dans les airs. Lui seul les affermit par de fortes attaches et les maintient, dans la durée de plusieurs siècles, contre les efforts des vents. Lui seul tire de ses trésors des rosées et des pluies suffisantes pour leur rendre tous les ans une verdure nouvelle et pour y entretenir une espèce d'immortalité. — Les feuilles sont utiles sur l'arbre et le sont encore plus après leur chute. Sur l'arbre elles sont une des grandes beautés de la nature. Elles procurent à l'homme et aux animaux une fraîcheur aussi salutaire que délicieuse. Elles fournissent la vie aux arbres mêmes, puisque ceux-ci reçoivent une grande partie de leur sève par les soupiraux et les conduits dont leurs feuilles sont garnies. Lorsqu'ensuite ces mêmes feuilles ne reçoivent plus du corps de l'arbre une nourriture suffisante, elles jaunissent et se dissipent à la moindre secousse des vents auxquels elles servent de jouets. La terre en est bientôt couverte : elles se pourrissent au bas des arbres et sous les pieds des animaux : c'est un fumier dont les racines tirent pendant l'hiver la nourriture la plus délicieuse. Les graines que les vents dispersent pour perpétuer nos forêts, nous servent encore à une infinité d'usages; témoins, les glands, l'aveline, la noisette, la noix ordinaire et muscade, les châtaignes, le café, le coco, etc. — Pour les écorces d'arbres, elles servent en cent occasions : les écorces des chênes pulvérisées sont utiles pour façonner le cuir et lui procurer la fermeté et la souplesse nécessaires. Le liège n'est que l'écorce d'une espèce de grand chêne-vert que l'on voit en Espagne, dans le midi de la France et en Italie. Le canelier et le quinquina nous fournissent les écorces les plus précieuses et les plus salutaires.—Quelque grands et variés que soient les avantages que nous tirons des moindres parties des arbres, ils ne sont pas comparables à ceux que nous tirons du bois même, qui est l'aliment naturel du feu, et par conséquent le soutien de notre vie; il nous procure toutes les commodités, et pour s'en convaincre, il suffit de jeter un coup d'œil sur les ouvrages des menuisiers, charpentiers, tourneurs, sculpteurs, etc.—Pour commencer un bois, environnez d'un fossé profond tout le terrain que vous destinez à votre bois; ayez de jeunes plantes, un peu fortes, bien garnies de racines et nouvellement arrachées. Mettez-les dans une terre bien labourée, assez près les unes des autres. On peut en mettre 14 mille dans un arpent contenant 100 perches de 22 pieds chacune. — Si au lieu de jeunes plantes, on emploie la graine des arbres dont on veut composer le bois, il ne faudra pas oublier, lorsque les arbrisseaux s'affameront, d'éclaircir le bois et d'en faire arracher dans les commencements toutes les mauvaises herbes. — Quand on commence un bois, la plus grande faute qui puisse être commise, c'est de mettre les arbres dans les terres qui ne leur conviennent pas. Ainsi : Le chêne demande ou l'argile ou une terre pierreuse; — le frêne une terre légère et peu profonde; — le cormier une terre froide, mais cependant substantielle et nourrissante ; — le hêtre et le charme une terre dure; — le noyer une terre forte; — le coudrier une terre sablonneuse ; — le tilleul une terre grasse ; — le saule une terre marécageuse ; — le peuplier, le tremble, le plane, l'aune et l'osier une terre humide; — le buis, le pin, le cyprès, le mélèse, le sapin et le chêne viennent à merveille dans les pays les plus froids; le cornouiller, le bouleau et l'orme viennent presque partout. Il en est de même du châtaignier; il se plaît dans toute espèce de terrain, pourvu qu'il soit loin des eaux et des marécages (*Voyez* Baliveau, Futaie).

Bois taillis. On appelle ainsi les bois qui se coupent de temps en temps, suivant l'usage des lieux, ou tous les neuf à dix ans. Ces bois ne peuvent être vendus sans une autorisation de l'administration forestière.

BOISSEAU, mesure pour le grain; double décalitre qui contient vingt livres pesant de grains. Le boisseau de Paris doit avoir huit pouces deux lignes et demie de hauteur sur dix de diamètre.

BOISSON. C'est un des principaux agents de la digestion. Les boissons les plus ordinaires sont l'eau, le vin, la bière et le cidre ; nous en parlons dans leurs articles relatifs.

BOLIDES, ou globes de feu (météorologie). Les bolides sont produits par des émanations formées, en majeure partie, de fluides sulfureux et d'autres matières combustibles. Ces émanations s'élèvent dans l'air parce qu'elles sont plus légères que lui ; alors le gaz hydrogène se combine avec ces substances : elles s'embrasent, se rapprochent et prennent naturellement la figure sphérique sous laquelle ces phénomènes paraissent le plus ordinairement. Il est des bolides dont le mouvement est très rapide, et d'autres qui paraissent suspendus dans un état parfait d'immobilité. La chute des bolides, des *aérolithes*, est souvent accompagnée de plusieurs détonations pareilles à celles d'une pièce d'artillerie de gros calibre ; quelquefois ces détonations sont suivies d'un bruit semblable à celui de plusieurs chariots roulant sur le pavé : ce bruit se prolonge pendant quelques minutes et suit la direction qu'avait le bolide, lequel, en disparaissant, laisse ordinairement un petit nuage blanchâtre qui ressemble à de la fumée, et se dissipe quelques instants après.

BORAX, sel minéral. Le borax se divise en naturel et en artificiel. Le premier est un fluide qui se congèle l'hiver dans les mines. Il y en a de noir, de jaune et de blanc. Le noir se trouve dans les mines de plomb, le jaune dans les mines d'or, et le blanc dans les mines d'argent. Le borax blanc est celui dont on fait le plus d'usage ; après qu'il a été tiré de la terre, on le raffine à peu près comme les autres sels, et après cette opération il est dur, sec et transparent. Il est composé d'eau, de sel et d'une substance bitumineuse. On se sert du borax blanc pour souder quelques métaux et principalement l'or. Quelquefois il est employé en médecine. Le borax artificiel est un composé de nitre, de rouille d'airain et d'urine. Bien des personnes préfèrent le borax artificiel au borax naturel.

BORBORYGME, vent bruyant dans les intestins. Les gaz contenus dans le canal intestinal produisent ce bruit sourd en se déplaçant, soit que ces gaz soient exhalés en plus grande quantité qu'à l'ordinaire, ou bien qu'ils circulent avec difficulté.

BORE. Corps simple découvert en 1809 ; sa combinaison avec l'oxygène constitue l'acide borique. Le bore est solide, pulvérulent, friable, insipide, inodore, verdâtre. Il n'est pas conducteur de l'électricité ; l'eau bouillante ne lui fait éprouver aucun changement ; l'acide azotique est le seul qui le transforme en acide borique. Au contact de l'oxygène, il brûle avec étincelles, et donne aussi de l'acide borique.

BORÉAL. Qui est du côté du nord. On donne ce nom à toute position plus voisine du pôle arctique que du pôle antarctique.

BOTAL. On appelle canal ou trou *botal* une ouverture ou plutôt un conduit dans le cœur du fœtus ; par lequel le sang va de la veine cave dans l'aorte, sans passer par les poumons. Ce canal demeure ouvert tout le temps que l'enfant est dans le sein de sa mère, parce que par ce moyen, son sang peut avoir, et a en effet, un vrai mouvement de circulation, sans que l'enfant ait besoin de respirer.

BOTANIQUE. C'est la science des végétaux. Tout végétal provient d'un individu semblable à lui ; il s'accroît en tirant du dehors et principalement des substances non organisées, les éléments qui le composent : il perpétue son espèce à des époques fixes et déterminées. Par exemple, la semence qu'on nomme un haricot s'est formée dans le fruit d'un végétal. Cette graine contient sous ses enveloppes une très petite plante semblable, en miniature, à celle dont elle est provenue. —Les parties principales de la plante sont la racine, le tronc ou la tige, les branches, les feuilles, les fleurs, les fruits et la graine. — La racine est composée de parties chevelues qui s'attachent comme d'elles-mêmes à la terre. — Le tronc ou la tige est la partie qui s'élève pour l'ordinaire en forme de cylindre depuis les racines jusqu'aux branches ; c'est comme le corps de la plante. — Les branches sont des espèces de rejetons, ou, pour mieux dire, de petites plantes qui naissent de la tige. En effet, combien de branches enfoncées dans la terre ne voit-on pas devenir des arbres aussi gros que ceux dont elles faisaient auparavant partie. Elles ont donc des racines, qui ne se développent que lorsque la branche est coupée et mise en terre avec certaines conditions. — Les feuilles sont des productions des branches. Elles ont, comme les autres parties de la plante, une infinité de conduits. — Les fleurs, que l'on ne regarde communément que comme l'ornement de la plante, présentent bien des choses à contempler. Elles ont leur *pistil*, leurs *étamines* et leurs *feuilles*. Du centre de la fleur s'élève le pistil, espèce de tuyau creux qui renferme la graine ; autour du pistil, sont rangés des filets assez déliés terminés par des extrémités faites en forme de *capsules* : les filets sont les *étamines* et les capsules les *sommets*. Autour des étamines se trouvent les feuilles qui défendent des injures de l'air les parties essentielles de la fleur. Lorsque les sommets des étamines sont dans leur maturité, ils s'entr'ouvrent, et ils versent dans l'intérieur du pistil une poussière qui féconde les graines. A côté du palmier femelle qui ne porte que les fruits, on plante toujours un palmier mâle qui ne porte que les fleurs ; les poussières de celui-ci, portées par l'agitation de l'air sur les pistils de celui-là, le rendent fécond. Le fruit, qui naît pour l'ordinaire au milieu de la fleur, est la partie de la plante destinée à contenir et à conserver la graine. La pulpe, c'est-à-dire, la chair du fruit, est formée par ce qu'il y a de plus délicat et de plus délié dans les sucs nourriciers ; aussi ces sucs passent-ils par des fibres et par des canaux fort étroits que l'on n'aperçoit qu'à l'aide des meilleurs microscopes. — La graine contient la plante en petit et comme en miniature, ainsi que nous l'avons dit au commencement de cet article. Outre plusieurs enveloppes extérieures, chaque graine a encore une peau dans laquelle sont renfermés la pulpe et le germe. Otez la robe qui enveloppe une fève, il vous reste à la main deux pièces qui se détachent, et qu'on appelle les deux lobes de la graine. Ces lobes ne sont autre chose qu'un amas de farine, qui, étant mêlée avec le suc nourricier, ou les sucs terrestres, forme une bouillie, ou un lait propre à nourrir le germe ; au haut des lobes est le germe planté et enfoncé comme un petit clou ; il est composé d'un corps de tige et d'un pédicule. La tige est un peu enfoncée dans l'intérieur de la graine ; elle est comme empaquetée dans deux feuilles qui la couvrent en entier : on les nomme *feuilles séminales*. Le pédicule tient à la petite racine est cette pointe qu'on voit disposée à sortir la première. Il tient aux lobes par deux tuyaux branchus dont les rameaux se dispersent dans les lobes où ils sont destinés à aller chercher les premiers sucs nécessaires à la petite plante. — Il est aussi impossible à la terre de produire une plante sans semence, qu'à la pourriture d'engendrer un insecte sans œuf. On peut s'en convaincre, en faisant un creux très profond ; du fond de ce creux qu'une certaine quantité de terre soit tirée (il faut être sûr que les vents n'ont apporté aucune espèce de semence) ; cette terre sera enfermée dans un vase de verre avec lequel l'air extérieur n'aura aucune communication : quelque précaution que l'on prenne, de quelque manière qu'on la présente au soleil, on n'y verra jamais un brin d'herbe. La fougère, le champignon et plusieurs autres plantes qui paraissent se multiplier comme par hasard, ont des graines que les vents emportent çà et là, et qui ne naissent que dans les terrains où elles trouvent des sucs qui leur sont favorables. Les sucs nourriciers, c'est-à-dire, les parties aqueuses, huileuses, sulfureuses, nitreuses, salines, etc., mises en mouvement par la chaleur douce qui règne dans le sein de la terre, entrent dans les lobes de la graine, réduisent ces lobes en une espèce de bouillie, se couvrent d'une pellicule de cette pâte, s'insinuent dans la radicule et dans la tige, développent les fibres de l'une et de l'autre; c'est ce qu'on nomme la naissance des plantes. Les mêmes sucs, passant bientôt en plus grande abondance par les fibres de la racine et de la tige, font que celle-là s'étend dans la terre, et celle-ci s'élance dans les airs. Lorsque la semence se fait, les grains sont jetés à l'aventure; il peut donc arriver très facilement que de cent grains que l'on ensemence, il y en ait cinquante qui tombent de telle manière, que la partie d'où doit sortir la racine se trouve en haut, et celle d'où doit sortir la tige se trouve en bas; mais les racines ayant des conduits plus larges que la tige, reçoivent des sucs plus pesants que ceux reçus par la tige; le poids de la partie de la graine où se trouve la racine doit, quelque temps après qu'elle a été mise en terre, l'emporter sur le poids de la partie de la graine où se trouve la tige. C'est à cet excès de poids que nous devons attribuer les mouvements que font les racines de toutes les plantes, pour reprendre le bas, lorsque leurs graines ont été semées à contre-sens. — On remarque dans la racine des plantes non-seulement des conduits très ouverts et très nombreux, mais encore une infinité de tours et de retours dont elle s'entortille. Aussi, les botanistes sont-ils persuadés qu'elle sert aux plantes et d'estomac et d'intestins. C'est là que se fait la digestion des différents sucs. La chaleur qui se trouve dans le sein de la terre, échauffe la racine de la plante et dilate l'air renfermé dans les sucs nourriciers. Cet air dilaté sort de sa prison, brise les sucs en des particules très subtiles; c'est une espèce de digestion à peu près semblable à celle qui se fait dans l'estomac de l'homme et dans celui des animaux. — Les plantes sont tellement assujetties à l'impression de l'air, qu'elles en suivent fidèlement toutes les variations. Elles périssent faute d'air; elles languissent quand elles en ont peu; elles s'engourdissent quand il se resserre; elles se raniment, quand il redevient agissant; donc les plantes respirent. C'est par les *trachées* que se fait cette respiration; on appelle ainsi les canaux de la tige composés de fibres tournées en forme de vis ou de ligne spirale, qui d'une part aboutissent à l'air extérieur, et de l'autre s'étendent en s'élargissant jusqu'aux racines. — Dans les plantes, la sève a un mouvement de circulation, c'est-à-dire, que les sucs nourriciers montent continuellement de la racine aux branches et descendent de même des branches à la racine. Voici la preuve la plus frappante et la plus décisive: prenez deux charmes dont les deux tiges joignent ensemble leurs écorces à deux ou trois pieds de distance de la terre, à peu près comme les deux côtés d'un triangle vont se rencontrer à son sommet; sciez à un pied de hauteur la tige qui est à droite, et faites couler entre les deux parties divisées une pierre plate, de telle sorte que la partie supérieure coupée n'ait plus de communication avec la racine. Vous verrez l'année suivante une branche sortir de cette partie supérieure de la tige, un peu au-dessus de la pierre plate. Ce ne sont pas les sucs montés par la racine du charme scié qui ont donné naissance à la branche nouvelle, puisque cette racine n'a plus de communication avec la partie supérieure de la tige divisée; il faut donc dire que les sucs montés par les fibres du bois depuis la racine du charme qu'on n'a pas divisée, et descendus par les fibres de l'écorce jusqu'à la pierre plate, ont donné naissance à la branche dont nous parlons; il est évident que la sève monte de la racine jusqu'au sommet de la plante par les fibres du bois, et descend du sommet jusqu'à la racine par les fibres de l'écorce. Ainsi, dans les plantes, la sève a un véritable mouvement de circulation. La chaleur qui règne dans le sein de la terre, l'in-

troduction d'un nouveau suc dans la racine, la figure capillaire des fibres ligneuses, et l'action de l'air, sont autant de causes qui font monter la sève jusqu'au sommet des arbres les plus élevés. Tout ce qui dans la sève n'a pas servi à la nourriture de l'arbre, ou qui ne s'est pas évaporé, descend vers la racine, non-seulement par la gravité, mais encore par l'impression des sucs ascendants. La sève, en circulant, laisse dans les différentes parties du corps de la plante les aliments propres à sa nourriture; cette circulation est regardée comme la cause physique de son accroissement. — L'excès de sucs, le manque de sucs et certains accidents extérieurs causent dans les plantes des maladies auxquelles il est facile de trouver le remède. D'abord l'excès de sucs peut ou les suffoquer ou briser leurs fibres; aussi, pour prévenir ces accidents, il est nécessaire d'opérer à la plante différentes incisions par où puisse s'écouler ce qu'il y a de trop dans les sucs nourriciers. Le manque de sucs serait encore plus préjudiciable aux plantes que l'excès; bientôt on les verrait languir, se faner, jaunir et mourir. En cultivant, arrosant, fumant ces sortes de plantes, elles reprennent de nouvelles forces et sortent de leur état de langueur. Enfin le froid, le chaud, la gelée, la piqûre des insectes, certaines blessures sont autant d'accidents extérieurs dont la plupart n'ont d'autre remède que la patience. La malignité des sucs et la vieillesse sont dans les plantes deux sources de maladies incurables. La première déchire, et la seconde carie leurs fibres. — Ce que nous avons dit jusqu'à présent regarde directement les plantes terrestres; néanmoins on peut en appliquer l'essentiel aux plantes marines. Il faut seulement remarquer que celles-ci se nourrissent d'une manière bien différente de celles-là. Les plantes terrestres ont des racines qui reçoivent le suc nourricier; il semble au contraire que le fond de la mer ne fasse que soutenir les plantes marines; elles sont fortement attachées contre les rochers; elles naissent sur des cailloux très durs, sur des coquilles et sur tous les corps qui se rencontrent au fond des eaux. La partie qui les y attache n'en saurait recevoir aucune nourriture; aussi ces espèces de racines ne sont ni fibreuses ni chevelues, mais le plus souvent étendues en manière de plaque qui, par une surface assez large, embrasse fortement les corps sur lesquels les plantes ont pris naissance. Le limon qui se trouve au fond de la mer, fournit aux plantes marines leur principale nourriture, et cette nourriture ne peut entrer que par dehors; elles ne sont qu'un amas de glandules qui filtrent l'eau de la mer, et en séparent les sucs laiteux et glutineux pour s'en nourrir. Un des plus savants botanistes de l'Europe a calculé que depuis la découverte du Nouveau-Monde, 2,345 variétés d'arbres et de plantes d'Amérique, et plus de 1,700 du cap de Bonne-Espérance, jointes à plusieurs mille autres variétés qui ont été apportées de la Chine, des Indes-Orientales, de la Nouvelle-Hollande, de diverses parties de l'Afrique, de l'Asie et des confins de l'Europe, portent à plus de 120,000 variétés la liste des plantes d'Europe, dont s'est enrichie la zone tempérée de l'Europe, aux dépens des autres portions du Globe. — Les divers systèmes ou méthodes se réduisent à trois principaux: Le système de Tournefort, celui de Linné, et la méthode de Jussieu. — Tournefort divisa les plantes en deux grandes classes: les arbres et les herbes, qu'il subdivisa ensuite en familles, d'après la forme de la corolle. — Linné partagea les végétaux en vingt-quatre classes, d'après le nombre, la position, la proportion, la connexion ou l'absence des étamines. — La méthode de Jussieu offre la distribution la plus naturelle des végétaux: 1º en considérant le nombre des feuilles séminales ou leur absence, et l'insertion des étamines; 2º en conservant les familles naturelles, rassemblant les plantes analogues par leurs qualités, et en présentant un tableau gradué de l'organisation végétale, depuis la plante la plus simple jusqu'à celle qui est la plus compliquée.

BOUCHE. Cette partie de la tête par où l'on parle et l'on mange, est l'ouverture supérieure du canal intestinal. Plusieurs parties sont comprises dans cette cavité : en avant, ce sont les lèvres ; dans l'intérieur les arcades dentaires supérieure et inférieure, où sont implantées deux rangées de dents au nombre de seize. La partie supérieure et inférieure de la bouche forme une espèce de voûte, qu'on appelle le *palais*. Vers le fond de cette voûte, on remarque une portion molle et flottante, qu'on nomme le *voile du palais*. Vers la partie inférieure et moyenne de ce voile, on voit une petite éminence charnue, connue sous le nom de *luette*. La mobilité et la mollesse de cette partie la rend propre à se porter de bas en haut, pour boucher le passage qui conduit de la bouche aux narines. Vers cet endroit se trouve l'origine de deux conduits connus sous le nom de *larynx* et de *pharynx*. Le premier porte vers sa partie supérieure une petite fente connue sous le nom de *glotte*, qui se ferme par le moyen d'un petit cartilage appelé *épiglotte*. A l'intérieur de la bouche se trouve la langue ; et au-dessous d'elle les orifices de petits canaux conducteurs de la salive. Sur les côtés, la bouche présente en dedans et au niveau de la seconde dent molaire une petite ouverture à trajet oblique ; c'est l'orifice d'un canal appelé canal de *Sténon* ; il livre passage à la salive sécrétée par la glande parotide. L'amygdale est une espèce de glande ainsi nommée à cause de son volume et de sa forme qui approche de celle d'une amande. L'intérieur de la bouche est rouge, tapissé par une membrane très fine, analogue à l'épiderme de la peau et nommée *épithélium*.

BOUDDHISME. Le Bouddhisme, ainsi que le *Schamanisme*, sont les branches du *Braminisme*. Le Bouddhisme, ainsi nommé de *Boudda* qui a réformé le système Braminique, est suivi dans la presqu'île orientale de l'Inde ; il comprend la religion de *Fo*, qui est celle de la multitude de la Chine, et qui s'est ensuite établie au Japon. Le *Schamanisme* domine dans la grande Tartarie, et a pour chef le *Dalaï-Lama*, qui, en quelque sorte, est censé ne jamais mourir.

BOUFFON, homme qui fait rire. Chez les anciens, *bouffon* se disait de celui qui paraissait sur le théâtre, avec une joue enflée pour recevoir des soufflets. Ce mot se prend en mauvaise part.

BOULEVART, rempart, promenade. Cette dénomination vient de ce que, dans le principe, les habitants de Paris allaient jouer à la boule sur le gazon qui couvrait le sol ; de la *boule-vert*, qu'une légère modification a changé en *boulevart*. Il y a trois lignes principale de boulevarts : 1° le boulevart qui parcourt le périmètre (contour) de la ville à l'extérieur ; le boulevart dit du Nord, qui s'étend depuis le pont d'Austerlitz jusqu'à la Madeleine ; et le boulevart neuf qui part du Jardin-des-Plantes et se termine à l'Esplanade des Invalides. Le boulevart neuf n'a été planté que vers 1761 ; celui du Nord fut commencé vers 1636 ; mais on n'y planta des arbres qu'en 1668. Son développement est d'environ 2,400 toises, dont toute l'étendue est bordée d'hôtels, de magasins et de théâtres. Ce boulevart présente un spectacle très animé.

BOURDAINE. Sorte de nerprun (arbrisseau) dont le bois fournit le charbon le plus léger.

BOURDON. Bâton de pèlerin. — Grosse mouche. — Un des jeux de l'orgue. — Faux-bourdon, pièce de musique dont les parties se chantent note contre note.

BOURDONNEMENT. Les *bourdons* principalement et certains insectes font ce bruit quand ils volent. Quelquefois on croit entendre ce bruit quoiqu'il n'existe pas ; cette hallucination est appelée *bourdonnement d'oreille*. La cause de ce bourdonnement illusoire est attribuée au battement des artères, ou à l'introduction de l'air par le conduit auditif rétréci ; souvent aussi parce que la trompe d'Eustache est embarrassée de mucosité, ou bien enfin cela tient à une disposition particulière du nerf acoustique.

BOURGMESTRE (*burger*, bourgeois ; *meister*, maître). Premier magistrat de ville d'Allemagne, de la Hollande, de la Belgique.

BOURSE. Petit sac pour l'argent. Dans les temps anciens, en France, les deux sexes portaient une ceinture au-dessus des vêtements. On suspendait sa bourse à cette ceinture ; on y attachait aussi ses clefs, son couteau et son écritoire, lorsqu'on était scribe ou homme de loi. Cette partie de l'habillement devint un objet de luxe, surtout pour les femmes ; elles eurent des ceintures de soie, d'or et d'argent ; cette mode donna lieu à ce proverbe par lequel se soulageait la jalousie de la femme du peuple : *Bonne renommée vaut mieux que ceinture dorée*. On raffina de même sur la beauté des bourses qui, selon leur forme et leur grandeur, prirent le nom de *bourcelot*, *bourcelette*, de *goule*, d'*aumônière*, d'*escarcelle*, etc. Les croisés et les pèlerins ne manquaient pas de faire bénir avant leur départ, leur *escarcelle* et leur *bourdon*. Saint Louis se soumit à cet usage dans l'église Saint-Denis, lors de son départ pour la Terre-Sainte. Une veuve qui renonçait à la succession de son mari déposait sa bourse sur sa tombe. Quand on faisait cession pour dettes, on déposait sa ceinture devant les juges. De cette coutume de porter ainsi la bourse en dehors, coutume encore assez en usage chez tous les peuples orientaux, vient cette expression qui se trouve dans les anciens ouvrages français : *Couper le bourcelot*.

BOURSE, lieu où les négociants s'assemblent. La *bourse* de Paris est un des monuments les plus remarquables ; cet édifice occupe un parallélogramme de 126 pieds sur 212. La corniche des combles est supportée par 64 colonnes d'ordre corinthien ; l'aspect en est monumental. L'intérieur, très bien distribué, est occupé par le tribunal de commerce, les greffes, les bureaux des agents de change, etc. La vaste et superbe enceinte où se négocient les effets publics (Voyez cette publique) est ornée de peintures en grisaille qui font l'admiration des artistes. La Bourse, commencée en 1808, sur les dessins de Brongniart, a été continuée et terminée sous la direction de Labarre.

BOUSSOLE. Cadran à aiguille aimantée. Cet instrument est indispensable aux marins pour les diriger dans leurs courses. Rien n'est plus simple que la construction de la boussole. Divisez un cercle de carton en trente-deux parties égales, où vous marquerez les noms des différents vents ; suspendez ce cercle dans une boîte sur un style perpendiculaire ; faites-lui porter horizontalement une aiguille d'acier aimantée, vous aurez une très bonne boussole. Les Chinois savent peu se servir de la boussole, et cependant il faut avouer, à l'honneur de la Chine, que la boussole y était connue bien des siècles avant qu'elle ne l'ait été en Europe. Ce n'est guère que vers la fin du treizième siècle qu'on commença à voir cet instrument en Europe. Les uns attribuent l'honneur de cette invention à Flavio-Goya, napolitain ; les autres à Paul, vénitien, qui de la Chine l'importa en Italie.

BOUTEILLE, vase à goulot, propre à contenir un liquide. Au 13e siècle, les vases de cuir, de différentes dimensions, dont on faisait usage pour renfermer le vin ou tout autre liquide, se nommaient *bouchaux*, *boutiaux*, *bouties* ou *boutilles*. Au 15e siècle, ces boutiaux ou boutilles prirent le nom de *bouteille* ; par la suite ce nom fut conservé aux flacons de verre dont on se servit (Voyez VERRE).

BOUTEILLE DE LEYDE. Instrument de physique qui sert à augmenter l'intensité des effets électriques. La surface extérieure de cette bouteille est recouverte d'une feuille d'étain battu, dans les trois quarts de sa partie inférieure ; l'intérieur est garni, jusqu'à la même hauteur, de feuilles minces de cuivre, d'argent ou d'or. Une tige métallique traverse le bouchon de liège qui la ferme ; la partie inférieure de cette tige communique avec les feuilles d'or, et la partie supérieure se courbe en se terminant en boule. Pour charger cet instrument, on tient à la main la garniture inférieure, en présentant le bouton de cuivre au conducteur d'une machine électrique. En réunissant plusieurs bouteilles, par le moyen des conducteurs communs, on obtient des effets très énergiques. Cette batterie électrique peut, par ses décharges, brûler le fer, l'or et tous les autres métaux ; elle tue des animaux à une très grande distance, et produit des phénomènes analogues et identiques à ceux de la foudre.

BOUTS-RIMÉS. On propose quelquefois, pour exercer les petits versificateurs, quatorze rimes prises au hasard, et rangées à la manière de celles du sonnet ; c'est ce qu'on nomme des *bouts-rimés ;* on les remplit en faisant un vers pour chaque rime. C'est la plus misérable de toutes les occupations et un assez triste divertissement, qui était très goûté de nos aïeux.

BOUVIER. Constellation boréale. L'étoile la plus remarquable du bouvier est *Arcturus,* situé à 70 degrés du pôle. La *main* supérieure du bouvier se distingue par trois étoiles de quatrième grandeur peu distantes de la queue de l'ourse. Cette main tient en laisse deux *lévriers* placés au-dessous de cette queue, et dont l'un porte sur le cou le *cœur de Charles,* étoile de troisième grandeur. Le Bouvier ou *Bootes* est cet *Arcas* qui donna son nom à l'Arcadie. Il était fils de Jupiter et de Calisto, placée au pôle sous la forme d'une ourse, suivant quelques auteurs. Calisto était fille de Lycaon, prince féroce, qui servit le membre d'Arcas à Jupiter, afin d'éprouver s'il était un dieu, et si, comme tel, il avait la connaissance de toutes choses.

BOYAUX. Mot populaire, synonyme d'intestins. Les boyaux ou les intestins sont des corps longs, ronds et creux que l'on trouve répandus sur le mésentère, et qui se divisent en grêles et en gros. Les intestins grêles sont au nombre de trois : le *duodenum,* ainsi nommé parce qu'il a environ douze travers de doigt de longueur ; le *jéjunum,* appelé ainsi parce qu'on le trouve presque toujours vide, et l'*iléon,* qui tire son nom des tours et des retours dont il s'entortille. Les gros intestins sont également au nombre de trois : le *cœcum,* le *colon* et le *rectum ;* le premier n'a qu'une ouverture ; les douleurs que l'on éprouve dans le second se nomment *coliques ;* enfin le troisième, qui nous représente une ligne droite, a environ un pied de longueur et trois doigts de largeur.

BRACTÉE. Les *bractées* sont de petites feuilles qui diffèrent totalement des autres par leur forme, leur consistance et leur couleur. Elles sont placées au-dessous du point d'insertion des fleurs qu'elles recouvrent avant leur développement. On les désigne quelquefois sous le nom de *fleurs florales.*

BRAMINISME. Cette religion, qui reconnaît *Brama* pour son fondateur, et dont les prêtres sont nommés *bramines,* règne parmi les Hindous, anciens habitants de la presqu'île occidentale de l'Inde. *Brama* passe pour le premier qui policia les Indes, et qui en fut le législateur. Il partagea les peuples en quatre *castes* ou tribus, savoir : des brachmanes, des *rageputes,* des *banianes* et des *artisans.* La caste des *brachmanes* est composée de prêtres qui sont en même temps les juges, les maîtres et les docteurs des Hindous. Celle des *rageputes* comprend les guerriers ou les militaires. Les *banianes* sont destinés au négoce ; ce sont eux qui font travailler les *artisans,* et qui débitent leurs ouvrages, en gros et en détail. Brama donna des lois générales à toutes les castes, dont les principales portaient : qu'une caste ne pourrait jamais s'allier avec une autre ; qu'un même homme ne pourrait jamais exercer deux professions, ni passer de l'une à l'autre ; qu'un agriculteur, par exemple, un tailleur, un orfèvre, ne ferait jamais apprendre à son fils un métier différent du sien, et ne marierait jamais ses enfants à d'autres personnes d'une autre profession que la sienne. L'adultère, le vol, le mensonge et l'homicide sont défendus par une loi générale. Brama défendit même d'ôter la vie aux animaux, et ordonna à ses peuples d'avoir une grande vénération pour les vaches. Il fit aussi des lois particulières pour chaque caste, dont celle des brachmanes est la plus noble et la plus respectée. Selon le *braminisme,* l'Être-Suprême lui-même est censé se déguiser sous diverses formes humaines et animales.

BROCHET. Poisson vorace d'eau douce, qui dépeuple les étangs, et dont la chair blanche et ferme est d'une digestion facile. Il descend quelquefois des rivières dans l'Océan, mais il y devient maigre. Sa fécondité est très grande : on a compté dans une femelle jusqu'à cent quarante-huit mille œufs. Le brochet est rusé ; il se tient comme à l'affût contre le courant de l'eau, et lorsqu'il aperçoit quelque proie, il se jette dessus avec avidité. Sa gloutonnerie lui fait dévorer des grenouilles, des crapauds même. — Il y a des brochets de mer formidables. Suivant tous les naturalistes, le brochet est si gourmand, qu'il tâche d'avaler d'autres poissons presque aussi gros que lui : il commence par la tête, et il attire peu à peu le reste du corps, à mesure qu'il digère ce qui est dans son estomac. On voit quelquefois des brochets d'égale force vouloir ainsi se dévorer l'un l'autre, et venir expirer tous deux sur le rivage.

BROME. Ce corps simple fut découvert en 1826 ; il tire son nom de l'odeur forte et désagréable qu'il exhale. On le trouve en petite quantité, dans l'eau-mère qui reste après la cristallisation du sel marin. Les eaux de la mer le contiennent sous la forme de bromure magnétique. A la température ordinaire de l'air le brôme est liquide ; sa couleur est d'un rouge foncé, lorsqu'il est en amas. Son odeur approche de celle du chlore ; sa pesanteur spécifique est de 2,966 ; il entre en ébullition à 47° cent.; cette grande volatilité contraste avec sa forte pesanteur spécifique. Le brôme attaque les matières organiques, particulièrement la peau, qu'il corrode en jaune.

BROMOFORME. Liqueur oléagineuse, inflammable, que la potasse transforme en chlorure de potassium et en formiate de potasse. Le bromoforme fait partie d'une section de composés organiques dont les éléments représentent ceux de l'acide formique, moins l'oxygène qui serait remplacé par une quantité équivalente, ou le double d'atômes de chlore, d'iode, ou de brôme. L'action de l'alcool sur les chlorures ou bromures d'oxydes, produit ces composés.

BROMURES. On nomme ainsi les composés qui résultent de la combinaison du brôme avec plusieurs corps simples, métalliques ou non métalliques. A l'état de bromures métalliques, plusieurs sont solides, et alors on les considère comme des hydrobromates ou comme des bromures en solution ; avec les chlorures, ils sont isomorphes.

BRONCHES. On appelle ainsi les deux conduits fibro-cartilagineux qui s'introduisent chacun dans l'un des poumons, où ils se divisent et se subdivisent indéfiniment. Ils forment, par leur terminaison, des cellules qui constituent le parenchyme pulmonaire. L'air nécessaire à l'acte de la respiration pénètre, par ce double conduit, jusque dans les cellules où s'accomplit l'hématose.

BRONCHITE. Inflammation (rhume) de la membrane muqueuse des bronches, causée le plus ordinairement par l'impression du froid.

BRONZE. Le bronze est un mélange de cuivre et d'étain ; il peut entrer absolument un quart d'étain dans ce mélange ; il en entre communément un peu moins. C'est la calamine (pierre bitumineuse) qui procure au bronze sa couleur jaune.

BROUILLARD. Les brouillards se forment des vapeurs qui sortent de la terre et de la mer, qui se res-

serrent et se condensent. La condensation des vapeurs
a lieu, lorsqu'après avoir long-temps erré dans l'atmosphère, leur mouvement se ralentit, et leurs parties
s'approchent les unes des autres, se rassemblent peu
à peu, et forment les nuées qui se joignent ensuite
plusieurs ensemble, lorsqu'elles sont poussées par des
vents contraires. La nuée diffère des brouillards en ce
que, étant plus légère, elle s'élève et se soutient en l'air;
le brouillard étant plus pesant, reste plus proche de la
terre. La pluie n'est autre chose que des nuées épaisses
et condensées par le froid, qui entraînées par leur propre pesanteur, tombent sur la terre en petits globules,
qu'on appelle *gouttes d'eau*.

BRUCINE, base salifiable organique. Les caractères principaux de la brucine sont d'être blanche, pulvérulente, cristallisable et très facilement fusible en résine; elle ramène au bleu le tournesol rougi, se combine
aux acides qu'elle sature en produisant des sels en cristaux distincts. Par l'acide nitrique, elle prend une teinte
rouge de sang, et par le proto-chlorure d'étain, une couleur violette; l'alcool à 18° la dissout; ce qui donne le
moyen de la séparer de la strychnine; avec l'acide oxalique elle forme un sel peu soluble dans l'alcool à 6°.
La brucine, moins active que la strychnine, est néanmoins un poison violent.

BRUIT. C'est un mouvement irrégulier et confus
que des corps qui se choquent impriment à l'air. Il diffère
du *son*, qui est un mouvement régulier et distinct. Ainsi,
le bruit est un assemblage de plusieurs sons qui, tous
ensemble, font leur impression sur l'organe de l'ouïe; de
là vient cette confusion nommée bruit.

BUCOLIQUE. Poésie pastorale. Notre manière de
vivre est trop loin de la nature champêtre pour que ce
genre de poésie soit conforme à nos mœurs et à notre
goût. Cette poésie, quand elle est bien traitée, offre
beaucoup d'agrément et de charme. Mais il faut habiter
les climats favorisés de la nature, sous un beau ciel et
dans une condition aisée, pour que les bergers et les bergères ressemblent à ceux de Théocrite et de Virgile.
C'est la poésie la plus ancienne de toutes; l'amour et
l'oisiveté l'inspirèrent; quelques règles furent prescrites
pour ces divertissements champêtres, et la poésie bucolique devint un art.

BUDGET. État de situation des revenus et des dépenses publiques. Le budget est voté par la Chambre des
Députés. Les revenus du budget prennent leur source dans
les recettes de l'État qui sont: 1° Les contributions directes
donnant environ deux cinquièmes du revenu total. — 2°
L'enregistrement, le timbre et les domaines, taxes qui
produisent à peu près un cinquième des recettes générales. — 3° Le revenu des coupes de bois appartenant à
l'État, et variant de vingt à vingt-cinq millions. — 4° Les
douanes dont le produit net ne dépasse guère cent dix
millions; la perception en coûte au moins vingt. — 5° La
taxe sur les sels, cinquante millions. — 6° La taxe sur les
boissons qui s'élève à soixante-dix millions. — 7° Le
produit de la vente des tabacs, des poudres, etc., cent
millions. — 8° Enfin, diverses autres recettes complètent
les douze cent millions d'impôts. — Les dépenses sont
d'abord les intérêts de la *dette* formant plus d'un cinquième des dépenses; ensuite les intérêts de la *dette
flottante* (c'est-à-dire *déficit*), des cautionnements de
divers employés comptables; puis successivement la liste
civile, les pensions, la dotation des Chambres, celle de la
Légion-d'Honneur, les dépenses des ministères, les nonvaleurs sur les contributions directes, les primes d'exportations des marchandises, etc., etc., complètent les
charges publiques. Nous donnons le chiffre des budgets
annuels pendant une période trentenaire; nos lecteurs
remarqueront que les budgets de ces dernières années sont
plus du double qu'en 1801, époque où non-seulement la
France possédait un territoire plus vaste, mais encore imposait à l'Europe par sa force et sa grandeur.

Année 1801	549,620,409 fr.
1802	499,937,885
1803	632,279,523
1804	804,431,555
1805	700,000,000
1806	902,148,499
1807	731,725,086
1808	772,744,445
1809	786,740,214
1810	785,060,445
1811	1,000,000,000
1812	1,006,014,000
1813	1,150,000,000
Les neuf derniers mois 1814	609,394,626
1815	798,590,859
1816	895,577,205
1817	1,036,810,583
1818	1,114,433,736
1819	868,312,572
1820	875,342,252
1821	882,324,425
1822	949,174,982
1823	1,092,095,280
1824	951,992,280
1825	946,948,442
1826	976,948,919
1827	915,729,742
1828	922,711,602
1829	1,021,746,938
1830	1,177,000,000
1831	1,172,197,433
1832	1,106,618,270

Total pour cette période.... 28,635,699,386 fr.

L'empire pour.	10,930,097,037 fr.
La Restauration.	14,858,286,646
Les deux premières années de la Révolution de Juillet . . .	2,867,315,703
De 1833 à 1838 exclusivement.	5,075,084,550

Total général pour 37 années. . 33,710,783,936 fr.

Les frais de perception pour la totalité du budget sont
à peu près de 35 % de la somme réalisée; on peut dire
que la perception sur les sels et les boissons est une
véritable plaie pour la France. — Le budget montant à
un milliard deux cents millions perçus en pièces de cinq
francs, donne le poids de douze millions de livres.

BULLE. Petite boule que les Romains pendaient au
cou des enfants. — Lettre du pape, scellée de plomb,
qu'il ne faut pas confondre avec un *bref* qui se dit d'une
lettre pastorale des papes.

BUREAU. Table garnie de tiroirs. — Lieu où des
compagnies s'assemblent. Le mot bureau vient de *bure*,
parce qu'un rideau de cette étoffe séparait du peuple les
juges qui délibéraient.

BURLESQUE. En littérature on donne ce nom à
la poésie triviale; les parodistes rendent en plaisanteries
bouffonnes les choses les plus nobles et les plus sérieuses;
ils emploient le genre burlesque pour ridiculiser les
personnes et les choses. Il ne faut pas confondre le style
burlesque avec le style *marotique*; celui-ci fait un
choix, et le premier s'accommode de tout. Il y a de la
noblesse dans la simplicité du style marotique, au lieu
que le burlesque, non-seulement est bas et rampant,
mais va chercher dans le langage des halles des expressions que la décence et le bon goût proscrivent.

BURSÉRINE. Résine blanche, pulvérulente, non
phosphorescente. Un savant chimiste l'a isolée du baume
du sucrier des montagnes, résine nullement balsamique
et qui diffère de celle dite *gomme chibou*.

BUTYRATE. Nom générique des sels formés par
l'acide butyrique avec les bases.

8

BUTYREUX. Qui a la consistance ou l'apparence du beurre.

BUTYRINE. Substance découverte dans le beurre en 1819. Elle est fluide à la température ordinaire, et ne se congèle qu'à 0°. Son odeur est celle du beurre qui a été chauffé. L'alcool bouillant la dissout. Traitée par les alcalis, elle fournit outre les acides gras ordinaires et la glycérine, les acides butyrique, caprique et coproïque.

BUXINE. Substance rousse, pulvérulente, provoquant l'éternuement et d'une amertume sans âcreté. L'alcool et l'eau bouillante la dissolvent. Elle ramène au bleu le tournesol rougi, et se dissout dans les acides d'où elle est précipitée en gelée par l'ammoniaque. Le sulfate et l'acétate incristallisables, qu'elle fournit, sont très amers.

C

CABALE. Interprétation allégorique de la Bible, que les Juifs prétendent avoir reçue par tradition. L'astrologie est mère de la *cabale*; les partisans de cette prétendue science, débitaient gravement, qu'après son péché, Adam ayant demandé à Dieu qu'il lui accordât quelque légère consolation dans le malheureux état où il se voyait réduit, l'ange Raziel lui apporta un livre contenant la science céleste, ou la *cabale*; ce livre donnait la puissance de faire naître des maladies et de les guérir; de renverser des villes, d'exciter des tremblements de terre, de commander aux anges bons et mauvais, d'interpréter les songes et les prodiges, et de prédire l'avenir en tous temps. Les cabalistes ajoutaient que ce fut par cet art redoutable que Moïse s'éleva au-dessus des magiciens de Pharaon; que les prophètes s'en sont servi heureusement pour découvrir les événements cachés dans une longue suite de siècles, ou pour opérer des miracles comme Élie, qui fit descendre le feu du Ciel, et Daniel qui, au moment d'être dévoré par les lions, leur ferma la gueule. La cabale se divisait en *contemplative* et en *pratique*. Le fonds de cette cabale est toujours une métaphysique mystique et une physique épurée qui doit nous conduire à la connaissance des vérités sublimes sur Dieu, sur les esprits et sur les mondes. — Parmi les propositions avancées par Pic de la Mirandole, sectateur de cette première doctrine, se trouvait celle-ci : « Savoir si toutes choses sont écrites et » marquées dans le Ciel à celui qui sait y lire. » Mais les cabalistes *contemplatifs* étaient loin d'imiter cette réserve de La Mirandole qui ne présentait ses idées qu'en forme de doute, car Postel, l'un d'eux, dit : « On me prendra » peut-être pour un menteur si j'avance que j'ai lu au Ciel, » en caractères hébreux, tout ce qui est dans la nature; » cependant Dieu m'est témoin que je ne » mens pas : j'ajouterai seulement que je ne l'ai lu qu'im-» plicitement. » — On voit que les cabalistes étaient pour le moins aussi ridicules que ces Brames qui passent leur vie à chercher une flamme bleue au bout de leur nez.

CABARET, taverne, lieu où l'on vend à boire; auberge, qui vient du mot français *héberger* ou *alberger*. Les cabarets ne datent pas d'aussi loin que les auberges, néanmoins ils sont antérieurs à l'établissement des Français dans les Gaules. En France, la profession de cabaretier date du commencement du treizième siècle, temps où les hôteliers, les taverniers et les marchands de vin à pot s'établirent dans Paris. Mais les cabarets ont une origine beaucoup plus ancienne; car il en existait à Rome, ainsi que des tavernes. Horace dit que ceux qui les tenaient connaissaient très bien l'art de tromper. Le mot cabaret vient de deux mots celtiques: *cab*, qui veut dire *tête*, et *arot* qui signifie *bélier*, sans doute parce que la première ou la plus célèbre de ces maisons avait une tête de bélier pour enseigne. Les Bretons furent les premiers qui appelèrent *cabarets* la vie se vendait en détail.

CABESTAN. Machine au moyen de laquelle on peut vaincre de très grandes résistances avec des puissances beaucoup moindres. La puissance qui le fait tourner, est attachée à l'extrémité du rayon. Le point d'appui du *cabes-tan* se trouve dans l'axe du cylindre élevé perpendiculairement à l'horizon. Autant la longueur du rayon auquel la puissance est appliquée l'emporte sur la ligne qui représente la distance de la surface du cylindre à son axe, autant la vitesse de la puissance l'emporte sur celle du poids. Le *treuil* ne diffère du *cabestan* que par sa position; celui-ci est perpendiculaire et celui-là est horizontal.

CACAOYER, arbre d'Amérique. C'est avec les amandes du cacaoyer que l'on fabrique le chocolat. Cet arbre croît naturellement et sans être cultivé, entre les tropiques; il s'élève ordinairement de 20 à 25 pieds de hauteur; ses feuilles sont grandes et simples; le fruit est une capsule ligneuse et ovale qui contient plusieurs graines en forme d'amande (*Voyez* CHOCOLAT).

CACHALOT (petite baleine). Il y en a trois variétés différentes; on trouve la première dans l'Océan européen; la deuxième a été observée près du détroit de Davis; la troisième dans les mers de la nouvelle Angleterre. L'espèce principale est longue de plus de 60 pieds; elle en a 36 de circonférence; elle est noire en dessus, blanche en dessous; sa tête est très grosse; sa mâchoire inférieure est garnie sur deux rangs de 46 dents saillantes de deux à trois pouces hors les gencives; ces dents sont reçues dans autant d'alvéoles creusés dans la mâchoire supérieure. Les mamelles sont rétractiles. Ce cétacé vit principalement de sèches. On retire de sa tête, d'une cavité particulière recouverte par le *blanc de baleine*. On prétend que l'ambre gris n'est autre chose que les excréments durcis par maladie dans les intestins de ce cachalot. — La seconde variété a la figure de la baleine ordinaire; mais sa tête est plus pointue. Cet animal, long de 15 à 20 pieds, est blanc-jaunâtre; ses dents sont un peu courbées, aplaties, arrondies au sommet. — La troisième variété, d'un cendré noirâtre, longue de 30 à 70 pieds, de 30 à 40 de tour, le dos surmonté d'une bosse haute d'un pied, a la tête grande, les yeux petits; la mâchoire inférieure est beaucoup plus étroite que la supérieure; elle est garnie de dents nombreuses qui se nidulent par leurs sommets dans autant d'alvéoles de la mâchoire supérieure.

CACHOU. Extrait du suc des semences d'un fruit gros comme un œuf de poule, que l'on nomme *aréca*; provenant d'une espèce de palmier des Indes-Orientales.

CADAVRE. C'est le nom donné à tout corps animal privé de vie, mais plus particulièrement à celui de l'homme. Le docteur Franchina, de Sicile, a proposé une nouvelle méthode pour la conservation des cadavres; ce procédé consiste à injecter avec une dissolution de deux livres d'arsenic, dans vingt livres d'eau ou d'esprit de vin; on colore avec un peu de cinabre. Le roi de Naples a, dit-on, récompensé l'auteur de cette découverte par une somme de 3,000 ducats et une place de chirurgien militaire.

CADMIE. Nom donné à la suie métallique qui s'attache aux parois des vaisseaux de fusion. On appelle aussi *cadmie naturelle* ou *fossile* une sorte de pierre ou de minéral qui contient du zinc, du fer, quelquefois de l'arsenic et souvent aussi du bismuth, de l'argent, de cobalt ; l'oxyde de zinc sublimé se nomme *cadmie artificielle* ou des *fourneaux*.

CADMIUM. Ce métal fut découvert en 1818, dans une mine d'oxyde jaune de zinc ; il est solide, blanc comme l'étain, inodore, insipide, très brillant, ductile et malléable ; sa pesanteur est de 8,640, à 16,5° centigr., et de 8,694 quand il a été martelé. Le cadmium est très fusible ; il bout à une température peu supérieure à celle de l'ébullition du mercure ; il s'enflamme et brûle avec une fumée jaune brunâtre, s'il est chauffé à l'air libre ; son oxyde est jaune-rougeâtre, quelquefois brun ; l'hydrate est soluble dans l'ammoniaque, mais nullement dans le carbonate ammonique, ce qui permet de le séparer du cuivre et du zinc. Le sulfate de cadmium a été employé avec avantage, comme astringent, dans les inflammations chroniques de la conjonctive, de même que dans certains cas d'obscurcissement de la cornée, de nuages ou de taies.

CADRAN. C'est la projection que l'on fait sur un plan des principaux cercles de la sphère, et surtout des cercles horaires. Les cadrans les plus en usage se divisent en horizontaux et en verticaux ; ceux-ci se subdivisent en méridionaux et septentrionaux, orientaux et occidentaux.—Le style ou l'axe est une verge de fer insérée dans le plan du cadran ; ce point se nomme le *centre*. C'est l'ombre du sommet du style qui marque les heures. — La hauteur du style est une ligne perpendiculaire que l'on tire de son sommet sur le plan du cadran ; le point du plan sur lequel tombe cette perpendiculaire, s'appelle le pied du style. L'équerre suffit pour faire avec justesse une pareille opération. — Le style doit toujours être parallèle à l'axe du monde, parce qu'il en est l'image la plus naturelle. — La soustylaire est la ligne à laquelle correspond le style, par le pied duquel elle passe nécessairement, de même que par le centre du cadran. Elle n'est pas distinguée de la ligne de midi dans les cadrans horizontaux, et dans les cadrans méridionaux et septentrionaux non déclinants.—Il n'en est pas ainsi dans les cadrans méridionaux et septentrionaux déclinants. La ligne méridienne est l'intersection du plan du cadran avec le méridien du lieu ; c'est la ligne de midi dans tous les cadrans. — La ligne équinoxiale est l'intersection du plan du cadran avec l'équateur ; le rayon équinoxial est une ligne droite menée du sommet du style au point où l'équinoxiale rencontre sa soustylaire. Les cadrans sont horizontaux ou verticaux, selon qu'ils sont tracés sur un plan parallèle ou perpendiculaire à l'horizon. Les lignes droites qui représentent les grands cercles de la sphère, perpendiculaires au plan du cadran, passent toujours par le pied du style. En voici la raison : tous les grands cercles de la sphère passent par le sommet du style, puisque ce sommet est considéré comme le centre du monde ; alors, les grands cercles de la sphère perpendiculaires au plan du cadran, doivent passer par le pied du style, parce que c'est le point du plan sur lequel tombe une perpendiculaire tirée du sommet du style ; par une raison contraire, les lignes droites qui représentent les grands cercles de la sphère qui sont obliques sur le plan du cadran, ne passent pas par le pied du style ; elles en sont même d'autant plus éloignées, que les cercles qu'elles représentent ont plus d'obliquité. Il s'ensuit que dans les cadrans verticaux la ligne horizontale, c'est-à-dire, l'intersection du plan du cadran par un plan horizontal que l'on imagine passer par le sommet du style, passe nécessairement par le pied du même style, puisque le plan horizontal est toujours perpendiculaire au plan vertical. — Le faux style est une verge de fer dont on ne se sert que pour trouver la soustylaire, et non pas pour indiquer les heures ; il a communément deux pieds et demi de long, et avec le plan du mur où il est inséré, il fait un angle quelconque aigu. —Pour trouver par le moyen du faux style la soustylaire d'un cadran vertical méridional, il faut employer la méthode suivante : Par le pied du faux style, comme centre,

décrivez plusieurs cercles concentriques. Vers le temps des solstices, examinez avant midi quel est le point de quelqu'une de ces circonférences où va tomber l'extrémité de l'ombre du faux style, et marquez-le avec exactitude. Marquez le même jour après midi, lorsque cette ombre tombera sur quelqu'un des points de la même circonférence. Divisez en deux parties égales l'arc de cercle compris entre ces deux marques par le point du milieu, et par le pied du faux style tirez une ligne droite ; ce sera là la soustylaire. Si elle est perpendiculaire à l'horizon, votre muraille ne déclinera pas, c'est-à-dire, sera directement exposée au midi ; mais elle déclinera d'autant plus ou d'autant moins, que la soustylaire coupera plus ou moins obliquement l'horizon. Cette méthode est fondée sur les mêmes principes que celle qui apprend à tirer une ligne méridienne sur un plan parfaitement horizontal (*Voyez* MÉRIDIENNE). — Si la soustylaire se trouve du côté où se marquent les heures avant midi, le plan vertical décline à l'orient ; et il décline à l'occident, si la soustylaire se trouve du même côté que les heures après-midi. — La hauteur du pôle sur l'horizon est toujours égale à la latitude du lieu, et l'élévation de l'équateur au complément de cette latitude, c'est-à-dire, à ce qui manque à cette latitude pour valoir 90 degrés (*Voyez* LATITUDE).

CADRAN ÉQUINOXIAL. Son plan est horizontal pour ceux qui ont l'équateur parallèle à l'horizon, vertical pour ceux qui ont la sphère droite, et oblique pour les intermédiaires. Sa construction est la même pour tous les lieux de la terre ; il faut qu'il soit placé parallèlement à l'équateur qu'il représente, pour que l'ombre de l'aiguille décrive, sur le plan du cadran, les degrés que le soleil parcourt. On distingue le cadran équinoxial, en cadran supérieur qui regarde le zénith, et en cadran inférieur qui regarde le nadir.

CADRAN NOCTURNE. Ce cadran indique les heures la nuit ; on en distingue de deux sortes : le *cadran lunaire* qui indique le temps au moyen de la lumière de la lune, et le *cadran sidéral* qui fait connaître l'heure par l'observation de quelque étoile.

CADRAN POLAIRE. Celui-ci est tracé sur un plan imaginé passer par les pôles du monde, par les points de l'orient, de l'occident et de l'horizon. Son plan est autant incliné à l'horizon que le pôle en est élevé. On distingue deux sortes de cadrans polaires : le supérieur, tourné vers le zénith, marque les heures depuis 6 heures du matin jusqu'à 6 heures du soir ; l'inférieur, tourné vers le nadir, les marque avant et après.

CAFÉ. Le café est la graine du caféyer ou *cafier*. Dans les pays chauds, et surtout à *Moka*, on voit ces sortes d'arbres s'élever jusqu'à 40 pieds, avec un tronc dont le diamètre est d'environ 5 pouces. Ils fournissent, par année, deux ou trois récoltes assez abondantes ; et quand on les cultive avec soin, on y voit en toutes les saisons des fruits et des fleurs. Le fruit du caféyer est une baie rouge, de la grosseur d'une petite cerise, divisée en deux loges qui renferment chacune une graine aplatie, marquée sur une de ses faces d'un sillon longitudinal, et convexe de l'autre. L'infusion de ces semences mondées, torréfiées et pulvérisées, constitue la boisson agréable et tonique à laquelle nous donnons le nom de café. — L'usage du café passa de la Perse à Aden, d'Aden à la Mecque, puis en Égypte, au Caire, en Syrie et à Constantinople. On ne connut le café, en Europe, que dans le courant du seizième siècle ; il y parut presque en même temps que le tabac, et y fut mal accueilli, les médecins prétendant que c'était un poison. — L'Europe a l'obligation de la culture du café aux Hollandais, qui l'apportèrent de Moka à Batavia, et de cette dernière ville à Amsterdam. — Le voyageur Thévenot est le premier qui ait apporté le café à Paris. En 1708, Londres ne possédait qu'un seul café établi par un barbier ; cette nouveauté eut tant de vogue que sa maison était toujours pleine ; les habitants du quartier présentèrent une requête aux autorités pour faire cesser le vacarme qui se faisait dans un lieu où l'on vendait une liqueur nommée café. Cinquante ans après, on comptait déjà trois mille maisons de ce genre, et aujourd'hui le nombre des cafés à Londres et dans les environs, se monte à plus de douze mille. Dans le quinzième siècle, le café était à peine connu en Arabie, d'où il s'est répandu presque par toute la terre. — La consommation du café en Angleterre est d'environ 10,000 tonneaux; en France, 20,000; en Belgique et en Hollande 40,000; en Portugal et en Espagne, 10,000; en Allemagne et dans les États-Unis 5,000, ce qui fait une consommation totale de 127,000 tonneaux. De cette grande quantité, les colonies anglaises dans les Indes ne produisent que 13,390 tonneaux, tandis que l'île de Java produit seule 40,000 tonneaux; Cuba environ 15,000; Saint-Domingue 16,000; les colonies hollandaises dans les Indes, 5,000; les colonies françaises et l'île Bourbon, 8,000; et les possessions dans le Brésil et la nouvelle Espagne, au-delà de 32,000 tonneaux.

CAILLE. Oiseau de passage, dont la chair est fort estimée, excepté dans les pays qui produisent beaucoup d'ellébore (genre de plantes de la famille des renonculacées), parce que la caille s'en nourrissant, devient fort dangereuse, jusqu'à, dit-on, causer l'épilepsie à ceux qui en mangent. Il est prouvé par des observations certaines, que les cailles passent dans les pays chauds à la fin de l'automne, et reviennent vers la fin du printemps. Elles multiplient prodigieusement; mais il en périt beaucoup dans les voyages qu'elles font au-dessus des mers.

CAISSES-D'ÉPARGNES. Les caisses d'épargnes et de prévoyance ont été fondées en 1804, en Angleterre. On comptait, tant dans ce pays qu'en Irlande, 477. En 1829, elles avaient un dépôt de 360,873,000 fr. appartenant à 499,945 déposants. La première caisse d'épargnes établie en France, l'a été en 1819 à Paris. Depuis long-temps cette institution, dont l'utilité est généralement reconnue, réclamait l'attention du gouvernement qui, par une loi du 5 juin 1835, assura l'avenir des caisses d'épargnes. Leur nombre s'est considérablement augmenté, car on compte aujourd'hui en France 160 caisses d'épargnes qui exercent une heureuse influence sur les habitudes de la classe industrielle.

CALAMINE, substance métallique; terre fossile, tirant sur le jaune, purifiée au feu. Elle s'allie très facilement avec le cuivre, dont elle augmente considérablement la masse, et auquel elle donne une couleur jaune.

CALAMUS AROMATICUS ou ACORUS VERUS. Racine d'un roseau qui croit en plusieurs endroits du Levant, d'où il est apporté à Marseille. Il en vient aussi dans plusieurs endroits de la Pologne, de même que dans nos climats, et c'est celui que le commerce emploie le plus.

CALCAIRE. Toutes les masses minérales ou roches reçoivent cette dénomination; elles sont composées essentiellement de chaux carbonatée à l'état cristallin, ou bien à l'état de sédiment, comme les marbres salins ou statuaires, les marbres ordinaires, la craie, la pierre à bâtir des environs de Paris, etc. Le marbre d'un grain égal, sans aucune empreinte de corps organisés, et dont les couches inclinées sont très irrégulières, reçoit en géologie le nom de calcaire primitif; on distingue encore le calcaire ancien ou de transition, et enfin le calcaire coquillier, contenant beaucoup de coquilles.

CALCINATION. Opération qui met un corps en état d'être réduit en poudre. Le feu usuel et le feu solaire sont les seuls agents de la calcination; ils enlèvent aux corps soumis à leur action, tout ce qu'ils avaient de particules humides, ou du moins une grande partie de ces particules. Dans cet état les corps deviennent friables, et se réduisent par là même facilement en poudre.

CALCIUM. Ce métal fut découvert en 1807; par sa combinaison avec l'oxygène, il constitue la chaux. Le calcium est d'un blanc d'argent, plus pesant que l'eau; il s'enflamme facilement à l'air en produisant de la chaux. Traité par l'eau, il la décompose, en donnant de l'hydrogène et en passant à l'état d'oxyde.

CALCUL. Ce terme signifie supputation. Nous avons donné les règles du calcul ordinaire aux articles arithmétique et algèbre.

CALCUL DIFFÉRENTIEL. C'est un calcul qui apprend à trouver une quantité infiniment petite qu'on nomme différentielle, laquelle étant prise un nombre infini de fois, sera égale à une quantité donnée; ce calcul est fondé sur les notions et les principes suivants: 1° Les quantités se divisent en variables et en invariables; les premières peuvent augmenter ou diminuer continuellement; les secondes demeurent constamment les mêmes. Dans un cercle, les cordes sont des quantités variables, et les diamètres des quantités constantes. 2° Dans le calcul différentiel les quantités variables sont désignées par les dernières lettres de l'alphabet t, u, x, y, z; les invariables par les premières lettres a, b, c, d, etc. 3° La différence, ou l'élément différentiel d'une quantité variable, est une quantité infiniment petite dont on conçoit que la quantité augmente ou diminue à chaque instant. 4° Une quantité simple est une quantité qui n'est multipliée, ni divisée par aucune autre. 5° La différence infiniment petite d'une quantité variable simple, s'exprime par la lettre d mise devant la quantité variable dont il s'agit; dx est donc la différence de x et — dy celle de — y. 6° Les quantités variables ont des différences, les invariables n'en ont point. 7° Les différences de deux quantités égales, sont égales. 8° Une quantité augmentée ou diminuée de sa différence, est sensiblement la même. Ainsi, $x + dx = x$; de même que $x - dx = x$. 9° Deux quantités qui ne diffèrent que d'une quantité infiniment petite, sont sensiblement égales entre elles, et l'on peut sans erreur sensible les prendre indifféremment l'une pour l'autre. 10° On peut, sans erreur sensible, négliger dans le calcul une quantité infiniment petite. Les commençants accordent difficilement ces trois derniers principes; néanmoins, on regarde comme infiniment exactes les opérations des géomètres et des astronomes qui cependant font tous les jours des omissions beaucoup plus considérables. Lorsqu'on prend, par exemple, la hauteur d'une montagne, fait-on attention à un grain de sable que le vent peut enlever de dessus son sommet? Lorsqu'on calcule une éclipse de lune, ne regarde-t-on pas la terre comme sphérique, et par conséquent, a-t-on égard aux inégalités, aux vallées que trouvent sur sa surface? Or, tout cela est cependant beaucoup moins à négliger que dx, puisqu'il faut un nombre infini de dx pour faire x; ce qui prouve d'une manière suffisante que le calcul différentiel est le plus sûr des calculs.

CALENDES. Le premier jour de chaque mois était, chez les Romains, le jour des calendes, parce que ce jour-là on annonçait au peuple si les nones tombaient le 5 ou le 7, et les ides le 13 ou le 15 de ce mois. Les nones tombaient le 5 aux mois de janvier, février, avril, juin, août, septembre, novembre et décembre; elles tombaient le 7 aux mois de mars, mai, juillet et octobre. Lorsque les nones tombaient le 5, les ides se trouvaient le 13; et lorsque les nones tombaient le 7, on n'avait les ides que le 15.

CALENDRIER. Le calendrier, regardé comme une partie de l'astronomie, est une distribution de temps que les hommes ont accommodée à leur usage. L'année proprement dite est le temps que le soleil emploie à revenir au même équinoxe ou au même solstice, et en général au même point de l'écliptique. Cette division naturelle, que l'on nomme année solaire ou année tropique, comprend 365 jours et environ 6 heures. D'abord les 6 heures qui excèdent le nombre de 365 jours de l'année solaire, furent négligées; mais on ne tarda pas à s'apercevoir qu'en faisant toutes les années de 365 jours, il en résultait, après de petits intervalles, une erreur très sensible, puisque 6 heures produisent un jour au bout de quatre ans. Afin d'employer ces 6 heures excédantes, on prit le parti d'ajouter un jour tous les quatre ans, de sorte que chaque *quatrième* année était composée de 366 jours. Les années de 365 jours se nomment *années communes*; et l'année de 366 jours s'appelle *année bissextile*. Le jour intercalaire, qui s'ajoutait tous les quatre ans à l'année commune, fut placé immédiatement avant le 24 février, qui, pour les Romains, était le sixième jour avant les calendes de mars; et afin de ne pas déranger l'ordre numérique des autres jours, on le nommait *second sixième* ou *bissexte* (*bis sextus*). De là est venu le nom de *bissextile*, donné à l'année qui a un jour de plus. L'année bissextile se combine avec l'année commune, de manière qu'il y a toujours trois années communes entre deux bissextiles. Cette combinaison, qui rapproche l'année *civile* de l'année *astronomique*, se nomme *correction julienne*, parce qu'elle est due à Jules César, qui l'introduisit dans le calendrier romain. L'astronome Sosigène, dont César se servit pour la réformation du calendrier, avait supposé que l'année tropique était justement de 365 jours et 6 heures. Mais cette supputation excède d'environ 11 minutes la durée de la véritable année. Ces 11 minutes de trop produisent à peu près un jour en 133 ans, et trois jours en 400. Ainsi, pour compenser l'erreur qui résultait de la correction julienne, il fallait, dans l'espace de 400 ans, omettre trois jours intercalaires. — Ce fut le pape Grégoire XIII qui, en 1582, apporta au calendrier ce nouveau changement auquel on a donné le nom de *réforme grégorienne*. En supprimant le jour intercalaire dans les années 1700, 1800 et 1900, on le laissa subsister dans l'an 2000; et il fut convenu de suivre perpétuellement la même marche, de sorte que, sur quatre années séculaires, les trois premières seraient communes, et la quatrième serait bissextile. — *L'année lunaire* est composée d'un certain nombre de *lunaisons* ou *mois lunaires*. Celle-ci paraît avoir été usitée la première, parce que le cours de la lune offre des variétés plus fréquentes et plus remarquables. — *L'année sidérale* est le temps que le soleil emploie à revenir aux mêmes étoiles, vis-à-vis desquelles il se trouvait au commencement de la révolution, par exemple, au moment de l'équinoxe du printemps. L'année sidérale excède l'année *tropique* de plus de 20 minutes. Cette différence provient de ce que, les points équinoxiaux ayant un mouvement rétrograde, le soleil les rejoint plus tôt que les étoiles auxquelles ils répondaient auparavant; c'est ce qu'on nomme la *précession des équinoxes*. — Le temps que la terre emploie à faire un tour sur elle-même, c'est-à-dire, le temps qui s'écoule lorsque le soleil a fait sa révolution apparente d'orient en occident, est appelé *jour* par les astronomes. Il se divise en 24 parties que l'on appelle *heures*. Le mois est environ la douzième partie de l'année; il y a des mois solaires et des mois lunaires. Les mois solaires ont tous 30, ou 31 jours, excepté le mois de février qui n'a que 28 jours dans les années communes, et 29 dans les années bissextiles. — Il y a deux sortes de mois lunaires, l'un *périodique* et l'autre *synodique*. Le mois périodique est le temps que la lune emploie à parcourir d'occident en orient les 12 signes du zodiaque; sa durée est de 27 jours, 7 heures, 43 minutes. — Le mois *synodique* est le temps qu'il y a depuis une nouvelle lune jusqu'à la nouvelle lune suivante. Ce temps est de 29 jours, 12 heures et environ 44 minutes; dans l'usage civil ces minutes sont négligées pendant un temps, et les mois synodiques sont faits alternativement de 30 et 29 jours. — La semaine est une période composée de 7 jours naturels, et qui correspond à peu près à une phase de la lune, ou au quart du mois lunaire. L'année solaire commune contient 52 semaines et un jour. Cette division du temps était usitée chez les Juifs et chez les anciens peuples de l'Orient; elle s'est établie en Occident, avec le Christianisme. — Les Juifs désignaient les jours de la semaine par les noms de *premier*, *second*, etc, jusqu'au septième qu'ils appelaient *sabbath*.

Les églises chrétiennes ont conservé les mêmes dénominations, excepté pour le premier jour, qui est appelé *dimanche*, c'est-à-dire, *jour du Seigneur*. Quant aux noms vulgaires des jours de la semaine, ils nous viennent des Égyptiens, et sont formés de ceux des sept planètes de l'ancien système astronomique auxquelles ces jours avaient été consacrés. Ainsi notre dimanche était pour eux le *jour du soleil*; le lundi était le *jour de la lune*; mardi, *jour de Mars*; mercredi, *jour de Mercure*; jeudi, *jour de Jupiter*; vendredi, *jour de Vénus*, et samedi, jour consacré à Saturne. Les noms des mois romains sont aussi restés dans notre calendrier : janvier, *januarius*, de Janus; février, *februarius*, de *februari* faire des libations; mars, *mars*, mois consacré au dieu Mars; avril, *aprilis*, d'*aperire*, ouvrir; mai, *maius*, consacré à la déesse *Maïa*, mère de Mercure; juin, *junius*, consacré à la déesse Junon; juillet, *julius*, consacré à Jules César; août, *augustus*, consacré à Auguste; ces deux derniers mois furent d'abord désignés sous les noms de *quintilis*, *sextilis*, 5e et 6e mois; septembre, *september*, 7e mois; octobre, *october*, 8e mois; novembre, *november*, 9e mois; décembre, *december* ou 10e mois. Ces mois étaient à leur place, sous Romulus, l'année n'ayant alors que dix mois. — On entend par *cycle* une période ou suite d'années qui procèdent jusqu'à un certain terme, et reviennent ensuite dans le même ordre sans interruption. Les cycles les plus usités sont le *cycle lunaire*, le *cycle solaire* et le *cycle de l'indiction*. — Le *cycle lunaire* est une période ou révolution de 19 années juliennes, après laquelle les nouvelles et les pleines lunes reviennent aux mêmes jours de l'année. Cette période comprend 235 lunaisons réparties de manière à former 19 années lunaires, parmi lesquelles il y a 12 années communes qui produisent 144 mois lunaires, et sept années embolismiques qui donnent 91 mois lunaires, dont le dernier n'a que 29 jours. La durée des 19 années lunaires équivaut à celle de 19 années juliennes, à la différence d'une heure et demie, dont le mouvement de la lune anticipe sur celui du soleil. Ce fut Méton, célèbre astronome d'Athènes, qui trouva, 439 ans avant Jésus-Christ, qu'au bout de 19 années solaires, les nouvelles lunes tombaient aux mêmes jours auxquels elles étaient arrivées 19 ans auparavant; c'est pourquoi il appela *cycle lunaire* une révolution de 19 années solaires. A Athènes, on gravait en lettres d'or l'année du cycle lunaire; et de là vient que le nombre par lequel on indique cette année, s'appelle encore *nombre d'or*. — Le *cycle solaire* est une période de 28 années juliennes, au bout de laquelle les dimanches et les autres jours de la semaine recommencent à correspondre aux mêmes jours du mois, et procèdent, d'année en année, dans le même ordre qu'auparavant. Les Romains se servaient de lettres *nundinales* pour indiquer les jours de marchés ou d'assemblées; les premiers chrétiens introduisirent dans le calendrier sept lettres destinées à marquer les sept jours de la semaine, et qui furent appelées *dominicales*, parce qu'elles marquent, chacune à son tour, le premier dimanche de l'année ainsi que tous les autres. Ce sont les sept premières lettres de l'alphabet, mais prises dans un ordre rétrograde, comme : G F E D C B A. Par exemple, si A est la lettre dominicale pour une année, ce sera G pour l'année suivante, puis F, et ainsi de suite jusqu'à ce que l'on revienne à la lettre A. Cette succession de lettres dominicales recommencerait tous les ans, si elle n'était interrompue par les années bissextiles, auxquelles il faut donner deux lettres, dont l'une marque les dimanches depuis le premier janvier jusqu'au 24 février, et l'autre depuis le 24 février jusqu'à la fin de l'année. L'année bissextile revenant de quatre en quatre ans, ce n'est qu'au bout de 28 ans que les sept lettres dominicales peuvent se trouver dans le même ordre. Ce n'est donc aussi qu'après 7 années bissextiles, ou après 7 fois quatre ans, que les jours de la semaine et du mois se retrouvent ensemble dans le même ordre où ils étaient précédemment.— *Le cycle de l'indiction* est une période purement arbitraire, qui comprend 15 années juliennes. L'usage de cette période s'est introduit vers le temps de Constantin, relativement à une espèce d'impôt dont le montant était déterminé à certaines époques; depuis, elle a été employée dans les rescrits des empereurs et dans les bulles des papes. Le cycle de l'indiction commence à la troisième année avant Jésus-Christ.—La *période* julienne est un grand cycle de 7980 ans, lequel résulte de la multiplication des trois nombres 28, 19 et 15; c'est-à-dire, de la multiplication du cycle solaire par le cycle lunaire, et de la multiplication de ce produit par le cycle de l'indiction. Ainsi le commencement de cette période concourt avec celui des trois cycles dont elle est formée; et les nombres qui, pour une année quelconque de cette même période, expriment les années du cycle solaire, du cycle lunaire et de l'indiction, ne peuvent se rencontrer ensemble qu'au bout de 7980 ans. La période *julienne*, inventée par Joseph Scaliger, est nommée ainsi parce qu'elle est adaptée à l'année julienne. Elle est d'un grand usage en chronologie, attendu qu'elle donne aux chronologistes un langage uniforme. La première année de l'ère chrétienne répond à l'an 4714 de la période julienne (*Voir* CHRONOLOGIE). Les *épactes* se marquent en chiffres romains à côté des jours du mois; ces chiffres sont au nombre de 30, et c'est toujours dans un ordre rétrograde qu'ils doivent être placés, c'est-à-dire que XXX se trouve toujours à côté du 1er janvier; le chiffre romain XXIX à côté du second du même mois, et ainsi des autres jusqu'au 30 janvier qui a le chiffre I pour *épacte*. Lorsque le mois a plus de 30 jours, le 31e jour a pour épacte le chiffre XXX, et par conséquent le premier jour du mois suivant a pour épacte XXIX. On a mis ensemble les épactes XXV et XXIV, en sorte qu'elles répondent à un même jour dans six différents mois de l'année; savoir : au 5 février, au 5 avril, au 3 juin, au 1er août, au 29 septembre et au 27 novembre. Cela vient de ce qu'il y a 30 *épactes* et de ce que l'année lunaire contient

six mois de 29 jours; ce sont les six que nous venons de nommer. Les *épactes* sont d'un secours infini pour connaître les nouvelles lunes; leur principal usage consiste à nous faire connaître le jour auquel doit être célébrée la fête de Pâques. L'équinoxe du printemps est fixé au 21 mars, et le Concile de Nicée a ordonné qu'on célébrerait la fête de Pâques le premier dimanche d'après la pleine lune qui tombe au 21 ou après le 21 mars : ainsi, par exemple, la célébration de Pâques aura lieu aux époques suivantes, jusqu'en 1867 :

1839. . . 31 mars.		1854. . . 16 avril.
1840. . . 19 avril.		1855. . . 8 avril.
1841. . . 11 avril.		1856. . . 23 mars.
1842. . . 27 mars.		1857. . . 12 avril.
1843. . . 16 avril.		1858. . . 4 avril.
1844. . . 7 avril.		1859. . . 24 avril.
1845. . . 23 mars.		1860. . . 8 avril.
1846. . . 12 avril.		1861. . . 31 mars.
1847. . . 4 avril.		1862. . . 20 avril.
1848. . . 23 avril.		1863. . . 5 avril.
1849. . . 8 avril.		1864. . . 27 mars.
1850. . . 31 mars.		1865. . . 16 avril.
1851. . . 20 avril.		1866. . . 1er avril.
1852. . . 11 avril.		1867. . . 21 avril.
1853. . . 27 mars.		

La fête de Pâques tombe toujours le plus tôt possible, le 22 mars, le plus tard possible, le 25 avril (espace de 34 jours).—Il faut remarquer que lorsque la même année a pour nombre d'or XIX et pour *épacte* XIX, il y a deux nouvelles lunes dans le mois de décembre; la première qui tombe le 2 décembre est marquée par l'épacte XIX, et la seconde qui tombe le 31 décembre est marquée par *l'épacte* 19 mise à côté de XX.

CALENDRIER FRANÇAIS OU RÉPUBLICAIN. Il a cessé d'être en usage. À l'aide du tableau suivant, qui présente, pour chaque premier du mois du calendrier français, la date correspondante du calendrier Grégorien, il sera facile de faire concorder, au moyen du plus simple calcul, les dates diverses de ces deux calendriers.

Vendémiaire correspondant à Septembre.	An 2 1793	An 3 1794	An 4 1795	An 5 1796	An 6 1797	An 7 1798	An 8 1799	An 9 1800	An 10 1801	An 11 1802	An 12 1803	An 13 1804	An 14 1805
Vendémiaire 1er	22 Sept.	22 Sept.	23 Sept.	22 Sept.	22 Sept.	22 Sept.	23 Sept.	23 Sept.	23 Sept.	24 Sept.	24 Sept.	23 Sept.	23 Sept.
Brumaire 1er	22 Octo.	23 Octo	23 Oct.	22 Oct.	22 Oct.	22 Oct.	23 Oct.	23 Oct.	23 Oct.	24 Oct.	24 Oct.	23 Oct.	23 Oct.
Frimaire 1er	21 Nov.	21 Nov.	22 Nov.	21 Nov.	21 Nov.	21 Nov.	22 Nov.	22 Nov.	22 Nov.	23 Nov.	23 Nov.	22 Nov.	22 Nov.
Nivôse 1	21 Déc.	21 Déc.	22 Déc.	21 Déc.	21 Déc.	21 Déc.	22 Déc.	22 Déc.	22 Déc.	23 Déc.	23 Déc.	22 Déc.	22 Déc.

Pluviôse - correspondant à janvier.	An 2 1794	An 3 1795	An 4 1776	An 5 1797	An 6 1798	An 7 1799	An 8 1800	An 9 1801	An 10 1802	An 11 1803	An 12 1804	An 13 1805	
Pluviôse 1	20 Janv.	21 Janv.	20 Janv.	20 Janv.	20 Janv.	20 Janv.	21 Janv.	21 Janv.	21 Janv.	22 Janv.	21 Janv.		
Ventôse 1	19 Fév.	19 Fév.	20 Fév.	19 Fév.	19 Fév.	19 Fév.	20 Fév.	20 Fév.	20 Fév.	21 Fév.	20 Fév.		
Germinal 1	21 Mars	21 Mars	21 Mars	21 Mars	21 Mars	21 Mars	22 Mars	22 Mars	22 Mars	22 Mars	21 Mars		
Floréal 1	20 Avril	20 Avril	20 Avril	20 Avril	20 Avril	20 Avril	21 Avril	21 Avril	21 Avril	22 Avril	21 Avril		
Prairial 1	20 Mai.	20 Mai.	20 Mai.	20 Mai.	20 Mai.	20 Mai.	21 Mai.	21 Mai.	21 Mai.	21 Mai.	21 Mai.		
Messidor 1	19 Juin	19 Juin.	19 Juin.	19 Juin	19 Juin	19 Juin.	20 Juin.	20 Juin.	20 Juin.	20 Juin.	20 Juin.		
Thermidor 1	19 Juil.	19 Juil.	19 Juil.	19 Juil.	19 Juil.	19 Juil.	20 Juil.	20 Juil.	20 Juil.	20 Juil.	20 Juil.		
Fructidor 1	18 Août	18 Août	18 Août	18 Août	18 Août	18 Août	19 Août.	19 Août.	19 Août.	19 Août.	19 Août		

CALORICITÉ. Faculté que les organes possèdent de préparer la quantité de calorique nécessaire à la vie, et qui les met en état de résister au froid atmosphérique, ainsi que de conserver dans tous les temps et dans toutes leurs parties une température à peu près égale. On regarde la caloricité comme une propriété vitale particulière.

CALORIMÈTRE. Mesure de calorique. Cet instrument est composé de trois cavités circulaires et concentriques. La plus interne est formée par un grillage en fer dans lequel se place le corps que l'on veut éprouver. La seconde, qui l'entoure immédiatement, doit recevoir de la glace pilée, qui se trouve ainsi en contact avec le corps : l'eau que forme la glace en se fondant, s'écoule au dehors par une ouverture pratiquée au fond de cette cavité. La troisième, qui est la plus externe, est aussi destinée à recevoir de la glace afin d'empêcher le calorique des corps extérieurs d'avoir quelque action sur celle que contient la deuxième cavité. Ainsi cet instrument figure une sphère de glace, où peuvent être placés

toutes sortes de corps dont on veut connaître la température.

CALORIQUE. Principe de la chaleur dont la cause est inconnue. Quelques physiciens regardent la chaleur comme une simple propriété de la matière; d'autres, comme une modification de la lumière, ou comme l'effet d'un mouvement intérieur qui, selon les circonstances, détermine l'écartement ou le rapprochement des molécules. Le calorique est un des agents les plus puissants de la nature; presque tous les corps subissent son action; il en opère la composition et la décomposition; et l'une des premières causes de l'organisation, il est le principe le plus utile à l'espèce humaine (*Voyez* FEU).

CALVINISME. Martin Luther, né à Islèbe, petite ville de Saxe, en 1483, fut le premier qui s'éleva, dans le seizième siècle, contre l'autorité du pape, dans des thèses publiées à Wirtemberg en 1516 : Frédéric, électeur de Saxe, surnommé *le sage*, protégeait le réformateur. Ce prince avait, dit-on, assez de religion pour être chrétien, mais encore plus d'envie de s'emparer des biens immenses que le clergé possédait en Saxe. Les premières prédications de Luther attaquaient les moines; il voulait que la communion fût donnée sous les deux espèces, et qu'on ne vendit ni indulgences, ni bénéfices, ni dispenses, ni messes; il débitait des choses peu intelligibles sur le libre arbitre et sur la justification. Il fallait, dit-on, faire changer d'opinion Luther, par le moyen d'un chapeau rouge; le mépris qu'on avait à Rome pour un moine allemand, dont les talents n'étaient pas bien développés, arrêta cette voie de conciliation. Luther avait été cité à Rome. Le traitement de Jean Hus au concile de Constance, malgré le sauf conduit impérial, dispensait assez le réformateur de faire le voyage d'Italie. Il fut convenu que sa doctrine serait examinée dans une diète indiquée à Augsbourg en 1519. Luther, après avoir comparu devant la diète, appela des bulles du pape au concile général. Tandis que Luther bravait l'autorité pontificale dans ses livres de *la liberté chrétienne* et de *la captivité de Babylone*, tandis que le pape ignorait combien ce réformateur était protégé en Allemagne, condamnait ses écrits, par une bulle envoyée au duc de Saxe et à l'université de Wirtemberg; tandis que l'antagoniste de la Cour Romaine se présentait à la diète de Worms en 1521, sur le sauf conduit de l'empereur Charles-Quint, et que de retour à Wirtemberg, il exécutait le projet hardi de faire brûler publiquement, non seulement la bulle du pape condamnant ses opinions, mais tout le code pontifical, connu sous le nom de *Décrétales*; tandis qu'il supprimait les vœux monastiques, le célibat sacerdotal, diminuait le nombre des sacrements, et réglait la discipline du culte luthérien, connu sous le nom de *Communion d'Augsbourg*, les mêmes causes produisaient ailleurs les mêmes effets, et la révolution ne serait pas moins arrivée quand même Luther n'eût pas élevé la voix. — Zingle, curé de Glaris, prêchait contre les indulgences que le cordelier Samson vendait dans les montagnes de la Suisse. Il attaquait presque tous les dogmes de la religion romaine, il supprimait les cérémonies extérieures du culte. Allant encore plus loin que Luther, il nia la présence de Jésus-Christ dans l'Eucharistie, et fut ainsi le précurseur des Calvinistes. En général, tous les novateurs, divisés entre eux, n'avaient ni corps de doctrine, ni même de symbole; la seule chose qui les réunissait, était la haine profonde qu'ils portaient à l'église romaine. — Carlostad, d'abord disciple et ami de Luther, donna naissance aux anabaptistes, et supprima dans le culte, les restes des cérémonies conservées par Luther. Occolompade proposait aussi un nouveau système de religion. — Un homme d'un caractère dur et tyrannique, d'un courage inébranlable, invariable dans ses démarches, inflexible dans ses sentiments, animé par le fanatisme religieux et par l'amour de la gloire, théologien habile, logicien clair, écrivain excellent, entreprit d'établir la réforme sur les fondements les plus solides. Cet homme fut Jean Calvin. Il adopta l'axiome reçu par toutes les communions protestantes, que l'Écriture sainte est la seule règle de foi, et que chacun est juge du sens qu'il faut donner aux passages difficiles de la Bible. Sur ce principe il forma un corps de doctrine dans lequel tous les dogmes, adoptés par les protestants, paraissent découler des livres de l'ancien et du nouveau Testament, comme les conséquences de leurs principes. On a souvent comparé Luther et Calvin. Ces deux hommes ne se ressemblaient que par leurs efforts communs pour détruire la religion romaine, par une imagination exaltée, et par la hauteur insultante avec laquelle ils traitaient leurs adversaires. Luther éclaircit, commenta les livres de Wiclef et de Jean Hus, écrivit contre Aristote et la Cour Romaine, traduisit la Bible. On trouve dans tous ses ouvrages, du feu et de l'érudition, mais ils sont écrits d'un style dur et sans méthode; les grossièretés dégoûtantes dont ils sont pleins, respirent la barbarie du douzième siècle. L'ins-

titution de Calvin, au contraire, renferme un système complet de religion, dans lequel on ne sait ce qu'il faut admirer le plus, ou l'ordre et l'arrangement des parties, ou l'art de saisir, avec l'adresse du génie, les côtés les plus favorables d'un système pour le présenter avec avantage, ou la dialectique profonde et sublime qui entraîne l'assentiment du lecteur étonné, ou enfin le charme séducteur de l'éloquence. La préface de ce livre est un chef-d'œuvre digne des plus beaux jours de la République romaine, et l'ouvrage entier peut être considéré comme un des meilleurs écrits de la littérature latine, depuis le siècle d'Auguste. — Le calvinisme fut principalement adopté par les protestants de Suisse, de Genève, de France et des Pays-Bas, tandis que le luthéranisme s'étendit en Allemagne, en Suède, en Danemarck, et généralement dans le nord de l'Europe.

CANAL. Espèce d'aqueduc, conduit d'eau. Le principal canal de Paris est celui de l'Ourcq, dont les eaux, au nord, sont reçues dans le bassin de la Villette; vaste réservoir dont le parallélograme, dans sa plus grande dimension, est de 800 mètres, et dans sa moindre de 80. Il fut commencé en 1809. Deux issues pour la sortie des eaux sont pratiquées du côté de la ville: l'une sert à remplir le canal Saint-Martin; l'autre, nommé *l'aqueduc du centre*, alimente un grand nombre de fontaines au nord de Paris. Le Canal Saint-Martin va du bassin de la Villette à la Gare de l'Arsenal, en parcourant dans Paris un trajet de 32,000 mètres. Sa largeur est de 19 mètres au fond et de 20 au sommet; sa hauteur d'eau, de 2 mètres; sa perte totale, de 23 mètres, répartie en 11 écluses. Il fut commencé en 1822 et terminé en 1828.

CANARD, oiseau aquatique dont on distingue deux espèces, le sauvage et le domestique. Il est si glouton qu'il lui arrive souvent de vouloir avaler une grenouille entière, mais souvent aussi il en est étranglé; il ne se croit rassasié que quand il est contraint de rejeter.

CANTATE. Petit poème fait pour être mis en musique. On doit choisir pour sujet, ou quelque réflexion morale appuyée de quelque exemple qui en fasse la preuve et l'ornement, ou quelque trait, soit d'histoire, soit de fable, d'où résultent une ou deux réflexions morales.

CAMPHRE. Cette substance végétale, volatile, inflammable, paraît se rapprocher beaucoup de l'éther. Elle découle d'un arbre qui croît au Japon, à Bornéo, à Sumatra. C'est une espèce de laurier qui croît à la hauteur de nos tilleuls. Le camphre de Bornéo est fort estimé, mais on en apporte très peu en Europe; il n'y a que celui du Japon qui nous parvienne.

CAOUTCHOUC. Vulgairement gomme élastique. C'est le produit de la résine de *l'heré*, arbre de l'Amérique méridionale. On le recueille sur cet arbre en lui donnant la forme d'une poire au moyen d'un morceau de terre grasse sur lequel on fait découler la résine et qu'après l'opération on extrait de la poire. Ce produit merveilleux prend toutes sortes de formes et sert utilement à mille objets différents.

CAP. C'est une pointe de terre qui s'avance dans la mer. Les anciens l'appelaient *promontoire*.

CAPITULAIRES. Les lois faites dans nos anciennes assemblées nationales s'appelaient *capitulaires* parce qu'elles étaient rédigées par articles nommés *chapitres*, qui traitaient de matières politiques, administratives, ecclésiastiques ou civiles. Les capitulaires se faisaient dans ces assemblées annuelles qui se tenaient en pleine campagne, au commencement du printemps. Sous la première race, ces assemblées avaient lieu le premier jour de mars; sous la seconde, le premier jour de mai: de là vient qu'on les appela d'abord *champ de mars*, puis *champ de mai*. Les grands du royaume, les évêques et les abbés, les gouverneurs des provinces et des villes s'y trouvaient. Les capitulaires étaient portés au nom du Roi qui présidait assis sur un trône élevé , la couronne sur la tête ; mais l'assentiment du peuple était indispensable pour leur donner force de loi. Ce principe y est formellement exprimé, *que la loi résulte du consentement du peuple et de la volonté du Roi.* Les capitulaires avaient donc une grande autorité que leur donnait le consentement national.

CAPON. Terme populaire. Les registres du parlement de Paris (dit Spon) , nous apprennent qu'en 1312, les communautés des Juifs se nommaient *societas caponum,* société de chapons ou de castrats, allusion à la circoncision ; et les maisons où ils s'assemblaient : *Domus societatis caponum ,* d'où est venu le mot *capon* si fort en usage dans une certaine classe du peuple.

CAPRICORNE. Dixième signe du zodiaque. Le soleil commence à paraître sous ce signe, le 22 décembre; c'est , suivant la mythologie , la chèvre Amalthée, qui nourrit Jupiter dans son enfance.

CARAVANSERAI. Hôtellerie des Caravanes (marchands du Levant en voyage). Les Caravanserais sont de vastes bâtiments carrés , renfermant une grande quantité de boutiques, où les commerçants étrangers viennent déposer leurs marchandises, et où, moyennant un certain droit payé, ils peuvent les débiter. Ces lieux ont de plus des chambres hautes, des magasins à l'usage des voyageurs, des écuries pour les chevaux, et des grands hangars pour les chameaux. Ils sont situés dans l'enceinte des bazars, desquels ils font partie, et sont d'un très grand rapport. Les Caravanserais forains sont très différents de ceux des villes, tant par leur construction que par leur usage. Ce n'est pour l'ordinaire qu'un rang d'écuries qui fait le tour de la partie basse de ces bâtiments, ayant au-dessus quelques chambres et niches, qui ne servent qu'à abriter les chameliers des caravanes, qui s'y réfugient pendant les nuits d'hiver et des saisons pluvieuses.

CARBONATE. Sel de l'acide carbonique , sa combinaison avec les bases. Par l'action de presque tous les acides , les carbonates donnent un dégagement plus ou moins abondant d'un gaz incolore, rougissant le tournesol , précipitant les eaux de chaux , de baryte etc. Lorsqu'ils sont chauffés fortement avec du charbon , ils produisent l'oxyde de carbone.

CARBONE. Charbon pur; principe combustible répandu dans la nature, et formant dans le sein de la terre des masses plus ou moins considérables. On regarde le diamant comme le carbone le plus pur; le charbon animal, l'anthracite, la plombagine, sont du carbone associé à d'autres principes. Le charbon fut découvert pour la première fois en Angleterre, aux environs de Newcastle, en 1234, et Stowe remarque qu'on ne commença à s'en servir, à Londres, que sous le règne de Edward 1er, qui en trouva l'usage si nuisible, qu'il le fit défendre par proclamation.

CARICATURE. Cette expression est empruntée à la langue italienne; *caricatura* signifie représentation exagérée et ridicule en peinture. Les cent vingt gravures des songes drôlatiques, dont les dessins sont attribués à Rabelais, sont les plus anciennes caricatures qui aient été faites. On voyait autrefois peu de caricatures en France; en 1796 elles y furent importées d'Angleterre ; depuis cette époque la caricature a pris un caractère nouveau qui en fait une peinture de mœurs créée par l'observation.

CARPE. Poisson d'eau douce, fort commun en France ; la carpe n'a point de dents ni même de langue, et l'on donne improprement ce nom à la chair de son palais. On a vérifié qu'une carpe ordinaire produit plus de trois cent quarante-deux mille œufs.

CARROSSE , voiture suspendue. Les carrosses , ainsi que toutes les voitures qui ont été imaginées depuis à leur imitation, sont de l'invention des Français, et l'usage en est moderne. Sous François 1er, il n'y avait que deux carrosses, celui de la reine et celui de Diane, fille naturelle de Henri II. Avant qu'on eût inventé ces voitures, les rois voyageaient à cheval, les princesses allaient en litière, et les dames en trousse derrière leurs écuyers. Les magistrats , qui se rendaient au palais sur des mules, s'opposèrent autant qu'ils purent au faste des carrosses. En 1563, ils prièrent Charles IX de défendre les coches par la ville (on s'en servait au lieu de carrosses) ; et ils conservèrent leurs modestes habitudes jusqu'au commencement du dix-septième siècle. Alors les carrosses se multiplièrent. Jean de Laval de Bois Dauphin fut le premier seigneur de la cour qui en eut un, et Bassompierre est le premier qui fit mettre des glaces au sien. Vers le milieu du dix-huitième siècle on ne comptait encore à Paris que cinq ou six cents carrosses ; aujourd'hui, on en compte cinquante mille, en comprenant les voitures de remise , les omnibus et les fiacres. Voici l'origine des *fiacres :* un nommé Sauvage, demeurant rue Saint-Martin, à l'hôtel de Saint-Fiacre , eut la première idée des voitures publiques, et le nom de *Fiacre* fut donné à la voiture et au cocher. Le succès de cette entreprise excita beaucoup d'autres particuliers à solliciter la faveur du privilège accordé à Sauvage, et l'on ne tarda pas à voir de ces voitures dans les différents quartiers de Paris (*Voyez* VOITURE).

CARTES A JOUER. Ces cartes furent inventées en 1362, par Valentine de Milan , belle-sœur de Charles VI , pour amuser ce roi pendant sa démence. *As ,* mot qui servait à désigner une pièce de monnaie, chez les Romains , signifie , dans le *jeu de piquet ,* que l'argent étant le nerf de la guerre, un roi sans argent est bien faible ; aussi l'*as* l'emporte sur le *Roi.* Le *trèfle ,* que les prairies produisent en abondance, signifie qu'un général doit toujours chercher les lieux où ses troupes subsisteront facilement. Les magasins d'armes sont indiqués par les *piques* et les *carreaux;* cette dernière espèce de flèches étaient nommée *carreaux* parce que le fer en était carré, fort et pesant. Les *cœurs* marquaient la valeur des guerriers. Les rois David , Alexandre, César et Charlemagne sont à la tête de chaque couleur. Ensuite viennent les chevaliers désignés sous le nom de *valets* (*varlets*); Ogier, Lancelot, Lahire et Hector furent des chevaliers en grande considération. Les quatre *dames* sont : Marie d'Anjou femme de Charles VII; le nom *Argine* est l'anagramme du mot latin *Regina* la Reine; Agnès Sorel est désignée sous le nom de *Rachel: Pallas* représente Jeanne d'Arc, et *Judith* Isabeau de Bavière femme de Charles VI.

CARTES GÉOGRAPHIQUES. Ce sont des figures planes qui représentent la surface de la terre, ou quelqu'une de ses parties , suivant les lois de la perspective , et qui marquent les situations des pays , des provinces , des montagnes , des mers , des rivières , des villes , etc. Il y a deux sortes de cartes géographiques : *les cartes universelles* qui représentent toute la surface de la terre ou les deux hémisphères : on les appelle ordinairement *mappemonde; les cartes particulières ,* qui représentent quelques pays particuliers ou quelques portions d'un pays. Ces dernières se nomment ordinairement *topographiques.* Les conditions requises pour une bonne carte sont : 1° que tous les lieux soient marqués dans leur juste situation, eu égard à celle où ils se trouvent en effet sur la terre ; 2° que les grandeurs des différents pays aient entre elles les mêmes proportions sur la carte, qu'elles ont sur la surface de la terre; 3° que les différens lieux soient respectivement sur la carte aux mêmes distances les uns des autres, et dans la même situation que sur la terre même. On doit orienter une carte de manière que le nord soit au haut de la carte, le midi en bas, l'est à droite et l'ouest à gauche.

CARTILAGE. Partie solide du corps des animaux, qui tient le milieu entre les os et la chair. Les cartilages sont plus durs que la chair et moins durs que les os. Ils sont d'un blanc opalin, flexibles, compressibles et très élastiques. Ils forment le squelette du fœtus. Chez l'adulte, ils n'existent que dans certaines parties, surtout aux articulations et à l'extrémité des côtes. Les cartilages jouent un rôle très-remarquable dans tous les mouvements et dans tous les efforts dont l'animal est susceptible et principalement dans la marche, la course et le saut.

CASERNE, logement des soldats. La ville de Paris compte 48 casernes, dont les plus remarquables sont : L'*Ave-Maria*, bâtiment qui était autrefois occupé par la communauté des Béguines ; celle de la rue de *Tournon*, dans un hôtel construit par le maréchal d'Ancre ; celle des *Célestins* qui, après avoir servi d'asile aux religieux de cet ordre, devint un hospice médico-électrique, une institution de sourds-muets, et fut ensuite convertie en caserne de cavalerie. La *caserne d'Orsay*, construite sur l'emplacement du bureau des voitures de la cour, fut d'abord destinée à loger deux régiments de la garde impériale. En 1814, elle fut affectée aux gardes-du-corps ; aujourd'hui elle est occupée par un des régiments de la garnison de Paris.

CASSIOPÉE, constellation boréale. Cassiopée, épouse de Céphée, était reine d'Éthiopie, qui fière de ses charmes, avait voulu disputer le prix de la beauté aux Néréides. Elle en fut punie par Neptune, qui envoya dans le pays un monstre marin qui portait partout le ravage et la mort ; pour apaiser la colère du dieu, Cassiopée fut contrainte d'exposer sa fille Andromède à la fureur du monstre, et c'est alors que Persée la délivra. Cette fable vient de ce que la baleine, monstre marin, descend dans les flots avec Andromède, qui, le lendemain, se lève avant elle, précédée de Persée ; ce héros semble la ramener au jour. On distingue dans cette constellation cinq étoiles principales disposées en forme d'Y. D'autres y voient un M, mais elles paraissent plutôt représenter l'Y. La troisième étoile, de quelque côté qu'on la compte, est la *ceinture* de Cassiopée. La plus éloignée du pôle des deux étoiles orientales, par rapport à la ceinture, se nomme le *genou* ; l'autre la *jambe*. Des deux étoiles occidentales, la plus éloignée du pôle représente la *poitrine* ; l'autre la *chaise*. Cette constellation se couche renversée et la tête la première.

CASTOR, animal amphibie. Le castor se trouve au nord de l'Amérique, de l'Asie, de l'Europe, sur le bord des fleuves, des rivières qui traversent les forêts. Il se nourrit des bois et écorces de saule, de sorbier et surtout de peuplier. Il mange aussi les racines d'acore. Il marche lentement ; mais il nage très facilement. En repos le jour, il dort d'un sommeil profond ; lorsqu'il est pris jeune on l'apprivoise aisément. La longueur du corps est de deux pieds et demi à trois pieds ; la queue est de moitié plus courte que le corps ; elle est velue vers sa base ; les pieds sont pentadactyles (à cinq doigts), les postérieurs palmés ; les yeux sont petits ; les oreilles courtes, velues ; le col est court et épais ; le corps charnu, le dos convexe. Il a deux sortes de poils : les plus courts sont plus mous et couleur de rouille ; les plus longs sont secs, plus durs et de couleur marron, d'autant plus foncée que l'animal vit sous un climat plus froid. Quelquefois aussi les poils sont noirs ou blancs, ou variés de blanc, de cendré, de rouge, rarement jaunes. La femelle a quatre mamelles ; elle porte quatre mois, elle met bas deux petits, rarement trois ou quatre. Le castor est un animal doux, craintif, mais social ; il forme de nombreuses sociétés pour des travaux communs. Les nombreuses habitations bâties par ces animaux, au bord des rivières, ressemblent à des cabanes, et constituent de véritables bourgades ; s'ils sont souvent inquiétés par l'homme, ils se dispersent, et ne font plus que des terriers. La plupart de nos castors européens vivent ainsi solitaires sur les bords du Rhin, du Rhône. La fourrure du castor est très recherchée pour la fabrication des feutres. — A l'orient du Niémen, en Lithuanie,

on voit des habitations de castor construites avec beaucoup d'art ; mais il faut un certain courage pour les visiter : car les digues qu'ils élèvent sur le cours des rivières, inondant tout le canton, il faut quelquefois pour découvrir leur séjour, parcourir à pied, pendant deux, trois ou quatre heures au moins, les marais, marchant dans l'eau jusqu'à la ceinture. — Nous laisserons parler l'auteur de l'*Abrégé du système de la nature* qui eut assez de persévérance pour pénétrer dans ces retranchements. Nous commençâmes à neuf heures, dit-il, à entrer dans l'eau ; ce ne fut qu'à onze heures que nous découvrîmes un domicile de castors, dans un recoude de la rivière, au fond d'une anse : la forme de cette maison était ovale, de quinze pieds de largeur ; le toit en voûte était à peine plus élevé que le terrain qui l'avoisinait ; nous sautâmes douze sur ce toit sans pouvoir l'ébranler ; il était si bien recouvert de terre et de brins d'herbes que les pièces de charpente ne paraissaient nullement, il fallut attaquer le dôme avec des pieux et la hache. La voûte était formée par quatre troncs d'arbres de bouleau, croisés en sautoir : en travers, de grosses branches formaient les chevrons ; le plafond était fabriqué par une foule de petits morceaux de branches de bouleau, longues de sept à huit pouces, taillées en biseaux ; ces fragments étaient inclinés et croisés, très rapprochés les uns des autres, et liés entre eux avec de la terre glaise. — Au-dessous de la voûte, à un pied et demi de profondeur, nous trouvâmes un plancher très solide, formé par de grosses branches très rapprochées : là était une provision de lanières d'écorce de bouleau et de saule, et des masses de foin rangées comme pour un nid ; au centre, était un trou qui communiquait au second étage ; du second on descendait au rez-de-chaussée qui était dans l'eau ; mais nous trouvâmes un boyau ou gaîne d'un pied de diamètre, qui au second étage montait à soixante pieds dans les terres voisines, et offrait une embouchure dans un massif d'arbrisseaux. Cette gaîne avait été éventrée à moitié chemin ; nous vîmes dans cet endroit une peau déchirée d'un castor ; nos conducteurs nous dirent que c'était un ours brun qui avait causé ce ravage ; aussi assurèrent-ils que dès ce moment la famille des castors quittait sans retour le domicile. En effet, nous ne trouvâmes rien qui pût indiquer que le jour cette cabane fût fréquentée. — Tout auprès de là nous aperçûmes plusieurs troncs d'arbres coupés à un pied hors de terre, dont la coupe était conique. Les coups de dents des castors étaient marqués ; ils peuvent abattre en une demi-heure un arbre de huit pouces de diamètre, comme nous en fûmes témoins en calculant le temps qu'un jeune castor privé mit à couper un tronc gros comme le bras ; et ce qui est singulier, ils en dirigent la coupe de manière que l'arbre doit nécessairement tomber du côté de la rivière, et flotter après sa chute. L'entourage de la maison, ou les murs, étaient formés par une suite de pieux taillés assez pointus et enfoncés dans le sable à un pied et demi de profondeur ; plusieurs grosses pièces étaient enfoncées transversalement au terrain de terre ferme, surtout les troncs qui formaient le plancher, de manière que le cours impétueux de la rivière pouvait difficilement ébranler cet édifice. Les digues étaient très solides, à la largeur de la rivière, au moins de quarante pieds, formées de quatre rangs de pieux gros comme le bras, bien enfoncés dans le fond solide : ces pieux étaient liés entre eux par des pièces transversales très serrées. Un fait, arrivé récemment, prouvera avec quelle rapidité ces digues sont établies. Un homme avait ouvert un fossé pour arroser son pré ; l'eau coulait le soir abondamment, le lendemain les prairies étaient à sec : furieux de ce qu'on lui avait ôté l'eau, il fait des recherches ; le voleur était un castor qui, la nuit, s'était avisé d'établir une sorte de digue à l'origine de la saignée. » — Dans ce canton se trouvent des castors fauves, quelques-uns noirs, quelquefois des blancs, mais ils sont rares ; les chasseurs du pays pensent que ce ne sont que des variétés d'âge. Ces habitations des castors que vous ve-

9

nons de décrire ont été vérifiées à Chorze (Lithuanie), et sont semblables à celles des castors du Canada.

CATACHRÈSE. Figure de rhétorique qui signifie *abus*, *extension*, *imitation*. Les langues les plus riches n'ont point un assez grand nombre de mots pour exprimer chaque idée particulière par un terme qui ne soit que le signe propre de cette idée. On est donc obligé d'emprunter le mot propre de quelqu'autre idée qui a le plus de rapport à celle qu'on veut exprimer. Ainsi la catachrèse est un écart que certains mots font de leur première signification, pour en prendre une autre qui y a quelque rapport ; c'est aussi ce qu'on appelle *extension*; par exemple, *feuille* se dit par extension ou imitation des choses qui sont plates et minces, comme les feuilles des plantes : on dit une *feuille de papier*, une *feuille de fer-blanc*, une *feuille d'or*, une *feuille d'étain*, feuille de carton, etc. *Glace*, dans le sens propre, c'est l'eau gelée ; par imitation ce mot signifie un verre poli, une glace de miroir ; il se dit encore au pluriel d'une sorte de liqueur congelée. Il y a même des mots qui ont perdu leur première signification, et n'ont retenu que celle qu'ils ont acquise par catachrèse.

CATACOIS. Oiseau. L'île Philippe (Océanie) est le seul point du globe où se trouve ce singulier oiseau, appelé le *Catacois* de l'île Philippe. Il ressemble assez, pour la grosseur, au catacois ordinaire ; sa couleur est celle de l'ardoise, excepté sur l'estomac qui est jaune, parsemé de taches rouges. La partie inférieure du bec est fort courte ; la partie supérieure le dépasse de trois pouces au moins, et décrit un demi-cercle qui se rapproche de l'estomac. L'oiseau se sert de ce singulier crochet pour grimper, ou pour frapper la terre lorsqu'il veut prendre son vol.

CATACOMBES. Vastes souterrains où sont déposés des ossements humains. — Les catacombes de Paris, dont la première idée est due à M. Lenoir, lieutenant de police, qui provoqua la suppression du cimetière des Innocents, occupé aujourd'hui par un marché qui porte ce nom, forment une immense étendue de carrières creusées en dessous de la plaine de Montrouge et des quartiers de Paris situés sur la rive gauche de la Seine. — Les travaux furent commencés en 1786 sur l'emplacement d'une maison appelée *Tombe Isoire*, située sur l'ancienne route d'Orléans ; on construisit un escalier qui existe encore aujourd'hui, et qui descend à une profondeur de 17 mètres environ ; et l'on creusa un puits pour jeter les ossements. L'on s'occupa ensuite de consolider les voûtes des carrières et d'ouvrir entre elles des voies de communications tant latérales que supérieures et inférieures. On évalue la quantité des ossements déposés dans les catacombes à environ huit fois la population actuelle de Paris. Les ossements sont rangés avec ordre entre les piliers qui soutiennent les voûtes de galeries ; un triple cordon de têtes forme une sorte de corniche, et vient ajouter encore à la bizarrerie de ces lugubres édifices. Des inscriptions indiquent à quel cimetière ont appartenu ces ossements. — On descend aux catacombes par trois entrées différentes : l'une de ces entrées est située à la barrière d'Enfer, la seconde à la tombe Isoire, et la troisième dans la plaine de Mont-Souris. — Pour être admis à visiter les catacombes, il faut être muni d'une permission délivrée par l'ingénieur en chef des mines.— Les catacombes de Rome, formées des vastes carrières qui fournirent des matériaux à la superbe ville pour élever ses nombreux édifices, servirent d'asile et de temple aux premiers chrétiens persécutés. Elles sont encore visitées aujourd'hui par les étrangers.

CATARACTES. Chutes d'eau. Les principales sont celles du Niagara, rivière considérable de l'Amérique septentrionale, entre les lacs Erié et Ontario ; leur élévation est environ de cent cinquante pieds sur une largeur de trois cents pas. Ces grandes chutes d'eau interrompent le cours des fleuves et en rendent la navigation impossible. Les Cataractes du Nil étaient les plus célèbres dans l'antiquité ; leur élévation avait été considérablement exagérée, car elles ne sont que des sources rapides telles qu'on en voit dans un grand nombre de rivières.

CATOPTRIQUE, partie de l'optique. La lumière réfléchie à nos yeux est l'objet de la catoptrique ; cette science examine les propriétés des corps les plus aptes à la réfléchir. On sait que lorsqu'une personne s'avance vers un miroir plan, son image s'avance vers elle, et lorsqu'elle s'en écarte, son image s'éloigne. — Un homme debout qui se regarde dans un miroir placé horizontalement à ses pieds, se voit dans une situation renversée, parce que la tête étant plus éloignée du miroir que ses pieds, l'image de sa tête doit être plus enfoncée au delà du miroir que celle de ses pieds. Par la même cause nous voyons renversée l'image de tous les arbres qui sont plantés au bord de quelque rivière. La réunion de la catoptrique et de la dioptrique est propre à redresser les images. — La catoptromancie est la *divination* par le miroir.

CAUSE. On nomme cause, en physique, tout ce qui produit un effet. Celle qui le produit réellement se nomme *cause physique*, et celle qui n'est que l'occasion de l'existence de cet effet se nomme *cause occasionnelle*. On donne au Créateur le nom de *cause première*, et aux créatures celui de *causes secondes*.

CÈDRE, pin du Liban. Les cèdres du Liban sont renfermés dans un bassin de forme elliptique dont l'axe a plus de mille mètres ; il est entouré de hautes montagnes, qui servent comme de remparts à cet immense jardin. A l'ouest, la chaîne des montagnes se coupe pour laisser entrevoir la mer et le beau spectacle du soleil couchant ; au sud et au nord, quelques arbres d'une autre espèce et isolés semblent être placés tout exprès pour faire mieux ressortir la prodigieuse hauteur des cèdres. Ceux-ci sont plantés sur douze gros tertres, dont le plus élevé occupe précisément le milieu : ils forment ainsi tout autant de groupes ou de familles. Il est à remarquer qu'on ne rencontre des cèdres dans aucune partie du Liban, hors de cette enceinte. Le bois de cèdre est dur et incorruptible ; en été, il répand un parfum délicieux ; sa feuille et son fruit ressemblent absolument à ceux du *pin*, et comme lui, il s'élève en forme de cône ordinairement régulier. Quelques-uns des rameaux inférieurs de certains cèdres ont plus de cinquante pieds de circonférence ; le plus élevé peut avoir 300 pieds de hauteur. En ajoutant à toutes ces circonstances la merveille du nombre, plus de 400 cèdres réunis dans un seul bassin, on avouera sans peine que ce serait là un objet digne de curiosité, si les souvenirs religieux qui s'y rattachent n'en faisaient pas d'ailleurs un des principaux ornements de l'Asie.

CÉMENTATION. C'est une opération qui consiste à stratifier un métal avec une matière convenable, et à soumettre le tout à une haute température, afin de combiner les deux corps.

CENDRE. Nom donné à la poudre qui reste des matières brûlées. La cendre contient de la silice, de l'alumine, des oxydes de fer et de manganèse, des carbonates et des phosphates de potasse, de soude, de chaux, de magnésie, des sulfates de potasse et de soude, etc.

CENDRES. L'Église primitive commençait par la cérémonie des cendres, le temps de jeûne et de mortification, que l'on appelle *carême*, et dont la durée est de quarante jours. Le nom des Cendres vient de la cérémonie même de l'application des cendres sur le front, et de ces paroles du prêtre : *Memento, homo, quia pulvis es* : Souviens-toi que tu n'es que cendre.

CENTAURE. constellation australe. La partie du Centaure qui s'élève au-dessus de l'horizon de Paris est composée de six étoiles, dont une de seconde, une de troisième et quatre de quatrième grandeur. Ces quatre dernières, disposées à peu près comme celles du Dauphin, marquent la *tête* du Centaure. Au-dessous de ce petit losange on voit les deux autres étoiles qui désignent son *épaule* orientale et son *épaule* occidentale. Elles sont situées au-dessous de l'épi de la Vierge et des dernières étoiles de la queue de l'Hydre. Le reste de la constellation n'est jamais visible à Paris, et contient plusieurs belles étoiles, deux surtout de première grandeur. Entre les jambes du centaure *Chiron*, est la *croix du sud*, formée de quatre étoiles secondaires, toujours cachées pour nous.

CENTAURE, monstre fabuleux. Les Centaures étaient si bon cavaliers, qu'ils ne semblaient faire qu'un même corps avec leurs chevaux, ce qui a donné lieu de feindre qu'ils étaient moitié homme et moitié cheval.

CENTRE, *point* qui occupe précisément le milieu d'une figure ou d'un corps; qui est également éloigné de tous les points de la circonférence du cercle.

CENTRE DE FIGURE, *point* par lequel un corps quelconque est divisé en deux parties égales, c'est-à-dire, en deux parties qui occupent chacune un espace égal. Un bâton de huit pieds de longueur, par exemple, dont une moitié est de bois et l'autre de fer, a son centre de grandeur dans l'endroit où le fer est joint avec le bois.

CENTRE DE GRAVITATION. Il ne faut pas confondre le centre de gravité d'un corps particulier avec le centre de gravitation, c'est-à-dire, avec le centre commun de gravité de plusieurs corps qui s'attirent mutuellement les uns les autres; celui-là est toujours en dedans du corps grave, celui-ci se trouve communément hors des corps qui gravitent les uns vers les autres. Appliquez, *par exemple*, deux corps à un levier de la première espèce; que ces corps soient mis en équilibre; le point d'appui du levier sera leur centre commun de gravité. En un mot, le centre commun de gravité de plusieurs corps qui s'attirent mutuellement n'est autre chose que le point où tous ces corps iraient se réunir, s'ils étaient abandonnés à leur force centripète. Le centre commun de gravité du système solaire est donc le point du monde où les planètes iraient se réunir avec le soleil, si tous ces corps étaient abandonnés à leur force attractive. Ce point ne saurait se trouver ni hors du soleil, ni au centre même de cet astre : il ne peut pas être hors du soleil, parce que alors les planètes et les comètes, au lieu de tourner autour de cet astre, tourneraient autour de leur centre commun de gravité : il ne saurait non plus se trouver au centre même du soleil, parce que alors il faudrait dire que le soleil attire tous les corps qui tournent autour de lui, et qu'il n'en est aucunement attiré; ce centre de gravitation se trouve donc dans un point situé entre le centre et la circonférence du soleil. La plus subtile géométrie ne pourra jamais dire exactement de combien de lieues ce *point* est enfoncé dans le soleil. Les physiciens ne sont pas si scrupuleux dans leur marche; ils se contentent de quelques *à peu près*; aussi leur méthode est-elle suivie pour la solution de ce problème.

CENTRE DE GRAVITÉ, *point* par lequel un corps quelconque est divisé en deux parties aussi pesantes l'une que l'autre. Un corps suspendu par son centre de gravité est dans un parfait équilibre. Les physiciens, accoutumés à prendre le centre de gravité pour tout le corps grave, c'est-à-dire accoutumés à considérer le centre de gravité comme un point dans lequel réside toute la pesanteur du corps, supposent les vérités suivantes comme autant de principes incontestables : la ligne de direction des corps graves sublunaires est une ligne droite tirée de leur centre de gravité au centre de la terre; lorsqu'un corps grave descend, son centre de gravité descend avec lui; un corps grave qui descend librement ne quitte jamais la ligne de direction; le centre de gravité des corps sublunaires tend toujours à s'approcher du centre de la terre, et par conséquent toutes les fois que le centre de gravité d'un corps sublunaire s'écarte de la terre, le corps est regardé comme étant dans un mouvement violent; un corps grave ne peut pas tomber, lorsque la ligne de direction passe par sa base; mais il tombe nécessairement, lorsque la ligne de direction passe hors de sa base; enfin, les hommes et les animaux ont leur centre de gravité vers le milieu de leurs corps. Ces six principes fournissent l'explication d'une infinité de problèmes dont nous ne rapporterons que les principaux.—Si les portefaix et toutes les personnes dont le dos est chargé d'un poids considérable, ne se courbaient pas en avant; si les personnes de beaucoup d'embonpoint et tous ceux qui portent par devant quelque pesant fardeau, ne se courbaient pas en arrière; si ceux qui par politesse inclinent la partie supérieure de leur corps et penchent la tête, n'avançaient pas un pied; si quelqu'un voulait tenir ses pieds appuyés contre une muraille, et ramasser une pièce de monnaie jetée à terre, toutes ces personnes feraient des chutes aussi ridicules que dangereuses, parce que leur ligne de direction ne passerait pas par leur base.—Il ne sera pas plus difficile d'expliquer pourquoi, sans une adresse infinie, on ne saurait marcher ou sur une corde, ou sur une planche très étroite; tout le monde voit qu'il est alors très facile que la ligne de direction passe hors de la base. — Un cheval qui galope, doit, d'après ce même principe, lever en même temps un pied de devant et un pied de derrière; un vieillard courbé sous le poids des années, doit se servir d'un bâton; un enfant qui sautille sur un pied, doit être extrêmement sur ses gardes; sans cela leur ligne de direction passerait hors de leur base. — Tout le jeu du pendule dépend des principes que nous avons posés au commencement de cet article. Le pendule, transporté à droite, est-il abandonné à lui-même? la pesanteur fait descendre son centre de gravité dans la ligne de direction, c'est-à-dire, dans la ligne perpendiculaire à la surface de la terre. Lorsqu'il est arrivé à cette ligne, les degrés d'accélération qu'il a acquis en descendant lui font décrire à gauche un arc semblable à celui qu'il vient de parcourir à droite. Cet arc décrit, la pesanteur fait descendre le pendule dans la ligne perpendiculaire, et les degrés d'accélération le font remonter à droite par un arc semblable à celui par lequel il vient de descendre. Telle est la cause physique d'un mouvement qui serait perpétuel s'il se faisait dans un espace parfaitement vide.

CENTRE OVALE. Le centre ovale est un espace dans le cerveau à peu près elliptique, dont la circonférence est formée par les dix paires de nerfs que les anatomistes appellent les *dix conjugaisons*; il commence à la base du grand cerveau, à peu près dans l'endroit d'où les nerfs de la première conjugaison tirent leur origine, et il s'étend jusqu'à la partie du cervelet d'où sortent les nerfs de la dixième conjugaison. Les physiciens le regardent comme l'organe du sens commun, parce que l'impression que font les objets corporels sur les sens internes et externes ne manque jamais de passer jusqu'au centre ovale.

CENTRIFUGE, force par laquelle tous les corps se meuvent autour d'un corps central et tendent à s'en éloigner. Tout corps qui décrit une courbe fait à chaque instant un effort pour s'éloigner du centre de son mouvement, et s'échapper par la tangente : cet effort se nomme *force centrifuge*.

CENTRIPÈTE. La force par laquelle un corps en mouvement autour d'un autre, tend à y tomber et à s'unir à lui, se nomme *force centripète*. Cette dernière force et la force centrifuge, agissant toutes deux sur les planètes, les obligent à décrire des courbes elliptiques, et non circulaires.

CÉPHALOPODES. Ordre de la classe des mollusques, contenant des animaux très bizarres dont les pieds ou tentacules, servant à la locomotion, s'insèrent sur la tête, autour de la bouche ; de manière que ces animaux aquatiques se traînent le corps en haut et la tête en bas.

CÉPHÉE. Cette constellation boréale est celle qui approche le plus du pôle, après la constellation de la petite Ourse: elle se fait remarquer par trois étoiles de troisième grandeur, presque en ligne droite, dont la plus voisine du pôle porte le nom de *genou* de Céphée. On nomme celle qui vient ensuite la *ceinture*, et la dernière, la plus australe des trois étoiles, est *l'épaule* orientale. On distingue aussi un groupe de trois étoiles de quatrième grandeur, qui sont fort près les unes des autres et au sud des précédentes : c'est la *couronne* de Céphée. — Céphée était un roi d'Éthiopie, fils de Phœnix, époux de Cassiopée, et père de la fameuse Andromède, que Persée épousa après l'avoir délivrée du monstre marin auquel elle était exposée. Minerve plaça aux cieux tous les acteurs de cette histoire, pour en perpétuer le souvenir. On représente Céphée les bras et les mains étendus, comme s'il exprimait encore le sentiment de sa douleur. Il est renfermé dans le cercle arctique depuis les pieds jusqu'à la poitrine, et peu distant du pli que forme le cou du dragon.

CÉRAINE. En traitant un des principes immédiats de la cire par les alcalis, on obtient la céraine, substance dure, cassante, insaponifiable, fusible au-dessus de 70°, peu soluble dans l'alcool, mais plus soluble dans l'éther et dans l'essence de térébenthine.

CERCLE. Le cercle est une figure dont toutes les extrémités sont également éloignées d'un de ses points que l'on nomme centre.

CERCOPITHÈQUES, singes à longue queue. Dans sa jeunesse, rien n'est plus badin que ce singe que l'on trouve en Guinée ; il se remue sans cesse, renverse tout ; il salue ceux qui arrivent, par un léger murmure. Lorsqu'il est en colère, il secoue ses mâchoires, sa bouche est béante. Lorsqu'il est plus âgé, ses dents canines s'étant allongées, il devient méchant, mord. Il tient sa couchette très propre, et lorsqu'on l'appelle, il répond : *Grech*. Sa grandeur est celle du chat domestique ; il est noir avec des points blancs, le dos est couleur de chair, les cuisses en dessous sont d'un rouge pâle, la gorge et la poitrine blanches ; le front est garni de poils blancs, droits, redressés, formant une ligne transversale en forme de croissant ; la barbe est en pointe noire, blanche en dessous et plus longue, appuyée sur une tubérosité graisseuse ; une ligne blanche va de l'anus aux genoux, en se dirigeant sur le côté extérieur des cuisses. Sa queue droite est longue, noire comme sa face, ses oreilles, son ventre et ses pieds.

CÉRÉALE, de Cérès, déesse qui présidait aux moissons. On entend par *graines céréales* celles des plantes graminées qui servent de nourriture à l'homme : tels sont le froment, le seigle, l'orge.

CÉRÈS. Planète découverte en 1801 par Piazzi. Elle fait sa révolution en quatre ans et sept mois ; l'inclinaison de son orbe est de 10° 37' 25", 2 ; le demi-grand axe est $2\frac{1}{7}$ fois le rayon de l'écliptique terrestre. Le globe n'a que 25 lieues de diamètre ; son apparence est celle d'une nébuleuse environnée de brouillards très variables.

CÉRIUM. Ce métal fut découvert, en 1804, dans la *cérite*, mine composée d'oxyde de cérium, de silice et d'oxyde de fer. Il est blanc grisâtre, presque infusible, un peu volatil, très cassant ; à une température élevée, il absorbe l'oxygène et devient blanc.

CERVEAU. Le cerveau, que l'on regarde avec raison comme la partie principale du corps humain, et qui est contenu dans la cavité de l'os auquel nous donnons le nom de *crâne*, se divise d'abord en deux parties, l'une supérieure que l'on nomme le *grand cerveau*, et l'autre

inférieure que l'on appelle le *cervelet*; c'est la membrane que les anatomistes nomment la *faucille* qui sépare ces deux parties l'une de l'autre. Dans le grand comme dans le petit cerveau, on distingue deux substances et deux membranes : ces substances sont la partie *cendrée* et la partie *calleuse* ; la première est molle, spongieuse et de couleur de cendre ; la seconde est blanche et beaucoup plus ferme, on la désigne sous le nom de moelle. Les deux membranes que l'on trouve dans le cerveau sont la *dure* et la *pie-mère* ; la *dure-mère* tapisse intérieurement le crâne contre lequel elle est étroitement collée ; la *pie-mère* est beaucoup plus déliée, aussi sert-elle d'enveloppe à la moelle. On remarque encore dans le cerveau quatre cavités que l'on nomme *ventricules*; les deux premiers se trouvent assez près de l'origine des nerfs de la première conjugaison ; le troisième est un peu plus bas que les deux premiers ; il est séparé d'eux par la partie du cerveau à laquelle les anatomistes ont donné le nom de *voûte*; enfin le quatrième ventricule se trouve dans le *cervelet*, il est séparé du troisième par la glande pinéale. Ainsi, le cerveau proprement dit s'étend du front aux fosses occipitales supérieures ; en devant, il est appuyé sur les voûtes orbitaires , en arrière sur les fosses moyennes de la base du crâne, postérieurement sur la tente du cervelet.

CÉTACÉES. Quatorzième ordre des mammifères. Ce nom est donné par les naturalistes à tous les grands poissons vivipares, tels que la baleine , le dauphin, etc. La surface du corps des cétacées est lisse et sans poils; leur tête, grosse, est portée sur un corps tellement court qu'on peut à peine la distinguer de la poitrine ; leur queue se confond , à la base, avec le ventre ; elle est très grosse et se termine par une nageoire aplatie. Ces animaux sont privés de pieds de derrière , et rien ne leur tient lieu de ces membres ; ceux de devant, courts , aplatis , sont changés en une sorte de nageoire. Vivant toujours dans l'eau, ils viennent à sa surface respirer l'air, en élevant une partie supérieure de leur tête , sur laquelle se trouvent toujours placées les ouvertures des narines qu'on nomme évents.

CHABLIS. Les arbres *chablis* sont ceux qui ont été abattus , arrachés ou rompus par l'impétuosité des vents. Les gardes-forestiers dressent procès-verbal de la qualité, nature et grosseur des arbres *chablis*, du lieu où ils ont été trouvés, et ils énoncent s'ils en ont rompu ou touché d'autres dans leur chute.

CHALEUR. C'est la sensation particulière déterminée sur tous les organes, et particulièrement sur ceux du tact, par un agent inconnu dont les physiciens modernes ont supposé l'existence et auquel ils ont donné le nom de *calorique*. D'après cette théorie, si nous touchons un corps d'une température supérieure à la nôtre, une certaine quantité de calorique passe de ce corps dans notre main, et produit la sensation *chaleur*. Quand , au contraire , nous mettons notre main en contact avec un corps dont la température est inférieure à la nôtre , nous lui cédons du calorique, et nous éprouvons la sensation appelée *froid*.

CHALEUR ANIMALE. Toutes les espèces du règne animal ont une température propre, qui ne varie pas et qui est ordinairement supérieure à celle du milieu dans lequel vivent les individus. L'homme se trouve habituellement à une température de 29° 1/3 (environ 35 centigr.), et les variations que subit cette chaleur vitale ne sont que de 1° à 2°, c'est-à-dire , que dans l'état normal, jamais elle ne s'élève au-dessus de 38° et jamais elle ne baisse au-dessous de 36. De savants physiologistes ont considéré la chaleur animale comme le résultat du frottement continuel des fluides contre les parois des vaisseaux qu'ils parcourent, ou du frottement des molécules des humeurs animales les unes contre les autres et du mouvement intestin qui les anime ; mais ces théories sont contraires aux lois de la physique et de la physiologie. La source de la chaleur animale, selon Lavoisier, doit être attri-buée à la décomposition de l'air vital dans les poumons, ainsi qu'à la combinaison de l'oxygène de l'air avec le carbone du sang veineux. Des expériences faites en 1823 et couronnées par l'Académie sont venues confirmer la théorie de Lavoisier.

CHALEUR SPÉCIFIQUE. On entend par *chaleur spé-cifique*, les quantités relatives de calorique, nécessaires pour élever à une même température un même poids de différents corps. Ainsi, il faut trente fois plus de calorique pour élever un kilogramme d'eau à 100°, que pour élever au même degré un même poids de mercure. Rien n'est positif dans ces quantités : ce sont des proportions, et l'on est convenu de prendre l'eau pour terme de comparaison, en nommant 1,000 son calorique spécifique, de sorte qu'une fraction de ce nombre exprime celui des autres.

CHALUMEAU. C'est un tube de laiton dont se servent les chimistes pour diriger, au moyen d'un cou-rant d'air, la flamme d'une lampe sur une substance qu'ils veulent décomposer par la voie sèche. Ce tube a environ un huitième de pouce à son embouchure ; son diamètre, à l'extrémité voisine de la flamme, n'excède guère celui d'une épingle. La substance que l'on veut décomposer, et dont le volume doit être très petit, est placée dans un charbon creusé, ou du moins elle est entourée de charbons ; mais si elle est de nature à se combiner avec ce corps, on se sert alors d'une cuiller de platine.

CHAMBRE CLAIRE. Au moyen de cet instru-ment on peut dessiner tous les objets avec la plus grande fidélité. Il consiste en un prisme à quatre faces, taillé de manière que deux faces soient perpendiculaires et les autres tellement inclinées qu'elles réfléchissent toutes deux les rayons entiers perpendiculairement à l'une des autres faces. Si l'œil est placé de manière que la moitié de la pupille reçoive les rayons réfléchis dans le prisme, et l'autre moitié les rayons émanés d'un papier placé au dessous, l'image des objets extérieurs se projettera droit sur le papier ; l'œil apercevra en même temps la pointe d'un crayon qu'on promènerait sur cette surface.

CHAMBRE OBSCURE. On appelle ainsi un châssis portatif, couvert d'une toile dont l'extrémité supérieure porte un grand objectif, surmonté d'un mi-roir qu'on incline à volonté, et par le moyen duquel les objets du dehors se peignent, avec leurs couleurs naturelles, sur un carton placé dans l'intérieur du châs-sis. Ayez une chambre dans laquelle il n'entre du jour que par un petit trou pratiqué à la fenêtre ; mettez à ce trou un verre lenticulaire ; les objets de dehors, par tous les principes établis dans la dioptrique, se pein-dront renversés sur un carton blanc placé au foyer du verre lenticulaire. On redresse les images, en plaçant au dessus du verre lenticulaire un miroir plan extérieur incliné de 45 degrés sur la boîte ; l'expérience nous apprend qu'un miroir plan incliné de 45 degrés repré-sente un objet horizontal dans une situation perpendi-culaire. Un perfectionnement important a été introduit dans la construction des chambres obscures. La lentille et le miroir sont remplacés par un prisme, dont les faces sont, l'une plane, l'autre convexe, et la troisième con-cave ; la lumière qui pénètre dans le prisme éprouve une réflexion totale sur la surface plane, et elle reçoit, à son entrée dans le prisme et à sa sortie, le degré de convergence que lui donne le *ménisque* (verre convexe), dans sa position ordinaire.

CHAMEAU, quadrupède à deux bosses sur le dos. On le trouve sauvage dans les déserts de l'Asie tempérée. Il s'apprivoise aisément ; cet animal est doux, très traitable, excepté vers le temps des amours. Il est très utile pour voyager dans les déserts arides ; il est assez fort pour porter 1,200 livres de marchan-

dises ; il marche lentement, ne parcourt volontiers que l'espace accoutumé, ne prend que sa charge ordi-naire. Il supporte facilement la faim, peut se priver de boisson pendant plusieurs jours ; il se contente de plantes épineuses, que les autres animaux dédaignent. Sa peau est très utile pour le poil et le cuir ; les Arabes aiment sa chair ; son lait est aussi recherché. Pour accoutumer le chameau à s'agenouiller, lorsqu'on veut le charger, on lui plie, dès qu'il est né, les quatre pieds sous le ventre et on le couche dessus, après quoi on lui couvre le dos d'un tapis qui pend jusqu'à terre, sur les bords duquel on met quantité de pierres, afin qu'il ne puisse se lever, et on le laisse dans cet état l'espace de quinze ou vingt jours. Il acquiert par là une telle habi-tude de se coucher, qu'au premier signe il plie les genoux et s'accroupit jusqu'à terre pour se laisser charger dans cette situation.

CHAMPIGNON, plante spongieuse appartenant à la classe des végétaux cryptogames (on végétaux sans fleurs). Lorsque la police des halles fut organisée, on décida sagement que l'on n'admettrait sur les mar-chés de Paris, qu'une seule espèce de champignon, le champignon de couche (agaricus edulis), afin d'é-viter jusqu'à la possibilité d'une erreur. Ce champi-gnon est d'un blanc brunâtre ; son pédicule toujours plein, non renflé, est haut d'un à deux pouces, et pourvu d'un collier ; son chapeau, convexe, lisse, glabre, est garni de feuillets roses, sur sa surface inférieure ; il est facile d'enlever la pellicule coriacée qui recouvre sa face supérieure. Au premier abord, on peut confondre avec ce champignon comestible *l'oronge ciguë*, et cette mé-prise cause de nombreux empoisonnements. L'oronge ciguë en diffère en ce que, lorsqu'elle commence à croître, au lieu d'un simple collier, étendu du bord du chapeau à la partie supérieure du pédicule, elle a un volva complet, qui l'enveloppe depuis la racine jusque par-dessus le chapeau. Son pédicule est bulbeux et fistuleux ; les lames de son chapeau sont tout-à-fait blanches ; enfin, elle diffère surtout des autres espèces en ce que la peau qui recouvre la face supérieure du chapeau lui est intimement adhérente. — Les cham-pignons vénéneux produisent les phénomènes sui-vants, quelquefois au moment où on les mange, mais le plus souvent après leur digestion : le malade éprouve un malaise général, des vertiges, des envies de vomir, de la douleur au creux de l'estomac. A ces symptômes succèdent souvent de la défaillance, du tremblement, des rapports désagréables, de la chaleur et de la douleur à la gorge. Ensuite, viennent les efforts pour vomir, des coliques plus ou moins intenses suivies de vomisse-ments et de déjections par en bas, de gonflement et de chaleur dans tout le ventre, avec soif vive, anxiété, suffocation, pouls petit, fréquent, irrégulier, abattement plus ou moins profond, altération de la physionomie, sueurs froides, déjections fétides. Les champignons agis-sent à la manière des poisons narcotico-âcres ; ils produi-sent une action stupéfiante sur le cerveau, et une autre irritante sur les intestins ; tantôt c'est l'une, tantôt c'est l'autre qui domine. Ainsi quelques champignons jettent les malades dans le délire ou dans un abattement complet, tandis que d'autres donnent lieu à une inflammation des intestins qui s'annonce par des symptômes qui ont une grande analogie avec ceux observés après l'ingestion des acides minéraux. Il arrive quelquefois que les phénomènes de l'intoxication ne se manifestent que cinq, dix, douze et même trente heures après leur introduc-tion dans l'estomac. — Il faut alors recourir aux émé-tiques et aux éméto-cathartiques, puis aux boissons adoucissantes. L'éther à haute dose produit aussi de bons effets. Quelques médecins recommandent les bois-sons acidulés pour *neutraliser* la matière vénéneuse des champignons ; d'autres les proscrivent, parce qu'elles *dissoudraient* les principes vénéneux et ne feraient qu'accroître le mal. Le tannin, associé à un peu de soude ou de savon, pourrait être employé avec avantage. — D'après des expériences réitérées, il paraîtrait que beaucoup de champignons vénéneux cessent d'être malfaisants lorsqu'on a le soin de les faire bouillir, ou seulement de les laisser tremper quelque temps dans de l'eau vinaigrée, ou de les assaisonner avec du jus de citron.

CHANSON. Petit poëme fait pour être chanté. Il est des chansons sérieuses, c'est-à-dire, dont l'air et le retour du vers ont quelque chose de grave ; le sujet doit y répondre. Il en a de badines, et pour le tour et pour l'air ; c'est surtout en celles-là que les Français excellent ; enfin, il en est de tendres et de galantes. La principale règle est d'harmoniser les paroles et même le sujet avec l'air. Cet heureux accord demande dans le poëte quelque goût, quelque oreille pour la musique. L'élégance et la naïveté sont les plus grandes beautés d'une chanson, c'est surtout à quoi l'on doit s'étudier ; mais en ceci la nature est un plus grand maître que l'art. Toutefois, il est toujours vrai de dire qu'un poëte, toutes choses égales, doit mieux faire une chanson qu'une personne qui n'a aucun talent pour la poésie ; mais il faut bien se garder de croire qu'on soit poëte pour avoir bien réussi dans une chanson. Nous avons un nombre infini de vaudevilles charmants, dont les auteurs ne sont pas apparemment de grands poëtes.

CHANVRE. Cette plante annuelle est originaire de la Perse et de l'Inde ; toutes ses parties exhalent une odeur forte, enivrante. La graine du chanvre, appelée *chenevis*, renferme une amande blanche qui contient une grande quantité d'huile. La culture des chanvres et des lins occupe en France une surface de 170,000 hectares de terre annuellement ensemencés ; savoir : 120,000 en chanvres, et 50,000 en lins. On la porte même à 180,000 hectares, en raison des petites cultures qui ne figurent pas dans les statistiques. Les travaux agricoles que cette culture occasione, versent dans les classes laborieuses environ 640 fr., terme moyen, par hectare, ce qui fait pour 180,000 hectares, 115,200,000 fr. Leur produit en matière première est de 950 fr. par hectare pour le lin ; et de 750 fr. pour le chanvre, dont la moyenne de 800 fr. donne pour 180,000 hectares 144 millions de fr. Le produit, en laine grasse, est de 200 fr. par hectare pour le lin, et de 150 fr. pour le chanvre, dont la moyenne, de 175 fr. par hectare, donne encore 31,500,000 fr. — Mais, comme l'industrie donne une valeur triple à ces matières, lorsqu'elles sont manufacturées, ce serait près de 300 millions de main-d'œuvre, de filature et tissage, à ajouter à 115 millions de travaux agricoles qui peuvent représenter les ressources que verse dans la classe pauvre l'industrie des chanvres et des lins.

CHARBON. Substance noire obtenue par la décomposition, à une chaleur rouge, des matières végétales et animales privées du contact de l'air. Le charbon végétal est un corps solide, inodore, sans saveur, d'une couleur noire, cassant, sonore, brûlant sans répandre de fumée, et dont la dureté ainsi que la pesanteur varient beaucoup. C'est un mauvais conducteur du calorique, mais il conduit assez bien l'électricité ; c'est pourquoi il est employé pour garnir le pied des paratonnerres et transmettre facilement au sol le fluide électrique. La plus forte chaleur ne peut le ramollir, il est inaltérable à l'eau. Parmi ses propriétés, une des plus remarquables est celle d'absorber les gaz avec lesquels il est mis en contact, ce qui le rend très utile pour purifier les eaux et pour prévenir leur putréfaction. On l'emploie encore pour décolorer des liquides et des substances, quelconques. — Le charbon animal résulte de la décomposition des substances animales par le calorique, dans des vases clos. Comme le charbon de bois, il conserve la forme des matières brûlées si ce sont des matières dures, comme par exemple les os ; mais les matières molles se boursoufflent et donnent un charbon spongieux, très léger et

luisant. Le carbone, le phosphate et le carbonate de chaux composent le charbon animal qui contient en outre de petites quantités de sulfures alcalins (*Voyez* CARBONE). — Charbon de terre ou charbon fossile (*Voyez* HOUILLE).

CHASSE, action de poursuivre des bêtes. La chasse, qui n'est pour nous qu'une distraction, un exercice ou un amusement, était pour les anciens un apprentissage de valeur : la première chasse qu'ils permettaient à leur jeunesse était celle de l'*urus*, sorte de taureau sauvage, d'une force et d'une agilité incroyables. Les jeunes chasseurs qui en avaient tué un certain nombre et qui pouvaient en montrer les cornes comme un monument de leur victoire, acquéraient une considération particulière. Ces cornes, devenues le prix de l'adresse et de l'intrépidité, s'ornaient de métaux précieux ; on les employait dans les festins pour vases à boire. Tant d'ardeur à combattre un animal très lent à croître et peu fécond, en diminua considérablement l'espèce. Déjà, sous le règne de Clovis, elle était devenue si rare, que les rois, dans leurs domaines, s'en réservaient exclusivement la chasse. Les historiens de Charlemagne parlent aussi de taureaux sauvages. Selon eux, ce prince, naturellement brave et intrépide, aimait beaucoup cette chasse. Il y courut un jour un grand danger ; un urus l'attaqua d'un coup de corne, lui enleva sa chaussure et le blessa à la jambe. Il n'y a plus d'urus dans nos forêts ; on en voit encore quelques-uns dans celles du nord. La chasse alors n'était pas seulement un plaisir comme elle l'est de nos jours ; c'était encore un moyen de subsistance. On mangeait tous les animaux qu'on tuait ; on servait sur la table les bêtes fauves et les oiseaux pris au vol, tels que hérons, butors, cormorans et autres, quelque dure, quelque indigeste que fût leur chair. Plus la chasse était périlleuse et plus on l'estimait. On ne faisait nul cas de celle du chevreuil, animal timide qui ne sait que fuir ; mais on estimait celle de l'ours, où l'on risquait sa vie. — Les parcs pour la chasse n'ont pu être imaginés que par un prince et pour ses plaisirs. Philippe-Auguste est celui qui en a la première idée ; en 1183, ce prince fit entourer de murs le bois de Vincennes, et enfermer dans cet enclos beaucoup de cerfs, de daims et de chevreuils. Henri, roi d'Angleterre, en ayant été instruit, lui envoya par la Seine, de ses duchés de Normandie et d'Aquitaine, un grand nombre de bêtes fauves. Philippe le Hardi augmenta l'enclos en 1274 ; et Charles V ordonna que, toutes les nuits, quatre habitants du village de Montreuil, et deux de celui de Fontenai, seraient obligés de faire la garde dans le bois. On leur fournissait un grand manteau de gros drap, auquel tenait un chaperon pour la pluie. Le parc de Vincennes fut le seul qu'il y eut dans le royaume jusqu'à François 1er, qui fit faire ceux du bois de Boulogne et de Chambord ; les rois successeurs de Philippe, les regardèrent comme un objet qui tenait à la magnificence du trône. En 1480, le cardinal de St.-Pierre, légat du pape, étant venu en France, Le Dain, qui était ministre de Louis XI, après avoir été son barbier, donna au prélat un dîner magnifique, « il le mena au bois de Vincennes et esbattre chasser aux daims.» — Le lapin est une espèce de gibier très féconde ; sa vente étant un produit d'un bon revenu, l'avidité des seigneurs multiplia tout-à-coup on agrandit tellement les garennes en France, que souvent les campagnes voisines se trouvèrent dévorées, ou même entièrement délaissées sans culture. Le désordre sur cet article était si grand, que le gouvernement se vit enfin obligé d'y remédier : Philippe le Long et Charles V rendirent des ordonnances par lesquelles ils abolissaient toutes les garennes faites depuis quarante ans, sans même en excepter celle du domaine royal, et *donnaient congé* à tout particulier *d'y chasser sans amende*. Les abus ayant recommencé, il fallut de nouveaux réglements, qui n'eurent pas plus de succès. Enfin, en 1792, les garennes disparurent avec les privilèges. — Si les lapins faisaient du dégât, que faisaient les grosses bêtes dans le voisinage des forêts? Mais les plaintes des paysans n'étaient pas écoutées; cependant Philippe le Bel et Charles le Bel, au lit de la mort, crurent devoir à leurs sujets une sorte de satisfaction; tous deux, par leur testament, léguèrent une certaine somme aux laboureurs voisins des forêts royales, « en dédommagement du tort que leur avaient causé les bêtes rousses et noires.»—Nos vieux romanciers donnent presque toujours un cor à leur héros : en voyage il le porte lui-même, ou le fait porter par son écuyer. Lorsqu'il veut se faire annoncer dans quelque château, ou défier le maître au combat, il donne du cor. Comme ce bruit annonçait quelqu'un qui avait droit de chasse, et par conséquent, un gentilhomme, on s'empressait de lui ouvrir les portes, et de venir même à sa rencontre.—L'arc fut la première arme dont on se servit; on l'abandonna pour l'arbalète qui ajoutait à la flèche une grande force et permettait encore de viser plus juste et d'atteindre plus loin. L'arbalète fut apportée d'Asie à la première croisade; mais cette arme meurtrière était si redoutable par sa force et la facilité de s'en servir, qu'un concile de Latran, tenu l'an 1199, l'anathématisa. Soit par cette raison ou toute autre, on en perdit l'usage jusqu'au règne de Philippe Auguste, et Richard cœur de Lion, roi d'Angleterre, ayant appris à s'en servir, passa pour en être l'inventeur. Alors elle fut introduite dans les armées, et en fit la principale force. On l'adopta aussi pour la chasse. L'arbalète se composait d'un arc d'acier monté sur un fût de bois, d'une corde et d'une fourchette. On la bandait avec effort par le moyen d'un fer propre à cet usage.—L'arquebuse succéda à l'arbalète au commencement du seizième siècle; le danger de cette arme terrible la fit proscrire. Henri IV l'interdit absolument pour la chasse; mais la noblesse, accoutumée aux armes à feu pendant les guerres civiles, fit révoquer cette défense.— Ce fut Charles IX qui introduisit les mousquets en France : leur pesanteur les fit proscrire. On allégea le poids de l'arquebuse qui, perfectionnée de plus en plus, prit le nom de fusil.—Louis XIII tirait supérieurement de l'arquebuse; ce qui fit dire à un plaisant que c'était la raison qu'il avait fait surnommer le juste. Tous les auteurs conviennent que ce prince était le chasseur le plus adroit de son royaume et même de son siècle, et pendant que ses armées prenaient des villes et gagnaient des batailles, il s'amusait à prendre des oiseaux. Louis XIII remit en honneur la chasse du renard, qui était tombée dans le mépris. Il ranima celle du loup, et détruisit une quantité incroyable de ces animaux ainsi que d'autres bêtes carnassières qui s'étaient tellement multipliées dans le royaume, qu'elles causaient de grands ravages dans les campagnes.—Chez tous les peuples la chasse a été regardée comme un des exercices les plus utiles et les plus propres à développer les sens et l'organisme entier; mais le chasseur, c'est-à-dire celui qui se livre habituellement à cet exercice, est réduit aux passions de l'homme isolé; et si l'ambition, l'envie, l'avarice lui sont inconnues, et que bien rarement son cœur soit en proie aux tourments de l'amour, par suite de l'habitude de vivre dans les bois, son caractère devient fier et inflexible, et son esprit peu cultivé ne sait pas les plaisirs que procurent la science et les beaux arts.

CHAT (felis). Cet animal, très connu en domesticité, se rapproche du tigre par sa forme et sa légèreté. Les Indes produisent diverses espèces de chats sauvages. Il existe aussi des chats qu'on appelle *harets*, qui se retirent dans les bois pour y vivre de lapins.

CHAT-VOLANT de Ternate. On le trouve aux îles Philippines, aux Moluques. Une membrane qui se développe de la tête aux mains, des mains le long du corps à la plante des pieds, de la plante des pieds à l'extrémité de la queue, lui donne, comme à l'écureuil volant, la faculté de traverser des espaces assez considérables dans l'air. Ses ongles sont aigus; il a deux mamelles sur la poitrine; par la situation de ces mamelles,

il se rapproche des maquis et des singes. On désire encore une bonne description et les signes caractéristiques de cet animal. On le voit en troupes sur le soir; il se nourrit de fruits.

CHAUX. Oxyde métallique contenant 38, 78 d'oxygène sur 100 de métal. La chaux unie à l'acide carbonite, forme le *carbonate de chaux*; on le rencontre cristallisé dans la nature; alors il porte le nom de spath calcaire, de cristal d'Islande; à un moindre degré de pureté, le carbonate de chaux constitue les marbres de toute espèce, l'albâtre, la pierre à chaux; il fait la base des coquillages marins.—La chaux combinée avec l'acide sulfurique donne lieu au *sulfate de chaux*; ce sel cristallisé se rencontre en masses considérables dans les carrières de Montmartre; on le désigne vulgairement sous le nom de *pierre à Vesus;* dans un état plus impur, il constitue la pierre à plâtre, que l'on trouve en quantité immense dans les buttes Ménilmontant. — La chaux combinée à l'acide phosphorique forme le *phosphate de chaux*, base de la charpente osseuse de l'homme et de tous les animaux.—La chaux n'existe pas à l'état de pureté dans la nature; elle se rencontre, au contraire, en quantité considérable à l'état de combinaison. La chaux est du calcium, plus de l'oxygène; on la nomme aussi base salifiable alcaline, terre alcaline, etc.— On appelle *chaux vive*, celle qui résulte de la calcination de la pierre à chaux; elle a la propriété d'absorber une grande quantité d'eau qu'elle solidifie; son avidité pour ce q uide est telle, que cette absorption a lieu avec bruit et avec un dégagement considérable de chaleur : on dit alors que la chaux se délite, puis qu'elle s'éteint. L'eau ne dissout qu'un 400ᵉ de son poids de chaux; cette dissolution constitue *l'eau de chaux*, un des réactifs les plus employés en chimie pour reconnaître les acides carbonite, oxalique, phosphorique, etc.

CHEMINS DE FER. L'invention des chemins de fer est attribuée à Beaumont, extracteur de charbon à Newcastle, en 1649. Les Anglais furent les premiers qui en firent l'application. Les chariots roulaient d'abord sur des rails de bois; puis on les revêtit de plaques de fer; enfin, en 1767, la fonte fut exclusivement employée pour la construction des rails. Dans l'origine, le transport se faisait au moyen de chevaux; en 1831, on adopta l'usage des machines locomotives à vapeur; alors elles étaient montées sur quatre roues, aujourd'hui elles en ont six. L'Europe a si bien apprécié les avantages des chemins de fer que de toutes parts on en construit; la Russie en comptera deux incessamment. La Belgique possède une ligne très suivie, composée de trois embranchements. Aux Etats-Unis, les chemins de fer se comptent par centaines, et l'Angleterre compte aujourd'hui cent treize lieues de parcours au moyen de cette nouvelle voie de communication. Un bon chemin est effectivement une des machines les plus efficaces, puisqu'il procure tout à la fois économie dans le travail, réduction dans le prix des objets qui viennent de loin, augmentation de valeur de ceux qui viennent du pays; qu'en un mot, il multiplie les échanges et les productions dans toutes les branches de l'industrie. Sur un chemin de fer, un seul cheval peut traîner 145 quintaux, charge que huit chevaux traînent avec peine sur un bon chemin ordinaire; ensuite le cheval parcourt une lieue 1:3 à l'heure; tandis que sur une route ordinaire huit chevaux feraient au plus trois quarts de lieue. — La France compte aujourd'hui huit chemins de fer : de Saint-Étienne à Lyon, 48,000 mètres de longueur—d'Alais à Nismes 69,254 mètres — d'Epinac au canal de Bourgogne, 28,540 mètres—de Montpellier à Cette, 27,500 mètres — de Saint-Étienne à Andrézieux , 20,473 mètres— de Roanne à Andrézieux , 67,000 mètres — de Paris à Saint-Germain, 18,430 mètres à Paris à Saint-Cloud, 6,250 mètres—total 295,449 mètres ou 74 lieues.—Plusieurs chemins de fer sont en construction, d'autres sont en étude, et dans quelques années la France n'aura rien à envier aux États-Unis qui possèdent un parcours de chemins de fer de six cents lieues. Les chemins de fer, considérés sous le point de vue de leur utilité pour la défense du territoire, offrent cet avantage, qu'une armée de 20,000 fantassins, 5,000 cavaliers, et 60 pièces de canon, ne pesant que 4,530 tonneaux environ, et n'occupant en longueur que 9,270 mètres, cent machines locomotives suffiraient pour imprimer à cette armée une vitesse de six lieues à l'heure. Le prix du transport serait d'environ 4 fr. par tonne et par kilomètre. Ainsi, 25,000 hommes seraient transportés à 100 lieues en 24 heures, pour 72,480 francs.

CHÊNE. Arbre de la famille des cupulifères, qui est un démembrement de celle des amentacées. Ces arbres, qui habitent les parties de l'Europe, de l'Asie et de l'Amérique, ont une importance telle pour les constructions civiles et navales, qu'ils ne sauraient être remplacés par aucun autre. — On en distingue plusieurs espèces. Le *chêne rouvre*. Son écorce est riche en tannin, et conséquemment très astringente; les corroyeurs l'emploient sous le nom de *tan*. — Le *chêne à glands doux*. Toutes les traditions historiques rapportent que les hommes ont commencé par se nourrir de glands de chêne; ceux du chêne rouvre sont tellement acerbes, qu'il est impossible d'admettre qu'ils aient jamais pu servir d'aliment (*Voyez* GLAND). Mais les glands de cette espèce qui habite la Grèce, l'Espagne et le nord de l'Afrique, ont un goût très analogue à celui de la châtaigne. Les habitants de l'Atlas et quelques cantons de la Grèce en font encore leur nourriture. — Le *chêne liège*. Une des productions les plus précieuses de nos provinces méridionales, le liège du commerce, qui se débite en planches d'un pouce d'épaisseur, n'est autre chose que l'écorce de cet arbre que l'on enlève tous les dix ou douze ans. Un arbre peut renouveler son écorce douze à quinze fois, ce qui suppose une durée de plus de cent cinquante ans. — On fait des essais pour acclimater en France le *chêne quercitron* de l'Amérique Septentrionale; il fournit une très belle couleur jaune.

CHEVAL. Mammifère monogastrique et monodactyle qui a donné son nom au genre *cheval*, composé de six espèces: *le cheval, l'âne, le zèbre, le dzigguetai, le couagga et le dauw* ou *onagga*, et formant à lui seul la troisième famille de l'ordre des pachydermes. Cette famille est celle des *solipèdes*, caractérisée par un doigt apparent, et un seul sabot à chaque pied. — Le cheval, animal herbivore, est susceptible d'attachement, docile, généreux, fier, très vîte à la course. Il est très utile à l'homme pour le porter, pour traîner des chariots. Il est sujet à devenir furieux dans une forte course, ou à prendre le mors aux dents. Il se plaît dans les prairies, les forêts; il chasse les taons avec sa queue; il gratte avec les dents d'autres chevaux; il protége les jeunes poulains en les couvrant de son corps, il appelle la jument en hennissant; il combat en ruant; se roule sur la poussière lorsqu'il est en sueur; coupe les herbes plus ras que le bœuf; il dissémine les plantes des graminées et autres. Son ventricule (estomac) est petit, simple; mais ses intestins cœcum et colon, par leur énorme grandeur, remplissent les fonctions des quatre estomacs des ruminans. Il ne vomit point; son foie est sans vésicule biliaire; ses excrémens entassés s'échauffent; le poulain naît avec l'hippomane, il a les jambes longues. Un globule dans l'oreille, un clou au pied, une écorchure au nez, les dents garnies de suif, l'herbe *padus*, les charançons de la ciguë lui deviennent funestes; il mange impunément l'aconit. La femelle porte 290 jours. Il quitte les dents canines la cinquième année; il quitte les incisives la seconde, la troisième et la quatrième année. Les Tartares mangent sa chair, boivent le lait des jumens; ils en tirent une liqueur fermentée; on prépare de bons cuirs avec sa peau. Le mâle a, outre ses douze dents incisives, quatre canines et vingt-quatre

molaires. La jument n'a ordinairement point de canines, ou si elle en a, elles sont très-petites et courtes. — Les seuls chevaux véritablement sauvages ont été observés dans les vastes campagnes de Woroneskoi, et dans celles de la Calmoukie, entre le Wolga et le Jaïk. Ils sont petits; ils ont la tête grosse, les oreilles longues, les yeux étincelants, le poil du corps très-long et d'un gris de souris. Ils sont incroyablement vîtes à la course, timides, méfians, extrêmement en garde, difficiles à prendre et encore plus difficiles à dompter quand on les a pris. On les voit paraître et bondir en troupes nombreuses. Ils fuient l'approche de l'homme, mais non celle de leurs semblables devenus ses esclaves. Souvent ils osent se mêler aux chevaux domestiques, et les attaquer pour leur enlever quelques belles jumens; ils y parviennent ordinairement. De là il peut résulter un embarras et une incertitude, puisque ces mélanges croisent les races en mêlant le sang des esclaves à celui des chevaux libres; mais ces derniers se reconnaissent à l'uniformité de leurs poils, tandis que les autres portent la marque de leur bâtardise et de la mésalliance de leurs pères. Le pelage particulier de ces animaux, leur taille médiocre, leur grosse tête et leurs longues oreilles, les rapprochent tellement des beaux ânes de l'Asie, que quelques auteurs ont été portés à faire descendre ceux-ci du cheval. — Le cheval hémione se trouve par troupeaux dans les déserts qui règnent entre les fleuves Oron et Argou; il est plus rare dans les déserts du Mongol et dans ceux du Gobi; il s'étend jusque sur les frontières du Thibet et de la Chine; il aime les terrains herbeux, salés, découverts, plats; il craint les montagnes et les forêts. Cet animal, timide, soupçonneux, très-vîte à la course, n'a point encore été vu en domesticité ou apprivoisé; il a l'ouïe et l'odorat très subtils; son hennissement est plus sonore que celui du cheval; il est sujet à une maladie virulente qui se communique aux bœufs et aux chevaux; il rue et mord. Les Tartares du Mongol et les Tangusiens en aiment la chair; la peau est employée dans la construction des bateaux. Il approche, pour la grandeur et le port, du mulet; mais il est plus beau; il a la queue et les oreilles du zèbre, les ongles et le reste du corps de l'âne; les jambes du cheval; mais il en diffère par la tête qui est plus grosse, par le front aplati, rétréci en avant; le cou est plus mince, grêle, plus rond que dans les autres espèces. L'hiver, les poils ont un demi-pouce de longueur; ils sont mous, d'un glauque pâle à la base; le reste est couleur isabelle pâle; ils forment des ondes sur le dos; en été, ils ont à peine trois lignes et demie, et souvent des tourbillons. La queue est presque comme celle de la vache. Cet animal pèse 460 livres médicinales; sa longueur est de cinq pieds et plus; l'extrémité de sa queue longue de deux pieds, est noire, formant un flocon, une houppe; on compte trente-quatre dents. — Le cheval *âne*, solipède, à queue garnie de crins à l'extrémité; le mâle portant une croix noire sur les épaules; à oreilles flasques, longues; la crinière courte. L'âne sauvage habite par troupeaux dans les déserts de la grande Tartarie. Il aime les pays montueux; après l'accouplement, il passe par troupes en Perse et dans l'Inde. On le voit fréquemment aux environs de la ville de Corbin. Anciennement, on le trouvait en Natolie, en Syrie, en Arabie et en Afrique. — L'âne domestique s'élève presque partout, excepté dans le Nord. Il craint le froid et supporte patiemment les coups et la misère; il se contente de chardons et autres plantes amères. C'est un animal lent, doux, stupide, opiniâtre, ruant. L'âne sauvage, au contraire, est alerte, très agile; sa taille est plus élégante et plus élevée; il donne la chasse aux bêtes les plus féroces; car il ne craint guère que le tigre. On l'apprivoise sans peine. Ses sens sont excellents, surtout la vue, l'ouïe et l'odorat. Il aime l'eau, les plantes salées et amères. Son poil est blanc, à reflets argentins; le sommet de la tête, le cou et les côtés du tronc sont d'un jaune pâle, sa crinière d'un noir fauve-roux; la ligne du dos approche de la couleur du café. Son crin est plus doux que celui du cheval. Les Kirgisses en aiment la chair. La peau fournit un excellent cuir qu'on grenelle en la préparant; on l'appelle *peau de chagrin*. L'âne domestique, si utile dans les régions chaudes tempérées, n'a été introduit en Angleterre que sous le règne de la reine Elisabeth (1600). — Le mulet est rarement fécond. Les meilleurs nous viennent d'Espagne, les plus grands de la Savoie. Il approche du cheval par le port et la grandeur. Cet animal est lent. mais patient, robuste , dormant peu , facile à nourrir, couvert d'une peau sèche, qui exclut la vermine et la sensibilité aux coups de l'homme et aux piqûres des insectes.—Le zèbre est un des plus beaux quadrupèdes; il habite par troupeaux dans les plaines de l'Afrique méridionale; sa course est très rapide. Il est malin, indocile; cependant on peut apprivoiser les plus jeunes. Sa grandeur est celle du mulet; sa crinière est courte, droite; la tête et le corps sont traversés de bandes de haut en bas, obliquement; mais ces bandes sont transversales sur les cuisses et les jambes. Il a les oreilles droites et la queue de l'âne. — Le cheval couagga, solipède , marron sur le dos, à bandes transversales rousses sur les côtés et les flancs; le ventre, le dessous du corps, les cuisses et les jambes blancs. On le trouve en Afrique, par petites troupes isolées. Il est plus grand et plus fort que le zèbre; il s'apprivoise plus aisément; on peut même l'atteler aux voitures. Dans cette espèce, les raies sont d'un brun roussâtre, à peine marquées, larges et peu nombreuses.

CHEVAL (Le petit). Constellation boréale qui se compose de quatre étoiles de quatrième grandeur; elles forment un petit trapèze, dont les plus longs côtés sont du nord au sud. On prétend que Neptune prit la forme de ce cheval lorsqu'il fut surpris avec Philyre, mère du centaure Chiron et fille de l'Océan.

CHEVALERIE. Grade et dignité de chevalier. La chevalerie, dont on trouve quelque trace dès le temps de Charlemagne , était devenue très florissante en 1220, sous le règne de Philippe-Auguste. Louis VIII, fils de ce dernier roi, fut armé chevalier par son père. Cette institution militaire et politique a été comparée par nos ancêtres au sacerdoce et à la prélature. On ne parvenait à l'ordre de chevalerie qu'après de longues épreuves. Un jeune candidat passait dès l'âge de sept ans dans la maison de quelque illustre chevalier, pour le servir en qualité de *page*, damoiseau ou varlet. Il y était élevé ordinairement par les femmes. L'amour de Dieu et l'amour des *dames* faisaient la matière de leçons également sérieuses. A quatorze ans le jeune homme, *sorti hors de page*, montait au rang des *écuyers*. Ceux-ci avaient différents emplois, surtout celui d'habiller ou de déshabiller leur maître , de porter son armure, etc. En général, on ne devenait chevalier qu'à vingt-un ans au moins. Les jeûnes, les veilles dans une église, plusieurs autres pratiques de dévotion, précédaient la grande cérémonie de l'accolade, qui consistait en un petit soufflet ou en trois coups de plat d'épée qu'on donnait au novice, en lui disant : *de par Dieu , Notre Dame et monseigneur saint-Denis, je te fais chevalier.* C'était la formule la plus en usage. On jurait de sacrifier sa vie, ses biens pour la défense de la religion et de l'état, des veuves , des orphelins, et de tous ceux qui auraient besoin de secours. Les chevaliers avaient de grands privilèges : leurs femmes seules se faisaient appeler *madame.* Rien n'est plus connu que leur passion pour les aventures. La gloire et le plaisir excitaient leur émulation ; mais l'histoire ne permet point de douter qu'ils n'aient été souvent aussi licencieux en amour que terribles en faits d'armes.

CHEVEU. Production pileuse particulière à la partie de la peau qui recouvre le crâne dans l'espèce humaine. Les cheveux sont une modification du poil ; ils naissent d'un bulbe enchâssé dans la peau et qui reçoit de petits vaisseaux; leur développement continuel ne se manifeste qu'en longueur.Ils sont formés d'une enveloppe solide , et présentent un canal dans toute leur longueur; leur surface tuilée les rend susceptibles de se mêler, leur couleur est très variable ; cependant on peut dire d'une manière générale, qu'ils sont d'autant plus foncés que l'on se rapproche davantage des pays chauds.

CHEVELURE DE BÉRÉNICE. Constellation boréale. C'est un groupe d'étoiles de la quatrième, cinquième et sixième grandeur, placé près de la queue du Lion.

CHIEN, animal. Le chien a été regardé de tout temps. comme le symbole de la fidélité; il était autrefois consacré à Mercure , comme au plus rusé et au plus vigilant des dieux ; la ruse et la vigilance étant deux qualités qui distinguent encore cet animal. La durée de sa vie est de douze ou quinze ans. Il naît aveugle. Ses espèces sont en très grand nombre, et on les désigne par des noms différents. On croit que la race première est originaire de l'Inde.

CHIFFRE, caractère de nombre. Les Orientaux sont les inventeurs des chiffres ; les chiffres romains furent inventés tout d'abord en comptant avec les doigts : ainsi pour marquer les quatre premiers nombres, on s'est servi d'un I qui représente un doigt , et l'on avait I. II, III, IIII. Pour le cinquième , on s'est servi d'un V, représenté en baissant les doigts du milieu, et en montrant simplement le pouce avec le petit doigt. Pour dix , on a fait un X , qui est un double V, dont un est renversé et mis au dessous de l'autre. Le cent fut marqué par sa capitale C. Depuis, on a ajouté deux autres chiffres romains, le D qui vaut cinq cents , et le M qui vaut mille. Par abréviation, IV signifie cinq moins un , c'est-à-dire quatre; IX, dix moins un , c'est-à-dire neuf. Les Indiens sont les inventeurs des chiffres arabes ; ils les transmirent aux Maures que les introduisirent chez nous. Ces chiffres ne parurent sur nos monnaies, pour marquer la date du temps où elles avaient été frappées, que depuis l'ordonnance de Henri II, rendue en 1549; mais on ne fit usage de ces chiffres, dans les écrits, que depuis le règne de Henri III.

CHIMIE, de χυμος ; suc ; science qui a pour objet les propriétés intimes des corps, leur analyse et leur recomposition. Les anciens attribuaient les premiers préceptes de la chimie à *Hermès* ou Mercure, et par cette raison l'appelaient *science hermétique*. Lorsqu'on ne cherchait dans cette science que le moyen de transmuer les métaux entre eux, elle prenait le nom d'*alchimie*, ou chimie, *al* par excellence. La chimie se divise 1° en *chimie philosophique* qui s'occupe des faits généraux , des lois générales déduites de ces faits, des opérations (analyse et synthèse) qui conduisent à la connaissance intime des corps.—2° *Chimie météorologique*, qui rentre plutôt dans le domaine de la physique générale, et donne l'explication des phénomènes connus sous le nom de *météores*.—3° *Chimie minérale, chimie végétale, chimie animale*, qui ont pour objet la composition et les propriétés chimiques des corps de ces trois règnes.—4° La *chimie pharmacologique*, a pour objet principal les compositions pharmaceutiques. — 5° La *chimie manufacturière, chimie économique*, qui s'occupe de la découverte, de la simplification, du perfectionnement des moyens chimiques utiles aux arts ou à l'économie domestique. — La chimie minérale est appelée aujourd'hui *chimie inorganique*; la chimie végétale et la chimie animale sont réunies sous la dénomination de *chimie organique*. — *La chimie n'est autre chose que la science de l'affinité*, c'est-à-dire qu'elle expose les affinités des corps simples entre eux, examine les divers composés qui résultent de l'union de ces corps deux à deux , trois à trois, quatre à quatre ; en un mot, elle s'occupe de tout ce qui tient à l'action moléculaire et réciproque des corps les uns sur les autres.—Supposons qu'une bougie brûle dans un instant donné. Comment se fait-il que la

10

cire entretienne la chaleur et répande cette vive lumière que l'on connaît à la flamme? Que devient la cire brûlée? Pourquoi la bougie s'éteint-elle si on la souffle ou si on la soustrait au contact de l'air? Voilà des phénomènes bien simples, et fréquents dans la vie domestique. Si on les examine attentivement, on s'aperçoit bientôt qu'il se passe dans la flamme une action intime entre une partie de l'air et les éléments qui composent la cire : l'explication de ces phénomènes appartient donc à la chimie.—La chimie nous apprend comment on extrait le fer, le cuivre, le zinc, l'étain, le plomb, l'argent, l'or, le mercure, des minerais grossiers qni contiennent ces métaux; comment on les purifie, comment on les sépare les uns des autres.—Elle nous fait connaître la manière de préparer les vins, les bières, les liqueurs, le pain, le fromage, le sel, le savon, le cuir, les couleurs variées que l'on applique sur le lin, le coton, la laine, la soie, etc., etc. — *Nomenclature chimique.* Les corps, (et l'on nomme ainsi tout ce qui frappe un ou plusieurs de nos sens) se divisent en *simples* et *composés.* Ces corps se présentent sous trois états : ils sont *solides, liquides* ou *aériformes.* — On appelle corps simple celui qui ne contient qu'une seule espèce de matière : ainsi l'argent est regardé comme un élément ou corps simple, parce que, quels que soient les procédés que l'on met en usage, on ne retire que des parties d'argent d'un morceau de ce métal. — On nomme corps composé, celui qui résulte de la combinaison des corps simples : ainsi le fer-blanc est un corps composé, parce que à l'aide d'un moyen connu des chimistes on obtient pour résultat de la décomposition du fer et de l'étain. — Les anciens ne reconnaissaient que *quatre* éléments ou corps simples : la *terre,* l'*eau,* l'*air* et le *feu.* On en admet aujourd'hui près de *soixante,* parmi lesquels on ne compte plus ni l'eau, ni l'air, ni la terre ; la plus simple expérience chimique démontre évidemment que ce sont des corps composés. — Il existe dans les traités de chimie des différences assez grandes dans la classification des corps simples ; l'ordre que nous indiquons ici est le plus généralement suivi. Parmi ces éléments trois sont nommés fluides impondérables, c'est-à-dire que jusqu'à présent on n'a aucun moyen de déterminer leur pesanteur ; tels sont : *le calorique, la lumière, le fluide électrique.* — *Corps pondérables.* Éléments non métalliques : *Oxygène, hydrogène, bore, carbone, phosphore, soufre, chlore, iode, brome, azote, fluor, silicium, sélénium, magnesium, glucinium, yttrium, aluminium, thorinium, zirconium, calcium, strontium, barium, sodium, potassium, titium, manganèse, zinc, fer, étain, cadmium, arsonic, molibdène, chrôms, columbium, tungstène, antimoine, urane, cérium, cobalt, titane, bismuth, cuivre, tellure, plomb, mercure, nickel, osmium, argent, or, iridium, palladium, rhodium, platine.*—Substances pondérables dont l'action sur les autres est la plus énergique et la plus fréquente ; ces corps forment des acides : *Oxygène, chlore, iode, fluor.*—Substances simples, non métalliques, forment par leur union avec l'oxygène des acides et des oxydes : *Hydrogène, bore, carbone, phosphore, soufre, sélénium, azote.*—Métaux se combinant avec l'oxygène et qu'on en isole difficilement : *Magnésium, glucinium, yttrium, aluminium, thorinium, zirconium, silicium.* Métaux qui ont la propriété d'absorber l'oxygène à une température très élevée, et de décomposer l'eau instantanément à la température ordinaire, en s'emparant de son oxygène et dégageant l'hydrogène avec effervescence : *Calcium, strontium, barium, lithium, sodium, potassium.*—Même propriété, mais ne décomposant l'eau qu'à l'aide de la température rouge : *Manganèse, zinc, fer, étain, cadmium.* — Absorbant l'oxygène à une haute température, mais ne décomposant pas l'eau : *Arsenic, molybdène, chrome, tungstène, columbium.* —Formant des acides : *Antimoine, urane, cérium, cobalt, titane, bismuth, cuivre, tellure, nickel, plomb.*

Oxidables. Le mercure et l'*osmium* sont réductibles à une température élevée ; ce n'est qu'à une certaine température qu'ils s'unissent à l'oxygène ; ils ne décomposent pas l'eau. — Métaux ne pouvant absorber l'oxygène ni décomposer l'eau à une température moins élevée que le rouge cerise : leurs oxydes sont réductibles : *Argent, rhodium, or, palladium, platin., iridium.* —Si ou se rappelle la définition que nous avons donnée de l'élément ou corps simple, ou saura à l'avance comment on appellera une combinaison où deux ou trois éléments entreront ; ce sera un corps composé. On est convenu de donner à ces nombreux composés des noms qui rappellent leurs éléments On forme ces noms d'après des règles très simples. Ainsi on nomme *oxydes* les combinaisons d'oxygène et d'un corps simple, qui ne rougissent pas la teinture de tournesol (V. ce mot). On appelle *acides* les composés d'oxygène, d'une ou de plusieurs substances simples, qui rougissent l'*infusum* de tournesol et ont une saveur aigre. L'oxygène peut se combiner avec la même substance simple en différentes proportions ; de là les noms de *protoxyde, deutoxyde, tritoxyde* ou *péroxyde.* c'est-à-dire, 1er, 2e, 3e degré d'oxygénation ; ainsi le protoxyde de fer est l'oxyde de ce métal qui contient le moins d'oxygène. —On établit une distinction analogue pour les acides : ainsi, on ajoute au mot *acide* le nom latin du corps, et l'on termine ce nom, devenu adjectif, en *ique* pour désigner l'acide le plus oxygéné ; en *eux* pour celui qui est le moins oxygéné : exemple ; acide sulfur*ique* est le plus oxygéné, l'acide sulfur*eux* sera le moins oxygéné. — Remarquons en passant qu'un oxyde d'un corps quelconque est toujours moins oxygéné que l'acide de ce même corps. — Lorsqu'un acide s'unit avec un oxyde métallique, il en résulte un composé que l'on appelle *sel.* Les noms des sels sont formés : — 1° De l'adjectif qui spécifie l'acide du sel ; on change la terminaison *ique* en *ate* et la terminaison *eux* en *ite.* Un sel formé de l'acide sulfurique avec un oxyde s'appellera *sulfate,* et ce sel devient un *sulfite* si son acide est remplacé par l'acide *sulfureux.*—2° Du nom de l'oxyde, que l'on unit comme adjectif au substantif dérivé du nom de l'acide. C'est ainsi que l'on dit *sulfate de protoxyde de fer,* ou *protosulfate de fer; carbonate de protoxyde de plomb,* etc. Un corps non métallique s'unit-il à un métal? on appelle le composé du nom latin du corps non métallique, que l'on termine en *ure,* et auquel on ajoute, comme génitif, le nom du métal. Ainsi l'on dit *sulfure de plomb, chlorure d mercure.* On dit aussi *protosulfure,* protochlorure ; mais on ne dit pas *plombure de soufre, mercure de chlore,* etc. — On nomme *alliages* les composés que les métaux forment entre eux, et on les désigne en ajoutant à ce mot, comme génitif, les noms des métaux combinés. C'est ainsi que l'on dit : *alliage de plomb et d'étain, alliage de cuivre et de zinc.* Cependant on remplace les mots *alliage de mercure* par le seul mot *amalgame,* et l'on dit *amalgame d'argent* au lieu d'*alliage de mercure et d'argent.* — Bien que ces règles souffrent quelques exceptions, elles suffisent à l'intelligence du langage chimique, et il est essentiel de se les rendre familières, si on veut se livrer avec fruit à l'étude de cette belle science.

CHIRURGIE. La chirurgie est cette partie de l'art de guérir qui a besoin du secours de la main pour conduire au rétablissement de la santé. C'est sans aucun doute la plus ancienne des sciences. L'instinct de sa conservation dut, avant tout, conduire au principe l'homme au traitement de ses maladies, et celles qui durent nécessairement attirer d'abord son attention furent aussi celles qui sont du domaine de la chirurgie, c'est-à-dire les maladies externes. Dans les temps reculés, dans les temps héroïques de la Grèce, la chirurgie était une des sciences le plus en honneur ; plus tard sa pratique fut abandonnée à des esclaves. Dans le moyen-âge c'était une science barbare qu'il était défendu de mettre en pratique sous peine d'excommunication. On ne conçoit pas comment *Mahomet*, dont la guerre était un des plus puissants mobiles, a pu frapper de réprobation cette partie de la science qui avait pour but de réparer une partie des maux que faisait la guerre. Après le moyen-âge les barbiers eurent exclusivement le privilége de faire les opérations. Aussi ces praticiens sans instruction avaient fait tomber cette science dans un tel degré d'abaissement que c'en était fait d'elle, si un nommé Pitard n'eût, en 1.511, rassemblé en collége les chirurgiens de Paris et ne leur eût fait sentir la nécessité d'études préalables. Mais peu de temps après la fondation de cette société, on vit s'élever entre elle et la faculté de médecine des disputes incessantes qui absorbant tout le temps des chirurgiens, les forcèrent d'abandonner les études anatomiques, bases de toute chirurgie, et dès lors cette science se traîna de nouveau dans les anciennes ornières. Mais Guy de Chauliac parut, et avec lui commença une période d'efforts constants pour ramener la chirurgie à l'étude de l'anatomie. — Ce fut surtout dans le xvi° siècle que cette science prit un brillant développement, et parmi ceux qui, guidés par l'anatomie, lui firent faire le plus de progrès, nous ne signalerons que Ambroise Paré, qui doit à juste titre être regardé comme le père de la chirurgie française, *Fabrice de Hilden*, etc. — Avec la seconde moitié du xvi° siècle commence pour la chirurgie une période de véritable splendeur; des guerres nombreuses, la fondation d'hôpitaux publics ouvrirent un champ fertile à l'observation. A cette même époque aussi se fondait à Paris l'académie royale de chirurgie qui, réunissant toutes les forces disséminées de la chirurgie, excita une émulation qui se répandit dans toute l'Europe et imprima à la science une impulsion qui ne s'est pas encore ralentie; à partir de ce moment aussi ses progrès ont été brillants et rapides; en très peu de temps elle a été portée à une si grande hauteur que l'on peut dire qu'il est peu de sciences qui se soient en si peu de temps si généralement répandues et qui aient rendu plus de services à l'humanité. L'étude de l'anatomie, de la physiologie et de l'anatomie pathologique donnent aujourd'hui plus de sûreté et plus de hardiesse dans les opérations; l'exercice sur le cadavre plus d'habileté et de simplicité, et toutes les nations cultivant la chirurgie avec un égale passion, deviennent toutes émules ou rivales les unes des autres; leur ardeur assure à la science l'avenir le plus brillant. — Nous pouvons dire avec orgueil que si la chirurgie a, dans les temps modernes, pris pour ainsi dire naissance en France, la France est restée toujours à la tête des autres nations; sa supériorité est si marquée que les étrangers de tous pays viennent étudier à nos écoles. — On a voulu dans tous les temps et dans tous les pays séparer la médecine de la chirurgie; mais s'il est des maladies qui réclament impérieusement l'emploi des moyens appartenant à l'une ou l'autre de ces sciences, on peut dire que le but de l'art ne serait le plus souvent qu'incomplétement atteint si le chirurgien ne possédait une connaissance exacte de tous les faits qui sont du domaine de la médecine; il est même impossible de trouver une ligne de démarcation entre les moyens médicaux et les moyens chirurgicaux. — Le caractère physique et le caractère moral du praticien peuvent seuls trouver cette ligne de démarcation; mais pour le chirurgien l'étude de la médecine et celle de la chirurgie sont inséparables; elles doivent constamment marcher de front: c'est leur réunion qui ébranle et détruit tous les jours les erreurs sur lesquelles s'est jusqu'à présent appuyé le charlatanisme qui a été si funeste à l'humanité et qui pendant si longtemps a déshonoré l'art de guérir. — Si tout homme capable d'étudier et d'apprendre peut devenir médecin, tout le monde ne peut devenir chirurgien; car il faut pour cette dernière profession certaines conditions que l'étude ne peut procurer, que la nature seule peut donner: — la prestesse, la dextérité, l'habileté, nécessaires pour bien pratiquer une opération,

peuvent être obtenues à l'aide de nombreux exercices sur le cadavre. Mais dans beaucoup de cas ces qualités ne suffisent pas au vrai chirurgien. En effet, la vie des hommes à chaque instant dans les mains de l'opérateur, l'indocilité du malade, ses mouvements désordonnés, ses cris importuns et fatigants, un sentiment particulier et indéfinissable dont aucun chirurgien ne saurait se défendre au moment d'une opération grave, sont autant de circonstances capables d'ébranler sa fermeté, de troubler l'égalité d'esprit qu'il doit toujours conserver et le rendre incapable d'achever avec promptitude et assurance la tâche qu'il s'est imposée, à moins qu'il n'ait reçu de la nature certaines qualités qui lui sont indispensables et qui, aux yeux du vulgaire, lui donnent un caractère dur, barbare et sans pitié. Le chirurgien a besoin, de la part de ses malades, d'une confiance plus étendue que celle accordée au médecin; souvent en effet la possibilité d'une guérison repose tout entière sur une tentative audacieuse, devant laquelle le chirurgien ne doit jamais reculer, si elle lui est suggérée par sa conscience, mais devant laquelle doit s'incliner le malade; car avant tout il doit être convaincu que l'homme de l'art auquel il accorde sa confiance n'en vient à une opération qu'après être bien persuadé que tous les autres moyens sont d'une inutilité absolue.

CHITINE. Substance particulière trouvée dans les élytres de la cantharidine, et regardée comme différente de la cantharide. Cette substance paraît former le quart du poids de l'élytre, où elle est unie à une matière extractive, soluble dans l'eau, à une huile colorée, à une substance animale brune, et à de l'albumine.

CHLORATE. Les chlorates sont des sels neutres résultant de la combinaison de l'acide chlorique avec une base.

CHLORE. Le chlore, découvert en 1774 sous le nom d'*acide marin déphlogistiqué*, n'existe jamais dans la nature sous l'état de chlorate et d'hydrochlorate. Isolé de ses composés, il est toujours gazeux. Sa couleur jaune verdâtre est d'une saveur agréable, d'une odeur très pénétrante et fortement irritante; en le respirant on éprouve un sentiment de strangulation et un resserrement à la poitrine. Le chlore s'obtient en faisant réagir sur une partie de péroxyde de manganèse la partie d'acide hydrochlorique du commerce marquant 22°. Uni à la potasse du commerce, il constitue l'eau de javelle. Le chlore a une grande tendance à s'unir avec l'hydrogène et toutes les matières animales et végétales contenant une certaine proportion d'hydrogène; le chlore les décompose avec rapidité. Cette propriété le fait employer pour désinfecter l'air corrompu par les miasmes, et pour décolorer les liquides. On s'en sert pour blanchir les toiles de coton, de lin et de chanvre, les estampes, la pâte du papier; il est également employé pour enlever les taches d'encre.

CHLORHYDRATE. C'est le nom générique des sels formés par la combinaison de l'acide chlorhydrique avec les bases. Aujourd'hui, *chlorhydrate* est admis à la place du mot *hydrochlorate*, parce que, d'après la théorie chimique qui attribue aux corps simples la faculté de déterminer la propriété acide, le nom du principe acidifiant doit toujours former le commencement du nom de l'acide.

CHLORURE. On donne le nom de *chlorures* aux combinaisons du chlore avec les corps simples. Il y a des chlorures métalliques et des chlorures non métalliques. Généralement les chlorures sont solides, blancs ou colorés; ils sont privés d'un brillant métallique, et sont inodores; presque tous ont une saveur marquée, et la plupart d'entre eux s'obtiennent sous forme de cristaux réguliers. On nomme *chlorure de chaux*, une combinaison de chlore et de chaux dans laquelle le gaz tient fort peu à l'oxyde métallique. Ce chlorure doit sa propriété désinfectante à la facilité avec laquelle le chlore se sépare pour se porter sur les matières animales ou végétales.

CHOCOLAT. Pâte préparée avec des amandes de cacao, du sucre et souvent quelques aromates. Au moyen d'un rouleau de bois, on écrase ces amandes torréfiées à la manière du café ; on les dépouille de leur enveloppe au moyen d'un crible ; on les pile dans un mortier de fer chauffé et on les réduit en pâte grossière qu'on laisse refroidir sur un marbre, et qu'on broie ensuite avec un cylindre de fer, sur une pierre échauffée par de la braise placée au-dessous. On mêle dans une bassine chaude cette pâte avec la quantité de sucre nécessaire ; on la broie de nouveau, et on la dispose dans des moules de fer-blanc (*Voyez* CACAOYER).

CHOLÉRA. Cette affreuse épidémie, qui a jeté l'épouvante et la mort chez presque toutes les nations de la terre, paraît avoir commencé à Jessore, dans le Delta du Gange, en 1817. Elle s'est successivement répandue sur l'une et l'autre rive de ce fleuve ; elle a envahi la plupart des contrées de l'Inde et des Iles de l'Océan indien ; elle s'est montrée en Perse, et, poursuivant son cours de l'est à l'occident, en 1822 et 1823, elle est parvenue jusque sur les bords de la Méditerranée, en Syrie, et jusque dans les montagnes du Caucase. Arrivé non loin de l'Europe, le choléra parut s'arrêter et s'éteindre sur le littoral de la mer Caspienne ; après six ans de cessation, il s'est réveillé à Astrakan et à Tiflis en 1829 ; cette fois, il franchit le Don et les monts Ourals et apparut en Europe. En 1830, il s'est déclaré à Moscou, en 1831 à Saint-Pétersbourg, à Varsovie, dans toute l'Allemagne ; du commencement de l'année 1832, dans son invasion à Londres et à Paris. Le *choléra n'est pas contagieux* ; le nombre des victimes qu'il a faites parmi les personnes qui se sont dévouées au service des cholériques, n'offre aucune disproportion avec le chiffre général de la mortalité.—Il est *épidémique*, puisqu'il transporte çà et là son œuvre de destruction ; le choléra franchit toutes les barrières que la nature et l'homme lui opposent ; l'air est son véhicule ; il s'y trouve dissous, mais non neutralisé, non neutralisé ; miasme incoërcible, il échappe à tous les moyens d'investigation ; son principe n'a pu être saisi par les opérations de l'analyse la plus subtile.—Il a été généralement observé à Paris que, dans le nombre des cholériques, on comptait plus de femmes que d'hommes, d'indigents que de gens aisés, de vieillards que d'enfants, de personnes sans sobriété que de celles qui étaient rangées, d'habitants des bords de la Seine plus que de ceux de l'intérieur de la ville, plus d'oisifs que de travailleurs, de tempéraments bilieux que de sanguins.—L'emploi des chlorures et du chlore est le meilleur préservatif du choléra ; l'entretien d'un feu modéré, qui maintienne une température uniforme dans l'appartement, concourt à la purification de l'air.— Le choléra peut se diviser en quatre périodes : la première, prodromes ou début, affecte le caractère suivant : refroidissement des extrémités inférieures, coliques, douleurs à l'épigastre, sécheresse et astringence à la gorge, diarrhée. — La deuxième période, invasion ou attaque : redoublement de violence dans les affections précédentes, coliques insupportables, diarrhée brûlante, prostration, refroidissement de plus en plus envahissant, pouls filiforme, grand feu à l'épigastre.—La troisième, période algide : mêmes symptômes plus intenses encore : vomissements violents, déjections alvines très douloureuses, crampes névralgiques qui tordent bras et jambes, convulsion dans tout le corps ; au milieu des tourments, la tête reste saine et froide, le malade a la conscience de son état, l'intime sensation de chaque douleur. — La quatrième, période critique : c'est alors que s'étend sur tout le corps cette coloration livide, bleuâtre, caractérisée par le mot *cyanose*. Elle cadavérise le cholérique, même avant la mort.—Deux systèmes curatifs ont été presque exclusivement suivis ; on les caractérise du nom de leurs auteurs : le premier, système de Magendie, le second, système Récamier. Dans le premier traitement, phlogistique, les excitants, les topiques chauds, la saignée et les lavements excitants. —Dans le second traitement, antiphlogistique, les calmants, la glace, les émétiques, les sangsues.

CHOUANS. On désigne par ce mot les insurgés de la Vendée. Un bûcheron, nommé Cottereau, vivait en 1780, dans une ferme du Bas-Maine, non éloignée de Laselle-Craonaise, département de la Mayenne. Son séjour habituel dans les bois et une monomanie de taciturnité lui acquirent le surnom de *chouan*, par corruption de *chat-huant*. Après sa mort, le surnom que lui avait valu sa vie sauvage se perpétua en passant à sa postérité. Parmi ses enfants était un jeune homme, nommé *Jean*, d'un caractère énergique, qui ne lui permettait de subir aucun frein. Dès ses premières années, il s'affranchit de tout joug et de toute dépendance ; d'abord, ce fut aux préposés de la gabelle qu'il voua une haine à mort. Très souvent il avait des collisions avec les *gabeloux*, et les arguments les plus persuasifs qu'il employait à leur égard se trouvaient au bout de son bâton noueux et ferré. Enfin, la nécessité obligea Jean Chouan de se faire soldat ; mais bientôt il déserta, et à l'exemple de son père, il établit sa demeure au milieu des forêts, moins cependant pour se livrer à l'état de bûcheron que pour se dérober aux recherches dont il était l'objet. A cette époque, bien plus encore qu'aujourd'hui, que la civilisation a pénétré dans les provinces occidentales, le paysan breton ou manceau vivait isolé dans ses fermes, et n'avait une très rarement des rapports avec les habitants plus éclairés des villes ; tous les préjugés, tous les usages du moyen-âge, étaient conservés intacts dans le département de la Mayenne ; comme au temps des croisades, le curé de l'endroit était, pour ces campagnards, le symbole vivant d'une puissance intermédiaire entre le ciel et la terre, et il jouissait d'une influence illimitée. Il ne fut pas difficile aux curés de persuader à leurs paroissiens que, la cause de Dieu étant compromise avec celle du Roi, il fallait se dévouer pour le rétablissement de l'une, dont le salut de l'autre dépendait ; de toutes parts on courut aux armes pour la défense de *l'autel et du trône*. Jean Chouan est considéré comme ayant donné le premier le signal de la révolte ; il donna son *surnom* et ses ordres à sa bande ; à son exemple, d'autres fanatiques organisèrent la résistance sur presque tous les points de la rive droite de la Mayenne, mais ils renfermèrent leurs expéditions dans les limites de leurs cantons, et c'est par cette raison qu'il ne faut pas confondre avec les *chouans*, les Vendéens qui ont opéré sur un terrain plus vaste. Quant à *Jean Chouan*, après des alternatives de succès et de revers, il mourut d'un coup de feu, aux lieux mêmes où il avait arboré l'étendard de la résistance.

CHRISTIANISME. Religion du Christ. L'Empire romain, au sein duquel se forma le christianisme, n'y fit d'abord aucune attention. On ne connut long-temps à Rome les chrétiens que sous le nom général de juifs, que les Romains toléraient dans leur capitale et dans leurs provinces. Les chrétiens, unis entre eux par la religion du serment, sans temples, sans autels, dans leurs cérémonies publiques, élisaient leurs supérieurs secrets à la pluralité des voix ; ces supérieurs, sous le nom d'*anciens*, de *prêtres*, d'*évêques*, de *diacres*, ménageaient la bourse commune et soignaient les malades. On exhortait les chrétiens riches à se charger de nourrir et d'élever les enfants des pauvres ; on faisait des collectes pour les veuves et les orphelins ; les femmes pouvaient parvenir à la dignité de diaconesses, ce qui les attachait à la confraternité chrétienne. C'était une honte pour un chrétien de plaider devant les tribunaux civils. Les collèges sacerdotaux pacifiaient les querelles qui naissaient dans la société. Ainsi les chrétiens, retirés du monde, inconnus même en se montrant, échappaient à la tyrannie des proconsuls ou des propréteurs, vivaient libres dans le public esclavage. Dans le commencement, le christianisme pouvait être considéré plutôt comme une association domestique et particulière, que comme une religion nouvelle. Jésus avait déclaré qu'il était venu pour accomplir la loi mosaïque, et non pour la détruire. Les premiers chrétiens s'assemblaient dans les synagogues, faisaient leurs prières à Jérusalem, dans le temple; ils se bornaient à dire aux Juifs: vous avez fait crucifier notre maître; Dieu l'a ressuscité. Bientôt les disciples de Jésus se séparèrent entièrement des Juifs, et prirent le nom de chrétiens. Le platonicisme, appliqué à la religion naissante, lui donna de la consistance et de l'activité. C'est le grand nœud, le premier développement de la religion chrétienne. Platon s'était fait admirer par les Grecs, avec des sophismes éblouissants. Dès que les Ptolémées établirent des écoles dans Alexandrie, elles furent platoniciennes. Les premiers disciples de Jésus qui vinrent dans cette grande ville y trouvèrent des Juifs platoniciens. C'est dans Alexandrie que se forma l'ensemble de la religion chrétienne. Il y eut long-temps une école célèbre de christianisme platonicien, une chaire où Marc enseigna. A Marc succéda Athénagore, à celui-ci Pantène, ensuite Clément surnommé Alexandrin, puis Origène.—Sévère nous apprend que la foi a été reçue un peu tard dans les Gaules; sans doute, les cœurs des Gaulois n'y étant pas disposés, les vérités de l'Évangile n'y firent d'abord nuls progrès sensibles. Photin, évêque de Lyon, est le plus ancien prélat dont il soit fait mention dans l'histoire. Il souffrit le martyre l'an 167. Il était venu d'Asie, d'où l'on présume qu'il fut envoyé par quelques disciples des apôtres. On ne peut déterminer, d'une manière précise, le temps où les autres églises commencèrent. La plupart des évêques furent envoyés par la cour de Rome, mais non pas tous; car plusieurs vinrent de l'Asie. Marcellin, premier évêque d'Embrun, vint d'Afrique, et avec lui Domnin et Vincent, qui établirent une église à Die, et y tinrent le siège l'un après l'autre.—Les diacres annonçaient et expliquaient l'Évangile; ils administraient l'Eucharistie à ceux qui assistaient à la célébration des mystères; et sous l'autorité des évêques et des prêtres, ils portaient la communion aux absents; comme représentants des évêques, ils avaient quelquefois des églises à gouverner. Leurs fonctions étaient encore de visiter les martyrs et les confesseurs dans les prisons, et de consoler les malades. Ils étaient chargés de la distribution des finances, tant pour les besoins des pauvres que pour l'entretien des ministres et des églises. Il y avait au moins un diacre dans chaque église, et jamais les prêtres ne célébraient sans lui.—Les diaconesses formaient une partie du clergé pour les immunités, les distributions et les châtiments; elles visitaient, instruisaient les pauvres femmes. C'étaient celles qui allaient partout où la décence ne permettait pas l'admission des diacres; elles gardaient les portes par où les femmes entraient dans l'église, et y maintenaient entr'elles l'ordre et le silence. Dans la cérémonie du baptême des personnes de leur sexe, les diaconesses assistaient les évêques; on les choisissait parmi les vierges, les veuves professes, ou les femmes des évêques. Elles étaient ordonnées, à peu de choses près, avec les cérémonies usitées pour les diacres; le premier concile d'Orange les supprima, l'an 441.— Nous venons de dire que les diaconesses étaient choisies parmi les femmes des évêques; en voici l'explication: dans ce temps-là, le mariage n'empêchait pas l'élection de celui qui était digne de l'épiscopat; mais bien qu'il gardât sa femme, il continuait de vivre avec elle comme avec sa sœur et non comme avec son épouse. Un des premiers réglements établis dans l'église, fut l'interdiction du mariage aux évêques, aux prêtres et aux diacres, sous peine de déposition; cette interdiction s'étendit dans la suite jusqu'aux sous-diacres et même jusqu'aux clercs.— Dans les premiers siècles de l'église, on ne voit point que les prêtres eussent un costume particulier, pour la célébration des offices; mais les ecclésiastiques orientaux ayant ajouté quelque chose à leurs habits ordinaires, ils furent imités par les fidèles des Gaules. Le pape Célestin, qui vivait sous Honorius et Théodose, au commencement du cinquième siècle, désapprouva cette diversité, et chercha à ramener les prêtres à leurs anciennes pratiques. Les prêtres et les diacres portaient alors un grand mouchoir sur le bras pour s'essuyer le visage. On nommait ce mouchoir oraire; et le manipule, petite bande d'étoffe que le prêtre porte au bras gauche en célébrant la messe, quoique d'une forme différente de celle de l'oraire, semble un reste de cet ancien usage.— L'église a sanctifié plusieurs cérémonies païennes, parce que les chrétiens, ne sachant pas diriger leur zèle, se portèrent, par dévotion, à des pratiques désapprouvées par l'église, mais tolérées à cause du motif qui les dirigeait. Entr'autres usages, fut conservé celui de faire brûler des lampes et des cierges sur les tombeaux des martyrs. Quelques autres furent abolis, comme celui d'y porter du pain et du vin pour boire et manger; les danses autour de l'église furent également supprimées. —L'eau bénite, introduite à la place de l'eau lustrale, est encore imitée des païens; elle n'a été en usage que vers le sixième siècle. — Les cierges servirent d'abord pour éclairer les fidèles, lorsqu'ils s'assemblaient, le plus souvent de nuit, dans des caves et dans des grottes; mais lorsqu'on fit l'office en plein jour, on les conserva comme une marque de joie et de solennité. D'abord on en alluma devant les tombeaux des martyrs; et cette pratique, qui éprouva quelque résistance, devint bientôt commune à toutes les églises; on alla même jusqu'à porter des cierges aux processions. Du temps de saint Jérôme, on en allumait dans presque toutes les églises d'Orient lorsqu'on lisait solennellement l'évangile; l'église d'Occident se conforma à cet usage.—L'encensement est d'un usage très ancien; on brûlait des parfums devant l'arche; les lévites seuls portaient l'encensoir. La liturgie de saint Pierre a parlé des encensements: les canons des apôtres mettent le thymiame ou parfum au rang des choses qui pouvaient être offertes sur l'autel. Cependant, l'encens fut introduit dans l'église comme un parfum pour purifier l'air; dans les premiers temps, les chrétiens, obligés de se cacher pour vaquer aux exercices de religion, s'assemblaient secrètement dans des lieux humides et malsains, rendus encore plus insalubres par la grande quantité de personnes qu'ils renfermaient. Afin de dissiper les vapeurs malfaisantes, on imagina de brûler de l'encens et d'autres parfums: telle est, dit-on, l'origine de l'encens dans les églises. Le christianisme établi sur des bases solides, l'encens fut conservé, non pour purifier l'air des églises, mais pour imiter les rois mages, qui vinrent offrir à l'enfant Jésus l'or et l'encens. C'était encore pour apprendre aux fidèles qu'ils devaient détacher leurs pensées de la terre, pour les élever vers le ciel, afin que leurs prières y montassent avec la fumée de l'encens. Dans la suite, ce qui n'était qu'un hommage à la divinité servit à honorer les princes et même les ministres des autels. Les empereurs de Constantinople furent les premiers qu'on encensa. On lit dans les offices de Cicéron, qu'il était d'usage à Rome, de placer dans les carrefours les statues des empereurs, de leur offrir l'encens et d'y porter des cierges. Sans doute qu'à la naissance du christianisme, on voulut rendre aux chrétiens un honneur que, dans les temps d'ignorance, on rendait à leurs images. L'usage du pain bénit s'établit l'an 500; il était distribué aux fidèles qui n'étaient pas disposés à recevoir la communion.— Dans la primitive église, le clergé était humble parce qu'il était pauvre; l'origine de sa puissance date du règne de Constantin-le-Grand, qui exempta les prêtres de toutes les charges publiques, afin qu'ils pussent mieux vaquer à leur ministère. Vers le quatrième siècle, la dîme fut établie pour la subsistance du clergé. L'église et ses ministres obtinrent de grandes richesses de plusieurs princes chrétiens; alors possesseurs de terres, les prêtres furent admis aux assemblées de la nation. Ils parvinrent insensiblement, non-seulement à former un ordre dans l'état, mais encore le premier ordre de la nation.—Sous les empereurs Alexandre, Gordien et les deux Philippe, les chrétiens profitèrent du peu de liberté qu'ils avaient, pour construire des bâtiments appelés *fabriques*, qui furent toutes renversées par les ordres de Dioclétien. Plus tard, Constantin, l'impératrice Hélène, sa mère, et à leur exemple, les plus riches d'entre les chrétiens, bâtirent des temples magnifiques. Dès lors l'assemblée des temples commença à faire partie de la dévotion. Les grands temples furent appelés par les Grecs *basiliques*; enfin on leur donna le nom des assemblées mêmes, c'est-à-dire *églises*.— L'usage des vases d'or et d'argent pour la célébration des mystères s'est introduit de bonne heure; il y en avait beaucoup dans le cinquième siècle. On voit dans la lettre de Pline à Trajan, que dès la naissance de l'Église, le chant était en usage. Saint-Paul en parle dans ses Épîtres; mais l'usage en différait selon les lieux et selon la volonté des Évêques. Quelques-uns, comme saint Athanase, en ont diminué la mélodie, de peur que l'esprit ne fût détourné par le plaisir des oreilles. D'autres, au contraire, comme saint Ambroise, l'ont jugé propre à empêcher la distraction, afin que les peuples ne s'ennuyassent pas de la longueur du service. La coutume de chanter les louanges de Dieu à toutes les parties du jour et de la nuit, est plus ancienne que la religion chrétienne. On sait que les Romains divisaient le jour et la nuit chacun en douze heures qui croissent et décroissent selon les saisons, et ces douze heures se subdivisaient en quatre parties égales. Ces parties de jour se nommaient *stations*, celles de la nuit *veilles* ou *vigiles*, et toutes prenaient leur nom de leur dernière heure, sous laquelle étaient comprises les deux autres. Ainsi la première s'appelait *tierce*, la seconde *sexte*, la troisième *none*, et la quatrième *duodécime*. Mais le duodécime du jour se nommait aussi *vêpres* ou *lucernaire* parce qu'on allumait les flambeaux. Le duodécime de la nuit se nommait *matin* ou *duiucule*. A la naissance du christianisme, les fidèles s'assemblaient quatre fois par jour; savoir pour chanter des psaumes et des hymnes, à tierce, à sexte, à none, à vêpres, et autant la nuit; savoir aux trois veilles. De là les trois nocturnes, dans lesquels un peu avant le jour se faisait la lecture de quelques chapitres de l'Écriture Sainte, ou des écrits de personnages les plus éminents en piété et en doctrines. On disait *laudes* un peu avant le jour; depuis, les trois nocturnes et les laudes ont été réunis sous le nom de *vigiles*, et abusivement *matines*. Cassien institua ce qu'on nomme *prime*, qui se disait à la première heure du jour; et saint Benoît *complies*, pour terminer la journée par cette dévotion. — Le christianisme se divise en trois grandes branches, qui sont : l'église Catholique, l'église Grecque et le Protestantisme. L'église Catholique s'appelle autrement *église Romaine*, parce que le pape, qui est évêque de Rome, en est le chef spirituel. — L'église Grecque se subdivise en trois branches : 1° Les *Grecs Schismatiques*, appelés ainsi parce qu'ils sont séparés de l'église Romaine; 2° les *Jacobites* ou *Eutychiens*, ou autrement nommés *Monophysites*, parce que, suivant la doctrine de l'hérésiarque Eutychés, ils ne reconnaissent en Jésus-Christ qu'une seule nature; 3° les *Nestoriens*, qui, de même que leur chef Nestorius, admettent deux personnes en Jésus-Christ. — Le Protestantisme se subdivise en trois branches principales : 1° Le *Luthéranisme*, que les sectateurs de Luther appellent l'*Église évangélique*; 2° Le *Calvinisme*, dont le fondateur est Calvin, et qui se qualifie d'*Église réformée*; 3° L'*Église anglicane*, qui ne diffère guère du Calvinisme que parce qu'elle a maintenu la hiérarchie épiscopale. Pour cette raison, elle est

nommée aussi *Église épiscopale*, par opposition à l'*Église presbytérienne*, ou au Calvinisme pur, dont les sectateurs sont désignés, en Angleterre, par le nom de puritains.—Il existe un grand nombre de sectes Protestantes, parmi lesquelles on distingue les *Unitaires*, nommés autrement *Socinniens*, du nom de leur chef *Socin*, ou *Antitrinitaires*, parce qu'ils rejettent la Trinité et tous les autres mystères; Les *Mennomites*, ainsi appelés de Mennon, un de leurs chefs, et d'abord connus sous le nom d'*Anabaptistes*, parce qu'ils réitèrent le baptême à ceux qui l'ont reçu dans l'enfance ; et les *Quakers* (prononcez Couacres) ou *Trembleurs*, enthousiastes paisibles, qui lorsqu'ils s'abandonnent à leurs prétendues inspirations, affectent des tremblements dans leurs membres. — Une estimation approximative porte à 650 millions au plus le nombre total des hommes vivants sur la terre, savoir :

En Europe.	180	millions
En Asie.	340	—
En Afrique.	70	—
En Amérique.	40	—
En Océanie.	20	—
	650	millions

Le nombre d'individus pour chaque religion est de :

Pour l'église Catholique	116	millions.
Dont 88 en Europe et 28 hors de l'Europe.		
L'église Grecque.	70	—
Les églises Protestantes et toutes les sectes qui s'y rapportent..	42	—
Ce qui produit pour le christianisme un total de.	228	mill.
Le Judaïsme.	4	—
Le Mahométisme.	108	—
Le Braminisme	60	—
Le Schamanisme, ou la religion du *Dalaï*	50	—
Le Bouddisme, y compris la religion de *Fo*.	100	—
Le Fétichisme et diverses autres croyances.	100	—
Total général	650	mill.

CHROMATE. Nom générique des sels formés par la combinaison de l'acide chromique avec les bases salifiables. Les chromates (particulièrement celui de plomb) sont très usités dans les arts.

CHROME. Ce métal fut découvert en 1797, à l'état d'acide, dans le plomb rouge de Sibérie, à l'état d'oxyde dans les algues marines, les bérils et les émeraudes dont il est le principe colorant. Il est d'un beau jaune, très fragile et très difficilement fusible. Ce métal est désigné sous le nom de *chrôme*, parce qu'il forme des combinaisons colorées avec la plupart des corps.

CHRONOLOGIE, science des temps. Chaque peuple a eu son *calendrier*, c'est-à-dire, une distribution de temps accommodée aux usages de la vie; la chronologie apprend ces différentes divisions du temps dont autrefois on maintenant ou faisaient usage. Ces divisions sont *naturelles* ou indiquées par la nature même; comme le *jour*, l'*année*, etc. ; *artificielles*, ou produites par l'art des hommes de combinaisons arbitraires; comme l'*heure*, la *semaine*, etc. Le *jour* est la mesure fondamentale du temps; c'est à elle que se rapportent toutes les autres divisions, soit naturelles, soit artificielles. *Le jour est le temps que le soleil emploie à revenir au même méridien. Le temps qu'on appelle *jour naturel* se compose de deux parties : le *jour propre*, nommé aussi *artificiel*, qui est l'intervalle du lever du soleil à son coucher; et la *nuit*, qui est l'intervalle du coucher du soleil à son lever. Il serait plus exact de désigner par le nom de *jour simple*, la durée de la présence du soleil sur l'horizon ; et par le nom de *jour composé*, le temps appelé *nychtéméron*, chez les Grecs, c'est-à-dire, le jour simple et la nuit. Par le *temps vrai* et le *temps moyen*, on entend la distinction du jour astronomique et du jour civil. Le cadran solaire marque le *temps vrai* qui participe aux inégalités du soleil. Le *temps moyen* se détermine en prenant le milieu entre les plus courts et les plus longs jours, et c'est celui que marque une pendule bien réglée. Le temps vrai ne s'accorde avec le temps moyen que quatre fois seulement dans l'année. Ainsi, au midi vrai, c'est-à-dire, au moment où le centre du soleil se trouve dans le méridien, une pendule parfaitement réglée ne doit marquer midi, ou à peu près, que ces quatre jours-là, le 16 avril, le 16 juin, le 1er septembre et le 25 décembre.—Les peuples divers n'ont pas adopté le même instant pour le commencement du jour civil ; c'est ainsi que les Babyloniens, les Perses, les Syriens et les Grecs commençaient leur jour au lever du soleil ; au contraire, les Juifs et les Athéniens le commençaient à son coucher. La plupart des nations de l'Europe, de même que les anciens Égyptiens, comptent les jours à partir de minuit. A l'exemple des anciens Arabes, les astronomes comptent les jours d'un midi à l'autre. — Le jour naturel se divise généralement en 24 heures, qui sont égales lorsque chacune est la 24e partie du jour naturel, et inégales lorsque l'on compte 12 pour le jour propre et artificiel, et autant pour la nuit. Chez les Romains, la nuit était divisée en quatre parties égales appelées *veilles* ; chaque veille contenait trois heures d'une longueur variable. Les deux premières étaient partagées par la moitié du temps qui s'écoulait depuis le coucher du soleil jusqu'à minuit ; et les deux autres formaient aussi deux divisions égales depuis minuit jusqu'au lever du soleil.—On divise l'heure en 60 minutes, composées chacune de 60 secondes. Les Juifs, ainsi que les Chaldéens, la partageaient en 1080 scrupules dont 18 font une minute (*Voy.* CALENDRIER). — L'*année* proprement dite est le temps que le soleil emploie à revenir au même équinoxe ou au même solstice, et généralement au même point de l'écliptique. L'*olympiade* est une révolution de quatre ans, au bout de laquelle revenait la célébration des jeux olympiques. C'était l'usage parmi les historiens grecs de fixer la date des événements par l'olympiade ou l'année de l'olympiade ou *année d'Iphitus*, parce que ce fut Iphitus, roi d'Élide, dans le Péloponèse, qui rétablit la solennité des jeux olympiques l'an 884 avant Jésus-Christ. Le *lustre* est une révolution de cinq ans, qui ramenait chez les Romains la cérémonie du *lustre*, ou le dénombrement du peuple. Le *Jubilé* est un événement arrivé il y a un siècle, un demi-siècle, un quart de siècle, et que l'on célèbre avec solennité.—Le *siècle* est un espace de cent années, réglées par le même nombre de révolutions solaires. Cette division, inconnue aux anciens, est d'un grand usage parmi les chronologistes modernes.—Le *cycle* est une période ou suite d'années, qui procèdent jusqu'à un certain terme, et qui reviennent ensuite dans le même ordre, sans interruption (*Voy.* CALENDRIER).—On appelle *ère* un point fixe de temps, d'où l'on commence à compter les années : ordinairement ce point est déterminé par un fait important de l'histoire civile ou religieuse des peuples qui en font usage.—L'*ère des olympiades*, chez les Grecs, commence à l'an 776 avant Jésus-Christ.—L'*ère de la fondation de Rome* part de l'an 753 avant Jésus-Christ.— L'*ère Chrétienne*, dont le commencement varie de neuf mois, parce que les uns datent de l'Incarnation, et les autres de la naissance de Jésus-Christ.—L'*hégire* ou *la fuite de Mahomet*, qui est usitée parmi les Turcs et les autres peuples de la religion mahométane, répond à l'an 622 de notre ère. Ce sont les quatre principales ; néanmoins il en est encore deux autres qui ont été en usage chez les anciens peuples de l'Orient ; ce sont : L'*ère de Nabonassar* qui commence à l'an 747 avant l'ère chrétienne ; Nabonassar roi de Babylone lui a donné son nom.—L'*ère des Séleucides* date de l'an 312 avant l'*ère chrétienne*, lorsque Seleucus-Nicanor, l'un

des généraux d'Alexandre, s'empara de Babylone, peu de temps avant de se faire déclarer roi de Syrie. —Il y a encore quelques *ères* moins importantes ; telles sont : l'*ère de Constantinople*, ainsi nommée parce que les empereurs d'Orient l'employaient dans leurs diplômes. Elle a précédé, suivant la supputation des Grecs, de 5508 ans le commencement de l'ère chrétienne. Elle est en usage dans l'église grecque.—L'*ère de Tyr*, qui commence 125 ans avant l'ère chrétienne, à l'époque où les Tyriens obtinrent du roi de Syrie le privilége de se gouverner par leurs propres lois.—L'*ère césarienne d'Antioche*, établie en Syrie à l'occasion de la victoire que Jules César remporta sur Pompée, dans les champs de Pharsale, l'an 48 avant J. C. (706 de la fondation de Rome). — L'*ère Julienne*, époque de l'introduction du calendrier réformé par Jules César, laquelle répond au 1er janvier de l'an 45 avant J. C.—L'*ère d'Espagne*, qui commence au 1er janvier de l'an 38 avant J. C., lorsque Auguste eut achevé la conquête de l'Espagne.—L'*ère Actiaque*, qui tire son origine et son nom de la bataille d'Actium, et qui, adoptée par les Égyptiens, ne commence qu'un an après cette bataille, le 29 août de l'an 30 avant J. C.— L'*ère de Dioclétien*, qui en Égypte remplaça l'ère Actiaque, et qui commence aussi au 26 août, date de l'avénement de Dioclétien à l'empire, c'est-à-dire, de l'an 284 de l'ère vulgaire. On l'appelle aussi *ère des martyrs*, à cause de la sanglante persécution que les chrétiens souffrirent sous le règne de ce prince. — L'*ère de Iesdegerd*, qui part de l'an 632 (16 juin) de notre ère, époque à laquelle monta sur le trône de Perse Iesdegerd III, dernier roi de la dynastie des Sassanides, et dont les années solaires furent vagues jusqu'au temps du sultan Seljoucide Maleck-Schah, nommé *Djalaleddin*, qui en 1077 réforma le calendrier persan.

TABLE CHRONOLOGIQUE, formant une suite des principaux traits de l'histoire générale, depuis les premiers temps jusqu'à nos jours.

an 4004 (avant Jésus-Christ) Création du monde. Formation d'Adam et d'Ève.

3874 Naissance de Seth, fils d'Adam.

2348 Déluge. L'arche s'arrête sur le champ Ararat, le mercredi 6 mai ; le 19 juillet suivant, on aperçoit la cime des montagnes. Noé et sa famille sortent de l'arche le 18 décembre.

2234 Construction de la tour de Babel.

2204 Nemrod, petit-fils de Cham, fameux chasseur et premier conquérant.

2188 Commencement du royaume d'Égypte supposé fondé sous Misraïm.

2148 Fo-hi, que quelques auteurs croient le premier monarque chinois.

2059 Royaume d'Assyrie fondé par Ninus. Babylone est construite par Sémiramis veuve de Ninus.

1996 Naissance d'Abraham.

1856 Royaume d'Argos, établit en Grèce sous Inachus.

1822 Memnon, Égyptien, invente les lettres.

1635 Joseph meurt en Égypte.

1571 Naissance de Moïse.

1556 Cécrops, Égyptien, fonde le royaume d'Athènes avec une colonie de Saïtes. — Ère attique.

1546 Royaume de Troie fondé par Scamandre, venu de l'île de Crète.

1493 Cadmus bâtit la citadelle de Thèbes.

1491 Moïse part d'Égypte avec les Israélites.

1485 Danaüs arrive en Grèce avec ses 50 filles, sur le premier vaisseau qui y parut.

1486 Sésostris roi d'Égypte ; le même, suivant quelques auteurs, que Ramassés, ou Egyptus. Les premiers jeux olympiques sont célébrés.

1451 Arrivée des Israélites dans la terre de Canaan.

1406 Découverte du fer en Grèce, à l'occasion de l'incendie d'une forêt.

1326 Les jeux Isthmiques sont institués par Sisyphe, roi de Corinthe.
1263 Expédition des Argonautes. La même année, les premiers jeux Pythiens sont célébrés par Adraste, roi d'Argos.
1225 Guerre des sept chefs, contre Étéocle, roi de Thèbes.
1198 Enlèvement d'Hélène, femme de Ménélas roi de Sparte, par Paris, cause de la guerre de Troie.
1184 Troie est prise après un siège de dix ans; Enée met à la voile pour l'Italie.
1104 Le retour des Héraclides dans le Péloponèse a lieu 80 ans après la prise de Troie : 2 ans après, ils partagent entre eux cette contrée.
1048 David roi d'Israël. Il naquit à Bethléem.
1044 Migration des colonies ioniennes hors de la Grèce : leur établissement dans l'Asie mineure. La même année, commencement de l'établissement des Grecs en Asie. Une colonie de cette nation y bâtit 12 villes, entr'autres celle de Milet.
1004 Dédicace du temple de Salomon.
907 Temps d'Homère suivant les marbres d'Arundel. Temps d'Hésiode, autre poëte grec.
894 On frappe, pour la première fois, des monnaies d'or et d'argent à Argos.
884 Lycurgue revient de ses voyages, et donne des lois à Sparte.
878 Athalie, reine de Juda, est poignardée par l'ordre du grand-prêtre Joïada.
869 Fondation de Carthage, par Didon, fille de Belus roi de Tyr et femme de Sichée.
826 Le commerce des Phéniciens est déjà dans un grand état de prospérité, ils couvrent la Méditerranée de leurs vaisseaux.
820 Chute de l'empire d'Assyrie par la mort de Sardanapale, qui se brûle dans son palais avec toutes ses richesses.
814 Commencement du royaume de Macédoine, dont la durée fut de 646 ans.
795 Numitor, roi des Latins, est détrôné par son frère Amulius.
787 Amos prophétise. Il prédit la captivité des 10 tribus.
786 Galères à trois rangs de rames, inventées par les Carthaginois.
776 Commencement de la première Olympiade, suivant les marbres d'Arundel. Corèbe est déclaré vainqueur à la première représentation des jeux olympiques, après leur rétablissement par Iphitus.
757 Isaïe prophétise ; il est le premier des 4 grands prophètes.
754 Les Archontes cessent d'être perpétuels à Athènes. Leur gouvernement est borné à l'espace de dix ans.
750 Fondation de Rome par Romulus.
750 Enlèvement des Sabines par les Romains.
747 Ère de Nabonassar, le 26 février.
743 Première guerre des Messéniens avec Lacédémone. Elle dure 19 ans.
732 Syracuse est bâtie par une colonie corinthienne.
721 Le royaume d'Israël finit à la prise de Samarie, par Salmanasar, roi d'Assyrie. La 1re éclipse de lune dont il soit fait mention arriva, suivant Ptolomée, cette année, le 19 mars.
718 Gygès, officier et favori de Gandaule, tue ce prince et monte sur le trône de Lydie.
714 Romulus disparaît. Des sénateurs assurent l'avoir vu monter au ciel.
685 Commencement de la seconde guerre des Messéniens avec Lacédémone. Elle dure 14 ans, jusqu'à la prise d'Ira, après un siège de 11 ans.
684 Les Archontes deviennent annuels chez les Athéniens. Tyrtée, poëte élégiaque, et général contre les Messéniens.
675 Terpandre, fameux musicien, ajoute trois cordes à la lyre, qui jusque-là n'en avait eu que quatre.
667 Combat entre les Horaces et les Curiaces.
658 Byzance est bâtie par une colonie d'Argiens ou d'Athéniens.
639 Naissance de Solon, le second des sept sages de la Grèce.
623 Dracon donne aux Athéniens des lois appelées de sang, à cause de leur extrême sévérité : elles ordonnent la peine de mort pour tous les crimes.
604 Expédition nautique faite par ordre de Néchao, roi d'Égypte. Des navigateurs phéniciens mettent à la voile dans la mer Rouge, et reviennent par la Méditerranée, après avoir fait le tour de l'Afrique.
600 Thalès de Milet voyage en Égypte, et rapporte en Grèce les connaissances qu'il y a puisées. Vers ce temps fleurissent le poëte Alcée et Sapho, née dans l'île de Lesbos (Grèce), et surnommée la dixième muse ; le prophète Ézéchiel et le philosophe Anacharsis.
597 Joachim, roi de Juda, est emmené captif par Nabuchodonosor, puissant roi d'Assyrie.
594 Solon est nommé archonte d'Athènes ; il substitue des lois plus douces à celles de Dracon.
591 Les jeux pythiens sont établis à Delphes.
587 Jérusalem est prise par Nabuchodonosor après un siège de 18 mois. Le temple est brûlé le 7e jour du 5e mois de l'année suivante.
566 Division du peuple Romain en classes par Servius Tullius, 6e roi de Rome.
562 Commencement de la comédie à Athènes. Elle est représentée par Susarion et Dolon, sur un théâtre mobile.
560 Pisistrate usurpe la souveraineté d'Athènes.
559 Cyrus commence à régner en Perse.
558 Crésus est vaincu et détrôné par Cyrus. Temps d'Ésope, auteur célèbre par ses fables. Fin du royaume de Lydie. Mort de Solon.
538 Babylone est prise par Cyrus; fin de ce royaume. Commencement de l'empire des Perses.
536 Édit de Cyrus pour le retour des Juifs.
534 Commencement de la tragédie. Elle est représentée à Athènes sur un chariot par Thespis.
526 Fondation à Athènes de la 1re bibliothèque publique, par Hippias et Hipparque, fils de Pisistrate. Ils recherchent avec soin les livres d'Homère.
523 Éclipse de lune observée à Babylone.
521 Darius, fils d'Hystaspes, est élu roi de Perse.
515 Temple de Jérusalem reconstruit et achevé le 14 mars. La Pâque y est célébrée le 18 avril. Temps de Confucius ou Con-fu-tsé, fameux philosophe chinois.
513 Conspiration à Athènes contre le gouvernement des Pisistratides. Harmodius et Aristogiton tuent Hipparque.
510 La tyrannie des Pisistratides est abolie à Athènes.
509 Expulsion des Tarquins et abolition de la royauté à Rome. Le gouvernement devient consulaire.
497 Lartius premier dictateur à Rome.—Temps d'Eschyle, poëte tragique. — Naissance de Sophocle, autre poëte tragique.
495 Mort de Tarquin le Superbe, à Cumes.
493 Retraite du peuple Romain sur le Mont sacré.
490 Bataille de Marathon gagnée par Miltiade.— Temps d'Anacréon, poëte lyrique.
488 Coriolan, général romain, se retire chez les Volsques.

an 486 Prise et incendie de Sardes par les Athéniens, première cause de l'invasion que les Perses firent dans la Grèce.—Dans la même année Eschyle le premier remporte le prix de la tragédie.

481 Expédition de Xerxès, roi de Perse, contre les Grecs.

480 Bataille des Thermopyles et de Salamine.— Naissance d'Euripide, poëte tragique grec.

479 Les Perses sont défaits à Platée par Thémistocle, et à Mycale, par Pausanias.—Temps de Pindare, illustre poëte de l'ancienne Grèce.

473 Thémistocle, banni d'Athènes, se retire à la cour de Xerxès.

470 Les Perses sont défaits en Chypre près de l'Eurymédon. — Naissance de Socrate, le plus illustre philosophe de l'antiquité.

469 Périclès se met à la tête du gouvernement d'Athènes.—Naissance de Thucydide, historien grec.—Temps de Phidias, célèbre sculpteur.

465 3e guerre des Messéniens.—Elle dure 10 ans.

464 Xerxès est tué par Artaban, capitaine de ses gardes.

463 Les Égyptiens, sous la conduite d'Ivarus, et avec le secours des Athéniens, se révoltent contre les Perses.

458 Esdras, souverain pontife, descendant d'Aaron, est renvoyé de Babylone avec les Juifs.

454 Les Romains envoient à Athènes demander les lois de Solon.

451 Création des Décemvirs à Rome. Lois des douze tables rédigées et sanctionnées.

447 Première bataille de Chéronée. Les Athéniens sont défaits.—Temps d'Empédocle, philosophe, poëte et historien, né en Sicile.

445 Hérodote, âgé de 30 ans, lit son histoire devant les Grecs assemblés. Trois ans après, Euripide gagne le prix de la tragédie.

443 Censeurs créés à Rome.

440 Temps de Zeuxis et de Parrhasius, peintres célèbres.—Temps d'Aristophane, poëte comique.

433 Methon, mathématicien d'Athènes, publie son cycle.

431 La guerre du Péloponèse commence le 7 mai et dure environ 27 ans.

430 L'histoire de l'ancien Testament finit.—La même année, peste à Athènes. Hippocrate fait cesser ce fléau. Ses ravages font porter une loi qui permet de prendre deux femmes. Socrate est le premier qui en profite.—Scopas, célèbre architecte et sculpteur; il exécute le fameux monument qu'Arthémise élève à la mémoire de Mausole son époux. Il fit aussi une Vénus qu'on préférait à celle de Praxitèle.

429 Périclès meurt de la peste, après avoir gouverné Athènes pendant 40 ans.

428 Temps de Platon, chef de l'ancienne Académie.

421 Les Athéniens et les Lacédémoniens conviennent d'une paix de 50 ans : elle ne dure que six ou dix mois.

413 Alcibiade, général Athénien, est rappelé de Sicile, et se retire à Sparte.

414 L'Égypte se révolte contre les Perses : Amyrtée est élu roi.

408 Apollodore, peintre, architecte et poëte, florissait en Grèce.

406 Combat naval d'Egos-Potamos.— Mort de Sophocle, âgé de 91 ans.

405 Denys l'ancien s'empare de Syracuse.

404 Athènes est prise par Lysandre. Fin de la guerre

du Péloponèse. Les trente tyrans gouvernent la ville d'Athènes.

401 Les trente tyrans sont chassés par Trasybule. Cyrus le jeune est tué dans son expédition contre son frère Artaxerce.—Retraite des dix mille sous la conduite de Xénophon, général athénien et historien-philosophe.

400 Mort de Socrate, condamné à boire la ciguë. Il était âgé de 70 ans.

398 Denys l'ancien invente les catapultes (machines de guerre).

396 Expédition d'Agésilas, roi de Lacédémone, contre les Perses.

387 Fameuse paix d'Antalcide.

386 Naissance d'Aristote, chef de l'école péripatéticienne.

377 Les Lacédémoniens sont défaits dans une bataille navale, par Chabrias, près de Naxos.

371 Bataille de Leuctres, où les Lacédémoniens sont battus par Epaminondas, général thébain.

367 Le peuple Romain obtient un consul plébéien.

363 Bataille de Mantinée gagnée par Epaminondas, qui meurt des blessures qu'il y a reçues.

350 L'Egypte est conquise par Ochus, roi de Perse.

347 Denys le jeune, après dix ans d'exil, rentre dans Syracuse.

343 Syracuse recouvre la liberté par la valeur de Timoléon, célèbre général corinthien.

340 Les Carthaginois sont défaits par Timoléon, près d'Agrigente.

339 2 août. Seconde bataille de Chéronée.

336 Philippe de Macédoine est tué par Pausanias. Son fils Alexandre lui succède; il entre dans la Grèce l'année suivante.—Temps de Démosthènes, le plus grand orateur de l'antiquité, né à Athènes.

334 Bataille du Granique; Alexandre défait les Perses.

333 Bataille d'Issus contre Darius. La mère de ce prince, sa femme et ses sœurs sont faites prisonnières.

332 La ville de Tyr et l'Egypte sont conquises par Alexandre. Il bâtit Alexandrie.

331 Bataille d'Arbelles perdue par Darius. Ce prince prend la fuite. Il est assassiné par Bessus, l'un de ses satrapes (gouverneur).

327 Expédition d'Alexandre contre Porus, roi indien.

323 Alexandre meurt. L'empire est divisé en quatre royaumes. Guerre de Samos. Fondation d'un nouveau royaume d'Égypte, par Ptolémée Lagus, l'un des capitaines d'Alexandre.

322 Mort de Démosthènes.

321 Les Romains, défaits par les Sammites, passent sous le joug, aux fourches caudines.

318 Phocion, homme d'état et général, est mis à mort par les Athéniens.

317 Agathocle usurpe l'autorité en Sicile. Démétrius de Phalère gouverne Athènes pendant dix ans.

316 Cassandre, l'un des généraux d'Alexandre, s'empare de la Macédoine, et y usurpe la souveraineté. En lui commence le nouveau royaume de Macédoine.

312 Séleucus Nicanor, l'un des généraux d'Alexandre, prend Babylone, et fonde la nouvelle Monarchie de Syrie, appelée de son nom : Royaume des *Séleucides*. Commencement de l'*ère* de ce nom.

311 Nouveau Royaume d'Asie fondé par Antigone le Cyclope, l'un des généraux d'Alexandre.

307 La démocratie est rétablie à Athènes par Démé-

11

an　trius Poliorcètes , illustre général athénien.

306 Les successeurs d'Alexandre prennent le titre de Roi.

304 Temps de Pyrrhon , chef des philosophes sceptiques. Temps du mathématicien Euclide.

301 Fameuse bataille d'Ipsus entre les généraux d'Alexandre , où Antigone est défait et tué.

296 Athènes est prise par Démétrius Poliorcètes.

293 Le premier cadran solaire est établi à Rome ; le temps est pour la première fois divisé en heures.

287 Les Athéniens se révoltent contre Démétrius.

285 Denys d'Alexandrie découvre que l'année est composée de 365 jours 5 heures 49 minutes. Il donne commencement à l'ère astronomique le 24 juin.

284 Le Phare d'Alexandrie est bâti. Sostrate en est l'architecte. La même année , Ptolémée Philadelphe emploie 70 interprètes à la traduction de l'ancien testament. C'est ce qu'on appelle *version des septantes.*

283 Commencement du royaume de Pergame dans Philitérus l'eunuque , après la mort de Lysimaque, l'un des capitaines d'Alexandre, défait et tué en Phrygie par Séleucus.

281 Commencement de la guerre de Tarente. Elle dure dix ans. Commencement de la ligue Achéenne.

278 Les Gaulois, sous Brennus, général des Gaules , sont taillés en pièce près du temple de Delphes.

274 Pyrrhus , roi d'Epire, défait par Curius, consul romain , se retire en Epire.

270 Mort d'Epicure , chef des philosophes épicuriens.

269 Première monnaie d'argent frappée à Rome sous le consulat de Fabius-Pictor.

268 Antigone-Gonat s'empare de la ville d'Athènes, et la garde 12 ans.

264 Chronologie des marbres d'Arundel , mise en ordre sous l'archonte d'Athènes Diognète. 1re guerre Punique ; elle dure 23 ans. Zénon, chef des Stoïciens , se tue à l'âge de 98 ans.

261 Les Romains forment une marine.

260 1er combat naval gagné par les Romains, sous la conduite de Duilius.

256 Antigone rend la liberté à Athènes.—Commencement du royaume des Parthes sous Arsace 1er. —Régulus , général et sénateur romain, est fait prisonnier par les Carthaginois.

240 Jeux célébrés et comédies jouées à Rome pour la première fois.

237 Amilcar passe en Espagne à la tête d'une armée, avec Annibal son fils. —Xi-hoang-ti, empereur de la Chine , fait construire la grande muraille.

235 Le temple de Janus est fermé à Rome pour la 1re fois depuis Numa.

231 Premier divorce à Rome par Sp. Carvilius. Il s'était passé, depuis la fondation de cette ville, 525 ans, sans qu'aucun mariage eût fourni l'exemple d'un semblable événement.

228 Rome envoie des ambassadeurs à Athènes et à Corinthe.

227 Commencement de la guerre entre Cléomènes, roi de Sparte, et Aratus, général des Achéens. Elle dure cinq ans.

224 Le colosse de Rhodes (statue colossale d'Apollon de 70 coudées de haut) est abattu par un tremblement de terre.

218 2me guerre Punique : elle dure sept ans. Annibal, général carthaginois, passe les Alpes, et gagne, les années suivantes , les batailles de Trasimène et de Cannes.—Temps d'Archi-

an　mède, mathématicien illustre, né à Syracuse.

210 Fin des rois de Lacédémone dans Lycurgue et Agésipolis. Des tyrans s'emparent de l'autorité , jusqu'à ce que Lacédémone entre dans la ligue achéenne , et en fait partie l'an 191 avant J.-C.

208 Philopœmen , général des Achéens, défait Méchanidas , tyran de Sparte , à Mantinée, ville du Péloponèse.

202 Bataille de Zama , aussitôt après l'éclipse de soleil du 19 octobre.

200 Commencement de la première guerre de Macédoine. Elle dure près de quatre ans.

188 Philopœmen abroge les lois de Lycurgue.

187 Antiochus le Grand est défait et tué en Médie. Le luxe s'introduit à Rome , enrichie des dépouilles que lui valut cette conquête.

184 Mort de Plaute , poëte comique, né à Sarsine , petite ville de l'Ombrie.

180 Mort du premier Scipion l'Africain , général romain.

179 On trouve à Rome les livres de Numa dans un coffre de pierre.

171 Seconde guerre de Macédoine.

170 Massacre de huit cent mille Juifs, par Antiochus-Epiphanes, roi de Syrie.—Bataille de Pydna (Macédoine).

168 Persée , roi macédonien, est défait par les Romains. Fin du royaume de Macédoine ; mort d'Ennius , poëte et historien latin , né en Calabre.

167 Première bibliothèque publique établie à Rome , formée de livres apportés de Macédoine.

163 Commencement du gouvernement des Machabées , princes juifs. Il dure 126 ans.

162 Hipparque, célèbre astronome, né à Nicée en Bithynie, commence ses observations astronomiques.

159 Clepsydre, ou horloge d'eau , inventée par Scipion-Nasica , cousin de Scipion-l'Africain. —Mort de Térence , illustre auteur dramatique, né à Carthage.

149 Commencement de la troisième guerre Punique. Elle dure 4 ans.

147 Carthage , ville d'Afrique , est détruite par Scipion; et Corinthe, ville du Péloponèse, par Mummius, consul romain.

145 100,000 habitants d'Antioche sont massacrés en un jour par les Juifs.

137 Rétablissement des sciences à Alexandrie.— Nicandre, poëte et médecin , né à Colophon, ville d'Ionie.

136 Fameuse ambassade de Scipion, Métellus, Mummius et Panœtius en Egypte , en Syrie et en Grèce.

135 Fin de l'histoire des Apocryphes (auteurs douteux).

133 Le royaume de Pergame devient province romaine , par le legs que fait le roi Attale III de ses domaines , en faveur du peuple Romain. Numance, ville d'Espagne, est détruite par Scipion-Émilien.

128 Mort de Carnéade , philosophe de Cyrène en Afrique, fondateur de la troisième académie.

124 Mort de l'historien Polybe, né à Megalopolis (Grèce).

118 La Dalmatie est conquise par Métellus, général romain.

111 Guerre de Jugurtha , vaillant roi de Numidie. Elle dure cinq ans.

109 Les Teutons et les Cimbres , peuples de la Germanie orientale, font la guerre aux Romains. Elle dure cinq ans.

107 Cicéron, illustre orateur, philosophe et consul

an romain, naît le 3 janvier.—Commencement d'un nouveau royaume des Juifs, dans Aristobule, fils de Hircan grand prêtre.

103 Mort de Lucilius, premier poëte satirique chez les Romains.

102 Les Teutons et les Cimbres défaits par le consul Caïus Marius à Aix (en Provence).

191 Les Cimbres sont défaits par les consuls Marius et Catulus.

91 Commencement de la guerre contre les Alliés. Elle dure 3 ans.

89 Commencement de la guerre contre Mithridate, roi de Pont, surnommé le Grand. Elle dure 26 ans.

88 Commencement de la guerre civile de Marius et Sylla. Elle dure 6 ans.

86 Sylla s'empare d'Athènes, et fait passer à Rome les célèbres bibliothèques de cette ville. Troisième bataille de Chéronée gagnée par ce général romain.

82 Sylla défait le jeune Marius. Il est nommé dictateur.

69 Fin du royaume de Syrie dans Antiochus l'Asiatique, détrôné par Pompée, surnommé le Grand.

66 Mithridate est vaincu par Pompée.

65 Le règne des Séleucides finit en Syrie.—Conjuration de Catilina.

54 Guerre civile entre César et Pompée.—Mort du poëte Lucrèce.—Temps du poëte Catulle.

48 Bataille de Pharsale (Thessalie) le 20 juillet. Pompée est vaincu par César.

47 Alexandrie prise par César.—La bibliothèque d'Alexandrie, composée de plus de 400,000 volumes, est consumée par le feu.

46 Guerre d'Afrique. Cette année est appelée l'année de confusion, parce que Sosigènes réforma le calendrier, et qu'elle dura quinze mois ou 445 jours. La même année Caton, tribun se tue à Utique, ville d'Afrique, le 3 février.

44 César, âgé de 56 ans, est assassiné dans le sénat, le 15 mars.—Temps de Diodore de Sicile et de Trogue-Pompée historiens.

42 Bataille de Philippes, à la fin d'octobre. Brutus et Cassius sont défaits par l'armée des Triumvirs.

31 Bataille d'Actium, ville de Macédoine (Grèce) entre Octave et Antoine, 2 septembre. — Ce dernier fuit avec Cléopâtre, reine d'Egypte.

30 Fin du royaume d'Egypte, dans Cléopâtre, après la bataille d'Actium. L'Egypte est réduite en province romaine par Octave.

27 Un décret du sénat donne à Octave le titre de César-Auguste, et les attributs du pouvoir impérial.

26 Temps des illustres poëtes Virgile, Horace, Ovide.

17 Mort de l'historien Tite-Live.— Ovide meurt le même jour.—Temps des poëtes Properce et Tibulle.

16 Vitruve, célèbre architecte, florissait à Rome.

4 Naissance de Jésus-Christ, quatre ans avant l'ère vulgaire, l'an 4710 de la période julienne; de la fondation de Rome, 749; et la quatrième année de la 193me Olympiade.

Ere vulgaire ou Chrétienne, depuis Jésus-Christ.

1 Fin du nouveau royaume des Juifs dans Archélaüs, dont Auguste fait confisquer les domaines à cause de sa tyrannie.

4 L'année bissextile corrigée : jusque-là elle avait eu lieu tous les 3 ans.

10 Varus, général romain, est défait et tué en Ger-

an manie par Arminius, chef des *Cattes*, surnommé le libérateur de la Germanie.

14 19 août, mort d'Auguste. Avénement de Tibère à l'empire.—Temps de Phèdre, fabuliste.

17 Douze villes d'Asie détruites par un tremblement de terre.

27 Prédication de saint Jean Baptiste.

31 Séjan, favori et premier ministre de l'empereur Tibère, est disgracié. — Columelle écrit sur l'agriculture.

33 Jésus-Christ est crucifié, le vendredi 3 avril.

37 Mort de Tibère.—Caligula lui succède.—Temps du Juif Philon, écrivain.

40 Le nom de *chrétiens* donné pour la première fois, à Antioche, aux disciples de J.-C.

43 Expédition de l'empereur Claude en Bretagne.

51 Caractacus, roi breton qui fit face aux Romains pendant 9 ans, est mené à Rome, chargé de fers.

52 Concile des Apôtres, à Jérusalem.

60 Temps de Sénèque, philosophe, et de Perse, poëte satirique.

64 Première persécution contre les chrétiens.

66 Commencement de la guerre contre les Juifs.— Temps d'Epictète, philosophe stoïcien d'Hiéropolis en Phrygie. Saint Pierre et saint Paul sont martyrisés à Rome.

70 Siége et prise de Jérusalem par Titus empereur romain.

79 29 août, éruption du Vésuve, où Pline le naturaliste périt. Les villes d'Herculanum et de Pompéïa sont détruites.

90 Seconde persécution des chrétiens, sous Domitien, successeur de son frère Titus.

96 Saint Jean écrit son Apocalypse (révélations), et meurt 4 ans après. Fin des temps apostoliques.

97 Troisième persécution des chrétiens sous l'empereur Trajan.—L'historien Tacite est consul.

104 Mort du poëte Martial, fameux auteur latin.

114 La colonne Trajane est élevée à Rome.

118 Quatrième persécution des chrétiens, sous Adrien.

121 Mur d'Adrien élevé en Angleterre.—Temps de Juvénal, célèbre poëte satirique né en Italie.

130 Jérusalem est rebâtie par Adrien. Il y consacre un temple à Jupiter.—Temps de Plutarque, célèbre philosophe et historien, né à Chéronée en Béotie.

131 Les Juifs, après une guerre de cinq ans, sont défaits et bannis.—Galien, médecin grec.

138 Cinquième persécution des chrétiens sous l'empereur Antonin.—Temps de Ptolémée, mathématicien de Péluse, inventeur d'un systéme du monde et de la sphère armillaire.

145 Antonin défait les Maures, les Germains et les Daces.

161 7 mars, mort d'Antonin le Pieux. Sous le règne de ce prince, s'abolit l'usage de brûler les morts.—Sixième persécution des chrétiens sous Marc-Aurèle. Vers ce temps florissait Lucien, écrivain grec né à Somosate.

199 Septième persécution des chrétiens sous l'empereur Sévère.

207 Sévère va dans la Grande Bretagne.—Il y bâtit le mur qui porte son nom.

222 Alexandre Sévère succède à Héliogabale. Irruption des barbares. — Les Goths, moyennant un tribut, promettent de ne point envahir, ni molester l'empire.

229 Les Arsacides sont vaincus par Artaxerce, roi de Médie, et l'empire des Parthes est détruit.

234 Alexandre Sévère défait les Perses.

an 235 Il est tué. Maximin lui succède.—Huitième persécution contre les chrétiens, sous Maximin.

236 Les deux Gordiens succèdent à Maximin, et sont mis à mort.

249 Neuvième persécution des chrétiens sous Dèce.

257 Dixième persécution des chrétiens sous Valérien et Gallien.

258 Trente tyrans s'emparent successivement de l'autorité, et fatiguent l'empire.

267 Les Scythes et les Goths sont défaits.—Longin, célèbre littérateur, selon les uns né à Athènes, selon d'autres en Syrie.

273 Onzième persécution des chrétiens sous Aurélien.

274 Soie apportée de l'Inde pour la première fois.

275 Établissement de la religion chrétienne en France par saint Denis, premier évêque de Paris.

286 L'empire est attaqué par les Barbares du Nord.

296 La grande Bretagne est recouvrée, après avoir été usurpée par un tyran pendant dix ans.

303 Douzième persécution des chrétiens sous Dioclétien.

304 Dioclétien et Maximien abdiquent l'empire. Ils sont remplacés par Constance Chlore, et Galère Maximien, tous deux Césars.

306 Constantin parvient à l'empire.

319 Il favorise la religion chrétienne; les persécutions finissent.

325 Concile général de Nicée (1er) pour la consubstantialité du Verbe.

328 Siége de l'empire transféré de Rome à Bysance, qui prend le nom de Constantinople.

358 150 villes d'Asie sont renversées par un tremblement de terre.

364 Division de l'empire à la mort de Jovien. Valens est empereur d'Orient, et Valentinien d'Occident.

376 On permet aux Goths de s'établir en Thrace après l'expulsion des Huns.

381 Concile général de Constantinople (2e). Il reconnaît la divinité du Saint-Esprit.—Ausone, grammairien, rhétoricien et poëte, né à Bordeaux.

400 Cloches inventées par l'évêque Paulin, de Campanie; d'où la cloche est appelée en latin campana.

406 Invasion des Barbares.

410 Rome pillée par Alaric, roi des Visigoths.

412 Commencement du règne des Vandales en Espagne.

413 Le royaume de Bourgogne commence en Alsace.

414 Les Visigoths fondent un royaume à Toulouse.

417 Les Alains sont défaits et détruits par les Goths.

420 Le royaume des Francs commence sur le Bas-Rhin, sous Pharamond.

427 Les Romains recouvrent la Pannonie sur les Huns. Les Vandales passent en Afrique.

439 Genséric, roi des Vandales, prend Carthage, et commence le royaume des Vandales en Afrique.

443 Concile général d'Éphèse (3e). Il condamne Nestorius, évêque de Constantinople.

446 Les Bretons, abandonnés par les Romains, adressent leurs plaintes à Aétius, contre les Pictes et les Écossais. Trois ans après, les Saxons s'établissent dans la Grande-Bretagne.

447 Attila, roi des Huns, ravage l'Europe.

449 Mérovée, roi des Francs, commence la première dynastie française, connue sous le nom de Mérovingienne.—Les Anglo-Saxons envahissent la Bretagne romaine.

451 Concile général de Chalcédoine (4e). On y con-

an damne Eutichès, moine grec et abbé d'un couvent près de Constantinople.

452 La ville de Venise commence à être connue.

455 Rome prise par Genséric, roi des Vandales en Espagne.

475 L'empire d'Occident est détruit par Odoacre, roi des Hérules, peuples sortis du Mecklembourg; il prend le titre de roi d'Italie.

493 Théodoric, roi des Ostrogoths, peuple de la Sarmatie européenne (Russie), se révolte et s'empare de l'Italie.

506 Clovis, roi des Francs, remporte une fameuse victoire à Tolbiac. Il est baptisé par saint Rémi, archevêque de Reims, et introduit le christianisme dans son royaume.

513 Constantinople est assiégée par Vitalianus; la flotte de ce général est brûlée par le moyen d'un miroir d'airain.

516 L'usage de dater de l'ère chrétienne, est introduit par Denys-le-Petit, abbé d'un couvent en Scythie.—Boëce philosophe péripatéticien, né à Pavie.

528 Établissement de l'ordre de saint-Benoît au mont Cassin.

529 Justinien, empereur d'Orient, publie son code de lois.

534 Conquête de l'Afrique par Bélisaire, général des armées de Justinien, et celle de Rome, 2 ans après.

MOYEN AGE.

538 L'Italie est envahie par les Francs.

545 Commencement de l'empire turc en Asie.

547 Rome est prise et pillée par Totila, roi des Goths en Italie.

550 Alexandre Trallien, médecin grec, emploie le premier les mouches cantharides comme vésicatoire, contre la goutte.

551 L'art de travailler la soie est apporté de l'Inde en Europe par des moines.

553 Second concile général de Constantinople (5e). On y condamne les erreurs d'Origène, très célèbre écrivain ecclésiastique, né à Alexandrie.

567 Partie de l'Italie conquise par les Lombards, qui y forment un royaume.

581 Le latin cesse d'être la langue vulgaire en Italie.

597 Mort de Grégoire de Tours, père de l'histoire de France.

598 Le moine Augustin et quarante autres prêchent l'évangile en Angleterre.

606 Le pouvoir des papes commence à s'établir par les concessions de Phocas, empereur d'Orient.

611 Conquêtes de Chosroës, roi de Perse, en Syrie, en Égypte et dans l'Asie-Mineure.

614 Les Perses s'emparent de Jérusalem, et y font un horrible carnage.

622 Mahomet, dans sa 53e année, s'enfuit de la Mecque à Médine, le jeudi 16 juillet. Commencement de l'Hégire, ère mahométane.

626 La ville de Constantinople est assiégée par les Perses et par les Arabes.

632 Mort de Mahomet, à Médine, à 63 ans.

637 La ville de Jérusalem est prise par les Sarrasins. Trois ans après, ils s'emparent d'Alexandrie. La belle bibliothèque de cette ville est détruite par Omar, calife des Musulmans en Syrie. —Frédégaire, historien français.

680 Troisième concile général de Constantinople (6e). On y condamne les monothélites.

713 Les Sarrasins prennent et détruisent Rhodes. L'Afrique est définitivement conquise par les Arabes.

an 726 Commencement de la dispute sur les images.

737 Constantin Copronyme envoie à Pépin-le-Bref le premier orgue qui ait paru en France. Ce roi en fait présent à l'église de Saint-Corneille de Compiègne.

748 Où commence, dans l'histoire, à compter les années depuis la naissance de J.-C.

751 Commencement en France des rois de la seconde race, dite *carlovingienne*. Pépin parvient au trône.

756 Pépin, à la tête d'une armée, force Astolfe, roi des Lombards, de restituer au pape les domaines qu'il lui ava't enlevés.

760 Première horloge à roue en France, envoyée à Pépin-le-Bref par le pape Paul Ier.

762 Bagdad bâtie, devient la capitale des Califes de la maison d'Abbas. Ils encouragent les sciences.

778 Bataille de Roncevaux (Espagne), où Charlemagne est battu par les Sarrasins, et où périt le fameux Roland.

787 Second concile général de Nicée (7e). Il condamne les Iconoclastes (ennemis des images).

800 Charlemagne est couronné empereur. Quelques auteurs prétendent qu'il fonda l'université de Paris. Vers ce temps, les papes cessent de reconnaître l'empereur de Constantinople.

808 Egbert, roi de Wessex, réunit l'heptarchie (gouvernement de sept rois), et prend le titre de roi d'Angleterre.

820 Louis le Débonnaire est mis en prison par ses fils dans l'abbaye de Saint-Médard.

867 Origine de l'empire Russe sous Rurick, duc de Novogorod.

869 Quatrième concile général de Constantinople (8e). Il dépose Photius, très célèbre patriarche de cette ville ; l'un des plus beaux génies et des hommes les plus influents qui ont paru dans l'Eglise.

879 Charles-le-Chauve est empoisonné par le juif Sédécias, son médecin (le 6 octobre).

880 Schisme des Grecs.

887 Paris assiégé par les Normands, est vaillamment défendu par Goslin, évêque de cette ville. —Photius est patriarche de Constantinople.

896 Alfred-le-Grand, le plus illustre des rois Saxons, d'Angleterre, subjugue les Danois, et fonde l'université d'Oxford.

910 Fondation de l'ordre de Cluny (bénédictins).

912 Les Normands s'établissent en France sous Rollon, leur chef.

915 Fondation de l'université de Cambridge.

964 L'Italie est conquise par Othon, empereur d'Allemagne, et unie à l'empire de Germanie.

968 Fondation de la ville du Caire en Égypte, par les Califes Fatimites.

987 Le 5 juillet, commencement, dans Hugue Capet, de la troisième race des rois de France, dite Capétienne.

991 Les chiffres arabes sont apportés en Europe par les Sarrasins.

999 Boleslas, premier roi de Pologne.

1004 Les anciennes églises sont rebâties, vers ce temps, sur un nouveau modèle d'architecture.

1017 Cannut, roi de Danemarck, s'empare de l'Angleterre.

1026 Fondation de l'ordre de Grammont par saint Étienne de Muret.

1028 Invention de la gamme et des sept notes de la musique par Gui Arétin, moine de l'ordre de saint Benoît.

1048 Gérard d'Alsace est premier duc héréditaire de Lorraine. En lui commence la maison de Lorraine.

an 1050 Les Turcs envahissent l'empire Romain.

1054 Léon IX est le premier pape qui entretient une armée.

1066 Conquête de l'Angleterre par Guillaume, duc de Normandie, qui se fait couronner roi, après la bataille d'Hastings.

1083 Construction de la tour de Londres.

1084 L'Asie mineure est définitivement conquise par les Turcs. La même année, l'ordre des Chartreux est fondé par saint Bruno.

1091 Les Maures, appelés par les Sarrasins pour les secourir, s'emparent de leurs possessions en Espagne.

1095 Première croisade prêchée par Pierre l'Hermite.

1096 Jérusalem est conquise par les Turcs.

1098 Fondation de l'ordre de Citeaux, par saint Robert, abbé de Molesme.

1099 Jérusalem est reprise par les Croisés.

1100 Fondation de l'ordre de Fontevrault, par Robert d'Arbrissel.

1104 Fondation de l'ordre de saint Jean de Jérusalem, dit depuis, des chevaliers de Rhodes et de Malte.

1108 Établissement de l'ordre des Templiers.

1110 Louis-le-Gros est battu par Henri Ier, roi d'Angleterre à Brenneviler.—Fondation de l'ordre de Prémontré par saint Norbert, depuis archevêque de Magdebourg.

1122 Concile général de Latran (9e) sous Calixte II, pour le recouvrement de la Terre-Sainte.

1130 Ordre militaire de saint Lazare, établi pour la défense des pélerins qui allaient dans la Terre-Sainte.

1139 Second concile général de Latran (10e) sous Innocent II, contre l'anti-pape Anaclet. — Abélard et Héloïse.

1150 Louis VII, contre l'avis de l'abbé Suger, son premier ministre d'Etat, répudie Eléonore d'Aquitaine, et lui rend la Guyenne et le Poitou ; source de bien des guerres par la suite.

1151 Recueil de droit canon par Gratien, moine de Bologne.

1153 Mort de saint Bernard, abbé de Clairvaux.

1154 Commencement, en Italie, des factions nommées des *Guelfes* et des *Gibelins*.

1158 Ordre militaire de Calatrava en Espagne, établi par Sanche III, roi de Castille, après qu'il eut enlevé aux Maures le château de ce nom.

1164 L'ordre teutonique commence en Allemagne.— Mort de Pierre Lombard, appelé le *maître des sentences*.

1169 Conquête de l'Égypte par les Turcs.

1179 Troisième concile général de Latran (11e) sous Alexandre III, contre les Vaudois et les Albigeois.

1188 Troisième croisade résolue à la diète de Mayence, pour aller secourir Lusignan, roi de Jérusalem.—Même année, grande conjonction du soleil, de la lune et de toutes les planètes dans la Balance (en septembre).

1198 Fondation de l'ordre de la Trinité ou des *Mathurins*, pour la rédemption des captifs, par saint Jean de Matha.—La même année, commencement de l'empire actuel des Turcs, en Bithynie, sous Ottoman.

1203 Quatrième croisade. Baudoin, comte de Flandres, est élu empereur de Constantinople, et commence *l'empire des Latins*, qui dura 89 ans.

1207 Fondation des Franciscains par saint François d'Assises.

an 1209 Les ouvrages d'Aristote apportés de Constantinople sont condamnés dans un concile de Paris.

1213 Affranchissement des serfs, sous Louis VIII.

1215 Grande charte accordée aux barons Anglais, par le roi Jean. Vers le même temps, premiers statuts de l'Université de Paris, par Robert de Courçon.—Concile général de Latran (12e) sous Innocent III, contre les erreurs des Albigeois et de l'abbé Joachim. —Fondation des Dominicains ou *frères prêcheurs* par saint Dominique.

1218 Fondation de l'ordre de la Merci, pour la rédemption des captifs.

1223 Commencement de l'inquisition; elle est confiée aux Dominicains.

1227 Gengis-Khan, à la tête des Tartares du Nord de l'Asie, fond sur l'empire des Sarrasins.

1230 Les écrits d'Aristote causent des disputes sanglantes dans l'université de Paris.

1240 Origine des Ottomans.

1245 Premier concile général de Lyon (13e) sous Innocent IV. On veut y déposer le fameux empereur d'Allemagne Frédéric II. On y accorde le chapeau rouge aux cardinaux.

1248 Cinquième croisade. Saint Louis part pour la Terre-Sainte, le vendredi 12 juin, accompagné de son épouse et de ses trois frères.

1150 Le 5 avril, saint Louis perd la bataille de Massoure (en Egypte). Il est fait prisonnier.

1252 Les Carmes sont établis en France.

1253 La Sorbonne est fondée par Robert de Sorbon. —Tables astronomiques dressées par Alphonse XI, roi de Castille.—Mort de Thibaut IV, comte de Champagne, roi et poëte. On dit qu'il est le premier qui ait entremêlé dans la poésie française, les rimes féminines avec les masculines.

1256 *Les Augustins* établis par Alexandre IV, qui rassemble plusieurs congrégations d'ermites, et leur donne la règle de saint Augustin.

1258 Les Tartares prennent Bagdad : fin de l'empire des Sarrasins.—Saint Louis fonde les Quinze-Vingts, à Paris, pour 300 gentilshommes qui l'avaient suivi dans la Terre-Sainte, et qui avaient perdu la vue dans cette expédition.

1261 Michel Paléologue reprend Constantinople sur Baudoin III et met fin à l'empire des Latins.

1268 Le duc d'Anjou fait décapiter à Naples le jeune Conradin, âgé de 16 ans.

1273 Rodolphe d'Hapsbourg parvient à l'empire. En lui commence la maison d'Autriche.

1274 Second concile général de Lyon (14e) sous Grégoire X, contre les erreurs des Grecs.— Albert-le-Grand, théologien et mathématicien.

1282 Vêpres siciliennes, où huit mille Français périssent.

1294 Mort de Roger Bacon, savant religieux anglais, né vers 1216.

1301 Querelles entre Philippe-le-Bel et le pape.

1302 La Boussole est perfectionnée.—Invention du papier de linge.—Etats-généraux sous Philippe-le-Bel, au sujet du différend entre le roi et le pape Boniface VIII. Ils se tiennent dans l'Église de Notre-Dame.

1304 Bataille de Mons en Puelle, gagnée par Philippe-le-Bel. En mémoire de cette victoire, on lui éleva dans l'église de Notre-Dame de Paris, une statue équestre, qui en fut ôtée à la Révolution de 1789.

1307 Guillaume Tell est forcé par Grisler, gouverneur pour la maison d'Autriche, d'abattre d'assez loin, d'un coup de flèche, une pomme

an sur la tête de son fils. Les Suisses, à cette occasion, s'affranchissent du joug autrichien.

1310 Les chevaliers de saint Jean de Jérusalem prennent Rhodes, et s'y établissent.

1311 Concile général de Vienne en Dauphiné (15e) sous Clément V. Il condamne les Fraticelles, et abolit l'ordre des Templiers.

1313 Molay, grand maître des Templiers, condamné à être brûlé, proteste de son innocence, et de celle de son ordre. Il est exécuté.—Etats de nouveau assemblés par Philippe-le-Bel, au sujet de la révolte de Flandres. Le résultat est un impôt de 4 deniers pour livre.

1315 Plusieurs cantons Suisses se réunissent pour former une république fédérative. Enguerrand de Marigny, premier ministre d'Etat, est pendu au gibet de Montfaucon.—Louis Hutin, roi de France, rappelle les Juifs, sous prétexte de guerre : on vend les offices de Judicature; on impose des décimes sur le clergé. —Etats-généraux assemblés sous Louis Hutin, au sujet de la guerre avec les Flamands; le roi demande des secours.—Vers ce temps invention des lunettes simples, par Salvina Giarmati, Florentin.

1321 Etats-généraux assemblés sous Philippe-le-Long. Le prétexte de la convocation fut l'établissement du même poids et d'une même monnaie. Ils ne firent qu'augmenter les troubles.—Mort du Dante, poète célèbre, né à Florence (Italie).

1328 La reine étant grosse à la mort de Charles-le-Bel, les états-généraux s'assemblent pour donner la régence. Edouard, roi d'Angleterre, la disputait à Philippe de Valois. Ce dernier l'emporte. On le nomme régent, la reine étant accouchée d'une fille, il est couronné roi. Première application de la loi salique. Philippe VI commence la branche des Valois.

1337 Première comète observée et décrite exactement.

1340 Invention de la poudre à canon par Shwartz, moine de Cologne.—Vers le même temps, invention de la peinture à l'huile, par Jean Van-Dyck.

1341 Premier passage des Turcs en Europe.

1346 Bataille de Créci, entre Philippe-de-Valois et le roi d'Angleterre.—Invention des bombes et des mortiers.

1348 Jeanne 1re, reine de Naples, vend la ville d'Avignon au pape.

1349 Humbert II cède la souveraineté du Dauphiné à la France. Les fils aînés des rois de France ont porté depuis ce temps le titre de Dauphin. —Institution de l'ordre de la Jarretière par Edouard III.

1353 Etablissement des Ottomans en Europe (Turcs).

1355 Etats-généraux convoqués à Ruel, sous le roi Jean, pour demander des subsides.

1356 19 septembre, bataille de Poitiers. Le roi Jean est fait prisonnier.—Etats-généraux assemblés par Charles, dauphin, au sujet de la captivité du roi Jean. On lui demande la destitution du chancelier et d'autres grands officiers.—Il rompt adroitement l'assemblée.

1358 Les paysans se soulèvent contre la noblesse; on donne à ces troubles le nom de *Jacquerie*. —Etats-généraux assemblés pour délibérer de la rançon du roi : le Dauphin est déclaré régent.

1360 Traité de Brétigny entre le roi Jean et Edouard III.

1362 Jean Wiclef, fameux hérésiarque anglais, commence à dogmatiser.

an 1369 Le 7 décembre, États assemblés sous Charles V: divers impôts sont octroyés.

1370 Aubriot, prévôt de Paris, pose les fondements de la Bastille sous Charles V.

1374 Mort du poëte Pétrarque, l'un des plus beaux génies du 14ᵉ siècle; il naquit à Arezzo (Italie), et de Boëce, autre poëte célèbre, l'année suivante; il était né à Pavie.

1377 Retour des papes à Avignon, sous Grégoire XI, le 17 janvier.

1378 Commencement du Schisme d'Occident. Il dure 38 ans.

1380 États-généraux sous Charles VI. On y abolit les impôts; le roi est réduit à ses revenus domaniaux, insuffisants pour ses charges.— 13 juillet, siège de Châteaudun; mort de Duguesclin, connétable de France.

1384 Mort de Wiclef, l'un des premiers auteurs de la réformation.

1391 Cartes à jouer inventées pour l'amusement du roi de France.

1395 Fondation de l'ordre des Minimes, par saint François de Paule.

1402 Bajazet Iᵉʳ, cinquième empereur des Turcs, est défait par Tamerlan, empereur des Tartares, l'un des plus fameux conquérants qui aient paru dans le monde.

1407 Le duc d'Orléans est assassiné à Paris dans la rue Barbette, par ordre du duc de Bourgogne.

1409 Concile général de Pise (16ᵉ). On y dépose Grégoire VII et Benoît VIII; on procède à l'élection d'Alexandre V.

1414 Concile général de Constance (17ᵉ) sous Jean XXIII, qui se démet du souverain pontificat. Martin V est élu; Wiclef et Jean Hus y sont condamnés.

1415 25 octobre, bataille d'Azincourt gagnée par les Anglais sous les ordres du prince noir (Édouard).

1418 12 juin. Les partisans du duc de Bourgogne précipitent du haut des tours du petit Châtelet, 4,000 citoyens soupçonnés d'être attachés au duc d'Orléans.

1419 Henri V, roi d'Angleterre, s'empare de Rouen. —Le duc de Bourgogne (Jean sans peur) est poignardé sur le pont de Montereau, dans une entrevue avec le dauphin.—Mort de Froissard, auteur d'une chronique et inventeur de la ballade.

1420 Traité de Troyes.—On y assure la couronne de France à Henri V, roi d'Angleterre. Découverte de l'île de Madère par les Portugais.

1422 Amurat II, empereur des Turcs, assiége Constantinople sans succès. Il est le premier des Turcs qui se soit servi du canon.

1428 Les Anglais assiégent Orléans. Jeanne d'Arc, appelée depuis Pucelle d'Orléans, se présente à Chinon au roi Charles VII, se disant inspirée de Dieu pour faire lever le siège d'Orléans, et faire sacrer le roi. Elle s'introduit dans cette ville, dont en effet, les Anglais lèvent le siège. Le roi est sacré à Reims le 17 juillet.

1429 Ordre de la Toison d'or, établi à Bruges par Philippe-le-Bon, duc de Bourgogne.

1430 La Pucelle d'Orléans se jette dans Compiègne. Les Anglais la font prisonnière, et la conduisent à Rouen où elle est brûlée vive comme sorcière, le 30 mai.

1431 Concile général de Bâle (18ᵉ) sous Eugène IV, transféré à Ferrare, puis à Florence. Eugène y est déposé; Élection de Félix V.

an 1439 Concile général de Florence (19ᵉ). Suite de celui de Bâle, pour la réunion de l'église grecque et de l'église latine.—La pragmatique sanction est établie en France.

1440 Imprimerie, inventée à Mayence, par Guttemberg, natif de Strasbourg, selon quelques auteurs (Voyez IMPRIMERIE).

1446 Bibliothèque du Vatican, fondée à Rome.

1450 Renaissance des lettres et des beaux-arts en Europe.

1453 Mahomet II, empereur des Turcs, assiège et prend Constantinople le 29 mai. Chute de l'empire d'Orient.

1454 Invention de la pompe à air par Otto de Guerik, Allemand.

1460 Invention de la gravure au burin et à l'eau forte sur le cuivre.—Découverte des îles du Cap Vert, par les Portugais.

1464 Ligue contre Louis XI. Guerre du bien public. —Monstrelet, historien français.—Établissement des postes par un édit de Louis XI.

1467 17 janvier, mort du fameux Scanderberg (Georges Castriot), roi d'Albanie.

1468 États tenus à Tours, sous Louis XI.—On y arrête que la Normandie ne peut se démembrer de la couronne.

1469 Ordre de saint Michel établi par Louis XI.— Thomas-à-Kempis, auteur présumé de l'Imitation de Jésus-Christ.

1473 Étude de la langue grecque introduite en France par Tipherne.

1475 Le connétable de saint Paul est décapité à Paris le 19 décembre.

1484 États tenus à Tours sous Charles VIII. Ils confirment le gouvernement de la personne du roi, à Anne dame de Beaujeu, sa sœur.

1489 Cartes marines apportées pour la première fois en Angleterre, par Barthélemi Colomb.

1491 William Grocyn enseigne publiquement le grec à Oxford.

1492 Découverte de l'Amérique par Colomb, Génois, au service de l'Espagne.

FIN DU MOYEN-AGE.

1494 Expédition de Charles VIII dans le royaume de Naples.—Algèbre introduite pour la première fois en Europe.

1497 20 novembre, le Cap de Bonne-Espérance est doublé pour la première fois par Vasco de Gama. Premier voyage aux Indes par la route de l'Océan. Vasco débarque à Calicut, le 22 mai de l'année suivante.—L'Amérique-Méridionale est découverte par Améric Vespuce, qui donne son nom au nouveau-monde.

1499 Cabot, célèbre navigateur anglais, prend possession de l'Amérique-Septentrionale pour Henri VII.—Louis VII s'empare du Milanais.

1500 Maximilien partage l'empire d'Allemagne en six cercles, et en ajoute quatre de plus en 1512.—24 avril, découverte du Brésil par don Pédro Alvarès Cabral pour le Portugal.

1505 Schelings frappés pour la première fois en Angleterre.

1509 L'art du jardinage apporté des Pays-Bas en Angleterre.

1513 Bataille de Flowden, dans laquelle Jacques IV, roi d'Écosse, est tué avec l'élite de sa noblesse.

1515 12 et 15 septembre, bataille de Marignan. François Iᵉʳ bat les Suisses.

1517 Martin Luther commence la réformation.— L'Égypte est conquise par les Turcs.

1519 Expédition du Portugais Magellan. Le détroit auquel il donne son nom est passé pour la première fois.

an 1521 Magellan est tué dans l'une des Moluques.—
Conquête du Mexique par Fernand Cortez
(Espagnol).

1524 Le chevalier Bayard est tué à la suite d'un
combat (retraite de Rebec en Italie). Les
ennemis renvoient son corps en France, avec
de grands honneurs.

1525 Bataille de Pavie où François 1er est fait prisonnier.

1530 Confession d'Augsbourg, ou profession de foi
des protestants.

1531 Fondation du collége de France, par François
1er. L'Arioste, poète célèbre, natif de Reg-
gio (Italie).

1533 Le bâtiment de l'Hôtel de ville de Paris est
commencé sous François 1er; il n'est achevé
que sous le règne de Henri IV.

1534 La réformation est adoptée en Angleterre, sous
Henri VIII.—Fondation de l'ordre des Jé-
suites par saint Ignace, né au château de
Loyola en Biscaye (Espagne).

1536 Mort d'Erasme, l'homme le plus savant de son
siècle, le 12 juillet; il était né à Rotterdam
en 1467.

1539 Premier usage du canon, sur les vaisseaux.

1543 24 mai, mort de Copernic (Voyez Astronomie).

1545 Commencement du concile de Trente, qui dure
18 ans.

1546 18 février, mort de Luther, né en 1483.

1549 Concile général de Trente (20e) contre Luther,
Zuingle et Calvin.

1553 Michel Servet est brûlé à Genève, comme hé-
rétique, à la poursuite de Calvin.

1554 Catherine de Médicis bâtit les Tuileries.

1556 Charles-le-Quint se démet de l'empire, et se
retire dans un couvent.

1558 Le Dauphin, depuis François II, roi de France,
épouse Marie Stuart, reine d'Écosse.—Les
états-généraux sont assemblés par Henri II,
pour lui procurer des secours extraordinaires : on lui accorde trois millions d'écus
d'or. Le parlement y assiste, formant un quatrième ordre.

1559 Henri II, roi de France, est blessé par Mont-
gommery dans un tournois (rue Saint-Antoine), et meurt à la suite de cette blessure.
—François II lui succède.

1560 Conspiration d'Amboise. Etats convoqués à
Orléans. — Mort de François II.—L'année
suivante, le 18 avril 1561, assemblée des
Etats-généraux sous Charles IX, au sujet des
troubles de religion. Les députés du clergé
siègent à Poissy et confèrent avec les protestants. La noblesse tient ses séances à Pontoise. Impôt de 1,200,000 livres sur les
boissons. On conclut à une entière tolérance
de la religion réformée.

1562 La foudre tombée sur l'arsenal de Paris fait
sauter 20 milliers de poudre.—1er mars,
massacre de Vassi, ville de Champagne habitée en partie par des protestants.

1564 15 février, naissance de Galilée, très célèbre
mathématicien de Florence.—27 mai, mort
de Calvin, né le 10 juillet 1509.— D'après
un édit de Charles IX, on commence à
compter l'année du 1er janvier : auparavant,
elle commençait à Pâques.

1572 Journée de la Saint-Barthélemy, ou massacre
des Huguenots à Paris. Le signal fut donné
pendant la nuit du 22 août, par la grosse
cloche du palais.—Charles IX meurt deux
ans après.

1576 Etats-généraux tenus le 16 décembre, sous
Henri III, dans la grande salle du château

an de Blois. Le roi y signe la ligue, et s'en rend
le chef. On y décide la guerre contre les
Huguenots. Ils forment une contre-ligue ; le
prince de Condé en est déclaré lieutenant
sous le roi de Navarre.—L'édit de pacifica-
tion est révoqué.—Mort du Titien, célèbre
peintre italien.

1578 On commence à bâtir le pont Neuf.

1579 Les Hollandais secouent le joug de l'Espagne.
Commencement de la république de Hollande.
—Ordre du Saint-Esprit établi par Henri III.

1580 Premier voyage autour du monde, fait par
Drake.—Mort de Palladio, célèbre architecte
de Vienne.

1582 Réformation du calendrier. Suppression de 10
jours. Le 5 octobre on compte le 15. Introduction du nouveau style en Italie.—Mort de
Buchanan, l'un des meilleurs poëtes latins,
né en Écosse.

1583 Tabac apporté de la Virginie en Angleterre.

1585 On commence à construire en pierre le pont
Royal.

1587 Marie Stuart, reine de France et d'Ecosse, est
décapitée par ordre de la reine Elisabeth,
après une prison de 18 ans.

1588 Les États s'ouvrent à Blois le 10 octobre.—
Henri III jure l'édit de réunion. Le duc de
Guise est assassiné par ordre de ce monarque,
le 23 décembre.—Destruction de la flotte
espagnole.

1589 Henri III est assassiné par Jacques Clément,
le 22 juillet.—Henri IV, de la maison de
Bourbon, parvient au trône, et commence
la branche des Bourbons.—Carrosses introduits pour la première fois en Angleterre.

1591 Mort de Michel Montaigne, l'un des plus célèbres
écrivains et moralistes du 16e siècle.

1594 Les Jésuites sont bannis de France ; 9 ans après
ils y sont rappelés.—Mort du peintre Michel-
Ange Caravage, dont le vrai nom était Amé-
rigi, né en Italie.—L'année suivante, mort
du Tasse, auteur du poëme de la Jérusalem
délivrée.

1597 Montres apportées d'Allemagne en Angleterre.

1598 Edit de Nantes, 10 avril.—Paix de Vervins,
2 juin.

1601 24 octobre, mort de Tycho-Brahé, inventeur
d'un système du monde mitoyen entre celui
de Ptolémée et de Copernic (Voyez Astronomie).

1602 Arithmétique décimale inventée à Bruges.

1603 Mort de la reine Elisabeth. Jacques VI, roi
d'Ecosse, lui succède.—Mort de Jean Nicot,
qui le premier apporta le tabac en France.

1606 Satellites de Saturne découverts par Galilée, au
moyen du télescope.

1610 Le 4 mai, Henri IV est assassiné par Ravaillac.

1614 Etats-généraux assemblés par la Reine Anne-
d'Autriche.—Invention des logarithmes par
Neper de Marcheston.

1616 Marie de Médicis achète l'hôtel du Luxembourg
pour y bâtir le palais de ce nom.—Mort de
Shakespeare, le plus célèbre poëte tragique
que l'Angleterre ait produit.—Le président
de Thou meurt l'année suivante.

1619 Découverte de la circulation du sang, par l'anglais Harwey.

1621 Guerre de religion en France : elle dure 9 ans.

1626 Baromètre inventé par Toricelli.—2 décembre,
assemblée des Notables à Paris, dans la
salle haute des Tuileries.—Le 9 avril, mort
du célèbre chancelier Bacon, né en 1568.—
Thermomètre inventé par Drebellius.

1628 Le 18 octobre, prise de la Rochelle par Louis

an XIII.—Le cardinal de Richelieu fait bâtir le Palais Royal.

1631 Le 7 novembre, Gassendi observe pour la première fois le passage de Mercure sur le soleil.—Le célèbre Lalande fait la même observation, et dans le même lieu, le 9 novembre 1802; le dernier passage a eu lieu le 5 mai 1832; c'est le 20e observé.

1632 Bataille de Lutzen, dans laquelle est tué Gustave, roi de Suède.

1633 21 juin, Galilée est condamné par l'inquisition à trois mois de prison, pour avoir soutenu que la terre se mouvait autour du soleil.

1635 Etablissement de l'Académie française par lettres patentes; le cardinal de Richelieu en est protecteur.

1640 Mort de Rubens, célèbre peintre, né à Anvers. — On commence à se servir du balancier pour frapper les monnaies.

1641 Anne d'Autriche fonde le Val-de-Grâce.— Mort de Van Dick, peintre, d'Anvers, disciple de Rubens.

1642 Mort du cardinal de Richelieu; le cardinal Mazarin lui succède au ministère.—Mort du Guide, célèbre peintre d'Italie.—Massacre d'Irlande, où périrent 40,000 protestants. —La guerre civile commence en Angleterre.

1643 Célèbre bataille de Rocroi, par le prince de Condé, cinq jours après l'avénement de Louis XIV au trône.

1648 Paix de Westphalie. — Barricades de Paris; guerre civile de la Fronde.

1649 Charles 1er, roi d'Angleterre, décapité à White-Hall, le 30 janvier, âgé de 49 ans.—L'indépendance de la république des Suisses est généralement reconnue.

1650 Mort du jésuite Sheiner qui le premier découvrit des taches sur le disque du Soleil.—11 février, Descartes meurt à Stockolm, âgé de 63 ans. Ses cendres sont rapportées à Paris, 17 ans après, et déposées dans l'église de sainte Geneviève (Voyez ASTRONOMIE).

1654 Cromwell se déclare protecteur de l'Angleterre. —Christine, reine de Suède, abdique la couronne.

1655 Les Anglais, sous l'amiral Penn, prennent la Jamaïque aux Espagnols.—Vers ce temps, premier usage du café en France.

1656 Jean Hindret établit au château de Madrid, dans le bois de Boulogne, près Paris, une manufacture de bas au métier. C'est la première qui ait existé en France.

1658 Cromwell meurt. Son fils Richard lui succède en qualité de protecteur.

1659 28 octobre, paix des Pyrénées.—L'année suivante, Charles II, roi d'Angleterre, est rétabli par Monk.

1661 Invention des pompes à feu.—9 mars, mort du cardinal Mazarin, né en 1602.—Pascal, l'un des meilleurs écrivains que la France ait produits, né à Clermont (Auvergne), en 1625, meurt pendant l'année 1662.

1665 La peste ravage Londres, et fait périr 68,000 personnes.—Révocation de l'édit de Nantes. —L'observatoire de Paris est construit par les soins de Colbert.—Louis XIV fait reconstruire le Louvre, dont les travaux ne sont achevés que beaucoup plus tard.—Denys de Solo, conseiller au parlement, donne naissance au journal des Savants.

1666 Le grand incendie de Londres commence le 2 septembre et dure trois jours; il consume 13,000 maisons et 400 rues.—Premier usage du thé en Angleterre.—Mort d'Anne d'Au-

an triche, âgée de 64 ans.—Etablissement de l'académie des sciences.—Mort du célèbre Mansard, architecte du palais de Versailles et du dôme de l'hôtel des Invalides; il est l'inventeur de cette sorte de couverture de toits que l'on nomme mansarde.

1667 Paix de Breda.—Riquet commence le canal de Languedoc.—Nicolas Mignard, célèbre peintre natif de Troyes, meurt l'année suivante, en 1668. Cette même année est signé le traité d'Aix la Chapelle.

1671 Fondation des Invalides par Louis XIV. Leur hôtel s'élève par les soins de Louvois.

1672 Louis XIV ravage la Hollande.—Le prince d'Orange est élu stathouder (chef).—Jean de Witt, auteur des Eléments des courbes, est assassiné.

1673 17 février, mort de Molière, né à Paris en 1620.—Le 15 novembre de l'année suivante, mort de Milton, poëte anglais, auteur du Paradis perdu; il était né en 1608.

1675 Turenne est tué à la bataille de Altenheim, qui néanmoins est gagnée. — François Blondel, célèbre architecte.

1680 Persécution des protestants; grande comète.

1682 Construction de la machine de Marly, par Rannequin, mécanicien liégeois.—Mort du comte de Shaftesbury. philosophe anglais.

1684 Mort de Pierre Corneille, né à Rouen, le 6 juin 1606.

1685 Mort de Charles II, roi d'Angleterre, âgé de 55 ans.—Son frère Jacques II lui succède.— Le duc de Montmouth excite une révolte: il est décapité.—Révocation de l'édit de Nantes, le 22 octobre.—Mort du chancelier Le Tellier. —Invention d'une machine pour marquer le cordon, sur les pièces d'or et d'argent.

1686 Le grand Condé meurt à Fontainebleau, le 11 décembre, âgé de 66 ans.—Madame de Maintenon fonde saint Cyr.

1687 Louis XIV finit le palais de Versailles.

1688 Révolution dans la Grande Bretagne. Jacques II quitte l'Angleterre le 3 décembre.—Premier mars, ouverture du Théâtre Français dans la rue des Fossés saint Germain des Prés, sur l'emplacement d'un jeu de paume. La Comédie française demeure dans ce local environ 80 ans.

1692 A la bataille de Turin, les Français se servent pour la première fois de baïonnettes au bout des fusils chargés.

1694 Ordre royal militaire de saint Louis institué par Louis XIV. Droit du timbre établi en Angleterre.

1695 8 juin, mort de Chrétien Huyghens, Hollandais. Il est le premier qui ait découvert un anneau et un quatrième satellite à Saturne; il est aussi l'inventeur des horloges à pendules.— Mort de La Fontaine, né à Château-Thierry, le 8 juillet 1621.

1696 Paix de Riswick.

1699 Mort de Racine, né en 1639, à la Ferté-Milon.

1700 La maison de Bourbon, dans la personne de Philippe duc d'Anjou, est appelée à la couronne d'Espagne.

1701 La Prusse est érigée en royaume. Frédéric Ier, électeur de Brandebourg, en est proclamé roi, le 15 janvier.—1er mai, mort de Dryden, célèbre poëte anglais.

1703 17 mai, mort du célèbre architecte Claude Perrault, qui s'est acquis une réputation immortelle par sa belle façade du Louvre.— Guerre de la Succession commencée le 4 mai.

12

an 1704 Gibraltar est enlevé aux Espagnols par l'amiral Rooke.—Mort de Locke, très célèbre philosophe anglais.—Mort de l'illustre Bossuet, évêque de Meaux, né en 1627.

1705 16 août, mort de Jacques Bernouilli, fameux mathématicien, né en 1654.

1707 Premier parlement de la Grande Bretagne.

1708 La Sardaigne est érigée en royaume, et donnée au duc de Savoie.—Mort de Tournefort, inventeur d'une nouvelle méthode botanique.

1709 Pierre-le-Grand est défait à Pultawa.—Bataille de Malplaquet gagnée par Marlborough.

1710 Cathédrale de saint Paul de Londres reconstruite par sir Wren.

1711 1er mars, mort de Boileau Despréaux, né à Crône, près Ville-Neuve-Saint-Georges, en 1636.

1712 14 septembre, mort de Jean Dominique Cassini, célèbre astronome, né en 1625, dans le comté de Nice.

1713 Paix d'Utrecht.

1715 Premier septembre, mort de Louis XIV. Avénement de Louis XV, son petit fils, au trône. Le duc d'Orléans est déclaré régent.—Mort du célèbre sculpteur Girardon, né à Troyes en 1627.—Mort de Fénélon, archevêque de Cambrai, né en 1651.—L'année suivante, refonte des monnaies en France.

1717 7 mai, le czar Pierre-le-Grand arrive à Paris. —La banque de Law prend faveur.

1718 Charles XII, roi de Suède, est tué le 11 décembre au siége de Frédéricks-Hall, à l'âge de 36 ans.—Mort du célèbre mathématicien Philippe de la Hire, employé par Colbert, avec Picard et Cassini, à dresser la carte de la France, et à tracer la méridienne de Paris.

1719 La compagnie d'Occident est réunie à la banque de Law.—Un arrêt du parlement, 21 décembre, défend de faire des paiements en argent au-dessus de 10 livres, et en or au-dessus de 30 livres.—Le czar Pierre Ier fait condamner à mort Alexis, son fils.

1720 Système de Law. Bouleversement des fortunes ; il prend la fuite, chargé de l'exécration générale.

1721 Peste à Marseille ; elle se déclare au mois de juillet, et ne s'éteint qu'en 1722, après d'affreux ravages.—L'évêque Belzunce reste dans la ville pour assister les malades.—Ambassade turque à Paris.

1722 La même année, le czar Pierre Ier prend le titre d'empereur.—Mort du célèbre duc de Marlborough.—Mort de Vaillant, fameux botaniste.

1723 Mort du cardinal Dubois.—L'inoculation est introduite en France. Dès 1717, le doyen de la faculté de médecine de Paris en avait soutenu l'utilité à Montpellier, dans une thèse publique.

1725 8 février, mort de Pierre-le-Grand.—L'établissement des milices en France date de l'année 1726.

1727 Le 20 mars, mort de Newton, âgé de 85 ans. Il est enterré à Westminster.—Pierre II Alexiowitz, czar de Russie.—Georges II, roi d'Angleterre. L'inoculation est éprouvée pour la première fois, en Angleterre, sur des criminels.

1728 Le 28 octobre Louis XV est attaqué de la petite vérole.—Grand incendie à Copenhague : il consume la bibliothèque publique avec 120000 manuscrits, et tous les instruments de Tycho-Brahé.

1730 Mort de Pierre II à Moscou ; il était âgé de 15

an ans. — Anne Iwanowna czarine. —15 novembre, mort de Képler.

1731 Commencement de la Gazette de France par le médecin Renaudot.

1732 Empire du Mogol conquis par Thomas Kouli-Khan, né en Perse. Il avait été berger dans sa jeunesse.

1733 Mort d'Auguste II, roi de Pologne ; l'électeur de Saxe lui succède sous le nom d'Auguste III.—Des académiciens partent pour le Pérou, à l'effet de déterminer la figure de la terre.—Mort du célèbre graveur Bernard Picard, né à Paris en 1673.

1734 Le dixième est établi en France, et presque aussitôt supprimé.—Grand incendie à Madrid, qui consume le palais du roi d'Espagne et les archives de la couronne.

1735 Les préliminaires de la paix générale sont signés à Vienne ; Stanislas est investi des duchés de Lorraine et de Bar, lesquels, après sa mort, seraient réunis à la couronne de France.

1736 Ordonnance importante du 9 avril, qui règle la manière dont doivent être tenus, dans les églises, les registres de naissances, baptêmes, mariages et sépultures. — Thomas Kouli-Khan se fait reconnaître roi de Perse.

1737 Le roi Stanislas fixe sa résidence en Lorraine. — Il demeure démontré que la terre est aplatie vers les pôles.

1738 Incendie du palais de Justice à Paris ; une grande partie des registres de la chambre des comptes est consumée.—On commence à Londres le pont de Westminster, composé de 15 arches ; il ne fut fini qu'en 1750. — 23 septembre, mort de Boerhaave, célèbre médecin de l'université de Leyde.

1739 Guerre de l'Angleterre contre l'Espagne.

1740 Hiver rigoureux, accompagné d'une grande disette.—Établissement des expositions de tableaux au Louvre. La première a lieu le 22 août.—Avénement de Frédéric III, dit le grand, au trône de Prusse.—Mort de l'empereur Charles VI.—Alliance de la France et de l'Espagne contre Marie-Thérèse, reine de Hongrie.

1741 Révolution en Russie.—Elisabeth Petrowna monte sur le trône.—Guerre entre la France et l'Angleterre.

1743 29 janvier, mort du cardinal Fleuri, à Issy, à l'âge de 89 ans ; ce 1er ministre était né en Languedoc.—Louis XV prend les rênes du gouvernement.

1744 20 février, combat naval de Toulon, à l'avantage des Français.—L'amiral Anson revient de son voyage autour du monde.—30 mai, mort de Pope, illustre poëte anglais.—Projet d'une descente en Angleterre. La flotte française, sur laquelle était le prince Edouard, contrariée par les vents ; l'entreprise échoue.

1745 11 mai, bataille de Fontenoi, gagnée par le roi de France en personne.

1746 Lima et Cullao sont engloutis par un tremblement de terre.—Découverte du choc électrique.— 30 septembre, bataille de Rocoux, gagnée par les Français.

1747 Dans le courant de cette année les Français remportent de grands avantages sur terre, mais qui sont balancés par des pertes sur mer, dans des combats contre les Anglais, le 14 juin et le 14 octobre. Lowendal, maréchal de France, emporte Berg-op-zoom d'assaut, le 16 septembre.

1748 28 octobre paix d'Aix-la-Chapelle. — Mort de

an

Jean Bernoulli, fameux mathématicien, né à Bâle, en 1667. Son frère aîné *Jacques* était mort en 1705. *Daniel*, fils de *Jean*, non moins distingué, mourut en 1782.

1749 Le roi de Portugal prend le titre de majesté très fidèle, qui lui est donné par le pape.— Querelles du Jansénisme. Le parlement informe sur les refus de sacrements.—Découverte des ruines d'Herculanum.— 8 mars, mort de Fréret, membre de l'académie des Inscriptions, né à Paris en 1688.

1750 Mort du maréchal de Saxe à Chambord, le 30 novembre. Il naquit à Dresde en 1696; il était fils naturel de Frédéric-Auguste II, roi de Pologne.

1751 Établissement des ingénieurs des ponts et chaussées.—Louis XV achète de *Brassard*, chirurgien du Berri, le secret de la propriété de l'agaric de chêne pour arrêter les hémorragies dans les amputations.—Il fonde l'école militaire.

1752 Le duc d'Orléans, fils du régent, meurt à sainte Geneviève, le 22 février.—Nouveau style introduit dans la Grande Bretagne; le 3 septembre, on compte le 14.

1753 Louis XV crée une chambre royale.—Établissement à Londres du muséum britannique. Formation dans la même ville d'une société des arts, manufactures et commerce.

1754 Naissance de Louis XVI le 23 août.—27 septembre, arrêt du conseil qui établit la liberté intérieure du commerce des grains.—Hiver très rigoureux.

1755 10 février, mort de Montesquieu, illustre écrivain français, né en 1689, près de Bordeaux. —1er novembre, Lisbonne est détruite par un tremblement de terre.

1756 En Angleterre, procès de l'Amiral Bing; il est exécuté sur son bord, le 14 mars.—En France, Cassini et d'autres académiciens sont chargés de travailler à une carte exacte du royaume.—Le Parlement de Paris est exilé, après un lit de justice.

1757 Le 5 janvier, à six heures du soir, Damien attente à la vie de Louis XV.—9 janvier, mort de Fontenelle, illustre écrivain, avocat du parlement de Rouen, né dans cette ville le 11 février 1657.—Franklin, célèbre Américain, découvre l'identité du feu électrique et de l'éclair. Il invente les conducteurs métalliques, appelés *paratonnerres*.

1758 Le roi de Portugal est attaqué et blessé par des assassins le 3 septembre, à onze heures du soir. Le duc d'Aveiro, le marquis de Tavora et le comte d'Atogue, accusés d'avoir favorisé ce crime, périssent sous la roue. Les Jésuites, regardés comme complices, sont chassés du Portugal.

1759 L'ordre du mérite militaire est établi par Louis XV en faveur des officiers protestants qui servent en France.—Charles III, roi d'Espagne.

1760 Établissement, à Paris, de la petite poste, d'après le plan de Chamousset, maître des comptes. C'était un de ces caractères qui sont sans cesse occupés à faire du bien.

1761 Prise de Pondichéry par les Anglais, le 15 janvier.—Le 26 du même mois, mort du maréchal de Belle-Isle.—6 juin, passage de Vénus sur le disque du soleil.—Guerre déclarée par l'Angleterre à l'Espagne.—Pacte de famille entre les branches souveraines de la maison de Bourbon.

1762 Avénement de Catherine au trône impérial de

an

toutes les Russies, après la déposition et la mort de Pierre III son époux.—Le 9 mars, exécution à Toulouse de Calas, négociant de cette ville; il est célèbre par ses infortunes: accusé injustement d'avoir donné la mort à son fils, il porta sa tête sur l'échafaud; un arrêt du conseil, du 9 mars 1765, déclara Calas *innocent*.

1763 Traité de paix entre l'Angleterre, la France, l'Espagne et le Portugal, conclu à Paris le 10 février.— 8 avril, incendie du Palais Royal et de la salle d'Opéra qui y était jointe.— Erection de la statue équestre de Louis XV sur la place de ce nom.—Arrêt du parlement de Paris, qui ordonne que les facultés de médecine et de théologie seront consultées sur la pratique de l'inoculation.—Les établissements des Jésuites sont supprimés en France.

1764 Poissonnier, doyen du collège de France, invente une méthode pour dessaler l'eau de la mer. — Stanislas Poniatowski est élu au trône de Pologne, le 6 septembre.— Louis XV pose la première pierre de l'église de sainte Geneviève, aujourd'hui le *Panthéon*. On avait commencé à travailler aux fondations dès 1757.—17 décembre, fameux édit du ministre Laverdy sur la libération des dettes de l'état.—La France cède la Louisiane à l'Espagne.

1765 Réhabilitation de la mémoire de Calas par jugement souverain du 9 mars.—Commencement des troubles en Amérique à l'occasion du bill du timbre.

1766 Arrêt du 6 mai, qui condamne le général Lally à être décapité, pour avoir rendu Pondichéry; ce jugement est exécuté trois jours après.

1767 Invention du scaphandre (vêtement pour nager), par l'abbé de la Chapelle.—Académie de peinture établie à Londres.

1768 Les Génois cèdent la Corse à la France.—Mort de Sterne, célèbre écrivain anglais, né en Irlande.

1769 Catherine II, impératrice de Russie, fait partir de Saint-Pétersbourg une flotte qui vogue vers la Méditerranée, pour aller attaquer la Grèce.—Passage de Vénus, observé le 3 juin.—15 août, naissance de Napoléon à Ajaccio (département de la Corse).

1770 16 mai, mariage du dauphin, depuis Louis XVI, avec Marie Antoinette d'Autriche. Aux réjouissances qui eurent lieu le 30 du mois suivant, à Paris, à l'occasion de ce mariage, 11 ou 1,200 personnes périssent écrasées dans la foule.—Fondation de la ville de Versoix. —Poivre, intendant de l'île Bourbon, y transporte le giroflier des Moluques, et le muscadier.—Le parlement cesse de s'occuper des procès des particuliers, pour se mêler des affaires publiques.

1771 24 avril, mort du célèbre physicien l'abbé Nollet, né en 1700.—Le roi de Pologne est attaqué le 3 novembre par 30 assassins qui menacent de le tuer. Il échappe.—L'abbé Terray pose la première pierre de l'hôtel de la Monnaie.

1772 Partage de la Pologne entre l'Autriche, la Russie et le roi de Prusse.—Révolution en Suède le 19 août. Le roi de Suède change la constitution de ce royaume.—30 décembre, incendie de l'Hôtel-Dieu de Paris.

1773 Le collège royal de France est réuni à l'université.—11 juillet, suppression des Jésuites par une bulle de Clément XIV.

an 1774 10 mai, Louis XV, âgé de 64 ans , meurt de la petite vérole qu'il avait pour la seconde fois. Il avait régné 59 ans.—Louis XVI, son petit fils , lui succède.— Pie VI.

1775 Washington est nommé par le congrès commandant en chef des armées américaines.— 19 avril, première bataille entre les troupes anglaises et les milices de Lexington.— Émeutes populaires, en France, qui ont pour prétexte la cherté du pain.—Le roi est sacré à Reims, le 11 juin.—En Russie, l'impératrice Catherine fait publier son nouveau code de lois.

1776 Publication de l'acte d'indépendance dans les Colonies anglaises d'Amérique. Washington le fait proclamer au mois de juillet à la tête de son camp.

1777 Mort de Gresset, poëte français, le 16 juin; il était né à Amiens en 1709.—Le 17 octobre, les troupes anglaises, aux ordres du général Burgoyne, mettent bas les armes devant les Américains commandés par le général Gates. La campagne se termine à l'avantage des Américains.

1778 10 janvier, mort de Linné, illustre naturaliste, né en Suède en 1707.—Benjamin Franklin, député par les États-Unis, arrive à Paris. La France reconnaît leur indépendance , et fait avec eux un traité d'alliance et de commerce ; il est notifié le 13 mars à la cour de Londres par l'ambassadeur de France.—Voltaire meurt le 30 mai, âgé de 84 ans. L'abbé Mignot, son neveu, conseiller au parlement, le fait transporter et inhumer dans son abbaye de Sellières, ordre de Citeaux.—J.-J. Rousseau meurt le 2 juillet à Ermenonville, âgé de 66 ans. Il est inhumé dans l'île des Peupliers.

1779 Le 14 février, le capitaine Cook est tué dans l'île d'Owihée, à la suite d'une querelle avec les sauvages.—Fameuse éruption du Vésuve, le 8 août. La ville d'Ottojano est réduite en cendres, et une plaine fertile devient une plage aride, couverte de pierres et de débris.

1780 Confédération des trois puissances du nord, sous le nom de *neutralité armée*.—Établissement de l'école vétérinaire d'Alfort près Charenton. — La *question* est abolie en France.—L'Angleterre déclare la guerre à la Hollande.

1781 13 mars, Herschell découvre la planète qui porte son nom, et à laquelle il avait donné celui *d'astre de Georges*. La société royale de Londres fait frapper une médaille en mémoire de cette découverte. — 8 juin , incendie de l'Opéra de Paris , joint au Palais-Royal.— Frère Côme , feuillant, inventeur du *lithotome*, et célèbre par son habileté dans l'art d'opérer la pierre, meurt le 8 juillet, âgé de 79 ans.

1782 25 février, Ortonna, petite ville de l'Abruzze, s'enfonçant avec le territoire qui l'environne, est engloutie par les flots.—L'inquisition est supprimée dans les États du roi de Naples. —Mort de Métastase, célèbre poëte italien. — Mort d'Hyder-Ali, prince de Mysore, le 7 décembre; son fils Tippoo-Saïb lui succède ; il s'est rendu fameux par les longues guerres qu'il soutint contre les Anglais, dans l'Inde.

1783 8 février, terrible tremblement de terre dans la Calabre ultérieure et en Sicile. Plusieurs villes sont détruites : des milliers d'hommes

an périssent et disparaissent avec leurs habitations. — 29 octobre , Mort de d'Alembert, illustre savant du 18e siècle, né à Paris.—7 septembre, mort d'Euler, grand mathématicien , né à Bâle en 1707. — Invention de la navigation aérienne par les frères Montgolfier. 1re ascension par Pilatre du Rosier et d'Arsandes , le 21 novembre.— Le traité de paix est proclamé à Paris , le 23 novembre.

1784 Le 31 juillet, mort de Diderot, célèbre écrivain du 18e siècle, né à Langres en 1713. C'est lui et d'Alembert qui conçurent l'idée de *l'Encyclopédie*. — 1re ascension dans un ballon , en Angleterre , par Lunardi , au parc d'artillerie de Moor'sfield, le 15 septembre.

1785 Blanchard part de Douvres , le 7 janvier, avec le docteur Jeffries , par la voie des airs ; ils abordent sur les côtes de France, entre Calais et Boulogne.—23 avril , mort de l'abbé de Mably, philosophe du 18e siècle, né à Grenoble en 1709.—15 juin, Pilatre des Rosiers et Romain s'élèvent dans un ballon à Boulogne , avec le dessein de passer en Angleterre ; ils retombent une demi-heure après à une lieue de cette ville ; tous deux sont écrasés dans leur chute.—15 août, le cardinal de Rohan est arrêté chez le roi, relativement à l'affaire dite *du collier*.—Expédition de la Pérouse pour faire de nouvelles découvertes.

1786 Louis XVI voit placer à Cherbourg (23 juin) l'un des Cônes qui faisaient partie du grand travail qu'on devait exécuter dans ce port. — 17 août, mort de Frédéric III, roi de Prusse, surnommé le Grand.—26 septembre, traité de commerce signé entre la France et l'Angleterre.—On commence à bâtir le pont Louis XVI, appelé aujourd'hui de la Concorde.

1788 Mort de Buffon, célèbre naturaliste , le 16 avril ; il était né en 1707, à Dijon.

1789 5 mai, ouverture des États-Généraux à Versailles. Necker déclare que le déficit, dans les finances de l'État, est de 54,929,540 livres au-dessous des recettes annuelles.—20 juin, proclamation par laquelle le roi suspend les séances des États-Généraux à Versailles; fameuse séance du jeu de paume. —12 juillet, affaire du prince de Lambesc aux champs Elysées.—13 juillet, les Parisiens enlèvent les armes déposées aux Invalides.—14, siège et prise de la Bastille. Ce jour et les suivants, le gouverneur de cette forteresse, Launay, le prévôt des marchands Flesselles , l'intendant de Paris Bertier, et son beau-père Foulon, sont massacrés. Les horribles scènes de la lanterne se répètent.—15 juillet, Lafayette est nommé commandant de la garde nationale de Paris : il prête serment à Notre-Dame , assiste au *Te-Deum*.—Bailly est nommé maire. — 4 août, fameuse séance de l'assemblée nationale prolongée dans la nuit. On y abolit les dîmes, le droit de colombier, celui de chasse, etc.—11, les droits féodaux sont abolis.—23 , un décret établit la liberté des cultes.—1er octobre, l'assemblée décrète la *déclaration des Droits de l'homme*.—12, le titre de roi de France est changé en celui de *roi des Français;* l'assemblée abolit la distinction des costumes et les différences de place dans son sein ; il dans toutes les cérémonies.—19, prise d'Ismaïlow, et siège de Bender, par les Russes.— 11 novembre, la France est divisée en départements.— L'assemblée tient ses séances aux Tuileries, dans la salle du manége.—30, la Corse est déclarée partie intégrante de l'empire français.—11 décembre, insurrection générale à Bruxelles ; les impériaux sont obligés d'évacuer la ville.—19, création d'un papier monnaie sous le nom d'*assignats*.

1790 10 février, mort de Joseph II, empereur d'Allemagne.—12, suppression des ordres religieux, et abolition des vœux en France.—Les droits seigneuriaux sont abolis.—8 mai, décret portant établissement de l'uniformité de poids et de mesures en France.—11 juin, délibération des Avignonnais pour leur réunion à la France. Quatre députés viennent à Paris en faire la demande. Substitution des armes de France à celles du pape.—19 juin, l'assemblée nationale abolit la noblesse.—12 juillet, établissement de la constitution civile du clergé de France.—14 juillet, grande fédération au Champ-de-Mars; le roi, l'assemblée nationale, les députés de tous les départements, ainsi que ceux des corps militaires de mer et de terre, y assistent et y prononcent le serment civil.—L'évêque d'Autun (Talleyrand) célèbre la messe pontificalement sur l'autel de la patrie, dressé au milieu du Champ-de-Mars. — 25 octobre, création d'un tribunal de cassation.

1791 4 mars, suppression de la ferme générale.—Lydda Gobel, évêque constitutionnel de Paris.—2 avril, mort de Mirabeau. On lui fait de magnifiques funérailles. Son corps est déposé au Panthéon.—10, organisation du ministère en six départements.—20 avril, abolition des maîtrises et Jurandes.—21 juin, le roi quitte Paris secrètement avec sa famille ; il est arrêté le 22 à Varenne, ramené à Paris, et suspendu de ses fonctions royales.—27 août, convention de Pilnitz entre l'empereur et le roi de Prusse, pour le rétablissement de l'ancien régime en France.—27 septembre, réunion du pays de Dombes (Trévoux) à la France.—28 d'Entrecasteaux part avec deux frégates pour aller à la recherche de l'infortuné la Pérouse.—4 novembre, guerre déclarée à la France par le Dey d'Alger.—20 décembre, traité de paix entre la Russie et la Suède.—27, Rochambeau et Luckner sont nommés maréchaux de France.—29, traité de paix entre la Russie et la Turquie.

1792 Les émigrés français affluent à Coblentz.—1er mars, mort de l'empereur Léopold.—6, le comte d'Estaing est nommé amiral.—16, assassinat de Gustave III, roi de Suède, par Ankarstrœm.—20, Commencement de l'usage du *bonnet rouge* ; on coiffe le buste de Voltaire.—6 avril, suppression en France des costumes ecclésiastiques et religieux.—20, la France déclare la guerre à l'Autriche. 6 mai, paix entre la Suède et le Dey d'Alger.—18, la Russie déclare la guerre à la Pologne et envahit son territoire.—2 juin, accession de la Russie aux plans hostiles de Vienne et de Berlin contre la France.—6 juin, les Russes sont battus par les Polonais à Tulezin.—Custine général en chef de l'armée du Rhin.—20 juin, les faubourgs saint Marcel et saint Antoine, commandés par Santerre et Saint Huruge, entrent au château des Tuileries et forcent le roi à porter le *bonnet rouge*.—22, décret qui ordonne que dorénavant l'Etat civil sera constaté par les officiers municipaux. Les registres tenus par les curés et autres ecclésiastiques sont supprimés. — 10 août,

les Suisses qui gardent le château des Tuileries sont massacrés. Le roi et sa famille se retirent au sein de l'assemblée. Mandat, commandant général de la garde nationale de Paris, est massacré.—13 août, le roi et sa famille sont enfermés au temple.—20 août, émigration de Lafayette. — 2 septembre, ce jour et les suivants, les détenus dans les prisons de Paris, et dans quelques villes des départements, sont massacrés.—8, la Russie et l'Autriche renouvellent le traité d'alliance de 1768.—15, le duc d'Orléans change son nom en celui d'*égalité*. — 21 septembre, la convention décrète l'abolition de la royauté et l'établissement de la république française.—1er octobre, le roi de Prusse entre en Champagne à la tête de ses troupes : il évacue cette province et la France dans le même mois.—14, abolition de l'ordre des chevaliers de saint Louis et défense à eux d'en porter la croix.—6 novembre, bataille de Jemmapes gagnée par les Français, sous les ordres de Dumouriez, contre les Autrichiens.—21, entrée des Français dans Namur.—27, la Savoie est réunie à la France.—18 décembre, une escadre française, commandée par l'amiral Latouche, force le roi de Naples à réparer les outrages qu'il avait faits à l'ambassadeur Semonville.—Découverte par Galvani de l'*électricité animale* appelée de son nom galvanisme.

1793 5 janvier, traité d'alliance offensive et défensive entre les cours de Vienne et de Londres, contre la France.—17 janvier, la convention condamne Louis XVI à avoir la tête tranchée.—20, le Pelletier de Saint Fargeau est assassiné chez un restaurateur, au Palais-Royal, dit alors *égalité*, par Paris, ancien garde de Louis XVI.—21 janvier, le jugement de la convention à l'égard de Louis XVI est exécuté ; ce prince a la tête tranchée sur la place Louis XV (de la *révolution*) à 10 heures 15 minutes du matin.—31, réunion du comté de Nice à la France.—1er février, la France déclare la guerre à l'Angleterre et à la Hollande.—Paris, assassin de Lepelletier, étant poursuivi, se tue d'un coup de pistolet à Forges-les-Eaux.—7 mars, la France déclare la guerre à l'Espagne.—8, la ville de Namur est réunie à la France.—14, un décret de la convention réunit 31 villes d'Allemagne à la république française.—18, bataille de Nerwinde perdue par Dumouriez.—23, Réunion de Porentru à la France.—25, Convention entre la Russie et l'Angleterre contre la France.—30, réunion de Mayence à la France.—2 avril, Dumouriez fait arrêter les commissaires de la convention et le ministre Beurnonville ; il les livre aux Autrichiens. — L'*assemblée centrale du salut public* siège à l'Archevêché.—3 mai, établissement du *maximum*, ou loi qui fixe le prix des denrées.—8, réunion du pays de Liège à la France.—Défaite des Anglais à la Martinique, par le général Rochambeau.—10, la Convention prend possession du local qu'elle s'était fait préparer aux Tuileries, et y tient ses séances.—Custine général en chef de l'armée du nord, et Houchard de l'armée du Rhin.—Paoli généralissime en Corse.—Kellermann, général en chef de l'armée des Alpes, et Brunet de l'armée d'Italie.—9 juin, prise de Saumur par les Vendéens.—Traité de paix entre la république française et la régence d'Alger.

an —24 juin, la convention décrète une nouvelle constitution, dite de 1793.— 12 juillet, traité d'alliance entre l'impératrice de Russie et le roi de Pologne.— 13, Charlotte Corday s'introduit chez Marat, qu'elle trouve dans le bain; elle le tue. Le 17, Charlotte Corday est condamnée à mort et exécutée.— Convention entre la Russie, la Prusse et l'Autriche, relative au partage de la Pologne.— Congrès départemental à Lyon, lequel déclare ne plus reconnaître la convention, et met la *Montagne* hors la loi.— 9 août, les républicains investissent Lyon; siège de cette ville. —25, prise de Toulon, par les Anglais.— 28, le général Custine est condamné à mort, et a la tête tranchée.— Dumas général en chef de l'armée des Pyrénées orientales; Jourdan général en chef de l'armée des Ardennes.— 30, prise de la Guadeloupe, par les Anglais.— 1er octobre, abolition du calendrier grégorien en France, et substitution d'une *ère nouvelle* et du *calendrier français.* — Décret de la convention qui prohibe l'entrée des marchandises anglaises en France. —16, la reine de France, Marie-Antoinette d'Autriche, est condamnée à mort par le tribunal criminel extraordinaire, et a la tête tranchée le même jour.— 17, entrée des troupes françaises dans Maubeuge.— Biroteau, membre de la convention, mis hors la loi, est exécuté à Bordeaux.— 30, Vergniaud, Gensonné, Lasource, Brissot, sont condamnés à mort et décapités.— 6 novembre, le duc d'Orléans est condamné à mort; ce jugement est exécuté.— Bailli, ancien maire de Paris, est condamné à mort, le 7 novembre; on le traîne au lieu de son supplice en l'abreuvant d'outrages, il est exécuté; le 14 et le 16, les généraux Brunet et Houchard sont condamnés à mort et exécutés.— 30 novembre, siège de Toulon par les Français, Bonaparte y commande l'artillerie; 16 décembre, reprise de Toulon par les Français; l'Anglais Sidney-Smith en incendie le port et les magasins.— 27 décembre, Lebrun, ex-ministre des affaires étrangères, est condamné à mort et exécuté.

1794 Les Autrichiens évacuent l'Alsace, et repassent le Rhin.— Le général Luckner est condamné à mort, le 4 janvier, par le tribunal révolutionnaire, et exécuté.—Pichegru commande en chef l'armée du nord.— Jourdan général en chef de l'armée de la Moselle.—Kosciusko, reconnu chef suprême de toutes les forces de la Pologne.—5 avril, exécution de Fabre d'Eglantine, Camille Desmoulins, Hérault Séchelles, Lacroix; quelques jours après, sont également mis à mort, Gobel évêque constitutionnel de Paris, Chaumette, Lamoignon de Malesherbes, Touret, Chapelier, d'Esprémênil.— 24 avril, l'armée des Alpes s'empare du mont Saint-Bernard.— 28 avril, exécution de Latour-du-Pin et du comte d'Estaing.— 30 avril, les Russes sont massacrés à Grodno, Willna et dans toute la Lithuanie.—8 mai, Lavoisier, illustre chimiste, périt sur l'échafaud; on lui refuse quelques jours de délai, qu'il demande pour terminer une expérience intéressante. — 10 mai, madame Elisabeth, sœur de Louis XVI, Loménie Brienne, sont condamnés à mort et exécutés.—14 mai, prise du Mont-Cenis, par l'armée des Alpes. — 18 mai, Bonnaud, général de l'armée du nord, prend 60 pièces d'artil-

an lerie, et fait 2,000 prisonniers hanovriens et anglais.—Stanislas-Auguste, roi de Pologne, est suspendu de ses fonctions royales : on lui substitue un pouvoir exécutif divisé en cinq départements. — 8 juin, fête de l'Être-Suprême, célébrée au Champ-de-Mars en présence de la convention, sous la présidence de Robespierre.—14 juin, exécution de Fréteau. —26 juin, bataille de Fleurus gagnée par le général Jourdan. —29 juin, réunion des trois armées de la Moselle, du Nord et des Ardennes, sous le nom d'armée de *Sambre et Meuse.*— 1er juillet, prise de Mons par les Français, sous les ordres de Pichegru; ils s'emparent d'Ostende.— Les Français chassent les Anglais de la Guadeloupe.— Reprise de Bruxelles par Pichegru. — Les Autrichiens perdent Landrecie; Namur tombe au pouvoir des Français.—24 juillet, reprise de la citadelle et de la ville d'Anvers par les Français.—27 juillet, Robespierre, Couthon, Henriot sont mis hors la loi.—28, Robespierre, son frère, et saint Just leur complice, périssent sur l'échafaud; le lendemain exécution de 70 membres de la commune de Paris mis hors la loi. — 21 octobre, fête des victoires célébrée au Champ-de-Mars.— 22 novembre, les Russes s'emparent de Varsovie.— 16 décembre, exécution de Carrier.—23, suppression du *maximum* ou taxe du prix des denrées.

1795 Révolution en Perse; le 10 janvier, le roi est détrôné par Aga-Mahmed-Khan.—Le 18 janvier, le ministre de Russie déclare au corps diplomatique à Varsovie, qu'il n'y a plus ni royaume ni république de Pologne.— Prise de Tripoli, par la régence de Tunis.— 9 février, traité de paix entre la France et la Toscane. — 30 mars, réunion de la Courlande à l'empire russe.—Kléber, général en chef de l'armée du Rhin.— 27 avril, établissement du gouvernement démocratique en Hollande.— 8 mai, après 39 jours de débats, Fouquier Tinville, accusateur public du tribunal révolutionnaire, et 15 juges ou jurés de ce même tribunal, sont condamnés à mort et exécutés. — 16 mai, traité de paix entre la France et la Hollande. — La Porte reconnaît la république française.— 20 mai, Ferraud est assassiné par le peuple, dans le sein de la convention. —9 juin, mort de Louis XVII dans la prison du Temple.— 17 juin, Romme, Duroi, Goujeon, Bourbotte, Duquesnoy, Soubrany, sont condamnés à mort par la commission militaire établie à Paris pour juger les auteurs de la révolte du premier prairial (20 mai); tous se percent d'un poignard qu'ils se passent l'un à l'autre. Romme, Goujeon, Duquesnoy se tuent, les autres survivent et sont exécutés. — 17 juillet, Prise de Bilbao, par le général Moncey.—Traité de paix entre la France et l'Espagne. — 4 août, les Colonies sont déclarées parties intégrantes de la république française; le 17 du même mois, constitution dite de *l'an 3.*— 1er octobre, réunion de la Belgique et du pays de Liége à la France.— 5 octobre, journée dite de *vendémiaire.* La garde nationale de Paris marche contre la convention. Elle est repoussée par la troupe de ligne.—10 octobre, Bonaparte est nommé général en second de l'armée de l'Intérieur. Formation d'un Institut national.—Réunion de la principauté de Bouillon à la France.—

an

28 octobre, installation du corps législatif.—
10 décembre, les puissances co-partageantes font signer à Stanislas, dans sa prison à Grodno, sa démission de la couronne de Pologne, et l'acte de partage de son royaume.—19 décembre, la princesse, Marie-Thérèse-Charlotte, fille de Louis XVI (depuis duchesse d'Angoulême), prisonnière au Temple, est échangée contre les députés détenus en Autriche; elle part de France.

1796 1er février, décret ordonnant la destruction des objets servant à la fabrication des assignats, dont l'émission avait été portée à 40 milliards. —L'archiduc Charles prend le commandement de l'armée autrichienne.—Conseil des cinq cents.— Conseil des anciens.—7 mars, mort de l'abbé Raynal, célèbre par son histoire philosophique et plusieurs autres ouvrages, né en 1711. — Création de 2,400,000,000 de mandats territoriaux.—31 mars, Bonaparte arrive à Nice, et prend le commandement de l'armée d'Italie.—11 avril, Bataille de Montenotte.— 21 avril, bataille de Mondovi gagnée par Bonaparte.—10 mai, bataille de Lodi gagnée par les Français aux ordres de Bonaparte. — 15 mai, traité de paix entre la France et la Sardaigne. —8 juin, mort de Collot-d'Herbois à Cayenne, lieu de sa déportation.—3 août, bataille de Lonado gagnée par Bonaparte.— 5 août, bataille de Castiglione; 20,000 Autrichiens sont tués ou faits prisonniers.—Traité de paix entre la France et le duc de Wurtemberg.—4 septembre, bataille de Roveredo.—En six mois de l'année 1796 (an IV), Bonaparte fait 100,000 prisonniers des troupes de l'empereur, prend 400 pièces de canon et détruit cinq armées.—L'Espagne déclare la guerre à l'Angleterre.—Traité de paix entre la France et le roi de Naples.—16 octobre, mort du roi de Sardaigne.—10 novembre, mort de l'impératrice de Russie Catherine II. Avénement de Paul 1er à ce trône.—15 novembre, bataille d'Arcole.

1797 13 janvier, bataille de Rivoli.— Hoche, général en chef de l'armée de Sambre-et-Meuse.— Loi qui porte que les mandats cesseront d'avoir cours forcé de papier-monnaie. — Traité de paix entre la France et le pape.— 25 février, Charlier, membre du conseil des anciens, et ex-conventionnel, se tue.—4 juillet, bombardement de Cadix par les Anglais.—4 septembre, le directoire fait entrer des troupes dans Paris. Sous les ordres d'Augereau, elles investissent les Tuileries et le conseil des cinq cents; plusieurs députés y sont arrêtés; le directeur Carnot disparaît. Cette journée a conservé le nom du 18 fructidor.—5 septembre, déportation de 54 députés, des directeurs Carnot et Barthélemy; des généraux Ramel, Miranda; de plusieurs journalistes, et de tout ce qui restait en France de la famille des Bourbons.—10 septembre, Aga-Mahmed-Khan, usurpateur du royaume de Perse, est assassiné.—20 septembre, mort de Hoche à Wetztar.—17 octobre, traité de paix signé à Campo-Formio. Indication d'un congrès à Rastadt.—Les Jésuites rentrent en Espagne.—Barras, président du Directoire.—5 décembre, Bonaparte revient à Paris.—25 décembre, Bonaparte est nommé membre de l'Institut national.

1798 janvier. Frédéric Guillaume, roi de Prusse, abolit

an

le fameux édit de religion qui avait été rendu par son prédécesseur, lequel rétablissait la religion luthérienne dans toute son intégrité. —Insurrection en Suisse; abolition du gouvernement olygarchique; réunion des 13 cantons en une seule république démocratique.—6 avril, arrestation de tous les Anglais résidant à Bordeaux.—Balderin, consul d'Alexandrie, prétend avoir trouvé un remède contre la peste.—11 avril, mort de Stanislas Poniatowski, roi de Pologne.—26 avril, Genève est réuni à la France sous le nom de département du Léman.—14 mai, quinze chariots chargés d'écus de 6 fr. montant des contributions imposées sur la Suisse, partent de Berne pour Paris. —19 mai, Bonaparte part de Toulon.—12 juin, Bonaparte s'empare de Malte.—Arrivée à Paris de 18 bateaux chargés de monuments précieux venus d'Italie.—1er juillet, Bonaparte, arrivé en Egypte, effectue son débarquement à Alexandrie; le lendemain, cette ville est prise d'assaut.—Victoire de Chebréise, remportée sur les Mamelucks.—23 juillet, prise du Caire.—31 juillet, installation du Prytanée français, en remplacement du collège *égalité*, nommé originairement collège de Clermont, et ensuite collège de Louis-le-Grand, puis Lycée impérial, sous l'Empire.—2 août, combat naval d'Aboukir. L'amiral Brueys est tué. Le vaisseau amiral saute en l'air, et la flotte qui avait abordé en Egypte, est presque entièrement détruite par l'escadre anglaise, sous les ordres de l'amiral Nelson. La Turquie déclare la guerre à la France.— 13 octobre, l'empereur de Russie se déclare grand maître de l'ordre de Malte.—Les Autrichiens sont battus en Italie, par Championnet. — 21 octobre, insurrection générale au Caire; assassinat du général Dupuy; 6,000 Turcs sont tués par les Français.—29 novembre, le roi de Naples entre à Rome. Il attaque les Français avec 80,000 hommes. Après plusieurs actions, Championnet défait entièrement son armée. — Traité d'alliance entre ce monarque et la Russie. —Dans plusieurs rencontres, les Napolitains sont battus par Macdonald. — Défaite du général Mack, par Championnet.—La France déclare la guerre aux rois de Naples et de Sardaigne.— Forcé d'abandonner le Piémont, le roi de Sardaigne signe sa renonciation à la souveraineté de ce pays.—Rome est reprise par les Français commandés par Macdonald.— Masséna général en chef de l'armée d'Helvétie.

1799 21 janvier, prise de Naples par les Français.— Bernadotte général en chef de l'armée d'observation. — Traité d'alliance entre la Turquie et l'Angleterre. — 6 mars, en Palestine, prise de Jaffa, par Bonaparte. — Le roi d'Espagne crée 200 millions de papier-monnaie. — Bataille de Nazareth, gagnée par Junot.— 18 avril, bataille du Monthabor, gagnée par les Français, sur les Mamelucks.—26 avril, siège de St-Jean d'Acre.—28 avril, départ des ministres français de Rastadt. Ils sont assassinés à quelques lieues de là; Jean Débry, l'un d'eux, échappe.—30 avril, le pape Pie VI, emmené par les Français, arrive à Briançon.—4 mai, prise de Seringapatam (dans l'Inde), par les Anglais. Mort de Tippoo-Saïb. — 17 juin, bataille sanglante de la Trebia, entre Macdonald et Suvarow; ce combat dure trois jours.

an —Convention entre la Russie et l'Angleterre, pour l'attaque de la Hollande. — Joubert général en chef de l'armée d'Italie.—La Russie déclare la guerre à l'Espagne. — 25 juillet, bataille d'Aboukir. — 31 juillet, prise d'Aboukir, par le général Menon; les Turcs perdent 18,000 hommes. — 16 août, Joubert est tué à la bataille de Novi gagnée par les Autrichiens et les Russes. — 29 août, mort du pape Pie VI à Valence. — 9 octobre, Bonaparte, parti d'Égypte, débarque à Fréjus; il arrive à Paris le 16 octobre. — 20 octobre, les Vendéens surprennent Nantes, ils en sont chassés le même jour. — Lucien Bonaparte, président du Conseil des 500. — 9 novembre, le conseil des anciens est transféré à St. Cloud. — Abolition du directoire. — Le célèbre géomètre Laplace ministre de l'intérieur. — Talleyrand-Périgord ministre des relations extérieures. — 13 décembre, achèvement et signature de la constitution de l'an 8, par les consuls et les membres des commissions législatives. Bonaparte est nommé *premier consul*, Cambacérès second consul, et Lebrun troisième consul. Par cette constitution, il y a un sénat conservateur, un corps législatif, un tribunat. — 14 décembre, mort de Washington. — 18 décembre, mort du fameux acteur Préville. — 31 décembre, mort de Marmontel, secrétaire perpétuel de l'Académie française (né à Bort, petite ville du Limousin, en 1723), dans sa 78me année, et du célèbre Daubenton, de l'académie des sciences, compatriote de Buffon et associé à ses travaux.

1800 9 janvier, mort du général Championnet. — 24 février, établissement d'octrois de bienfaisance. — 15 mai, le nommé Hadfield tire un coup de pistolet au roi d'Angleterre dans la loge de ce monarque, au théâtre de Drury-Lane. — 18 mai, mort du général Suwarow. — 21 mai, l'armée française, sous les ordres de Bonaparte, passe le mont St. Bernard. — 14 juin, bataille de Marengo; Desaix est tué.—Assassinat du général Kléber au Caire. —2 juillet, l'Irlande est réunie à l'Angleterre.—6 août, combat de Thata en Egypte; le général Davoust remporte l'avantage. Brune, général en chef de l'armée d'Italie.— 3 décembre, bataille de Hohenlinden gagnée par le général Moreau.— 24 décembre, explosion d'une machine infernale, rue St.-Nicaise, au moment où le premier consul passait pour se rendre à l'opéra.

1801 1er janvier. Découverte de la planète CÉRÈS, par Piazzi, à Naples.—Émancipation des catholiques d'Irlande. — Jefferson remplace John Adams dans la présidence des Etats-Unis. — 8 mars, descente des Anglais en Egypte, sous le commandement du général Abercrombie. Ils sont attaqués par les Français, et perdent 2,000 hommes. — 25 mars, Paul premier, empereur de Russie, est assassiné; Alexandre premier, son fils, lui succède. — Traité de paix entre la France et les deux Siciles. — Guerre entre l'Angleterre et le Danemarck. — Rétablissement de la paix entre la Suède et l'Angleterre. — 5 juillet, combat naval d'Algésiras gagné par le contre-amiral Linois; prise du vaisseau anglais l'*Annibal*. — Traité de paix entre la France et la Bavière. — 12 novembre, convocation d'une consulte extraordinaire de la république Cisalpine à Lyon.

an 1802 5 février, arrivée au Cap du général Leclerc, commandant l'expédition de Saint-Domingue. Il s'empare de cette ville. — Prise du Port-au-Prince par le général Boudet. — Installation à Milan du gouvernement constitutionnel de la république italienne.—28 mars, Olbers, médecin à Brême, découvre la planète *Pallas*. — Le cardinal Caprara exerce en France les fonctions de légat *à Latere*; d'après les actes du concordat, Mr de Belloy, évêque de Marseille, nommé archevêque de Paris; Mr Cambacérès, archevêque de Rouen; Mr de Boisgelin, archevêque de Tours; Mr Primat, archevêque de Toulouse; Mr de Cicé, archevêque d'Aix; Mr Dubois de Sanzai, archevêque de Bordeaux; Mr de Mercy, archevêque de Bourges; Mr de Roquelaure, archevêque de Malines; et Mr Lecoz, archevêque de Besançon.— 18 avril, *Te Deum* chanté à Notre-Dame en présence du gouvernement, à l'occasion de la paix d'Amiens, de la publication du concordat, et du rétablissement du culte catholique. — 10 mai, le peuple français est consulté sur cette question: Napoléon Bonaparte sera-t-il proclamé consul à vie ?—2 août, plébiscite (décret du peuple) par lequel Napoléon est proclamé consul à vie.—3 septembre, mort de Richepance, général en chef de l'armée de la Guadeloupe. — 11 septembre, réunion du Piémont à la France. — 9 octobre, mort de l'infant duc de Parme; les duchés de Parme, Guastale et Plaisance, passent sous la domination française. — Création de la légion d'honneur. — 2 novembre, mort au Cap, du général Leclerc, capitaine-général de St. Domingue.

1803 Rochambeau général en chef de l'armée de St. Domingue. — 17 janvier, promotion au cardinalat, de MM. de Belloy, archevêque de Paris; Fesch, archevêque de Lyon; Cambacérès, archevêque de Rouen, et de Boisgelin, archevêque de Tours. — 9 février, mort de Saint-Lambert; 11 mort de Laharpe.— Bill du parlement d'Angleterre, qui suspend les paiements en argent à la banque. — Établissement à Compiègne d'une école spéciale d'arts et métiers.—Loi qui règle l'exercice de la médecine; rétablissement du doctorat pour les médecins, on établit que les chirurgiens participeront à cet honneur.—La planète *Junon* est découverte par Harding.—Schisme de la petite église en France.— La Louisiane est cédée aux États-Unis. — Les Français en Hanovre.

1804 Code civil. — L'abbé Maury. — Établissement des écoles de droit et de médecine, dans les principales villes de France. — 2 décembre, Napoléon est couronné empereur, par le pape Pie VII.

1805 Napoléon roi d'Italie. — 3e coalition contre la France. — Entrée des Français à Munich, à Vienne. — Austerlitz. — Paix de Presbourg. — Delille. — Parny. — Volney.

1806 Fin de la République.— Avènement de Joseph-Napoléon au trône des Deux-Siciles.— L'abbé Sicard.—Legouvé.— Louis-Napoléon roi de Hollande.—Assemblée des juifs à Paris, qui fut suivie de celle du grand Sanhédrin (tribunal juif). — On assure le libre exercice de la religion juive; les juifs jouissent des droits civils comme les citoyens des autres religions.—On commence à ériger, au milieu de la place Vendôme, une colonne triomphale à la gloire de nos armées; elle n'est terminée

an qu'en 1810.—14 octobre , bataille d'Iéna.—
Les Français à Berlin et à Varsovie.—Confédération du Rhin , qui change entièrement
le système politique de l'Allemagne.

1807 9 février, bataille d'Eylau. — Otbers, médecin
à Brême, découvre la planète Vesta.—Bataille
de Friedland, livrée le 14 juin. — Le milieu
du fleuve Niemen est choisi pour le lieu
des conférences ; l'empereur Napoléon et
l'empereur de Russie, Alexandre 1er, s'y
rendent en personnes et concluent un traité
de paix, signé le 7 juillet. — Construction du
Marché St. Germain et de la fontaine du Château d'eau.— On commence à bâtir les ponts
d'Austerlitz et d'Iéna. — Les dégagements
des ponts sont opérés. — De nouveaux quais
se construisent. — Jérôme Napoléon , roi de
Westphalie. —

1808 1er mars, Napoléon rétablit la noblesse. — Institution de l'université; l'instruction publique
lui est exclusivement confiée. L'Espagne est
en proie à la guerre civile ; le roi Charles abdique en faveur de son fils, proclamé roi sous
le nom de Ferdinand VII. — La junte s'assemble à Bayonne le 15 juin ; elle rédige une
nouvelle constitution proclamée par le roi Joseph-Napoléon qui fait son entrée dans Madrid, le 20 juillet.—Joachim-Napoléon (Murat) , roi des Deux-Siciles , le 1er août. —

1809 6 juillet, bataille de Wagram. — Italie réunie à
la France ; Rome, ville impériale, libre ; le
pape continuera d'y siéger avec deux millions
de francs de revenu. Napoléon et ses adhérents
sont excommuniés. — Le pape est enlevé du
palais Quirinal.—Guerre avec l'Autriche.—
Bataille d'Eckmuhl. — Esling. — Les Français à Vienne ; paix avec l'Autriche. — Le
5 mai 1809, la diète de Stockholm , présidée
par le régent, reçoit l'abdication de Gustave IV
et proclame le duc de Sudermanie roi de
Suède, sous le nom de Charles XIII, avec la
faculté de désigner son successeur.—Institution de l'ordre des trois toisons d'or. — On
commence à jeter les fondations de l'*Arc de
l'Etoile*, qui n'est achevé qu'en 1836. — Le
15 décembre, Napoléon fait prononcer la dissolution de son mariage avec l'impératrice
Joséphine.

1810 Le pape établi dans le palais de l'archevêché à
Paris. — Perte de la Guadeloupe. — 2 avril,
mariage de Napoléon avec l'archiduchesse
Marie-Louise, fille aînée de l'empereur d'Autriche. — Etablissement de la maison impériale d'Ecouen. — Louis Napoléon abdique
la couronne de Hollande ; par un décret du
9 juillet, ce royaume est réuni à l'empire.—
20 mars , naissance de Napoléon II , roi de
Rome; il mourut le 22 juillet 1832, exilé en
Autriche: on remarque qu'il rendit le dernier
soupir dans la chambre même où coucha son
père, lorsqu'après Wagram il dicta les conditions de la paix.

1811 15 mai, bataille d'Albufera, gagnée par le maréchal Soult, contre sir Aarthur, depuis duc
de Wellington.

1812 Guerre avec la Russie. — Invasion de la Russie. — 23 juillet, bataille de Mohilow, remportée par Davoust.—25 juillet , bataille
d'Ostrowono , gagnée par Eugène. — 1er
août, la Brissa. — 14, Krasnoï.— 17, Smolensk. — 18, Dottosk. — 19, Valoutina.—
7 septembre, la Moskowa. — Les maréchaux
Oudinot et Ney commandent en chef dans ces
différentes batailles. — 14 septembre, entrée

an des Français à Moscou.—Rentrée des Français à Madrid. — Conjuration de Mallet et de
Laborie.

1813 Guerre avec la Prusse. — 2 mai , bataille de
Lutzen, gagnée par Napoléon contre le roi de
Prusse et l'empereur de Russie. — 21 mai,
Bautzen. — Guerre avec l'Autriche. — Ba-
taille de Leipsick.—Concordat avec la France.

1814 10 février, bataille de Champ-Aubert. — 11 ,
Montmirail. — 17 , Montereau. — 7 mars,
Craone. — 10 avril , bataille de Toulouse,
gagnée par le maréchal Soult contre le duc
de Wellington.—31 mars , capitulation de
Paris. — Après la bataille de Craone , Napoléon se porte avec sa garde sur Fontainebleau, se disposant à marcher sur les derrières
de l'armée alliée, qui était devant Paris, et à
la placer entre les troupes qui étaient avec lui
et le corps du maréchal Marmont; mais la
capitulation de Paris rend impossible l'exécution de son plan. — 3 avril , le sénat déclare Napoléon déchu du trône. — Organisation d'un gouvernement provisoire. — 12
avril, abdication de Napoléon. — 3 mai ,
entrée de Louis XVIII à Paris. — Retour du
pape à Rome ; les jésuites sont rétablis dans
toute la chrétienté. — Charte constitutionnelle.— La France rend les pays conquis.—
David. — Girodet. — Congrès de Vienne.

1815 1er mars, Napoléon part de l'île d'Elbe, débarque au Golfe-Juan avec quelques soldats.—
Le 19, Louis XVIII quitte Paris et se retire
à Gand.— Le 20, Napoléon entre à Paris.
Son armée est aussitôt organisée, et le 16
juin, l'armée prussienne est attaquée à Ligny;
elle est battue complètement, sans que l'armée anglo - hollandaise puisse la secourir.
Celle-ci est attaquée à son tour , le 18 juin ,
à Waterloo. A six heures du soir la victoire
est décidée en faveur des Français qui, forts
de 65,000 hommes , avaient triomphé de
115,000 Anglais , Hollandais et Prussiens.
Mais le 1er corps de l'armée prussienne s'est
rallié, et arrive sur le champ de bataille ; la fortune est changée ; les Français perdent 37,000
hommes et les alliés 58,000.— Napoléon abdique de nouveau ; il demande un asile aux
Anglais qui le déportent à l'île Sainte-Hélène.
—Les alliés occupent militairement la France,
qui est imposée envers eux à sept cents millions. — Le 8 juillet , Louis XVIII et sa famille rentrent à Paris.

1816 Traité de Paris. — Sainte-Alliance.

1817 Concordat avec la Bavière. — Révolte du
Brésil.

1818 Congrès d'Aix-la-Chapelle.

1820 13 février, assassinat du duc de Berry , à sa
sortie de l'opéra.

1821 5 mai, mort de Napoléon à l'Ile Sainte-Hélène.
— Révolte du pacha d'Egypte. — Révolte
à Naples.

1822 Congrès de Vérone. — Insurrection des Grecs.

1823 Intervention armée des Français, dans la révolution d'Espagne, sous le commandement en
chef du duc d'Angoulême. — Entrée des
Français à Madrid. — Reddition de Cadix
six mois après l'ouverture de la campagne.
— Foy. — Manuel. — Larochefoucault. —
Mort de Pie VII; élection de Léon XII.

1824 Guerre entre l'Angleterre et les Birmans. —
18 septembre, mort de Louis XVIII. Avénement de Charles X au trône.—Gall.—Picard.

1825 Emancipation de St. Domingue.

1827 Médiation armée de la France, de la Russie et

13

an de l'Angleterre entre les Grecs et les Turcs ; 20 octobre, bataille de Navarin, destruction de la flotte turco-égyptienne. — Guerre entre la Russie et la Perse.

1828 Guerre entre la Russie et la Porte. — Expédition des Français en Morée, sous les ordres du général Maison.

1830 Expédition en Afrique. — 8 juillet, prise d'Alger par les Français. — 27, 28, 29 juillet, révolution à Paris ; déchéance de Charles X. — 9 août, élection de Louis-Philippe Ier. — Mort de Pie VIII.—Août. Révolution en Belgique, exclusion de la maison d'Orange.— Un prince anglais, Léopold, monte sur le trône ; il prend le titre de Léopold Ier, roi des Belges. — Guerre entre la Belgique et la Hollande.—Révolution en Pologne.—Guerre entre la Pologne et la Russie.—Suicide du duc de Bourbon, prince de Condé.—Mort de madame de Genlis.—Fondation de l'église Française par l'abbé Chatel.—St-Simonisme. —8 décembre, mort de Benjamin-Constant ; il est placé au rang des premiers orateurs dont la France s'honore. — Procès des ex-ministres de Charles X.

1831 Courses aventurières de la duchesse de Berri, dans la Vendée.—Troubles dans plusieurs villes de France, notamment dans le Midi. — Insurrection des *Verdets* à Nismes.— Continuation de la guerre entre la Pologne et la Russie.—Entre la Belgique et la Hollande.—Mort du célèbre voyageur français Victor Jacquemont.—21 novembre, insurrection de Lyon ; la garnison est obligée d'évacuer la ville ; le peuple désarme la garde nationale ; elle est licenciée peu de temps après par une ordonnance royale.

1832 Continuation de la guerre en Vendée, en Belgique, en Pologne.—Troubles en Italie ; occupation de la ville d'Ancône par les Français ; un corps de troupes françaises occupe la Morée (Grèce).—Révolution du Brésil ; expulsion de l'empereur Don-Pedro ; son fils, âgé de 7 ans, monte sur le trône.—26 mars, invasion du choléra-morbus à Paris. —Loi de la réforme en Angleterre ; grande manifestation populaire.—Fondation de la ville d'Achalzik par les Russes.—Prise de Varsovie par les Russes.—14 mai, mort de l'illustre savant Georges Cuvier.—31, mort de Casimir-Périer.—2 juin, mort du général Lamarque ; ses funérailles ont lieu le 5 et occasionnent des troubles tels, que Paris devient un vaste champ de bataille.—Paris est mis en état de siège ; la cour de Cassation condamne l'illégalité de cette mesure.—2 juillet, mort, en Autriche, du duc de Reichstadt, fils de l'empereur Napoléon.— Mort de Walter-Scott, célèbre poëte écossais.— Août, éruption du Vésuve.—10 Novembre, arrestation, à Nantes, de la duchesse de Berri ; elle est enfermée dans la citadelle de Blaye.—24 décembre, prise de la citadelle d'Anvers par l'armée française, sous les ordres du maréchal Gérard.—Le baron Chassé, commandant les troupes Hollandaises, est fait prisonnier avec la garnison.

1833 Continuation de la guerre entre Méhémet-Ali, pacha d'Egyte, et le sultan Mahmoud II ; Ibrahim, fils du pacha, s'avance à quelques journées de Constantinople.—Intervention armée de la Russie.—Un corps russe entre à Constantinople.—14 janvier, régénération de l'ordre des Templiers à Paris.—Combats

an partiels en Vendée.—7 février, mort de Latreille, naturaliste.—Fondation du royaume de Grèce ; Othon de Bavière en est nommé roi.—Mort de Rohan-Chabot, archevêque de Besançon.—Engloutissement de la ville de Buentés, dont la population était de 10,000 âmes.—Mort de Ternaux, célèbre manufacturier.—Du prince Georges de Commène, dernier du nom.—De l'abbé Macarthy, célèbre prédicateur.—De Andrieux, illustre savant.—De Savary, duc de Rovigo.—Juin, insurrection dans le Piémont, occasionnée par les rigueurs de Charles-Albert.—Juillet, prise de Lisbonne par les troupes de Don-Pedro et l'amiral anglais Napier.—Exclusion de Don-Miguel régent de Portugal.—Avénement au trône de Dona-Maria, fille de Don-Pédro.—29, inauguration de la statue de Napoléon sur le haut de la colonne Vendôme.—Août, insurrection à Constantinople. —7 septembre, recrudescence du choléra-morbus, à Paris.—Congrès de Munchen-Grætz tenu par les empereurs de Russie, d'Autriche et le roi de Prusse.—29, le duc de Bordeaux ayant atteint sa majorité, ses partisans, à Prague, le proclament roi de France.—Mort de Ferdinand VII, roi d'Espagne ; avénement au trône de Marie-Isabelle-Louise.—Insurrection aristocratique en Suisse.—Congrès de Tœplitz.—Novembre, mort du maréchal Jourdan, illustré par la célèbre bataille de Fleurus (1794), et par un grand nombre d'opérations importantes des guerres de la République.

1834 Janvier.—Dulong, membre de la chambre des Députés, est tué en duel.—Loi par laquelle la famille de Napoléon est exilée ; l'exil de la famille impériale fut stipulé par un traité secret du mois de septembre 1815 par les puissances étrangères.—9 avril, guerre civile à Lyon ; elle dure 9 jours ; mouvement républicain à Paris.—Insurrection dans plusieurs villes de France.—Les médecins homéopathes publient que la belladone administrée à doses infinitésimales est un spécifique certain contre la monomanie.—20 mai, mort du général Lafayette, né en 1757 ; il est une des plus grandes renommées de ce siècle.— 7 juillet, Don-Carlos entre en Espagne pour joindre l'armée insurgée contre le gouvernement.—Arnault, secrétaire perpétuel de l'Académie Française, meurt le 21 septembre.—Le 24 du même mois, mort de Don-Pedro, ex-empereur du Brésil, vice-roi de Portugal.—8 octobre, mort de Boieldieu, célèbre compositeur de musique.—Incendie de la chambre des Lords et des Communes à Londres.

1835 Janvier. Message du général Jackson, président des États-Unis.—Demande du paiement de 25 millions par l'Amérique.—La chambre des députés adopte le projet de loi qui abolit les majorats. — Mort de Duchesnois, célèbre tragédienne. — 8 février, mort de Dupuytren, le premier chirurgien de l'Europe. —Incendie du théâtre de la Gaîté à Paris.— Mars. Nouvelle éruption du Vésuve accompagnée de phénomènes remarquables.—Mort de François Ier, empereur d'Autriche.—Mort de Léopold Robert, peintre distingué ; il était né à Neufchâtel (Suisse).—18 avril, la chambre des députés accorde les 25 millions demandés par l'Amérique. — Mort du prince Auguste de Leuchtemberg, fils du prince Eugène ;

an et nouvellement marié à Dona-Maria, reine de Portugal.—Juin 25, mort de Zumala-Carréguy, général de l'armée de don Carlos, insurgé contre la reine d'Espagne. — Mort de Kellermann, duc de Valmy. — Mort de Gros, un des plus célèbres peintres de notre temps. Juillet 28, Tentative d'assassinat contre la personne de Louis-Philippe Ier, au moyen d'une machine composée de vingt-cinq canons de fusil, dont l'explosion tue le maréchal Mortier et treize autres personnes tant du cortége royal que de la garde nationale et des spectateurs. — Mort de Pigault-Lebrun, célèbre romancier ; de Dulaure, ex-membre de la Convention Nationale, auteur d'un grand nombre d'ouvrages estimés, entre autres de l'*Histoire de Paris et de ses environs*, — de Bellini, compositeur de musique.—Décembre, prise et incendie de Mascara (Afrique) par les Français.—Vaste incendie à New-Yorck 1,000 maisons deviennent la proie des flammes.

1836 15 février, la chambre des Pairs, constituée en cour de justice, condamne les auteurs de la tentative du 28 juillet 1835.—25 juin, tentative d'assassinat, par Alibaud, sur la personne de Louis-Philippe.—Le 11 juillet suivant, exécution d'Alibaud.—2 août, insurrection de Malaga (Espagne).—La constitution de 1812 est proclamée, les jours suivants, à Sarragosse, Cordoue et Jacca.—La reine accepte la constitution de 1812.—16 septembre, révolution en Portugal. La constitution de 1820 est proclamée à Lisbonne.—25 octobre, érection de l'obélisque de Luxor sur la place de la Concorde.—30, insurrection militaire à Strasbourg, en faveur du prince Louis-Bonaparte ; elle est comprimée presque aussitôt.—Novembre, désastre de l'armée française devant Constantine (Afrique).—Abdel-Kader, émir des Arabes.—24 décembre, mort du célèbre général espagnol Mina, à Barcelone.—27, nouvel attentat contre la vie du roi, par Meunier ; sa grâce lui est accordée.—Mort d'Antoine Ier, roi de Saxe,—du docteur O'Méara, que son séjour à Sainte-Hélène auprès de l'empereur Napoléon, a rendu célèbre,—de Lalande, célèbre naturaliste,—de Rouget-de-l'Isle, auteur de *la Marseillaise*,—de Mr de Chevrus, archevêque de Bordeaux,—d'Armand-Carrel, l'un des publicistes distingués de notre époque.

1837 Crise commerciale en France.—8 mai, amnistie des condamnés politiques.—14 juin, fête au Champ-de-Mars à l'occasion du mariage du duc d'Orléans ; plusieurs personnes sont étouffées dans la foule.—4 octobre, dissolution de la chambre des Députés.—Octobre 7, mort de Lesueur, compositeur français.—10, de Charles Fourrier, auteur de la théorie des 4 mouvements ou *du Nouveau monde industriel*.—Alfred Johannot, peintre, meurt le 8 octobre.—11 octobre, siège de Constantine par les Français. Le 12, le général Damrémont, commandant en chef, est tué en faisant une reconnaissance ; le 13, nos troupes s'emparent de la ville.

1838 25 janvier, incendie du théâtre des Italiens à Paris.—17 mai, mort du prince de Talleyrand, âgé de 84 ans ; d'après les intentions exprimées dans son testament, ses mémoires ne paraîtront que dans 30 ans à partir du jour de son décès.—Potier fameux acteur comique. — 7 juin, mort de la duchesse d'Abrantès.—Juillet, Dulong, directeur des

an études à l'école Polytechnique.—23 août, Brasier l'un de nos plus féconds vaudevillistes. —28 novembre, Lobau, maréchal de France. —1 décembre, duc de Choiseul — Broussais, célèbre médecin.—14 juin, tentative de révolution à Lisbonne promptement réprimée. — 28 juin, couronnement et sacre de Victoria Ire, reine d'Angleterre.—Juillet, la cour des Pairs constituée en cour de justice ; procès Laity.—On termine sur la place de la Concorde les 8 statues qui représentent les principales villes de France.—Incendie du théâtre du Vaudeville.—24 août, naissance de Louis-Philippe Albert d'Orléans, petit-fils du roi des Français. — 6 septembre, couronnement et sacre de l'empereur d'Autriche à Milan.—Création d'un évêché à Alger.—Décembre, prise par l'amiral Baudin de la forteresse de Saint-Jean d'Ulloa, en face et à 400 toises de la Véra-Cruz (Mexique).

1839 2 janvier, Mort de la princesse Marie, duchesse de Wurtemberg.—Dissolution de la chambre des députés.—2 mars, élections générales dans toute la France.—Évacuation de la ville d'Ancône par les Français.—Le ministère Molé contraint de se retirer.—8, suicide, à Naples, de Nourrit, célèbre chanteur de l'Académie royale de Musique de Paris.—Crise ministérielle.—La Belgique cède le Limbourg à la Hollande.—Question d'Orient ; les armées turque et égyptienne sont en présence. Elles sont observées par les escadres française et anglaise.—12 et 13 mai, émeute à Paris.—Mort à Rome du cardinal Fesch, archevêque de Lyon, oncle de Napoléon,—du général Demarçay, l'un de membres les plus distingués de l'opposition constitutionnelle.—30 juin, mort du sultan Mahmoud-Khan, l'un des plus grands hommes, dont le génie ait honoré l'empire de Turquie. Il était fils de l'empereur Abdul-Ahmed et cousin du malheureux Selim, que renversa la révolution de 1807. Mahmoud succéda à son frère Mustapha IV, le 28 juillet 1808.—Son fils aîné Abdul-Ahmid, âgé de 16 ans, déclaré majeur par le Divan, est proclamé empereur.—La chambre des Pairs constituée en cour de justice, condamne Barbès à la peine capitale.—Manifestation populaire ; demande de l'abolition de la peine de mort pour délit politique.—La peine de Barbès est commuée. —On termine la *colonne de Juillet*, sur la place Saint-Antoine, ainsi que les fontaines de la place de la Concorde.— Invention par M. Daguerre, de la *photographie*, ou art de fixer les couleurs du spectre solaire.

CHRONOMÈTRE. Ce mot s'applique particulièrement aux montres marines ; le chronomètre est un instrument destiné à mesurer le temps ; telles sont les pendules, les montres et les horloges.

CHRYSALIDE. Ce nom se donne à la *nymphe* des papillons, à la forme que les insectes prennent pour passer de l'état de chenilles ou de vers à celui de papillons.

CHRYSIDE, vulgairement *guêpe dorée*. Genre d'insectes hyménoptères (à ailes veinées) d'une belle couleur rouge-bleue brillante ; quelques espèces sont douées, dit-on, de propriétés analogues à celles des cantharides.

CHRYSOCOLLE. Borax employé pour souder les métaux.

CHYLE, suc formé des aliments. La partie la plus délicate des aliments digérés dans l'estomac et les intestins, forme un suc blanchâtre que les physiciens nomment *chyle*; ce suc passe des intestins dans les veines lactées répandues sur le mésentère ; des veines lactées du mésentère, il va dans le canal thoracique, et enfin dans le ventricule droit du cœur. Bien des causes concourent à faire monter le chyle du mésentère jusque dans le cœur ; les principales sont celles qui obligent les liquides à s'élever dans les tubes capillaires, au-dessus de leur niveau. Tout le monde sait que la plupart des conduits par où passe le chyle, pour arriver jusqu'au cœur, ont un diamètre plus petit que celui de nos tubes capillaires ordinaires.

CHYME, bol alimentaire modifié dans l'estomac ; substance demi-liquide, que la masse alimentaire fournit après qu'elle a été soumise à la digestion stomacale. Le *chyle* provient de cette masse.

CIDRE, boisson de jus de pommes, et l'une des plus ordinaires. Le cidre est un agent actif de la digestion. Après que les pommes sont cueillies, on les laisse exposées à l'air pendant quelque temps ; on sépare celles qui sont pourries ou qui ne sont pas mûres. On brise dans un mortier ou dans un moulin les pommes triées, et la pâte qu'elles fournissent se met sous un pressoir ordinaire ; le jus qui s'en exprime est renfermé dans des tonneaux ; lorsqu'il s'y est fait, on le tire en bouteilles, et l'on a une une liqueur très agréable, qui mousse à peu près comme le vin de Champagne. Selon quelques auteurs, le cidre fut introduit en France par les Biscayens qui apprirent des barbaresques d'Afrique à le fabriquer, et qui, à leur tour, l'enseignèrent aux Normands. Saint Augustin prouve que le cidre est la plus ancienne boisson des hommes. Du reste, l'antiquité du cidre, en France, remonte à l'origine de la monarchie. Du temps de Thierry, roi de Bourgogne, on servait, à la table des rois, du vin et du cidre.

CIEL, espace des astres, orbe azuré et diaphane qui environne la terre de toutes parts, et dans lequel les planètes et les comètes se meuvent autour du soleil, comme centre commun. L'aspect du ciel change d'heure en heure ; il paraît tourner autour de deux points fixes, appelés les pôles du monde, par l'effet de la rotation de la terre. A de grandes hauteurs, au sommet des montagnes les plus élevées du globe, le ciel ne paraît plus qu'un espace d'un noir-obscur, où règne une nuit profonde qui permet de distinguer, en plein jour, les étoiles de première grandeur.

CIMETIÈRE, champ destiné à la sépulture. Il existe hors des murs de Paris, cinq cimetières destinés à recevoir les corps des personnes qui meurent dans la capitale. Deux ont une destination particulière : l'un est pour les hospices, l'autre pour les suppliciés. Les trois autres sont : le cimetière du *Sud* (Mont-Parnasse), celui du *Nord* (Montmartre), et celui de l'*Est* (Père-la-Chaise). Celui-ci est le plus vaste comme le plus remarquable ; sa superficie est de cent arpents ; c'était autrefois la retraite du confesseur de Louis XIV. Une chapelle est construite sur l'emplacement qu'occupait la maison du père La Chaise, au milieu du parc, qui forme le cimetière.

CIRCONCISION. La circoncision constitue par elle-même le judaïsme ; elle date du temps d'Abraham, l'an 2108 de la création. Le sacrificateur chargé de faire l'opération de la circoncision s'appelle *Mohl* ; chez les Juifs modernes, le père ne doit faire circoncire son fils, jamais avant le huitième jour, et plus tard si l'enfant est trop faible pour supporter l'opération. — Chez les Chrétiens, la *circoncision* est une fête instituée par l'Église en l'honneur de la circoncision de Jésus-Christ ; elle arrive toujours le 1er janvier. — La fête du *premier jour de l'an* paraît avoir été consacrée par l'antiquité. L'histoire rapporte que Tatius, roi des Sabins, qui régnait en même temps que Romulus, ayant reçu, le premier jour de l'an, comme en bon augure, des branches coupées dans un bois consacré à *Strenua*, déesse de la force, autorisa cette coutume dans la suite, et donna à ces présents le nom de *Strenæ*. Ce qui est plus probable que cette origine, c'est que les hommes, après avoir divisé l'année, se sont réunis pour en célébrer le renouvellement, et se

sont donné des présents pour rappeler le souvenir d'une époque aussi remarquable. Cet usage était observé par les Égyptiens et les Grecs qui l'introduisirent en Italie.

CIRCONFÉRENCE. On donne ce nom à une ligne courbe qui renferme un espace circulaire ou elliptique. La circonférence d'un cercle est, à son diamètre, à peu près comme 3 est à 1.

CIRCONLOCUTION, périphrase. Cette figure est employée en rhétorique pour éviter d'exprimer en termes directs, des choses dures ou désagréables, ou peu convenables ; on les fait entendre, en empruntant d'autres termes qui rendent la même idée, mais d'une manière plus adoucie.

CIRCULATION. On a donné ce nom en physiologie au cours du sang. Le sang va constamment des poumons à tous les organes du corps et de ces organes aux poumons. Dans ces organes il dépose les matériaux nécessaires à leur nutrition et à leur développement ; dans ce poumon il puise, par son contact avec l'air, ses principes nutritifs ; rouge ou *artériel*, quand il sort du poumon, il est noir ou *veineux* quand il y arrive pour y subir la transformation artérielle ; cette transformation a reçu le nom de *hématose*. Le sang veineux parcourt son trajet dans des organes particuliers différents de ceux qui servent au trajet du sang artériel. La circulation est divisée en deux : la grande et la petite circulation. La première porte le sang du cœur aux organes et le ramène des organes au cœur ; la seconde porte le sang du cœur aux poumons et des poumons au cœur. Dans la première le sang artériel se trouve toujours dans les artères, et le sang veineux dans les veines, tandis que dans la seconde le sang artériel est dans les veines, et le veineux dans les artères. Au lieu de suivre cette division de la circulation qui est basée sur les travaux de Harvé, il vaudrait mieux suivre la division de Bichat et dire qu'il y a une circulation artérielle et une circulation veineuse : la première prendrait naissance dans les poumons et se répandrait dans les organes, la seconde prendrait naissance dans les organes et se porterait aux poumons. Ce mouvement continuel du sang est imprimé par le cœur, mais soumis jusqu'à un certain point à la respiration, puisque l'accélération de cette dernière accélère la circulation et que sa suspension la suspend complètement ; les phénomènes de la strangulation sont subordonnés à cette influence. La circulation artérielle a pour effet de transporter la vie dans les organes en leur apportant les éléments de nutrition ; dans son trajet le sang artériel s'épure aussi de certains éléments dont l'hématose n'a pu le débarrasser, et cette épuration se fait à l'aide de certaines sécrétions, de l'urine ; par exemple : la circulation veineuse a pour but de recueillir dans les organes digestifs les éléments nutritifs venus du dehors, de ramasser le sang qui, ayant été déposé dans tous les organes par les artères, y a perdu les éléments de nutrition, et de le transporter aux poumons pour y subir la transformation artérielle. Chemin faisant, ce sang se débarrasse de certains éléments, de la bile, par exemple : telle est la circulation, tel est son but. On l'a subdivisée en plusieurs parties : c'est ainsi que l'on a établi une circulation cérébrale, une circulation fœtale, une circulation abdominale, etc. ; mais, ces subdivisions étant subordonnées à des dispositions anatomiques, nous les passerons sous silence dans l'impossibilité où nous serions d'être compris des personnes qui n'ont pas fait d'études spéciales.

CIRQUE, lieu destiné aux jeux publics. Les jeux du cirque furent institués par Romulus, à l'occasion de l'enlèvement des Sabines ; ils furent d'abord célébrés dans le Champ-de-Mars. On commença à les appeler de ce nom lorsque Tarquin l'Ancien eut fait construire le cirque dans la vallée *Marcia*, entre les monts Aventin et Palatin. Dans la suite ce cirque fut appelé *Circus Maximus* ; sa longueur était de trois stades et demie, c'est-à-dire, 437 pas 1/2 ; sa longueur était d'un stade, c'est-à-dire de 125 pas. Autour de l'arène étaient des gradins ou des siéges appelés *fori*, d'abord en bois, et qui furent dans la suite faits de briques et plus tard de marbre. Ils étaient soutenus par trois rangs de piliers. On dit que Tarquin avait déjà assigné des places distinguées aux sénateurs et aux chevaliers ; il est certain au moins qu'il assigna des places dans le cirque aux trente curies, et que pour cet effet il le divisa en trente parties. Il y avait six principales sortes de jeux du cirque : la course, la lutte ou le combat gymnique, le jeu troyen, la chasse, la course à pied et à cheval, et enfin la *Naumachie*, ou combat naval. Aujourd'hui nous donnons le nom de cirque à des emplacements qui, par leur forme, ont quelque ressemblance avec les cirques des anciens (*Voyez* ATHLÈTE, GLADIATEUR).

CISEAUX, instrument tranchant à deux branches. Les ciseaux forment un double levier de la première espèce.

CITRATE, nom générique des sels formés par la combinaison de l'acide citrique avec une base. Ils sont décomposables par la chaleur, en produits analogues à ceux des tartrates dont ils se rapprochent sous plusieurs rapports ; ils sont solubles ou insolubles.

CIVETTE, chat musqué. Cet animal, à qui l'on donne la figure d'un chat d'Espagne, ou la ressemblance d'une fouine, est vif et léger ; son cri ressemble à celui d'un chien en colère ; ses yeux brillent dans l'obscurité, comme ceux du chat ; il est d'un caractère un peu féroce ; cependant on l'apprivoise assez facilement ; il est commun au Sénégal, à la côte de Guinée et en Afrique. Les auteurs ne sont pas d'accord sur l'origine de la substance odoriférante que l'on retire de cet animal (musc). Les uns veulent qu'elle soit le produit d'une liqueur onctueuse et épaisse qui se trouve dans une poche placée sous la queue et proche de l'anus de l'animal ; d'autres prétendent qu'il sort de son corps une humeur onctueuse et brune, d'odeur forte, que l'on a soin de recueillir les jours. On en élève en Hollande pour en extraire le parfum ; il est d'autant plus abondant et plus exquis, que l'animal est mieux nourri ; on le doit choisir nouveau, d'une bonne consistance, et d'une couleur blanchâtre. Cette substance doit être employée avec économie ; en trop grande quantité, elle ne produirait sur l'odorat qu'un effet désagréable.

CLAIR-OBSCUR, distribution du jour et des ombres. On entend plus ordinairement par ce mot, en parlant d'un ouvrage de peinture, l'effet qui résulte de toutes les lumières, de toutes les ombres, et les rejaillissements dont on s'est servi dans le tableau. Il faut, pour distinguer d'un coup d'œil l'effet général du clair-obscur d'un tableau, s'en éloigner à une certaine distance, de sorte que les objets particuliers, éclairés subordonnément, chacun d'après les suppositions établies, n'attachent plus trop les regards ; alors les lumières et les ombres principales s'offrent par masses, satisfont les regards par un accord, une harmonie et un repos agréables à la vue.

CLARIFICATION. Opération par laquelle, sans recourir aux filtres, on sépare toute matière étrangère tenue en suspension dans un liquide. L'albumine, la gélatine, les acides, certains sels, la chaux, le sang de bœuf, l'alcool, le charbon animal, etc. servent à la clarification. Les liqueurs vineuses se clarifient ordinairement avec de l'albumine ou de la gélatine ; pour la clarification des sirops, on emploie préférablement la chaux et le charbon animal.

CLAVICULE. Nom donné à deux os qui ferment en haut, la poitrine, dont ils sont comme la clé.

CLIENT. Ce mot désigne le rapport du plaideur avec son avocat. Voici son origine : Parmi les Romains, ceux du bas peuple qui recherchaient la protection des personnes de considération et d'autorité, s'appelaient *clients*, en latin *clientes*. Ce mot vient du grec κλειω, *j'honore*; ou du latin *colo*, je fais la cour, j'honore, parce que les clients faisaient la cour à leurs *patrons*. Ils les accompagnaient, ils les favorisaient de leurs suffrages pour parvenir aux charges, ils ne faisaient rien sans les consulter, et ils avaient recours à eux dans tous leurs besoins : ce qui ne donnait pas peu d'occupation et d'embarras à ces patrons. Ce fut Romulus qui, pour entretenir la correspondance entre le sénat et le peuple, établit que les plébéiens se choisiraient des patrons parmi les sénateurs. Aujourd'hui le mot *client* est très improprement employé dans le langage ; car d'après sa définition, tous les commerçants en général ne doivent pas appeler leurs pratiques *clients*, puisque ce mot indique un patronage officiel.

CLIMAT. L'augmentation progressive des jours se marque en divisant le globe terrestre en *climats*, par des cercles parallèles à l'équateur. On entend par climat un espace de terre compris entre deux cercles parallèles, à la fin duquel le plus grand jour a une demi-heure ou un mois de plus qu'au commencement. On compte vingt-quatre climats de demi-heure entre l'équateur et les cercles polaires, et six climats de mois depuis les cercles polaires jusqu'aux pôles. Ces divisions sont marquées sur le méridien des globes. On a fait vingt-quatre climats de demi-heure, pour cette raison, que le plus grand jour étant de vingt-quatre heures aux cercles polaires, tandis qu'il n'est que de douze heures à l'équateur, il y a dans cet espace une différence de douze heures ou de vingt-quatre demi-heures, qui forment vingt-quatre climats. On a partagé en six climats de mois, l'espace compris entre les cercles polaires et les pôles, parce que le plus grand jour est de six mois sous les pôles. Les climats de demi-heure vont en diminuant depuis l'équateur jusqu'aux cercles polaires, au lieu que les climats de mois augmentent depuis ces cercles jusqu'aux pôles. Pour savoir en quel climat est une ville, il faut d'abord connaître son plus long jour ; ensuite on en retranche douze heures, et le reste se réduit en demi-heures. Ainsi, à Paris, le plus long jour est de seize heures, soit quatre heures ou huit demi-heures de plus qu'à l'équateur ; conséquemment Paris est au huitième climat. Pour trouver le plus long jour d'un lieu dont on connaît le climat, il faut prendre la moitié du nombre qui indique le climat d'un lieu et l'ajouter à douze, alors on obtient son plus long jour. Donc, Paris étant au huitième climat, son plus long jour est de huit demi-heures, soit quatre heures de plus qu'à l'équateur, c'est-à-dire de seize heures. — Par extension, on appelle *climat* une certaine étendue de pays dont la température et les autres conditions de l'atmosphère sont à peu près les mêmes.

CLIMAX. Gradation, figure de rhétorique employée pour élever ou descendre le ton d'un discours, comme par degrés.

CLOCHE. Instrument pour sonner. L'invention des cloches est attribuée à saint Paulin, évêque de Nole dans la Campanie (Terre de Labour). C'est de là, dit-on, que leur vient leur nom *campana*. Les cloches sont composées de 80 parties de cuivre et de 20 d'étain ; on y joint un peu de zinc et de plomb, ce qui leur donne le son argentin ; car c'est une erreur vulgaire, que les fondeurs ont propagée, qu'il entrait de l'argent dans les cloches ; c'était pour ces derniers un but de spéculation, et les analyses les plus scrupuleuses ont démontré qu'il n'entrait pas la moindre parcelle d'argent dans la confection des cloches. C'est ainsi également qu'on a cru qu'il entrait de l'or dans la confection des verres de couleur pourpre pour les églises ; on est convaincu, aujourd'hui, qu'il n'y entre que du silicate de cuivre. Voici le poids comparé de quelques cloches fameuses : celle de l'église de Saint Nicolas à Newcastle, capitale du Northumberland (Angleterre), pesant 8,664 livres ; celle de Saint Paul de Londres, pesant 8,400 livres ; celle de Lincoln, pesant 9,814 livres ; le grand *tom* de l'église du Christ à Oxford, pesant 17,000 livres.

la grosse cloche de Palazzo-Vecchio à Florence, du même poids que cette dernière, et élevée à 275 pieds du sol; la grosse cloche de saint Pierre de Rome, qui pèse 18,607 livres; et le gros bourdon de l'église Notre-Dame de Paris, fondu en 1683, dont le poids est de 82,000; le battant pèse à lui seul 976 livres.

CLOCHE A PLONGEUR. Avec le secours de cette cloche, une des nouvelles découvertes de l'industrie, on travaille presque aussi facilement au fond des eaux qu'en plein champ. Tous les principaux ports de France sont munis de cloches à plongeurs, dont on a fait un heureux emploi dans la construction du pont de Bordeaux. Pour comprendre le principe d'après lequel cette cloche est organisée, il suffit de faire l'expérience suivante : on plonge dans l'eau, bien perpendiculairement, et sans lui faire subir aucune inclinaison, un verre dont l'intérieur est sec; on le retire de même; alors on s'assure que les parois intérieures n'ont été mouillées qu'à une certaine distance des bords du verre, et que l'eau n'a point pénétré dans toute la cavité. Ainsi l'air qui occupe un espace plus petit à fur et mesure que la cloche s'enfonce, acquiert enfin une élasticité assez forte pour empêcher l'eau de pénétrer davantage. Les perfectionnements apportés à la cloche à plongeur sont dus à l'Anglais Spalding.

COAGULATION. Conversion partielle ou totale, et souvent instantanée d'un liquide en une masse solide et tremblante. Cette sorte de solidification est propre à certaines humeurs animales et à quelques sucs végétaux. La chaleur produit cet effet sur la lymphe, le sang, le blanc d'œuf, et sur tous les liquides où il entre de l'albumine. Il ne faut pas confondre la coagulation avec la congélation ; cette dernière est toujours accompagnée d'une diminution sensible de température; ni avec la cristallisation, qui ne s'opère que lentement et d'après certaines règles déterminées. Certains liquides, tels que le lait, la bière, exigent pour se coaguler la présence d'un acide ou d'un corps étranger; ainsi mettez dans le même verre de l'huile de chaux avec de l'huile de tartre, par défaillance, remuez ce liquit le avec une spatule, il se changera en une masse blanche semblable à la cire molle. La plupart des fluides, animaux et végétaux, sont susceptibles de se coaguler, phénomène durant lequel ils laissent dégager du calorique. En pharmacie le mot coagulation s'emploie pour clarification (Voy. ce mot).

COBALT. Substance minérale. Dès le 15ᵐᵉ siècle, la mine de cobalt était employée pour colorer le verre. Ce métal paraît être sans action sur l'économie animale ; les mines qui le fournissent contiennent toujours une certaine quantité d'arsenic; c'est la raison pour laquelle il est dangereux lorsqu'il n'a pas été bien purifié. Ce qu'on appelle vulgairement *poudre aux mouches* est de l'arsenic natif désigné par le nom de *poudre de cobalt* et non *cobalt*. Le cobalt est un métal cassant, oxydable, grenu, fin, d'un blanc rosé, fondant difficilement. Il est en usage dans les arts, pour la préparation du *bleu d'azur*, qui est un mélange de protoxyde de cobalt et de silice.

COCHENILLE. Espèce d'insecte d'une couleur pourpre foncé. Il y en a de plusieurs sortes; elle entre dans la composition du carmin. On tire la cochenille des Indes ou du Mexique; cet insecte s'attache naturellement aux feuilles de divers arbrisseaux et plantes. On en fait la récolte dans la grande chaleur, en ramassant et en détachant la cochenille de dessus les feuilles avec des pinceaux ; on secoue l'arbre, elle meurt aussitôt.

COCHER ET LA CHÈVRE. Constellations boréales. La chèvre, ou *capella*, remarquable par une très belle étoile de première grandeur, fait partie de la constellation du cocher. Cette chèvre, suivant la mythologie, est Amalthée, qui allaita Jupiter. La constellation entière se dessine en forme de pentagone irrégulier, dont les deux plus petits côtés tiennent à l'épaule du cocher. L'étoile de seconde grandeur qui se voit au midi de *Capella*, est commune aux deux constellations du Cocher et du Taureau; elle marque le pied austral de l'un et la couronne boréale de l'autre. On remarque aussi dans cette constellation, trois étoiles qu'on nomme les *chevreaux*, ou les *boucs;* elles forment un petit triangle isocèle (triangle à deux côtés égaux) étroit, placé près de *Capella*, et servant à distinguer cette belle étoile de toutes les autres étoiles de première grandeur. Erichtonius, fils de Vulcain et de Minerve, inventa le premier sur la terre le char à quatre chevaux, à l'instar de celui d'Apollon : pour perpétuer le souvenir de cette découverte, Jupiter plaça Erichtonius aux cieux; d'autres voient, dans ce groupe d'étoiles, l'infortuné Phaëton, qui, effrayé par la vue d'un scorpion, périt dans le fleuve de l'Éridan.

COCOTIER. Arbre de la famille des palmiers. Son fruit, appelé *coco*, est très gros; un brou filandreux (écale de noix) l'enveloppe à l'extérieur. Le coco renferme, dans une coque ovale très dure, une amande creuse contenant une liqueur laiteuse d'une saveur agréable et sucrée, qui par la fermentation donne une sorte de vin.

COCOTIER DES MALDIVES (Indes-Orientales). Par sa forme et son feuillage, cet arbre ressemble assez au palmier. Il s'élève du fond des eaux jusqu'au dessus de leur superficie. Son fruit est revêtu d'une écorce dure, dont on fait des vases fort estimés, parce qu'ils émoussent la force des poisons que l'on y met.

CŒUR. Organe central de la circulation; il est situé dans la poitrine sur la ligne médiane, dirigé de droite à gauche. Sa base est à droite et sa pointe à gauche. C'est un organe musculeux. Il est renfermé dans une membrane de nature fibro-séreuse qui l'enveloppe de toutes parts. Il est composé de deux moitiés à peu près égales ; chacune de ces moitiés contient deux cavités, d'où il résulte que cet organe présente quatre cavités : les deux supérieures ont reçu le nom d'oreillettes, et les deux inférieures celui de ventricules. L'oreillette et le ventricule du côté droit constituent le cœur veineux ; ils communiquent ensemble par une large ouverture, mais sont complétement isolés du cœur artériel dont la disposition est la même. L'oreillette droite reçoit par les deux *veines caves* le sang veineux, qui passe dans le ventricule droit ; ce ventricule droit est percé d'une ouverture qui conduit le sang veineux au poumon. L'oreillette gauche reçoit du poumon le sang qui est devenu artériel par quatre ouvertures; elle transmet ce sang au ventricule gauche qui le chasse dans toutes les parties du corps par l'artère aorte, qui s'ouvre dans le ventricule gauche. Ces mouvements du cœur sont automatique sou involontaires; chacune de ses quatre cavités se dilate pour recevoir le sang qui y arrive, et se resserre pour l'expulser. Le sang sorti d'une cavité ne peut y rentrer parce qu'il en est empêché par des *valvules* ou soupapes qui s'opposent à cette marche rétrograde. Ces dilatations, quoique successives, peuvent être regardées comme instantanées parce qu'il s'écoule peu de temps entre leur succession, d'où il résulte que la totalité de l'organe paraît dilaté au même moment et resserré au même moment aussi. La dilatation a reçu le nom de *diastole*, et la contraction celui de *systole*. Ces mouvements ne sont en rien soumis à l'influence de la volonté, et on ne connaît pas la force en vertu de laquelle ils existent. On a dit qu'en général le cœur avait le même volume que le poing de l'individu ; cette mesure est approximative mais non rigoureuse. Son poids moyen est de sept à huit onces, lorsqu'il est vide ; dans certaines maladies on l'a vu peser jusqu'à trois livres. En général les passions vives habituelles ont une certaine influence sur son développement.

COHESION. Adhérence. Force par laquelle les molécules intégrantes d'un corps se tiennent unies c'est en vertu de cette force que deux plaques de marbre ou deux glaces bien dressées et bien polies, qu'on ferait glisser l'une sur l'autre, paraîtraient s'attacher ensemble de telle sorte, qu'elles sembleraient ne plus former qu'un même corps. La cohésion, ou *force de cohésion* des parties d'un corps, oppose plus ou moins de résistance à leur séparation, soit mécanique, soit chimique. Il ne faut pas confondre *cohésion* avec *aggrégation*; ce dernier mot n'exprime que l'état de réunion des molécules.

COIN. Le coin est un prisme triangulaire de fer, de bois ou de quelqu'autre matière sodide, dont le sommet est en pointe. La hauteur du coin est toujours représentée par une ligne perpendiculaire, tirée du sommet sur la base. L'expérience apprend que l'on doit se servir de cette machine, lorsqu'on veut fendre facilement quelque matière dont les parties ont de la ténacité et de l'adhérence; la conséquence que l'on doit tirer des principes établis dans la mécanique, c'est que la vitesse de la puissance qui se sert du coin l'emporte sur la base. En voici la raison : le coin poussé par la puissance, ne peut pas s'enfoncer de toute sa hauteur dans un morceau de bois, sans en séparer les parties de toute la longueur de sa base. C'est pour cela que les coins aigus qui ont beaucoup de hauteur et peu de base augmentent considérablement la vitesse de la puissance.

COLIN-MAILLARD (Jeu). L'histoire rapporte qu'un nommé Maillard, du pays de Liége, célèbre par un grand nombre de faits-d'armes, se servait, pour combattre, d'un maillet, préférablement à toute autre arme. En 999, Robert, roi de France, le nomma chevalier ; dans la dernière bataille qu'il livra (au comte de Louvain), il eut les yeux crevés ; mais guidé par ses écuyers, il continua de combattre jusqu'à la fin de l'action. C'est, dit-on, à la suite de cet événement, que nos aïeux inventèrent le jeu du *Colin-Maillard.*

COLOMBE. C'est, selon quelques ornithologistes, la femelle du pigeon, et, selon d'autres, une espèce particulière. Les poëtes la nomment *oiseau de Cithère*, parce que le char de Vénus était tiré par des colombes, ou parce que cet oiseau est fort porté à l'amour. Il est regardé comme le symbole de la douceur ; il vole en troupe et est passager.

COLONNE TRIOMPHALE. Deux colonnes triomphales sont élevées à Paris ; la première, dite *colonne de la place Vendôme*, fut érigée pour perpétuer le souvenir de la rapide campagne de 1805. Ses fondemens ont été jetés à 30 pieds de profondeur : elle est revêtue de 425 plaques de bronze, dont la matière a été fournie par les canons conquis sur l'ennemi à Ulm et à Austerlitz. Le bronze qui entrait dans la composition pesait, avec l'ancienne statue, 1,800,000 livres. Le fût est enveloppé, dans toute sa hauteur, par un bas relief qui ceint 22 fois la colonne, et qui se déroule en spirale sur une longueur de 340 pieds environ. Les sujets, choisis par Napoléon lui-même, offrent l'histoire complète de la campagne de 1805. Une nouvelle statue de l'Empereur a été replacée sur la colonne qui a 135 pieds 1 pouce de hauteur. — *La colonne de la Victoire*, sur la place du Châtelet, fut terminée en 1808 ; elle s'élève à 32 pieds au milieu d'un bassin circulaire de 20 pieds de diamètre. A chaque angle est une corne d'abondance d'où l'eau jaillit. Le fût a la forme d'un tronc de palmier entrecoupé de bracelets, qui portent les noms de quelques grandes batailles gagnées par les Français. Le chapiteau, formé de feuilles de palmier, est surmonté d'une boule sur laquelle s'élève une Renommée de plomb doré, présentant des couronnes.

COLUBER-SCABER. On pensait encore, il y a quelques années, que le *coluber-scaber* nous venait de l'Inde ; aujourd'hui, l'on sait que l'Afrique-Méridionale est la patrie de cette espèce de couleuvre longue de deux pieds et demi à trois pieds. Les couleuvres de cette espèce sont communes sur la côte ouest du Cap. Tous les voyageurs racontent que le *scaber* se nourrit d'œufs qu'il avale sans les briser ; voici comment on peut expliquer le mécanisme de l'alimentation chez cet animal : la couleuvre saisit, avec les deux mâchoires, l'œuf qui glisserait s'il n'était retenu par les petites dents qui s'y rencontrent. Ce sont les apophyses dentaires et surtout celles de la seconde série qui brisent l'œuf : l'œuf passe ainsi dans l'œsophage et l'estomac. Changer quelque chose aux dispositions anatomiques que nous venons de décrire serait changer les habitudes de l'animal. Sans apophyses dentaires, la digestion de l'œuf avalé en entier n'eût pas été possible, et de fortes dents placées aux dures mâchoires eussent brisé l'œuf sans utilité pour l'animal ; car une grande partie de la substance nutritive aurait coulé hors de la bouche.

COLUMBIUM. Ce métal fut découvert en 1831, à l'état d'acide, dans un échantillon de mine envoyé du Massachusset (Amérique-Septentrionale). Ce nom *columbium* lui a été donné en honneur de Christophe-Colomb. Ce métal, nommé aussi *Tantale*, est d'un gris foncé ; par le frottement on lui donne le poli du fer ; dur, rayant le verre, il se réduit facilement en une poudre noirâtre, dépourvue du moindre éclat métallique. Il n'est pas attaqué par les acides hydrochlorique, nitrique, ni même par l'eau régale.

COLURES. Ce sont deux grands cercles de la sphère, qui font ensemble une intersection à angle droit aux pôles du monde, et qui divisent l'écliptique en quatre parties égales, pour marquer les quatre saisons. On nomme colure des Equinoxes celui qui passe par le Bélier et la Balance ; et l'autre, qui passe par le Cancer et le Capricorne, est appelé colure des Solstices.

COMBINAISON. C'est l'union intime entre les molécules constituantes de deux corps qui perdent leurs propriétés chimiques respectives, et ne forment plus qu'un seul composé ; c'est ainsi que l'acide sulfurique et la soude se combinent pour former un sel neutre appelé *sulfate de soude.*

COMBUSTION. C'est la combinaison d'un corps combustible avec l'oxigène de l'air ; cette combinaison est le plus souvent accompagnée de dégagement de calorique, et quelquefois de lumière ; telle est celle du bois, de la houille dans nos foyers, de l'hydrogène carboné dans les appareils destinés à l'éclairage. Il arrive quelquefois que la combustion a lieu sans dégagement de chaleur, comme celle du fer exposé à l'air ; elle a lieu aussi à une température ordinaire, avec une émission de lumière, sans chaleur, comme celle du phosphore. Le résultat de la combustion est plus pesant que le corps combustible, de toute la quantité d'oxigène absorbé, et cependant on attache au mot *combustion* l'idée de destruction du corps combustible. Il est vrai que la plupart des combustibles que nous employons pour l'éclairage et le chauffage disparaissent presque entièrement, ou du moins ne laissent que de faibles résidus ; telle en est la raison : les produits de la combustion peuvent être solides ou gazeux ; s'ils sont solides, le résidu de la combustion en est tout le produit, et on reconnaît qu'effectivement il y a augmentation de poids ; ce qui peut facilement se vérifier en faisant brûler du plomb dans un vase exposé au feu. Mais si les produits de la combustion sont gazeux, ils se dégageront à mesure qu'ils se produiront, et le résidu de la combustion ne sera formé que des substances solides incombustibles qui existaient dans la matière qui a été brûlée. Ainsi lorsqu'on brûle du charbon, il ne reste, après l'entière combustion, qu'une matière grise connue sous le nom de cendres, formée de substances incombustibles que cette matière renfermait, parce que le produit de la combustion du charbon est une matière gazeuse.

COMEDIE. Pièce dramatique, soit en prose, soit

en vers. L'art de la comédie est très difficile ; il doit être fondé sur une profonde connaissance du cœur humain et des divers caractères d'une nation. L'art de l'auteur disparaît, pour ne laisser apercevoir que le naturel des personnages, et chacun de ceux-ci concourt à faire ressortir le caractère du personnage principal. Chaque scène doit être amenée naturellement par celle qui précède, et toutes ensemble préparent le dénouement. La comédie présente sous une face attrayante les préceptes de la morale, qui rebutent souvent par leur aridité; tantôt elle nous les offre avec une naïveté piquante, ou bien elle nous décore de toutes les richesses de l'imagination ; souvent elle ne leur donne qu'une simplicité touchante et gracieuse. Quelquefois armée du glaive de la satire, elle fait contraster l'homme de bien et le citoyen vicieux, elle couvre le vice de la honte qui lui est due : car le gage le plus certain de la vertu des hommes, c'est la crainte de l'opprobre et du ridicule. —Molière a eu bien des successeurs, sans avoir de rivaux ; le désespoir de pouvoir l'égaler a multiplié nos plaisirs, et nous a valu des chefs-d'œuvre dans plus d'un genre. La comédie a appris à verser des larmes avec décence, et souvent elle nous en a coûté de plus sincères, de plus touchantes que celles que nous arrache la tragédie.

COMÈTES. De même que les planètes, les comètes sont des corps opaques qui accomplissent leurs révolutions autour du Soleil, et se montrent de temps en temps dans l'espace du ciel. Le nombre des comètes qui ont paru en différents temps, dans les limites de notre système, est porté de 350 à 500. Le nombre de celles dont on a pu calculer l'orbite est de 137. On les appelle comètes, qui veut dire *astres chevelus*, parce qu'elles se montrent ordinairement entourées d'une vapeur lumineuse qu'on appelle *queue* ou *chevelure*, selon sa forme et sa position. On présume que cette vapeur lumineuse est occasionnée par la chaleur du soleil ; car on a remarqué que cette queue augmente ou diminue, selon que la comète se trouve plus ou moins près de cet astre. L'apparition des comètes est assez rare, parce que décrivant des ellipses extrêmement allongées, elles ne deviennent visibles que lorsqu'elles sont très près du soleil; ensuite elles s'en éloignent à une si grande distance, qu'on les perd de vue pour une longue suite d'années. Il est à remarquer que si le cours des planètes est renfermé dans la largeur du zodiaque, il n'en est pas ainsi pour les orbites des comètes qui se portent vers des parties du ciel très différentes les unes des autres ; souvent même on les voit tenir une route toute opposée à celle des planètes, dont le mouvement a plus d'uniformité que celui des comètes. Cependant la précision avec laquelle on est parvenu à prédire le retour de ces dernières prouve qu'elles sont soumises à des lois constantes et invariables. Pendant long-temps les comètes ont été l'effroi des peuples : on croyait qu'elles annonçaient la guerre, la peste ou d'autres calamités; mais il est démontré aujourd'hui que ces astres ne peuvent avoir aucune influence funeste au globe que nous habitons.

COMMERCE. C'est l'art d'échanger ou d'acheter et de vendre des marchandises, dans un but de gain. Il y a toute apparence que le commerce est aussi ancien que le monde. Dans le principe il consistait dans l'échange des choses nécessaires à la vie, comme cela se pratique encore aujourd'hui dans la Laponie et la Sibérie, ainsi que chez divers peuples de l'Asie et de l'Afrique. Les monnaies, qui sont d'une si grande utilité dans le commerce, n'étaient point encore en usage ; ce ne fut que plus tard qu'elles furent inventées. Les peuples de l'antiquité qui se distinguèrent le plus dans le commerce furent : les Phéniciens, les Égyptiens, les Carthaginois, les Athéniens, les Rhodiens, les Romains. les Gaulois et les Flamands. Aujourd'hui, les peuples les plus commerçants sont : les Français, les Anglais, les Américains

et les Hollandais. Un négociant doit être versé dans un grand nombre de connaissances, telles que l'arithmétique et la tenue des. livres à parties doubles. Il doit savoir la géographie, connaître les poids et mesures et les monnaies ; il doit entendre à fond le calcul des changes ; il doit être instruit des droits d'entrée et de sortie ; il est nécessaire qu'il parle bien les principales langues étrangères, comme l'anglais, l'italien, l'almand, l'espagnol, etc., mais principalement la langue du pays où il a établi une correspondance réglée. Il ne doit pas ignorer les lois et les coutumes des pays étrangers; enfin, il doit être prompt à exécuter les ordres qu'on lui donne, équitable, fidèle dans toutes ses négociations, ponctuel dans ses paiements, modéré dans ses entreprises, bref et simple dans ses lettres, et scrupuleux à payer jusqu'aux moindres droits établis sur les marchandises qu'il reçoit ou qu'il expédie au dehors.

COMPAS. Instrument qui sert à décrire des cercles, mesurer à des distances, etc. Il y a des compas simples et des compas composés. Les premiers n'ont que deux pointes fixes ; les seconds changent de pointes ; l'une d'elles sert pour tracer à l'encre, une autre pour tracer au crayon, et une troisième à roulette pour tracer les lignes ponctuées. Un bon compas est celui dont le mouvement de la tête est égal, dont les charnières sont bien ajustées, dont le corps est bien poli, et dont les pointes sont bien jointes et bien égales. — On entend par *compas de proportion* un instrument dont on se sert pour connaître les proportions qui se trouvent entre deux quantités de même espèce, par exemple, entre deux lignes, deux surfaces, deux solides, etc. Il est composé de deux règles de six pouces de long, et de six à sept lignes de large, qui s'ouvrent et se ferment par le moyen d'une charnière, comme les compas ordinaires. On peut en faire de plus grands; mais quelque longueur et quelque largeur qu'on donne à cet instrument, il faut se ressouvenir que le compas entièrement ouvert doit représenter une ligne parfaitement droite. On trouve tracées sur le compas de proportion six sortes de lignes, savoir : la ligne des parties égales, celle des plans et celle des polygones d'un côté ; la ligne des cordes, celle des solides et celle des métaux de l'autre. On met encore sur le bord de cet instrument, d'un côté une ligne divisée qui sert à connaître le calibre des canons, et de l'autre une ligne qui sert à connaître le diamètre et le poids des boulets de fer.

COMPRESSIBILITÉ. C'est la faculté que possède un corps d'occuper un espace plus petit que celui qu'il occupait auparavant. Cette faculté suppose que l'intérieur du corps n'est pas physiquement plein, ou qu'il contient un fluide dont on peut le délivrer. Elle suppose encore que les parties de ce corps ont de la flexibilité.

COMPRESSION. C'est l'action par laquelle on fait occuper à un corps un espace plus petit que celui qu'il occupait auparavant.

CONCAVE. On nomme *concave* tout ce qui est creux. La circonférence d'un cercle est concave à sa partie intérieure.

CONCENTRIQUE. Ce mot s'emploie surtout pour désigner deux circonférences parallèles dont l'une est enveloppée par l'autre, et qui ont un centre commun.

CONCHYLIOLOGIE. C'est la science qui a pour objet l'étude et la classification des coquilles. Aujourd'hui l'on n'isole plus ces parties de l'animal auquel elles ont appartenu ; la conchyliologie forme une partie de l'histoire des mollusques et des conchifères.

CONCRET Terme de grammaire (*Voyez* ABSTRACTION). On emploie le sens concret, lorsque l'on considère le sujet uni au mode, ou le mode uni au sujet ; lorsqu'on regarde un sujet tel qu'il est, et que l'on pense que ce sujet et sa qualité ne font ensemble qu'une même chose, et forment un être particulier; par exemple, si l'on dit *ce papier blanc*, *cette table ronde*, les mots *blanc*, *ronde*, sont pris dans un sens concret.

CONDENSATION. De même que la *compression*, la condensation suppose la compressibilité dans tout corps que l'on condense ; c'est le rapprochement des molécules d'un corps, qui a pour effet d'en augmenter la *densité*.

CONDUCTIBILITÉ. Propriété qu'ont certains corps d'être conducteurs du calorique et de l'électricité. Par exemple, si l'on chauffe une barre métallique par un de ses bouts, l'autre bout devient chaud quelques instants après, parce que le calorique se communique de molécule à molécule, jusqu'à ce qu'il arrive à l'autre extrémité.

CONE. Le cône est un corps solide composé de différents cercles placés les uns sur les autres, et par conséquent parallèles entr'eux, qui vont toujours en diminuant depuis la base jusqu'à la pointe du cône. Un pain de sucre régulier représente un cône parfait. Le triangle, le cercle, la parabole, l'ellipse et l'hyperbole sont des figures produites par les cinq manières différentes dont on peut couper le cône (*Voyez* GÉOMÉTRIE).

CONFLUENT. C'est l'endroit où deux rivières se réunissent et commencent à couler ensemble.

CONGÉLATION. Action de se congeler, de passer à l'état solide par l'action du froid : *congélation* de l'eau, du mercure. Lorsqu'une substance fluide se refroidit jusqu'à un certain point, elle perd la mobilité respective de ses parties, qui constitue sa fluidité, et elle prend alors une forme concrète, solide et dure. Le mot *congélation* est quelquefois employé, à tort, comme synonyme de *coagulation*.

CONJONCTION. Deux astres sont en conjonction lorsqu'ils se trouvent sous le même degré du même signe du zodiaque.

CONNAISSEMENT. Le *connaissement* est la reconnaissance qu'un maître ou capitaine de vaisseau donne à un marchand de la quantité et qualité des marchandises chargées dans le vaisseau, avec la soumission de les porter au lieu de la destination. Le connaissement exprime la nature et la quantité ainsi que les espèces ou qualités des objets à transporter. Il indique le nom du chargeur, le nom et l'adresse de celui à qui est fait l'envoi, le nom et le domicile du capitaine, le nom et le tonnage du navire, le lieu du départ et celui de la destination. Il énonce le prix du fret, et présente en marge les marques, les numéros des objets devant être transportés. Chaque connaissement se fait en quatre originaux : un pour le chargeur, un pour celui qui recevra les marchandises, un pour le capitaine, un pour l'armateur du bâtiment.

CONSTELLATIONS. Les étoiles les plus remarquables du ciel, en attirant les regards, aidèrent à en reconnaître beaucoup d'autres qui composent avec elles des aspects aisés à saisir. Ces assemblages d'étoiles furent nommés *constellations* ou *astérismes*. Celles comprises entre le pôle arctique et l'équateur, sont nommées boréales, et celles situées au-delà de ce grand cercle sont appelées australes.—Indépendamment de ces indications générales, des noms particuliers ont été donnés à chacune des constellations. Ces noms, consacrés depuis la plus haute antiquité, sont parvenus jusqu'à nous sans altération sensible, quoiqu'ils soient tout-à-fait arbitraires et fantastiques, n'ayant aucune ressemblance avec les groupes d'étoiles qu'ils désignent.—Après avoir assigné ces noms, il a paru nécessaire de représenter les figures dont il était question, et comme on s'était d'abord borné à ces indications grossières, on se contentait seulement de l'ensemble que présente à la vue tel ou tel groupe d'étoiles. Ainsi, par exemple, en traçant l'image d'une ourse, dans cette constellation les principales étoiles servirent à donner la pose de cet animal ; les unes

indiquant les pattes, les autres la queue, etc., etc. Plus tard, les Arabes et les Grecs donnèrent des noms à chacune des étoiles principales. Depuis quelques siècles on a substitué aux noms d'étoiles, les lettres de l'alphabet grec et romain. L'étoile qui est la plus brillante est désignée par α, la lettre β indique celle dont la lumière est un peu moins intense, ainsi de suite ; cet alphabet étant épuisé, l'on a recours aux caractères romains, et enfin aux chiffres, qui sont employés pour la classification d'étoiles beaucoup plus faibles.—On a aussi substitué aux figures de l'astrologie judiciaire, des lignes de démarcation comprenant toutes les étoiles d'une même constellation.—Tel est le système adopté pour classer et dénommer les étoiles. Le nombre des constellations est illimité, à cause du changement de dénomination et des suppressions faites dans les divisions du ciel.—Les constellations qui entourent l'écliptique ont joué un grand rôle dans l'histoire des peuples anciens. Il est important de ne pas confondre ces groupes d'étoiles avec les *signes* qui portent les mêmes noms (*Voyez* PRÉCESSION, ZODIAQUE).

Dans le tableau suivant nous désignons par la lettre M toutes les constellations qui furent inconnues aux anciens.

Constellations pour le Zodiaque.

Le Bélier.	La Balance.
Le Taureau.	Le Scorpion.
Les Gemeaux.	Le Sagittaire.
L'Ecrevisse.	Le Capricorne.
Le Lion.	Le Verseau.
La Vierge.	Les Poissons.

Constellations situées dans la partie boréale du ciel.

La Petite-Ourse.	Antinoüs.
La Grande-Ourse.	L'Ecu de Sobieski. M
Le Dragon.	Hercule.
La Girafe. M	Cerbère ou le Rameau. M
Le Renne. M	Le Taureau de Poniatowski. M
Le Messier. M	
Le Lynx. M	Le Dauphin.
Cephée.	Pégase.
Le Mural. M	Le Petit-Cheval.
Cassiopée.	Le Triangle.
Persée.	La Mouche ou le Lys. M
Andromède.	La Couronne.
Le Trophée de Fréderic. M	Le Bouvier.
Le Lézard. M	Les Levriers. M
Le Cygne.	La Chevelure de Bérénice.
La Lyre.	Le Petit-Lion. M
Le Renard et l'Oie. M	Le Cocher et la Chèvre.
La Flèche.	Le Télescope de Herschell. M
L'Aigle.	Le Petit-Chien boréal. M

Constellations Australes.

La Baleine.	Le Grand Chien.
L'Atelier du sculpteur. M	L'Atelier Typographique. M
Le Phénix. M	Le Navire.
Le Toucan. M	La Boussole et le Loch. M
Le Grand et le Petit nuage. M	L'Hydre femelle.
La Machine Électrique. M	La Coupe.
Le Fourneau Chimique. M	Le Corbeau.
L'Horloge Astronomique. M	Le Solitaire (oiseau des Indes). M
Le Réticule Rhomboïde. M	
L'Eridan.	Le Sextant. M
La Harpe de George. M	Le Chat. M
Le Sceptre de Brandebourg. M	La Machine Pneumatique. M
	Le Chêne de Charles II. M
Les Burins du graveur. M	Le Caméléon. M
Le Chevalet du peintre. M	La Montagne de la Table. M
L'Hydre mâle. M	Le Poisson volant. M
La Dorade. M	L'Octant. M
La Colombe. M	L'Indien. M
Orion.	La Mouche ou Abeille. M
Le Liévre.	La Croix M
La Licorne. M	Le Centaure.
Le Petit Chien.	Le Loup.

14

L'Encrier et la Règle. M   Le Serpent. M
Le compas. M   La Couronne Australe.
Le Triangle Austral. M   Le Paon. M
L'Autel.   Le Microscope. M
Le Télescope. M   Le Globe Aérostatique. M
Le Serpentaire (Ophiu- Le Poisson Austral.
cus). M   La Grue. M

CONSTITUTION. Loi qui régit un état. C'est au peuple seul qu'appartient le droit de faire sa constitution, et dans tout pays où il ne l'a pas faite lui-même ou à laquelle du moins il n'a pas donné son adhésion, la constitution est mauvaise. En France, tous les pouvoirs émanent de la volonté nationale, et quoique le gouvernement soit monarchique, il n'y a point d'autorité supérieure à la loi; ce n'est que par elle et en vertu de la loi que le roi règne et peut exiger l'obéissance. La constitution est à proprement dire une des conditions de l'association civile; donc, comme les peuples sont soumis aux lois, à eux appartient le droit de les faire, par ce principe naturel qu'il n'appartient qu'à ceux qui s'associent de régler les conditions de la société. Ce qui caractérise l'état social de la France au 19e siècle, c'est surtout cette rupture complète du principe du gouvernement avec tout élément de féodalité, de théocratie, et de royauté absolue. Mais ce n'est pas sans déchirements que nous sommes parvenus à ce haut point de la civilisation, et il a fallu plus d'un orage pour sortir des tyrannies qui ont si longtemps étouffé la liberté.

CONTACT. Le point de *contact* est le point commun à deux corps qui se touchent.

CONTINENT. Vaste étendue de terre qui comprend plusieurs régions non séparées par les eaux. Il y a deux principaux continents: l'ancien qui renferme l'Europe à l'ouest, l'Asie à l'orient et l'Afrique au midi, et le nouveau, qu'on appelle Amérique, à l'ouest de l'*ancien* continent qui est ainsi nommé parce qu'il a été connu et habité par les Anciens. L'autre s'appelle *nouveau* continent, parce qu'il n'est découvert que depuis 1492.

CONTRACTION. Le mouvement de contraction est un mouvement par lequel un corps tend à se resserrer, à se raccourcir.

CONTRIBUTION. Impôt. Les contributions sont de deux natures: les contributions directes et celles indirectes. Les contributions directes sont celles qui se perçoivent annuellement en vertu des rôles nominatifs; on en compte quatre: la contribution *foncière*, celle *personnelle-mobilière*, celle des *portes et fenêtres* et celle des *patentes.* — Les contributions indirectes sont de nature très variée, et n'ont, dans leurs différentes espèces, rien de fixe et de commun quant à l'assiette et au mode de perception et de paiement. Telles sont 1° les *douanes*, 2° les *domaines*, comprenant le *timbre* et l'*enregistrement*, 3° les *hypothèques*, 4° la *poste aux lettres*; 5° les *boissons*, 6° les *cartes à jouer*, 7° les *voitures publiques*, 8° la *culture et la vente des tabacs*, 9° les *fabriques de sels*, 10° les *poudres à feu*, 11° la *navigation intérieure des canaux et rivières*, 12° les *bacs et bateaux*, 13° la *garantie des matières d'or et d'argent*, 13° enfin, la *fabrication des sucres indigènes*, etc., sont des taxes sur la consommation et l'exploitation. La majeure partie de ces diverses branches de contributions indirectes sont frappées du centime par franc, à l'exception de celles que le gouvernement exploite lui-même. En dehors de la somme principale des contributions votée annuellement par les chambres, il existe des contributions supplémentaires également votées par les chambres, chaque année: l'une, désignée sous le nom de *centimes additionnels*, tant ordinaires qu'extraordinaires, est destinée à couvrir les fonds de non-valeurs, à solder certaines dépenses administratives; l'autre, appelée *centimes facultatifs*, dont les chambres autorisent la perception jusqu'au *maximum* fixé par elles, est destinée aux dépenses de départements et de communes. — Les con-

tributions directes ont rapporté au trésor pour l'exercice de 1837, la somme de 379,405,647. Les indirectes, celle de 626,630,000 fr.

CONTROLE, CONTROLEUR. Vient de *contrôle*, rôle opposé à un autre; en général registre que l'on tient pour la vérification d'un autre registre; plus particulièrement registre double des expéditions des actes de finances, de justice et autres, pour en assurer la conservation et la vérité, pour servir au besoin de vérification et empêcher les infidélités. — Le mot *contrôle* s'étend à tous les genres de vérification; il est synonyme de *poinçon* ou *marque*, ce qui a lieu pour les ouvrages d'or et d'argent, qui doivent être contrôlés, sous peine d'amende et de confiscation. C'est le moyen employé pour assurer que le titre de la bijouterie et de l'orfèvrerie est conforme à celui prescrit par la loi du 19 brumaire an 6 (*voyez* GARANTIE). — La dénomination de *contrôleur* est appliquée à toutes personnes qui se trouvent chargées d'opérer une vérification quelconque. Ainsi l'on dit *contrôleur en chef*, *vérificateur spécial*, *des contributions directes, de ville, des rentes, de la garantie*, etc., etc. — Avant la révolution le *Contrôleur général des finances* était l'un des premiers personnages de l'État; il était chargé de contrôler et d'enregistrer tous les actes qui avaient rapport aux finances du roi, et faisait partie de son conseil privé. Aujourd'hui partout où il y a une caisse, il doit y avoir un *contrôle* pour prévenir les abus. Le mot *contrôle* désigne aussi le bureau même dans lequel se trouve le *contrôleur*: ainsi l'on dit passer au *contrôle* d'un théâtre; aller au *contrôle* de la garantie, de la monnaie, etc.; payer le *contrôle* d'un acte. Il se dit également de l'état nominatif des personnes appartenant à un même corps. Il signifie aussi censure, critique.

CONVERSATION. Entretien familier entre deux ou plusieurs personnes sur un sujet quelconque. Il existe dans la conversation certaines règles de modestie à observer, et qui demandent qu'on ne parle ni trop, ni trop peu; car on souffre avec peine ces grands discoureurs, qui ne donnent pas aux autres le temps de parler; ainsi que ces personnes taciturnes qui, par leur silence mal réglé, sont ordinairement fort à charge dans les conversations. On ne doit jamais interrompre ceux qui parlent, ni prévenir par une réponse précipitée ceux qui nous interrogent; le ton de voix doit être réglé de telle sorte qu'il ne soit ni trop haut, ni trop bas. Pour que la conversation soit agréable, on ne doit pas se servir d'un ton impérieux, magistral, emporté, ni de paroles de mensonge, de raillerie, de mépris, de bouffonnerie, de flatterie, de vanité, qui peuvent blesser les bienséances; on faire quelque juste peine à ceux avec qui l'on converse. Malgré le désir qu'on ait d'écouter et d'apprendre, il ne faut jamais s'empresser de dire son avis sur les sujets qui se présentent, comme si l'on était plus capable d'en juger que les autres; lorsqu'on le dit, ce doit toujours être avec simplicité, et si les choses sont douteuses, on ne doit jamais parler d'une manière décisive et trop hardie. Enfin, toutes sortes de contestations et de disputes doivent être évitées; il vaut mieux se laisser vaincre en cédant avec douceur, que de s'emporter en disputant toujours avec opiniâtreté. — On peut dire que la difficulté de causer, partage, en quelque sorte, la société en deux classes, et cela tient à ce que certaines personnes ne possèdent pas tous les éléments nécessaires de la conversation. En effet, il existe une ligne de séparation réelle, indépendante de tous préjugés, que l'enseignement élémentaire des écoles ne peut effacer entièrement. Or, nous avons pensé pouvoir faire disparaître cette ligne de séparation, à l'aide d'un *Recueil* de connaissances variées et d'un intérêt habituel et général, qui rendra insensiblement la conversation plus agréable, plus facile, plus intime entre toutes les classes de la société; car, dit madame de Staël, la parole est chez les Français un instrument dont on aime à jouer, et qui ranime les esprits.

CONVEXE. Toute surface extérieure courbée et relevée, se nomme surface convexe; telle est, par exemple, la surface extérieure d'une sphère.

COPAHU (baume de). Espèce de térébenthine qui découle d'un arbre du Mexique et du Pérou, le *copaifera officinalis*. On l'obtient en faisant des incisions à cet arbre. Le copahu, improprement appelé baume, est transparent, très fluide presque incolore, quand il est récent; mais il acquiert avec le temps de la consistance et prend une couleur jaunâtre. Il a une odeur forte, une saveur âcre très désagréable.—Il est employé en médecine comme astringent. Pris à haute dose, il produit un effet purgatif.

COPAL. Gomme résine qui découle du tronc du ganifère copallifère. La *gomme copale* nous vient des Grandes-Indes; elle est sèche, très-dure, légère, diaphane, plus ou moins jaune, inodore, soluble dans l'éther et les huiles volatiles, et insoluble dans l'huile de lin. La *fausse gomme copale* nous vient d'Amérique, et se tire du sumac ailé. Comme toutes les résines, l'une et l'autre sont stimulantes; mais elles ne sont plus employées que pour les vernis.

COPALINE. Principe immédiat récemment découvert dans la résine copale. Cette substance est incolore, dure, friable, insoluble dans l'eau et l'alcool, formant avec l'éther une masse comme gélatineuse.

COQUE DU LEVANT. Baies qui croissent sur un arbuste sarmenteux du Malabar et des Moluques; on nous apporte des Indes-Orientales. Ce sont les graines de ces baies qui entrent dans la composition de la poudre contre la vermine.

COQUILLE. Corps testacé calcaire; c'est la couverture, ou plutôt la maison de certains animaux, dont la plupart sont marins. De tout temps les curieux se sont plu à rassembler dans leurs cabinets des coquilles de toutes espèces; ils nous font admirer l'éclat de leurs couleurs, la régularité de leurs cannelures, la beauté de leur poli, la variété de leur figure. Nous allons entreprendre, dans cet article, l'étude de leur formation; le limaçon terrestre nous servira d'exemple: expliquer la formation physique de la coquille de cet animal, c'est en même temps expliquer comment ont été produites toutes les coquilles que l'on trouve dans la mer et dans les rivières. — Le limaçon sort de son œuf avec une coquille toute formée, proportionnée à la grandeur de son corps. Cette coquille est la base d'une autre qui va toujours en augmentant. La petite coquille, telle qu'elle est sortie de l'œuf, excepté le centre de celle que l'animal, devenu plus grand, se forme en ajoutant de nouveaux tours à la première; et comme son corps ne peut s'allonger que vers l'ouverture, ce n'est que vers l'ouverture que la coquille reçoit de nouveaux accroissements. La matière est placée dans le corps de l'animal même; c'est une liqueur ou une colle composée de glu et de petits grains pierreux très-fins. Ces matières passent par une multitude de petits canaux, et arrivent jusqu'aux pores dont la surface de ce corps est toute criblée. Rencontrant tous les pores fermés sous l'écaille, elles se détournent vers les parties du corps qui sortent de la coquille, et qui se trouvent à nu. Ces particules de sable et de glu transparent au dehors; elles s'épaississent en se collant, ou en se séchant au bord de la coquille. Il s'en forme d'abord une simple pellicule sous laquelle il s'en assemble une autre, et sous celle-ci une troisième. De toutes ces couches réunies se forme une croûte semblable au reste de l'écaille. Quand l'animal vient encore à croître, et que l'extrémité de son corps n'est pas suffisamment vêtue, il continue à transpirer et à bâtir par le même moyen. Telle est la formation physique de la coquille du limaçon, et par analogie telle est la formation physique de toutes les autres coquilles. Prenez plusieurs limaçons; cassez légèrement quelque portion de leur écaille, sans les blesser eux-mêmes. Mettez-les ensuite sous des verres avec de la terre et des herbes; vous apercevrez que la partie de leur corps qui était sans couverture, et qu'on voyait par la fracture, se couvrira bientôt comme toutes les autres. — Réduisez, par exemple, à trois tours la coquille d'un gros limaçon de jardin; prenez une petite peau qu'on trouve sous la coque d'un œuf de poule; faites entrer une des extrémités de cette pellicule entre le corps du limaçon et la coquille, à la surface intérieure de laquelle vous la collerez; repliez l'autre extrémité sur la surface extérieure de la même coquille. L'accroissement se fera de telle sorte que la pellicule, sans changer de place, se trouvera entre la nouvelle et l'ancienne coquille. Cette dernière expérience nous prouve que la coquille ne travaille pas elle-même à se rétablir. S'il n'en était pas ainsi, ou la coquille s'allongeant aurait porté la pellicule plus loin, ou la pellicule ainsi collée aurait empêché tout accroissement. La pièce se trouve pour l'ordinaire d'une couleur différente du reste; les causes qui concourent naturellement à cet effet, sont: la qualité des nourritures, la bonne ou mauvaise santé de l'animal, l'inégalité de son tempérament selon les âges, les altérations qui peuvent arriver aux différents cribles de sa peau, et mille autres accidents de cette espèce pouvant tantôt changer, tantôt affaiblir certaines teintes et diversifier le tout à l'infini. Il faut conclure de ceci, que les coquilles sont produites non par *végétation*, mais par une simple *apposition*, c'est-à-dire que les parties qui augmentent l'étendue de la coquille lui sont appliquées sans aucune préparation dans la coquille même. — Certains tubercules charnus qui naissent sur les corps des poissons servent de moule aux cornes dont sont hérissées plusieurs espèces de coquilles. Ces cornes sont creuses, lorsque les tubercules sont restés sur le corps de l'animal pendant tout le temps qu'il y a vécu. Elles sont en partie creuses et en partie solides, lorsque ces tubercules ne se sont dissipés qu'en partie. Elles sont entièrement solides, lorsque ces tubercules se sont absolument dissipés pendant la vie de l'animal. — Les cannelures sont produites par le même mécanisme que les cornes; une coquille est cannelée en dedans et en dehors, lorsque tout le corps de l'animal qui l'habite est cannelé. Elle n'est cannelée qu'en dehors, lorsqu'une partie de la surface du corps de l'animal qui l'habite est polie et molle. L'animal croissant, et la partie de son corps qui n'est pas cannelée venant à correspondre à celle de la coquille qui est cannelée, le suc que cette partie fournit pour la coquille sert à boucher les cannelures intérieures, et la coquille se trouve seulement cannelée sur sa surface extérieure, excepté les seules premières lignes de la largeur de sa surface intérieure. — On nomme coquilles *univalves* toutes celles qui sont d'une seule pièce. — Toutes les coquilles qui sont à deux pièces et qui s'ouvrent à deux battants s'appellent *bivalves*; et enfin les coquilles *multivalves* sont celles qui ont plus de deux pièces.— Les coquilles à *voluta* sont celles qui sont tournées en forme de *vis*, et dont les spirales vont toujours en élargissant leurs contours.—La première classe des coquilles est celle des *univalves* qui comprend 15 familles: les patelles, les oreilles de mer, les tuyaux de mer, les nautilles, les limaçons à bouche ronde, les limaçons à bouche demi-ronde, les limaçons à bouche aplatie, les trompes ou buccins, les vis, les cornets, les rouleaux, les rochers, les pourpres, les tonnes et les porcelaines. Le coquilles *bivalves* forment la seconde classe qui ne comprend que six familles: les huîtres, les cames, les moules, les cœurs, les peignes et les manches de couteau. La troisième classe est formée des coquilles *multivalves* et se compose de six familles: les oursins ou boutons, les vermisseaux de mer, les glands de mer, les pousse-pieds, les conques anatifères et les pholades. Les coquilles fossiles sont des coquilles marines que l'on trouve à différentes profondeurs, dans le sein de la terre ; elles sont assez souvent ou pétrifiées, ou minéralisées ou métallisées ; il n'est pas rare cependant d'en trouver qui se sont conservées dans leur état naturel ; il est encore moins rare de voir sur du grès, de l'ardoise ou d'autres matières semblables, des empreintes de coquilles. On les nomme *conchyliotypolithes*. En voici, en peu de mots, la formation physique. La coquille, après avoir reposé quelque temps sur la terre molle, y a laissé l'empreinte de sa figure extérieure ; la terre s'est durcie, la matière de la coquille a péri, et l'empreinte s'en est conservée presque sans altération.

CORINDON, pierre précieuse. Le corindon, composé d'alumine pure, paraît appartenir aux terrains primitifs ; sa pesanteur spécifique varie entre 3, 9 et 4, 3. C'est la pierre la plus dure après le diamant ; elle possède la réfraction à un faible degré, et est infusible au chalumeau.

CORAIL, plante marine. C'est du carbonate calcaire mêlé à une matière colorante rouge. On distingue trois espèces de corail : le rouge, le blanc et le noir ; ce dernier est très rare. Le corail naît d'une vraie semence ; ce qui le fait conjecturer, c'est qu'il sort des extrémités des branches du corail une espèce de lait âcre, gluant, caustique et incapable de se mêler avec de l'eau. Ce lait s'attache au premier rocher ou à la première coquille qu'il rencontre, et y dépose une véritable semence qui donne dans la suite une plante de corail, qui se nourrit, comme toutes les plantes marines, par l'extrémité de ses branches. Ce n'est qu'un amas de glandules qui filtrent l'eau de la mer, et en séparent un suc laiteux et glutineux qui leur sert de nourriture. Quoique le corail, une fois formé, soit aussi dur dans l'eau qu'il l'est hors de l'eau, il est cependant probable qu'il a été comme liquide dans sa première formation; car, sans cela, on ne verrait pas le dedans de certains coquillages tapissé de branches de corail. La grande dureté du corail vient de ce qu'il ne contient pas beaucoup d'eau, et de ce que les particules qui le composent sont très propres à s'unir et à s'agglomérer ensemble. La rougeur est la marque de la maturité du corail. Quelques naturalistes pensent que le corail passe successivement du blanc au blanc cendré, du blanc cendré au jaune, du jaune au rouge imparfait, et de celui-ci au rouge parfait. Pour le corail noir, il doit sa couleur à la matière noire dont il a fait sa nourriture. En Europe, les curieux en ornent leurs cabinets d'histoire naturelle; mais en Asie et en Arabie, les habitants en font des cuillers, des pommes de canne, des manches de couteau, des poignées d'épée, des colliers et des grains de chapelet.

CORALINE, coquillage. — Production animale rangée parmi les polypes, et qu'on trouve dans toutes les mers de l'Europe, particulièrement dans la Méditerranée. Elle a l'apparence d'une végétation rameuse, homogène, d'un à deux pouces de hauteur, de couleur blanche, rougeâtre ou verdâtre, d'une saveur salée, d'une odeur marine. Elle contient de la gélatine, de l'albumine, de l'hydrochlorate de soude, du phosphate, du carbonate et du sulfate de chaux, du carbonate de magnésie, de la silice, de l'oxide de fer et un principe colorant indéterminé. Elle est employée en médecine comme purgatif.

CORBEAU, gros oiseau noir, qui vit long-temps, et se nourrit de la chair des animaux morts. On en compte deux espèces : le corbeau appelé vulgairement *de tourelles*, et le corbeau *de passage*. Cette dernière espèce est la plus grosse ; elle se distingue encore de la première par une couleur moins foncée. En Angleterre on suit peu la chasse à cet oiseau, parce qu'il mange les cadavres des bêtes terrestres et des rivages dont la mauvaise odeur se répandrait dans l'air. On le respecte en Suède ; il est très estimé dans les Indes ; mais en revanche, dans l'île de Feroë (Océan septentrional),

où il est de tous les oiseaux de proie le plus redoutable pour les brebis, chaque habitant est tenu, à certain jour de l'année, d'apporter à la Chambre de Justice un bec de corbeau.—Le nom de *corbeau* servait autrefois à désigner celui qui enterrait les morts dans un temps de contagion. De là est venu le nom de *corbillard* donné au chariot destiné à transporter les cadavres.—C'est aussi le nom d'une constellation (*Voyez* HYDRE).

CORDE. C'est un corps long, flexible et composé de plusieurs filaments joints ensemble. Plus une corde est pesante, grosse et raide, plus elle empêche que la machine à laquelle on l'applique n'ait l'effet marqué par les lois de la mécanique. En voici la preuve : En attachant un poids de 1000 livres à une corde de 100 livres, on aura à ramener non pas 1000, mais 1100 livres : donc plus une corde est pesante, plus la résistance qu'elle oppose est considérable. Ensuite, plus une corde est grosse, plus elle augmente le diamètre du cylindre sur lequel on la roule, puisque la corde ainsi roulée ne fait plus qu'un même corps avec le cylindre : plus le diamètre du cylindre est augmenté, plus le poids attaché à la corde est éloigné du *point d'appui*, puisque tout cylindre a son *point d'appui* dans son axe : plus le poids attaché à la corde est éloigné du *point d'appui*, plus il a de vitesse, puisque la vitesse d'un poids appliqué à un levier est en raison directe de sa distance au *point d'appui* : plus un poids a de vitesse, plus il a de force, puisque la force est le produit de la masse par la vitesse : plus un poids a de force, plus il coûte à remuer ; donc plus une corde est grosse, plus elle oppose de résistance. — Enfin plus une corde est raide, moins elle est flexible, plus elle oppose de résistance à la puissance qui s'en sert : donc plus une corde est raide, plus elle oppose de résistance. Ainsi, la résistance qu'opposent les cordes dont on se sert dans les machines est en raison directe de leur poids, de leur grosseur et de leur raideur.

CORDE GÉOMÉTRIQUE. C'est une ligne droite dont les extrémités terminent un arc de cercle. On la nomme aussi *soutendante*.

CORIANDRE. Cette plante, lorsqu'elle est verte, est d'une odeur désagréable ; sa graine desséchée devient un aromate gracieux ; on la cultive dans les environs de Paris, principalement à Aubervilliers.

CORNE. Substance dure que l'on trouve à la tête et aux pieds de certains animaux. La *corne* est une production épidermique, solide, compacte, de même nature que les poils, mais bornée à quelques régions du corps des animaux, où elle constitue des enveloppes utiles ou des prolongements qui leur servent d'armes ou de défense. La corne est formée de deux parties constituantes, dont l'une *extérieure* ou *insensible* est la corne proprement dite, qui s'accroît et se renouvelle par l'addition de la matière sécrétée, et présente à l'endroit où elle quitte la peau une production épidermique qui forme une bande désignée sous le nom de *périople*.

CORNE-DE-CERF. Nom donné aux exostoses qui poussent annuellement sur le front du cerf et qui s'en détachent aussi chaque année. Cette substance contient beaucoup de phosphate calcaire et de gélatine. Elle entrait autrefois dans une foule de préparations pharmaceutiques; mais aujourd'hui l'analyse chimique a démontré que ses vertus médicinales sont à peu près nulles.

CORNÉE. C'est la tunique extérieure qui recouvre le devant de l'œil.

CORNOUILLER. Arbrisseau indigène qui porte des fruits rougeâtres, de la grosseur d'une olive, et contenant un noyau, connus sous le nom de *cornes*, de *cornouilles*; leur saveur est aigrelette.

CORNUE. Vaisseau quelquefois de métal, le plus souvent de grès ou de verre, employé en chimie pour-

certaines distillations. Sa forme est celle d'une bouteille renflée en forme de poire, et dont le col est recourbé latéralement.

COROLLAIRE. C'est la conséquence que l'on tire d'une proposition démontrée ou prouvée. Ce mot est surtout employé dans cette acception en mathématiques; le *corollaire* est alors la conséquence tirée du *théorème*, qui est une proposition dont la vérité est démontrée. — En botanique, *corollaire* se dit d'une espèce de vrille qui est formée par un pétale ou un segment de la corolle.

COROLLE. Enveloppe intérieure des fleurs à doubles périanthes, qui entoure immédiatement les organes sexuels; quoiqu'elle fasse suite à la partie ligneuse de la tige, son tissu est mou et délicat. Les divisions de corolle portent le nom de *pétales*, lorsqu'elles sont parfaitement distinctes et séparées; et la corolle est dite *monopétale* ou *polypétale*, suivant qu'elle est indivise ou bien divisée en plusieurs pétales.

CORPS. On appelle corps tout ce qui, dans la nature, est doué d'une existence indépendante, et se présente à nos sens avec des caractères qui lui sont propres; ainsi l'air, la terre, une pierre, un arbre, un animal, sont autant de corps. On distingue les corps en *solides* et en *fluides*, et ceux-ci en *liquides* et en *fluides élastiques*. Les chimistes ont distingué tous les corps, en *corps simples* et *corps composés*. Les corps simples sont ceux dont on n'a pu tirer, jusqu'à présent, qu'une seule espèce de molécules : le soufre, le phosphore, le diamant, l'arsenic, tous les métaux, sont des corps *simples*, soit *principes* ou *éléments*. Les 53 corps simples connus aujourd'hui forment en se combinant 2 à 2, ou 3 à 3, ou 4 à 4, et plus rarement 5 à 5, les *corps composés* : on compte très peu de substances composées, soit naturelles, soit artificielles, dans lesquelles on trouve six éléments distincts. — Parmi les corps simples, un certain nombre se distinguent par des caractères extérieurs particuliers : on les nomme métaux; d'autres, dépourvus de ces caractères, ne sont pas des métaux. Cette différence a donné lieu à la division *des corps non métalliques, et des corps métalliques.*

I. Corps simples non métalliques, tous électro-négatifs.

Oxygène	Brôme.
Hydrogène	Iode.
Azote	Fluor.
Soufre	Carbone.
Phosphore	Bore.
Chlore	Silicium.

II. Métaux électro-négatifs.

Sélénium	Antimoine.
Arsenic	Tellure.
Chrôme	Titane.
Molybdène	Tantale ou Columbium.
Tungstène	

III. Métaux électro-positifs.

Or	Cobalt.
Platine	Fer.
Iridium	Manganèse.
Osmium	Cérium.
Palladium	Zirconium.
Rhodium	Ittrium.
Argent	Glucinium.
Mercure	Aluminium.
Cuivre	Magnesium.
Urane	Cacium.
Bismuth	Strontium.
Etain	Barium.
Plomb	Lithium.
Cadmium	Sodium.
Zinc	Potassium.
Nickel	Thorium.

On a adopté depuis quelques années une nouvelle classification, qui consiste à réunir les corps en groupes d'après le plus grand nombre de leurs propriétés communes. — En histoire naturelle on, reconnaît des corps *bruts* ou *inorganiques*. Ces corps bruts sont distingués des êtres organisés par la manière dont ils affectent nos sens, et par les propriétés qui les font agir les uns sur les autres; ainsi, les uns, comme les causes qui produisent la chaleur, les couleurs, n'affectent qu'un seul de nos organes, tels que celui du tact ou de la vue; de sorte que certains paralytiques, les aveugles, ne peuvent reconnaître la qualité d'un corps que nous nommons chaud ou coloré; d'autres matières, au contraire, comme le cuivre, l'alun, agissent sur nos sens par leur consistance, leur saveur, leur odeur, leur son et leur couleur. D'autres corps ensuite, tels que le calorique, l'oxigène, l'hydrogène, l'azote, sont invisibles et impalpables, ne peuvent être étudiés que par leurs propriétés, ou par l'action qu'ils exercent sur les autres substances. — En anatomie, le mot *corps* entraîne l'idée d'un tout composé de parties; alors on désigne par *corps* un assemblage de pièces qui ont un usage commun : c'est ainsi qu'on dit le *corps humain*. Mais ce qui est plus particulièrement appelé *corps*, c'est ce qui forme la partie la plus considérable d'un ensemble; et dans ce sens, le mot *corps*, en parlant de l'homme et des animaux, signifie seulement ce que les anatomistes nomment le *tronc*, c'est-à-dire, la poitrine et l'abdomen réunis.

COSMÉTIQUE, qui embellit la peau. *La cosmétique* est l'art de conserver la beauté; on appelle *cosmétiques*, toutes ces préparations composées d'oxides de plomb, de bismuth, de mercure, d'arsenic, qui souvent ne font qu'altérer la peau au lieu de l'embellir, et par l'irritation qu'ils produisent peuvent quelquefois déterminer des accidents graves.

COSMOGONIE, formation du monde. Cette science conjecturale n'entre pas dans les détails des faits; la cosmogonie examine sous le rapport métaphysique les résultats de ces faits mêmes, démontre l'analogie et l'union qu'ils ont entre eux, et s'efforce par là de découvrir une partie des lois générales qui gouvernent l'univers.

COSMOGRAPHIE. C'est la description du monde; mais on entend plus spécialement par ce mot la description du globe terrestre que nous habitons; (*Voyez* TERRE). La cosmographie, prise dans toute son étendue, se divise en deux parties : l'astronomie et la géographie.

COSTUS ODORANT. C'est une racine exotique qui croît dans l'Arabie heureuse, au Malabar, au Brésil et à Surinam; elle a une légère odeur de violette, un goût âcre de gingembre mêlé d'un peu d'amertume. Les anciens s'en servaient pour faire des aromates et des parfums; ils la brûlaient comme l'encens. La racine d'*aunée* séchée et gardée fort longtemps perd son odeur naturelle et se rapproche alors de celle du costus.

COTE. Les parois de la poitrine sont formées par 24 os longs et faits en forme d'arc, dont 12 sont à droite et 12 à gauche; ce sont ces os que l'on nomme *côtes*. Il y a de chaque côté 7 côtes vraies et 5 côtes fausses. Les côtes vraies sont les 7 supérieures, elles s'emboîtent dans l'os *sternum*; les côtes fausses sont les 5 inférieures, qui se rendent dans les cartilages des côtes vraies.

COTHURNE, chaussure d'acteurs tragiques. Chez les Grecs, les acteurs tragiques portaient une robe à longue queue, appelée *palla* et *syrma*; de là vient que *syrma* est pris quelquefois pour la tragédie même; les acteurs étaient masqués. Avant l'invention des masques, les acteurs se barbouillaient le visage avec de la lie de vin; ils portaient des souliers hauts, appelés *cothurnes*, afin de paraître plus grands et d'un air plus majestueux. Les acteurs comiques, au contraire, portaient des souliers bas, nommés *socci* : de là vient que le *cothurne* se prend souvent pour la tragédie et pour un style élevé, et le *soc* pour la comédie et pour un style familier et populaire. A la fin de la pièce, si elle avait plu, mais seulement à la fin, le public applaudissait hautement; sinon, la pièce terminée, on sifflait, en faisant un grand bruit avec les pieds; alors on disait que la pièce était tombée.

COTONNIER. On rencontre en Chine un bien petit nombre de mûriers, malgré que les vers-à-soie soient originaires de ce pays. Le cotonnier est la plante que l'on cultive de préférence; il diffère de celui qui se trouve dans la partie méridionale de l'Asie; celui-ci est un arbuste qui ressemble assez au lilas par la forme de ses branches et de ses feuilles. C'est une plante herbacée qui se sème et ne s'élève guère qu'à la hauteur de trois ou quatre pieds; ses feuilles sont d'un vert pâle et découpées comme celles de la vigne; la fleur est blanche ou jaune. Dans le nord on le sème à la fin du printemps, et on le cueille à la fin de l'été ou au commencement de l'automne; cette plante pourrait prospérer dans les provinces méridionales de la France. Dans la province de Nanking on trouve une espèce de cotonnier jaune qui sert à fabriquer les étoffes connues sous le nom de nankin; on ne connaît rien, jusqu'à ce jour, sur les procédés que suivent les Chinois pour cultiver les cotonniers, ni sur les préparations qu'ils font subir au produit de cet arbre : ce qu'il y a de certain, c'est qu'ils mettent beaucoup de choix dans l'emploi qu'il font des diverses espèces, comme on en peut juger par les étoffes qui viennent de ce pays. Nous sommes à peu près dans la même ignorance relativement aux autres parties de l'Asie méridionale et des Grandes-Indes, où le cotonnier est partout cultivé.

COTYLÉDONS. On donne ce nom à deux espèces de lobes charnus qu'on remarque dans la plupart des graines prêtes à germer et dont la tunique propre est enlevée. Les cotylédons constituent une des quatre parties essentielles de l'embryon des végétaux phanérogames à sexe apparent; la nature semble les avoir destinés à fournir à la jeune plante les premiers matériaux de sa nutrition. Il est des plantes, telles que le haricot, la fève, la belle de nuit, dont le corps cotylédonaire est séparé en deux parties distinctes qui portent le nom de cotylédons. Dans le blé, l'orge, l'avoine, l'asperge, le lys, le corps cotylédonaire est simple, indivis et formé d'un seul cotylédon. Suivant que ces plantes offrent un ou deux cotylédons, elles sont nommées *monocotylédonées* ou *dicotylédonées*. Les cotylédons sont les premières parties de la plante, qui paraissent hors de terre lorsqu'elle commence à végéter.

COULEURS. Sensation de l'âme occasionnée par l'impression que fait sur la rétine tel ou tel rayon de lumière. Si l'on fait entrer un rayon du soleil, gros à peu près comme une plume à écrire, dans une chambre obscure exposée au midi, et que l'on fasse tomber ce rayon sur un des angles d'un prisme triangulaire de verre (ce rayon sera reçu réfracté sur un carton), on aura une image composée de sept couleurs rangées en cet ordre : le *rouge*, l'*orangé*, le *jaune*, le *vert*, le *bleu*, l'*indigo* et le *violet*. Le rouge est toujours plus près, et le violet plus loin que les autres couleurs, de l'endroit où le rayon solaire a coutume de se rendre, lorsqu'on ne le fait passer par aucun prisme. On s'aperçoit encore que les autres couleurs sont d'autant plus éloignées de ce même endroit, qu'elles étaient plus près du violet. Il faut conclure de là que tout le rayon solaire est composé de sept rayons différemment réfrangibles, parmi lesquels le rayon rouge a le moins, le rayon violet le plus de réfrangibilité, et les autres plus ou moins, suivant qu'ils sont plus ou moins près du rayon violet. Cette différente réfrangibilité

a été déterminée avec l'exactitude la plus scrupuleuse; il en résulte donc, que lorsque la lumière passe du verre dans l'air, le sinus d'incidence du rayon rouge : de réfraction du même rayon : : 50 : 77. Les sinus de réfraction des six autres rayons primitifs, dont l'angle d'incidence est supposé le même que celui du rayon rouge, sont représentés par les nombres $77\frac{1}{2}$, $77\frac{1}{3}$, $77\frac{1}{7}$, $77\frac{1}{3}$, $77\frac{1}{7}$, $77\frac{7}{9}$, 78. Si l'on fait passer un des 7 rayons, par exemple le rayon rouge, par une petite fente taillée exprès dans le carton, et qu'on le fasse tomber sur différents prismes, ce rayon, après avoir souffert toutes les réfractions imaginables, conservera toujours sa couleur rouge. La même chose arrivera pour tous les autres rayons; chacun d'eux conservera sa couleur primitive, après avoir passé par un second, un troisième, un quatrième prisme, etc. Cette expérience a prouvé que les couleurs homogènes sont inaltérables, et par eux-mêmes. Ce qui confirme cette pensée d'une manière inébranlable, c'est que, après avoir fait tomber un rayon simple, par exemple un rayon rouge, sur des draps de différentes couleurs, tels que des morceaux de drap rouge, vert, jaune, blanc, noir, etc., on s'aperçoit que ce rayon teint en rouge tous les corps sur lesquels il tombe, avec cette seule différence que le premier drap paraît d'un rouge beaucoup plus brillant que les autres. Ces deux expériences prouvent d'une façon incontestable que la lumière ne doit pas ses différentes couleurs aux différentes manières dont elle est réfléchie, et que, si elle était homogène, tous les objets seraient à peu près de la même couleur. — Enfin, si l'on prend un prisme isocèle rectangulaire, et que l'on fasse tomber à peu près perpendiculairement sur un des côtés de ce prisme le rayon introduit dans la chambre obscure, on s'apercevra qu'il sort de dessous la base, et qu'il va former une image colorée où le rouge occupe la partie inférieure, le violet la partie supérieure, et les autres couleurs sont rangées dans l'ordre ordinaire. On tourne très lentement le prisme sur son axe pour empêcher que le rayon ne sorte comme auparavant, et pour faire en sorte que, réfléchi par les parties solides de la base, il vienne sortir par le côté opposé à celui par lequel il était entré; alors on remarque que le rayon violet se réfléchit le plus tôt, le rayon rouge le plus tard, et les autres plus tôt ou plus tard, suivant qu'ils sont plus ou moins près du rayon violet. A mesure qu'on fait réfléchir les rayons de lumière, on les oblige à passer par un second prisme dont les deux plus grandes faces forment un angle d'environ 55 degrés, et on a toujours une image colorée, terminée, comme d'habitude, par le rouge et par le violet. On connaît par là que la lumière du soleil est composée de rayons différemment réflexibles, et que la plus grande réflexibilité est toujours jointe à la plus grande réfrangibilité. Les conséquences que l'on tire de ces principales expériences de l'optique sont que : 1° La lumière n'est pas un corps simple et homogène, c'est-à-dire, un corps composé de parties semblables entre elles; mais un corps mixte et hétérogène, c'est-à-dire un corps composé de parties différentes les unes des autres. — 2° La lumière doit être regardée comme l'unique cause physique des couleurs. Ses rayons ont d'eux-mêmes les 7 couleurs que l'on nomme primitives et que nous venons d'indiquer. Cependant, nous ferons observer que quelques physiciens n'admettent que trois couleurs primitives, savoir : le *rouge*, le *jaune* et le *bleu*, et considèrent les autres comme des mélanges. — 3° Le rayon violet est celui qui de tous les rayons est le plus réfrangible, et le rayon rouge celui qui l'est le moins. Les cinq autres sont plus ou moins réfrangibles, suivant qu'ils sont plus ou moins près du rayon violet. — 4° La différente réfrangibilité des rayons de lumière ne vient que de leur différente masse. Le rayon rouge est le moins réfrangible de tous, parce qu'il a plus de masse qu'eux; et le rayon violet l'est le plus, parce que sa masse est moins considérable. Cette assertion est fondée sur le raisonnement suivant; le rayon rouge a plus de force qu'aucun des six autres rayons primitifs, puisque c'est celui qui fait le plus d'impression sur la rétine. S'il a plus de force, il doit avoir plus de masse; effectivement, le rayon rouge a autant de vitesse que les six autres rayons, puisqu'il emploie comme eux 7 à 8 minutes à parcourir l'espace qui se trouve entre le soleil et nous; donc s'il a plus de force, il doit avoir plus de masse, car la force n'est que le produit de la masse par la vitesse. Mais si, à vitesse égale, le rayon rouge a plus de masse qu'aucun des six autres rayons, la cause de la réfraction, quelle qu'elle soit, doit avoir plus de peine à faire quitter à ce rayon la ligne qu'il parcourt qu'elle n'en a à faire changer les autres de direction; donc si le rayon rouge a un excès de masse sur les autres, il doit avoir moins de réfrangibilité qu'eux; de même, si le rayon violet a moins de masse que les autres, il doit être par là même le plus réfrangible de tous. — 5° Le rayon violet est celui qui de tous les rayons est le plus, et le rayon rouge celui qui de tous les rayons est le moins réflexible. Les autres le sont plus ou moins, suivant qu'ils sont plus ou moins près du rayon violet. Cette différente réflexibilité leur vient sans doute de leur différente figure. Les corps les plus réflexibles étant ceux qui ont le plus de sphéricité et un poli plus parfait, on doit en conclure que les particules qui composent le rayon violet sont plus rondes et plus polies que celles qui composent les 6 autres rayons. — 6° Le mélange de toutes les couleurs primitives forme le *blanc*; en effet, ayez une bonne lentille de 3 à 4 pouces de diamètre, et de 3 pouces de foyer; placez-la à 3 ou 4 pieds du prisme qui a décomposé le rayon solaire en 7 rayons différemment colorés, et faites en sorte que cette espèce de spectre tombe perpendiculairement sur son centre; vous apercevrez au foyer de la lentille une couleur blanche et un cercle très brillant; donc le mélange de toutes les couleurs primitives forme le blanc. — 7° L'absence de toutes les couleurs primitives forme le *noir*; ainsi un corps paraît noir lorsqu'il ne réfléchit aucun rayon de lumière. — 8° La réflexion d'un seul rayon primitif est la cause des couleurs primitives; ainsi, un corps paraîtrait parfaitement rouge, s'il ne réfléchissait que les rayons rouges. Cependant, comme cela n'arrive jamais dans la pratique, on peut dire que les corps ne sont de telle ou telle couleur, que parce qu'ils réfléchissent telle ou telle espèce de rayons en quantité plus grande que telle ou telle autre. Le vermillon, par exemple, ne paraît rouge que parce qu'il réfléchit avec abondance le rayon le moins réfrangible. La violette ne doit sa couleur qu'à la propriété qu'elle a de réfléchir abondamment celui des rayons qui a le plus de réfrangibilité. En un mot, un corps a une couleur primitive, par exemple, il est jaune, lorsqu'il réfléchit principalement les rayons jaunes. — 9° Les couleurs nommées *secondaires* sont formées par la réunion de différents rayons primitifs. Un corps qui réfléchit les rayons rouges et les rayons orangés aura une couleur secondaire qui participera du rouge et de l'orangé. — Ce système trouve quelques objections; on opposera qu'on ne comprend pas comment un morceau de drap teint en violet paraît rouge lorsqu'il reçoit les rayons rouges. Alors voici l'explication qu'on peut en donner: la surface d'un morceau de drap teint en violet est composée de pores et de parties solides; les pores, à la vérité, absorbent tous les corpuscules rouges qui tombent sur leur ouverture; mais aussi ces parties solides, essentiellement impénétrables, réfléchissent tous ceux qu'elles reçoivent; donc un drap teint en violet et mis dans la lumière rouge du soleil, doit paraître rouge, mais d'un rouge peu tranché. — Une feuille d'or très mince paraît verte, lorsque l'observateur place la place entre le soleil et ses yeux, et elle paraît jaune lorsqu'il place ses yeux entre le soleil et cette feuille; la raison en est que cette feuille a des pores droits qui laissent passer les rayons verts, des parties solides qui réfléchissent

principalement les rayons jaunes, et des pores obliques qui absorbent les cinq autres rayons: on conclut de là que cette feuille d'or amincie, vue à travers des rayons réfléchis, doit paraître jaune, et qu'elle doit paraître verte lorsqu'on la voit par des rayons réfractés. Il en est à-peu-près de même des verres coloriés, qui sont des corps à demi diaphanes, dont les pores obliques absorbent les rayons qui ne sont pas de la couleur du verre; les pores droits laissent passer principalement, et les parties solides réfléchissent principalement les rayons qui sont de la couleur du verre dont il s'agit. Un verre, dont la couleur est verte, a des pores obliques propres à absorber les rayons non verts, des pores droits qui laissent passer principalement les rayons verts qui se présentent à leur ouverture, et des parties solides qui renvoient tous les rayons qu'elles reçoivent; et comme elles reçoivent principalement les rayons verts, puisque la plupart des autres ont été absorbés dans des pores obliques, le verre de couleur verte doit non-seulement faire paraître les objets verts, mais il doit encore le paraître lui-même. Il suit de là que, lorsqu'on regarde quelque objet à travers un verre rouge et un verre de couleur verte joints ensemble, cet objet doit paraître rougeâtre comme il arrive en effet.—Peut-être dira-t-on, d'après ce système, que la neige devrait avoir une couleur très obscure, puisque ayant beaucoup de pores, elle devrait absorber un très grand nombre de rayons de lumière? La réponse à cette objection est que la neige a beaucoup de pores en effet, mais que ces pores sont remplis d'un air très condensé et très propre à réfléchir la lumière sans la décomposer. — Certains draps paraissent changer de couleur en changeant d'inclinaison, bien que dans le fond la couleur de leur surface reste toujours la même, parce que ces sortes de draps décomposent la lumière en la réfléchissant, à peu près comme le prisme la décompose en la réfractant. Supposons donc un drap qui réfléchisse les rayons rouge, vert et violet sans les mêler les uns avec les autres, et qui absorbe les quatre autres rayons de lumière; ces trois rayons, après leur réflexion, occuperont chacun une place différente; le rouge sera en bas, le violet en haut, et le vert au milieu. Supposons encore que ce même drap, incliné de 45 degrés, renvoie aux yeux le rayon rouge; il est évident qu'en changeant d'inclinaison, il renverra quelqu'autre rayon, par exemple le rayon vert, ou le rayon violet; la différence d'inclinaison sert donc à expliquer les changements apparents de couleur. — Le soleil levant paraît rouge malgré qu'il envoie les 7 rayons de lumière, parce qu'il se trouve alors entre cet astre et l'œil du spectateur un nuage qui produit tous les effets du prisme. Le rayon rouge, après cette décomposition, occupe la place inférieure, c'est-à-dire la place horizontale: il est évident que le spectateur placé à l'horizon ne doit recevoir que le rayon rouge, et que le soleil levant doit lui paraître rouge. Ce que nous disons du soleil levant doit s'appliquer au soleil couchant qui nous paraît quelquefois rougeâtre.— Quelques personnes ne comprennent pas pourquoi un charbon simplement allumé paraît rouge, tandis qu'un charbon enflammé paraît blanc; l'un et l'autre cependant envoient de leur sein les sept rayons de lumière. Pour expliquer ce fait d'une manière conforme aux lois de la saine physique, il faut avancer deux principes certainement incontestables: 1° Le charbon simplement allumé est entouré d'une atmosphère beaucoup plus dense que le charbon enflammé. 2° Le charbon simplement allumé envoie de son sein les 7 rayons de lumière avec beaucoup moins de force que le charbon enflammé. Cela posé, voici ce qui arrive: des sept rayons de lumière qu'envoie de son sein le charbon simplement allumé six sont absorbés dans l'atmosphère dense qui l'entoure; si le rayon rouge éprouve un sort différent, c'est qu'il a beaucoup plus de force que les autres; ce charbon doit donc paraître rouge. Il n'en est pas ainsi du charbon enflammé: les sept rayons qui partent de son sein arrivent sans peine aux yeux du spectateur ; ils sont envoyés avec beaucoup de force , et ils n'ont qu'à traverser une atmosphère très rare ; le charbon enflammé doit pour cette raison paraître blanc.— En mêlant un peu d'acide nitrique avec de la teinture de tournesol, on obtient un mélange de couleur rouge. Nous avons dit que le rayon rouge est celui dont les molécules sont les plus grosses, puisque l'expérience nous apprend que le rayon rouge est celui qui de tous les rayons est le moins réfrangible. Voici, dans ce cas , comment se produit cette couleur rouge : le mélange que l'on a fait de l'acide nitrique avec la teinture de tournesol ne doit pas avoir de pores assez gros pour absorber le rayon rouge, quoiqu'ils soient assez considérables pour absorber les six autres rayons; ce mélange doit donc nous paraître rouge. Sur ce même mélange jetez un peu d'huile de tartre , et agitez le verre , vous obtiendrez une couleur verte. Ce nouveau mélange de teinture de tournesol, d'acide nitrique et d'huile de tartre doit avoir des pores assez gros puisqu'il absorbe les six rayons de lumière qui ont le plus de masse ; ces pores cependant doivent avoir une figure toute différente de celle que la nature a donnée aux molécules qui composent le rayon violet , puisque ces molécules, quoique plus petites que celles des autres rayons, ne sont pas absorbées, mais réfléchies. Si l'on jette un peu d'eau et un peu d'huile de tartre sur du sirop de violettes, on a une couleur verte. Le rayon vert tient le milieu entre les 7 rayons primitifs , puisqu'il est moins réfrangible que les rayons violet , indigo et bleu, et qu'il est plus réfrangible que les rayons jaune, orangé et rouge; donc la masse du rayon vert est moindre que celle des rayons jaune , orangé et rouge, et elle est plus considérable que celle des rayons violet, indigo et bleu. La conclusion est que le mélange d'huile de tartre , de sirop de violettes, et d'eau ordinaire, doit avoir des pores très ouverts, puisqu'il absorbe celui des rayons qui a le plus de masse ; on peut ajouter encore que ce même mélange a des pores dont la figure ne correspond pas à celle que la nature a donnée aux molécules qui composent le rayon vert , puisque ce rayon est réfléchi à nos yeux. — Une dissolution de sublimé corrosif, versée sur de l'eau de chaux , donne une couleur jaune. L'eau de chaux n'absorbait aucun rayon de lumière , puisqu'elle était parfaitement transparente; par l'addition du sublimé corrosif il se forme un tout propre à absorber 6 rayons primitifs , et à réfléchir le rayon jaune ; ce mélange doit conséquemment paraître jaune. — L'alun mêlé au suc de fleurs d'iris procure un beau bleu. L'alun et le suc de fleurs d'iris pris séparément ne peuvent réfléchir le rayon bleu ; leur mélange seul les rend propres à produire cet effet.—L'acide sulfurique jeté sur une teinture de fleurs de grenade donne une couleur tirant sur l'orangé. La couleur que représente ce mélange n'est pas une des 7 couleurs primitives, elle n'est pas produite par la réflexion d'un simple rayon de lumière. Ce mélange tire sur l'orangé, parce qu'il renvoie à nos yeux les rayons orangés joints à quelques rayons rouges et à quelques rayons jaunes. On sait en effet que plusieurs rayons primitifs joints ensemble donnent une couleur nommée *secondaire* ou *subalterne*. Le rayon orangé se trouve entre le rayon rouge et le rayon jaune ; il est naturel de penser qu'il se joint aux rayons orangés quelques rayons rouges et d'autres jaunes pour former la couleur dont nous parlons. — L'huile de tartre jetée sur une dissolution de sublimé corrosif produit un mélange jaunâtre. Cette couleur est encore secondaire; elle est vraisemblablement produite par la réflexion des rayons jaunes, auxquels se joignent quelques rayons orangés et quelques rayons verts, parce que le rayon jaune se trouve placé entre l'orangé et le vert. — Un peu de sel ammoniac versé sur le mélange jaunâtre dont il est parlé dans l'expérience précédente produit, en agitant le verre, un mélange blanc. Ce mélange a une surface propre à renvoyer aux yeux les 7 rayons primitifs sans les décomposer ; il doit donc pré-

senter la couleur blanche. — Enfin, qu'une dissolution d'acide sulfurique soit mêlée avec une infusion de noix de galle, et l'on obtiendra une liqueur noire. Dans le mélange, les molécules de l'acide sulfurique s'attachent aux molécules de l'infusion de noix de galle; la lumière ne trouve plus de passages droits; ses rayons se trouvent donc absorbés, et la liqueur doit nous paraître noire. L'expérience nous apprend tous les jours que nous sommes dans une nuit profonde lorsque nous ne recevons aucun rayon de lumière. Si l'on veut que le mélange dont nous parlons devienne transparent , il suffira d'y verser un peu d'acide nitrique qui séparera les molécules rapprochées, et rétablira les passages à la lumière.— On peut joindre à l'explication de ces différentes colorations produites artificiellement celle d'un phénomène naturel que nous avons très souvent sous les yeux. (*Voyez* ARC-EN-CIEL.)

COUPELLATION. Opération qui a pour but de séparer les métaux oxidables de ceux non oxidables, et d'affiner ainsi ces derniers. La coupellation est principalement employée dans l'art des essais et dans l'exploitation des mines. On se sert d'un vase appelé *coupelle*; c'est un vaisseau très poreux, fait en forme de tasse, et employé plus particulièrement pour purifier l'or et l'argent. Des cendres bien lavées ou des os calcinés sont les matières qui entrent dans la composition de la coupelle. Pour purifier un *tout*, composé d'une once d'argent et d'une once d'alliage, il faut mettre dans la coupelle 4 onces de plomb et la masse dont il s'agit, et placer cette préparation sur un feu très ardent. Les parties hétérogènes se joindront au plomb mis en fusion par l'action du feu, et l'on trouvera réunies ensemble toutes les parties qui composent l'once d'argent.

COURANT. C'est un mouvement progressif des eaux, en raison d'une impulsion imprimée par les différences de niveaux et la dilatation ou la raréfaction des milieux environnants. Si le fond de l'Océan était égal et de niveau, il n'y aurait dans la mer d'autre courant que le mouvement général d'Orient en Occident , et quelques autres mouvements qui auraient pour causes l'action des vents , le flux et le reflux. Cependant l'expérience fait reconnaître dans toutes les mers des courants très différents les uns des autres en longueur, en largeur, en rapidité et en direction; ce qui ne peut venir que des inégalités des collines , des montagnes et des vallons qui sont au fond de la mer, comme l'on voit qu'entre deux îles le courant suit la direction des côtes , aussi bien qu'entre les bancs de sable , les écueils et les haut-fonds. On doit donc regarder les collines et les montagnes du fond de la mer comme les bords qui contiennent et qui dirigent les courants ; dès-lors un courant est un fleuve, dont la largeur est déterminée par celle de la vallée dans laquelle il coule; dont la rapidité dépend de la force qui le produit, combinée avec le plus ou le moins de largeur de l'intervalle par où il doit passer; et enfin dont la direction est tracée par la position des collines et des inégalités entre lesquelles il doit prendre son cours.

COURANT ÉLECTRIQUE. Si l'on établit un courant voltaïque dans un liquide acide au moyen de deux fils de platine , et que, lorsque le courant a duré quelques minutes , on enlève les fils pour en substituer d'autres qui ne communiquent pas avec la pile, alors on obtient dans le sein du liquide un courant secondaire et dérivé, en sens inverse du premier. On arrive au même résultat par une série d'expériences plus complètes ; en faisant passer le courant d'une pile voltaïque dans une auge de verre remplie d'eau distillée , on remarque que le liquide contient de chaque côté de l'électricité ordinaire, de la nature du pôle immergé, jusqu'au milieu de l'auge où se trouve toujours un point neutre. Lorsqu'on retire de l'eau les fils de la pile, on peut recueillir encore pendant quelque temps , du sein du liquide, l'électricité ordinaire ; ce qui est un résultat très singulier. Mais si l'on plonge dans ce liquide, au milieu duquel l'action de la pile a cessé, deux nouveaux fils de platine, alors il s'établit sur-le-champ un courant dérivé, en sens inverse du courant primitif, et ce courant secondaire peut durer toute une journée si les diverses couches de l'eau sont maintenues sans agitation. Pour découvrir la cause de ces phénomènes si curieux, l'auge fut divisée en deux par une cloison membraneuse, et on y versa d'un côté de l'eau saturée d'hydrogène, et, de l'autre côté, de l'eau saturée d'oxigène. On vit alors qu'un courant intense marchait de l'une de ces espèces d'eau vers l'autre ; ce qui explique très clairement comment il arrive que si le courant voltaïque qui sillonne un liquide est suspendu, il naît alors un courant secondaire, inverse du courant primitif, attendu que l'action voltaïque place les eaux qui environnent les pôles précisément dans la même saturation gazeuse que les deux portions du liquide séparées par la cloison de membrane. Le courant secondaire est donc dû à une action chimique de l'eau hydrogénée sur l'eau oxigénée, à laquelle la suppression du courant de la pile donne sa liberté d'influence. Ces expériences résolvent une question fort controversée, et on ne saurait douter, après cela, que les atômes composants de l'eau n'existent, à l'état de gaz, dans le reste du liquide, au moins sous l'action de la pile.

COURONNE, diadème, souveraineté, empire. On désigne sous le nom de *couronne*, un météore qui paraît quelquefois sous le soleil et sous la lune, ou bien à côté de ces deux astres ; c'est une espèce d'arc-en-ciel que nous ne voyons sous le soleil que lorsqu'il se trouve entre cet astre et un nuage qui, après avoir réfracté les rayons de lumière, les rassemble dans notre œil, à peu près comme le fait un verre convexo-convexe. Il en est de même des couronnes qu'on voit quelquefois sous la lune. Pour celles qui paraissent à côté, elles ne peuvent être produites que par la réflexion d'un nuage de figure concave.

Couronne australe. Cette constellation est jetée près des pieds du Sagittaire. C'est un petit cercle d'étoiles qui ressemble assez à une couronne ; mais il est peu apparent. On croit que cette couronne est celle qui fut décernée à Corinne lorsqu'elle eut remporté cinq fois la victoire sur Pindare.

Couronne boréale, constellation qui forme un demi-cercle et dont la concavité regarde la tête du dragon. Toutes les étoiles sont de quatrième grandeur, à l'exception de celle du milieu qui est secondaire. Elle se nomme la *Perle*. La couronne touche d'un côté l'épaule gauche du Bouvier, et de l'autre le talon d'Hercule ; cette couronne était celle d'Ariadne : elle fut placée aux cieux par Bacchus, son amant.

Couronne de fer. Vers la fin de février 1805, une députation de la république italienne vint à Paris offrir à Napoléon la couronne. Dans le courant de mars de la même année, l'empereur alla la recevoir. Elle était déposée dans l'église de Moutza à deux lieues et demie de Milan. La couronne de fer est renfermée dans une croix énorme suspendue au-dessus de l'autel. Elle est ainsi nommée à cause du cercle de fer renfermé dans le bandeau d'or qui lui forme sa base. Cet anneau de fer, selon les moines historiographes de cette relique, fut fait avec un des clous de la vraie croix, que sainte Hélène, mère de l'empereur Constantin, recueillit elle-même à Jérusalem, et qu'elle envoya à son fils. Il y avait plus d'un siècle qu'une main humaine n'avait touché cette relique, lorsqu'elle fut extraite de sa châsse pour être offerte à Napoléon.

CRABE, petit crustacé presque sphérique et assez mou qui se loge dans l'intérieur de la coquille des moules et de quelques mollusques bivalves. Les naturalistes lui donnent le nom de *pinnothère* : il n'est nullement vénéneux, et c'est à tort qu'on lui attribue les accidents que produisent quelquefois les moules. — Quelques espèces du genre crabe sont bonnes à manger.—Signe de la petite garantie d'argent (contrôle) pour les départements.

CRAIE, *carbonate de chaux*. Ce sel est très répandu dans la nature ; il forme des masses considérables, des terrains entiers. Dans sa formation on reconnaît trois états distincts dans leurs parties éloignées, mais qui, dans leur point de contact, se confondent par des nuances insensibles. La couche inférieure, homogène et blanche, est la plus grand état de pureté ; la seconde, désignée vulgairement sous le nom de *tufau*, est généralement mêlée de sable, impure et jaunâtre ou grisâtre ; la couche supérieure est ferrugineuse et pénétrée de grains verts qui la colorent.

CRANE. Le crâne forme les parties supérieure et postérieure de la tête : sa partie supérieure, arrondie et courbée régulièrement, est la voûte ; sa partie inférieure, plate et irrégulière, est la base. Il est formé par huit os : ce sont l'os occipital, les deux pariétaux, l'os frontal ou coronal, les deux temporaux, l'os sphénoïde et l'os ethmoïde. L'os occipital est situé à la partie postérieure et inférieure du crâne, et il forme la partie postérieure de la tête ; c'est une espèce de losange irrégulièrement dentelé, convexe en dehors et concave en dedans. Les os pariétaux sont au nombre de deux, un de chaque côté de la tête ; ils sont placés à la partie supérieure, latérale et un peu postérieure du crâne ; leur figure approche de celle d'un carré irrégulier et voûté. L'os frontal forme le front et le sommet de la tête ; les deux os temporaux sont situés inférieurement à la partie latérale du crâne, l'un d'un côté, l'autre de l'autre ; leur partie inférieure contient l'organe de l'ouïe. Outre ces huit os principaux, il y a quelques os surnuméraires connus sous le nom d'os *Wormiens*. Le *périoste* qui revêt la surface externe de ces os prend le nom de *péricrâne* ; la dure-mère leur tient lieu de périoste interne ; et les intervalles membraneux qui séparent les os du crâne, tant que l'ossification est incomplète, sont formés par l'adossement de ces deux membranes.

CRANIOLOGIE, description ou examen des divers points de la surface extérieure du crâne. Cet examen conduit à la connaissance des dispositions intellectuelles et affectives de l'individu soumis à cette investigation. Le crâne étant exactement moulé sur la masse cérébrale, chaque portion de sa surface présente des dimensions plus ou moins grandes, un développement plus ou moins considérable, selon que la portion correspondante du cerveau est elle-même plus ou moins développée ; or, s'il est constant que le cerveau est le siège matériel des facultés intellectuelles et affectives, si l'observation a démontré que les individus chez lesquels *telle* portion du crâne est largement développée se font tous remarquer par une même faculté, par un même talent, par une même vertu ou un même vice, on en déduit naturellement cette conséquence que : *la portion du cerveau sous-jacente à cette partie du crâne est le siège de cette faculté, de ce talent, de cette vertu ou de ce vice, qu'elle en est l'organe spécial.* Gall fut le premier qui regarda le cerveau comme une agrégation de parties dont chacune est l'instrument d'une faculté particulière. Il a reconnu dans le cerveau 27 organes particuliers, ayant chacun une place déterminée, mais susceptibles d'occuper une surface plus ou moins large, de faire plus ou moins de saillie. Ce serait une erreur de croire que l'on trouve sur les crânes des circonscriptions aussi bien limitées que sur les têtes que nous représentons ici, et que l'on compte autant de bosses que d'organes : mais la vue et le toucher reconnaissent facilement un développement, une dilatation de la tête, dans l'endroit où est situé l'organe d'une faculté prédominante. La figure de chacun de ces organes est un cône renversé dont le sommet est à la moelle allongée et la base à la surface du cerveau ; la faculté à laquelle il pré-

15

side a d'autant plus de puissance et d'énergie, que cette base est plus large. — Le système de Gall, tel qu'il se présenta d'abord, était sujet à une foule d'objections; l'organe du vol et celui du meurtre contribuèrent probablement plus que tout le reste à décréditer ses premiers efforts pour arriver à un système rationnel de phrénologie : une subdivision était donc nécessaire; mais elle ne pouvait être faite que d'après les facultés fondamentales elles-mêmes, et non d'après l'emploi ou même d'après l'abus de ces facultés. Spurzheim, disciple et collaborateur de Gall, admet que le cerveau est le siège des facultés intellectuelles aussi bien que des fa-

cultés affectives, et que chacune de ces facultés correspond à une portion distincte de l'organe ; il établit donc deux ordres de facultés qui se subdivisent elles-mêmes en genres. Les phrénologistes sont loin de s'accorder sur le nombre des organes et leurs dénominations ; mais d'un accord unanime ils placent dans la partie antérieure du cerveau les organes des facultés intellectuelles; dans la portion postérieure, ceux des facultés animales; dans la portion intermédiaire, au-dessus de l'oreille, ceux des facultés morales.— Sur les trois têtes que nous plaçons ici, les organes reconnus par Spurzheim sont indiqués par des chiffres dans l'ordre où il les a présentés.

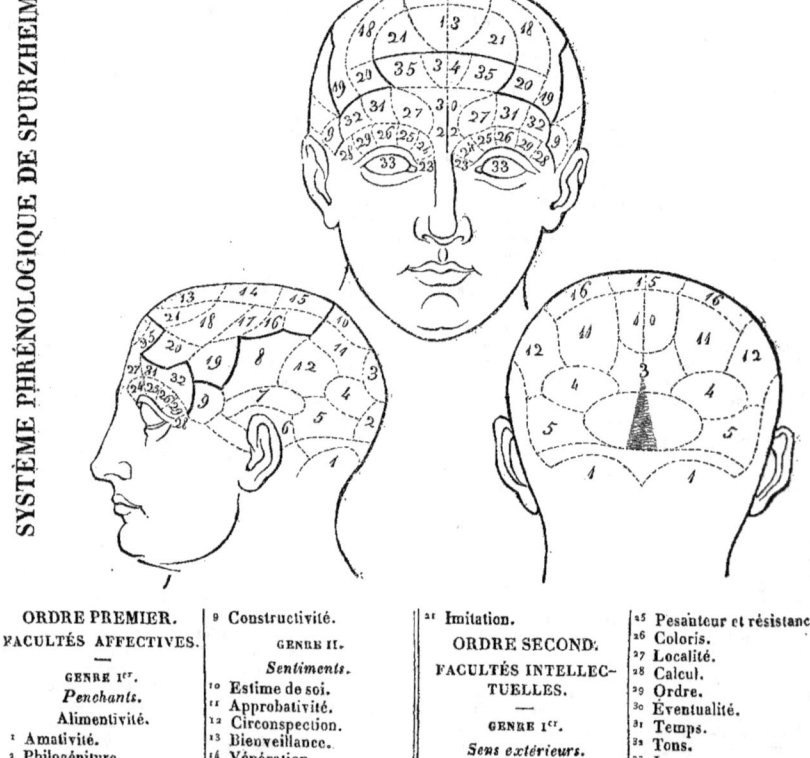

SYSTÈME PHRÉNOLOGIQUE DE SPURZHEIM.

ORDRE PREMIER.
FACULTÉS AFFECTIVES.

GENRE 1ᵉʳ.
Penchants.

Alimentivité.

1 Amativité.
2 Philogéniture.
3 Habitativité.
4 Affectionnivité.
5 Combativité.
6 Destructivité.
7 Sécrétivité.
8 Acquisivité.

9 Constructivité.

GENRE II.
Sentiments.

10 Estime de soi.
11 Approbativité.
12 Circonspection.
13 Bienveillance.
14 Vénération.
15 Fermeté.
16 Conscienciosité.
17 Espérance.
18 Merveillosité.
19 Idéalité.
20 Gaîté.

21 Imitation.

ORDRE SECOND.
FACULTÉS INTELLECTUELLES.

GENRE 1ᵉʳ.
Sens extérieurs.

GENRE II.
Facultés perceptibles.

22 Individualité.
23 Configuration.
24 Étendue.

25 Pesanteur et résistance.
26 Coloris.
27 Localité.
28 Calcul.
29 Ordre.
30 Éventualité.
31 Temps.
32 Tons.
33 Langage.

GENRE III.
Facultés réflectives.

34 Comparaison.
35 Causalité.

EXPLICATION.

ALIMENTIVITÉ.—*But :* la nutrition de l'individu. — *Désordres :* la gourmandise, la gloutonnerie.

AMATIVITÉ (Amour physique).—*But :* la propagation de l'espèce.—*Désordres :* libertinage, adultère, inceste, sodomie.—*L'inactivité* prédispose à la continence passive.

PHILOGÉNITURE (Amour des enfants).—*But :* la conservation de la géniture.—*Désordres :* poussée à l'excès, contribue à gâter les enfants, et rend leur privation pé-

nible.—*L'inactivité* prédispose à négliger la géniture.

HABITATIVITÉ (Amour de l'habitation).*But :* la nature paraît avoir voulu que tous les endroits fussent habités.

AFFECTIONNIVITÉ (Attachement). But : l'attachement pour tout ce qui nous environne.—*Désordres :* état inconsolable de l'âme après la perte d'un être qui nous est cher.—*L'inactivité* prédispose à l'insouciance envers les autres.

COMBATIVITÉ (Courage).—*But :* la défense et l'intrépidité.—*Désordres :* amour du combat, la querelle, la rixe, la dispute, l'attaque, la colère et la rage.— *L'inactivité* favorise la timidité, la poltronnerie, la crainte et la peur.

DESTRUCTIVITÉ.—*But :* la mort violente et la destruction.—*Désordres :* le meurtre, l'incendie, l'assassinat, la cruauté.—*L'inactivité* empêche la destruction.

SÉCRÉTIVITÉ (Instruit à cacher).—*But :* cacher, tenir secret.—*Désordres :* astuce, duplicité, hypocrisie, intrigue, mensonge.—*L'inactivité* prédispose à être dupe des autres.

ACQUISIVITÉ (Désir d'acquérir).—*But :* l'acquisition de ce qui est nécessaire à notre existence.—*Désordres :* vol, fraude, usure, vénalité, et tous les abus de l'égoïsme.—*L'inactivité* fait oublier son propre intérêt.

CONSTRUCTIVITÉ.—*But :* la construction en général ; elle est déterminée par sa combinaison avec d'autres facultés.

ESTIME DE SOI (Amour-propre).—*But :* estime de soi.—*Désordres :* orgueil, suffisance, mépris, insolence. —*L'inactivité* prédispose à l'humilité.

APPROBATIVITÉ (Amour de l'approbation).—*But :* l'honneur et l'amour de l'approbation des autres. — *Désordres :* vanité, ambition, et toutes les distinctions mondaines.—*L'inactivité* prédispose à être indifférent à l'opinion des autres.

CIRCONSPECTION.—*But :* être sur ses gardes.—*Désordres :* crainte, peur, incertitude, inquiétude, irrésolution, mélancolie, anxiété.—*L'inactivité* laisse agir les autres facultés et prédispose à l'étourderie.

BIENVEILLANCE.—*But :* le bonheur général. De ce sentiment résultent la bonté, la complaisance, la bénignité, la clémence, la miséricorde, la compassion, la pitié, l'équité, l'humanité, l'hospitalité, la générosité, la bienfaisance, l'amour du prochain, la charité.—*Désordres :* bienveillance envers ceux qui ne le méritent pas, ou aux dépens des autres.—*L'inactivité* prédispose aux vues personnelles.

VÉNÉRATION.—*But :* respecter tout ce qui est vénérable.—*Désordres :* idolâtrie, bigoterie.—*L'inactivité* favorise l'impiété.

FERMETÉ.—*But :* donner de la constance et de la persévérance aux autres facultés.—*Désordres :* opiniâtreté, obstination, entêtement, désobéissance, esprit séditieux.—*L'inactivité* prédispose à l'inconstance.

CONSCIENCIOSITÉ. — *But :* conscience et justice.— *Désordres :* remords qui ne sont pas fondés.—*L'inactivité* prédispose à négliger ses devoirs.

ESPÉRANCE.—*But :* espoir.—*Désordres :* manie des projets.—*L'inactivité* prédispose au désespoir.

MERVEILLOSITÉ.—*But :* sentiment du merveilleux. —*Désordres :* croyance à la sorcellerie, aux spectres, aux visions.—*L'inactivité* prédispose à l'incrédulité.

IDÉALITÉ.—*But :* la perfection.—*Désordres :* l'exaltation.—*L'inactivité* prédispose à l'indifférence.

GAITÉ.—*But :* esprit de saillies.—*Désordres :* la raillerie, l'ironie, la satire.

IMITATION.—*But :* l'imitation.—*Désordres :* la bouffonnerie, les grimaces.—*L'inactivité* empêche l'expression dans les arts imitatifs, et l'imitation des tons de la voix.

INDIVIDUALITÉ. Fait connaître la réalité des objets trop active, personnifie même les phénomènes tels que le mouvement, la vie, etc.

CONFIGURATION. Connaît tout ce qui a rapport à la forme.—Est nécessaire aux peintres de portraits, aux sculpteurs.

ÉTENDUE. Fait connaître les dimensions.—Est nécessaire aux géomètres, arpenteurs, architectes.

PESANTEUR ET RÉSISTANCE. Les idées de poids, de la résistance ne peuvent être attribuées à aucun des sens extérieurs.

COLORIS. Cette faculté, essentiellement nécessaire aux peintres, rend la vue des couleurs agréable.

LOCALITÉ. Produit l'amour des voyages.

CALCUL. Connaît tout ce qui concerne les nombres.

ORDRE. Fait classer les objets dans un ordre quelconque.

ÉVENTUALITÉ. Connaît ce qui se passe dans les objets. —Appartient aux hommes qu'on nomme brillants en société.

TEMPS. Considère la durée, la succession ou la simultanéité des objets.

TONS. Organe qui juge les rapports des tons, leur mélodie.

LANGAGE. Connaît les signes artificiels par lesquels les hommes se communiquent leurs idées.

COMPARAISON. Compare les fonctions des autres facultés ; connaît leur similitude, leur différence, etc.

CAUSALITÉ. Fait envisager tout ce qui existe et tout ce qui se passe, sous le rapport de cause et effet.

CRÉOSOTE. Sorte d'huile volatile pyrogénée, liquide, un peu grasse au toucher, incolore, mais se colorant en brun ambré par le contact prolongé de l'air et de la lumière. C'est une des substances particulières dont on a reconnu l'existence au nombre des produits de la distillation du goudron ; la créosote est d'une saveur âcre, brûlante et des plus caustiques, d'une odeur, un peu aromatique, pénétrante, désagréable et qui rappelle celle de la fumée de certains bois. Elle est employée en médecine comme caustique, et aussi pour calmer les douleurs causées par la carie des dents.

CRÉPUSCULE. Jour imparfait qui a lieu quelque temps avant le lever du soleil et quelque temps après son coucher. On l'appelle *aurore* lorsqu'il précède le lever, et *crépuscule* lorsqu'il suit le coucher de cet astre. Pour comprendre ce phénomène, il faut avant tout poser les principes suivants admis par la physique : 1° La terre est entourée d'une atmosphère très élevée au-dessus de sa surface ; —2° Cette atmosphère contient des particules aqueuses, huileuses, salines, sulfureuses, bitumineuses, etc., mêlées avec l'air que nous respirons ; —3° Les couches de l'atmosphère terrestre sont d'autant plus denses qu'elles sont moins éloignées de la surface de la terre ; —4° Plus une couche est dense, plus elle est capable de réfléchir les rayons de lumière ; — 5° Un rayon de lumière qui entre obliquement dans l'atmosphère solaire, se brise en s'approchant de la ligne perpendiculaire, et par conséquent se replie vers la terre ; —6° Plus la couche dans laquelle le rayon de lumière pénètre obliquement est dense, plus le rayon se brise, et par conséquent plus il se replie vers la terre. Ces principes posés, voici ce qui doit conséquemment arriver : lorsque le soleil n'est pas enfoncé sous notre horizon au-dessous de 18 degrés, plusieurs rayons de lumière rencontrent des couches assez denses de l'atmosphère terrestre. Quelques-uns s'y brisent assez pour que leur réfraction les détermine à se porter vers la terre. Quelques autres (et c'est le grand nombre) s'y brisent assez pour pouvoir se rendre dans des couches composées de particules capables de les réfléchir sur la surface de la terre ; alors nous devons avoir un jour imparfait lorsque le soleil n'est point enfoncé de 18 degrés au-dessous de notre horizon. — Il faut remarquer que lorsqu'on parle d'un enfoncement de 18 degrés au-dessous de l'horizon, on entend 18 degrés pris sur un cercle vertical, c'est-à-dire, sur un grand cercle que l'on imagine passer par le zénith, et couper perpendiculairement l'horizon.—Première *conséquence.* Lorsque le soleil est enfoncé au-dessous de notre horizon de plus de 18 degrés, nous n'avons que la lumière directe des étoiles et la lumière réfléchie des planètes, parce que les rayons que le soleil envoie alors sur notre atmosphère rencontrent des couches trop rares pour les replier, ou pour les réfléchir vers la terre.—Seconde *conséquence.* La lumière du crépuscule va toujours en diminuant, et celle de l'aurore va toujours en augmentant.—Troisième *conséquence*. Ceux qui ont leur zénith dans les pôles ont pendant leurs six mois de nuit un crépuscule presque continuel, parce que pendant ce temps-là le soleil n'est pas beaucoup enfoncé au-dessous de leur horizon.—Quatrième *conséquence*. Par la même raison, dans ce pays-ci, la fin du crépuscule doit quelquefois concourir avec le commencement de l'aurore. A Paris, si l'atmosphère était pure, on verrait, depuis le 14 juin jusqu'au 1ᵉʳ juillet, le crépuscule finir à minuit, et l'aurore commencer à la même heure.—Sur les hautes montagnes, l'aurore commence plus tôt, le crépuscule finit plus tard; sur le col du géant (en Suisse), d'une élévation de 1800 toises, on a remarqué que le crépuscule était sensible, quoique le soleil fût à plus de 23° sous l'horizon.—Cinquième *conséquence*. Les habitants de la zône torride ont des crépuscules très courts, parce que les cercles que suit le soleil étant presque perpendiculaires à leur horizon, cet astre gagne fort vite le 18ᵐᵉ degré de son abaissement.—Sixième *conséquence*. Si la terre n'était entourée d'aucune atmosphère, le lever du soleil ne serait précédé d'aucune aurore, et son coucher ne serait suivi d'aucun crépuscule.

CRÉTIN. Selon certains auteurs, *crétin* vient de *chrétien*; parce que ces êtres, étant dans un état d'idiotisme, sont incapables de commettre un péché. Les crétins sont des individus totalement disgraciés de la nature; on en rencontre particulièrement dans les vallons des Alpes et des Pyrénées. Leur taille est moins de cinq pieds; ils ont la tête petite, aplatie aux régions temporales, le nez épaté, la mâchoire béante et laissant couler la salive, la langue épaisse et pendante, les paupières très grosses, les chairs flasques, la peau flétrie, ridée, jaunâtre ou pâle; les sens, excepté la vue, très peu pénétrants; ils sont affectés d'un goître plus ou moins volumineux. Les crétins sont indolents, apathiques, d'une malpropreté dégoûtante, et ont des habitudes honteuses; néanmoins, tous ne sont pas au même degré d'avilissement physique et moral.

CRIN. Poil rude et long qui garnit le cou et la queue des chevaux et de quelques autres animaux. Un fumiste de Constantinople a fait fabriquer des vêtements en crin de cheval qui peuvent s'imprégner d'une quantité d'eau évaluée à 150 livres, et être portés en cas d'incendie; ils résistent pendant longtemps à la violence des flammes.

CRISTAL. Pierre transparente; c'est un composé de sable, de feu, d'eau, de sel et d'air. Une chute d'eau chargée de ces matières dépose une couche dont le fond est le sable et le sel. Une seconde chute d'eau dépose une seconde couche parfaitement semblable à la première, et ainsi de suite. Ces différentes couches, à peu près homogènes, percées de pores droits, donnent ce qu'on appelle une masse de cristal. Les Alpes, les Pyrénées, la Bohême, la Hongrie, l'Angleterre, la Suisse, le Brésil et l'Islande sont autant de pays où le cristal est fort commun. Celui d'Islande particulièrement présente de grandes beautés; c'est une pierre transparente qu'il est très facile de fendre; il est aussi clair que l'eau et le cristal de roche; il n'a de lui-même aucune espèce de couleur; il rougit au feu sans perdre sa transparence, il se calcine sans fusion. Plongé dans l'eau deux à trois jours, il y perd son poli; frotté avec un drap, il donne des marques très sensibles d'électricité; jeté dans l'acide nitrique, il le fait bouillonner. En 1833, il est sorti de la manufacture impériale de Saint-Pétersbourg un lit en cristal d'Islande, destiné au schah de Perse; ce lit magnifique, le seul de ce genre qui existe peut-être dans le monde, est resplendissant d'argent; on y monte par des marches de verre bleu, soutenues par des colonnes en cristal. Il est construit de manière à ce que des deux côtés il peut en jaillir deux jets d'eau odoriférante, dont le bruit contribue à provoquer un sommeil agréable; à la

lumière des flambeaux, on est ébloui de l'éclat qu'il réfléchit; on dirait des myriades de diamants.

CRISTALLIN. C'est un corps lenticulaire, transparent, placé entre l'humeur aqueuse et le corps vitré, à la réunion des deux tiers postérieurs de l'œil avec son tiers antérieur. Il ne faut pas comprendre sous le nom de *cristallin* la lentille cristalline et la capsule qui l'environne.

CRISTALLISATION. On désigne sous ce nom, en chimie, l'action par laquelle des parties solides, très divisées et tenues dans un état de fluidité par la fusion et la dissolution, se rapprochent par le refroidissement ou l'évaporation, et reviennent à l'état solide en prenant une forme géométrique plus ou moins régulière.

CRISTALLOGRAPHIE. Description des formes qu'affectent les minéraux; elle comprend toutes les formes des cristaux qui peuvent se déduire les unes des autres et coexister dans la même espèce minérale. La cristallographie se divise en six principaux systèmes: 1° le système du cube ou de l'octaèdre régulier; 2° celui du prisme droit à base carrée, ou de l'octaèdre à base carrée; 3° celui du prisme droit à base rectangle, ou de l'octaèdre rhomboïdal; 4° celui du prisme droit à base obliquangle, ou prisme oblique à base de rectangle; 5° le système rhomboïde; 6° celui du prisme quadrangulaire irrégulier ou de l'octaèdre irrégulier.

CROCODILE. Grand amphibie qui tient le premier rang dans la nombreuse famille des lézards. On trouve des crocodiles dans les deux continents; mais ceux de l'Amérique sont les plus grands et les plus nombreux. Le crocodile n'est vorace que par le besoin; lorsqu'il est rassasié, c'est un animal inoffensif et qui ne fuit pas l'homme; il est même susceptible d'une certaine instruction: on sait, en effet, que les prêtres égyptiens le dressaient pour le rôle qu'ils lui faisaient jouer dans leurs grandes solennités religieuses. La rencontre d'un *alligator* (crocodile américain) n'est nullement dangereuse pour l'homme; cet animal habite où le poisson abonde, et les lagunes peu profondes lui conviennent encore mieux que les fleuves; le crocodile du Nil cache ses œufs sous terre, comme celui de l'Amérique; la longueur de ces animaux varie de 12 à 16 pieds.

CROISADES. Ligue de catholiques. Pierre l'Ermite fut un des premiers instigateurs des croisades; cet homme, que la nature avait doué d'une imagination vive et forte, avait été témoin des vexations que le Mahométisme faisait endurer aux chrétiens qui voyageaient dans la Palestine. Sur la peinture qu'il en fit au pape Urbain II, ce pontife le crut propre, par son enthousiasme, à embraser l'Europe du fanatisme religieux, tandis que de son côté il lui présenterait aux yeux des peuples le ciel ouvert en faveur des guerriers qui voleraient en Asie sous l'étendard des pontifes romains. Urbain, méconnu dans une partie de l'Europe, voyait cette vaste entreprise non-seulement avec les yeux de ses prédécesseurs, mais comme un moyen d'écraser Clément son rival, qui lui permettait rarement d'approcher de Rome. A cette époque du moyen-âge, l'Italie était partagée en deux factions ennemies, connues sous le nom de *Guelphes* et de *Gibelins*; les premiers, attachés aux papes ou plutôt à la liberté italique, se servaient des armes de la religion pour secouer le joug des monarques allemands; ils ne voulaient point d'empereur qui résidât dans Rome, et le prétexte qu'on s'efforçait de rendre sacré, était que cette ville, le centre de la religion, ne devait pas être effrayée par le bruit des armes, ni détournée par le faste mondain de la cour impériale, des pieux exercices d'un culte dont l'église romaine devait servir de modèle; les Gibelins au contraire, craignant que les papes n'abusassent tôt ou tard des grandes prérogatives acquises tous les jours pour opprimer l'Italie, et non moins amoutèux de leur liberté que les Guelphes, voyaient dans l'autorité impériale confiée à des princes étrangers, n'ayant en Italie qu'une influence bornée, un contrepoids politique, dont l'action balançant le pouvoir pontifical, maintenait un équilibre salutaire, gage précieux de la liberté italique : cet équilibre était si bien le but des Guelphes et des Gibelins, que souvent les Gibelins devenaient Guelphes lorsque l'autorité impériale paraissait trop redoutable en Italie, et que les Guelphes, à leur tour, devenaient Gibelins lorsque l'Italie était sur le point d'être opprimée par la puissance pontificale. Les Gibelins, qui dominaient dans Rome à l'époque de la mort de Grégoire VIII, reconnaissaient pour pape Clément III, placé dans la chaire papale par l'empereur Henri ; mais par cette raison, les Guelphes, qui voulaient un autre pontife, avaient élu Victor III et Urbain II.—Déjà les papes avaient la politique de se faire un appui des rois de France contre les prétentions des monarques germaniques. Urbain était donc venu en France en 1095 ; et dans le concile de Clermont, où se trouvaient deux cents évêques, il prêcha la croisade. A sa voix les grands et le peuple, animés de la même ardeur, prennent la croix ; plus de huit cent mille combattants quittent successivement la France, et, à travers des périls multipliés, vont fonder en Asie des états que la désunion entre les successeurs des conquérants fit écrouler rapidement. La nation espagnole fut la seule de l'Europe qui ne prit aucune part à ces guerres ; depuis 1096 jusqu'au milieu du treizième siècle, ce fut une série perpétuelle d'émigrants, hommes, femmes, enfants, abandonnant leurs foyers pour aller mourir dans la Palestine. Cependant on ne compte que cinq croisades principales : la première est célèbre par la prise de Jérusalem et la fondation du royaume de la Palestine. La seconde, prêchée par saint Bernard, ne fut guère connue que par les désastres dont elle fut accompagnée, fruits de l'intempérance des Croisés et de leur indiscipline. La troisième croisade fut entreprise par l'empereur Frédéric, surnommé *Barberousse* ; son but était de reprendre Jérusalem, que le sultan d'Egypte Saladin venait d'enlever aux chrétiens ; son issue fut encore plus malheureuse que la précédente. La quatrième croisade eut cela de particulier, que les chrétiens, au lieu d'attaquer les Musulmans, dirigèrent leurs armes contre le premier prince de la chrétienté, et s'emparèrent de Constantinople. Enfin, le mauvais succès de la cinquième croisade dégoûta les occidentaux de ces expéditions romanesques.

CRUCIFÈRES. Ce sont des plantes ainsi nommées en raison de la disposition de leurs pétales qui sont en forme de croix. Cette famille ne contient que des plantes herbacées ; presque toutes économiques ou employées en médecine comme antiscorbutiques ; elles doivent cette propriété à l'huile volatile âcre que l'on trouve dans toutes leurs parties. Ces plantes renferment aussi beaucoup d'azote, ce qui fait qu'elles se décomposent promptement en répandant une odeur animale particulière ; l'âcreté du principe volatil des crucifères s'affaiblit par la culture.

CRUSTACÉ. Animal à écailles. En zoologie on comprend dans la classe des *crustacés* tous les animaux articulés pourvus de pieds articulés aussi, ayant une circulation double, et respirant par des branchies. Les crabes, les écrevisses, les cloportes sont des crustacés. On partage cette classe d'animaux en deux ordres : les *astacoïdes*, dont le corps, comme chez les écrevisses, les squilles, les crabes, etc., est revêtu d'étuis calcaires ; leurs yeux sont mobiles ; ils ont à la bouche des mandibules surmontées d'un palpe (corne). Les *entomostracés*, tels que les monocles, les binocles, etc., ont le corps mou et protégé le plus ordinairement par une ou deux plaques d'une substance cornée ; leurs yeux sont immobiles et grands ; ils ont des mandibules, et ne portent jamais de palpes.

CRYPTE. Souterrain. Nous désignons par le mot *catacombes* ces cavités souterraines que les anciens destinaient à la sépulture des morts. Aujourd'hui, le nom de crypte est réservé aux chapelles qui sont dans les souterrains des églises.—Le même terme s'emploie en médecine pour désigner de petits corps arrondis ou lenticulaires creux, situés dans l'épaisseur de la peau ou des membranes muqueuses, et destinés à sécréter des liquides de diverse nature qui s'échappent de leur cavité par une ouverture étroite.

CRYPTOGAMES. Ce nom est celui des végétaux dont les organes sexuels sont cachés ou difficiles à reconnaître ; et le nom *d'agames* est donné aux plantes dont les organes sexuels sont inconnus.

CUBATURE. C'est la quantité de matière que contient un corps ; c'est la solidité même d'un corps. Les problèmes qui regardent la cubature des solides appartiennent à la partie de la physique, ou plutôt à la partie de la géométrie pratique appelée *stéréométrie*.

CUBE. Le cube physique est un corps solide terminé par six faces carrées et égales : tels sont les dés à jouer. Le cube arithmétique est le produit du carré par sa racine. Pour avoir le cube de 2 il faut multiplier le carré de 2, c'est-à-dire 4 par 2, et le produit 8 donnera ce qu'on demande ; par la même raison, 1000 est le cube de 10, parce que 10 multipliant 10 donne 100 qui est le carré de 10, et 10 multipliant 100 donne 1000 qui est le cube de 10. On entend par duplication du cube, l'opération qui apprend à trouver un cube double d'un autre. Soit, par exemple, le cube a^3 ; l'on demande le cube x^3 qui soit double du cube a^3. Il faut d'abord remarquer que a^3 est connu, et que cette connaissance donne celle de sa racine cubique a et le double de cette racine qu'on appellera b. Les deux moyennes proportionnelles entre les deux quantités a et b, sont : $\sqrt[3]{aab}$ et $\sqrt[3]{abb}$; enfin il faut remarquer que aab est le cube du radical $\sqrt[3]{aab}$. —La valeur du cube demandé est aab, en supposant que b soit double de a, et que a soit la racine cubique du cube donné.—Or, les quatre quantités a, $\sqrt[3]{aab}$, $\sqrt[3]{abb}$, b, sont en progression géométrique ; donc $a : b :$: le cube de $a :$ au cube du radical $\sqrt[3]{aab}$; par conséquent $a : b :$: $a^3 :$ aab ; mais b par hypothèse est double de a ; ainsi aab sera double de a^3, et la valeur du cube demandé est aab. Pour trouver un cube double d'un autre, il faut d'abord chercher deux moyennes proportionnelles entre deux quantités connues a et b, dont la première soit précisément la moitié de la seconde. Il faut ensuite prendre le cube de la première quantité a. Il faut enfin prendre le cube de la première des deux moyennes proportionnelles entre a et b ; ce dernier cube sera double du cube de a. — La première des deux moyennes proportionnelles trouvées par le compas de proportion entre a et b, représente l'une des trois dimensions d'un cube double du cube de a.

CUIR. Nom donné à la peau des animaux, et principalement lorsqu'elle a été tannée. Cette dénomination est quelquefois appliquée à certaines parties de la peau humaine, plus denses que les autres ; c'est ainsi qu'on nomme *cuir chevelu* cette peau dont le crâne est recouvert, et d'où naissent les cheveux.

CUIVRE. Ce métal appartient à la section des métaux ductiles ; on le trouve à l'état natif, à l'état d'oxide, de sulfure, de combinaison saline et de chlorure. Le cuivre est solide, d'un rouge orangé, d'une pesanteur spécifique de 8,895 ; il est plus dur que l'or et l'argent, très sonore ; il s'oxide difficilement à la température atmosphérique, mais facilement lorsqu'on le fait rougir ; il ne décompose pas l'eau ; il colore en bleu l'ammoniaque liquide, à l'aide de l'action de l'air ; à l'état d'oxide il se combine avec les acides. Une lame de cuivre bien décapée, plongée dans une dissolution d'argent ou de mercure, se couvre d'une poudre noirâtre qui blanchit par le frottement. Cette lame pourra servir à distinguer l'argent du mercure, en l'exposant longtemps à une chaleur modérée. Si le mercure a formé la tache, elle disparaîtra; mais au contraire elle persistera si c'est l'argent qui l'a formée. La présence d'un nitrate dans un mélange salin sera décelée par le cuivre, en triturant ce mélange avec une petite quantité de tournure de cuivre, et traitant ensuite par l'acide sulfurique; bientôt apparaissent rutilantes des vapeurs d'acide nitreux, provenant de la décomposition de l'acide nitrique par le métal. Le cuivre, plus brillant que l'étain, a une odeur particulière très désagréable. Lorsqu'on le brûle, il produit une flamme de couleur verte. Ce métal est très employé dans les arts ; lorsqu'il est pur, on le nomme cuivre rouge; uni avec le zinc, on l'appelle cuivre jaune, laiton, similor, tombac; avec l'étain, il forme l'airain du bronze. — Les mines de cuivre sont très communes en Suède et en Danemarck ; pour retirer le métal de la pierre où il est renfermé, on commence par laver ces pierres, ensuite on les fait fondre, et l'on jette la matière fondue dans les moules. C'est là le cuivre commun, lequel mis une seconde fois en fusion, donne du cuivre fin; la couleur jaune lui vient de la calamine avec laquelle on le mêle ; cette terre fossile le rend encore très obéissant à la fonte. Tous les composés de cuivre, et le cuivre lui-même sont des poisons corrosifs d'une grande activité. Tout le monde connaît les funestes effets que produit sur l'économie animale l'oxide de ce métal, désigné vulgairement sous le nom de vert de gris, et auquel on oppose le plus souvent comme contre-poison l'eau albumineuse et le lait. L'expérience la plus curieuse que l'on fasse en physique avec le cuivre est la suivante : En ôtant de sur le fond d'un chaudron d'eau bouillante, on ne se brûlera pas, en touchant par dessous; mais il n'en sera pas de même si l'on applique les mains contre ses côtés. Voici l'explication de ce fait que beaucoup de nos lecteurs ne seront sans doute pas tentés de vérifier : La chaleur de tout corps a pour cause physique des particules ignées qui le pénètrent et qui sont dans le mouvement le plus violent; le fond plat du vaisseau chaud dont nous parlons reçoit, il est vrai, un très grand nombre de ces particules ; mais comme elles s'y sont pratiqué un passage en ligne droite, elles ne s'y arrêtent pas ; elles vont se rendre, par les lois mêmes de l'équilibre des fluides, dans la liqueur froide qu'il contient ; c'est donc pour cette cause que le fond de ce chaudron doit être très peu chaud. Il n'en est pas ainsi de ses côtés ; ils conservent dans leurs pores un très grand nombre de particules ignées, parce que ces particules trouvent un long chemin à faire sur le chaudron. La preuve de cette explication, c'est que si le chaudron, au lieu d'avoir un fond plat, en avait un concave en dedans et convexe en dehors, ce fond s'échaufferait, lors même que le chaudron serait rempli de liqueur, parce que les particules ignées trouvant plus de détours, il s'y en arrêterait davantage.

CULMINER. Se dit de l'arrivée d'un astre à notre méridien; le point culminant d'un astre est le point du méridien auquel il répond.

CUMIN, ou anis vert. Graine d'une plante qui est assez semblable au fenouil, qui croît en quantité dans l'île de Malte, où on la sème comme chez nous le blé ; elle vient aussi dans nos climats. Le cumin est plus gros et plus allongé que l'anis, plus gros que le carvi, non recourbé ; sa couleur est jaunâtre ou fauve; son odeur est forte et sa saveur aromatique.

CURARE. Poison avec lequel les indigènes de l'Amérique méridionale empoisonnent leurs flèches ; on en avait raison que le curare est le suc rapproché d'une espèce de liane voisine du genre strychnos. Il en a été isolé un principe actif considéré comme un alcaloïde, nommé curarine. Le sel paraît être la seule substance utile contre les blessures faites avec les flèches imprégnées de ce poison.

CYANOGÈNE, gaz permanent découvert en 1814, d'une odeur vive et pénétrante, soluble dans l'eau, inflammable et brûlant avec une flamme violette; il est un des éléments constituants du bleu de Prusse. Le cyanogène ne se trouve jamais dans la nature : il s'obtient en chauffant fortement le cyanure de mercure pur, très sec, dans des vases exactement secs aussi, en recueillant le gaz sous le mercure. Le cyanogène est formé d'un volume d'azote et de deux de carbone condensés.

CYANOMÈTRE, instrument de météorologie, par lequel on acquiert la preuve que l'air est sans couleur, et que la teinte bleue du ciel est produite par les vapeurs suspendues dans l'atmosphère.

CYANURES. Toutes les combinaisons du cyanogène avec les corps simples prennent le nom de cyanures. Ces sels sont solubles ou insolubles, et se décomposent par la chaleur. S'ils sont humides, ils fournissent divers produits azotés ; si au contraire ils sont exempts d'humidité, ils donnent presque uniquement du cyanogène; dissous dans l'eau, on les considère comme des soluté de cyanures, précipitant son bleuâtre les sels de fer, et le dépôt prend une couleur plus foncée par l'action de l'air.

CYCLE, période d'un certain nombre d'années (Voyez CALENDRIER, CHRONOLOGIE).—D'après un système cyclaire inventé en Allemagne, on annonçait que la température de 1833 serait chaude et sèche et conséquemment riche en récolte, du moins sous le rapport de la qualité, ce qui s'est déjà vérifié. Il ne devait pas en être de même des années 1834, 1835, 1836, attendu que leur température devait être très variable ; on n'y fera, disait-on, que des récoltes incertaines pour la quantité comme pour la qualité; mais en 1837, 1838 et 1839 nous avons dû retrouver la température des années 1817, 1818, et 1819, et les résultats ont dû en être heureux. Enfin, nous aurons des années stériles depuis 1839 jusqu'à 1848. Chacun pourra vérifier si ces prévisions ont été ou seront exactes.

CYCLOÏDE, courbe en volute. Il faut s'imaginer un cercle qui roule sur une ligne droite, par exemple, sur une ligne horizontale. Lorsque tous les points de sa circonférence se seront exactement appliqués sur cette ligne, il aura décrit une courbe à laquelle on a donné le nom de cycloïde. Ainsi, le clou de l'une des roues d'une charrette décrit dans l'air une cycloïde, parce qu'il est animé de deux mouvements simultanés, l'un en avant en ligne droite, l'autre circulaire autour de l'essieu de la roue. La cycloïde est quadruple de son axe, et les oscillations d'un pendule dans une cycloïde sont isochrones ou d'égale durée.

CYGNE. Le plus beau des oiseaux aquatiques, nageant avec une grâce et une noblesse singulière; son plumage, cendré la première année, devient ensuite d'une blancheur éclatante. Les anciens ont fait beaucoup de récits fabuleux sur la mélodie du cygne mourant. Ils ont pris, dit-on, modèle sur la forme du cygne pour la fabrique de leurs vaisseaux, dont le col et la poitrine sont représentés par la proue et la quille. Cet oiseau était autrefois plus à la mode qu'aujourd'hui ; on en élevait beaucoup dans l'île des Cygnes. Il vit très long-temps; sa chair est de difficile digestion ; sa graisse, mêlée au vin, dissipe, dit-on, les taches de rousseur.

CYGNE. Constellation boréale formée de cinq étoiles principales se présentant comme une grande croix sur la voie lactée. La plus septentrionale qui fixe la queue du Cygne est secondaire ou primaire; la plus méridionale est de troisième grandeur : elle marque le bec du Cygne. On reconnaît dans ce Cygne celui dont Jupiter prit la forme pour triompher des rigueurs de Léda.

CYLINDRE. Corps solide, composé de plusieurs plans circulaires égaux et parallèles entre eux. Un bâton parfaitement rond est un vrai cylindre. On trouve la surface d'un cylindre en multipliant sa hauteur par la circonférence du cercle qui lui sert de base; et si l'on multiplie cette même hauteur par l'aire de ce même cercle, on aura sa solidité (*Voyez* GÉOMÉTRIE).

CYMOPHANE, pierre précieuse; substance minérale d'un jaune-verdâtre et d'un éclat vitreux dans sa cassure. La cymophane, qui est la *chrysolite orientale* des lapidaires, plus dure que la topaze, présente souvent des reflets d'un blanc laiteux mêlé de bleuâtre, et possède la double réfraction à un haut dégré. On ne la trouve qu'à l'état de cristaux, toujours transparente, ou au moins translucide. Elle est infusible au chalumeau.

CYNOCÉPHALE, singe sans queue, que nous nommons *magot*. Buffon prétend que ces singes, quand on parvient à les apprivoiser, font des choses incroyables, imitant l'homme en tout. Ils apprennent à danser, à gesticuler en cadence, et se laissent tranquillement vêtir et coiffer. Chez les Égyptiens le cynocéphale était le symbole des deux équinoxes, parce qu'il marque, dit Horapollon, l'égalité des jours et des nuits en urinant, dans le temps des équinoxes, douze fois dans le jour, et douze fois dans la nuit, à chaque heure exactement. C'est pour cette raison que les Égyptiens le représentaient assis sur leurs clepsydres (horloges d'eau), lâchant de l'eau, comme pour montrer qu'il réglait le temps et marquait les heures. Le cynocéphale a encore cela de particulier que pendant les équinoxes il fait entendre sa voix à chaque heure, en aboyant douze fois par jour. Suivant Élien, les cynocéphales se trouvent dans la partie de l'Inde où naissent les scarabées d'une beauté rare et particulière. « Ces animaux, ajoute-t-il, que la forme de leur tête, qui est celle d'un chien, a fait nommer ainsi, ressemblent, quant au reste, entièrement à l'espèce humaine. Ils marchent vêtus de peaux de bêtes sauvages : ils sont justes, ne nuisent à aucun homme; le hurlement est tout leur langage; ils entendent cependant la langue indienne. Leur nourriture est la chair des bêtes de la peau desquelles ils sont vêtus. Ils les prennent fort aisément, parce qu'ils sont doués d'une très grande agilité, et font cuire leur chair au soleil, après l'avoir mise en morceaux. Les cynocéphales nourrissent des chèvres et des brebis dont ils boivent le lait. Sous le règne de Ptolémée, les Égyptiens apprenaient à ce singe *magot* les lettres, ainsi qu'à jouer de la flûte, de la lyre, et à danser. Un cynocéphale, ainsi instruit, quêtait au nom de son maître, comme le quêteur le plus habile, et mettait ce qu'on lui donnait dans une bourse qu'il portait, ou à son cou, ou à la peau dont il était revêtu, ou à son bras, ou dans sa main. » — Le cynocéphale a le museau comme un dogue, et les dents canines grosses et longues. Il se trouve communément dans l'Asie mineure et dans quelques autres provinces de l'Orient : on en rencontre aussi un grand nombre dans la Tartarie, ce qui fait qu'on l'appelle parfois *tartarin*.

CYSTOIDE. Sous cette dénomination sont compris tous les entozoaires dont le corps est composé d'une vessie surmontée d'un ou de plusieurs appendices, pourvus à leur tête de fossettes ou suçoirs, de trompes ou de crochets, n'offrant d'ailleurs aucune trace de canal digestif ni d'organes génitaux. Les cystoïdes forment le cinquième et dernier ordre de la classification des vers intestinaux, et se composent des genres *anthocéphale*, *cysticerque*, *cœnure* et *échinocoque*.

D

DAMIER, oiseau maritime de la grosseur d'un pigeon et qui fréquente les zônes tempérées et froides de l'Océan austral. Les damiers s'approchent familièrement des vaisseaux, les suivent et se repaissent des différentes choses qu'on jette à la mer. L'*albatros* est le plus gros de tous les oiseaux de mer; sa corpulence massive lui a fait donner par les navigateurs le nom de mouton du cap de Bonne-Espérance; ses ailes ont dix pieds d'envergure; il n'habite que les mers australes. Comme la plupart des autres oiseaux de ces parages, il vole en effleurant la surface des eaux; sa chair est assez bonne à manger. Pendant les belles journées on s'amuse à *pêcher* ces oiseaux; que l'expression ne surprenne pas, elle est d'une rigoureuse vérité. En jetant à la mer des lignes amorcées de lard, les damiers et les albatros s'abattent à l'envi, se disputant la proie; mais en mordant l'amorce, ils se prennent par le bec ou le gosier à l'hameçon, et on les tire ainsi accrochés dans le navire.

DAMIER, tablier distingué par des carrés noirs et blancs pour jouer aux *dames*. Ce jeu fut inventé par des Polonais, dans le milieu du siècle dernier.

DANSE. C'est l'art de faire des pas réglés et de mouvoir le corps d'un air agréable, au son des instruments. La danse a toujours été en usage chez toutes les nations, et comme cet usage est innocent en soi, il avait aussi lieu dans les cérémonies sacrées du peuple d'Israël. La danse répand sur tous les mouvements du corps un certain agrément qui ne se perd jamais; elle donne un air libre et dégagé qui paraît dans la démarche; elle donne surtout une contenance modeste, qui sied très bien aux jeunes gens.

DASIMÈTRE. Instrument dont on se sert pour mesurer la densité de chaque couche de l'atmosphère.

DATTE, fruit du palmier, ou mieux du *dattier* commun; l'Afrique nous fournit les meilleures dattes qui nous arrivent par Tunis. Elles sont aussi grosses et un peu moins longues que le pouce, de forme elliptique; leur épiderme, mince, d'un rouge jaunâtre, recouvre une chair solide, d'un goût vineux et sucré, dans laquelle on trouve une semence osseuse, oblongue, profondément sillonnée d'un côté et convexe de l'autre. On les conserve dans des bocaux recouverts d'un simple papier. On estime peu les dattes de Fez, qui sont blanchâtres, sèches, petites et peu sucrées. Celles de Provence sont très belles, mais elles ne se conservent pas. Les dattes contiennent une grande quantité de sucre, de fécule et de mucilage qui leur donnent leurs propriétés nutritives et adoucissantes.

DAUCUS, panais sauvage. Cette plante fournit une grande quantité de graines d'un vert pâle, velues, blanchâtres et approchant de celles du cumin. Leur odeur et leur goût sont agréables et aromatiques, surtout quand on les tient quelque temps dans la bouche. Le daucus est commun au Levant; on en apporte aussi d'Allemagne et des montagnes qui dépendent des Alpes; mais il n'a pas les bonnes qualités de celui de Crète et de Candie.

DAUPHIN, cétacé. Le vrai dauphin, noir en dessus, blanc en dessous, est plus grand que le marsouin, mais plus petit que l'épaulard. Sa longueur est de 9 à 10 pieds; son diamètre de 2 pieds. Son museau, long et aigu, est ceint en dessus par une bande transverse et large; ses dents sont en alène; l'ouverture de sa bouche est très grande. Le squelette du dauphin ressemble beaucoup à celui de l'homme; il s'en rapproche par le nombre des vertèbres et des côtes, par les os des nageoires latérales qui offrent l'*humérus*, le *cubitus*, le *radius*; par les omoplates, les clavicules et le sternum. C'est le plus social et le plus léger des cétacés; il s'élance avec rapidité, va souvent par troupes, et fait à certaines époques des émigrations. Il peut vivre assez longtemps hors de l'eau, même des journées entières, et il ne paraît pas pouvoir vivre une heure dans l'eau sans respirer. La portée ordinaire des femelles est d'un petit, rarement deux ; selon les uns , la gestation est de 10 mois et de six selon d'autres ; la mère porte son petit en l'allaitant. Les dauphins dorment le museau hors de l'eau et se nourrissent de poissons. On dit qu'ils vivent 30 ans. Le dauphin épaulard se trouve dans l'océan européen, dans les mers atlantiques, vers le pôle antarctique, dans le détroit de Davis. C'est le plus grand de ce genre, ayant de 24 à 25 pieds de longueur et de 12 à 13 de diamètre. Il est noir en dessus ; perpétuellement en guerre avec les phoques, il les chasse avec sa nageoire dorsale. Il les attaque en troupe, de même que les baleines , les tue, et en fait sa proie ; il dévore aussi les turbots. L'épaulard est agile, féroce, et assez fort pour mettre les baleines en fuite.

DAUPHIN, constellation boréale, à l'orient de l'Aigle. Elle se compose de cinq étoiles principales, dont quatre de troisième et une de quatrième grandeur, qui forment un petit losange. On raconte que Neptune recherchant en mariage Amphitrite, celle-ci, qui voulait garder sa virginité, se réfugia près d'Atlas, où elle se cacha avec les autres Néréides. Neptune envoya plusieurs émissaires pour l'y chercher, et entre autres certain dauphin, beau discoureur, à ce que disent les mythologistes, et qui, après avoir parcouru plusieurs îles et erré longtemps autour d'Atlas, finit par découvrir Amphitrite , et la détermina à épouser Neptune. Celui-ci, pour reconnaître un tel service , plaça son dauphin dans les cieux.

DAUPHIN, ancien nom donné aux fils aînés des rois de France. En 1349, sous le règne de Philippe-de-Valois, Humbert, dernier dauphin du Viennois, donna le Dauphiné au roi, à condition que les fils aînés de France s'appelleraient *Dauphins*, et qu'ils porteraient les armes de cette province écartelées avec celles de France.

DÉCAFIDE. En botanique, on emploie ce terme pour désigner toute partie qui est d'une seule pièce , mais à 10 divisions, plus ou moins profondes.

DÉCANTATION. Opération par laquelle, après avoir laissé déposer une liqueur, on la verse doucement, en inclinant peu à peu le vase, afin de séparer la partie claire qui surnage, de celle qui s'est précipitée. Mais , par l'inclinaison du vase, le dépôt, s'il a peu de densité, peut également s'écouler ; alors on fait écouler la liqueur par des trous percés à différentes hauteurs , dans les parois du vase ; on l'enlève au moyen d'un siphon. Le résultat de cette opération est analogue à celui de la filtration.

DÉCLINAISON. C'est la distance d'un astre à l'équateur, soit vers le nord, soit vers le sud. Observant une étoile qui passe dans le méridien à 15° de hauteur, et connaissant celle de l'équateur de 41°, on conclura que l'étoile a 10° de déclinaison. On entend par *déclinaison de l'aiguille aimantée*, la quantité dont une aiguille aimantée dévie du pôle.

DÉCORATION, marque de dignité, d'honneur. Les principales décorations militaires instituées en France, l'ont été aux époques et sous les dénominations suivantes : *ceinture militaire*, par Saint Louis, en 1242, après la bataille de Taillebourg. La Charente séparait l'armée française de l'armée anglaise ; Louis joignait aux qualités d'un grand roi celles d'un héros. Il veut passer la rivière sur le pont de Taillebourg , défendu par un fort dont les Anglais étaient maîtres. Après un combat sanglant et inutile, il s'élance lui-même sur le pont, le sabre à la main ; il se trouve exposé à tous les traits de l'ennemi ; il les met en déroute, et le lendemain, il remporte une seconde victoire aux portes de Saintes. Le roi d'Angleterre prend la fuite, le comte de la Marche, révolté, n'a plus d'espoir que dans la clémence du vainqueur ; il va se jeter à ses pieds, se reconnaît indigne de toute grâce, et obtient son pardon. — *L'ordre de l'Étoile* en 1343. Le roi Jean imagina de créer un ordre de chevalerie, comme Edouard III avait institué

celui de la Jarretière. Mais il ignorait qu'on avilit les distinctions en les prodiguant. Le prudent Edouard avait fixé le nombre de ses chevaliers à vingt-quatre ; Jean, au contraire, en reçut 500 dans son ordre de l'Étoile. Le nombre en fut bientôt augmenté, et ce nouvel ordre parut dès sa naissance si peu digne d'ambition, que Charles V, successeur de Jean, l'abandonna aux chevaliers du Guet. — *L'ordre de Saint Michel*, institué en 1465 par Louis XI, après la bataille de Montlhéri, livrée entre les Français commandés par le roi, et les Bourguignons sous les ordres du comte de Charollois. L'ordre de l'*anneau d'or* fut institué par François Ier, en 1536, lors de l'invasion, sans succès , de la France, par les armées de Charles-Quint. — *L'ordre du Saint Esprit* fut institué par Henri III en 1579. Celui de Saint Michel avait été tellement prodigué et était tombé dans un tel avilissement qu'on l'appelait le *collier d toutes bêtes.* Les catholiques seuls pouvaient être admis dans le nouvel ordre : c'était un appât pour attirer les protestants. Mais le roi , méprisé et détesté des protestants qui le regardaient comme un des auteurs de la Saint - Barthélemy, n'employait pas le vrai moyen de ramener les esprits et de rétablir son autorité. — *L'ordre des chevaliers de la maison royale*, en 1603, et celui de *Notre-Dame du Mont-Carmel* en 1608, créés sous le règne de Henri IV. — *L'ordre de Saint Louis* fut institué en 1693 , par Louis XIV, après la bataille de Nerwinde, gagnée par le maréchal de Luxembourg, sur le roi Guillaume. Vingt mille hommes y furent tués, parmi lesquels huit mille Français. — *L'ordre du mérite militaire.* Peu de temps après la bataille de Minden, Louis XV institua cet ordre. — *Les armes d'honneur.* En 1799, après la rupture du congrès de Rastadt , le directoire rendit un décret portant que des *armes d'honneur* seraient données à ceux qui s'en seraient rendus dignes. Le 19 juin de l'année 1790, l'assemblée nationale avait aboli tous les ordres de noblesse en France. — *L'ordre de la légion d'honneur.* Ce nouvel ordre de chevalerie fut créé en 1802 par Bonaparte, consul à vie. — *L'ordre de la couronne de fer* fut institué en 1805 par Napoléon, empereur, qui établit en 1809 ceux des *trois Toisons d'or* et de la *Réunion*. — L'ordre de la légion d'honneur est non-seulement destiné à récompenser les militaires, mais encore ceux des citoyens qui ont rendu d'éminents services. Cet ordre, celui de Saint-Louis et la *Croix de juillet*, existent seuls aujourd'hui.

DÉCOMPOSITION. Un corps se détruit, lorsque les éléments qui le constituaient se séparent. Un grand nombre de corps organiques s'altèrent et tombent en putréfaction dès qu'ils sont privés de vie ; c'est alors une *décomposition spontanée* qui les détruit. La décomposition diffère de l'*analyse* en ce que celle-ci tend à isoler ces substances, ces principes, au lieu de se borner seulement à en détruire l'association. Il existe un grand nombre de décompositions, qui diffèrent par les moyens et par les résultats.

DÉCONFITURE. État d'un débiteur *non commerçant*, dont les biens sont insuffisants pour payer les dettes, en sorte que les créanciers qui n'ont ni privilége ni hypothèque sont réduits à perdre une partie de leurs créances , et à partager entre eux le prix des biens par contribution, au marc le franc. La déconfiture diffère essentiellement de la faillite (Voyez ce mot).

DÉCRÉPITATION. Certains sels qui contiennent peu d'eau de cristallisation , étant jetés sur des charbons ardents, font entendre ce pétillement qu'on appelle *décrépitation*. On attribue ce pétillement à la vaporisation de l'eau qui quelquefois est seulement interposée, et à la séparation des molécules salines ; le sel marin présente ce phénomène au plus haut degré.

DÉDALE , c'est-à-dire labyrinthe, lieu coupé de détours ; ce mot est emprunté au fameux labyrinthe de Crète, construit par Dédale qui lui donna son nom.

DÉGLUTITION, action d'avaler. Par une série d'actions organiques, les substances alimentaires sont portées de la bouche dans l'estomac, en traversant le pharynx et l'œsophage ; les aliments, pressés entre la base de la langue, la voûte et le voile du palais, franchissent l'isthme du gosier ; le voile du palais s'abaisse par l'action des muscles *glosso* et *pharyngo-staphylins* et pousse les aliments dans le pharynx ; celui-ci, élevé par l'action des *stylo-pharyngiens* et des muscles de la région hyoïdienne supérieure, les saisit et les entraîne dans son mouvement d'abaissement déterminé par le relâchement des muscles ; en même temps, le larynx s'élève et va au devant du bol alimentaire pour accélérer son passage par l'ouverture de la glotte qui est exactement fermée, et sur laquelle s'abaisse l'épiglotte pressée par la base de la langue ; enfin, les constricteurs, agissant successivement de haut en bas, achèvent de pousser le bol vers l'œsophage ; les fibres circulaires de ce dernier conduit, se contractant de même de proche en proche, le font descendre jusque dans l'estomac.

DEGRÉS. Un degré est la 360me partie de la circonférence d'un cercle : chaque degré se divise en 60 minutes, et chaque minute en 60 secondes. C'est par la connaissance de sa longitude et de sa latitude que peut être déterminée la position d'un lieu sur le globe terrestre. La longitude est la distance d'un méridien d'un lieu au premier méridien ; elle se mesure sur l'équateur ou sur ses parallèles, qu'on divise en 360 degrés en allant de l'occident à l'orient. Le premier méridien est placé à l'île de Fer, la plus occidentale des Canaries, et c'est de là que se comptent les degrés de longitude. Les astronomes français les comptent ordinairement du méridien de Paris, qui est à 20 degrés de celui de l'île de Fer ; mais ils distinguent la longitude en orientale et en occidentale, de 180 degrés chacune. Les Hollandais prennent leur premier méridien au pic de Ténériffe, l'une des Canaries ; d'autres peuples le placent ailleurs. La latitude est la distance d'un lieu à l'équateur ; elle se mesure sur le méridien, et elle est toujours égale à l'élévation du pôle au-dessus de l'horizon du lieu dont il s'agit. On compte 90 degrés de latitude de chaque côté de l'équateur ; c'est pourquoi on distingue la latitude en septentrionale et en méridionale, selon qu'un lieu est au nord ou au sud de l'équateur. Par exemple, on demande la position de Paris par le moyen de sa longitude et de sa latitude ; cette ville est au 20me degré de longitude, et au 48me degré 50 minutes de latitude. En décrivant un arc de cercle qui traverse l'équateur au 20me degré, et un autre arc qui coupe le méridien au 48me degré 50 minutes, le point de rencontre des deux lignes sera précisément le lieu où Paris est situé.—Si tous les degrés de latitude sont égaux, il n'en est pas de même des degrés de longitude qui vont toujours en diminuant de l'équateur aux pôles par le rapprochement des méridiens.—Les habitants de la terre qui ont une longitude et une latitude diamétralement opposées sont nommés *Antipodes*, mot qui veut dire *contre-pieds*, parce que effectivement leurs pieds sont opposés aux nôtres : cela vient de ce que la terre étant ronde, et tous les corps tendant toujours vers son centre, nos Antipodes sont aussi droits sur la terre que nous le sommes ; mais ils ont les saisons, les jours et les heures tout opposés aux nôtres.—Enfin la longitude et la latitude servent à mesurer les distances et par conséquent la grandeur du globe terrestre. Pour cet effet on compte pour un degré de longitude pris sur l'équateur et pour un degré de latitude 25 lieues communes, ou 20 lieues marines : et multipliant 25 par 360, on a 9,000 lieues pour la circonférence de la terre.

DÉISME. Le système des Déistes consiste dans l'exclusion de tout culte extérieur ; ils croient seulement à l'Être suprême et ne reconnaissent que la loi naturelle.

DÉLÉGATION. Acte par lequel le débiteur, pour s'acquitter envers son créancier, lui donne une *tierce* personne qui s'oblige envers lui.

DÉMAGOGIE. Faction populaire, alors que un ou plusieurs individus, sans mission légale, mènent le peuple à leur gré, en exerçant réellement le pouvoir qu'ils semblent laisser dans les mains de la multitude.

DÉMOCRATIE. C'est un état où la majorité de la nation exerce le souverain pouvoir, soit immédiatement, soit par des mandataires ou représentants ; comme dans quelques cantons de la Suisse.

DÉMONSTRATION. Une preuve évidente prend le nom de *démonstration* ; c'est une figure de rhétorique propre à orner et à embellir le discours ; la démonstration expose un fait particulier, donne le récit d'un événement, fait la peinture d'une tempête, d'une bataille, d'un siège, etc. Comme preuve, on donne peut-être trop facilement et trop fréquemment à celles qu'on a coutume d'apporter, le nom de *démonstration*.

DENSITÉ. On entend par *densité* ou par *gravité spécifique* d'un corps la quantité de matière propre qu'il renferme sous un tel volume. Ainsi le corps A, *par exemple*, sera plus dense que le corps B, si sous un égal volume il contient plus de matière propre, c'est-à-dire, s'il a plus de masse ou plus de poids que le corps B ; de même le corps C sera moins dense ou plus rare que le corps D, si, son volume étant plus grand, il n'a qu'un poids égal à celui du corps D. Ainsi le fer est plus dense que le liège, parce qu'un quintal de fer est renfermé sous un très petit volume, tandis qu'un quintal de liège occupe un très grand espace. On peut réduire à trois les principales règles sur la densité : Lorsque deux corps sont égaux en densité et inégaux en volume, ils auront leur masse, leur matière propre ou leur poids en raison directe de leur volume. En effet le corps A a-t-il un volume double de celui du corps B, auquel il est égal en densité ou en gravité spécifique ? le poids du corps A sera double de celui du corps B. Si deux corps inégaux en densité sont égaux en volume, ils auront leurs poids comme leur densité ; c'est-à-dire si la densité du premier est double de celle du second, le poids du premier sera double de celui du second.— Si deux corps sont inégaux en densité et en volume, ils auront leur poids en raison composée des densités et des volumes, c'est-à-dire on ne connaîtra leur poids respectif qu'en multipliant leur densité par leur volume. Si le volume du corps A est désigné par le chiffre 4 et sa densité par le même chiffre 4, et que le volume du corps B soit désigné par le chiffre 2 et sa densité par le même chiffre 2, le poids du corps A sera autant inférieur au poids du corps B, que le 4 multipliant 4, soit 16, est inférieur à 2 multipliant 2, c'est-à-dire 4 ; mais 16 est quadruple de 4 : donc dans le cas présent le poids du corps A sera quadruple du poids du corps B : ainsi lorsque deux corps diffèrent en densité et en volume, ils ont leur poids en raison composée des densités et des volumes.—*Démonstration* : nous nommons D la densité du corps A, V son volume, M sa masse, P son poids ; nommons encore *d* la densité du corps B, *u* son volume, *m* sa masse, et *p* son poids. Nous aurons la proportion suivante : $M : m :: DV : du$; c'est-à-dire le corps A et le corps B, qu'on suppose différer en volume et en densité, ont leurs masses en raison composée des densités et des volumes. C'est là la troisième règle de laquelle nous tirerons les deux premières en forme de corollaires.

Première opération.   *Seconde opération.*

$$D = \frac{M}{V} \qquad\qquad d = \frac{m}{u}$$

Donc   Donc
$$DV = M \qquad\qquad d\,u = m$$

Ainsi $M : m :: DV : du.$

Le mécanisme de ces opérations se présente de lui-même à quiconque connaît l'arithmétique algébrique appliquée à l'analyse, et prend garde que la densité d'un

16

corps est toujours égale à sa masse divisée par son volume. M : m :: D V : d u ; donc M d u = m D V ; en supposant V = u , on aura M d = m D ; en décomposant cette équation, on trouvera M : m :: D : d ; c'est-à-dire, lorsque deux corps inégaux en densité sont égaux en volumes, ils ont leurs masses comme leurs densités. M : m :: D V : d u ; donc M d u = m D V ; en supposant D = d , on aura M u = m V , ce qui donne M : m :: V : u ; c'est-à-dire, lorsque deux corps inégaux en volume sont égaux en densité, ils ont leurs masses comme leurs volumes. Tout ce que nous avons dit des masses doit se dire des poids, parce que les poids des corps sont comme leurs masses ; donc P : p :: D V : d u ; en supposant V = u , on aura P : p :: D : d ; enfin supposant D = d , on aura P : p :: V : u.

DENT. Ce sont de petits os durs, solides et blancs ; l'homme adulte a 32 dents (mais ce nombre varie quelquefois) : 8 incisives, 4 canines et 20 molaires. Les dents incisives sont les antérieures ; elles servent à couper, trancher, inciser les aliments. Les dents canines sont placées immédiatement après les incisives, deux en haut et deux en bas ; elles servent à casser ce qui résiste trop à la mastication ; enfin les dents molaires sont celles qui sont les plus enfoncées dans la bouche ; il y en a dix de chaque côté, 5 en haut et 5 en bas ; ce sont, ainsi que leur nom l'indique, comme autant de meules qui broyent les aliments.—Il arrive très souvent que dans le cours de la conversation des personnes font allusion à la fameuse *dent d'or*, et que d'autres qui ne comprennent pas mieux l'allusion que celles qui la font sourient par complaisance ; nous croyons donc devoir en rappeler l'historique : en 1593, le bruit courut qu'un enfant de Silésie, âgé de sept ans, ayant perdu ses dents de lait, il lui en était venu une d'or à la place d'une de ses grosses dents. Horstius, professeur de l'université de Helmstadt, écrivit l'histoire de cette dent : selon lui elle était en partie naturelle, en partie miraculeuse ; enfin Dieu l'avait envoyée à cet enfant pour consoler les chrétiens affligés par les Turcs. Peu de temps après parut une autre histoire sur cette dent ; deux ou trois ans plus tard, un autre savant réfuta l'opinion émise par Rullaudus, qui admettait cet événement miraculeux ; aussitôt ce dernier publia une longue et véhémente réplique. Enfin un autre docteur résuma tout ce qui avait été écrit sur cet important sujet, et ajouta son avis particulier. Ces discussions excitèrent alors un grand intérêt dans le monde savant ; de hautes questions de philosophie se soulevaient, lorsqu'enfin un orfèvre, s'avisant d'examiner cette fameuse dent d'or, trouva sous une feuille d'or appliquée avec beaucoup d'art une dent ordinaire.

DÉPÔT. Action de donner en garde, acte par lequel on reçoit la chose d'autrui, à la charge de la garder et de la restituer en nature. Il y a deux sortes de dépôt : le dépôt proprement dit qui est un contrat gratuit et qui ne peut avoir pour objet que des choses mobilières ; le *séquestre*, qui n'est pas toujours gratuit, et qui non-seulement peut avoir pour objet des effets mobiliers, mais même des immeubles.

DERVICHE. Espèce de moines mendiants chez les Turcs, qui pour la plupart seraient des brigands très dangereux s'ils n'étaient sous la juridiction d'un chef qui a sur eux une autorité illimitée, et qui les traite d'une manière fort dure, ce qui est souvent nécessaire. Ceux qui ont une bonne conduite ont la permission de se livrer à des exercices de piété dans des lieux solitaires, où ils vivent, comme les autres, des aumônes qu'ils reçoivent des voyageurs et des villages voisins de leur habitation. La plupart de ces hommes ont l'adresse, ainsi que les anachorètes, de se faire passer pour saints ; quelques-uns restent des années entières dans des postures gênantes, sans faire aucun mouvement, et cela seul suffit pour leur donner une réputation de sainteté dans tout le canton ; d'autres possèdent des secrets utiles aux familles,

et particulièrement aux femmes stériles, qui, par le moyen de leurs prières ou autrement, deviennent souvent fécondes sans miracle. Ils parcourent les villes et les campagnes, vêtus d'une manière particulière, portant une calebasse suspendue par une chaîne de fer au bras gauche, dans laquelle ils placent les provisions qu'ils reçoivent. Les Derviches sont adroits et bons charlatans.

DESCENDANTS. Les signes de la Balance, du Scorpion, du Sagittaire, du Capricorne, du Verseau et des Poissons, sont appelés *descendants* par ceux qui se trouvent dans la sphère oblique boréale, parce que ces six signes sont moins élevés sur leur horizon que le Bélier, le Taureau, les Gémeaux, le Cancer, le Lion et la Vierge. Par la même raison ces six derniers signes sont *descendants* par rapport à ceux qui habitent la partie méridionale de la sphère. Nous commençons, comme on le croit vulgairement et comme il est indiqué dans les almanachs, le zodiaque au Bélier ; mais nous ferons observer que de nos jours cette dernière constellation ne se trouve plus en rapport avec les Poissons ; le Bélier est avancé d'un degré à l'orient ; il y a 2149 ans que le Bélier et les Poissons étaient en rapport, c'est-à-dire 315 ans avant notre ère ; ainsi il ne faut pas oublier que, dans le tableau de la connaissance des temps du bureau des longitudes, le nœud est marqué aux Poissons et non pas au Bélier.

DÉSISTEMENT. Action de renoncer à quelque chose. On se désiste d'un procès, on se désiste d'une plainte, on se désiste d'une entreprise qu'on avait projetée ou même déjà commencée, on se désiste d'un marché, d'un bail, etc. Le désistement, lorsqu'il est accepté, emporte de plein droit consentement que les choses soient remises de part et d'autre au même état qu'elles étaient avant la demande. Les frais sont toujours à la charge de la partie qui s'est désistée.

DESPOTISME. Il y a despotisme quand un individu exerce un pouvoir absolu qui n'a point d'origine légale et qui par conséquent ne reconnaît point de bornes. Il ne faut pas confondre le despotisme avec la monarchie pure et absolue ; le monarque tient son pouvoir de la nation par consentement exprès ou tacite, et l'exercice en est réglé par les lois fondamentales de l'état. Le despote au contraire prétend tenir son pouvoir de son épée ; il ne suit d'autre loi que sa volonté, et dispose à son gré de la vie et des biens de ses sujets.

DESSICCATION. Évaporation de l'humidité superflue qui se trouve dans un corps. Cette opération a pour but d'enlever aux substances végétales leur eau de végétation, et aux substances animales celle qui sert de véhicule aux humeurs et aux sécrétions. On y parvient, soit en renouvelant sans cesse le volume d'air qui les entoure, soit en élevant beaucoup la température d'une certaine quantité d'air. Par la dessiccation, les substances organiques sont préservées de toute altération subséquente, et les viandes fumées, les conserves de fruits, les fruits séchés au four, sont des exemples de cet effet ; cependant ces diverses substances sont plus ou moins altérées par une forte chaleur.

DESSIN. On peut le nommer le père des arts : il est le miroir de la nature dont il nous représente les beautés, les sites, les richesses, les variétés, en donnant à tous les objets dont il se saisit une espèce de vie ; il nous conserve même les objets passés ; il nous fait voir ceux de l'avenir avant qu'ils existent. On attribue l'origine du dessin à l'amour d'une jeune Grecque nommée *Débutade* : le père de cette jeune fille, potier de terre à Sicyone, dans le Péloponèse, ayant remarqué l'ouvrage de sa fille, imagina d'appliquer de l'argile sur ces traits, en observant les contours tels qu'il les voyait dessinés. Il fit, par ce moyen, un profil de terre qu'il mit cuire dans son fourneau. Telle serait encore, suivant l'ancienne tradition, l'origine des figures en relief dans la Grèce ; cependant ce ne fut que depuis l'arrivée de Cécrops, prince égyptien, et de Cadmus, prince phénicien, que le dessin et les arts qui y ont rapport commencèrent à y faire des progrès.—L'art du dessin consiste en lignes et en traits droits, courbes, obliques, etc., tantôt grands, tantôt petits, tels que l'objet qu'on veut représenter le demande, et dont l'arrangement est fondé sur les règles de la géométrie. Le dessin est généralement nécessaire à ceux qui se destinent aux arts, mais spécialement aux peintres, aux graveurs, aux sculpteurs, aux architectes, aux ingénieurs, sans parler de tous les arts mécaniques, qui ne peuvent s'exécuter avec goût et agrément sans le dessin. Les premiers principes sont la connaissance des lignes et des traits qui se trouvent dans les objets qu'on représente dans le dessin ; la ligne horizontale et la ligne perpendiculaire sont les principales qui servent de base et de fondement à toutes les autres ; on en forme les angles, les triangles, les carrés, etc.; elles servent également de base aux figures rondes, obliques, etc. On doit avoir quelque connaissance de la géométrie pour faire usage des lignes suivant les règles de la perspective, et mettre chaque objet à la place qui lui convient. Dans les ouvrages de dessin, il y a plus de lignes obliques, courbes et rondes que de droites ; mais ces mêmes lignes obliques, courbes et rondes, ont toujours une ligne horizontale pour base.—Vulgairement on dit dans nos écoles *dessiner d'après nature* pour faire entendre qu'on dessine le modèle vivant. Les Italiens ont une manière de s'exprimer qui convient beaucoup mieux : ainsi ils diront *dessiner d'après le vrai*, afin d'établir une différence avec l'acte de dessiner d'après ce qui est peint ou imité. Donc dessiner un fruit, un arbre, ou un animal mort, c'est dessiner *d'après le vrai*; ceci explique pourquoi quelques artistes ont écrit sur des portraits : *peint d'après le modèle vivant.*—On entend par *proportion*, la division que les peintres et les sculpteurs ont faite du corps humain ; ces faces ou proportions se partagent en huit : la première depuis le sommet de la tête jusqu'au menton ; la seconde depuis le menton jusqu'aux mamelons ; la troisième depuis les mamelons jusqu'au nombril ; la quatrième depuis le nombril jusqu'à la bifurcation du tronc ; la cinquième depuis la bifurcation du tronc jusqu'au milieu de la cuisse ; la sixième depuis le milieu de la cuisse jusqu'au genou ; la septième depuis le genou jusqu'au milieu de la jambe ; et la huitième depuis le milieu de la jambe jusqu'à la plante des pieds. Ces proportions varient, selon le sexe, de deux ou trois pouces ; les femmes ont encore la tête plus petite, le cou plus allongé, la partie antérieure de la poitrine plus élevée, les reins et les cuisses plus larges, mais moins allongés ; le haut du bras plus gros et la main plus étroite ; les jambes plus fortes, les pieds plus étroits ; leurs muscles sont moins apparents, rendant les contours plus égaux, plus coulants, et le mouvement plus doux.

DÉTONATION. Action de s'enflammer avec beaucoup de bruit ; tel est l'effet produit par l'explosion de la poudre à canon. Sous l'influence d'une température assez élevée, l'acide nitrique du nitrate de potasse est décomposé par le charbon et le soufre, qui lui enlèvent plus ou moins d'oxigène, le transforment en gaz deutoxide d'azote et en gaz azote, et donnent naissance à de l'acide carbonique et à de l'acide sulfurique. Le premier de ces acides passe presque totalement à l'état de gaz ; au contraire le dernier se combine avec la potasse résultant de la décomposition du nitrate ; l'eau de cristallisation du nitre est réduite en vapeur, et une portion du sulfate de potasse produit est transformée en sulfure solide par le charbon. C'est à la rapidité avec laquelle ces substances passent à l'état de gaz, et conséquemment à leur augmentation de volume, que sont dues l'explosion et la force avec laquelle les projectiles sont lancés par la poudre. En général, les détonations sont d'autant plus violentes et plus bruyantes qu'on a opposé un plus grand obstacle au développement du gaz. Lorsque la poudre est enfermée et comprimée dans une enveloppe solide, elle la brise avec grand fracas ; mais brûlée à l'air libre, elle s'étend simplement.

DETROIT. C'est une partie de mer très resserrée entre deux terres, et qui joint deux mers ensemble, ou un golfe à une mer, comme le détroit de Gibraltar, à l'entrée de la Méditerranée.

DÉTTE PUBLIQUE. On entend par *dette publique* celle contractée par l'état envers ceux qui déposent leurs fonds au trésor moyennant un intérêt de 5 p. % l'an. Cet intérêt prend le nom de *rente*, et le porteur du titre qui lui a été remis en échange de ses fonds reçoit le nom de *rentier*. Ces titres sont ce qu'on appelle *effets publics*, et sur lesquels aucun impôt ne paraît pouvoir être assis jusqu'à ce jour. Tous ces titres se vendent et s'achètent à la *bourse* par l'entremise exclusive d'officiers publics : ce sont les agents de change. Ces sortes de négociations donnent lieu au jeu le plus effréné, désigné sous le nom d'*agiotage*, qui consiste à spéculer sur la *hausse et la baisse*, comme dans les maisons de jeux on spéculait sur la *rouge* et la *noire*. — L'état étant le plus solide de tous les débiteurs, c'est donc avec une certaine sécurité que se fait le prêt d'argent au gouvernement ; ensuite la rente est affranchie de tout impôt, ce qui est un avantage sur un immeuble qui procure ordinairement un moindre rapport que celui de l'argent. La possession d'un immeuble est plus sûre, puisque, malgré tous les bouleversements politiques, le fonds ne se perd pas : le *grand livre* n'offre donc pas autant de sécurité, car dans certaines circonstances politiques, l'état peut être forcé de faire banqueroute, ce qui s'est déjà vu. Mais enfin, comme nous l'avons déjà dit, l'affranchissement de tout impôt et la facilité de trouver un placement prompt et commode d'une somme disponible, et de la réaliser à volonté pour lui donner une autre destination, dirigent toujours une masse énorme de capitaux vers la bourse ; et cela aurait encore lieu quand bien même le taux de l'intérêt ne serait que très peu élevé.—La multiplicité ou le ralentissement des demandes impriment à la valeur des effets publics de fréquentes oscillations ; par exemple, si une guerre est imminente, les acquéreurs d'effets publics sont poussés par leur inquiétude à retirer le prêt qu'ils ont fait ; alors les *fonds baissent* ; au contraire si un événement politique semble accroître la confiance qu'inspire le gouvernement, les *fonds hausseront*. Les effets publics sont aujourd'hui à 109, ce qui veut dire que pour avoir 5 francs de rente, il faut donner un capital de 109 fr., soit 2180 francs pour 100 francs de rente. Actuellement, celui qui aurait acheté une inscription à 109 et qui plus tard la vendrait au taux de 110, obtiendrait un bénéfice de 1 franc sur son marché, de même qu'il le perdrait si la rente *tombait* à 108. Du reste le commerce des rentes sur l'état est une espèce de trafic où chaque jour chacun peut en quelques heures consommer sa ruine, ou peut-être, comme quelques audacieux, gagner des sommes énormes : espérons que le temps n'est pas loin où l'on mettra un terme aux scandales de l'agiotage.

DEUTO. Terme employé en chimie. Ce mot, ainsi que *proto* et *trito*, est dérivé du grec, *proto*, premier ; *deuto*, second ; *trito*, troisième. Lorsqu'ils sont joints à un autre mot, ils indiquent les différentes proportions dans lesquelles une substance est combinée avec une autre. Par exemple, *protoxyde* de fer indique la combinaison du fer avec l'oxygène dans laquelle ce dernier principe se trouve en moindre proportion que dans toutes les autres combinaisons de même nature ; le *deutoxyde* de fer indique dans cette combinaison une proportion plus grande d'oxygène que dans le *protoxyde* et moindre que dans le *tritoxyde*.

DÉVELOPPÉE. Ligne courbe sur laquelle un fil appliqué et tendu ensuite en tangente étant développé, décrit une autre courbe. Imaginons une courbe quelconque : soit le cercle A enveloppé d'un fil. Prenons une des extrémités de ce fil, et déroulons-le, de manière que la partie qui n'enveloppe plus le cercle A soit étendue en ligne droite, en forme de tangente. Ce fil décrira nécessairement par l'extrémité de sa partie déroulée une courbe non circulaire, que nous appelons B. Dans cette occasion le cercle A se nommera *la développée* ou *la courbe génératrice* de la courbe B ; et le fil qu'on déroule s'appellera *le rayon tangent de la développée*. Ce nom lui convient, puisqu'on peut considérer cette portion de fil, à chaque pas, qu'elle fait, comme décrivant un arc de cercle infiniment petit, et la courbe engendrée B comme composée d'une infinité de ces arcs tous décrits de différents centres et sur différents rayons. Chaque portion de ce fil est en même temps tangente du cercle A, et rayon de la courbe B.

DEVIS. État d'architecture ; acte qui contient les charges et les conditions auxquelles se soumettent l'entrepreneur d'un bâtiment et celui qui le fait construire. Ces sortes d'actes détaillent les travaux qui sont à faire, et en fixent le prix.

DEXTRINE. Matière de nature gommeuse, faisant tourner à droite plus que toute autre substance le plan de polarisation de la lumière. La dextrine est blanche, pulvérulente, soluble dans l'eau et se desséchant en une sorte de vernis. L'acide sulfurique étendu et la *diastase* la changent en grande partie en sucre de raisin, et lui donnent la propriété fermentescible. On l'emploie pour la préparation de la bière, et quelques confiseurs la mêlent par fraude aux sirops simples ou composés. Cette addition, quoique ne présentant pas un danger réel, n'en est pas moins condamnable, par la raison que ces mélanges sont moins sucrés que ceux préparés réellement avec du sucre, et ensuite que ces sirops ne se conservent pas.

DIAGONALE. La diagonale d'une figure, par exemple la diagonale d'un carré, est une ligne qui va aboutir à deux angles directement opposés entr'eux, et qui partage ce carré en deux parties égales.

DIAMANT. Le diamant est la pierre la plus précieuse que nous connaissons ; ses parties élémentaires sont la terre la plus pure et la plus divisée, le feu le plus vif et l'eau la plus limpide. Il n'est point de corps diaphane qui soit aussi pesant et aussi dur que le diamant, qui, lorsqu'il est poli, jette des feux éblouissants. Les diamants se divisent en six classes, selon la manière dont ils sont taillés. On distingue les *brillants*, les *roses*, les *pierres épaisses*, les *pierres faibles*, les *demi-brillants* et la *poire à l'indienne*. Il est difficile de classer les diamants d'après leurs couleurs, car les nuances qu'ils présentent sont variées à l'infini. Les principales mines de diamants sont au Brésil, aux Indes-orientales dans les royaumes de Golconde, de Visapour, de Bengale et dans l'île de Bornéo. Les pierres orientales seraient les vrais diamants si elles avaient plus de dureté : les plus précieuses sont le *rubis*, l'*amétiste*, le *saphir* et la *topaze*.—Le luxe des diamants était déjà répandu en France ; mais il était encore ignoré en Suisse. En 1476, à la bataille de Grenson, gagnée contre les troupes du duc de Bourgogne, le plus gros diamant de l'Europe fut trouvé par un soldat Suisse qui le vendit un *écu* à son général. Ce fait nous en rappelle un autre rapporté par la *gazette Asiatique*, dans le courant de 1835 : Un laboureur indien très pauvre découvrit un diamant qui surpassait en grosseur tous ceux connus jusqu'à ce jour. Cet homme n'ayant aucune idée du prix de sa trouvaille, fut poussé par la curiosité à briser ce diamant. Le plus gros des fragments pèse sept roupies, et le tout est estimé à plus de onze millions de francs. Le premier ministre du royaume d'Hydrabad s'en est emparé. Le journal *Asiatique* ajoute qu'il ignore quelle a été la récompense du pauvre Indien qui a fait cette précieuse découverte.—Les diamants, en Europe, se pèsent au *carat*, petit poids composé de quatre grains ; le diamant brut qui, à cause de sa couleur et de ses taches, ne peut être taillé, se vend à raison de 30 à 36 francs le carat. On le broie pour former la poudre de diamant que l'on nomme *égrisée*, et dont on se sert pour tailler, polir les pierres précieuses. Lorsque le diamant est susceptible d'être taillé, sa valeur augmente en raison de la grosseur de la pierre ; les diamants de 3 à 6 carats sont de très belles pierres ; ceux de 12 à 20 sont très rares, et il en est peu qui dépassent 100 carats. — Le plus gros diamant connu est celui du raja de Matan, à Bornéo ; on l'évalue à plus de 300 carats (plus de deux onces). Celui que possédait l'empereur du Mogol était de 279 carats, et d'une valeur de 12 millions de francs ; il avait la forme d'un œuf coupé par le milieu. Celui de l'empereur de Russie pèse 193 carats ; il est de la grosseur d'un œuf de pigeon et de mauvaise forme ; il a été payé 2,160,000 fr. et 96,000 fr. de rente viagère. Le diamant de l'empereur d'Autriche pèse 139 carats ; sa teinte est jaunâtre, il est taillé en rose, et de mauvaise forme ; on l'estime 2,600,000 fr. Le diamant de la couronne de France, qu'on nomme le *régent*, pèse 136 carats ; on dit qu'avant d'être taillé il en pesait 410 et qu'il a coûté deux années de travail. Il est remarquable par sa belle forme, ses belles proportions et sa parfaite limpidité ; il passe pour le plus beau diamant de l'Europe. Ce fut le duc d'Orléans, alors régent, qui l'acheta 2,250,000 francs ; on prétend qu'aujourd'hui il vaut plus du double. Tous ces beaux diamants viennent de l'Inde ; le plus gros qu'on ait trouvé au Brésil est évalué à 120 carats ; il appartient à la couronne de Portugal.

DIAMÈTRE. Le diamètre d'une figure est une ligne qui passe par le centre de cette figure et qui la partage en deux parties égales ; par extension, on nomme diamètre toute ligne droite étendue d'une extrémité à l'autre d'une surface quelconque.

DIANE. Divinité de la mythologie qui présidait à la chasse ; c'est aussi le nom que les alchimistes donnaient à l'argent.—On nomme *arbre de Diane* un amalgame d'argent qui se dépose en petites aiguilles prismatiques groupées de manière à représenter un arbrisseau tel qu'on en voit dans la montre des pharmaciens ; voici le procédé employé pour faire un *arbre de Diane* : on prend 4 gros d'argent fin en limaille ; on en fait un amalgame à froid avec 2 gros de mercure ; cet amalgame se fait dissoudre dans 4 gros d'acide nitrique ; 1 livre et demie d'eau commune est versée sur cette dissolution ; après avoir, en agitant, opéré le mélange, on le garde dans une fiole hermétiquement bouchée. Lorsqu'on veut s'en servir, on en prend une once environ que l'on met dans une petite fiole ; ensuite dans cette même fiole on ajoute la grosseur d'un petit pois d'amalgame ordinaire d'or ou d'argent, qui soit maniable comme du beurre, et on laisse la fiole en repos pendant trois minutes ; aussitôt après on voit sortir de petits filaments perpendiculaires de la petite boule d'amalgame, qui augmentent à vue d'œil, et jetant des branches sur les côtés, dans la forme de petits arbrisseaux. La petite boule d'amalgame se durcit et devient d'un blanc terne ; mais le petit arbrisseau acquiert une véritable couleur d'argent luisant. Toute cette végétation s'achève dans un quart d'heure. Il faut attribuer cette cristallisation chimique à l'acide nitrique qui, cherchant à s'étendre, fait prendre diverses figures à l'argent et au mercure avec lesquels il s'est incorporé.

DIAPASON. Terme de musique ; étendue des sons que peut parcourir de bas en haut une voix ou un instrument. — On appelle aussi *diapason* un instrument d'acier, à deux branches, en forme de fer à cheval, qui sert à donner le son appelé *la* par les musiciens.

DIAPHANE. On nomme communément *corps*

diaphanes ou *transparents* ceux dont les pores droits, nombreux et disposés en tous sens, donnent un passage libre à la lumière; on nomme, au contraire, corps *opaques* ceux qui ne la transmettent pas. Un corps diaphane est composé de couches homogènes, percé de pores droits, nombreux, disposés en tous sens, outre la lumière, il contient dans ses pores, et dans les intervalles qui séparent les couches, un fluide à peu près aussi dense que lui. En effet, si un corps n'est composé, comme l'eau ou le diamant, que de parties toujours uniformes, la portion de lumière qui y sera admise, roulera uniformément dans l'épaisseur de ce corps, et elle en sortira en assez grande quantité dans un même sens pour faire impression sur l'organe de la vue.—Mais si le corps où la lumière entre est composé de couches hétérogènes ou fort dissemblables, elle se plie diversement dans tous les différents milieux qu'elle traverse. Elle se détourne de la perpendiculaire, en entrant dans telle couche; elle s'enfonce vers la perpendiculaire, en entrant dans telle autre. Les différentes obliquités des surfaces où elle entre de moment en moment, sont une nouvelle source de tortuosité et d'affaiblissement; d'où il arrive qu'elle ne peut pas parvenir à l'œil du spectateur, ou qu'elle n'a plus de force lorsqu'elle y parvient. L'opacité vient donc surtout de la diversité des plis de la lumière, causée par l'hétérogénéité des couches ou des lames élémentaires qui composent les corps. Toutes ces lames prises séparément sont transparentes : mais, mélangées, elles courbent si différemment la lumière qu'elles en éteignent la direction et le sentiment; ceci explique pourquoi l'eau et l'huile, qui sont transparentes l'une et l'autre, prises à part, perdent leur transparence quand on les agite ensemble; c'est encore la raison pour laquelle le vin de Champagne, qui est brillant, perd son éclat quand les bulles d'air s'y dilatent et s'y amassent en mousse; enfin, c'est encore pour cette raison que le papier est opaque quand il n'a dans ses pores que de l'air qui est naturellement si clair, et que ce même papier devient transparent quand on en bouche les pores avec de l'eau ou de l'huile.

DIAPHRAGME. Le diaphragme est un assemblage de muscles nerveux, qui sépare la cavité de la poitrine de celle de l'abdomen. Il est fait en forme de voûte; sa partie convexe regarde la poitrine et sa partie concave l'estomac. Quand il y a contraction de ces muscles, le diaphragme s'aplatit, et il se relève s'il y a dilatation.

DIASTOLE. Dilatation du cœur ou des artères, au moment où le sang pénètre dans leur cavité; c'est un mouvement opposé à la *systole*, par laquelle le cœur et les artères se contractent pour donner l'impulsion au sang. La diastole et la systole sont deux mouvements successifs qui concourent aux phénomènes de la circulation; la *périsystole* est le temps presque inappréciable qui s'écoule entre la diastole et la systole.

DIATHESE. Disposition particulière chez certains individus à être affectés de telle ou telle maladie; c'est une manière d'être ou organisation en vertu de laquelle une maladie, qui d'abord n'occupe qu'un tissu, se répète bientôt dans d'autres organes, sans que la cause qui l'avait fait naître se reproduise.

DICHOTOME. Épithète donnée à la lune, lorsque nous ne voyons que la moitié de son disque. La lune est dichotome, lorsqu'elle est à sa première ou à sa seconde quadrature.—En botanique, *dichotome* se dit d'une tige d'abord simple, puis bifurquée (divisée) en deux branches, dont chacune se bifurque de nouveau.

DICHOTOMIE. Phase de la lune dichotome.—Mode de division de certaines tiges, dont chaque division se subdivise en rameaux dichotomes.

DICHROITE ou *cordiérite*, pierre précieuse. La dichroïte est une substance qui ne se rencontre qu'en cristaux réguliers, ou en masses vitreuses, à cassure inégale, d'un bleu violâtre par réflexion. Elle offre une double couleur par transparence : 1° celle de la surface lorsqu'on dirige le rayon visuel parallèlement à l'axe des cristaux; 2° lorsque ce rayon est dirigé perpendiculairement à l'axe, elle présente une couleur jaune bleuâtre. La dichroïte raie fortement le verre et difficilement le quartz (*Voyez* ce mot); elle est douée de la double réfraction et fusible au chalumeau.

DICLINE. Ce nom est donné aux plantes dont les organes sexuels ne se trouvent point réunis dans la même fleur, qui ont par conséquent des fleurs unisexuées.

DICOTYLÉDONES, à deux lobes. Plantes pourvues de cotylédons ou feuilles séminales. L'embryon des végétaux présente deux modifications essentielles : tantôt son extrémité supérieure est parfaitement indivisée, quelquefois plus ou moins profondément divisée en deux lobes nommés cotylédons. Les plantes phanérogames (à sexe apparent) reçoivent, dans le premier cas, le nom de monocotylédones, tandis que dans le second on les appelle dicotylédones.

DICTAME. Le dictame blanc est la fraxinelle. Cette plante est vivace, commune en Italie, dans la Provence et dans certaines contrées du Languedoc. Celle originaire de nos climats est d'une qualité inférieure à la plante qui croît en Candie. L'eau distillée de fraxinelle est cosmétique, très douce et d'une odeur agréable.

DICTATEUR, magistrat suprême. La dictature n'était ordinairement établie, chez les Romains, que dans le cas de quelque fâcheuse conjoncture, où il était besoin d'une puissance absolue, mais passagère. Le dictateur était aussi puissant qu'un roi; car il était maître de faire la guerre ou la paix, et d'exécuter tout ce qu'il voulait. Il pouvait disposer à son gré de la vie et des biens d'un citoyen, sans consulter le peuple, et sans qu'on pût appeler de son décret. L'institution de ces magistrats dura jusqu'à l'an 304 de la fondation de Rome, époque où Horace et Valère, alors consuls, portèrent une loi qui défendait qu'on créât aucun magistrat dont on ne pût appeler. Lorsque le dictateur était élu, tous les autres magistrats abdiquaient leur charge, excepté les tribuns du peuple; et pour marquer la grande puissance dont il était revêtu, il était entouré de vingt-quatre licteurs, armés des faisceaux et des haches, même dans la ville, et portait tous les autres insignes de la royauté.

DICTIONNAIRE. C'est le catalogue de tous les mots d'une langue, ou des principaux termes d'un art, ou d'une science, avec leurs significations, rangés par ordre alphabétique. Les dictionnaires sont des livres d'un secours toujours présent, qui facilitent les connaissances, en épargnant beaucoup de recherches pénibles. La facilité de pouvoir les consulter dans le moment, et de trouver sous la main l'objet d'instruction en un sens précis, rend ces sortes d'ouvrages des répertoires commodes qui rappellent ou donnent l'exposition abrégée des connaissances les plus essentielles, comme les plus utiles à acquérir.

DIDACTIQUE. Manière de s'exprimer pour instruire; les anciens et les modernes nous ont donné beaucoup d'ouvrages didactiques, désignés aussi sous le nom de *classiques*; les géorgiques de Virgile, et l'art poétique d'Horace, imité par Boileau, sont des ouvrages didactiques.

DIDACTYLE. On appelle ainsi tout animal qui a deux doigts à chaque pied; parmi les animaux domestiques, on place dans cette division les bisulques ou ruminants, comme le bœuf, le mouton et la chèvre.

DIDYME. Terme de botanique, pour désigner ce qui est composé de deux parties ou de deux lobes arrondis réunis par un point de leur périphérie (contour).

DIÈSE. (#) Terme de musique pour désigner un

signe qui, mis devant une note, la fait hausser d'un demi-ton.

DIÈTE, de δίαιτα, régime de vie ; emploi bien ordonné et mesuré de tout ce qui est nécessaire pour conserver la vie, soit en santé, soit en maladie.

DIÈTE, de *diœta*, *salle* (basse latinité), assemblée dans laquelle se traitent les intérêts communs de la Confédération Germanique. Francfort est le siége de la *diète* ; les autres villes principales sont Hambourg, Dresde et Munich. Une partie des états du roi de Prusse et de l'empereur d'Autriche sont compris dans la Confédération.

DIÉTÉTIQUE. Partie de la médecine qui s'occupe des règles à suivre dans l'usage des choses qui font la matière de l'hygiène. La diététique est donc la diète mise en principe ; c'est ce qu'on rend par le mot hygiène. Ce mot pris adjectivement est synonyme *d'hygiénique*.

DIEU. Le premier et le souverain Être. C'est un sentiment gravé dans tous les cœurs qu'il y a un Dieu ; à la vue des richesses que nos yeux découvrent au sein de la mer, dans les entrailles et sur la surface de la terre, dans l'immense étendue des cieux, peut-on méconnaître l'inépuisable fécondité d'un créateur ! Serait-ce la nature ? mais qu'entend-on par ce terme ? si c'est un être primitif, une intelligence souveraine dont les soins prévoyants s'étendent à toutes les parties de l'univers, alors nous sommes d'accord ; la nature est le Dieu même à qui nous devons rendre hommage. Mais si c'est la *matière*, nous nous éloignons de ceux qui admettent un pareil système ; la matière est une substance impuissante, passive, privée de sentiment et de raison ; esclave des lois immuables qu'elle suit, elle obéit aux impressions d'une force étrangère. Comment les matérialistes peuvent-ils admettre que de si savantes productions sont l'effet d'un principe aveugle, qui ne peut se proposer un but, faire choix des moyens, incapable, en un mot, de réflexion, de raisonnement, de volonté ! Si quelque intelligence n'eût mis en œuvre toutes les parties de la matière, et ne les eût arrangées avec discernement, ce n'aurait jamais été qu'un chaos, qu'une masse informe et sans ordre. Le hasard peut-il être l'auteur de ce monde ? mais il n'y a qu'à jeter les yeux sur une de ces coquilles qu'on foule aux pieds et la considérer avec attention avant que d'attribuer au hasard ces spirales régulièrement décrites par ces plis qui reviennent sur eux-mêmes, ce labyrinthe d'anneaux qui s'élèvent à sa surface, ces légers sillons qui les séparent et leur donnent du relief. L'intérieur de cette coquille est la demeure d'un vil animal, et pourtant quelle masse porcelaine est plus luisante, et polie avec plus d'art ? Puisque on est forcé d'avouer que cette coquille n'est pas l'ouvrage du hasard, oserait-on le faire auteur des animaux ? En contemplant la multitude d'êtres qui nous environne, les plus petits objets d'entr'eux nous offrent des merveilles sans nombre et nous démontrent l'existence d'une intelligence suprême. La formation d'un œuf, en apparence si chétive, renferme plus d'art et de travail que l'édification du plus beau palais. Sans doute que l'état des choses corporelles, tel que nous le voyons, ne sort pas de l'ordre des combinaisons possibles ; mais en soutenir que c'est l'ouvrage du hasard, serait aussi absurde que de soutenir de sang-froid que les seules lois du mouvement ont, à l'insu de nos plus grands poëtes, produit leurs ouvrages, ou que leurs poëmes ne sont qu'un assemblage fortuit de vers, formés chacun par un arrangement fortuit des caractères de l'alphabet. Cependant, quoique ces célèbres ouvrages annoncent une plume savante, un génie sublime, il n'est pas métaphysiquement impossible qu'ils aient été le résultat de l'une de ces liaisons sans nombre dont les lettres sont susceptibles. Nous pouvons appliquer ce raisonnement aux corps des animaux ; la situation de leurs membres divers n'a rien que de naturel. La place occupée par chacun d'eux est une de celles que le hasard

aurait absolument pu leur donner. Toutefois la raison ne nous permet pas de croire qu'ils soient ainsi disposés, sans avoir été destinés par une intention spéciale à l'espèce de fonctions qu'ils remplissent si parfaitement. Dans l'origine des animaux nous voyons donc des traits d'une intelligence dont la puissance égale la sagesse. Mais c'est dans la création de l'homme que paraît surtout cette intelligence ; habile astronome, il mesure la vaste étendue des cieux ; il pèse les astres qui roulent sur sa tête, il détermine les orbites qu'ils décrivent ; il prédit combien de fois dans l'espace de mille ans la lune et le soleil doivent être obscurcis, et il consigne ses prédictions dans ces fastes dont la vérité est toujours confirmée par l'événement. Physicien attentif, l'homme décompose les matières, il extrait le sel, le soufre, le sable, les liqueurs qu'elles renferment ; il en désunit ou rejoint à son gré les principes, et fabricant des corps artificiels, il imite, souvent même il réforme l'ouvrage de la nature ; il rassemble au foyer d'un verre les rayons du soleil, forçant pour ainsi dire cet astre à descendre sur la terre, pour avec ces flammes adroitement surprises de ses yeux, il fabrique, selon les lois d'une savante théorie, des instruments dont l'utile concours, en donnant plus d'étendue à l'image d'un objet, l'éclaircit et le rapproche. A l'aide d'un microscope, il pénètre dans l'intérieur même des corps ; il en démêle les parties imperceptibles, et il contemple avec surprise les merveilles de la nature. Législateur et philosophe, il établit des règles de conduite ; il cherche en quoi consiste le bonheur, et il propose d'atteindre à ce but. S'il sait discerner le vrai d'avec le faux, il connaît aussi la différence du juste et de l'injuste, du vice et de la vertu ; de l'utile et de l'agréable il distingue ce qui nuit et ce qui déplait. Il approuve et condamne, désire et craint ; se livre à la haine, à l'amour ; à l'amitié. Capable de revenir sur ses pas, de soumettre à sa propre censure et ses opinions et ses volontés, il peut remarquer ses erreurs, apercevoir ses défauts et se corriger. —Enfin, l'homme, supérieur à la portion de matière qui lui est associée, fait, par son esprit, jouer à son gré tous les ressorts de cette merveilleuse machine. Il ordonne, et sur-le-champ ses membres lui obéissent ; dociles à ses moindres désirs, les yeux se tournent vers l'objet qu'il veut apercevoir ; tous les muscles, tous les organes se mettent en action. — Tous les êtres publient donc la gloire d'un créateur intelligent ; son existence est tout ensemble une vérité de perception et une vérité de sentiment démontrée par le consentement unanime de tous les peuples ; et ces prétendus philosophes qui nient l'existence de Dieu du bout des lèvres, la reconnaîtront sans peine, en scrutant dans leur cœur. Nous pourrions encore ajouter une preuve sans réplique de l'existence de Dieu : Il existe des créatures, des êtres contingents, des êtres qui pouvaient exister ou ne pas exister ; il faut donc qu'il y ait un être *la source de l'être*, et dont l'essence soit d'exister par lui-même. En effet, de qui ces êtres contingents auraient-ils reçu l'existence ? du néant ; mais le néant n'est rien, ne contient rien, ne produit rien ; ce n'est qu'un mot comme le hasard : d'eux-mêmes ? alors ils ne seraient pas créatures, ils existeraient nécessairement, on ne les verrait pas commencer, s'altérer, disparaître et fuir malgré eux. Il est probable que des êtres qui auraient pu se tirer du néant, pourraient bien s'empêcher d'y rentrer : alors concluons que le monde, tel qu'il est, nous fournit une démonstration sans réplique de l'existence d'un être nécessaire, et par conséquent de l'existence d'un Dieu.

DIFFRACTION, *déviation des rayons de lumière*. Vers l'an 1660, le père Grimaldi éprouva que la lumière était non-seulement capable de réfraction et de réflexion, mais encore de diffraction, c'est-à-dire, il éprouva qu'un rayon quelconque de lumière ne pouvait passer près d'un corps solide, sans s'approcher sensiblement de ce corps et se détourner visiblement de son chemin. En l'année 1715, Delisle éprouva la même chose de la part d'un rayon solaire introduit dans la chambre obscure ; il se servit même très à propos de cette expérience pour expliquer le phénomène qui suit : Dans l'éclipse de soleil de l'année 1715, on observa que dans le temps de l'obscurité totale, le bord de la lune parut environné d'un anneau clair, qui se distinguait du reste de l'air qui n'était éclairé que très faiblement. Cet anneau pouvait avoir trois minutes de largeur. Ce même phénomène avait paru en 1706 dans l'éclipse totale de soleil qui fut observée. — La diffraction est attribuée à l'attraction que les corps sensibles exercent sur les rayons de lumière. Ici se présente une difficulté qu'il est nécessaire de faire disparaître : Les attractions particulières des corps terrestres, par exemple, dans le même appartement, l'attraction qu'une table exerce sur une chaise, ne doit avoir aucun effet sensible, parce que ces sortes d'attractions sont absorbées par celles que la terre exerce sur tous les corps sublunaires. Il en est de l'attraction générale de la terre, par rapport aux attractions particulières des corps sublunaires, comme de la lumière du soleil par rapport à la lumière des étoiles fixes. Au lever de l'astre du jour tous les autres disparaissent ; de même, mise en parallèle avec l'action de la terre, l'action des corps sublunaires est nulle ou comme nulle. Alors, telle est l'objection qu'on a faite : pourquoi, si cela est vrai, l'action d'une lame de couteau fait-elle dévier un rayon de lumière ? La lame du couteau est cependant un corps sublunaire, son action doit donc être nulle ou comme nulle par rapport à la lumière. Tout embarrassante qu'elle paraît, cette difficulté peut se résoudre facilement : Les attractions particulières n'ont nul effet sensible sur la terre, parce que les corps particuliers sont infiniment petits par rapport à la terre, et parce qu'il n'est aucun corps particulier qui soit infiniment grand par rapport à l'autre. Il n'en est pas ainsi d'un rayon de lumière ; il est non-seulement infiniment petit par rapport à la terre ; mais il est encore infiniment petit par rapport aux corps sublunaires. Ainsi l'action des corps sublunaires ne doit pas être nulle pour les rayons de lumière ; la diffraction est donc la preuve la plus sensible que l'on puisse apporter en faveur de l'attraction.

DIFFUSIBLE, qui se répand. On nomme *diffusibles* les substances qui, comme l'alcool et l'éther, pénètrent et excitent vivement tous les tissus d'une manière passagère, en réagissant promptement sur le cerveau ; les diffusibles sont odorants, inflammables et sujets à l'évaporation ; à des doses trop fortes, ils irritent et déterminent, suivant leur nature, tous les symptômes de l'ivresse ou de l'empoisonnement.

DIGESTEUR, vase de cuivre très épais, hermétiquement fermé au moyen d'un couvercle assujetti par une forte vis de pression. Ce vase est propre à cuire promptement les viandes, et à dissoudre la gélatine des os. Les marmites *autoclaves* dont on se sert dans l'économie domestique, sont d'une construction analogue à celle du digesteur.

DIGESTION. Fonction naturelle exclusivement accordée à l'animal par laquelle les aliments subissent une sorte de coction qui les rend propres à entretenir la vie. La chaleur qui règne habituellement dans le corps de l'homme, la circulation non interrompue des liquides de toutes espèces, les mouvements naturels, continus et nécessaires pour la perfection des fonctions des différentes parties du corps, ceux qui ne sont qu'accessoires, mais qui se succèdent assez fréquemment, sont autant de causes qui occasionnent et qui entretiennent une perte continue de substance qui doit nécessairement être réparée ; et la nature, toujours attentive à nos besoins, nous avertit de celui-ci par un sentiment vif et particulier qu'on connaît sous le

nom de *faim*. Ce sentiment si nécessaire à la conservation de notre être, et qui se réveille en nous en certains temps marqués et assez généralement périodiques, nous porte, pour ainsi dire malgré nous, à le satisfaire. Une diminution sensible dans les forces, un dérangement plus ou moins marqué dans l'ordre des mouvements et des sentiments, un plaisir indéfinissable qu'on ressent à se prêter aux impressions que la faim nous fait éprouver, sont autant d'aiguillons que la nature toujours sage et prudente met en jeu pour nous déterminer à satisfaire ce désir. C'est donc en prenant de nouveaux aliments, que nous réparons les pertes de substance que nous éprouvons continuellement ; que nous ranimons nos forces abattues, et que nous rendons toutes les parties de notre corps propres à exercer librement leurs fonctions. Si les aliments, tant solides que liquides, dont nous faisons usage, remédient sur-le-champ à une grande partie des besoins que le sentiment de la faim accompagne ; si nos forces renaissent dès le premier instant que ces aliments sont portés dans l'estomac ; si la chaleur interne reprend aussitôt une nouvelle vigueur ; si notre pouls se ranime à leur abord, il ne faut pas en conclure qu'ils soient de suite propres à réparer les pertes de substance que la transpiration insensible entraîne nécessairement avec elle. Il faut qu'ils subissent auparavant diverses préparations. Ils ne peuvent s'assimiler avec les parties de notre corps, qu'ils n'aient été auparavant broyés par la mastication, pénétrés par plusieurs sucs qui se mêlent et qui se combinent avec eux dans l'estomac et dans les intestins, enfin qu'ils n'aient souffert une séparation de leurs parties les plus ténues d'avec celles qui ne sont point propres aux effets auxquels ils sont destinés. —Toutes ces préparations sont connues sous le nom général de *digestion*. Cette opération, qui commence dans la bouche, s'accomplit en grande partie dans l'estomac et s'achève dans les intestins ; c'est par elle que les aliments sont mis en état de servir à la nutrition. Voici le mécanisme de la digestion chez l'homme : les aliments introduits dans la bouche, y sont soumis à l'*insalivation* et à la mastication ; ensuite, portés dans le pharynx par les mouvements combinés de la langue et des parois de la bouche, ils sont transmis par la *déglutition* à l'œsophage, qui les conduit dans l'estomac. Environ une heure et demie après l'ingestion des aliments dans cet organe, ils commencent à se convertir en chyme, et cette conversion se fait communément en quatre heures. A mesure qu'elle s'opère, le chyme est poussé, par les contractions des parois musculaires de l'estomac, vers le pylore, qu'il franchit pour parvenir dans le duodénum, où sa présence produit une excitation qui détermine l'abord d'une plus grande quantité de bile et de fluide pancréatique. Ainsi élaborée par ces fluides, par ceux qui s'exhalent à la surface du duodénum, et par l'action même de cet intestin, la masse chymeuse, devenue apte à fournir le chyle, est poussée dans l'intestin grêle, où elle est dépouillée par les vaisseaux chylifères de ce principe éminemment nutritif qui est porté dans le torrent de la circulation. Le chyme prend une couleur plus foncée et une consistance plus grande, à mesure qu'en s'éloignant du duodénum il fournit à l'absorption ; les mucosités intestinales le modifient encore, et il arrive au gros intestin, où il se durcit et se colore de plus en plus ; il acquiert une fétidité qu'il n'avait pas jusqu'alors ; et enfin parvenu au rectum, il est rejeté au dehors. — Chez les mammifères monogastriques, la digestion ne présente pas de différences essentielles ; mais elle est beaucoup plus compliquée chez les ruminants ; les herbes dont ils se nourrissent sont avalées sans avoir été suffisamment mâchées et parviennent en cet état dans la *panse* ou *herbier* ; elles y séjournent avant de passer dans le bonnet, où elles se pelotonnent pour remonter dans l'œsophage dont les contractions antipéristaltiques les ramènent à la bouche. Après avoir été soumis à la rumination, les aliments, avalés de nouveau, sont cond..its par une gouttière située intérieurement vers l'extrémité inférieure de l'œsophage, dans le troisième estomac ou *feuillet*, et lorsqu'ils sont parvenus dans la *caillette*, ils s'y convertissent en chyme ; leur trajet au-delà du pylore et du duodénum ne présente rien de particulier.—Chez les oiseaux, le principal estomac est le *gésier*, qui est en même temps, chez les carnivores, un appareil masticateur doué d'une force immense : mais l'œsophage présente en outre supérieurement, chez un grand nombre, une poche membraneuse appelée *jabot*, et inférieurement une dilatation appelée *ventricule succenturié*, qui est très spacieuse chez les oiseaux qui manquent de jabot. Les graines avalées, dures et entières, séjournent et se ramollissent dans le jabot, continuent de se pénétrer d'humidité dans le *ventricule succenturié*, sont triturées dans le gésier, et arrivent dans le duodénum, où elles sont soumises à l'action de la bile, versée par les conduits biliaires et provenant ou directement du foie ou de la vésicule du fiel, et à celle du fluide fourni par le pancréas. Ensuite, le chyme poursuit son trajet dans l'intestin grêle et dans le gros intestin, qui présente, à l'endroit de sa jonction avec le grêle, deux *cœcum* très allongés. Enfin, le résidu de la substance alimentaire arrive dans le rectum, dont l'extrémité dilatée forme le cloaque où aboutissent l'uretère et l'oviducte.

DIGITALE, plante médicinale, du genre de celles de la famille des scrofulaires ; elle est appelée *digita'e*, parce que sa corolle ressemble plus ou moins à un dé à coudre. La digitale se reconnaît facilement à ses longs épis de grandes fleurs pourprées campaniformes (en forme de cloches), tachetées dans l'intérieur de la corolle de points noirs entourés d'un cercle blanchâtre ; ses feuilles sont fortement diurétiques. On attribue à la digitale la propriété de ralentir les mouvements du cœur ; plusieurs savants sont dans le doute à cet égard ; du reste, la digitale, administrée à haute dose, est un poison narcotique.

DIGITIGRADES. Nom par lequel sont désignés les mammifères carnassiers qui marchent sur l'extrémité des pieds de derrière, par opposition à celui des plantigrades, qui appuient sur le sol la plante de leurs pieds. Les digitigrades, appartenant au quatrième ordre des mammifères, se nourrissent principalement d'autres animaux vivants; aussi la nature les a doués de courage, de force, de ruse et d'adresse. Ils ont tous un tube digestif très court, le ventre allongé, les doigts armés d'ongles crochus et ne marchent absolument que sur les doigts.

DILATABILITÉ. Propriété qu'ont certains corps de pouvoir être dilatés, c'est-à-dire, de pouvoir augmenter de volume, de pouvoir occuper un plus grand espace que celui qu'ils occupaient auparavant, soit par l'action du calorique, soit par différentes autres causes.

DILATATION. Un corps se dilate ou se raréfie, lorsque, conservant la même quantité de matière propre qu'il avait auparavant, il acquiert un plus grand volume; un corps au contraire se condense ou se comprime, lorsque, sous un plus petit volume, il ne perd rien de sa matière propre; ainsi la chaleur cause la dilatation et le froid cause la condensation des corps.

DILEMME, argument qui contient deux propositions contraires ; en voici un exemple célèbre : Protagoras, philosophe grec qui florissait vers 400 avant J.-C., raisonnait ordinairement par dilemmes, et laissait l'esprit en suspens sur toutes les questions qu'il proposait. Un jeune homme riche, nommé Evathlus, étant devenu son disciple pour une grosse somme d'argent dont il lui paya la moitié sur-le-champ, et promettant de lui payer l'autre moitié quand il aurait gagné la première cause

qu'il plaiderait, demeura longtemps dans l'école de Protagoras, sans s'embarrasser de plaider, ni de payer; notre philosophe, qui le premier enseigna pour de l'argent, fit alors un procès à Evathlus pour être payé. Quand ils furent venus en présence des juges, le jeune excut se défendit en disant qu'il n'avait encore gagné aucune cause ; Protagoras lui fit alors ce dilemme : *Si je gagne ma cause, tu seras condamné à me payer; et si tu la gagnes, tu dois encore me payer, suivant la convention.* Mais Evathlus, bien instruit par son maître, retournait contre lui le dilemme de la sorte : *Si les juges me déchargent, je ne te dois rien, et s'ils me condamnent à payer, je ne te dois rien non plus suivant la convention, puisque je n'aurai pas gagné ma cause.* Les juges furent tellement embarrassés par ces dilemmes, qu'ils laissèrent la cause indécise.—Cicéron fit ce dilemme pour raffermir le courage contre la douleur : *La douleur est violente ou elle est légère; si elle est légère, il est aisé de la supporter; si elle est violente, la durée n'en sera pas longue.* — Le dilemme, argument plus subtil que solide, n'a une valeur réelle qu'autant qu'il expose l'étendue du sujet contesté, et qu'il ne peut être adopté dans le sens contradictoire, la nature de cet argument étant de fermer à l'adversaire tous les chemins qu'il peut avoir pour s'échapper ; s'il en reste un, l'argument est nul.

DILLÉNIACÉES. Cette famille est un démembrement de celle des magnoliacées ; ce sont des arbres ou arbustes sarmenteux, à feuilles ordinairement alternes, sans stipules, souvent embrassantes à leur base, et à fleurs solitaires ou en grappes. Le calice des dilléniacées est monosépale, persistant, à 5 divisions profondes ; corolle à 5 pétales, ordinairement ; leurs étamines sont très-nombreuses et disposées sur plusieurs rangs ; deux à douze carpelles ordinairement distincts, quelquefois soudés ; leur ovaire, uniloculaire (qui n'a qu'une loge), contient deux ou plusieurs ovules attachés à l'angle interne ; leurs styles, simples, sont chacun terminés par un stigmate ; enfin, leurs fruits, soudés ou distincts, sont charnus ou secs et déhiscents.

DIMENSION. En physique, ce terme se prend pour la longueur, ou pour la largeur, ou l'épaisseur d'un corps. Les trois dimensions disent donc ces trois qualités prises ensemble.

DIMORPHISME. C'est la différence que présentent dans leurs formes, des corps dont la composition chimique est identique, mais dont l'état moléculaire est différent.

DIOCESE. Étendue d'un évêché. L'ancienne division de la Gaule en dix-sept provinces, dont chacune avait sa *métropole*, servit de base à la division ecclésiastique ; en sorte que les métropoles des provinces gauloises étaient autant d'archevêchés, et que les *cités* ou cantons particuliers qui dépendaient de ces métropoles, formaient primitivement, dans l'étendue de la juridiction de chaque archevêque, les diocèses des évêques suffragants. Dans la suite, le nombre des provinces ecclésiastiques fut augmenté par l'érection de nouveaux archevêchés. De ce nombre étaient : Toulouse, détaché de Narbonne en 1317 ; Arles, dont l'évêque, dès le quatrième siècle s'était érigé en métropolitain, au préjudice de celui de Vienne ; Avignon, détaché d'Arles en 1475 ; Albi, de Bourges, en 1676 ; Paris, de Sens, en 1622 ; Cambrai, de Reims, en 1559.

DIOÉCIE. Sont comprises dans cette classe les plantes dont les fleurs mâles sont portées par un individu, et les fleurs femelles par un autre, de manière que les deux sexes ne se trouvent point sur un même pied ; on donne l'épithète de *dioïque* aux plantes dont les fleurs mâles sont séparées des fleurs femelles et portées par des individus différents.

DIOPTRIQUE. Traité de la réfraction. La lumière réfractée en passant d'un milieu dans un autre, par exemple , de l'air dans le verre et du verre dans l'air , est l'objet de la dioptrique. Tout corps solide ou fluide qui donne passage à la lumière , se nomme *milieu*. L'air est un milieu moins dense que le verre ; la lumière se réfracte en passant d'un milieu dans un autre, lorsque dans ce passage elle change de direction , c'est-à-dire , lorsqu'elle ne parcourt pas la même ligne droite. Lorsque un rayon de lumière passe perpendiculairement d'un milieu dans un autre, il ne souffre aucune réfraction (déviation). Si un rayon de lumière passe obliquement d'un milieu moins dense dans un milieu plus dense , soit de l'air dans le verre , il se réfracte en s'approchant de la perpendiculaire , c'est-à-dire , il quitte la ligne qu'il décrivait , pour en décrire une moins éloignée de la perpendiculaire. Quand un rayon passe obliquement d'un milieu plus dense dans un milieu moins dense , comme du verre dans l'air , il se réfracte en s'éloignant de la perpendiculaire. Les principes que nous venons de décrire sont autant de vérités incontestables qui servent à expliquer les phénomènes que nous présentent les verres convexes et concaves. Pour les verres plans, la réfraction que souffre le rayon de lumière en passant du verre dans l'air, corrige le dérangement occasionné par celle que ce même rayon avait soufferte en passant de l'air dans le verre. — Les verres convexes rendent les rayons de lumière plus convergents , c'est-à-dire , moins écartés les uns des autres, et ils les réunissent à un point que l'on nomme le *foyer* ; c'est de cette propriété qu'ont les verres convexes d'augmenter la convergence des rayons de lumière, que se tire l'explication des principaux phénomènes que nous offrent ces sortes de verres : les corps combustibles placés à leur foyer, doivent être réduits en cendre. Le duc d'Orléans, régent de France, possédait un verre ardent qui était convexoconvexe, c'est-à-dire , convexe des deux côtés , et il était portion de deux sphères dont chacune avait 24 pieds de diamètre ; il pesait 160 livres, et rassemblait un si grand nombre de rayons à son foyer, que l'or non-seulement s'y fondait, mais encore s'y réduisait à ses premiers éléments. Les objets vus à travers un verre convexe doivent nous paraître plus clairs ; ces sortes de verres empêchent la dissipation des rayons de lumière, et par conséquent ils en font parvenir à nos yeux plusieurs qui n'y parviendraient jamais. — Les verres convexes doivent grossir les objets : ils ne peuvent accélérer la réunion des rayons de lumière qui partent des extrémités d'un objet, sans nous le présenter sous un plus grand angle ; aussi le foyer représente-t-il un petit espace circulaire qu'il n'est pas difficile de distinguer. — Le premier effet des verres concaves est de rendre les rayons de lumière plus divergents , c'est-

à-dire , plus écartés les uns des autres ; il faut donc en conclure qu'ils n'ont aucun foyer, puisque bien loin de réunir les rayons de lumière, ils les dissipent ; leur foyer *virtuel* n'est qu'un foyer imaginaire ; c'est le point de l'axe auquel se réuniraient les rayons divergents , s'ils étaient prolongés. Les verres concaves rendent les objets moins clairs , parce qu'ils ne peuvent pas rendre les rayons de lumière plus divergents , sans en dissiper un grand nombre, et ils ne peuvent jamais être des verres ardents. Un objet vu à travers un verre concave paraît plus petit qu'il ne paraîtrait à la simple vue , parce qu'un pareil verre retarde la réunion des rayons qui partent de l'extrémité de l'objet, et que par conséquent il nous le présente sous un petit angle ; plus l'angle sous lequel un objet paraît est petit , plus aussi sa grandeur apparente diminue. Il y a une grande analogie entre un miroir convexe et un miroir concave ; en effet , l'un et l'autre rendent les rayons de lumière plus divergents , et n'ont aucun foyer réel, ils diminuent la grandeur apparente des objets et sont d'un grand secours aux myopes (*Voyez les mots* Optique, Lunette, Microscope, Télescope, etc.).

DIORAMA. Spectacle qui présente à la vue du spectateur placé au centre d'une salle en forme de rotonde , l'image des grands phénomènes de la nature, de l'ensemble d'une ville , d'un site pittoresque, de l'intérieur d'un édifice gothique, etc. Au moyen de divers artifices , aux effets de la perspective et du clair-obscur étant traités habilement, l'illusion est complète. La salle est mobile circulairement sur un pivot, de sorte que ce ne sont pas les tableaux qui se déroulent successivement aux yeux du spectateur, mais celui-ci qui est transporté d'un tableau à l'autre.

DIPLOGÉNÈSE. Ce nom est donné aux monstruosités qui consistent dans la duplication plus ou moins complète du corps entier, résultant de la réunion ou de la fusion de deux germes, de deux fœtus plus ou moins complètement développés. On appelle aussi *diplogénèses* toute augmentation du nombre de certaines parties ou de certains organes isolés.

DIPLOMATIE. Science des intérêts des états ; elle a pour but d'étudier avec attention les projets des états voisins, et tout ce qu'ils pourraient entreprendre de contraire ou de préjudiciable aux intérêts , à la gloire , à l'honneur de la nation ; c'est aussi l'art des négociations. Le diplomate doit avoir une connaissance approfondie de l'histoire, des traités, des congrès et des ouvrages qui en sont le commentaire et le dépôt.

DIPLOPIE. Vue double ; lésion du sens de la vue dans laquelle deux sensations distinctes sont produites par un même objet, qui par conséquent semble double. Quelquefois , la perception des objets exposés aux regards se multiplie un certain nombre de fois, et cette lésion n'en est pas moins désignée sous le nom de *diplopie*. Ce trouble de la vision est causé par un dérangement dans le parallélisme des deux axes visuels , par suite duquel les images ne se peignent plus sur les deux points correspondants de chaque rétine.

DIRECTE. Une planète est directe , lorsqu'elle paraît aller par son mouvement périodique d'occident en orient.

DISCOURS. Assemblage de phrases et de raisonnements réunis ou disposés suivant les règles de l'art. Selon les anciens, les parties du discours étaient : l'exorde , la proposition , la confirmation et la péroraison ; mais aujourd'hui la division du discours consiste à distribuer un sujet en deux ou trois propositions générales qu'on prouve séparément. L'oreille a trois points à juger dans l'élocution oratoire : 1° les sons qu'on lui présente comme une suite d'impressions qu'elle reçoit ; 2° les interruptions dont elle peut avoir besoin aussi bien que l'organe de celui qui parle ; 3° l'accord de ces sons et

17

de ces repos avec l'idée exprimée, et le sujet traité. Ces trois choses sont désignées par les mots : *mélodie, nombre et harmonie.* — Les anciens rhéteurs sont entrés sur cette matière dans les plus petits détails ; ils ont été jusqu'à compter les lettres, les syllabes, mesurer les sons et calculer le temps qu'ils mettaient à les prononcer. Nous, au contraire, nous regardons ces soins comme des petitesses indignes du génie. Persuadé, qu'en général, le style , pour être bon, doit couler de source , nous croyons que si on le gêne trop par les règles , il perd la plus grande partie de ses grâces ; toutefois ces mêmes règles , quand une fois on a pris l'habitude de les observer , peuvent beaucoup contribuer à donner à l'élocution cette aisance , cette liberté que nous demandons ; ce sont elles qui nous apprennent à concilier les sons , à les joindre entre eux d'une manière intime, qui nous montrent les moyens de soutenir l'attention de l'auditeur , de le soulager , de le séduire ; en un mot, ce sont elles qui ouvrent l'âme à la persuasion , et qui font une grande partie de la différence qu'il y a entre les bons et les médiocres orateurs. Sans doute , nos plus célèbres orateurs et nos plus grands poëtes ne connaissaient point cette prosodie artificielle, que les Grecs et les Latins avaient dans leurs langues ; mais ce serait bien mal raisonner que de conclure de là qu'ils n'en observent nullement les lois. La nature agit dans les hommes supérieurs quand on leur refuse le secours de la doctrine et de l'art; elle les met en état de s'en passer, et les porte elle-même dans une sphère , où , sans avoir connu les règles , ils en deviennent les modèles. C'est aux observateurs à tirer ces règles de leurs ouvrages, et à les présenter aux autres pour leur servir de lumière ou d'appui. — La *mélodie* dans le discours dépend de la manière dont les sons simples ou composés sont assortis et liés entre eux pour former les syllabes, comme les syllabes le sont entre elles pour former un mot, les mots entre eux pour former un membre de période , enfin les périodes elles-mêmes pour former le discours. — Tout discours est un ruisseau qui coule : c'est l'emblème sous lequel les anciens l'ont peint. Mais comme l'organe qui produit le discours a besoin de repos pour reprendre son ressort, il s'ensuit que ce ruisseau ne peut couler continûment et sans interruption. Or, ce sont les interruptions qui ont d'abord donné naissance aux *nombres* ou espaces déterminés. — L'*harmonie* est le ton général de l'orateur, avec le sujet pris aussi en général et dans sa totalité; comme on doit donner à chaque sujet le style qui lui appartient, l'essentiel est donc de bien connaître le sujet qu'on traite, d'en sentir le poids, l'étendue, les degrés de dignité. Cela fait, il faut lui donner les pensées , les mots , les tours , les phrases qui lui conviennent, et ne point s'écarter de ces premiers principes, que la beauté du discours est d'être logique , clair et élégant.

DISQUE. Surface visible du soleil et de la lune : on divise le disque en douze parties appelées doigts, au moyen desquels se mesure la grandeur d'une éclipse. — En botanique , on désigne sous le nom de *disque* la partie centrale des fleurs radiées, celle qui est occupée par les fleurons; on donne aussi le nom de *disque* ou *limbe* de la feuille, à la partie qui constitue la feuille proprement dite.

DISSECTION. Ce mot signifie division méthodique des parties organisées. Cette division est pratiquée sur le cadavre pour étudier l'anatomie (Voyez ce mot), et pour reconnaître la cause de la mort ; dans ce dernier cas elle porte plus particulièrement le nom de *autopsie cadavérique, nécrophie;* la dissection se pratique aussi sur le vivant dans le but de séparer des parties malades de parties saines.—Les dissections qui ont pour but l'étude des organes se pratiquaient autrefois , et notamment à l'école d'Alexandrie , sur des esclaves vivants. Les Grecs, qui avaient un religieux respect pour les morts et qui cependant éprouvaient l'indispensable

besoin de connaître la structure du corps humain, pratiquaient cette opération sur des animaux vivants. Pour l'honneur de l'humanité , la coutume barbare de l'école d'Alexandrie n'a été imitée par aucun autre peuple; d'un autre côté , la pratique grecque ne pouvait conduire à la connaissance du corps humain que par analogie; aussi l'anatomie et la chirurgie de cette école sont-elles constamment restées dans l'enfance. Dès que le matérialisme a eu remplacé les croyances en la métempsychose, l'étude sur le cadavre a imprimé à la science une impulsion salutaire. Mais, tout en éprouvant une horreur sincère pour le genre d'études adopté par l'école d'Alexandrie, nous devons exprimer le regret que cette pratique sauvage n'ait pas , du moins , été utilisée pour l'étude des fonctions ; car il est une foule de questions qui resteront insolubles par l'impossibilité où l'on est de les résoudre par l'étude directe des organes à l'état sain. Nous sommes réduits à faire pour la physiologie ce que les Grecs faisaient pour l'anatomie, c'est-à-dire à nous laisser conduire par l'analogie; ce qui nous mène souvent aux erreurs en erreurs. Ces dissections, que l'on fait souvent aujourd'hui sur les animaux vivants, sont désignées sous le nom de *vivisections;* ce sont elles qui servent de bases à la physiologie expérimentale. — La dissection est le seul moyen d'acquérir des connaissances exactes sur la structure du corps humain. L'anatomie plastique , ou anatomie en cire , peut très bien donner une idée de la forme et du volume de nos organes, mais elle laisse toujours dans l'esprit de fausses notions sur leur structure , leur couleur et leur consistance. Cette partie de la science est, il est vrai, la plus rebutante , mais elle est indispensable à celui qui veut avoir une idée exacte de la structure du corps. N'oublions pas que Pierre-le-Grand , l'illustre Christine , reine de Suède , Adélaïde d'Orléans et plusieurs autres personnages célèbres de l'un et de l'autre sexe, voulant connaître une science qui doit faire partie de toute éducation libérale , n'hésitèrent pas à mettre la main à l'œuvre , et familiarisèrent bientôt avec l'aspect des cadavres et prirent bientôt un goût tout particulier à l'étude de cette science , malgré les dégoûts qu'elle semble inspirer au premier abord.— L'homme du monde n'a pas, comme le chirurgien , besoin d'études approfondies. Il serait inutile que le corps humain fût pour lui transparent comme le verre ; mais il faudrait, ainsi que nous l'avons dit ailleurs, qu'il eût des notions exactes d'anatomie; or, il ne peut les acquérir que par la dissection.—Déjà les bons esprits semblent comprendre cette vérité, car aujourd'hui les amphithéâtres de dissections ne sont plus fréquentés uniquement par les élèves en médecine, mais on les voit encore souvent visités par des avocats, des officiers, des prêtres, en un mot par des personnes appartenant à toutes les classes de la société, et un jour viendra, sans aucun doute, où, foulant aux pieds les préjugés qui dominent encore , tout homme qui aura reçu une éducation solide voudra la compléter par l'étude de l'organisation humaine.—Les dissections, à mesure qu'elles seront faites par les gens du monde, détruiront aussi une certaine pusillanimité qui empêche une foule de personnes de se soumettre à des opérations indispensables ; et pour ne citer qu'un fait à l'appui de cette opinion, on sait qu'Adélaïde d'Orléans dont nous avons déjà parlé , après avoir appris l'anatomie sous la direction du célèbre *Winslow*, voulut aussi apprendre la médecine opératoire, et qu'elle fut mise en état de pratiquer des opérations sur les sujets de son sexe qu'elle affectionnait et qu'elle n'aurait pas voulu confier à d'autres mains que les siennes. Elle devint si courageuse, cette femme qui dans sa jeunesse était si craintive , qu'elle se saignait elle-même quoiqu'elle fût fort grasse et très difficile. — Nous n'en finirions pas si nous voulions citer tous les exemples capables de prouver l'influence salutaire que les dissections peuvent exercer sur le moral. Il nous suffit de dire que notre illustre compatriote *Clot-bey* a formé en Egypte une école spéciale pour les femmes, et que celles qui se livrent à la science rendent tous les jours d'immenses services à l'humanité en pratiquant des opérations sur les personnes de leur sexe qui refuseraient le secours d'un homme même éclairé, et qui se livrent avec abandon à une main qu'elles croient amie.

DISSOLUTION. Opération chimique par laquelle un corps gazeux ou solide passe à l'état liquide, en l'ajoutant à un autre corps habituellement en liquidité ; la combinaison se fait de manière que si le mélange devait être rendu solide par l'évaporation, on obtiendrait pour résultat un corps différent de celui qui a été soumis à la dissolution. On entend aussi par dissolution, la simple fusion, sans aucune décomposition, comme lorsqu'on fait fondre du sucre dans de l'eau.

DISTILLATION. Opération de chimie au moyen de laquelle, à l'aide du calorique, on sépare les parties les plus légères ou les plus solubles d'un corps, pour les élever en vapeur, puis ensuite les condenser et les recevoir à l'état liquide, dans un ou plusieurs vases appelés récipiens, tandis que les principes fixes restent dans le vase distillatoire, qui est un *alambic* ou une *cornue.* Lorsque la distillation s'opère, la chaleur qu'on fait éprouver aux substances les dilate insensiblement, favorise la réaction des parties intégrantes et sépare tous les principes volatils. Cette décomposition s'opérant dans des vases fermés, les molécules volatilisées se condensent à la partie supérieure de ce vase, passent dans l'ouverture qui y est pratiquée, et de là dans le serpentin, où elles arrivent à l'état liquide. Ce n'est qu'à la température de l'ébullition que peut s'effectuer la distillation ; à une température inférieure, la vaporisation n'a lieu que par le renouvellement de l'air qui est en contact avec la surface du liquide, et ce renouvellement cessant d'avoir lieu dans des vases clos, aussitôt que la totalité de l'air qu'ils renferment est saturée, l'évaporation ne peut plus se manifester.—Le but de la distillation est de purifier ou de rectifier des substances volatiles ; d'obtenir sans altération certains principes végétaux naturels, comme les huiles essentielles ; de retirer, de substances animales ou végétales, des produits résultant de combinaisons nouvelles dues à la chaleur, ainsi que cela a lieu pour certaines huiles animales volatiles et pour des acides gras, de former enfin des combinaisons simples dont les produits volatils ne pouvaient être obtenus que par la distillation.

DISTIQUE. Phrase dont le sens se trouve renfermé dans deux vers, l'un hexamètre et l'autre pentamètre. — En botanique, on désigne par distique, des épis dont les fleurs sont sur deux rangs opposés l'un à l'autre.

DITHYRAMBE. Ode à Bacchus. L'enthousiasme, le désordre, l'inégalité des mesures caractérisaient cette sorte de poésie grecque.

DIURNE. On donne cette épithète à tout ce qui a lieu dans un jour ; tel est le mouvement des planètes sur leur axe. Le mouvement diurne de la terre se fait d'occident en orient en 23 heures 56 minutes. C'est ce mouvement diurne réel que l'on doit regarder comme la cause du mouvement diurne apparent du soleil d'orient en occident.—En botanique, on appelle *diurnes* les fleurs qui ne durent qu'un jour, et les plantes qui fleurissent le jour.

DIVERGENT. Deux rayons de lumière sont divergents lorsqu'ils s'éloignent toujours plus l'un de l'autre. C'est la propriété de tous les rayons qui partent du même point d'un corps lumineux.

DIVISIBILITÉ. Propriété générale des corps d'être partagés en plusieurs parties plus ou moins grandes par une force soit physique, soit chimique ou mécanique. Une infinité d'expériences ont prouvé que la division des corps pouvait être portée à un point qui étonne l'imagination : avec une quantité de feuilles d'or dont le poids ne va qu'à une once, on couvre un cylindre d'argent du poids de 360 onces et de 22 pouces de longueur. Ce cylindre, après avoir passé par des trous qui vont toujours en décroissant, et après avoir été écrasé en forme de lame dorée, acquiert une longueur de cent onze lieues (de kilomètres 4, 45 chacune). Cette expérience se fait tous les jours dans l'art du *tireur d'or*, et prouve qu'une once d'or contient un nombre immense de parties. Si l'on remplit une cassolette de verre de quelque liqueur odoriférante, soit d'eau de fleur d'oranger ou d'alcool pur (esprit de vin) chargé de lavande, et qu'on la pose sur une lampe allumée, quand la liqueur commencera à entrer en ébullition, il sortira par le bec de la cassolette une vapeur qui embaumera la chambre, sans cependant qu'il paraisse une diminution sensible dans le volume de la liqueur, en prolongeant l'expérience deux ou trois minutes. Supposons que la chambre où l'odeur se répand ait 10 pieds de hauteur et une aire (espace) de 10 pieds carrés ; elle contiendra 100 pieds cubiques de 14,400 lignes cubiques. Ne mettons dans chaque ligne cubique d'air que 4 particules odoriférantes, il sera vrai de dire que la liqueur dans laquelle il ne paraît pas une diminution sensible a perdu 57,600 parties odoriférantes ; donc la matière est divisible et divisée en des parties encore plus subtiles que tout ce que nous pouvons imaginer de plus délié. — Que dans un vase de cristal de la capacité de deux décalitres (20 litres), on délaye un grain de carmin ; l'eau qui remplit ce vase sera à l'instant teinte en rouge. Deux décalitres sont 184,320 grains d'eau ; chaque grain d'eau ne peut pas être coloré uniformément, sans contenir au moins dix particules de carmin ; ainsi un grain de carmin a été divisé sans peine en près de deux millions de parties.

DIVORCE. Rupture légale de mariage. Romulus avait porté une loi qui permettait le divorce aux hommes seulement, et non aux femmes. Ce divorce pouvait se faire, quand la femme avait empoisonné ses enfants, en avait supposé à la place des siens, ou avait bu *du vin à l'insu de son mari.* Le sujet du divorce était examiné dans une assemblée des amis du mari. Quoique le divorce fût permis par les lois, cependant le premier que nous lisons avoir été fait, fut l'an 520, par Carvilius Ruga, à cause de la stérilité de sa femme ; mais dans la suite il devint très fréquent à Rome. Quand on divorçait, le mari rendait la dot à sa femme, et le contrat de mariage était déchiré. La formule du divorce était à peu près celle-ci : *prenez ce qui vous appartient,* et la marque de cette rupture était quand le mari ôtait les clefs à sa femme. Si elle n'était point coupable, sa dot lui était rendue intégralement ; autrement on en retenait la sixième partie, pour chacun des enfants, jusqu'à la moitié de la dot ; mais si le divorce avait pour cause un adultère, le mari retenait toute la dot et les présents qui lui avaient été faits avant les noces s'il n'y avait point d'enfants.

DOCIMASIE. Art d'essayer en petit un minéral, pour déterminer la nature et les proportions de ses composants, et évaluer les produits qu'on peut espérer de son exploitation en grand.

DOIGT. On appelle ainsi les cinq prolongements qui divisent l'extrémité de chaque main ; le premier se nomme le *pouce,* le second *l'index,* le troisième *médius* ou doigt du milieu, le quatrième *annulaire* et le cinquième *auriculaire.* Chacun d'eux est formé de trois os appelés *phalanges,* à l'exception du pouce qui n'en a que deux. Les *doigts* des pieds se nomment *orteils.*—Le *doigt* est encore un terme d'astronomie qui représente la douzième partie du diamètre apparent du soleil, de la lune, etc.

DOS. Partie du corps de l'homme formée par douze

vertébres qui deviennent plus grosses et plus fortes à mesure qu'elles descendent en bas. La raison en est sensible ; les vertébres inférieures ont un plus grand poids à porter que les vertébres supérieures ; conséquemment celles-ci doivent être moins grosses et moins fortes que celles-là. On désigne sous le nom de *dos* de la main, de *dos* du pied, la face convexe de ces deux parties.

DOUAIRIÈRE. On appelle ainsi les veuves d'un certain rang qui jouissent d'un *douaire* (don qu'un mari fait à sa femme dans le cas de survivance de cette dernière).

DOUANE, DOUANIER, vient de l'italien *dogana* qui a la même signification, ou, suivant *du Cange*, du bas breton *Doen*. Institution administrative dont le but principal est de protéger l'industrie et le commerce d'un pays contre la concurrence étrangère. Cette protection consiste à interdire absolument l'entrée de l'objet qui fait ombrage aux frontières ; c'est ce qu'on appelle le *prohiber* ; ou à le frapper d'une *taxe*, d'un *droit*. Un autre mode de protection consiste à accorder une certaine somme à ceux qui exportent certaines marchandises ; il est connu sous le nom de *prime d'encouragement*. — Administration chargée de percevoir les droits imposés sur l'entrée et la sortie des marchandises d'un pays, et de veiller à ce que les exportations prohibées n'aient pas lieu.—Lieu où l'on est obligé de porter les marchandises pour acquitter les droits auxquels elles sont assujetties. — Les droits de douane furent établis, selon les uns, sous le règne de Louis XI, selon d'autres sous celui de Charles IX ; enfin on attribue aussi l'origine des douanes à Colbert : cette dernière version est la mieux accréditée. — Les anciens connaissaient peu cet impôt. Le perfectionnement fiscal auquel nous devons les douanes appartient tout entier aux modernes. — L'ensemble des droits imposés dans un pays sur chaque article compose ce qu'on nomme le *Tarif*. Comme ces droits restreignent l'industrie étrangère et protégent au contraire l'industrie nationale, on dit indifféremment droits *restrictifs*, droits *protecteurs*, et l'on donne à ces combinaisons le nom de *système prohibitif, régime des douanes* ; enfin le corps chargé de l'exécution du tarifs'appelle *la douane, les douaniers.*—Les préposés des douanes ont le droit de se faire représenter les expéditions qui doivent accompagner les boissons en cours de transport.— Ils ont également le droit de constater la vente, le colportage, les circulations illégales, et en général toutes les fraudes sur le tabac. Ils sont aussi autorisés à verbaliser de toutes contraventions aux lois sur les poudres et salpêtres. — La douane est organisée presque sur le pied de guerre ; institution mixte entre le civil et le militaire, ses employés sont pour ainsi dire des soldats revêtus d'un uniforme spécial, armés et soumis à une discipline sévère ; ils sont continuellement sur le qui-vive, tout le long des frontières de chaque territoire européen. — En France, une direction générale préside au système des douanes ; son siége est à Paris. — Les *lignes de douanes* aux frontières sont divisées en un certain nombre de circonscriptions administrées par un directeur de second ordre qui a sous lui des agents chargés de visiter les transports, de vérifier les marchandises et d'exercer une active surveillance à l'égard des fraudeurs ; de percevoir les droits prescrits par les tarifs, enfin d'interdire absolument l'entrée des articles que la loi *prohibe.*—Le droit *d'entrée et de sortie* s'établit tantôt d'après la *valeur*, tantôt d'après le *poids* de la marchandise introduite. — La douane a encore pour attribut spécial la police des salines minérales et naturelles. — L'action de la douane est assurée partout en Europe par un régime pénal très rigoureux. — En France, toute marchandise prohibée qui est prise en fraude, est confisquée avec tous les moyens de transport, et les conducteurs ou possesseurs sont passibles d'une amende égale à la valeur de l'objet. — Les délits de contrebande avec attroupement et ports d'armes, ceux de rébellion, sont punis de réclu-

sion, de travaux forcés, et parfois de la mort. — Les bases principales de la législation sur les douanes sont consignées dans l'ordonnance de 1687, avec laquelle on a élaboré les lois du 5 novembre 1790, et du 22 août 1791, source de la législation actuelle. — Cette administration est une branche des contributions indirectes. L'administration des douanes, qui publiait depuis 1801 des tableaux annuels du mouvement commercial de la France avec l'étranger, vient de réunir dans un même cadre l'ensemble de ces opérations accomplies pendant dix années, de 1827 à 1836. Ces tableaux nous montrent la progression des affaires depuis la révolution. Il résulte de ce travail, que les importations et les exportations réunies se sont élevées en 1827 à 1,168 millions; en 1836 à 1,867 millions; ou 699 millions de plus en 1836. Entre les années 1827, 1828, 1829 et 1834, 1835, 1836, il y a une différence de 36 0/0 environ d'augmentation pour les années postérieures à la révolution. Le commerce spécial, c'est-à-dire celui des produits qui sont importés en France pour y être consommés, a eu, en 1827, pour 921 millions d'importation, et en 1836 pour 1193 millions. Le commerce général, c'est-à-dire celui des marchandises qui traversent la France pour aller au lieu de leur destination, a eu, en 1827, pour 1168 millions, et en 1836, 1,867 millions d'importation. Ainsi le commerce général a eu une différence en plus de 60 0/0, de 1827 à 1836 ; augmentation qu'on doit attribuer à la loi du 9 février 1832. L'augmentation du commerce spécial n'a été que de 30 0/0. Dans ces chiffres, le commerce de mer forme un peu plus du 1/3 du commerce général. Nous joignons ici le tableau des principales matières que l'étranger a fournies à notre industrie, de 1827 à 1836. Nous ne parlerons dans ce tableau que des produits consommés en France.

COMMERCE SPÉCIAL.

Matières.	1827. Millions.	1836. Millions.	Moyenne. Millions.
Soie	32	41	40
Coton	52	76	39
Huile	28	27	30
Bois communs	20	31	23
Bois de teinture et d'ébénisterie	3	4	3
Indigo	15	15	18
Laines en masse	11	32	16
Peaux brutes	9	20	14
Cuivre	10	13	11
Tabac en feuilles	8	7	6
Houille	8	14	10
Poils	5	5	6
Plomb	6	8	7
Fils de lin et chanvre	8	12	9
Fer et fonte	5	6	5
Étain brut	2	3	3
Divers	37	82	55
Totaux.	276	399	315

On a lieu d'être étonné quand on voit le tribut que nous payons à l'étranger pour l'énorme quantité de soie, d'huile et de houille, qu'il nous fournit.

DOUBLE. Une fois autant. On appelle *double* toute *raison* dont l'antécédent contient deux fois son conséquent.—*Fleurs doubles*, en botanique, se dit de celles dont les étamines et les pistils se sont convertis en pétales, soit naturellement, soit par la culture. Ces fleurs renferment alors un plus grand nombre de pétales qu'elles ne devaient en avoir ; mais la fécondation ne peut plus avoir lieu. Le *calice double* est celui qui, entouré d'un involucre, forme, en quelque sorte, un second calice ; celui qui est composé d'un calice et d'une corolle est appelé *périanthe double*.

DOUBLÉE. Deux grandeurs sont en *raison doublée*, lorsqu'elles sont entre elles comme leurs carrés ;

c'est-à-dire, lorsqu'avec leurs carrés elles forment une proportion géométrique.

DOUCEUR. La saveur douce est la première des sept saveurs principales; elle est produite par la présence des molécules salines, oblongues, polies, bien préparées et bien cuites.

DOUCHE. Effusion d'eau d'un diamètre déterminé qu'on dirige sur une partie malade, à laquelle elle imprime une secousse proportionnée à sa force et à la distance entre cette partie et le réservoir. Les douches déterminent un ébranlement particulier du système nerveux et une sensation profonde dont on tire parti dans le traitement de différentes affections et surtout de l'aliénation mentale.

DOURAH. Maïs. *Dourah* est le nom égyptien et arabe de cette plante céréale, la plus cultivée en Égypte, et dont on fait trois récoltes par année.

DRAGON. Constellation boréale très grande, qui se replie entre les deux Ourses. La partie appelée *queue* du dragon contient une étoile de seconde grandeur et un grand nombre d'étoiles plus petites, qui se dessinent comme un serpent; la *tête* est formée par quatre étoiles, deux de seconde, une de troisième et une de quatrième grandeur. Elles sont disposées à peu près en carré. Ce dragon est celui qui gardait les pommes d'or du jardin des Hespérides, et qui, ayant été tué par Hercule, fut mis par Junon au nombre des constellations.

DRAME. Tragédie bourgeoise. Les anciens comprenaient sous le nom de drame, la tragédie, la comédie et la satire. Dans l'acception moderne, *drame* se dit d'une espèce particulière de pièce de théâtre, qui diffère de la tragédie, en ce qu'elle admet le mélange du comique, et que ses personnages sont souvent pris dans la classe du peuple, au lieu d'être toujours, comme dans la tragédie, des princes ou des rois. Ces sortes d'ouvrages sont en prose ou en vers.

DROGUE. Matières premières avec lesquelles les pharmaciens préparent les médicaments. Les drogues sont les *médicaments simples*, tels qu'ils se trouvent dans le commerce. Ce sont des produits immédiats ou des parties des végétaux, tels que les feuilles, les fleurs, les racines, les gommes, etc., ou des produits animaux tels que le musc, etc., ou des produits manufacturés comme l'acétate de plomb, etc. On désigne vulgairement sous le nom de *drogues* toutes les substances médicamenteuses. Certains auteurs donnent à ce mot une étymologie persane, *droa*, odeur, parce que le plus grand nombre des drogues ont une odeur prononcée.

DROIT. Science qui apprend à connaître les lois, à les interpréter, et à les appliquer avec justesse. La science du droit comprend trois divisions principales : le *droit naturel*, qui est l'ensemble des règles que le créateur a gravées dans le cœur de l'homme, et que la raison indique à quiconque, exempt de passions vicieuses, examine attentivement et de sang-froid, dans l'intention d'agir en conséquence, quelles sont les actions qui tendent le plus sûrement à sa conservation, à sa perfectionnement et à son bonheur; le *droit des gens* est la loi politique des nations, dans les rapports qu'elles ont les unes avec les autres; enfin le *droit positif*, est la connaissance des lois qui établissent les rapports réciproques entre les membres de la société et l'autorité qui les gouverne, ainsi que la connaissance des lois qui régissent les rapports particuliers et réciproques des individus d'un même peuple, et concernent leurs intérêts. — En 1384, sous le règne de Charles VI, furent instituées les écoles de droit en France; celle de Paris était établie dans la rue Saint Jean-de-Beauvais; depuis, le célèbre imprimeur Robert Etienne a logé dans cette maison qui était encore le local affecté à l'école de droit sous Louis XV. Pendant la révolution, les écoles de droit furent suspendues, et il s'en établit deux particulières, l'une

sous le nom d'*académie de législation*, rue de Vendôme; l'autre sous celui d'*université de législation*, dans les bâtiments du collége d'Harcourt (aujourd'hui Saint Louis), rue de la Harpe. En 1804, l'école de droit de Paris fut réorganisée (le 18 mars) par un décret de Napoléon; l'ancien bâtiment, quoique successivement agrandi, était non-seulement insuffisant, incommode, mais encore menaçait ruine. On choisit alors l'emplacement occupé par l'école actuelle. Ce bâtiment, commencé en 1771, sur les dessins de l'architecte Soufflot, fut terminé en 1783, époque où la faculté en prit possession. On avait alors le projet d'élever en face de l'école de droit un édifice semblable qu'on avait destiné à l'école de médecine, et qui eût en partie déguisé ce que le bâtiment de l'école de droit a de vicieux et d'incomplet dans son architecture.

DROMADAIRE. Il diffère de l'espèce du chameau dont il n'a que la bosse postérieure; cette bosse est moins élevée et a une plus longue base; il est moins grand et moins fort que le chameau. Ces animaux peuvent produire ensemble, et les individus qui viennent de leur commerce sont, dit-on, plus forts que l'un et l'autre. Comme les chameaux, les dromadaires connaissent leur force; on les charge couchés, et ils refusent ce qui leur est imposé de trop. Ils vont assez vite, quelquefois très vite, très long-temps sans s'arrêter. Ils semblent aimer la musique, et le simple chant de l'Arabe qui les conduit, les ranime lorsqu'ils sont fatigués. Ils font habituellement douze ou quinze lieues, au besoin vingt-cinq à trente par jour, 300 en neuf ou dix jours : ces marches forcées ont lieu dans les pays arides, où pendant tout ce temps ils peuvent demeurer sans boire (*Voyez* CHAMEAU).

DRUIDE. Prêtre gaulois. Le culte religieux que les druides inspiraient au peuple pour le chêne, le soin qu'ils avaient de porter des couronnes de cet arbre dans toutes les cérémonies, l'usage de faire leurs sacrifices dans les forêts de chênes et aux pieds d'un chêne, celui d'y fixer eux-mêmes leur demeure, toutes ces choses indiquent le respect que les Gaulois portaient à cet arbre à cause de son extrême utilité. En effet, le chêne leur offrait une source abondante de provisions pour les porcs qui faisaient leur principale richesse, et peut-être pour eux-mêmes, dans un temps où l'agriculture leur était inconnue. Il ne faut pas prendre à la lettre l'usage du gland pour nourriture des Gaulois; selon toute apparence on doit entendre par le mot gland, les noisettes, cormes, cornouilles, et les autres fruits qui viennent sans culture dans les forêts. — Le *gui*, cette plante parasite qui s'attache au chêne et s'y nourrit, fut cueilli avec les cérémonies les plus solennelles, distribué comme une chose précieuse et sacrée. Les prêtres, instituteurs de ce nouveau culte, prirent le nom de *druides* ou *prêtres des chênes*, du mot *deru*, nom celtique de cet arbre.

DRUPE. Fruit pulpeux à noyau (On dit aussi *droupe*, nom du genre féminin). Ce noyau n'est pas le tégument propre de la graine ossifié; il est formé par l'endocarpe endurci, auquel s'est jointe une partie plus ou moins épaisse du sarcocarpe. La pêche, la prune, la cerise sont des *drupes*. Le drupe ne diffère de la *noix* qu'en ce que le sarcocarpe de celle-ci est moins épais et succulent; donc les fruits du noyer ainsi que ceux de l'amandier sont des *noix* et non des drupes.

DRUSE. Les druses remontent au commencement du onzième siècle de notre ère, sous le règne du calife Fatimide Hakem : leur religion, au milieu de laquelle on a cru reconnaître quelques restes des maximes et des pratiques chrétiennes, est un composé des dogmes du Coran et d'autres fables grossières. C'est ainsi qu'ils prétendent que Hakem a été la dernière incarnation de la divinité, et en attendant son retour, ils l'adorent sous la forme d'un veau. Telle est du moins la croyance de ceux d'entr'eux qui, sous le nom de *spirituels*, se distinguent du reste de la nation, dont la plus grande partie ne reconnaît d'autre règle que celle d'un sens intérieur au-dessus de toute religion et de toute morale, et c'est par suite de ce principe qu'ils se croient tous les désordres permis. L'étymologie du mot *druses* a donné lieu à plusieurs explications : les uns ont cru qu'il venait d'un mot arabe qui a une certaine analogie avec ce nom, et qui signifie l'union qui existait dans cette nation; les autres, appuyés sur une tradition qui subsiste chez les Druses, leur avaient donné pour origine un certain comte Dreux, dont les soldats, séparés des croisés après la conquête de la Terre-Sainte par les Turcs, en 1099, se retirèrent dans les montagnes. Mais comme il est certain que cette nation, même avant les croisades, portait déjà le nom de druses, les écrivains modernes pensent qu'il dérive de *Durzi*, nom de l'un des premiers apôtres du calife Hakem.

DUCTILITÉ. Propriété des corps solides, et spécialement des corps métalliques, susceptibles de changer de forme par des efforts plus ou moins grands, de pouvoir être allongés en fils ou tirés à la filière, sans que l'agrégation de leurs molécules en soit diminuée; l'or et le fer sont ductiles, le verre et l'acier trempé sont aigres et cassants. — *Ductilité* ne doit pas être confondue avec *malléabilité*, c'est-à-dire avec la propriété qu'ont les corps de se réduire en lames minces par l'action du marteau ou du laminoir. Les métaux, sous le rapport de la ductilité, se rangent dans l'ordre suivant : *platine, argent, fer, cuivre, or, zinc, étain, plomb*; et sous le rapport de la malléabilité : *or, argent, cuivre, étain, plomb, zinc, platine et fer.*

DUEL. Combat singulier. Dans les temps barbares, l'ignorance et une religion peu éclairée firent appeler les duels *le jugement de Dieu;* les lois mêmes les autorisaient, et nous lisons dans les capitulaires quelle était la manière d'y procéder : *si deux voisins sont en dispute sur les bornes de leurs possessions, qu'on lève un morceau de gazon dans l'endroit contesté; que le juge le porte dans la malle* (lieu de l'assemblée); *que les deux parties, en le touchant de la pointe de leurs épées, prennent Dieu à témoin de la justice de leurs prétentions; qu'ils combattent après, et que la victoire décide du bon droit.* S'il s'agissait d'un crime capital, le vaincu était traîné sur une claie, en chemise, jusqu'au lieu patibulaire, où il était pendu mort ou vif. Les nobles et les hommes libres pouvaient seuls se servir de la hache ou de l'épée; les roturiers et les serfs combattaient avec des bâtons et avaient un bouclier pour parer les coups. De nos jours, le duel est la satisfaction exigée par un amour-propre blessé, ou par un faux point d'honneur qui, porté à l'excès, entraîne l'homme le plus modéré à cet acte de violence. Nous n'avons point à nous occuper si cet accès momentané de fureur, si ce désir de vengeance sont tolérables dans *certains cas;* cet examen ne peut entrer dans le cadre de notre ouvrage; mais comme les hommes ne se sont rassemblés que pour se protéger et s'aider mutuellement, nous avons applaudi à l'étendue que la cour de cassation a donnée à sa jurisprudence sur le duel. Elle a consacré en principe que celui qui se bat en duel, même lorsqu'il ne blesse pas son adversaire, commet une tentative de meurtre qui tombe dans le domaine de la loi. C'est une extension au principe établi par l'arrêt du 15 décembre 1837, qui ne rendait passible de poursuites que l'individu qui blesse ou qui tue son adversaire. Un autre arrêt, plus important peut-être, a consacré la responsabilité des témoins d'un duel qui a eu pour résultat la mort d'un des combattants.

DUNES. Collines qui bordent la mer et sont formées par un sable mobile. Les dunes sont toujours accompagnées d'une longue plage unie qui est une indication certaine du peu de profondeur des eaux jusqu'à une grande distance, et de parages dangereux pour les navigateurs. Les vents les déplacent et les disposent en chaînes qui représentent d'une manière très fidèle et comme en mi-

niature, les accidents qui caractérisent les montagnes les plus hautes et les plus solides.

DUODENUM. C'est le premier des trois intestins grêles, ainsi appelé parce que sa longueur est d'environ douze travers de doigt; il suit immédiatement l'estomac, et communique avec lui par le pylore.

DURETE. On entend par ce mot, la propriété relative des corps solides de se laisser user ou rayer les uns par les autres; un corps est dur lorsque les parties dont il est composé ne se séparent pas facilement. Ce n'est pas seulement aux molécules sensibles, mais encore aux molécules insensibles des corps, que la dureté convient. Les parties insensibles d'un corps dur, quoique trop déliées pour tomber sous nos sens, sont cependant composées de particules encore plus petites nommées *parties élémentaires.* Ces parties élémentaires sont tellement configurées qu'elles sont propres à s'accrocher très exactement les unes aux autres; aussi sont-elles jointes de manière qu'elles sont privées de toutes sortes de pores, ou s'il leur en reste quelques-uns, ils sont trop petits pour admettre le fluide, même le plus subtil; c'est donc à la figure des parties élémentaires que nous pouvons attribuer la dureté des molécules insensibles dont le corps dur est composé. Pour la cause principale de la dureté des corps, nous la trouvons dans le fluide qui les environne, et qui presse leurs molécules sensibles les unes contre les autres. L'air que nous respirons n'est pas la seule cause de la dureté; c'est, avec cet air, un fluide encore plus subtil, dont l'existence nous est constatée par une foule d'expériences. En effet, si l'on vient à mouiller deux plaques de marbre, et à les appliquer l'une contre l'autre, de façon à en chasser toutes les particules d'air qu'il pouvait y avoir entre elles, non seulement ces deux plaques ne se séparent que difficilement lorsqu'on les tire perpendiculairement à leurs faces, mais encore leur union subsiste, après qu'on a raréfié l'air autant qu'il est possible de le faire avec la machine pneumatique la plus exacte. A la cause physique de la dureté, nous pouvons joindre les règles du mouvement qui s'observent dans le choc des corps durs non élastiques; elles se réduisent à deux : si deux corps durs qui se meuvent dans le même sens viennent à se heurter, ils continueront, après le choc, à se mouvoir ensemble et dans leur première direction avec la somme des forces qu'ils avaient avant le choc. Supposons que le corps A et le corps B se meuvent vers le point C, le premier avec 6, et le second avec 4 degrés de force; après le choc ils continueront à se mouvoir ensemble vers le point C avec 10 degrés de force. Des forces conspirantes ne se détruisent pas par le choc: ainsi le corps A et le corps B se heurtent avec des forces conspirantes; donc leurs forces ne se détruisent pas par le choc; conséquemment ces deux corps, doivent après le choc, se mouvoir ensemble vers le point C avec 10 degrés de force.—Si deux corps qui se meuvent en sens directement contraire, viennent à se heurter, ils iront ensemble, après le choc, dans la direction du corps le plus fort avec l'excès ou la différence des forces qu'ils avaient avant le choc. Supposons le corps A et le corps B égaux en masse, et que le corps A se meuve avec 12 degrés de vitesse, et que le corps B se meuve vers un point directement opposé avec seulement 8 degrés de vitesse; il est évident que ces deux corps se heurteront; certainement après le choc ils iront ensemble dans la direction du corps A avec 2 degrés de vitesse chacun. Par le choc, ces deux corps ont perdu chacun 8 degrés de vitesse; donc il ne doit leur rester après le choc que 4 degrés de vitesse à partager également entr'eux.—Sous le rapport de leur dureté, les métaux se rangent dans l'ordre suivant : tungstène et palladium, manganèse, fer, platine, cuivre, argent, bismuth, or, zinc, antimoine, cobalt, étain, arsenic, plomb, sodium et potassium.—La dureté des minéraux se juge par la résistance qu'ils opposent à se laisser rayer par d'autres; cette résistance même sert de terme de comparaison entre les corps pour établir leur degré de dureté; sous ce rapport les minéraux sont divisés en six classes. Dans la première sont compris les minéraux que le diamant, qui est le plus dur de tous les corps, seul peut rayer; la deuxième comprend ceux qui sont rayés par le quartz (pierre dure); la troisième ceux qui le sont par l'acier; la quatrième comprend ceux dont on compare la dureté à celle du verre; le point de comparaison de la cinquième est le marbre qui (est rayé par l'acier); le porphyre ne l'est pas; la sixième comprend la chaux sulfatée ou gypse, qui est rayée par l'ongle.

DYNAMIQUE, de Δύναμις, force. Science qui traite du mouvement des corps qui agissent les uns sur les autres, de quelque manière que ce puisse être ; c'est aussi l'art de connaître et de mesurer la force musculaire de l'homme et de quelques animaux, ainsi que la puissance de traction exercée par un moteur. A cet effet, on se sert du *dynamomètre*, instrument qui consiste en un ressort dont la tension, déterminée par la force qu'on emploie, fait mouvoir une aiguille sur une portion du cercle portant une échelle de kilogrammes et une de myriagrammes. Pour mesurer la force des mains, on saisit en travers les deux branches du ressort, et on les rapproche le plus possible l'une de l'autre. Cet effort fait marcher une aiguille qui indique sur l'échelle des kilogrammes, la force de l'individu. Communément la force d'un homme de 25 à 30 ans est égale à 50 kilogrammes; pour mesurer la force des reins, un anneau de l'instrument est fixé à une crémaillère ayant à sa partie inférieure deux branches transversales sur lesquelles celui qui essaie ses forces place ses pieds; il saisit avec les deux mains un anneau placé à l'autre extrémité, et tire fortement de bas en haut. Un homme de 30 ans fait ordinairement marquer à l'aiguille 13 myriagrammes (265 liv.); ce qui indique le poids qu'il est en état de soulever. La force de la femme est moindre d'un tiers.

E.

EAU. Fluide insipide, transparent, incolore, sans odeur, qui pénètre à travers les pores de la plupart des corps, et qui éteint les matières enflammées. La force de l'eau, comme celle de tous les corps, se connaît en multipliant sa masse par sa vitesse. Un pied cube d'eau pèse au moins 70 livres ; en ne donnant à ce pied cube que 10 degrés de vitesse, il aura 700 degrés de force. Quel ravage ne fera donc pas un fier torrent dont les eaux se précipitent avec impétuosité du sommet d'une haute montagne? Est-il rien dans la plaine qui puisse résister à son action ? — L'eau a de la compressibilité, et cela doit d'autant moins surprendre qu'il est évident qu'elle a de l'élasticité. En faisant en sorte qu'une petite pierre plate aille rapidement et obliquement raser et effleurer la surface de l'eau, on la voit sautiller, et ce jeu continue jusqu'à ce que la pierre ayant perdu tout son mouvement horizontal par la résistance d'un air toujours mêlé de beaucoup de vapeurs, elle s'enfonce dans l'eau par la force que lui imprime sa gravité. Cet amusement, que les enfants se procurent au bord des rivières, nous prouve que l'eau n'est pas dénuée d'élasticité et que par conséquent de compressibilité. L'eau la plus pure est sans contredit l'eau de pluie. Distillée par la nature elle-même, et reçue ensuite dans des vases bien propres, elle ne peut avoir de parties hétérogènes que celles qu'elle acquiert en passant par l'atmosphère ; il est bien entendu que nous ne parlons pas ici de l'eau de pluie qui passe par les toits ou par les gouttières; celle-là est moins pure que l'eau de la plupart des fontaines. Selon les chimistes modernes, elle est formée de 88,91 d'oxigène, et de 11,09 d'hydrogène, et c'est un protoxyde d'hydrogène. L'eau se dilate, comme les autres liquides, par l'action du feu; elle entre en ébullition et s'évaporise à la température de 100° centig. (80° R.); au contraire, elle se congèle, et passe à l'état de glace à 1° ou 2°. Pour obtenir l'eau pure, on distille l'eau de pluie ou de rivière, qui sont celles de toutes qui contiennent le moins de substances étrangères : le produit est l'*eau distillée* simple, qui ne doit donner aucun précipité par les nitrates de baryte et d'argent, l'oxalate d'ammoniaque, le sublimé corrosif, les eaux de chaux et de baryte. — Les eaux de puits contiennent un sel (le carbonate acide de chaux) qui les rend pesantes, difficiles à digérer et qui nuit à la cuisson des légumes. Comme le sel se décompose par une élévation de température, on portera l'eau à l'ébullition, on la laissera refroidir dans un vase de terre ou dans un baquet, on la soutirera au bout de vingt-quatre heures pour la séparer du dépôt produit par l'ébullition, puis on l'agitera soigneusement avec le contact de l'air, afin de lui rendre celui qu'elle aura perdu en bouillant. Trois cents litres d'eau de puits peuvent être rendus propres à tous les usages domestiques par l'addition de 500 grammes (1 livre) de sous-carbonate de soude (sel de soude du commerce). — Tous les liquides connus sous le nom *d'eaux* se rapportent à quatre divisions principales : les hydrolés, les hydrolats ou eaux distillées, les alcoolés et les alcoolats. Les eaux minérales proprement dites, naturelles et artificielles forment une 5me division.

1re Division. — EAUX COMPOSÉES, dans lesquelles les principes ne sont qu'en *solution* (*hydrolés composés*).— *Eau d'Altibour*; employée contre l'inflammation chronique des paupières. — *Eau antiputride de Beaufort*; limonade minérale préparée avec l'acide sulfurique. — *Eau bénite*; solution de 6 grains d'émétique dans 8 onces d'eau, employée dans le traitement de la colique métallique. — *Eau blanche*; résolutif généralement employé dans le pansement des plaies, des contusions, des entorses. — *Eau camphrée*. — *Eau céleste*; collyre excitant et résolutif. — *Eau chalybée, ou ferrée*; eau dans laquelle on a éteint plusieurs fois un fer rouge, ou bien qui contient un peu de carbonate de fer; c'est une boisson tonique. — *Eau d'Egypte*, solution de nitrate d'argent employée pour noircir les cheveux. Son emploi est d'un usage pernicieux, en ce qu'elle peut attaquer et même détruire le tissu cutané. — *Eau fondante* de Trévez. — *Eau forte*; mélange d'acide nitrique et d'acide sulfurique. On se sert de cette liqueur acide et corrosive pour dissoudre presque tous les métaux; l'or et le platine sont les deux seuls qui lui résistent; leur dissolvant est l'eau régale, qui est un composé d'acide hydrochlorique et d'acide nitrique. Comme ces deux derniers métaux ont des pores beaucoup plus petits que les autres, on peut assurer que l'eau régale a des particules beaucoup plus déliées que l'eau forte (acide nitrique du commerce). — *Eau de goudron*; liquide odorant et acide résultant de la macération d'une livre de poix navale dans 10 d'eau.—*Eau iodée*; solution d'iode dans l'eau, à l'aide de l'iodure de potassium. — *Eau de javelle*; chlorite de potasse liquide qu'on obtient en faisant arriver du chlore dans l'eau tenant en dissolution le tiers de son poids de carbonate de potasse du commerce. Un peu d'oxyde de manganèse lui donne sa couleur rosée. — *Eau mercurielle*; solution de proto-nitrate acide de mercure, qu'on obtient en faisant dissoudre dans un matras, à une douce chaleur. — *Eau de Mettemberg*; solution de sublimé corrosif. — *Eau minérale*. On donne quelquefois ce nom à un émèto-cathartique, composé d'émétique et de sulfate de soude. — *Eau oxigénée*, contenant une quantité d'oxygène double de celle qui s'y trouve dans l'état naturel. Elle est inodore et incolore, blanchit l'épiderme et détermine des picotements; elle a une saveur métallique. — *Eau phagédénique*; solution d'hydrochlorate de chaux tenant en suspension du deutoxyde de mercure qui lui donne une couleur jaune orangée. — *Eau régale*; acide hydrochloronitrique (*Voyez* EAU FORTE).—*Eau rouge*; solution de sublimé corrosif, colorée avec les pétales de coquelicots. — *Eau seconde*; mélange d'une partie d'eau forte avec deux parties d'eau. *L'eau seconde* que les peintres emploient est une solution de potasse.

IIe *Division*. — EAUX DISTILLÉES, SIMPLES OU HYDROLATS. — *Eaux distillées* de cochléaria, de cresson de fontaine, de cresson de Para, de passerage, de laitue, de joubarbe, de pourpier, d'armoise, de buglosse, de bourrache, de chardon bénit, de chicorée, d'euphraise, de pariétaire, de petite centaurée, de plantain, de scabieuse, de scordium, de véronique, de menthe poivrée, d'absinthe, de cerfeuil, d'hysope, de lierre terrestre, de marjolaine, de matricaire, de mélisse, de menthe crépue, de rue, de sabine, de sauge, de tanaisie, de thym. Eaux de roses (des 4 saisons), de coquelicot, d'acacia, de bluet, de fèves, de girofle jaune, de lis, de muguet, de nénuphar, d'œillet, de pivoine, de tilleul. Eaux d'anis, de carvi, de coriandre, de fenouil, de citron, de raifort, d'angélique, d'aunée, de valériane. — Eaux distillées de cannelle, de cascarille, de santal citrin, de sassafras, de girofle; de laurier-cerise, de feuilles de pêcher, de feuilles d'amandier, d'amandes amères. — Eaux de fleurs d'oranger, double, triple.—Eau vulnéraire aqueuse, spiritueuse (ou eau d'arquebusade).

IIIe *Division*. — EAUX SPIRITUEUSES, dans lesquelles les principes ne sont que dissous dans l'alcool (alcoolés composés).— *Eau-de-vie*. Alcool étendu d'eau et marquant 16 à 22 B°. C'est ainsi qu'on appelle particulièrement le produit de la distillation du vin; mais un grand nombre de végétaux donnent à la distillation des liquides spiritueux analogues. — Le *kirschenwasser* est l'eau-de-vie de merises. — Le *rhum* est celle du suc de cannes. — Le *rack* est celle du riz. —*Eau de Bouferme*; teinture aromatique dont la préparation se fait avec des muscades, girofles, cannelle et fleurs de grevadier.— *Eau de bouquet*, mélange d'alcoolat de miel composé, ou eau de miel odorante.—*Eau de Luce*, alcool ammoniacal succiné; liquide laiteux, d'une odeur forte, d'une saveur âcre et caustique, employé comme stimulant du système nerveux, dans les évanouissements; on la fait aspirer par le nez et l'on en donne à l'intérieur quelques gouttes dans un verre d'eau sucrée. On s'en sert également pour la cautérisation des morsures faites par des animaux venimeux.—*Eau pour la bouche*, esprit de pyrèthre (plante) composé.—*Eau de Rabel*, acide sulfurique alcoolisé.—*Eau de Théden*, alcoolé astringent et détersif.—*Eau de violette*, alcoolé d'iris de Florence, ainsi appelé à cause de son odeur de violette.

IVe *Division*. —EAUX DISTILLÉES SPIRITUEUSES, ou alcoolats composés. —*Eau d'arquebusade*, eau vulnéraire.—*Eau des Carmes*, eau de mélisse.—*Eau de Cologne*, composée d'huiles volatiles de bergamotte, de citron, de cédrat, d'huiles volatiles de romarin, de fleurs d'oranger, de lavande et d'huile volatile de cannelle que l'on dissout dans de l'alcool. On donne aussi le nom *d'eau de Cologne* à un alcoolé plus connu sous le nom *d'eau sans pareille*.—*Eau de Dardel*, imitation de l'eau de mélisse des Carmes, composée d'alcoolats de menthe et de romarin, de sauge, de thym et d'eau de mélisse. —*Eau de magnanimité*, alcoolats de racines de zédoaire, cannelle fine, girofle et petit cardamome.— *Eau de mélisse*. Il entre dans la préparation de cette eau, de la mélisse fraîche en fleur, zeste de citron frais, coriandre sèche et angélique. Cette eau est réputée stomachique, tonique et vulnéraire.—*Eau de la reine de Hongrie*; c'est de l'alcoolat de romarin.—*Eau de la Vrillière*, collutoire tonique (liqueur pour laver).

Ve *Division*.—EAUX MINÉRALES, c'est-à-dire qui passant à travers certains minéraux, contractent des propriétés médicinales; il en existe un grand nombre dans la nature, et l'art en imite quelques-unes avec succès.—EAUX MINÉRALES NATURELLES. Elles sont procurées, soit par la filtration de l'eau à travers des terrains où elles rencontrent des matières salines dont elles se chargent, soit par diverses forces électro-chimiques qui déterminent la dissolution de ces matières ou les produisent de toutes pièces. Ces eaux ont une température très variée: les unes sont froides, c'est-à-dire que leur température est inférieure à celle de l'atmosphère; les autres sont tièdes ou tempérées; il en est qui sont chaudes ou *thermales*, c'est-à-dire que leur température habituelle excède 20°; quelques-unes s'élèvent jusqu'à 60 et même 80°. Cette température a une cause qui n'est pas encore connue et que l'on présume appartenir à des principes électro-chimiques, à des décompositions souterraines, ou bien à la chaleur centrale du globe. Les matières qui dominent dans la composition des eaux minérales, sont: le gaz hydrogène sulfuré, l'acide carbonique libre, des sels à base de soude, de la silice, peu de sels à base de chaux, excepté le carbonate, et peu de fer. Toutes les eaux ne contiennent pas indistinctement ces diverses substances, mais il en est plusieurs qu'on y rencontre presque constamment, comme les bicarbonates de chaux et de magnésie, le sulfate calcaire, l'acide silicique, auxquels s'associe presque toujours un principe actif, tel qu'un hydrosulfate, un sel de fer, un sel purgatif, qui donnent aux eaux une propriété caractéristique d'après laquelle les chimistes modernes ont divisé les eaux naturelles en quatre classes: 1° les eaux salines; 2° les eaux gazeuses ou acidules; 3° les eaux ferrugineuses ou martiales; 4° les eaux sulfureuses ou hépatiques.

1re *Classe*.—EAUX SALINES THERMALES; principales sources: Aix en Provence, Avène, Bagnère de Bigorre, Bagnoles, Bains, Balarue, Bourbon-Lancy, Bourbon-les-bains, Cap-vern, Chaudes-Aigues, Encausse, Saint Laurent-les-Bains, Luxeuil, La Motte, Néris, Plombières, Sylvanes.

EAUX SALINES FROIDES. Andabre ou Camarès, Jouhe, Niéderbronn, Pouillon.

2e *Classe*.—EAUX GAZEUSES THERMALES; principales sources: Saint-Alban, Audinac, Bourbon-l'Archambault, Châtel-Guyon, Château-neuf, Clermont-Ferrand, Dax, Saint-Mart, Mont-d'or, Saint-Nectaire, Ussat, Vichy.

EAUX GAZEUSES FROIDES. Mont-Brisson, Saint-Myon, Pougues, Sulmalt, Vic-le-Comte, Bar, Châteldon Saint-Galmier, Langeac, Médague.

3e *Classe*.—EAUX FERRUGINEUSES THERMALES; principales sources: Alet, Saint-Honoré, Rennes-les-Bains.

EAUX FERRUGINEUSES FROIDES. Abbeville, Alais, Alet, Aumale, Beauvais, Bellesme, Boulogne-sur-mer, Bussang, Contrexeville, Cransac, Dinan, Ferrières, Fontenelle, Forges, Saint-Goudon, Sainte-Marie du Cantal, Saint-Martin-de-Valmeroux, Noyer, Passy, Provins, Rouen, Segray, Sermaise, Tongres, Vais, Watweiler.

4e *Classe*.—EAUX SULFUREUSES THERMALES; principales sources: Saint-Amand, Ax, Bagnères-de-Luchon, Bagnoles, Barrèges, Bonnes, Cambo, Casteras-Verduzan, Cauterest, Digne, Evaux, Gréoux, Guitera, Saint-Sauveur.

EAUX SULFUREUSES FROIDES. Enghien-les-Bains, Puzzichello, la Roche-Posay, Uuriage.

Les saisons les plus favorables à l'usage des eaux sont le printemps, l'été et le commencement de l'automne. Les sources d'eaux minérales doivent être fréquentées plus tôt dans les pays méridionaux et plus tard dans les pays septentrionaux.

EAUX MINÉRALES ARTIFICIELLES. Par la synthèse (méthode de composition) on est parvenu à imiter parfaitement quelques eaux minérales naturelles ; et l'on affirme même que certaines eaux factices sont préférables aux eaux naturelles par la facilité que l'on a de les rendre, à volonté, plus ou moins actives, en augmentant ou en diminuant les doses des substances que l'on y introduit ; telles sont les eaux acidule ou eau gazeuse simple ; eau alcaline gazeuse ; eau magnésienne ; eau de soude carbonatée ; eau sulfureuse ; eau de Bourbonne artificielle ; eau du Mont-d'or artificielle, eau de Sedlitz artificielle ; eau de Seltz artificielle ; eau de Spa artificielle ; eau de Vichy artificielle.

ÉBLOUISSEMENT. État de l'œil ébloui. Ce trouble momentané de la vue est causé soit par l'impression subite d'une lumière trop vive, soit par quelque cause interne.

ÉBULLITION. Agitation violente d'un liquide au moment où l'action du calorique le convertit en vapeur. Un liquide quelconque est doué à son point d'*ébullition* d'une force élastique suffisante pour vaincre la pression atmosphérique à laquelle il est soumis ; mais ce point varie selon la nature du liquide. L'ébullition est le terme de l'accroissement de température d'un liquide : toute nouvelle quantité de calorique qu'il reçoit ne fait que hâter l'évaporation ; un thermomètre plongé dans le liquide indique toujours la même température. Sous la pression atmosphérique de 0,76, l'eau bout à 100°, 0.

Le carbure de soufre à	47,0
L'alcool à	78,0
Une dissolution saturée de sulfate de soude à	109,7
Idem d'acétate de plomb à	102,0
» De muriate de soude à	106,9
» De muriate d'ammoniaque à	114,4
» De nitre à	115,6
» De tartre à	116,7
Une dissolution de nitrate d'ammoniaque à	125,3
Idem de sous-carbonate de potasse à	140,0
Le phosphore à	290,0
Le soufre à	299,0
L'acide sulfurique à	310,0
L'huile de lin à	316,0
Le mercure à	350,0

Il est à remarquer que la nature du vase dans lequel on fait bouillir un liquide a sur celui-ci une certaine influence ; car il a été observé que l'eau, dans un vase de métal, bout à 100°, tandis qu'elle ne bout qu'à 101°,5, dans un vase de verre ; tous les liquides présentent des résultats analogues.

ÉCAILLE, petites pièces épidermiques, sèches, laminées et luisantes, dont est couverte la peau des poissons et de certains reptiles. Dans le commerce, on désigne sous le nom d'*écaille* la substance qui provient de la carapace des tortues marines ; elle forme à sa surface de larges plaques semblables à la corne, mais non fibreuses ni lamelleuses comme elle. *Écailles*, en botanique, se dit de petites lames minces, foliacées, sèches, colorées quelquefois, qui recouvrent certaines parties des plantes, et forment le calice de certaines fleurs (*Voyez* IMBRIQUÉ).

ÉCHECS (jeu des). Quelques auteurs ont attribué l'invention de ce jeu à Palamède, fils de Nauplius, roi de l'île d'Eubée, pour dissiper l'ennui que causait la longueur du siége de Troie. Cependant son étymologie persane *schah* qui signifie *roi*, indique que si les Grecs sont inventeurs du jeu d'échecs, ce sont du moins les Persans qui l'ont perfectionné.—Ce jeu se compose de seize pièces de chaque côté que l'on appelle ainsi qu'il suit : un roi, une reine, deux *tours*, deux *cavaliers*, deux *fous* et huit *pions*, plus un échiquier qu'on appelle aussi *tablier* ou *damier* ; il a soixante-quatre cases. Les échecs furent inventés (selon les Persans) par un nommé *Sissa* ou *Sisla*, au commencement du cinquième siècle, pour donner une leçon à un prince indien ivre de son pouvoir : ce roi se nommait *Sirham*. Le Brame philosophe, au milieu de ses leçons frivoles en mêla d'utiles, et le prince reconnaissant voulut le récompenser. *Sissa* demanda qu'on lui donnât le nombre de grains de blé que produirait le nombre de cases de l'échiquier c'est-à-dire, un pour la première, deux pour la seconde, ainsi de suite en doublant jusqu'à la soixante-quatrième. Le roi l'accorda sans réfléchir, et il ne tarda pas à s'apercevoir qu'il s'était engagé au-delà de ce qu'il pouvait fournir. — Tamerlan (prince tartare) était passionné pour les échecs. — Quelques souverains, tels que Louis XI et Casimir II, roi de Pologne, ont défendu ce jeu à différentes époques. — Louis XIII, roi de France, avait un échiquier en étoffe et en forme de coussin ; les échecs étaient terminés par des espèces d'aiguilles qui, en s'enfonçant dans l'échiquier, lui permettaient de jouer en se promenant en voiture.—Don Juan d'Autriche se servait d'une chambre où il y avait des cases en marbre blanc et en marbre noir, et il employait des hommes qu'il faisait mouvoir selon les règles du jeu. — Le trésor de Saint Denis possède les échecs d'ivoire qui ont appartenu à Charlemagne.—Philidor, célèbre joueur, a fait un ouvrage très estimé intitulé *Analyse des échecs*, qu'il publia à Londres en 1749.—M. de La Bourdonnais, une des illustrations du café actuel de la Régence, a fait également un ouvrage sur les *échecs*, publié à Paris en 1833, et dédié à M. Lebrethon des Chapelles, qui a renoncé à jouer aux *échecs*, faute de pouvoir rencontrer des athlètes de sa force. — M. de Kempeln, Hongrois, a promené il y a quatre-vingts ans dans toute l'Europe un automate joueur d'é-checs.—Il y a huit ans un autre automate jouant aux *échecs*, a été vu à Paris, passage des Panoramas.

ÉCHELLE, mesure qui consiste en une ou plusieurs lignes droites, divisées en parties égales, selon une loi donnée. Les plans et les cartes de géographie offrent toujours une échelle représentant un certain nombre d'unités métriques, pour pouvoir y estimer les distances et les mesurer avec un compas. On appelle *échelles*, dans le Levant, les villes et les villages maritimes où les négociants européens ont des magasins, envoient des vaisseaux, tiennent des comptoirs, ont des facteurs, des commissionnaires, et où les États entretiennent des consuls. Ces mêmes lieux sont appelés *loges*, dans l'Inde et en Perse ; *comptoirs* sur la côte d'Afrique ; *Okelle* en Égypte, et *palissade* à Madagascar. La plupart de ces stations sont protégées par un fortin muni de canons, et occupé par une garnison proportionnée à son importance.

ÉCHINOCOQUE, genre d'entozoaires dont le caractère est de se présenter sous la forme d'un kyste (vessie) rempli d'eau, à la face interne duquel adhèrent de très petits vers, dont le corps lisse et presque globuleux est garni de quatre suçoirs à son sommet et couronné de crochets.

ÉCHINORHYNQUE, genre d'entozoaires classé parmi les vers parenchymateux (pulpeux). Leur corps est cylindroïde, élastique, en forme de sac et pourvu d'une trompe armée de crochets rétractiles ; ils sont privés de canal intestinal.

ÉCHO. Répartition distincte des ondulations sonores réfléchie par un corps solide. Il y a des échos simples et des échos poliphones. L'écho vient d'un son tardif et réfléchi qui, avec la même modification que le son direct, vient frapper l'organe de l'ouïe, quand le son direct ne fait plus d'impression. Les échos ne se trouvent pas en rase campagne, mais très communément dans les bois, dans les rochers et dans les pays montagneux, parce que, dans ces derniers lieux, le son rencontre fréquemment des obstacles qui le réfléchissent ; ce qu'il ne trouve pas en rase campagne. Il y avait, dit-on, au sépulcre de *Metella*, femme de Crassus, un écho qui répétait cinq fois ce qu'on lui disait. Un des plus beaux échos dont on ait fait mention jusqu'ici est celui de *Stace*, qui répétait jusqu'à dix-sept fois les paroles que l'on prononçait ; il était sur le bord du Rhin, proche Coblentz. On trouve en Italie un écho bien plus extraordinaire, puisqu'il répète cinquante-six fois le bruit d'un coup de pistolet, lors même que l'air est chargé de brouillards (*Voir* l'article Son). — On appelle *écho* une sorte de poésie, dont le dernier mot ou les dernières syllabes forment en rime un sens qui répond à chaque vers. — *Écho*, en terme de musique, se dit d'une sorte de pièce ou d'air dans lequel, à l'imitation de l'écho, on répète de temps en temps un certain nombre de notes.

ÉCLAIR. Éclat subit d'une vive lumière qui s'élance d'un nuage et disparaît souvent avec une grande rapidité , causé par le frottement de deux nuages portant le fluide électrique. On en distingue quatre séries : — *Éclair en zig-zag*.—*Éclair en boule*. — *Éclair lumineux*. — *Éclair de chaleur*. — ÉCLAIR EN ZIG-ZAG. Éclair qui, en franchissant l'espace, forme des sillons à angles très aigus , se dessine en traits bien déterminés, va quelquefois d'un nuage à l'autre ou remonte même vers son point de départ, mais le plus souvent se porte vers la terre en se terminant, dans certains cas , en deux ou trois rameaux qui vont vers des objets très distants l'un de l'autre, en formant des angles très ouverts. Ces éclairs portent avec eux l'incendie et le désastre, et ils paraissent être de la même nature que la foudre elle-même. — ÉCLAIR EN BOULES. Cet éclair, dont la nature est peu connue, diffère des autres éclairs par la lenteur saisissable de ses mouvements, par la rapidité qu'il prend ensuite instantanément en se dirigeant vers un objet.—Son élasticité le fait quelquefois rebondir à une hauteur très-grande après avoir touché la terre.—Son volume est très différent ; il apparaît tour à tour de la grosseur d'un tonneau ou de la tête d'un homme ; il se divise ensuite ordinairement en quatre boules qui souvent éclatent en tous sens.—Cet éclair est funeste et occasionne la mort ou la destruction.—ÉCLAIR LUMINEUX. Cet éclair, le plus fréquent de tous, apparaît par milliers dans un même orage. Son éclat est assez communément teinté en bleu, violet ou d'un rouge éblouissant. Il est très remarquable par sa brusque émission et par sa subite disparition. (*Voyez* TONNERRE).—ÉCLAIR DE CHALEUR. Cet éclair est la réflexion ou continuité de lumière du feu lancé par un nuage né dans un nuage situé à une grande distance et caché par la courbure de la terre.—En effet, le ciel étant pur et brillant d'étoiles, la réverbération d'un éclair sorti d'un orage se manifeste encore à 50 lieues, et permet d'apprécier l'intensité de sa lumière dont la continuité est due à la réflexion de l'atmosphère.

ÉCLECTISME, philosophie éclectique ; choix d'opinions vraisemblables. Potamon d'Alexandrie , célèbre philosophe du temps de l'empereur Auguste, fut chef de la secte des philosophes qu'on appela *éclectique*, parce qu'il choisissait dans les systèmes des autres ce qu'il jugeait être le plus véritable sans s'attacher à aucun en particulier. Cette école a été reproduite de nos jours , et nous avons, non-seulement la philosophie éclectique, mais encore la médecine éclectique, la littérature éclectique.

ÉCLIPSE, privation de lumière obscurcissement d'un astre par interposition. La lune s'éclipse lorsque par son immersion dans l'ombre de la terre, elle est privée de la lumière du soleil. Ces sortes de phénomènes ne peuvent arriver que dans le temps de la pleine lune, c'est-à-dire, lorsque cet astre paraît sous un signe directement opposé à celui du soleil, parce que ce n'est qu'alors que la terre se trouve entre le soleil et la lune. Chaque pleine lune nous donnerait une éclipse, si ce satellite de la terre avait son mouvement périodique dans le plan de l'écliptique; mais il n'en est pas ainsi ; l'orbite de la lune forme avec l'écliptique un angle qui va quelquefois jusqu'à 5 degrés 17 minutes ; aussi ne s'éclipse-t-elle que lors-

qu'elle se trouve dans un des nœuds, ou près d'un des nœuds, dans le même temps que le soleil paraît dans le nœud opposé. Les éclipses de lune se divisent en centrales et non centrales. Les premières n'arrivent que lorsque le soleil, la terre et la lune ont leur centre dans la même ligne droite; elles sont toujours totales, c'est-à-dire , que le disque de la lune est toujours totalement obscurci ; il n'en est pas ainsi des secondes ; elles sont tantôt partielles et tantôt totales ; et c'est pour déterminer exactement la grandeur des éclipses partielles que les astronomes ont divisé le diamètre du globe lunaire en 12 parties ou en 12 doigts. L'éclipse est de 6 doigts, lorsque la moitié du disque de la lune entre dans l'ombre de la terre ; et elle n'est que de 3 doigts, lorsque l'ombre de la terre ne se répand que sur le quart de ce même disque. — Dans les éclipses totales on dit souvent qu'elles ont plus de douze doigts, bien que le diamètre de la lune n'ait que cette quantité. Cette circonstance arrive lorsque la lune est avancée dans le cône d'ombre de la terre, plus qu'il n'est nécessaire pour être entièrement éclipsé. — Les éclipses centrales de la lune apogée sont les plus longues, parce que la lune apogée se meut plus lentement que la lune ou périgée, ou dans sa moyenne distance de la terre. Les plus longues éclipses de lune ne durent jamais cependant 5 heures. La lune totalement éclipsée paraît tantôt rougeâtre, tantôt de couleur de cendre, ; on se rend facilement raison de ce phénomène, en faisant attention que l'ombre de la terre se divise en *parfaite* et en *imparfaite*; l'ombre parfaite ne s'étend que jusqu'à environ 48 mille lieues ; l'ombre imparfaite ou *pénombre* s'étend jusqu'à 325 mille lieues au-delà de la terre. Ce n'est pas dans l'ombre parfaite , que se fait l'immersion du disque de la lune ; c'est dans la pénombre ; cette pénombre contient plusieurs rayons de la lumière du soleil ; la lune, quoique totalement éclipsée, doit donc nous paraître tantôt rougeâtre, tantôt de couleur cendrée, etc. — On sait que la lune se meut périodiquement d'Occident en Orient, et que c'est le bord oriental de cette planète qui doit entrer le premier dans l'ombre de la terre. Il est impossible que la lune éclipsée puisse se trouver en même temps avec le soleil sur l'horizon, puisque ces deux astres sont alors séparés l'un de l'autre de 180° ou six signes célestes ; aussi, lorsque le contraire paraît arriver, on doit conclure que ce n'est là qu'une illusion purement optique causée par la réfraction de la lumière ; c'est cette même réfraction qui nous fait tous les jours paraître le soleil sur l'horizon, lorsqu'il n'y est pas réellement.—Au moyen d'une éclipse de lune, on peut connaître laquelle de deux villes, prises à volonté sur le même hémisphère, relativement à la déclinaison de cet astre , est plus orientale que l'autre. Si l'éclipse a commencé à huit heures du soir, par exemple, pour l'une, et à 9 heures pour l'autre, la première de ces deux villes sera moins orientale d'une heure, que la seconde. C'est par ce moyen qu'on a perfectionné la géographie, en déterminant assez exactement la longitude d'un grand nombre de villes. — Toutes les fois que la lune se trouve en conjonction entre le soleil et la terre, nous devons avoir une *éclipse de soleil*, parce que alors la lune répand son ombre sur la terre, et qu'elle nous empêche de recevoir les rayons de lumière qui nous sont envoyés par le soleil. Les mêmes raisons qui nous rendent peu fréquentes les éclipses de lune , nous rendent encore plus rares celles de soleil, parce que l'ombre de la terre se rejetant jusqu'à 325 mille lieues , et celle de la lune ne s'étendant que jusqu'à environ 135 mille lieues , il est beaucoup plus facile à la lune d'entrer dans l'ombre de la terre, qu'à la terre d'être affectée par l'ombre de la lune.— Les astronomes divisent les éclipses de soleil en quatre classes : la première classe contient les éclipses partielles , la seconde les éclipses totales, la troisième les éclipses centrales, et la quatrième les éclipses annulaires. Une éclipse de soleil est partielle, lorsque la lune ne nous cache qu'une partie du disque de cet astre ; elle est d'autant plus grande, que la partie cachée est plus considérable. Une éclipse de soleil est totale, lorsque tout son disque nous est caché par la lune; ce phénomène arrive lorsque surtout la lune périgée se trouve en conjonction avec le soleil apogée : ceci ne doit pas surprendre; les observations les moins équivoques nous apprennent que le diamètre apparent de la lune périgée est sensiblement plus grand que le diamètre apparent du soleil apogée. Une éclipse de soleil est centrale, lorsque l'on voit dans la même ligne droite le centre du soleil et le centre de la lune. Enfin, une éclipse de soleil est annulaire, lorsque le soleil déborde de tout côté du globe de la lune; les éclipses centrales qui arrivent lorsque le soleil est périgée et la lune apogée, ne manquent jamais d'être annulaires, parce que le diamètre apparent de la lune apogée est plus petit que le diamètre apparent du soleil périgée. La remarque la plus intéressante qu'on puisse faire sur les éclipses de soleil, c'est qu'elles commencent toujours par le bord occidental de cet astre, et qu'elles ne sont jamais totales pour tout l'hémisphère. La raison du premier phénomène est évidente : le soleil et la lune ayant un mouvement périodique d'occident en orient, il est impossible que la lune passe sous le disque du soleil, sans commencer par nous en cacher le côté occidental. Le second phénomène n'est pas plus difficile à expliquer que le premier : on sait que le volume de la terre est cinquante fois plus grand que celui de la lune; la conclusion est donc qu'il est impossible qu'il se fasse jamais une immersion totale du globe terrestre dans l'ombre de la lune. Si une pareille immersion est impossible, nous ne pouvons donc jamais avoir une éclipse de soleil totale et universelle. On nomme également éclipse l'occultation d'un satellite par une planète, ou d'une étoile par la lune. — Nous terminerons cet article par une anecdote qui peindra d'un seul trait dans quelle ignorance étaient nos pères, il y a deux siècles, et combien il a fallu de temps aux hommes pour comprendre cette pensée de Plutarque : Les ténèbres de la superstition sont plus dangereuses que celles des éclipses. — Presque toujours nos sottises, qui sont si tristes, présentent un côté plaisant; le fait en question roule sur l'éclipse de soleil du 21 août 1564, phénomène dont les astrologues tiraient les conséquences les plus funestes. L'un prédisait un bouleversement considérable des États, et la ruine entière de Rome; selon un autre, il ne s'agissait de rien moins que d'un déluge semblable à celui de Noé; un troisième annonçait un déluge de feu. Tous enfin étaient tellement épouvantés, que ceux qui, d'après l'ordre exprès des médecins, se contentaient de s'enfermer dans des caves bien closes, bien échauffées et bien parfumées, pour se mettre à l'abri des mauvaises influences, ceux-là, disons-nous, croyaient être en droit de railler les esprits timides, et de faire les esprits forts. Le moment décisif approchait, quand tout à coup la consternation devint si grande, qu'un curé de la campagne, ne pouvant plus suffire à confesser tous ses paroissiens qui croyaient toucher à la fin du monde, fut contraint de leur dire au prône : mes frères, ne vous pressez pas tant, l'éclipse est remise à quinzaine.

ÉCLIPTIQUE. Orbite que décrit la terre en faisant sa révolution annuelle autour du soleil et dans le plan de laquelle cet astre paraît constamment au point opposé à celui où se trouve la terre. L'écliptique est la ligne fictive qui divise la largeur du zodiaque en deux parties égales; on la nomme écliptique, parce que les éclipses se forment dans son orbite. L'écliptique occupe le milieu de la zone zodiacale, à laquelle on a donné seize degrés de largeur, afin de pouvoir renfermer dans cet espace le cours des planètes. Les orbites des planètes coupent l'écliptique en deux points opposés qu'on appelle nœuds, et s'écartent plus ou moins de cette ligne à droite et à gauche, à peu près comme deux cercles qui seraient passés l'un dans l'autre, et qui s'écarteraient de trois ou quatre doigts.

L'orbite de Pallas est incliné à l'écliptique d'environ 38 degrés; elle sort donc des bornes du zodiaque (Voyez SPHÈRE).

ÉCOLE. On entend par ce mot une suite d'artistes qui ont une origine commune, et dont le caractère des ouvrages offre quelque ressemblance. Les peintres Italiens se divisent en treize écoles, qui sont : l'école Florentine, Romaine, Bolonaise, Vénitienne, Napolitaine, Siennoise, Milanaise, Genevoise, de Parme, Génoise, Ferraraise, Toscane et de Padoue. Les Espagnols forment quatre écoles : celle de Séville, de Madrid, de Valence et Italico-Espagnole, c'est-à-dire des élèves Espagnols qui ont étudié sous les maîtres Italiens. L'école des Pays-Bas comprend : celles d'Allemagne, de Flandre et de Hollande. Les Français comptent deux écoles : l'école Française ancienne, l'école Française moderne. L'école Anglaise se forma vers le milieu du dix-huitième siècle. — L'école Florentine est la plus ancienne connue; elle date de 1240. Cimabué fit revivre en Italie l'art de la peinture, qu'il avait appris des Grecs. Il peignit à fresque et en détrempe; plusieurs de ses tableaux existent encore dans l'église des Franciscains d'Asceci en Ombrie. L'école Florentine commence avec Léonard de Vinci (1520) et non pas Michel-Ange (Caravaggio, Michæl Angelo Amerigi da 1609). Le premier avait composé un grand nombre de dissertations, mais aucun de ses écrits ne nous est parvenu, excepté un traité élémentaire, très estimé, sur l'art de la peinture. On ne peut trop recommander la lecture de ce livre à ceux qui se destinent à l'étude de la peinture, soit comme amateurs, soit comme artistes. Le second n'avait ni d'autre maître que son génie et son application. Son caractère querelleur et sa mauvaise conduite le retinrent dans la pauvreté. Se trouvant un jour au cabaret, sans argent, il offrit, pour payer son écot, de peindre une enseigne qui fut par la suite vendue un grand prix. L'école Florentine est d'une grande sécheresse, froide, faiblement dessinée et d'une couleur blafarde. Tous les ouvrages de cette école sont peints sur bois de cèdre très épais; l'ancienne école Allemande a beaucoup de ressemblance avec l'école Florentine. Aucun tableau Florentin n'est signé en toutes lettres; la plupart portent des monogrammes et sont peints sur panneaux sans apprêts.

L'ÉCOLE VÉNITIENNE devint bientôt la rivale de l'école Florentine (1501). Elle fut créée par Bellini, auquel on doit les tableaux qui ornent la salle du conseil à Venise. Les productions vénitiennes sont peintes largement, sans correction de dessin, brillantes de couleur, rouges dans le clair et noires dans les ombres. Dans la primitive école, les tableaux vénitiens sont peints sur des panneaux extrêmement épais. Le Titien, élève de Bellini (1550), fut le premier qui s'affranchit de cette finesse que produit le bois; il peignit sur toile, et bientôt tous les ouvrages de cette école ne furent que sur très gros coutil apprêté en rouge; quant aux signatures, on ne voit que quelques Titiens qui portent sa marque. Il peignait l'histoire, le portrait, le paysage; c'est surtout dans le dernier de ces genres qu'il est incomparable. On ne finirait pas si l'on voulait donner une liste de ses ouvrages. Deux surtout méritent d'être cités : une Cène qui se trouve à l'Escurial et un Christ couronné d'épines, que l'on voit à Milan.

L'ÉCOLE ROMAINE. Le chef de cette école fut Perugino (Pietro, 1500), disciple d'André Verocchio, et qui eut la gloire d'être le maître de Raphaël, considéré comme le premier peintre romain. Cette nouvelle école, réunissant les beautés de Léonard de Vinci et de Bellini, ne tarda pas à se distinguer par la correction du dessin, la sagesse du coloris et la poésie des contours. A l'exception de quelques Raphaëls, les tableaux romains ne portent pas de signature; ils sont mieux conservés que ceux des autres écoles, parce qu'ils furent peints sur bois et sur un apprêt de plâtre inventé par Raphaël; l'avantage immense de ce plâtre était de pomper l'huile qui, seule, dégrade les couleurs. Au talent de peindre, Raphaël joignait un goût exquis pour l'architecture ; Léon X lui confia la construction de la fameuse basilique de Saint-Pierre. Il mourut en 1520, le jour de l'anniversaire de sa naissance. On l'appelle souvent le divin Raphaël, pour mieux exprimer l'excellence de son génie et les grâces inimitables qui caractérisent ses ouvrages.

L'ÉCOLE DE PARME fut fondée par Corrège (André, 1500). On estime principalement ses tableaux de Vierges, de saints et d'enfants. Il y répand des grâces singulières qui charment les connaisseurs. Il mourut en 1534, à 40 ans, d'une fièvre qu'il gagna en revenant de Parme à pied, chargé de 200 francs en monnaie de cuivre. C'était dans le temps des plus grandes chaleurs ; la joie qu'il avait de porter cette modique somme à sa pauvre famille lui fit forcer sa marche ; ce qui lui causa la maladie dont il mourut. On rapporte de lui qu'ayant long-temps considéré un tableau de Raphaël, il s'écria : *son pittoro anch'io !* (Je suis peintre aussi moi !) Le Corrège était encore bon architecte. L'école de Parme est remarquable par la vérité du coloris, qui est un intermédiaire entre Léonard de Vinci et le Titien ; le dessin n'est pas d'une grande exactitude, mais la grâce domine dans tous les ouvrages de l'école de Parme, dont quelques-uns sont peints sur bois, et d'autres sur une toile extrêmement fine, apprêtée en gris.

L'ÉCOLE BOLONAISE se fait remarquer par la finesse du ton, la correction du dessin, un coloris transparent, même parfois monotone et froid. Un grand nombre de tableaux de cette école sont peints sur cuivre, sur bois quelquefois, et rarement sur toile.

LES ÉCOLES SIENNOISE, MILANAISE ET FERRARAISE sont formées de l'école Florentine ; elles ont beaucoup de rapport entre elles. Les ouvrages qu'elles ont produits sont plus animés, d'un coloris plus vigoureux, d'un dessin moins maigre que la manière de Cimabué. Ils sont peints sur panneaux ou sur toiles apprêtées en gris foncé, ce qui fait qu'ils sont violets ou cendrés.

L'ÉCOLE NAPOLITAINE est vigoureuse, sans correction de dessin, d'un coloris brillant ; elle donna naissance à l'*école Génevoise* dont la manière est léchée, froide et touchée dans le style des Bolonais ; le coloris est plus sombre, plus gris.

L'ÉCOLE DE PADOUE fut principalement cultivée par des moines ; aussi rien n'est plus rare que d'y rencontrer des sujets étrangers à la Bible. Cette école, terne, d'un noir gris, est une faible imitation des Vénitiens ; elle n'a produit que des portraits de saint Antoine et de saint François, généralement peu gracieux et très mesquinement dessinés. L'*école Toscane*, qu'elle a produite, se distingue d'elle par plus de grâce, de sentiment et surtout par un dessin moins grotesque. L'*école Génoise*, qui est confondue avec l'école Toscane, joint à la froideur des Bolonais le dessin peu correct des Vénitiens ; néanmoins elle flatte les yeux et paraît plus brillante que l'école de Parme.

L'ÉCOLE DE SÉVILLE. Le fondateur de cette école fut Murillo (Barthélemi, 1540) disciple de *Jean del Castillo*, son oncle ; son genre était l'histoire et le paysage ; il aimait à peindre des mendiants dans diverses attitudes et situations. En raison des trois manières suivies par ce peintre, il est assez difficile de reconnaître cette école ; son dessin est assez correct, sa couleur, imite des Florentins, est rose et sèche. Ses disciples suivirent ce genre et formèrent l'école *Flamenco-Espagnole*. Plus tard, Murillo s'inspira de la manière de Van-Dyck et de Pierre Moya ; il travailla largement, son coloris devint gris et ses contours furent heurtés. Enfin, il se créa un genre et il enseigna la grâce du dessin, la force et la magie du clair-obscur.

L'ÉCOLE DE VALENCE, qui a pour chef Espagnolet (Joseph Ribeira l'), est remarquable par la force du coloris, qui est plus noir que celui de la précédente ; son dessin

est prononcé d'une manière exagérée, et par la vigueur des touches et la force des expressions. Ribeira imitait la manière du Caravage et surpassait quelquefois son modèle. Il peignit bien, tant qu'il fut pauvre ; devenu riche, il se négligea. Il mourut à Naples en 1656.

L'ÉCOLE DE MADRID, dont Moralès fut le chef, est froide et terminée comme l'école Florentine ; son dessin est correct ; elle n'a produit que des *Ecce homo* et des *Mater dolorosa* que l'on confond souvent avec les productions des élèves de Léonard de Vinci.

L'ÉCOLE ITALICO-ESPAGNOLE est celle formée par des élèves italiens ; telle est, par exemple, la première manière de Ribeira.

L'ÉCOLE ALLEMANDE ; froide, maniérée, monotone et blafarde ; les draperies paraissent taillées dans la pierre, et le coloris en est désagréable. Les tableaux allemands sont peints sur des panneaux de chêne assez minces. Cette école fut formée par Bramer et Rothemaner (1600). Le premier fut disciple de Rembrandt ; l'un de ses meilleurs tableaux est la résurrection du Lazare. Le second, élève du Titien, demeura long-temps en Italie, pour y étudier les grands maîtres. Albert Durer tient la première place parmi les peintres de cette école (1500).

L'ÉCOLE FLAMANDE a produit un très grand nombre de tableaux dans lesquels la lumière, la couleur et le ton approchent de la nature. Cette école compte parmi ses artistes les plus célèbres, Rubens qui apprit le dessin sous Octavio Van-Veen ; il imita la manière de peindre du Titien, de Paul Veronèse et du Tintoret, célèbre peintre vénitien. Son talent ne se bornait pas à la peinture, il était en même temps excellent architecte, il parlait sept langues différentes, il savait l'histoire et était habile diplomate, ce qui le fit employer en diverses négociations très importantes. On a de Rubens un traité de peinture ; le plus célèbre de ses disciples fut Van-Dick. Il mourut à Anvers, le 30 mai 1640.

L'ÉCOLE HOLLANDAISE. Cette école n'a eu d'autre but que d'imiter par le dessin et le coloris la nature, sans s'occuper de la beauté des têtes et de la noblesse des formes ; elle a excellé dans la peinture des tavernes, des forges, des fêtes villageoises, qu'elle a rendues avec la plus grande vérité. Les ouvrages de l'école Hollandaise sont remarquables par leur fini le plus précieux, et par la reproduction des effets les plus piquants du clair-obscur. Dans la peinture du paysage, les Hollandais ont porté au plus haut degré l'idéal du genre dans lequel ils n'ont pas de rivaux. Parmi les plus célèbres artistes de cette école, on cite Rembrandt (Van-Ryn). Son nom était Gerretz ; mais il est plus connu sous celui de Van-Ryn, parce qu'il passa sa jeunesse sur les bords du Rhin ; il fut disciple d'un assez bon peintre, appelé Lesman. Tous ses efforts se portaient à imiter la nature vivante. Il copiait ses modèles d'une manière si parfaite, qu'il semblait que ses portraits sortissent de la toile. Les gravures d'après ses tableaux sont très estimées ; il excellait dans le clair-obscur. Il mourut en 1688.

L'ÉCOLE FRANÇAISE. Vouet (Simon) est le fondateur de l'ancienne école. Il parcourut l'Italie, s'arrêta à Venise et s'établit à Rome, où il acquit une grande réputation. Louis XIII, qui lui faisait une pension, le rappela pour le faire travailler à l'embellissement de ses palais. Tous les tableaux de l'ancienne école française sont peints sur toile apprêtée de rouge ; ils sont riches de composition, larges de touche, d'un dessin correct ; elle a du rapport avec l'école romaine. Lesueur, Lebrun, Claude Lorrain, Mignard, Coypel, Vernet, Jouvenet sont les peintres les plus célèbres de cette école. Le plus ancien des peintres français qui ait laissé un nom est Jean Cousin (1589), qui exerça le plus souvent son talent sur des vitraux, mais qui s'est aussi distingué par des tableaux. Il était correct, peu élégant dans son dessin ; son tableau du jugement universel est estimé ; il était bon sculpteur aussi, et il a laissé quelques ouvrages de géométrie et de perspective.—Le Poussin, un des plus grands peintres que la France ait produits, n'est pas mis au nombre des maîtres de l'école française, parce qu'il a exercé presque toujours son talent en Italie; il fait partie des peintres de l'école romaine. Louis XIII l'appela à Paris et le logea aux Tuileries. Louis XIV lui accorda une pension considérable; il fut chargé de peindre les travaux d'Hercule dans la galerie du Louvre; mais ayant été traversé par des envieux, au nombre desquels était Simon Vouet, il retourna à Rome, où il mourut en 1665.

L'ÉCOLE FRANÇAISE MODERNE. Vien prépara cette restauration de l'école française, à laquelle David devait rendre tout son lustre. Gérard, Guérin, Gros, Girodet ont perpétué le génie de David; Drouais, Granet, Isabey, Gudin, Horace-Vernet, Prudhon, Hersent, Le Thiers, Ingres, Orsel, etc., etc., etc., assurent une longue existence à l'école française moderne, trop connue pour nous étendre davantage sur elle.

L'ÉCOLE ANGLAISE fut fondée, vers le milieu du dix-huitième siècle, par Reynolds, disciple d'Hudson, qui, sans être un excellent peintre, faisait de bons élèves. Reynolds, en le quittant, fit le voyage d'Italie, et en revint deux ans après, avec un talent perfectionné par l'étude et les voyages. L'Académie de peinture et d'architecture de Londres ayant été établie alors, il en fut nommé président. Il ne peignait que le portrait, mais il embellissait ses tableaux de paysages d'un goût pur, et l'on a regretté que le genre de l'histoire n'ait pas été, à cette époque, le goût dominant; il y eût sans doute excellé. Une de ses plus grandes compositions est le tableau de famille à Bleuheim. Il mourut le 23 février 1792. L'école anglaise se fait remarquer par la sagesse de la composition, la beauté des formes, l'élévation des idées et la vérité des expressions. Les artistes les plus célèbres de cette école sont: West, Copley, Guinsborangh, Brow, Lawreus, etc.

ÉCONOMIE ANIMALE, signifie l'ensemble des lois qui régissent l'organisation des animaux. On désigne aussi par ce mot économie l'ensemble des parties qui constituent l'homme ou les animaux. L'économie domestique indique une administration sage des affaires privées et des intérêts de la famille. L'économie politique est une science qui a pour objet le bien-être matériel des hommes. L'économie rurale est l'observation des phénomènes de la production agricole, faite dans le but de tenter des essais, de multiplier des expériences; par elle, l'agronome met à profit les découvertes de la science, perfectionne les instruments, dirige les cultures avec calcul, administre dans un intérêt plus direct et se rend un compte mathématique des résultats.

ÉCORCE, enveloppe extérieure du tronc et des plantes dicotylédones, composée de quatre parties distinctes : l'épiderme, l'enveloppe cellulaire, les couches corticales proprement dites et le liber.

ÉCREVISSE, crustacé; quatrième signe du zodiaque. Elle fut placée au ciel par Junon, après avoir été écrasée sous les pieds d'Hercule, contre lequel elle venait secourir l'hydre de Lerne.

ÉCRITURE. Afin de communiquer leurs idées, les hommes ont commencé naturellement par dessiner les images des choses : pour exprimer l'idée d'un homme ou d'un cheval, ils figuraient un homme ou un cheval. Les caractères hiéroglyphiques succédèrent à ces simples images de la pensée; les Egyptiens en avaient de deux sortes : ceux qui appartenaient à tout le monde, et ceux qui, réservés pour les choses sacrées, étaient un secret pour tout autre que les prêtres et les initiés. Dans les hiéroglyphes, une seule figure était le symbole de l'image de plusieurs choses. S'agissait-il, par exemple, de marquer un siége, les Egyptiens peignaient une échelle à escalader; deux mains, dont l'une tenait un bouclier et l'autre un arc, désignaient une bataille. Les Chinois firent, dans ce genre, un pas de plus; rejetant les ima-

ges, ils ne conservèrent que les marques abrégées, qu'ils ont multipliées jusqu'à un nombre prodigieux. Chaque idée ayant en Chine sa marque distincte, les caractères chinois sont devenus communs à diverses nations voisines; et malgré la différence du langage, les Chinois, les Siamois, les Tunquinois et les Japonais lisent les mêmes livres. Il en est de l'écriture chinoise comme de nos chiffres et de nos opérations arithmétiques, qui sont connus et entendus de tant de peuples divers. Les Chinois ne se servent point de plume pour écrire, mais de pinceaux de poils de lapin, qu'ils tiennent à plomb. Ils n'écrivent point de gauche à droite, comme nous, ni de droite à gauche comme les Hébreux; mais perpendiculairement du haut de la page en bas, en commençant à la droite. Leur papier n'est point fait avec de la soie, comme on le croit communément, mais avec l'écorce intérieure du bambou et de quelques autres arbres; et ce qu'il y a de plus particulier, c'est qu'ils en font des feuilles d'une largeur extraordinaire, et qu'après qu'il est écrit et usé, ils le fabriquent de nouveau. Le papier de la Chine a le même éclat que la soie; mais il est mince, fragile et de peu de durée. L'encre dont ils se servent, et qui est connue en Europe sous le nom d'encre de Chine, est faite avec du noir de lampe, et la meilleure avec celui que donne la fumée du pin. Ils la mêlent avec des drogues odoriférantes pour corriger sa mauvaise odeur; ils en forment une espèce de pâte, qu'ils mettent dans des moules de bois de différentes figures. L'écritoire des Chinois consiste dans un morceau de marbre poli, à l'extrémité duquel il existe un trou, dans lequel ils mettent de l'eau. Ils trempent leur encre dedans, et la frottent sur la partie du marbre qui est polie. Ils appellent le pinceau, le papier, l'encre et le marbre, fse pau, ou les quatre choses précieuses; aussi en ont-ils grand soin. Tout ce qui a rapport aux lettres est tellement estimé à la Chine, que ceux qui font l'encre ne sont pas réputés exercer une profession mécanique.—Selon une ancienne tradition, l'écriture a été inventée par le secrétaire d'un roi d'Egypte; That (nom de l'inventeur) réfléchissant que le discours, quelque varié et quelque étendu qu'il puisse être pour rendre les idées, n'est pourtant formé que d'un assez petit nombre de sons, entreprit de leur assigner à chacun un caractère représentatif, et il forma le premier alphabet. Cette manière de représenter les sons de la voix pour exprimer toutes les pensées et les objets que nous avons coutume de désigner par des sons, parut si simple et si féconde, qu'elle se répandit rapidement. Les premières lettres connues en Europe furent les lettres grecques; les Grecs avaient eux-mêmes reçu le premier alphabet des Phéniciens, par Cadmus, lequel, quoique d'originaire d'Egypte, était né en Phénicie.— Les matières sur lesquelles on écrivit suivirent la marche, les progrès et la gradation de l'esprit humain. Le bois servit le premier à l'écriture; les rouleaux d'écorce ou de feuilles d'arbre le suivirent de très près; les pierres, les briques et les métaux furent bientôt mis en œuvre pour conserver des monuments à la postérité la plus reculée : telles furent les tables de la loi; les hiéroglyphes des Egyptiens sur les pyramides et les obélisques; les douze pierres précieuses chez les Juifs; les lois des douze tables chez les Romains, gravées sur l'airain; les lois pénales, civiles et cérémoniales des Grecs, inscrites sur des tables de pareille matière, qu'ils nommaient cyrbes. — Les tables d'airain ou de cuivre furent principalement en usage au quatrième siècle, ainsi que les tablettes de bois, enduites de céruse; les tables de plomb ont aussi servi à l'écriture : l'ivoire, le bois, le citron, et même l'ardoise ont eu leur tour. — Les lois des Romains étaient gravées sur des tablettes de chêne, soit nues, soit enduites. Dans le premier cas, elles se nommaient Schedæ chez les Romains, et Axones chez les Grecs. De ces tables de bois, on faisait des livres, codices, qui, gravés sans enduit, étaient par conséquent ineffaçables. Dans le second cas, taillées plus en petit, elles étaient recouvertes de cire, ou de craie, ou de plâtre. La première espèce se nommait *Ceræ*; leur nom général était *Tabulæ*. On se servait assez communément de cire verte ou noire: celle des tablettes qui nous restent parait noire ou d'un vert obscur. Quelquefois ces tablettes n'étaient enduites que d'un côté. Lorsqu'elles étaient remplies, ou qu'on voulait en faire disparaître l'écriture, on l'effaçait en rendant la cire unie; ensuite on s'en servait de nouveau. L'usage des tablettes s'est conservé jusqu'au commencement du XIVᵉ siècle (*Voyez* STYLE).—Les Anglais et les Hollandais excellent dans *la calligraphie* ou l'art de former les caractères de l'alphabet avec la plume. Du reste, il n'y a personne qui ne convienne que l'*écriture* est de tous les arts le plus utile à la société. Elle est l'âme du commerce, le tableau du passé, la règle de l'avenir et le messager des pensées. Enfin, l'*écriture* est la clef des arts et des sciences, puisque sans elle on n'en saurait agir dans quel que état de la vie que ce puisse être.

ÉCRIVAINS, auteurs. On se plaint quelquefois de la multitude des écrivains; ils seraient dix fois plus nombreux qu'ils mériteraient encore d'être considérés; car sous quelque rapport qu'on les envisage, ils sont très utiles. Outre qu'ils impriment à la nation, chez l'étranger, l'amusement qu'ils procurent par leurs productions est de tous le plus touchant, le plus varié et le moins coûteux. Leurs livres, leurs pièces de théâtre, leur polémique, leur genre de vie, donnent lieu à des conversations intarissables, qui sont probablement les plus agréables, puisqu'on y revient si fréquemment. On ne peut du moins leur refuser la gloire de répandre dans la société un langage épuré, le goût du savoir, la lumière de la raison; ils contribuent à rendre plus vif ce plaisir délicat des peuples civilisés, ce charme de la conversation qui éclaire tant de choses lumineuses, et qui instruit souvent mieux que les livres. En frondant les vices et les abus, en démasquant les vicieux, ils aident, sous un certain point de vue, à rendre les hommes meilleurs et plus heureux; ils guérissent des préjugés, dissipent des craintes, et rendent un service essentiel à l'humanité en servant l'économie générale. Nous les voyons tous les jours s'élever contre les vices politiques, les ridicules dangereux, les opinions fausses. Ils ont fait valoir les droits de la raison depuis la satire *Ménippée* jusqu'à la dernière brochure politique; et dans des crises très importantes, ils ont décidé l'opinion publique, dont ils sont les maîtres, et qui par eux a exercé la plus grande influence sur les événements; ils semblent former ainsi l'esprit national (*Voyez* JOURNALISME).

ECTOZOAIRE. On donne le nom d'*ectozoaires* ou d'*épizoaires* aux insectes parasites qui vivent sur le corps de l'homme ou des autres espèces animales.

ÉCUREUIL. Ce petit quadrupède se trouve dans toute l'Europe. Il est roux l'été, blanc sous le ventre; l'hiver il devient cendré bleuâtre. Il se nourrit de noix, de pignons (amandes du pin), de champignons agarics, de baies. Il se sert de ses pieds de devant comme de mains, pour rouler ce qu'il mange; il cache le superflu de ses repas. Il boit peu; l'hiver il mange. Son nid arrondi est bâti avec de la mousse; il se met à l'ombre sous sa queue; la marte lui fait la guerre. On estime sa peau d'hiver; on peut manger sa chair. La femelle, qui porte pendant un mois, met bas deux fois par ans, de trois à cinq petits. L'écureuil commun a quatre doigts aux pieds antérieurs, cinq aux postérieurs; chaque doigt est muni d'un ongle long, aigu et recourbé; il a deux incisives à chaque mâchoire, sans canines. Cet animal est frugivore; cependant on assure qu'il mange les œufs et les petits oiseaux; il est vif, leste, adroit et même docile; il s'assied souvent sur le derrière, et s'aide des pieds antérieurs en mangeant. Il habite au haut des arbres, et saute facilement, en jetant un cri perçant, de branche en branche, et même d'arbre en arbre; il y fait ses provi-

sions dans quelques troncs, et se pratique avec des bûchettes et de la mousse, sur la bifurcation d'une grosse branche, une espèce de nid couvert, où la femelle dépose ses petits. L'écureuil pris jeune est susceptible d'une espèce d'éducation; il vient lorsqu'on l'appelle, caresse avec un doux murmure, aime à se niduler dans les vides des vêtements. Le mouvement lui est si nécessaire, même dans l'état de domesticité, qu'il saute perpétuellement, ou grimpe contre les tapisseries. S'il est enfermé dans une cage dans laquelle on place un cylindre creux tournant, il le fait rouler avec une rapidité étonnante. On distingue encore l'*écureuil noir*, qui se trouve dans l'Amérique-Septentrionale; l'*écureuil petit-gris*, dans la Nouvelle-Espagne; l'*écureuil palmiste*, habitant les régions les plus chaudes de l'Afrique et de l'Asie; l'*écureuil barbaresque*, que l'on trouve dans la partie occidentale de l'Algérie; l'*écureuil suisse*, habitant l'Asie et l'Europe septentrionales; l'*écureuil orangé*, qui se trouve dans la Nouvelle-Espagne et au Mexique; et l'*écureuil de Madagascar*, trouvé dans la partie occidentale de cette île. — Les *écureuils volants*, qui se trouvent dans les provinces tempérées de l'Amérique septentrionale, s'assemblent par troupes sur les arbres; ils se nourrissent de fruits, de semences; cherchent leur nourriture sur le soir et pendant la nuit; et le jour ils dorment dans un nid formé de feuilles. Cet animal peut s'apprivoiser; la longueur de son corps est de cinq pouces; il vole les hypocondres étendus.

EDEN, paradis terrestre. Le pays d'*Eden*, où se trouvait le paradis terrestre, était arrosé par quatre fleuves: le *Phison*, le *Géhon*, le *Tygre* et l'*Euphrate*. L'Écriture-Sainte ajoute même assez clairement que ces quatre fleuves y prenaient leur source. C'est ce qui a déterminé plusieurs savants à placer le *paradis terrestre* dans l'Arménie, qui, outre les sources du Tigre et de l'Euphrate, renferme celle des autres fleuves dans lesquels on peut, par conjecture, reconnaître le *Phison* et le *Géhon*. Le Phison paraît être le même que l'*Araxe* qui traverse l'Arménie, en se dirigeant vers l'est: Xénophon désigne ce dernier fleuve sous le nom de *Phasis*; et les auteurs Byzantins donnent le nom de *Phasiane* à cette contrée qu'il arrose au commencement de son cours. Quant au Géhon, les circuits et les débordements que l'Écriture lui attribue, conviennent au *Cyrus*, dont la source est proche de celle de l'Araxe, et qui, après s'être écarté de celui-ci vers le nord, s'en rapproche pour en recevoir les eaux, qu'il porte avec les siennes vers la mer Caspienne. Au reste, le déluge a produit, sur la surface de notre globe, des changements qui causent l'incertitude où l'on est sur la situation précise du paradis terrestre.

ÉDENTÉS. Mammifères du huitième ordre, ainsi nommés en raison de l'absence totale des dents incisives et laniaires. Aucune espèce ne se trouve en Europe; ils habitent l'Afrique, l'Amérique et la Nouvelle-Hollande; ils se nourrissent de fourmis ou d'autres petits animaux d'une mastication facile. Quelques-uns n'ont point de dents, et ils font sortir de la bouche une langue allongée, cylindrique, enduite d'une humeur visqueuse, par laquelle les termites, les fourmis, les abeilles et les autres insectes qui vivent en société, sont pris, lorsque l'animal plonge cet organe au milieu d'eux.

ÉDUCATION. Des premières impressions que reçoit un enfant dépendent ses premiers penchants; de ses premiers penchants, ses premières habitudes; et de ces habitudes dépendront peut-être un jour les qualités ou les défauts de son esprit, et presque toujours les vertus ou les vices de son cœur. Considérons-le depuis l'instant qu'il est né: le premier sentiment qu'il éprouve est celui de la douleur; il la manifeste par ses cris et par ses larmes: si cette douleur vient du besoin, la nourrice s'empresse de la satisfaire; si c'est d'un dérangement dans l'économie animale, la nourrice ne pouvant y apporter remède, fait au moins ses efforts pour l'en distraire; elle lui parle tendrement, elle l'embrasse et le caresse. Ces soins et ces caresses, toujours amenées par les larmes de l'enfant, sont le premier rapport qu'il aperçoit; bientôt, pour les obtenir, il manifestera par les mêmes signes un besoin moins grand, des douleurs moins vives; bientôt encore, pour être caressé, il jettera des cris et répandra des larmes, sans éprouver ni besoin ni douleur. Si, après s'être assurée de la santé de l'enfant, la nourrice n'est pas attentive à réprimer ces premiers mouvements d'impatience, il en contractera l'habitude; sa moindre volonté ou le moindre retard à le satisfaire seront suivis de cris et de mouvements violents. Ce sera bien pire, si une mère idolâtre veut non-seulement qu'on obéisse à son enfant, mais qu'on aille au devant de ses moindres caprices! Alors ses fantaisies augmenteront dans une proportion centuple à l'empressement qu'on aura pour les satisfaire; il exigera des choses impossibles; il voudra tout à la fois et ne voudra pas; chacun de ces moments sera marqué par toute la violence dont son âge est capable: il n'a pas vécu deux ans, et voilà déjà bien des défauts acquis. Des bras de la nourrice il passe entre les mains d'une bonne qui est bien loin de se douter qu'il faille travailler d'abord à réprimer les mauvaises habitudes que l'enfant peut avoir; quand elle l'imaginerait, elle en serait le plus souvent empêchée par les parents : Il ne faut pas le contrarier, dans la crainte de le fâcher. Elle va donc, pour l'accoutumer avec elle, lui prodiguer, s'il est possible, avec plus d'excès et plus mal à propos les mêmes soins et les mêmes caresses; et au lieu de prendre de l'ascendant sur son élève, c'est celui-ci, au contraire, qui commencera par en prendre sur sa bonne. — Cependant, l'enfant se fortifie; son esprit commence à se développer; ses yeux ont vu plus d'objets, ses mains ont plus touché, plus de mots ont frappé ses oreilles, et ces mots, toujours joints à la présence de certains objets, en retracent l'image dans son cerveau; de toutes parts s'y rassemblent des idées nouvelles; déjà l'enfant les compare, et son esprit devient capable de combinaisons morales. Il serait alors de la plus grande importance de n'offrir à son esprit et à ses yeux que des objets capables de lui donner des idées justes, et de lui inspirer des sentiments louables; il semble qu'on se propose tout le contraire. Les premières choses qu'on lui fait valoir, ne sont capables que de flatter sa vanité ou d'exciter sa gourmandise; les premières louanges qu'il reçoit roulent sur son esprit et sur sa figure; il entend parler des richesses avec respect ou avec envie; s'il fait des questions, on le trompe; pour l'amuser on lui dit des absurdités; on obéit quand il commande; s'il parle à tort et à travers, on applaudit; on rit s'il fait des méchancetés, que l'on regarde comme de petites malices. On lui permet de ne pas suivre ce qui lui est recommandé comme raisonnable; au contraire, il lui est permis de faire ce qui lui est défendu comme répréhensible (souvent on lui en donne l'exemple); on le menace, sans le punir; on le caresse par faiblesse et par fantaisie; on le gronde par humeur et mal à propos : ce qui a été refusé à sa prière, est accordé à son importunité, à son opiniâtreté, à ses pleurs, à ses violences. Pourrait-on s'y prendre autrement, si l'on s'était proposé de lui déranger la tête et d'éteindre en lui tout sentiment de vertu? — A l'égard des principes qu'on croit lui donner, quelle impression veut-on qu'ils fassent sur lui quand tout contribue à les détruire? Comment respectera-t-il la religion, lorsqu'après lui en avoir enseigné les devoirs, on ne les lui fera pratiquer avec respect ni avec exactitude? Comment craindra-t-il ses parents, quand ils ne lui feront pas reconnaître leur autorité, et qu'ils paraîtront lui rendre beaucoup plus qu'il ne leur rend? Comment saura-t-il qu'il doit quelque chose à la société, quand il verra tout le monde s'occuper de lui, et qu'il ne sera occupé de

personne? — Abandonné au dérèglement de ses goûts et au désordre de ses idées, il s'élèvera lui-même le plus doucement et le plus mal qu'il sera possible; il voudra satisfaire son moindre penchant, qui deviendra fort par l'habitude; les habitudes se multiplieront, et de leur assemblage se formera, dans l'enfant, l'habitude générale de compter pour rien ce qu'on lui dit être la raison, et de n'écouter que son caprice et sa volonté. Ainsi se passent les sept premières années de sa vie, et ses défauts se sont tellement accrus que les parents eux-mêmes ne peuvent plus se les dissimuler. L'enfant leur cède encore quand ils prennent un ton plus sérieux, parce qu'ils sont plus forts que lui; mais dès lors, il se promet bien de ne reconnaître aucune autorité quand il sera plus grand. A l'égard de la bonne, elle n'a plus d'empire sur lui; il se moque d'elle, il la méprise : preuve évidente de la mauvaise éducation qu'il a reçue. — Il passe entre les mains des maîtres; c'est alors qu'on pense à réparer le mal qu'on a fait. On croit la chose très aisée; on se flatte qu'avant trois mois l'enfant ne sera pas reconnaissable : on est dans l'erreur. Avec beaucoup de peine il sera possible, jusqu'à un certain point, de retrancher la superficie de ses mauvaises habitudes : mais les racines resteront; fortifiées par le temps, elles se sont, pour ainsi dire, identifiées avec l'âme, elles sont devenues ce qu'on appelle la nature. — On s'imagine qu'il ne faut point contraindre les enfants dans leurs premières années, sans faire attention que les contradictions qu'on leur épargne ne sont rien, mais que celles qu'on leur prépare sont terribles : on se propose de les plier, quand ils seront forts; il serait cependant bien plus facile et plus sûr d'y réussir quand ils sont faibles. Quiconque a examiné les hommes dans leur enfance, et les a suivis dans les différents périodes de leur âge, a pu remarquer, comme nous, qui avons consacré une partie de notre vie à l'instruction de la jeunesse, que presque tous les défauts qu'ils avaient à sept ans, ils les ont conservés le reste de leur vie. — On craindrait en gênant un enfant de troubler son bonheur et d'altérer sa santé; il est cependant manifeste que celui qui est élevé dans la soumission est, pour le présent même, mille fois plus heureux que l'enfant le plus gâté. L'enfant bien élevé sera gai, content et tranquille; tout sera plaisir pour lui, parce qu'on lui fait tout acheter. Au contraire, l'enfant gâté sera inquiet, inégal et colère à proportion des faiblesses qu'on a eues pour lui; ses désirs se détruisent l'un l'autre; la plus petite contradiction l'irrite; rien ne l'amuse, parce qu'il est rassasié de tout. Aussi, ces mouvements violents, dont il est sans cesse agité, influent sur son tempérament; l'inquiétude de son esprit et le désordre de ses idées altèrent les fibres délicates de son cerveau. Qu'on y prenne garde, il n'y a guère d'enfants gâtés qui, dans leurs premières années, n'aient eu des symptômes de vertige; et lorsqu'ils sont devenus hommes, il est facile de juger par leur conduite si leur tête est bien saine. — Cette peinture n'a rien d'exagéré; relativement à beaucoup d'éducations, les traits en sont plutôt affaiblis que chargés. La plupart des parents sont aveugles et se trompent grossièrement sur leurs propres motifs; ils se croient tendres et ne sont que faibles. Il semble qu'on ne sache louer les enfants que sur leur esprit et leur figure. Doit-on leur présenter ces objets comme dignes de louanges, à moins qu'on ne veuille les rendre fats, présomptueux et frivoles? Ces louanges sont d'autant plus ridicules, qu'elles sont presque toujours fausses. Ce qu'il faut louer devant eux, sont les choses véritablement louables; ce qu'on doit louer en eux, c'est leur douceur, leur obéissance, leur exactitude à remplir leurs devoirs, leur respect et leur attachement pour les personnes qu'ils doivent aimer; leur un père ne faut les louer qu'autant qu'ils le méritent. Un père doit dire à son fils que lorsqu'on loue un enfant sur son esprit et sur sa figure, c'est qu'on le méprise et qu'on ne voit rien en lui qui mérite d'être loué. — Combien de parents, par leurs faiblesses, sont cruels à eux-mêmes! Un jour viendra qu'ils paieront bien cher leur funeste condescendance. Quelle sera leur douleur, quand ils verront l'objet de toutes leurs affections, devenu celui du mépris public! quand son mépris pour eux-mêmes deviendra le salaire de leurs molles complaisances! quand ce fils, rendu dénaturé par l'excès de leurs tendresses, sera le premier à leur reprocher tous ses vices comme étant leur ouvrage. Alors ils répandront des larmes de sang; ils accuseront les maîtres, le collège, et cela d'autant plus injustement, qu'ils n'auront à se plaindre que d'eux-mêmes.

EFFERVESCENCE. Bouillonnement qui se produit dans les liquides, lorsque quelques parties de la masse, prenant subitement l'état aériforme, s'en échappent, en y formant un grand nombre de bulles. L'effervescence tient aussi à une diminution de la pression exercée sur un liquide; c'est ce qui a lieu lorsqu'on débouche une bouteille d'eau minérale artificielle très chargée d'acide carbonique. Le gaz était dissous dans le liquide, en quantité d'autant plus grande qu'il avait été soumis à une pression plus considérable; la pression venant à cesser, ce corps reprend son état élastique et se dégage de tous les points de la liqueur, sous la forme d'une infinité de bulles, dont l'effort est tel, que souvent une partie du liquide est chassée hors du vase. Le même effet a lieu quand on débouche une bouteille de bière ou de vin mousseux, dans lesquels le gaz acide carbonique, provenant de la fermentation vineuse, s'est trouvé retenu. Lorsque le gaz contenu dans le liquide se dégage par l'élévation de la température, on dit que le liquide est en *ébullition*. L'effervescence est un signe minéralogique très important; tous les carbonates font effervescence avec les acides, par le dégagement du gaz acide carbonique.

EFFLORESCENCE. Conversion spontanée de différents corps en une poudre sèche et fine par l'exposition à l'air, soit qu'elle attire l'humidité atmosphérique et se convertisse en un hydrate pulvérulent, soit qu'elle perde une portion de son eau de cristallisation, ou enfin qu'elle se combine à la fois avec l'eau et avec l'oxygène de l'air.

EFFLUVE. Tous les fluides impondérables qui se dégagent des différents corps animaux, végétaux ou minéraux, sont appelés *effluves*. Lorsque, par l'action simultanée de l'air et de l'eau, le dégagement a lieu sans décomposition apparente du corps qui le produit, l'effluve prend le nom d'*émanation*. Cette émanation constitue l'*exhalaison*; lorsqu'une sorte de vapeur est sensible à la vue; et *miasme* se dit quand l'effluve exerce une action dangereuse sur l'économie animale.

EGAGROPILE. Concrétion trouvée quelquefois dans l'*estomac* et le *cœcum* des solipèdes, et très souvent dans le *bonnet* et la *caillette* des ruminants. Ces concrétions, en forme de balle arrondie, sont principalement composées de poils que l'animal a avalés en se léchant, et que les mouvements de l'estomac rassemblent en forme de boules. Souvent on y rencontre des débris de végétaux et de substances calcaires; on les trouve seulement dans la caillette, chez le bœuf; et dans le cheval, ils ne se trouvent que dans les gros intestins.

EGLISE. Ce fut sous le règne de l'empereur Constantin (330) que l'assemblée des temples commença à faire partie de la dévotion; cependant les fidèles les abandonnaient sans peine plutôt que de communiquer avec les hérétiques, qui s'en emparaient lorsqu'ils étaient les plus forts. On ne les consacrait qu'à Dieu seul. Les grands temples furent appelés *Basiliques* par les Grecs; la forme des Basiliques avait tellement prévalu, qu'on la reconnaît même dans les constructions gothiques;

plusieurs, telles que les cathédrales de Paris, de Lyon, d'Amiens, de Sens, d'Anvers, etc., en offrent une réminiscence assez exacte. On donna aussi le nom de *Basiliques* aux palais où les princes rendaient la justice; d'où est venu le mot français *bazoche*. Elles furent nommées *kiriacæ* (seigneuriales); de là le mot breton *kor* et le mot flamand *kerk* qui ont la même signification. Enfin, les chrétiens donnèrent à ces temples le nom de leurs assemblées mêmes, c'est-à-dire, d'*églises*. Les assemblées qu'on nommait *sinaxes* étaient celles qui se faisaient pour prier en particulier ou en public. Dans les trois premiers siècles, les chrétiens se réunissaient clandestinement, tantôt dans un lieu, tantôt dans un autre, mais le plus souvent dans les cimetières où ils enterraient leurs martyrs.—Avant Constantin-le-Grand, les peintures et les images en relief étaient fort rares dans les églises. On avait déjà commencé à en exposer quelques-unes, du temps du concile d'*Eliberis* (*Elvire*, des ruines de laquelle Grenade s'est agrandie), puisqu'il fut obligé d'en régler l'usage, en défendant de peindre la divinité. Constantin fit arborer la croix à Constantinople, dans le lieu le plus éminent de son palais; il fit aussi dresser dans la place publique la statue du prophète Daniel et celle de Jésus-Christ, sous la figure du bon pasteur. Du temps de saint Paulin (évêque de Nole, 378), on représentait dans les temples des passages de l'ancien et du nouveau Testament; on y voyait aussi les trois personnes de la Sainte-Trinité, ainsi qu'il suit: un agneau au pied d'une croix, sur laquelle descendait une colombe; à côté une main, sortant d'une nue, qui montrait l'agneau, avec ces paroles: *c'est ici mon fils bien aimé*. En quelques endroits, on peignait au-dessus des cuves ou fonds baptismaux, une colombe d'argent qui tenait dans son bec la fiole du Saint-Chrême; d'autres en mettaient une d'or au-dessus des autels, dans laquelle ils réservaient l'hostie consacrée. Quant aux confesseurs et aux martyrs, on leur rendait des honneurs particuliers. Les fidèles leur bâtissaient des temples sur les lieux où ils avaient souffert; et sur ceux où reposaient leurs corps; on y célébrait des fêtes; les empereurs allaient se prosterner devant leurs tombeaux. Après la mort de saint Martin, évêque de Tours (11 novembre 400), deux peuples se disputèrent ses reliques; et elles furent autant honorées dans les Gaules que celles des chrétiens qui avaient souffert pour la foi (*Voyez* CHRISTIANISME).—Jusque vers le 5me siècle, les églises s'élevèrent sur un parallélogramme (figure à côtés parallèles) allongé, avec ou sans portique intérieur. C'était la disposition des temples païens, et aussi à peu près celle des basiliques, dont un grand nombre furent converties en églises chrétiennes. Dès le siècle qui suivit celui de Constantin, les églises ont plus ordinairement affecté dans leur plan la forme d'une croix, qu'on appelle *croix grecque* lorsque les quatre branches sont d'égale longueur, et *croix latine* lorsque deux des branches, celles qui figurent les bras de la croix, sont plus courtes que les deux autres. La plus remarquable de toutes les églises antiques fut celle de Sainte Sophie, bâtie par Constantin; ébranlée ensuite par un tremblement de terre, dont l'effet est encore sensible en plusieurs endroits de l'édifice, elle fut restaurée par l'empereur Justinien. La richesse des matériaux employés à sa construction la rendait remarquable bien plus encore que la beauté de son architecture: les mosaïques surtout qui décoraient la coupole étaient d'un grand prix. Le baron de Tott, qui la visita en 1755, y aperçut à cette époque le bout des ailes de quatre chérubins qui étaient appuyés sur la corniche, à la naissance des voussures des quatre piles. L'obstination des Turcs à barbouiller cette coupole avec de l'eau de chaux ne laisse plus rien voir aujourd'hui de ces riches mosaïques, dont quelques fragments, envoyés à Vienne dans le dernier siècle, ont donné, après avoir été taillés, des pierres précieuses de diverses couleurs, d'une grande dureté et d'un très beau feu.—De nos jours, les plus grandes, les plus belles et les plus magnifiques églises sont celles de Saint-Pierre à Rome, et de Saint-Paul à Londres.—La France comprend 14 archevêchés, et 66 évêchés ; on compte en vicaires-généraux, 174 ; chanoines, 660 ; curés de première et de deuxième classe, 3,401 ; desservans 26,776 ; vicaires 6,184 ; chapitre de saint Denis, 21. Le total des ecclésiastiques est de 37,299 (*Voyez* DIOCÈSE).—Les manécanteries et chœurs de cathédrales, entretenus aux frais de l'état, sont au nombre de 16 ; les bourses accordées aux séminaires sont de 3,500 (*Voyez* TEMPLE).

ÉGLOGUE. Poëmes champêtres, dont le sujet doit être pris des choses qui peuvent convenir aux bergers, sans en avoir la grossièreté. La première églogue de Virgile est le meilleur exemple que l'on puisse donner ; le sujet de cette églogue est un remercîment à César, d'avoir rendu au père de Virgile des terres qui lui avaient été enlevées. César avait destiné, pour récompense, à ses légions toutes les terres de Crémone et des environs. Celles de Virgile, trop voisines de Crémone pour son malheur, furent envahies par des soldats, aussi bien que plusieurs autres habitations de Mantoue. C'est ce qu'il a expliqué dans ce vers : *Mantua væ miseræ nimium vicina Cremonæ.* Virgile, par son mérite, fut distingué, et on lui rendit ses terres. Pour en remercier César-Auguste, il fait parler son père déjà vieux sous le nom de Tityre, et un autre habitant de Mantoue, sous le nom de Mélibée. Voilà des bergers qui parlent en bergers ; car il ne s'agit que de la liberté, le plus doux des biens, ainsi que d'Amarillis et de Galathée, deux noms de bergères, mais qui sont allégoriques, et dont l'une représente Rome, et l'autre Mantoue. La manière dont le sujet est traité convient à des bergers. Rien de plus simple, mais en même temps rien de plus élégant ; les pensées sont naturelles, ce sont plutôt des sentiments que des pensées. A l'égard de l'expression, elle est proportionnée aux pensées. Ce ne sont point des mots recherchés, mais il en a plus coûté à Virgile, pour les trouver et les ranger suivant la nature, qu'il ne lui eu aurait coûté, s'il eût voulu se contenter, comme tant d'autres, d'expressions recherchées. Enfin la cadence répond aux expressions et aux pensées. On serait infini si l'on voulait détailler en quoi consiste le génie de la cadence ; elle se sent mieux qu'elle ne s'exprime. Il suffit de dire, en passant, qu'elle doit participer à des qualités qui regardent la pensée et l'expression ; c'est-à-dire, s'élever ou s'abaisser, suivant le sujet dont il est question ; car on ne peut mieux comparer la cadence des vers qu'à la musique, et c'est en quoi la plupart de nos poëtes français se sont trompés, quand ils se sont mêlés de faire des églogues. Ce genre de poésie ne laisse pas d'avoir des endroits assez élevés ; mais l'élévation n'est pas son caractère dominant.

EISPNOIQUE, aspiration. Ce mot est employé pour désigner l'action inhalante de la peau, l'absorption cutanée.

ÉLABORATION. Action vitale par laquelle les êtres vivants impriment aux substances du dehors, et même aux matériaux puisés dans leur intérieur, les modifications qui les rendent capables de servir aux usages que la nature leur a assignés.

ÉLAIDINE, huile. Cette substance grasse, fusible à 36° centigrades, est soluble dans l'éther ; la chaleur ou le contact des oxydes métalliques la transforme en acide élaïdique. On l'obtient en traitant l'huile d'olives par trois parties d'acide nitrique et une partie d'acide nitreux.

ÉLAINE, huile. Cette substance fut découverte en 1813 ; elle forme, par ses combinaisons avec la stéarine, la plupart des matières grasses connues. Les graisses doivent leur fluidité plus ou moins grande aux diverses proportions d'*élaïne* qu'elles contiennent : ainsi, par exemple, la graisse de porc est plus fluide que le suif,

parce qu'elle contient plus d'*élaïne*. Elle s'obtient en dissolvant les graisses dans l'alcool bouillant.

ÉLAN. Cet animal se trouve dans le nord de l'Europe, de l'Asie et de l'Amérique. Il est grand comme un cheval, et assez doux, excepté dans le temps du rut ; il frappe des pieds son ennemi. Lorsqu'il court, on entend le cliquetis de ses articulations ; il peut parcourir 50 lieues par jour. La chair de l'élan, salée et cuite sur la fin de l'hiver, est très bonne à manger ; on la prépare en décembre dans des tonneaux bien saturés de sel ; on enfonce ces toneaux sous l'eau : lorsqu'on les retire en mars, la chair est rouge, tendre et succulente. La peau de l'élan est très dense, très épaisse : on l'étend sur les lits de plume qui servent de matelas. L'élan est un ruminant plus grand, plus fort et plus haut que le cerf ; il a le cou plus court, la tête plus allongée, les lèvres épaisses, de grandes oreilles, une queue très courte, une croupe élevée, le poil long, gros et brun, une loupe ou grosseur sur la gorge ; ses bois sont palmés du haut en bas, et sont garnis de pointes en dehors : ils sont beaucoup plus pesants que ceux du cerf, et ils tombent comme les siens. Les élans vont en troupe et aiment les terres basses et humides du nord, en deçà des pôles. Cependant ils sont difficiles à apprivoiser. Ils ne courent ni ne bondissent jamais, mais ils ont un trot vif, qu'ils peuvent continuer deux jours entiers. Ils ont les pieds, surtout ceux de devant, si forts, que d'un coup ils peuvent tuer un loup. Souvent leur peau résiste à la balle. On retrouve cet animal en Canada sous le nom d'orignal : celui-ci est tellement semblable à l'élan, qu'on ne peut même le regarder comme une variété. — Autrefois, un préjugé portait à croire que l'élan était attaqué d'épilepsie et qu'il s'en guérissait en s'introduisant dans l'oreille l'extrémité de son pied gauche. Dans toutes les maisons, en Lithuanie, on conserve des bagues dont le chaton est rempli, par un fragment taillé, de corne du pied de l'élan. Il a été facile de s'assurer d'abord que des élans harcelés des journées entières, ne tombaient jamais, et qu'ensuite la poudre de corne d'élan n'a jamais retardé d'un seul jour les accès d'épilepsie.

ÉLASTICITÉ. Propriété qu'ont certains corps de se rétablir dans leur premier état, quand ils en ont été dérangés par une cause quelconque. On nomme *corps élastique*, celui que le choc ou la compression font changer de figure, et qui après le choc et la compression reprend ou du moins tend à reprendre la figure qu'il vient de perdre. Les molécules dont ces sortes de corps sont composés doivent être en même temps flexibles et raides ; sans cette flexibilité les corps élastiques ne se comprimeraient jamais, et sans cette raideur ils ne reprendraient pas leur première figure. Il faut encore une certaine proportion dans les pores des corps élastiques, c'est-à-dire, il faut qu'ils ne soient ni trop grands ni trop petits. Ainsi, en courbant une lame d'acier en forme d'arc, on élargit les pores de sa surface convexe, et l'on rétrécit ceux de sa surface concave. La matière subtile qui fait tous ses efforts pour passer par les pores rétrécis, les rouvre, et c'est en les rouvrant qu'elle rend à la lame sa première figure. On pourrait encore dire que cette matière subtile, en coulant d'une extrémité à l'autre, remet la lame dans son premier état. A la cause physique de l'élasticité, on joint les règles du mouvement qui ne manquent jamais de s'observer dans le choc des corps élastiques (*Voyez* DURETÉ). On doit encore distinguer avec soin dans le choc des corps élastiques deux sortes de mouvements : l'un direct, par lequel les corps élastiques perdent leur première figure ; et l'autre réfléchi, par lequel ces mêmes corps reprennent la figure qu'ils avaient perdue. *Dans le choc des corps élastiques le mouvement direct se communique comme si les corps étaient durs.* La cause du ressort, quelle qu'elle soit, n'agit que lorsque le corps reprend ou tend

19

à reprendre sa première figure. Combien de corps, dénués de toute espèce de ressort, sont sujets à perdre leur figure, lorsqu'on les soumet à la moindre compression ?— « Lorsqu'après le choc, deux corps élastiques » reprennent leur première figure, le corps choquant » acquiert autant de vitesse pour revenir sur ses pas, » qu'il en avait perdu par le choc, et celui-ci acquiert » autant de vitesse pour aller en avant, qu'il en avait » d'abord gagné par le choc.»— L'expérience suivante éclaircira et démontrera ces deux règles : Supposons que la boule A et la boule B, toutes les deux élastiques, aient une masse égale ; supposons encore que la boule B soit en repos, et enfin que la boule A, dirigée vers le point C, vienne la frapper avec 6 degrés de vitesse. Si ces deux boules étaient dures, elles se seraient mues après le choc vers le point C avec 3 degrés de vitesse chacune. Mais, à cause de son élasticité, la boule A acquiert 3 degrés de vitesse pour revenir sur ses pas ; elle doit donc demeurer immobile, parce qu'elle avait conservé 3 degrés de vitesse pour aller en avant. De même la boule B, aussi élastique que la boule A, reprend après le choc sa première figure, et c'est en la reprenant qu'elle acquiert encore 3 degrés de vitesse pour aller en avant ; elle doit donc s'avancer avec 6 degrés de vitesse vers le point C, et par conséquent ces deux règles, énoncées et établies par le Créateur, se gardent à la lettre dans le choc des corps élastiques.—En reprenant sa figure, un corps choquant reçoit autant de vitesse *réfléchie* qu'il en avait perdu de *directe* par le choc ; et il reçoit cette vitesse pour revenir sur ses pas ; au contraire, la vitesse que reçoit le corps choqué, en reprenant sa figure, le fait avancer, et cette *vitesse réfléchie* est précisément égale à la *vitesse directe* qu'il avait gagnée par le choc. La cause en est : *que la réaction est toujours égale et contraire à l'action.*—Dans le choc des corps élastiques, le corps choquant comprime le corps choqué, et celui-ci à son tour comprime celui-là ; donc, en se détendant, le corps choquant doit continuer à pousser en avant le corps choqué, et celui-ci doit pousser en arrière le corps choquant. On voit déjà pourquoi le corps choquant reçoit de la vitesse pour revenir, et le corps choqué pour avancer. Si le premier en reçoit autant pour revenir, qu'il en avait perdu par le choc, c'est que le corps choqué se détend avec toute la *vitesse directe* qui lui avait été communiquée ; et si le second gagne autant de *vitesse réfléchie* qu'il en avait gagné de *directe*, c'est que le corps choquant se détend comme s'il était comprimé, c'est-à-dire, il fait d'autant plus ou d'autant moins d'efforts pour se détendre, qu'il était plus ou moins comprimé. Mais en se comprimant, il avait communiqué au corps choqué au certain nombre de degrés de *vitesse directe* ; donc, en se détendant, il doit lui en communiquer un pareil nombre de *vitesse réfléchie*. En général, lorsqu'après le choc deux corps élastiques reprennent leur première figure, le corps choquant acquiert autant de vitesse pour revenir sur ses pas, qu'il en avait perdu par le choc ; et celui-ci acquiert autant de vitesse pour aller en avant, qu'il avait d'abord gagné par le choc. Lorsque sur le tapis d'un billard une bille est poussée contre une autre en repos, quoiqu'elles soient toutes les deux élastiques, celle qui choque continue communément de se mouvoir ; il paraît cependant qu'elle devrait, suivant nos règles, rester sans mouvement après le choc. Mais pour peu que l'on veuille y faire attention, on verra bientôt que ces deux cas sont totalement différents l'un de l'autre : dans le premier, en effet, le corps choquant jeté en l'air n'a qu'un mouvement simple direct ; dans le second, la bille qui choque et qui roule sur le tapis a deux mouvements, l'un en ligne droite et l'autre de rotation sur elle-même. Que six boules d'ivoire parfaitement égales entr'elles soient arrangées de manière qu'elles aient leurs centres dans la même ligne droite ; que la première soit frappée par une bille qui soit égale et qui ait dix degrés de vitesse, on verra partir la sixième avec dix degrés de vitesse, parce que, dans cette expérience, il n'y a que la sixième bille qui soit corps choqué ; toutes les autres deviennent, par leur réaction, corps choquants. Tels sont les principaux phénomènes observés dans le choc des corps élastiques.—On nomme *élasticité parfaite* celle dans laquelle le corps dont on a changé la forme revient complètement à son état primitif ; et *élasticité imparfaite*, celle que présentent la plupart des corps ductiles, qui exigent un assez long temps pour revenir à leur première forme.—Les liquides ne paraissent avoir qu'une très faible élasticité ; dans les gaz et les fluides aériformes, au contraire, elle est portée au plus haut degré ; c'est pour cette cause qu'ils sont souvent nommés fluides élastiques : chez eux, l'élasticité est due à la force de répulsion des particules du calorique. Un gaz comprimé diminue de volume en raison de la pression ; mais si cette pression cesse, il reprend aussitôt la totalité du volume qu'il occupait avant.

ÉLATÉRINE. Ce principe cristallisable blanc a été reconnu dans l'extrait de concombre sauvage. Il est blanc, cristallin, très amer, insoluble dans l'eau et dans les alcalis, peu soluble dans les acides ; mais il se dissout bien à chaud dans l'alcool, l'éther et les huiles. On obtient l'*élatérine* en traitant l'*élatérium* (concombre sauvage) d'abord par l'eau, puis par l'alcool, et laissant évaporer la teinture.

ÉLATÉROMÈTRE. Instrument pour mesurer la condensabilité de l'air.

ÉLATITE. C'est le nom donné au bois de sapin pétrifié (*Voyez* PÉTRIFICATION). On donne aussi ce nom à une pierre ferrugineuse que les lithographes appellent *xanthe*.

ÉLECTIONS. Les nominations par élections sont de natures très diverses. Nous nous bornerons à dire un mot des élections communales ou municipales, des élections départementales, et des élections législatives. Les élections communales ou municipales sont celles qui sont faites par les citoyens, soit des membres du conseil municipal ou communal, soit des candidats aux fonctions de maire. Les communes ou *municipes* remontent, par leur origine, à l'époque de l'agrandissement de l'empire romain ; elles avaient, sous l'ancienne monarchie, et en vertu des chartes que leur avaient accordées les rois de France, le droit de choisir leurs officiers municipaux. Ce droit fut le résultat de la nécessité dans laquelle s'étaient trouvés Louis le Gros et ses successeurs, par suite des envahissements de la féodalité, à laquelle ils avaient voulu opposer les habitants des paroisses réunis sous leurs bannières. Ce droit fut bientôt enlevé aux communes quand on n'eut plus besoin d'elles pour soumettre des seigneurs trop menaçants ou trop oppressifs ; toutefois, il leur avait été tour à tour rendu et repris de 1479 à 1771, lorsque la loi du 14—18 décembre 1789 vint appeler tous les citoyens actifs à concourir à l'élection de leurs officiers municipaux ; mais peu après, la loi du 28 pluviôse an VIII confisqua ce droit au profit du gouvernement. L'an X, un simulacre d'élections et de candidatures fut établi ; mais la restauration n'en conserva aucune trace. La révolution de 1830 réalisa sa promesse (loi du 21 mars 1831) d'institutions municipales fondées sur un système électif.—Pour être appelé à concourir aux élections municipales, il faut jouir de ses droits civiques, être âgé de 21 ans accomplis au 31 mars, époque de la clôture définitive des listes ; être de plus imposé au rôle des contributions directes (foncière, personnelle et mobilière, portes et fenêtres, patentes). Pour les communes de mille âmes et au-dessous, est appelé à être électeur un nombre d'habitants égal au dixième de la population de la commune ; ce nombre s'accroîtra de cinq par cent habitants en sus de mille jusqu'à cinq mille ; de quatre par cent habitants en sus de cinq mille jusqu'à quinze mille ; de trois par cent habitants au-dessus de quinze mille. Sont encore électeurs pour les conseillers municipaux, sans même payer d'impositions, les membres des cours et tribunaux ; les juges de paix et leurs suppléants ; les membres des chambre de commerce, des conseils de manufactures, des conseils de prud'hommes ; les membres des commissions administratives des colléges, des hospices et des bureaux de bienfaisance ; les officiers de la garde nationale , les membres et correspondants de l'Institut, les membres des sociétés savantes instituées ou autorisées par une loi ; les docteurs de l'une ou de plusieurs facultés de droit, de médecine , des sciences, des lettres, après trois ans de domicile réel dans la commune ; les avocats inscrits au tableau, les avoués près les cours et tribunaux, les notaires ; les licenciés de l'une des facultés de droit, des sciences, des lettres, chargés de l'enseignement de quelqu'une des matières appartenant à la faculté où ils auront pris leur licence , les uns et les autres après cinq ans d'exercice et de domicile réel dans la commune ; les anciens fonctionnaires de l'ordre administratif et judiciaire jouissant d'une pension de retraite ; les employés des administrations civiles et militaires , jouissant d'une retraite de six cents francs et au-dessus ; les anciens élèves de l'école polytechnique qui ont été, à leur sortie, déclarés admis ou admissibles dans les services publics, après deux ans de domicile réel dans la commune ; les officiers de terre et de mer jouissant d'une pension de retraite ; les citoyens appelés à voter aux élections des membres de la chambre des députés ou des conseils généraux des départements, quel que soit le taux de leurs contributions dans la commune. Les conseillers municipaux doivent avoir 25 ans accomplis. Les préfets, sous-préfets , secrétaires-généraux et conseillers de préfecture , les ministres de divers cultes en exercice dans la commune, les comptables des revenus communaux, et tout agent salarié par la commune, ne peuvent être membres des conseils municipaux. Chaque année, au premier janvier, le maire, assisté du percepteur, dresse la liste de tous les contribuables appelés à faire partie de l'assemblée communale ; il dresse seul la liste des électeurs adjoints ; il clôt ces listes le 31 mars ; l'assemblée des électeurs est convoquée par le préfet. Dans les communes de plus de deux mille cinq cents âmes, les électeurs sont divisés en sections ; le nombre des sections est tel que chacune d'elles a au plus huit conseillers à nommer dans les communes de deux mille huit cents à dix mille habitants ; six , dans celles de dix mille à trente mille ; et quatre, dans celles dont la population excède ce dernier nombre. Le nombre des conseillers à élire est de dix membres dans les communes de cinq cents habitants et au-dessous ; de douze dans celles de cinq cents à quinze cents ; de seize dans celles de quinze cents à deux mille cinq cents ; de vingt-trois dans celles de trois mille cinq cents à dix mille ; de vingt-sept dans celles de dix mille à trente mille , et de trente-six dans celles d'une population de trente mille âmes et au-dessus. Les sections sont présidées, savoir : la première à voter, par le maire, et les autres successivement par les adjoints dans l'ordre du tableau. Les quatre scrutateurs qui composent le bureau sont les deux plus âgés et les deux plus jeunes des électeurs présents et sachant lire et écrire. Le bureau désigne le secrétaire ; après l'appel, le président distribue des bulletins aux électeurs. Ces bulletins doivent être écrits dans le sein de l'assemblée , et chaque électeur doit prêter serment avant de déposer son vote. Le scrutin doit rester ouvert pendant trois heures au moins ; après ce délai et le réappel des électeurs, le président ouvre la boîte, compte les bulletins ; un des scrutateurs les prend , les passe au président qui en fait lecture et nomme membres du conseil municipal ceux qui ont la majorité absolue. Toutes les réclamations sur la validité des opérations électorales doivent être faites dans le délai de cinq jours. Le gouvernement a le droit de suspendre pendant une année l'exécution de la loi sur l'élection des conseillers municipaux.

ÉLECTIONS DÉPARTEMENTALES. Ce sont celles qui se font pour la formation soit des conseils-généraux des départements, soit des conseils d'arrondissement. La division du territoire français en départements, districts et communes, adoptée par l'assemblée constituante dans le but de répartir plus facilement le territoire de la patrie , et de faire cesser l'esprit de rivalité qui existait de province à province , exigea une organisation nouvelle ; elle établit, au chef-lieu de chaque département , un conseil administratif supérieur, et au chef-lieu de chaque district un conseil inférieur. Cet état de choses dura, à quelques modifications près, jusqu'à l'an VIII. Alors furent créés les préfets chargés de l'administration du département, les sous-préfets pour chaque district, désormais nommé arrondissement communal. Près du préfet était placé un conseil général du département ; près du sous-préfet un conseil d'arrondissement , et près du maire un conseil municipal. La restauration laissa subsister cet état de choses jusqu'en 1828, où le ministère Martignac voulut en vain le modifier. En 1833 , un projet de loi fut présenté à ce sujet. Le conseil général et les conseils d'arrondissements furent maintenus.—Pour avoir le droit de concourir à l'élection des membres du conseil général , il faut être inscrit sur la liste des électeurs pour la nomination des députés ou sur celle du jury. Si le nombre des citoyens appelés à nommer les membres du conseil général est au-dessous de cinquante, on le complète par les citoyens les plus imposés. Pour être élu membre du conseil général du département , il faut jouir des droits civils et politiques, être âgé de 25 ans, et payer au moins 200 fr. d'impositions directes. Ne peuvent être nommés membres des conseils généraux, les préfets, sous-préfets, secrétaires-généraux , conseillers de préfecture, les employés à la recette des contributions, les ingénieurs des ponts-et-chaussées , les architectes employés par l'administration dans le département, les agents forestiers en fonctions dans le département, et les employés des bureaux des préfectures et sous-préfectures. Le conseil général est composé d'autant de membres qu'il y a de cantons dans le département, sans pouvoir pourtant excéder le nombre de trente. Les membres des conseils généraux sont nommés pour neuf ans ; ils sont renouvelés par tiers tous les trois ans, et sont indéfiniment rééligibles. Le roi peut dissoudre un conseil-général. Ces conseils se réunissent sur la convocation du préfet, en vertu d'une ordonnance du Roi. Le préfet a son entrée au conseil, excepté lorsqu'il s'agit de l'apurement de ses comptes ; les séances ne sont pas publiques. Les membres des conseils d'arrondissements peuvent être choisis parmi tous les citoyens âgés de 25 ans accomplis , jouissant des droits civils et politiques, payant 150 fr. de contributions directes, et ayant leur domicile réel ou politique dans le département. Les mêmes empêchements existent et pour les membres des conseils généraux et pour les membres des conseils d'arrondissements. Il y a dans chaque arrondissement de sous-préfecture un conseil d'arrondissement composé d'autant de membres que l'arrondissement a de cantons , sans que le nombre des conseillers puisse être au-dessous de neuf. Le nombre moyen des cantons de chaque sous-préfecture est de huit ; trois cent sept arrondissements comptent dix cantons et au-dessous ; les arrondissements qui ont plus de douze cantons sont au nombre de vingt seulement ; enfin trente-trois arrondissements ont de dix à douze cantons. Les membres des conseils d'arrondissements sont élus pour six ans et sont renouvellés par moitié tous les trois ans ; ils ne se réunissent que sous la convocation du préfet. Toutes ces dispositions législatives ne sont pas applicables au département de la Seine.

Élections législatives. Sous la charte de 1814 on ne pouvait être électeur si on n'avait pas trente ans; ni député si on n'en avait pas quarante : sous celle de 1830, on est électeur à 25, et député à 30. Pour être appelé à l'élection d'un député, il faut payer 200 francs d'impositions directes. Sont en outre électeurs, en payant 100 francs seulement de contributions directes : 1° les membres correspondants de l'Institut ; 2° les officiers de terre et de mer jouissant d'une pension de retraite de douze cents francs et ayant un domicile réel de trois ans dans l'arrondissement. Pour être éligible, il faut payer 500 francs de contributions directes. Les préfets, sous-préfets, receveurs généraux, receveurs particuliers, les officiers généraux commandant les divisions ou subdivisions militaires, les procureurs généraux près la cour royale, les procureurs du roi, les directeurs des contributions directes et indirectes, des domaines et enregistrement, ne peuvent pas être élus députés dans le ressort de leurs fonctions. — Du 1er au 10 juin de chaque année les maires doivent procéder à la révision des listes électorales ; les listes, après avoir été rectifiées par le préfet, doivent être publiées le 15 août au chef-lieu de chaque canton. A dater de cette époque toutes les réclamations sont reçues au secrétariat de la préfecture. — Les collèges électoraux sont convoqués par le roi. Ils se réunissent dans la ville de l'arrondissement électoral ou administratif que le roi désigne. Les électeurs se réunissent en une seule assemblée dans les arrondissements électoraux où leur nombre n'excède pas six cents. Dans les arrondissements où il y a plus de six cents électeurs, le collège est divisé en sections. Chaque section comprend trois cents électeurs au moins, qui concourent directement à la nomination du député que le collège doit élire. Les présidents, vice-présidents, juges et juges suppléants des tribunaux de première instance dans l'ordre du tableau ont la présidence provisoire du collège assemblé dans un chef-lieu d'un tribunal. Dans les autres villes, la présidence appartient aux maires et adjoints, conseillers municipaux. Les deux plus âgés et les deux plus jeunes des électeurs sont scrutateurs provisoires. Le premier jour est destiné au vote du bureau définitif. La salle doit ouvrir à 8 heures, et dès qu'il y a trente électeurs présents, le président donne lecture de l'ordonnance de convocation, appelle les scrutateurs provisoires au bureau : ceux-ci et le président nomment un secrétaire, puis on fait l'appel des électeurs. — Avant de voter pour la première fois, chaque électeur prête serment et donne son vote, chaque scrutin reste ouvert pendant six heures, à trois heures ; le président déclare que le scrutin est clos, ouvre la boîte et donne lecture de tous les actes, et proclame le bureau définitif. — Le second jour on procède de la même manière à l'élection du député que chaque collège doit élire. Dans les collèges divisés en plusieurs sections, le président porte à la première section le résultat du scrutin de sa section. Dans cette première section, on proclame député celui qui a la moitié, plus un, des votes exprimés, et le tiers, plus un, de la totalité des membres du collège. Enfin les bulletins sont brûlés en pleine assemblée. — La chambre des députés est composée de 459 députés.

ÉLECTIF. Cet adjectif est usité en chimie. *Attraction élective* désigne la force qui détermine la décomposition d'un composé binaire par un corps simple ou par un autre composé binaire. Dans le premier cas, il unit le corps simple avec un des principes du composé et isole l'autre ; dans le second, chaque principe d'un des composés s'unit avec l'un des principes de l'autre, de manière qu'il en résulte deux nouveaux composés binaires. Le premier mode d'attraction élective se nomme *attraction élective simple*, et le second *attraction élective double*.

ÉLECTRICITÉ. Du temps de Thalès de Milet (600 ans avant l'ère chrétienne), on avait observé dans le succin ou ambre jaune, les phénomènes auxquels on a donné le nom d'*Électricité*, c'est-à-dire, la propriété qu'ont certains corps, lorsqu'ils ont été frottés, chauffés ou simplement mis en contact, d'attirer d'abord et de repousser ensuite les corps légers, de lancer des étincelles et des aigrettes lumineuses, de faire éprouver au système nerveux des commotions plus ou moins fortes. — Lorsqu'on frotte un tube de verre, un bâton de soufre ou de résine, un morceau de succin ou d'ambre avec une étoffe de laine ou de soie, ces différents corps prennent à l'instant une propriété très remarquable : ils attirent à eux tous les corps légers qu'on leur présente, et cette attraction est d'une force telle que, par exemple, de minces feuilles de métal sont enlevées à plus d'un pied de distance et viennent se précipiter sur la surface du corps attirant. On peut répéter très facilement cette expérience en frottant sur la manche de son habit de drap, un bâton de cire à cacheter, et en l'approchant ensuite de très petits morceaux de papier déchiré. Tous les corps ainsi frottés avec une étoffe de laine ou de soie, ou mieux avec une peau de chat, se recouvrent d'électricité, ce qu'on exprime en disant qu'ils deviennent *électriques*. — Les corps qui laissent échapper l'électricité se nomment pour cela *conducteurs*; ceux qui ne laissent aucun passage à l'électricité, ni au travers de leur substance, ni le long de leur surface, ont été appelés *non-conducteurs* ou *isolants*, parce qu'ils isolent ainsi l'électricité que l'on dépose sur eux, ou plutôt les corps électrisés auxquels ils servent de supports. L'air est un corps isolant ; s'il était conducteur, il serait impossible d'obtenir le moindre signe d'électricité, puisque ce fluide se perdrait en même temps qu'il s'accumulerait sur un corps. Les corps employés plus fréquemment comme *isoloirs*, sont des cordons de soie, des tubes de verre recouverts de gomme laque, et surtout des cylindres de cette dernière substance.

Table des différents conducteurs.

Or.	Eau froide.
Argent.	Liquides (huiles exceptées).
Cuivre.	Verre, chauffé au rouge.
Platine.	Résine.
Fer.	La Glace.
Étain.	Sels en général.
Mercure.	Fluides animaux.
Plomb.	Acides.
Autres métaux.	Dissolutions salines.
Charbon.	La Vapeur.
Terres et Pierres.	L'Air chaud.
Eau chaude.	

Table des corps non-conducteurs.

La Gomme laque.	La Soie.
La Cire d'Espagne.	Les Fourrures.
Les Résines.	Les Bois sec.
Le Soufre.	Les Gaz secs.
Le Verre.	

Il y a deux espèces d'électricité. Que l'on frotte avec une peau de chat un tube de verre ; qu'on en approche une très petite boule de moelle de sureau attachée à un fil de soie plate, très fine, de huit à dix pouces de longueur, que l'on tient suspendu par son extrémité, et l'on verra la petite boule se précipiter d'abord sur le tube de verre, puis s'en écarter vivement et rester constamment à une certaine distance de lui. La petite boule de sureau se couvre d'électricité aux dépens du tube ; cette électricité y est maintenue par le fil de soie, qui est un corps mauvais conducteur, et l'expérience prouve que *deux corps chargés d'une même électricité se repoussent*. Le même phénomène peut se vérifier en remplaçant le tube de verre par un corps quelconque convenablement disposé. Maintenant, reprenons l'expérience du tube de verre où nous l'avons laissée, dans cette situation où la petite boule de sureau est maintenue écartée du tube de verre. Qu'alors on frotte un tube de résine, et, qu'on l'approche de la boule, celle-ci se précipitera sur le tube de résine, le touchera, s'y chargera d'électricité, puis sera repoussée et maintenue loin de lui. Cette boule, ainsi repoussée par la résine, sera attirée par le tube de verre, le touchera, puis elle s'en écartera, sera attirée par la résine, et ainsi de suite. Ici apparaît un autre fait non moins remarquable que le précédent; c'est qu'un corps repoussé par le verre, parce qu'il est chargé de même électricité que lui, est attiré par la résine, bien que celle-ci soit électrisée. On en a conclu que ces deux électricités étaient différentes, et la première a été nommée *électricité vitrée*, et l'autre *électricité résineuse*. L'électricité paraît avoir une vitesse immense, évaluée à 144,000 lieues par seconde; elle répand une odeur assez semblable à celle du phosphore ou de l'hydrogène impur. Reçue sur la langue, elle cause la sensation d'un goût particulier; traversant une partie quelconque de notre corps, elle produit un frémissement plus ou moins désagréable, une sensation pénible plus ou moins vive en raison de la décharge et de la sensibilité de la personne; mais quand cette décharge est considérable, elle produit dans les organes une secousse violente et très pénible, et peut même sur-le-champ frapper de mort les animaux et les végétaux (L'électricité est un des moyens excitants auxquels la médecine a quelquefois recours dans le traitement de certaines paralysies). Cette sensation douloureuse, que l'on nomme *commotion électrique*, est produite par la brusque contraction des muscles à travers lesquels s'établit un courant dirigé de l'une à l'autre face; elle se fait principalement sentir dans la poitrine et aux articulations. L'action de l'électricité sur la plupart des corps est incontestable; ainsi l'eau, soumise à des décharges répétées, dégage de l'hydrogène et de l'oxygène, ce qui indique qu'elle est décomposée. L'électricité active la végétation, augmente la transpiration des animaux, l'évaporation des fruits, des feuilles, et en général de tous les corps. Les décharges électriques changent aussi la couleur de certaines fleurs délicates, et produisent une multitude de combinaisons et de décompositions chimiques; une très petite étincelle suffit pour enflammer plusieurs substances inflammables et pour faire détonner les mélanges fulminants. Enfin, ce fluide présente une multitude d'autres phénomènes qu'on n'est point encore parvenu à soumettre à l'analyse et qu'il serait trop long de mentionner. L'accumulation de l'électricité s'obtient au moyen des appareils connus sous le nom de *Machines Électriques* (*Voyez* ÉLECTRIQUE). — Deux théories principales se partagent l'assentiment général pour rendre raison des phénomènes électriques. Selon la théorie de Franklin, la moins généralement admise aujourd'hui, le fluide électrique est unique; il est répandu dans tous les corps, qui en possèdent chacun une quantité relative à sa capacité. Tant qu'il est en équilibre, il ne donne aucun signe de sa présence; mais dès qu'une cause quelconque vient rompre cet équilibre, il tend aussitôt à se rétablir et donne lieu aux phénomènes électriques; les corps sont alors électrisés *positivement* ou *négativement*, suivant qu'il y a en eux augmentation ou diminution du fluide électrique.—La théorie de Dufay, perfectionnée par Symmer, regarde le fluide naturel, généralement répandu dans la nature, comme composé de deux principes auxquels on a donné le nom de *fluide vitré* et de *fluide résineux*, parce que, ainsi que nous l'avons démontré plus haut, l'un est extraordinairement développé par le verre, et l'autre par les résines (ce qui n'est pas toujours exact). On a aussi donné au fluide vitré le nom de *fluide positif*, et celui de *fluide négatif* au fluide résineux, mais dans une acception purement géométrique et bien différente de celle de Franklin.

ÉLECTRIQUE. Les électricités vitrée et résineuse existent dans tous les corps, combinées et neutralisées l'une par l'autre. On entend par *corps électriques*

ceux dans lesquels l'électricité se manifeste par la propriété attractive; on appelle *corps anélectriques* les corps conducteurs de l'électricité (tels que les métaux): non pas que l'on puisse développer en eux la propriété attractive, mais seulement parce qu'ils la perdent au moment même où elle y est produite. Sont nommés *corps idio-électriques*, les corps non-conducteurs, c'est-à-dire ceux où l'électricité reste au même point où elle a été développée.—*La machine électrique* consiste en un plateau de verre d'un diamètre plus ou moins grand, tenu dan- une position verticale au moyen d'un axe auquel une manivelle imprime à volonté un mouvement de rotation. Ce plateau est pressé entre quatre coussins de cuir, rembourrés avec du crin et en communication avec le *réservoir commun* (le sol). Un cylindre conducteur placé horizontalement sur des supports en verre, recouverts d'une couche de vernis à la gomme laque pour rendre l'isolement plus complet, envoie de l'une de ses extrémités deux branches terminées chacune par un godet garni à l'intérieur de pointes, près du plateau. L'électricité résineuse se répand sur les coussins et va se perdre dans le sol; l'électricité vitrée reste sur le verre et agit sur les électricités combinées des branches; elle attire l'électricité résineuse et refoule dans le conducteur l'élec ricité vitrée qui devient libre, se répand sur la surface et s'y trouve en quantité d'autant plus grande qu'il y a eu plus de fluide décomposé. A l'extrémité du conducteur est adapté un *électromètre* à cadran qui indique la charge plus ou moins grande du conducteur (*Voyez* ÉLECTROMÈTRE). Par un temps sec, deux ou trois tours de plateau suffisent pour porter la charge au maximum. En approchant du conducteur, ainsi électrisé, le doigt ou tout autre corps conducteur non isolé, on lui enlève son électricité sous forme d'étincelle. Telle est la machine au moyen de laquelle se font les expériences les plus surprenantes. Avant de les présenter, posons les principes sur lesquels seront fondées nos explications: — 1° Un corps actuellement électrique est un corps que l'on a mis en état d'attirer et de repousser des corps légers, tels que les pailles, les plumes, les feuilles de métal; l'électricité d'un corps se manifeste encore par les bluettes de feu que l'on en tire.—2° Presque tous les corps peuvent devenir électriques, ou par frottement ou par communication. — 3° Les matières vitrifiées et les matières résineuses s'électrisent très facilement, lorsqu'on les frotte, ou avec la main nue, bien sèche, ou avec un morceau d'étoffe. — 4° Les métaux et les corps vivants deviennent très facilement électriques, lorsque, par exemple, ils communiquent, par le moyen ou d'une frange de métal ou d'une chaîne de fer, avec les corps devenus électriques par frottement. — 5° Les corps qui deviennent électriques par frottement, ne le deviennent presque jamais, ou du moins le deviennent très peu par communication; et les corps qui deviennent électriques par communication ne le deviennent presque jamais par frottement. — 6° Un corps électrisé perd communément sa vertu par l'attouchement de ceux qui ne le sont pas. — 7° Tout corps électrisé, soit par frottement ou par communication, est entouré d'un fluide très subtil qui s'étend plus ou moins loin, suivant que l'électricité a été plus ou moins forte. Ce fluide sert d'atmosphère au corps actuellement électrisé. — 8° Le fluide qui sert d'atmosphère aux corps qui sont dans l'état actuel d'électrisation, n'est pas l'air grossier que nous respirons, puisque les corps s'électrisent parfaitement bien dans le récipient de la machine pneumatique, quoiqu'on en a pompé l'air. — 9° L'atmosphère des corps actuellement électrisés est formée par les particules qui s'élancent continuellement de leur sein et qui se portent plus ou moins loin, suivant que l'électricité est plus ou moins forte. — 10° Le fluide subtil qui compose l'atmosphère des corps électrisés s'insinue sans peine à travers les corps les plus durs; on dit même que cette matière traverse plus facilement les métaux que l'air; elle est en cela semblable à la lumière, qui traverse plus aisément le verre que l'air.—11° Le fluide subtil qui compose l'atmosphère des corps électrisés, et que nous pouvons nommer *matière électrique*, se trouve plus ou moins abondamment dans tous les corps; cette matière, répandue partout, n'a besoin d'un tel degré de mouvement que pour se rendre sensible. — 12° La matière électrique est une vraie matière ignée; c'est un vrai feu qui, pour agir avec plus de force, s'unit à des parties hétérogènes qu'il trouve, ou dans les corps qu'on électrise, ou dans l'atmosphère de ce corps — 13° Un corps, à force d'être électrisé, ne perd pas son électricité; un globe de verre qui aura été électrisé pendant 2 ou 3 heures de suite, n'en paraîtra pas moins électrique. — L'hypothèse formée pour expliquer d'une manière probable les phénomènes électriques, est fondée sur une loi de l'hydrostatique avouée de tout le monde, et sur une expérience qui réussit en tout temps, à toute sorte de personnes, et avec la machine la plus médiocre. Cette loi d'hydrostatique est celle-ci : les *fluides semblables ne peuvent pas se toucher, sans se mêler ensemble et se mettre en équilibre l'un avec l'autre.* C'est en vertu de cette loi, que l'air extérieur est obligé d'entrer par les fentes de la porte et des fenêtres dans toute chambre dont l'air est raréfié par le feu qu'on y allume. L'expérience sur laquelle cette hypothèse est fondée, est la suivante : On prend deux gâteaux de résine, sur lesquels deux hommes sont placés; l'un communique avec le tube de fer-blanc à la manière ordinaire, et l'autre est occupé à frotter le globe de verre. A un signe convenu tous deux approchent en même temps leur doigt du tube de fer-blanc : le premier ne tirera pas de bluette, le second en tirera de très vives. Si l'on s'approche d'eux, on trouvera électrique non-seulement celui qui communique avec le tube par la chaîne ordinaire, mais encore celui qui frotte le globe, avec cette différence que les bluettes que l'on tirera de celui-ci seront beaucoup plus faibles que celles tirées de celui-là. Cette expérience paraît démontrer que toute la matière électrique qui sort du globe de verre, n'enfile pas le tube de fer-blanc; que celle qui se répand dans l'air est capable de communiquer une faible électricité aux corps environnants, et qu'on peut tirer parti du courant électrique qui ne va pas dans le tube. — Qu'on présente à un corps électrisé par frottement ou par communication, quelques corps légers, comme des pailles ou des feuilles de métal, et l'on verra ces corps tantôt attirés et tantôt repoussés par le corps électrisé. La cause en est que souvent il y a un choc très violent entre la matière *effluente* et la matière *affluente*, puisque celle-là sort du globe en même temps que celle-ci s'y rend. La *matière affluente* doit nécessairement porter les corps légers vers le corps électrisé, et c'est là ce qu'on nomme *attraction; la matière effluente* emporte avec elle les corps légers et les oblige à fuir le corps électrisé, et c'est là ce qu'on nomme *répulsion.* — Un homme monté sur un gâteau de matière résineuse, tenant à la main une chaîne qui communique avec le tube de la machine électrique, s'électrisera par communication, et il sera aussi facile de tirer des étincelles de son corps que du tube de la machine électrique. — Lorsque l'on fait tourner le globe de la machine électrique, il en sort une matière ignée qui, par le moyen du tube de fer-blanc et de la chaîne qui lui est attachée, met en mouvement celle qui est contenue dans le corps de l'homme placé sur le gâteau de résine et l'oblige de se porter du dedans au dehors. Actuellement, telle est la cause des étincelles que l'on tire de son corps : lorsqu'un corps à *demi électrique* s'approche d'un corps *parfaitement électrique*, alors l'atmosphère de celui-ci, par la loi de l'équilibre entre deux liquides homogènes, se porte vers l'atmosphère de celui-là, à-peu-près comme l'air extérieur se porte vers l'air contenu dans une chambre où on vient d'allumer du feu. Ces deux atmosphères, composées de particules inflammables, se

mêlent, se choquent, et par là-même s'enflamment. Ce mélange et cette inflammation sont la vraie cause du petit bruit dont la bluette est accompagnée; car alors l'air placé entre l'atmosphère dense et l'atmosphère rare se trouve chassé par le mélange comme par l'inflammation. Un homme qui tiendrait à la main la même chaîne et qui serait placé immédiatement sur le plancher d'une chambre, ne s'électriserait pas, parce que l'homme et le plancher étant électrisables par communication, la matière ignée qui sort du globe de verre n'agirait pas seulement sur l'homme, comme dans l'expérience précédente, mais encore sur tous les corps avec lesquels cet homme communique; il n'est donc pas étonnant que dans ce cas l'électricité ne produise presque aucun effet. Il suit de là qu'on n'électrisera jamais un corps électrisable par communication, en le plaçant sur un autre corps électrisable par communication. Pour y parvenir, il faut l'isoler, c'est-à-dire, il faut le placer sur un corps électrisable par frottement; nous citerons parmi ces corps le crin, la soie, la résine, les matières vitrifiées, etc. — Il suit encore de là que l'homme que l'on a fait monter sur le gâteau de résine, à la manière ordinaire, ne tirerait pas lui-même des bluettes du tube de fer-blanc avec lequel il communique par une chaîne de fer, quand même l'atmosphère électrique qui l'environne est aussi dense que celle du tube.—Si l'on fait jouer la machine électrique dans un temps humide et dans un temps sec. L'électricité sera beaucoup plus forte dans le dernier que dans le premier cas. Nous expliquerons comme il suit cette différence d'intensité. Dans un temps de pluie, l'air est chargé d'exhalaisons très propres à retarder le mouvement de la matière ignée qui en est chargé; il en est de même dans un temps chaud. Mais dans un temps sec, l'atmosphère ne contient pas beaucoup de ces sortes d'exhalaisons; l'électricité doit donc beaucoup mieux réussir dans un temps sec que dans un temps de pluie, mieux en hiver qu'en été. — Un physicien n'a point de peine à rendre raison d'un pareil effet; accoutumé à expliquer pourquoi le feu agit sur le bois avec plus de force pendant l'hiver que pendant l'été, il comprend d'abord pourquoi le feu électrique produit de plus grands effets pendant la première de ces deux saisons que pendant la seconde. Ici se présente habituellement une objection qui paraît d'abord spécieuse. Si l'humidité, dit-on, retarde les effets de la machine électrique, pourquoi l'électricité se communique-t-elle si facilement à l'eau? L'électricité se communique facilement à l'eau, sans doute par la raison qu'elle trouve dans cet élément des pores disposés à recevoir la matière électrique. Il y a bien de la différence entre l'eau et les exhalaisons qui retardent les effets de l'électricité. Ces exhalaisons ne sont pas des particules aqueuses; ce sont, pour la plupart, des particules grasses, très propres à diminuer le mouvement du feu électrique. — Prenons une corde mouillée aussi longue que l'on voudra; attachons-la par un bout au tube de la machine électrique, et sur le gâteau de résine plaçons un homme qui tienne l'autre bout de la corde. Si cette corde est isolée, c'est-à-dire, si elle est soutenue en distance et en distance par le moyen de quelques rubans ou de quelques cordons de soie, l'homme placé sur le gâteau de résine s'électrisera, quelque éloigné qu'il soit de la machine électrique, et quelques détours que fasse la corde. — Il faut se représenter la matière électrique comme résidant dans tous les corps, et comme composée de rayons dont les parties sont contiguës. Il est impossible de faire tourner le globe de la machine électrique, sans que l'une des extrémités de ces rayons soit agitée, sans que l'autre le soit presque au même instant. Il en est à peu près des rayons de la matière électrique, comme de 500 boules contiguës et rangées de file; que la boule placée au commencement de la ligne soit frappée, et on verra alors partir presque dans le même instant celle qui est placée à l'extrémité. Si ce phénomène se remarque avec des corps aussi massifs que des boules, combien ne serait-il pas plus sensible avec des particules aussi déliées que celles dont est composé le feu électrique. Si une corde mouillée réussit mieux qu'une corde sèche, c'est que la matière électrique se dissipe plus difficilement à travers celle-là qu'à travers celle-ci. — Approchant de fort près le bout du doigt, ou un morceau de métal d'un corps quelconque fortement électrisé, on aperçoit une ou plusieurs étincelles très brillantes qui éclateront avec bruit; et si ce sont deux corps animés que l'on applique à cette épreuve, l'effet dont nous parlons sera accompagné d'une piqûre qui se fera sentir de part et d'autre. — Tout corps électrisé contient en dedans et en dehors des particules d'un feu mêlé de plusieurs parties hétérogènes, inflammables; il suffit de les agiter tant soit peu pour les enflammer. Lorsqu'on approche le bout du doigt, ou un morceau de métal d'un corps fortement électrisé, le mélange qui se fait des différentes atmosphères électriques dont nous avons parlé, imprime à ces particules le degré de mouvement et d'agitation nécessaire pour causer l'inflammation; on doit donc, dans cette occasion, apercevoir une ou plusieurs étincelles très brillantes qui éclatent avec bruit. Si deux corps animés, soumis à cette épreuve, sentent une piqûre très forte, c'est qu'il n'est rien qui agisse autant sur les corps animés, que le feu enflammé. — En tirant une ou deux étincelles d'un corps électrisé, son électricité cessera subitement, ou du moins diminuera très sensiblement. Qu'il nous soit permis de hasarder ici une conjecture : nous comparerons volontiers un corps dans l'état actuel d'électrisation, à un fusil à vent; les premiers coups que l'on tire sont terribles, les derniers ne le sont pas à beaucoup près autant. De même les premières étincelles tirées d'un corps électrisé, seront très fortes et très brillantes; mais les dernières perdront bientôt toute leur force et tout leur éclat. — On électrise, par le moyen du globe de verre, une personne placée sur le gâteau de résine; il lui est présenté, dans une cuiller de métal, de l'esprit de vin, ou une liqueur inflammable légèrement chauffée; la personne en question allumera la liqueur avec le bout du doigt. — La matière électrique est un vrai feu; tout le monde sait que le feu, lorsqu'il a un certain degré de mouvement et qu'il se joint à un corps inflammable, le pénètre et dissipe ses parties en flamme, ou en fumée; il n'est donc pas surprenant que, puisqu'il sort du doigt d'un homme électrisé des particules de feu, et que ces particules se joignent à un corps aussi inflammable que l'esprit de vin, il n'est pas surprenant, disons-nous, que cette liqueur soit allumée. Si l'électricité était très forte, un degré de chaleur préparatoire ne serait pas d'une nécessité absolue pour le succès de l'expérience dont nous parlons. Il faut remarquer que le doigt qui se présente à la liqueur ne doit pas la toucher, mais seulement s'en approcher à une petite distance. S'il a été plongé, il faut l'essuyer, ou en présenter un autre; car sans cela on court risque de n'avoir pas d'étincelles et de manquer l'expérience. L'obstacle vient de ce que un corps mouillé d'esprit de vin se trouve enduit d'une matière sulfureuse à travers laquelle la matière électrique a peine à se faire jour pour sortir. On dira peut-être que cette matière passe bien à travers l'esprit de vin qui est dans la cuiller; mais nous ferons observer que cet esprit de vin est chaud, au lieu que celui qui est autour du doigt ne l'est plus, un instant après l'émersion. — Qu'un homme électrisé passe légèrement sa main sur une personne non électrique vêtue de quelque étoffe d'or ou d'argent; il la fera étinceler de toute part, non-seulement elle, mais encore toutes les personnes qui seront habillées de pareilles étoffes et qui la toucheront; et ces étincelles se feront sentir aux personnes sur qui elles paraîtront, par des picotements qu'elles auront peine à souffrir longtemps. Nous devons nous représenter les étoffes d'or ou d'argent comme remplies et pénétrées de la matière électrique en repos, et l'homme électrisé

comme rempli et pénétré de la matière électrique en mouvement. Lorsque cet homme passe légèrement la main sur une personne non électrique vêtue de quelque étoffe d'or ou d'argent, il en sort une matière qui met en mouvement et en feu celle qui était renfermée dans l'étoffe d'or ou d'argent; non-seulement on doit voir sortir des étincelles de la personne que l'homme électrisé touche, mais encore de toutes celles qui vêtues de pareilles étoffes, ont communication avec elle: puisque l'électricité se communique en un instant par une corde mouillée de 1200 pieds, à plus forte raison doit-elle se communiquer à quelques personnes qui se touchent et qui sont vêtues de pareille étoffe. Le picotement que sentent les personnes sur qui se fait l'expérience dont nous parlons, doit être très douloureux, puisqu'il n'y a rien de plus subtil, de plus pénétrant et de plus vif que le feu électrique. Pour expliquer l'expérience que nous venons de proposer, nous serions tentés de regarder la matière électrique renfermée dans l'étoffe d'or ou d'argent, comme une infinité de grains de poudre rangés l'un après l'autre, et dont le premier est mis en feu par les rayons de matière qui sortent de l'homme électrisé qui passe légèrement la main sur une personne non électrique, vêtue de quelque étoffe d'or ou d'argent. — Tenant dans une main un vase de verre ou de porcelaine, en partie plein d'eau, dans lequel est plongé le bout d'un fil de métal électrisé, et approchant l'autre main de ce fil pour en tirer une étincelle, on éprouve une commotion violente dans les deux bras, dans la poitrine, dans les entrailles et dans tout le corps. En électrisant le fil de métal, il a été chargé de matière ignée à peu près comme on charge de poudre un pistolet que l'on veut tirer. En approchant le doigt du fil de métal électrisé, le feu a été mis à cette matière ignée, et le fil a été déchargé à peu près comme on décharge un pistolet, en mettant le feu à la poudre contenue dans le bassinet. Un courant de matière ignée sort alors avec impétuosité de l'extrémité supérieure du fil et entre dans le corps par la main qui a tiré la bluette; un second courant de matière ignée sort avec presque autant de force de l'extrémité inférieure du même fil, traverse le verre et entre dans le corps par la main qui tient la bouteille; ces deux courants se choquent violemment, et ce choc cause cette terrible commotion ressentie dans tout le corps. Ainsi, lorsqu'on tire une bluette du tube de fer-blanc de la machine électrique, on ne reçoit qu'une commotion bien légère, parce que la matière électrique n'est pas aussi comprimée dans le tube de fer-blanc qu'elle l'est dans le fil de métal de l'expérience précédente, et qu'il n'entre dans le corps qu'un courant de matière ignée. La commotion aurait été infiniment plus violente, si la bouteille eût contenu la même quantité d'eau bouillante, preuve évidente de l'analogie qu'il y a entre la matière ignée et la matière électrique. Néanmoins, nous ne conseillons à personne de tenter une pareille expérience; le fait suivant en démontrera tout le danger : Pour éviter à un paralytique le contact d'un vase froid dans l'expérience de la commotion, on la lui fit éprouver avec de l'eau bouillante. Des éclats de lumière très vifs parurent d'eux-mêmes, avant que le malade approchât la main du vase : ils devinrent encore plus vifs et plus nombreux, quand il y appliqua la main; et au moment où il tira l'étincelle, le feu dont le vase se remplit parut tout à coup d'une vivacité inexprimable. La secousse fut prodigieuse; et au même instant un morceau orbiculaire de deux lignes et demie de diamètre fut lancé contre le mur qui en était à 5 pieds de distance. Le morceau fut emporté sans aucune fêlure du vase; notre paralytique, jusque-là empressé à s'offrir à la commotion, effrayé et tremblant, se jeta sur un siège; il assura qu'un coup violent l'avait frappé en diverses parties du corps, et qu'il lui en restait une vive douleur dans les bras et dans les reins; on l'exhorta à aller se mettre au lit. L'étonnante vivacité d'un feu, qu'on ne peut mieux comparer qu'à celui de la foudre, le phénomène inouï d'un vase percé par l'action de l'électricité; la terrible commotion qu'avait ressentie la personne qui tira l'étincelle, tout cela avait jeté les spectateurs dans une frayeur qui ne permit à aucun de s'exposer à une seconde épreuve.— Cette expérience peut se faire avec moins de risque d'une manière presque aussi efficace. On prend un carreau de verre blanc, de 18 pouces de long sur 12 de large; en dessus et en dessous de ce verre sont collées deux plaques de métal de 15 pouces de longueur et de 10 de largeur; le carreau ainsi couvert est posé sur un corps électrisable par communication, et le tout se place sous la machine électrique; par le moyen d'une petite chaîne la partie supérieure du carreau communique avec le tube, et une seconde chaîne est placée sous le carreau. Si quelqu'un tient d'une main cette seconde chaîne, et qu'il tire de l'autre une bluette de la feuille de métal, il sentira une commotion à peu près aussi forte que celle éprouvée par le paralytique dont nous avons parlé. Si nous mettons, sur le carreau de verre, un oiseau, de la tête duquel on aura ôté les plumes, et que la même main qui tient la chaîne inférieure tire une bluette de la tête de l'animal, l'oiseau seul éprouvera la commotion et expirera sur-le-champ. Si, au lieu de l'oiseau, nous mettons un carton sur la feuille de métal, et que la même main qui tient la chaîne inférieure tâche d'en tirer une étincelle, elle percera ce carton en excitant une flamme à peu près semblable à celle d'une grosse chandelle, et un bruit aussi fort que celui d'un pétard. Pour cette expérience, on se sert d'un vase de métal. Le fil de fer ne s'électrisera pas plus que si on en eût tenu le bout dans la main; aussi ne ressentira-t-on aucune commotion, lorsqu'on tirera la bluette, ou du moins en sentira-t-on une bien faible.—L'expérience si connue sous le nom d'*expérience de Leyde*, parce qu'elle a été trouvée à *Leyde* par *Musschembrock* et *Allaman*, ne réussit que parce que la matière électrique communiquée au fil de fer et à l'eau contenue dans le vase, ne se dissipe pas à travers les pores du vase ou ne va pas se perdre dans ces mêmes pores (*Voyez* BOUTEILLE DE LEYDE). Il faut donc se servir d'un vase de verre ou de porcelaine, parce que ces deux corps étant électrisables par frottement, le sont très peu par communication. Les vases de métal, au contraire, étant très électrisables par communication, recevraient et laisseraient passer une grande partie de l'électricité communiquée au fil de fer et à l'eau; le fil de fer ne serait donc plus chargé de matière électrique, et conséquemment ne devrait pas être ressentie.— Formons une chaîne de 50 à 60 personnes (ce nombre peut être porté jusqu'à l'infini) qui se tiennent toutes par les mains; que le premier de la bande tienne le vase de *l'expérience de Leyde* sous le fil de métal, et que le dernier tire l'étincelle du fil de fer; tous ceux qui participeront à cette expérience ressentiront en même temps la commotion. Pour se rendre facilement compte de ce phénomène, il faut se représenter la matière électrique comme résidant dans tous les corps, et comme composée de rayons dont les parties sont contiguës; il faut donc expliquer cette dernière expérience à peu près comme nous avons expliqué les précédentes. — Quand on laisse pendre du tube de la machine électrique deux brins de fil de 12 à 15 pouces de longueur, ils se tiennent écartés l'un de l'autre, et ils forment un angle d'autant plus grand que l'électricité est plus forte. Tant que le tube de fer-blanc est électrique, il sort de chacun de ces fils une matière effluente qui les tient écartés l'un de l'autre; et ils retombent l'un vers l'autre, lorsque le tube cesse d'être électrique. On pourrait nommer ces deux fils un vrai *électromètre* (*Voyez* ce mot).—Si nous électrisons un fluide contenu dans un vase, par exemple de l'eau ou du vin contenu dans une bouteille, et que nous nous servions pour vider cette bouteille d'un siphon dont la plus longue branche soit terminée par un tube capillaire, l'eau et le vin électrisés couleront avec plus de vitesse, que l'eau et le vin non électrisés. Le feu élémentaire, que nous ne distinguons pas de la matière électrique, est la cause physique de la fluidité des corps. Ainsi, l'eau et le vin électrisés sont donc plus fluides que l'eau et le vin non électrisés, et doivent conséquemment couler avec plus de vitesse. — Prenez divers oignons de jonquille, de jacinthe et de narcisse, posés suivant la coutume sur des carafes pleines d'eau; ayez soin de choisir préférablement des oignons dont la plupart ont déjà poussé des racines, et dont quelques-uns même ont des boutons à fleurs assez avancés. Après avoir mesuré la longueur des racines, des tiges et des feuilles de ces oignons, quelques-unes de ces carafes sont mises sur des gâteaux de résine, et sont électrisées au moyen de certains fils d'archal qui, partant du tube de fer-blanc de la machine, iront plonger dans l'eau de ces carafes. La différence du progrès des oignons électrisés, comparé à celui d'autres oignons de même espèce également avancés et traités de même, à l'électrisation près, serait très sensible: les oignons électrisés augmenteront plus en feuilles et en tiges; leurs feuilles s'étendront davantage, et leurs fleurs s'épanouiront plus promptement. La matière électrique, capable d'accélérer le cours des liquides, augmente le mouvement des sucs nourriciers que les plantes renferment: elle contribue par conséquent à pousser et à introduire dans leurs extrémités la sève nécessaire à les développer, les étendre et les augmenter; donc l'électricité a dû hâter sensiblement l'épanouissement des fleurs des oignons contenus dans les carafes dont on a électrisé l'eau pendant 8 à 9 heures chaque jour. Une expérience à peu près semblable a été faite sur de la graine de moutarde; une égale quantité semée dans deux vases de métal égaux, pleins de la même terre, exposés au même soleil, et dont l'un était électrisé de 5, 6, 7 heures par jour, avait végété d'une manière très différente. La graine électrisée avait levé plus vite, et avait fait constamment plus de progrès; en sorte que le huitième jour elle avait poussé des tiges de 15 à 16 lignes de hauteur, tandis que les plus longues tiges de la semence non électrisée qui, avait germé, n'excédaient pas 3 à 4 lignes. — Deux timbres sont suspendus au tube de fer-blanc de la machine électrique, l'un par un fil d'archal, et l'autre par un cordon de soie; ils sont écartés l'un de l'autre d'un pouce ou environ, et entre eux deux est placé un battant fort léger qui pend du tube par un fil de soie très mince. Au moyen d'une chaîne de fer, le timbre suspendu au tube par un cordon de soie communique avec le pavé. Alors toutes les fois que la machine jouera, le battant produira une espèce de carillon en se portant avec beaucoup de vitesse, tant que durera l'électricité, d'abord vers le timbre suspendu par un cordon de soie, ensuite vers celui qui était suspendu par un fil d'archal. Mais le battant demeurera presque immobile, en interceptant la communication établie entre le timbre suspendu par un cordon de soie et le pavé de la chambre.— Le tube de fer-blanc devenant électrique, le timbre suspendu par un fil d'archal le devient aussi. Il sort donc de son sein une matière ignée qui porte le battant vers le timbre suspendu par un cordon de soie, c'est-à-dire que la matière électrique effluente est la cause du premier mouvement du battant; la matière électrique affluente porte d'abord le battant vers le timbre suspendu par un fil d'archal, et le carillon continue tant que durent *l'effluence* et *l'affluence* de la matière ignée. Mais le carillon cesse, lorsqu'il n'y a plus communication entre le timbre suspendu par un cordon de soie et le pavé de la chambre, par cette raison que le battant se trouvant alors entre deux matières effluentes de force presque égale, il est par là-même privé de presque tout mouvement de transport.— Vers la fin du siècle dernier, on s'occupa beaucoup d'un *clavecin électrique*; c'est sans doute une expérience semblable à celle-ci qui fournit au père de la Borne, jésuite, les premières idées de son *clavecin*; il conclut qu'ayant plusieurs timbres sur les différents tons de l'octave, il pourrait réussir à en tirer quelques airs, en les touchant successivement. Il parvint donc, en très peu de temps, à construire avec huit timbres un vrai clavecin acoustique qui distinguait beaucoup mieux les brèves et les longues que le clavecin ordinaire. La matière électrique en était l'âme, comme l'air est celle de l'orgue. Le globe tenait la place du soufflet, et le conducteur ou tube de fer-blanc celle du porte-vent. Dans l'orgue, le clavier est comme un frein auquel on modère l'action de l'air. Le père de La Borne avait trouvé le moyen d'imposer le même frein à la matière électrique, malgré sa subtilité et son agilité. L'air enfermé dans le sommet de l'orgue y gémit, jusqu'à ce que l'organiste lui ouvre les portes de la prison; s'il s'écartait en même temps toutes les barrières qui l'arrêtent, ce serait une confusion et un désordre affreux; mais il sait lui donner avec discernement différentes issues. De même la matière électrique demeurait comme captive, et frémissait inutilement autour des timbres du clavecin, jusqu'à ce que la liberté lui fût donnée, en abaissant les touches; elle s'échappait alors avec la plus grande vitesse; mais aussitôt les touches relevées, elle cessait d'agir. — *Le bain électrique* est l'état d'une personne placée sur un isoloir et mise en communication avec le conducteur d'une machine électrique en activité, de manière que tout son corps est entouré et pénétré par le fluide électrique; il y a alors augmentation d'activité de la peau et de la transpiration, quelquefois aussi une accélération du pouls.— *Les frictions électriques* consistent à promener à une très petite distance de la surface du corps, couverte d'une flanelle, un conducteur terminé par une boule d'un petit volume; les villosités de la flanelle se hérissent et transmettent le fluide; il en résulte un fourmillement, une douce chaleur, ainsi qu'une légère rubéfaction.— *Les étincelles électriques*, s'échappant d'un conducteur et dirigées sur un point de la peau, déterminent une vive stimulation, une douleur pongitive dans la continuité des membres, et contusive au niveau des articulations.— *Le courant électrique*, qui s'établit en dirigeant vers une partie malade un conducteur métallique terminé en pointe, a très peu d'action, et produit seulement la sensation d'un souffle léger.

ÉLECTRISATION. Opération de physique qui a pour objet de développer dans un corps quelconque ou chez un individu les phénomènes électriques.

ÉLECTROMÈTRE. Mesure de l'électricité. Cet instrument est fondé sur la force de répulsion qui représente l'intensité de la charge électrique. Le plus simple est une boule de moelle de sureau attachée au bout d'un fil délié, verticalement suspendu au centre d'un cadran qui marque son élévation. Le plus sensible consiste en deux feuilles d'or suspendues parallèlement l'une à l'autre, et qui s'écartent au moment où elles sont électrisées. Le plus exact consiste en un disque de papier doré, fixé au bout d'un long filet horizontal très léger, et suspendu par son centre de gravité à un fil de soie, tel qu'on le trouve dans le cocon; ce fil délié résiste à la torsion, et le disque est repoussé plus ou moins loin; mais en faisant tourner le fil avec la pièce mobile sur laquelle il est fixé, on force le disque à revenir au contact. Le tout est enveloppé d'une cage de verre.

ÉLECTROMOTEUR. On entend par ce mot tout appareil propre à développer l'électricité par le simple contact de corps de différente nature.

ÉLECTROPHORE. Par le moyen de cet appareil très simple, on obtient de l'électricité en tout temps. Il se compose d'un gâteau de résine à surface bien plane, renfermé dans une enveloppe métallique, et d'un disque métallique d'un diamètre un peu plus petit, armé d'un manche isolant. Pour se servir de cet appareil, on frotte le gâteau de résine avec une peau de chat (il s'électrise

résineusement), et on place le disque sur le gâteau : l'électricité résineuse, dont la résine a été chargée par le frottement, décompose le fluide naturel du plateau métallique; l'électricité vitrée se répand sur la surface inférieure, et l'électricité résineuse sur la surface supérieure; le fluide vitreux du plateau ne se combine plus avec le fluide résineux du gâteau, à cause de la difficulté que ce fluide éprouve à se mouvoir dans la résine. En soulevant le plateau, ces deux électricités, qui ont été séparées par l'influence de celle dont la résine est chargée, se combineront, et tout rentrera dans l'état primitif; mais si, avant de soulever le plateau, on touche la surface supérieure avec le doigt, après sa séparation du gâteau, il possédera toute l'électricité vitrée libre qui était répandue sur la surface inférieure; et le gâteau ne perdant que très lentement son électricité, il sera facile de répéter l'expérience plusieurs fois.

ÉLECTRO-PUNCTURE. Combinaison de l'électricité et de l'acupuncture. Le malade est placé sur un *isoloir*; on fait ensuite pénétrer dans la partie affectée une aiguille que l'on fait passer à travers un tube de verre pour l'*isoler*, puis on fait communiquer cette aiguille avec le conducteur de la machine électrique au moyen d'un fil métallique. La secousse qui résulte de cette communication est dirigée par la pointe de l'aiguille sur toutes les radicales des nerfs, et produit des effets avantageux dans certaines affections du système nerveux.

ÉLECTROSCOPE. Modification de *l'électromètre*. Cet instrument consiste en une aiguille formée d'un fil mince de cuivre ou d'argent, terminé par de petites sphères semblables à des têtes d'épingles. A la partie moyenne de cette aiguille est une chape en cristal de roche, au moyen de laquelle on la place sur un pivot, où elle peut librement se mouvoir en tous sens. En approchant latéralement dans le voisinage de l'une des petites sphères le corps dont on veut connaître l'état, on saura qu'il est électrisé s'il y a attraction. La nature de l'électricité se détermine aussi par le moyen de cet appareil : l'aiguille et son pivot étant isolés, on les électrisera vitreusement et résineusement, en présentant à une petite distance de l'électroscope, momentanément mise en communication avec le sol, un bâton de cire d'Espagne ou un tube de verre frotté; rompant ensuite la communication, et retirant le bâton de cire ou le tube électrisé, le fluide de nom contraire, qui, par influence avait été appelé dans l'instrument, recouvrera son expansibilité. Ainsi, l'espèce d'électricité que possède le corps examiné se reconnaît par les mouvements d'attraction ou de répulsion de l'aiguille.

ÉLÉENCÉPHALE. Nom donné à une matière grasse nouvellement découverte dans la substance cérébrale.

ÉLÉGANCE. En littérature, on entend par ce mot *élégance* la justesse et l'agrément du discours; Un discours élégant n'est pas toujours un bon discours, puisque, en effet, l'élégance n'est que le mérite des paroles; mais cependant un discours ne peut être absolument bon sans être élégant. L'élégance est plus nécessaire à la poésie qu'à l'art oratoire, parce qu'elle est une partie principale de cette harmonie dont les vers ont tant besoin. Ainsi, un orateur sans élégance, sans pureté, pourra convaincre et même émouvoir; mais un poème, s'il n'est élégant, ne peut produire aucun effet.

ÉLÉGIAQUE. Ce qui appartient à l'élégie. Par ce mot on désigne plus particulièrement l'espèce de vers qui entraient dans l'élégie des anciens, et qui consistaient en une suite de distiques formés d'un hexamètre (vers de six pieds), et d'un pentamètre (vers de cinq pieds).

ÉLÉGIE. Poëme triste et tendre; les sujets qui

20

distinguent l'*élégie* sont les pleurs, les plaintes, les douleurs, auxquelles on a depuis ajouté les amours. Ce poëme, enrichi de ce nouveau cortége, s'est élevé à une grande perfection chez les Latins. L'élégant Tibulle, le galant Properce, l'ingénieux Ovide, lui ont surtout prêté tous les charmes de leurs différents esprits. Le dernier, plus naturel, plus touchant, plus passionné que les deux autres, semble avoir mieux connu la nature de l'élégie. Ce sont les maîtres qu'on pourrait consulter, aussi bien que Catulle et Cornélius Gallus, pour fixer la matière et le style de l'élégie française. On était fort du goût de l'élégie dans le siècle passé; mais on peut dire que peu de poëtes en ont bien connu le génie; car outre les sujets souvent mal choisis et peu convenables, le style a souvent démenti le titre. Comme ce genre de poésie est peu cultivé de nos jours, quoiqu'il soit susceptible de grandes beautés, nous nous arrêterons peu à caractériser le style qui lui convient; et quant aux exemples, nous renvoyons aux anciens et aux meilleurs modernes latins, tels que Lotichius Sidonius et Ovide dont les héroïdes sont un chef-d'œuvre en fait de galanterie. A l'égard du style, il doit être doux, naturel, touchant et d'une vive expression de sentiment. Mais ceci, pour être développé, demanderait de trop longs détails: car il y a une différence bien fine et bien déliée, entre la douceur, le naturel, la tendresse du style qu'exige l'élégie, et les mêmes qualités de celui qui convient aux pièces d'un autre genre. Il suffit d'apercevoir cette différence, ou du moins de la sentir. Ce goût s'acquiert, ou se perfectionne, par la lecture et par l'usage.

ÉLÉMENT. Les anciens pensaient qu'il n'y avait que quatre éléments: le fer, l'eau, l'air et la terre. Cette opinion, émise pour la première fois par Aristote (350 avant l'ère chrétienne), et professée pendant si longtemps, n'est plus soutenue aujourd'hui que par ceux qui n'ont fait aucune étude des sciences. On donne le nom d'*éléments*, de *corps simples*, de *principes*, aux corps indécomposables, ou du moins à ceux que l'on n'est point encore parvenu à décomposer, et regardés conséquemment comme formés d'une seule substance. On les distingue en *éléments impondérables*, qui sont: le calorique, la lumière, les fluides électrique et magnétique; et *éléments pondérables*, qui sont au nombre de 53, se divisant en corps non métalliques et en métaux:

Corps simples non métalliques, électro-négatifs.	Oxygène, hydrogène, azote, soufre, phosphore, chlore, brôme, iode, fluor, carbone, bore, silicium.
Métaux électro-négatifs.	Sélénium, arsenic, chrôme, molybdène, tongstène, tellure, antimoine, titane, columbium.
Métaux électro-positifs.	Or, platine, iridium, osmium, palladium, rhodium, argent, mercure, cuivre, urane, bismuth, étain, plomb, caducium, zinc, nickel, cobalt, fer, manganèse, cérium, zirconium, lithium, glucinium, alyminium, magnésium, calcium, strontium, barium, lithium, sodium, potassium, thorium.

(Voyez Chimie.)

ÉLÉMI. Substance résineuse; on en connaît deux espèces: l'*élémi oriental* qui provient de l'*amyris zeilonica*, arbre d'Éthiopie; et l'*élémi occidental* qui, selon quelques botanistes, est fourni par l'*amyris elemifera*, arbre d'Amérique. L'élémi oriental est très rare; il est sous la forme de pain de deux à trois livres, enveloppés dans des feuilles d'arbres. Celui d'Amérique est en masses d'un blanc jaunâtre, parsemées de taches brunes ou vertes; il est onctueux au toucher, mais cependant sec et solide, d'une odeur agréable, analogue à celle du fenouil, d'une saveur âcre et amère; on désigne sous le nom d'*amyrine*, la sous-résine qu'il renferme.

ÉLÉPHANT. Cet animal habite les régions les plus chaudes de la zone torride de l'ancien continent; il préfère les lieux bas, marécageux, les bords des fleuves; on croit que c'est le *béhémot* de Job. Il mange les rameaux des arbres, les feuilles, les fruits des orangers, du muscat, des cocotiers, de la guillandine, et ravage les terres à riz, en dévore l'herbe et le grain. Il aime la société de ses semblables. C'est un animal de grand appétit; docile, et quoique son cerveau soit petit, il est très prudent. Sa trompe, qui se replie à volonté, qui est très sensible, capable de saisir tous les corps, de s'étendre et de s'accourcir, et qui est terminée par un doigt mobile, lui tient lieu de main, d'odorat et de tact; c'est par son canal qu'il pompe sa boisson; il s'en sert pour la verser dans la bouche, et pour y porter les aliments; elle est aussi une de ses armes les plus redoutables; aussi périt-il bientôt si on la lui coupe. L'éléphant endormi craint les souris qui peuvent s'introduire dans la trachée-artère, ou canal de la respiration. La femelle porte sa main; le petit éléphant tette comme les autres quadrupèdes, en suçant les mamelons de sa mère avec les lèvres. La force de ce quadrupède est prodigieuse, sa marche, sa grandeur, est assez accélérée; il nage avec la plus grande facilité. Les Indiens s'en servent encore comme les anciens, pour la guerre; mais l'usage de la poudre à canon l'a fait abandonner. On le rend furieux en le blessant sur la nuque; il est même facile de le tuer, en plongeant un instrument tranchant entre la première et la seconde vertèbre du cou. C'est le plus grand des quadrupèdes; on en a vu du poids de 4,500 livres. Le corps est cendré, rarement rougeâtre, fauve ou blanc; les poils sont peu nombreux, la trompe est aplatie en dessous, et tronquée à la pointe, les yeux petits; les défenses, placées sur les côtés de la mâchoire supérieure, sortent en avant comme deux cornes, et se recourbent un peu en haut; elles sont formées par des fibres osseuses entrelacées: c'est l'*ivoire* proprement dit. Ces défenses sont si grosses, qu'elles pèsent quelquefois 150 livres. Les oreilles sont très grandes, un peu pendantes, dentelées; la peau est calleuse, et quoique très épaisse, elle cède cependant aux coups des balles à fusil, elle est assez sensible pour que l'animal soit fatigué par les piqûres de mouche; les deux mamelles sont placées à côté ou près de la poitrine; les ongles terminent les sommets des cinq lobes des pieds; les génoux sont flexibles, ou se plient aisément à la volonté de l'animal; le cou est court.—On le trouve très communément dans les zones les plus septentrionales, surtout en Sibérie. Des squelettes d'éléphants ensevelis sous des bancs de sables ont été découverts même en Amérique; on en a trouvé en Allemagne, en France et en Pologne. Les pieds sont recouverts d'un cuir calleux, qu'on peut enlever tout entier comme un soulier, ou comme la sole du cheval. Par cette considération, on pourrait rapprocher l'éléphant des solipèdes, du cheval. Mais comme les cinq lobes des pieds de devant, et les quatre des pieds de derrière sont ongulés, on l'a rangé parmi les *brutes* d'autant plus que les mamelles sont placées aux aisselles des jambes antérieures. — L'éléphant peut enlever par la seule succion avec sa trompe 200 livres; malgré sa corpulence massive, il atteint aisément le meilleur coureur. Le rut est de quatre à cinq semaines; l'accouplement s'opère en secret et à l'écart, et jamais dans l'état de domesticité. Nous avons dit que la femelle portait un an; cependant, selon quelques naturalistes, on n'a rien de certain à cet égard; on croit assez généralement que la durée de la gestation est de neuf mois, à en juger par l'époque de l'évasion des femelles qui vont trouver les mâles dans les bois, rapprochée de l'époque où elles mettent bas à l'étable dans laquelle bientôt elles reviennent. La femelle met bas un seul petit, qui, en naissant, est déjà de la taille d'un sanglier; à six mois, il est déjà plus gros qu'un bœuf; et il croît jusqu'à 16 ou 18 ans selon les uns, jusqu'à 30, selon les autres. Sa vie est de 80 à 100 ans, selon quelques naturalistes, et d'autres en fixent la durée de 150 à 200 ans.

ELIXATION. Ce mot est synonyme de *décoction*; mais on l'emploie seulement pour désigner celle que l'on fait dans le but d'obtenir deux produits, l'un solide cuit, l'autre liquide : le *pot-au-feu* des ménages est une *élixation*.

ELIXIR. Ce médicament est ainsi nommé parce qu'il se prépare chimiquement; il est une dissolution de plusieurs substances dans l'alcool.

ELLEBORE, genre de plantes de la famille des renonculacées; la racine de l'ellébore, qui croît sur les montagnes de la Grèce, et en France sur celles de la Bourgogne, de l'Auvergne, des Vosges et des Pyrénées, est la seule partie employée en médecine; elle est disposée par petites couches épaisses, noirâtres, blanches en dedans d'où partent beaucoup de radicules. Elle est souvent mélangée de racines d'*adonis*, qu'il est assez difficile de bien distinguer. On a beaucoup vanté les vertus spécifiques de l'ellébore dans le traitement de la manie. Elle est employée comme diurétique dans les hydropisies, et aussi pour combattre la paralysie.

ELLIPSE. Cercle allongé, qu'on nomme aussi ovale. La ligne qui partage l'ellipse dans sa longueur se nomme grand axe; celle qui est en travers, petit axe; le centre de cette figure est le point où ces deux lignes se croisent; les deux points placés sur le grand axe, à égale distance du centre, se nomment foyers. *L'excentricité* est la distance entre le centre et l'un des foyers. Plus l'excentricité est petite, plus la forme de l'ellipse approche de celle du cercle.

ELLIPSE. Figure, en syntaxe, par laquelle on supprime certains mots nécessaires à la construction de la phrase pour la rendre pleine et entière, mais inutiles au sens, parce que ceux qui sont énoncés les font aisément suppléer. Pour que l'ellipse soit permise, il faut que l'esprit puisse suppléer sans efforts les mots sous-entendus. Toute ellipse qui rend le sens louche ou équivoque, est vicieuse.

ELOCUTION. Manière de s'exprimer. La clarté est la loi fondamentale de l'élocution; cette partie de la rhétorique consiste à se faire comprendre sans peine de celui qui écoute ou qui lit. Le premier moyen pour y parvenir, c'est de mettre de l'ordre dans ses idées et de les exprimer nettement. Le second moyen est la correction, qui consiste à observer exactement les règles de la langue.

ELOQUENCE. Art de bien parler; c'est un don de la nature, que l'art dirige et perfectionne. On naît éloquent comme on naît poète, musicien; l'art et l'étude ne donneront jamais, à l'homme incapable, les facultés nécessaires pour transmettre l'impression des sentiments énergiques qu'il peut éprouver.

ELYSEE. Les anciens plaçaient dans le royaume de Pluton, les Champs Élysées, qui étaient le séjour des hommes vertueux; on y goûtait un parfait bonheur; mais la beauté de ce séjour ne suffisait point pour rendre les hommes heureux, s'ils portaient encore au dedans d'eux-mêmes des passions qui les tourmentaient, et s'ils n'étaient pas à l'abri de tout ce qui contribue à rendre la vie malheureuse, ou même moins agréable. Ces récompenses n'étaient accordées qu'aux vertus véritables et au mérite distingué; on ne voyait même dans ces lieux fortunés que les mânes de ceux qui s'étaient signalés ou par des faits héroïques, ou par des actions utiles à l'humanité (*Voyez* MYTHOLOGIE).

EMAIL. Composition de verre. *L'émail des dents* est une substance d'un blanc laiteux, lisse et polie à sa surface, qui revêt la couronne des dents : c'est le produit de la sécrétion immédiate de la lame interne du follicule dentaire. Quelques auteurs ont prétendu que l'émail est sécrété par la papille, comme l'ivoire sur lequel il est appliqué, et qu'il traverse les pores de l'ivoire pour arriver à la surface de la dent; d'autres affirment

que l'émail est sécrété par le feuillet interne des follicules, mais que ce feuillet ne descend pas jusque vers le pédicule de la pupille, qu'il s'insère sur le milieu du contour de celle-ci, et que la couronne de la dent seule se trouve formée dans sa cavité.

EMANATION. Action par laquelle certaines particules ou certains principes se dégagent des corps. Tous les corps de la nature, les minéraux, les végétaux et les animaux, peuvent donner lieu à des émanations, mais les principes qui les constituent sont très différents (*Voyez* EFFLUVE).

EMBARGO. Déclaration hostile d'un gouvernement, en conséquence de laquelle les navires d'une nation étrangère, sont saisis et vendus.

EMBAUMEMENT. Action de parfumer un corps pour empêcher sa corruption. Tout le monde sait que l'usage d'embaumer les morts était général parmi les Égyptiens; voici comment ils s'y prenaient : on tirait d'abord la cervelle par les narines, avec les instruments propres à cet objet, et à mesure qu'elle sortait on faisait couler à la place des parfums; ensuite, ils faisaient une incision au ventre vers les flancs, et en ôtaient les entrailles qu'ils lavaient dans du vin de palmier; après quoi, ils répandaient dessus une poudre aromatique, les remplissaient de myrrhe pure, de casse et d'autres parfums, excepté d'encens, et les mettaient dans le corps qu'ils recousaient. Toutes ces opérations faites, ils salaient le corps avec du nitre, pendant 70 jours. Ce terme prescrit par les lois étant expiré, ils lavaient de nouveau le corps et l'enveloppaient avec des bandes de fin lin, qu'ils frottaient extérieurement avec une gomme dont ils se servaient au lieu de sel. Les pauvres employaient des procédés plus simples; car il y avait des embaumements à tout prix, comme chez nous des enterrements, et tout le monde était embaumé. La nécessité avait introduit l'usage d'embaumer les corps chez les Égyptiens; la religion le consacra. — L'inondation du Nil couvrait tout le pays une partie de l'année, on ne pouvait donc pendant ce temps enterrer les morts. Il fallait les conserver dans les maisons ou les transporter avec des bateaux sur des hauteurs pour les y déposer dans des grottes creusées exprès; car outre que les terrains inondés n'étaient pas en état de recevoir ce cadavres, si on en déposait avant l'inondation, dès qu'elle survenait, ils étaient rejetés en dehors de la terre sablonneuse et humectée qui n'avait pas assez de force pour les retenir dans son sein contre l'action de l'eau qui les soulevait. Pour éviter cet inconvénient, qu'ils regardaient comme très funeste, les Égyptiens choisissaient pour leur sépulture des endroits élevés, des terrains pierreux; ils creusaient des rochers, ils élevaient des masses de pierres sur les tombes, bâtissaient des pyramides, pratiquaient dans la pierre vive des puits faits en forme de chambres, qui servaient de cimetières à ceux qui n'avaient pas le moyen de bâtir des pyramides. Enfin ils avaient recours à ce qu'ils appelaient le remède de l'immortalité, c'est-à-dire, qu'ils embaumaient les corps; ils y réussissaient si bien que ces momies conservaient jusqu'à leur poil, et ressemblaient moins à des cadavres qu'à des personnes endormies. Il n'était pas rare de voir dans des maisons une longue suite d'aïeux du maître : tel bourgeois de Memphis pouvait présenter ses aïeux depuis peut-être deux ou trois mille ans.

EMBLÈME. Figure symbolique accompagnée de devises ou de paroles sentencieuses. L'emblème est du ressort de la peinture, et l'allégorie appartient principalement à la poésie.

EMBOLISMIQUE. Il existe des années lunaires de 13 mois; le treizième mois se nomme alors *embolismique*.

EMBOUCHURE. En géographie, on entend par ce mot, l'endroit où un fleuve se jette dans la mer; *la droite* ou *la gauche* d'un fleuve, d'une rivière, c'est le côté de son lit qui se trouve à la droite ou à la gauche d'une personne qui a le visage tourné dans la direction où elle coule. Le *haut* d'un fleuve, d'une rivière, est la partie qui le approche plus de sa source; le *bas* est la partie la plus voisine du confluent ou de l'embouchure. D'après cette distinction, si l'on compare ensemble les positions de deux lieux qui sont situés au bord d'une même rivière, on dira de celui qui est plus rapproché de la source, qu'il est *au-dessus* de l'autre; et de celui-ci qu'il est *au-dessous* du premier.

EMBOUTISSAGE. Cet art, presque moderne, consiste à disposer sur le tour un modèle en bois de la pièce à copier. Une feuille de métal, bien recuite, est appliquée sur ce modèle; et par le moyen de brunissoirs, pressés fortement contre elle pendant qu'elle tourne, on fait prendre graduellement à cette feuille de métal la forme du modèle. On exécute, par ce moyen, en plaques d'or, les petits cadres ronds ou ovales destinés à recevoir des miniatures; en cuivre, les formes et les moulures si variées des lampes à pied; presque toutes les casseroles, les bouilloires, en un mot la plupart des vases culinaires, sont produits par l'emboutissage.

EMERAUDE. Parmi les pierres précieuses, l'émeraude tient le premier rang; cependant elle est inférieure à la *gemme orientale* (qui est un *corindontélésie*); mais elle est dédommagée de ce qui lui manque à cet égard par le charme de sa couleur pure et velouté. L'émeraude verte l'emporte en valeur sur les bérils et les aigues-marines. L'émeraude d'un vert pur comprend le béril-émeraude et le béril-aigue-marine, pierre d'un vert blanchâtre ou jaunâtre. Les qualités distinctives du béril et de l'émeraude sont dues aux principes accidentels qui les colorent. Dans l'émeraude, c'est l'oxyde de chrôme qui remplit cette fonction, et dans le béril, c'est l'oxyde de fer. L'émeraude, qui est fusible au chalumeau, a son gisement dans les roches primitives; sa réfraction est double à un degré médiocre; sa dureté est moyenne entre celle du quarz et de la topaze.

EMERI. Pierre dure à polir les métaux; c'est un composé naturel d'alumine, de silice et d'oxide fer; sa couleur est d'un gris foncé; on l'emploie sous forme de poudre pour polir les pierres, les métaux et le cristal. Les flacons destinés à contenir les substances volatiles, sont *bouchés à l'émeri*, c'est-à-dire que les surfaces du bouchon et du goulot sont frottées et polies avec de l'émeri, pour que leur contact soit plus parfait.

EMERSION. Le temps de l'*émersion* d'un astre est l'instant où cet astre reparaît à nos yeux après avoir été caché par quelques corps opaques.

EMÉTINE. Alcali végétal découvert dans l'ipécacuanha; l'émétine pure est sous la forme de poudre blanchâtre, inodore, d'une saveur amère et désagréable; soluble dans l'eau froide, plus soluble dans l'eau bouillante; très soluble dans l'alcool. C'est à ce principe que l'ipécacuanha doit sa propriété vomitive.

EMÉTIQUE. On donne ce nom à toutes les substances propres à déterminer le vomissement; mais on appelle particulièrement *émétique* le *tartrate de potasse et d'antimoine*. La connaissance de l'émétique remonte à l'année 1631; il est incolore, transparent, d'une saveur caustique et nauséabonde; il s'effleurit à l'air, et se dissout dans environ deux fois son poids d'eau bouillante; donne un précipité jaune avec l'acide hydro-sulfurique, et précipite les décoctions de quinquina. Chauffé sur un charbon, il donne une odeur de tartre brûlé, et laisse un bouton métallique. L'émétique, qui est le plus souvent administré intérieurement comme vomitif, est encore employé extérieurement sous forme de frictions pour déterminer à la surface du corps une vive inflammation.

EMMIELURE. Topique qui a le miel pour excipient (base du médicament), et qu'on applique sur le pied d'un cheval pour adoucir et détendre la corne.

EMOLLIENT. Sont désignées sous le nom d'*émolients* toutes les substances médicamenteuses qui ont la propriété de relâcher, de détendre et de ramollir les parties enflammées. Les boissons délayantes et mucilagineuses sont des *émollients*. Les gommes, les huiles grasses fraîches agissent aussi comme des émollients.

EMONCTOIRE. Organe destiné à évacuer les humeurs superflues : les reins et la vessie sont les *émonctoires* de l'urine; les anciens appelaient les narines l'*émonctoire* du cerveau.

EMONDATION. Les pharmaciens entendent par l'*émondation* l'opération par laquelle on retire des substances animales et végétales recueillies pour l'usage médicinal, certaines portions qui pourraient modifier leurs propriétés ou même leur nuire.

EMPASME. Poudre parfumée qu'on répand sur le corps pour absorber la sueur, ou en masquer l'odeur.

EMPIRIQUE. Se dit d'un médecin qui ne suit que l'expérience, sans adopter aucune théorie. Chez les anciens, les empiriques formaient une secte opposée à celle des dogmatiques, mais aujourd'hui *empirique* est regardé comme synonyme de *charlatan*.

EMPYÈME. Amas d'humeurs qui se forme le souvent dans la cavité des plèvres (membranes séreuses qui tapissent les poumons). On donne aussi ce nom à l'opération faite dans le but d'absterger ces humeurs.

EMPYREUMATIQUE. Epithète donnée aux matières huileuses produites en décomposant par le feu des substances animales ou végétales; les huiles empyreumatiques sont excitantes.

EMPYREUME. Odeur particulière de brûlé et de saveur âcre que contractent les produits volatils obtenus par la décomposition à feu des substances organiques.

EMULSINE. Principe albumineux ou caséeux qui existe dans les amandes, et qui, avec l'eau, forme l'*émulsion*. La propriété de l'émulsine est de contribuer à la transformation de l'amygdaline (substance contenue dans les amandes amères), en huile volatile d'amandes amères et en acide hydrocianique.

EMULSION. Médicament liquide et lactiforme, composé d'une huile fixe divisée et suspendue dans l'eau à la faveur de la matière albumineuse des semences; ce sont les *émulsions vraies* ou *huileuses*. Par *fausses émulsions* on entend des préparations dont l'apparence est la même, quoique d'une composition différente. Ces fausses émulsions sont composées de substances résineuses, de baume, ou de camphre, triturées dans l'alcool aqueux, dans une solution de gomme ou dans un jaune d'œuf. Le jaune d'œuf délayé dans l'eau chaude, sucré et aromatisé, est une fausse émulsion appelée *lait de poule*.

ENCENS. On désigne vulgairement par ce nom la résine appelée *oliban*, en matière médicale; on nomme aussi *encens* cette composition qu'on brûle comme parfum et qui est un mélange d'oliban et de gommes résines communes. On ignore encore quel est l'espèce d'arbre ou d'arbrisseau d'où découle cette substance résineuse que l'on recueille dans l'Arabie heureuse et au Levant.

ENCÉPHALE. On désigne ordinairement par *encéphale*, le cerveau, le cervelet et la protubérance cérébrale ou *mésocéphale*; quelquefois aussi, on comprend sous cette dénomination collective le prolongement rachidien ou moelle vertébrale; l'encéphale est alors l'ensemble de l'appareil nerveux *cérébro-spinal*. L'encéphale est l'organe qui perçoit toutes les sensations, le point de départ de tous les mouvements volontaires, l'organe des facultés intellectuelles et morales; d'une part, il préside aux facultés les plus élevées des êtres, aux sensations, aux mouvements volontaires, aux actes intellectuels et moraux; d'autre part, l'encéphale tient sous sa subordination immédiate plusieurs des fonctions organiques qui sont nécessaires à la vie, comme la respiration, et conséquemment cet organe est du nombre de ceux dont le jeu ne peut être un instant interrompu. Comme partie centrale du système nerveux, l'encéphale exerce une influence sur toutes les dépendances de ce système, par conséquent sur toutes les fonctions organiques auxquelles ces dépendances président, mais dans une mesure qui varie selon l'espèce d'animal, selon l'âge, selon le rang qu'occupe la fonction dans l'animalité. On présume que les hémisphères cérébraux sont la seule partie de l'encéphale affectée à l'intelligence. Le docteur Gall admet un même nombre de facultés correspondant chacune à une organisation différente de l'encéphale ; telle est la désignation qu'il a établie.

Instinct.	15. Des couleurs.
1. De la propagation.	16. Des tons.
2. De l'amour.	17. Des nombres.
3. De l'amitié.	*Facultés.*
4. De la défense de soi-même.	18 Du langage artificiel.
	19. De la mécanique.
5. Du meurtre.	20. De la sagacité comparative.
6. De la rixe.	
7. De la propriété.	21. De l'esprit métaphysique.
8. De l'orgueil.	
9. De la vanité.	22. De l'esprit de saillie.
10. De la circonspection.	23. Du talent poétique.
11. De l'éducabilité.	24. De l'imitation.
12. Des localités.	25. De la fermeté.
Sens.	*Sentiments.*
13. Des personnes.	26. De la bonté.
14. Des mots.	27. De l'instinct religieux.

Plusieurs autres facultés ont été admises par Spurzheim.

Instinct.	*Sens.*
1. Du séjour.	7. De l'individualité.
2. De l'ordre.	8. De l'étendue.
3. Du temps.	9. De la configuration.
4. De la justice.	10. De la conscience.
5. De l'espérance.	11. De la pesanteur.
6. De la surnaturalité.	

Ainsi, d'après ces deux phrénologistes il y a trente-huit facultés distinctes dans l'entendement humain, et par là-même trente-huit organes correspondants dans l'encéphale de l'homme. (*Voyez* CRANIOLOGIE).

ENCHYMOSE. Afflux subit du sang dans les vaisseaux cutanés de certaines parties, par l'effet d'émotions vives, telles que la joie, la peur, la colère.

ENCLOUURE. Blessure faite au pied d'un cheval, lorsque le maréchal, au lieu de faire traverser la corne du pied aux clous qui doivent tenir le fer, les enfonce dans le tissu réticulaire.

ENCOLURE. Nom donné au cou du cheval et des autres mammifères. Les vertèbres cervicales en forment la charpente osseuse. *Le ligament cervical*, large faisceau fibreux attaché postérieurement aux apophyses (saillie des os) épineuses des premières vertèbres dorsales, et antérieurement à celles des six dernières cervicales, s'étend dans toute la longueur de la région supérieure de l'encolure, et envoie à la tubérosité occipitale un prolongement nommé *corde du ligament cervical*.

ENCRE. Liqueur noire pour écrire, pâte colorée pour imprimer. L'encre la plus ancienne dont on ait connaissance se composait de charbon de cœur de pin, pulvérisé dans un mortier et détrempé à la chaleur du feu ou du soleil, avec de la gomme, qui servait à lui donner de la consistance. Deux Athéniens, Polignor et Mycon, qui excellaient tous deux dans la peinture, sont les premiers qui aient fait de l'encre de marc de raisin. Pline rapporte que de son temps, l'encre la plus commune, celle dont on se servait pour écrire les livres, était faite avec de la suie d'un bois qu'on nommait *tæda*, mêlée avec celle que

l'on tirait des tuyaux de cheminées, et dans laquelle on faisait fondre de la gomme. Les empereurs d'orient souscrivaient avec de l'encre rouge les lettres, les actes et les diplômes dressés en leur nom, ou émanés de leur autorité. On faisait cette encre sacrée, *sacrum incaustrum*, avec des coquilles pulvérisées et du sang tiré de la pourpre. Les Hollandais attribuent à Laurent Coster, de Harlem (1420), l'invention de l'encre dont les imprimeurs se servent de nos jours.

ENCYCLOPÉDIE. Exposer l'ordre et l'enchaînement des connaissances humaines ; présenter sur chaque science et sur chaque art, soit libéral, soit mécanique, les principes généraux qui en font la base et les détails les plus essentiels qui en font le corps et la substance ; c'est là le vaste et magnifique projet d'une *encyclopédie*. Ce projet fut imaginé et donné au public, il y a près de trois siècles, par le chancelier Bacon, qui nous a laissé un *arbre encyclopédique*, où se trouve la division générale de la science humaine en *histoire*, *poésie* et *philosophie*, selon les trois facultés de l'entendement, *mémoire*, *imagination* et *raison*. Vers le milieu du dix-septième siècle, Jean Henri Alstédius donna au public quatre volumes *in-folio* latins qu'il regardait comme l'exécution du vaste projet de Bacon. Alstédius, après avoir fait connaître au commencement de son premier volume qu'il possédait en perfection ce qu'on appelait *langues savantes*, traite de la grammaire, de la rhétorique, de la logique, de l'art oratoire et de l'art poétique. Son second volume contient la métaphysique, la pneumatique, la physique, la géométrie, la cosmographie, l'astronomie, la géographie, l'optique et la musique. Il parle dans son troisième volume de la morale, de l'économie politique, de la scholastique, de la théologie, de la jurisprudence, de la médecine, de la mécanique générale et particulière, physique et mathématique. Il donne enfin dans son quatrième volume les règles de la mémoire artificielle (mémorique), de l'histoire, de la chronologie, de l'architecture et de la critique. Tout ce que nous pouvons dire de cette encyclopédie, c'est que si le projet de Bacon eût pu être mis à exécution par un seul homme, dans un temps où la plupart des sciences étaient encore au berceau, Alstédius y serait parvenu ; c'était peut-être le plus savant homme de son siècle. — En 1750, un grand nombre de gens de lettres, réunis en société, annoncèrent au monde savant qu'ils allaient exécuter dans tous ses points le projet de Bacon, sous le titre d'*Encyclopédie*, ou dictionnaire raisonné des sciences, des arts et des métiers, en 17 volumes in-folio, sans y comprendre plusieurs volumes de planches dans le même format. Les sept premiers volumes furent livrés, en effet, entre les années 1751 et 1757, et les 10 derniers volumes ont été donnés au commencement de l'année 1766. On jugera, par les anecdotes suivantes, quelles furent les difficultés que les encyclopédistes éprouvèrent, pour doter la nation d'un des plus beaux monuments qui aient été élevés aux sciences, aux arts et aux lettres. Nous ne dirons rien ici de nous-mêmes ; cet article ne sera qu'un extrait succinct et fidèle des arrêts du conseil et des parlements pour servir à l'histoire de l'encyclopédie. — Le 7 janvier 1752, c'est-à-dire quelques mois après que les deux premiers volumes de l'encyclopédie eurent paru, le conseil d'état, présidé par le Roi, rendit un arrêt qui supprima ces deux volumes. On lit en termes exprès que le Roi a reconnu qu'on a affecté d'y insérer plusieurs maximes *tendantes à détruire l'autorité royale*, *à établir l'esprit d'indépendance et de révolte*, *et sous des termes obscurs et équivoques*, *à élever le fondement de l'erreur*, *de la corruption et des mœurs*, *de l'irréligion et de l'incrédulité*. En conséquence, M. de Malesherbes (Guillaume de Lamoignon) chargé du détail de la librairie, se rendit chez l'imprimeur de cet ouvrage, et en fit enlever tous les exemplaires qui s'y trouvèrent; ce magistrat les fit déposer à la Bastille pour être *mis à néant*.—

En 1757 parut le septième volume de l'Encyclopédie ; à ce sujet on lit dans le journal de *Trévoux* : « M. l'archevêque de Paris , Christophe de Beaumont, dont les vertus et les éminentes qualités sont autant l'ornement de l'épiscopat que l'édification du monde chrétien, l'examina avec la sollicitude d'un père qui craint pour des enfants qu'il aime , le plus grand de tous les malheurs. Il sentit tous les maux qu'allaient faire ce septième volume et les six autres qui les précédaient ; il perdit l'espérance qu'il avait eue jusqu'alors de voir rentrer en eux-mêmes ceux qui en sont les auteurs ; il se hâta d'arracher l'Encyclopédie des mains des fidèles , et de les garantir par un très beau mandement qui en défend la lecture , de l'air contagieux et pestiféré qu'elle exhale. A peine le mandement de M. l'archevêque de Paris eut-il été publié, que M. Joly de Fleury déféra l'Encyclopédie aux chambres assemblées, comme le livre peut-être le plus pernicieux qui eût encore paru. Son réquisitoire est un chef-d'œuvre d'éloquence ; il y donne les preuves les plus éclatantes de respect pour la religion , d'attachement au Roi, et de zèle pour les intérêts de l'état. Ce réquisitoire fut suivi d'un arrêt du parlement qui supprima les 7 premiers volumes de l'encyclopédie avec toutes les qualifications qu'elle mérite , et qui en défendit la continuation.»—Le 8 mars 1759, le Roi, par un arrêt du conseil, révoqua les lettres de privilège que les encyclopédistes avaient obtenues, 13 ans auparavant, pour l'impression de leur dictionnaire ; les termes exprès de cet arrêt sont : *que les auteurs dudit ouvrage abusant de l'indulgence qu'on avait eue pour eux , ont donné cinq nouveaux volumes qui n'ont pas moins causé de scandale que les premiers, et qui ont même déjà excité le zèle du ministère public de son parlement.* Cet arrêt ajoute : *que l'avantage qu'on peut retirer d'un ouvrage de ce genre pour le progrès des sciences et des arts, ne peut jamais balancer le tort irréparable qui en résulte pour les mœurs et la religion ; que d'ailleurs quelques nouvelles mesures qu'on prît pour empêcher qu'il ne se glissât dans les derniers volumes des traits aussi répréhensibles que dans les premiers, il y aurait toujours un inconvénient inévitable à permettre de continuer l'ouvrage , puisque ce serait assurer le débit non-seulement des nouveaux volumes, mais aussi de ceux qui ont déjà paru.* C'est sur ces motifs et sur plusieurs autres énoncés dans l'arrêt du conseil dont nous parlons que fut fondée la révocation du privilège que le Roi avait accordé aux encyclopédistes, le 21 janvier 1746, pour l'impression de leur dictionnaire. Au reste cette animosité systématique, loin de prévenir le public contre l'Encyclopédie, produisit , comme ordinairement, un effet tout contraire ; mais poursuivons : « Le 21 novembre 1759, Jean-Félix-Henri de Fumel, évêque de Lodève, condamne l'Encyclopédie , comme contenant une doctrine abominable, renfermée dans des système impies, pervers et séditieux ; comme tendant à détruire les fondements de la religion chrétienne ; comme favorisant l'Athéisme, le Déisme, le Matérialisme et tout système d'incrédulité ; comme renversant la loi naturelle, détruisant la liberté de l'homme , anéantissant les notions primitives du juste et de l'injuste ; comme propre à troubler la paix des états, à révolter les fidèles contre l'église, les sujets contre l'autorité et la personne même du souverain ; enfin , comme contenant des propositions respectivement fausses, scandaleuses, injurieuses à l'église et à ses ministres , à la soumission et au respect dû aux puissances , impies, blasphématoires, erronées et hérétiques.—En conséquence, l'évêque de Lodève défendit très expressément à toutes personnes de son diocèse de lire ou retenir ledit livre sous les peines de droit, s'étant réservé le pouvoir d'absoudre *ceux et celles* qui auraient contrevenu à cette défense.—Le 23 janvier 1764, Jean-François de Montillet, archevêque d'Auch, adressa au clergé séculier et régulier de son diocèse une lettre pastorale, dans laquelle il parle ainsi

de l'Encyclopédie : Là tous les nouveaux systèmes sont en honneur , ceux mêmes qui dégradent la dignité de l'Être Suprême ; ceux qui avilissent la belle portion de nous-mêmes , qui est le principe de nos pensées ; ceux qui sont les plus destructifs de tous principes d'un bon gouvernement.... En vain les intérêts de la police et ceux du bien public ; en vain le zèle du bon ordre et de la religion ont-ils réclamé et réclament-ils encore la suppression de ces sources empoisonnées ; en vain l'église et la magistrature se réunissent contre ce redoutable concert d'une société de mécréants, l'Encyclopédie.... a son cours.... Les auteurs sont en honneur ; ils bravent toute autorité avec autant de hauteur que d'insolence ; leurs censeurs ne sont que des enthousiastes séduits par une déraisonnable crédulité, des hommes simples , dignes de mépris et de pitié , chargés de ridicule dans les cercles ; c'est le ton , c'est le langage du temps ; ainsi l'irréligion triomphe et la vraie piété périt....—Le journal de *Trévoux* de 1765 rapporte que les archevêques et évêques députés du clergé de France, et assemblés à Paris, dans le couvent des Grands-Augustins , après un mûr examen, et le saint nom de Dieu invoqué, condamnèrent tous les ouvrages qui avaient été faits dans ces derniers temps contre la religion chrétienne , la règle des mœurs , et les principes de l'obéissance qui est due au souverain ; ils condamnèrent en particulier le dictionnaire encyclopédique , comme : « contenant des principes respectivement faux, injurieux à Dieu et à ses augustes attributs ; favorisant l'athéisme, pleins du poison du matérialisme ; anéantissant la règle des mœurs, introduisant la confusion des vices et des vertus ; capable d'altérer la paix des facultés , d'étendre les sentiments qui les unissent ; autorisant toutes les passions et les désordres de toute espèce ; destructif de la révocation ; tendant à inspirer du mépris pour les livres saints, à renverser leur autorité , à dépouiller l'église du pouvoir qu'elle a reçu de Jésus-Christ, et à décrier ses ministres ; propre à révolter les sujets contre le souverain, à fomenter les séditions et les troubles ; scandaleux , téméraire, impie, blasphématoire, et aussi offensant pour la majesté divine que nuisible au bien des empires et des sociétés. En conséquence, lesdits archevêques et évêques défendirent, sous les peines de droit, aux fidèles confiés à leurs soins, de lire ou retenir l'*Encyclopédie* et autres livres de cette nature, les exhortant à se souvenir que cette défense est moins une précaution salutaire, qu'un avertissement nécessaire sur un devoir essentiel de leur religion ; que celui qui aime le péril, y périra ; et que c'est déjà se rendre coupable du péché que de se permettre, même par un simple motif de curiosité, des lectures capables d'éteindre la foi , de corrompre les mœurs et d'altérer la tranquillité de l'état. Mais le besoin d'acquérir des connaissances se faisant sentir dans toutes les classes de la société, les 10 derniers volumes de l'Encyclopédie parurent au commencement d'avril 1766, malgré la défense du Roi , les arrêts de ses cours et la condamnation du clergé de France. Les imprimeurs et les libraires chez qui fut trouvé l'ouvrage , furent conduits à la Bastille. Ainsi , la haine du pouvoir, le ressentiment du clergé , étaient en proportion du service que Diderot et d'Alembert rendaient à l'humanité, en jetant les fondements de l'Encyclopédie française. Nous terminerons cet article par la liste des noms des collaborateurs à l'encyclopédie, en mentionnant les diverses matières traitées par chacun d'eux :

D'Alembert.	Géométrie.
Diderot.	Description des Arts.
Condorcet.	Analyse.
Tarin.	
De Haller.	Anatomie et Physiologie.
Blondel.	Architecture.
L'Abbé de la Chapelle.	Arithmétique et Géométrie élémentaire.

Lalande.	Astronomie.
Bernouilli.	
Le Blond.	
De la Roche.	Art militaire.
Eidous.	
Gastellier de la Tour.	Blason.
De Tscoudi.	Botanique.
Malouin.	
De Morveau.	Chimie.
Louis.	Chirurgie.
Cara.	
Courtépée.	Géographie.
Bellin.	
De la Coudraye.	Marine.
Marmontel.	
Mallet.	Littérature.
Toussaint.	Jurisprudence.
D'Argenville.	Jardinage et hydraulique.
Le Roy.	Histoire et instruments astronomiques.
Audenson.	
Daubenton.	Histoire Naturelle.
Laudois.	Gravure.
Dumarsais.	Grammaire.
D'Alembert.	Mathématiques et Physique.
Maret.	
Delafosse.	
Vandenesse.	Médecine.
Venel.	
Mallet.	Théologie.
J.-J. Rousseau.	
Castillon.	Musique.
Yvon.	Métaphysique.
Landois.	Peinture, sculpture.
De Paw.	Antiquités.
De Sulzer.	Beaux-arts.
Longchamp.	Brasserie.
Cadet.	Chimie.
Chabrol.	
Morand.	Chirurgie.
Voltaire.	Éloquence.
Le Romain.	Colonies.
Buissons.	Draperies et soieries.
Béguillet.	Économie rurale.
De Prades.	
Yvon.	
L'abbé Pestré.	Philosophie.
La Bassec.	Passementerie.
D'Hédouville de Clayé.	Minéralogie.
Rogeau.	Monnoyage.
Grunwal.	
Fahouet.	Médecine.
Deslandes.	
Choquet.	Marine.
Lafosse.	Hippiatrique.
Montesquieu.	Goût.
Goussier.	Gravure.
Turpin.	Histoire ancienne.
De Sacy.	
Castillon.	
Montigny.	Histoire moderne.
Casbois.	
Le Monnier.	Physique.
Prévost.	Verrerie.
La Condamine.	
Maison.	
Venel.	Physique et Géométrie.
Fournier.	Typographie.

Carpentier.	
Barrot.	
Bonnet.	
Douet.	
Devienne.	
Puissieux.	Arts et Métiers.
Pichard.	
Engell.	
Hill.	
Papillon.	
Laurent.	
Mabille.	
Cahussac.	Théâtre-Lyrique.
Dupin.	Salines.

L'Encyclopédie, mise en ordre et publiée par Diderot, et quant à la partie mathématique par d'Alembert, formait, en 1772, 28 volumes in-folio, dont 11 de planches; en 1776 parut le supplément à l'Encyclopédie, 5 volumes in-folio, dont 1 de planches. En 1780 Mouchard publia, en 2 volumes in-folio, la table analytique et raisonnée des matières contenues dans les 33 volumes in-folio de l'Encyclopédie et dans son supplément, en tout 35 volumes dont 12 de planches.

ENDÉMIE. Les maladies *endémiques* sont produites par des causes locales particulières à certains climats, à certaines contrées, et qui y règnent constamment ou à des époques fixes. Les maladies endémiques diffèrent des *maladies épidémiques*, en ce que celles-ci n'exercent leurs ravages que momentanément et pour ainsi dire accidentellement, sous l'influence de causes générales passagères.

ENDOCARPE. Nom donné à la membrane qui revêt la cavité séminifère, au centre du péricarpe. Dans beaucoup de fruits, l'endocarpe est mince et membraneux; souvent il est épaissi extérieurement par une portion plus ou moins grande du sarcocarpe, qui devient quelquefois dure et osseuse. Si le fruit est uniloculaire, elle constitue la *noix* ou le *noyau*, et les *muscles* si le fruit est pluriloculaire.

ENDOGÈNES. Les végétaux *endogènes* sont ceux dans lesquels l'accroissement se fait par le centre de la tige, de manière que les parties de nouvelle formation refoulent de dedans en dehors celle de formation plus ancienne.

ENDORHIZES. Plantes dont l'extrémité inférieure de la radicule est enfermée dans une sorte de gaîne (co éorhize) qui se rompt lors de la germination pour lui donner une issue; les plantes exorhizes sont celles dont la radicule est extérieure et à nu, et on appelle synorhizes les plantes dont l'extrémité radiculaire de l'embryon (rudiment du jeune fruit) est intimement soudée à l'endosperme. Les endorhizes sont considérés comme les véritables monocotylédons : les exorhizes sont les dicotylédons; et les synorhizes sont les conifères et les cycadées.

ENDOSPERME. Partie de l'amande formant un corps accessoire autour ou à côté de l'embryon, et qui n'a avec lui aucune continuité de vaisseaux ni de tissu. L'endosperme est une masse de tissu cellulaire, quelquefois dure et cornée, ou bien charnue et molle, destinée à servir de nourriture au jeune embryon.

ÉNERGIE. Vigueur de l'âme. Énergie se dit particulièrement des discours, des paroles qui peignent avec vérité, qui remuent l'âme et qui produisent de grands effets.

ENFANCE. Premier âge de l'homme, qui s'étend depuis la naissance jusqu'à la septième année, et mieux, jusqu'à l'invasion des premiers signes de la puberté. — *Enfant-Trouvé* se dit d'une malheureuse créature, née le plus ordinairement d'union illégitime et abandonnée par les parents à la charité publique. Avant que Vincent de Paule, ce bienfaiteur de l'humanité, eût ouvert des asiles à ces pauvres enfants, ils étaient déposés à la porte des maisons ou jetés au hasard sur la voie publique. A Paris, en 1630, ils étaient devenus l'objet d'une sorte de commerce, rue Saint-Landry, et vendus souvent par des femmes qui avaient des maladies au sein. Outre l'hôpital des enfants-trouvés, on doit encore à Saint-Vincent de Paule un grand nombre d'établissements non moins utiles, comme l'institution des filles de charité destinées à soigner les malades; les hôpitaux de Bicêtre, de la Salpêtrière, de la Pitié, celui de Marseille, pour les forçats, etc., etc. Son zèle suffisait à tout; sa charité était une sorte de providence : quelques paroles de sa bouche amollissaient les cœurs, les rendaient sensibles aux maux des infortunés; elles attiraient entre ses mains des sommes considérables qui ne furent jamais mieux employées. Ce grand homme naquit en 1567, à Poy, arrondissement de Dax, département des Landes, et mourut le 27 septembre 1660, âgé de près de 85 ans. Clément XII le canonisa le 16 juin 1737. — Le nombre des enfants-trouvés, de l'année 1824 à 1833, s'est élevé à 334,962, dont 52,768 pour Paris; ce qui donne une moyenne par année de 33,496 pour la France, et de 5,276 pour Paris. On a remarqué que le nombre des expositions a diminué d'une manière sensible dans les dernières années, quoique la population, au contraire, ait augmenté considérablement; il y a parmi ces enfants une grande mortalité qui, dans le premier âge, s'élève à la moitié environ, et qui diminue progressivement à mesure que les enfants avancent en âge ; de sorte que sur 5,000 enfants-trouvés, il n'en reste que 1200 environ au bout de douze ans. Cette mortalité cessera de paraître effrayante quand on considérera que la plupart de ces enfants, issus de parents usés par la débauche et la misère, arrivent presque tous souffrants et débiles. La loi a pourvu à leur sort; ils sont élevés aux frais de l'état ; il leur est donné un tuteur pris dans une commission administrative , qui a sur eux toute l'autorité paternelle, autorité qu'il ne perd qu'à la majorité de l'enfant. A douze ans ces enfants sont mis en apprentissage , sans qu'il soit alloué au maître, pour la nourriture, les vêtements, et l'apprentissage de l'enfant, d'autre indemnité que ses services gratuits pendant un temps plus ou moins long, qui jamais ne peut dépasser l'âge de 25 ans. L'appel à l'armée fera cesser toutes les obligations de l'apprenti. Les parents ont le droit de réclamer leurs enfants ; mais ils devront. avant tout, rembourser les dépenses faites par l'administration, et, dans aucun cas, les enfants dont l'État aurait disposé ne pourront se soustraire à leurs obligations. Quoique la dépense de chaque enfant-trouvé ne s'élève guère qu'à 16 cent. par jour, pour nourriture et vêtement, les frais d'administration et leur grand nombre en font une dépense importante. C'est dans le but de diminuer cette dépense que le gouvernement propose la suppression des tours, et que depuis le 1er novembre 1837, on ne reçoit plus à la maison d'accouchement de Paris que des femmes qui s'engagent à garder leurs enfants; de plus, une ordonnance de police rappelle aux médecins et aux sages-femmes la stricte exécution des lois sur la déclaration des accouchements.

ENGELURES. Gonflement des pieds et des mains, produit par le froid. et le plus souvent par le passage trop brusque du froid au chaud. Les engelures, qui sont très communes chez les femmes, les jeunes gens d'une faible constitution et surtout les enfants, se rencontrent rarement chez les adultes et les vieillards. — Quand les engelures sont récentes, et qu'il y a peu d'inflammation, il suffit de les panser avec des compresses imbibées d'eau blanche (eau mélangée avec l'extrait de saturne). On se gardera bien de les frictionner avec de la neige ou des liquides excitants tels que le vinaigre, l'alcool, qui ne feraient qu'augmenter l'irritation. Si l'inflammation devient plus vive, on aura recours aux cataplasmes émollients et à l'application des sangsues. Enfin , si les engelures forment plaie, on hâtera la cicatrisation avec de la charpie enduite d'une substance résolutive, telle que le cérat saturné.

ENGRAIS. Pâturage gras, fumier. Les substances le plus en usage pour servir d'engrais sont : le fumier des quadrupèdes ; le fumier des pigeons et des volailles; les matières fécales, l'urine, les os; les substances animales putréfiées ; les plantes marines; les herbes des rivières ; la vase ou limon ; les boues des rues ; le tan, la tourbe, la suie; le parc des bêtes à laines ; les feuilles des arbres et plantes enterrées ; la chaux, les cendres, la marne et le gypse. La découverte de ce dernier engrais, le gypse, a été faite en Suisse, en 1 68; on l'employa en France vers la fin du dernier siècle ; l'Alsace, le Dauphiné, le Lyonnais, furent les premières provinces qui employèrent le gypse (pierre à plâtre) comme engrais, et ces provinces lui doivent leurs belles prairies artificielles de trèfle et de luzerne, ainsi que les riches moissons qui leur succèdent. On désigne sous la dénomination générale d'amendements les substances qui sont prises dans le règne minéral, comme les marnes, chaux, argiles, plâtre, etc., et sous celle d'engrais celles qui proviennent des substances végétales et animales.

ÉNIGME. Définition en termes obscurs ; sentence mystérieuse chez les anciens, proposition qu'on donnait à deviner, mais qui était cachée sous des termes obscurs. La Fable nous parle du fameux *Sphinx*, qui avait la tête d'une femme, le corps d'un chien, les ailes et la queue d'un dragon, les pieds et les ongles d'un lion. Il proposait une énigme aux passants et les dévorait s'ils ne la devinaient pas. Le Sphinx ayant demandé : *quel est l'animal qui le matin a quatre pieds, deux à midi et trois le soir?* OEdipe lui répondit que cet animal était l'homme qui, dans l'enfance, se traîne sur les pieds et sur les mains , dans l'âge viril se soutient sur les deux pieds et dans la vieillesse s'appuie sur un bâton qui lui sert de troisième pied. Le monstre, furieux de ce que son énigme avait été devinée, se précipita dans la mer du haut d'un rocher. — Chez les modernes, l'énigme est un petit ouvrage, le plus souvent en vers où, sans nommer une chose , on décrit ses causes , ses effets et ses propriétés , mais sous des termes et des idées équivoques qui demandent un certain travail d'esprit pour arriver à la découverte.

ENLUMINURE. Art d'enluminer, c'est-à-dire, de mettre des couleurs à l'eau gommée, avec le pinceau , sur les cartes géographiques, sur les plans et autres estampes gravées. Il faut avoir des pinceaux de différentes grandeurs, et toutes les couleurs ordinaires à l'eau, dans lesquelles on fait dissoudre un peu de gomme arabique, à mesure qu'on s'en sert. Pour *enluminer une carte*, il faut savoir avant tout que dans les cartes géographiques, les pays et les provinces sont séparés par des lignes ponctuées. Les grandes divisions sont distinguées par de plus grands points , les petites divisions par de plus petits, en raison de chacune. En enluminant. il faut prendre ces points pour guides. Si c'est une carte qui contient plusieurs nations différentes, comme celle d'*Europe*, par exemple, chaque nation, comme la *France*, l'*Angleterre*, l'*Espagne*. etc., doit être enluminée d'une couleur différente de celle des nations contiguës. Si c'est la carte d'une seule nation, on doit observer la même chose par rapport à ses divers départements , à ses diverses provinces. Il est de règle générale, qu'on ne doit jamais se servir de la même couleur pour deux nations, départements, ou provinces qui se touchent ; et ainsi des moindres divisions. — La méthode *française* et *anglaise* d'enluminer les cartes est de suivre en dedans les points qui marquent les limites de chaque province, avec une ligne de couleur d'une largeur égale, et de laisser l'intérieur de la division en blanc ou sans couleur. — La méthode *allemande* est de passer la couleur entièrement sur chaque division, et alors les bords ou limites devront être plus foncés que le milieu, afin de les mieux distinguer. Mais il faut toujours faire attention à ce que les couleurs soient partout assez transparentes pour laisser paraître distinctement toute la gravure de la carte. On ne doit ainsi enluminer que les seuls pays et provinces qui sont proprement et entièrement renfermés dans la carte; mais on peut, sans produire aucune confusion, marquer jusqu'aux bords de la carte, les divisions des pays, etc., qui sont hors des limites des premiers, en faisant de simples lignes de couleur, comme on fait pour toute la carte dans la méthode *française*. — Dans une carte, soit générale, soit particulière, qui est ainsi enluminée, on voit distinctement au premier coup d'œil, l'étendue et les limites de chaque pays, de chaque province, enfin de chaque division de la carte, et c'est pour cela, bien plutôt que pour l'ornement, qu'on est accoutumé d'enluminer toutes les cartes géographiques. — S'il s'agit d'enluminer le plan d'une terre, etc., qu'on aura arpentée, on devra suivre la même méthode, à peu près, que dans les cartes. On entourera chaque champ, etc., en dedans de ses bornes, avec une seule couleur, qui doit être distincte de celles dont on se sert pour toutes les autres divisions du plan qui sont contigués à celle-là. Cette couleur doit être plus foncée, à l'endroit où elle touche les limites, et devenir graduellement plus claire, vers l'intérieur du champ, jusqu'à disparaître entièrement sur le papier. Ces diverses nuances produiront le meilleur effet, tant pour la clarté et la distinction, que pour la beauté du plan. — Pour enluminer les estampes, soit d'architecture, de villes, de paysages, ou de choses animées, il faut soigneusement imiter la nature même en usant des couleurs convenables, et ne s'en écarter jamais pour tomber dans l'arbitraire et le bizarre. Pour acquérir cette qualité précieuse, il n'y a que deux moyens : ou bien observer et étudier la nature, afin de l'imiter sur le papier, ou prendre pour guides des estampes de même espèce qui sont déjà enluminées par un bon maître. En s'exerçant avec assiduité et attention, par l'une ou par l'autre de ces méthodes, on acquerra bientôt une facilité et une habileté qui récompenseront richement des peines qu'on aura prises; il faudra surtout s'attacher tout particulièrement à bien représenter et disposer la lumière et les ombres, comme elles le sont dans la nature même. C'est d'elles, en grande partie, que les figures tirent leur naturel et leur beauté.

ENREGISTREMENT. C'est l'inscription ou relation des actes et des mutations de propriétés sur un registre public moyennant un droit payé au fisc, pour en constater la date certaine. On désigne quelquefois par extension, par ce mot, le droit lui-même. Les droits d'enregistrement ont remplacé les droits de *contrôle*, *d'insinuation*, de *centième denier*, en vigueur sous les anciens édits. Le droit de contrôle, qui désignait la taxation de divers actes, regardait les actes civils, et consistait dans la copie de tous les actes sur un registre, moyennant un droit. Créé sur la fin du seizième siècle sous le règne de Henri III, il fut définitivement régularisé par un édit de 1693. Les notaires de Paris et certaines provinces en furent exempts. — *L'insinuation*, destinée à la publicité des donations et des substitutions, a fait place à la transcription. Les registres des insinuations étaient publics, et ceux de contrôle ne pouvaient être consultés que par les parties contractantes. Le droit de *centième denier* était celui auquel étaient astreintes toutes mutations de propriété ou d'usufruit, d'immeubles, de rentes foncières, à l'exception des successions en ligne directe. — Le droit unique d'enregistrement a remplacé tous ces droits. Établi en 1790, il a subi de grandes modifications par divers édits, lois ou ordonnances. La législation actuelle réunit sous une même dénomination deux espèces d'impôts : 1° celui qui se perçoit sur la transmission des biens ; 2° celui établi sur les actes.

Ce double impôt se subdivise en droit fixe et droit proportionnel. Le droit fixe s'applique aux actes civils, soit judiciaires ou extrajudiciaires, dénommés par la loi, qui ne contiennent ni obligations, ni libérations, ni condamnations, collocation ou liquidation de sommes et valeurs, ni transmission de propriété d'usufruit ou de jouissance de biens meubles ou immeubles. Il faut ajouter aux droits d'enregistrement le décime par franc perçu à titre de subvention de guerre, impôt qu'on a toujours eu soin de conserver à tous les budgets. — Quant au *droit proportionnel*, il est établi pour les obligations, libérations, condamnations, collocations ou liquidations de sommes et valeurs, et par toute transmission de propriété, d'usufruit, ou de jouissance de biens meubles et immeubles, soit entre-vifs, soit pour décès. — En règle générale, tout acte, quel que soit son contenu, qui n'est pas expressément prévu par une disposition des lois fiscales, doit recevoir la formalité, moyennant le droit fixe de 1 franc. Le droit proportionnel dépend du tarif. Un grand nombre d'actes doivent être enregistrés *en debet* ou gratis ; il serait trop long de détailler tous ces actes ; mais en principe général, tous les actes dont les droits tomberaient à la charge de l'État doivent être enregistrés gratis. D'autres actes sont dispensés de l'enregistrement ; ces actes sont très nombreux et appartiennent en grande partie à l'administration ou ont rapport à des individus qui ont bien mérité de l'État ; par exemple, les certificats pour les membres de la légion d'honneur, etc., etc. Les receveurs de l'enregistrement doivent arrêter leurs registres tous les jours, et quand le registre est clos, ils ne peuvent plus porter aucun enregistrement qu'à la date du lendemain; ils doivent enregistrer, sans différer sous quelque prétexte que ce soit, les actes dont les droits leur sont payés, et si la multiplicité des actes en empêchent l'enregistrement, ils doivent en donner certificats quand on le leur demande, car jamais on n'admet comme excuse pour le retard de l'enregistrement la négligence du receveur si elle n'est réellement constatée.

ENSEIGNE. Drapeau, étendard. Les Romains sont le premier peuple qui fit usage *d'enseignes*; ils n'étaient, dans le principe, qu'une botte de foin (manipulus fœni), que portait chaque compagnie, ce qui leur fit donner le nom de *manipules*. Ils se servirent dans la suite d'un morceau de bois, mis en travers au-dessus d'une pique, au-dessus de laquelle on voyait une main, et au-dessous plusieurs petites planches rondes où étaient les portraits des dieux; on y ajouta plus tard celui des empereurs, ce qui est attesté par les médailles et autres monuments. La république étant devenue opulente, ses enseignes furent d'argent, et les questeurs avaient soin de les garder dans le trésor public. Depuis le temps de Marius (107 ans avant J.-C.), chaque légion eut pour enseigne une aigle d'or, placée sur le haut d'une pique, et c'était dans la première compagnie des *triariens* (soldats qui se servaient du javelot), qu'on la portait. Avant cette époque, on prenait pour enseigne des figures de loup, de minotaure, de cheval, de sanglier. Les dragons et autres animaux fabuleux servaient aussi d'enseignes sous les empereurs. Les cavaliers avaient des *étendards* à peu près semblables à ceux de notre cavalerie, sur lesquels le nom du général était écrit en lettres d'or. Toutes ces enseignes étaient sacrées pour les Romains, et on les révérait presque autant que les dieux; les soldats qui les perdaient étaient mis à mort, et ceux qui les profanaient étaient punis très sévèrement. C'est pourquoi nous lisons que dans un danger pressant on jetait les enseignes au milieu des ennemis, afin que les soldats, excités par la honte et par la crainte de la punition, fissent des efforts pour les recouvrer. Ce respect pour les enseignes engagea Constantin (306 ans après J.-C.) à faire inscrire les lettres initiales du nom de Jésus-Christ sur l'étendard impérial, appelé *Labarum*.

ENSEIGNE. Tableau à la porte d'un marchand. Autrefois, à Paris, les marchands des divers métiers étaient dans l'usage de placer à leurs fenêtres et sur leurs portes, des bannières en forme d'enseignes, où se trouvaient figurés le nom et le portrait du saint ou de la sainte qu'ils avaient pris pour patron. Parfois, au lieu d'une figure de moine ou de vierge martyre, on rencontrait divers emblêmes ou *rébus* qui exerçaient l'esprit sagace des curieux. L'explication de plusieurs de ces enseignes nous a été conservée. Avant de porter le nom de *rue du Cadran*, cette rue s'appelait *rue du Bout du Monde*, parce qu'il y avait une enseigne sur laquelle étaient représentés un *duc* (oiseau) et un *monde*. — *A l'assurance*, — un A sur anse. — *A la vieille science*, — une vieille femme qui scie une anse.—*Au puissant vin*,— Au puits sans vin. De nos jours encore, cette coutume n'est pas tout à fait perdue; un limonadier du boulevard du Temple a pour enseigne un moissonneur qui coupe un épi , avec ces mots : à-*l'épi-scié*.—L'enseigne d'un confiseur du quartier latin représente un cygne et une croix, avec cette inscription : *au signe de la croix*.

ENSIFORME. On nomme, en botanique, feuille *ensiforme*, celle qui est un peu épaisse au milieu, tranchante sur les deux bords, et qui se rétrécit de la base au sommet, lequel est aigu.

ENTOMOLOGIE. Science; partie de la zoologie qui traite des insectes.

ENTREPOT. Lieu de dépôt ; magasin public où se déposent les marchandises sujettes à des droits, jusqu'à ce que ces droits aient été acquittés. L'entrepôt est réel quand le versement a lieu dans les magasins publics ; il est fictif, quand le versement se fait dans les magasins du commerçant, à la condition expresse de représenter à toute réquisition, aux agents du fisc, les produits entreposés, ou de payer l'impôt de ceux qu'il ne peut représenter. La ville de Paris possède plusieurs entrepôts ; mais le plus remarquable est *celui des vins et eaux-de-vie* établi en vertu d'un décret de Napoléon (1808), dans un terrain situé sur le quai St-Bernard. La première pierre de cet entrepôt fut posée en 1811, et le bâtiment ne fut terminé qu'en 1828. Cet établissement se compose de cinq grandes masses de constructions dont les deux centrales servent au marché au vin. Des trois autres , deux contiennent chacune 21 celliers voûtés, et la troisième 49. Deux bâtiments sont destinés à l'administration. Cet édifice, unique en son genre, peut contenir 173,000 hectolitres de vins.

ENTOZOAIRES. Sous ce nom sont désignés tous les vers qui vivent dans l'intérieur du corps humain, ou des autres espèces animales. *Les vers intestinaux* appartiennent à cette classe, ainsi que tous ceux trouvés dans les tissus et fluides organiques et dans quelque partie que ce soit du corps animal. Les entozoaires sont divisés en 5 ordres, caractérisés par quelques particularités dans la forme extérieure : 1° *les némétoïdes*, dont 5 genres se trouvent chez l'homme; le *philaire*, le *trichocéphale*, l'*oxyure vermiculaire*, le *strongle géant* et l'*ascaride lombricoïde;* 2° les acanthocéphales , ordre auquel appartient l'échinorhynque ; 3° les trimatoïdes, divisés, d'après le nombre et la disposition de leurs pores , en monostomes, amphistomes, distomes , tristomes, pentastomes et polystomes; 4° les cestoïdes, ordre dans lequel est rangé le ténia; 5° les cystoïdes, parmi lesquels on compte le cysticerque, le cœnure et l'échinocoque. Les entozoaires ne sont point venus du dehors, comme quelques auteurs l'ont pensé, et l'observation a fait admettre comme probable qu'ils sont le produit d'une génération spontanée. Quatre espèces d'entozoaires ont été rencontrées jusqu'à ce jour dans le canal alimentaire, chez l'homme : 1° l'ascaride lombricoïde ; 2° l'ascaride vermiculaire ; 3° le tricocéphale ; 4° le ténia. Les entozoaires observés hors du canal alimentaire, sont : 1° le *strongle* des reins, assez fréquent chez le chien, le bœuf, le cheval, mais dont l'existence est douteuse chez l'homme ; 2° la *douve* du foie , très commune dans le mouton et le bœuf, extrê-

mement rare dans l'homme; 3° le *dragonneau*, étranger à nos climats ; 4° les *hydatides* ou *cystoïdes*.

ENVIE. On désigne vulgairement sous ce nom certaines altérations vasculaires de la peau que les enfants apportent en naissant et auxquelles on s'imagine trouver quelque ressemblance avec les objets désirés par la mère pendant la grossesse. Souvent ce sont de *simples taches*; l'altération ne dépasse pas les couches superficielles du derme dans lesquels siége le réseau vasculaire de la peau ; quelquefois la peau est affectée jusque dans ses couches profondes, il y a changement de couleur et tuméfaction ; enfin , il arrive que les bulbes pilifères sont hypertrophiés, et que des poils plus forts et plus nombreux que de coutume couvrent les taches.—On nomme encore *envies* de petites pellicules qui se détachent de la peau autour des ongles et causent une vive douleur quand on les arrache.

ENZOOTIE. Ce mot signifie une maladie *endémique* qui attaque les animaux. Il ne faut pas confondre *enzootie* avec *épizootie* qui veut dire *épidémie*.

ÉOLIPYLE. Machine de cuivre faite en forme de boule , ou , pour mieux dire , en forme de poire creuse et terminée par un tuyau très étroit qui lui tient lieu de queue. Lorsqu'on veut le remplir de quelque liqueur, telle que l'esprit de vin, on s'y prend de la manière suivante : On place l'éolipyle sur des charbons ardents , et on le retire avant qu'il ne soit rouge ; puis l'extrémité de sa queue est mise dans la liqueur qu'on veut y faire entrer, tandis qu'une autre personne jette de l'eau froide sur le corps de la machine ; alors on remplit sans peine les deux tiers de sa capacité. En voici la raison physique : les corpuscules de feu qui se sont insinués dans le corps de cette boule de métal ont dilaté l'air intérieur et l'ont même chassé en grande partie par le petit tuyau de la queue; le peu d'air qui est resté a été condensé et renfermé dans un très-petit espace par l'eau froide qui avait été jetée sur le corps de l'éolipyle ; la liqueur pressée par l'air extérieur trouvant peu d'obstacle dans la capacité de la machine, a donc dû entrer presque sans peine par l'extrémité du petit tuyau. En le remettant sur le brasier ardent, lorsqu'il est rempli d'esprit de vin , la liqueur sera chassée en forme de jet, parce que l'éolipyle continuant toujours à s'échauffer, la liqueur se dilate , elle cherche à s'étendre ; conséquemment elle est forcée de sortir en forme de jet par le petit tuyau et de s'élever quelquefois jusqu'à 25 pieds. Le spectacle est plus agréable, en présentant, à quelques pouces au-dessus de la naissance du jet, une bougie allumée, car alors la liqueur s'enflamme et forme un jet de feu.

ÉPACTE. Le nombre de jours dont la nouvelle lune précède le commencement de l'année, se nomme *épacte* (*Voyez* CALENDRIER, CHRONOLOGIE).

ÉPAULE, partie la plus élevée du bras chez l'homme, et de la jambe antérieure chez les quadrupèdes. Les os qui forment la charpente osseuse de l'épaule, sont : l'omoplate , la tête de l'humérus et la clavicule, unis entr'eux par de forts ligaments, qui sont : les sus et sous-épineux, grand et petit ronds, sous-scapulaire et deltoïde. La clavicule manque entièrement et le scapulaire forme seul la base de l'épaule dans tous les mammifères à sabots, tels que les ruminants et les solipèdes. Dans l'épaule de tous les tétradactyles , tels que le chien, le chat, le porc, etc. la clavicule, on trouve un petit os claviculaire attaché au milieu des muscles et ne touchant ni au sternum ni à l'acromion.

ÉPAULETTE. Galon que porte sur l'épaule un militaire. Les épaulettes, ainsi que les *aiguillettes* , sont d'origine française; l'usage en remonte à l'an 1788. Cette marque distinctive pour les officiers fut instituée quelques années après la campagne de Hongrie, par de Belle-Isle, ministre de la guerre, qui lui-même avait tracé le plan de cette campagne (il était le petit fils du surintendant Fouquet). Cette décoration fut imitée par quelques peuples étrangers , tels que les Anglais , les

Danois, les Espagnols et les Wurtembergeois. Dans le principe, les épaulettes distinguaient seulement l'officier, sans faire connaître son grade ; celles des officiers supérieurs sont d'un usage moins ancien que celles des officiers particuliers. Quant aux *aiguillettes* de la cavalerie, leur origine serait *belge*. On prétend que le duc d'Albe, pour se venger de l'abandon d'un corps considérable de Belges, donna ordre que tout soldat de ce corps et même les officiers seraient pendus. Ceux-ci firent savoir au duc que, afin de faciliter l'exécution, à l'avenir, ils porteraient au cou une corde et un clou. Dans la suite, ces mêmes troupes s'étant signalées, la corde devint une marque d'honneur, remplacée bientôt par les aiguillettes. (An. 1567.)

ÉPERON. En botanique, on nomme *éperon* un prolongement postérieur de la base du calice ou de la corolle de certaines fleurs.

ÉPHÉMÈRE, qui ne dure qu'un jour. L'*éphémère* est un petit insecte volant, qui ne vit, dit-on, qu'un seul jour, et qui, dans ce court espace de temps, changé deux fois de peau, fait des œufs et jette des semences. Les pêcheurs s'en servent pour amorcer leurs hameçons ; on prétend qu'avant d'être insecte ailé, il vit trois ans sous la forme de ver.

ÉPI, assemblage allongé de fleurs sessiles ou courtement pédiculées, attachées le long d'un axe commun, simple ou non manifestement ramifié.

ÉPICES, drogues aromatiques, assaisonnements. Toutes les épices nous viennent d'Asie. Longtemps avant les croisades, on les connut en France ; cependant elles n'y devinrent un peu communes que quand les expéditions maritimes qu'occasionnèrent ces guerres religieuses eurent fait naître et affermir le commerce des occidentaux avec le Levant. Malgré ce débouché nouveau, ce que les épiceries exigeaient de frais pour être transportées de l'Inde dans la Méditerranée, soit par Alexandrie, soit par Smyrne ou Caffa ; les bénéfices qu'y faisaient les Italiens qui nous les apportaient, étaient tels qu'elles furent toujours énormément chères. Mais cette cherté même, cette sorte d'estime qu'on attache ordinairement à ce qui est rare et qui vient de loin, leur odeur agréable, la saveur qu'elles ajoutaient aux liqueurs et aux aliments leur donna un prix infini. Tant que les épiceries d'Orient n'arrivèrent en Europe que par la voie de la Méditerranée, les Italiens seuls nous les fournirent ; mais quand les Portugais, en doublant le Cap de Bonne-Espérance, eurent trouvé, pour aller aux Indes, une route plus facile et plus sûre, quoique beaucoup plus longue ; et que ce peuple, à la fois négociant, navigateur et conquérant, se fut établi par la force dans ces riches contrées, alors le commerce de l'épicerie devint un de ses plus grands revenus. Ensuite, chassé par les Hollandais de la plupart des établissements que les armes lui avaient procurés, il le perdit. Les Hollandais, guidés par l'esprit de calcul, de politique et de patience, qui leur est propre, songèrent à s'emparer exclusivement de ce commerce. Pendant longtemps ils y réussirent, au moins pour la muscade et le girofle ; mais enfin les Anglais, peuple aussi industrieux qu'il est avare de richesses, formèrent dans l'Inde, et surtout au Bengale, des établissements considérables ; les Français eurent aussi quelques comptoirs. Dans la basse latinité, on se servait du mot *species* pour désigner les différentes espèces de fruits que produit la terre. Dans Grégoire de Tours (l'historien le plus ancien de France, qui vivait au 6ᵉ siècle), *species* signifie du blé, du vin, de l'huile. Cependant lorsqu'on parla d'aromates, ceux-ci furent distingués par l'épithète *aromaticœ*, qu'on ajouta au mot *species*. Par la suite, l'expression latine ayant passé dans la langue française, on appela ces dernières productions, *épices aromatiques*, et par abréviation *épices*. — Dans les anciens dictionnaires, *épices*, au pluriel, signifie le droit alloué aux juges dans les procès par écrit ; on n'aperçoit pas le rapport qu'il peut y avoir

entre des aromates et les honoraires d'un juge, à moins que d'abord on ait donné des parfums au lieu d'argent ; ce qui est en effet. Pour rendre la chose plus sensible, nous la reprendrons de plus haut. Nos ancêtres aimaient les assaisonnements forts ; ce goût n'était point en eux un appétit déréglé de la nature, c'était un principe d'hygiène, un système réfléchi : leurs estomacs, chargés de viandes indigestes, avaient besoin d'être aidés par des stimulants qui leur donnassent du ton. D'après ces idées, non-seulement ils firent entrer beaucoup d'aromates dans leur nourriture, mais encore ils imaginèrent d'employer le sucre pour les confire, ou pour les envelopper et les manger ainsi, soit en dessert, comme digestif, soit dans la journée comme corroborants. Chez les riches, on servait après les viandes, de l'anis, du fenouil, de la coriandre, confits au sucre et propres à faciliter la digestion. Un auteur qui peint les mœurs de la cour de Henri III, nous dit qu'après le dessert, les uns prenaient un peu d'anis confit, les autres du cotignac ; mais il fallait qu'il fût musqué. On servait aussi des dragées faites avec du genièvre, et qu'on nommait *dragées de S.-Roch*, parce qu'on les croyait propres à préserver du mauvais air et de la peste. Ces aromates confits étaient ce que l'on nommait *épices*. Ils formaient presque exclusivement le dessert ; car les fruits, réputés froids par leur nature, se mangeaient au commencement du repas. — A la table du roi, ainsi qu'à celles des grands seigneurs, il existait une autre coutume : outre les épices qui composaient le dessert, et qui étaient destinées aux convives, il y en avait d'autres plus choisies encore, qu'on servait dans une boîte particulière, divisée par compartiments. Cette boîte était d'or, d'argent et de vermeil, et se nommait *drageoir*, du nom des dragées, l'une des principales choses qu'elle contenait. C'était ordinairement un écuyer, quelquefois même *un homme de distinction* qui avait l'honneur de présenter le drageoir ; et il ne le présentait qu'à son maître, à moins que celui-ci, voulant honorer particulièrement un de ses convives, ne le lui envoyât. On apporta *vins et épices*, écrit Froissard (1400) ; *et servit du drageoir, devant le roi de France, tant seulement, le comte d'Harcourt.* A l'entrée que Charlotte de Savoie, femme de Louis XI, fit dans Paris, la ville, dit Commines, lui présenta, entre autres choses : *plusieurs drageoners, tous pleins d'épiceries de chambre et belles confitures* (1500). — Il y avait aussi de petits drageoirs qu'on portait en poche, pour avoir, dans le jour, de quoi se parfumer la bouche ou l'estomac. D'Aubigné (1590) remarque que le duc de Guise s'étant trouvé mal un moment avant d'être assassiné par l'ordre de Henri III, on lui apporta des prunes de Brignelles confites ; et que, *comme il serrait le reste dans son drageoir, on le manda de la part du roi.* Nos bonbonnières modernes ne sont que des drageoirs anciens sous un autre nom. — Les *épices* étaient regardées comme un présent honorable. Quand Henri IV fit son entrée dans Paris (1594), l'Étoile rapporte que messieurs de la ville lui présentèrent de l'hypocras, de la dragée et des flambeaux. A la nouvelle année, aux mariages, aux baptêmes, aux fêtes des parents, on donnait des épices ; les boîtes de dragées et de confitures sèches que les parrains et marraines distribuent aujourd'hui après avoir tenu un enfant sur les fonts, sont un vestige de l'ancienne coutume. — Lorsqu'on avait gagné un procès, on allait, par reconnaissance, offrir des *épices* à ses juges ; et bien que la justice se rendît gratuitement, ils les acceptaient, parce qu'une semblable bagatelle ne pouvait pas alarmer leur délicatesse. Bientôt l'avarice et l'avidité changèrent en abus ce tribut de gratitude. Pour y remédier, Saint-Louis défendit aux juges de recevoir dans la semaine plus de la valeur de *dix sous* en épices. Philippe-le-Bel, plus sévère encore, défendit d'en accepter au-delà de ce que pouvaient consommer journellement dans leur maison, sans gaspillage. — Au lieu de tous ces paquets de bonbons, dont la multiplicité embarrassoit, et dont on ne pouvait se défaire qu'avec perte, les magistrats trouvèrent plus commode de recevoir de l'argent; mais il leur fallait à chaque procès une permission particulière : le rapporteur ne pouvait rien recevoir que le tribunal n'eût admis la requête du plaideur à ce sujet. Ce fut ainsi qu'en 1369, un sire de Tournon obtint de donner *vingt francs d'or* à ses deux rapporteurs. Ces abus nouveaux en produisirent un autre plus grand encore. Accoutumés à des rétributions, les juges oublièrent que, dans l'origine, elles avaient été libres, et ils en vinrent à croire qu'elles leur étaient dues : en 1400, ils rendirent un arrêt qui les déclara telles. Les plaideurs, de leur côté, ne secondèrent que trop l'avidité des gens de justice; car, pour se les rendre favorables, ils n'eurent pas honte d'apporter des épices avant la décision de leurs procés, et de se présenter chez leurs juges comme corrupteurs. Mais ce qui est à peine croyable, c'est que bientôt les magistrats firent une loi de cette nouvelle coutume; et ce sont ces honoraires qu'on a nommés *épices*, de leur nom primitif. — Quant aux dragées faites avec des aromates, on en servait dans toutes les bonnes tables avec différentes sortes de vins artificiels : ces deux objets terminaient le repas ; de là vient cette façon de parler, si commune aux écrivains du temps : *après le vin et les épices*; pour dire après la table. Les rois de France, parmi les officiers de leur maison, en avaient un chargé des épices, qui portait le titre *d'épicier.*

ÉPIDÉMIE, maladie qui attaque en même temps et dans le même lieu un grand nombre de personnes à la fois, et qui dépend d'une cause commune et générale survenue *accidentellement* : telle est l'altération de l'air, des aliments, etc. (*Voyez* ENDÉMIE).

ÉPIDERME. La membrane extérieure qui couvre le corps de l'homme a le nom *d'épiderme* ; l'épiderme est une membrane anorganique, sans vaisseaux et sans nerfs, croissant et se reproduisant par une excrétion du *derme*, sans aucune nutrition proprement dite. Cette membrane fine et transparente fait pour ainsi dire l'office d'un vernis sec qui empêche le contact immédiat des corps extérieurs sur les papilles nerveuses et absorbantes du derme.

ÉPIGASTRE. On nomme *région épigastrique*, la région supérieure de l'abdomen qui s'étend depuis l'appendice xiphoïde (brechet), au creux de l'estomac, ou sternale jusqu'à deux travers de doigt au-dessus de l'ombilic (nombril). Elle se divise en trois parties : la moyenne, vulgairement appelée *creux de l'estomac*, qui porte le nom *d'épigastre* ; cette région est comprise entre les côtes asternales (côtes qui ne s'articulent point avec le sternum) d'un côté, et celles du côté opposé ; et deux latérales, qu'on appelle *hypochondres.*

ÉPIGE. On appelle *cotylédons épigés*, les cotylédons qui, lors de la germination, s'élèvent hors de terre par l'allongement du collet qui les sépare de la radicule (comme dans le haricot et la plupart des dycotylédonés). Si les cotylédons forment les deux *feuilles séminales*, ils sont *épigés*. Si au contraire, comme dans le marronnier d'Inde, les cotylédons restent cachés sous terre, on dit qu'ils sont *hypogés.*

ÉPICYCLE. Les anciens prétendaient que les planètes accomplissaient leur révolution périodique dans des *épicycles*, c'est-à-dire, dans des circonférences formées par la réunion de plusieurs cercles concentriques. Il y a longtemps qu'on est revenu de cette erreur.

ÉPIGRAMME, le plus court et le plus simple des divers genres de poésie ; on en distingue de trois sortes : la première comprend les épigrammes qui consistent en un jeu de mots, ou alliés ou opposés entre eux. Cette sorte d'épigramme, qui ne doit sa grâce qu'à un jeu de mots, ne doit être prise que pour ce qu'elle vaut, c'est-à-dire pour peu de chose. Elle réveille l'esprit, quand

l'accord, ou l'opposition des mots a quelque chose d'heureux ; mais elle le glace quand ce n'est qu'une pointe, comme il arrive souvent. Aussi doit-on presque toujours éviter cette manière de tourner les épigrammes. La seconde espèce consiste dans le tour des pensées. De ces pensées épigrammatiques, les unes sont vives et surprennent parce qu'elles ne sont pas attendues ; les autres sont purement naïves, et plaisent par leur air gracieux. Comme il y a plusieurs degrés dans la surprise et dans la naïveté des pensées, on peut encore compter parmi les pensées qui surprennent agréablement, celles dont le commencement a quelque chose de pompeux, et dont la fin est une bagatelle. Un des mérites principaux, on peut dire même une des qualités essentielles de l'épigramme, est d'être contenue dans quelques vers, surtout s'il s'agit d'un jeu de mots ou d'une pensée vive. Quand c'est une pensée naïve, on peut quelquefois, à l'exemple de Catulle, donner à l'épigramme une certaine étendue.

ÉPIGRAPHE. Sentence courte, en vers ou en prose, analogue au sujet qu'on traite. L'épigraphe s'emprunte aux ouvrages ou aux discours des hommes célèbres ; on la place au bas d'une estampe, ou à la tête d'un livre pour en désigner le sujet, l'esprit.

ÉPILEPSIE. Affection cérébrale, ainsi appelée à cause de la rapidité avec laquelle ses symptômes se manifestent. On la désignait autrefois sous le nom de maladie sacrée, parce qu'on la regardait comme une punition de Dieu. Elle est encore connue vulgairement sous le nom de *mal caduc.* Cette affreuse maladie, le plus souvent héréditaire, se manifeste par des accès plus ou moins rapprochés, durant lesquels l'usage des fonctions des sens est complètement anéanti. Quelquefois le malade éprouve quelques symptômes précurseurs, d'autres fois il tombe comme frappé de la foudre. Les yeux deviennent fixes, la face est injectée, et les membres sont agités par des mouvements convulsifs. Après l'accès il tombe dans un état de stupeur et d'assoupissement, et ne garde aucun souvenir de ce qui s'est passé pendant sa durée. Quoique différents moyens thérapeutiques aient été proposés pour combattre l'épilepsie, on est réduit, le plus souvent, à éviter simplement tout ce qui pourrait provoquer les accès, et à combattre les causes accidentelles qui auraient pu la déterminer.

ÉPILOGUE. Terme de littérature qui signifie *conclusion*, ou dernière partie d'un discours, d'un traité. L'épilogue est une espèce de récapitulation des points principaux exposés dans le corps du discours.

ÉPINARD. Plante herbacée originaire de Perse, dont les feuilles constituent un aliment sain, mais peu nourrissant.

ÉPINE. En botanique, on donne ce nom à des productions dures et pointues qui naissent du corps ligneux; l'épine diffère de l'*aiguillon*, qui naît seulement de l'épiderme. — L'*épine dorsale* est la colonne vertébrale elle-même, composée de 24 vertèbres ; 7 appartiennent au cou, 12 à la poitrine, et 5 aux reins.

ÉPINE-VINETTE, ou *épine-blanche*. Cette plante ligneuse, très commune dans les buissons, a les baies rouges et ombiliquées, fortement acides et par conséquent rafraîchissantes ; son nom vient de ce qu'on fait avec ses baies une sorte de vin.

ÉPIPHANIE, habitude extérieure du corps; *épiphanie*, jour épiphane (illustre), celui où le Messie s'est manifesté aux gentils; jour de l'adoration des rois mages.

ÉPIPHÉNOMÈNE. Exclamation ; figure de rhétorique par laquelle on termine le récit de quelque événement, ou l'on fait une courte réflexion sur le sujet dont on a parlé. Les médecins appellent *épiphénomène*, tout symptôme qui survient quand une maladie est déclarée.

EPIPHRAGME. Terme de botanique, pour signifier une membrane mince attachée au péristôme de quelques mousses, et persistant même, le plus souvent, après la chute de l'opercule.

EPIPHYLLE. Par cette expression, les botanistes désignent tantôt les parties des plantes qui naissent ou sont insérées sur les feuilles, tantôt de petites plantes parasites qui croissent sur la face supérieure des feuilles d'autres plantes.

EPIPHYTE. On donne cette épithète aux plantes qui naissent sur d'autres plantes ; mais ce qui les distingue des *parasites*, c'est qu'elles n'en tirent pas leur nourriture.

EPIPLOON. Membrane graisseuse qui flotte sur les intestins. On divise l'épiploon en trois portions, que l'on considère comme autant d'épiploons particuliers, et en trois appendices principales dont une a aussi reçu le nom d'épiploon. On pense que cette membrane sert à garantir les intestins des froissements qu'ils pourraient éprouver, et à entretenir la chaleur qui leur est si nécessaire pour accomplir leurs fonctions.

EPIQUE. Le poëme épique est celui dont le but est de célébrer quelques actions signalées d'un héros (*Voyez* Épopée).

EPISODE. Incident, histoire, action détachée qu'on insère dans un ouvrage et qui se lie à l'action principale, pour y jeter une plus grande diversité d'événements. On entend plus particulièrement par épisode, tous les incidents particuliers dont sont composées une action ou une narration.

EPISTOLAIRE. Terme de bibliographie pour désigner les auteurs qui ont écrit des lettres ou des épitres : nous citerons, parmi les plus célèbres, Cicéron, Pline le jeune, Sénèque, Sidone, Apollinaire, saint Pierre, saint Jean, Pétrarque, Erasme, Juste-Lipse, Balzac, Voiture, madame de Sévigné, madame de Maintenon, etc., etc. — On se sert aussi de ce terme pour désigner le style des lettres. Ses qualités principales et essentielles sont la clarté, la simplicité, la brièveté et la naïveté ; c'est le style de la conversation par excellence.

EPITAPHE. Inscription gravée sur un tombeau, à la mémoire d'une personne défunte. L'origine des épitaphes est très ancienne. Les Grecs mettaient seulement pour épitaphe le nom de la personne qui était morte, en ajoutant l'épithète d'homme de bien, ou de femme vertueuse. Les Athéniens mettaient simplement le nom du mort, celui de son père et celui de la tribu. A Lacédémone, on n'accordait des épitaphes qu'à ceux qui étaient morts dans un combat et pour le service de la patrie.

EPITHALAME. Poëme sur un mariage. L'épithalame a deux parties bien distinctes, et qui lui sont essentielles : l'une comprend les hommages des nouveaux époux, l'autre contient des vœux pour leur prospérité et leur bonheur. Au reste, ce genre de poésie n'est guère en usage de nos jours.

EPITRE. Missive, pièce de vers. Épître se dit des lettres écrites par les anciens dont les langues sont mortes. On appelle épitres, dans les langues vivantes, les lettres en vers adressées à un être réel ou imaginaire, et les lettres en prose mises en tête des livres pour les dédier ; c'est ce qu'on appelle épître dédicatoire. Le style des épitres varie selon les sujets, les personnes et les circonstances ; la mesure varie également : on emploie le plus souvent les vers *alexandrins* (12 syllabes) pour les sujets élevés ; les vers *communs* pour les sujets satiriques ; de *huit syllabes* pour les sujets gracieux ; enfin *libres* pour différents genres moins nobles.

EPITROPE. Concession. Par cette figure de rhétorique, l'orateur accorde une chose qu'il pourrait nier, afin que, par cette marque d'impartialité, il puisse obtenir, à son tour, qu'on lui accorde ce qu'il demande. L'orateur ne doit faire des concessions qu'autant qu'il possède des arguments puissants en faveur de l'opinion qu'il soutient ; autrement, il s'expose à fournir des armes contre lui-même.

ÉPOPÉE (Littérature). La composition de l'épopée embrasse trois points principaux : le plan, les caractères et le style. Le poëme épique en lui-même est un récit en vers d'aventures héroïques, dans lequel l'auteur se propose d'exciter l'émulation, la terreur, la pitié et successivement toutes les passions les plus vives et les plus fortes. Un poëme épique doit être fondé sur le jugement, et embelli par l'imagination ; l'action, une et simple, doit se développer aisément et par degrés, sans exiger une attention fatigante ; autrement ce ne serait qu'un amas confus d'aventures. Cette unité si sage est ornée d'une variété d'épisodes qui sont comme les membres d'un corps robuste et proportionné, et qui servent de repos au récit principal, dans lesquels l'auteur déploie tout ce qui peut attacher et émouvoir le cœur humain. — En tête de tous les poëmes épiques viennent l'*Iliade* et l'*Odyssée*, composés par *Homère*, père de la poésie grecque, né sur les bords de la rivière de Mélès, d'où sa mère l'appela *Mélésigènes* ; il était enfant naturel et vivait environ 1000 ans avant J.-C., et 300 ans après la prise de Troies, selon les marbres d'Arondel. Sept villes se disputèrent particulièrement la gloire de lui avoir donné naissance, savoir : Smyrne, Rhodes, Colophon, Salamine, Chio, Argos et Athènes. L'opinion la mieux fondée est qu'il était de Smyrne ou de Chio ; mais il n'y a rien de bien constant sur l'histoire de sa vie. Il eut pour maître *Phémius* ou *Pronopide*, qui enseignait à Smyrne les belles lettres et la musique. Phémius, charmé de la bonne conduite de *Critheïs*, mère de Mélésigènes, l'épousa et adopta son fils. Après la mort de Phémius et de Critheïs, Mélésigènes (Homère) hérita de leurs biens et de l'école de son beau-père, et s'attira l'admiration de tout le monde. Un maître de vaisseau, nommé *Mentès*, qui était allé à Smyrne pour son commerce, charmé de Mélésigènes, lui proposa de quitter l'école, et de le suivre dans ses voyages. Homère qui pensait déjà à son *Iliade*, s'embarqua avec Mentès. Il paraît constant qu'il parcourut toute la Grèce, l'Asie mineure, la mer Méditerranée, l'Egypte et plusieurs autres pays. C'est dans ces voyages qu'il devint un excellent géographe, et qu'il s'instruisit des mœurs des différents peuples, et principalement de celles des Grecs, des Phrygiens et des Egyptiens. En revenant d'Espagne, il aborda à Ithaque, où il fut incommodé d'un mal d'yeux. Mentès le laissa chez Mentorum, un des principaux habitants d'Ithaque, et s'en retourna à Leucade sa patrie. A son retour il trouva Homère guéri. Ils se rembarquèrent, et après avoir visité les côtes du Péloponèse, ils arrivèrent à Colophon où l'on prétend que ce grand poëte perdit la vue ; dès lors Mélésigènes fut surnommé *Homère*, qui signifie l'*aveugle*. Ce malheur le fit retourner à Smyrne, où il finit son *Iliade*. De là il alla à *Cumes*. On l'y reçut avec tant de joie, qu'il demanda d'y être nourri aux frais du trésor public ; mais sa demande ayant été rejetée, il sortit avec colère de Phocée, en faisant cette imprécation : *Qu'il ne naisse jamais à Cumes de poëte pour la célébrer !* Il erra ensuite en divers lieux, et s'arrêta à Chio, où il se maria, et composa son *Odyssée*. Quelque temps après, ayant ajouté à ses poëmes beaucoup de vers à la louange des villes grecques, surtout d'Athènes et d'Argos, il alla à Samos où il passa l'hiver. De Samos il arriva à Io, l'une des Sporades, dans le dessein de continuer sa route vers Athènes. On a disputé si on lui attribuerait la *Batrachomyomachie* ; les meilleurs critiques sont pour l'affirmative ; quant aux *hymnes* qu'on dit être de lui, on en doute encore. L'*Iliade* et l'*Odyssée* sont deux chefs-d'œuvres on y trouve des beautés de toute espèce ; rien n'est comparable à la clarté et à la magnificence du style d'Homère, à la sublimité de ses pensées, à la force et à la douceur de ses vers. Toutes les images sont parlantes, les descriptions justes et exactes, les passions si bien exprimées, la nature si bien peinte, qu'il donne à tout, le mouvement, la vie, l'action. Il excelle surtout pour l'invention et le génie. Les différents caractères de ses héros et de tous ses personnages sont si variés, qu'il nous affecte d'une manière inexprimable : en un mot, Homère a tant de charmes pour les personnes de bon goût, que plus on le lit, plus on l'admire. Alcibiade donna un soufflet à un maître d'école, parce qu'il n'avait point les écrits d'Homère. Alexandre le Grand en faisait ses délices, il le mettait ordinairement sous son chevet avec son épée ; il renferma l'Iliade dans la précieuse cassette de Darius, afin, dit ce prince à ses courtisans, que l'ouvrage le plus parfait de l'esprit humain fût renfermé dans la cassette la plus précieuse du monde. Il appelait Homère ses provisions de l'art militaire ; et voyant un jour le tombeau d'Achille, dans le Sigée : O fortuné héros, s'écria-t-il, d'avoir eu un Homère pour chanter tes victoires. Homère paraît si instruit des arts et des sciences de son siècle, il est si versé dans la politique et dans l'art militaire, qu'on dirait qu'il a été un grand capitaine, un homme d'état, et de toutes les professions ; mais comme il a la modestie de ne parler jamais de lui-même, on ignore quel genre de vie il avait embrassé. Néanmoins la manière dont il parle de la Macédoine, et la connaissance qu'il a de l'anatomie du corps humain, des blessures, etc., peut faire conjecturer qu'il était médecin. Lycurgue, Solon, les rois et les princes grecs, firent tant de cas des œuvres d'Homère, qu'ils mirent tous leurs soins pour en procurer les éditions correctes. La plus estimée de toutes fut celle d'Aristarque ; Didyme passe pour le premier qui ait fait des notes sur Homère, et Eustathe, archevêque de Thessalonique au 12me siècle, est le plus célèbre de ses commentateurs. — L'Enéide. Ce poème épique, dont l'auteur (Virgile) avait condamné aux flammes, est encore avec ses défauts le plus beau monument qui nous reste de la littérature latine. Virgile tire le sujet de son poème des traditions fabuleuses sur l'arrivée et sur l'établissement d'Enée en Italie, que la superstition populaire avait transmises jusqu'à lui, à peu près comme Homère avait fondé son Iliade sur la tradition du siége de Troie. Virgile était fils d'un potier d'Andès, dans le territoire de Mantoue, où il naquit le 15 octobre de l'an 70 avant J.-C. Il étudia à Mantoue, puis à Crémone, à Milan, à Naples, d'où étant allé à Rome, il s'acquit l'estime des plus beaux esprits et des plus illustres personnages de son temps, entre autres de l'empereur Auguste, de Mécène, de Pollion. Il était habile non-seulement dans les belles-lettres et dans la poésie, mais aussi dans la philosophie, les mathématiques, la géographie, la médecine et l'histoire naturelle. Quoiqu'il fût l'un des plus beaux génies de son siècle, et qu'il fût l'admiration des Romains, il eut toujours une modestie singulière, et vécut avec décence dans un temps où les mœurs étaient corrompues. Il porta la poésie latine à un si haut point de perfection, qu'il fut regardé avec raison comme le prince des poëtes latins. Il composa ses Eglogues, ou Bucoliques, à l'imitation de Théocrite, ses Georgiques à l'imitation d'Hésiode, et l'Enéide à l'imitation d'Homère. On dit qu'il travailla 12 ans à perfectionner son Enéide, et que l'empereur le pressant d'y mettre la dernière main, il lui fit voir le second, le quatrième et le sixième plus beaux, qui sont les plus beaux. On assure aussi que Virgile lisant, en présence de ce prince et de sa sœur Octavie, l'endroit où il parle de Marcellus, ils en furent si touchés qu'ils l'interrompirent par leurs larmes et leurs soupirs, et qu'Octavie s'évanouit à ces mots : tu Marcellus eris. Il ordonna, sur le point de mourir, qu'on brûlât son Enéide ; mais ayant appris qu'Auguste ne le permettait pas, il pria de n'y rien changer. Ce fut à cette condition qu'il légua cet ouvrage

admirable à Tucca et à Varius, excellents poëtes, ses amis ; et l'empereur eut soin que les intentions de l'auteur fussent suivies ; ce qui fait que l'on y trouve des vers imparfaits. Virgile mourut à Brindes en Calabre, le 22 septembre de l'an 19 avant J.-C., à 51 ans, en revenant de Grèce avec Auguste ; son corps fut porté près de Naples, et ces deux vers, que lui-même avait composés, furent gravés sur son tombeau :

« Mantua me genuit, Calabri rapuere, tenet nunc
« Parthenope : cecini pascua, rura, duces.»

On a reproché à Virgile de n'avoir jamais parlé dans ses écrits, d'Horace, son intime ami ; mais un de nos meilleurs critiques pense que c'est le portrait d'Horace que Virgile dépeint dans ces vers du 9e livre de son Enéide.......

Et Amicum Cretea Musis
Cretea Musarum comitem, cui carmina semper
Et Citharæ cordi, numerasque intendere nervis etc.

La Pharsale, de Lucain, est plutôt une histoire en vers qu'un poème épique ; on y trouve du génie et de l'élévation, mais peu de goût et de justesse. Son style est trop enflé ; il donne tellement dans le brillant qu'il faut bien se garder de le mettre entre les mains des jeunes gens, crainte de leur gâter le goût. Lucain naquit à Cordoue le 3 novembre de l'an 39 de J.-C. Il était fils de Annœus Mela, frère de Sénèque le philosophe, et d'Atilia, fille de Lucain, très fameux orateur. Il avait à peine 14 ans, qu'il se fit estimer par ses déclamations, tant en grec qu'en latin, et qu'il devint l'émule de Perse. L'Empereur Néron, charmé de son esprit, le fit augure et questeur ; mais dans la suite, Lucain, ayant été maltraité par ce prince, qui était jaloux de ses vers, entra dans la conjuration de Pison. Cette conjuration ayant été découverte, Lucain fut condamné à mort, et eut les veines coupées l'an 65 de J.-C., comme avant lui son oncle Sénèque, on le blâme avec raison, d'avoir accusé sa mère Attilia. Il avait composé un grand nombre d'ouvrages, dont il ne nous reste que la Pharsale, poème des guerres civiles de César et de Pompée, en six livres. — L'Italia liberata da Gothi. Trissiano ou Trissino (Jean Georges), célèbre poëte Italien, natif de Vicence, d'une famille noble, mérita l'estime des papes Léon X et Clément VII, qui l'envoyèrent souvent en ambassade vers l'empereur Charles V et vers Ferdinand son frère. Il mourut en 1550, âgé de 72 ans. Le Tasse était encore au berceau lorsque le Trissin, auteur de la fameuse Sophoniste, la première tragédie écrite en langue vulgaire, entreprit un poème épique. Il prit pour son sujet l'Italie délivrée des Goths, par Bélisaire, sous l'empire de Justinien (540). Son plan est sage et régulier ; mais la poésie de style y est faible. Toutefois l'ouvrage réussit, et cette aurore du bon goût brilla pendant quelque temps, jusqu'à ce qu'elle fût absorbée dans le grand jour qu'apporta le Tasse. — La Lusiade. Le sujet de la Lusiade est la conquête des Indes Orientales par les Portugais ; le héros est Vasco de Gama. Ce poème contient de grandes beautés ; mais le Camoëns n'y suit pas les règles du poème épique, et s'abandonne à son génie ; ce qui n'a point empêché les Portugais de l'appeler le Virgile du Portugal. Louis de Camoëns, né à Lisbonne vers 1524, porta d'abord la parti des armes, et perdit un œil dans un combat contre les Maures. Il passa aux Indes en 1553, où son talent pour la poésie lui acquit des amis puissants ; mais ayant exaspéré par ses satires le vice-roi François Barreto, il fut exilé de Goa à Macao. Pendant le cours de la navigation, son vaisseau ayant fait naufrage, il eut la présence d'esprit de sauver son poëme la Lusiade, en le tenant de la main gauche, tandis qu'il nageait de la droite. Quelque temps après, il retourna à Goa, et s'embarqua pour le Portugal ; il arriva en 1566 à Lisbonne, où il finit ses jours presque dans la misère, en 1579. — L

Jérusalem délivrée, du Tasse, est le plus beau poëme épique que les Italiens aient produit; mais il y a trop de pensées fardées, et de faux brillants; le style en est trop fleuri et trop affecté; le poëte y court trop après l'esprit: ce qui fit dire à Boileau dans sa 9e satire:

> Tous les jours à la cour, un sot de qualité,
> Peut juger de travers avec impunité:
> A Malherbe, à Racan, préférer Théophile,
> Et le clinquant du Tasse à tout l'or de Virgile.

Torquato Tasso, ou le Tasse, naquit le 11 mars 1544, à Sorrento, dans le royaume de Naples, d'une maison illustre. Il fit ses études à Padoue, et il se distingua par ses talents pour la poésie. Il suivit le nonce en France, du temps du roi Charles IX, et mérita l'estime et les bienfaits de ce monarque. De retour à Ferrare, il y publia son fameux poëme de la *Jérusalem délivrée*, qu'il avait achevé en France, dans l'abbaye de Châlis, dont le cardinal d'Est était abbé. Il composa d'autres pièces ingénieuses, et introduisit le premier les bergers sur le théâtre, dans son *Aminte*, qui a été le modèle des comédies pastorales. Le Tasse eut de grands différents avec les Académiciens de la *Crusca*, qui avaient censuré sa *Jérusalem délivrée*. Il s'attira de fâcheuses affaires à Ferrare, et y fut mis en prison. Il pensa alors perdre l'esprit par l'amour extravagant qu'il avait conçu pour Éléonore d'Est, sœur d'Alphonse, duc de Ferrare. Le reste de sa vie fut une suite continuelle d'infortunes. Il s'arrêta quelque temps à Pavie, alla ensuite à Naples, et fut appelé à Rome par le cardinal Aldobrandin, neveu du pape Clément VIII. Il mourut en cette ville dans une extrême pauvreté, en 1595, à 51 ans. Le Tasse prétendait avoir un esprit familier, et dès qu'un rayon de soleil donnait sur les vitres de son cabinet, il quittait tout pour écouter cet esprit, et lui répondait ensuite par tout ce qu'il y avait de plus beau, de plus élevé et de plus juste dans la philosophie de Platon. Il était dans une si grande misère, qu'il prit sa chatte par un joli sonnet, de lui prêter la lumière de ses yeux, *non havando candale de la notte, per scrivere i suoi versi.* — *Araucana.* Sur la fin du seizième siècle, l'Espagne produisit un poëme épique, célèbre par quelques beautés particulières qui y brillent, aussi bien que par la singularité du sujet. Don Alonzo d'Ercilla, poëte espagnol, étant allé au Chili, combattit et défit les sauvages du pays appelé *Araucana* qui s'étaient révoltés contre les Espagnols leurs vainqueurs. Don Alouzo d'Ercilla composa à cette occasion un poëme épique qu'il intitula *Araucana*, du nom de ce pays barbare. On trouve dans cet ouvrage du feu, de l'élévation, des pensées neuves et hardies mais peu de goût et d'invention; d'ailleurs les règles du poëme épique n'y sont pas bien observées. — *Le Paradis perdu*, poëme épique sur la tentation d'Ève et la chute de l'homme, en vers anglais non rimés. On est étonné de trouver dans un sujet qui paraît si stérile, une si grande fertilité d'imagination: rien de plus admirable que les traits majestueux avec lesquels l'auteur a su peindre Dieu; on lit avec beaucoup de plaisir la description du jardin d'Eden et des amours innocentes d'Adam et d'Ève. En effet, il est à remarquer que dans tous les autres poëmes l'amour est regardé comme une faiblesse, dans Milton seul il est une vertu. Le poëte a su lever d'une main chaste le voile qui couvre ailleurs les plaisirs de cette passion; il transporte le lecteur dans le jardin des délices; il semble lui faire goûter les voluptés pures dont Adam et Ève sont abreuvés; il ne s'élève pas au-dessus de la nature humaine, mais au-dessus de la nature humaine corrompue, et comme il n'y a point d'exemple d'un pareil amour, dit Voltaire, il n'y en a point d'une pareille poésie. Jean Milton, né à Londres en 1608, étudia à Cambridge, où on l'appelait *la dame du collége du Christ*, à cause de la délicatesse de ses traits. Il débuta par l'*Allegro*, il *Penseroso*, *Comus et Lycides*, pièces qui eussent suffi pour lui faire une réputation, s'il n'eût rien écrit de mieux. Il

se maria en 1643; mais sa femme le quitta peu de temps après, en haine, à ce qu'il paraît, de ses principes politiques. Néanmoins, sur la nouvelle qu'il allait en épouser une autre, elle revint, et ils se réconcilièrent. Il était républicain prononcé; il écrivit pour défendre le meurtre de Charles Ier. Ses principes sont consignés dans son fameux livre, *pro populo anglicano*, ouvrage que Mirabeau publia en français, sous le titre de *Théorie de la royauté*. Il eut de justes sujets d'inquiétude lors du rétablissement de la royauté; des amis parvinrent à détourner l'orage. Au temps de la peste de Londres, il se retira dans le comité de Buckingham, où il acheva son *Paradis perdu*, qu'il publia en 1667. Il mourut dans sa maison près de Bunhill-Fields, en 1574; il lui fut érigé un monument à Westminster. Ses poëmes ont eu un nombre considérable d'éditions; dès 1658, il avait perdu la vue. Il fut marié trois fois: sa première femme lui donna trois filles, deux desquelles faisaient près de leur père l'office de lectrices, en huit langues, quoiqu'elles ne comprissent que l'anglais. Du reste, Milton mourut sans se douter qu'il acquerrait un jour de la célébrité. — *La Henriade.* Le sujet de ce poëme épique est le siège de Paris, commencé par Henri III et Henri IV, achevé par ce dernier seul; ce poëme n'est pas plus historique qu'aucun autre. Le Camoëns, qui est le Virgile des Portugais, a célébré un événement dont il avait été témoin lui-même. Le Tasse a chanté une croisade connue de tout le monde, et n'en a omis ni l'hermite Pierre, ni les processions. Virgile n'a construit la fable de son Énéide que sur des fables reçues de son temps, et qui passaient pour l'histoire véritable de la descente d'Énée en Italie. Homère, contemporain d'Hésiode, et qui par conséquent vivait environ cent ans après la prise de Troie, pouvait aisément avoir vu dans sa jeunesse des vieillards qui avaient connu les héros de cette guerre. Ce qui doit même plaire dans Homère, c'est que le fond de son ouvrage n'est point un roman, que les caractères ne sont point d'imagination, qu'il a peint les hommes tels qu'ils étaient, avec leurs bonnes et leurs mauvaises qualités, et que son livre est le monument des mœurs de ces temps reculés. C'est avec justesse que la Henriade a été comparée à l'Énéide; il nous suffira d'indiquer ce parallèle à des lecteurs éclairés: on pourrait mettre dans la balance le plan, les mœurs, le merveilleux de ces deux poëmes, les personnages, tels que Henri IV et Enée, Achatés et Mornai, Sinon et Clément, Turnus et d'Aumale, etc.; les épisodes qui se répondent, comme la reine des Troyens sur la côte de Carthage, et celui de Henri chez le solitaire de Gersai; le massacre de la Saint-Barthélemy et l'incendie de Troie; le quatrième chant de l'Énéide et le neuvième de la Henriade; la descente d'Énée aux enfers et le songe de Henri IV; l'autre de la Sybile et le sacrifice des Seize; les guerres qu'ont à soutenir les deux héros, et l'intérêt qu'on prend à l'un et à l'autre; la mort d'Euryale et celle de Jean d'Ailli; les combats singuliers de Turenne contre d'Aumale, et d'Enée contre Turnus; enfin le style des deux poëtes, l'art avec lequel ils ont enchaîné les faits, et leur goût dans le choix des épisodes, leurs comparaisons, leurs descriptions. Un tel examen servira à décider du mérite comparatif de ces deux poëmes. C'est précisément ces rapports généraux qui ont fait dire à quelques critiques que la *Henriade* manquait du côté de l'invention. Ce même reproche doit être adressé à Virgile, au Tasse, etc. Dans l'Enéide on trouve réunis le plan de l'Odyssée et celui de l'Iliade; dans la Jérusalem délivrée on trouve le plan de l'Iliade exactement suivi, et orné de quelques épisodes tirés de l'Énéide. Marie-François Arouet de Voltaire, l'un des plus beaux génies qu'ait produits la France, et l'un de ses plus illustres écrivains, naquit à Paris le 20 février 1694. Il était fils de Jean Arouet, ancien notaire du Châtelet, trésorier de la chambre des comptes, et de Marie-Marguerite Dauchambre des comptes, et de Marie-Marguerite Dauchamart; il fut élevé chez les Jésuites au collége de Louis-le-Grand. Son goût pour la poésie se développa dès sa première jeunesse ; il donna, en 1718, sa tragédie *d'OEdipe*. Porté naturellement à la satire, il eut l'imprudence d'attaquer le gouvernement : il fut mis à la Bastille. En 1722, il donna *Marianne ;* les six premiers chants de la *Henriade* furent composés pendant sa détention, et le poëme fut publié en 1723, sous le titre de la *Ligue ;* Voltaire était alors en Angleterre. Bientôt après, il fit jouer *Brutus* et *Zaïre*. Les *Lettres philosophiques* ayant paru et fait du bruit, Voltaire crut prudent de sortir du royaume ; mais madame de Pompadour fit sa paix ; et *Mérope* ayant augmenté sa réputation, il lui fut permis de revenir. Sa pièce de *la Princesse de Navarre* lui valut une charge de gentilhomme ordinaire et la place d'historiographe de France. En 1746, il fut reçu de l'Académie française. En 1750, il se rendit à la cour de Prusse sur l'invitation du Grand Frédéric, qui lui fit une pension de 22,000 livres et lui donna la clef de chambellan. Il se brouilla avec ce monarque et se retira ; Frédéric le fit arrêter à Francfort-sur-le-Mein, avec ordre de l'y retenir jusqu'à ce qu'il eût remis le recueil des poésies de ce prince. Après avoir passé quelques mois à Colmar, il acheta, près de Genève, une jolie maison, nommée *les Délices ;* les troubles de la république l'obligèrent de se fixer hors de son territoire, dans le pays de Gex. L'endroit qu'il choisit, situé à une lieue de Genève, se nomme Ferney : alors village pauvre et presque désert, il le fertilisa ; diverses manufactures s'établirent dans son voisinage, et là Voltaire reçut les visites des personnes les plus célèbres. Au commencement de 1777, il éprouva un vif désir de revoir la capitale ; il en obtint la permission. Il quitta son repos de Ferney-Voltaire, pour venir jouir à Paris de l'enthousiasme et des applaudissements du public. Il fut reçu à l'Académie avec des honneurs extraordinaires. A la comédie Française, dans une représentation d'*Irène*, la dernière de ses pièces, on le couronna de lauriers. Ces hommages flatteurs l'affectèrent sensiblement, et ils furent peut-être funestes. Il ne jouit pas long-temps de cet excès de gloire ; tourmenté d'une rétention d'urine, il souhaita qu'on lui procurât quelque sommeil : on lui administra une dose d'opium qui lui ôta presque entièrement l'usage de l'esprit ; il mourut le 30 mai 1778. Pour éviter toutes difficultés au sujet de son inhumation, son neveu, l'abbé Mignot, conseiller au grand Conseil, le fit transporter dans l'abbaye de Sellières, ordre de Citeaux, de laquelle il était titulaire ; il y fut inhumé. L'assemblée constituante, le 12 juillet 1791, fit transporter au Panthéon les cendres de Voltaire. —L'Énéide de Virgile a donné occasion à Napoléon d'exprimer sur Homère un jugement bien précieux. Après avoir lu le parallèle qui suit, on comprendra pourquoi Alexandre, lors de sa conquête de l'Asie, eut toujours à son chevet l'Iliade d'Homère, et pourquoi l'Odyssée fut une des lectures de Bonaparte, général en chef de l'armée d'Egypte. Homère était arrivé jusqu'à nous sans jouir de toute sa gloire. On est heureux de recueillir l'opinion motivée d'un homme tel que Napoléon sur ce père de la poésie, de la géographie, de l'histoire chez les anciens, grand par l'invention, plus grand encore par le bon sens et par la connaissance des choses qui composaient la civilisation toute guerrière de son temps. « Le deuxième livre de l'Énéide, dit Napoléon, est considéré comme le chef-d'œuvre de ce poëme épique ; il mérite cette réputation sous le point de vue du style, mais il est bien loin de la mériter quant au fond des choses. Le cheval de bois pouvait être une tradition populaire, mais cette tradition est ridicule et tout-à-fait indigne d'un poëme épique. On ne voit rien de pareil dans l'Iliade, où tout est conforme à la vérité et aux pratiques de la guerre. Comment supposer les Troyens assez imbéciles pour ne pas envoyer une barque de pêcheur à l'île de Tenedos, pour s'assurer si les mille vaisseaux des Grecs s'y étaient arrêtés, ou étaient réellement partis? Mais du haut des tours d'Ilion, on découvrait la rade

de Tenedos. Comment croire Ulysse et l'élite des Grecs assez ineptes pour s'enfermer dans un cheval de bois, c'est-à-dire, se livrer pieds et mains liés à leurs implacables ennemis? En supposant que ce cheval contînt seulement cent guerriers, il devait être d'un poids énorme, et il n'est pas probable qu'il ait pu être mené du bord de la mer sous les murs d'Ilion, en un jour, ayant surtout deux rivières à traverser. Tout l'épisode de Sinon est invraisemblable et absurde ; les ressources du poëte, l'éloquence du discours qu'il met dans la bouche de Sinon n'en diminuent en rien l'absurdité. Cependant, il faut que le cheval soit, le jour même du départ des Grecs, introduit dans Troie, sans quoi cela rendroit encore plus incroyable que les mille vaisseaux des Grecs pussent, si près de Troie, rester cachés. Le bel et charmant épisode de Laocoon se recommande de lui-même, mais ne peut en rien diminuer l'absurdité de la conduite des Troyens, puisqu'enfin on pouvait laisser plusieurs jours le cheval au camp dans la position et s'assurer que la flotte ennemie s'était éloignée avant d'abattre les murailles pour l'introduire dans la ville. Les guerriers enfermés dans le cheval de bois auquel Sinon ouvre la barrière ne sortent que lorsque la flotte des Grecs est partie de Tenedos, lorsque tout dort, que la nuit est obscure et que l'armée a déjà débarqué ; ce ne peut donc pas être avant une heure du matin ; aussi bien ce n'est guère qu'à une heure du matin que les corps de garde s'endorment et que Sinon a pu ouvrir la barrière. Tout le deuxième livre de la destruction de Troie s'opère dans une heure du matin, au lever du soleil, c'est-à-dire de trois à quatre heures ; tout cela est absurde. Troie n'a pu être pris, brûlé et détruit en moins de quinze jours de temps ; cette ville renfermait une armée, cette armée ne s'est pas sauvée, elle a donc dû se défendre dans tous les palais. Enée, logé au palais de son père, dans un bois, à une demi-lieue de Troie, n'est instruit que par l'apparition d'Hector, de la prise et de l'incendie de la ville. La maison d'Anchise fût-elle à deux lieues de la ville, que le bruit du tumulte, la chaleur de l'incendie des premières maisons, auraient réveillé les femmes et les animaux. Ilion n'est donc pas tombée dans une seule nuit, surtout dans une nuit si courte, et l'armée grecque ne pouvait prendre possession et détruire la ville qu'en plusieurs jours. Enée n'était pas le seul guerrier qui se trouvait dans Ilion ; cependant Virgile ne parle que de lui. Tant de héros qui jouent un rôle si brillant dans l'Iliade, ont dû aussi, de leur côté, défendre chacun leur quartier. Une tour, dont le sommet s'élevait jusqu'aux cieux et dont le comble y semblait suspendu, était sans doute de pierres ; on ne voit pas comment Enée, en peu d'instants et avec le secours de quelques leviers de fer, a pu la faire crouler sur la tête des Grecs. Si Homère eût traité la prise de Troie, il ne l'eût pas traitée comme la prise d'un fort, mais il y eût employé le temps nécessaire, au moins huit jours et huit nuits. En lisant l'Iliade, on sent à chaque instant que Homère a fait la guerre, et n'a pas, comme le disent les commentateurs, passé sa vie dans les écoles de Chio ; quand on lit l'Énéide, on sent que cet ouvrage est fait par un régent de collège, qui n'a jamais rien fait. On ne voit pas, en effet, ce qui a pu décider Virgile à commencer et à finir la prise, l'incendie et le pillage de Troie en peu d'heures : dans ce court espace, il fait même ramasser toutes les richesses dans des magasins centraux. La maison d'Anchise devait être très près de Troie, puisque dans ce peu d'heures, et malgré les combats, Enée y fait plusieurs voyages. Il fallut à Scipion dix-sept jours pour brûler Carthage abandonnée de ses habitants ; il a fallu onze jours pour brûler Moskow, quoique en grande partie bâtie en bois ; et pour une ville de cette étendue, il faut plusieurs jours à l'armée conquérante pour en prendre possession. Troie était une grande ville ; car les Grecs, qui avaient cent mille hommes, n'essayèrent jamais de la cerner.

Lorsque Enée retourne cette nuit même dans Ilion, il retrouve :

> Ulysse, des vainqueurs gardant la riche proie ;
> Là sont accumulés tous les trésors de Troie.

Pour cette seule opération, il faut plus de quinze jours, et ce n'est pas dans un moment de désordre d'une ville prise d'assaut qu'on va s'amuser à entasser les richesses dans des magasins centraux.

> Le jour naît : je retourne à ma troupe fidèle.

Ainsi, d'une heure du matin à quatre heures, c'est-à-dire, en trois heures, Enée a été à Troie, a livré tous les combats dont il rend compte, a défendu le palais de Priam, est revenu chercher Creüse à Troie et a trouvé la ville toute soumise, ne livrant plus de combats, entièrement occupée par l'ennemi, toute brûlée, et les magasins déjà fermés. Ce n'est pas ainsi que doit marcher l'épopée, et ce n'est pas ainsi que marche Homère dans l'Iliade. Le journal d'Agamemnon ne serait pas plus exact, pour les distances et le temps et pour la vraisemblance des opérations militaires, que ne l'est ce chef-d'œuvre. Le troisième chant n'est absolument qu'une copie de l'Odyssée ; et dans le quatrième chant, le récit n'est pas dans le genre de celui d'Homère, où tous les jours sont marqués, où toutes les actions ont leur commencement, leur milieu et leur fin, et ne sont pas agglomérées dans un récit général. » — Nous terminerons cet article par quelques principes généraux sur l'Epopée : 1° l'unité d'action y est nécessaire, et ce précepte est fondé sur la nature et le bon sens ; 2° il ne peut y avoir sur la durée de l'action épique d'autre règle que celle prescrite par Aristote : *de ne point offrir à l'esprit plus qu'il ne peut embrasser;* dès qu'on a statué que l'action devait être *une*, elle doit nécessairement avoir des limites : ainsi celle de l'*Iliade* et de l'*Odyssée* dure moins de deux mois, celle de l'*Enéide* à peu près un an, ainsi que celle de la *Jérusalem;* on peut aller au delà, ou rester en deçà, selon les besoins et les convenances. 3° Le poëme épique doit être écrit en vers. 4° Le merveilleux doit entrer nécessairement dans l'Epopée, à moins que le sujet n'en soit pas susceptible. 5° l'Epopée doit nécessairement renfermer une leçon morale.

EPONGE DE MER, espèce de champignon marin. Cette production, d'un usage journalier, d'une substance molle et élastique, est regardée comme le domicile construit pour une multitude de petits polypes de mer de différentes formes, qui se trouvent attachés aux rochers dans la mer. La plupart des éponges viennent de la Méditerranée. Les plus estimées sont les fines qui, pour être parfaites, doivent être blondes, douces, légères, et avoir les trous petits et serrés, les plus grosses ont le volume et les moins graveleuses. Celles de Venise sont réputées les plus belles. — Les vétérinaires appellent *éponge* l'extrémité de chaque branche des fers du cheval.

EPURGE. Grande et forte plante bisannuelle, indigène, du genre euphorbe (arbrisseau), qui contient un suc irritant et caustique ; ses semences renferment une huile très purgative.

EQUATEUR. C'est un grand cercle aussi éloigné du pôle arctique que du pôle antarctique, divisant la sphère en deux parties égales, l'une boréale et l'autre méridionale, et coupant le méridien à angles droits. Sur les globes terrestres et sur les mappemondes, on le nomme aussi *ligne équinoxiale,* parce qu'il pas s par tous les pays dont la durée du jour égale celle de la nuit. Les peuples qui habitent sous l'équateur ont perpétuellement les jours égaux aux nuits, parce que leur horizon, passant par l'axe de la terre, coupe en deux parties égales tous les parallèles terrestres, que le soleil, dans son mouvement apparent autour de la terre, pa-

court successivement. Quant aux autres lieux de la terre, l'égalité des jours et des nuits n'a lieu que deux fois par an, quand le soleil répond à l'équateur, c'est-à-dire aux équinoxes de printemps et d'automne. Pour tout observateur, dans quelque lieu que ce soit de la terre, l'étoile qui décrit l'équateur reste douze heures au-dessus et douze heures au-dessous de l'horizon.

EQUATION, terme qui indique une égalité de valeur entre des quantités différemment exprimées. Par *équation*, les astronomes expriment la différence entre le mouvement réel d'une planète et celui qui est mesuré par un mouvement moyen et uniforme. On l'appelle quelquefois équation du centre, et ce n'est pas la seule inégalité à laquelle soit sujet le mouvement des planètes : en effet, il est d'autres mouvements produits par l'action mutuelle que les corps exercent les uns sur les autres, ou de celle que le soleil exerce sur les satellites ; mais c'est particulièrement dans la lune que ces équations sont sensibles. A l'apogée, la planète va moins vite ; au périgée, elle a un mouvement accéléré.

EQUATORIAL. (Cercle.) Instrument d'astronomie avec lequel on prend très facilement les hauteurs, l'azimut, l'ascension droite, etc., des corps célestes. ·· 18 ·

EQUILATÉRAL. Une figure est équilatérale, lorsqu'elle a tous ses côtés égaux ; un carré parfait, par exemple, est une figure équilatérale.

EQUINOXE. Nous avons *équinoxe* toutes les fois que le jour est égal à la nuit, c'est-à-dire, toutes les fois que le soleil paraît 12 heures précises sur notre horizon ; ce phénomène arrive, lorsque le soleil paraît parcourir l'équateur sur un jour ; il se présente donc deux fois chaque année, c'est-à-dire, environ le 20 mars, temps auquel le soleil paraît sous le premier degré du *Bélier,* et environ le 22 septembre, temps auquel le soleil paraît sous le premier degré de la *Balance.* La durée de l'année est une suite de la détermination des équinoxes ; car l'intervalle entre un équinoxe et celui de l'année suivante est la durée de l'année solaire. Pour obtenir plus exactement la longueur de l'année, on prend deux équinoxes observés à 1800 ans l'un de l'autre, et partageant l'intervalle total en 1800 parties, l'on a 365 jours 3 heures 48′ 48″, durée exacte de l'année. L'équinoxe n'est perpétuel que sous l'équateur, et si on n'a égard ni à la réfraction, ni aux crépuscules, les jours y sont constamment égaux aux nuits.

EQUINOXIAL. Les astronomes appellent *ligne équinoxiale,* le cercle céleste qui, sur la terre, répond à l'équateur ; c'est un des grands cercles de la sphère, dont les pôles sont les pôles du monde.

EQUISÉTACÉES. Famille de plantes acotylédones, herbacées, vivaces, dont les tiges sont généralement creuses et striées (cannelées) longitudinalement ; elles offrent de distance en distance des nœuds d'où naissent des gaînes fendues en un grand nombre de languettes, et semblables à des feuilles verticillées (verticille-bouquet) soudées entre elles. Les fructifications forment des épis terminaux composés d'écailles épaisses et peltées semblables à celles de l'if et quelques autres conifères. A la face inférieure de ces écailles, naissent, disposées sur une seule rangée, des espèces de capsules remplies de granules très petits, se composant d'une partie globuleuse, de la base de laquelle naissent quatre longs filaments articulés, renflés supérieurement et roulés autour du corps globuleux, qui est une véritable sporule.

EQUIVALENTS. Les chimistes entendent par ce mot, les quantités matérielles qui peuvent dans les combinaisons se remplacer de manière à ce que l'une d'elles puisse représenter telle ou telle autre, et conduire à en apprécier le poids.

22

ÉRABLE. Ce genre de plante est nombreux en espèces, qui toutes sont des arbres ou arbrisseaux la plupart exotiques (étrangers). Les *érables à sucre* donnent par la perforation de leur tronc, au printemps, une séve abondante, dont on extrait du sucre; soixante livres de séve procurent 4 livres de sucre brut, très blanc et identique à tous les sucres; mais il ne peut soutenir la concurrence pour le prix, avec les sucres de canne ou de betteraves. La famille des *érables* offre les caractères suivants: fleurs hermaphrodites ou unisexuées, calice entier ou à 5 divisions; corolle à 5 pétales insérées autour d'un disque hypogyne (sous le pistil); les étamines sont en nombre double des pétales; ovaire didyme (géminé) à 2 loges contenant chacune 2 ovules; 2 stigmates subulés (en forme d'alène) terminent le style; le fruit est composé de deux samares indéhiscentes (qui ne s'ouvrent pas); un embryon en spirale est sous le tégument propre (enveloppe) des grains.

ÈRE, point fixe de temps, d'où l'on commence à compter les années: ce point est ordinairement déterminé par quelque fait important de l'histoire civile ou religieuse des peuples qui en font usage (*Voyez* CHRONOLOGIE). *L'ère de la création.* Les chronologistes ne sont pas d'accord sur l'époque à laquelle remonte *l'Ère de la création* ou l'ère des juifs et celle d'une partie des peuples qui professent la religion grecque. Les rabbins veulent que le monde ait été créé le 7 octobre de l'année 3761 avant Jésus-Christ; les pères du concile œcuménique (qui tient à l'universalité), tenu à Constantinople en 680, décidèrent que la création eut lieu le 1er septembre 5508 ans 3 mois 25 jours avant Jésus-Christ. — *Ère cécropique.* Epoque à laquelle Cécrops alla fonder une colonie en Grèce 1582, avant Jésus-Christ (marbres de Paros). Il épousa la fille d'Actée, prince grec, et donna le nom de *Cécrops* au pays où il régna. Il apprit à ses sujets à cultiver l'olivier, et leur assigna Minerve pour divinité tutélaire. Après un heureux règne de 50 ans, il mourut et laissa trois filles. Cranaüs fut son successeur.—*Ère des Olympiades,* fixée à 775 ans avant Jésus-Christ. Elle doit son nom aux jeux olympiques qui se célébraient de quatre en quatre ans; l'espace de temps compris entre une célébration et la suivante se nommait *Olympiade.* — *Ère de Nabonassar.* Elle date de l'époque où ce roi de Babylone commença à régner; selon les chronologistes, elle est fixée au 26 février de l'an 747 avant Jésus-Christ, et à l'an 746 suivant les astronomes.—*Ère de la fondation de Rome,* remonte à l'an 751 avant Jésus-Christ, selon Caton; à l'an 752, selon les marbres Capitolins. La plupart des chronologistes ont adopté le calcul de Varron, et font remonter cette ère à l'an 753. — *Ère des consuls,* ou ère civile des Romains, remonte à l'an 245 de Rome, 108 ans avant Jésus-Christ. — *Ère des Séleucides,* commence vers l'équinoxe d'automne de l'an 312 avant Jésus-Christ; 441 de la fondation de Rome. — *Ère d'Espagne* date du 1er janvier de l'an 715 de Rome, 38 ans avant Jésus-Christ. — *Ère chrétienne,* appelée aussi *Ère vulgaire.* Le commencement de cette ère varie de 9 mois, parce que les uns datent de l'Incarnation et les autres de la naissance de Jésus-Christ. Mais il est aujourd'hui reconnu par les chronologistes que la naissance de Jésus-Christ a précédé de quatre ans le commencement de l'ère chrétienne, tel qu'il avait été fixé par Denys-le-Petit. Cependant, comme cette erreur est adoptée depuis long-temps, on continue toujours à compter de la même manière. La première année de l'ère chrétienne répond à l'an 46 de l'ère Julienne (qui part de la correction du calendrier Romain par Jules César). Mais Jésus-Christ est né sous le règne d'Hérode-le-Grand; et il est prouvé par les témoignages de Josèphe et de Dion Cassius, qu'Hérode mourut vers Pâques, dans la 42e année de l'ère Julienne. Une circonstance très remarquable de la mort de ce prince, c'est que, suivant Josèphe, il arriva peu de jours auparavant une éclipse de lune. Or, les calculs astronomiques démontrent que, l'an 42 de l'ère Julienne, il y eut effectivement une éclipse de lune, qui arriva dans la nuit du 12 au 13 mars. Ainsi la naissance de Jésus-Christ ne peut-être placée plus tard que le 25 décembre de l'an 41 de l'ère Julienne. — *Ère de l'hégire,* qui est celle de tous les peuples qui professent l'islamisme, date de l'époque où Mahomet s'enfuit de la Mecque et se retira à Médine, fuite qui eut lieu dans la nuit du 15 au 16 juillet de l'année 622 de Jésus-Christ. Cette date correspond à l'an 1369 de l'ère de Nabonassar, 1375 de la fondation de Rome, et 5335 de la période Julienne.—*L'Ère française,* ou l'ère républicaine, date du 22 septembre 1792, jour de l'équinoxe d'automne, époque de l'institution du calendrier français; elle a été suivie jusqu'au 31 décembre 1805 (10 nivôse an XIV).

ÉRYSIPÈLE. Inflammation superficielle qui détermine une fièvre générale, avec tension et chaleur plus ou moins vive de la partie affectée. La peau est d'un rouge tirant un peu sur le jaune, et cette rougeur disparaît momentanément sous la pression du doigt pour reparaître quand cette pression cesse d'exister. Quelquefois l'érysipèle se présente comme parsemé de petites pustules qui finissent par se détacher sous forme de petites écailles présentant l'aspect de parcelles de son. La durée la plus ordinaire de l'érysipèle est de dix à douze jours. Le traitement de l'érysipèle simple consiste dans des moyens rafraîchissants. On fera prendre des boissons acidulées, telles que l'eau mélangée avec le vinaigre, la limonade, et l'on fera des lotions émollientes sur la partie malade avec l'eau de racine de guimauve, ou de fleur de sureau. Si l'érysipèle présentait une inflammation très-vive, on joindrait à ces moyens curatifs la saignée, *générale* d'abord, puis *locale.* Enfin si l'érysipèle avait son siège sur la face, on prescrirait outre la saignée des bains de pieds sinapisés et des vésicatoires aux jambes.

ESCARRE. Espèce de croûte produite à la surface du corps par la mortification d'une partie vivante. Cette mortification peut avoir lieu naturellement, par suite d'une action gangréneuse, ou artificiellement par l'effet d'un caustique. L'escarre étant entièrement désorganisé et privé de vie, se détache toujours au bout de dix ou quinze jours au plus.

ERGOTINE. Matière pulvérulente, d'un rouge brun, amère, âcre, nauséabonde, insoluble dans l'eau et dans l'éther, mais dissoluble par l'eau. Cette matière trouvée dans l'ergot du seigle, n'est, suivant un grand nombre de chimistes, que de *l'ulmine pure.*

ÉRICACÉES ou **ÉRICINÉES,** feuilles de plantes appelées autrefois *bruyères* et qui croissent dans les lieux stériles. Les *éricacées* sont des arbustes et arbrisseaux à feuilles simples et alternes, rarement opposées, verticillées, ou très-petites et en forme d'écailles imbriquées (tuilé); leur inflorescence est très variable.

ERIDAN, constellation australe; c'est le fleuve que les modernes ont appelé le Pô. La partie la plus remarquable de cette constellation est qu'il se trouve comprise entre Orion et la Baleine. Elle contient une étoile secondaire, avec plusieurs de troisième et de quatrième grandeur qui se perdent sous notre horizon. La source de l'Éridan est marquée près du cercle antarctique par une très-belle étoile, *Acharnar,* placée entre le *Phénix* et l'*Hydre mâle,* et qu'on ne voit dans aucun lieu de l'Europe. Le fleuve de l'Éridan est fameux dans la mythologie par la chute de Phaéton.

EROTIQUE. Poésie dont l'amour et la galanterie fournissent la matière. Dans ce genre de poésie, les pensées doivent être fines, les sentiments délicats, les images douces et agréables, le style léger, et le vers facile; l'esprit et l'art n'y doivent point paraître, le cœur seul y doit parler.

ERPETOLOGIE. Cette branche de l'histoire naturelle a pour objet la connaissance des reptiles ; elle fait connaître leurs noms, leur organisation, leur manière de vivre et leur classification méthodique.

ERRHIN. Nom donné aux substances irritantes, telles que l'euphorbe, l'asarum, le muguet, et surtout le tabac, qu'on introduit dans les narines pour agir sur la membrane pituitaire.

ESPACE. Les physiciens considèrent l'*espace*, indépendamment de la matière ou des corps. Notre système planétaire, et les milliers d'étoiles fixes que nous voyons avec nos télescopes, sont placés dans un vide immense. Par delà de ces astres même, on peut toujours concevoir un espace ; mais il est impossible de concevoir à l'espace une limite quelconque ; aussi dit-on qu'il est indéfini. Néanmoins, il est nécessaire de limiter l'espace, en réalité ou du moins par la pensée ; dans chacun de ces deux cas, l'*espace* prend le nom d'*étendue*. Donc l'espace est le lieu indéfini où se trouvent les corps, et l'étendue est l'espace terminé par la matière ou par des suppositions de limites idéales (*Voyez* LIEU).

ESPÉRANCE. Attente et désir, vertu théologale ; philosophie morale. L'espérance est un bien dont on ne connaît pas assez le prix ; l'homme est faible et malheureux ; mais il espère ; peu de chose peut lui ôter la vie, cependant il en jouit sans inquiétude et jusqu'au dernier moment : dans une extrême vieillesse, dans une maladie mortelle, il ne voit pas la fin de ses jours, et il espère les prolonger ; c'est par l'espérance qu'il compte, non par le temps et la durée. Nos malheurs passés, nos infortunes présentes, semblent autoriser nos plaintes ou les rendre du moins excusables ; mais l'indolence et l'abattement ne couvrent pas nos faiblesses, il n'y a que la main de l'espérance qui puisse fermer nos plaies..... Regardons cet homme que la douleur et la faim ont défiguré, cet indigent dont le corps n'est bientôt plus qu'une plaie, ce misérable qui, portant la mort dans les yeux, ne semble respirer que pour souffrir, nous verrons cependant l'espérance à ses côtés ; en effet, elle le console, dans son affliction, elle le soulage dans sa misère, elle éloigne la mort qu'il avait appelée, elle lui rend la vie supportable. Tant que l'homme est soutenu de l'espérance, il brave les malheurs que la crainte et le désespoir ont prédits ; au milieu de l'ombre de la mort, il est plein de courage et de force, et lorsque tout lui manque, l'espérance lui reste toujours. Mais il est peut-être de plus grands maux dont elle adoucit la rigueur : ces maux sont les peines de l'esprit ; et combien l'âme a-t-elle de maladies ! puisqu'elles ont leur source dans les passions, ces ennemies irréconciliables de l'homme, qui l'attaquent en tout temps et en tous lieux, qui lui font toujours quelque blessure plus ou moins profonde. La différence est grande, il faut l'avouer, entre le sort de l'homme qui craint, et le sort de l'homme qui espère. L'un aigrit ses maux par des terreurs secrètes, l'autre sent diminuer ses peines par les plus douces pensées ; celui-ci suppose un mal, mais celui-ci produit un bien. . . . . . . L'homme faible et craintif a toujours l'esprit frappé de ses disgrâces passées ; d'importunes images, qu'il ne saurait écarter, sont la source de mille chagrins réels ; en vain cherche-t-il à s'étourdir dans l'emportement des plaisirs présents, il se sent déchiré de nouveau au dedans de lui-même ; il ne trouve au dehors ni paix ni consolation ; la pensée de l'avenir ne lui procure plus ni de ressources, ni de lumières. Que lui découvrirait-elle ? des alarmes, des malheurs inévitables ; elle lui apprendrait ce qu'il voudrait toujours ignorer, et mettrait par avance le comble à son infortune. Combien un tel homme est malheureux et insensé ! N'a-t-il pas assez

de maux sans être ingénieux à s'en attirer encore ? A-t-il trop de biens pour se priver de celui de l'espérance, qui pourrait seule compenser tous les maux ? En effet, l'homme qui possède ce trésor ne craint rien du passé, du présent et de l'avenir ; il aperçoit d'un coup d'œil ce que les autres ne voient que successivement ; s'il se représente les peines et les agitations de son esprit, il en voit dans le même temps la diminution ou la fin. Semblable au voyageur charmé, qui fait le récit de ses courses et de ses fatigues, il a une espèce de plaisir à rappeler les maux passés, et le temps de ses alarmes est l'époque de sa tranquillité. Si les maux sont présents, l'espérance les transportera dans l'avenir ; s'ils sont éloignés, elle les fixera sur le temps présent, et par cette adresse elle lui en épargnera une partie. Tel est ce génie heureux qui veille sur le monde entier : malgré toutes nos peines, nous sommes plus sensibles à ses promesses, toutes incertaines qu'elles sont, qu'à ces orages passagers qui nous menacent. Celui qui est abattu par la crainte, ou agité de quelques grandes passions, sentira se fortifier son âme par le conseil de l'espérance ; ainsi le pilote consterné au milieu de la nuit et de la tempête, abandonné de toute la nature et prêt à périr, regagne heureusement le port, n'ayant pour toute étoile que l'espérance ; ainsi ce consul romain, qui après la défaite de son armée survivant à son collègue. et peut-être à sa propre gloire, ne désespéra ni de la république ni de lui-même. Les hommes ne goûtent jamais mieux les plaisirs que quand ils espèrent ; peu satisfaits des biens présents, ils cherchent le bonheur dans l'avenir : tel est le fond de notre être ; nous ne pouvons demeurer dans l'inaction, ni rester long-temps dans le même état ; nous vivons, pour ainsi dire, de nouveautés et de désirs. Jouissons-nous des plaisirs qui faisaient notre empressement, nous tombons dans la langueur ; avons-nous acquis les richesses que nous poursuivions . nous les regardons avec indifférence ; possédons-nous les talents de l'esprit, nous ne sentons pas notre bonheur ; goûtons-nous enfin les charmes de la liberté et de l'indépendance, nous nous y accoutumons malheureusement, nous nous surprenons même dans l'ennui au milieu de tous ces avantages ; mais l'espérance seul les grandit à nos yeux ranime notre vivacité, et y découvre de nouveaux plaisirs. — Ainsi l'homme opulent, qui languissait sur ses monceaux d'or, se réveille au premier rayon de l'espérance ; il avait peut-être assez de bien pour faire la fortune et le bonheur de beaucoup d'autres, mais il n'en avait pas assez pour vivre heureux lui-même. Pourquoi ces heureux du siècle et de tous les siècles ont-ils toujours voulu augmenter une fortune orgueilleuse qui, de leur aveu, leur était souvent à charge ? C'est parce qu'ils avaient besoin de désirer. En effet, il manquait à leur cœur trop vaste pour un trésor acquis, ce trésor immense de l'espérance et de ses désirs, qui, les rapprochant de tous les biens possibles, devait les en faire jouir d'avance et par une espèce d'enchantement. Peut-être trouverons-nous plus de solidité dans les richesses de l'esprit. Quand la science et les talents ne nous procureraient qu'un seul bien réel, ne devrions-nous pas le préférer à tous ces biens imaginaires que nous prodigue l'espérance, et qui en comparaison ne sont d'aucun prix ? Mais le cœur dément cette réflexion ; nous serions réduits à un état d'indigence et d'insipidité qui ne serait pas supportable : le savant ne ferait plus de recherches pour lui-même ; le philosophe n'aurait personne pour témoin de ses expériences et le poète admirerait seul ses vers. Pour les rendre à leurs plaisirs, il faut les rendre à l'espérance ; elle seule leur fera entendre qu'ils sont nés pour éclairer la terre et pour servir de modèle à la postérité ; elle fera briller à leur milieu d'eux la gloire et les couronnes réservées aux grands hommes de tous les siècles ; et en comparant les productions de leur esprit avec celles de ces génies heureux qu'elle a menés à l'immortalité, il n'y a point d'avantage qu'elle ne leur promette de leurs veilles et de leurs méditations. On a beau dire qu'il faut évaluer ces plaisirs, et qu'on doit retrancher un peu de cette gloire littéraire : on peut en rabattre, sans doute, mais il en restera toujours assez pour le bonheur. Nous sommes si riches de notre propre fonds, que nous pouvons perdre sans nous appauvrir : l'espérance est inépuisable. Compagne inséparable de tous les malheureux, elle ne les abandonne pas, même lorsque leurs proches, leurs amis, tous les hommes, toutes les ressources les abandonnent ; elle les tient au milieu des atteintes les plus sensibles infirmités, des plus intolérables douleurs, jusqu'à l'instant qui les termine avec leur vie ; elle ne s'éteint qu'avec eux, et, c'est pour ainsi dire, entre ses bras qu'ils expirent. Il n'est pas jusqu'aux coupables victimes de la justice humaine, proscrits par un arrêt irrévocable, qu'elle n'accompagne jusqu'aux pieds de l'échafaud, et dont elle n'adoucisse le sort en leur promettant une vie meilleure au sein de la divinité.— Certainement l'espérance est ce grand mobile du monde qui anime, vivifie les villes et les campagnes, aiguillonne le courage et l'industrie, perfectionne les talents et les arts, engage les hommes à préparer le bonheur de leurs successeurs et le lustre de leur patrie, et semblable au soleil, porte la chaleur et la lumière dans tout l'univers.

ESPRIT. Vivacité d'imagination, facilité de conception, talent de dire ce qui convient, et d'ajouter à la raison la délicatesse du sentiment, ou la justesse et la promptitude des pensées ; en un mot l'*esprit* est une faculté supérieure de l'âme, qui conçoit, qui compare, qui juge, qui raisonne, qui règle tout dans l'homme intellectuel et moral.

ESPRITS. Autrefois on donnait ce nom à tous les produits liquides obtenus par la distillation, et particulièrement aux liquides alcooliques. L'*alcool* pur est encore désigné vulgairement sous le nom d'*esprit de vin.* Mais on appelait surtout *esprits* ou *eaux spiritueuses*, de l'alcool chargé, par la distillation, des principes médicamenteux de drogues simples ; aujourd'hui on les désigne sous le nom d'*alcoolats.*—*Esprit acide.* On désignait, anciennement, sous cette dénomination, tout acide volatilisé pendant la distillation d'une substance ; on l'appelait aussi, un *acide affaibli.*—*Esprit alcalin ;* gaz ammoniac.—*Esprit ardent ;* alcool très rectifié.—*Esprit de bois :* produit analogue à l'esprit de vin ou alcool, découvert dans les produits de la distillation du bois.— *Esprit de nitre ;* acide nitrique étendu d'eau ; on appelle *esprit de nitre dulcifié*, un mélange d'acide nitrique et d'alcool.—*Esprit de nitre fumant ;* composition liquide d'acide nitrique, d'acide nitreux ; de chlore et d'eau, qu'on obtient en distillant du nitrate de potasse avec de l'acide sulfurique concentré.—*Esprit de sel ;* solution d'acide hydrochlorique dans l'eau ; l'*esprit de sel dulcifié* est un mélange d'acide hydrochlorique et d'alcool ; et par *esprit de sel fumant* on désigne une solution aqueuse d'acide hydrochlorique très concentré.—*Esprit de soufre ;* c'est le nom ancien de l'acide sulfureux qu'on obtenait en brûlant du soufre en poudre sous une cloche de verre.— *Esprit de Vénus ;* acide acétique concentré qui s'obtient par la dissolution à feu nu de l'acétate de cuivre.— *Esprit de vinaigre ;* vinaigre radical. –*Esprit de vitriol ;* acide sulfurique étendu d'eau.— *Esprit recteur ;* liquide odorant obtenu par la distillation directe des végétaux aromatiques. — *Esprits volatils ;* sous - carbonates d'ammoniaque provenant de la distillation de matières animales. Autrefois on préparait un *esprit volatil de corne de cerf, de crâne humain, de crapaud, de vipère, un esprit volatil de soie crue,* etc. ; alors des propriétés différentes étaient supposées à chacun *de ces esprits.* Aujourd'hui, personne n'ignore que toutes les matières animales donnent à la distillation, de l'*ammoniaque,* et du *carbonate d'ammoniaque,* et que quelle que soit la matière qui les fournisse, ces deux produits sont toujours les mêmes. La médecine remplace tous les *esprits*

volatils par du carbonate d'ammoniaque purifié et dissous dans l'eau distillée.

Esprits animaux ou **Esprits végétaux.** Fluide infiniment subtil, que l'on suppose se former dans le cerveau, et distribué, par le moyen des nerfs, dans toutes les parties du corps, et sans le secours duquel le corps n'est capable d'aucune fonction, et l'âme d'aucune sensation.

ESSENCE, huile volatile.—Les chimistes donnent le nom d'*essence* à ce qu'il y a de plus pur et de plus subtil dans un corps. C'est par le moyen du feu qu'ils séparent les *essences*, ou les parties les plus déliées, d'avec les parties les plus grossières.

ESSENTIEL. On entend par *essentiels* tous les produits qui appartiennent en propre à chaque plante, et auxquels on attribue les vertus particulières de chacune d'elles.

ESSIEU. Axe et essieu expriment à peu près le même idée. Dire, par exemple, qu'une roue tourne sur son essieu, c'est dire qu'elle tourne sur son axe.

ESTAGNON. On nomme ainsi les vases de cuivre étamé dans lesquels on envoie du midi de la France les eaux distillées, et particulièrement celles de fleurs d'oranger. Quelquefois il se forme dans ces eaux un peu d'acide acétique qui peut agir sur le cuivre oxydé et rendre ces vases dangereux.

ESTOMAC. Viscère creux, destiné à recevoir et à digérer les aliments, situé dans la cavité supérieure de l'abdomen, immédiatement au-dessous du diaphragme. Il communique à sa partie supérieure avec l'œsophage par une ouverture appelé *cardia*, et à sa partie inférieure, avec les intestins, par le pylore, ouverture par laquelle les aliments, suffisamment élaborés dans ce viscère, s'engagent dans le duodénum (*Voyez* Digestion). Dans les divers mammifères, l'estomac présente des différences de forme et de structure, selon la nature des aliments dont ils se nourrissent. Dans les solipèdes, l'estomac est simple, c'est-à-dire qu'il ne présente qu'une seule cavité, comme chez l'homme. L'estomac des ruminants est *composé*, c'est-à-dire formé de différentes *poches* séparées de telle sorte que les matières alimentaires doivent séjourner successivement dans chacune d'elles, regardées comme autant d'estomacs distincts ; le plus ordinairement on en compte quatre. Chez les gallinacées l'estomac est également *composé*. (*Voyez* Digestion.)

ESTRAGON. Cette plante, qui croît dans tous les jardins potagers, est un aromate agréable, et estimé comme anti-pestilentiel. Elle est employée dans les salades pendant qu'elle est encore jeune et tendre ; elle est puissamment incisive, apéritive et digestive. Sa racine est longue, branchue et vivace ; elle pousse tous les ans de nouvelles branches ou tiges, de la hauteur de deux ou trois pieds.

ESTURGEON. Poisson de mer, le type de l'ordre des Chondroptérygiens à branchies libres. Le grand esturgeon a 12 et quelquefois 15 pieds de long ; son poids varie de 12 à 1,500 livres ; il est d'une fécondité prodigieuse, et souvent ses œufs forment un tiers de son poids total ; dans le nord, ils constituent un aliment très recherché nommé *caviar.* Il se nourrit plutôt en suçant qu'en dévorant, et on ne lui trouve jamais dans l'estomac de nourriture grossière, ce qui a fait dire proverbialement en Allemagne : *sobre comme un esturgeon.* L'ichthyocolle (colle de poisson) se fait avec sa vessie natatoire ; sa chair, assez agréable et salubre, est moins estimée que celle de l'esturgeon ordinaire.

ETAIN. Métal blanc, léger, ductile et oxydable ; il ne se trouve dans la nature qu'à l'état d'oxyde ou de sulfure ; son poids est de 7,291 ; sa couleur, tirant sur celle de l'argent, est plus sombre : quand on plie ce métal en différents sens, il fait entendre un petit craquement nommé *cri de l'étain*. Plus dur, plus ductile, plus tenace et plus éclatant que le plomb, l'étain est aussi, de tous les métaux ductiles, le plus fusible. Traité par l'acide nitrique, il se transforme en une poudre blanche, qui devient d'un brun chocolat, ou jaunâtre par l'acide hydrosulfurique. C'est en Angleterre et en Allemagne que se trouvent les meilleures mines d'étain. L'étain d'Angleterre est celui qui contient la plus grande quantité d'arsenic. On trouve aussi de l'étain en Suède et en Pologne; mais la mine d'étain la plus ordinaire est celle de Cornouailles. La surface de ces mines est ordinairement schisteuse, sablonneuse et consiste souvent en une couche arsenicale. Pour ébranler et détacher l'étain de sa minière il faut mettre le feu dans le souterrain, afin d'y produire des gerçures par lesquelles la sonde, les leviers, les piques puissent avoir prise; puis ensuite on extrait le métal de sa mine par le triage, le lavage et la fonte. Plus ce métal est pur, moins il pèse. Le mélange de l'étain doit être annoncé par la marque qu'on est obligé d'y opposer: l'étain mélangé avec un tiers de plomb doit porter deux marques ou contrôles; s'il est composé de cinq parties contre une de plomb, il doit avoir trois marques; enfin s'il contient trois livres d'aliage de plomb par quintal, il faut qu'il ait quatre contrôles.— On appelle *étain de glace* le bismuth.

ÉTAIRION. Terme de botanique, pour désigner les fruits composés de plusieurs camaras (voûtes) disposés autour de l'axe imaginaire du fruit.

ÉTAMAGE. Cette opération consiste à recouvrir la surface d'un métal d'une couche d'étain; l'étamage des ustensiles de cuivre est essentiel pour empêcher l'oxydation de ce métal et son action délétère sur l'économie animale. Pour étamer le cuivre, ou le décape (nettoie) au moyen du sel ammoniac, de la chaleur et du frottement; ensuite on le recouvre d'une couche d'étain, simplement superposée et appliquée à l'aide de la fusion.

ÉTAMINE. Organe mâle de la plante; les étamines sont plus ou moins nombreuses dans les diverses plantes. — Les pharmaciens donnent aussi le nom d'*étamine* ou *blanchet* à une pièce de laine qui sert à passer certaines préparations.

ÉTANG. (Agriculture); les étangs sont des réservoirs d'eau situés dans les lieux bas, fermés par une chaussée ou digue, où l'on met du poisson, qui s'y nourrit et y multiplie. Le poisson qu'on doit préférer pour peupler les étangs sont la carpe, la tanche, la perche, le brochet, l'anguille, etc. Il y a aussi des étangs salés; tel est celui de l'île Maguelone, où l'on travaille à la cristallisation du sel marin.

ÉTAT CIVIL. L'état civil est une qualité à raison de laquelle on jouit de certains droits et l'on est soumis à certains devoirs, soit quant à la société en général, soit quant à la famille. On nomme acte de l'état civil, l'instrument ou l'acte destiné à le constater. Il se forme à trois époques principales: la naissance, le mariage, le décès.—A Rome, il n'y avait pas de registre de l'état civil; le père de famille constatait la naissance de l'enfant en l'inscrivant sur ses registres domestiques; la filiation, la légitimité et l'âge se prouvaient soit par de tels écrits, soit par témoins, soit par lettres du père à la mère. En France, où la preuve testimoniale n'était pas admise comme à Rome, pour tous les actes en général, les registres de l'état civil étaient confiés aux curés des paroisses. Mais l'assemblée constituante, en proclamant la liberté des cultes, voulut soustraire l'état civil à toute influence religieuse, et institua en 1792 les registres et les officiers de l'état civil. Depuis on a vu quels efforts l'autorité religieuse a faits pour ressaisir la rédaction de ces registres. Outre les actes de naissance, de mariage et de décès, il existe d'autres actes de l'état civil, tels que les publications de mariage, les jugements d'adoption, les reconnaissances d'enfants naturels, les certificats

de serment civique de l'étranger naturalisé. Les actes de la famille royale sont, vu leur importance, soumis à des formes spéciales. Tous ces actes signés par l'officier de l'état civil et par les témoins; lesquels ne peuvent être que du sexe masculin et âgés au moins de 21 ans. Le consulat avait ordonné la formation de tables décennales de l'état civil, à partir de 1802. Plus tard, ces tables furent rédigées en triple expédition, l'une pour le greffe, une autre pour la mairie et la troisième pour la préfecture. Les inscriptions sur ces registres sont faites gratuitement. A l'armée les registres sont tenus doubles, cotés et paraphés par les officiers supérieurs. Un de ces doubles reste dans chaque corps et l'autre est envoyé à l'état major; ils sont ensuite déposés aux archives de la guerre. (*Voyez* MARIAGE, MORT, NAISSANCE.)

ÉTÉ. (*Voyez* SAISONS); elle commence, pour ceux qui habitent l'hémisphère septentrional (au moins pour les habitants de la zone tempérée et de la zone glaciale septentrionale), le jour même que le soleil paraît sous le premier degré du *Cancer* (21 ou 22 juin), et il dure tout le temps que le soleil paraît sous les signes du *Cancer*, du *Lion* et de *la Vierge*, c'est-à-dire trois mois. Mais pour les habitants de la zone tempérée et de la zone glaciale méridionale, l'été commence lorsque le soleil arrive au premier point du signe du *Capricorne* (21 ou 22 décembre). A l'égard de ceux qui habitent sous la zone torride, leur été commence lorsque le soleil est, à midi, à leur zénith.

ÉTENDART. Nom donné en botanique, au pétale supérieur des fleurs papillonnacées (légumineux), celui qui enveloppe tous les autres avant la fleuraison. — Enseigne de cavalerie.

ÉTENDUE. Par ce mot, les géomètres expriment les trois dimensions d'un corps, (prises ensemble ou séparément. On distingue trois sortes d'étendues: 1° l'étendue en longueur, abstraction faite de la largeur, de la hauteur ou profondeur, ce qui donne la ligne; 2° l'étendue en longueur et largeur seulement, qui forme la surface ou superficie; 3° l'étendue en longueur, largeur et profondeur, indifféremment appelée corps, volume ou solide. (*Voyez* MESURES).

ÉTERNUMENT. Mouvement subit et convulsif des muscles expirateurs, par lequel l'air chassé avec rapidité, va heurter les parois anfractueuses (pleines de détours) des fosses nasales, y occasione un bruit remarquable, et entraîne les mucosités de la membrane pituitaire.

ÉTHAL. Cette matière solide, cristallisable, grasse et fusible, fut découverte en 1818; l'éthal représente les éléments de l'éther et de l'alcool, d'où lui vient son nom. Sa composition élémentaire est de 79,76 carbone, 13,95 hydrogène, 4,29 oxygène.

ÉTHER. Sa découverte remonte au commencement du XVIe siècle; cette liqueur spiritueuse, presque toujours très volatile, s'extrait, par le moyen des acides, de l'alcool, dont l'éther ne paraît différer que parce qu'il contient moins de carbone et plus d'oxygène et d'hydrogène. L'éther est employé à l'intérieur comme calmant à la dose de quelques gouttes sur un morceau de sucre. Appliqué extérieurement sur la peau, il détermine une vive sensation de froid dont on a tiré parti pour calmer certaines céphalalgies.

ÉTHÉROLES. Ce nom s'applique aux divers produits obtenus par la dissolution des huiles volatiles, des baumes, des résines, de la cire, de plusieurs corps gras, de divers principes colorants, de plusieurs sels minéraux et de quelques corps simples, dans l'éther sulfurique.

ÉTIOLEMENT. Altération particulière que subissent les animaux et les plantes lorsqu'ils sont soustraits à l'action de la lumière.

ÉTOILES. Les étoiles sont des corps célestes, fixes,

lumineux, innombrables et éloignés de la terre d'une distance presque infinie. 1° Les étoiles sont des corps célestes, fixes, puisque leur mouvement diurne d'Orient en Occident, et leur mouvement périodique d'Occident en Orient, ne sont pas réels et physiques, mais seulement apparents et optiques. Le mouvement des étoiles en *aberration* n'est pas plus réel que leur mouvement diurne et périodique; cela n'empêche pas cependant qu'elles n'aient un mouvement de rotation sur leur centre. 2° Les étoiles sont des corps célestes lumineux, c'est-à-dire, qui ont en eux-mêmes la source de leur lumière. Effectivement, elles n'ont point une lumière empruntée comme les planètes et les comètes, mais une lumière propre qui se manifeste par les étincellements les plus vifs et les plus sensibles. La plus brillante des étoiles fixes est sans contredit *Sirius* dont le diamètre est de 33 millions de lieues. On peut placer après *Arcturus*, ω du bouvier, l'épaule droite d'Orion; *Rigel* ou son pied gauche; *Aldebaran* ou l'œil du taureau; *Capella*, ou la chèvre; *Wega* ou la lyre; *Procyon*, du petit chien; *Antarès* ou le cœur du scorpion; *l'Épi* de la Vierge; la queue *du lion*; le cœur du lion ou *Régulus*; *Altaïr* ou l'aigle; *Castor* et *Pollux*, des gémeaux; — *Fomalhaut* dans le poisson austral; *Canopus*, dans le navire Argo; *Acharnar* qui termine le fleuve de l'Éridan. *Canopus* et *Acharnar* ne sont jamais visibles sur notre horizon. On place quelquefois parmi les étoiles primaires, deux étoiles: le *cœur de l'hydre* et la *queue du cygne;* mais elles ne nous paraissent pas aussi brillantes que celles dont nous venons de parler. 3° Les étoiles ont été l'objet de diverses classifications; Bayer a numéroté les étoiles de chaque constellation, d'abord par les lettres de l'alphabet grec, α, ε, γ; quand ces lettres étaient épuisées, on prenait la lettre romaine; enfin les chiffres arabes. Indépendamment de ces distinctions, plusieurs étoiles ont un nom particulier tiré de l'arabe et du grec. L'usage de la division trop vague du ciel en constellations, est remplacé par les catalogues d'étoiles, où chacun de ces points brillants est désigné par son ascension droite et sa déclinaison, avec une exactitude que n'admet point la classification des constellations. Une constellation contient un certain nombre d'étoiles. Les 12 constellations (*Voyez* ce mot) du zodiaque, par exemple, que l'on nomme: le Bélier, le Taureau, les Gémeaux, l'Écrevisse, le Lion, la Vierge, la Balance, le Scorpion, le Sagittaire, le Capricorne, le Verseau et les Poissons, contiennent plus de 45½ étoiles. (*Voyez* CONSTELLATIONS). —Depuis long-temps Ptolémée avait rangé les constellations dans le même ordre où nous les voyons maintenant. Mais ce ne sont là que des étoiles principales; celles de la Voie Lactée, une infinité d'autres qui n'appartiennent à aucune constellation, sont en plus grand nombre; aucun astronome n'en pourra jamais donner le catalogue exact; aussi sont-ils obligés d'avouer que les étoiles sont innombrables. 4° Les étoiles sont éloignées de la terre d'une distance presque infinie; la preuve n'est pas difficile à apporter. Nous sommes, en certains temps de l'année, tantôt plus près et tantôt plus loin des mêmes étoiles, d'environ 66 millions de lieues, et cependant la grandeur apparente de ces astres est toujours la même; la terre est donc éloignée d'eux d'une distance presque infinie, puisque 66 millions de lieues ne sont rien, comparés à la distance réelle qui se trouve entre la terre et les étoiles. 5° Les étoiles ont leur latitude et leur déclinaison, leur longitude et leur ascension droite, leur amplitude orientale et leur amplitude occidentale. (*Voyez* SPHÈRE). 6° La latitude d'une étoile est marquée par la distance où elle se trouve de l'écliptique, et sa déclinaison par la distance où elle se trouve de l'équateur; l'une et l'autre sont septentrionales ou méridionales, suivant que l'étoile se trouve dans la partie septentrionale ou méridionale de la sphère. Il suit de là qu'une étoile qui se trouve dans l'écliptique n'a point de latitude,

et qu'une étoile qui se trouve dans l'équateur n'a point de déclinaison. En allant du pôle arctique au pôle antarctique, les cercles d'ascension droite sont perpendiculaires à l'équateur et coupent ce cercle à angle droit; on commence à les compter à partir de zéro à 360° du premier degré du *Bélier*. Ces longitudes, passent par les pôles de l'écliptique et se comptent sur ce grand cercle en suivant l'ordre des signes, à partir de zéro *Bélier* jusqu'à 360°. 7° L'équateur coupe l'horizon en deux points, l'un oriental, et l'autre occidental; ce sont ces deux points que les astronomes appellent le point du *vrai orient* et le point du *vrai occident*. Tous les astres qui ne se lèvent pas et qui ne se couchent pas à ces deux points, ont une *amplitude* orientale ou occidentale. Lorsque le soleil se lève et qu'il se couche dans l'équateur, il n'a aucune *amplitude* orientale ou occidentale; mais lorsqu'il se lève et qu'il se couche dans quelque cercle parallèle à l'équateur, il a d'autant plus d'amplitude orientale et occidentale, que ce cercle est plus éloigné de l'équateur. Ainsi, les degrés d'amplitude orientale et occidentale se mesurent sur le cercle de la sphère qui se nomme *l'horizon*.

Aberration des étoiles fixes.

L'aberration des étoiles fixes est une découverte des plus curieuses et des plus intéressantes de l'astronomie. La terre parcourt en une année autour du soleil, une orbite elliptique réellement, mais sensiblement circulaire, qui se trouve parfaitement dans le plan de l'écliptique; le diamètre de cette orbite est d'environ 66 millions de lieues, par conséquent sa circonférence est d'environ 198 millions de lieues; enfin la distance qu'il y a entre la terre et les étoiles fixes est pour ainsi dire infinie, comparée à celle qui se trouve entre la terre et le soleil. La vitesse avec laquelle la terre se meut dans son orbite est prodigieuse; elle parcourt 376 lieues chaque minute. Cependant cette vitesse est très petite, comparée à celle de la lumière qui parcourt chaque minute environ 4 millions de lieues (*Voyez* LUMIÈRE). La vitesse de la lumière n'est donc que dix mille fois plus grande, et non pas infiniment plus grande que celle de la terre, ainsi que le prétendent encore quelques physiciens. Ces principes posés, voici comment s'explique l'aberration des étoiles fixes: — Si la terre était immobile au centre du monde, ou si la lumière avait une vitesse infiniment plus grande que celle de la terre dans son orbite, les étoiles nous paraîtraient fixes, et elles n'auraient aucune aberration; mais il n'en est pas ainsi. La lumière n'a qu'une vitesse dix mille fois plus grande que celle de la terre, et suivant les règles de l'optique, nous devons toujours rapporter l'objet à l'extrémité du rayon droit qui fait impression sur nos yeux; donc nous ne devons pas aujourd'hui rapporter l'étoile S au même point où nous la rapportions hier; parce que, à cause du mouvement annuel de la terre, le rayon de lumière que nous recevons aujourd'hui de l'étoile S n'aboutit pas, lorsqu'il est prolongé en ligne droite, au même point du ciel où aboutissait celui que nous en reçûmes hier. Ce que nous disons de ces deux jours consécutifs peut se dire de tous les jours de l'année; donc, par une illusion optique, nous rapportons chaque jour de l'année les étoiles à des points du ciel auxquels elles ne sont pas réellement. Toutes ces différentes illusions optiques forment au bout de l'année une très petite courbe elliptique que chaque étoile paraît avoir parcourue, et qui a pour centre le point réel où se trouve l'étoile. Voilà ce qu'on nomme *aberration des fixes*. De là les astronomes tirent les conclusions suivantes: la longitude, la latitude, l'ascension droite et la déclinaison apparentes des étoiles sont différentes de celles qu'elles ont réellement. Le grand axe de l'ellipse des plus grandes aberrations ne soutend pas dans le ciel un arc de plus de 40 secondes; en effet, il a été observé que les plus grandes aberrations des étoiles vont tout au plus à 20 secondes : l'aberration des étoiles qui sont placées dans l'écliptique ne forme pas une courbe, parce que l'illusion optique ne nous fait jamais transporter ces étoiles hors de l'écliptique ; mais elle forme une ligne droite, parce que l'illusion optique nous les fait transporter tantôt plus près, tantôt plus loin ou premier degré du signe du *bélier*, qu'elles ne le sont réellement ; donc les étoiles placées dans l'écliptique ont une aberration en longitude et non pas en latitude. — Puisqu'une étoile placée au pôle de l'écliptique paraît décrire un cercle autour de ce pôle, cette étoile, qui n'avait point de longitude réelle, en acquiert une apparente; donc au pôle de l'écliptique l'aberration en longitude est la plus grande qu'elle puisse être ; il en serait de même de l'aberration en ascension droite pour une étoile placée à un des pôles du monde. L'aberration en longitude va toujours en diminuant du pôle de l'écliptique à l'écliptique, et par conséquent, elle est moindre pour les étoiles qui sont plus près de l'écliptique. Il en est de même pour l'aberration en latitude ; elle va en diminuant du pôle de l'écliptique à l'écliptique, puisqu'une étoile placée dans l'écliptique n'a point d'aberration en latitude, et qu'une étoile placée au pôle de l'écliptique a la plus grande aberration en latitude qu'elle puisse avoir. Il en est encore de même de l'aberration en déclinaison; elle va en diminuant des pôles du monde à l'équateur.—Puisque l'aberration en latitude s'anéantit quelquefois, et que l'aberration en longitude ne s'anéantit jamais, l'aberration en longitude doit tou-

jours être plus grande que l'aberration en latitude; donc l'aberration en longitude doit former le grand axe, et l'aberration en latitude doit former le petit axe des ellipses d'aberration. Ce grand axe est toujours parallèle à l'écliptique, et le petit lui est toujours perpendiculaire.—Le grand axe des ellipses d'aberration l'emporte autant sur le petit axe, que le sinus total, c'est-à-dire le rayon, l'emporte sur le sinus de la latitude de l'étoile dont on parle ; ou, pour nous exprimer dans les termes de l'art, le grand axe est au petit axe, comme le sinus total est au sinus de la latitude de l'étoile.

Aspect du ciel.

On distingue cinq sortes d'aspects : le *sextil*, le *quadrat*, la *trine*, l'*opposition* et la *conjonction*. L'aspect du ciel change journellement; lorsque le crépuscule vient de disparaître, on aperçoit la moitié de la sphère céleste ; d'un côté, des étoiles se couchent sous l'horizon ; du côté opposé, d'autres se lèvent. La révolution apparente continue durant la nuit, et l'étendue du firmament qui vient s'offrir successivement à nos regards dépend de la longueur des nuits. En hiver et en automne, on voit à Paris le ciel presque en entier, excepté la partie voisine du pôle austral, qui ne se lève jamais pour notre latitude, ainsi que de la partie voisine du lieu de l'écliptique où le soleil paraît être.[Cette partie, se trouvant à notre zénith avec cet astre, reste cachée pour nous par la clarté du jour. Tels sont les aspects produits par la rotation de la terre sur son axe en vingt-quatre heures.

Tableau de l'aspect du ciel sous la latitude de Paris, à neuf heures du soir, pour le premier de chaque mois, en se bornant aux principales constellations.

MOIS.	CÔTÉ GAUCHE OU ORIENTAL.	MÉRIDIEN.	CÔTÉ DROIT OU OCCIDENTAL.	ZÉNITH.	CÔTÉ DU PÔLE BORÉAL.
Janvier.	Cocher, Chèvre. . . . . Orion , les deux Chiens. . Gémeaux, Régulus se lève.	Pléiades. . . . Éridan. . . . Taureau. . . .	Baleine, Bélier. . . . . Poissons, Pégase. . . . Andromède.	Persée. . . .	À droite, Grande-Ourse, Lévriers. En bas, Petite-Ourse, Dragon. À gauche, Cassiopée, Céphée, Cygne.
Février.	Les deux Chiens, Hydre. . Gémeaux, Lion, Cancer. .	Sirius, Lièvre. Orion, Colombe.	Éridan, Taureau. . . Pléiades, Bélier, Baleine. Andromède, Persée, Pégase.	Cocher. . . . Chèvre. . . .	
Mars.	Hydre, Cancer, Lion, Bouvier, Vierge et Corbeau se lèvent.	Procyon. . . . Gémeaux. . . .	Sirius, Orion. . . . Cocher, Taureau. . . Pléiades, Bélier. . . .	Lynx. . . .	À droite, les deux Ourses, Dragon. En bas, Céphée, α Cygne, Lyre. À gauche, Cassiopée, Persée, Andromède.
Avril.	Bérénice, Vierge. . . . . Épi, Corbeau, Coupe. . . Bouvier, Couronne. . . .	Hydre , Cancer. Lion. . . .	Procyon, Gémeaux. . Orion, Taureau, Pléiades. Cocher, Sirius.	L'S de la Grande-Ourse.	
Mai.	Vierge, Balance, Bérénice. Bouvier, couronne. . . .	β Lion. . . . Coupe. . . .	Hydre, Lion, Cancer. . Procyon, Gémeaux. . .	Grande-Ourse.	À droite, Dragon, Pet.-Ourse, α Cygne. Lyre. En bas, Cassiopée. À gauche, Persée, Chèvre.
Juin.	Tête du serpent et d'Ophiucus. Balance, Antarès. . . . Serpent, Ophiucus, Aigle. Couronne , Hercule, Lyre.	Corbeau. . . . Épi. . . . Arcturus.	Cocher. . . . Vierge, Coupe. . . . Corbeau, Lion. . . . Hydre, Cancer. . . .	γ Gr.-Ourse.	
Juillet.	Ophiucus, Aigle. . . . . Cygne, Lyre, Hercule. .	Antarès. . . . α Serpent.	Balance, Vierge. . . Bouvier, Lion. . . .	Dragon. . . .	En haut, Dragon, Petite-Ourse. À droite, Céphée, Cassiopée. En bas, Persée, Chèvre. À gauche, Grande-Ourse.
Août.	Pégase se lève. . . . Antinoüs, Aigle. . . . . Cygne, Capricorne. . . Verseau, Pégase, Sagittaire.	Couronne. Ophiucus. Hercule.	Bérénice. . . . Scorpion, Balance. . . Serpent, Bérénice. . . Couronne , Bouvier.	Lyre. . . . Dragon. . .	
Septembre.	Verseau, Pégase. . . . Dauphin, Bélier. . . . Poissons, Capricorne.	Aigle. . . . Sagittaire.	Bouvier. . . . Serpent, Ophiucus. . . Hercule, Couronne. . .	Cygne. . . . Lyre. . . .	À droite, Céphée, Cassiopée, Andromède. À gauche, les deux Ourses.
Octobre.	Poissons, Bélier. . . . Baleine, Pégase.	Verseau. . . .	Capricorne, Dauphin. . Aigle, Antinoüs. . . . Hercule, Lyre, Couronne.		En haut, Céphée. À droite, Cassiopée, Cocher, Persée.
Novembre.	Andromède, Fomalhaut. . Andromède, Bélier. . . Taureau, Pléiades. . . . Baleine, Orion se lève.	Algénib. . . . Poissons. . .	Antinoüs, Verseau. . . Capricorne, Dauphin. . Aigle, Cygne, Lyre. .	α Andromède.	En bas Grande-Ourse. À gauche, Petit-Ourse, Dragon.ou.
Décembre.	Éridan, Taureau, Baleine. Pléiades, Orion. . . . . Gémeaux, Chèvre, Persée.	Bélier. . . .	Pégase, Andromède. . Verseau, Cygne, Lyre. . Dauphin, Poissons.	Persée. . . .	En haut, Cassiopée. À droite, Grande-Ourse. À gauche, Céphée, Dragon.

EXPLICATION. Chaque mois les étoiles avançant vers le couchant de 30 degrés ou deux heures, il suffira de changer de mois quand on voudra avoir cet aspect pour une heure quelconque : ainsi, l'hémisphère céleste est le même le premier août à neuf heures du soir que le premier septembre à sept heures, que le premier juillet à onze heures, etc. Du reste, les cartes seules peuvent donner la *situation précise* des étoiles, et ce n'est point l'objet dont nous nous occupons dans ce moment; dans le tableau ci-contre, le quinzième jour de chaque mois répond à un intervalle moyen entre les constellations méridiennes qui y sont indiquées, ce qui peut s'accorder avec les numéros pairs des heures nocturnes.

ÉTOILES NÉBULEUSES. On nomme ainsi des amas d'étoiles dont la lumière est peu brillante, faible, terne, et ayant quelque similitude avec de très petits nuages blanchâtres. *La voie lactée*, qui suit à peu près la direction du grand cercle qui coupe l'équateur vers le 1000e et le 277e degré, et dont la largeur varie de 9 à 18 degrés, est formée par un nombre infini de nébuleuses, assez rapprochées pour former cette lumière blanche et continue. On désigne encore sous le nom de nébuleuses de petits nuages blancs permanents et épars dans le ciel; on en distingue de très remarquables dans les constellations d'*Andromède* et d'*Orion*.

ÉTOILE DU BERGER. On désigne ainsi Vénus, également nommée *étoile du matin* ou *étoile du soir*, selon l'époque où elle paraît: après le coucher ou avant le lever du soleil. (*Voyez* VÉNUS.)

ÉTOILE POLAIRE, ω de la petite ourse, est en ce moment l'étoile brillante la plus près du pôle; elle est de 2e grandeur et située à 1° 32' 38" du pôle nord; la plus rapprochée du pôle nord du monde, la dernière de l'extrémité de la queue de la petite Ourse; sa distance au pôle est de 1°, 38'.

ÉTOILE TOMBANTE. A une certaine élévation, la région de l'air renferme une grande quantité de matière électrique; mais cette matière n'est pas toujours réunie en masse assez rapprochée, pour former le tonnerre; néanmoins, quoique disséminée, lorsqu'elle est abondante par un temps serein, elle se meut vers la partie inférieure de l'atmosphère qui est moins électrisée, selon les conducteurs qu'elle y rencontre. Alors que cette électricité est encore plus abondante, elle forme quelquefois des globes de feu, qui éclatent et disparaissent avec un bruit égal à celui du tonnerre. Ces globes sont rares; mais le premier cas est très fréquent: un météore enflammé, sous la forme d'une étoile qui se meut rapidement, est le phénomène qui en résulte et qu'on nomme *étoile tombante*.

ÉTOILES DOUBLES. Au moyen d'un télescope d'une grande dimension, on remarque encore dans le ciel, des étoiles doubles et multiples qui, à la simple vue, paraissent n'en former qu'une. En 1810 ou 1811 Herschel a formé un catalogue de 269 étoiles doubles; et parmi ces étoiles, il en est quelques-unes qui sont triples, quadruples, quintuples, en 1837, et multiples. — M. *Struwe*, directeur de l'Observatoire de Dorpat, fait imprimer son immense travail sur la mesure micrométrique de plus de 3,000 *étoiles doubles*, dont M. *Ch. Dien*, de Paris, publie un extrait donnant la mesure de distance, d'angle, la position et la couleur de plus de 500 de ces étoiles, toutes extraites de ce grand ouvrage et faciles à observer avec une lunette simple.

ÉTOUPE. On désigne vulgairement par ce mot les filaments les plus grossiers du chanvre. En botanique, on nomme quelquefois *étoupe* une substance filamenteuse et compacte qui se trouve au collet ou dans le fruit de certaines plantes.

ÉTUVE. Lieu dont on élève artificiellement la température pour y faire dessécher différentes substances, ou pour y prendre des bains. L'étuve qui a cette dernière destination, est ou sèche ou humide; mais l'une et l'autre excitent l'action de la peau et la transpiration. Afin de produire un effet égal, la température de l'étuve sèche doit être beaucoup plus élevée que celle de l'étuve humide.

EUCALYPTUS. Cet arbre de la Nouvelle-Hollande, de la famille des myrtes, distille un suc résineux qui est apporté en Europe en masses irrégulières, brunes-rougeâtres.

EUCHLORINE. Gaz oxyde de chlore.

EUDIOMÉTRIE. Art d'analyser les gaz à l'aide de l'*eudiomètre*, instrument dont on se sert pour connaître le degré de pureté de l'air. L'eudiomètre est composé d'un tube de verre épais, qu'une virole de laiton ferme à sa partie supérieure. Cette même virole est traversée par une petite tige métallique terminée par une boule à chacune de ses extrémités. La boule intérieure est opposée à une autre boule que surmonte une petite tige métallique creuse placée dans l'intérieur du tube. Une plaque circulaire est appliquée au bas de l'eudiomètre, et au centre de cette plaque est pratiquée une ouverture conique fermée par une soupape. Pour expérimenter, on se fonde sur la propriété que possède l'hydrogène de brûler par l'oxygène et de disparaître pour donner naissance à l'eau, de même que sur la composition de l'eau formée de 2 parties d'hydrogène et de 1 d'oxygène, en volume. Un volume connu d'air avec un volume à peu près égal d'hydrogène sont introduits dans l'eudiomètre placé sur la cuve pneumato-chimique (appareil chimique au moyen duquel on obtient le vide complet d'air); en approchant de la boule, dont l'instrument est surmonté, le plateau d'un électrophore électrisé, on fait passer une étincelle électrique dans le mélange: aussitôt tout l'oxygène de l'air uni à une partie de l'hydrogène, forme de l'eau. Alors, on recueille, dans le tube gradué, le volume de gaz qui reste; de ce volume, on retranche le mélange introduit dans l'eudiomètre, la différence donne l'absorption; donc, cette absorption résultant de la réunion de 2 parties d'hydrogène et de 1 d'oxygène, le tiers exprime la quantité d'oxygène que contenait l'air soumis à cette expérience d'*eudiométrie*.

EUGÉNINE. Nom de la matière cristalline qui se dépose spontanément dans l'eau distillée de girofles. L'eugénine est soluble dans l'alcool et dans l'éther.

EUNUQUE, homme privé des organes de la génération. En Orient, les eunuques sont chargés de la garde des femmes dans les harems; ceux qui ont subi la castration dès l'enfance, n'éprouvent aucun des changements qui caractérisent la puberté; ils paraissent appartenir au sexe féminin, autant par leur constitution physique que par leurs facultés morales et intellectuelles: ils sont privés de barbe; leur larynx garde les petites dimensions de l'enfance; leur voix est aiguë. Lorsque l'opération a lieu à l'âge de puberté, l'individu perd insensiblement les caractères de la virilité; la voix reste quelque temps grave; cette faculté s'affaiblit bientôt, et l'eunuque, encore jeune, présente à la vue les caractères propres à la vieillesse.

EUPATOIRE. Plante de la famille des corymbifères (qui portent des fleurs en bouquets). L'eupatoire des Arabes a une propriété purgative analogue à celle de la rhubarbe. On a attribué cette propriété à la décoction de sa racine et au suc exprimé des feuilles et des tiges. Elle est inusitée aujourd'hui.

EUPHÉMISME. Figure de rhétorique par laquelle on déguise des idées désagréables, odieuses ou tristes, sous des noms qui ne sont point les noms propres de ces idées et qui, en apparence, semblent en exprimer de plus agréables. C'est ainsi que le bourreau est appelé *maître des hautes œuvres*. Un ouvrier qui a terminé le travail pour lequel on l'a fait venir, et qui n'attend plus que son salaire pour se retirer, au lieu de dire: *payez moi*, dit par euphémisme, *vous n'avez plus rien à faire*? Souvent, pour congédier quelqu'un, on lui dit: *C'est très bien, je vous remercie*, plutôt que de lui dire: *Allez-vous-en*.

EUPHORBE. Ce genre de plantes est très nombreux en espèces, toutes dangereuses, en raison du suc laiteux très caustique qu'elles contiennent. C'est un purgatif très énergique, et qui est très dangereux même comme sternutatoire. — Les vétérinaires se servent de l'euphorbe pour détruire la gale des chevaux.

ÉVANGILE (*Voyez* LIVRES SAINTS).

ÉVAPORATION, action de s'évaporer. L'eau contenue dans un vase ouvert perd peu à peu de son volume, et finit par disparaître tout à fait ; quand on expose à l'air un linge mouillé, il sèche d'autant plus vite que l'air est plus chaud, plus sec ou plus agité. Les liquides se transforment en fluides élastiques, et acquièrent, en raison de ce changement d'état, une légèreté qui leur permet de s'élever dans l'atmosphère. On opère l'évaporation, soit à l'air libre, soit à feu nu ou au bain de sable, ou au bain-marie, ou dans le vide. L'*évaporation à l'air libre* a lieu lorsqu'on met le liquide dans un vase qui présente à l'air une grande surface ; on a soin de couvrir ce vase avec une feuille de papier ou une toile fine, pour abriter le liquide des insectes et de la poussière. — L'*évaporation à feu nu* s'opère en mettant le liquide dans une bassine placée directement sur le feu. Pour *évaporer au bain de sable*, le liquide se met dans une capsule de platine, d'argent, de porcelaine ou de verre, qu'on place sur un bain de sable posé lui-même sur un fourneau large et peu profond. On fait de même l'*évaporation au bain-marie* dans des capsules placées au-dessus d'une cucurbite (vase pour distiller) contenant de l'eau en ébullition ; on ajoute de temps en temps de l'eau dans la cucurbite. — L'*évaporation dans le vide* se pratique en plaçant le liquide dans une capsule sous la cloche d'une machine pneumatique, où l'on fait le vide. Tels sont les moyens employés en chimie pour rapprocher les matières fixes dissoutes dans un liquide, ou même pour les obtenir sèches et séparées du liquide.

EXCENTRICITÉ. Intervalle des centres, distance qui existe entre le centre et le foyer de l'ellipse que décrit une planète. Par l'excentricité des planètes, on obtient la connaissance des orbites qu'elles parcourent, la dimension du grand axe, et le temps de la révolution de l'astre autour du soleil.

EXCENTRIQUE. Se dit de deux ou plusieurs cercles, engagés les uns dans les autres, et qui n'ont pas un centre commun.

EXCRÉMENT. On désigne par ce mot, ce qui est évacué du corps par les ouvertures naturelles ; telles sont les matières fécales, l'urine, la sueur, etc. Cependant le mot *excrément* s'applique plus particulièrement aux matières fécales qui sont formées du résidu des aliments soumis à la digestion. C'est dans le cœcum (gros intestin) que le résidu des substances alimentaires, avec lequel se mêle et se combine une portion des fluides versés dans l'appareil digestif par les organes voisins, prend tous les caractères des matières fécales. Leur couleur devient d'autant plus foncée que leur séjour est plus prolongé dans les diverses parties du cœcum. Il résulte de l'analyse des matières fécales de l'homme, qu'elles se composent d'eau, de débris de substances animales et végétales, de bile, d'albumine (substance semblable au blanc d'œuf), de résine, de différents sels, particulièrement de phosphate et de carbonate de chaux, et de muriate (sel) de soude ; on y a trouvé aussi de la silice et du soufre.

EXHALAISON. Des particules terrestres élevées dans l'atmosphère, principalement par l'action du soleil, forment les exhalaisons. (*Voyez* EFFLUVE).

EXHALATION. Fonction par laquelle certains fluides sont déposés, en forme de rosée, tant dans le tissu des organes qu'à leur périphérie (surface extérieure d'un corps quelconque), soit pour être chassés au dehors, soit pour remplir certains usages particuliers.

EXOGÈNES. On nomme ainsi les végétaux dont la tige est composée de couches concentriques (qui ont le même centre) disposées régulièrement autour d'un étui médullaire (de la moelle). Il résulte de cette disposition, que les couches plus anciennes sont continuellement refoulées de dehors en dedans par les nouvelles, qui se forment près de la circonférence.

EXORCISME. Ce mot signifie *invocation*, *prière* à Dieu, destinée à délivrer les hommes de la possession du démon et d'autres maux, soit spirituels, soit corporels et terrestres. Jadis les Juifs mettaient souvent en usage l'exorcisme, au nom de Dieu, ainsi qu'on peut s'en convaincre en lisant la Sainte-Bible et particulièrement les livres de Job, de Balmiste et de Tobie. — On voit encore dans l'Évangile (saint-Jean, chap. 8. v. 14) que l'infâme trahison de Judas-Iscariote fut la suite de la possession de Satan, l'un des princes des démons. On sait que Jesus-Christ daigna guérir plusieurs possédés du démon : il donna aussi à ses apôtres le pouvoir de les chasser en son nom. Souvent ces derniers firent usage de ce pouvoir spirituel, comme cela conste de la tradition ecclésiastique. — L'église Catholique-Romaine emploie les exorcismes dans l'administration du sacrement de baptême et la bénédiction de l'eau. — Remarquons ici qu'il n'y a absolument rien de faux, de superstitieux, ni d'abusif dans les exorcismes précités, puisqu'ils ne sont autre chose qu'une prière orale faite solennellement à Dieu, le souverain médecin de tous les maux. — Le célèbre Leibnitz, quoique protestant, est convenu que les *exorcismes* ont toujours été pratiqués dans la Sainte-Eglise de Dieu, et qu'ils peuvent souffrir un très bon sens spirituel. *Esprit de Leibnitz*, tom. 2, pag. 32. Mosheim, dans son histoire ecclésiastique du seizième siècle, section 3e, 2e partie, est du même avis. — Et en vérité, que peut-il y avoir donc de superstitieux dans des cérémonies qui ont pour but d'inculquer aux fidèles les effets spirituels du baptême, le prix de cette grâce, les obligations qu'elle impose ? Saint Augustin, l'aigle de tous les docteurs de l'Eglise, s'est servi avec avantage des exorcismes en Afrique, pour prouver aux fidèles d'Hyppone, aux païens et aux pélasgiens que tous les enfants de ce Dieu naissent souillés du péché originel et sont sous la puissance du démon. — Thiers, dans *son traité des superstitions*, rapporte diverses formules d'*exorcismes*, il pense avec raison que l'on peut s'en servir encore aujourd'hui contre les orages, l'intempérie des saisons, les maladies pestilentielles et les animaux nuisibles, pourvu qu'on le fasse avec les précautions que l'Église prescrit et selon la forme qu'elle autorise, et qu'alors il n'y a réellement ni abus ni superstition. — Rappelons que saint Basile regardait ces rits religieux comme une tradition apostolique. *Liber de spiritu sancto* chap. 27. *Saint Cyrille de Jérusalem* et saint Grégoire de Nysse en ont relevé l'efficacité et la vertu dans leurs savants ouvrages. Lebrun, dans son explication des cérémonies, tome 1, pag. 74, en fait aussi l'éloge. — Au reste, ajoute excellemment M. l'abbé Bergier dans *son dictionnaire de théologie*, il vaut mille fois mieux que le peuple ait confiance aux prières et aux cérémonies de l'Église qu'à la prétendue science des devins, des sorciers, des magiciens : or, cette alternative est à peu près inévitable. Chez les protestants de la Suisse et du pays de Vaud, il n'est plus question d'*exorcismes*; mais la divination, les sortilèges, la magie y sont très communs, et les protestants de ce pays sont un sujet de scandale pour les catholiques, relativement à cet usage fréquent de la sorcellerie. Quelques protestants, il est vrai, reprochent aux catholiques d'avoir emprunté les exorcismes à la philosophie de Platon. Eh ! qu'importe que la doctrine de ce philosophe soit d'accord avec les renseignements de Jésus-Christ et de sa sainte Église apostolique-romaine ; cela ne prouve qu'une seule chose ; c'est que cette pratique, de temps immémorial, a été reconnue bonne, et pour cela même a été mise en usage chez les

23

peuples les plus anciens et les plus civilisés de l'univers. Il est ridicule d'exorciser l'eau et le sel qu'on y mêle, disent encore quelques adversaires des exorcismes, comme si le démon en était en possession. Cela peut paraître ridicule, quand on ignore ce que pensaient les païens ; ils préposaient des esprits ou des démons à tous les corps ; ils prétendaient que toutes les choses usuelles étaient des dons et des bienfaits de ces intelligences imaginaires. En un mot, les exorcismes des païens étaient des actes d'idolâtrie ; mais tels ne sont pas les principes des chrétiens catholiques qui attachent un sens mystique à leurs exorcismes.

EXORCISTE. L'exorciste est un clerc tonsuré qui a reçu dans l'Église Catholique-Romaine *les ordres mineurs* : il est aussi donné à l'évêque ou au prêtre délégué par l'évêque pour exorciser un possédé du démon. — Il paraît que les Grecs ne regardent pas la fonction ecclésiastique d'exorciste comme *un ordre*, mais comme un simple ministère. Quoi qu'il en soit de cette divergence d'opinion touchant la nature de cette fonction, il est certain que dans le quatrième concile de Carthage, la cérémonie de l'ordination des exorcistes y fut ordonnée. Depuis, lorsqu'il a été question de l'ordre des *exorcistes* dans les anciens rituels, le jour de leur ordination, les exorcistes reçoivent des mains de l'évêque le livre des exorcismes : « Recevez et apprenez ce livre, leur dit le pontife, et ayez le pouvoir d'imposer les mains aux énergumènes, soit baptisés, soit catéchumènes. » — Maintenant il n'y a plus que les prêtres qui fassent les fonctions d'exorcistes : encore, ajoute M. Fleury, est-ce par une commission spéciale de l'évêque, afin qu'elle soit exercée avec plus de dignité et de prudence.

EXORDE. Première partie d'un discours, qui se tire du fond même du sujet, et contient un tableau abrégé de ce qui sera exposé dans le corps du discours. L'orateur aura soin de composer son exorde de manière à fixer l'attention de son auditoire sur ce qui doit suivre ; enfin l'exorde devra toujours être simple et proportionné au sujet.

EXORRHIZES. Ce sont des végétaux dont l'extrémité de l'embryon est nue, et qui devient elle-même la racine de la nouvelle plante.

EXOTIQUE. Etranger. Par ce mot on désigne, en botanique, non-seulement les plantes qui viennent des pays étrangers, mais encore celles étrangères au climat où on les cultive.

EXPANSIBILITÉ. Faculté de se dilater ; propriété que possèdent les organes de s'étendre, à l'effet d'admettre dans leur intérieur certains fluides nécessaires à leur accroissement, à leur entretien, et à l'exercice des fonctions qu'ils doivent exécuter. L'air et en général tous les gaz sont doués de cette faculté de tendre sans cesse à occuper un espace plus grand.

EXPIRATION. Par le mouvement d'*expiration*, l'air qui, pendant l'*inspiration*, s'est introduit dans le poumon, en est chassé.

EXPRESSION. Action d'exprimer, à l'aide d'une force mécanique, des corps succulents, afin d'en extraire les liquides qu'ils contiennent. — Par le mot *expression* on entend aussi la manière de peindre ses idées et de les faire passer dans l'esprit des autres. — En musique, *expression* indique la qualité par laquelle le musicien sent vivement et rend avec énergie toutes les idées qu'il doit exprimer. — Les peintres et les sculpteurs nomment *expression* l'art de rendre des qualités incorporelles ; par exemple, le mouvement et les affections de l'âme.

EXPROPRIATION POUR UTILITÉ PUBLIQUE. Il serait difficile d'énumérer tous les cas où l'utilité publique peut exiger le sacrifice d'une propriété ; mais il faut toujours qu'une loi ou une ordonnance du roi autorise es travaux pour lesquels l'expropriation est demandée.

Les grands travaux publics, les canaux, les chemins de fer, la canalisation de rivières, bassins, docks, alignements entrepris par l'État ou par compagnies particulières, avec ou sans péage, ne peuvent être exécutés qu'en vertu d'une loi qui ne peut être rendue qu'après une enquête administrative. Quand les canaux, les routes, les chemins de fer ou autres travaux doivent avoir moins de 20,000 mètres, une ordonnance du roi suffit, mais toujours après une enquête préalable. Après les travaux de la commission d'enquête, le plan des travaux à exécuter doit être déposé pendant huit jours à la préfecture, où chacun peut faire ses réclamations pendant le mois qui suit. Ces réclamations sont soumises à une commission présidée par le préfet, composée de quatre membres du conseil-général et d'un ingénieur, s'ils ne sont pas propriétaires du bien à exproprier. S'il n'est pas fait avec le propriétaire du bien à aliéner des conventions amiables, le procureur du roi prononce l'expropriation. Les indemnités sont estimées par un jury nommé par le conseil général ; ce jury est de 36 personnes au moins, et de 72 au plus ; il est destiné à régler les indemnités dues pour cause d'expropriation publique. Pour le département de la Seine le nombre des jurés est de 600. L'indemnité doit être payée avant la prise de possession de l'immeuble, et en numéraire, pas de toute autre manière. — Quand un terrain est occupé militairement par des troupes de guerre, le propriétaire n'a droit de réclamer que le loyer de son terrain ; et pendant si l'occupation ne cesse pas dans le courant de la troisième année, et si le propriétaire n'est pas rentré en possession, il peut exiger que l'État paie l'indemnité pour expropriation définitive de l'immeuble.

EXTASE. Ravissement d'esprit ; exaltation de certaines idées qui absorbent l'attention à un tel point que les sensations demeurent suspendues, les mouvements volontaires arrêtés, et l'action vitale souvent ralentie. Il ne faut pas confondre l'extase avec la *catalepsie*, en ce que dans celle-ci il y a interruption complète, quoique momentanée de tout sentiment.

EXTENSIBILITÉ. Faculté dont sont doués certains corps d'être étendus ou allongés, lorsqu'ils sont soumis à l'action de deux forces qui les tirent en sens contraires. L'extensibilité peut avoir lieu de plusieurs manières. Le fer ou le cuivre, réduits en fil, seront allongés par une traction suffisante, sans toutefois se rompre ; mais ils reviendront à leur première situation dès que cette traction cessera. En agissant sur les mêmes métaux par une traction plus forte, ou bien en employant des métaux plus ductiles, comme l'or ou l'argent, les fils s'allongeront encore, mais ils ne reviendront plus à leur première longueur. Ceci explique la raison pour laquelle on ne peut s'en servir à faire des cordes sonores. On trouve un exemple remarquable d'extensibilité dans le caoutchouc (gomme élastique), qui revient presque à son premier état, après avoir été allongé d'une manière considérable.

EXTOZOAIRES. Par ce nom générique, on désigne tous les animaux qui vivent à la surface du corps d'autres animaux (les poux, par exemple) par opposition aux *entozoaires* (vers intestinaux) qui vivent à l'intérieur du corps.

EXTRACTION. Ce terme appartient à la chimie et à l'arithmétique. Dans le premier cas il signifie la séparation que l'on fait des parties les plus subtiles d'un corps d'avec les parties les plus grossières. Dans le second cas, il désigne des règles par lesquelles on peut trouver les racines carrées, cubiques, etc., d'une quantité donnée. Il faut d'abord remarquer qu'un nombre se multipliant par lui-même, produit son *carré*. Le carré de 10, par exemple, est 100, parce que 10 multipliant 10, produit 100. Ainsi, extraire la racine d'un carré proposé, c'est trouver le nombre qui, en se multipliant lui-même, produit ce *carré*. Voici les *carrés* des dix premiers nombres; il faut, dans les opérations, les avoir continuellement présents à l'esprit.

Racines carrées. 1. 2. 3. 4. 5. 6. 7. 8. 9. 10.
Nombres carrés. 1. 4. 9. 16. 25. 36. 49. 64. 81. 100.

Remarquons encore qu'un *cube* n'est autre chose qu'un *carré parfait* multiplié par sa *racine*. En voici dix exemples; ce sont les cubes des dix premiers nombres.

Rac. cub. 1. 2. 3. 4. 5. 6. 7. 8. 9. 10.
Nomb. cub. 1. 8. 27. 64. 125. 216. 343. 512. 729. 1000.

Remarquons enfin que le carré du binome $a+b$ est $aa+2ab+bb$, et que son *cube* est $a^3+3aab+3abb+b^3$.

Problème 1.

Extraire la racine carrée d'un carré parfait quelconque, par exemple, du carré parfait 2,025? — *Résolution.* Elle est contenue dans le tableau suivant, lequel présente les opérations nécessaires pour extraire la racine carrée du nombre 2,025.

$$20,25 = aa+2ab+bb.$$
$$\underline{16} \quad = aa. \text{ Donc } a=4. \text{ Racine } 1^{re}.$$
$$425 = 2\ ab+bb.$$
$$\underline{8} \quad = 2\ a. \text{ Donc } b=5. \text{ Racine } 2^e.$$
$$40 = 2\ ab.$$
$$25 = bb.$$
$$\overline{425} = 2\ ab+bb.$$

Racine carrée a et $b=45.$

Explication.—Pour extraire la racine carrée du nombre 2025 : 1° on l'a partagé en tranches, de deux en deux chiffres, en allant de droite à gauche, c'est-à-dire en commençant par les unités; 2° on a supposé le carré arithmétique 2025=au carré algébrique $aa+2ab+bb$; 3° comme 20 n'est pas toujours un carré parfait, et que 16 est le plus grand carré renfermé dans les chiffres de la première tranche, c'est-à-dire, dans 20, on a mis 16 sous 20; la soustraction a été faite comme à l'ordinaire, et cette première opération étant terminée, on a eu pour reste, 4.—4° Avant que de passer à la seconde opération, il faut remarquer que, puisque 16 est le premier carré parfait de 2025, et aa le premier carré parfait de $aa+2ab+bb$, on a eu le droit de faire $16=aa$, et $4=a$. 5° Pour faire la seconde opération, on a descendu à côté du reste 4, les chiffres de la seconde tranche, et l'on a eu $425=2\ ab+bb$.—6° Dans ce binome algébrique dont on connait la valeur de a, il faut chercher à connaître la valeur de b. Pour y parvenir, divisez 425 par $2\ a=8$; le premier quotient 5 donnera la valeur de b, et le second chiffre de la racine carrée de 2025.—7° Pour prouver la bonté de cette méthode, il faut prendre la valeur de aa, celle de $2\ ab$ et celle de bb, en supposant $a=4$ et $b=5$; il faut les ranger comme ci-après; les additionner; et comme leur somme vaudra précisément 2025, vous conclurez que ce nombre est un carré parfait dont la racine est 45.

$$16 = aa$$
$$40 = 2ab$$
$$25 = bb$$
$$\text{Somme: } \overline{2025} = aa+2ab+bb.$$

PROBLÈME 2.

Extraire la racine carrée d'un carré imparfait quelconque, par exemp , du nombre 3046? — *Résolution.* Elle est contenue dan le tableau suivant :

$$30,46 = aa+2ab+bb.$$
$$\underline{25} \quad = aa. \text{ Donc } a=5. \text{ Racine } 1^{re}.$$
$$546 = 2\ ab+bb.$$
$$10 = 2\ a. \text{ Donc } b=5. \text{ Racine } 2^e.$$
$$50 = 2\ ab.$$
$$25 = bb.$$
$$\overline{525} = 2\ ab+bb.$$

Reste $\overline{\quad 21.}$

Racine carrée approchée a et $b=55.$

Comme il reste quelque chose après la dernière opération, vous devez conclure que 3046 n'est pas un carré parfait, c'est-à-dire, qu'il n'est aucun nombre qui, se multipliant lui-même, produise 3046. En effet, $55\times55=3025$, et $56\times56=3136$; donc 55 est la racine du plus grand carré contenu dans le nombre 3046.

PROBLÈME 3.

Extraire la racine d'un carré parfait qui ait plus de 4 chiffres, par exemple, du carré parfait 5678689? — *Résolution.* Elle se trouve dans le tableau suivant :

$$5, 67, 86, 89 = aa+2ab+bb.$$
$$\underline{4} \qquad = aa. \text{ Donc } a=2. \text{ Racine } 1^{re}.$$
$$167 \qquad = 2\ ab+bb.$$
$$\underline{4} \qquad = 2\ a. \text{ Donc } b=3. \text{ Racine } 2^e.$$
$$12 \qquad = 2\ ab.$$
$$9 \qquad = bb.$$
$$\overline{129} \qquad = 2\ ab+bb.$$

Reste $\quad 38.$

$$3866 \qquad = 2\ ab+bb.$$
$$46 \qquad = 2\ a. \text{ Donc } b=8. \text{ Racine } 3^e$$
$$368 \qquad = 2\ ab.$$
$$64 \qquad = bbr$$
$$\overline{3744}$$

Reste $\quad 142.$

$$14289 \qquad = 2 \quad ab+bb.$$
$$476 \qquad = 2\ a. \text{ Donc } b=3. \text{ Racine } 4^e.$$
$$1428 \qquad = 2\ ab.$$
$$9 \qquad = bb.$$
$$\overline{14289} \qquad = 2\ ab+bb.$$

Racine carrée a et $b=2383.$

Explication. — On a opéré dans ce problème comme dans les deux précédents, avec cette différence que dans la troisième opération on a fait $a=23$, *valeur des deux racines trouvées*; et dans la quatrième opération on a fait $a=238$, *valeur des trois racines* trouvées. La règle générale est donc que dans la troisième opération, on opère comme dans la seconde, avec cette différence que l'on regarde les deux racines trouvées comme ne faisant qu'une seule racine : dans la quatrième, on opère comme dans la troisième, avec cette différence que l'on regarde les trois racines trouvées comme ne faisant qu'une seule racine, etc. La preuve se présente d'elle-même dans le tableau suivant :

$$4 = aa.$$
$$12 = 2\ ab.$$
$$9 = bb.$$
$$368 = 2\ ab.$$
$$64 = bb.$$
$$1428 = 2\ ab.$$
$$9 = bb.$$
$$\text{Somme } \overline{5678689} = aa+2\ ab+bb.$$

PROBLÈME 4.

Extraire la racine cubique d'un cube parfait quelconque, par exemple, du nombre 74088? — *Résolution.* Le tableau suivant vous le mettra sous les yeux.

$$74,088 = a^3+3aab\ 3\ abb+b^3.$$
$$\underline{64} \quad = a^3. \text{ Donc } a=4. \text{ Racine } 1^{re}.$$
$$10088$$
$$48 \quad = 3\ aa. \text{ Donc } b=2. \text{ Racine } 2^e.$$
$$96 \quad = 3\ aab.$$
$$48 \quad = 3\ abb.$$
$$8 = b^3.$$
$$\overline{10088} = 3\ aab+3\ abb+b^3.$$

Racine cubique a et $b=42.$

On a partagé 74,088 en tranches, de 3 en 3 chiffres, en allant de droite à gauche, c'est-à-dire, en commençant par les unités. On a supposé 74088=a^3+3 aa b +3 a bb+b^3. Comme 64 est le plus grand cube renfermé dans les chiffres de la première tranche, on a mis 64 sous 74. La soustraction faite de la manière ordinaire, on a eu pour reste 10. — Avant de passer à la seconde opération, il faut remarquer que 64 étant le premier cube parfait de 74088, et a^3 le premier cube parfait de a^3+3 aa b+3 a bb+b^3, on a eu droit de faire 64=a^3, et 4=a. Pour faire la seconde opération, on a descendu à côté du reste 10, les chiffres de la seconde tranche, et l'on a eu 10088=3 aa b +b^3. Dans ce trinome algébrique dont on connait la valeur de a, celle de b a été cherchée; pour parvenir à la connaître, on a divisé 10088 par 3 aa=48; le premier quotient 2 a donné la valeur de b, et le second chiffre de la racine cubique de 74088. Pour bien apprécier la bonté de cette méthode, prenez la valeur de a^3=64, celle de 3 aa b=96, celle de 3 a bb=48, celle de b^3=8, rangez-les ci-après; faites en l'addition; et comme leur somme vaudra précisément 74088, vous conclurez que le nombre proposé est un cube parfait dont la racine cubique est 42.

$$64=a^3.$$
$$96=3\ aa\ b.$$
$$48=3\ a\ bb.$$
$$8=b^3.$$

Somme 74088	=a^3+3 aa b+3 a bb+b^3.

PROBLÈME 5.

Extraire la racine cubique d'un cube imparfait quelconque, par exemple du nombre 9666. — *Résolution* dans le tableau suivant :

$$9,666=a^3+3\ aa\ b+3\ a\ bb+b^3.$$
$$8\quad=a^3.\ \text{Donc } a=2.\ \text{Racine 1}^{re}.$$
$$1666=3\ aa\ b+3\ a\ bb+b^3.$$
$$12\quad=3\ aa.\ \text{Donc } b=1.\ \text{Racine 2}^{e}.$$
$$12\quad=3\ aa\ b.$$
$$6\quad=3\ a\ bb.$$
$$1\quad=b^3.$$
$$1261=3\ aa\ b+3\ a\ bb+b^3.$$

Reste   405.

Racine cubique approchée. a et b=21.

Ce qui reste après la dernière opération, prouve que le nombre proposé n'est pas un cube parfait, c'est-à-dire, qu'il n'est aucun carré qui, multiplié par sa racine, produise 9666. En effet, le cube de 21 est 9261, et celui de 22 est de 10648 ; donc le cube de 21 est le plus grand cube qu'il y ait dans 9666.

PROBLÈME 6.

Extraire la racine cubique d'un cube parfait quelconque composé de plus de six chiffres, par exemple, du nombre 34328125 ?—*Résolution* dans le tableau ci-après :

$$34,328,125=c^3+3\ aa\ b+3\ a\ bb+b^3.$$
$$27\quad=a^3.\ \text{Donc } a=3.\ \text{Racine 1}^{re}.$$
$$7328=3\ aa\ b+3\ a\ bb+b^3.$$
$$27\quad=3\ aa.\ \text{Donc } b=2.\ \text{Racine 2}^{e}.$$
$$54\quad=3\ aa\ b.$$
$$36\quad=3\ a\ bb.$$
$$8\quad=b^3.$$
$$5768\quad=3\ aa\ b+3\ a\ bb+b^3.$$

Reste 1560.

$$1560125=3\ aa\ b+3\ a\ bb+b^3.$$
$$3072\quad=3\ aa.\ \text{Donc } b=5.\ \text{Racine 3}^{e}.$$
$$15360=3\ aa\ b.$$
$$2400\quad=3\ a\ bb.$$
$$125\quad=b^3.$$
$$1560125=3\ aa\ b+3\ a\ bb+b^3.$$

Racine cubique. a et b=325.

Explication.—Dans ce problème, nous avons opéré comme dans les deux précédents, avec cette différence que dans la troisième opération nous avons regardé les deux racines trouvées comme ne faisant qu'une seule racine ; aussi avons-nous fait dans cette opération a=32. Consultez le tableau suivant, vous y trouverez la preuve de la bonté de cette méthode :

$$27=a^3.$$
$$54=3\ aa\ b.$$
$$36=3\ a\ bb.$$
$$8=b^3.$$
$$15360=3\ aa\ b.$$
$$2400=3\ a\ bb.$$
$$125=b^3.$$
$$\text{Somme } 34328125=a^3+3\ aa\ b+3\ a\ bb+b^3.$$

On trouvera dans l'article des *logarithmes* des méthodes plus abrégées pour extraire, non-seulement les racines carrées et cubiques, mais encore les racines quatrièmes, cinquièmes, etc. Malgré cela, nous avertirons ici que, pour tirer la racine quatrième d'un carré-carré, il faut en tirer deux fois la racine carrée, comme nous en donnons la preuve dans le problème suivant :

PROBLÈME 7.

Extraire la racine quatrième d'un carré-carré quelconque, par exemple, du nombre 234256 ?

Première Opération.

$$23,42,56=aa+2\ ab+bb.$$
$$16\quad=aa.\ \text{Donc } a=4.\ \text{Racine 1}^{re}.$$
$$742\quad=2\ ab+bb.$$
$$8\quad=2\ a.\ \text{Donc } b=8.\ \text{Racine 2}^{e}.$$
$$64\quad=2\ ab.$$
$$64\quad=bb.$$
$$704\quad=2\ ab+bb.$$

Reste 38.

$$3856\quad=2\ ab+bb.$$
$$96\quad=2\ a.\ \text{Donc } b=4.\ \text{Racine 3}^{e}.$$
$$384\quad=2\ ab.$$
$$16\quad=bb.$$
$$3856\quad=2\ ab+bb.$$

Racine carrée. a et b=484.

Seconde Opération.

$$4,84=aa+2\ ab+bb.$$
$$4\quad=aa.\ \text{Donc } a=2.\ \text{Racine 1}^{re}.$$
$$84=2\ ab+bb.$$
$$4\quad=2\ a.\ \text{Donc } b=2.\ \text{Racine 2}^{e}.$$
$$8\quad=2\ ab.$$
$$4\quad=bb.$$
$$84=2\ ab+bb.$$

Racine carrée. a et b=22.

Il n'est pas nécessaire d'avertir que dans *la première opération* nous avons considéré 234256, non pas comme un carré-carré, mais comme un carré parfait, dont nous avons tiré la racine exacte 484 ; et dans la *seconde opération*, nous avons considéré 484 comme un carré parfait dont nous avons tiré la racine exacte 22. Or, il est évident que 22 est la racine quatrième du carré-carré proposé. En effet, $22 \times 22 = 484$, et $484 \times 484 = 234256$; donc 22 est la racine quatrième du carré-carré proposé; car un carré se multipliant lui-même produit son carré-carré. Si nous avions voulu extraire, par une seule opération, la racine quatrième du nombre proposé, nous n'aurions eu pour cela qu'à l'égaler à la quatrième puissance de $a+b$, en la manière suivante :

$$23,4256 = a^4 + 4\,a^3\,b + 6a^2\,b^2 + 4\,ab^3 + b^4.$$
$$16 \quad = a^4. \text{ Donc } a = 2. \text{ Racine 1}^{\text{re}}.$$

$$74256 = 4\,a^3.\,b + 6a^2\,b^2 + 4\,ab^3 + b^4.$$
$$32 \quad = 4\,a^3. \text{ Donc } b = 2. \text{ Racine 2}^{\text{e}}.$$

$$64 \quad = 4\,a^3.\,b.$$
$$96 \quad = 6a^2\,b^2.$$
$$64 \quad = 4\,ab^3.$$
$$16 \quad = b^4.$$

$$74256 = 4\,a^3\,b + 6a^2\,b^2 + 4\,ab^3 + b^4.$$
Racine 4e. a et $b = 22$.

Explication. — 1° Puisqu'il s'agit de racine quatrième, on a partagé 234256 en tranches, de 4 en 4 chiffres, en allant de droite à gauche, c'est-à-dire, en commençant par les unités. — 2° On a supposé 234256 égal à la quatrième puissance de $a+b$. — 3° On a fait $16 = a^4$ et $a = 2$, parce que 16 est le plus grand carré-carré renfermé dans 23. La soustraction faite à l'ordinaire, il en est résulté 7 pour reste. — 4° Pour faire la seconde opération, on a descendu à côté du reste 7 les chiffres de la seconde tranche, et l'on a eu $74256 = 4\,a^3\,b + 6\,a^2\,b^2 + 4\,ab^3 + b^4$. — 5° Dans ce quadrinome algébrique dont on connaît la valeur de a, on a cherché à con-

naître la valeur de b. Pour y parvenir, on a divisé 74256 par $4\,a^3 = 32$; le premier quotient 2 a donné la valeur de b, et le second chiffre de la racine quatrième de 234,256. — 6° La preuve s'obtient en faisant $a^4 = 16$, $4\,a^3\,b = 64$, $b\,a^2\,b^2 = 96$, $4\,ab^3 = 64$, $b\,b^4 = 16$. Cela fait, on rangera ces 5 valeurs comme ci-après; on en fera l'addition, et comme leur somme vaudra précisément le carré-carré proposé, vous conclurez que 234,256 est un carré-carré parfait, et que 22 en est la racine quatrième exacte :

$$16 = a^4.$$
$$64 = 4\,a^3\,b.$$
$$96 = b\,a^2\,b^2.$$
$$64 = 4\,ab^3.$$
$$16 = b^4.$$
Somme $234256 = a^4 + 4\,a^3\,b + 6\,a^2\,b^2 + 4\,ab^3 + b^4$.

EXTRAIT. Nom donné au produit obtenu en traitant une substance animale ou végétale par un dissolvant convenable, et évaporant ensuite le véhicule jusqu'à consistance molle ou solide. On distingue les extraits en *végétaux* et *animaux.* Ils sont *aqueux* ou *alcooliques* suivant que pour dissoudre la matière dont on veut faire un extrait, on a employé l'eau ou l'alcool. Les extraits alcooliques ont beaucoup plus d'énergie que les extraits aqueux correspondants, parce que l'alcool dissout une plus grande quantité de principes actifs, et qu'il rejette les principes inertes, tels que l'amidon, ce qui permet de concentrer leur volume.

EXTRAVASATION, ou *extravasion.* Epanchement du sang ou des autres liquides des corps organisés, hors des vaisseaux destinés à les contenir.

F

FABLE. *Apologue,* petit poème épique qui ne le cède au grand que par l'étendue, et qui, moins contraint dans le choix des personnages, peut choisir à son gré, dans la nature, ce qu'il lui plaît de faire parler et agir pour son dessein. La Fable est née en Orient; d'Orient elle a passé en Occident avec Esope; en Grèce d'abord, puis en Italie, où Phèdre l'a embellie des charmes de la versification. Sous le règne de Soliman II (1525), un Mollah, nommé Ali-Tchéléliban-Salek, crut rendre un service aux Musulmans en traduisant en langue turque les *fables de Bidpaï,* que nous nommons habituellement *Pilpaï,* célèbre bramine qui vivait environ 250 ans avant notre ère, et dont les fables ont été traduites dans presque toutes les langues de l'Europe. Après vingt ans de travail, le Mollah dédia sa traduction au sultan, donnant à cette traduction le titre de *Humaïounnamé* ou livre impérial. Ayant fait faire deux copies de son ouvrage, il fit hommage de l'une au grand visir en le priant de faire parvenir la seconde au sultan. L'auteur s'attendait à des récompenses, ou tout au moins à des éloges; quelle fut sa surprise, lorsque le grand visir l'ayant fait venir, lui reprocha amèrement d'avoir employé à un travail frivole un temps qu'il aurait dû consacrer à l'examen de quelques questions de droit turc! Heureusement pour le traducteur de *Bidpaï,* Soliman était aussi éclairé que son visir l'était peu; il aimait les belles-lettres, les protégeait; il fut enchanté du travail d'Ali-Tchéléliban-Salek, et l'éleva à la dignité de *Cadi* (juge turc), qui le mettait sur la route des plus grands honneurs. L'histoire ajoute que le visir fut bien honteux de s'être trompé. Quoi qu'il en soit, c'est depuis ce temps que les fables de *Pilpaï* ont été connues en Europe. — Nous avons dit, en commençant cet article, que l'auteur d'une fable était libre de choisir dans la nature ce qu'il lui plaît de faire agir et parler pour son dessein; nous ajouterons qu'il

peut même créer des acteurs, s'il lui en faut, c'est-à-dire, personnifier tout ce que la fable imagine. Esope n'a pris d'abord pour acteurs que des animaux, à cause de leur rapport tout naturel avec les hommes qu'il voulait instruire. Tout ce qui a quelque sorte de vie peut encore être mis au même rang que les animaux, du moins dans un rang peu inférieur. Ainsi, les arbres, les plantes, les fleurs peuvent paraître sur le théâtre de la fable. Quant aux corps inanimés, mais qui ont quelque mouvement, comme les astres et les fleuves, ils ont leur rôle, sans blesser la vraisemblance. Il en est de même, en un mot, de tout ce qui est visible, soit naturel, soit artificiel. Mais il est plus difficile de juger si, et jusqu'à quel point, on peut animer et personnifier les sentiments, les idées, les membres, etc., parce que ces choses paraissent moins capables d'allégorie. Tout peut agir dans une métaphore, mais non pas dans une allégorie suivie, telle que la fable. C'est à un goût fin et naturel qu'il appartient de choisir le sujet, et de voir si l'âme qu'on lui donne n'en fait point un être bizarre, un monstre capable de rebuter, plutôt qu'un acteur propre à plaire. Comme la fable cherche à instruire sous un voile ou par un détour, afin de ménager et de servir l'amour-propre, toute fable doit renfermer une vérité qui est l'instruction, et une image qui est le détour ou le voile. La vérité peut être de plus d'une sorte; mais celle qui regarde les mœurs et la conduite des hommes convient mieux, et touche davantage. De là vient que rien n'est plus utile que les fables: car, par elle-même, la morale est sèche et rebutante; mais il faut avoir soin de distinguer les vérités triviales qu'un fabuliste doit dédaigner, d'avec les vérités fines qu'il doit tâcher de mettre en œuvre. Il est pourtant encore des vérités communes qui tiennent le milieu, et que l'on peut employer d'une façon non commune. Ces vérités sont en grand nombre, mais il n'est pas aisé de leur donner un tour neuf; c'est-à-dire, que l'allégorie coûte beaucoup plus que la maxime qu'on veut proposer.—Ce qu'on appelle *moralité* est une sentence courte, qui exprime vivement et précisément la vérité qu'on a exposée plus au long : on demande, quelquefois, s'il est mieux de la placer au commencement ou à la fin de la fable, ou encore de l'omettre. A notre avis, on peut employer ces trois manières selon que la fable est traitée différemment. Si la vérité est couverte d'une gaze si claire, qu'elle laisse voir l'objet caché; si c'est une vérité qui pourrait blesser, étant trop nue; si enfin l'auteur sent que le plaisir de deviner saisira plus vivement son lecteur que la sentence même, il est mieux de laisser deviner la moralité; dans le cas où on jugera nécessaire de la présenter au lecteur, on devra la placer plutôt à la fin qu'au commencement, par cette raison que le lecteur qui ignore où l'on veut le conduire, a le plaisir de la suspension, et, ce qui est le plus flatteur, le mérite de prévoir ce qui doit arriver. Cependant comme il est des cas où l'esprit peut prendre le change, et avoir le chagrin de s'être trompé, il semble qu'alors il est bon de le fixer tout d'un coup, et de lui procurer le charme nouveau de voir une vérité peu agréable d'abord, croître, se développer et se parer de mille attraits sans changer de nature. C'est ce qui arrive quand la moralité est placée à propos au commencement. Le voile ou l'image qui cache la vérité doit avoir un rapport fidèle et non équivoque avec ce qu'on veut dire; un rapport fondé sur la nature; enfin un rapport unique, qui ne tende qu'à une seule maxime. Le rapport de l'image à la chose ne sera pas fidèle, si après avoir lu votre fable, on ne peut deviner quelle en est la moralité : il ne sera pas unique, si on en devine deux ou trois au lieu d'une; si enfin on trouve quelque chose de peu naturel dans vos acteurs ou dans leur jeu, le rapport ne sera point fondé sur la nature. — C'est surtout dans la narration que réside le mérite principal de la fable. Ce mérite consiste dans la brièveté, la netteté, l'élégance et la simplicité. Phèdre a connu tout le prix de ces qualités; ses fables sont autant de petits tableaux finis, dont tous les traits sont si simples, qu'on voit qu'il a autant cherché la simplicité dans l'art que dans la nature. Quant à La Fontaine, c'est la nature, plus que l'art, qui a dicté ses écrits. Les deux manières qu'il a employées sont toutes deux exquises. L'une est courte, et par là même plus simple : elle règne surtout dans ses premières fables. L'autre est plus étendue et plus mêlée de réflexions mignonnes, de détours fins et de grâces amusantes. Le fabuliste français a plus rimé dans ce genre, parce qu'il a senti apparemment que cette grande simplicité de Phèdre convenait mieux à la langue latine, et qu'un peu plus d'ornement, mais toujours joint à la naïveté, est l'apanage et de la langue française naturellement plus enjouée.—Reste la versification, qui doit, autant que possible, avoir toute la délicatesse de la poésie et l'heureuse négligence de la prose, afin d'être assortie aux fables : ce juste tempérament de grâces ingénues n'est qu'un épanchement d'un esprit cultivé et naturel, qui écrit d'après nature, sans songer qu'il rime. Ce n'est pas à dire qu'il faille mélanger les vers sans mesure et sans choix. L'oreille veut toujours être consultée sur le tour et l'arrangement; il n'y a qu'elle d'ailleurs qui puisse donner des règles pour la manière de rimer des fables.

FABLE. Mythologie, histoire poétique. La fable doit son origine à l'altération de l'histoire sacrée et profane, à l'erreur, à l'ignorance, au penchant pour le merveilleux, et surtout aux passions qui, après avoir affaibli l'idée d'un dieu créateur, ne permirent plus de juger des choses que par l'autorité des sens. Bientôt on vit les hommes adorer le soleil et la lune, parce qu'aucun autre objet ne leur parut plus digne de fixer le principe de religion gravé dans tous les cœurs par l'auteur de ces cœurs. Ce premier égarement fut suivi d'une idolâtrie plus marquée, et dans un sens moins excusable. Vers l'an du

monde 2700, Ninus, fils de Bélus, empereur des Assyriens, fit élever, au milieu de Babylone, la statue de son père, et ordonna à tous ses sujets de lui rendre le culte dû à la divinité. A l'exemple des Assyriens, les nations voisines adorèrent ceux de leurs rois, de leurs guerriers, de leurs grands hommes, qui avaient paru s'élever au-dessus de l'humanité. Saturne, Jupiter, Neptune, Hercule, et plusieurs autres, furent mis au rang des dieux, du consentement unanime de tous les peuples. Les Grecs, qui passaient pour le peuple le plus sage et le plus savant, apprirent aux autres à mettre de la différence entre les dieux, dont le nombre s'était prodigieusement augmenté; et l'on connut alors les dieux du premier ordre, les dieux du second ordre, et les demi-dieux. (*Voyez* MYTHOLOGIE.)

FABLIAU. Ancien conte en vers. L'invention de cette sorte de petit poëme remonte au premier âge de la poésie française. Un fabliau bien fait renferme un récit naturel d'une action agréable et plaisante, dont la gaîté et la naïveté sont les caractères distinctifs. En voici deux exemples tirés d'un manuscrit de la bibliothèque du roi : Un Anglais, malade, prie un de ses amis d'aller lui chercher un *agnel cras*; c'est un *agnel cras* (un agneau gras) qu'il veut dire, et il dit : *anel*, ânon; l'autre se met en marche par la ville, et, après avoir subi maint quolibet, il retourne et sert une des cuisses de l'ânon à son ami; celui-ci mange, et quand il a mangé, considérant la longueur d'os, il s'étonne et demande à voir la peau de la bête; sa surprise est grande quand il reconnaît sur son plat les restes d'un fils de *ihan, ihan*, et non d'un fils *bê-he, bê-hé*. Nous remarquons dans ce conte *des deux Anglais* combien la détérioration de la langue *romane* avait été plus sensible en Angleterre qu'en France, pays auxquels elle était commune. Molière a souvent tiré bon parti des fabliaux; La Fontaine n'a pas toujours dédaigné ces modèles qu'il rencontrait dans les *fableors* du temps passé. Le second exemple de fabliau que nous donnons après celui des *Deux angloys et de l'agnel*, est celui du *vilain asnier*, conte fort court, où se trahit sans réticences toute la fierté seigneuriale. *Un malheureux vilain*, conduisant des ânes chargés de fumier, se trouve par hasard entraîné dans la rue *des Épiciers*. L'odeur des herbes, des plantes aromatiques, des parfums inaccoutumés, le saisit d'une pâleur subite, et le vilain tomba comme mort. Aussitôt il se fit grande rumeur dans la rue, et un bourgeois, qui passait là, prenait vingt deniers à qui le pourrait guérir; les vingt deniers furent pour un plaisant qui vint déposer sous le nez du mourant le fumier de ses ânes, et le rendit de cette façon à la vie.

> *Quant il sent du fiens la flairor,*
> *Et perdist des herbes l'odor,*
> *Les elz œvre, s'est sus sailliz*
> *Et dist que il est toz gariz.*

Le poëte explique d'ailleurs toute la moralité de sa légende, et dit qu'il s'adresse aux gens qui, par orgueil, veulent sortir d'entre leurs égaux et aspirer plus haut que leur condition naturelle.

FABRIQUES. Ce sont des établissements publics dont l'objet est de veiller à l'entretien et à la conservation des temples, d'administrer les biens, les rentes et tous les fonds affectés à l'exercice du culte. Dans l'origine, cette administration appartenait à l'autorité épiscopale. Les fabriciens ou marguilliers ne furent nommés que lorsque l'église fut parvenue à un plus haut degré d'opulence. L'organisation des fabriques dans l'ancien régime a donné lieu à plusieurs lettres-patentes, édits, arrêts et règlements de cours souveraines. — En 1789, les immeubles des fabriques et autres biens ecclésiastiques furent mis à la disposition de la nation ; en 1791, on ordonna la vente des biens affectés au service des fondations et le paiement aux fabriques de l'intérêt du prix au taux de 4 pour $0/_0$. L'an II, tout l'actif des fabriques fut déclaré propriété de l'état ; le culte fut aboli ainsi que les fabriques.—La loi organique de l'an X accorda aux évêques, sauf l'approbation du gouvernement, le pouvoir d'établir les réglements nécessaires aux fabriques. L'année suivante, le gouvernement, en vendant aux fabriques les immeubles et rentes dont il était possesseur, en avait confié l'administration à des marguilliers nommés par les préfets. Il y eut alors deux fabriques, l'une nommée par les préfets , et l'autre nommée par les évêques, laquelle était chargée d'administrer le produit des quêtes, oblations, aumônes ; à la première était réservée l'administration des immeubles et des rentes. Pour obvier aux divisions qui naquirent de cet ordre de choses, le gouvernement réunit les deux fabriques en une seule, et supprima toutes les dispositions prises précédemment par les évêques à ce sujet. Neuf membres composaient la fabrique paroissiale dans les paroisses de 5000 âmes et au dessus ; elle était composée de cinq membres dans les paroisses moins fortes. Il faut, pour être membre de la fabrique, être catholique, un des notables habitants ; le maire, s'il est catholique, le curé ou le desservant sont membres de droit de la fabrique. Cette institution se compose d'un bureau et d'un conseil. Le curé, ou desservant, et trois membres choisis par le conseil, renouvelés par tiers tous les trois ans, forment le bureau. Ils nomment entr'eux un président, un secrétaire et un trésorier. Le bureau s'assemble au moins tous les quinze jours; ils ne peuvent délibérer s'ils ne sont pas trois membres. Quant au conseil de fabrique, il nomme aussi son président et son secrétaire. Ses assemblées ont lieu quatre fois par an , à moins de cas extraordinaires, avec l'autorisation de l'évêque ou du préfet. Le conseil se renouvelle en deux fois de trois en trois ans, la première fois par la voie du sort, la seconde par rang d'ancienneté. Les nouveaux membres sont nommés par les membres restants , à la majorité des suffrages ; mais on peut être indéfiniment réélu. Quand les membres restants ne remplacent pas, dans le mois, les conseillers sortants, l'évêque les nomme lui-même. —Le bureau dresse le budget de la fabrique, administre journellement le temporel de l'église ; il nomme , sur la présentation du curé, les officiers et les serviteurs de l'église et les révoque lorsque le curé a quelques griefs contre eux. Cependant dans les communes rurales , le curé ou le desservant a le droit de révoquer seul les chantres , bedeaux et sacristains. Le compte du trésorier , les dépenses extraordinaires au-delà de 50 fr. dans les paroisses qui n'ont pas 5000 habitants et de 100 francs dans celles qui en ont davantage ; les procès à entreprendre et à soutenir , en général tout ce qui est d'une administration extraordinaire, est soumis au conseil de fabrique. Les revenus des fabriques sont : 1° le produit des biens et rentes qui leur ont été restituées ou attribuées par la loi ou ordonnancées ; 2° le produit des biens, rentes qu'elles ont été autorisées à accepter ; 3° de celui des biens et rentes cédés au domaine dont elles ont été autorisées à jouir ; 4° du produit des terrains servant de cimetières ; 5° du prix annuel de la location des chaises ; 6° des quêtes pour les frais du culte ; 7° de la concession des bancs placés dans l'église ; 8° des dons versés dans les troncs ; 9° des offrandes qui leur sont faites ; 10° des droits qui leur reviennent sur les inhumations ; 11° de l'indemnité accordée en supplément aux communes. Ce qui concerne les inhumations à Paris est soumis à des règles particulières. Les charges des fabriques sont les frais nécessaires au culte, tels que les ornements, vases sacrés, luminaire ; le paiement des vicaires et autres employés de l'église ; celui des honoraires des prédicateurs les jours de fête ; les embellissements intérieurs de l'église ; l'entretien des presbytères , des cimetières et des églises, et quand les revenus ne suffisent pas, elles doivent faire toutes les démarches nécessaires pour que la commune fasse ces dépenses.

FABRIQUES. (*Voyez* MANUFACTURES.)

FACE , visage. La partie antérieure de la tête se nomme *face ;* elle est formée de quatorze os : les deux maxillaires supérieurs , les deux molaires , les deux os propres du nez, les os unguis , le vomer, les deux cornets inférieurs, les os palatins et le maxillaire inférieur; sans compter la portion frontale de l'os coronal et les trente-deux dents qui peuvent être considérées comme en faisant partie. La plupart de ses muscles nombreux sont destinés aux organes de la vue, de l'ouïe, du goût et de l'odorat : les artères lui viennent de la carotide externe; ses veines aboutissent à la jugulaire, et ses nerfs tirent immédiatement leur origine du cerveau.

FACTION, parti dans un état. Les factions les plus célèbres par leurs luttes sanglantes, en Italie, sont celles des Guelphes et des Gibelins , dans le douzième siècle. Les premiers, attachés aux papes ou plutôt à la liberté italique, se servaient des armes de la religion pour secouer le joug des princes allemands; ils ne voulaient point d'empereur qui résidât dans Rome, et le prétexte qu'on s'efforçait de rendre sacré , était que cette ville, le centre de la religion , ne devait pas être effrayée par le bruit des armes, ni détournée par le faste mondain de la cour impériale, des pieux exercices d'un culte dont l'église romaine devait servir de modèle. Les Gibelins , au contraire, craignant que les papes n'abusassent tôt ou tard des grandes prérogatives acquises tous les jours, pour opprimer l'Italie , et non moins amoureux de leur liberté que les Guelphes , voyaient , dans l'autorité impériale confiée à des princes étrangers n'ayant en Italie qu'une influence bornée, une contre-force politique dont l'action balançait le pouvoir pontifical, maintenant un équilibre salutaire, gage précieux de la liberté italique : cet équilibre était si bien le but des Guelphes et des Gibelins, que souvent les Gibelins devenaient Guelphes lorsque l'autorité impériale paraissait trop redoutable en Italie, et que les Guelphes, à leur tour , se déclaraient Gibelins lorsque la puissance papale menaçait d'opprimer l'Italie. — En 1587, trois grands partis partageaient la France : celui des protestants, dont le roi de Navarre et le prince de Condé étaient les chefs ; celui des *ligués* , dirigé par les cours de Rome et de Madrid, et celui des politiques , composé de catholiques et de réformés, regardant les ligueurs et les calvinistes comme des factieux. Un quatrième parti s'éleva dans le silence. L'or de l'Espagne en était particulièrement le moteur secret; cette faction est connue sous le nom de *ligue des seize* , non qu'elle fût conduite par seize principaux personnages, mais parce que , s'étant formée dans Paris, ses chefs gouvernaient, par leur intelligence, les seize quartiers de cette capitale. Les premiers associés se répandaient en secret dans toutes les maisons de Paris; ils firent en peu de temps de nombreux prosélytes. Tout se faisait verbalement dans cette société; les assemblées administratives se tenaient aux Jacobins de la rue Saint-Honoré ; elles n'étaient composées que d'un petit nombre de personnes des plus ardentes , des plus fanatiques ; des émissaires attendaient respectueusement à la porte le conseil, pour les transmettre aux intéressés. Un triple serment enchaînait les membres de la confédération ; serment de tout entreprendre , même au dépens de sa vie, contre l'hérésie, l'hypocrisie et la tyrannie; le premier regardait le roi de Navarre (Henri IV), le second avait en vue les favoris de Henri III, qui, lui-même, était l'objet du troisième serment.—Faction dite *la fronde* (1648). Quoique Mazarin eût affecté dans les commencements de sa puissance autant de modestie et de douceur que Richelieu avait eu de hauteur et de dureté, il était l'objet du mépris et de la haine publique. On ne pardonnait pas à un étranger (tout le monde sait que le cardinal Mazarin était Italien) cette fortune immense, qui le rendait maître de l'État; on jetait du ridicule sur sa personne, sur ses manières, sur sa mauvaise prononciation ; et le ridicule en France peut devenir très sérieux par ses effets.

Un arrêt d'*union* entre le parlement, la chambre des comptes, la cour des aides et le grand conseil, inspirant de l'inquiétude au ministre, il mande les députés du parlement pour leur dire que la reine ne veut point de pareils arrêts. Les magistrats répondent qu'il n'y a rien de contraire au service du roi. « Si le roi, réplique Mazarin, ne voulait pas qu'on portât des glands à son collet, il n'en faudrait point porter, parce que ce n'est pas tant la chose défendue que la défense qui fait le crime. » La comparaison fournit matière à des vaudevilles ; et l'arrêt d'*oignon* (car c'est ainsi qu'il prononçait *union*) fut célébré de toutes parts à ses dépens. Un Italien fort inférieur au cardinal par le mérite, Emeri, était surintendant des finances. Il ne pensait qu'à satisfaire sa propre avidité, et à multiplier ses dangereuses ressources, que les financiers de son pays avaient tant de fois imaginées. Quelques édits bursaux (édits pour tirer de l'argent) envoyés au parlement excitèrent un cri général d'indignation. Le président de Blancménil et le conseiller Broussel, ayant opiné avec plus de force que les autres contre les intentions de la cour, dont ils étaient mécontents en particulier, furent arrêtés avec un éclat propre à soulever le peuple. Cet événement mit bientôt la capitale en combustion. Un prélat aussi factieux que libertin, le coadjuteur de Paris, depuis cardinal de Retz, attisa le feu de la révolte. En moins de deux heures il y eut plus de douze cents barricades, derrière lesquelles les bourgeois tiraient sur les troupes. Il fallut rendre les deux magistrats. Les *frondeurs* (on nomma ainsi les séditieux) n'en devinrent que plus hardis. Ils avaient à leur tête le duc de Beaufort, le coadjuteur, le prince de Conti, le duc de Bouillon, le maréchal de Turenne son frère, etc. Mais Condé tenait pour la cour. Une étincelle alluma la guerre civile ; jamais il n'y en eut de plus bizarre dans ses principes ni dans ses événements. On vit le parlement, entraîné par la violence des factions, rendre des arrêts pour favoriser la guerre; et un évêque employer tout son génie à fomenter la discorde, sans aucun prétexte de religion. Louis XIV, qui venait de donner des lois à l'Europe par le traité de Westphalie, fut contraint de sortir de sa capitale. Condé assiégea Paris, et le parlement leva des troupes pour le défendre. Ce qui caractérise singulièrement cette révolte, c'est le ridicule dont elle fut accompagnée. On plaisantait les armes à la main. Le duc de Beaufort, petit-fils de Henri IV, fut appelé le *roi des halles* parce que ses manières populaires enchantaient le peuple. Le régiment du coadjuteur (nommé *régiment de Corinthe*), parce que son chef portait le titre d'archevêque de Corinthe, ayant été battu dans une sortie, sa déroute devint un sujet de bons mots : c'était la *première aux Corinthiens*. Vingt conseillers de nouvelle création, qui avaient fourni quinze mille livres chacun, au commencement de la guerre, furent connus sous le nom de *quinze-vingts*. Tandis que l'État menaçait ruine, ce goût de raillerie devenait plus vif de jour en jour. Cependant, les Espagnols profitaient des conjectures ; la crainte de les voir bientôt en France produisit un accommodement dont ni la cour, ni les frondeurs ne furent satisfaits. Mazarin conserva sa place, et le parlement son autorité.—En 1793, alors que *la France s'était érigée en république*, des factions, qui toutes voulaient s'emparer du pouvoir, s'élevèrent et se renversèrent successivement. On prétend qu'après avoir produit en France le bouleversement le plus universel, les deux factions de la *Montagne* espéraient de recueillir le fruit de leurs infernales ruses. L'anéantissement de tous les moyens de prospérité que renfermait la France, opéré par les armées révolutionnaires répandues dans les provinces, devait les réduire elles-mêmes aux plus affreuses extrémités. Qui vit de pillage ne vit pas long-temps. Les chefs ayant prévu cette chance, l'auraient tournée à leur avantage, pour envoyer sur les frontières une multitude d'hommes auxquels on aurait inspiré le désir d'aller chercher parmi leurs ennemis l'abondance qui n'était

plus chez eux. L'anéantissement des finances nationales forçant les troupes à trouver leur subsistance et leur habillement au bout de leurs épées, leurs ravages extrêmes devaient forcer les monarques à faire la paix avec un gouvernement qui n'avait rien à perdre, et qui, non seulement dévorait les provinces sur lesquelles ses armées se répandaient, mais dont la politique tendait à prêcher l'anarchie, à verser sur les peuples tous les fléaux qui le dévoraient lui-même. Alors, les montagnards, profitant de l'affaissement où l'excès du malheur avait réduit tous les courages, et du besoin de police qui se faisait sentir, auraient régné en despotes sur un peuple malheureux, ignorant, faible et dispersé. La soif du pouvoir, cette terrible passion qui change les hommes en tigres, armant les montagnards les uns contre les autres, garantit la France du dernier période d'opprobre. Les Jacobins et les Cordeliers, fidèles à leur plan de rester étroitement unis pour écraser leurs ennemis communs, avaient à tenir les uns envers les autres une conduite d'autant plus délicate que, vivant ensemble avec la plus extrême défiance, il leur importait de la cacher à tous les yeux pour ne pas discréditer devant leurs prosélytes communs les mesures prises de concert contre les audacieux qui auraient pu les démasquer.

L'étoile du chef du parti le plus influent alors, ayant pâli, parce que sa fortune avait été profondément endommagée par ses excessives libéralités, tous ses chauds amis et ses collègues qui avaient partagé ses opinions et prenaient part à ses largesses, disparurent quand vint l'adversité. Et chose, hélas ! trop commune, ils devinrent même les courtisans les plus empressés de son ennemi juré, de Robespierre. Ce fut assurément à cette disposition qu'il dut attribuer une partie de l'étonnant pouvoir acquis par ce factieux : il ne fut qu'augmenter jusqu'au moment fatal où le glaive suspendu sur sa tête trancha le fil de ses jours. Robespierre, déclaré ennemi public dans une séance de la Convention, très orageuse, eut la tête tranchée, le 28 juillet 1794, avec quelques-uns de ses complices.

FACTORERIE. Bureau des compagnies de commerce en pays étrangers, et principalement de la compagnie des Indes, dont nous dirons un mot. La première idée que fait naître le nom même de l'Inde est celle d'une région féconde et abondante. Les richesses de l'Orient, les trésors des Indes, sont des phrases familières à nos oreilles et devenues banales dans toutes les langues. Aussi ces belles contrées attirèrent-elles, dès les premiers temps dont nous ayons connaissance, des conquérants et des hordes de barbares accourus de divers points du globe. Malgré les nombreuses blessures qu'elle reçut, les forces de cette nature réparatrice et productive ne furent pas complètement épuisées. Le commerce de l'Inde accrut l'opulence si vantée de Salomon, qui y trafiquait, suppose-t-on, par le golfe Persique et la mer Rouge ; ce commerce enrichit l'Egypte, embellit Athènes et Rome. Enfin la découverte d'une nouvelle route, en doublant le cap de Bonne-Espérance, remit entre les mains des Portugais la clé des vastes magasins de l'Inde; les navigateurs de cette nation excitèrent l'envie et la cupidité de tous les peuples de l'Europe. En raison de la priorité de leur découverte, les Portugais réclamèrent la possession exclusive de ce passage et la conservèrent pendant près d'un siècle. Le premier pavillon anglais qui parut dans ces mers fut celui de sir Francis Drake lors de la circumnavigation du globe qu'il exécuta dans les années 1577 à 1580, en passant par le détroit de Magellan et revenant par l'Océan Pacifique et les mers de l'Inde. Les honneurs qu'il reçut à son retour enflammèrent l'ardeur des aventuriers. Plusieurs membres des plus illustres familles armèrent des vaisseaux pour le commerce d'Orient. Un des plus distingués fut Cavendish, qui entra dans l'océan Pacifique, visita les îles Philippines, les îles des Larrons, les Moluques, d'où il s'empressa d'écrire à la reine Elisabeth que ses compatriotes pouvaient faire le commerce dans l'Inde aussi librement que les Portugais. — Vers 1588, la première compagnie du Levant s'était formée en Angleterre pour le commerce avec la Turquie, la Perse et l'Inde, d'abord par la voie de terre; mais ce ne fut qu'en 1600 que les Anglais, après plusieurs tentatives infructueuses, firent les premiers pas pour l'établissement de leurs relations commerciales avec l'Orient. La première charte fut alors accordée à une *compagnie de marchands de Londres, faisant le commerce des Indes orientales.* Cette charte donnait des priviléges très étendus et exclusifs pour quinze années. Le premier voyage fut très lucratif: les voyageurs visitèrent Sumatra, où ils conclurent un traité de commerce avec un des souverains indiens, et obtinrent la permission d'établir une factorerie dans l'île. Le capitaine Lancastre, commandant l'expédition, touchant à l'île de Java, y laissa 36 facteurs ou subrécargues pour diriger les établissements que la compagnie comptait former dans les Indes. En 1603, il revint en Angleterre, rapportant de bons profits à ceux qui avaient fourni les capitaux. Plusieurs expéditions suivirent celle-ci, mais toutes avec des capitaux peu considérables; aussi les directeurs de la compagnie cherchaient-ils à prouver la nécessité d'un privilége exclusif et indéfini pour empêcher que tout particulier pût faire le commerce avec ses propres fonds. Quoi qu'il en soit, la plupart de ces voyages furent très-lucratifs, et les profits s'élevaient ordinairement à 100 ou 200 pour cent. En 1618, les directeurs de la compagnie parvinrent à extorquer du roi Jacques un renouvellement de leur charte qui les constitua pour toujours en corporation. Avec cette arme ils cherchèrent à étendre leurs opérations, non-seulement dans l'Archipel indien, mais même dans le continent de l'Asie. Ils établirent des factoreries à Surate, Cambage et Gogo. Un firman de l'empereur du Mogol consolida, en 1619, tous ces établissements. Jusqu'à cette époque, tous les membres de la compagnie opéraient avec leurs fonds particuliers, mais le droit de faire le commerce de l'Inde n'était accordé qu'aux seuls membres de cette compagnie. Les directeurs trouvèrent plus avantageux de soumettre toutes les opérations à un comité qui disposerait de tous les fonds. L'expérience prouva que les bénéfices diminuèrent par ce système, et ils allèrent toujours en décroissant, surtout quand les directeurs de la compagnie commencèrent à prendre une allure politique, voulurent devenir conquérants, entretinrent des ambassadeurs, des forteresses et des troupes; ils en furent bientôt réduits à suppléer par le pillage aux profits toujours diminuants du commerce. Conjointement avec les Persans, ils attaquèrent les Portugais dans l'île d'Ormuz, les en chassèrent, reçurent une partie du pillage et un droit de douane au port de Gombroun, qui devint leur principale station dans le golfe Persique. Les Hollandais furent aussi en butte à la jalousie des Anglais; car, ayant une administration plus économique et des capitaux plus abondants, les Hollandais pouvaient acheter plus cher et vendre meilleur marché. Cela suffisait pour inspirer de la haine à la compagnie. — Au Bengale, grâce aux cures extraordinaires que firent les chirurgiens anglais, la compagnie obtint, pour une somme très-faible, une licence du gouvernement pour faire un commerce illimité sans payer de douane. — A chaque changement de gouvernement, la compagnie s'empressait de faire confirmer ses priviléges et de les augmenter. Sous Charles II, elle obtint le droit de *faire la guerre ou la paix* avec tout prince non chrétien, et de saisir toutes les personnes non-licenciées qui se trouvaient au dedans des limites fixées. On y joignit bientôt le droit d'administrer la justice, de sorte que presque tous les pouvoirs du gouvernement se trouvaient réunis dans les mains de la compagnie. Aussi, dès ce moment, poursuivit-elle avec acharnement tous les Anglais qui voulurent commercer dans l'Inde pour leur compte particulier. Elle le fit avec

d'autant plus d'audace et de cruauté qu'elle était sûre de l'impunité; car toutes les plaintes qu'on faisait à la chambre des communes restaient sans réponse, presque tous les membres de cette chambre étant actionnaires de la compagnie.—Malgré sa dette toujours croissante, qui dépassait beaucoup son actif, elle commença à porter son attention sur le commerce de la Chine, et en 1680 elle importa pour la première fois le thé en Angleterre, où il devint depuis d'un usage si général.—Pour soutenir la concurrence avec sa nouvelle compagnie qui venait d'être autorisée à Londres, et qui depuis se joignit à elle, l'ancienne compagnie obtint encore de nouvelles concessions de l'empereur du Mogol, et elle se hasarda à construire un petit fort nommé *fort William*, dans le Bengale. La France, vers cette époque, avait fait une tentative dans les Indes orientales; elle établit des comptoirs à Surate et à Pondichéry, mais ces entreprises furent ruineuses pour les auteurs; car le gouvernement défendit bientôt l'introduction en France des marchandises qui venaient des Indes: cependant un peu plus tard, les Hollandais ayant abandonné l'île de France et l'île Bourbon, les Français s'en emparèrent et y formèrent de bons établissements. Quant à la compagnie anglaise, ses conquêtes dans le continent indien furent désormais immenses. Ne trouvant pas dans la Grande-Bretagne un assez grand secours d'hommes, elle enrôla des esclaves indiens, et attaqua les princes les plus puissants, et finit par s'emparer de leur empire. Il serait trop long de détailler ici les guerres sanglantes soutenues par Nyder-Aly, Tippoo-Saeb son successeur, et tant d'autres infortunés princes indiens qui se virent bientôt les vassaux de la compagnie anglaise. Peu d'années suffirent (de 1700 à 1780) pour la subversion de l'empire du Grand-Mogol. Ces succès furent dus en grande partie à la valeur et aux talents des amiraux Clive, Hastings, Wellesley. Une puissance si prodigieuse dans les mains d'une simple compagnie de marchands effraya le gouvernement anglais. Le ministre Fox essaya de détruire cette puissance : et Pitt réussit à faire adopter par le parlement un réglement qui fit rentrer dans les mains du gouvernement la direction des plus grands intérêts de la compagnie, et lui laissa seulement le soin des affaires commerciales. Quant au droit de faire la guerre, le gouvernement seul se le réservait. Sous un tel régime, la société ne pouvait manquer de périr. Aussi, sans l'extension du commerce de thé, dont la consommation en Europe se montait déjà à plus de vingt millions pesant, des pertes incalculables auraient anéanti la compagnie. Les directeurs envoyés par le gouvernement anglais, parmi lesquels on distingua lord Cornwallis, rétablirent sa prospérité; ses possessions s'étendirent d'autant plus qu'elle se trouvait sans rivaux. Les Hollandais, minés par la guerre que les Anglais leur avaient déclarée dans leur propre pays, et détestés dans l'Inde depuis l'horrible massacre des Chinois à Java, avaient abandonné le commerce des Indes. Les Français, détournés par leurs guerres continentales, ne continuaient pas celles qu'ils avaient commencées. Dupleix, Labourdonnaye et l'infortuné Lally, abandonnèrent presque toutes leurs possessions et conservèrent seulement Pondichéry, Chandernagor, Janaon, Karikal, Mahé, l'île de France et celle de Bourbon.—Les Portugais ne conservèrent que Goa et Din.— Les Danois ne gardèrent que Tranquebar et Pérampour. Les Anglais, insatiables dans leurs conquêtes, attaquèrent en 1811 les Birmans; cette guerre se renouvela en 1821 et 1823. Les Birmans leur cédèrent le royaume d'Astracan; de sorte que les possessions anglaises vont bientôt arriver aux premiers postes de l'armée russe qui va empiéter sur la Perse.

FACULTÉ, pouvoir de faire quelque chose, qui est inhérent à un corps, et qui subsiste en lui tant que ce corps existe dans son état naturel. Les facultés les plus élevées de l'homme sont appelées *facultés intellectuelles;* elles se partagent en deux sortes de facultés bien diffé-

24

rentes par le but et le genre de sensation, le caractère d'entraînement qui leur est propre. Ainsi, nous distinguerons les *facultés intellectuelles* par lesquelles nous fondons toutes les connaissances que nous avons de nous-mêmes et de toute la nature, et combinons les diverses idées qui en sont pour nous la représentation; les *facultés affectives*, qui consistent en des sentiments intérieurs, des penchants par lesquels nous sommes mis en rapport avec ce qui nous entoure, et sollicités à agir en de certaines directions. On nomme métaphysique, et plus ordinairement *idéologie*, la science qui a pour but l'étude des facultés intellectuelles.

FAÏENCE. Poterie vernissée. La faïence fut découverte à *Faenza*, ville d'Italie d'où lui est venu son nom. La première fabrique fut établie à Nevers. La porcelaine, qui n'est autre chose qu'une faïence très fine, fut découverte en Saxe par Johann-Frédéric Boëtther. (*Voyez* PORCELAINE.)

FAILLITE. État d'un commerçant qui cesse ses paiements. Si le commerçant est décédé en état de faillite, la déclaration de la faillite est prononcée soit d'office, soit à la requête des créanciers, mais seulement dans l'année qui suit le décès. Le failli doit faire la déclaration de la cessation de ses paiements au greffe du tribunal de commerce de son domicile, dans le délai de trois jours. Cette déclaration doit être accompagnée du dépôt du bilan, ou bien exposer les motifs qui peuvent empêcher ce dépôt. La faillite est déclarée par un jugement rendu par le tribunal de commerce, qui détermine l'époque à laquelle a eu lieu la cessation des paiements. Ce jugement doit être inséré dans les journaux tant du lieu où la déclaration a été faite, que des lieux où le failli pouvait avoir des établissements commerciaux. Le même jugement dessaisit le failli de l'administration de tous ses biens, même de ceux qui pourraient lui survenir pendant son état de faillite. Si le souscripteur d'un billet à ordre, ou l'accepteur d'une lettre de change, sont en état de faillite, les autres obligés sont tenus de fournir caution pour le paiement à l'échéance, s'ils ne veulent solder de suite. Le cours des intérêts de toutes les créances non garanties par un privilège, par un nantissement ou une hypothèque, se trouve arrêté par le jugement déclaratif.—Le tribunal de commerce, dans le jugement, désigne un de ses membres pour *juge-commissaire;* ses fonctions sont de surveiller les opérations et la gestion de la faillite. Il doit adresser un rapport au tribunal dans le cas de contestations qui pourraient s'élever. Le tribunal ordonne en outre apposition des scellés, ainsi que le dépôt de la personne du failli dans une maison d'arrêt. S'il est reconnu par le juge-commissaire que l'inventaire de l'actif du failli peut être fait en un jour, on procède de suite à cet inventaire sans apposition de scellés. Dans le cas où au contraire l'apposition des scellés a été ordonnée, le juge de paix doit être prévenu à cet effet par le greffier du tribunal de commerce. Les scellés sont apposés sur les magasins, comptoirs, caisses, portefeuilles, livres, papiers, meubles et effets du failli. Si le montant des valeurs appartenant à la faillite ne peut suffire immédiatement aux frais de jugement, d'apposition de scellés, etc., l'avance est faite par le trésor, qui est remboursé par privilège sur les premiers recouvrements. Outre le juge-commissaire, le tribunal nomme à la faillite des *syndics* dont le nombre peut être porté jusqu'à trois. Leurs honoraires sont déterminés par le juge-commissaire. Leurs fonctions principales consistent dans la vente d'objets sujets à dépérissement ou dispendieux à conserver, et dans l'exploitation du fonds de commerce du failli. Ils reçoivent les livres de commerce des mains du juge de paix. Ces livres sont clos et arrêtés par les syndics en présence du failli. Si ce dernier ne peut comparaître, il peut être représenté par un fondé de pouvoir. Les syndics sont chargés, dans un délai de trois jours après la déclaration de la faillite, de requérir la levée des scellés et de procéder

à l'inventaire des biens du failli en la présence de celui-ci. Il est fait double copie de cet inventaire : l'une est déposée au greffe du tribunal de commerce; l'autre reste entre les mains des syndics. Si la déclaration de faillite a eu lieu après le décès du failli, il est procédé de suite à l'inventaire en présence des héritiers. Une fois l'inventaire terminé, toutes les marchandises, livres, meubles et effets quelconques du failli sont remis aux syndics, qui sont encore chargés du recouvrement des dettes actives. Les syndics peuvent ensuite, avec l'autorisation du juge-commissaire, procéder à la vente des effets mobiliers et marchandises, non pas, toutefois, sans avoir entendu préalablement le failli. Les syndics doivent encore requérir l'inscription aux hypothèques sur les immeubles des débiteurs du failli, dans le cas où ce dernier ne l'aurait pas fait : ils agiront de même à l'égard des immeubles du failli. Après le jugement qui déclare la faillite, les créanciers sont admis à remettre au greffier leurs titres, ainsi que le bordereau détaillé des sommes qu'ils réclament; un récépissé leur est remis. Les créanciers qui diffèrent de remettre leurs titres sont avertis par la voie des journaux et par des lettres du greffier. La vérification des créances a lieu pendant les trois jours de délai qui suivent celui du jugement, par les soins du juge-commissaire, du créancier et des syndics. Tous les créanciers de la faillite portés au bilan, et le failli lui-même, peuvent assister à cette vérification. Le juge-commissaire et le syndic dressent le procès-verbal de vérification, qui doit indiquer l'adresse et les titres des créanciers, et exprimer si les créances de chacun sont admises ou contestées. Si un ou plusieurs créanciers manquent à comparaître et à faire reconnaître leurs droits, dans les délais fixés, ils ne sont pas compris dans les répartitions; toutefois ils peuvent encore former opposition jusqu'à la distribution des deniers de la faillite. Les frais de l'opposition demeurent à leur charge.—Dans les trois jours qui suivent les délais fixés pour l'affirmation, les créanciers dont les titres ont été vérifiés et admis, sont convoqués par le greffier du tribunal à l'effet de délibérer sur la formation du *concordat.* Cette assemblée des créanciers se forme sous la présidence du juge-commissaire, et le failli est tenu d'y assister, à moins qu'il n'en soit dispensé par des motifs reconnus valables. Les syndics font un rapport à l'assemblée de l'état de la faillite et de toutes les formalités qui ont été remplies. Ce rapport, signé par eux, est remis au juge-commissaire qui dresse procès-verbal de ce qui a été dit dans l'assemblée. Aucun traité ne peut être consenti entre les créanciers avant l'accomplissement de toutes ces formalités. Ce traité, ou concordat, ne peut avoir lieu que par le concours d'un nombre de créanciers formant la majorité, et représentant en outre les trois quarts de la totalité des créances vérifiées. Si le failli a été condamné comme banqueroutier frauduleux, le concordat ne peut avoir lieu; s'il est reconnu banqueroutier simple, le concordat peut être formé. Le concordat une fois formé doit être homologué (approuvé) par le tribunal de commerce. Le juge-commissaire doit, à cet effet, adresser au tribunal un rapport indiquant le caractère de la faillite, et l'admissibilité du concordat. Une fois homologué par le tribunal, le concordat devient obligatoire pour tous les créanciers, même pour ceux qui n'ont pas été portés au bilan, et dont les titres n'ont pas été vérifiés. La découverte d'un dol résultant, soit de la dissimulation de l'actif, ou bien de l'exagération du passif, pourra seule provoquer la nullité du concordat après son homologation. Les fonctions des syndics cessent après l'homologation. Ils doivent alors rendre compte de leur gestion au failli en présence du juge-commissaire. Si, avant ou après l'homologation du concordat, le cours des opérations de la faillite se trouve arrêté par l'insuffisance de l'actif, le tribunal, sur le rapport du juge-commissaire, prononce la clôture de ces opérations. Ce jugement peut toujours être rapporté, quand le failli ou tout autre intéressé peut justifier qu'il existe des valeurs suffisantes pour faire face aux frais occasionnés par les diverses opérations de la faillite, ou qu'il remet ces valeurs entre les mains des syndics.— Dans le cas où il n'intervient pas de concordat, l'union des créanciers a lieu de plein droit. Les syndics représentent alors la masse des créanciers et procèdent à la liquidation. L'assemblée des créanciers en état d'union doit être convoquée, au moins une fois la première année, par les soins du juge-commissaire. Les syndics doivent rendre à l'assemblée un compte exact de leur gestion. Le failli est présent ou dûment appelé. Chacun des créanciers est admis à présenter des observations sur l'excusabilité du failli. Un procès-verbal dressé à cet effet consigne ces observations. L'union des créanciers se trouve dissoute après la clôture de l'assemblée. Sur le rapport qui lui est adressé par le juge-commissaire, le tribunal de commerce décide si le failli est excusable ou non. S'il est déclaré excusable, il demeure affranchi de la contrainte par corps à l'égard de ses créanciers, et ne peut être poursuivi par eux que sur ses biens. S'il est non-excusable, les créanciers rentrent dans l'exercice de leurs droits tant contre sa personne que contre ses biens. Les banqueroutiers frauduleux, les comptables de deniers publics, les personnes condamnées pour abus de confiance, vol ou escroquerie, les stellionataires (celui qui a vendu un héritage qui n'est pas à lui, ou qui vend comme libre d'hypothèques un bien qui en est grevé), ne peuvent être excusables. Tout créancier porteur d'engagements souscrits ou endossés valablement par le failli, reçoit sa part dans les distributions faites à la masse des autres créanciers. Il signe pour la valeur nominale de son titre jusqu'à parfait paiement. S'il a déjà reçu un à-compte sur sa créance, il n'est compris dans la masse qu'avec la déduction de cet à-compte. Dans le cas où au contraire le créancier a fait une avance de fonds en qualité de caution, le remboursement de cette somme partielle est fait en même temps que la distribution à la masse des créanciers. Les salaires dus aux ouvriers par le failli pour travaux faits un mois avant la déclaration de faillite, celui des commis pendant les six mois qui ont précédé la faillite, sont admis parmi les créances privilégiées sur les biens meubles du failli. Quant aux biens immeubles, il existe un privilége pour les créanciers hypothécaires. La femme du failli dont les biens ne sont pas en communauté, est admise à reprendre en nature les immeubles qui lui sont survenus par succession ou donation. Sous quelque régime que le contrat de mariage ait été formé, il est toujours présumé que les biens acquis par la femme appartiennent à son mari, si elle n'apporte la preuve du contraire. Le montant de l'actif de la faillite, déduction faite de toutes dépenses, sera réparti entre tous les créanciers par les soins des syndics, qui se feront représenter le titre constitutif de la créance. Quant à la vente des immeubles, les créanciers hypothécaires sont seuls admis à poursuivre l'expropriation; si aucune poursuite n'est faite avant l'époque de l'union des créanciers, les syndics seuls sont admis à poursuivre la vente.—Nous donnons un tableau statistique des faillites déclarées dans le cours des huit premiers mois de 1839. Leur nombre est de 788; elles forment un passif de 65,147,723 fr. Elles sont composées comme il suit :

124	dont le passif est au-dessous de	10,000 fr.
160	idem.	20,000
340	idem.	60,000
81	idem.	100,000
77	idem.	200,000
22	idem.	300,000
22	idem.	500,000
12	de 500,000 fr. à 1,000.000 ;
2	de 1,200.000 fr. à 1,300.000 ;
3	de 2,000.000 fr. à 2,300.000 ;
1	de 3,400,000 fr. ;—54 dont le passif est inconnu.

FAIM. Besoin et désir de manger; sentiment intérieur plus ou moins pénible. Selon certains auteurs, on doit attribuer la faim au froncement de l'estomac pendant la vacuité; d'autres l'attribuent au frottement de ses rides et de ses houppes nerveuses les unes contre les autres; plusieurs, à la lassitude des fibres de la tunique musculaire trop long-temps contractée; le plus grand nombre, à la compression des nerfs, quand l'organe est resserré sur lui-même, ou bien au tiraillement du diaphragme par le foie et la rate, dont l'estomac et les intestins ne soutiennent plus le poids. La cause de ce phénomène physique paraît tenir plutôt au mode de vitalité propre de l'organe digestif qu'à l'accumulation de la salive et des fluides gastriques, ou bien à l'alcalescence (putréfaction) de ces sucs, comme quelques-uns l'ont prétendu.

FAIM-VALLE. Cette maladie, très rare, n'attaque guère que le cheval, et paraît devoir être rangée parmi les névroses (maladies nerveuses). A peine le cheval est-il échauffé par la marche, qu'il s'arrête tout-à-coup : dès qu'il a satisfait son appétit, le spasme subit se dissipe, l'animal continue son chemin.

FAISAN, coq sauvage. On le nomme aussi oiseau du Phase, parce que les Argonautes, en remontant le Phase pour aller à Colchos, trouvèrent ce superbe oiseau sur ses bords. Comme le paon, il aime à se regarder et à s'admirer, ce qui donne aux chasseurs le temps de venir à lui et de le tuer. Il est naturellement stupide.

FAISCEAU, amas de plusieurs choses liées ensemble; les anatomistes désignent par ce terme un groupe régulier de fibres, soit musculaires, soit nerveuses.

FAKIR (mot qui signifie mendiant en langue arabe). Les fakirs sont des espèces de derviches errants et sans demeure fixe; ils se répandent dans toutes les parties de l'empire turc ou de l'empire persan. Dégoûtants à voir, ces misérables sont souvent très dangereux, parce qu'ils ne reconnaissent ni chefs ni aucune espèce de police. Leurs vêtements sont à peu près les mêmes que ceux des derviches, excepté qu'ils ont toujours la tête découverte et chargée de cheveux longs et touffus, qu'ils affectent encore de hérisser d'une manière épouvantable. Quelques-uns attachent une grande quantité de grelots et de petites sonnettes à leurs vêtements, et courent dans les villages, poussant des cris, faisant toute espèce de contorsions; plus ils se défigurent, plus ils excitent la pitié des dévots qui les disent *animés de l'esprit de Dieu*. Ils marchent armés d'un long instrument de fer dont l'extrémité se termine en une lame semblable à celle d'un couperet. C'est ainsi qu'ils parcourent les villes, les bourgs, les villages, et particulièrement les routes, où leur rencontre n'est pas toujours sans danger quand on est sans armes; car alors ils vous demandent l'aumône à la manière des voleurs de grandchemin, et comme eux ils partagent la bourse des voyageurs d'une manière toujours inégale.

FALAISE. On appelle ainsi un escarpement fortement incliné ou vertical qui borne les côtes de la mer. Dans le voisinage de Falaise (Calvados), la mer est très profonde.

FALÈRE. Espèce d'indigestion particulière aux bêtes à laine; cette maladie ne s'observe que dans les contrées méridionales de la France. L'animal tombe subitement dans un état de stupeur; il est agité de violentes convulsions; la respiration est laborieuse, le ventre tuméfié : il succombe au bout d'une ou deux heures. Le gaz hydrogène carboné détermine le boursoufflement des estomacs et des intestins.

FAMILLE. Les naturalistes ont adopté ce mot pour désigner des groupes de genres liés par des caractères communs ; ce mot est également employé avec la même signification en botanique.

FANATISME. Zèle aveugle et passionné, qui fait commettre des actions injustes et cruelles, non-seulement sans honte et sans remords, mais encore avec une sorte de joie et de consolation. Vers 1350, sous Philippe de Valois, la peste, après avoir désolé l'Asie et l'Afrique, se répandit en Europe. Il sortait environ 500 morts par jour de l'Hôtel-Dieu de Paris. Ce fléau excita le fanatisme d'une secte de *flagellants*, qui couraient les villes et les campagnes, se déchirant les épaules à coups de fouet, pour effacer, disaient-ils, les péchés du monde. Le roi, de l'avis des docteurs, défendit sévèrement leurs assemblées et leurs pratiques, si propres à troubler les têtes. Bientôt la folie des flagellants dégénéra en brigandages ; mais le mépris et l'autorité les firent rentrer dans le devoir. Deux siècles après environ, les Parisiens eurent à rougir des excès des fanatiques que la capitale renfermait. Henri III avait été contraint de s'enfuir à Chartres, et d'abandonner Paris au duc de Guise. Une procession de capucins alla jusqu'à Chartres pour fléchir le roi. Frère Ange (Henri de Joyeuse, un de ses mignons, devenu novice capucin) marchait à leur tête, portant sur les épaules une grande croix, et frappé de coups de discipline par deux religieux, tandis que les autres chantaient le *Miserere*, et que le peuple criait d'un ton lamentable : *miséricorde!* A cette bizarre cérémonie succéda une députation respectueuse pour demander pardon ; et le parlement sollicita *la grâce du peuple*. Le fanatisme religieux est un délire qui naît de la superstition ; mais la vérité, l'amitié, l'amour de la patrie ont aussi leurs fanatiques. — De la persécution ou du désir exagéré de faire triompher son parti ou son opinion, naît le fanatisme politique.

FANTASMAGORIE. Art de faire apparaître des fantômes. La fantasmagorie n'est qu'une lanterne magique dont on fait varier la distance de l'objet au verre convergent, et de l'appareil au tableau. La grosseur de l'image varie entre des limites très étendues, et par conséquent elle paraît s'éloigner ou s'approcher. (*Voyez* LANTERNE MAGIQUE.)

FAON. Petit d'une biche. On trouve le cerf dans toute l'Europe, dans l'Amérique septentrionale, en Asie, jusqu'au Japon. Il marche en troupe conduite par un mâle ; il nage très bien. Sa vie est de trente ans. En général, cet animal est doux ; il ne devient méchant que pendant le rut, qui a lieu en août et septembre ; vers ce temps les mâles se battent entre eux avec acharnement. La femelle (biche), qui a rarement des cornes, porte huit mois ; elle met bas un faon, rarement deux. Le cerf perd ses cornes à la fin de février et de mars ; les nouvelles sont formées en juillet. On recherche sa peau, et sa chair est bonne à manger. Ce bel animal a trois pieds et demi de hauteur ; son dos est roux-brun, son ventre blanchâtre : il est rarement entièrement blanc. Le faon est tacheté de blanc. On trouve la fosse lacrymale devant les yeux ; chaque année, ses cornes présentent un plus grand nombre de rameaux. Les vieux cerfs entrent en rut au commencement de septembre ; les jeunes, plus tard : cet état dure trois semaines. Les plus jeunes biches sont aussi les dernières en chaleur ; elles portent huit mois et quelques jours. Dans le faon de six mois, les bosses commencent à paraître, et on le nomme *hère* jusqu'à ce que ces bosses s'allongent en dagues : il se nomme alors *daguet*. Dans cet état, qui commence à dix-huit mois, il peut engendrer ; si on lui fait subir la castration, il reste pour toujours muni ou privé de son bois, comme il l'était à l'époque de cette opération. Dans les cerfs entiers, le bois se détache au printemps, comme nous l'avons dit, et se reforme en été. Ce bois est d'abord velouté, tendre, donnant du sang quand on l'entame ; mais il se durcit en quatre à cinq mois. Ces animaux s'attroupent en décembre, pour se réchauffer les uns les autres. Ceux des pays montueux et arides sont en général moins grands et plus bruns que les autres. La longueur ordinaire du cerf est de six pieds.

FARD. Pâte pour colorer le teint. Par ce nom de *fard* on désigne toutes les compositions destinées à entretenir la souplesse de la peau et à embellir le teint ; mais, à cause des substances métalliques que contiennent les fards, ils produisent un effet contraire à celui qu'on attend ; ils irritent la peau, la dessèchent, et quelquefois ils suppriment la transpiration, ce qui peut déterminer des accidents les plus graves. On distingue deux espèces de fards, le blanc et le rouge. Le *blanc de fard* est du sous-nitrate de bismuth uni à la craie de Briançon. Le rouge est de plusieurs sortes : le *rouge végétal* est le principe colorant du carthame (plante herbacée annuelle), que l'on a fait dissoudre dans une solution alcaline, et que l'on fait précipiter ensuite au moyen du suc de citron. Le *vinaigre de rouge* est du carmin suspendu dans du vinaigre à l'aide d'un peu de mucilage (substance végétale qui se rapproche de la gomme).

FARINE. Grain réduit en poudre. Celle de froment, qu'on emploie pour faire le pain, est composée de 74,5 de fécule amylacée, 12,5 de gluten, 1 de résine, d'albumine, de quelques sels, et 12 d'une matière sucrée, ainsi que d'une substance gommo-glutineuse particulière. Les Romains nommaient *far* le blé dont ils faisaient le plus grand usage, et qu'ils cultivaient de préférence. Il est probable que, primitivement, on mangea le blé en substance, ou grillé, ou bouilli ; dès qu'on eut trouvé l'art de séparer la pulpe blanche et nourrissante qu'il contient, d'avec la peau grossière de son écorce, on renonça à tous les autres procédés en faveur de celui-ci. L'art de moudre, l'art de bluter n'ont pas toujours été ce qu'ils sont aujourd'hui. A présent, un meunier sait extraire du même blé différentes sortes de farines, comme le vigneron, par des procédés d'un autre genre, sait tirer du même raisin des vins qui diffèrent en qualité. On a même trouvé le moyen d'améliorer les farines, en mêlant ensemble diverses sortes de blés, et de former ainsi un pain meilleur ; de même qu'en mêlant le produit de différents vignobles, on est parvenu à rendre certains vins excellents. Cependant, les bonnes méthodes n'ont pas également pénétré partout : chaque département, en France, a pour ainsi dire sa manière de moudre, de bluter, de sasser, de pétrir, d'employer les levains. Le blé, quand il a passé par le moulin, offre, comme on sait, deux produits différents, la farine et le son ; mais ce son est toujours chargé d'une quantité plus ou moins considérable de farine adhérente à l'écorce, et surtout d'une quantité de *gruau*, qui est la partie la plus blanche du grain, ainsi que la plus savoureuse et la plus nourrissante. Ce gruau pourtant était jadis rejeté ; il ne servait qu'à engraisser les animaux, ou à faire de l'amidon. Plus tard, on imagina, pour séparer du vrai son, de le faire repasser sous la meule quatre à cinq fois de suite : c'est là ce qui a fait donner à l'opération le nom d'*économique*. Elle produit plusieurs sortes de farine, dont une, plus belle que la farine ordinaire, se vend plus cher, et s'emploie de préférence pour les petits pains et la pâtisserie.

FATALISME. Doctrine du *fataliste*, c'est-à-dire, de celui qui croit au *destin*. Les anciens nommaient destin les lois que Dieu donna aux âmes immortelles lorsqu'elles se présentèrent devant la vierge *Lachésis*, fille de la *Nécessité*, pour choisir des corps comme on choisit des vêtements, avec cette différence que ce choix était irrévocable ; la faute en retombait sur celle qui s'était trompée. Ils représentaient cette divinité allégorique tenant sous ses pieds le globe de la terre, et entre ses mains une urne dans laquelle était renfermé le sort des hommes ; on lui donnait encore un livre où les destinées des mortels étaient écrites. Ils disaient aussi que le destin est l'âme de l'univers divisée en trois sœurs ou Parques, ou mesures de temps, c'est-à-dire le *passé*, le *présent*, l'*avenir; qu'il enferme comme dans un cercle l'infinité de tout, sans être lui-même infini; qu'après avoir parcouru ce cercle, les mêmes hommes, les mêmes choses et les mêmes événements doivent renaître; et que cela arrivera après trente-six mille ans. Platon a dit aussi que Dieu ayant créé l'univers, choisit de bonnes âmes en nombre égal à celui des astres, et qu'après leur avoir fait admirer le grand spectacle des mondes naissants, il leur dévoila les lois du destin; qu'ensuite il les chargea des autres petits soins de la création, mais sans garantir les maux qui pouvaient en résulter. Au reste, toutes les questions sur le fatalisme ressemblent à la plume légère qui amuse les enfants pendant qu'elle est en l'air : le moindre souffle suffit pour la soutenir; mais quand on ne s'en occupe plus, elle tombe.—Homère est le premier qui en ait parlé. Deux mots suffisent dans ces discussions métaphysiques; il serait même encore plus sage de n'en rien dire, puisqu'il est toujours inutile d'en parler longtemps : c'est ce qui s'appelle disserter sur la pointe d'une aiguille; mais heureusement dans la conversation on peut s'entretenir de tout, et le coin du feu n'exige pas l'éloquence d'un rhéteur.—Voltaire a dit : *les imbéciles seuls pensent que l'homme prudent fait lui-même son destin.* Il nous semble que ces imbéciles-là ne le seraient pas tant, s'ils ne considéraient le destin que dans l'ordre moral. Il ajoute : *le prudent succombe sous la destinée, loin de la faire, et c'est au contraire le destin qui fait les prudents.* En ce cas, il fait donc aussi les imprudents, les coupables, les vicieux, les criminels, etc. Certainement nous ne pouvons empêcher la gravité mutuelle des parties de la matière, mais il n'en est pas de même de la volonté de l'homme qui a de l'influence sur sa destinée morale. Si le destin de celui qui a écrit ces lignes est de faire un mauvais article et qui doit ennuyer ses lecteurs, il pourra aussi ne pas l'écrire et l'on peut se dispenser de le lire; ainsi ce n'est pas notre destin qui a tort, c'est notre volonté. La destinée de Voltaire était d'éclairer l'univers par ses ouvrages immortels; mais cependant il pouvait aussi ne pas écrire; quelques légères circonstances suffisaient pour ne pas lui en inspirer la volonté. Voltaire, officier, abbé ou conseiller au parlement, pouvait être l'amant d'une jolie femme qui n'aurait pas aimé les vers, et nous n'aurions ni la Henriade ni tant d'autres chefs-d'œuvre; il fallait qu'il fût persécuté : et pourquoi le fut-il? Si des causes semblables peuvent influer sur la destinée primitive, nous ne reconnaissons pas sa puissance; mais la raison éclaira Voltaire sur ce qu'il pouvait, et il le voulut. On nous dira : les animaux ont aussi leur volonté; oui, sans doute : l'oiseau, par exemple, a celle de manger du grain, il faut qu'il ait cette volonté; mais il ne pourra *vouloir* manger un *pâté d'anguilles.* Les animaux n'ont pas en eux cette suite d'idées réfléchies qui pourraient leur donner une volonté indépendante de la nature de leur être. Pourquoi les chiens font-ils trois ou quatre tours sur eux-mêmes avant de se coucher? Tous les naturalistes constatent simplement ce fait, sans en donner la raison philosophique. C'est une lacune à laquelle nous ne promettons pas de suppléer; néanmoins nous dirons : le premier voyageur venu entre dans la première auberge qui se présente, se couche dans le premier lit qu'il trouve. Il n'a pas la moindre incertitude, il sait où mettre sa tête; c'est généralement sur l'oreiller (à moins qu'il n'aime à dormir la tête basse). Or, il n'y a pas de traversin au lit du chien, et cela généralement, car on ne peut admettre quelques exceptions qui ont lieu chez certaines vieilles marquises. Son lit est le premier endroit venu : le seuil de la porte, le pied du lit de son maître, un tabouret, le plancher, n'importe! En conséquence, il lui manque une volonté pour placer sa tête plutôt ici que là; et cette volonté qui lui manque, fait qu'il y regarde plusieurs fois. Mais il se lasse à la fin, et de ce qu'il n'a pas plus de raison de s'arrêter après le second tour qu'après le pre-

mier, il ne s'ensuit pas qu'il doive tourner toujours : il se couche donc, parce qu'il est las de douter; dans ce cas l'effet du destin peut paraître avoir lieu, puisqu'il n'y a point de destin inévitable dans l'ordre moral, qu'il n'existe que dans l'ordre physique. Un homme trouve un cep de vigne et le plante près de sa hutte couverte de joncs, aux environs d'Agra et sur les bords de la rivière de Gemène. Quelques siècles après, des vignes couvrent nos coteaux, et dans l'intervalle, Alexandre ivre tue Clitus. Il est certain que si le premier cep de vigne fût mort sur pied, nous n'aurions pas de vin de Champagne, de Chablis, d'Aix ou de Chypre; mais est-ce seulement parce que ce premier cep produisit quelques grappes qu'Alexandre fut forcé de se souiller d'un meurtre aussi abominable? Alexandre pouvait boire de l'eau ce jour-là, et la chaîne des événements eût été rompue; mais les vignes n'en existeraient pas moins. Platon plaçait aussi nos volontés, nos âmes, nos pensées dans la chaîne immuable des êtres. Nous avons quelque répugnance à croire que nous sommes autant dispensés de réfléchir qu'une poule, un oignon ou une huître, et que leurs destinées et la nôtre sont dans le même chapitre. D'où viendrait donc cette seule faculté d'hésiter, cette incertitude de la volonté? La nature, en l'accordant aux hommes, semble leur avoir dit : *Votre destinée cesse au point où votre volonté commence.* Nous avons prétendu que les animaux avaient aussi une volonté; mais hâtons-nous d'ajouter qu'elle ne va pas au-delà de ce qui est nécessaire pour la conservation de leur existence; nous voyons, pour les animaux sauvages qui vivent dans les bois, une destinée inévitable, mais elle n'existe pas pour l'homme. Epicure, dans un système qui suppose un enchaînement inséparable des causes et d'effets, voulant cependant prouver l'existence de la volonté particulière, et ne la trouvant pas dans ses principes, la cherche hors de son système, en ajoutant une conséquence possible à ses résultats connus : il imagina la déclinaison des atomes, afin d'arracher, pour ainsi dire, au destin cette liberté dont il regrettait de le rendre maître. — Plutarque compare le destin à une loi civile qui prescrit, non pas toutes, mais le plus grand nombre d'actions qu'il faut faire ou éviter, et qui ensuite embrasse dans ses dispositions tout ce qui peut être utile. — Juvénal dit que la destinée n'est qu'une puissance occulte et merveilleuse qui régit l'univers. — Au reste, toutes les discussions sur le fatalisme considéré comme puissance isolée et indépendante de la volonté divine, ramènent toujours à cet axiome : *Il y a des choses qu'il faut savoir ignorer, parce qu'il est inutile de vouloir les connaître.* Tous les moralistes ont parlé du fatalisme en termes plus ou moins obscurs, les uns pour prouver qu'il existe, les autres qu'il n'existe aussi une volonté, et tous veulent avoir raison; ce que nous en avons dit ne *prouve rien,* et il nous semble avoir touché au même but que les métaphysiciens qui ont traité des questions de cette nature. S'il est dans le destin que vous guérissiez de la maladie que vous avez, selon les fatalistes, appelez un médecin ou n'en appelez pas, vous guérirez; si vous ne devez pas guérir, le médecin n'y fera rien; or, la destinée a prononcé sur un de ces points; ainsi laissez là le médecin. D'autres : si vous devez moissonner, il n'y a pas de doute à cet égard, et certainement vous moissonnerez; si vous devez ne pas moissonner, l'incertitude est encore inutile, car vous ne moissonnerez pas : d'où ils concluent qu'il ne faut s'inquiéter ni de sa santé, ni de ses moissons, puisque leur sort est fixé par le destin dès l'origine des choses. C'est par des sophismes semblables qu'on établit le fatalisme dans l'univers et l'inaction parmi les hommes.

FAUCON. (*Voyez* OISEAU DE PROIE.)

FAUNE. Dieu de la Fable. Plusieurs mythologistes prétendent que *Faune* était le même que *Pan;* d'autres y mettent de la différence. Ce nom lui fut donné à cause des prédictions qu'il passait pour avoir faites. On le représentait à peu près comme le dieu *Pan*, et il paraissait aussi porté que lui au plaisir. On lui immolait ordinairement dans les bois sacrés une jeune brebis ou un bouc. Il avait un temple à Rome, dans l'île du Tibre, où l'on célébrait sa fête aux nones de décembre (huitième jour avant les ides), et aux ides de février (milieu du mois). Il y avait encore plusieurs autres petits dieux de la campagne appelés *Faunes*. On croyait qu'ils envoyaient tous ces fantômes que l'on s'imagine voir pendant la nuit. Ce dieu avait une femme appelée *Fauna* ou *Fatua*. C'est elle qui, selon l'opinion de plusieurs historiens, fut adorée à Rome sous le nom de la *bonne déesse*. Sa fête se célébrait dans un lieu retiré et obscur, auquel on donnait le nom d'*Opertum*. Les femmes seules y assistaient ; elles étaient jusqu'aux portraits des hommes, afin d'imiter la chasteté inviolable que cette déesse avait gardée avec tant de soin, que depuis son mariage elle n'avait jamais regardé d'homme que son mari. Malgré cette modestie. il se passait cependant bien des abominations dans les sacrifices qu'on lui faisait ; les femmes avaient soin de porter de grandes cruches pleines de vin, auquel elles donnaient le nom de *lait*. Le dieu *Faune* ayant, dit-on, un jour trouvé sa femme ivre, il la fouetta tant avec des verges de myrthe, qu'il la fit mourir. S'étant ensuite repenti de la cruauté dont il avait usé à son égard, il la mit pour le dédommager au rang des déesses ; telle est l'origine de la cruche de vin. Ces sacrifices se faisaient dans la maison du grand-prêtre.

FAUNE. Espèce de singe à longue queue, à longue barbe pointue, et dont la queue forme un toupet à son extrémité.

FAUNE. On donne ce nom aux ouvrages d'histoire naturelle destinés à présenter l'énumération des animaux d'un pays.

FAUVETTE. Petit oiseau qui habite le plus souvent les jardins, et dont la couleur tire sur le *fauve*, d'où lui vient son nom. Son chant est très agréable. La fauvette a beaucoup d'industrie ; elle fait son nid sur les arbres des grands chemins, souvent aussi dans les haies des jardins, et le compose, avec beaucoup d'art, de crins de cheval. (*Voyez* PASSEREAUX.)

FAVUS. Teigne faveuse ; maladie contagieuse, dont les caractères sont des croûtes d'une odeur dégoûtante, d'un jaune clair, très sèches, très adhérentes, isolées ou agglomérées en larges incrustations qui ont leurs bords saillants et relevés, et dont la surface présente des dépressions (abaissements) caractéristiques.

FÉBRIFUGE. Nom donné aux substances médicamenteuses qui ont la propriété d'empêcher le retour des accès de fièvres intermittentes (qui cessent et reprennent tour à tour). Le quinquina et quelques alcaloïdes jouissent spécialement de cette propriété.

FÉCULE. Partie farineuse des graines. Le mot fécule est employé comme synonyme d'amidon (fécule amylacée). On appelle aussi fécule la matière verte suspendue dans les sucs exprimés des végétaux, et composée ordinairement de chlorophylle (matière verte des feuilles), de résine, de cire, et d'une matière azotée.

FÉCIALE. Prêtre romain. Les prêtres appelés *féciales*, qui répondaient à peu près aux hérauts-d'armes, furent institués par Numa ; mais ce fut Ancus Martius, quatrième roi de Rome, qui établit le droit des *féciaux* dans toute sa régularité. Le collège des féciaux était composé de 20 prêtres, que l'on créait comme les pontifes. Leur charge était surtout d'être présents aux déclarations de guerre, aux traités de paix que l'on faisait, et de prendre garde que les Romains n'entreprissent que des guerres légitimes. Lorsque quelque peuple avait offensé la république, un des féciaux partait aussitôt vers ce peuple pour lui demander réparation, soit en rendant ce qui avait été enlevé, soit en livrant les coupables. Si la réparation n'était pas faite sur-le-champ, on laissait à ce peuple trente jours pour délibérer, après lesquels on pouvait légitimement lui déclarer la guerre. Alors, le prêtre nommé *fecialis* retournait sur la frontière de l'ennemi, et y jetait une pique teinte de sang , en déclarant la guerre par une certaine formule. Dans la suite, les bornes de l'empire romain s'étant fort étendues, on continua de faire cette cérémonie seulement pour la forme, afin de contenter la populace superstitieuse. Elle se célébrait proche la ville de Rome, dans un champ appelé *Hostilis*. Les traités se faisaient par l'entremise d'un des féciaux auquel on donnait le nom de *père (pater patratus)* pendant qu'il était chargé de cette négociation , parce qu'il prêtait serment pour tout le peuple. Ces prêtres étaient encore chargés de prendre connaissance des injustices commises envers les alliés du peuple romain, et de prendre garde que les ambassadeurs ne fussent insultés. Ils avaient encore le droit de casser les traités de paix qui n'étaient point avantageux à la république , et de livrer aux ennemis ceux qui les avaient faits. En un mot, ils étaient chargés de surveiller tout ce qui regardait les traités.

FÉE. Divinité imaginaire ; enchanteresse. Dès les premiers siècles de la monarchie , le peuple croyait dans la réalité et l'existence des fées ; en 1442, cette croyance était encore presque universelle en France. On lit dans le procès de Jeanne-d'Arc, que plusieurs fois les juges lui demandèrent si elle n'avait pas vu les fées , si elle ne leur avait pas parlé, si elle n'avait pas été à leur arbre et à leur fontaine , près de son village de Domremi , en Lorraine. Généralement on se représentait les fées sous l'apparence de petites vieilles difformes et hideuses, ou sous la figure de très jolies femmes , richement vêtues, savantes dans l'art de charmer et de la divination ; on leur donnait pour habitation des grottes et des rochers , des cavernes qui s'étendaient sous terre jusqu'à cinq ou six lieues ; on *affirmait* même qu'il y coulait des ruisseaux au milieu de belles salles et de chambres pavées en mosaïque , avec des autels ornés de riches peintures. Le mot *fées* paraît venir de *feas*, qui était le nom par lequel les habitants du Limousin les désignaient. On nomme *féerie* l'art des fées, qu'il ne faut pas confondre avec *ferie* (*Voyez* ce mot).

FELDSPATH, pierre précieuse. Les variétés de *feldspath* se divisent en plusieurs groupes : 1° le *feldspath commun*, qui comprend l'*adulaire* dont les variétés sont le *pétunzé*, blanc opaque et luminaire ; le *feldspath vitreux*, verre, opaque, d'un blanc mat, quelquefois rouge incarnat et compact ; 2° l'*albite* ou *schorl blanc* ; 3° le *feldspath opalin*, dont les reflets présentent le plus ordinairement deux couleurs : le bleu et le vert et quelquefois jaune d'or ; l'*anorthite*, substance très rare ; 4° le *feldspath tenace* ou *jade* ; 5° le *feldspath argiliforme* ou *kaolin* ; 6° le *feldspath bleu* ; 7° le *feldspath cubique*. Ce minéral , d'une dureté comparable à celle du *quartz*, est très répandu dans la nature. Le feldspath, fusible au chalumeau, étincelle par le choc du briquet, et il offre la double réfraction. mais à un *faible* degré.

FÉMUR. Os de la cuisse. L'extrémité supérieure du fémur présente une grosse éminence arrondie, tournée en haut, en dedans et un peu en avant, et que l'on nomme la *tête du fémur*. On appelle col la portion osseuse qui supporte cette tête. Le grand trochanter est peu au-dessous de la tête et au côté externe (trochanter, grosse apophyse (saillie) irrégulière qui donne attache à la plupart des muscles rotateurs et fléchisseurs de la cuisse). Le trochantin (petit trochanter) est situé à la partie interne et postérieure de la base du col. Le *corps* du fémur, un peu courbé d'avant en arrière , présente en arrière une saillie longitudinale nommée *ligne âpre*, qui , simple dans sa partie moyenne , se bifurque (se divise en fourche) supérieurement pour aboutir aux grand et petit trochanters , et inférieurement pour aller à l'un et à l'autre *condyles* (nœuds d'articulation). Deux tubérosités forment l'extrémité inférieure de l'os ; elles donnent attache à quelques muscles et aux ligaments de l'articulation du genou.

FENOUIL. Plante indigène aromatique, et dont la racine est une des cinq apéritives (qui désobstruent), et les semences une des quatre semences chaudes majeures. Le meilleur fenouil nous est apporté du Languedoc et surtout des environs de Nismes ; il est d'un goût suave, sucré, agréable, analogue à celui de Paris. On doit choisir le fenouil nouveau, bien nourri et verdâtre.

FENU-GREC. Plante annuelle qui se sème et se recueille comme la coriandre. Elle se trouve en différents endroits de la France ; elle se cultive dans la Touraine et surtout à Aubervilliers, près Paris. Ses semences sont petites, irrégulières, jaunes, demi-transparentes, d'une odeur forte et agréable. On doit choisir sa graine nouvelle, la mieux nourrie, et la plus dorée qu'il sera possible.

FEODALITÉ. Qualité de fief ; système politique aboli. Vers le temps de Charlemagne l'histoire commence à faire mention des marquis. Dans les siècles de basse latinité, ils étaient appelés *marchiones*, *marchisi* et *marcheuses*, d'où s'est formé dans la suite le nom italien *marchese*. C'étaient des comtes auxquels Charlemagne avait donné le commandement des provinces frontières de ses états pour les défendre contre les incursions des ennemis. Le mot allemand *mark* signifie frontière ou limite, et *margrave* vient de deux mots allemands, *mark*, frontière ; *graf*, comte ou juge. Dans le principe, les empereurs et les rois fournissaient aux marquis les troupes nécessaires pour la défense de leurs marches. Mais, lorsque les marquisats devinrent des principautés héréditaires, les lois de la *vassalité* les obligèrent de se défendre eux-mêmes : ces nouveaux souverains ne différaient des ducs que de nom ; comme eux, ils avaient sous leurs ordres des comtes pour rendre la justice. Le royaume d'Italie étant bien moins étendu que ceux de France et d'Allemagne, il n'y eut aucun pays de l'Europe où le nom de *marquis* fut si commun. — Après la mort de Charles-le-Chauve (877), les comtes devinrent des seigneurs puissants, maîtres absolus dans les petits états qu'ils gouvernaient auparavant comme magistrats. La hiérarchie féodale se forma peu à peu ; les possesseurs des grands fiefs prirent spontanément les titres de duc, de marquis, de comte et de baron. Les ecclésiastiques et les militaires étaient nos seuls qui fussent libres ; le reste de la nation était composé de deux sortes de *serfs* ; les uns faisaient partie de l'héritage auquel ils étaient attachés : c'étaient des esclaves faits en temps de guerre, que le maître vendait ordinairement avec la métairie qu'ils cultivaient. Les autres, quoique dans une dépendance moins rigoureuse, n'étaient pourtant guère plus libres ; on les appelait serfs ou hommes de corps, et ils composaient les deux tiers des habitants du royaume. Ils ne pouvaient disposer d'eux, se marier hors de la terre de leur seigneur ni en sortir sans sa permission. Les hommes libres, les affranchis et les serfs qui demeuraient dans les villes cultivaient les arts et les sciences, faisaient le commerce ou travaillaient aux manufactures. Enfin, les seigneurs arrachèrent la liberté à la partie la plus nombreuse de la nation qui n'eut point assez de courage pour la réclamer.—En 1041, la France était hérissée de châteaux, où les moindres seigneurs vivaient en tyrans. Chacun prétendait avoir droit de se faire justice à main armée, ce n'étaient partout que massacres et brigandages. Pour remédier à de pareils désordres on convint d'abord que depuis le mercredi au soir jusqu'au lundi matin, en mémoire des derniers mystères de la vie de Jésus-Christ, on ne pourrait rien prendre par force, ni tirer vengeance d'aucune injure. Il fallut dans la suite restreindre ce règlement, et se contenter d'un espace fort court, depuis le samedi au soir jusqu'au lundi matin ; en sorte que tout le reste de la semaine fut abandonné aux excès de la barbarie. Cette loi fut appelée le *trève de Dieu*, et

publiée comme une inspiration divine ; mais, par son institution, Henri 1er porta le premier coup au système féodal. Suger, abbé de Saint-Denis (1150), ministre de Louis-le-Gros, osa attaquer la féodalité en affranchissant quelques communes et en instituant *les envoyés du Seigneur*, qui parcouraient les seigneuries en renvoyant aux assises du roi tous ceux à qui la justice avait été refusée. La reine Blanche, pendant la minorité de Saint-Louis (1226), combattit les seigneurs factieux et ligués contre l'autorité royale ; plus tard, Saint-Louis lui-même détruisit la féodalité dans ses fondements, en s'emparant de la puissance législative ; la justice seigneuriale devint impuissante par son institution des appels. Philippe-le-Hardi et Philippe-le-Bel augmentèrent la puissance royale, et la rendirent formidable. Sous le règne de Louis X surnommé le Hutin (1314), un grand nombre de communes se formèrent, et les serfs furent forcés de racheter leur liberté. On peut dire que dès lors le système féodal fut ruiné ; la noblesse était sans puissance, lorsqu'enfin Louis XI (1463), pour contenir les grands, fit tomber les premières têtes de l'État. Depuis, et pendant long-temps encore, la noblesse domina les institutions et le gouvernement ; mais le trône possédait la souveraineté, et les tribunaux protégeaient le peuple contre les iniquités ; il ne lui resta donc plus que ses titres, son orgueil, ses châteaux et sa servilité rampante aux pieds des rois. Actuellement, il nous reste à dire quels étaient ces droits féodaux, au moment où ils furent abolis par l'assemblée nationale, dans sa fameuse séance du 4 août 1789, qui fut prolongée pendant la nuit. — *Aides* (les). Le seigneur prélevait dans son fief : 1° pour payer les frais de sa première campagne ; 2° pour sa rançon, s'il était fait prisonnier de guerre ; 3° pour le mariage de sa fille aînée ; 4° pour subvenir aux dépenses occasionnées pour sa réception de chevalier, ou celle de son fils. — *Aubaine* (droit d'). Le roi et quelques seigneurs particuliers héritaient des biens, tant mobiliers qu'immobiliers, laissés en France par des étrangers. — *Banalités* (les). Les seigneurs avaient des fours auxquels tous les vassaux étaient forcés de faire cuire leur pain ; leurs pressoirs, leurs moulins étaient aussi des banalités. — *Banvin* (droit de). Les particuliers ne pouvaient vendre leur vin, jusqu'à ce que le seigneur se fût défait du sien. — *Columbier* (droit de). Ce droit et celui de *garenne* étaient très onéreux pour les habitants de la campagne, qui étaient obligés de supporter les dévastations que les pigeons et le gibier du seigneur causaient dans les champs. — *Dîme*. En vertu de ce droit, les cultivateurs étaient tenus de prélever la dixième partie de leurs récoltes, pour être offerte au seigneur ; plus tard, aux curés des paroisses.— *Foires et marchés* (les droits de). Les seigneurs prélevaient sur toutes les marchandises apportées aux marchés ou aux foires qui se tenaient sur leurs terres. — *Fouage et monnéage* (droit de) qui se prélevait par feu ou ménage, sur tous les roturiers d'une localité. — *Gîte* (droit de). Les vassaux devaient héberger le seigneur et sa suite lorsqu'il traversait les communes. Ce droit fut soumis à la condition du rachat, et converti en argent. — *Guet* et de *garde* (droit de). En certaines occasions, il fallait garder le château du seigneur pendant un temps déterminé. — *Hauban* (droit de). Les bourgeois payaient une certaine somme pour être dispensés de la contribution aux ouvrages publics, ainsi que des *corvées*, redevances qui variaient à l'infini suivant les lieux et les temps. — *Jurée* (droit de). Cette sorte de bourgeois devait acquitter annuellement au roi ou au seigneur de qui venait l'affranchissement. — *Péage* (droit de). Ce droit, ainsi que ceux de *travers*, de *vinage*, se percevait au passage des ponts, ou passage d'un lieu dans un autre, et en entrant dans le chemin qui traversait la propriété du seigneur. — *Taille* (la). Les nobles, et les ecclésiastiques qui n'étaient point gens *taillables*, corvéables à merci, étaient affranchis de cette imposition arbitraire. — *Toulieu* (droit de). A l'entrée des villes, on percevait ce droit au profit des seigneurs. — Telle était donc l'origine honteuse de ces fortunes immenses possédées par la noblesse. Est-il un homme moral qui ne s'indigne en face de pareils abus? Mais, si nous nous reportons au milieu de la première race, dite des Mérovingiens, nous rencontrerons une foule d'autres droits plus honteux, accordés aux *leudes* (corps nommé depuis *noblesse*). Les seigneurs avaient alors le droit infâme de *cuissage*, *prémices* ou *défloront*, ainsi que ceux de *champart*, de *chefs de vente*, de *fiscalités*, de *haute et basse justice*, de *main-morte*, d'*épaves*, de *chasse*, d'*abeillage*, et plusieurs autres droits non moins humiliants pour ceux qui les acquittaient.

FER. Métal très répandu dans la nature, de 7,780, pesanteur spécifique (*Voyez* PESANTEUR), d'une odeur et d'une saveur particulière. Le fer est très ductile, attirable par l'aimant, susceptible d'acquérir lui-même la propriété magnétique par son contact avec un aimant naturel. Il n'entre en fusion qu'à 158 ou 175° du pyromètre (instrument pour mesurer les degrés du feu). C'est un des métaux qui brûlent avec le plus de facilité. Autant, à froid, il a peu d'action sur l'eau pure, autant, chauffé au rouge, il la décompose rapidement, absorbe l'oxigène, et met à nu l'hydrogène. Exposé à un air humide, il s'oxyde à la température ordinaire; l'oxydé qu'il forme en absorbant à froid l'oxigène de l'air, s'empare de l'acide carbonique contenu dans l'atmosphère, et produit du carbonate de fer. Uni à une très petite quantité de carbone, il constitue *l'acier*. Le fer est précipité de toutes ses dissolutions, en noir par la noix de galle, et en bleu par le prussiate de potasse. Le fer est un métal composé de vitriol, de soufre et de terre; il entre aussi dans la composition de la plupart des corps. Réduisez en cendres telle sorte d'herbes sèches ou de bois que vous voudrez, en prenant les précautions nécessaires pour qu'il ne s'y puisse mêler quelque matière ferrugineuse ; puis fouillez dans ces cendres avec une lame de couteau bien nette et qui ait été aimantée sur un aimant vigoureux : vous trouverez au bout de votre couteau une barbe d'une poudre noirâtre, comme si vous l'aviez trempé dans la limaille de fer. Ramassez cette poudre, faites la fondre en l'exposant au foyer d'un verre ardent ; vous en obtiendrez une grenaille de fer, qui jettera des étincelles sur le charbon, comme fait un morceau de fer qu'on rougit fortement à la forge. L'industrie emploie en proportions diverses, cinq grandes familles de métaux : le fer, le cuivre, le plomb, le zinc et l'étain, mais surtout le fer. Les procédés anglais ont pénétré dans un grand nombre de nos usines , et les grands appareils commencent à se répandre. Il y a amélioration dans le système général de l'outillage, et les machines à forer, à aléser, à raboter, se sont perfectionnées. On n'avait pas encore vu des arbres en fer forgé, des rails, des planches, des fers d'angle de la forme de ceux qui ont figuré, en 1839, dans les galeries de l'exposition des produits de l'industrie nationale. De tous les métaux, le fer est celui qui présente un plus grand nombre d'espèces; on en compte dix-huit: le fer natif, estimé pour sa rareté, se trouve en cristaux cubiques au Sénégal. Le fer natif en masse existe dans plusieurs mines de la Saxe et en Sibérie; on le trouve aussi dans quelques produits volcaniques. — La fabrication des aiguilles, en France, ne date que de 1820. Depuis, elle a fait de grands progrès et acquis de grands développements ; en 1837, nous en avons tiré de l'étranger pour 1,562,000 francs. (*Voyez* MINE.)

FER-A-CHEVAL. (Histoire naturelle). Troisième race de chauve-souris ; elles ont le nez semblable à un fer à cheval (d'où leur vient ce nom). Les oreilles, de la longueur de la tête, sont sans opercule ; la queue est longue comme la moitié du corps. Comme dans les autres chauve-souris, les jambes antérieures sont fort longues; le pied est divisé en cinq doigts, dont quatre sont très longs et joints ensemble par une membrane conti-

nue à la peau du dos, dont elle est un prolongement; le cinquième doigt, ou pouce, reste libre; il est fort court en comparaison des autres doigts, et est terminé par un ongle crochu, ainsi que les doigts des pieds postérieurs. La même membrane qui unit les doigts des pieds antérieurs et les bras à la peau du ventre ne lie pas les doigts des pieds postérieurs, mais elle engage leurs jambes, et même au moins une partie de la queue, dans les espèces qui en ont une. Ainsi cette peau, qui forme des ailes membraneuses à l'animal, s'étend du col à l'anus. Avec ces espèces d'ailes il vole, mais beaucoup moins bien que les oiseaux ; mais son vol n'étant ni aussi élevé, ni aussi rapide , ni aussi sûr. Les chauve-souris (*chéiroptères*, c'est-à-dire quadrupèdes volant à l'aide de membranes interdigitales) sont moins maîtresses de l'accélérer ou de le modérer à leur gré, et même de le diriger avec une certaine précision; leur vol a communément quelque chose de coupé, d'oblique et de tortueux. Malgré son imperfection, il suffit au but de ces animaux, qui est d'attraper des insectes. La chauve-souris est bien peu rapprochée des oiseaux par cette faculté ; car ses poils, ses dents, ses quatre pattes, sa nature vivipare, ses mamelles , son pénil, non-seulement plus long que celui des oiseaux, mais pendant et détaché, l'attachent beaucoup plus aux quadrupèdes que ses fausses ailes et son voltigement ne le lient aux oiseaux. Cependant elle a ce qu'il faut pour favoriser cette action: des muscles pectoraux plus charnus et plus forts que ceux des quadrupèdes, une poitrine moins resserrée que la leur, et le cœur placé plus haut afin de maintenir l'équilibre. En général, les chauve-souris passent l'hiver dans l'engourdissement, et communément dans les mêmes lieux où elles se retirent le jour pendant le reste de l'année , c'est-à-dire, dans des endroits obscurs; le corps enveloppé de leurs ailes , suspendues par leurs ongles crochus aux voûtes d'une grotte , ou collées aux parois d'une caverne, dans les fentes d'un rocher, ou dans des creux d'arbres; car elles évitent ordinairement la lumière. La plupart des espèces sont insectivores et carnassières, mais capables d'assez longs jeûnes. Presque toutes sont laides à nos yeux ; de longs poils cachent à peu près les leurs, et elles ont le col si court, que leur tête semble confondue avec leur corps; d'ailleurs, leurs oreilles ont souvent une longueur qui paraît disproportionnée, et leurs naseaux une forme bizarre. On a remarqué que les espèces sans queue ont le nez chargé d'appendices foliées. On croit que leur portée annuelle est de deux petits, et qu'elles s'accouplent et mettent bas dans la belle saison.

FÉRIE. Terme d'église pour désigner les jours de la semaine; usage adopté des anciens qui distinguaient les jours *festi* et les jours *profesti*. Les premiers étaient consacrés aux dieux, soit pour faire des sacrifices, soit pour célébrer des jeux en leur honneur. Ces jours de fêtes s'appelaient *feriæ*. Les unes étaient publiques, les autres particulières. Parmi les fêtes publiques, il y en avait de fixes, *stativæ* ; d'autres qu'on nommait *conceptivæ*, et d'autres enfin *imperativæ*. Les principales féries fixes étaient celles nommées *agonalia*, en l'honneur de Janus, aux ides de janvier; et celle qu'on nommait *carmentalis*, en l'honneur de *Carmenta*, le troisième des ides de janvier, et le dix-huit des calendes de février. On dit que cette *Carmenta* était femme d'Évandre, roi d'Arcadie, et qu'elle avait coutume de rendre les oracles en vers, ce qui lui fit donner le nom de *Carmenta*. Son véritable nom était *Nicostrata*. On mettait aussi au nombre des principales féries les *Lupercales*, célébrées aux calendes de mars, en l'honneur du dieu *Pan*; et celles qu'on nommait *Matronalia*, célébrées aussi aux calendes de mars, en l'honneur des dames qui avaient fait cesser la guerre entre les Romains et les Sabins. Les féries qu'on appelait *conceptivæ* étaient celles dont le jour était indiqué tous les ans par quelque magistrat ou quelque pontife ; telles étaient les féries latines, les Paganales, célébrées tous les ans dans les villages en l'honneur des dieux tutélaires des tribus de la campagne ; d'autres, appelées *sementinæ*, se célébraient lorsque les laboureurs avaient semé, pour obtenir des dieux une abondante moisson ; enfin celles nommées *compitalia* étaient célébrées dans les carrefours en l'honneur des dieux Lares (dieux domestiques). Les féries appelées *imperativæ* étaient celles que le consul, le préteur, ou le grand pontife ordonnaient dans une nécessité urgente. Les féries particulières étaient celles de chaque famille, ou de chaque homme en particulier. Les féries étaient quelquefois fixes, et quelquefois elles se célébraient à l'occasion de la naissance de quelqu'un, ou de la chute du tonnerre. Il y en avait d'autres instituées pour des expiations et des funérailles. Les féries publiques étaient ordinairement annoncées par le roi des sacrifices et par le préteur : par le premier, afin que toutes les cérémonies s'exécutassent ponctuellement, et par le second, afin que toutes les affaires cessassent; car il n'était permis de travailler à aucun ouvrage pendant la durée des féries, à moins que le délai d'une affaire ne portât quelque préjudice. Les jours qu'on nommait *profesti* étaient ceux durant lesquels il était permis de vaquer aux affaires tant publiques que particulières. On les partageait en jours *fastes* et *néfastes*. Les jours fastes étaient ceux où le préteur pouvait rendre la justice. Les jours néfastes étaient ceux où il ne le pouvait pas, comme dans les *féries*, et dans les temps de la vendange et de la moisson. Quelques personnes confondent mal à propos les jours *néfastes* avec ces jours où l'on se faisait un scrupule de travailler, à cause de quelque malheur arrivé à pareil jour. Il est cependant vrai qu'on a donné le nom de *néfastes* à ces jours malheureux.

FERMAIL. Mot ancien qui ne se dit plus. Vers le milieu du 15e siècle, on ne voyait dans Paris, dit Froissard, que *chaperons* et *fermails*. Le chaperon était une espèce de coiffure à peu près semblable aux capucions des religieux. Le *fermail* était une sorte d'agrafe avec laquelle on attachait le manteau sous le cou ou sur la poitrine. Les hommes et les femmes s'en servaient également. Les fermails étaient ordinairement d'or ou d'argent, enrichis de pierres précieuses. La reine Clémence, femme de Louis-le-Hutin, dans son testament, laissa au comte d'Alençon *le meilleur fermail qu'elle eût en France.*

FERME. Petit domaine consistant en terres, prés, vignes, bois. Il se concède par un bail à louage. Le *fermier* est celui qui le prend à loyer, moyennant un certain prix, et qui se charge de le régir et de le faire valoir en bon économe et en bon père de famille.

FERMENTATION. On a coutume de définir la *fermentation* un mouvement intérieur avec dégagement de gaz dont sont susceptibles un grand nombre de substances organiques par la réaction de leurs principes les uns sur les autres, lorsque ces substances sont exposées à l'action de l'air, d'un ferment et de l'eau à une température de + 20 à + 30° centigr. Il y a trois sortes de fermentations : la *fermention vineuse*, dans laquelle il se forme de l'alcool : on la nomme aussi spiritueuse et alcoolique; la *fermentation acide*, dont le principal résultat est de l'acide acétique, et la *fermentation putride*, distincte des précédentes en ce que les produits auxquels elle donne lieu sont nombreux et plus ou moins infects. Il y a encore deux autres espèces de fermentations : la *fermentation panaire*, composée de la fermentation vineuse et de la fermentation acétique; et la *fermentation saccharine*, produite par la germination ou par la macération des graines céréales ou de la fécule. Quant à la cause physique de la fermentation, nous pouvons dire que le dissolvant est porté dans les molécules poreuses du corps dissoluble par cette même puissance qui fait entrer les liqueurs dans tout ce qui est spongieux ou

percé d'une infinité de petits canaux capillaires. On sait que certaines conditions rendent cet effet plus prompt et plus complet, et qu'en général ces canaux se remplissent avec d'autant plus d'activité qu'ils sont plus étroits. Les pores des parties dissolubles sont, à l'égard du dissolvant, en telle proportion que cette imbibition se fait avec encore plus de violence que nous ne le remarquons, lorsqu'il s'agit de tuyaux capillaires d'une grandeur sensible; et la rapidité de ces mouvements multipliés à l'infini dans un corps extrêmement poreux, peut aller jusqu'à faire rompre les parois et occasionner une dissolution totale. C'est à cette introduction que nous devons tous les phénomènes de fermentation, c'est-à-dire les dissolutions, l'ébullition, la chaleur, l'effervescence, l'inflammation, les précipitations les exaltations, les évaporations, les coagulations et les cristallisations. En effet, il est impossible : 1° que les acides entrent avec impétuosité dans les alcalis, sans en briser les parties, et sans causer des *dissolutions*; 2° les acides ne peuvent briser les alcalis en des millions de pièces, sans bouleverser la matière qui les environne, la soulever et nous représenter ces phénomènes que l'on nomme *ébullition*; 3° les alcalis ont dû, en se brisant en des millions de pièces, recevoir en tout sens qui ne produit d'abord que la chaleur, mais dont l'augmentation cause bientôt l'*effervescence*, et enfin l'*inflammation*; 4° les parties des alcalis ainsi brisées sont tantôt plus, et tantôt moins pesantes que le fluide dans lequel elles nagent; plus pesantes, elles vont au fond; et en tombant, elles nous fournissent les phénomènes que l'on nomme *précipitation*; moins pesantes, elles montent vers la partie supérieure du liquide pour y causer tantôt des *exaltations* et tantôt des *évaporations*; 5° quelquefois les acides introduits dans leurs alcalis ne les brisent pas, mais ils forment avec eux des molécules trop pesantes pour conserver ce mouvement en tous sens qui forme la liquidité, et l'on voit alors des *coagulations*; 6° quelquefois les alcalis coagulés forment des espèces de cristaux, et c'est là le phénomène que les chimistes appellent cristallisation. Concluons de là qu'il n'est dans la nature aucune véritable fermentation que l'on puisse appeler *froide*; celle qu'anciennement on avait coutume de nommer ainsi se fait avec une chaleur réelle, mais insensible par rapport à nous, c'est-à-dire avec une chaleur moins grande que celle qui règne dans notre corps; et voilà ce qui doit nous faire regarder la chaleur comme la cause principale des fermentations. Ces principes établis, rien n'est plus facile que d'expliquer les expériences suivantes : 1° versant de l'esprit de nitre sur du mercure ou bien sur de l'étain, il se fera une effervescence, une ébullition chaude, parce que les acides de l'esprit de nitre entrent avec impétuosité dans les alcalis du mercure, ou de l'étain et qu'ils leur communiquent ce mouvement en tout sens qui ne peut pas produire une chaleur considérable, sans produire l'effervescence et l'ébullition. 2° Versez de l'eau forte rouge sur de l'huile de buis, vous verrez une épaisse fumée sortir de ce mélange. Les acides d'eau forte (acide nitrique du commerce) ne peuvent pas entrer dans les alcalis de buis sans en détacher beaucoup de particules d'air, et beaucoup de particules d'eau qui y étaient renfermées, et dont l'union forme la fumée épaisse dont nous venons de parler. 3° Mêlez de l'huile de tartre avec de l'esprit de nitre où l'on aura dissous de la limaille de fer : la fermentation ira jusqu'à prendre feu, parce que les acides communiquent aux alcalis un mouvement en tous sens plus grand que celui qui produit la simple chaleur. La chose doit arriver ainsi dans l'expérience présente, puisque l'esprit de nitre rencontre dans la limaille de fer une infinité d'obstacles qu'il faut vaincre. 4° Versez de l'esprit de nitre une demi-once d'eau forte sur une demi-once d'huile de gayac; vous verrez un corps spongieux, d'un demi-pied de hauteur, s'élever et sortir de ce mélange au milieu d'une flamme. Cette expérience nous présente deux phénomènes à expliquer : 1° les particules ignées que contient l'eau-forte doivent enflammer facilement un corps aussi inflammable que l'huile de gayac ; 2° dans le mélange qui se fait de l'eau forte avec l'huile de gayac, il doit sortir une infinité de particules d'air qui, avant de s'élever à un demi-pied, s'enveloppent d'une surface très mince de cette matière dont l'huile de gayac est composée, et nous présentent ce corps spongieux que nous voyons s'élever au milieu de la flamme.—5° Mêlez de l'esprit de vitriol avec de l'huile de tartre : ces deux liquides formeront un mélange coagulé. Les acides de l'esprit de vitriol entrent dans les alcalis de l'huile de tartre, sans les briser ; ils forment ensemble des molécules trop pesantes pour recevoir ce mouvement en tout sens qui rend les corps fluides (*Voyez* FLUIDITÉ) ; ce mélange doit donc nous présenter une coagulation. Pour le rendre liquide, on verse dessus un peu d'esprit de nitre, afin de séparer *les acides de l'esprit de vitriol*, d'avec *les alcalis des huiles de tartre*.

FÉRULE. Plante de la famille des ombellifères ; *l'assa fœtida* provient d'une espèce de férule.

FÊTE. Jour consacré au culte, réjouissance. Dans la primitive Église on ne connaissait de fêtes, sauf le dimanche, que celles que les apôtres avaient établies, c'est-à-dire les fêtes des mystères dont ils avaient été témoins. Les nobles de chaque diocèse se rassemblaient dans la ville principale pour assister à leur célébration. Sous Charlemagne (742) et ses successeurs, le nombre des fêtes fut porté à dix-huit, marquées en lettres rouges. Dans la suite, on en ajouta encore d'autres, sans compter les fêtes patronales. Mais on a reconnu que ce grand nombre de fêtes que l'on chômait avant la révolution de 1789 ne servait qu'à détourner le peuple de ses occupations, sans le rendre meilleur ; aussi plusieurs ont été transférées au dimanche le plus prochain, et d'autres ont été entièrement supprimées. Par un arrêté du 29 germinal an X, il n'y a que quatre fêtes religieuses conservées : Noël, l'Ascension, l'Assomption et la Toussaint. Les fêtes transférées sont : l'Épiphanie, la Fête-Dieu et son octave, la Saint-Pierre et la Saint-Paul, et les patrons de chaque paroisse. Par un arrêté du gouvernement du 29 germinal an X, sur *l'indult* (privilège ecclésiastique) du 9 avril 1802, leur translation au dimanche a été ordonnée.

FÊTE DES FOUS (1220). Il n'est point étonnant que des docteurs se soient égarés en s'éloignant de la doctrine de l'église. Les abus de la superstition conduisent naturellement à l'hérésie. Le christianisme n'était presque plus reconnaissable. On célébrait alors, même dans l'Église de Paris, la *fête des fous* ou les *innocents*, farce scandaleuse, dans laquelle les ecclésiastiques masqués, dansaient, jouaient et chantaient des obscénités pendant la célébration des mystères. Eudes de Sulli, sage évêque de Paris, publia une ordonnance contre cet abus ; mais il subsista encore plus de deux siècles. La fête des *ânes* était le comble de l'extravagance. Une jeune fille montée sur un âne, portant entre ses bras un joli enfant, allait se placer dans le sanctuaire. La messe commençait, le chœur terminait chaque prière par ce refrain : *ihan, ihan, ihan.* — Il est bon de connaître les délires de l'esprit humain. Chaque peuple a ses folies plus ou moins grossières. En voyant celles de nos aïeux, consacrées en quelque sorte par un long usage, nous sentons la faiblesse de notre raison, et combien il importe de la soutenir par la réflexion et l'étude. Ceux qui s'efforcent de décrier les sciences, dont on a abusé quelquefois comme des choses les plus nécessaires, peuvent-ils perdre de vue et les biens qu'elles ont produits et les maux qu'elles ont dissipés ?

FÉTICHISME. Adoration des *fétiches*, c'est-à-dire de toute sorte de choses animées ou inanimées, qui sont regardées comme des êtres naturellement doués de quelque force divine. Ces superstitions règnent parmi les nations de la côte de Guinée, et chez beaucoup d'autres sauvages.

FEU. Élément chaud et lumineux. Avant d'être réunis en société, les hommes habitaient les bois et les cavernes, comme les bêtes sauvages. Vitruve, très célèbre architecte romain, qui vivait du temps de l'empereur Auguste (30 ans avant J.-C.), rapporte que : Un vent impétueux, ayant un jour, par hasard, poussé et agité vivement des arbres fort près les uns des autres, ils s'entrechoquèrent avec une si grande violence que le feu en sortit. La flamme étonna d'abord les habitants ; mais, s'étant approchés peu à peu, et s'étant aperçus que la température de ce feu pouvait leur être utile, ils l'entretinrent avec du bois, puis en firent connaître les avantages à leurs voisins. C'est une vérité généralement attestée par les traditions les plus anciennes et les plus unanimes, qu'il a été un temps où une grande partie du genre humain ne savait pas ce que c'était que le feu, et ignorait par conséquent son usage et sa propriété. Les Égyptiens, les Phéniciens, les Perses, les Grecs et plusieurs autres nations, avouaient qu'originairement leurs ancêtres ignoraient l'usage du feu. Les Chinois conviennent de la même ignorance dans leurs pères. Pline, Plutarque, et plusieurs autres, parlent de nations qui, de leur temps étaient encore privées de l'usage du feu ; faits attestés aussi par des relations modernes. Les habitants des îles Mariannes, découvertes en 1521, n'avaient aucune idée du feu. Jamais ils ne furent plus surpris que la première fois qu'ils en virent, lors de la descente que Magellan fit dans l'une de leurs îles. Ils regardèrent d'abord cet élément comme une espèce d'animal qui s'attachait au bois et dont il se nourrissait. Les premiers qui s'en approchèrent de trop près, s'étant brûlés, inspirèrent de la crainte aux autres ; ils n'osèrent plus le regarder que de loin, de peur, disaient-ils, *d'en être mordus*, et que ce terrible animal ne les blessât par sa violente respiration. Telle est l'idée qu'ils se formèrent de la flamme et de sa chaleur. Ce fut aussi celle des Grecs lorsqu'ils le découvrirent. — On assure que dans l'île de Los-Jordenas, dépendante de la Chine, l'usage du feu était autrefois inconnu ; on en dit autant des habitants des Philippines, des Canaries et de plusieurs peuples de l'Amérique, entre autres des *Amikouannes*, nation découverte depuis peu de temps dans l'Amérique méridionale. L'Afrique offre encore de nos jours des peuples qui sont dans la même ignorance, et c'est par cette raison, sans doute, qu'anciennement il y avait, comme il s'en trouve encore aujourd'hui, des nations qui mangeaient la chair des animaux crue. — Il semble que la nature devait offrir aux premiers hommes plusieurs indications du feu, et plusieurs moyens d'en assurer la découverte : la foudre, par exemple, ne porte que trop fréquemment la flamme sur la terre ! Aussi, ce sont ces accidents fortuits qui amenèrent la connaissance du feu, un peu plus tôt chez les uns, un peu plus tard chez les autres. Les Égyptiens disaient être redevables au tonnerre de la découverte du feu. Nous ajouterons que le feu se produit souvent par la fermentation de certaines matières réunies dans un même lieu, par le choc des cailloux et par le frottement des bois ; le vent a plus d'une fois embrasé des roseaux et des forêts, c'est à cette cause que les Phéniciens rapportaient la découverte du feu ; nous avons dit plus haut que Vitruve était de ce sentiment. Selon les Chinois, *Sui-Gin-Schi*, un de leurs premiers empereurs, enseigna la manière d'allumer du feu, en frottant fortement deux morceaux de bois et les faisant tourner l'un dans l'autre. Les Grecs avaient à peu près la même tradition. C'est encore aujourd'hui la méthode la plus usitée chez les sauvages. Enfin, sans parler des volcans, on trouve des feux naturels allumés dans presque tous les pays : on voit, en Italie et ailleurs, des endroits où la terre enflamme les matières combustibles qui se trouvent à sa surface. En Chine, dans la province de Kamsi, il y a des puits de feu, dont on se sert pour cuire les viandes ; on voit en Perse de semblables souterrains où les anciens rois avaient établi leurs cuisines. S'il a été un temps où presque tous les hommes étaient privés du feu, ce n'est donc pas que cet élément ne se manifestât de bien des manières ; mais c'est qu'on ignorait l'art de s'en servir, d'en avoir à sa volonté, de le transporter et de le reproduire lorsqu'il était éteint ; aussi tous les peuples ont-ils regardé ceux à qui ils ont cru être redevables de cette découverte, comme les inventeurs des arts, parce que, en effet, la plus grande partie des arts a besoin du feu. — Le feu est un des quatre éléments des anciens, la matière de la chaleur. On appelle feu l'ensemble de la lumière et de la chaleur qui se dégagent d'un corps en combustion. Pour nous former une idée naturelle du feu, divisons-le en *élémentaire* et en *mixte* ou usuel. Le feu élémentaire, que nous ne distinguons pas de la matière électrique, est un fluide composé de particules infiniment déliées, dont le mouvement est d'une rapidité incompréhensible. Le feu mixte ou usuel n'est autre chose que le feu élémentaire qui, pour se rendre sensible, se joint à une infinité de corpuscules que les physiciens appellent inflammables, tels que les corpuscules de soufre, de bitume, d'huile, etc., leur communique son mouvement violent, et devient capable d'opérer sur les corps sensibles les effets les plus surprenants. La cause qui produit et qui conserve dans le feu élémentaire ce mouvement, dont ses particules sont agitées, est regardée comme, un des problèmes les plus difficiles que l'on puisse proposer à un physicien. Le feu, répandu partout avec plus ou moins d'abondance, est évidemment formé par une matière très déliée, agitée d'un violent mouvement *en tout sens* ; on en trouve la preuve sensible dans la flamme occupée à consumer quelque corps que ce soit. Le mouvement *en tout sens* du feu est évidemment causé par un nombre infini de mouvements *en tourbillon*, dont chacun se fait autour d'un centre particulier ; on en sera convaincu en jetant un simple coup d'œil sur l'eau bouillante. — Le mouvement de *tourbillon* où l'on est obligé de reconnaître dans le feu ne peut pas être l'effet d'un mouvement général, tel que Descartes l'admettait dans la matière de son premier élément, ce n'est là qu'un roman ingénieux, proposé par l'auteur qui était le plus capable d'en imposer à son lecteur. Comment donc expliquer, d'une manière physique, un mouvement *en tout sens*, c'est-à-dire un mouvement qui paraît diamétralement opposé à toutes les lois de la mécanique ? Comment reconnaître un mouvement de *tourbillon* dans une matière répandue partout, et ne pas admettre dans la nature ce mouvement général dont les disciples de Descartes ont fait le fondement de leurs systèmes de physique ? Par quelles lois, en un mot, expliquer les *petits tourbillons* dont la matière ignée paraît être composée, si les *grands tourbillons*, qui paraissent en être comme l'ame, sont contraires aux lois de la mécanique ? La chose est en effet difficile, mais elle n'est pas impossible ; et voici comment nous formerons nos tourbillons ignés : d'abord, rappelons-nous que la lune tourbillonne autour de la terre, en vertu de deux mouvements, l'un *centripète* causé par l'attraction de la terre, l'autre de *projection* immédiatement imprimé par la cause première. Voilà ce qui se passe en grand et d'une manière visible dans le ciel ; et voici ce qui se passe en petit et d'une manière invisible sur la terre. Imaginez-vous un globule infiniment petit, du *premier ordre*, autour duquel se trouvent deux globules infiniment petits du *second ordre* ; chacun de ces deux-ci sera sensiblement attiré par celui-là, puisque ces infiniment petits du *premier ordre* sont infiniment plus grands que les infiniment petits du *second ordre*. Imaginez-vous ensuite que la cause première a imprimé à chacun des globules placés à la circonférence, une force de projection proportionnelle à leur force centri-

pète ; ces globules, animés en même temps par ces deux forces, seront obligés de tourbillonner autour du globule infiniment petit du *premier ordre*. Mettez ensemble plusieurs de ces *tourbillons*, vous aurez un fluide agité en *tout sens*, des mouvements duquel il vous sera facile de rendre raison d'une manière très conforme aux lois de la mécanique. Si nous voulons des *tourbillons ignés* encore plus petits que ceux dont nous venons de faire la description, nous placerons au centre, tantôt un globule infiniment petit du *second ordre* entouré des globules infiniment petits du *troisième ordre*, tantôt un globule infiniment petit du *troisième ordre* entouré de globules infiniment petits du *quatrième ordre*, etc.; nous aurons le feu le plus subtil que l'on puisse imaginer. Telle nous paraît être la nature du feu. Ce qui nous fait soupçonner que nous ne sommes pas écartés de la vérité, c'est la facilité avec laquelle on rend raison, dans cette hypothèse, des phénomènes que présente le feu. Arrêtons-nous aux deux principaux, qui sont d'échauffer et d'éclairer. Le feu ne peut pas communiquer à notre sang et à nos humeurs un mouvement *en tout sens*, sans nous causer une sensation à laquelle nous avons donné le nom de chaleur. Lorsqu'il entre en grande quantité dans un corps liquide, il cause des effervescences et des bouillonnements. Il occasionne l'inflammation, s'il vient à diviser les parties d'un corps qui contienne dans son sein plusieurs tourbillons ignés dans une espèce de contrainte et de captivité. Quel ravage, en effet, ne doit-il pas causer lorsque les tourbillons qu'il a délivrés se joignent à lui pour agir contre le corps dont l'intérieur ne leur a que trop long-temps servi de prison ? — Le feu n'a pas seulement la propriété d'échauffer, il a encore celle d'éclairer. Son mouvement en *tourbillon* n'est pas absolument opposé au mouvement droit que tout physicien doit reconnaître à la lumière. Nous voyons tous les jours la même boule se mouvoir en même temps et d'un mouvement de rotation sur son centre, et d'un mouvement direct en ligne droite ; pourquoi le globule central d'un tourbillon igné ne pourrait-il pas venir à nos yeux en ligne droite, tandis que les globules, placés à la circonférence, tourbillonnent autour de lui ? Il est donc évident que, dans notre hypothèse, le feu ne doit pas seulement échauffer, il doit encore éclairer ; ainsi, on doit regarder ce que nous venons de dire comme très conforme aux lois de la saine physique.

FEU (couvre-). Autrefois, dans la plupart des villes, on avertissait par le son d'une cloche les habitants de se renfermer chez eux et d'éteindre leur feu, précaution que la quantité de bois employée dans la construction des maisons de nos aïeux rendait nécessaire ; on sonnait cette cloche à sept heures du soir dans l'hiver : c'est ce qu'on appelait heure du *couvre-feu*. Il n'était plus permis alors d'aller dans les rues, à moins qu'on n'eût une lumière, afin de prévenir les brigandages qui auraient pu se commettre pendant l'obscurité. C'est à cette heure du *couvre-feu* que la première institution de l'*ang ius* fixa le moment de la prière qu'elle prescrit.

FEUX-FOLLETS. (Météorologie.) Ces météores se montrent sous la forme de petites flammes légères, assez brillantes, à quelques pieds au-dessus de la terre. Ces feux s'observent généralement près des marécages et des cimetières, et autrefois les gens de la campagne étaient persuadés que c'étaient les *âmes des morts* qui sortaient pour visiter les vivants. Comme ces *feux-follets* ne sont pas plus pesants que l'air qui les soutient, ils voltigent de côté et d'autre, suivant le courant de l'air. Ils semblent fuir lorsqu'on s'approche pour les saisir, et si au contraire on fuit devant eux, ils semblent vous poursuivre parce qu'ils cèdent au courant d'air qui est produit alors et qui les entraîne. Les feux-follets ont souvent la forme d'une petite boule ; souvent aussi ils font l'effet d'une petite flamme de bougie. Les feux-follets qui se rencontrent près des mines offrent quelquefois des circonstances curieuses : tantôt ce sont des flammes, souvent des étincelles ou des aigrettes de feu. Ces vapeurs, appelées feux-follets, résultent du gaz hydrogène phosphoré que l'électricité enflamme, quand elle est assez abondante pour produire cet effet.

FEU GRÉGEOIS. Le feu grégeois est un artifice inventé par les Grecs, et dont ils se servaient avantageusement à la guerre. Ce feu brûlait dans l'eau, aussi les anciens le regardaient-ils comme inextinguible ; mais on parvient à l'éteindre avec du vinaigre et des cuirs crus. On attribue l'invention de ce feu terrible à un célèbre mathématicien nommé *Callinicus*, qui, sous l'empereur Constantin Pogonat, délivra Constantinople assiégée par les Sarrazins, en 670, et détruisit leur flotte avec le feu de son invention.

FEU PERPÉTUEL (Mythologie). Numa Pompilius, second roi des Romains, avait consacré à Cybèle, sous le nom de Vesta, un *feu perpétuel* dont le soin était confié à de jeunes filles appelées *Vestales*. On ne pouvait rallumer ce feu qu'avec celui du ciel ou avec les rayons du soleil. S'il s'éteignait par la faute des Vestales, elles étaient condamnées à être enterrées vives. Elles avaient, à Rome, de très beaux priviléges, et on leur rendait de grands honneurs. On les choisissait ordinairement parmi les familles patriciennes (nobles).

FEU - SAINT - ANTOINE. *Charbon.* Affection contagieuse qui a fait de grands ravages en France, vers le onzième siècle, et qui était, selon les uns, un érysipèle gangréneux, et selon les autres, une fièvre scarlatine de mauvais caractère.

FEU-SAINT-ELME (Météorologie). Feu qui, à la suite d'une tempête, voltige sur les eaux et s'attache aux mâts. Les anciens connaissaient le *feu Saint-Elme ;* quand il n'y en avait qu'un, ils l'appelaient *Helena*, et *Castor* et *Pollux* s'il y en avait deux. Quelquefois ce phénomène paraît sous la forme d'une forte étincelle d'un feu violet, errant sans se fixer, et fait entendre un pétillement. Les goudrons et autres électrophores dont les mâts et les vergues des vaisseaux sont enduits donnent lieu à cet effet d'électricité.

FEU-VOLAGE. Rougeur passagère de la face ou du cou, que l'on observe plus particulièrement chez les femmes.

FEUILLE. Partie de la plante, de l'arbre, qui garnit ses rameaux. Les feuilles sont des productions végétales, ordinairement vertes, qui garnissent le collet de la racine, les branches et les rameaux des tiges des plantes ; chaque feuille se compose d'un faisceau de fibres qui se divise, se sous-divise et s'épanouit en un réseau dont les mailles plus ou moins fines sont remplies par du tissu cellulaire qui prend le nom de *parenchyme*. Chaque surface est recouverte d'un épiderme très mince, percé d'une multitude de pores. Lorsque ce faisceau de fibres, qui provient de la tige, se prolonge isolément avant de s'étendre en membrane, il forme le *pétiole* (la queue) ; la feuille est dite alors *pétiolée*. Lorsque ce même faisceau se divise et se ramifie aussitôt qu'il s'est séparé de la tige, la feuille dépourvue de pétiole est appelée *sessile ;* et l'on nomme *disque* ou *limbe* la partie plane et verte qui constitue la *feuille* proprement dite. On remarque dans les feuilles deux surfaces, l'une supérieure et l'autre inférieure. La surface supérieure est ordinairement plus lisse, plus verte et plus lustrée. La surface inférieure, plus couverte de duvet, ayant un épiderme plus lâchement uni à la couche herbacée, présente un grand nombre de petites ouvertures nommées *stomates* par lesquelles elles servent à l'absorption ou à l'exhalaison des fluides aériformes qui sont nécessaires ou inutiles à la nutrition de la plante. On remarque encore à la surface inférieure des prolongements saillants appelés *nervures*, qui divergent, à partir du point d'attache de la feuille, vers l'extrémité de son

contour ou de ses bords, qui tantôt sont unis et d'autres fois dentés plus ou moins profondément. — Les feuilles, qui sont les organes principaux de la nutrition dans les plantes, sont *simples* ou *composées*. La feuille est *simple*, quand son disque, d'une seule pièce, continu dans toute son étendue, n'a aucune incision latérale qui atteigne la nervure médiane. La feuille est *composée*, quand elle est formée de petites feuilles isolées fixées sur un pétiole commun. Les feuilles sont composées de trois parties élémentaires : 1° un faisceau de vaisseaux provenant de la tige ; 2° le parenchyme vert ; 3° une portion d'épiderme qui les recouvre dans toute leur étendue. C'est dans le parenchyme des feuilles, de même que dans toutes les parties vertes et herbacées du végétal, que s'opère la décomposition de l'acide carbonique absorbé dans l'air. En effet, les feuilles frappées par la lumière solaire absorbent la petite quantité d'acide carbonique mêlé à l'air, en opèrent la décomposition, en retiennent le carbone, et rejettent en dehors le gaz oxygène qui constituait le carbone à l'état d'acide. Le contraire a lieu pendant la nuit ; les feuilles prennent à l'air une partie de son oxygène et expirent de l'acide carbonique. On sait que les végétaux privés de l'influence de la lumière s'étiolent, c'est-à-dire qu'ils perdent leur couleur verte, deviennent mous, aqueux, et contiennent une plus grande proportion de principes sucrés qui remplacent les granules verts auxquels la feuille doit sa couleur.

FEUTRE. Étoffe de poil ou de laine, foulée sans être tissue. *Feutrer* est l'action de façonner le poil destiné à faire un chapeau. Les chapeaux de soie ont beaucoup nui aux chapeaux de feutre ; cependant un seizième encore de la production totale se fait avec du poil de lapin et de lièvre, et aussi avec celui du castor, bien que du reste il ne soit presque plus possible de s'approvisionner aujourd'hui de ce dernier.

FÈVE DE MARAIS. Légume. Plante indigène et annuelle, dont les semences sont très succulentes. La farine de ces semences est une des quatre farines résolutives. La tige, les feuilles, les gousses et les graines des fèves de marais sont d'usage en médecine. Les fèves se mangent vertes ou sèches. On a prétendu que les fèves ont été le premier légume dont les hommes aient fait usage. Pline dit que l'on a essayé d'en faire du pain. Les fèves sont venteuses, indigestes, et fournissent une nourriture trop grossière pour les personnes délicates ; ceux qui sont accoutumés à de grands travaux peuvent s'en accommoder. Les personnes qui sont sujettes à la colique, au mal de tête et au resserrement de ventre, doivent s'en abstenir. On sert tous les jours sur les meilleures tables des fèves vertes ; on les prépare de plusieurs manières après en avoir ôté l'écorce pour les rendre plus tendres. On met aussi la farine de fève parmi les cosmétiques propres pour les taches du visage. On vend une eau distillée de fleurs de fèves propre à décrasser et à adoucir la peau. Les Égyptiens ont regardé les fèves comme impures, et leurs prêtres s'en abstenaient. Les fèves ont servi autrefois pour donner les suffrages dans l'élection des magistrats.

FÈVE DE SAINT IGNACE. Semence d'une plante sarmenteuse des Philippines. Cette substance, rare dans le commerce, est très amère ; elle est quelquefois employée comme fébrifuge ; mais, même à une très faible dose, elle agit comme poison narcotico-âcre ; on en extrait la *strychnine*.

FÈVE-TONKA. Semence oblongue, aplatie, brune noirâtre au dehors, d'un roux grisâtre, et onctueuse au toucher ; son odeur est forte et agréable. La *coumarine* principe cristallisable, volatile, fusible et cristallisable par le refroidissement, existe dans la *fève-tonka*.

FIACRE. Carrosse de place. (*Voyez* CARROSSE.)

FIBRE. Filaments déliés dont sont composées les

FIG — 197 — FIL

parties du corps de l'animal; ces filaments organiques, qui forment la trame de tous les tissus animaux et végétaux, sont d'une consistance plus ou moins solide. On distingue trois fibres élémentaires : la *cellulaire*, qui est la fibre primitive (les autres ne sont que des degrés différents d'une organisation plus avancée), composée de lames minces et de filaments déliés, blanchâtres, extensibles, et qui paraissent formés de gélatine concrète ; la *nerveuse*, formée d'une substance molle et diffluente, contenue dans une enveloppe celluleuse et consistant en albumine (principe immédiat des animaux et des végétaux) unie à une matière grasse ; la *musculaire*, composée de filaments arrondis, mous, tomenteux, grisâtres ou rougeâtres formés par la *fibrine*.

FIBRINE. Substance animale qui est la base du tissu musculaire. La fibrine qu'on retire du sang s'obtient en malaxant (pétrir pour amollir) le caillot dans un linge, sous un filet d'eau, jusqu'à ce que le liquide exprimé soit incolore. La fibrine ainsi obtenue est solide, blanche, flexible, élastique, insipide, inodore, plus pesante que l'eau, sans action sur le tournesol et le sirop de violette ; elle contient environ les 4/5 de son poids d'eau. La fibrine n'est d'aucun usage.

FICAIRE. Plante du genre renoncule, ainsi nommée parce que ses racines sont composées de granulations comparées à de petites figures. Par analogie de forme, elle est aussi appelée *herbe aux hémorroïdes*.

FICOIDÉES. Plantes grasses dont les feuilles sont alternes (opposées) et les fleurs grandes, axillaires. Le fruit de la *ficoïdée* est une baie ou capsule à 3 ou 5 loges polyspermes (à plusieurs graines), environnée par le calice (enveloppe extérieure de la fleur).

FIDÉICOMMIS. (Jurisprudence). Legs fait à quelqu'un, à condition de le remettre à un autre. On appelle *fidéicommissaire*, celui qui est chargé d'un fidéicommis.

FIEL. Synonyme de *bile*. Liqueur amère et jaunâtre contenue dans un petit réservoir attaché au foie. — Le fiel de bœuf est quelquefois employé en médecine. On administre encore le fiel sous forme d'extraits contre les engorgements chroniques du foie.

FIÈVRE. Circulation du sang avec chaleur. La fièvre est considérée par quelques médecins comme une affection *essentielle*, constituant elle-même une maladie, susceptible de se compliquer avec toutes les autres. Selon la doctrine généralement admise, la fièvre n'est qu'un symptôme ou un groupe de symptômes dont on ignore le siège précis et les causes matérielles ou organiques. On a émis beaucoup d'opinions sur la fièvre, et on en distingue un grand nombre d'espèces et qui reconnaissent une multitude de causes différentes. Certaines fièvres règnent à différentes époques d'une manière épidémique dans certains pays, et y font de grands ravages. Combien d'Européens succombent aux fièvres jaunes qui règnent presque toujours au-delà du 25e degré de latitude, et auxquelles résistent rarement les naturels même du pays qui, du reste, sont toujours dans un état de fébricitation continuelle. On sait quelles pertes innombrables a éprouvées notre armée d'Afrique, moissonnée beaucoup plus par les fièvres intermittentes que par le fer des Arabes. Ces fièvres terribles cèdent quelquefois à l'emploi à haute dose du sulfate de quinine ; mais le plus souvent le mal résiste à un remède aussi énergique. Les païens avaient déifié la *fièvre* ; elle avait, dit-on, trois temples à Rome. (*Voyez* TYPHUS).

FIGUIER. Arbre dont l'écorce est grisâtre. Le figuier naît et croît en tous lieux ; sa feuille a sept ou huit pouces de diamètre. Elle est d'un vert foncé, rude au toucher, arrondie, échancrée plus ou moins profondément en trois ou cinq lobes. Lorsqu'on la coupe, elle rend un suc laiteux qui est fort corrosif. On compte jusqu'à quatre espèces de *figuiers*, toutes différentes en forme, en goût, en couleur. La figue noire est la moins estimée, ou plutôt elle est mise au rebut. Les figues de Provence, et en particulier celles du terroir de Marseille, par leur goût exquis, méritent la préférence sur les figues des autres contrées.

FIGURE. (Rhétorique.) Les figures sont des manières de parler qui se distinguent des autres par une modification particulière, qui fait qu'on les réduit chacune à une espèce à part, et qui les rend ou plus vives, ou plus nobles, ou plus agréables que les manières de parler, qui expriment le même fond de pensée, sans avoir d'autre modification particulière. *L'antithèse*, par exemple, diffère des autres manières de parler en ce que, dans cet assemblage de mots qui forment l'antithèse, les mots sont opposés les uns aux autres : ainsi, quand on rencontre des exemples de ces sortes d'opposition de mots, on les rapporte à l'antithèse. *L'apostrophe* est différente des autres énonciations, parce que ce n'est que dans l'apostrophe qu'on adresse tout d'un coup la parole à quelque personne présente ou absente. Ce n'est que dans la *prosopopée* que l'on fait parler les morts, les absents ou les êtres inanimés ; elles ont chacune leur caractère particulier qui les distingue des autres assemblages de mots qui font un sens dans le langage ordinaire des hommes. D'après les observations faites sur les différentes manières de parler, les *rhéteurs* en ont fait une classification, afin de mettre plus d'ordre et d'arrangement dans leurs réflexions. Les manières de parler dans lesquelles ils n'ont remarqué d'autre propriété que celle de faire connaître ce qu'on pense, sont appelées simplement *phrases*, *expressions*, *périodes*. Celles qui expriment non-seulement des pensées, mais encore des pensées énoncées d'une manière particulière, qui leur donne un caractère propre, sont appelées *figures*, parce qu'elles paraissent, pour ainsi dire, sous une forme particulière, et avec ce caractère propre qui les distingue les unes des autres, et de tout ce qui n'est que phrase ou expression. Lorsque les figures sont employées à propos, elles donnent de la vivacité, de la force ou de la grâce au discours ; néanmoins, il ne faut pas croire que le discours ne tire ses beautés que des figures. Nous possédons en effet des ouvrages dont toute la beauté consiste dans la pensée exprimée sans figure. On divise les figures en *figures de pensée* et en *figures de mots*. Les figures de pensées dépendent uniquement du tour de l'imagination ; elles ne consistent que dans la manière particulière de penser ou de sentir, en sorte que la figure demeure toujours la même, quoiqu'on vienne à changer les mots qui l'expriment. Au contraire, les figures de mots sont telles que, si les paroles sont changées, la figure s'évanouit. Par exemple, lorsqu'en parlant d'une armée navale on dit qu'elle est composée de *cent voiles*, c'est une figure de mots ; mais si l'on substitue le mot *vaisseaux* à celui *voiles*, la pensée est également exprimée ; mais il n'y a plus de figure. Il y a quatre sortes de figures de mots : 1° les *figures de diction*, lesquelles regardent les changements qui arrivent dans les lettres ou dans les syllabes des mots ; telle est la *syncope* ou retranchement d'une lettre, d'une syllabe au milieu d'un mot ; 2° celles qui regardent uniquement la construction ; cette figure s'appelle *syllepse*; 3° les figures dans lesquelles les mots conservent leur signification ; telle est la *répétition* ; 4° les figures par lesquelles les mots prennent des significations différentes de celle qui leur est propre, tels sont les *tropes*. (*Voyez* ce mot).

FILATURE. (*Voyez* MACHINES.)

FILET. En anatomie, on appelle *filets* les ramifications les plus ténues des nerfs. — *Filet*, en botanique, s'entend de la partie déliée de l'étamine, celle qui supporte l'anthère (sommet des étamines).

FILET (coup de). (Jurisprudence.) La vente d'un

coup de filet est mise au rang des contrats aléatoires (contrat qui dépend d'événements incertains). On peut traiter d'un coup de filet qui peut être plus ou moins productif, comme de toute autre chose. Le coup de filet n'amènerait rien, que l'acheteur n'en serait pas moins tenu de payer le prix convenu, à cette condition cependant qu'il n'y eût point de fraude de la part du pêcheur.

FILIÈRE. Morceau d'acier percé de trous par où l'on fait passer les métaux qu'on réduit en fils.

FILIFORME. En forme de fil; se dit de tout ce qui est long, mince, flexible comme un fil.

FILIGRANE. Ouvrage d'or ou d'argent à jour, en forme de filets.

FILIPENDULE. Plante composée d'une touffe de fibrilles capillaires brunâtres, offrant de distance en distance des renflements ovoïdes (en forme d'œufs), également bruns à l'extérieur, très blancs intérieurement. La filipendule est peu employée; ses tubercules (excroissances) contiennent beaucoup d'amidon.

FILTRATION. Action de filtrer, de séparer d'un *liquide* les particules solides, trop légères pour pouvoir se précipiter, et qui en troublent la transparence. La filtration prend le nom de *colature* quand tout simplement on verse le liquide sur un tissu de laine ou de toile claire, moins pour l'obtenir d'une transparence parfaite que pour en séparer un marc. Toutes les substances poreuses et insolubles peuvent servir de *filtre*. Souvent on emploie le charbon comme filtre, moins pour clarifier l'eau que pour lui enlever toute espèce de saveur ou d'odeur. Le *filtre de papier* se fait avec une feuille de papier plié un grand nombre de fois sur elle-même, et de manière à former un cône, que l'on place dans un entonnoir.

FILTRE-PRESSE. Instrument de chimie et de pharmacie qui sert à filtrer. Il est composé de deux cylindres métalliques montés à vis l'un sur l'autre, et séparés par un diaphragme perforé. Le cylindre inférieur sert de récipient et porte un robinet d'écoulement; le supérieur est fermé par un couvercle muni d'un tube de plomb d'une élévation de 30 à 40 pieds, terminé supérieurement par un réservoir. On recouvre le diaphragme d'une couche de coton, d'éponge, de charbon ou de verre pilé; et le cylindre supérieur ainsi que le tube étant remplis du liquide à filtrer, l'opération est accélérée par le poids de cette colonne de liquide: et en même temps, certains principes sont extraits en plus grande proportion.

FINANCES. (*Voyez* DETTE PUBLIQUE, TRÉSOR.)

FIRMAMENT. (*Voyez* CIEL, ÉTOILE.)

FISTULE. Ulcère dont l'entrée est étroite et le fond ordinairement large, et qui communique avec une cavité naturelle ou avec un conduit excréteur. La suppuration des fistules est entretenue par un tissu cellulaire lâche, une carie, une lésion d'un canal excréteur. On distingue des fistules *borgnes* ou *incomplètes*, c'est-à-dire n'ayant qu'une ouverture à l'intérieur ou à l'extérieur; et des fistules *complètes*, c'est-à-dire ayant une ouverture interne et une externe. Elles sont revêtues d'une sorte de membrane muqueuse, exhalante ou absorbante. La fistule à l'anus est quelquefois causée par une lésion des vaisseaux, le plus ordinairement par des hémorrhoïdes internes, ou par des crevasses faites aux intestins par quelque corps étranger, par exemple la canule d'une seringue introduite maladroitement dans le rectum, un noyau, une arête. Le traitement des fistules anales consiste dans une incision faite dans le trajet fistuleux, pour établir une communication avec le conduit naturel, car il faut avant tout arrêter le passage continuel de l'humeur et des matières, par cette voie. Quelquefois une forte compression exercée sur l'abcès l'affaisse et le fait disparaître; mais, dans le plus grand nombre des cas, il faut recourir à une opération chirurgicale, et toujours commencer par l'extraction du corps étranger, quand la fistule n'a pas d'autre cause. La fistule lacrymale reconnaît ordinairement pour cause l'engorgement et l'oblitération du canal nasal, ce qui ne permet pas aux larmes de parvenir dans les narines et occasionne l'inflammation, la distension et le déchirement du sac lacrymal. Les fistules qui sont causées par un vice de la peau guérissent souvent quand on facilite l'expulsion de l'humeur par une compression sur leurs trajets, précédée d'injections détersives pour faciliter la suppuration; on emploie souvent et avec plus d'avantage, le caustique pour détruire la partie supérieure de la peau; on se sert même quelquefois à cet effet de l'instrument tranchant. Les fistules qui ont pour cause l'altération d'un os, d'un cartilage, d'un tendon, persistent jusqu'à l'exfoliation complète de la partie viciée et la sortie du corps vicié, sortie qu'on facilite au moyen d'incisions.

FLAMINE. Prêtre romain. Il y avait à Rome quinze prêtres appelés *flamines*, qui étaient destinés et consacrés au service de différentes divinités. Trois d'entr'eux étaient plus considérés et plus honorés que les autres, parce qu'ils étaient consacrés, le premier à Jupiter, le second à Mars, le troisième à Romulus, sous le nom de *Quirinus*, qui était le nom de divinité du fondateur de Rome. Ils devaient être tous trois de famille patricienne; et, quand ils le voulaient, ils prenaient séance dans le collège des pontifes, sans pour cela en faire partie. Ce fut Numa, second roi de Rome, qui établit ces trois prêtres (700 avant J.-C.) : les douze autres leur furent associés dans la suite, et tirés des familles plébéiennes. Mais, ce qu'il y a de singulier, c'est que leurs femmes s'appelaient aussi *flaminiæ* (prêtresses), comme participant à leur sacerdoce; pour cette raison le divorce leur était défendu. Le prêtre de Jupiter avait des privilèges que les autres n'avaient point; il avait la préséance sur tous les autres *flamines*; il était précédé d'un licteur; il avait droit de se faire porter dans une chaise d'ivoire; ses habits étaient plus magnifiques que ceux des autres. Quand un criminel se réfugiait dans sa maison, ou qu'il le rencontrait lorsqu'on le conduisait au supplice, il pouvait lui donner sa grâce. Il bénissait les armées. Son bonnet était fait de la peau d'une brebis blanche, qu'il avait immolée à Jupiter; à la pointe de ce bonnet, il y avait une petite branche d'olivier attachée avec un ruban. Il était élu dans une assemblée générale du peuple, et c'était le souverain pontife qui le consacrait; mais il ne lui était permis de posséder aucune magistrature, afin que tout son temps fût consacré au culte de Jupiter. Il ne pouvait, sans être irrégulier, toucher un corps mort, ni de la farine où il y eût du levain, ni manger des fèves, ni considérer une armée rangée en bataille, ni faire aucun serment, etc. Ces prêtres, qui avaient été en grande vénération jusqu'aux guerres civiles de Sylla et de Marius, furent abolis sous Théodose, le dernier prince qui ait possédé l'empire romain en entier (395 de J. C.).

FLAMME. Masse de lumière ondoyante qui se dégage avec le calorique pendant la combustion. Gaz qui s'enflamme par l'excès de la chaleur; 300 deg. au moins. — Feu très délié, dont les particules séparées les unes des autres et agitées en tout sens, avec le mouvement le plus violent, s'élancent librement dans l'air.

FLAMME DE BENGALE. (Pyrotechnie, art. de l'artificier). On produit cette flamme avec 8 parties d'ammoniaque, 2 id. de soufre, 1 id. d'antimoine.

FLÈCHE (la). Constellation boréale que l'on remarque entre les constellations de l'aigle et du cygne;

la flèche est composée de cinq étoiles de quatrième et de cinquième grandeur. On dit que c'est une des flèches dont Hercule se servit pour tuer le vautour qui dévorait le foie de Prométhée.

FLÉCHISSEUR. Les anatomistes donnent le nom de *fléchisseurs* à tous les muscles qui déterminent la flexion des parties auxquelles ils s'attachent.

FLEUR. Organe de fructification dans les végétaux ; assemblage des organes de la reproduction des plantes, et ceux qui les entourent ou les protégent immédiatement. La fleur présente dans le centre, un petit organe de forme variable, simple ou divisé : c'est le *pistil*. Le pistil, organe femelle de la fructification des plantes, occupe en général le centre des fleurs, et, au moment du parfait développement de celle-ci, il acquiert la faculté de grossir, de changer de forme et de se convertir en fruit. Il est composé : de *l'ovaire*, partie la plus inférieure et contenant le germe du fruit ; du *style*, qui est un prolongement de l'ovaire ou un filet placé entre l'ovaire et le *stigmate ;* enfin du stigmate, qui est l'extrémité du style. Cette partie manque quelquefois, et le stigmate est alors sessile. Autour du pistil, on trouve un ou plusieurs organes, placés le plus ordinairement à l'extrémité d'un support filiforme, et renfermant une poussière fécondante : ce sont les *étamines*. L'étamine est la principale partie mâle ; elle consiste essentiellement en une ou deux petites loges, appelées *anthères,* qui, renferment cette poussière nommée *pollen.* Les pistils et les étamines sont environnés d'enveloppes plus ou moins étendues, plus ou moins colorées, que l'on appelle *périanthe :* quand le périanthe est double, sa partie inférieure, ordinairement colorée, prend le nom de *corolle,* et sa partie extérieure celui de *calice.* La corolle est un organe laminé ou tubulé, simple ou multiple, qui étant placé en dedans du calice, naît immédiatement en dehors du point ou de la ligne d'insertion des étamines, ou bien les porte attachées par leur base à sa paroi interne. On donne le nom de *pétale* à chaque pièce entière de la corolle. Quand la corolle n'est que d'une seule pièce, il n'y a aussi qu'un pétale ; et la corolle est dite *monopétale* ou *polypétale,* suivant qu'elle est indivise ou bien divisée en plusieurs pétales ; c'est-à-dire que, selon qu'on y voit tel ou tel nombre de pétales, on l'appelle : mono-, di-, tri, tétra-, penta-, sexa-, hepta-, polypétale. On distingue, dans une corolle monopétale, le *tube* ou partie inférieure de la corolle, le *limbe* ou sa partie évasée, quelquefois étalée et même réfléchie, et la *gorge,* qui est la partie intermédiaire entre le tube et le limbe. La corolle est *infère* ou *supère,* selon qu'elle a son origine au-dessus ou au-dessous de l'ovaire. — Le *calice* est l'enveloppe la plus extérieure des parties de la fructification, dans les fleurs qui ont un périanthe double. Le *calice commun* est celui qui appartient à plusieurs fleurs, le *propre* est celui qui n'appartient qu'à une seule. Si le calice n'est formé que d'une seule pièce, il est *monophylle,* et quand il est formé d'un certain nombre de pièces distinctes, qu'on peut isoler les unes des autres, il est *polyphylle.* Lorsque la fleur réunit ces diverses parties : calice, corolle, étamines et pistil, elle est dite *complète.* Si elle est dépourvue de calice, la fleur est *incalicée ;* de corolle, c'est une *fleur mâle ;* d'étamines, qui sont les organes mâles, c'est une *fleur femelle ;* et, selon qu'elle est pourvue d'étamines et de pistil, elle est dite *hermaphrodite* (à deux sexes).

PLEUR-DE-LIS. (*Voyez* LIS.)

FLEURON. En botanique, on désigne par ce mot chacune des petites fleurs dont la réunion sur un réceptacle commun constitue les *fleurs composées.*

FLEUVE. Eau courante qui va de sa source à la mer. Si elle est peu considérable, on lui donne le nom de *rivière.* Les eaux qui se trouvent à la surface du globe proviennent toutes à peu près de *l'atmosphère* qui, lui-même, les reçoit de la mer par l'évaporation. Les eaux tombent en *pluie,* en *neige* ou en *grêle,* suivant la température de l'atmosphère. Quand elles arrivent sur la terre et qu'elles rencontrent un terrain imperméable (impénétrable par l'eau) qui présente des cavités, elles forment des *lacs,* des *marais :* si le terrain est en pente, il se forme des *fleuves,* des *rivières.* Si l'eau rencontre un terrain perméable, elle pénètre dans l'intérieur de la terre, ce qui s'appelle *infiltration,* et elle forme des *lacs* et des *rivières souterraines* (*Voyez* SOURCES). Cette eau, qui s'est infiltrée dans le sol perméable pour ressortir de la terre, coule ordinairement dans les *cirques* (plaines entourées de montagnes de tous côtés) ; et, si ces vallées sont très en pente, la *rivière* ou le *fleuve* sera très rapide ; si au contraire elle est peu inclinée, le fleuve ou la rivière coulera lentement et sera très large. Dans leurs cours, les fleuves entraînent des particules terreuses, qu'ils déposent à leur embouchure, et qui forment à peu de distance du rivage une sorte de *dune sous-marine* (colline), à laquelle on donne le nom de *barre,* à cause de l'obstacle qu'elle oppose à l'écoulement naturel des eaux, comme par exemple à l'embouchure de la Seine et de presque toutes les grandes rivières.

FLEXIBILITÉ. Un corps est *flexible,* lorsqu'on peut lui faire changer de figure. Il est probable que les parties aqueuses qu'il contient sont la cause physique de cette qualité, puisque les corps acquièrent de la flexibilité lorsqu'on les fait tremper dans l'eau. La flexibilité est une qualité absolument essentielle aux corps élastiques. Presque tous les corps de la nature sont flexibles, quand ils présentent une grande longueur sur une très petite épaisseur.

FLORAISON. Époque à laquelle une plante commence à épanouir ses fleurs ; ou espace de temps pendant lequel une plante reste en fleur.

FLORE. On donne le nom de *flores* à des ouvrages qui traitent des plantes d'un pays déterminé : la *flore française,* etc. Presque tous les pays de l'Europe possèdent des flores où leurs plantes sont indiquées.—*Flore* était chez les anciens la déesse des fleurs ; mais, selon quelques historiens, ce fut une fameuse courtisane, qui en mourant déclara le peuple Romain héritier de tous les grands biens qu'elle avait gagnés par ses prostitutions, à condition qu'on célébrerait tous les ans une fête en son honneur. Le sénat, voyant qu'il était honteux de célébrer la fête d'une courtisane, et ne voulant pas cependant être privé des biens immenses qui lui étaient légués, assura que c'était une déesse nommée *Chloris* chez les Grecs, et *Flore* chez les Latins, et que cette déesse, ayant été mariée au *Zéphyr ,* il lui avait donné pouvoir sur les fleurs. D'autres prétendent que cette divinité avait déjà été adorée chez les Sabins. Sa fête appelée *Floralia,* se célébrait au commencement de mai avec beaucoup de dissolution.

FLORAUX (Jeux). Les jeux floraux furent institués l'an 1323, à Toulouse, par *Clémence-Isaure,* dont l'existence est pourtant contestée par quelques critiques, mais avec peu de fondement. Le prix qu'on décernait était une couronne de fleurs, et *Ronsard,* le premier des poëtes de son temps, fit gloire de l'avoir obtenue. C'est pour se conformer à l'esprit de l'institution primitive, que l'académie des jeux floraux a donné aux quatre prix ou *fleurs* qu'elle distribue tous les ans (3 mai) le nom d'amarante, de violette, d'églantine et de souci. Le premier de ces prix est adjugé à une ode, le second à un poëme héroïque, le troisième à une pièce de prose , et le quatrième à une églogue ou à une idyle.

FLOTTAGE DES BOIS. En 1549, Jean-Rouvet de Clamecy (Nièvre) imagina de jeter les bois coupès des forêts dans des rivières non navigables, afin .de les faire descendre ainsi jusqu'aux grandes rivières ; là, d'en former des *trains* , et de les amener à flot, et sans bateaux , jusqu'à Paris. Le train est une sorte de radeau fait de bois à brûler ; les bûches sont fortement liées ensemble, de manière à pouvoir flotter d'une distance assez éloignée jusqu'à Paris sans se séparer. La longueur ordinaire des trains est de 216 pieds environ (36 toises), sur une largeur de 14 ou 15 pieds. En 1556. Réné Arnoul leur donna le degré de perfection connu aujourd'hui ; dans les commencements , des hommes armés de plastrons de peau rembourrés guidaient les trains par la seule force de leurs bras ; maintenant , l'aviron et le pieu qui s'y trouvent fixés , permettent de les gouverner plus facilement.

FLOTTE. Réunion de vaisseaux. (*Voyez* MARINE.)

FLUIDITÉ. Qualité *fluide.* La fluidité et la dureté sont deux états opposés ; ainsi, puisque les physiciens assurent qu'un corps est dur lorsque ses molécules sensibles ne se séparent pas facilement les unes des autres , il est naturel qu'ils ajoutent qu'un corps n'est *fluide* que lorsque ses molécules sensibles se séparent facilement les unes des autres. Les particules dont les fluides sont composés , sont très déliées , et assez communément rondes ; déliées, elles sont propres à tous les mouvements qu'on veut leur communiquer, parce qu'elles ont très peu de force d'inertie ; à peu près rondes , elles n'ont pas les unes avec les autres une cohésion sensible, parce qu'elles ne se touchent pas par beaucoup d'endroits; mais ce ne sont-là que des conditions ; pour trouver la cause physique de la *fluidité*, il faut avoir recours à la matière ignée qui pénètre ces sortes de corps, et qui communique à leurs parties insensibles un mouvement en tout sens ; aussi l'eau se change-t-elle en glace lorsque le feu renfermé dans son sein vient à s'évaporer. Nous ne parlerons pas ici de la résistance que les fluides opposent aux solides qui les traversent ; nous traiterons ce point de physique à l'article MILIEU. — On distingue les *fluides en liquides* et *fluides élastiques.* On donne le nom de *fluide liquide* aux corps dont les parties sont si faiblement liées entre elles, qu'elles se meuvent facilement les unes sur les autres , comme l'eau, l'huile, le vin, l'air, le mercure. On appelle *fluides élastiques* ou *aériformes* ceux qui, ressemblant à l'air, cèdent, s'étendent ou se resserrent par la variation des forces comprimantes, et tendent toujours à occuper l'espace vide dans lequel on les renferme (*Voyez* GAZ). — Les *fluides animaux* ou *humeurs :* on désigne ainsi toute substance fluide d'un corps organisé , comme le sang, le chyle, la lymphe. — Le *fluide magnétique* est la cause qui donne à un aimant, soit naturel soit artificiel, la propriété de se diriger d'un côté vers le pôle nord et de l'autre côté vers le pôle sud. (*Voyez* AIMANT).

FLUOR. Radical de l'acide fluorique, qui dissout le verre, et que l'on n'a pas encore pu obtenir isolé d'une manière bien précise. On l'appelle aussi *phthore.* Les minéralogistes appellent *spath fluor* le fluate de chaux natif ; il se trouve assez fréquemment combiné avec le calcium.

FLUURES. Combinaison du fluor avec les corps combustibles, métalliques ou non. Lorsque les fluures sont traités par l'acide sulfurique concentré , ils donnent une vapeur qui corrode le verre. Préalablement mélangés avec la silice, il se fait un gaz qui, reçu dans l'eau, laisse déposer de la silice en gelée, et l'on donne le nom *d'acide fluosilicique* à ce qui reste dans l'eau. Les fluures sont quelquefois appelés *fluorures* ou *phtorures.*

FLUX ET REFLUX DE LA MER. Dans l'espace de 24 heures et 48 minutes, les eaux de l'Océan s'élèvent deux fois et s'abaissent deux fois d'une manière très sensible ; c'est cette élévation et cet abaissement réciproque que l'on a coutume de nommer *flux* et *reflux* de la mer, ou *marée;* le premier phénomène a reçu le nom de

flux, ou *marée montante,* et le second celui de *reflux* ou *marée descendante.* On prétend qu'Aristote, confus de ne pouvoir découvrir la cause physique d'un mouvement si extraordinaire, se précipita dans ce bras de la Méditerranée situé entre l'Achaïe et l'île de Négrepont , que l'on nomme *Euripe.* Newton n'a pas eu la même tentation à combattre ; il a trouvé dans ses principes l'explication la plus naturelle d'un phénomène que bien des gens regardaient alors comme inexplicable. Ce philosophe, après avoir supposé avec Copernic, que la terre se meut d'Occident en Orient dans l'espace de 24 heures sur son axe, et dans l'espace d'une année dans l'écliptique ; après avoir encore supposé que la lune se meut périodiquement chaque mois dans une orbite qui ne s'écarte pas beaucoup du plan de l'écliptique, ce philosophe, disons-nous, attribua à l'attraction que le soleil et la lune exercent sur les eaux de l'Océan tous les phénomènes du *flux* et *reflux.* Il avoue d'abord que ces eaux sont beaucoup plus attirées par la terre que par le soleil et la lune ; mais il ajoute que, puisqu'il règne parmi tous les corps de l'univers une attraction mutuelle en raison directe des masses et en raison inverse des carrés des distances , l'action de ces deux astres ne doit pas être comptée pour rien ; elle doit être même d'autant plus sensible que ces deux astres sont moins éloignés de nous et plus perpendiculaires sur l'Océan. C'est cependant la lune que Newton regarde en tout ceci comme le principal agent ; et, lorsque les eaux montent de 12 pieds au milieu de l'Océan, il a calculé que le soleil ne les élevait qu'à deux pieds et un quart, tandis que la lune les élevait à neuf pieds et trois quarts. — La terre se meut sur son axe d'Occident en Orient dans l'espace de 24 heures ; donc les eaux qui, à midi, sont en conjonction avec la lune, seront à 6 heures du soir en quadrature avec cet astre. A minuit, ces mêmes eaux se trouveront en opposition avec la lune. Par la même raison, elles seront encore en quadrature avec cet astre à 6 heures du matin. — L'attraction se fait en raison directe des masses et en raison inverse des carrés des distances ; donc le soleil et la lune attirent plus les eaux que le centre de la terre ; de même encore, ces deux astres attirent plus le centre de la terre que les eaux. Ne parlons, pendant quelques momments, que de l'attraction de la lune, et examinons avec attention quels en seront les effets. Il n'est pas nécessaire de faire remarquer qu'il ne s'agit ici que d'une attraction purement relative et non pas absolue. — L'action de la lune sur les eaux est une action *simple* quand elle leur est perpendiculaire. Par cette action, ou plutôt par cette attraction perpendiculaire, les eaux deviennent moins pesantes, puisque la lune, faisant tous ses efforts pour les enlever, elles gravitent beaucoup moins vers le centre de la terre. Il en est de même des eaux en opposition. La lune, attirant plus le centre de la terre que les eaux, elle tâche, pour ainsi dire, de leur arracher ce centre, et elle les empêche par là même de graviter autant vers lui qu'elles le feraient sans cette attraction perpendiculaire. — L'action de la lune sur les eaux est une action *composée* quand elle leur est oblique. Elle se compose en deux actions, l'une perpendiculaire, l'autre horizontale. L'action perpendiculaire de la lune sur les eaux est comptée pour rien ; elle est précisément égale à celle du même astre sur le centre. Il n'en est pas ainsi de son action horizontale. Par cette action, les eaux sont comme pressées vers le centre, et par là même elles deviennent plus pesantes qu'elles ne le seraient sans cette attraction oblique. — Il y a deux espèces de flux : le vrai flux et le flux par communication. Le siège du premier se trouve sur les mers dont les eaux sont élevées par l'action du soleil et de la lune. Tel est l'Océan, dont une partie est toujours en conjonction, l'autre en opposition, et les autres en quadrature avec ces astres. Le second a son siège sur les mers, les fontaines, les rivières, les fleuves qui communiquent directement et librement avec l'Océan, mais dont les eaux sont ou trop peu étendues pour que le soleil et la lune les attirent inégalement; ou posées trop obliquement par rapport à ces astres, pour en être attirées sensiblement. — De ces principes incontestables il suit évidemment que les phénomènes du flux et du reflux de la mer doivent se rapporter à trois causes. La première est l'attraction relative que le soleil et la lune exercent sur la terre, c'est-à-dire l'attraction que ces astres exercent sur les eaux en *conjonction* comparée avec celles qu'ils exercent sur le *centre* de notre globe, et sur les eaux en *opposition*. La seconde est l'action perpendiculaire du soleil et de la lune sur certaines eaux, jointe à l'action oblique des mêmes astres sur certaines autres. La troisième est le mouvement de la terre sur son axe dans l'espace de 24 heures. En effet, les eaux étant pressées vers le centre de la terre par l'action oblique de la lune et du soleil, elles se rendront nécessairement dans les endroits où elles trouveront le moins de résistance. — *Phénomènes de chaque jour*. Dans chaque hémisphère, les eaux de l'Océan s'élèvent et s'abaissent deux fois chaque jour. — La lune et le soleil ne peuvent pas élever les eaux d'un hémisphère terrestre sans élever en même temps les eaux de l'hémisphère opposé. Comme il est impossible d'aplatir une sphère dans deux points de l'horizon opposés l'un à l'autre, sans faire élever le méridien dans deux points directement opposés entre eux, de même il est impossible que la lune presse vers le centre de la terre les eaux de l'Océan, avec laquelle elle est en quadrature, sans élever en même temps celles avec lesquelles elle est en conjonction et en opposition. Les rivières et les fontaines qui se trouvent sous la zone torride, ne doivent pas avoir leur flux et leur reflux, parce qu'il est impossible qu'en même temps une partie de leurs eaux soit en conjonction et en opposition, et l'autre partie en quadrature avec la lune. Quoique la terre attire plus fortement que la lune les eaux de l'Océan, cependant l'action de la lune ne doit pas être nulle, non-seulement parce que la masse de cet astre est infiniment plus petite que celle de la terre, mais encore parce qu'une partie des eaux de l'Océan est en conjonction et en opposition, tandis que l'autre partie est en quadrature avec la lune. — Nous n'avons deux flux et deux reflux que dans l'espace de 24 heures et 48 minutes; il paraît cependant que nous devrions avoir deux flux et deux reflux dans l'espace de 24 heures précises, puisque la terre n'emploie que ce temps à tourner sur son axe. Cela serait vrai, si la lune n'avait aucun mouvement périodique; mais il n'en est pas ainsi. La lune, à cause de son mouvement autour de la terre, paraît chaque jour à notre méridien 48 minutes plus tard que le jour précédent; donc nous ne devons avoir deux flux et deux reflux que dans l'espace de 24 heures et 48 minutes; aussi l'expérience journalière apprend-elle que l'intervalle qu'il y a entre un flux et un autre est de 12 heures 24 minutes. — Le flux dépend du passage de la lune par le méridien, et non pas par tout autre cercle de la sphère. On doit d'abord en apercevoir la raison; l'attraction la plus forte se fait par une ligne perpendiculaire au corps attirant et au corps attiré; lorsque la lune est au méridien, elle est perpendiculaire aux eaux de l'Océan; c'est alors qu'elle doit attirer ces eaux avec le plus de force, et c'est alors, par conséquent, que doit se faire le flux. — Le flux et le reflux ne sont plus sensibles après le soixantième degré de latitude. — Le soleil et la lune se meuvent toujours entre les deux tropiques; leur action ne doit se faire sentir directement que sur les eaux de l'Océan qui se trouvent entre ces deux cercles; partout ailleurs, le flux et le reflux ne doivent arriver que par communication, et cette communication doit être insensible pour les eaux qui sont fort éloignées des tropiques; telles sont celles qui ont plus de 65 degrés de latitude. — Concluons de ce qui précède: 1° que le siège du vrai flux et du vrai reflux se trouve entre les tropiques, c'est-à-dire dans cette partie de l'Océan qui correspond à la zone torride; 2° que nous n'avons en France, dans nos ports de l'Océan, que le flux et le reflux par communication, c'est-à-dire l'effet du vrai flux et du vrai reflux; 3° que le vrai *flux* doit produire sur nos côtes le phénomène que nous nommons *reflux*, puisque, pendant le temps du vrai flux, les eaux s'élèvent sous la lune, et que par conséquent elles s'écartent de nos côtes; par la même raison, le vrai *reflux* doit produire sur nos côtes le phénomène que nous nommons *flux*; 4° quoique le soleil soit beaucoup plus gros que la lune, celle-ci cependant doit être regardée comme la cause principale du flux et du reflux, parce qu'elle n'est pas à cent mille lieues de la terre, tandis que le soleil en est à environ 33 millions de lieues. Newton a calculé que la lune a quatre fois plus de part que le soleil au phénomène dont il s'agit. — *Phénomènes de chaque mois*. Les plus grands flux et les plus grands reflux sont ceux qui arrivent lorsque la lune est dans les syzygies, c'est-à-dire lorsque la lune est nouvelle ou pleine. Le soleil et la lune se trouvent alors dans la même ligne; leurs forces doivent donc conspirer à élever les eaux de l'Océan, et le flux doit être produit par la somme des forces attractives de ces deux astres. Par une raison contraire, les flux qui arrivent lorsque la lune est dans ses quadratures, c'est-à-dire dans ses quartiers, doivent être les moindres de tous, parce que la lune se trouvant au méridien, lorsque le soleil est à l'horizon, le flux ne doit être produit que par la différence qu'il y a entre les forces attractives de ces deux astres. Si le flux des syzygies est de 12 pieds, le flux des quadratures ne sera que d'environ 8 pieds. — Depuis les syzygies jusqu'aux quadratures, le flux du matin est plus grand que celui du soir. Cela n'arrive que parce que les flux vont toujours en diminuant depuis les syzygies jusqu'aux quadratures. Par une raison contraire, depuis les quadratures jusqu'aux syzygies, le flux du soir doit être plus grand que celui du matin. — Le flux est plus grand, lorsque la lune est périgée que lorsqu'elle est apogée, par cette raison que la lune périgée est plus près de la terre que la lune apogée, et que l'attraction se fait en raison inverse des carrés des distances. — Le flux est plus grand lorsque la lune se trouve dans l'équateur. C'est sans doute parce que les eaux qui sont sous l'équateur sont moins pesantes, et par conséquent plus faciles à élever que les autres. Par une raison contraire, le flux est moindre lorsque la lune est dans les tropiques, parce que les eaux qu'elle a à élever sont plus pesantes. (*Voyez* GRAVITÉ DES CORPS). — *Phénomènes de chaque année*. Les trois premiers phénomènes de chaque année sont ceux-ci: 1° Le flux est plus grand, lorsque le soleil est périgée que lorsqu'il est apogée. 2° Le flux est considérable lorsque, dans le temps de l'équinoxe, la lune se trouve dans quelqu'une de ses syzygies. 3° Le flux est moins considérable lorsque, dans le temps de l'équinoxe, la lune se trouve dans quelqu'une de ses quadratures. L'explication de ces trois phénomènes est parfaitement semblable à celle que nous avons donnée plus haut. Que l'on se souvienne seulement que la lune est dans un des tropiques, lorsque dans le temps de l'équinoxe elle est en quadrature avec le soleil. Les autres phénomènes de chaque année demandent une explication plus étendue. — Lorsqu'il y a en même temps équinoxe et nouvelle ou pleine lune, le flux du matin est égal à celui du soir; parce que ce jour-là le soleil et la lune ne quittent pas l'équateur. Dans les nouvelles et pleines lunes d'été, les flux du matin sont moindres que ceux du soir; en voici la raison physique: la terre, pendant l'été, est plus éloignée du soleil que pendant l'hiver. Depuis la fin du mois de juin, elle s'approche toujours plus du soleil et de l'équateur; donc le flux doit toujours augmenter, et par conséquent le flux du matin doit être moindre que celui du soir. C'est surtout dans les nouvelles et pleines lunes que l'on s'en aperçoit, parce que ces jours-là le flux est plus considérable. Par une raison contraire, depuis la fin du mois de décembre, le flux du matin doit être, dans

26

le temps des syzygies, plus grand que celui du soir ; les observations astronomiques nous apprennent que le soleil n'est jamais plus près de nous que vers la fin de décembre. Il suit évidemment de cette explication : 1° qu'en supposant toutes les autres choses égales, le flux, pendant l'hiver, doit être un peu plus grand que pendant l'été ; 2° que le flux doit être un peu plus grand quelque temps avant que quelque temps après l'équinoxe du printemps ; depuis la fin de décembre nous nous éloignons toujours plus du soleil. Par une raison contraire , le flux doit être un peu plus grand quelque temps après que quelque temps avant l'équinoxe d'automne. La facilité avec laquelle nous venons d'expliquer les principaux phénomènes que nous présentent le flux et le reflux de la mer nous prouve d'une manière bien sensible la parfaite conformité qui se trouve entre le système de Newton et les lois les plus constantes de la nature. Concluons donc que le soleil et la lune ne produisent le flux et le reflux que parce qu'ils attirent plus les eaux avec lesquelles ils sont en conjonction que le centre de la terre, et qu'ils attirent plus le centre que les eaux avec lesquelles ils sont en opposition ; il s'agit ici d'attraction purement relative, et non pas d'attraction absolue. Cette différence d'attraction n'est presque pas sensible pour le soleil. Cet astre est éloigné des eaux avec lesquelles il est en opposition de 20,625 rayons terrestres, du centre de la terre de 20,626 et des eaux en opposition de 20,627. Qu'est-ce que 1 vis-à-vis d'une somme aussi considérable ? Mais la différence d'attraction est infiniment sensible, lorsqu'il s'agit de la lune. Ce satellite n'est éloigné des eaux en conjonction que de 59 rayons terrestres, de 60 du centre de la terre, et de 61 des eaux en opposition ; un de plus ou de moins sur une somme aussi modique ne doit pas être négligé ; il doit même produire un assez grand trouble sur la surface de la terre, que l'on suppose, dans toute cette question, couverte des eaux de l'Océan. Cette force perturbatrice n'est pas cependant capable de déranger les oscillations des pendules ; l'action que le soleil et la lune peuvent avoir sur ces sortes de corps est la même pour toutes leurs parties.

FLUXION. On donnait ce nom au concours des humeurs et du sang dans une partie quelconque de l'économie animale, à cause de l'opinion où l'on était que les humeurs formaient la nature et l'essence des maladies. Quoi qu'il en soit, le mot de *fluxion* est employé particulièrement pour désigner une irritation (phlegmon œdémateux) qui affecte spécialement les joues, et qui peut survenir à la suite de l'impression du froid humide, ou sous l'influence d'une carie dentaire ou d'une odontalgie. Effet immédiat de la cause irritante qui l'a appelée, c'est elle qui fait naître la tuméfaction , la rougeur et la chaleur que l'on observe dans la plupart de ces maladies.—Les caractères , la marche et le traitement de la fluxion dentaire seront décrits à l'article odontalgie. (*Voyez* ce mot). On a aussi appelé du nom de *fluxion de poitrine* la pneumonie et la pleurésie (*Voyez* ces mots).

FO, religion, qui est celle de la multitude à la Chine, et qui s'est ensuite établie au Japon. Les moines ou prêtres idolâtres de Fo, que les Portugais appellent *Bonzi* (au singulier *Bonzo*, d'un mot japonais qui signifie religieux), sont appelés *Ho-shang* par les Chinois. Ces moines ressemblent si fort aux nôtres , qu'un missionnaire n'a pu rendre raison de cette ressemblance, qu'en supposant que le Démon avait envie d'imiter les cérémonies saintes de l'église. « Les prêtres de Satan, dit-il, « ont de longues robes qui leur descendent jusqu'aux « chevilles, avec de grandes manches, qui ressemblent « parfaitement à celles de quelques-uns de nos religieux « Européens. Ils vivent en communauté dans des *pa- « godes* comme dans des couvents ; ils vivent de *quête* ; « ils se lèvent à minuit pour adorer Fo : leur chant, lors- « qu'ils sont au chœur, approche beaucoup de notre psal- « modie : ils vont les pieds et la tête nus. Ils ont divers « offices et différentes prières contre les incendies, les

« tempêtes et surtout pour les morts ; leurs goupillons « ressemblent à ceux dont nous nous servons..... » Ils ont aussi de grands chapelets, observent des jeûnes rigoureux et font vœu de chasteté. Il y a parmi eux des ermites, des solitaires, mais la plupart vivent dans des couvents. Ils ont des supérieurs qu'ils appellent *Ta-Hoshang* ou *Grands-Bonzes*, qui ont inspection sur leurs couvents, qui les gouvernent , distribuent les emplois parmi eux et décident de leurs différends. Cependant on les surveille de près à la Chine, et ils sont si peu estimés que , pour empêcher leur ordre de s'éteindre, ils sont obligés d'acheter de pauvres enfants à l'âge de sept ou huit ans, qu'ils élèvent eux-mêmes : ils sont si méprisés, excepté par le bas peuple qu'ils entretiennent dans la superstition en l'attirant dans leurs *pagodes* et en l'engageant à de longs pélerinages, qu'il n'y a point de bassesses qu'ils ne commettent auprès des grands. Quoiqu'ils soient extrêmement hypocrites et qu'ils n'aient aucune vertu réelle, ils sont si attentifs sur leur extérieur, qu'il est rare qu'on les surprenne dans quelque vice scandaleux. Les missionnaires modernes leur ont prêté des crimes et des infamies qui ne sauraient avoir lieu dans un pays où ils n'ont d'autre crédit que celui qu'ils s'attirent par leur conduite : car le culte de Fo, quoique plus répandu que les autres, n'est simplement que *toléré* à la Chine, où les Indiens l'ont introduit environ 63 ans après la naissance de Jésus-Christ. Voici en peu de mots l'histoire de Fo : Sa mère ayant conçu en songe à la vue d'un éléphant blanc, accoucha de lui par le côté gauche. Il ne fut pas plus tôt lavé qu'il se leva sur ses pieds et prononça ces mots : *on n'adorera que moi dans le ciel et sur la terre*. A l'âge de 17 ans, il épousa trois femmes. A 19 , il se mit sous la discipline des quatre Sages. A 30, il devint *Fo*, ou un dieu appelé *Pagod* par les Indiens , et commença à faire des miracles. Il mourut à soixante-dix-neuf ans, ou passa à un état immortel, suivant ses disciples, auxquels il laissa *huit mille* volumes , parmi lesquels il y en avait dix qui tenaient un rang distingué. Ceux-ci publièrent 3,000 volumes en son honneur, et firent courir le bruit que leur maître *était né huit mille fois*, et que son âme avait passé successivement dans le corps de différents animaux. Il laissa cinq commandements : le premier de ne tuer aucune créature vivante ; le second de ne point prendre le bien d'autrui ; le troisième de ne commettre aucune impureté ; le quatrième de ne point mentir ; le cinquième de ne point boire de vin. Il ne paraît pas que les bonzes aient un temps de jeûne fixe. Ils s'abstiennent pendant toute leur vie de viande, de poisson, d'œufs, de vin, d'oignons, d'aulx, et en un mot de tout ce qui échauffe le sang ; mais il y a des temps où il leur est permis de manger ce qu'on leur donne.—Rien n'est plus rigoureux que le jeûne et la règle des bonzes : ils paraissent se sacrifier pour le bien public. Ils portent à leurs bras et à leurs cous des chaînes si pesantes, qu'ils ne sauraient faire un pas qu'elles ne les blessent : ils se frappent la tête contre des cailloux, jusqu'à ce que le sang sorte, pour exciter la pitié du peuple, et le porter à leur donner l'aumône. Ils prétendent qu'ils ne font ces sortes de pénitences dans cette vie, qu'afin qu'eux et leurs dévots soient heureux dans l'autre ; et ce bonheur, selon eux, consiste dans la transmigration de leurs âmes dans d'autres corps, ce que nous appelons la *métempsycose*. Les jésuites , en s'introduisant dans la Chine, prirent l'habit des bonzes ; mais les missionnaires envoyés par la société de la Propagation de la Foi, s'étant aperçus du peu de cas qu'en faisaient les mandarins, prirent celui de *gin-gin*, et s'appelèrent *docteurs ex lois d'Occident*, ce qui leur attira beaucoup de respect pendant tout le temps qu'on leur permit de rester dans le pays ; mais ces dernières années ils y furent persécutés d'une manière atroce. Il n'y a pas à la Chine de bâtiments plus magnifiques que les *pagodes*, ou les couvents et temples idolâtres. Elles sont composées (les pagodes) d'un portique , de salles et de pavillons placés aux bouts des cours, et qui communiquent les uns avec les autres par de longues galeries. Elles sont couvertes de tuiles vernissées. Il y a communément auprès de ces temples une tour pyramidale, telle que la fameuse tour de porcelaine de Nan-king. Les pagodes servent d'habitation à des bonzes qui vivent enfermés, quelquefois au nombre de quatre à cinq cents, dans un vaste enclos, trois ou quatre dans la même cellule, savoir un maître, et les autres des disciples. Ces pagodes sont à la Chine pour les voyageurs, ce que sont les *caravansérails* en Turquie. Cependant, à l'exception des mandarins, on permet à peu de personnes d'y passer la nuit. Les bonzes reçoivent leurs hôtes avec beaucoup d'affection, les logent dans leurs appartements, et prennent soin de leur bagage, de leurs domestiques et de leurs porteurs. Les étrangers les avertissent de leur arrivée en battant sur un tambour qui est à la porte. Selon certains voyageurs, les bonzes, surtout à Pékin, sont dans l'usage d'abandonner leurs cellules aux étrangers qui y viennent pour commercer ; et pour en tirer plus de profit, ils les partagent en autant de cellules qu'ils peuvent ; de sorte que ces cloîtres ressemblent plutôt à des hôtelleries qu'à des maisons religieuses. La différence qu'on remarque dans les auteurs qui ont écrit là-dessus, peut venir des différents règlements qui ont été faits en différents temps, et en différents lieux, au sujet des bonzes, qui sont sujets au *tribunal des Rits* (cérémonies religieuses). Comme les moines ou les prêtres de la secte de *Tao-sté* sont quelquefois appelés bonzes, il est à propos d'en dire un mot. Ce sont des espèces d'*épicuriens* ou de *quiétistes*, qui font consister le bonheur dans un calme qui suspend toutes les fonctions de l'âme. Ils sont fort adonnés à l'alchimie, et se vantent d'avoir découvert un *élixir* qui les rend immortels. Ils sont aussi très versés dans la magie, et prétendent avoir un *esprit familier*. Ils admettent une pluralité et une subordination do dieux, qu'ils disent être corporels. Ils vivent en communauté, usent de chapelets, et vont habillés de jaune ; ils portent une espèce de petite couronne, et on les invite aux sacrifices et aux funérailles. Leur fondateur vivait vers le temps de *Confucius*, et s'appelait *Lao-tsé*, ou *l'enfant vieillard*, parce qu'il naquit avec les cheveux blancs. On prétend sa mère le porta 80 ans. On a encore ses livres dans lesquels on trouve de très belles maximes. Nous ajouterons que si les premiers législateurs Chinois ont eu des notions assez saines sur la providence, ils n'ont point envisagé un état futur. *Confutzé* ou *Confucius* lui-même n'en dit presque rien (le célèbre philosophe chinois vivait 551 ans avant l'ère chrétienne). Les opinions que l'on a à cet égard ont été adoptées par les adorateurs de Fo, qui ont puisé dans l'Inde la croyance de la *métempsycose*. D'ailleurs les bons effets que pourrait avoir cette doctrine, se réduisent à rien à cause de la doctrine corrompue des bonzes, qui ont trouvé une infinité de moyens de racheter les péchés. Nous mettrons de ce nombre le jeûne, les pénitences, les pèlerinages, les aumônes, les legs faits à leurs pagodes, en un mot tout, excepté la probité et la vertu. Il est certain que la religion de Fo ne doit les progrès qu'elle a faits à la Chine, qu'aux récompenses qu'elle propose dans l'autre vie, et qui flattent si bien l'esprit humain.

FOETUS. Le produit de la conception est nommé *embryon* tant qu'il n'est pas parvenu à un certain développement, c'est-à-dire jusqu'au troisième mois de la grossesse ; et c'est depuis cette époque jusqu'à la naissance qu'il porte le nom de fœtus.

FOIE. Viscère placé au-dessous du diaphragme, et du côté droit. Le foie occupe l'hypochondre droit et une partie de l'épigastre ; en haut, il correspond au diaphragme ; en bas, à l'estomac, à l'arc du colon et au rein droit ; en arrière, à la colonne vertébrale, à l'aorte,

à la veine cave ; en devant, à la base de la poitrine. On nomme *ligaments* les divers replis du péritoine qui le retiennent dans sa position.

FOLIE, aliénation d'esprit. On divise la folie en *manie* ou délire général, *monomanie* ou délire partiel, *idiotisme* ou oblitération congéniale de l'intelligence, et *démence* qui est son oblitération accidentelle. — Le fou a des idées, des passions, des déterminations différentes de celles des hommes raisonnables ; généralement, il conserve la connaissance de sa propre existence et celle des objets avec lesquels il se trouve en rapport ; il méconnaît son égarement d'esprit.

FOLIOLE, petite feuille partielle de la feuille composée ; on nomme aussi *foliole* chaque pièce d'un calice polyphylle (à feuillets).

FOLLICULE, enveloppe des graines, des plantes ; fruit capsulaire, déhiscent, membraneux, univalve, allongé, s'ouvrant par une suture longitudinale. — En chirurgie le mot *follicule* désigne un petit kyste (vessie pleine d'humeur).

FOMENTATION ; remède chaud appliqué à l'extérieur sur une partie malade, au moyen d'une éponge, d'un morceau de linge, trempé dans un liquide, soit aqueux soit vineux, selon le but qu'on se propose.

FONCTION. On entend par ce mot l'action d'un organe ou d'un appareil d'organes ayant un but commun. Les anciens physiologistes divisaient les fonctions en fonctions vitales, fonctions animales et fonctions naturelles. Par les premières, ils entendaient celles qui sont nécessaires à la vie, comme la circulation et la respiration ; par les secondes, celles qui fournissent à l'âme les idées qu'elle perçoit et toutes celles qui appartiennent à l'organe cérébral, comme les fonctions de l'entendement, les affections de l'âme et les mouvements volontaires ; par fonctions naturelles, ils entendaient celles qui sont relatives à l'assimilation, comme les fonctions des viscères abdominaux, des vaisseaux absorbants et exhalants. — Aujourd'hui, les fonctions se divisent en celles qui sont relatives à la conservation de l'individu, et celles qui ont pour but la conservation de l'espèce. On subdivise les premières en animales et organiques. Les *fonctions animales* sont : les sensations qui avertissent l'individu de la présence d'êtres environnants. — Les mouvements qui en approchent ou l'en éloignent. — La voix et la parole, qui font communiquer l'homme avec ses semblables, sans qu'il ait besoin de se déplacer. Les *fonctions organiques* sont : la digestion, qui fait subir aux aliments une élaboration essentielle. — L'absorption, qui fabrique le chyle et les autres humeurs avec un élément constituant de l'air atmosphérique. — La circulation, qui conduit le sang dans la profondeur de toutes les parties. — La nutrition, qui incorpore ce fluide aux organes, dont il doit opérer l'accroissement ou réparer les pertes. — Les sécrétions, qui, en même temps qu'elles forment avec le sang des humeurs nouvelles servant à divers usages dans l'économie, rejettent au dehors, par différentes voies, les débris de la nutrition. — Les *fonctions* qui ont pour but la conservation de l'espèce sont toutes celles qui sont relatives à la génération : telles sont la conception, la gestation et l'accouchement, fonctions exclusivement dévolues à la femme.

FONDERIE. De tous les métaux, le fer, très commun dans tous les pays, est celui qui offre la variété la plus nombreuse : on en compte dix-huit espèces. Le plus estimé, pour sa rareté, se trouve en cristaux cubiques au Sénégal : on le nomme *fer natif*. La Saxe et la Sibérie nous fournissent des *fers natifs* en groupes ; mais c'est de l'Angleterre et de la Suède que nous tirons la plus grande partie des fers mis en œuvre dans nos usines, ce qui explique le chiffre des importations anglaises. Dans l'exportation en grand des minerais de fer, on divise ces minerais en deux classes : Le *fer terreux*, soumis au lavage pour être dégagé des parties argileuses ou calcaires qui l'enveloppent, et le *fer en roche*, soumis au grillage : cette opération a pour but de séparer le métal du soufre et de l'arsenic qu'il renferme. La fusion des minerais s'opère dans les *hauts-fourneaux*, dont quelques-uns ont une élévation de 14 mètres. Le fourneau s'alimente avec du charbon de bois ou du coke; et lorsque la combustion est très vive, on y jette le minerai mêlé de charbon et d'un fondant terreux qui varie selon la nature du minerai. Le fer étant toujours excité, les parties terreuses se vitrifient, le charbon passe à l'état d'acide carbonique, et le minerai qui entre en fusion gagne le fond, par la supériorité de son poids sur les terres vitrifiées ; ce métal en fusion, prend alors le nom de *fonte* (on le fait couler dans des rigoles de sable), et c'est par l'affinage qu'il passe de cet état à celui de *fer*. L'*acier* se tire du fer forgé, au moyen de la *cémentation* (purifier ; la silice contribue beaucoup à la conversion du fer en acier, qui est une combinaison de fer pur et de carbone, ou un carbure de fer (*Voyez* ce mot). — Le *Creuzot* est l'établissement le plus considérable que nous ayons en France. Cette commune est divisée en trois parties bien distinctes ; la partie haute, sur le sommet d'une colline ayant son inclinaison de l'ouest à l'est, comprend l'ancienne manufacture de cristaux dits de Mont-Lenis. Les rues de cette portion de village sont belles et régulières ; celle surtout qui conduit à l'église est d'une longueur remarquable. La partie du milieu, située dans un vallon étroit et ouvert de l'est à l'ouest, renferme les forges, les fonderies et tout l'établissement du Creuzot. Dans la troisième partie, située au pied d'une montagne assez élevée, qui suit une direction parallèle à la colline dont nous venons de parler, se trouvent une longue rue irrégulière, beaucoup d'habitations éparses et presque tous les points houillers. Le sol entièrement nu, d'un aspect triste et monotone, pauvre et inculte sur la hauteur, est un peu mieux cultivé dans le bas, où les eaux pluviales ont entraîné la terre végétale des flancs déboisés des montagnes. Un faible ruisseau, produit par des sources très rapprochées et alimenté par les eaux pluviales, traverse le vallon. Ce sol paraît avoir été bouleversé par d'anciennes révolutions du globe ; dans la plus grande partie de cette commune, il offre un terrain houiller dont les couches, presque verticales sur plusieurs points, se délitent incessamment par la culture. Au midi et à l'est, le grès rouge domine. Sur le revers septentrional de la montagne, le granit se montre à découvert. La houille que l'on extrait est entièrement consommée par l'établissement du Creuzot, à l'exception d'une faible quantité, qui est vendue pour les besoins des communes environnantes. Les produits annuels de l'exploitation s'élèvent à 660,000 hectolitres. 630 ouvriers sont employés à l'extraction ; 12 machines à feu, présentant ensemble une force de 210 chevaux, sont entretenues sur les points, tant pour l'épuisement que pour l'extraction. L'établissement du Creuzot livre au commerce une immense quantité de fers de tôle, de machines à vapeurs aussi perfectionnées que celles de l'Angleterre et à aussi bas prix. La fonderie exécute des pièces de la plus grande dimension. La majeure partie des habitants du Creuzot est employée à l'extraction de la houille, aux charrois et dans l'intérieur de l'usine. Les uns y sont occupés comme fondeurs dans les hauts fourneaux, les autres sont forgerons ou lamineurs ; serruriers, ajusteurs, etc. Une partie est aussi employée comme manouvriers pour la fabrication du coke ; le surplus de la population se compose de marchands ou cabaretiers. En 1832, on y a établi un marché pour la commodité des ouvriers qui, précédemment, étaient obligés d'aller s'approvisionner à Mont-Lenis. Il y a soixante ans, le Creuzot était un domaine que l'on désignait

alors sous le nom de : *Domaine de la charbonnière*; en 1777, une très-riche compagnie jeta les fondements de cet établissement. Vers 1786, les notaires de Mont-Lenis passèrent une grande quantité *d'actes d'entrage*, espèces de baux emphytéotiques par lesquels les propriétaires d'alors livrèrent des terrains moyennant une rente de *deux sous six deniers et une poule*, afin d'attirer des habitants et des ouvriers au Creuzot. A l'époque de l'abolition des droits féodaux par l'assemblée constituante, les *entragés* devinrent propriétaires incommutables, la redevance d'une poule ayant été considérée comme un droit féodal. L'intérêt du voyageur est puissamment excité au Creuzot, par la vue de cette activité qui règne dans les vastes et superbes établissements qu'il renferme, et qui se composent d'un nombre considérable de forges établies en grand, d'après le système anglais, d'une fonderie magnifique, de beaux ateliers d'ajustage pour les machines à feu, de quatre hauts fourneaux. Les transports nécessaires à la marche de l'usine s'effectuent au moyen d'une immense quantité de chemins de fer. Les rails de ceux de Saint Etienne à Lyon et de celui d'Epinac au canal de Bourgogne ont été confectionnés au Creuzot situé à deux myriamètres trois kilomètres d'Autuy, trois myriamètres neuf kilomètres de Châlons-sur-Saône.

FONDS DE COMMERCE. Un fonds de commerce est souvent un objet de la plus grande importance, suivant la nature du commerce, l'emplacement du fonds et son achalandage. Quelquefois cet achalandage est plus même que les marchandises que contient le magasin qui est la cause de l'élévation du prix. Aussi, la convention sur le prix, quel qu'il soit, n'est jamais réputée *usuraire*, et l'acheteur ne peut jamais revenir contre son achat.

FONTAINE, source d'eau vive. Il y a deux sentiments sur l'origine des fontaines : les uns prétendent que l'eau de la mer se rend par des conduits souterrains dans des réservoirs pratiqués dans l'intérieur de la terre, et surtout dans l'intérieur des montagnes, et que ces réservoirs doivent être regardés comme la source de toutes les fontaines que nous voyons sur la surface de notre globe. Ce sentiment est évidemment contraire à l'expérience ; nous voyons tarir, ou du moins diminuer considérablement la plupart des fontaines, après une longue interruption de pluies ; donc, ce n'est pas de la mer seule qu'elles tirent leur origine. Les autres prétendent au contraire qu'il n'y a point de communication souterraine entre la mer et les cavernes creusées dans l'intérieur des montagnes ; mais ils ajoutent que les eaux qui proviennent des rosées, des neiges et des pluies, trouvent diverses ouvertures pour s'insinuer dans le corps des montagnes et des collines, s'arrêtent sur des lits, tantôt de pierre, tantôt de glaise, et forment, en s'échappant de côté par la première ouverture qui se présente, une fontaine passagère ou perpétuelle, selon l'étendue et la profondeur du bassin qui les rassemble. Un célèbre physicien prétend que les terres qui fournissent l'eau de la Seine à Paris reçoivent chaque année de la pluie sept cent quatorze milliards, cent cinquante millions de pieds cubes d'eau ; et qu'il ne passe chaque année sous les arches du Pont-Royal que deux cent vingt milliards, deux cent quarante millions de pieds cubes d'eau de Seine. Mais il nous paraît que si l'on avait bien calculé la quantité d'eau nécessaire à l'entretien des arbres, des plantes et des habitants de la terre; si surtout on avait examiné la quantité d'eau que le soleil élève en vapeurs, l'eau de pluie n'aurait pas été trouvée suffisante pour entretenir les fontaines et les rivières. L'expérience nous apprend que, si l'on expose pendant une année au grand air un vase dans lequel on ait eu soin d'entretenir une certaine quantité d'eau, le soleil en aura plus élevé en vapeurs que la pluie ne lui en aura fourni. D'ailleurs, quand même la Seine trouverait dans l'eau de pluie qui tombe aux environs de Paris une provision suffisante pour son entretien, en pourrait-on dire autant de toutes les rivières du monde par rapport à l'eau de pluie qui tombe sur le reste de la surface de la terre? Bien des physiciens pourraient révoquer en doute la justesse de cette conséquence. Enfin, nous sommes sûrs qu'il y a des fontaines qui viennent immédiatement de la mer, puisqu'elles ont leur flux et leur reflux comme l'Océan; telles sont non-seulement les fontaines que l'on voit près de Cadix, de Bordeaux, mais encore une infinité d'autres que l'on trouve dans différents pays du monde, dont il n'est pas nécessaire de faire ici l'énumération. Nous disons donc, sans craindre de nous tromper, qu'il y a des fontaines qui viennent uniquement de la mer, d'autres qui viennent uniquement des pluies et des neiges, d'autres enfin qui viennent en partie de la mer, et en partie des pluies et des neiges. — Les expériences suivantes nous serviront à en expliquer quelques autres qui, pour être moins nécessaires, n'en sont pas moins agréables. — Nous avons, en France, des fontaines qui *pétrifient* le bois tombé dans leurs eaux; l'une de ces fontaines se trouve dans un village à deux lieues de Sens, et l'autre près de Clermont en Auvergne. Les anciens naturalistes attribuaient cette propriété à l'excessive froideur des eaux. — Il est reconnu aujourd'hui que les eaux de ces fontaines sont chargées de grains de sable et de petites pierres imperceptibles. Ces grains de sable et ces petites pierres entrent dans les pores de certains corps jetés dans ces fontaines (de bois principalement), les rendent plus massifs et plus durs, et, s'il est permis de parler ainsi, les changent en pierre. Voilà ce qu'on nomme en physique *fontaines pétrifiantes*. On trouve aussi en Pologne plusieurs fontaines qui, dans l'espace de cinq à six heures, changent en cuivre des lames de fer. Il est probable que les eaux de ces fontaines traversent des mines de cuivre, et que les particules dont elles se chargent, entrent dans les pores du fer, pour le changer en cuivre. Ces deux faits nous servent à expliquer pourquoi, si l'on enfonce un bâton dans un étang d'Irlande, et qu'on l'en retire seulement après quelques mois, la partie enfoncée jusque dans la vase sera changée en fer, et celle que l'eau seule environnera, en pierre. — Celui qui boit en assez grande quantité de l'eau d'une fontaine que l'on trouve en Paphlagonie (province de l'Asie mineure) se trouve aussi ivre que s'il avait bu du vin en pareille quantité. Le vin ne rend ivre que parce qu'il cause des obstructions dans le cerveau. L'eau de la fontaine dont nous venons de parler se trouve chargée de corpuscules propres à causer de pareilles obstructions. — Quand on boit de l'eau d'une fontaine que l'on trouve dans un village près de Chevreuse, les dents tombent sans fluxion et sans douleur. Les eaux de cette fontaine ont passé par des endroits remplis de nitre; elles se sont chargées, en passant, de corpuscules de nitre très aigus et très propres à séparer les racines des dents; il est donc naturel que ces eaux, s'insinuant comme insensiblement dans les gencives, fassent tomber les dents sans fluxion et sans douleur. C'est sans doute par un semblable stratagème que certains charlatans font tomber une dent gâtée en jetant dessus quelques gouttes d'une liqueur à laquelle ils ne manquent jamais de donner quelque nom baroque, et qu'ils ont soin de faire payer très cher. — Les physiciens ne sont pas d'accord entre eux sur l'origine des eaux chaudes. Les uns assurent que ces eaux sont échauffées par des feux souterrains, et la preuve qu'ils en apportent paraît assez péremptoire. Dans tous les endroits où il y a des volcans, disent-ils, on trouve des fontaines chaudes; telle est, suivant eux, l'origine des eaux thermales. D'autres physiciens pensent que les eaux minérales doivent leur chaleur aux différents minéraux dont elles sont chargées. Suivant eux, les eaux souterraines, en passant par différentes mines, se chargent de différentes particules salines, ferrugineuses,

vitrioliques, etc. Ces particules jointes ensemble fermentent, et leur fermentation produit la chaleur. Ils s'appuient sur cette expérience qu'en jetant dans l'eau de la fleur de soufre avec de la limaille d'acier, l'eau sera tellement échauffée, qu'il en sortira des vapeurs et des fumées chaudes. Il nous semble que nous pourrions faire, pour l'origine des eaux thermales, ce que nous avons fait pour l'origine des fontaines. Les deux opinions que nous venons de rapporter n'ont rien de contraire aux lois de la saine physique; elles sont confirmées l'une et l'autre par les expériences les plus sensibles; nous ferons donc bien de les réunir, et d'assurer que certaines eaux doivent leur chaleur aux feux souterrains, d'autres à la fermentation de différentes particules minérales dont elles se sont chargées en passant par différentes mines; d'autres enfin doivent leur chaleur en partie aux feux souterrains et en partie à la fermentation de différentes particules minérales et de différents sels dont elles sont comme imprégnées. En mettant la main dans une fontaine que l'on trouve à la Chine, l'eau paraît froide au-dessus et très chaude au fond. Il est probable que les eaux de cette fontaine doivent leur chaleur à la fermentation de différentes particules minérales dont elles sont chargées. Les particules minérales qui se trouvent vers la surface de l'eau se dissipent dans l'air aisément; celles au contraire qui sont au fond ne sauraient se dissiper, parce qu'elles sont retenues par les couches supérieures de l'eau; cette fontaine doit donc avoir ses eaux froides au-dessus et chaudes au fond. — Dans la Cyrénaïque (partie de la Lybie, Afrique), il y a une fontaine dont l'eau est froide le jour et chaude la nuit. La chaleur du jour dilate l'air qui entoure la fontaine dont nous parlons, et le froid de la nuit le condense. Les particules minérales qui se trouvent dans l'eau de cette fontaine se dissipent aisément à travers un air dilaté, et qu'elles ne sauraient faire à travers un air condensé; de pareilles eaux doivent donc être froides le jour et chaudes la nuit, puisque leur chaleur vient de la fermentation des particules. — Lorsqu'on approche un flambeau allumé d'une fontaine que l'on trouve près de Cracovie (Pologne), une flamme légère se répand sur l'eau comme sur l'esprit de vin. Il y a apparence que les eaux de cette fontaine, en passant par des mines de de soufre et de bitume, se sont chargées de particules inflammables auxquelles vous mettez le feu lorsque vous en approchez avec un flambeau allumé. Ce qui nous donne lieu de faire une pareille conjecture, c'est que, si l'on transporte les eaux de cette fontaine, elles ne prennent pas feu; preuve évidente que les particules inflammables se sont dissipées dans l'agitation du transport. — *Fontaines intermittentes.* En examinant pendant plusieurs heures ces fontaines que l'on nomme *intermittentes*, on les voit couler à différentes reprises. Elles doivent communément leur origine aux neiges. Les rayons du soleil, interrompus par des pointes de rocher, donnent-ils à différentes reprises sur un monceau de neige, ils produisent nécessairement des écoulements intermittents, ou des fontaines intermittentes. — Vers le lever du soleil, couchez-vous de votre long, le menton sur la terre, et regardez la surface de la campagne; vous verrez en certains endroits une vapeur humide qui s'élève en ondoyant. L'expérience nous apprend que c'est aux sources d'eau trouvées dans ces endroits que l'on doit attribuer ce phénomène. Il y a encore d'autres moyens de connaître quels sont les endroits où l'on peut trouver de l'eau en creusant. 1° Les joncs, les roseaux, les aulnes, les saules ne viennent bien que dans les endroits où il y a de l'eau. 2° Des nuées de petites mouches qui volent guère contre terre après le soleil levé que dans les endroits où, en creusant, on peut trouver des sources d'eau. — *Fontaines de compression.* C'est une fontaine artificielle de cuivre ou de fer-blanc dont une moitié est remplie d'eau, et l'autre contient un air extrêmement comprimé. Lorsqu'on ouvre le robinet de cette fontaine, l'eau en sortavec impétuosité et s'élève jusqu'à une hauteur prodigieuse. En voici la raison : l'air comprimé presse la surface de l'eau avec toute la force que lui donne son ressort, l'oblige à s'échapper en forme de jet par le tuyau qui se trouve au milieu de la fontaine, et qui descend presque jusqu'au fond. — *Fontaine de Héron.* Cette fontaine artificielle a été inventée par un physicien nommé *Héron*. Elle est composée de deux bassins exactement fermés, et qui communiquent ensemble par un tuyau de 3 à 4 pieds de hauteur. On remplit d'abord presque entièrement de vin le bassin supérieur de la fontaine, on met ensuite de l'eau dans le bassin inférieur. Cette eau chasse l'air de ce dernier bassin et l'oblige à monter par le canal de communication dans le bassin supérieur. Ce nouvel air gravite sur la surface du vin et le fait sortir en forme de jet. Voilà pourquoi les *physiciens charlatans* définissent la fontaine de *Héron*, une fontaine qui donne du vin, lorsqu'on lui donne de l'eau.—*Fontaine de la Mecque.* Cette fontaine est révérée par les dévots pèlerins de la Mecque. Les disciples de Mahomet prétendent qu'il s'est souvent baigné dans ses eaux. Les Mahométans attribuent à cette eau la vertu d'effacer les péchés et de guérir les maladies.

FONTAINE, édifice. Depuis quelques années, un grand nombre de *bornes-fontaines* ont été établies dans presque tous les quartiers de la capitale, et concourent, avec les fontaines qui existent déjà, à leur salubrité. On compte près de 90 fontaines à Paris; plusieurs figurent parmi les monuments remarquables que possède cette ville. *La fontaine des Innocents* a été bâtie dans le 13e siècle. Jean Goujon exécuta ce morceau d'architecture avec un soin particulier; et l'on ne voit rien dans Paris qui l'égale en beauté, pour la régularité de ses pilastres, les contours et les draperies des figures dont cette fontaine est ornée. Elle était située au coin de la rue Saint-Denis près l'église des Innocents. Après la démolition, tant de l'église que du cimetière et de tout le côté gauche de la rue aux Fers, cette belle fontaine fut démolie avec précaution, et reconstruite, au milieu de la place actuelle. Comme elle n'avait que trois côtés, un quatrième fut ajouté et forme aujourd'hui un édifice carré en forme de temple, au milieu duquel est un large vase sur un piédestal, d'où se répand l'eau en différentes nappes, formant des cascades, dans un superbe bassin. Quatre autres fontaines placées aux quatre coins et en avant du bassin, donnent de l'eau au public. — *Le château d'eau* (boulevard de Bondi), terminé en 1810, s'alimente par une conduite de quinze à seize cents mètres, ne s'élèvent que de cinq mètres, soixante à quatre-vingts centimètres au-dessous de son assiette. Sa forme est une pyramide circulaire dont le sommet est terminé par une gerbe d'eau qui retombe en cascade dans un premier bassin dont la paroi s'élève à soixante-quinze centimètres au-dessus du sol, forme avec les eaux qui le remplissent le soubassement de l'édifice. Ce bassin a de diamètre hors-d'œuvre vingt-huit mètres. Du milieu s'élève, sur un plan également circulaire, une pyramide composée de cinq degrés. Les trois premiers ont ensemble un mètre cinquante centimètres, et sont formés par des socles de pierre, creusés en cuvette et interrompus, sur quatre points, par des massifs, dont chacun sert de piédestal à deux figures de lions antiques. Une double coupe de fonte, composée d'un piédouche (petit piédestal) et deux patères, élevée de deux mètres et demi, donne les deux autres degrés de la cascade. L'eau sort en bouillonnant d'un ajutage (tuyau d'un jet d'eau) élevé de plusieurs centimètres au milieu de la seconde patère, pour former les cinq nappes inférieures. Les huit lions jettent en même temps de l'eau par la gueule. Ces lions, ainsi que la double coupe, sont de fer fondu dans les usines du Creusot (ou Mont-Cenis, chef-lieu de canton du département de Saône-et-Loire ; il y a une mine de charbon de terre inépuisable, une fonderie pour les canons, la ma-

rine, la grosse et menue ferronnerie, une forerie de canons, et une manufacture de cristaux dont la beauté égale le cristal anglais). — *Le château-d'eau*, vis-à-vis le Palais-Royal, ainsi nommé parce qu'il renferme des réservoirs d'eau de la Seine, d'Arcueil, a été élevé en 1719 sur les dessins de Robert de Cotte. Son architecture est en bossage rustique vermiculé (à traces de verre). Au milieu est un avant-corps formé par quatre colonnes d'ordre dorique qui portent un fronton sur lequel sont les figures de la Seine désignée par un fleuve, et d'une nymphe qui est la fontaine d'Arcueil, toutes deux de Coustou le jeune; au bas de cet avant-corps est une grande niche ornée d'une coquille où est le robinet de la fontaine. — *La fontaine de Grenelle.* Le dessin et l'exécution de cette magnifique fontaine, située rue de Grenelle, sont dus à Bouchardon. Tout le bâtiment s'étend sur un des côtés de la rue, qui, n'étant pas assez large en cet endroit, a obligé cet habile artiste de se retirer d'environ quinze pieds, pour donner plus de jeu à sa composition. Le milieu fait avant-corps, et est soutenu à droite et à gauche par deux cercles qui dérivent des portions circulaires. Au rez-de-chaussée du corps du milieu, le plan de l'édifice avance en forme de massif, orné de refonds, et couronnés d'un socle de glaçons qui sert de base à trois statues de marbre. La principale est celle qui représente la ville de Paris, assise sur une proue de vaisseau, un sceptre à la main, et portant sur la tête une couronne de tours; elle regarde avec complaisance le fleuve de la Seine et la rivière de Marne qui, couchés à ses pieds, paraissent se féliciter d'être l'ornement et l'abondance de la grande ville qu'ils baignent de leurs eaux. Un frontispice, formé par quatre colonnes cannelées, d'ordre ionique, et par autant de pilastres, qui portent un fronton, dans le tympan duquel étaient les armes de France, sert de fonds à ce groupe de figures, et met la ville de Paris comme à l'entrée d'un temple qui lui est dédié. Les deux ailes qui accompagnent l'avant-corps du milieu sont décorées d'un ordre rustique dans la partie inférieure, et dans la supérieure de simples corps avancés qui renferment des niches. Deux carrés, dans le fond, renferment les armes de la ville, et dans quatre niches cintrées sont placés les génies des saisons. Le printemps est représenté sous la figure d'un jeune homme paré d'une guirlande de fleurs, et qui soutient un bélier. Un autre jeune homme, qui regarde fixement le soleil, et qui tient un feston d'épis, exprime l'été. Deux balances et des raisins entre les mains du troisième génie désignent l'automne. La figure de l'hiver est accompagnée du Capricorne. Ces statues sont en pierre de Tonnerre, ainsi que les quatre bas-reliefs placés au-dessous. On y voit des enfants occupés de ce qui peut les amuser dans les diverses saisons; les uns, rassemblés dans un jardin, attachent aux arbres des guirlandes de fleurs et se couronnent de roses; d'autres font la moisson; quelques-uns jouent avec un jeune bouc avide de manger, des raisins, et les derniers, sous une tente, près du feu, cherchent à se garantir du froid de l'hiver. — Les autres fontaines les plus remarquables sont : celle du *Châtelet* dont nous avons donné la description à l'article *Colonne*, de la rue *Saint-Dominique*, représentant Hygié offrant à Mars des combats un breuvage propre à réparer ses forces; celle de la rue *Censier*, représentant un satyre entouré de tous les attributs bachiques, qui paraît se moquer des buveurs auxquels il n'offre que de l'eau ; celle de la rue *du Regard*, représentant Jupiter, sous la forme d'un cygne, et Léda à demi couchée sur les bords de l'Eurotas, au milieu des joncs et des roseaux; aux pieds de la nymphe, l'amour tenant une de ses flèches. Ce monument est recouvert d'un fronton, et, dans son tympan, on aperçoit un aigle tenant dans son bec une couronne ; il tient dans ses serres les foudres de Jupiter ; — des *Incurables :* une sybile égyptienne, de taille gigantesque, tient dans ses mains deux vases étrusques, et répand ses eaux dans un bassin en forme de puits; — de la *pointe Saint-Eustache :* elle représente une tête de Tantale, couronnée de fruits pendants, et placée au dessus d'une coquille d'où l'eau s'échappe. Toutes ces fontaines, par l'élégance de leurs sculptures, forment l'ornement des quartiers où elles sont situées.

FONTANELLES. La boîte osseuse du crâne, chez les très jeunes enfants, présente des espaces membraneux auxquels on a donné le nom de *fontanelles* parce que leur peu d'épaisseur et leur souplesse permettent de sentir les mouvements d'élévation et d'abaissement du cerveau.

FONTANGE. Nœud de ruban que les femmes portent dans leur coiffure. Ce nom est venu de la *duchesse de Fontange* qui, à la cour de Louis XIV, porta la première un ruban ainsi noué.

FORCE. Toute puissance qui détermine une action est une *force*. On appelle *forces vitales* celles qui sont inhérentes à l'organisme. On dit aussi *forces organiques*, *forces musculaires*, pour désigner celles des organes en général, ou celles des muscles en particulier. — La *force gymnastique* est la faculté que possède l'homme de contracter ses muscles et de les faire agir d'après les ordres de sa volonté. L'homme considéré comme moteur, peut agir ou par le poids de son corps, ou par sa force musculaire; son poids moyen est 70 kilogrammes. L'expérience a fait connaître qu'en général la force moyenne des femmes n'est guère que les deux tiers de celle d'un homme fait, et est égale à peu près à celle d'un jeune homme de 16 à 17 ans. — Les physiciens entendent par la force d'un corps le produit qui provient de la masse multipliant la vitesse. Ainsi le corps A a-t-il 10 livres de masse, ou de quantité de matière avec 10 degrés de vitesse, et le corps B n'a-t-il que 5 degrés de vitesse? celui-ci n'aura que 26 degrés de force, tandis que celui-là en aura 100. Les principales forces considérées en physique sont : les forces centrifuge, centripète, d'inertie, de projection, et les forces vives et mortes. Tout corps qui décrit une ligne courbe, par exemple, un cercle, fait à chaque instant un effort réel pour s'éloigner du centre de son mouvement, et pour s'en échapper par la tangente ; cet effort est nommé *force centrifuge*. Ce ne sont pas seulement les lois les plus constantes du mouvement qui déposent en faveur de l'existence de cette force, ce sont encore les expériences les plus communes et les plus faciles à faire. En effet, que l'on fasse tourner une pierre dans une fronde, sa force centrifuge est cause que la corde de la fronde demeure tendue. Quand on fait circuler un gobelet plein d'eau, la force centrifuge du fluide lui fait faire un effort contre le fond du vase, et l'empêche de se répandre. — On entend par *force centripète*, ou par la force de gravité des corps, cette puissance qui pousse le corps vers un centre commun, par exemple vers le centre de la terre, et qui se dirige suivant une ligne qui va aboutir à ce centre. Tout corps qui décrit un cercle, est animé d'une force centripète combinée avec une force de projection. La force centripète suit encore la raison inverse des distances au centre des forces (*Voyez* GRAVITÉ). Tout corps considéré précisément comme corps est essentiellement indifférent au repos ou au mouvement. L'effet nécessaire de cette indifférence est de faire persévérer le corps dans l'état où il se trouve. En effet, si un corps en repos exigeait le mouvement, ou si un corps en mouvement exigeait le repos, il ne serait plus indifférent au repos ou au mouvement. En conséquence, les physiciens avancent, avec raison, qu'il y a dans la nature une vraie force qui exige que les corps conservent l'état où ils se trouvent ; c'est cette force qu'ils nomment *force d'inertie*. Ils assurent qu'elle est toujours proportionnelle à la masse ou à la quantité de matière, et l'expérience nous apprend que la résistance qu'oppose au mouvement un corps de 20 livres est double de celle qu'oppose un corps de 10 livres, lorsque ces deux corps sont en repos; il

en est de même de la résistance qu'ils opposent au repos, lorsqu'ils sont en mouvement. — On entend par *force motrice* tout ce qui imprime du mouvement à un corps. — Un corps parcourt un arc en vertu de deux forces, dont l'une varie en raison inverse des carrés des distances, et l'autre demeure constante et uniforme; cette force se nomme *projectile* ou de *projection*. — La *force morte* n'est qu'une tendance au mouvement, un simple effort, qui subsiste dans un corps, malgré l'obstacle étranger qui l'empêche à tout moment de produire un mouvement local. Telle est la force d'un corps pesant suspendu par un fil, soutenu par une table horizontale ; il ne descend pas, mais il descendrait effectivement, si le fil ou ou la table ne lui opposait pas un obstacle invincible. Cette espèce de force a pour mesure de sa quantité la masse multipliée par l'effort actuel que fait ce corps pour descendre, c'est-à-dire, par sa vitesse dispositive. — La *force vive* est celle qui réside dans un corps, lorsqu'il est dans un mouvement actuel. Telle est la force d'un corps qui tombe par sa pesanteur, lorsqu'il a déjà acquis quelques degrés de vitesse ; telle est la force d'un ressort qui se détend de lui-même; telle est enfin la force d'un boulet de canon chassé par l'action de la poudre.

FORCEPS. Instrument de chirurgie, dont on fait usage lorsque l'accouchement ne peut se terminer naturellement. Le *forceps* est destinée à embrasser la tête du fœtus, sans la comprimer trop fortement et de manière que l'existence d'un enfant vivant ne soit pas compromise.

FORFAITURE. La loi définit *forfaiture* tout crime commis par un fonctionnaire public dans ses fonctions ; le coupable est puni de la dégradation civique, lorsque la loi ne prononce pas de peines plus graves ; un simple délit ne constitue pas un fonctionnaire en forfaiture.

FORME. Chaque corps a une forme qui lui vient de l'arrangement et de la configuration de ses parties sensibles et insensibles.

FORMATION. En géologie, on entend par ce mot un ensemble de roches *déposées* ou *formées* dans les mêmes circonstances. Les formations *marines*, *fluviomarines*, sont celles formées par des eaux de mer mélangées à des eaux de fleuve, etc. Ainsi un *terrain* peut renfermer plusieurs formations, et une formation peut renfermer plusieurs couches. — On appelle *formations sédimentaires* les matières qui se sont déposées à la surface du globe entre deux *époques* ou révolutions successives. Il existe douze formations sédimentaires : 1° *formation sédimentaire inférieure*. Ce qu'on remarque d'abord dans cette formation est le terrain de *stratification* inférieure : ce sont des roches qui ont quelque ressemblance avec l'*ardoise*, ce qui leur a fait donner le nom de *schistes ardoisés*. Certains auteurs le nomment *terrain de transition inférieure* ou *terrain primitif*. Il est le plus ancien que l'on connaisse ; on le trouve fréquemment en Allemagne et en Angleterre. — 2° *Terrain de transition supérieure*. C'est un schiste mêlé de charbon minéral avec de l'anthracite : il contient des *trilobites* (crustacés). — 3° Les dépôts *houillers*. Ces dépôts sont composés de vieux grès rouges, d'argile et de couches de houille. Les argiles et les grès même qu'on y trouve renferment beaucoup d'empreintes de végétaux. Les calcaires métallifères, c'est-à-dire calcaires contenant des minerais (marbre noir), se rencontrent dans les dépôts houillers. — 4° Les *grès rouges* (nouveaux). On trouve ces grès en Belgique principalement ; placés au-dessus du terrain houiller, ils contiennent peu de corps organisés ; le calcaire alpin qui contient beaucoup de minerai de cuivre, et le calcaire magnésien qui contient des minerais de zinc, se trouvent dans cette quatrième formation. — 5° Les *grès des Vosges*. Ce grès, qui se trouve dans les Vosges, sur les bords du Rhin, ne contient pas de débris des corps organisés. — 6° Les *grès bigarrés*. Ils contiennent beaucoup de débris de végétaux, et se trouvent au-dessous du terrain secondaire. Ce nom *bigarrés* leur a été donné parce que les rochers qu'ils renferment présentent des teintes diverses de *rouge*, de *gris*, de *verdâtre*, etc. Le sel gemme se trouve plus abondamment dans cette formation. — 7° Le *Lias*, c'est-à-dire, un ensemble de couches d'argile et de calcaire. On trouve dans ces couches un très grand nombre de *gryphées arquées* (coquillages ovales rayés). On nomme *liassique*, une formation composée de calcaires contenant beaucoup de *lias* et d'*oolythes*. — 8° *Grès vert*; il contient beaucoup de fer. Ce grès, qui forme la partie inférieure de la couche inférieure du terrain *crétacé* (à craie), se divise en deux étages. La *glauconie* se rencontre dans ce terrain. — 9° *Craie*. Nous venons de dire qu'on appelait *crétacé* le terrain où se trouve la craie, dont on distingue plusieurs espèces : 1° la craie *chloritis*, 2° la craie *tufée*, 3° la craie *blanche*. Cette dernière se trouve assez abondamment à Meudon près Paris et aux environs de Sens.—10° *Argile plastique*. On nomme ainsi une variété d'argile très douce au toucher, et qui conserve manifestement l'empreinte des doigts. Le calcaire grossier, la marne, le gypse (pierre à plâtre) se trouvent aussi dans cette formation. — 11° *Grès marin*. Ce grès, vulgairement appelé *grès de Fontaine-bleau*, se reconnaît facilement aux débris d'animaux marins qu'il contient. — 12° Les terres *diluviennes*, c'est-à-dire formées à l'époque du déluge. — *Formation ignée*. Il n'y en a qu'une, nommée ainsi parce qu'on la suppose avoir été produite par le feu. Les différents terrains des formations ignées sont : le gneiss, roche primitive, granits; — granit, roche primitive formée de mine; — granit porphyrique; — porphyre rouge; — roches talqueuses; — amphibolithes; — serpentineuses; — euphotide ; — *porphyre* ou *ophyte*; — porphyre noir. — Les terrains volcaniques sont : le terrain trachyte, — le basalte, — la lavique (provenant des laves). Les 13 formations dont nous venons de parler se partagent en trois grandes classes ou terrains : 1° *Les terrains de transition*, ainsi nommés parce qu'ils servent de transition de l'origine de la terre aux différentes couches ; les deux premières sont contenues dans ce terrain. 2° *Les terrains secondaires*. Dans ceux-ci sont comprises toutes les différentes couches depuis le terrain de transition jusqu'aux calcaires inclusivement. On trouve dans ces terrains un grand nombre de coquillages coniques, appelés *belemnites*; et aussi de gros reptiles pétrifiés. Les terrains secondaires sont fréquemment agités par les tremblements de terre. 3° Tout le terrain placé au-dessus du *secondaire*, se nomme *tertiaire*; on y trouve beaucoup d'animaux terrestres pétrifiés.

FORMIATE. Les chimistes désignent par ce nom générique des sels formés par la combinaison de l'acide formique avec les *différentes bases*. Tous les formiates sont plus ou moins solubles dans l'eau, et plusieurs cristallisent assez facilement.

FORTUNE, bien, richesse, hasard; déesse du paganisme. Les païens croyaient qu'elle dispensait aux hommes les biens et les maux, selon son caprice, et sans avoir aucun égard au mérite : d'où vient que les auteurs lui donnent les noms d'*inconstante*, *cruelle*, *aveugle*. C'est aussi pour cela qu'on la dépeint avec des ailes, assise sur un globe, et appuyée sur un gouvernail de vaisseau. Les plus sensés des anciens ont nié que cette déesse existât, ou ils ont entendu seulement par la *fortune*, la *providence divine*, dont les décrets nous sont inconnus, ce qui fait que les événements humains nous paraissent arriver par hasard. Il ne faut donc pas accuser d'aveuglement la fortune, mais les hommes qui sont si sujets à se tromper dans les mesures qu'ils prennent. On la confondait quelquefois avec cette divinité qu'on appelait Destin. Rome éleva plusieurs temples

qui lui étaient consacrés sous différents noms (*Voyez* Fatalisme).

FOSSILES. Les fossiles sont des corps organisés qui ont été conservés dans le sein de la terre, où ils ont laissé des traces palpables de leur existence. Il y a deux espèces de fossiles : les *fossiles végétaux* et les *fossiles animaux*. Quelquefois les fossiles, surtout certains coquillages, sont entièrement conservés au sein de la terre : on a trouvé même des ossements qui conservaient encore une partie de leur gélatine. Il y a des fossiles dont les substances sont totalement dissoutes dans les couches du terrain, et qui n'ont laissé que des empreintes. Il arrive quelquefois que dans cette empreinte laissée par le corps organisé, il s'est fait une infiltration de sucs pierreux qui, s'étant solidifiés, représentent parfaitement le végétal ou le coquillage : ce phénomène est appelé pétrification. Très souvent on trouve des *bois pétrifiés*, c'est-à-dire des pierres reproduisant le morceau de bois avec ses veines et même sa couleur : ces pierres sont ordinairement fort dures et fort lourdes. — Les fossiles animaux se divisent en *animaux invertébrés*, et en *animaux vertébrés* : les premiers dépourvus, les seconds munis d'une colonne vertébrale. Parmi les animaux invertébrés, on distingue les zoophytes, les plus simples de tous les animaux. Ils vivent dans l'eau, et ne diffèrent de la plante qu'en ce qu'ils jouissent d'un mouvement propre. Ordinairement réunis en masse gélatineuse, ils sont fixés à une demeure calcaire nommée *polypier*. Les vers, les chenilles, etc., sont de la famille des invertébrés; cette classe d'animaux se trouve rarement à l'état fossile, parce que la gélatine qui les forme s'est dissoute, et il n'est rien resté. — Les mollusques sont des animaux à peau molle protégée par une coquille. Les huîtres, les escargots appartiennent à cette famille, qui est très abondante parmi les animaux fossiles. Les crustacés, comme les écrevisses, les insectes, diffèrent des précédents en ce qu'ils sont articulés, qu'ils sont pourvus de nerfs, de vaisseaux, d'un cœur, et qu'ils respirent, comme les poissons, au moyen d'un appareil appelé branchies. On les rencontre avec ou sans enveloppe calcaire. — Les reptiles se distinguent en batraciens, tels que les crapauds et les grenouilles, et en ophydiens, comme les serpents, les anguilles, etc. Ces derniers se subdivisent en reptiles sans pattes et en reptiles avec pattes, comme les lézards et les crocodiles. — On trouve peu d'oiseaux fossiles, cependant on en rencontre dans quelques terrains secondaires. — Les mammifères sont des animaux pourvus de mamelles; ils se divisent en mammifères à nageoires, comme les baleines, et en mammifères amphibies, les veaux marins, par exemple. On distingue encore les mammifères ongulés, tels que les ours, les bœufs ; et les solipèdes, qui ont un sabot unique, comme le cheval et tous les ruminants. Les mammifères se trouvent à l'état fossile dans tous les terrains tertiaires; mais ils sont habituellement plus gros que ceux qui existent maintenant : ainsi on a trouvé des ours de 20 pieds de hauteur. En général, les fossiles étant le résultat de la conservation des corps que la mort avait frappés, et dont souvent la décomposition avait disjoint ou ramolli les débris, on en retrouve dans le sein de la terre les parties diversement désunies ou écrasées, et les espèces de ces animaux fossiles n'existent plus.

FOUDRE. La foudre est la décharge électrique sur un corps quelconque. Nous avons dit à l'article Électricité, qu'on distinguait deux espèces d'électricité contraires : l'une appelée *électricité vitrée*, parce qu'elle se développe dans le verre, et l'autre *électricité résineuse*, parce qu'elle se développe dans la résine. Deux corps électrisés de la même manière se repoussent : ainsi l'électricité résineuse repoussera l'électricité résineuse ; mais quand deux corps sont électrisés d'une manière contraire, l'un possédant l'électricité résineuse et l'autre l'électricité vitrée, alors ces deux corps se précipitent l'un sur l'autre. C'est là ce qui produit les phénomènes de la foudre, du tonnerre et des éclairs. Il est donc facile, maintenant, de concevoir que deux nuages chargés d'électricité contraire s'attireront mutuellement. En effet, ces fluides contraires tendent à se combiner, et lorsque la combinaison s'opère, il jaillit une étincelle qui est le principe de l'éclair. Ce premier effet est suivi d'un bruit qu'on désigne sous le nom de tonnerre. Il est probable que la cause de ce bruit provient de la réunion des pétillements qui se produisent sur les molécules aqueuses, au moment où s'opère la combinaison électrique. (*Voyez* TONNERRE.)

FOUET. Supplice en Angleterre. Pour se faire une idée de la rigueur de ce supplice, il faut savoir qu'en Angleterre un soldat condamné au *fouet*, est attaché tout nu à une espèce de pyramide triangulaire formée par trois lances réunies au sommet, écartées vers la base. On lui lie les mains au-dessus de la tête, on attache ses pieds éloignés l'un de l'autre aux extrémités des lances fixées en terre, et, dans cette position, il reçoit sur le dos, au moyen d'une lanière en cuir à neuf bouts, toute hérissée de nœuds, le nombre de coups prescrit par le jugement. Les Anglais nomment ce fouet *cat o'nine tails* (chat à neuf queues). Chaque soldat désigné pour prendre part à l'exécution est tenu d'en appliquer au condamné un certain nombre de coups avec la plus grande énergie, sous peine de les recevoir pour son compte, s'il frappe mollement. Le nombre de coups est quelquefois fixé à 200, à moins que le régiment ne puisse les supporter; alors le chirurgien du régiment prescrit l'ordre de cesser. Quand le parlement d'Angleterre se résoudra-t-il donc à abolir ce supplice ignominieux pour des militaires? (*Voyez* KNOUT.)

FOUGÈRE. Plante herbacée et vivace dont les frondes (feuilles) sont tantôt simples, tantôt découpées, pinnatifides (coupées en ailes) ou décomposées. Le caractère commun de ces frondes est d'être roulées en crosse par leur extrémité, au moment où elles commencent à se développer. Les organes de la fructification se rencontrent sur la face inférieure des feuilles, le long des nervures ou à leur extrémité; on appelle ces tlfications *sporules*. La fougère *femelle* est celle que l'on rencontre partout dans les forêts.

FOUINE. Espèce de grosse belette. La longueur de ce quadrupède est de seize pouces, sa queue de neuf, garnie de longs poils et annelée de noir; les poils de la fouine sont assez semblables à ceux de la marte, mais ils sont plus bruns; sa tête est plus longue que celle de la genette, quadrupède semblable à la fouine; ses pieds sont courts; elle a la poitrine et le museau blancs. Cet animal habite, outre les pays tempérés comme le nôtre, les régions chaudes de l'Asie et de l'Afrique. Il s'approche des habitations, s'établit même dans les vieux bâtiments, dans les greniers à foin, tandis que la marte, dont on voudrait qu'il ne fût qu'une variété, n'habite que les pays froids et vit au fond des bois. La fouine est souple, adroite et légère; elle bondit plus qu'elle ne marche; elle se nourrit de mulots, de taupes, de souris, d'oiseaux, de volailles, d'œufs, etc. Elle ne s'apprivoise qu'à demi. Sa gestation est de 55 à 60 jours; ses portées de trois à sept petits, qu'elle dépose dans les magasins à foin, dans des trous de mur ou d'arbre, sur de l'herbe sèche. Les excréments de la fouine sont odorants, comme musqués.

FOUR, lieu voûté en rond et ouvert par en haut, où l'on fait cuire la pâte. Vers la fin de la seconde race des rois de France, et au commencement de la troisième, les grands vassaux de la couronne, et même les seigneurs particuliers, profitèrent de la faiblesse du gouvernement pour accroître leur puissance aux dépens de la puissance royale. Un des droits qu'ils usurpèrent fut celui d'avoir un *four*. Non-seulement ils forcèrent

leurs vassaux de s'en servir, mais encore de s'en servir aux conditions qu'il leur plut de dicter : tel était le régime féodal; le privilége usurpé devint un de leurs revenus les plus sûrs. La banalité des fours s'établit de force par toute la France. Elle fut introduite dans les villes comme dans les campagnes où il y eut des seigneurs. Le nom de du *Four*, que portent encore aujourd'hui plusieurs rues de Paris, indique que certains quartiers de la capitale n'en étaient pas exempts. Non-seulement les bourgeois, mais les boulangers eux-mêmes étaient obligés d'y cuire. Philippe-Auguste permit enfin à ces derniers d'avoir un four chez eux pour leur service et pour celui des bourgeois qui voudraient y porter leur pâte. Chaque four lui payait annuellement neuf sous trois deniers. Philippe-le-Bel fit plus encore; il accorda, en 1305, aux habitants de Paris, le droit d'avoir un four, d'y cuire leur pain, et de se vendre du pain les uns aux autres. Enfin, Saint-Louis affranchit les villes de la banalité des fours; il régla que, dans les campagnes, il faudrait pour en jouir être voyer du bourg, c'est-à-dire, avoir la justice et la seigneurie du grand chemin. Aujourd'hui chacun est libre de construire un four, en se conformant toutefois aux réglements et usages prescrits à cet égard, et en faisant les travaux prescrits par les mêmes réglements et usages, pour éviter de nuire aux voisins.

FOURMI, insecte. On a prétendu long-temps que la nature avait doué la fourmi d'une sorte de prudence, qui consiste à faire des provisions en été pour se nourrir pendant l'hiver. Ce fait, quoique démenti par des observations modernes, est si généralement admis, que les fabulistes continuent à le citer pour exemple. Il y a différentes espèces de fourmis, dont les unes sont ailées; on en distingue de rouges, de noires et de jaunes. Elles sont si grosses en Afrique et dans d'autres lieux des Indes, qu'elles occasionnent de grands ravages. Elles s'y bâtissent des logements, dont les voyageurs font des descriptions surprenantes, et qui ont jusqu'à huit pieds de profondeur.

FOURMILIER, *myrmécophaga,* animal sans dents. Le fourmilier proprement dit se trouve dans l'Amérique septentrionale ; son corps est long de huit pouces, sa queue de sept; cette queue est prenante, grosse à la base, rétrécie et nue au bout; le cou est presque nul; la tête grosse, et son museau conique est moins long que celui du tamanoir et du tamandua, mais l'ouverture de la bouche est plus grande; les oreilles sont courtes et cachées par les poils, les jambes sont hautes de trois pouces, les poils sont doux et soyeux, d'un brun roux, mêlé de jaune sur le dos, gris sur le ventre. Les fourmiliers se nourrissent de fourmis dont ils brisent les nids avec leurs ongles; ces insectes s'attachent à leur langue. Les fourmiliers s'apprivoisent, supportent une longue diète ; ils dorment le jour, la tête cachée sous leurs pattes; ils chassent la nuit; leur toison est très touffue.

FOYER. Les physiciens nomment *foyer* l'endroit d'un verre ardent où se réunissent les rayons de lumière et où s'enflamment les corps soumis à leur action. Les verres convexes et les miroirs concaves ont leur foyer.—En chimie, *foyer* s'entend de la partie du fourneau où se place le combustible.—En médecine, le siége principal d'une maladie s'appelle foyer.

FRACTION, une ou plusieurs parties de l'unité divisée en portions égales. On a composé pour les fractions une nomenclature qui répond à la manière de les concevoir et de les représenter. Celle qui résulte de la division de l'unité en deux parties se nomme moitié ou demi; en trois parties, *tiers*; en quatre parties, *quart*; en cinq parties, *cinquième*; en six partie, *sixième*, et ainsi de suite, en ajoutant la terminaison *ième* au nombre qui marque combien on conçoit de parties dans l'unité : le Toute fraction s'exprime alors par deux nombres : le

27

premier, qui fait connaître de combien de parties elle est composée, se nomme *numérateur*, et le dernier, qui marque combien il faut de ces parties pour former l'unité, s'appelle *dénominateur*, parce qu'on en déduit la dénomination de la fraction. Les *cinq sixièmes* de l'unité sont une fraction dont le numérateur est *cinq*, et le dénominateur est *six*. Le *numérateur* et le *dénominateur* s'appellent conjointement les deux *termes* de la fraction. On se sert des chiffres pour abréger l'expression des fractions, en écrivant le dénominateur sous le numérateur, séparés l'un de l'autre par un trait : *un tiers* s'écrit $\frac{1}{3}$, *cinq sixièmes* $\frac{5}{6}$.

Réduire des fractions à une même dénomination.

$$\begin{array}{cc} A & B \\ \frac{2}{3} & \frac{3}{4} \\ C & D \\ \frac{8}{12} & \frac{9}{12} \end{array}$$

Pour réduire la fraction A et la fraction B à une même dénomination, sans changer leur valeur, il faut multiplier les deux termes de la fraction A par le dénominateur de la fraction B, et l'on aura la fraction C; il faut aussi multiplier les deux termes de la fraction B par le dénominateur de la fraction A, et l'on aura la fraction D ; or, la fraction C et la fraction D ont toutes les deux 12 pour dénominateur, et représentent la même valeur que la fraction A et la fraction B, parce que ces deux fractions ont été réduites à une même dénomination. — Si l'on voulait réduire à une même dénomination un nombre entier et une fraction, par exemple 3 et $\frac{2}{7}$, il faudrait commencer par réduire 3 en fraction en mettant 1 dessous, et il faudrait ensuite opérer selon la méthode précédente. Ainsi $\frac{3}{1}$ et $\frac{2}{7}$ réduits à un même dénominateur vous donneront $\frac{21}{7}$ et $\frac{2}{7}$.

Additionner des fractions.

$$\begin{array}{cc} A & B \\ \frac{2}{3} & \frac{3}{4} \\ C & D \\ \frac{10}{12} & \frac{9}{12} \\ & E \\ & \frac{19}{12} \end{array}$$

Pour additionner les fractions A et B, il faut d'abord les réduire à un même dénominateur, et l'on aura les fractions C et D ; il faut ensuite additionner les deux numérateurs des fractions C et D, sans changer leur dénominateur, et l'on aura la fraction E, qui représentera la somme totale des fractions A et B additionnées ensemble.

Soustraire une fraction d'une autre.

$$\begin{array}{cc} A & B \\ \frac{3}{4} & \frac{2}{3} \\ C & D \\ \frac{9}{12} & \frac{8}{12} \\ & E \\ & \frac{1}{12} \end{array}$$

Pour soustraire la fraction B de la fraction A, réduisez d'abord ces deux fractions à un même dénominateur, et vous aurez les fractions C et D ; ôtez ensuite le numérateur de la fraction D du numérateur de la fraction C, et le restant vous donnera ce que vous cherchez, c'est-à-dire la fraction E.

Multiplier une fraction par une autre.

$$\begin{array}{cc} A & B \\ \frac{2}{3} & \frac{1}{4} \\ & C \\ & \frac{2}{12} \end{array}$$

Pour avoir la fraction C, c'est-à-dire pour avoir le produit de la fraction A par la fraction B, multipliez les numérateurs l'un par l'autre et les dénominateurs l'un par l'autre, et vous aurez $\frac{2}{12}$, c'est-à-dire $\frac{1}{6}$.

Diviser une fraction par une autre.

$$\begin{array}{cc} A & B \\ \frac{3}{4} & \frac{1}{4} \\ & C \\ & \frac{12}{4} \end{array}$$

Pour diviser la fraction A par la fraction B, multipliez d'abord le numérateur 3 de la fraction A par le dénominateur 2 de la fraction B ; multipliez ensuite le numérateur 1 de la fraction B par le dénominateur 4 de la fraction A, et ces différentes multiplications vous donneront la fraction C, qui est le quotient de la fraction A divisée par la fraction B.

Réduire une fraction à de moindres termes.

$$\begin{array}{cc} A & B \\ \frac{15}{25} & \frac{3}{5} \end{array}$$

Pour réduire la fraction A à de moindres termes, divisez par un même nombre, par exemple par le nombre 5, son numérateur et son dénominateur, et de cette division il naîtra nécessairement la fraction B, laquelle, quoique exprimée en de moindres termes, représentera cependant la même somme. Il suit de là qu'une fraction dont le numérateur et le dénominateur ne peuvent pas être divisés par le même nombre ne saurait être réduite à de moindres termes. On élève à une puissance quelconque une fraction réduite, en élevant son numérateur et son dénominateur à la puissance demandée. La fraction $\frac{3}{4}$ a donc pour carré $\frac{9}{16}$ et pour cube $\frac{27}{64}$. De même, on tire d'une fraction réduite une racine quelconque, en tirant de son numérateur et de son dénominateur la racine demandée. La fraction $\frac{4}{16}$ a donc $\frac{2}{4}$ ou $\frac{1}{2}$ pour racine carrée, et la fraction $\frac{8}{27}$ a $\frac{2}{3}$ pour racine cubique (*Voyez* EXTRACTION). — *Des fractions décimales.* Quoiqu'on puisse, par les règles précédentes, effectuer dans tous les cas sur les fractions les quatre opérations fondamentales de l'arithmétique, on a dû sentir de bonne heure que, si l'on avait assujetti à une même loi de décroissement les diverses subdivisions de l'unité qu'on emploie pour mesurer les quantités plus petites que cette unité, le calcul des fractions serait devenu beaucoup plus commode, par la facilité qu'on aurait eue à les convertir les unes dans les autres. En prenant cette loi conforme à la base de notre système de numération, on a donné au calcul le plus haut degré de simplicité auquel il soit possible d'atteindre. — Les fractions décimales sont des fractions qui ont pour dénominateur les quantités 10, 100, 1000, 10000, etc. On n'écrit jamais le dénombrement de ces sortes de fractions ; on sait qu'il contient toujours autant de zéro qu'il y a de chiffres dans le numérateur de la fraction ; on sait encore que ces zéro sont toujours précédés de l'unité ; on sait enfin que les premiers chiffres séparés des autres par une virgule sont les nombres entiers qui n'appartiennent pas à la fraction décimale. Ainsi 3,42 signifie $3,\frac{42}{100}$ (trois, quarante-deux centièmes); 25,243 signifie 25,$\frac{243}{1000}$; 0,0042 signifie $0,\frac{0042}{10000}$ ou bien $\frac{42}{10000}$ (quarante-deux dix-millièmes). Concluons : 1° que lorsque la quantité commence par 0, et que ce 0 est séparé du reste par une virgule, comme nous l'avons démontré dans le dernier des trois exemples précédents, la fraction décimale n'a aucun nombre ; 2° que lorsque la fraction n'a qu'un chiffre, son dénominateur est 10 ; lorsqu'elle en a 2, il est 100 ; lorsqu'elle en a 3, il est 1,000 ; lorsqu'elle en a 4, il est 10,000 ; etc. ; 3° que, puisque l'on n'écrit jamais le dénominateur des fractions décimales, on doit opérer sur ces sortes de fractions comme sur les nombres entiers. Ces opérations se réduisent à 7 principales.

Additionner des fractions décimales.

$$\begin{array}{l} A \ 2,34 \\ B \ 1,306 \\ C \ 3,4654 \\ \\ D \ 7,1114 \end{array}$$

Pour additionner les 3 fractions A, B, C, dont la première a 100 pour dénominateur, la seconde 1,000 et la troisième 10,000, il faut les ranger l'une sous l'autre comme dans l'exemple ci-joint, et il faut opérer sur ces trois fractions comme sur trois nombres entiers ; leur somme totale sera représentée par la fraction D.

Soustraire une fraction décimale d'une autre.

$$\begin{array}{l} A \ 4,522 \\ B \ 2,94 \\ \\ C \ 1,582 \end{array}$$

Pour soustraire la fraction B, dont le nombre entier est 2 et dont le dénominateur est 100, de la fraction A, qui a 4 pour nombre entier et 1,000 pour dénominateur, il faut mettre la fraction B sous la fraction A, comme dans notre exemple, et il faut opérer sur ces deux fractions comme sur deux nombres entiers ; le restant sera représenté par la fraction C.

Multiplier une fraction décimale par une autre.

Multiplicande A	2,	32
Multiplicateur B	5,	42

	4 c.	64
	92 c.	8
11 c.	60	

Produit C. 12, c. 57 c. 44

Pour multiplier la fraction A, dont le nombre entier est 2 et le dénominateur 100, par la fraction B, qui a 5 pour nombre entier et 100 pour dénominateur, il faut : 1° considérer ces fractions comme deux nombres entiers, sans prendre même garde aux virgules qui séparent les premiers chiffres des autres ; il faut 2° mettre le multiplicateur B sous le multiplicande A, et opérer comme dans la multiplication ordinaire. Il faut 3°, dans le produit C, séparer par une virgule autant de chiffres sur la droite qu'il y a de décimales (tant dans le multiplicateur A, que dans le multiplicateur B. Toutes ces règles ont été observées dans l'exemple ci-dessus.

Dividende A	8,	5264
Diviseur B	3,	42
	6,	84
Quotient D	1,	686
2, 49		3,42
	1,	368
		3,184
		3,42
		3,078
		106

Diviser une fraction décimale par une autre.

Pour diviser la fraction A, dont le nombre entier est 8 et le dénominateur 10000, par la fraction B, dont le nombre entier est 3 et le dénominateur 100, il faut opérer sur ces deux fractions comme sur deux nombres entiers, sans jamais prendre garde aux virgules qui séparent les premiers chiffres des autres, et vous trouverez pour quotient 2,49, c'est-à-dire 2, $\frac{49}{100}$. Il faut remarquer que, le quotient trouvé, on doit en séparer par une virgule autant de chiffres sur la droite qu'il y a de décimales de plus dans le dividende A que dans le diviseur B ; c'est ce qu'on a observé dans l'exemple précédent, puisque la virgule a été mise entre le chiffre 4 et le chiffre 2 du quotient D. On peut, sans conséquence, négliger ce qu'il y a eu de reste après la dernière opération ; cela prouve seulement qu'il est impossible de diviser exactement 8,5264 par 3,42.

A	B		A	D
$\frac{2}{5}$	$\frac{4}{10}$		$\frac{2}{5}$	$\frac{40}{100}$

Réduire une fraction décimale en décimale

Pour réduire la fraction A en décimale, sans changer sa valeur, par exemple pour réduire la fraction A en une fraction qui ait 10 pour dénominateur, nous ajoutons un 0 au numérateur 2, ce qui produit 20 ; nous divisons 20 par l'ancien dénominateur 5, et le quotient 4 donnera le numérateur de la fraction décimale. En effet, $\frac{2}{5}$ et $\frac{4}{10}$ représentent la même quantité sous différents termes. Si nous avions voulu réduire la même fraction A à une fraction qui eût eu 100 pour dénominateur, nous aurions ajouté des 0 au numérateur 2 ; nous aurions fait sur le numérateur 200 les mêmes opérations que nous venons de faire sur le numérateur 20, et enfin nous aurions trouvé la fraction D qui représente la même somme que la fraction A.

Extraire la racine carrée d'un nombre composé d'entiers et de décimales.

Exemple.   Racine carrée.
7, 84   2, 8

La racine carrée de 7, 8 4 est 2, 8. En effet, multi-

pliez 2, 8 par 2, 8, vous aurez pour produit 7, 84. Pour tirer cette racine, on a considéré 7, 84 comme un nombre entier, et, suivant les règles détaillées dans l'article *extraction*, l'opération s'est faite sur ce nombre mixte. Cependant, il faut remarquer que la racine carrée n'a jamais que la moitié des décimales données, et ensuite si le nombre dont il faut extraire la racine carrée n'a pas un nombre pair de décimales, il faut le rendre pair en ajoutant un zéro. Ainsi, au lieu de tirer la racine carrée de 2, 452, vous la tirerez de 2, 4520 ; de même au lieu de tirer la racine carrée de 2, 4, vous la tirerez de 2, 40.

Au reste 2, 4 = 2, 40, et 2, 452 = 2, 4520.

Extraire la racine cubique d'un nombre A composé d'entiers et de décimales.

Exemple.   Racine cubique.
A. 13, 824   B. 2, 4.

Le nombre B est évidemment la racine cubique du nombre A ; il faut cependant remarquer que la racine cubique n'a jamais que le tiers des décimales données. Il faut encore remarquer que si le nombre dont il faut extraire la racine cubique n'a pas précisément 3, ou 6, ou 9, ou 12 décimales etc., on doit le compléter par un nombre convenable de zéro. Ainsi, au lieu de tirer la racine cubique de 9, 45, vous la tirerez de 9,450 ; de même, au lieu de tirer la racine cubique de 4,5292, vous la tirerez de 4,529200, parce que 9, 45 = 9, 450 et 4, 5292 = 529200.

Fraction de fraction.

A	B
$\frac{1}{2}$ de $\frac{2}{3}$	$= \frac{2}{6}$

Ainsi la fraction A, c'est-à-dire, la moitié de deux troisièmes, est une fraction de fraction. Pour réduire ces sortes de fractions à une seule fraction, sans changer leur valeur, on n'a qu'à multiplier le numérateur de l'une par le numérateur de l'autre, et le dénominateur de l'une par le dénominateur de l'autre ; le produit donnera une fraction qui représentera la même somme que la fraction de fraction. C'est là ce que nous avons fait dans l'exemple ci-dessus ; nous avons multiplié 1 par 2 pour avoir un nouveau numérateur, et 2 par 3 pour avoir un nouveau dénominateur ; et le produit a donné la fraction B qui, sous différents termes, représente la même somme que la fraction A.

FRAGON. Genre de plantes de la famille des asperges (asparaginées, plantes monocotylédones à étamines *périgynes*, c'est-à-dire autour de l'ovaire, et auxquelles l'asperge a donné son nom). La racine du fragon est grosse comme le petit doigt, longue, noueuse, écailleuse et annelée, garnie d'un grand nombre de radicales ; c'est une des racines apéritives majeures. Les *apéritifs majeurs* sont les racines d'ache, de fenouil, de persil, d'asperge, de fragon ; la propriété de ces apéritifs est de rétablir la liberté dans les voies urinaires et biliaires. Les apéritifs mineurs sont les racines de capillaire (herbe qu'on trouve aux environs de Montpellier), de chien-dent, de chardon-roland, d'arrête-bœuf et de fraisier.

FRAI, œufs ou produit de la génération des poissons, d'une partie des reptiles et de la plupart des animaux vertébrés qui habitent les eaux. Autrefois, on regardait le frai de grenouille comme un excellent émollient. Le mot *frai* sert encore à désigner l'altération des monnaies par l'usage.

FRAISIER, genre de plantes de la famille des rosacées. Les fraises sont un fruit sain et d'un goût fort agréable ; on leur attribue des propriétés salutaires contre la goutte et la gravelle.

FRANCAIS, né en France, citoyen d'un pays libre. Les Gaulois ou *Celtes*, premiers habitants de la Gaule, étaient une nation très ancienne, qu'on croit avoir peuplé une grande partie de l'Europe. Comme leur mélange avec les Francs a formé la *nation française*, ils sont nos pères, et nous avons intérêt à les connaître (*Voyez* GAULE, pour la situation topographique). Nous laisserons de côté tous les détails de pure curiosité, pour ne pas négliger les objets plus dignes d'exercer la raison. Les siècles de barbarie répandent sur les siècles modernes plus de lumière qu'on ne se l'imagine communément; il reste toujours quelques vestiges profonds des premières mœurs. Quand elles sont enfin épurées, et que l'urbanité et les sciences, les lois et la morale, ont écarté cette rouille de barbarie, il est aussi utile qu'agréable de considérer la différence et les rapports de l'état présent avec l'état primitif d'où l'on est sorti; c'est là ce qui forme l'histoire de l'esprit national. Nous voyons dans les anciens Gaulois un caractère de valeur, de vivacité, de générosité, qu'on peut très facilement reconnaître dans leurs descendans. Ils respiraient la guerre; toujours armés, même en temps de paix (coutume qu'on ne trouve ni chez les Grecs, ni chez les Romains), ils se battaient entre eux, lorsqu'ils n'avaient point d'ennemis à combattre. L'ardeur martiale, jointe à une grande population, les entraînait hors de leur pays, pour entreprendre des conquêtes. L'Italie, la Grèce, l'Asie, furent inondées de leurs soldats. Rome les craignit tellement, que les citoyens dispensés par leur âge ou par la prêtrise de porter les armes ne pouvaient jouir de cette dispense en cas d'invasion des Gaulois. Si la discipline et la science militaire avaient réglé leur courage, ils auraient vraisemblablement subjugué cette indomptable république. Mais une fougue aveugle les précipitait dans le péril, sans précautions, sans prévoyance; ils dédaignaient même les armes défensives, et combattaient souvent presque nus. Cette indomptable vivacité les rendait inquiets, querelleurs, vains, duellistes. Les combats singuliers étaient pour eux une sorte d'amusement; la plupart des différents se décidaient par le duel. Les juges l'ordonnaient eux-mêmes; les témoins prouvaient leur témoignage en se battant. César nous apprend qu'après la mort du chef des Druides, ces prêtres de la nation se disputaient les armes à la main sa dignité, si les suffrages ne s'accordaient point. Les femmes étaient guerrières; les prêtres pouvaient le devenir par ambition. Quelque féroces que fussent les anciens Gaulois, ils pratiquaient l'hospitalité en peuple humain et généreux, s'empressaient à recevoir les étrangers, à leur procurer des fêtes, des plaisirs, à leur rendre des services essentiels. Toutes les maisons leur étaient ouvertes, leur personne était inviolable, et l'on punissait le meurtre d'un étranger plus sévèrement que celui d'un Gaulois; la même vertu se faisait remarquer dans la Germanie. Ce doux penchant, qui devrait unir le genre humain, a été peut-être en France une des principales causes des progrès de l'esprit et de la société civile; progrès inconnus dans les nations où le mépris et la haine des étrangers resserraient le génie national, comme chez les Égyptiens, les Chinois, les Juifs, etc.— Outre la cruauté envers les ennemis, commune à tous les peuples barbares, on reproche quelques vices aux Gaulois, particulièrement la légèreté, l'ivrognerie et l'oisiveté. Ils aimaient beaucoup la table, ils sacrifiaient tout au vin, et celui d'Italie leur inspira le dessein de passer les Alpes; car la vigne n'était pas encore cultivée dans la Gaule. L'oisiveté dont on les accuse venait sans doute, non d'une indolence naturelle, mais d'une passion extrême pour les armes. L'agriculture, les arts et les métiers leur paraissaient indignes d'un peuple guerrier; ils les abandonnaient aux esclaves et aux femmes; ils voulaient combattre ou se divertir. Une fois subjugués, ils éprouvèrent bientôt des besoins; les besoins excitèrent l'amour du travail; l'industrie bannit la paresse. Si une classe d'hommes crut toujours se déshonorer par toute autre profession que celle des armes, ce préjugé n'enchaîna plus le corps de la nation; ou plutôt

le peuple, devenu serf, fut contraint de faire pour vivre ce que faisaient auparavant les esclaves.—Les maris avaient droit de vie et de mort sur leurs enfants et même sur leurs femmes. C'était le droit du plus fort; ce prétendu droit qui servit presque toujours de règle aux barbares contre les lois de la nature. Il semble que les Gaulois ne vivaient que pour la guerre; un père aurait eu honte de voir en public ses enfants avant qu'ils fussent en âge de paraître armés. Ce peuple fier et intraitable était cependant l'esclave de ses prêtres. Les druides, seuls dépositaires de la religion et de la science, le gouvernaient avec un empire absolu. Comme ils élevaient la jeunesse, les premières idées tournaient à leur avantage; et ils se faisaient une loi de ne rien écrire, afin qu'on fût obligé de recevoir tous les oracles de leur bouche. Juges de la plupart des affaires, tant criminelles que civiles, si quelqu'un osait contrevenir à leur jugement, ils le frappaient d'anathème, et lui interdisaient les sacrifices. Alors ce malheureux était exclu de la société; on le fuyait, on l'abhorrait comme un impie et un scélérat, qui portait avec lui la contagion; on ne lui rendait aucun devoir, pas même la justice. Aussi, il.n'y avait, selon César, aucune peine si redoutable. Les druides, maîtres des esprits par les terreurs de la superstition, étaient exempts d'impôts, de service militaire, et généralement de toutes les charges de l'État. Leurs disciples jouissaient des mêmes privilèges, ce qui leur en attirait un très grand nombre. Le célibat dont quelques-uns faisaient profession, leur vie solitaire dans les bois, augmentaient la vénération publique à leur égard. Tels que les Chaldéens, les mages, les brachmanes, les prêtres d'Égypte, qui, formant un corps séparé du reste des citoyens, préféraient leur intérêt particulier à celui de la société, les druides consacrèrent à l'ambition un pouvoir destiné par sa nature au maintien des mœurs et de la vertu. — Dans les commencemens, leur religion était simple, ils adoraient un dieu suprême sous le nom d'*Esus*. Les bocages leur servaient de temples; le chêne, pour lequel ils avaient tant de vénération, était vraisemblablement à leurs yeux l'emblème de la divinité. Plusieurs savants ont même écrit que leur culte venait originairement de Japhet, parce qu'ils y trouvent plusieurs traits de ressemblance avec celui des patriarches. Mais de pareils systèmes ne reposent que sur des conjectures fort douteuses. Il est certain, au contraire, que les Gaulois se livrèrent aux plus horribles superstitions. Dans les épidémies, dans les périls de la guerre, ils sacrifiaient des victimes humaines, ou ils faisaient des vœux d'en immoler, convaincus, dit César dans ses Commentaires, qu'il n'y avait pas d'autre moyen d'apaiser les dieux, et que la vie d'un homme devait racheter une homme. Ces abominables sacrifices entraient dans le culte religieux. Les Druides, qui en étaient les ministres, brûlaient les victimes toutes vivantes. On immolait des criminels, quand il s'en trouvait; mais s'il n'y en avait point, les innocens étaient brûlés à leur place. Toute religion atroce est nécessairement absurde. Le polythéisme, mêlé de mille pratiques extravagantes, se rencontre chez les Gaulois comme ailleurs. Ils croyaient surtout à l'astrologie. Les Druides se donnaient pour prophètes, et étaient secondés par des prophétesses, dont les unes gardaient la virginité perpétuelle, les autres mariées ne fréquentaient leurs époux qu'une fois l'an. Parmi les dogmes des Gaulois, aucun n'avait tant de force que celui de la vie future. Il leur inspirait plutôt de l'intrépidité que de la vertu. De là, ce mépris de la mort, qu'ils portaient jusqu'à des excès étranges, jusqu'à se tuer mutuellement pour ne pas survivre à une défaite. Leurs idées sur l'avenir étaient si grossières, qu'on enterrait avec les morts leurs effets les plus précieux, dans l'espérance de leur rendre l'autre vie plus agréable. Ainsi, le dogme de l'immortalité, qui devait produire tant de bien en réprimant le vice et excitant au devoir, n'a produit souvent que du mal, quand le préjugé et la superstition l'ont mis en œuvre. On vante l'habileté des druides en astronomie, en philosophie, en médecine. Ils avaient sans doute quelques connaissances; mais ce n'est pas chez un peuple barbare et agreste qu'il s'en trouve de remarquables. Peut-être profitèrent-ils de celles des Marseillais, colonie grecque distinguée par ses lumières.—Les bardes étaient les poëtes des Gaulois. Subordonnés aux druides qui dirigeaient tout, ils chantaient les louanges des héros, ils accompagnaient les armées, y répandaient l'enthousiasme, et fortifiaient le mépris de la mort. Leurs poésies, comme celles de presque tous les autres peuples, avaient pour but de perpétuer le souvenir des faits : elles immortalisaient la gloire ou la honte. Aussi, la présence des poëtes inspirait-elle les plus grands efforts de courage.—Dans toute la Gaule, selon César, il n'y avait que les chevaliers ou les gens de guerre et les druides, avec les bardes, qui jouissaient de quelque considération. Le petit peuple était presque regardé comme esclave. Plusieurs même de ces malheureux, accablés de dettes ou d'impôts, gémissant sous l'oppression, se dévouaient volontairement à la servitude. En se faisant esclaves de quelque grand, ils trouvaient du moins la subsistance et la sûreté. Cependant, la nation en général préférait la liberté à la vie. Les femmes combattirent plus d'une fois en héroïnes, et se donnèrent la mort pour n'être pas réduites en esclavage. Cet amour de la liberté paraissait jusque dans le gouvernement. Les rois avaient si peu d'empire, qu'Ambiorix, l'un d'eux, disait ingénument à César : *Le peuple n'a pas moins d'autorité sur moi, que j'en ai sur lui.* Tout le pays était alors divisé en républiques et en petits royaumes, où l'esprit national était à peu près le même. Chaque année se tenait une assemblée générale qui décidait en dernier ressort les affaires les plus importantes. Une espèce de ligue unissait donc tous les Gaulois, comme les anciens Grecs. Heureux, si les discordes intestines n'avaient rompu cette union ! C'est en semant la jalousie et la haine, en fomentant les partis, en gagnant les uns pour vaincre les autres, que les Romains parvinrent à les subjuguer. D'ailleurs, autant ils étaient prompts et ardents à entreprendre la guerre, autant se montraient-ils faibles et abattus dans le malheur. Et quelle supériorité un ennemi constant et discipliné ne pouvait-il pas prendre sur eux ? Quand Rome eut détruit Carthage, Numance et Corinthe, quand elle eut imposé le joug à l'Espagne et à l'Asie, elle tourna son ambition sur la Gaule. En fondant les colonies d'Aix en Provence, et de Narbonne, elle s'ouvrit un chemin pour la conquête de tout le pays. Jules César, autant par sa politique adroite que par ses armes victorieuses, se soumit entièrement à la domination romaine. Plus les Gaulois avaient été jusque-là redoutables, plus on s'efforça de les opprimer. Ils perdirent leurs lois et leurs coutumes ; ils furent accablés d'impôts arbitraires, de vexations de toute espèce. Les arts et la littérature les rendirent plus souples, en adoucissant leurs mœurs. On les vit néanmoins se révolter par intervalles, et le joug de Rome leur parut toujours odieux. Le christianisme pénétra dans cette contrée vers le milieu du deuxième siècle après Jésus-Christ. Ses progrès y furent très rapides, dès que Constantin eut accordé, en 312, l'exercice public de cette religion. — La Gaule, comprenant tout le pays situé entre le Rhin, les deux mers, les Alpes et les Pyrénées, était devenue, depuis la conquête de Jules César, une province de l'empire romain, subdivisée en plusieurs provinces. Deux peuples barbares, les Visigoths et les Bourguignons, en avaient déjà enlevé une partie considérable aux empereurs, lorsque les Francs, autres barbares, sortis de la Germanie, leur enlevèrent le reste et y fondèrent le royaume de France sous Clovis. On ne connaît guère que de nom les prédécesseurs de ce prince : Pharamond, Clodion, Mérovée et Childéric. Ils avaient un établisse-

ment fixe en-deçà du Rhin; ils possédaient Cambrai avec le pays voisin jusqu'à la Somme; mais leur État méritait peu d'attention, et leur histoire, fort incertaine, en mérite encore moins. Comme tous les autres Germains, les Francs étaient belliqueux, intrépides, ardents au pillage, avides de conquêtes, féroces dans les combats ; et cependant ils avaient un fond particulier d'humanité, auquel il ne manquait que la culture pour faire une nation aussi polie que formidable ; mais cette culture ne devait venir qu'après une longue barbarie. Le courage et l'ambition de Clovis, leur roi, changèrent la face des Gaules. A l'âge de 19 ans, il entreprit d'en chasser les Romains, et de former de leurs débris un puissant royaume. Il attaqua près de Soissons leur général Syagrius, remporta une grande victoire, étendit rapidement ses conquêtes. Les Gaulois souffraient impatiemment la domination romaine. On présume avec raison qu'il employa, pour les gagner, tous les ressorts de la politique, se présentant à eux comme un conquérant libérateur, laissant aux vaincus une partie de leurs terres avec la liberté de suivre leurs anciennes lois, et les mettant à l'abri, autant qu'il était possible, de l'avidité des soldats. Quelques auteurs pensent que Clovis partagea les terres selon une certaine proportion. Il y a plus d'apparence, comme le prétend Montesquieu, que les conquérants prirent pour eux ce qu'ils voulurent, et laissèrent le reste aux Gaulois. Ceux-ci furent sans doute contents de leur sort, puisqu'ils aimèrent la nouvelle domination. Elle s'était formée par les armes, elle s'affermit par la prudence. — *Première race.* Depuis l'an 420, jusqu'en 1792, soixante-sept rois ont gouverné les Français ; ils forment trois races : celle des *Mérovingiens*, celle des *Carlovingiens* et celle des *Capétiens.* Le nom de Mérovingiens vient de celui de Mérouée, troisième roi de cette race :

420 Pharamond.	638 Clovis II.
428 Clodion.	656 Clotaire III.
448 Mérouée.	670 Childéric II.
458 Childéric Ier.	674 Thierry.
481 Clovis Ier.	690 Clovis III.
511 Childebert Ier.	695 Childebert II.
560 Clotaire Ier.	711 Dagobert II.
562 Caribert.	715 Clotaire IV.
571 Chilpéric.	716 Chilpéric.
584 Clotaire II.	720 Thierry II.
628 Dagobert Ier.	742 Childéric III.

(*Voyez* les tables chronologiques).

Une sorte de férocité qui régnait parmi les princes et les sujets semble constituer le caractère général des Français sous la première race. Les assassinats, les parricides même, furent souvent les moyens qui élevèrent aux premières dignités. Le petit nombre de lois capables de maintenir l'ordre étaient foulées aux pieds, et celle du plus fort subsista jusqu'à ce qu'enfin les événements en ramenèrent de nouvelles sous le règne de Pépin. Les mœurs tenaient encore beaucoup du paganisme, même après que les Français eurent embrassé la religion chrétienne ; car le divorce, l'inceste et la polygamie étaient tolérés parmi eux. Quand il leur plaisait, les enfants de leurs maîtresses avaient à leur succession la même part que les enfants de leurs légitimes épouses. — *Seconde race.* Charlemagne, qui a été le roi le plus illustre de cette race, lui a donné son nom ; elle a commencé en 751, du vivant même de Childéric, qui ne mourut qu'en 754.

751 Pépin, dit le Bref.	877 Louis II, empereur et roi.
768 Charles Ier, dit le Grand, ou Charlemagne, empereur d'Occident.	879 Louis III et Carloman, roi.
	883 Charles III, empereur et roi.
840 Charles II, empereur et roi.	888 Eudes, roi.

898 Charles, dit le Simple. 936 Louis IV.
923 Raoul, duc de Bour- 954 Lothaire.
    gogne. 955 Louis V.

On remarque que la seconde race fut assez semblable à la première, en ce qu'elle eut de beaux commencements et une fin malheureuse; qu'au lieu de se continuer dans la personne de Charles de Lorraine, légitime successeur de Louis V, un duc des Français usurpa la couronne, sous le prétexte que le roi la lui avait laissée en mourant; et qu'elle eut aussi les rois fainéants. De plus, on retrouve presque les mêmes mœurs et les mêmes usages que sous les rois de la première race. On a vu s'introduire, sous le règne de Pépin, l'usage de la cavalerie dans les armées; elle fut bientôt presque aussi nombreuse que l'infanterie. Dans ce temps-là, un cavalier était, pour ainsi dire, invulnérable; armé depuis les pieds jusqu'à la tête, son cheval était en outre bardé, en sorte qu'un escadron semblait être tout de fer. Quant aux fantassins, ils n'avaient point de *corselets* comme les cavaliers, mais ils se couvraient très bien de leurs boucliers. — *Troisième race.* Hugues en fut le premier roi; le surnom de *Capet* lui a été donné parce qu'il avait la tête très-grosse, et qu'il était fort prudent. Cette troisième race compte trente-quatre rois, en y comprenant Louis XVIII et Charles X. On la divise en cinq branches différentes; la première, qui est la tige commune, est celle des Capets, dont il y a eu 14 rois.—La seconde, appelée la première des Valois, a eu 7 rois; la troisième est la branche d'Orléans, qui n'a donné qu'un seul roi; la quatrième est la seconde des Valois, qui compte cinq rois.—La cinquième enfin est la maison de Bourbon, dont Charles X a été le septième et dernier roi. Cette troisième race fut sans contredit la maison la plus ancienne de l'Europe, et celle qui a eu la plus longue suite de rois sans interruption, puisqu'elle est entrée en possession du trône vers la fin du dixième siècle, que l'on appela le *siècle de fer*, tant à cause des guerres continuelles et sanglantes qui ravagèrent l'Europe, que pour l'ignorance et le dérèglement des mœurs dans l'Église.

987 Hugues-Capet.   1422 Charles VII (le Vic-
996 Robert-le-Pieux.   torieux).
1031 Henri Ier.   1461 Louis XI.
1060 Philippe Ier.   1483 Charles VIII (l'Affa-
1108 Louis VI.   ble).
1137 Louis VII.   1498 Louis XII (d'Orléans),
1180 Philippe-Auguste.   (le Père du peuple).
1223 Louis VIII.   1515 François Ier.
1226 Louis IX (Saint-   1547 Henri II.
       Louis).   1559 François II.
1270 Philippe III (le Hardi)   1560 Charles IX.
1285 Philippe IV (le Bel)   1574 Henri III.
1314 Louis X (le Hutin).   1589 Henri IV (Bourbon,
1316 Philippe V (le Long).   le Grand).
1322 Charles IV (le Bel)   1610 Louis XIII.
1328 Philippe VI (de Va-   1643 Louis XIV (le
       lois).   Grand).
1350 Jean-le-Bon.   1715 Louis XV.
1364 Charles V (le Sage)   1774 Louis XVI.
1380 Charles VI.

Pendant ces derniers temps de la royauté, la France était divisée en 40 provinces; la justice était rendue souverainement par 13 parlements; il y avait des conseils supérieurs, cours des aides, chambres des comptes, cours des monnaies, bailliages et sénéchaussées. L'État était partagé en trois ordres : le clergé, la noblesse et le tiers-état, sur lequel pesaient particulièrement les impôts. Le désordre des finances força, en 1789, Louis XVI de convoquer les états-généraux, qui se constituèrent en assemblée nationale, et abolirent les privilèges du clergé et de la noblesse, et supprimèrent les parlements. Les impôts furent remplacés par des contributions foncières, mobilières et industrielles. La France, érigée en république, fut partagée en 83 départements qui se trouvèrent bien-

tôt au nombre de 103, par suite des conquêtes qu'elle fit. Après plusieurs bouleversements qui entretinrent l'anarchie pendant quelques années, la république fut gouvernée par trois consuls nommés pour dix ans. Au mois de juin 1802, Napoléon Bonaparte, l'un des trois consuls, fut nommé premier consul à vie, et enfin, le 2 décembre 1804, sous le nom de Napoléon Ier, il fut sacré et couronné empereur des Français, à Paris. Les rois étrangers, qui regardaient Napoléon comme un ennemi commun, se coalisèrent contre lui, et malheureusement, en France, tout le monde n'avait pas compris que la cause de Napoléon était celle des Français. On connaît l'issue de la campagne de France; les coups terribles que les Français portèrent à leurs ennemis, trois fois plus nombreux qu'eux, signalent assez leur courage invincible. Le 30 mars 1814 eut lieu la capitulation de Paris; le 3 avril, le sénat déclare Napoléon déchu du trône, et le 3 mai suivant, Louis XVIII, frère de Louis XVI, remonte sur le trône de ses ancêtres.—Le 1er mars 1815, Napoléon parti de l'île d'Elbe où il avait été exilé, débarque au golfe Juan avec quelques soldats de sa garde impériale. Le 19, Louis XVIII quitte Paris et se retire à Gand; le 20, Napoléon entre dans Paris. Il organise aussitôt son armée, et le 18 juin il attaque l'armée prussienne à Ligny, et la bat complètement, sans que l'armée anglo-hollandaise puisse la secourir. Celle-ci est attaquée à son tour le 18 juin à Waterloo; à six heures du soir, la victoire est décidée en faveur des Français qui, forts de 63,000 hommes, avaient triomphé de 115,000 Anglais, Hollandais et Prussiens. Mais le premier corps de l'armée prussienne, qui s'est rallié, arrive sur le champ de bataille, et fait changer la fortune; nos braves légions épuisées ne peuvent soutenir le choc de ces deux armées réunies. Les Français perdent 37,000 hommes et les ennemis 58,000. Napoléon abdique de nouveau; il demande un asile aux Anglais, qui le déportent à l'île Sainte-Hélène, où il meurt le 5 mai 1821. Le 8 juillet 1815, Louis XVIII rentre à Paris où il mourut le 18 septembre 1824.—Charles X, son frère, lui succéda. Depuis longtemps, la destruction de notre liberté était la pensée unique qui gouvernaient ce roi imbu des préjugés du pouvoir absolu, et livré en esclave à l'ambition de quelques anciens émigrés. En voulant renverser le pacte fondamental, il a condamné sa famille à être bannie sans retour du sol de la France.— En 1830, le duc d'Orléans fut élu roi des Français sous le nom de Louis-Philippe Ier.

FRANCE. La France est bornée au nord par la Belgique, le grand-duché du Luxembourg et le territoire bavarrois, sur à la gauche du Rhin; à l'ouest, par la Manche et l'Océan; au sud, par les Pyrénées et la Méditerranée; et à l'est, par les Alpes qui la séparent du Piémont. Sa population, d'après le dernier recensement officiel, est de 33,540,910 habitants, répartis ainsi qu'il suit, sans y comprendre celle des colonies :

Hommes.		Femmes.	
Enfants et non mariés . . .	9,507,285	Enfants et non mariés. . .	9,267,411
Hommes mariés. . . .	6,213,247	Femmes mariées . . .	6,195,097
Veufs	740,169	Veuves . . .	1,617,701
Total.	16,460,701	Total.	17,080,209

La France est située dans la zone tempérée de l'hémisphère septentrional, entre le 42e 19' et le 51e 6' de latitude N., et le 5e 56' de longitude E., et 7e 9' de longitude O. du méridien de Paris. Sa plus grande longueur du N. au S., de Dunkerque à Perpignan, est de 225 lieues; sa plus grande largeur de l'E. à l'O., de Strasbourg à Brest, est de 206 lieues. Ses frontières de terre offrent un pourtour de 560 lieues, et les côtes un pourtour de 613 : au total 1,173 lieues. — L'aspect intérieur de la France n'offre, au nord, à quelques exceptions près, qu'une grande plaine entrecoupée çà et là par des collines de peu d'importance. La partie sud est couverte de nombreuses montagnes, qui sont des ramifications des Alpes, des Pyrénées et des Cévennes. Le point culminant (le plus haut) des Alpes françaises est de 4,105 mètres au-dessus du niveau de la mer: c'est le Pic-des-Écrins; il n'atteint pas à la moitié du Chamalarie (en Asie), point le plus élevé des montagnes de notre monde, qui a 8,700 mètres d'élévation.—La ville la plus élevée de la France est Briançon (département des Basses-Alpes), qui est située à 1,306 mètres au-dessus du niveau de la mer.—Ses principaux fleuves sont: le Rhin, qui a 325 lieues de cours; la Loire, 220; le Rhône, 190; la Seine, 160; la Garonne, 150; la Meuse, 150; la Moselle, 100; la Saône, 100; l'Escaut, 95. Le plus grand de ces neuf fleuves, le Rhin, n'a que le quart en longueur de la rivière des Amazones (Amérique), qui prend sa source au Pérou, dans un lac près de Guanuco, à 30 lieues de Lima, et qui a 1,400 lieues de cours; à ses embouchures (au Para, au Cap-Nord) elle a 30 à 40 lieues de large. Le développement du Rhin est à peu près le tiers de celui du Nil (Afrique) dont le cours est de 1,080 lieues. — L'étendue de la France est de 52,768,600 hectares ou 26,714 lieues carrées; on la divise en 86 départements, qui se sous-divisent en 363 arrondissements, 2834 cantons et 37,234 communes. On compte 630 routes royales, 1381 routes départementales et 468,527 chemins vicinaux (Voyez Vicinaux). — La navigation intérieure au moyen des fleuves, des rivières et des canaux, est de 11,954 kilomètres ou 2,989 lieues; 74 canaux traversent 38 départements. (Voyez Chemin de fer.)

Le sol de la France forme dix classes:

	Hectares	Lieues carr.
Pays de montagnes.........	4,268,730 —	2,161
— de bruyères ou landes.	5,676,089 —	2,874
Sol de riche terreau......	7,276,369 —	3,684
— de craie ou calcaire...	9,788,197 —	4,955
— de gravier..............	3,417,893 —	1,730
— pierreux..............	6,612,348 —	3,347
— sablonneux..........	5,921.377 —	3,998
— argileux.............	2,232,885 —	1,130
— limoneux............	284,454 —	144
— de différentes sortes....	7,290,238 —	3,691
	52,768,600 —	26,714

Sur les 52,768,600 hectares qui forment la superficie territoriale de la France, 49,863,610 ou 23,243 lieues carrées sont imposables. Ne sont pas imposables, les routes, les chemins, places publiques, forêts et domaines non productifs, les cimetières, églises, presbytères, bâtiments publics, offrant une superficie de 2,905,008 hectares ou 1,470 lieues carrées. — Les quatre départements qui présentent le plus grande superficie sont: Gironde, 493 lieues carrées. — Dordogne, 464. — Landes, 463. — Aveyron, 449. — Les quatre départements qui présentent la moins grande superficie sont: Seine, 24 lieues carrées. — Rhône, 141. — Vaucluse, 176. — Tarn-et-Garonne, 186. — Le nombre des contribuables (Voyez Budget) inscrits sur les rôles de la contribution personnelle et mobilière est de 6,009,420, classés en neuf séries: La première compte 1,323,206 contribuables de 3 fr. et au-dessous. —La seconde, 3,473,863 de 3 fr. à 10. — La troisième, 830,932 de 10 à 20 fr. — La quatrième, 269,707 de 20 à 40 fr. — La cinquième, 80,788 de 40 à 80 fr. — La sixième, 8694 de 80 à 120 fr. — La septième, 8,958 de 120 à 200 fr. — La huitième, 2,726 de 200 à 400 fr. — La neuvième, 526 de 400 et au-dessus. — Le plus grand nombre des cotes se trouvent dans les départements du Nord, qui en comptent 129,709; Seine-Inférieure, 116,389; Aisne, 111,356, et Seine, 109,032. — On remarque sous le rapport

contraire les quatre départements suivants: Lozère, 23,249 cotes; Pyrénées Orientales, 23,011; Hautes-Alpes, 27,823; et Corse, 30,443. — La France compte par lieue carrée de 25 au degré, 1256 habitants: les quatre départements les plus considérables sous le rapport de la population sont ceux de la Seine, 1,106,891 habitants. — Nord, 1,026,417. — Seine-Inférieure, 720,525, et Pas-de-Calais 664,654. — Paris compte dans son enceinte 28,820 propriétés; sa superficie exacte est de 34,596,800 mètres carrés; sa méridienne, du sud au nord, est de 5,505 mètres; sa perpendiculaire de l'est à l'ouest à 7 807 mètres; sa circonférence exacte est de 23,755 mètres; enfin, sa population, de 910,126 habitants. — Le sol de la France produit tout ce qui peut servir aux besoins et aux délices de la vie; on trouve dans son sein des mines de fer, de plomb, de cuivre, de charbon (Voyez Houille); des carrières de pierres, de plâtre, de chaux et de marbre. On y trouve réunies, en productions indigènes, presque toutes celles qui sont éparses sur les autres parties de l'Europe. Avec tant d'avantages et l'heureuse activité des Français, il serait impossible que le commerce n'y fût pas très florissant. — Les colonies françaises sont: 1º dans les Indes occidentales, la Martinique, la Guadeloupe et ses dépendances. — 2º Dans l'Amérique septentrionale, les îles de Saint Pierre et de Miquelon. Etendue, 16 lieues carrées; population, 2,000 habitants. — 3º Dans l'Amérique méridionale, partie de la Guiane, nommée Guiane française. Etendue, 1,695 lieues carrées; population, 33,500 habitants. — 4º En Afrique, Bastion de France, et autres comptoirs sur les côtes de Barbarie, la colonie du Sénégal, Gorée et l'Ile de Bourbon. Etendue, 339 lieues carrées. Population, 120,000 habitants. — Alger. La régence d'Alger, bornée au Nord par la Méditerranée, à l'est par les états de Tunis, au Sud par le désert de Zahara, à l'ouest par le royaume de Maroc, s'étend du 4º au 6º degré 30' de longitude O méridien de Paris, sur une bande d'environ 225 lieues de long, sur une profondeur moyenne de 40 à 50 lieues. La largeur du pays labourable n'étant évaluée qu'à 30 lieues, la partie arabe de la régence présente une superficie de 1,268 myriamètres, ou 6,300 lieues carrées. Population, 1,870,000 habitants. La population française, en excluant l'armée d'occupation et l'administration, est de 2000. — 5º Dans les Indes orientales, Pondichéry, Mahé, Karikal et Chandernagor. Etendue, 80 lieues carrées. Population, 50,000 habitants. La computation monétaire, telle qu'elle existe en France, est établie dans les îles de la Martinique et de la Guadeloupe, d'après une ordonnance royale rendue le 30 août 1826. — L'île de Saint-Domingue ne fait plus partie des colonies françaises; elle a repris son ancien nom d'Haïti.

FRANC - MAÇONNERIE, affiliation secrète d'instruction et de secours. La franc-maçonnerie tire son origine des Égyptiens; les mages, les prêtres, les philosophes réunissaient entre eux toutes les sciences de ces temps-là, et surtout la morale, la physique et l'astronomie. Tous les auteurs anciens conviennent que ces mages avaient des réceptions pour leurs initiés, auxquels ils apprenaient des secrets impénétrables pour tout autre. — Salomon, roi des Juifs (1033 ans avant J.-C.), fit alliance avec Hiram roi de Tyr, dont il obtint des cèdres et des sapins, pour bâtir un temple au Seigneur. Les maçons choisis par Salomon pour travailler au temple, sous la direction du grand architecte Adonhiram, furent déclarés libres et francs de tout impôt, eux et leurs descendants; ils eurent aussi le privilège de porter des armes. Avant d'admettre un nouvel ouvrier au nombre des francs-maçons employés à la construction du temple, on faisait passer le récipiendaire par les épreuves des quatre éléments, afin d'être certain de son courage (c'est ainsi que procédaient les prêtres de Memphis pour faire de nouveaux prosélytes); et cependant, quelque fermeté qu'il eût montrée, on ne lui faisait connaître aucun des mystères, par la raison qu'on ne se croyait pas encore assez sûr de ses sentiments. Lorsqu'il se présentait à l'assemblée, on se contentait de l'interroger sur les épreuves par lesquelles il avait passé, et l'application morale qu'il leur donnait faisait juger de son esprit et de sa capacité; pendant un certain temps, il était *apprenti*; puis il était admis dans la loge des *compagnons*, ensuite dans celle des *maîtres*, etc. — Lors de la destruction du temple par Nabuchodonosor, ils furent mis en captivité avec le peuple juif; mais Cyrus leur donna la permission de bâtir un deuxième temple sous *Zorobabel*, et les remit en liberté; c'est en souvenir de cette époque que les maçons (chevaliers de l'épée) prennent le nom de *très-libres*. — L'ancien temple passait pour la première merveille du monde, pour la richesse et la grandeur, car son parvis pouvait contenir deux cent mille personnes; ce fut Salomon qui en posa la première pierre, avant le lever du soleil; cette pierre fut posée au milieu de la chambre destinée au sanctuaire; ce temple avait trois portes : une à l'*orient*, une au *midi* et une au *nord*; il dura 470 ans, 6 mois et 10 jours. — Ce fut sous le règne de *Sédécias*, dernier de la race de David. D'après le plan qui fut détruit. D'après le plan qui fut donné par Cyrus pour le deuxième temple, il devait en tout être semblable à l'ancien : 100 coudées de profondeur, 60 de largeur et autant de hauteur; le principal architecte qui eut la direction du nouveau temple se nommait *Bibot*. — Adonhiram, le grand architecte, fut assassiné à la porte du temple, par trois compagnons qui voulurent lui arracher la parole de *maître* (Jéhova, mot hébreu qui signifie *Être suprême*). *Hoben, Oterfat* et *Sterkin*, les trois assassins, se réfugièrent dans le pays de Geth, avec l'espérance d'y être en sûreté. Ben-Gabel, un des intendants de Salomon, par les recherches qu'il fit faire aux environs du pays de Geth, apprit que les assassins s'y étaient cachés. Instruit de cette nouvelle, Salomon écrivit sur-le-champ à *Maaca*, roi de Geth, son tributaire, pour le prier de livrer ces assassins aux personnes de confiance qu'il envoyait (quinze maîtres élus), pour les conduire à Jérusalem y recevoir le châtiment de leur crime. On fit donc une recherche exacte. *Zéemet* et *Eléham*, deux des quinze maîtres, les découvrirent dans une carrière nommée *Bendicar*. On les saisit et on leur mit des chaînes sur lesquelles le genre de supplice qu'ils avaient à souffrir était gravé. Aussitôt qu'ils furent arrivés à Jérusalem, on les conduisit à Salomon qui, après les avoir accablés de reproches, ordonna qu'on les mît dans les cachots d'une tour nommée Hézaar, pour les faire mourir, le lendemain, de la mort la plus cruelle : ce qui fut exécuté à dix heures du matin. Ils furent attachés à deux poteaux, par les pieds, le cou et les bras liés par derrière. On leur ouvrit le ventre, et on les laissa de cette façon à l'ardeur du soleil, l'espace de huit heures. Les mouches et les autres insectes s'abreuvèrent de leur sang. Ils faisaient des plaintes si lamentables qu'ils émurent leurs bourreaux de compassion; ce qui les obligea à leur couper la tête. Leurs corps furent jetés hors de Jérusalem pour être exposés aux bêtes féroces. Salomon ordonna ensuite que les trois têtes de ces malheureux fussent exposées hors de la ville, sur des pieux, dans le même cadre que ces meurtriers s'étaient placés pour assassiner Adonhiram, afin de donner un exemple à tous ses sujets et particulièrement aux ouvriers maçons. En conséquence, la tête de Sterkin fut mise à la porte du midi, celle d'Oterfat à celle du nord, et celle d'Hoben à celle d'orient. — Les *noachites* ou chevaliers prussiens forment une secte de la *franc-maçonnerie* fondée sur une tradition encore plus ancienne que celle de la construction du temple de Salomon. Les descendants de Noé résolurent de construire une tour assez élevée pour se mettre à l'*abri de la vengeance divine* (du déluge). Ils choisirent pour cela une plaine nommée *Sennaar*, dans

l'Asie. Dix ans après qu'ils eurent jeté les fondements de cet édifice, le Seigneur, dit l'Écriture, jeta les yeux sur la terre, aperçut l'orgueil des enfants des hommes, et descendit sur la terre pour confondre leurs projets téméraires, et mit la confusion des langues parmi les ouvriers; c'est pourquoi cette tour fut appelée *Babel*, qui signifie confusion. — Quelque temps après, Nemrod (2233 av. J.-C.), qui est le premier qui ait établi des distinctions parmi les hommes, y fonda une ville qui fut appelée *Babylone*, c'est-à-dire *enceinte de confusion*. — Ce fut la nuit de la pleine lune de mars que le Seigneur opéra cette merveille. C'est en mémoire de cet événement que les chevaliers *noachites* font leur grande assemblée, tous les ans, dans la pleine lune de mars. Leurs assemblées d'instruction se font tous les mois, le jour du plein et au clair de la lune, ne pouvant avoir, en loges, autre lumière que celle de cette planète. — Les ouvriers ne s'entendant plus, furent obligés de se séparer; chacun prit son parti. *Phaleg*, qui avait donné l'idée de ce bâtiment, et qui en était le directeur, était le plus coupable : il se condamna à une pénitence rigoureuse; il se retira dans le nord de l'Allemagne, où il arriva après bien des peines et des fatigues qu'il essuya dans des pays déserts, où il ne trouvait, pour toute nourriture, que des racines et des fruits sauvages. Dans cette partie appelée aujourd'hui la *Prusse*, il construisit quelques cabanes, pour se mettre à l'abri des injures du temps et de l'air, et un temple, en forme de triangle, où il s'enfermait pour implorer la miséricorde de Dieu. — Dans des décombres, en fouillant dans des mines de *sel de Prusse*, à 15 coudées de profondeur, l'an 553 de J.-C., on trouva une forme de bâtiment triangulaire, dans lequel était un marbre blanc, sur la base duquel toute l'histoire était écrite en hébreu. A côté de cette colonne, on trouva un tombeau de pierre de grès où l'on aperçut une pierre d'agathe sur laquelle était gravée l'épitaphe suivante : Ici reposent les cendres de notre G. A, la tour de Babel.

«Le Seigneur eut pitié de lui parce qu'il est devenu humble.»

Tous ces monuments sont dans la bibliothèque particulière du roi de Prusse. L'épitaphe ne dit point que Phaleg était grand architecte de la tour de Babel, mais l'histoire gravée sur la base de cette colonne apprend que Phaleg était fils d'*Heber*, dont le père était *Arphaxad* engendré par *Sem*, l'aîné des enfants de Noé. — Plusieurs écrivains reportent la fondation de la francmaçonnerie au temps de la publication des vérités évangéliques. Bientôt une partie des mortels, éclairée par la morale du christianisme, rendant hommage à cette nouvelle religion, se sépara du reste des mortels, pour pratiquer en silence les mystères sacrés de l'Évangile, et la persécution ayant suivi l'institution de cette doctrine, les zélés chrétiens se trouvèrent forcés de symboliser leurs pratiques religieuses. Ce fut alors qu'ils prirent des noms empruntés, qu'ils se servirent, avec toute la sévérité possible, des épreuves des anciens mages, et que tout, dans leurs temples, était emblématique; tel que le chandelier à sept branches, les douze bouillons, les pains, le livre des sept sceaux, etc., emblèmes que les franc-maçons ont adoptés. Ainsi, l'*acacia* rappelle la mémoire de la croix du Sauveur du monde, parce qu'elle fut faite de ce bois dont la Palestine est remplie. — *La captivité* désigne la persécution, les tribulations de l'Église sous les empereurs romains, et la liberté sous le grand Constantin. — *Le songe de Cyrus* indique la fin de la captivité des Juifs. L'*équerre* et le *compas* représentent l'union de l'ancien Testament et de nouveau. — L'*arche d'alliance*, qui contenait les Tables de la loi, les verges d'Aaron, etc. — Le *triple triangle* représente la gloire de l'Éternel, emblème des trois unités de la Trinité. — *Les sept sceaux* qui sont un livre secret de la franc-maçonnerie, en désignent les sept grades; l'agneau couché dessus, qui est le *sienne*, montre qu'il est le seul digne de lever les sceaux.

Il y a deux ordres maçonniques en France : Le Su-PRÊME-CONSEIL et le GRAND-ORIENT. Le premier est un gouvernement monarchique, l'autre est une démocratie essentiellement élective, mais tempérée par un sénat dont les cinq sixièmes des membres sont inamovibles.— Le *Suprême-Conseil* possède trente-deux ateliers, sur lesquels sept au trentième degré et au-dessus. La grande loge siège à Paris. Elle est alliée aux Suprêmes-Conseils.—Le *Grand-Orient* pratique cinq rites diffé-rents ; il compte sous son obédience quatre cent seize ateliers, qui se divisent ainsi :

	Loges symboliques.	Chapitre au 18e d.	Ateliers au 30e degré.	Totaux.
Paris et banlieue.	60	31	9	100
Départements et régiments.	168	74	17	259
Colonies françaises.	15	11	7	29
Pays étrangers.	11	10	7	28
	254	126	36	416

Il convient d'ajouter à ce nombre 50 ateliers qui ne sont pas en activité ou non légalement établis ; de sorte qu'il existerait 40,000 francs-maçons en France, dont 32,000 appartiennent à des ateliers actifs. Plus d'un quinzième de la population masculine, au-dessus de vingt ans, a reçu le baptême maçonnique.—En outre, le Grand-Orient de France est allié aux Grands-Orients de Berne, du Brésil, de la Belgique, de la Caroline, d'Irlande, d'Haïti, de Hambourg, de New-York, de la Louisiane, de la Virginie, de la Suède.—L'état de la franche-maçonnerie n'est pas tout-à-fait dans le même proportion dans le reste du monde ; néanmoins l'Alle-magne seule compte huit Grands-Orients, et ayant 331 loges sous leur obédience.—Un document de 1787 por-tait le nombre des loges maçonniques existantes dans l'univers, à 3,217. Il y avait donc, à cette époque, eu égard aux nombreux maçons qui n'appartenaient à au-cun atelier, plus de 300,000 francs-maçons répandus sur les deux hémisphères. — Le rite est le cérémonial suivi dans les réunions de maçons. Il diffère selon les pays. Le Grand-Orient de France les admet tous en principe et accueille tous les francs-maçons, quel que soit leur rite ; mais il ne pratique que : 1° le rite français ; 2° le rite d'Héradam ; 3° le rite écossais ancien et ac-cepté ; 4° le rite philosophique ; 5° le rite kilwining ; 6° le rite du régime rectifié. Pour expliquer en quoi ces différents rites se distinguent les uns des autres, il faut être initié aux secrets de la franche-maçonnerie.

FRANGIPANIER. Arbre de l'Amérique dont on distingue trois espèces : le frangipanier ordinaire, à fleurs jaunes d'abord et rouges ensuite ; le frangipanier musqué, à fleurs rouges plus foncées vers les bords ; le frangipanier blanc, à fleurs blanches, liserées d'un filet couleur de rose. On en cultive dans les serres chaudes. On prétend que ses fleurs odorantes entrent dans la com-position des tourtes de frangipane.

FRÊNE. Arbre de la famille des jasmins. Les *can-tharides* se recueillent particulièrement sur le frêne com-mun. L'écorce de cet arbre, qui a une propriété analogue à celle du quinquina, a été pour cette raison surnom-mée le *quinquina d'Europe*. C'est du frêne à fleurs que découle spontanément la *manne* (*Voyez* ce mot) si em-ployée en médecine.

FRÉNÉSIE. fureur. Cette maladie résulte de l'in-flammation du cerveau et de ses enveloppes (des mé-ninges). On ne peut pas toujours se prononcer sur le vrai siège de la frénésie, puisque l'inflammation des membranes du cerveau est loin d'être connue par des signes certains, et que l'on ne peut prendre un ton af-firmatif que dans les lésions graves de la tête à la suite d'une chute ou d'une blessure.—Les causes de la frénésie sont nombreuses, et, en général, elles sont communes à toutes les phlegmasies ; mais les causes excitantes et directes qui sont les plus propres à la produire sont : l'insolation, la brûlure, l'application de substances corrosives sur la tête, comme des acides ou une solu-tion de deuto-chlorure de mercure (sublimé corrosif), les écarts de régime, les passions violentes, la suppres-sion brusque de quelque hémorrhagie, une forte con-tention d'esprit, des exercices immodérés, l'abus de l'opium et des liqueurs fortes ; la répercussion d'une af-fection cutanée, par exemple d'un érysipèle à la face, des dartres, de la gale, de la teigne, etc., peuvent aussi pro-duire la frénésie.—Les symptômes de cette maladie sont en général les suivants : le malade éprouve d'abord du dégoût, de la soif, de l'insomnie, puis une douleur sourde dans la tête, des frissons par tout le corps. La fièvre se déclare, la chaleur augmente, le sommeil est interrompu, toutes les positions sont fatigantes ; la fièvre redouble, le pouls est dur et vibrant, la respira-tion rare, la peau est sèche, la chaleur âcre ; survien-nent alors les nausées, les vomissements ; la raison se trou-ble : de là, les lésions de l'imagination, du jugement, les vociférations, les menaces ; le regard étincelle, les idées sont brusques et vagues ; le sommeil est troublé par des rêves effrayants et des tressaillements. Alors commencent les signes de l'épanchement dans l'inté-rieur du crâne : un pouls inégal, une sueur froide et gluante sur la tête et sur le front, le regard éteint, les convulsions et la mort plus ou moins prompte.—Le trai-tement de la frénésie consiste d'abord à éloigner du ma-lade tout ce qui peut lui déplaire ou l'irriter ; à le pla-cer sur son séant de manière qu'il puisse librement res-pirer l'air froid ; enfin, les pédiluves, les épispastiques employés aux pieds et aux genoux, les frictions sur ces parties, des lavements fréquents, une diète sévère, des boissons calmantes et délayantes, des émollients appli-qués sur la tête, quelquefois des émétiques ou des pur-gatifs, de légers anodins, la saignée du pied, etc., etc., sont les moyens employés avec le plus de succès dans un cas semblable.

FRESQUE, peinture faite sur un mur. La peinture à fresque paraît être la plus ancienne des différentes ma-nières de peindre ; néanmoins on ne peut fixer l'époque précise de son origine. Dans les restes de plusieurs temples égyptiens, on remarque des figures colossales peintes sur le mur. Cette sorte de peinture s'exécute sur une muraille fraîchement enduite de mortier, de chaux et de sable, d'où vient le terme de fresque, du mot italien *fresco*, frais. On se sert pour la peinture à fresque de couleurs détrempées avec de l'eau ; il n'y a que les terres et les couleurs qui ont passé par le feu qui puissent y être employées (*Voyez* PEINTURE).

FRET ou NOLIS. Le prix du loyer d'un navire ou autre bâtiment de mer est appelé *fret* ou *nolis*. Il est réglé par la convention des parties. *Fréter un navire*, c'est le donner à louage.

FRIGORIFIQUE, qui cause le froid. D'après plusieurs physiciens, il existe un fluide impondérable dont l'accumulation produirait le froid, comme le *ca-lorique* produit la chaleur. Généralement, on regarde le froid comme un état négatif dépendant du défaut de calorique, ce qui rend absolument inutile la théorie d'un fluide frigorifique.

FRITILLAIRE. Sorte de giroflée qui exhale une odeur plus suave le soir que le jour. Elle croît dans les prés ; on la cultive dans les jardins ; elle fleurit en mars ; sa racine est émolliente.

FROC. Partie de l'habit monacal qui couvre la tête et les épaules.—*Jeter le froc aux orties*, c'est renoncer à une entreprise.

FROID. Qualité opposée à la chaleur, sensation produite par la soustraction du calorique dans nos or-ganes. — Les physiciens ont coutume de diviser le

28

froid en *absolu* et en *relatif*. Le froid absolu est une privation totale de chaleur; ainsi, un corps ne contient-il aucune particule de feu, seule cause de la chaleur, ou ne contient-il ces sortes de particules que dans un repos parfait, il sera absolument froid. — Le froid relatif n'est qu'une diminution sensible de chaleur; et conséquemment un corps doit nous paraître plus froid qu'auparavant, lorsqu'il perd une certaine quantité de particules ignées, ou bien lorsque ces sortes de particules perdent quelque chose de leur mouvement. Les causes principales du froid relatif sont au nombre de six. Le soleil est la principale cause de la chaleur; aussi la distance où l'on est de cet astre a-t-il toujours été regardée comme la première cause du froid; c'est pour cela sans doute que le froid doit être plus vif dans les trois planètes supérieures, *Mars, Jupiter et Saturne*, que dans les planètes inférieures, *Vénus, Mercure*, etc. Le froid relatif vient en second lieu de la situation oblique d'un pays par rapport au soleil. S'il fait plus froid dans la zone tempérée que dans la zone torride, c'est parce que celle-là reçoit les rayons du soleil moins perpendiculairement que celle-ci : il en est de même de la zone glaciale par rapport à la zone tempérée. L'atmosphère qui entoure la terre, et dont nous avons parlé en son lieu, est la troisième cause du froid que nous ressentons, parce que non-seulement elle empêche beaucoup de rayons solaires de parvenir jusqu'à nous, mais encore parce qu'elle cause dans ceux qui y parviennent une réfraction qui diminue considérablement leur mouvement. Certains corpuscules qui se mêlent à l'air que nous respirons, et qui retardent le mouvement de la matière ignée, tels que les corpuscules de sel, de nitre, etc., sont regardés, avec raison, par les physiciens comme la quatrième cause du froid rigoureux que l'on éprouve en certains pays. Rome et Pékin, par exemple, sont à peu près au même degré de latitude; il fait cependant très chaud dans la première de ces deux villes, et très froid dans la seconde. C'est parce que le nitre est très abondant à Pékin et très rare à Rome; il en est de même de la Normandie et de l'Ukraine; il fait beaucoup moins froid dans la première de ces deux provinces que dans la seconde, quoique leur situation par rapport au soleil soit à peu près la même. Certains vents, et surtout le vent du nord qui nous apporte des corpuscules de sel et de nitre, sont la cinquième cause du froid que nous avons en certains temps de l'année. Enfin, la sixième cause du froid relatif est la suppression totale ou partielle des exhalaisons chaudes que le feu central doit envoyer nécessairement dans l'atmosphère céleste. — L'impression du froid n'est sensible que lorsque la température descend au-dessous de + 19 degrés du thermomètre de Réaumur. En 1799, le froid dura pendant 37 jours consécutifs; à Paris, le thermomètre descendit à 18° $\frac{8}{10}$; en 1795, 52 jours de gelée; en 1796, le thermomètre était descendu à 18°; la mer entre Caen et le Havre était gelée, et quoique l'embouchure de la Seine ait 45,000 toises, la glace la couvrit d'un bout à l'autre. Les historiens nous ont conservé la mémoire de quelques gelées extraordinaires. En 763, la mer Noire et le détroit des Dardanelles gelèrent. En 829, le Nil fut gelé. Le Pô et le Rhône éprouvèrent le même accident en 1133, 1216 et 1234. En 1433, la gelée commença à Paris le 31 décembre, et continua trois mois moins neuf jours; elle reprit vers la fin de mars, et continua jusqu'à la fin d'avril. En 1597, le port de Marseille gela dans toute son étendue. De la fin de novembre 1570 à la fin de février 1571, la gelée fut si forte que les rivières de Provence et du Languedoc portaient des charrettes fort pesamment chargées.

FROMAGE (*Voyez* LAIT).

FROMENT, le meilleur blé. Les nombreuses espèces de ce *graminée* fournissent une farine contenant beaucoup de *gluten* et la plus propre à faire du pain; il s'y trouve en outre une matière sucrée et du mucilage (*Voyez* BLÉ). *Fromentacé*, se dit des plantes qui approchent du froment.

FRONT. Partie du visage, depuis les cheveux jusqu'aux sourcils, et d'une tempe à l'autre (*Voyez* CRANIOLOGIE).

FROTTEMENT, action de deux corps qui se frottent. Le frottement ou la résistance que trouve un corps qui se meut sur la surface d'un autre est un des principaux obstacles à la conservation du mouvement primitivement imprimé. La surface des corps, même les plus polis, n'est réellement qu'un assemblage de petites éminences et de petites cavités. Deux surfaces de cette espèce ne sauraient se toucher sans que les éminences de l'une n'entrent dans les cavités de l'autre, comme il arrive à peu près à une pelote de velours que l'on pose sur un tapis de même étoffe. On distingue deux espèces de frottement; le frottement de la première espèce consiste à appliquer successivement les mêmes parties d'une surface à différentes parties de l'autre, comme quand on fait glisser un livre sur une table. Le frottement de la seconde espèce a lieu, lorsque l'on fait toucher successivement différentes parties d'une surface à différentes parties d'une autre, comme lorsqu'on fait rouler une bille sur un billard. Tous les physiciens conviennent que plus les surfaces qui glissent les unes sur les autres ont d'inégalités, plus aussi la résistance occasionnée par les frottements, de quelque espèce qu'ils soient, est considérable. — Le frottement de la première espèce oppose beaucoup plus de résistance que celui de la seconde; c'est pour cela sans doute que lorsqu'on craint qu'une voiture ne se précipite en descendant trop vite, on en enraye les roues, c'est-à-dire on les empêche de tourner sur leur axe. Tout le monde voit qu'une roue enrayée exerce sur le pavé un frottement de la première espèce, et qu'une roue qui tourne sur son essieu en exerce un de la seconde. — Le frottement augmente par l'augmentation des surfaces, toutes choses égales d'ailleurs, parce que l'inégalité des surfaces étant la cause première des frottements, on ne peut augmenter l'étendue qui frotte, sans faire croître le nombre de ces inégalités. Voilà pourquoi une eau charriée par un tuyau cylindrique dont le diamètre est de deux pouces éprouve moins de frottement que si elle était charriée par un tuyau cylindrique dont le diamètre ne serait que d'un pouce. Effectivement, le premier tuyau, avec une circonférence seulement double, contient quatre fois plus d'eau que le second. — La pression fait croître la résistance du frottement, de quelque espèce qu'il soit, parce que la pression augmentant, les parties qui s'engagent mutuellement, s'engagent bien plus avant, et résistent davantage au mouvement qui tend à les séparer. Ceci explique la raison pour laquelle les machines qui produisent leur effet en petit ne le produisent pas toujours lorsqu'on vient à les exécuter en grand. Dans les modèles, le frottement occasionné par la pression est pour ainsi dire insensible, et dans la machine exécutée en grand, il est pour l'ordinaire très considérable. — A proportions égales, la résistance des frottements augmente plus considérablement par les pressions que par les surfaces: en doublant les surfaces, la résistance des frottements n'augmente que d'environ un quart, et en doublant les pressions elle augmente de près de la moitié. On tire de ces quatre règles que nous venons de rapporter un grand nombre de conséquences pratiques, et dont voici les principales : — 1° lorsque l'on veut diminuer la résistance des frottements, on doit enduire les surfaces de quelque matière grasse : par ce moyen on remplit les inégalités les plus grossières, et on rend les surfaces plus propres à glisser l'une sur l'autre; aussi graisse-t-on les moyeux des roues, met-on de l'huile aux charnières, etc.; — 2° les habits et les meubles, à cause des frottements auxquels ils sont exposés, ne peuvent durer qu'un certain temps ; — 3° les rasoirs, les couteaux, les haches, etc., perdent bientôt par les frottements le fil de leur tranchant ; — 4° les matières les plus dures sont figurées au gré de l'ouvrier par le frottement de la lime ; — 5° les jets d'eau, à cause des frottements, ne s'élèvent jamais à la hauteur à laquelle ils devraient monter, eu égard à leur quantité de mouvement.

FRUCTIFICATION. La floraison parfaite ou antérieure, la production du fruit jusqu'à sa complète maturité, forment une série de phénomènes qu'on nomme fructification.

FRUIT. Production de la plante qui sert à la propagation de son espèce. Primitivement, l'Europe possédait très peu de fruits; son sol n'est devenu riche que par acquisition et par adoption. La plupart de ceux dont nous faisons usage sont originaires d'Asie. Nous devons l'abricot à l'Arménie, la pistache et la prune à la Syrie, le citron à la Médie, l'aveline au Pont; la châtaigne à Castane, ville de Magnésie; la noix à la Perse. Le cerisier, cet arbre qui orne si agréablement nos vergers, et qui donne un fruit si salutaire, nous vient aussi de l'Asie : c'est à Lucullus que nous devons l'importation de cet arbre; ce général romain l'apporta des environs de Cérasonte, dont on lui conserva le nom (*cerasus*, *i*, cerisier); naturalisé en Italie, le cerisier se répandit ensuite dans le reste de l'Europe. Nous devons encore à l'Asie l'amande et l'ananas. On prétend que le grenadier est originaire d'Afrique, d'autres disent de Chypre. Nous sommes redevables du coignassier (arbre qui porte le coing) à Cydon, ville de Crete; de l'olivier, du figuier, du poirier et du pommier à la Grèce; mais le figuier fut transplanté et cultivé en Italie, avant de l'être dans la Gaule. Non-seulement les Phocéens apportèrent l'olivier aux Gaulois, mais ils leur apprirent encore l'art de le cultiver. Les Grecs eux-mêmes le durent à Cécrops, prince égyptien qui vint de Saïs s'établir dans l'Attique avec une colonie (1600 avant J.-C.). Cécrops, voulant tirer quelque parti du terrain sec et aride du pays où il se fixait, y planta des oliviers; ils y réussirent si bien, que ce prince établit à Athènes le culte de Minerve, à qui la tradition attribuait l'honneur d'avoir fait connaître l'utilité de cet arbre, et qui, par cette raison, était révérée à Saïs. On croit communément que l'oranger vient de la Chine, et que les Portugais l'apportèrent dans nos climats, lorsque, vers 1520, Jean de Castro eut découvert cette contrée de l'Asie. Cependant, il est question d'orangers en France, long-temps avant les voyages des Portugais dans l'Inde. Un compte de l'an 1333, pour la maison de Humbert, dauphin de Viennois, fait mention d'une certaine somme payée pour transplanter des orangers. A mesure que les Phocéens multiplièrent le long de nos côtes leurs établissements, il est probable qu'ils y introduisirent les différents arbres fruitiers qu'ils avaient dans leur patrie, et ceux mêmes des contrées étrangères avec lesquelles le commerce leur donnait des rapports; qu'ils en firent part aux Gaulois leurs voisins et leurs alliés (Nous avons dit à l'article ATLANTES que les Phocéens, colonie grecque, étaient les fondateurs de Marseille). Après la conquête des Gaulois, les vainqueurs introduisirent chez eux des fruits de la Gaule, et nous firent en échange d'autres présents; ce qui fait dire à un historien du temps que la Gaule narbonnaise avait généralement tous les fruits que produisait l'Italie. « Si vous avancez un peu plus au nord, et à la hauteur des Cévennes, dit Strabon, vous y trouverez les mêmes fruits, excepté l'olive et la figue; mais, un peu plus loin, le raisin mûrit difficilement.» César et Varron disent à peu près la même chose. La Gaule alors cultivait probablement beaucoup de citronniers, puisque, au rapport de Velleius Paterculus, César, lorsqu'il l'eut soumise, décora son triomphe avec les branches de cet

arbre. Ces faits, et d'autres pareils doivent nous inspirer quelque défiance sur ce que disent plusieurs auteurs du froid excessif de la Gaule. Au reste, plus les Gaulois trouvaient d'obstacles dans leur sol, plus il était glorieux pour eux d'y avoir acclimaté des arbres tirés d'un pays plus fertile et plus chaud. Avec le temps, ils obtinrent des succès plus considérables : les figues et le raisin vinrent à maturité dans les provinces septentrionales de la Gaule narbonnaise, et jusque dans le territoire de Paris. L'empereur Julien, qui habita cette ville pendant qu'il était gouverneur des Gaules (359 de J.-C.), parle avec éloge de la vigne et des figuiers des Parisiens, qu'ils élevaient, dit-il, d'une manière industrieuse, les couvrant l'hiver avec de la paille de froment.—Les fruits sont les derniers produits de la végétation, ils succèdent à la fleur; on distingue dans le fruit le *péricarpe* et la *graine* ou *semence*; mais c'est le péricarpe (enveloppe) qui détermine la forme du fruit, et c'est d'après la forme et la nature du péricarpe que les fruits ont été classés en genres et en espèces, comme les plantes elles-mêmes. Les botanistes ont établi huit genres de fruits, auxquels quelques-uns ont ajouté un neuvième, qui est la noix. Les huit genres de fruits sont la capsule, la coque, la gousse, la silique, la drupe (fruit à noyau), la pomme, la baie et le cône. Les botanistes modernes ont divisé les fruits en trois classes, savoir : les *fruits simples*, ou ceux qui proviennent d'un seul ovaire appartenant à une seule fleur; les *fruits multiples*, qui sont fournis de plusieurs pistils renfermés dans une seule fleur; et enfin les *fruits composés*, ou ceux qui résultent de l'ensemble ou de la soudure de plusieurs fleurs femelles d'abord distinctes.

FUCACÉES. Famille de plantes qui renferme des végétaux croissant au bord des mers. Elle contient plus de six cents espèces divisées en plusieurs genres. Quelques-unes de ces espèces sont alimentaires, la plupart ont une propriété vermifuge. Les cendres de ces végétaux maritimes prises en masse par l'action de la chaleur, donnent la pierre de *soude*, d'un usage si répandu dans les arts et le commerce. L'*iode* est extrait de ces mêmes plantes (*Voyez* VARECHS).

FUGUE (du latin *fuga*). Composition scolaire et musicale destinée aux voix et aux instruments soit ensemble, soit séparément, dans laquelle un *sujet* ou *motif* est sans cesse reproduit en passant à chaque instant dans l'une et l'autre partie de l'harmonie. Outre cette suite successive du motif, l'*imitation* est le caractère essentiel de la fugue. La base de la fugue se compose du contre-point simple ou double, de l'imitation et du canon. Le contre-point est l'art de composer de la musique à deux ou plusieurs parties. C'est par imitation du genre de notation musicale inventée par Guy d'Arezzo, et perfectionnée plus tard par Jean de Murris, chanoine de Paris, que le nom de *contre-point* fut donné à toute harmonie, parce qu'alors, et long-temps après, les sons musicaux étaient figurés par des petits points qui, superposés les uns au-dessus ou contre les autres, formaient l'harmonie peu nombreuse et soumise aux lois d'un système tout différent de celui pratiqué maintenant en Europe. Le nombre varié de nos notes rendait sans signification réelle le nom de contre-point; cependant on l'a conservé pour désigner ce genre de composition et d'harmonie pure par excellence présentant plus de difficultés que l'harmonie ordinaire. On distingue le contre-point simple et le contre-point *double* ou *renversable*. Ces deux contre-points ont leurs règles particulières, et leur emploi a un but tout autre qu'aux XVe, XVIe et XVIIe siècles. Aujourd'hui la mélodie svelte, nombreuse, pleine de mouvement, et empreinte d'une expression tour à tour spirituelle ou passionnée, a remplacé, du moins hors de l'Église, le grave et monacal plain-chant, et c'est toujours pour s'adresser au cœur qu'on emploie les procédés des différents contre-points, et en lui prêtant un langage mélodieux. La pratique du contre-point amène à celle de la fugue, qui n'est en elle-même que le symbole de l'unité musicale poussée jusque dans ses dernières conséquences.

FULMINANT, qui éclate avec bruit. On comprend sous cette dénomination certaines préparations chimiques qui produisent une détonation quand on les chauffe légèrement ou qu'on les comprime : les oxydes de certains métaux, tels que l'or, l'argent, le mercure, le platine, etc., combinés avec l'ammoniaque, et appelés pour cette raison *ammoniures*, produisent cette détonation quand ils sont soumis à l'action de la chaleur ou de la pression.

FUMÉE. Vapeur plus ou moins épaisse qui s'exhale d'un corps qu'on brûle. Cette vapeur résulte de la décomposition par le feu des corps organisés. La fumée qui s'élève pendant la combustion du bois est de l'huile, de l'eau et de l'acide acétique, qui n'existaient pas dans le bois, mais qui se forment par sa décomposition, et se volatilisent.

FUMETERRE. Cette plante, très commune dans les lieux cultivés, les champs, les vignes, etc., s'élève à la hauteur d'environ un pied ; ses tiges sont carrées, ses feuilles un peu glauques, très divisées ; ses fleurs purpurines et très petites. L'amertume prononcée et désagréable de cette plante lui a fait donner le nom de *fiel de terre* ; elle entre dans la composition du vin anti-scorbutique. La décoction de cette plante et le suc retiré quand elle est fraîche sont employés pour combattre l'âcreté du sang, les dartes, la gale, etc.

FUMIER. Paille mêlée avec la fiente des animaux. On distingue les fumiers en *fumiers chauds* et *fumiers froids*. Le fumier de cheval est communément appelé *chaud*, mais il fait pousser dans les champs une grande quantité de mauvaises herbes produites par les graines que ces animaux ont avalées sans les digérer. Le fumier *froid* est celui produit par la litière des vaches ; il retarde la végétation, à cause de la viscosité des excréments de ces animaux. On distingue encore les fumiers *longs* et les fumiers *consommés*. Le premier s'emploie long-temps avant les semailles, parce qu'il ne peut produire son effet sans avoir subi une décomposition ; le second, au contraire, ne se répand que la veille même des semailles ; mais cette sorte de terreau ne dure pas aussi long-temps que le fumier long. La qualité des fumiers est supérieure ou inférieure selon la qualité et la quantité de nourriture que l'on donne aux bêtes qui le forment.

FUMIGATION. Ce sont des expansions de vapeur que l'on obtient à l'aide de la chaleur ; elles résultent tantôt de la combustion de résines odorantes ou de végétaux aromatiques, tantôt de l'évaporation de certains liquides. La médecine a souvent recours aux fumigations dans le traitement des diverses maladies ; c'est ainsi que dans les affections cutanées chroniques, la syphilis ancienne, etc., on fait respirer à l'aide de certains appareils des vapeurs de cinabre ou de toute autre préparation mercurielle. C'est encore ainsi que dans quelques cas de phthisie commençante on emploie les fumigations de chlore ; mais ces dernières fumigations sont surtout en usage pour désinfecter les vêtements, les objets du coucher ou les salles d'hôpitaux ou autres endroits insalubres. Pour cela, il suffit de distribuer dans les différentes parties de la salle des assiettes remplies de chlorure de chaux dans lequel on ajoute de l'acide sulfurique étendu d'eau ; ou bien encore d'arroser les chambres ou appartements avec du chlorure liquide. — On a donné à ces moyens thérapeutiques des noms qui les caractérisent ; ainsi l'on appelle *fumigation camphrée* celle où l'on expose le malade à la vapeur du camphre ; *sulfureuse* celle qui consiste à respirer les vapeurs du

soufre que l'on projette à cet effet sur des plaques de fer rouge, etc., etc. ; *fumigation stimulante* celle que l'on dirige sur les parties sexuelles de la femme, pour rappeler la menstruation. Cette opération consiste à recevoir les vapeurs d'environ deux livres d'eau que l'on jette bouillante sur deux ou trois onces de cerfeuil et d'armoise. Enfin, dans les phlegmasies du larynx, de la trachée et des bronches, etc., les fumigations de mauve, de guimauve, de graine de lin, de lait, procurent de grands soulagements.

FURET. On trouve cet animal en Afrique ; il est devenu domestique en Europe, où on le dresse pour la chasse du lapin. Le furet est un quadrupède du genre de la belette ; sa longueur est de quatorze pouces sans la queue, qui est longue de cinq. Ses oreilles sont droites, courtes et larges ; ses yeux sont rouges ; son pelage est d'un jaune pâle ; son corps est plus mince et plus allongé que celui du putois : aussi a-t-il quinze côtes, tandis que le putois, la fouine et la marte n'en ont que quatorze ; ce qui indique que le furet appartient à une espèce différente de celle de ces autres animaux. Cependant on assure que le furet peut produire avec le putois, et que les petits qui en proviennent ont le pelage plus sombre. Mais on sait que ces accouplements et leur suite ne prouvent rien par rapport à la distinction des espèces. Le furet est agile ; il exhale une mauvaise odeur quand il est irrité. Il suce plutôt le sang des animaux qu'il ne mange leur chair. Il est si fort, qu'il vient sans peine à bout d'un lapin quatre fois plus gros que lui.

FURIE. Divinité infernale (mythologie). Les Furies, ou Euménides, présidaient aux supplices infligés aux méchants. Elles étaient au nombre de trois, filles de l'Achéron et de la Nuit. On les appelait *Alecton*, *Mégère* et *Tisiphone*. Leur seul aspect faisait trembler ; elles étaient coiffées de couleuvres, et toujours armées de serpents et de torches ardentes.

FURIN. Espèce d'entozoaire généralement regardée comme fabuleuse. Selon quelques célèbres naturalistes, cet entozoaire, tombant de l'air sur les hommes et les animaux, dans le nord de la Suède, se loge dans le tissu cutané, et détermine une sorte de furoncle accompagné de douleurs atroces, qui se termine souvent par la gangrène.

FURONCLE, tumeur dure, rouge, chaude, douloureuse, circonscrite, superficielle, de forme conique, ce qui lui a fait donner le nom de *clou*, l'inflammation du tissu cellulaire sous-cutané, et du derme lui-même, se convertit en suppuration et donne naissance à un véritable corps étranger que l'on nomme *bourbillon*. Le froissement soutenu de la peau, l'application d'un corps gras irritant, et beaucoup d'autres causes inconnues peuvent produire le furoncle ; mais c'est surtout à la suite de certaines maladies cutanées qu'il peut envahir toutes les partie du corps et se développer : à la marge de l'anus, aux fesses, sur le dos et sur les régions dont la peau est résistante. La suppuration s'annonce au bout de six à huit jours par l'élévation en pointe, le ramollissement et la teinte blanchâtre du sommet de la tumeur. La douleur ne cesse complètement, et le dégorgement de la base du furoncle ne s'opère avec rapidité que quand le bourbillon est sorti soit spontanément, soit à l'aide de pressions exercées sur le pourtour de la tumeur. La cavité formée par la sortie du bourbillon fournit pendant quelques jours un peu de pus sanguinolent, puis ses bords diminuent d'épaisseur, son ouverture se rétrécit, et elle ne tarde pas à se cicatriser. — Le traitement du furoncle varie suivant la période inflammatoire ; ainsi, pour faire avorter la première inflammation, des applications réitérées de sangsues empêchent la formation du bourbillon : souvent il est nécessaire, lorsque la maladie est plus avancée, de faire une incision pour opérer le débridement et l'étranglement ; ce moyen doit être préféré à la cautérisation : enfin, les fomentations émollientes, les cataplasmes arrosés de laudanum, ceux de mie de pain et de lait, des emplâtres de diachylum et d'onguent de la mère, sont autant de moyens avantageux dans le traitement des clous. En général, on doit, quand la suppuration est terminée, avoir recours aux purgatifs tels que l'eau de Sedlitz, la manne, ou des lavements avec le miel de mercuriale et l'infusion de séné.

FUSIBILITÉ, qualité de ce qui est fusible ; propriété que possèdent certains corps solides de passer à l'état liquide quand ils sont soumis à l'action de la chaleur.

FUSIL, arme à feu. On sait que les arquebuses furent les premières armes à feu dont on se servit dans les batailles. Ce mot vient de l'italien *arco bugio*, arc troué. L'ouverture par où le feu se communique à la poudre, dans les arquebuses qui succédèrent aux arcs des anciens, donna lieu à cette dénomination. Selon Hanzelet, l'arquebuse devait avoir quarante calibres de long et porter une balle d'une once et sept huitièmes, autant de poudre. Il paraît que cette arme ne commença à être en usage qu'au commencement du seizième siècle. Les arquebuses donnèrent l'idée des pistolets à rouets, dont le canon n'avait qu'un pied de long. Ces armes sont inconnues aujourd'hui ; on en conserve par curiosité dans les arsenaux. Aux arquebuses succédèrent les mousquets ; ils différaient des fusils d'aujourd'hui en ce qu'au lieu de la pierre dont on se sert pour enflammer la poudre, on se servait d'une mèche. Le canon du mousquet était de trois pieds huit pouces, et toute la longueur du mousquet monté de cinq pieds. Sa portée était de cent vingt à cent trente toises ; l'équipage du mousquet était à peu près le même que celui du fusil. La lenteur avec laquelle l'arquebuse et le mousquet faisaient feu leur fit substituer, en 1630, le fusil dont on se sert aujourd'hui. On inventa bientôt après la baïonnette ; ce fut à Bayonne (Basses-Pyrénées) qu'on en fit usage pour la première fois, dans une sortie contre les Espagnols qui assiégeaient la citadelle. D'abord ce n'était qu'une pique à manche de bois placée dans le canon du fusil

lorsqu'on voulait s'en servir. Insensiblement on employa les baïonnettes à douilles.

FUSIL A VENT. Un air fortement comprimé par le moyen d'une pompe foulante logée dans la crosse y tient lieu de poudre, et chasse une balle qui peut donner la mort à 70 pas.

FUSION, fonte, liquéfaction, passage d'un corps solide à l'état liquide, produit par une accumulation suffisante de calorique. Chaque corps exige une quantité déterminée de calorique pour se *fondre* ; cette température se nomme terme de fusion. En élevant peu à peu la température de certains corps solides, ils perdent leur dureté, se ramollissent et deviennent liquides : le beurre, la cire, la graisse, etc. sont dans ce cas. Mais souvent un corps conserve toute sa solidité en s'échauffant, et ce n'est que lorsqu'il est arrivé à son terme de fusion qu'une partie de la masse du corps devient liquide. Si l'on augmente toujours la quantité de calorique, le corps continue à fondre jusqu'à ce que toute sa masse soit liquide.

Le point de fusion de la glace est de		0	degrés.
—	L'axonge	—	27	—
—	Le phosphore	—	43	—
—	L'étain	—	210	—

Du pyromètre de Wedgwood.

—	Le cuivre	—	27	—
—	L'or	—	32	*Id.*
—	L'argent	—	558	—
—	L'acier	—	130	—
—	Le fer	—	130	—
—	Le mercure	—	39	—
—	L'huile d'olive	—	10	—
—	Le soufre	—	409	—
—	Le bismuth	—	256	—
—	Le zinc	—	360	—

FUTAIE, forêt composée de grands arbres. On nomme *demi-futaie* les arbres depuis 40 à 45 ans jusqu'à 60, et *haute-futaie* ceux qui sont de 60 à 100 ans et au-dessus. On ne peut en faire la coupe qu'avec l'autorisation de l'administration forestière (*Voy.* GARDE-FORESTIER).

G

GABELLE (de *gabel*, mot saxon, tribut), impôt sur le sel. Jusqu'au treizième siècle, le sel a été en France une marchandise libre, dont le commerce et la vente détaillée étaient permis à tout le monde. A Paris, on criait le sel dans les rues, comme on y crie les fruits et les légumes. Philippe-le-Long et Philippe de Valois chargèrent passagèrement cette marchandise d'un impôt. Après la fatale bataille de Poitiers, le dauphin établit la gabelle pour subvenir aux besoins pressants de l'État, et pour payer la rançon du roi prisonnier. Mais cette gabelle ne ressemblait point à l'impôt si justement abhorré, connu depuis sous ce nom. Ce que nous nommons gabelle était une vente exclusive accordée à une compagnie d'adjudicataires qui avaient des tribunaux, des lois, un code particulier, une armée à leurs ordres, qui, après avoir taxé eux-mêmes la denrée qu'ils avaient le droit de débiter, avaient encore celui de forcer le particulier à la leur acheter aux prix qu'ils avaient fixés ; qui, enfin, par une émanation de l'autorité souveraine, pouvaient, s'il était en contravention, saisir ses biens, l'emprisonner, *le condamner à mort*. Alors on obligeait seulement les marchands sauniers à venir, dans un lieu indiqué, débiter leur sel. Les officiers préposés par le roi assistaient à cette vente, accompagnés de leurs

gabeloux, et ils percevaient les droits. Ces abus devinrent tels, ils occasionnèrent de si grandes vexations, que sous Charles VIII, les états du royaume s'en plaignirent. En 1547, Henri II changea la forme de perception qui subsistait ; mais ce fut pour se réserver le privilège exclusif de la vente du sel, et pour le mettre en ferme. La gabelle fut perçue pendant deux siècles ; en 1789, cette imposition abominable fut à jamais abolie, et remplacée, peu d'années après, par un mode de perception qui pèse principalement sur la classe la plus intéressante de la société, en obligeant l'ouvrier d'abandonner à l'État une portion de son gain.

GABION (de *gabbia*, cage). Panier rempli de terre qui, dans les sièges, couvre les travailleurs ; *gabionner* est l'action de faire une *gabionnade*, couvrir de gabions.

GAIAC. On le nomme aussi bois saint, bois de vie. C'est un grand arbre qui croît dans une partie de l'Amérique méridionale et dans quelques-unes des îles placées à l'entrée du golfe du Mexique. Son bois a été introduit dans la thérapeutique en 1508, époque à laquelle la maladie vénérienne faisait de grands ravages en Europe. Dès son apparition, il fut accueilli avec un enthousiasme extraordinaire et vendu au poids de l'or. Cette réputation ne se soutint pas, et le gaïac se vit remplacé par le mercure. Aujourd'hui on l'emploie fort peu, peut-être à tort. Sans le considérer comme un spécifique, il pourrait être administré avec avantage dans le traitement raisonné et méthodique de la syphilis et de diverses autres maladies.—C'est surtout pour les besoins de l'industrie que le gaïac est maintenant apporté en Europe. Ce bois entier est très coloré, très pesant et très solide. Il est composé de deux parties distinctes : l'une centrale, d'un brun rougeâtre ou verdâtre, qui est le cœur; l'autre externe, qui est l'aubier, d'une teinte jaune clair. Toutes deux sont très compactes, pesantes et presque inodores. Les petits cristaux qui couvrent leur surface sont, selon M. Guibourt, de l'acide benzoïque. Leur saveur est âcre et légèrement amère. Cette saveur se développe surtout lorsque le bois de gaïac a été râpé. C'est dans ce dernier état, c'est-à-dire réduit en poudre à l'aide de la râpe, qu'on l'emploie en pharmacie.—La résine de ce bois découle spontanément des incisions que l'on pratique à l'écorce de l'arbre; on peut encore l'obtenir en traitant le bois et l'écorce râpés par l'alcool. Elle est en masses plus ou moins colorées, transparente, friable, d'un brun verdâtre qui devient plus prononcé par l'exposition à l'air, d'une saveur plus ou moins amère. Son odeur est assez analogue à celle du benjoin. En pharmacie, on connaît la teinture et l'extrait de gaïac : la première sert de liqueur dentifrice; le second est donné en pilules ou associé à d'autres substances dans le traitement syphilitique.—Enfin le gaïac entre dans ce qu'on appelle les quatre bois sudorifiques; il fait la base d'une tisane sudorifique, qu'on rend laxative par l'addition du séné.

GAILLARDE (*Voyez* IMPRIMERIE).

GAITÉ (*Voyez* THÉÂTRE).

GALACTOMÈTRE (de γάλα lait, μέτρον mesure). On se sert de cet instrument pour déterminer la densité du lait, et par ce moyen en apprécier la pureté (*Voyez* LAIT).

GALANGA, plante de la famille des amomées (racines aromatiques), d'une saveur amère et un peu âcre), qui croît dans les Indes orientales et en Chine. On en distingue deux espèces, la grande et la petite; cette dernière est préférable en ce qu'elle est d'un goût piquant et aromatique. On doit la choisir bien nourrie et haute en couleur; il faut que les tronçons des racines ne soient pas plus gros que le petit doigt. On retire aux Indes, par la distillation des fleurs du petit galanga, une huile très pénétrante, dont une seule goutte communique une odeur délicieuse. Le faux galanga, répandu dans le commerce, paraît être la racine d'un *kæmpferia*, qui se reconnaît surtout à sa grande légèreté.

GALBANUM. Gomme résine fétide qui découle par incision d'une plante ombellifère qui croît en Syrie, en Perse, et aux grandes Indes. Elle est d'un goût amer et âcre; son odeur, peu agréable pour nous, était, chez les anciens, au nombre des parfums que l'on brûlait sur les autels. La résine que fournit le galbanum a la propriété remarquable de donner une teinte d'un beau bleu indigo, lorsqu'on la chauffe à 120 ou 130° centigrades.

GALAXIE, voie lactée. Les astronomes appellent galaxie cette grande tache blanchâtre qui paraît environner le ciel de toute part : on l'aperçoit très bien dans les nuits obscures et pendant l'absence de la lune. Cette *voie lactée* est formée par un nombre considérable de petites étoiles et de matières nébuleuses qu'on ne peut distinguer qu'avec le secours de télescopes très forts.

GALBE, ornement d'architecture; de *galbo*, mot italien qui veut dire *courbure*. Galbe sert à exprimer la grâce du contour d'un feuillage dans l'ornement d'un vase, d'une colonne; et même la courbure extérieure d'une coupole.

GALE, éruption cutanée, contagieuse, caractérisée par des vésicules légèrement saillantes, toujours accompagnée de démangeaisons plus ou moins fortes, se développant sur toutes les parties du corps, mais surtout sur les cuisses et le ventre, dans les intervalles des doigts et sur les plis des articulations des membres. On a désigné la gale par des noms différents; on a établi des espèces distinctes, on l'a divisée en *sèche* et en *humide*. Nous n'entrerons pas dans les détails sur lesquels les médecins ne sont pas d'accord; nous parlerons seulement des principaux symptômes auxquels se reconnaît cette affection cutanée. — Quand la gale a été communiquée, on éprouve d'abord une démangeaison légère qui augmente après quelques jours et devient insupportable, surtout la nuit, par l'action de la chaleur du lit, ou par l'effet des liqueurs fortes : bientôt on voit apparaître quelques boutons à la surface de la peau; leur couleur varie selon le tempérament de l'individu et sa constitution; peu à peu ces boutons se multiplient, et l'on peut alors apercevoir la petite vésicule transparente qui termine le sommet de chacun d'eux. Si la gale est abandonnée à elle-même, elle peut envahir toute la surface du corps et donner lieu à des effets plus ou moins graves, qui, sans causer la mort, donnent souvent lieu au développement de certaine phlegmasie des viscères. — Cette maladie, comme nous l'avons dit, est contagieuse; elle peut se manifester à toutes les époques de la vie, dans tous les lieux, dans toutes les conditions. Elle se communique surtout par les individus rassemblés en grand nombre, tels que les soldats, les ouvriers, les marins; dans les manufactures, les prisons, les hôpitaux, etc.; elle attaque le plus souvent les gens malheureux, et qui négligent les soins de propreté.—Si la gale affecte différentes formes, si elle se manifeste dans tous les climats, chez les individus de tout âge, de tout sexe, si elle se transmet avec la plus grande facilité, il est juste de dire qu'il est généralement facile de la guérir, et que les moyens connus pour le traitement échouent rarement. Les moyens internes tels que tisane, boissons amères, produisent sans doute de bons effets; mais c'est surtout aux médicaments externes que l'on doit la guérison de la gale. Parmi toutes les drogues employées, le soufre et ses préparations jouent le premier rôle, soit à l'intérieur, soit à l'extérieur. Le mercure et ses préparations sont également mis en usage. Nous croyons nécessaire de donner ici quelques formules suivies dans la thérapeutique et surtout à l'hôpital St.-Louis, maison spécialement destinée au traitement des maladies de la peau. — La pommade soufrée simple se fait avec

Soufre lavé	2 gros,
Axonge	1 once.

Soir et matin, se frictionner avec cette quantité pour un jour.

M. *Méry* a donné la formule suivante :

Savon noir	2 livres,
Sel marin	1 —
Soufre	1 —
Esprit de vin	4 onces,
Vinaigre	1/2 livre,
Chlorure de sodium	2 onces.

Une once de cette pommade par jour (demi-once le matin, demi-once le soir).

Graisse anti-psorique de l'hôpital Saint-Louis :

Sous-carbonate de potasse	4 onces,
Dissous dans eau	2 —
Huile d'olives	1 —
Soufre sublimé	20 —

Mêlez exactement : demi-once le matin, *id*. le soir.

AUTRE D'ALIBERT :

Axonge	16 onces,
Soufre	4 —
Acide sulfurique	2 —

Trois à quatre gros par jour.

La pommade d'*Helmerich*, très employée à l'hôpital St.-Louis, est une des plus efficaces. — En voici la composition :

Soufre sublimé .... 2 parties,
Sous-carbonate de potasse . 1 —
Axonge .... 4 —

Demi-once matin et soir, en frictions sur tous les points occupés par la gale.

AUTRE :

Soufre sublimé et lavé ... 3 onces,
Chlorure de chaux trituré . 4 —
Axonge .... 12 —

Cette dose suffit pour dix à douze jours de frictions faites, matin et soir, sur les points occupés par les vésicules. Tous les deux jours un grand bain, ou des lotions générales, pour déterger la peau et la rendre plus apte à l'action du médicament. — Toutes ces différentes pommades réussissent parfaitement bien dans le traitement de la gale ; elles sont simples et peu dispendieuses ; le seul inconvénient c'est de salir les vêtements, de donner de l'odeur et de laisser sur les téguments un enduit désagréable, mais elles ont l'avantage de ne donner lieu à aucun accident notable. — Les bains sulfureux sont également très bons, mais il ne serait guère possible de les prendre chez soi, à cause de la difficulté de se procurer des appareils, quoique M. D'Arcet en ait inventé de portatifs. — Les préparations mercurielles sont également usitées dans le traitement de la maladie dont nous nous occupons, en voici les principales formules :

La pommade mercurielle de *Jadelot* est composée avec

Savon blanc râpé .... 1 partie,
Dissous dans eau .... 1/8 de son poids,
Huile d'olive .... 2 parties,
Calomel à la vapeur .... 1 —

Agiter ce mélange, se frictionner trois fois par jour. La préparation mercurielle dont on fait surtout un grand usage est celle connue sous le nom d'*onguent citrin*. — En voici la formule d'après MM. Henri et Guibour.

Onguent préparé avec :

Mercure coulant .... 1 partie,
Acide nitrique à 33° ...... 2 —
Axonge .... { 8 part. de chaque.
Huile d'olive .... {

En frictions, à la dose de 2 à 3 gros par jour. — Huit à neuf jours de traitement suffisent ordinairement. — Nous pourrions multiplier ces formules, mais le grand nombre jetterait la confusion et l'embarras du choix dans l'esprit du lecteur. Nous ajouterons que, pour prévenir les récidives, il est bon de faire usage de bains tièdes pendant une ou deux semaines ; de changer fréquemment de linge, et ne point se servir des mêmes vêtements avant de les avoir lavés ou les avoir désinfectés en les exposant à un courant de vapeurs sulfureuses.

GALÉE (*Voyez* IMPRIMERIE).

GALÈNE. Sous ce nom, on désigne un composé de soufre et de plomb qu'on trouve abondamment dans la nature. Il existe en France, en Savoie, en Allemagne, et surtout dans les mines du Derbyshère en Angleterre. Il est solide, brillant, d'une couleur bleue. C'est surtout pour l'extraction du plomb que l'on en consomme tant dans le commerce. Les potiers de terre, qui le nomment *alquifoux*, s'en servent pour vernir leur poterie dont ils saupoudrent les diverses pièces qu'ils exposent ensuite au feu. Par ce moyen, le soufre se dégage en se combinant à l'oxigène de l'air, et le plomb oxydé s'unit et se vitrifie avec la matière des vases.

GALÈRE. Bâtiment long, plat et de bas bord, allant ordinairement à l'aviron et quelquefois à la voile.

On croit assez généralement que les anciens ne connaissaient que ces bâtiments qui, depuis Annibal jusqu'à Louis XIV, où l'on employait les galériens à manœuvrer ces bâtiments, n'ont presque éprouvé de changement que ceux que le luxe a pu y apporter. Ils étaient armés en proue d'un bec (*rostrum*) de fer destiné à pourfendre les navires ennemis, et portaient, en temps de guerre, le *corbeau d'abordage*, assemblage de planches armées de crampons qui saisissaient et rapprochaient les navires, et servaient de passage aux combattants pour l'abordage. Les galères avaient de chaque côté depuis 10 rames jusqu'à 50. Au moyen de ponts superposés les uns aux autres, on augmenta graduellement le nombre des rangs des rames de deux rangs (*byrèmes*), trois rangs (*trirèmes*), quatre rangs (*quadrirèmes*), jusqu'à trente et quarante rangs de rameurs. Mais on s'en tint généralement aux trirèmes, qui étaient les vaisseaux de guerre des anciens. Ces bancs servaient de hamacs aux rameurs. Toutes ces rames manœuvraient à un signal donné, et souvent au son des instruments, qui marquaient la mesure que tous les rameurs suivaient avec une admirable harmonie.

GALÉRIENS. Quand le faux monnayeur, le faussaire, l'homme coupable de violence suivie de mort contre un agent de l'autorité, de meurtre, de viol, de menaces d'assassinat, de séquestration d'individus, de vol de nuit avec armes ou effraction, d'enlèvement de filles mineures, d'extorsion de signatures, le banqueroutier frauduleux, l'incendiaire, le violateur des scellés ont été condamnés par la cour d'assises, ils font un court séjour dans les prisons en attendant le départ de la chaîne ; la veille de ce départ, les condamnés aux galères placent leur cou sur un billot où un énorme marteau rive leur collier de fer ; à ce collier est attachée une chaîne qui passe de la cheville du pied au poignet opposé. Le bruit de ces chaînes, qui suit le mouvement du forçat, retentit dans nos ports. Le lendemain, des voitures cellulaires les transportent à leurs bagnes respectifs : à Toulon, les condamnés à moins de 10 ans ; à Brest, ceux de 10 à 20 ; à Rochefort, ceux qui le sont à perpétuité. Ils sont revêtus de l'uniforme de forçat : pantalon en laine jaune, chemise rouge et jaune portant la lettre T. F. ; un bonnet chargé d'une plaque de plomb numérotée couvre leur tête presque rasée ; on les accouple deux à deux par des liens de fer. Ils sont alors habitants de ce vaste bâtiment qu'on appelle le bagne où sont renfermés des milliers de condamnés. De longues galeries, au milieu desquelles sont deux immenses lits-de-camp, leur servent de dortoirs ; des anneaux, auxquels les forçats sont attachés pendant leur sommeil, règnent dans toute la longueur du lit ; à cet lit adapté le seul meuble du forçat, le coffre où il met sa couverture. Tout ce peuple des galères se met en mouvement au sifflet du garde-chiourme. Le voyageur (car jamais il n'est reçu dans les bagnes d'autres femmes que les religieuses qui donnent leurs soins aux malades), le voyageur qui visite ces lieux est assailli des demandes rampantes des forçats qui mendient quelques secours en offrant quelques objets fabriqués dans le bagne et en cherchant toujours à persuader de leur innocence. L'administration donne 12 francs au forçat libéré ; mais la vie du forçat est si misérable, qu'une idée fixe est toujours son évasion. Malgré les énormes grilles, malgré le nombre des baïonnettes et de gardiens, malgré le canon qu'on voit de tous côtés, ces évasions sont assez fréquentes. Avant de s'échapper, le forçat, après avoir rompu sa chaîne et quitté son compagnon, reste encore long-temps caché dans les charpentes du chantier. Tous les jours son ancien compagnon dépose sur une pièce de bois un morceau de pain destiné à nourrir le fugitif, et lorsque le pain n'est plus enlevé, il juge alors que son collègue est en liberté (*Voyez* BAGNE).

GALIMATIAS, discours confus. Plusieurs phrases de suite, auxquelles on ne comprend rien, forment ce qu'on appelle un *galimatias*. On distingue deux sortes de galimatias, le simple et le double. On appelle galimatias simple ce que l'auteur entend et que les autres ne peuvent comprendre, et galimatias double ce qui est également inintelligible pour le lecteur et pour l'auteur lui-même. Ce qu'on appelle *phébus* est assez souvent joint à l'obscurité ; il ne faut pourtant pas confondre ce mot avec le galimatias. Celui-ci n'a de soi-même aucun sens raisonnable ; le phébus n'est pas aussi obscur ; c'est un composé de mots ridiculement pompeux, qui signifient ou semblent signifier quelque chose. Il est certaines circonstances où il est permis d'obscurcir en quelque sorte la pensée par l'expression, quand, par exemple, on annonce à quelqu'un une nouvelle fâcheuse, ou qu'on parle de choses dont l'idée seule afflige. Dans ces cas, il faut envelopper la pensée d'un léger nuage, en employant une périphrase, ou même un mot qui adoucisse ce que l'objet a de désagréable, de manière qu'on puisse le deviner sans que l'expression le montre.

GALIPOT. Au moyen d'incisions pratiquées dans le pin, on se procure une térébenthine impure que l'évaporation naturelle prive de son huile essentielle, et qui diffère de la térébenthine par sa solidité et son peu de clarté.

GALOUBET. Instrument à vent qui n'a que trois trous, qui rend des sons très aigus. Une grande habitude rend fort agréable cet instrument, qui n'est guère connu aujourd'hui que dans la Provence et dans quelques province du midi de la France. Nous avons vu, sur nos théâtres, plusieurs artistes se faire admirer en jouant du galoubet.

GALLE. On divise les galles en galles vraies et galles fausses. Les premières sont celles qui forment une excroissance exactement fermée de toutes parts, et dans laquelle vit une et quelquefois plusieurs larves (1er état) d'insectes, et qui en sortent après leur métamorphose. Les secondes sont celles que forme l'augmentation contre nature d'une partie de la plante, produite par la piqûre d'un insecte ; la cavité en est ordinairement ouverte, et souvent elle n'est qu'incomplète. La noix de galle est une des substances les plus astringentes ; son infusion est un très bon réactif pour reconnaître la présence du fer dans toutes les dissolutions.

GALLICISME, construction, tour propre à la langue française. Le nombre des gallicismes est prodigieux. Cette façon de parler s'écarte des lois générales du langage, et elle est exclusivement propre à la langue française. Exemple : *Prenez mon épée.* Voilà un gallicisme ; car, selon les règles de la concordance, *épée*, étant féminin, *mon*, adjectif possessif masculin ne devrait pas s'accorder avec épée. Il faudrait donc dire : *Prenez ma épée.* Comme on le voit, l'usage qui autorise la transgression des règles de la concordance est un *gallicisme*. *Ton* âme, *mon* humeur, pour *ta* âme, *ma* humeur.

GALLINACÉES. Les gallinacées forment un ordre de la classe des oiseaux, qui a pour type notre coq domestique. Leur bec supérieur est voûté, leur port lourd ; les ailes courtes et peu propres à un vol long-temps soutenu ; leur queue a ordinairement 14 et jusqu'à 18 pouces ; aucun n'a le chant agréable. Le coq et la poule domestiques varient à l'infini pour la couleur et la grosseur. Il est des races où la crête est remplacée par une touffe de plumes redressées ; quelques-uns ont des plumes sur le tarse et même sur les doigts ; certaines races ont, pendant plusieurs générations, cinq et même six doigts. Notre coq villageois, ou de basse-cour, paraît originaire du coq iago, très grande espèce sauvage qui habite l'île de Sumatra, et de l'espèce du bankiva, autre espèce primitive qu'on trouve dans les

forêts de Java. De tous les oiseaux domestiques, ceux qui nous sont de la plus grande utilité sont le coq et la poule. Ils nous paient leur usure les soins que l'on met journellement à leur reproduction. Les combats de coqs, si communs dans l'Inde, sont aussi un barbare amusement en Angleterre, et l'on voit des hommes risquer des sommes considérables sur un des partis. — Ces oiseaux redoutent le froid excessif des hivers et les neiges abondantes. Le coq ne perd jamais de vue ses poules : il les conduit, les défend, les menace, va chercher celles qui s'écartent et les ramène. Quand il les perd, il donne des signes de regret. C'est une sentinelle vigilante, qui se couche avec le soleil, et ne souffre pas que cet astre vienne nous surprendre sans que nous soyons prévenus. Son chant annonce l'arrivée du jour. Il a l'air fier, indépendant, sans avoir rien de menaçant ni de farouche ; vainqueur dans le combat, il se redresse, frappe ses flancs de l'aile, et, l'œil en feu, chante sa victoire. Malgré la propension des coqs à se battre, les fastes des spectacles de ce genre, en Angleterre, font mention d'une sympathie bien singulière entre deux les qui avaient été successivement victorieux de tous les autres : on ne put jamais les faire battre entre eux, malgré les stimulants des passions les plus haineuses. Le coq va quelquefois se percher au bord du nid où pond sa poule favorite, pour lui offrir ses services, et il se comporte alors entièrement comme les oiseaux qui n'ont qu'une femelle. — La poule a, comme le coq, une crête sur la tête ; elle est plus petite que celle du mâle ; son plumage, quoique beau, est moins brillant, moins varié ; sa queue est comme la sienne dans un plan vertical, sans être accompagnée de ces plumes élégantes qui ornent celle du coq. — Le *paon* (prononcer *pan*). Il est ainsi nommé à cause de son cri. Il porte une huppe magnifique sur la tête, et, chez le mâle, la queue est aussi longue que tout le reste du corps, et peut se relever et faire la roue. Les barbes soyeuses de ses plumes couvertes d'yeux de mille couleurs présentent un aspect brillant. Cet oiseau est originaire de l'Inde, où il vit à l'état sauvage, et à beaucoup plus d'éclat encore que dans l'état de domesticité. On croit communément qu'il fut apporté en Europe par le grand Alexandre. Aujourd'hui, cet oiseau est l'ornement de nos châteaux et de nos jardins. Son cri perçant, qui s'entend très loin, est fort désagréable. A la manière des poules, il passe la journée à chercher tout ce qui est à sa convenance. Il se nourrit de grains, de pain, etc. Il craint beaucoup l'humidité, et aime à se percher aussi haut qu'il lui est possible. Le plumage de la femelle est beaucoup plus simple que celui du mâle : elle n'a ni sa queue, ni son ornement brillant. Sa teinte générale est d'un brun rougeâtre avec des taches plus foncées. Le mâle paraît s'enorgueillir des dons de la nature dont il fait parade à chaque instant. Au reste, il aime la solitude, est d'un caractère doux, a peu d'instinct, et s'attache faiblement. Dans le pays dont il est originaire, les tribus indiennes font de jolies corbeilles et d'admirables parures avec ses plumes. — Le *dindon*, espèce de coq d'Inde, est le plus grand de nos oiseaux de basse-cour ; il a la tête et le haut du cou sans plumes, d'un rouge vif. Sur la gorge, il porte un appendice qui pend le long du cou ; et sur le front, un autre appendice conique qui, chez le mâle, s'enfle et se prolonge dans les moments de passion, au point de dépasser la pointe du bec. Le même mâle présente encore une autre singularité : c'est un pinceau de poils rudes qui lui descend du cou. Les plumes qui recouvrent la queue se prolongent également comme chez le paon, pour former la roue ; mais cette roue est bien loin d'être aussi magnifique que celle du paon. Cet utile oiseau fut rapporté de l'Amérique au seizième siècle, il s'est très bien acclimaté dans nos pays, et, à cause de sa fécondité, on le trouve partout en Europe. En Virginie, les dindes vivent encore à l'état sauvage, en troupes nombreuses. Leur couleur est d'un brun verdâtre, glacé de cuivré. De puis peu, on en a découvert dans la baie de Honduras (province de l'Amérique septentrionale, sur la mer du Nord), une espèce magnifique, sauvage, presque aussi belle que le paon par l'éclat de son brillant, et surtout par le cercle noir couleur saphir, entouré de cercles d'or et de rubis qui décorent sa queue.—*Du Pigeon.* Depuis les temps anciens, les pigeons peuplent nos basses-cours et nos colombiers. Ils ont un bec faible et voûté ; leurs narines sont percées dans un large espace membraneux, couvert d'une écaille cartilagineuse qui forme un renflement assez saillant à la base du bec. Le jabot occupe une grande partie de la poitrine ; dans certaines espèces, ce jabot est susceptible de se gonfler énormément lorsque l'oiseau est agité. Leur vol rapide, assuré et soutenu, joint à l'instinct de retrouver facilement sa demeure, les fait employer pour porter des lettres. Ils parcourent des centaines de lieues en un jour. Pour cet effet, on leur attache la lettre, puis on les lâche. Le pigeon s'élève d'abord très haut et perpendiculairement : alors il décrit plusieurs cercles, puis, après s'être assuré de la route qu'il doit tenir, il s'élance comme un trait, et parcourt sans s'arrêter des distances très grandes. À l'état sauvage, les pigeons recherchent particulièrement les forêts des contrées montagneuses où ils font leurs nids dans les creux d'arbres et les rochers. Ils pondent plusieurs fois par an, et en domesticité, presque continuellement ; ils nourrissent leurs petits avec beaucoup de tendresse. Le *Ramier* est l'espèce de pigeons la plus grosse ; à l'état sauvage, il habite les forêts, préférant surtout celles qui ont des arbres verts. Sa couleur est d'un cendré plus ou moins bleuâtre ; sa poitrine d'un roux vineux. Il se distingue particulièrement par des taches blanchâtres à l'aile et autour du cou. — *La tourterelle* n'arrive dans nos climats qu'au printemps ; elle nous quitte vers la fin du mois d'août ; plus qu'aucun autre oiseau, elle aime la fraîcheur en été et la chaleur en hiver. Toutes les tourterelles se réunissent en troupes, arrivent, partent et voyagent ensemble. Pendant le court espace qu'elles résident chez nous, elles nichent, pondent et élèvent leurs petits jusqu'à ce qu'ils puissent voyager avec elles. Les bois les plus frais et les plus sombres sont ceux qu'elles préfèrent pour s'y établir ; elles placent leur nid, qui est presque tout plat, sur les plus hauts arbres, dans les lieux les plus éloignés des habitations. On les trouve presque partout dans l'ancien continent ; on les rencontre également dans le nouveau, et jusque dans les îles de la mer du Sud. Quoique plus sauvages que les pigeons, on peut néanmoins les élever et les faire multiplier dans des volières. La tourterelle commune est moins grosse que la tourterelle *à collier*. Chez tous ces oiseaux, le chant est plutôt un gros murmure ou un gémissement plaintif, que des sons modulés. — L'ordre des gallinacées se compose de deux familles naturelles : celle des *gallinacées* proprement dits, dont les doigts antérieurs sont réunis par une courte membrane, et dont la queue est formée au moins de 14 pennes (grosses plumes) ; et celle des *pig ons*, dont les doigts sont entièrement distincts, et dont la queue n'a ordinairement que 12 pennes (*Voyez* ORNITHOLOGIE, OISEAUX).

GALON. Tissu croisé, fabriqué de fils de soie, de laine, de coton, d'or ou d'argent, et d'un grand usage, dans toutes les diverses classes de la société.

GALVANISME. On a donné ce nom aux phénomènes que produisent les corps lorsqu'ils sont électrisés par contact. En 1789, Galvani, professeur d'anatomie à Bologne, faisant des r cherches sur l'irritabilité nerveuse, vit un jour des grenouilles, qu'il avait par hasard suspendues au moyen de crochets de cuivre à un bouton de fer, éprouver des convulsions qui agitèrent leurs membres. Il crut voir, dans ces mouvements convulsifs, la preuve de l'existence d'une électricité animale, d'un fluide nerveux qu'il comparait au fluide électrique. Se-

lon lui, le muscle était le siége des deux électricités : la surface extérieure se trouvait dans l'état négatif, et l'intérieure était dans l'état positif : les nerfs ne faisaient que l'office de conducteurs ; le fluide positif passait de l'intérieur du muscle, d'abord dans le nerf, puis dans l'arc excitateur, et ce dernier le transmettait à la surface extérieure du muscle. Mais depuis, Volta a démontré que le galvanisme n'était qu'un mode particulier d'électricité. En effet, lorsqu'on met en contact deux corps de nature différente, ils se constituent à l'état électrique ; l'un pour l'électricité positive et l'autre pour l'électricité négative. La quantité d'électricité développée est alors à peine sensible. Deux plaques métalliques (de zinc et de cuivre) mises en contact immédiat, revêtent ces deux électricités. C'est ce phénomène auquel on a donné le nom de galvanisme. Si on interpose entre les corps un vernis ou un corps humide, le phénomène dont nous venons de parler ne se produit pas ; c'est d'après cette expérience que Volta a construit son appareil.

GALVANOMÈTRE. Instrument à l'aide duquel on apprécie les quantités d'électricité développées par la pile galvanique.

GAMME, γαμμα. Guy-Arétin, bénédictin et musicien italien au onzième siècle, inventa la *gamme*, lettre qu'il ajouta aux premières lettres de l'alphabet qui lui avaient servi à coter ses tons ou intervalles.—Pour exprimer les différents degrés de l'échelle musicale, les anciens faisaient usage de sept lettres de l'alphabet. Ce nombre est toujours resté le même ; seulement les lettres ont été remplacées par des syllabes, qui sont *ut, re, mi, fa, sol, la, si*.—On ne saurait trop recommander l'usage des gammes aux personnes qui veulent arriver à un haut point de perfection dans l'art du chant, aussi bien qu'à l'instrumentiste, auquel elles facilitent l'exécution des morceaux difficiles.—Le même mot est employé pour exprimer une table de notes disposées suivant leur ordre naturel.

GANACHE. On nomme ainsi la région située au contour de l'os maxillaire inférieur chez le cheval. Quand les branches sont très écartées, on la dit *ouverte*, et quand elles sont trop rapprochées, elle est dite *serrée*.

GANGLIFORME, qui a l'apparence, la forme d'un ganglion.

GANGLION. On nomme ainsi de petites tumeurs synoviales ou enkystées qui se développent dans le voisinage des tendons et sur le trajet des articulations. Leur volume est ordinairement de la grosseur d'une noisette jusqu'à celle d'un œuf. Leur cause est souvent inconnue ; quelquefois ils se développent à la suite de coups, d'une grande fatigue, etc. Les ganglions de la rotule sont plus fréquents chez les personnes qui appuient souvent leurs genoux contre le sol. Ceux du pied dépendent presque toujours de la pression ou de l'étroitesse des chaussures. Les ganglions peuvent rester stationnaires, ou atteindre en peu de temps tout leur développement. Quelquefois ils guérissent spontanément, le plus souvent il faut avoir recours à diverses méthodes de traitement : tantôt on emploie des topiques résolutifs, tels que l'acétate de plomb liquide, la décoction de tan, de noix de galles, les emplâtres fondants, etc. ; tantôt la compression avec une petite bande ; enfin, quand les autres modes de traitement ne réussissent pas, on fait l'extraction du kyste en incisant les adhérences celluleuses qu'il contracte avec les parties voisines.

GANGRÈNE. On dit qu'une plaie est gangrenée, qu'un membre est frappé de gangrène, quand il y a extinction totale de la vie soit dans cette plaie, soit dans ce membre ; ce que l'on nomme sphacèle n'est autre chose que la gangrène profonde d'un membre, ou occupant la totalité ou la plus grande partie d'un viscère.

29

—Lorsqu'une partie quelconque est privée de la vie, conséquemment gangrenée, elle n'a plus de chaleur, n'a plus la même consistance, la même couleur; la décomposition des tissus arrive bientôt et donne naissance à des gaz fétides, qui forment une atmosphère infecte, et quelquefois contagieuse, autour des malades. — Les causes qui produisent la gangrène sont assez nombreuses; elle peut survenir à la suite d'une lésion mécanique qui occasionne un désordre dans nos fonctions, une lésion profonde; après une inflammation produite par la piqûre d'un insecte vénéneux, par des chancres syphilitiques, le scorbut, etc. Cette terrible maladie offre, dans sa nature et dans sa marche, des différences assez grandes; c'est au chirurgien à tenir compte des circonstances qui l'ont fait naître, de son étendue, de sa profondeur, de son voisinage du tronc, de ses progrès rapides ou très lents, du degré de réaction qu'opposent à son développement les parties qui n'en sont encore que menacées, de l'âge des malades, de la somme de forces physiques et morales qu'ils conservent, etc., pour se décider dans le choix des moyens thérapeutiques, ou pour saisir le moment opportun de leur emploi. Nous ne pouvons ici que donner les moyens généraux à employer dans le traitement de la gangrène; ces moyens sont internes et externes : les médicaments internes sont les tisanes amères, aromatiques, les potions acidulées, le sirop de quinquina, etc.; ceux externes sont des lotions avec le chlorure d'oxyde de sodium, lorsque la putréfaction commence, l'onguent styrax, les pommades dans lesquelles il entre du quinquina en poudre, du charbon, du camphre ou du vinaigre aromatique, etc. — Si la gangrène est survenue à la suite d'un froid excessif, ce serait tuer le malade que de l'exposer à une chaleur trop forte. L'expérience a appris que, dans un cas semblable, on doit rappeler par degrés la chaleur dans la partie malade; pour cela, on fait des immersions avec de l'eau froide, dont on augmente peu à peu la température; enfin on prescrit des boissons légèrement stimulantes. — Le traitement que nous venons d'indiquer est général : on peut y recourir en l'absence du chirurgien; mais, comme la gangrène ne se présente pas toujours avec les mêmes caractères, il sera bon, avant de rien faire, d'avoir recours aux conseils d'un médecin éclairé.

GANGUE. Dans nos exploitations de mines, avant d'arriver au minerai on est obligé de rompre la gangue, c'est-à-dire la substance qui recouvre ce minerai. Le minéralogiste doit avoir une parfaite connaissance de ces gangues qui peuvent le guider dans la recherche des minéraux et dans la manière dont on doit les exploiter.

GANSE Les passementiers fabriquent sous ce nom de petits cordons tantôt plats, tantôt ronds, tantôt carrés. Par extension on a donné le nom de ganse aux tresses de cheveux dont on fait des chaînes ou des bracelets.

GANTELET. Pièce d'armure dont les anciens chevaliers faisaient usage pour la main; c'était une sorte de gants, formés de lames d'acier jouant, les unes par les autres, ce qui laissait aux doigts la facilité de se mouvoir. *Jeter* le gantelet : c'était appeler un ennemi au combat.

GANTS. Partie de l'habillement qui couvre la main et chaque doigt séparément. On fait des gants de soie, de fil, de peau, et même en toile d'araignées. La fabrication des gants de peaux, qui autrefois étaient cousus par les procédés ordinaires, a beaucoup gagné depuis l'importation en 1825, d'Angleterre en France, de la *machine à gants*, dont l'usage est très commun dans les environs de Paris. Cette machine, bien simple, consiste dans deux morceaux de fer se rapprochant et s'éloignant à volonté et dont l'extrémité est criblée de petits trous qui guident l'aiguille de l'ouvrière; de sorte que

le gant qu'on place entre les deux branches de fer se trouve fabriqué beaucoup plus vite et avec beaucoup plus de régularité.

GARANCE. Cette plante, originaire de l'Asie et du midi de l'Europe, est cultivée avec beaucoup de soin dans toute l'étendue de cette dernière contrée, et forme l'une des principales branches de son commerce, à cause des couleurs qu'on extrait de sa racine pour teindre les étoffes. C'est avec la garance que l'on produit sur le coton ce beau rouge nommé *Rouge d'Andrinople*, que l'on est parvenu à fixer la même couleur sur la laine, en lui conservant tout son éclat et sa solidité. La garance croît dans les haies et les champs; elle est cultivée en grand dans quelques provinces de la France. Celle des environs d'Avignon jouit d'une grande réputation; elle est moins estimée que celles qui nous viennent d'Orient et d'Asie.

GARCETTES. (*Voyez* MARINE.)

GARANTIE (bureau de), lieu où l'on constate le titre des matières, des ouvrages d'or et d'argent par l'application de poinçons.

GARANTIE DES MATIÈRES D'OR ET D'ARGENT. Les premiers points de législation écrits sur les matières d'or et d'argent remontent à Saint-Louis; et la première ordonnance connue qui a servi de base aux règlements ultérieurs d'administration dans cette partie a été donnée par Philippe de Valois (1248). — Les droits de garantie des ouvrages d'or et d'argent représentent les droits de marques et de contrôle établis en France par la déclaration du 31 mars 1672. Ces droits, doublés par la déclaration du 17 février 1674, et tarifés par un titre particulier de l'ordonnance du mois de juillet 1681, furent augmentés par ceux des officiers essayeurs et contrôleurs réunis à la ferme de la marque d'or, par les édits d'août 1718 et mai 1723. Leur quotité, accrue des sols pour livre établis postérieurement, fut enfin fixée à 8 livres 17 sols 7 deniers un quart par once d'or, et à 9 sous 9 deniers 3 quarts par once d'argent. Tels ils étaient lorsque, après avoir été régis par des compagnies particulières, confondues ensuite dans les perceptions des fermes générales, ils furent remis à la régie générale des aides, dans les attributions de laquelle ils se trouvaient lors de la suppression du mois d'avril 1791, qui abolit tous les impôts indirects. On ne tarda pas à s'apercevoir des inconvénients de cette abolition. On sentit que le rétablissement de la surveillance et de la garantie des matières d'or et d'argent n'intéressait pas moins le commerce intérieur que celui avec l'étranger, et que le trésor public avait été privé d'une ressource d'autant plus précieuse, que ce droit ne pouvait porter sur la classe indigente.—Ces motifs déterminèrent la loi du 19 brumaire an 6, qui fait la base de la législation actuelle de la garantie des ouvrages d'or et d'argent.—Si le plus grand nombre des artistes qui emploient de l'or et de l'argent pour les ouvrages de leurs professions, sont d'une probité scrupuleuse, il en est aussi, il est affligeant de le dire, qui, peu délicats sur ce point, esclaves d'une criminelle cupidité, n'ont pas honte de tromper, ou pour mieux dire de voler le public, en lui vendant, comme titre élevé, des ouvrages d'un titre très infime. C'est pourquoi le gouvernement, qui veille aux intérêts des particuliers plus confiants qu'instruits, a soumis les ouvrages d'or et d'argent à une surveillance qui entrave les spéculations cupides de l'ouvrier ou du marchand de mauvaise foi. Cette surveillance, pour être active, exige une dépense notable; c'est donc au public, dans l'intérêt duquel elle se fait, à la payer; mais aussi celui-là seul doit fournir à cette dépense, qui est assez opulent pour se permettre ce genre de luxe. On ne peut toutefois atteindre l'opulence qu'à l'instant de l'achat, et comme il est impraticable d'avoir des surveillants chez tous les ouvriers pour attendre l'arrivée de l'acheteur, il a paru plus simple et même indispensable de faire payer un droit par l'ouvrier, qui se le fait restituer par l'acheteur.—Telles sont les différentes considérations qui ont donné lieu à la législation sur la matière que nous traitons.—Le titre des matières d'or et d'argent a de tout temps été fixé en France par des lois précises, qui ont déterminé la quantité de matière *fine* ou *pure* que devaient contenir les ouvrages composés de ces métaux précieux. Le titre exprime la proportion entre l'or ou l'argent fin, et l'alliage ou matière étrangère, contenu dans chaque ouvrage. La fixité du titre fidèlement maintenue a toujours été pour la France une source de prospérité dans ce genre d'industrie. La loi en vigueur fixe le titre des matières qu'elle garantit. Elle détermine le mode de cette garantie en soumettant les ouvrages à des *marques* distinctes, moyennant l'acquit d'un droit et l'essai préalable. — Elle établit des *bureaux de garantie* dans tout le royaume, et crée les *agents* de surveillance dépendant les uns de l'administration des monnaies, et les autres de l'administration des finances. Elle détermine les *formalités* que doivent remplir, et les *obligations* auxquelles sont soumis les divers fabricants et marchands qui travaillent sur les matières d'or et d'argent. Elle règle les formes de *procéder*, la constatation et la poursuite des *délits* et *contraventions*; elle rend libre la faculté d'*affiner* les matières d'or et d'argent, et régle les conditions de cette liberté sous la direction de l'administration des monnaies. — Tous les ouvrages d'or et d'argent fabriqués en France, doivent être conformes aux *titres* prescrits. Ces *titres*, ou la quantité de fin contenue dans chaque pièce, s'exprimaient autrefois en *karats* pour l'or, et *deniers* pour l'argent. Ils s'expriment aujourd'hui en millièmes, pour les deux matières. Il y a pour les ouvrages d'or trois titres légaux, savoir : pour l'or, le 1er de 0,920, le 2e de 0,840, le 3e de 0,750; et pour l'argent, le 1er de 0,950, le 2e de 0,800. La loi permet sur ces titres une tolérance qu'elle fixe à 0.003 pour l'or et 0.005 pour l'argent. —Il y a trois espèces principales de poinçons, savoir : celui du *fabricant*, celui du *titre*, et celui du *bureau de garantie*. Il y a de plus : un poinçon pour les ouvrages venant de l'étranger; une autre sorte, dite *poinçon de recense*, qui s'applique gratuitement par l'autorité publique sur les ouvrages déjà marqués, lorsqu'il s'agit d'empêcher l'effet de quelque infidélité relative aux titres et aux poinçons. — Le poinçon du fabricant porte la lettre initiale de son nom avec un symbole choisi par lui. — Quant aux divers poinçons de l'autorité ci-dessus énumérés, la forme et le signe en avaient été réglés par la loi du 19 brumaire an VI.—Depuis on a été obligé de changer trois fois la forme et le signe, et de faire une *recense générale* de tous les ouvrages marqués des poinçons anciens, que l'on changeait à chaque époque, la première fois le 1er septembre 1809, la seconde fois le 16 août 1819, et la troi-ième fois le 10 mai 1838. — Deux ordonnances des 1er juillet 1818 et 5 mai 1819 ajoutent aux poinçons de titre et de garantie un poinçon-bigorne, qui donne pour contre-coup sur le revers de la marque, une contre-marque la combinaison de l'instrument varie sans cesse. — La fabrication des faux poinçons, ou leur emploi volontaire est puni par l'art. 140 du Code pén. du maximum des travaux forcés (20 ans). — Le droit de garantie est de 20 fr. par hectogramme d'or, et de 1 fr. par hectogramme d'argent, non compris les frais d'es-ais *et de touche*. A ce droit il faut ajouter le *décime de guerre*. — Les vieux ouvrages dits de hasard, marqués d'anciens poinçons et remis dans le commerce postérieurement aux délais de recense gratuite, sont soumis aux droits comme s'ils n'étaient plus marqués, et sont revêtus après essai de la marque du poinçon nouveau. — Les ouvrages d'or et d'argent venant de l'étranger doivent être représentés aux employés des douanes sur les frontières du royaume, pour y être déclarés, posés, plombés et envoyés au bureau de garantie le plus voisin, où ils sont marqués du poinçon étranger, et paient des droits égaux à ceux qui sont perçus pour les ouvrages d'or et d'argent fabriqués en France. Sont exceptés sous certaines conditions, les objets à l'usage d'ambassadeurs ou de voyageurs. — Mais lorsque les objets, ainsi introduits, sont mis dans le commerce, ils doivent être portés au bureau pour y être marqués d'un poinçon spécial, et acquitter le même droit que pour les ouvrages fabriqués en France.—Les ouvrages de fabrique française ayant acquitté les droits, jouissent, à la sortie du royaume, de la restitution des deux tiers des droits acquittés. Cette restitution doit être réclamée dans les trois mois, avec un certificat du bureau des douanes-constatant la sortie. —Les bureaux de sortie sont déterminés par des ordonnances. — Les ouvrages déposés au Mont-de-Piété, ou dans les autres établissements destinés à des ventes ou à des dépôts de ventes, sont assujettis à payer les droits de garantie, lorsque la vente doit en avoir lieu. —Les bureaux de garantie se composent d'un *essayeur*, d'un *receveur* et d'un *contrôleur*. — Ils sont placés, relativement à la partie d'art, sous la surveillance de l'administration des monnaies, et relativement aux dépenses et aux droits à percevoir, sous la surveillance de la Régie des contributions indirectes. — Les ouvrages d'or et d'argent qui, sans être au-dessous du plus bas des titres fixés par la loi, ne sont pas précisément à l'un d'eux, sont marqués au titre légal immédiatement inférieur à celui trouvé par l'essai, ou sont rompus, si le propriétaire le préfère. — Lorsque le titre d'un ouvrage d'or et d'argent est trouvé inférieur au plus bas des titres prescrits par la loi, il peut être procédé à un second essai, mais seulement sur la demande du propriétaire. Si le second essai est confirmatif du premier, le propriétaire paie le double essai, et l'ouvrage lui est remis après avoir été rompu en sa présence. Si le premier essai est confirmé par le second, le propriétaire n'a qu'un essai à payer. — En cas de contestation sur le titre, il est fait une prise d'essai sur l'ouvrage pour être es-ayé dans le laboratoire de l'administration des monnaies. L'ouvrage n'est titré et marqué qu'après ce nouvel essai, dont les frais sont supportés par l'essayeur ou par le propriétaire suivant le résultat. —Le prix d'un essai d'or de doré, et d'or tenant argent, est fixé à 3 fr., et celui d'argent à 80 cent.— L'essai des menus ouvrages d'or, à la pierre de touche, est payé 9 cent. par décagramme d'or, et 20 cent. par hectogramme d'argent.—Les obligations des fabricants et marchands consistent en diverses formalités qu'ils ont à remplir et qui résultent de la loi organique et des ordonnances régissant la matière. —Les contrevenants à l'une des dispositions de la loi relative à leurs obligations, sont condamnés, la première fois à 200 fr. d'amende, la deuxième à 500 fr. avec affiches, à leurs frais, de la condamnation, et la troisième fois à 1000 fr. et le commerce de l'orfèvrerie leur est interdit sous peine de confiscation de tous les objets de leur commerce. — Il est défendu aux joailliers de mêler dans leurs ouvrages des pierres fausses avec des pierres fines sans le déclarer aux acheteurs, sous les peines portées par l'art. 423 du Code pénal.—Les *presses, moutons, laminoirs, balanciers* et *découpoirs*, destinés à la fabrication des ouvrages d'or et d'argent et autres objets d'art, pouvant aussi servir à la fabrication de la fausse monnaie, des lettres patentes, du 28 juillet 1783, enjoignent aux entrepreneurs de manufactures, aux orfèvres, horlogers, graveurs, fournisseurs et autres ouvriers qui s'en servent, d'obtenir la permission d'en faire usage, sous peine de confiscation, d'amendes et autres peines plus graves, s'il y a lieu. En conséquence, il faut obtenir une permission du préfet de police à Paris, et des préfets dans les départements; et les graveurs, serruriers, fondeurs, forgerons et autres, ne peuvent fabriquer ces

machines et les livrer que sur le vu de la permission.—
Les fabricants de plaqué sont assujettis à la surveillance
(*Voyez* PLAQUÉ).—Les employés des bureaux de garantie , et concurremment les employés des autres services de la régie , sont tenus de rechercher chez les particuliers les faux poinçons et les ouvrages qui en sont
marqués. Dans ces visites ils doivent se faire accompagner par un officier municipal. Les pièces en contravention sont saisies, et le procès-verbal doit être dressé à
l'instant et sans déplacement, et être remis dans le délai de dix jours au procureur du roi.— L'AFFINAGE des
matières d'or et d'argent est l'art de purifier en les
dégageant, par des procédés chimiques, des autres métaux qui peuvent leur être unis. L'affinage est libre, sauf
certaines conditions de surveillance. Les affineurs doivent , avant de s'établir, faire une déclaration à la mairie , à la préfecture et à l'affinage des monnaies. Ils ne
doivent travailler que des matières légalement essayées
et titrées. Ils doivent tenir un registre de toutes leurs
opérations . coté et paraphé par le préfet. Ils sont tenus
d'insculper leur nom en toutes lettres sur les lingots af-
finés provenant de leurs travaux.—L'ARGUE ROYALE est
un atelier établi par le gouvernement , et garni de tous
les ustensiles propres à forger, dégrossir et tirer les lingots dits de tirage , que les tireurs d'or et d'argent veulent convertir en fils destinés à la confection des galons,
broderies et tissus d'or et d'argent. Il n'existe que deux
établissements de ce genre , à Lyon et à Trévoux. Les
tireurs d'or sont tenus d'apporter les lingots aux argues
royales , pour y être dégrossis , marqués et tirés. Aucun particulier ne peut avoir en sa possession des outils ou instruments propres au service des argues
royales , sous peine de confiscation , et d'une amende
de 3,000 fr., sauf ceux qui se bornent à tirer les bâtons de cuivre doré . après déclarat on. Les tireurs d'or
et d'argent qui portent leurs lingots ailleurs qu'aux
argues royales, encourent les mêmes peines.

GARDE-CHAMPÊTRE. Officier de police,
choisi parmi les vétérans et anciens militaires, établi dans
plusieurs communes , pour veiller à la sûreté des propriétés rurales , le garde-champêtre est sous la dépendance immédiate du procureur du roi, comme officier
de police, et en sa qualité de fonctionnaire public, il est
aussi sous les ordres du maire. Il doit dresser des procès-verbaux , lorsqu'il y a lieu , afin de constater tous
les délits qui, par leur nature, sont du domaine de son
administration. Il a droit de conduire devant le juge de
paix tout individu pris en flagrant délit ; et jouit de tous
les privilèges attachés à la qualité d'officier public, a
droit au port d'armes , et il ne peut être jugé que par
les cours royales lorsqu'il a mésusé de son pouvoir.
Le choix des gardes champêtres se fait par les maires avec l'approbation des conseils muni ipaux. Le
sous-préfet de l'arrondissement leur délivre une commission. Leur changement ou leur destitution ne peuvent
être prononcés que par le sous-préfet, sur l'avis du maire
et du conseil municipal du lieu ; le sous-préfet soumet
son arrêté à l'approbation du préfet.

GARDE DU COMMERCE. Ce sont des officiers
ministériels chargés de mettre à exécution , à Paris
seulement , les jugements ou actes emportant contrainte
par corps. Institués en 1769 , réorganisés sous Louis
XVI en 1778, ils ont été supprimés en 1791 ; leur rétablissement, décrété en 1807, par l'art. 625 du code de
commerce, a été effectué par le décret du 14 mai 1808.
Leur nombre est de dix, nommés à vie par le roi, sur la
présentation de deux listes de candidats en nombre égal
à celui du garde à nommer, faites l'une par le tribunal
civil, l'autre par le tribunal de commerce. Ils doivent
prêter serment et avoir un cautionnement de 6,000 fr.
Ils ont une marque distinctive en forme de baguette,
qu'ils doivent exhiber lors de l'exécution. S'ils reçoivent
les deniers , ils doivent sous deux jours les déposer à la

caisse d'amortissement si le créancier refuse de les recevoir; et cela sous peine œ destitution. Les gardes du commerce peuvent arrêter le débiteur dans son domicile si
l'entrée ne lui en est pas refusée ; s'il y a rébellion, ils la
constatent et peuvent appeler la force armée. Il est alloué
au garde du commerce 60 fr. par arrestation; mais leurs
gains sont mis en bourse commune, sur laquelle on prélève 3,000 francs par an pour le vérificateur, et le surplus se partage par trimestre entre les gardes.

GARDE-FORESTIER , officier préposé à la
garde des forêts. — On comprend sous le nom de forêts des terrains plantés d'arbres de plusieurs espèces,
appartenant soit à l'État, soit à des particuliers. Deux
capitulaires de Charlemagne et de Louis-le-Débonnaire ordonnent de défricher tous les terrains susceptibles de culture, et défendent d'établir de nouvelles forêts
sans la permission du souverain. En 1280, Philippe III
prescrivit des règles pour l'administration des forêts.
La liaison de l'administration à la juridiction date de la
même époque. Deux ordonnances de Philippe-le-Long,
de 1315 et 1318, les soumirent à des principes certains,
quoique imparfaits. En 1515, François 1er admit les
lois forestières, auxquelles il en ajouta plusieurs. De
nouveaux besoins portèrent Louis XIV à rendre l'ordonnance de 1669, qui régit les forêts jusqu'en 1790,
où une loi du 25 décembre vint abolir les juridictions
spéciales. La loi du 20 septembre 1791 organisa l'administration forestière et ses attributions, et régla l'administration des bois des communes et des établissements publics. L'ordonnance de 1669 continua d'être en
vigueur pour les dispositions auxquelles cette loi ne déro-
geait pas.—Un projet préparé par une commission spéciale, dès 1823, soumis aux chambres, aux cours et à un
conseil, fut adopté dans la session de 1826. Cette loi, qui
forme le Code forestier, ayant été adoptée par la chambre
des pairs, fut sanctionnée le 21 mai 1827, et promulguée
le 31 juillet suivant. Les dispositions particulières
qui se trouvaient dans l'ordonnance de 1669 et dans
la loi du 29 septembre 1791 , ont été retranchées du
Code, et comprises dans l'ordonnance du 1er août 1827.
Le Code forestier a déclaré : Les forêts sont soumises à
l'impôt, mais la loi , pour encourager la culture des bois,
exempte de tout impôt pendant vingt ans les semis et
les plantations de bois sur le sommet et le penchant
des montagnes. Les bois soumis au régime forestier, et
qui doivent être administrés conformément au Code,
sont : 1° les bois et forêts qui font partie du domaine
de l'État, et qui comprennent les biens du clergé avant
1789, ceux appelés forêts du roi à la même époque,
et quelques acquisitions ; 2° ceux qui font partie du
domaine de la couronne; 3° ceux qui sont possédés
à titre d'apanage et de majorat reversibles à l'État ;
4° les bois et forêts des communes et des sections
de communes ; 5° ceux des établissements publics;
6° les bois et forêts dans lesquels l'État, la couronne,
les communes ou les établissements publics ont des
droits de propriété indivis avec des particuliers. Ces
derniers exercent sur leurs bois tous les droits résultant de la propriété, sauf les restrictions spécifiées par
la loi. — L'administration forestière est dirigée par
un directeur assisté de trois sous-directeurs formant
avec lui le conseil de l'administration dont il est le
président. Les agents sont : les conservateurs, les
inspecteurs, sous - inspecteurs et gardes - généraux,
les arpenteurs, les gardes-à-cheval et à pied: ils doivent tous être revêtus de leur uniforme dans l'exercice
de leurs fonctions. Ils ne peuvent faire de règlements
ni prendre d'arrêtés en aucun cas , sauf à eux de proposer au gouvernement les mesures générales que les
circonstances peuvent exiger. La délimitation fixe la
ligne sur laquelle doivent être placées les bornes destinées à former la séparation entre deux héritages. Le
tribunal compétent pour juger les contestations sur la
délimitation est celui de la situation de l'immeuble qui

fait l'objet de la contestation. — L'aménagement est l'art de diviser une forêt en coupes successives, et de régler l'étendue ou l'âge des coupes annuelles dans le plus grand intérêt de la conservation de la forêt, de la conservation en général, du propriétaire, et s'il s'agit des forêts de l'État, dans le plus grand intérêt de la société. Il ne peut être fait dans les bois de l'État aucune coupe extraordinaire quelconque, ni aucune coupe de quarts en réserve ou de massifs réservés par l'aménagement pour croître en futaie, sans une ordonnance spéciale du roi. Dans les coupes à *tire* et *aire*, les arbres destinés à demeurer en réserves sont désignés par l'empreinte du marteau royal, tandis que dans les coupes jardinatoires, cette empreinte est appliquée au contraire aux arbres délivrés à l'adjudicataire. Aucune vente ordinaire ou extraordinaire ne peut avoir lieu dans les bois de l'État que par voie d'adjudication publique : toute vente faite autrement est déclarée nulle. L'adjudication doit être annoncée au moins quinze jours d'avance par des affiches contenant tous les détails et toutes les indications nécessaires, rédigées par les agents de l'administration et apposées et publiées sous l'antorisation et par les soins des préfets et sous-préfets. Est nulle toute vente qui n'a point été précédée de publications et d'affiches prescrites par la loi, ou qui a été effectuée dans d'autres lieux ou à un autre jour que ceux indiqués par les affiches ou les procès-verbaux de mise en vente. Ne peuvent prendre part aux ventes ni par eux-mêmes, ni par personnes interposées, directement ou indirectement, soit comme parties principales, soit comme accordés ou cautions : 1° les agents et gardes-forestiers et les agents forestiers de la marine dans toute l'étendue du royaume ; les fonctionnaires chargés de présider ou de concourir aux ventes, et les receveurs du produit des coupes dans toute l'étendue du territoire où ils exercent leurs fonctions ; 2° les parents et alliés en ligne droite, les frères et beaux-frères, oncles et neveux des agents et gardes-forestiers de la marine, dans toute l'étendue du territoire pour lequel ces agents ou gardes sont commissionnés ; 3° les conseillers de préfecture, les juges, officiers du ministère public et greffiers des tribunaux de première instance, dans tout l'arrondissement de leur ressort ; toute adjudication qui serait faite en contravention à ces diverses prohibitions doit être déclarée nulle, sans préjudice des amendes et autres peines. — L'adjudicataire doit au moment de l'adjudication élire domicile dans le lieu où l'adjudication a été faite ; en cas de déchéance, il est tenu par corps de la différence entre son prix et celui de la revente, sans pouvoir réclamer l'excédant, s'il y en a. Une surenchère, quoique faite en présence de l'adjudicataire qu'elle intéresse, et de l'agent forestier qui a fait l'adjudication à laquelle elle s'applique, doit être annulée, si elle est faite dans un autre lieu que celui indiqué par la loi et par le cahier des charges : en cette matière, les formalités sont de rigueur. Les surenchérisseurs sont tenus d'élire domicile dans le lieu où l'adjudication a été faite. Après l'adjudication, il ne peut être fait aucun changement à l'assiette des coupes, et il n'y peut être ajouté aucun arbre ou portion de bois, sous quelque prétexte que ce soit, à peine d'amende contre l'adjudicataire. Le Code ne prescrit pas le mode général d'exploitation des coupes : c'est le cahier des charges qui doit les régler. Les adjudicataires ne peuvent commencer l'exploitation avant d'avoir obtenu par écrit, de l'agent forestier local, le permis d'exploiter, à peine d'être poursuivis comme délinquants. Le permis d'exploiter est exempt de timbre et de l'enregistrement... A dater du permis d'exploiter et jusqu'à ce qu'ils aient obtenu leurs décharges, les adjudicataires sont responsables de tout délit forestier commis dans leurs ventes et à l'aide de la cognée, si leurs facteurs ou garde-ventes n'en font leurs rapports. La coupe des bois et la vidange des ventes doivent être

faites dans les délais fixés par le cahier des charges, à moins que les adjudicataires n'aient obtenu de l'administration forestière une prorogation de délai, à peine d'amende et de dommages-intérêts. Il est procédé au réarpentage et au recolement de chaque vente dans les trois mois qui suivent le jour de l'expiration des délais accordés pour la vidange des coupes. Les adjudications de glandées, paccage et paisson sont faites dans les mêmes formes que celles des coupes de bois. Les adjudications de chablis, bois de débit, arbres sur pied, quoique endommagés ou dépérissants, et tous menus marchés doivent être autorisés et se font dans les formes des adjudications des coupes ordinaires de bois. Les lois forestières qui défendent aux usagers des forêts de l'État de toucher aux bois chablis, ne s'opposent pas à ce que les chablis soient assujettis par titre à un droit d'usage, à exercer sous les conditions légales. — Les bois et forêts qui font partie du domaine de la couronne sont soumis aux dispositions du Code forestier applicables aux bois et forêts du domaine de l'État. Les agents et gardes sont assimilés à ceux de l'administration forestière. Les bois et forêts possédés par les princes à titre d'apanage, sont soumis au régime forestier, quant à la propriété du sol et à l'aménagement des bois. Sont encore soumis au régime forestier les bois taillis ou futaies appartenant aux communes et aux établissements publics, reconnus susceptibles d'aménagement ou d'une exploitation régulière par l'autorité administrative. Les communes et les établissements publics ne sont qu'usagers des bois qu'ils possèdent : ils doivent entretenir pour la conservation de ces bois des gardes particuliers, dont la nomination, la suspension ou destitution et les salaires sont déterminés par les art. 94, 95, 96, 97, 98 du Code. Ces gardes sont en tout assimilés aux gardes des bois de l'État, et soumis à l'autorité des mêmes agents ; ils prêtent serment dans les mêmes formes, et leurs procès-verbaux font foi en justice. Sauf les modifications expressément établies, tout ce qui concerne la délimitation et le bornage des forêts de l'État s'applique à la délimitation et au bornage des bois des communes et des établissements publics. Tout ce qui est relatif à l'aménagement des forêts de l'État s'applique également à l'aménagement ou changement d'aménagement des bois des communes et des établissements publics. Les communes peuvent exploiter elles-mêmes ces forêts. Le partage des bois d'affouage se fait par feu, c'est-à-dire par chef de famille ou de maison et par domicile réel et fixe dans la commune. Les curés et desservants sont compris dans les mots *chefs de maison*. Les règles relatives à la délensabilité des bois de l'État s'appliquent aux bois des communes et des établissements publics. Les ventes de toutes les coupes se font en présence du maire ou des administrateurs, dans les mêmes formes que pour les bois de l'État, à peine de nullité et d'amende. Les règles relatives à la délensabilité des bois de l'État s'appliquent aux bois des communes et des établissements publics. — La faculté accordée au gouvernement d'affranchir les forêts de l'État de tous droits d'usage, est applicable aux communes et aux établissements publics. La dernière classe de bois que le Code soumet au régime forestier se compose de ceux que l'État, la couronne, ou les établissements publics possèdent indivisément avec des particuliers ; elle leur applique toutes les dispositions relatives à la conservation et à la régie des bois qui font partie du domaine de l'État, sauf les modifications portées pour les bois des communes et des établissements publics. Dans tous les bois soumis au régime forestier, lorsque des coupes doivent y avoir lieu, le département de la marine peut faire choisir et marteler par ses agents les arbres propres aux constructions navales, parmi ceux qui n'ont pas été marqués en réserve par les agents forestiers. — L'administration forestière est chargée des poursuites en réparation de délits et contravention commis dans les bois soumis au régime forestier, sauf l'exception relative aux bois de la couronne), des délits et contraventions concernant le service de la marine dans tous les bois, et de ceux concernant les défrichements des bois des particuliers. Toutes les actions et poursuites exercées au nom de l'administration des forêts, et à la requête de ses agents, en réparation de délits ou contraventions, sont portées devant les tribunaux correctionnels. Les délits commis dans les terrains qui sont en nature de bois sont des délits forestiers; ceux commis dans des terrains qui n'ont pas cette nature donnent lieu à l'application des lois sur la police rurale. La coupe ou l'enlèvement d'arbres en délit dans les forêts donne lieu à des amendes soumises à des proportions réglées sur l'essence et la circonférence de ces arbres. Ceux qui dans les bois et forêts ont échoppé, écorché ou mutilé des arbres, ou qui en ont coupé les principales branches, doivent être punis comme s'ils les avaient abattus par le pied. D'après l'art. 196 du Code forestier, les condamnations distinctes encourues par les délinquants en matière forestière, sont : 1° l'amende ou l'emprisonnement; 2° la restitution des objets enlevés ou le paiement de leur valeur; 3° les dommages-intérêts; 4° enfin la confiscation. Dans les cas de récidive, la peine doit toujours être doublée. En cette matière on punit le fait sans égard à l'erreur ou à la bonne foi.

GARDE MUNICIPALE. Cette garde, dont l'institution n'est pas précisée dans l'histoire, à cause des modifications qu'elle reçut avec le temps, et des dénominations diverses sous lesquelles on la désignait, se composait en 1789, d'un état-major, et de huit divisions d'infanterie total (950 hommes) et de deux divisions de troupes à cheval de 66 cavaliers chacune. Il y avait en outre des gardes de l'Hôtel de ville formant trois compagnies, puis une autre compagnie dite du guet de Paris. En 1793 parut la légion de police générale, qui en 1802 changea ce nom pour celui de garde municipale de Paris; elle subsista ainsi jusqu'en 1813, et fit place à la gendarmerie impériale de Paris, composée seulement de 883 hommes. Ce nouveau corps subit encore de nouvelles modifications, et enfin, le 16 août 1830 fut réorganisée la garde municipale de Paris, se composant aujourd'hui de deux escadrons de cavalerie de 400 hommes, et de deux bataillons formant un total de 1,043 hommes dont l'effectif vient d'être porté à 2,000 hommes par une ordonnance du mois de septembre 1839. Une ordonnance du 29 octobre 1830, et une autre du 29 février 822, règlent les conditions d'avancement. Une ordonnance du Roi du 27 décembre 1831 traite du mariage des sous-officiers de la garde municipale (*Voy.* GENDARMERIE).

GARDE NATIONALE. On appelle ainsi en France cette partie de la force publique composée de citoyens armés pour assurer le maintien du bon ordre, l'exécution des lois, l'obéissance aux actes des autorités constituées, pour défendre la Charte et les droits qu'elle a consacrés, pour assurer l'indépendance de la France et l'intégrité du territoire. Cette garde a pris naissance dès le commencement de la révolution de 1789. Le 3 février 1792, parut le décret concernant la formation, l'organisation et la solde des gardes nationales volontaires; le 17 juin 1792, un autre décret proclama en principe que tout citoyen était tenu de faire le service de la garde nationale. Ce service consiste : 1° en service ordinaire dans l'intérieur de la commune; 2° en service de détachements hors du territoire de la commune; 3° en service de corps détachés pour seconder l'armée de ligne dans les limites fixées par l'art. 1er de la loi du 22 mars 1831. Les citoyens ne peuvent ni prendre les armes ni se rassembler en état de gardes nationales sans l'ordre des chefs immédiats, ni ceux-ci donner cet ordre sans une réquisition de l'autorité civile, dont il est donné communication à la tête de la troupe. — Tous les Français âgés de vingt à soixante ans sont appelés au service de la garde nationale, dans le lieu de leur domicile réel; ce service est obligatoire et personnel, sauf les exceptions établies par la loi du 22 mars 1831. Les Français seuls sont admis au service de la garde nationale; toutefois, peuvent y être appelés les étrangers admis à la jouissance des droits civils, lorsqu'ils ont acquis en France une propriété ou qu'ils y ont formé un établissement. Ne sont pas appelés au service : les ecclésiastiques engagés dans les ordres, les ministres des différents cultes reconnus par le gouvernement, les élèves des grands séminaires et des Facultés de théologie, les frères des Écoles Chrétiennes et les frères dits de Saint-Joseph. — Le service de la garde nationale est interdit aux individus privés de l'exercice des droits civils; sont aussi exclus : les condamnés à des peines afflictives ou infamantes, les condamnés en police correctionnelle pour vol, escroquerie, banqueroute simple, abus de confiance et pour attentat aux mœurs. Les Français appelés au service de la garde nationale sont inscrits sur un registre matricule établi dans chaque commune. Le service de la garde nationale étant obligatoire et personnel, le remplacement est interdit pour le service, si ce n'est du père par le fils, du frère par le frère, de l'oncle par le neveu, et réciproquement, ainsi qu'entre alliés aux mêmes degrés. L'uniforme des gardes nationaux est déterminé par une ordonnance du roi; les signes distinctifs des grades sont les mêmes que ceux de l'armée. La garde nationale est formée, dans chaque commune, par subdivision de compagnies, par compagnies, par bataillons et par légions. La cavalerie est formée, dans la commune ou dans le canton, par subdivisions d'escadrons et par escadrons. La loi autorise les chefs de poste, dans certains cas, à prononcer des peines, s'il y a lieu, suivant la gravité des infractions. Ces peines sont : 1° une faction hors de tour, pour un garde national qui a manqué à l'appel ou qui s'est absenté du poste sans autorisation; 2° la détention dans la prison du poste, jusqu'à la relevée de la garde, pour un garde national de service en état d'ivresse, ou qui s'est rendu coupable de bruit, tapage, voies de fait ou de provocation au désordre ou à la violence. Ces moyens de répression sont facultatifs, c'est-à-dire que le chef de poste peut se contenter de faire un rapport du fait; mais c'est en général aux conseils de discipline qu'est attribué le pouvoir de juger et de punir les infractions portées à la discipline de la garde nationale. Les peines que peuvent infliger les conseils de discipline sont : 1° la réprimande; 2° les arrêts pour trois jours au plus; 3° la réprimande avec mise à l'ordre; 4° la prison pour trois jours au plus; 5° la privation du grade. — Une loi du 14 juillet 1837 contient un grand nombre de dispositions concernant la garde nationale du département de la Seine, et rend obligatoire, pour ce département, l'habillement uniforme, qui n'est, en aucun cas, exigible pour le reste de la France.

GARENNE, certaine étendue de terre quelquefois environnée de murs et destinée à élever des lapins. On y plante du romarin, du thym, du serpolet, etc., pour la nourriture de ces animaux. Les *clapi* ss sont un lieu fermé où l'on nourrit des lapins pour repeupler les *garennes*.

GARGARISME. En médecine on nomme ainsi des médicaments dont on fait usage dans les maux de gorge et les inflammations de la bouche ou des gencives. Les gargarismes sont ou calmants, ou astringents, ou antiscorbutiques. A l'hôpital de la Charité on emploie contre les inflammations chroniques et rebelles de la gorge, l'angine gangréneuse, etc., le gargarisme suivant :

Acide hydrochlorique,	1 gros,
Infusé de quinquina,	8 onces,
Sirop de miel,	1 —

Le gargarisme adoucissant que l'on peut employer dans toutes les inflammations de la gorge se compose de

Racine de guimauve ou figue grasse , 1 partie,
Faites bouillir , pendant 1/4 d'heure,
        dans de l'eau ou mieux du lait , 16 —
Passez et sucrez à volonté.

Dans les angines syphilitiques , on donne , à l'hôpital des Vénériens , le gargarisme suivant :

Têtes de pavots , No 2,
Graine de lin , 1 gros,
Faites bouillir 20 minutes dans
Eau , 6 onces,
Sirop de miel , 1/2 once.

Dans les cas d'inflammation de la gorge avec odeur fétide produite par des ulcérations, on se trouvera très bien du gargarisme suivant :

Chlorure d'oxyde de sodium , 2 gros,
Eau de laitue , 2 onces,
Sirop d'écorce d'oranger , 1 —

Enfin , le gargarisme tonique et astringent de *Hunter* est composé de :

Décoction de quinquina , 6 onces,
Teinture de myrrhe , 2 —
Acide sulfurique faible , 1/2 gros,

que l'on emploie dans les affections scorbutiques.

GARNISON. Ce mot offre deux sens plus faciles à concevoir qu'à définir : en effet, on peut appliquer ce nom soit à ces corps de troupes attachés à la défense d'une ville, soit à la ville elle-même où ces troupes font leur résidence. Sous Henri IV ce qu'on appelait garnison était des troupes temporaires qui occupaient les villes où il manquait des régiments, et qui étaient divisées par bandes royales ou compagnies. — Le mot *Garnison* s'emploie quelquefois aussi pour désigner un ou plusieurs hommes établis par les créanciers au domicile du débiteur, aux frais de ce dernier. pour le forcer à payer, et veiller à la conservation des meubles saisis; de là vient le mot *garnisaire*.

GAROU. On appelle ainsi l'écorce d'un petit arbuste qui croît dans les pays méridionaux, en Italie, en Espagne, etc., et de la famille des chymélées. Cette écorce, que l'on trouve dans les pharmacies, se présente sous forme de lanières menues, d'un gris plus ou moins foncé, ridées transversalement, jaunes à l'intérieur. Macérée dans du vinaigre et appliquée sur la peau, cette écorce produit une inflammation lente et agit comme vésicant et rubéfiant. Lorsqu'on la fait bouillir avec de la graisse et un peu de cire, on obtient la *pommade au garou*, très employée dans le pansement des vésicatoires. Son action est plus lente que celle des onguents, où il entre des cantharides ; mais elle est préférée toutes les fois que l'on craint d'irriter les organes génitaux et urinaires.

GASTEROPODES. Les caractères de ces mollusques (animaux invertébrés) sont un corps allongé, terminé antérieurement par une tête plus ou moins développée, qui porte des tentacules insérées au-dessus de la bouche ; le dos est garni d'un manteau plus ou moins étendu; une masse charnue garnit le ventre de l'animal, et lui sert à ramper sur le sol. Plusieurs sont absolument nus, comme la limace. Les gastéropodes forment huit ordres, d'après la disposition de leur appareil respiratoire. (*Voyez* LIMAÇON.)

GAROTTE. (*Voyez* SUPPLICE.)

GASTRITE, inflammation de l'estomac. Cette maladie affecte diverses formes et est désignée sous les noms de *gastrite aiguë intense, aiguë légère, chronique.* La gastrite aiguë intense est caractérisée par le trouble général des fonctions, par des douleurs plus ou moins supportables, s'étendant de l'épigastre vers le dos, augmentant par la seule pression de la main, par l'introduction des boissons dans l'estomac et par le vomis-

sement. On ressent une chaleur brûlante dans la région épigastrique, des nausées, des renvois, une soif pressante et crainte de la satisfaire, à cause des douleurs causées par les efforts du vomissement. La face exprime le découragement et l'anxiété; elle est pâle, convulsive; la voix est faible; la respiration gênée, difficile et entremêlée de soupirs, de gémissements obscurs. Le pouls est petit, fréquent. La gastrite que nous venons de décrire est, le plus souvent, produite par l'introduction dans l'estomac de substances caustiques ou vénéneuses. — La gastrite aiguë légère se distingue de la première par des symptômes différents. On ressent une douleur, surtout par la pression , par la marche; la diminution de l'appétit, la difficulté de digérer, un malaise, une pesanteur, quelques frissons, un peu de toux sèche, surtout après le repas. Tous ces phénomènes disparaissent quand la digestion est achevée. — La gastrite chronique n'est autre chose, dans un grand nombre de cas, qu'une phlegmasie fréquente et renouvelée par des écarts de régime ou d'autres causes excitantes ; le malade éprouve une douleur à la base de la poitrine, ou bien cette sensation fait l'effet d'une barre immobile qui serait placée transversalement dans la région épigastrique. Quand ces symptômes sont peu apparents, le malade ne perd rien de ses forces et de son embonpoint ; mais , lorsqu'ils augmentent ou qu'ils se prolongent , la face se ride, les forces diminuent , la peau est sèche, l'appétit est faible, la digestion laborieuse; les nausées, les vomissements surviennent. — Le traitement doit varier à raison de la nature de la maladie et des causes qui y ont donné lieu : la diète sévère, peu de boissons, l'éloignement de toute pression qui augmenterait la douleur de l'estomac, les saignées, l'application de quelques sangsues, les fomentations avec la flanelle ou des linges imbibés dans une décoction de plantes émollientes. Pour boisson , du lait d'amandes, de l'eau gommée, des infusions légères de fleurs de mauves, de guimauve ou de graines de lin. Les boissons peuvent être rendues un peu acides, c'est-à-dire sucrées avec le sirop de groseilles. d'oranges ou de citrons, lorsque la bouche est pâteuse ou amère. Quand l'estomac ne peut supporter aucune espèce de boisson, il faut administrer au malade des lavements émollients, l'entourer de compresses imbibées dans des décoctions de guimauve et de lin , lui faire prendre plusieurs bains tièdes. Si la gastrite est produite par l'introduction dans l'estomac de substances vénéneuses, il faut neutraliser ces poisons par des réactifs convenables, des boissons albumineuses et mucilagineuses. Dans une gastrite légère, la diète doit être moins sévère; on peut prendre du lait, de légers bouillons de poulet, de grenouilles, certaines gelées végétales et animales, des fruits bien mûrs; le tout en petite quantité; enfin, certains dérivatifs, tels que le cautère, le vésicatoire, etc.

GAULE, *Gallia*, ancien nom de la France. La Gaule proprement dite, que les Romains surnommaient (*transalpine*, parce qu'elle était située, par rapport à eux, au-delà des Alpes, avait pour limites, au nord et à l'ouest, l'*Océan*; à l'est, le *Rhin* dans toute l'étendue de son cours, et la chaîne des Alpes; au sud, la *Méditerranée* et les monts Pyrénées. Elle était arrosée par sept fleuves principaux, savoir : le *Rhin*, auquel se joint la *Moselle* ; la *Meuse*, qui, avant d'arriver à la mer, reçoit une branche détachée du Rhin, sous le nom de Wahal; l'*Escaut*, dont l'embouchure est liée à celle de la *Meuse*; la *Seine*, où viennent tomber la Marne et l'*Oise*; la *Loire*, dont les principaux affluents sont l'*Allier*, la *Vienne* et la *Mayenne*; la *Garonne*, que grossissent successivement le Tarn, le Lot et la Dordogne; le *Rhône* dans lequel se rendent la Saône, l'*Isère* et la Durance. Les premières conquêtes des Romains dans la Gaule les mirent en possession d'une province qui comprenait la *Savoie*, le *Dauphiné*, la *Provence*, le *Languedoc* presque entier, le *Roussillon*, le *Comté de Foix* et une petite portion de la *Guienne*; cette province, bordant la rive gauche du Rhône jusqu'à la Méditerranée, s'avançait de l'autre côté jusqu'aux Cévennes, et le long de la mer jusqu'aux Pyrénées. Il était réservé à César de subjuguer le reste de cette vaste contrée, qui alors se divisait en trois parties fort inégales : l'*Aquitaine*, au sud, entre la Garonne et les Pyrénées; la *Celtique*, au milieu, depuis la Garonne jusqu'aux rives de la Seine et de la Marne; la *Belgique*, au nord, entre la Seine, la Marne, le Rhin et l'Océan. L'empereur Auguste, voulant donner à ces parties une étendue mieux proportionnée (27 ans avant J.-C.), attribua à l'Aquitaine et à la Belgique plusieurs des peuples qui étaient compris dans la Celtique. Les limites de l'Aquitaine se trouvèrent ainsi reculées jusqu'à l'embouchure de la Loire; la Celtique, resserrée dans des bornes plus étroites, fut appelée *Lyonnaise*, et la province romaine prit le nom de *Narbonnaise*. Cette dernière province était nommée *Gallia braccata*, Gaule en *braie*, à cause d'une sorte de vêtement, en forme de *haut-de-chausse*, qui servait à couvrir les cuisses (c'est ce que signifiait dans notre vieux langage le mot *brague* ou *braye*. *braie*). Dans la partie de la Gaule qui fut soumise par César, les peuples portaient les cheveux flottants sur les épaules; de là vient que cette partie fut nommée *Gallia comata*, Gaule chevelue. Quant à la Gaule Cisalpine, qui occupait le nord de l'Italie, on la nommait *Gallia togata*, Gaule en toge, parce que les habitants avaient adopté l'habillement des Romains.— Ces quatre provinces primitives éprouvèrent successivement plusieurs subdivisions; et enfin, sous le règne de Gratien (360 de notre ère), le nombre des provinces gauloises fut porté à dix-sept, dont chacune avait sa *métropole*. Cette ancienne division en dix-sept provinces servit de base à la division ecclésiastique; en sorte que les métropoles des provinces gauloises étaient autant d'archevêchés.—La Narbonnaise était divisée en cinq provinces; la métropole était *Narbonne*, avec le surnom de *Martius (Narbo-Martius)*, laquelle communiquait à la mer par un canal tiré de l'Aude, et voyait arriver dans son port les flottes marchandes de toute la Méditerranée. Les autres villes remarquables de cette province étaient *Toulouse*, au bord de la Garonne, chez les Volces-Tectosages, et Nismes, vers le Rhône, chez les Volces-Arécomiciens. — La Narbonnaise deuxième avait *Aix* pour métropole, ville fondée par le consul Sextus Calvinus dans un lieu où se trouvaient des eaux thermales. *Fréjus*, près de l'embouchure du petit fleuve l'Argens, avait un port creusé par les Romains, où Auguste entretint une flotte pour la sûreté des côtes de la Gaule.—Viennoise, métropole *Vienne*, capitale des Allobroges, colonie déjà célèbre du temps de Jules César. Cette province qui s'étendait sur la rive gauche du Rhône, depuis le lac de Genève jusqu'à la Méditerranée, renfermait deux autres villes considérables : *Arles*, où l'empereur Honorius, après que Trèves eut été ruinée par les barbares, transféra le siége de la préfecture du prétoire des Gaules : et Marseille, colonie des Phocéens, qui s'enrichit par le commerce et se distingua par la culture des lettres.—Alpes maritimes, métropole *Embrun*, près de la Durance.— Alpes grecques et pennines, métropole *Moutiers-en-Tarentaise*, sur l'Isère. —L'Aquitaine était divisée en trois provinces : l'Aquitaine première, métropole *Bourges*. Dans cette province étaient compris les Arverniens, avec la place de *Gergovia*, dont César fut obligé de lever le siége. — Aquitaine deuxième, métropole *Bordeaux*, sur la rive gauche de la Garonne qui, à la faveur du flux, y amenait un grand nombre de vaisseaux marchands.— Novempopulanie, métropole *Auch* dans le pays de *Auscices*. Au temps où Méla écrivait, les Ausciens tenaient le premier rang parmi les Aquitains, comme les Eduens parmi les Celtes, et les Trévères parmi les Belges. —La Lyonnaise formait quatre provinces : la Lyonnaise

première, métropole *Lyon* (Lugdunum). La terminaison *dunum*, dans la langue celtique, désignait un lieu élevé. Quant à l'étymologie du mot Lugdunum, on ne peut rien dire de certain. Quelques-uns croient que ce nom signifie *montagne des corbeaux*; d'autres le font dériver de *lucus* et *dunum*, *montagne du bois sacré*. La ville de Lyon fut construite par les Romains sur les hauteurs (Fourvières) qui bordent la rive droite de la Saône, vis-à-vis de l'endroit où cette rivière tombe dans le Rhône. A cette province appartenaient les Eduens dont le chef-lieu, sous Auguste, prit le nom d'Augustodunum, *Autun*, et eut une école fameuse où la jeune noblesse des Gaules était instruite aux lettres. Dans l'école d'Autun, la géographie faisait partie des études. Eumène, qui y professait la rhétorique (en 300), nous apprend que, sous les portiques de l'édifice destiné à l'instruction de la jeunesse, les terres et les mers étaient figurées de manière que l'on voyait les noms et les situations respectives des lieux, le cours des fleuves, les sinuosités des rivages et la profondeur des golfes. Lyonnaise deuxième, métropole *Rouen*, sur la rive septentrionale de la Seine.—Lyonnaise troisième : métropole *Tours*, qui avait quitté son nom primitif *Caesarodunum*, pour prendre, comme beaucoup d'autres villes de la Gaule, celui du peuple dont elle était la capitale. Lyonnaise quatrième, métropole *Agendicum*, qui, dans les temps postérieurs, fut appelée *Senones*, Sens, parce qu'elle était la capitale des Sénonais. Certains auteurs prétendent que cette ancienne ville, où César mit en quartier d'hiver jusqu'à six légions, occupait l'emplacement où est aujourd'hui Provins, au nord de Sens, et à quelque distance de la rive droite de la Seine. Deux autres peuples considérables, les *Carnutes* et les *Parisiens*, étaient compris dans cette province. Les premiers avaient pour chef-lieu *Carnutum*, Chartres; le chef-lieu des derniers était *Lutetia*, qui conserva le nom de *Parisii*, Paris. La nation des *Parisii* s'est formée d'étrangers venus de la Belgique, qui, pour échapper à leurs ennemis, vinrent s'établir sur le territoire situé sur les bords de la Seine et sur les frontières des Sénonais; en gaulois, *Parisii* signifiait habitants des frontières. Vers l'an 54 avant l'ère chrétienne, les Parisiens s'associèrent aux populations gauloises qui s'étaient révoltées contre César; ils se défendirent suivant leur force, mais ils furent vaincus, dans une sanglante bataille livrée par Labienus, lieutenant de César, et ils passèrent sous la domination romaine. Les Parisiens avaient choisi pour chef-lieu la plus étendue des cinq îles que formait la Seine, en traversant leur territoire; ils lui donnèrent le nom de *Lutetia*; c'est aujourd'hui la *Cité*. Les eaux de la Seine qui entouraient Lutetia servaient seules à sa défense; ce ne fut que dans le cinquième siècle que des murailles furent élevées. A cause du faible état et de leur petit nombre, les Parisiens ne furent pas compris dans le rang des nations libres, alliées des Romains; ils dépendaient de la province lyonnaise, ainsi que nous l'avons rapporté plus haut, et ils ne devinrent nation privilégiée et soumise au pouvoir municipal, que dans le quatrième siècle, sous Julien; alors le chef-lieu des Parisiens fut Lutèce, qui, devenue métropole, prit le nom de la nation, Parisii.—La Belgique était divisée en cinq provinces La Belgique première avait pour métropole *Trèves*, où les préfets du prétoire des Gaules firent leur résidence jusqu'au temps de l'invasion des barbares, qui la saccagèrent quatre fois. — La Belgique deuxième, métropole *Durocortorum* qui, étant la capitale des Rémois, prit par la suite le nom de *Remi*, Reims. La grande Séquanaise, métropole Besançon, capitale des Séquanais, presque totalement enveloppée par le Doubs. Cette province renfermait les Helvétiens, dont le territoire, la Suisse, s'étendait en ligne oblique depuis l'extrémité du lac de Genève jusque vers le lac de Constance, et dont la ville principale, *Avanche*, près du lac de Morat, fut ruinée par les Germains au temps de l'empereur Gallion, en 233 de l'ère chrétienne. — La Germanie supérieure, métropole *Mayence*, sur le Rhin, vis-à-vis de l'endroit où ce fleuve reçoit le Mein. — La Germanie inférieure, métropole *Colonia Agrippina*, Cologne, ainsi appelée parce que l'empereur Claude y envoya une colonie à la sollicitation de sa femme Agrippine qui y était née (50 de J.-C.) : c'était la capitale des Ubiens. Cette province qui s'avançait jusqu'à l'Océan, était occupée à son extrémité septentrionale par les Bataves, chez lesquels se trouvait Leyde, près de l'embouchure du Rhin. — Depuis la conquête de Jules César (55 avant J.-C.), la Gaule était devenue une province de l'empire romain. Deux peuples barbares, les Visigoths et les Bourguignons, en avaient déjà enlevé une partie considérable aux empereurs, lorsque les Francs, autres barbares sortis de la Germanie, s'emparèrent du reste, et y fondèrent le royaume de France, sous Clovis. On ne connaît guère que de nom les prédécesseurs de ce prince : Pharamond, Clodion, Mérovée et Childéric. Ils avaient un établissement fixe en-deçà du Rhin ; ils possédaient Cambrai avec le pays voisin, jusqu'à la Somme, mais leur état méritait peu d'attention (420, Ve siècle, *Voyez* FRANÇAIS).

GAVES. C'est le nom que l'on donne à certaines rivières, à cause de la rapidité de leurs eaux. Ainsi, les eaux d'Ossan et d'Assie, qui se précipitent avec fracas de leurs sources élevées, ont formé la gave d'Oloron ; et même les habitants des Hautes et des Basses-Pyrénées nomment indistinctement gaves tous les torrents de leur pays.

GAVOTTE. Danse long-temps en vogue sur les théâtres avant le règne de la terreur ; mais ce règne passé, elle se répandit de plus en plus et subit des innovations qui furent toutes à son avantage : ses pas lents et difficiles jusques alors acquirent de la vivacité, et ses figures peu gracieuses reçurent quelque agrément. Néanmoins, la gavotte tomba peu à peu en désuétude, à cause du trop petit nombre de danseurs ou de danseuses qui atteignaient à sa perfection.

GAZ. Fluide aériforme. On distingue les gaz en *permanents* et *non permanents ;* les fluides élastiques permanents sont ceux qui conservent l'état aériforme à toutes les températures ; les gaz non permanents, appelés communément *vapeurs*, repassent à l'état liquide lorsqu'on leur enlève une portion de leur calorique. Les gaz permanents forment quatre sections sous le rapport de leurs effets sur l'économie animale : 1° *gaz respirables*, l'oxygène mêlé au protoxyde d'azote ; 2° *gaz non respirables*, le gaz azote, le gaz hydrogène et les carbures d'hydrogène, le gaz acide carbonique et le gaz oxyde de carbone ; 3° *gaz irritants*, gaz hydrogène phosphoré, ammoniaque, acides sulfurique, sulfureux, nitreux, nitrique, chlore, acides hydrochlorique, oxycarbonique, fluorique, silicé, fluoborique et hydriodique ; 4° *gaz délétères*, gaz deutoxyde d'azote, gaz acide hydrosulfurique, gaz hydrogène arsénioué. — *Gaz acide carbonique.* Ce gaz méphitique est presque le double plus pesant que l'air atmosphérique, dont il forme un centième. On l'obtient en versant sur du marbre concassé ou sur de la craie en bouillie (carbonates de chaux), de l'acide hydrochlorique liquide étendu de deux ou trois fois son poids d'eau. Il rougit la teinture de tournesol, précipite l'eau de chaux de sa dissolution, éteint les bougies allumées, et asphyxie les animaux. Il est en partie soluble dans l'eau, à laquelle il donne une saveur aigrelette. C'est un des produits constants de la combustion ; il se développe pendant la digestion, et est exhalé et non formé par les poumons, dans l'acte de la respiration. On le trouve dans la nature, remplissant certaines grottes où il est dangereux de pénétrer ; la *Grotte du Chien*, par exemple, sur la route de Naples à Pouzzoles, doit toute sa célébrité à la présence du gaz *acide carbonique.* Il y a certaines caves, dans les anciens

quartiers de Paris, qui recèlent ce gaz en assez grande quantité ; quand on y descend, la lumière que l'on porte devant soi s'affaiblit peu à peu, et quand elle s'éteint, il y a du danger de pénétrer plus avant. — Le *gaz acide hydrochlorique* ou *chlorhydrique.* Ce gaz, plus pesant que l'air, a une odeur vive et suffocante, éteint les bougies, en verdissant le bord de la flamme, asphyxie et tue les animaux. On le retire du sel marin par l'acide sulfurique qui le dégage sous forme de gaz ; exposé à l'air humide, il absorbe l'eau répandue dans l'atmosphère et laisse échapper des vapeurs blanches, douces, d'une odeur piquante. Il a tant d'affinité pour l'eau qu'il dissout 464 fois son volume ; un morceau de glace introduit dans une éprouvette remplie de ce gaz est fondu avec autant de rapidité que par des charbons ardents. C'est à l'état de mélange avec l'eau qu'il est employé et qu'il est connu sous le nom d'acide hydrochlorique liquide (*Voyez* ce mot). — *Gaz acide sulfureux.* Son poids est de 2,247. Volatil, incolore, d'une odeur suffocante, très soluble dans l'eau, il éteint les corps en ignition, et décolore plutôt qu'il ne rougit les teintures bleues. Il est employé pour blanchir la soie, pour enlever au linge les taches de fruits. — *Gaz ammoniac.* Incolore, très âcre, très caustique, coercible en un liquide par un froid de 40°, il a une odeur vive, piquante, qui le caractérise ; il provoque les larmes, verdit fortement le sirop de violette, éteint les bougies allumées, après avoir d'abord agrandi le disque de la flamme, phénomène dû à la combustion de l'hydrogène et du gaz ammoniac par l'oxygène de l'air. — *Gaz chloroxycarbonique.* Il est incolore, d'une odeur suffocante : il éteint subitement les corps en combustion ; sa pesanteur spécifique est de 3,43. On l'obtient en exposant au soleil un mélange de parties égales en volume de chlore et de gaz oxyde de carbone parfaitement secs. — *Gaz deutoxyde de chlore.* Il s'obtient en traitant le chlorate de potasse par l'acide sulfurique étendu d'eau. — *Gaz fluoborique.* En chauffant un mélange de fluate de chaux, de borax et d'acide sulfurique concentré, il se dégage un gaz incolore qui rougit le tournesol, pèse 2,37, et répand à l'air des vapeurs blanches et épaisses. Il est extrêmement soluble dans l'eau. — *Gaz hépatique.* Anciennement on donnait ce nom au gaz acide hydrosulfurique, sans doute parce qu'on le retirait du sulfure de potasse. — *Gaz hydrogène.* L'hydrogène est un des principes constituants des végétaux et des animaux. Combiné avec la moitié de son volume d'oxygène, il constitue l'eau. On l'obtient le plus ordinairement, par la décomposition de l'eau à l'aide du fer ou du zinc, et de quelques gouttes d'acide sulfurique : le métal s'empare de l'oxygène sous l'influence de l'acide, et l'hydrogène est mis à nu. Ce gaz, éminemment combustible, brûle avec une flamme bleue ; il n'est pas respirable ; il éteint les corps combustibles en ignition ; enflammé, il brûle avec une flamme bleuâtre faible ; il est treize fois et demi plus léger que l'air atmosphérique, ce qui lui donne la propriété, lorsqu'il est contenu dans une enveloppe mince (un aérostat) , d'élever des poids considérables. Il est insoluble dans l'eau ; sa combustion, dans la proportion de deux parties en volume contre une de gaz oxygène, donne lieu à la formation de l'eau, et, combiné avec l'azote, il constitue l'ammoniaque. — *Gaz hydrogène deuto-carboné* (gaz oléfiant). Il forme en grande partie le *gaz pour l'éclairage* ; on extrait ce gaz par la distillation de la houille et des huiles ; mais on emploie de préférence la houille, surtout celle qui est la plus pure, la houille la plus *sèche*, parce qu'elle donne une plus grande quantité de gaz. La distillation de la houille s'opère dans des cornues en fonte, de forme cylindrique, dont l'embouchure est exactement fermée par un obturateur tourné où est adapté un ajustage en fonte servant d'issue au gaz qui se rend dans une cheminée commune. Les cornues sont chargées de

30

houille, et chauffées par une chaleur rouge, que l'on entretient pendant près de quatre heures. Le gaz qui se dégage par la distillation est composé d'hydrogène carboné, d'oxyde de carbone, d'azote, d'acide hydrosulfurique, d'acide carbonique, d'hydrosulfate, etc., etc. Le gaz se soumet à une épuration qui consiste à condenser les vapeurs d'eau, de goudron, d'ammoniaque, et à absorber l'acide hydrosulfurique, dont l'odeur est si fétide. Lorsque le gaz est dépouillé de toute odeur bitumineuse ou sulfureuse, il se rend dans le gazomètre, énorme caisse, ordinairement cylindrique, en tôle ou en zinc, dont les parties sont parfaitement jointes ensemble pour empêcher la fuite du gaz. Il est entièrement ouvert par sa partie inférieure qui plonge dans l'eau, et ensuite il a une disposition telle qu'il peut s'élever et s'enfoncer au point d'être presque entièrement caché sous l'eau. Dans cette dernière position, il est complètement rempli de ce liquide ; mais à mesure que le gaz pénètre, il déplace l'eau et élève graduellement le gazomètre qui est suspendu à des cordes passant sur des poulies tendues par des contre-poids. L'emploi du gazomètre a pour but de régler l'émission du gaz dans les becs d'éclairage ; lorsque le gaz sort en abondance, le gazomètre s'élève pour lui fournir de la place, la pression qu'il exerce sur le gaz pour le chasser dans les tuyaux de conduite qui communiquent aux becs étant constamment la même, c'est-à-dire résultant de l'excès du poids du gazomètre sur celui des contre-poids. Chaque bec d'éclairage consomme par heure environ 160 litres de gaz, et, suivant sa qualité, chaque kilogramme de houille fournit de 160 à 300 litres de gaz. Les procédés pour convertir l'huile en gaz propre à l'éclairage sont à peu près les mêmes que ceux que l'on emploie pour la distillation de la houille. Ce qui reste du charbon de terre (houille) après la distillation est un excellent coke, dont la valeur compense une grande partie des frais. Lorsque le gaz d'éclairage contient la onzième partie de l'air, il s'enflamme et détonne par l'approche d'un corps en combustion.— D'après des expériences récemment faites en Angleterre, le gaz hydrogène serait substitué à la vapeur, et aurait une supériorité réelle. Brown, ingénieur anglais, a livré au commerce sept à huit machines à gaz de différentes puissances, qui toutes donnent des résultats extrêmement avantageux. La pompe qui a fonctionné à Eagle-Lodg, de 54 pouces 1/2 de diamètre, donnait 5 à 6 coups de piston par minute ; chaque coup de piston élevant 750 gallons d'eau (3,375 litres), elle a rempli, en 45 secondes, une citerne de la capacité de 120 hectolitres. Celle destinée à opérer l'épuisement des eaux du canal de Croydon avait 22 pieds de hauteur, et son cylindre 6 pouces de diamètre. Elle tirait 1,600 litres d'eau par minute. Pendant huit mois qu'elle a fonctionné, elle a consommé 417 chaldrons de houille (5,425 quintaux métriques), qui ont donné en résidu 7,702 hectolitres de coke, et 21,600 litres de goudron de houille ou bitume minéral. La houille distillée ou consommée pour la production du gaz et le chauffage de la machine a coûté 666 livres sterling, ou 16.650 francs ; mais la revente du coke et du goudron produit 769 livres sterling, ou 19,225 francs, en sorte que, non-comprise la valeur de l'ouvrage exécuté, qui est importante, le bénéfice a été de 103 livres sterling, ou 2,575 francs. Il est donc permis de croire que les machines à gaz de Brown seront appelées à remplacer, dans beaucoup de cas, les machines à vapeur actuelles. Le peu d'espace qu'elles occupent comparativement aux énormes chaudières dont sont pourvues les machines à vapeur, l'absence de tout danger d'explosion ne tarderont pas à leur assurer la prééminence sur celles-ci. Par elles, on obtiendrait, à moins de frais, un effort relativement plus puissant que par les machines à vapeur. La production du gaz, dans les machines nouvelles, s'opère par la distillation de la houille dans un cylindre de fer forgé, du diamètre de 6 à 8 pouces, et capable de résister à

une pression de plus de trente atmosphères. L'ingénieur Brown n'est pas l'inventeur de l'art de produire et de comprimer simultanément le gaz hydrogène à une très haute tension dans des cylindres de fer forgé. Un Français, M. Norbet Rillieux, fut breveté dès le 19 mai 1826 pour cette invention à laquelle la machine anglaise est éminemment redevable de tout son succès ; à M. Brown appartient l'ingénieuse application qu'il a su faire de l'élasticité du gaz à sa machine, pour en créer un puissant moteur mécanique. — Gaz nitreux, gaz deutoxyde d'azote. Pendant très long-temps, ce gaz a été considéré comme permanent ; mais il est reconnu aujourd'hui qu'il n'est que de l'acide nitreux à l'état gazeux.—Gaz oxygène. Ce gaz, incolore, inodore, insipide, s'obtient par la décomposition du péroxyde de manganèse ou chlorate de potasse par le feu. On l'introduit dans une petite cornue de verre à laquelle est adapté un tube recourbé propre à conduire le gaz dans des flacons remplis d'eau et renversés sur la cuve hydropneumatique (appareil chimique pour analyser le gaz). On chauffe graduellement la cornue à feu nu : le sel fond, le gaz se dégage et va se rendre dans les flacons. Lorsque le dégagement est terminé , on bouche les flacons sous l'eau, et l'on conserve le gaz pour l'usage, en laissant le goulot des flacons plongé sous ce liquide. 10 grammes de chlorate de potasse fournissent un peu plus de 2 litres et demi d'oxygène. Le résidu que contient la cornue est du chlorure de potassium, et souvent du perchlorate. — Gaz azote, anciennement mofette atmosphérique, air vicié. C'est en 1775 que l'on a eu les premières notions sur ce gaz ; jusqu'alors, n'ayant pu être décomposé, on le considère comme un corps simple. Il est incolore, transparent, élastique, d'une pesanteur spécifique de 0,976, un peu plus léger que l'air. Ce gaz forme les 4/5 de l'air atmosphérique ; mais lorsque la proportion en est considérablement augmentée, et qu'il ne se trouve plus combiné à une suffisante proportion d'oxygène (comme dans l'air des fosses d'aisance), il éteint les corps en combustion, et asphyxie les animaux. On l'obtient de l'air en faisant brûler du phosphore sous une cloche. — Gaz protoxyde d'azote (gaz hilarant). Ce gaz fut trouvé par les Anglais ; les Allemands s'en emparèrent, et il fut introduit en France précédé d'une réputation étonnante qui lui fit donner le surnom d'hilarant. Sa propriété, disait-on , pour peu qu'on en eût respiré, vous faisait, à l'instar des Turcs qui ont pris de l'opium, tomber en extase ; vous jouissiez d'un bonheur indicible. Le célèbre Berthollet fut le premier qui eut de ce gaz en sa possession. Il invita à dîner, dans son château d'Arcueil, les célébrités scientifiques de l'époque (1800), entre autres notre illustre Vauquelin. Après le repas, on se rendit dans le parc, et on se disposa à faire l'expérience de ce gaz. M. Vauquelin revendiqua l'honneur d'être appelé le premier à faire l'expérience. Après s'être emparé de la vessie qui contenait le gaz d'azote, il introduisit le tube dans sa bouche, et aspira pendant quatre minutes, environ ; alors il tomba à la renverse, en proie aux convulsions les plus vives , interprétées par quelques savants comme symptômes d'un trop grand excès de jouissance, et par d'autres comme symptômes de grandes souffrances. Enfin , au bout d'un quart d'heure on le fit revenir à lui. Il avoua qu'il s'était cru à deux doigts de sa perte, qu'il avait souffert au-delà de toute expression. Quelques savants ne voulurent pas croire à ses aveux ; on écrivit en Angleterre et en Allemagne ; les chimistes de ce pays répondirent que la chose n'avait pu se passer ainsi. Selon eux, le gaz n'était point pur, ou peut-être y en avait-il trop ou pas assez ; enfin il fallait recommencer. Nous ignorons si depuis, quelqu'un s'est avisé de tenter l'expérience. Le gaz protoxyde d'azote est incolore, inodore, soluble dans l'eau, il fait brûler avec éclat une bougie qui ne présente que quelques points en ignition. Il est formé d'une partie d'azote et d'une demi-partie d'oxygène en volume. Il s'obtient par la décomposition du nitrate d'ammoniaque dans des vaisseaux fermés, à l'aide de la chaleur. Introduit dans les poumons par la respiration, il détermine l'asphyxie, avec un malaise général, et des mouvements convulsifs chez quelques individus. Chez d'autres, l'asphyxie est accompagnée d'une sensation agréable, et d'une sorte de rire : de là, le nom de *gaz hilarant*. — *Gaz souterrains* (Géologie). Outre les gaz qui existent dans l'atmosphère, on en rencontre en abondance dans l'intérieur de la terre. D'abord on y trouve de l'air ; car dans toutes les mines, quelque profondes qu'elles soient, jamais les travailleurs ne périssent faute d'air. On rencontre de plus, dans l'intérieur de la terre, beaucoup d'autres gaz inflammables, tels que l'hydrogène, l'hydrogène protocarboné, hydrogène bicarboné, appelé *grisou*, et qui tue souvent les mineurs qui n'ont pas en main une lampe de sûreté. La lanterne dont on se sert aujourd'hui dans les mines a été inventée par Dawy, célèbre chimiste anglais. Par la disposition de cette lampe, les ouvriers mineurs sont moins exposés à l'explosion du gaz renfermé dans les mines ; à peine aperçoivent-ils que le gaz commence à se dilater, qu'ils éteignent la lampe qui, brûlant depuis long-temps, a fait rougir la spirale du tissu métallique presque incombustible et impénétrable à l'action de l'air et du gaz ; alors la clarté, quoique faible, produite par ce tissu, suffit pour la continuation des travaux. De plus, on trouve dans l'intérieur de la terre des gaz non inflammables, tels que l'acide carbonique, l'acide sulfureux, l'ammoniaque, etc. Tous ces gaz renfermés dans le sein du globe, sont très élastiques, et lorsqu'ils sont accumulés dans les cavités souterraines, ils font effort pour sortir ; de là une des causes des tremblements de terre et des volcans. En effet, dans l'éruption d'un volcan, il sort une quantité prodigieuse de gaz.

GAZE. Tissu de soie ou de lin remarquable par sa finesse, et dont les petits jours, échappant tout d'abord à la vue, ne semblent être que de la transparence. Il y a plusieurs sortes de gazes, qui toutes, à l'exception de la gaze d'Italie, se fabriquent de la même manière.

GAZELLE. Du mot arabe *algazel* (chèvre). Antilope, gazelle à cornes en lyre ; le corps roux en dessus, blanc en dessous, avec une bande latérale brune. La gazelle d'Afrique a les cornes plus courtes, annelées de la base à la pointe et courbées vers le milieu. On la trouve en Afrique, en Arabie, en Syrie. La moitié plus petite que le daim, ses cornes sont longues de douze pouces à treize, anneaux près de la base ; ses genoux sont hérissés de longs poils ; sa queue est noire en dessus, blanche en dessous. Il y a beaucoup de ces animaux que l'on nomme *musc* indistinctement ; c'est d'une espèce de gazelle que l'on retire le musc. La meilleure sorte de cette substance et la plus grande quantité nous viennent des royaumes de Tonquin, de Boutan, et autres endroits de l'Asie. Après qu'on a tué l'animal, on lui coupe la vessie de la grosseur d'un œuf, qui paraît sous le ventre, proche des parties génitales ; c'est de cette vessie que l'on retire le musc, qui est comme du sang caillé. C'est une substance difficile à connaître, que l'on falsifie de bien des manières, soit en ouvrant subitement les vessies et y en introduisant du sang ou du foie de l'animal, soit en y mettant de petits morceaux de plomb pour la rendre plus pesante ; cette dernière supercherie au moins ne fait tort que pour le poids, et n'altère point la qualité du musc (*Voyez* MUSC).

GAZETTE. (*Voyez* JOURNAL.)

GAZON. Herbe fine qui tapisse les campagnes naturellement ou par la culture. Les jardins sont souvent embellis d'une nappe de verdure provenant du *placage* de mottes couvertes de gazon, ou du *semis*. L'humidité du sol est nécessaire à la croissance et à l'entretien des gazons : aussi, dans les temps de sécheresse, la terre doit-elle être fréquemment arrosée.

GAZIFICATION. Opération chimique qui consiste à réduire une substance à l'état de gaz, en faisant naître, dans des vases clos, une réaction entre les principes d'un ou de plusieurs corps, de manière à former des produits gazeux que l'on recueille sous des cloches.

GAZOMÈTRE. Appareil destiné à régler l'écoulement d'un gaz, de manière à en fournir une mesure constante pendant un temps déterminé (*Voyez* GAZ HYDROGÈNE DEUTO-CARBONÉ).

GÉANT. (*Voyez* NAIN.)

GÉHENNE. Une vallée, désignée sous le nom de vallée d'Asfenum dans certains endroits de la Bible, et dans d'autres sous celui de vallée de Pophet, était le lieu où les Cananéens sacrifiaient à Moloch de malheureux enfants qu'ils faisaient brûler sur l'autel de cette horrible divinité. Plus tard, cet autel ayant été renversé par Josias, roi de Juda, la vallée de Pophet fut destinée à recevoir toutes les immondices de la ville, qui s'y étaient déposées et brûlées : de là les Juifs conçurent une telle aversion pour cette vallée, qu'ils ne la nommèrent plus que Géhenne, vallée de feu. Les chrétiens, à leur tour, emploient cette dénomination qu'ils appliquent au lieu de supplices destiné aux réprouvés ou les enfers. (*Voyez* LIMBES.)

GÉLATINE, substance animale formant une gelée tremblante par le refroidissement de sa dissolution concentrée. La gélatine, d'une consistance variée, incolore, fade, inodore, n'existe pas toute formée dans les substances animales ; mais toutes contiennent les matières propres à la composer : les os en renferment plus de la moitié de leur poids. Elle fait plus des 5/6 de la substance nutritive des bouillons de viandes ; elle abonde dans les chairs blanches des jeunes animaux, tels que le veau, le poulet ; dans celles des grenouilles, des tortues, des huîtres et des limaçons. C'est avec les rognures de peaux, de parchemin et de gants, avec les sabots et les oreilles de bœufs, de chevaux et de moutons que l'on prépare ordinairement la gélatine ou colle-forte pour les besoins du commerce. Ces substances sont bien lavées et séparées de leur graisse et de leurs poils ; on les fait bouillir dans beaucoup d'eau pendant long-temps ; on écume, on passe la liqueur à travers un filtre et on la laisse déposer ; on décante et on la coule dans des moules où elle se prend en masse, que l'on coupe en tablettes et qu'on fait sécher convenablement. Pour l'obtenir des os, ce n'est pas le même procédé que l'on suit. M. d'Arcet, qui la prépare en grand, met, pendant huit à dix jours, les os en contact avec de l'eau aiguisée d'acide hydrochlorique. Cet acide dissout le phosphate de chaux qui leur donne la dureté que nous leur connaissons, et les rend souples, flexibles et demi-transparents. C'est alors qu'on les traite par l'eau bouillante qui les convertit en colle. Par l'analyse, elle donne de l'oxygène, de l'hydrogène, du carbone et de l'azote. Dans les arts, on emploie la gélatine pour la fabrication des papiers peints, pour l'apprêt des chapeaux, pour la peinture en détrempe ; elle sert aussi à préparer la colle à bouche et le taffetas d'Angleterre. — On entend par *gélatineux* ce qui ressemble à la gélatine, qui en a la consistance.

GELÉE, froid qui glace. Quand la température descend à quelques degrés au-dessous de zéro du thermomètre, l'eau commence à se couvrir d'une croûte solide qu'on appelle glace ; cette croûte s'épaissit à mesure que le froid dure. Si toute espèce d'eau exposée au même degré de froid ne se solidifie pas, c'est qu'elle n'est pas également pure. L'eau soumise à l'action du froid augmente de volume. Les tuyaux des fontaines qui éclatent, les pierres, les rochers, les barres qui se fendent sont autant de preuves de l'augmentation du volume de l'eau à l'état de glace. (*Voyez* FROID).

GELÉES végétales et animales. En médecine , on donne ce nom à des liquides qui, par le refroidissement, se transforment en masses homogènes et tremblotantes. On obtient les gelées animales par la décoction dans l'eau des chairs ou des os , auxquels on ajoute , si le cas l'exige , diverses substances pour leur donner un goût plus agréable ou les rendre plus nutritives. Les gelées végétales s'obtiennent, en général , par l'évaporation des sucs de certains fruits ou de certains végétaux. C'est ainsi que l'on obtient les gelées de groseilles , de coings, de pommes , de prunes , de mousse de mer , etc. , etc. L'avantage que l'on retire des gelées , c'est celui d'une nourriture peu excitante et assez abondante sous un petit volume. Quelques-uns de ces médicaments sont d'un usage fréquent en thérapeutique : ainsi , dans les phlegmasies de poitrine , on conseille la gelée de lichen d'Islande , que l'on obtient par la décoction dans l'eau du *lichen* (*Voyez* ce mot) , et que l'on sucre au goût du malade. Dans le traitement anthelmintique , on emploie 1 à 3 onces par jour de gelée de mousse de Corse , que le *Codex* des pharmaciens prépare avec une décoction d'une once de mousse de Corse dans 12 onces d'eau réduites à 6 onces, et dans laquelle on ajoute 2 onces de sucre et 2 onces de vin blanc. On fait cuire le tout en consistance de gelée, que l'on prend comme nous l'avons dit.

GÉMEAUX (les). C'est le signe qui occupe la troisième place parmi les six signes septentrionaux du *zodiaque* (*Voyez* ce mot). Chez les Grecs et les Romains , cette constellation était désignée sous le nom de Castor et Pollux. Elle occupe l'espace du ciel qui est entre Orion et la grande Ourse. Le soleil passe du 19 au 23 mai dans cette partie du ciel qu'occupent les Gémeaux, et arrive à la dernière limite le 19 du même mois.

GÉMINE. Terme de botanique , pour désigner des feuilles qui naissent deux ensemble du même lieu, ou sont rapprochées deux à deux.

GÉMONIES. Lieu de supplice chez les Romains. C'était une sorte de puits très profond où l'on précipitait le patient , qui roulait , en tombant , sur des échelons tellement rapides que le malheureux était brisé avant d'arriver au bas de la fatale échelle. Plus tard , les gémonies furent destinées à exposer aux yeux du peuple les corps des criminels , et quand ces corps n'étaient plus que des cadavres putréfiés , on les traînait dans le Tibre avec un croc.

GEMMATION. Ensemble de phénomènes qui accompagnent le développement et l'évolution des bourgeons.

GEMME (sel). C'est l'hydrochlorate de soude fossile. — En minéralogie , on donne le nom de *gemmes* à des cristaux pierreux d'une dureté considérable, ainsi que d'une couleur vive et nette. Les cristaux, d'une transparence complète , réfractent et réfléchissent fortement les rayons de la lumière.

GEMMIPARE. Les botanistes donnent ce nom aux plantes qui portent ou peuvent produire des bourgeons. — Par *gemmipare*, les naturalistes entendent un mode de génération que l'on observe chez quelques antozoaires.

GEMMULE. En botanique , on nomme ainsi une des quatre parties essentielles de l'embryon ; c'est un petit corps , simple ou composé , qui naît entre les cotylédons, ou dans la cavité même du cotylédon, si l'embryon n'en a qu'un.

GENCIVE. Tissu dense, fibro-muqueux, qui revêt le bord alvéolaire des mâchoires, et embrasse le collet de chaque dent.

GENDARMERIE. Force armée instituée pour assurer dans l'intérieur du royaume le maintien de l'ordre et l'exécution des lois. Son nom actuel a été substi-tué par la loi du 16 janvier 1791, à celui de *maréchaussée* qu'elle portait alors. L'organisation et les fonctions de la gendarmerie ont été , depuis 1791, l'objet d'un grand nombre de disposition- législatives, refondues ensuite dans la loi très développée du 28 germinal an 6, laquelle forme un code complet sur la gendarmerie. La gendarmerie doit prêter main-forte chaque fois qu'elle en est légalement requise. Lors des exécutions des condamnés , des détachements de gendarmerie sont requis pour servir de garde de police uniquement préposée pour maintenir l'ordre, prévenir et empêcher les émeutes , et garantir de trouble, dans leurs fonctions, les officiers chargés de faire mettre à exécution les jugements de condamnation. Les citations , notifications et toutes significations à la requête de la partie civile, en matière criminelle ou correctionnelle , peuvent être faites par le ministère de la gendarmerie. Les gendarmes sont tenus d'escorter les prévenus ou condamnés , lorsque leur translation d'un lieu à un autre est ordonnée par les officiers de justice. Ils transportent aussi les procédures ou pièces de conviction ou de décharge, à moins que ces objets ne soient trop lourds ou trop volumineux. Ils doivent assister les huissiers dans leurs recherches pour trouver un prévenu, accusé ou condamné, qui n'a pu être arrêté. Les officiers de gendarmerie sont officiers de police judiciaire, et pour un temps limité seulement, les sous-officiers et brigadiers sont investis, par une loi, de la même qualité dans les départements de l'ouest, où ont éclaté des germes d'insurrection. La résistance à la gendarmerie , dans les cas prévus par la loi, constitue une rébellion.

GENDRE. Un homme, du moment qu'il a épousé une fille, devient gendre par rapport au père et à la mère de cette dernière. Il fait alors partie de la famille dont il est même un des principaux membres. S'il rend sa femme heureuse, il est aimé, chéri de son beau-père et de sa belle-mère ; si le contraire a lieu, ceux-ci lui portent dès lors une haine implacable qui entraîne le plus souvent les procès et tous les malheurs qui en suivent.

GÉNÉALOGIE. Ce mot est employé pour signifier l'histoire des parentés et des alliances d'une famille. Autrefois, la généalogie était d'une si grande importance, qu'il fallait prouver qu'on avait tant d'aïeux qui avaient possédé tant de quartiers, pour obtenir certaines dignités. Il y avait des hommes qui s'occupaient d'une manière spéciale de rechercher les vieux titres et les anciennes dates, pour éclairer la noblesse sur l'origine de ses possessions : ces hommes étaient nommés pour cette raison généalogistes. Plusieurs de ces généalogistes étaient des gens pleins d'une savante érudition ; mais un grand nombre d'autres étaient au contraire ou ignorants ou peu consciencieux ; et pour quelques pièces de monnaie , ils fabriquaient à un gentilhomme la plus belle généalogie qu'il fût possible d'avoir. — Généalogie de Jésus-Christ. Cette généalogie du Sauveur, que nous ont transmise saint Luc et saint Mathieu , quoique différemment racontée par l'un et l'autre de ces saints apôtres, n'atteint pas moins son unique but ; celui de prouver que Jésus descendait de David. En effet, saint Mathieu, qui semble avoir donné la généalogie de Joseph, prouve ainsi la filiation légale de Jésus qui, aux yeux de la loi , était vraiment le fils du charpentier ; tandis que saint Luc, qui paraît ne tracer que la généalogie de Marie, prouve également de cette manière la filiation de sang du Messie, toujours par rapport à la race de David.

GÉNÉRAL. C'est le titre que l'on donne à un officier militaire revêtu du commandement de plusieurs sortes des troupes , et pour cette raison supérieur à un colonel qui n'a sous ses ordres qu'un seul corps de troupes. Les maréchaux de camp, les lieutenants-généraux et les maréchaux forment trois degrés hiérarchiques du généralat : et de ces trois principaux grades s'en sont formés encore bien d'autres, tels que ceux de généraux d'infanterie, d'artillerie, de cavalerie, etc. ; les fonctions de tous ces divers officiers généraux n'avaient rien de fixe jusqu'en 1793, parce qu'il n'y avait eu jusque-là aucune organisation dans l'armée ; mais depuis cette époque, ces charges et ces emplois militaires reçurent des dénominations appropriées à leur nature ; il n'y eut plus de confusion.

GÉNÉRALE. Signal militaire en cas d'alarme, qui se fait au son de la caisse. Les commandants de place peuvent faire battre la générale sitôt qu'un incendie se déclare, ou lorsque la fermentation des esprits présage une révolte. A ce signal, chaque soldat doit, sous des peines très graves, se tenir sous les armes au poste qui lui a été assigné.

GÉNÉRATION. C'est la fonction par laquelle les êtres vivants se reproduisent et donnent naissance à des individus semblables à eux, par lesquels ils perpétuent leur espèce. Cette faculté de reproduction est nécessaire à l'ordre conservateur ; puisque tous les êtres sont condamnés à mourir, il fallait bien qu'ils eussent le pouvoir de revivre en d'autres. Aussi, il est des animaux d'une classe inférieure qui ne naissent que pour se reproduire, et mourir presque aussitôt. Chez les animaux supérieurs, la génération ne peut s'opérer que lorsque la croissance est achevée ; impossible au premier âge, elle l'est également au déclin de la vie. — Les procédés par lesquels la génération s'accomplit ne sont pas les mêmes pour toutes les classes d'animaux. Les auteurs anciens et quelques modernes admettent qu'il est des êtres, d'un ordre inférieur, qui se forment de toutes pièces, à la manière des minéraux, par la réunion de leurs éléments constituants, sans le concours d'aucune espèce de contact, ni d'accouplement, c'est ce qu'on nomme *génération spontanée* ; il en est ainsi pour plusieurs genres d'insectes et de vers qui se développent dans l'intérieur des organes où aucun germe ne peut avoir pénétré. Quant aux animaux qui apparaissent dans les chairs en putréfaction, Redi et Swammerdam ont prouvé qu'ils proviennent d'œufs d'insectes et de vers, qui préalablement y avaient été déposés et qui y sont éclos. Spallanzani a montré que ces milliers d'animaux qui apparaissent dans les liqueurs provenant de la scission de leur corps, unique cause de leur multiplication. —Au-delà des êtres créés spontanément, la génération ne peut plus s'accomplir qu'à l'aide d'une partie organisée préexistante, fournie par un corps vivant, et qui devient un individu nouveau, semblable à celui dont elle est issue. A mesure que l'organisation des êtres se perfectionne, la génération s'opère à l'aide d'organes spéciaux, appelés organes sexuels ; l'un femelle, l'autre mâle. Le premier contient un germe propre à reproduire un même individu, le second fournit le fluide qui avive et féconde le germe, et en détermine le développement. Il y a des espèces qui réunissent dans un même être les deux sexes ; on les nomme *hermaphrodites* : tels sont l'huître, la moule, presque toutes les plantes et plusieurs mollusques, où chaque individu, quoique réunissant les deux sexes, ne peut engendrer que par le concours respectif de l'un et de l'autre sexe, par exemple le colimaçon ; mais, dans les animaux plus élevés dans l'échelle de l'organisation, chaque sexe est porté par un individu différent, de sorte que le concours de deux êtres, le mâle et la femelle, est absolument nécessaire pour la reproduction. Dans ce dernier cas, la génération présente des différences, selon les espèces : tantôt le fluide du mâle ne féconde l'œuf que lorsque celui-ci a été rejeté par la femelle, comme dans les poissons ; tantôt l'œuf ne peut plus être fécondé lorsqu'il est sorti de l'organe sexuel de la femelle ; alors le fluide vivifiant du mâle lui arrive lorsqu'il est encore dans l'intérieur de la femelle, comme dans les oiseaux, les mammifères, ce qui nécessite ce que l'on nomme copulation ou accouplement. — Dans la génération accomplie par le rapprochement des sexes, il existe des variétés : 1° dans la génération *ovipare*, l'œuf fécondé est aussitôt pondu par la femelle : ce n'est que par l'incubation extérieure que peut naître le nouvel individu, par exemple les oiseaux ; 2° dans la génération *ovovivipare*, l'œuf est fécondé, mais la ponte se fait si lentement, que l'éclosion a lieu dans les voies de son excrétion, et que l'individu sort tout formé du sein de sa mère, par exemple la vipère et la plupart des reptiles ; 3° enfin, la génération *vivipare* est celle dans laquelle l'œuf fécondé se détache de l'ovaire et vient se fixer dans un organe intérieur spécial qu'on appelle *utérus* ou *matrice* (*Voyez ces mots*).

GENÈSE. Premier des livres de Moïse et de l'Écriture sainte, dans lequel la création du monde et l'histoire des patriarches, depuis Adam jusqu'à Jacob et Joseph, sont rapportés. Quelques critiques, dit l'abbé Bergier, ont pensé que Moïse avait écrit ce livre admirable avant la sortie des Israélites de l'Egypte ; mais il paraît à ce docte théologal de l'église de Paris, plus vraisemblable qu'il le composa dans le désert, après la promulgation de la sainte loi qu'il avait reçue de Dieu sur le mont Sinaï. On voit dans la *Genèse* l'histoire de 2369 ans ou environ, depuis le commencement du monde jusqu'à la mort de Joseph, suivant le calcul du texte hébreu. Chez les juifs il est défendu de lire les premiers chapitres de la Genèse et ceux du prophète Ézéchiel avant l'âge de trente ans. Ces chapitres qui présentent de grandes difficultés pour leur exacte interprétation, ont fourni une surabondance d'objections aux incrédules. — Nous ne nous arrêterons pas à réfuter ces philosophes misantropes et atrabilaires qui se persuadent très faussement avoir la science infuse, et qui ont été assez téméraires, pour vouloir discuter *ex-professo* les points les plus ardus de l'histoire sacrée, et n'ont pas craint de nier effrontément ce que leurs pères dans la foi catholique ont cru fermement avant eux. Un seul mot suffira pour anéantir tous leurs sophismes. Qu'il nous suffise de rapporter le témoignage de M. de Luc, savant physicien de Genève, et l'un de ceux qui ont observé la face du globe avec le plus d'attention. Ce savant naturaliste prouve évidemment dans les *Lettres sur l'histoire de la terre et de l'homme*, Tome V, etc., que le livre de la Genèse est la véritable histoire naturelle du monde ; qu'aucun des phénomènes cités par les philosophes, pour contredire la narration de Moïse ne prouve rien contre elle, mais sert plutôt à la confirmer ; qu'aucun des systèmes de cosmogonie qu'ils ont forgé dans leur cerveau, ne peut se soutenir. Il fait remarquer avec raison qu'aucun auteur juif n'a pu avoir dans ces temps primitifs de l'origine du monde assez de connaissance de la physique et de l'histoire naturelle, pour composer un récit de la création et du déluge, aussi bien d'accord avec les phénomènes physiques que celui de Moïse. Il faut donc que cet auteur sacré ait été instruit ou par une révélation immédiate de Dieu, ou par une tradition très certaine qui, par la chaîne non interrompue des patriarches, remontait jusqu'à la création. On peut voir les objections contre le livre de la Genèse, résolues victorieusement dans la réfutation de la Bible *enfin expliquée*, L. VI. chap. 7, *Traité historique et dogmatique de la vraie religion*, tome 3, p. 194. Dans l'histoire de l'académie des inscriptions, Tome IX, in-12, page 1, il y a l'extrait d'un mémoire où l'on fait voir l'utilité que les belles-lettres peuvent tirer de l'Écriture sainte, et en particulier du livre de la Genèse. L'auteur de ce mémoire soutient que c'est là qu'il faut chercher l'origine des arts, des sciences et des lois ; et M. Gogaet l'a prouvé, en détail, dans l'ouvrage qu'il a composé sur ce sujet, *origine des lois*, etc. Cet académicien n'était pas éloigné de penser que les fictions de la mythologie avaient été empruntées à certains traits d'histoire conservés dans la Genèse. Le siècle d'or, les îles enchantées, la félicité du premier âge et les charmes de la nature dans son printemps ne paraissent être que des copies du tableau que les premiers chapitres de la Genèse offrent à nos méditations. Ce n'est pas tout : la religion naturelle étant du ressort de la raison, et l'étude s'en trouvant liée nécessairement avec celle de l'histoire, c'est dans les livres de Moïse qu'il faut commencer cette étude ; c'est là, affirme M. l'abbé Bergier, que l'on trouve le vrai système présenté sans mélange de la formation du globe que nous découvrons les premières traces de la mythologie et de la philosophie ancienne. En un mot, Moïse n'est pas seulement le plus éclairé des philosophes, il est encore le premier des historiens et le plus sage des législateurs. Bien plus, sans les ressources historiques que nous tirons des livres sacrés de Moïse, il n'y aurait point de chronologie. — Oui, les écrits de Moïse ouvrent les sources de l'histoire ; ils présentent le spectacle intéressant de la dispersion des hommes sur toute la terre, de la naissance des sociétés, de l'invention et du progrès des arts, de l'établissement des lois ; finalement, ils éclairent l'origine de tous les peuples. Oui, tous les fragments des annales du monde réunis avec soin et discutés de bonne foi, concourent à faire regarder la Genèse comme le plus authentique des anciens monuments. Ajoutons, en terminant cet article, que, suivant l'opinion de M. Goguet, toutes les croyances religieuses des païens ne sont, à le bien prendre, que des hérésies de la religion primitive ; car toutes supposent l'existence d'un être ou de plusieurs êtres supérieurs à l'homme, auteurs et conservateurs de l'univers, admettant, toutes, des peines ou des récompenses après la mort. Tel est ce livre admirable écrit par Moïse : il renferme les dépôts de l'histoire des temps primitifs du monde.

GENÊT. Genre de plante de la famille des légumineuses, très commun dans nos bois ; on en distingue plusieurs espèces : le *genêt commun*, qui croît partout, en Italie, en Espagne, en Portugal et en France : ses tiges, dont il se fait un grand débit, surtout à Paris, servent à faire des balais. Le *genêt d'Espagne* produit des fleurs qui exhalent une odeur suave : il s'élève en un buisson de douze à quatorze pieds de haut. Le *genêt épineux*, appelé aussi jonc marin, parce qu'il croît habituellement dans les terrains sablonneux et inutiles qui avoisinent le bord de la mer, est un arbrisseau toujours vert, qui donne des fleurs jaunes: Les tiges de ce genêt sont garnies de petites feuilles ovales, et de longues épines vertes, qui donnent naissance à des épines plus petites, qui elles-mêmes sont garnies d'autres épines plus petites encore. Dans quelques provinces russes, le genêt *des teinturiers* est, dit-on, employé avec succès contre la rage. — On appelle *genêt* un cheval d'Espagne entier.

GENETTE, quadrupède du genre de la belette. Cet animal est doux, apprivoisable ; il chasse les rats aussi bien que le chat ; il répand une odeur de musc, faible et passagère. La genette est de la grandeur d'un chat, mais d'une taille beaucoup plus effilée : la tête comme celle de la fouine, le museau pointu, les poils doux, d'un gris jaunâtre, à taches noires, plus rapprochées et plus grandes sur le dos qu'ailleurs, de façon qu'il paraît longitudinalement rayé ; la queue aussi longue que le corps, annelée de noir et de gris ; l'ouverture et le sac à humeur d'une odeur plus faible et moins durable que celle de la civette. Les lieux humides sans être froids sont ceux que cet animal préfère ; on a vu des genettes à Dardilly près de Lyon.

GENÉVRIER, arbrisseau qui s'élève quelquefois à la hauteur d'un arbre. Il croît dans toute l'Europe, et principalement dans les pays septentrionaux. Il se trouve dans les forêts, dans les bruyères et sur les montagnes.

Il est sauvage ou cultivé. — On peut faire avec le genièvre une boisson saine et peu coûteuse ; c'est le vin de genièvre. Il se prépare avec six boisseaux de graines de genièvre et trois ou quatre poignées d'absinthe. On laisse infuser et fermenter le tout pendant un mois dans cent pintes d'eau ; on tire ensuite la liqueur à clair : ce vin est d'autant plus agréable qu'il est vieux. Le ratafia préparé par l'infusion des baies de genièvre dans l'eau-de-vie est un bon cordial stomachique. — Dans les hôpitaux et les chambres des malades, on brûle le bois et les baies de genièvre pour en chasser le mauvais air.

GÉNIE. Talent naturel pour une chose du ressort de l'esprit ; conception générale d'un sujet que l'on traite, soit d'invention, soit d'imitation. — Dans les lettres, on entend par *génie d'une langue* l'habitude de l'esprit qui s'est accoutumé à donner ou à recevoir les idées dans tel ordre plutôt que dans tel autre ; il diffère essentiellement de *l'analogie* en ce que celle-ci est l'habitude de la langue et de l'oreille. Or, ce génie ne se trouve que dans le caractère même de la langue qui est parlée. Les hommes, en ce qui leur est essentiel, sont les mêmes dans tous les lieux et dans tous les temps : ils ont tous une faculté qui pense et une autre qui sent, et ils communiquent à leurs pareils les mouvements intérieurs de ces facultés, par le motif du besoin. Conséquemment, ils doivent tous se porter à faire cette communication par la voie la plus courte et la plus sûre ; il n'en est point d'autre pour le besoin. Dès que c'est lui qui ordonne et qui parle, il va d'abord au fait : nulle distinction, ni pour le pays, ni pour le temps : c'est un ressort placé dans toutes les âmes, qui les agite et les secoue toutes de la même manière. Si on suppose qu'il y ait une machine au dehors qui doive en représenter les mouvements, chaque fois que les mêmes objets agiront sur le ressort interne, il en résultera, sinon d'aussi vives, au moins autant d'expressions dans cette machine extérieure ; et elles seront constamment arrangées selon l'ordre des secousses du ressort qui est au-dedans ; cette machine extérieure est la *parole*. Tel est le génie des langues en général. Il est certain que si l'on considère la parole généralement, avant de la diviser en langue grecque, latine, française, etc., et dans l'idée de sa perfection possible, on se la représentera suivant pas à pas l'esprit et le cœur, rendant à la lettre la pensée avec ses circonstances, la rendant son degré de lumière et de feu ; avec ses parties, selon leurs configurations, leurs liaisons, leurs rapports. Ce sera un portrait où l'on voit l'âme se verra hors d'elle-même, tout entière, telle qu'elle est, dans toutes ses positions, ses modifications, ses mouvements. Mais si on la divise, et qu'on la considère, non comme on peut la concevoir en général, mais comme elle est réellement, dans ses espèces existantes, alors on peut envisager chaque espèce par deux côtés : par le génie particulier des peuples, selon les climats qu'ils habitent ; et par la forme et la constitution particulière des sons qui constituent ce qu'on appelle une langue, par opposition à une autre langue. Il semble que, si l'on considère les langues du côté du génie particulier des peuples, ce sera encore le même ordre des idées, et par conséquent des expressions. Toute la différence qu'on pourra y mettre se tiendra du côté du plus ou du moins de vitesse ou de force ; les peuples qui auront plus de vivacité et de feu pourront exprimer moins de choses, et en laisser plus à deviner à leurs auditeurs ; parce que, se contentant des idées principales qu'ils exprimeront nettement, ils négligeront les autres, qui pourraient les arrêter dans leur course et les empêcher d'arriver si vite. Ceux qui auront plus de flegme ou plus de lenteur prendront tout le temps nécessaire pour laisser sortir tour à tour toutes leurs idées principales et accessoires avec toutes leurs circonstances ; car jusqu'ici nous supposons que la langue se prête à toutes les pensées.

leurs parties, à leur manière d'être. C'est donc la même marche, soit dans la langue idéale, soit dans la langue réelle, considérée seulement du côté du génie particulier des peuples. C'est le seul besoin de celui qui parle qui règle sa langue et sa construction : et ce maître a partout et constamment la même méthode, dont le grand et l'unique principe est l'intérêt. Les langues particulières qui existent sont toutes très éloignées de la perfection possible et idéale. Elles ont toutes le même but, qui est de placer avec clarté et justesse, dans les esprits de ceux qui écoutent, ce qui est dans l'âme de celui qui parle. Toutes les langues consistent dans les sons. Ces sons étant figurés de telle ou telle manière, appartiennent à une langue ou à une autre par une certaine analogie qui les réunit, et en forme un corps qui constitue la langue dans son espèce. Or, ces sons figurés sont multipliés plus ou moins ; ce qui fait abondance ou pauvreté ; ils ont plus ou moins de flexibilité, ce qui produit la douceur, la clarté, la justesse. Chaque nation croira que la plus claire de toutes les langues est celle qu'elle parle ; tous les hommes le veulent ainsi, et cela n'est pas étonnant : la langue de notre pays est celle que nous savons le mieux : elle est née avec nous, et nous avec elle ; elle est comme une partie de nous-mêmes. Serait-il possible que nous ne la trouvassions pas la plus aisée, la plus flexible, la plus claire de toutes les langues, puisque c'est elle qui nous obéit et que nous entendons le mieux ? Mais la langue française, malgré les variations de sa construction, ne souffre point de dérangement, ou ce qui est la même chose, n'admet point d'inversions, au moins dans la prose. C'est pour cela que nous avons l'avantage d'être plus naturels, plus simples, plus clairs dans nos discours, que la plupart des autres nations : c'est un génie particulier à notre langue que les autres n'ont pas. Dans toutes les productions de l'esprit, elle a remporté la palme glorieuse qui fera passer jusqu'à la dernière postérité les noms célèbres des Descartes, des Corneille, des Pascal, des Racine, des Molière, des Bossuet, des Fénélon, des Rousseau, des Buffon, des Voltaire, des Delille. Et lorsque tous les souverains de la terre, tous les peuples se font un plaisir de la connaître et un honneur de la parler, ne pouvons-nous pas reconnaître et avouer le Français législateur dans les sciences et les arts, comme il l'est dans les destinées des nations (*Voyez* GRAMMAIRE).

GÉNIE, divinité des païens. Chaque personne avait une divinité qui lui était propre et que l'on appelait génie. Il naissait avec l'homme, et périssait avec lui. On distinguait deux sortes de génies : les uns blancs, et de bon augure, les autres noirs, et d'un mauvais présage : ce qui a donné lieu d'attribuer deux génies à chaque homme ; l'un qui le portait au bien, et l'autre au mal ; le plus puissant l'emportait.

GENOU. C'est cette partie de la jambe qui s'unit à la cuisse par une articulation.—Fléchir le genou, pris au figuré, veut dire s'humilier, s'abaisser ; parce qu'en effet, une personne qui se tient à genoux, se raccourcit, se fait vraiment plus petite qu'elle ne l'est étant debout.

GENOUILLÈRE. Pièce d'armure qui, s'adaptant aux cuissards et aux jambiers, défendait le genou des chevaliers lorsqu'ils se disposaient à se mettre en campagne, armés de pied en cap. Toutes les pièces de cette lourde et pesante armure dont l'invention remonte au XIe siècle, étaient de fer battu.

GENOVÉFAINS. Les génovéfains étaient, dans le principe, des chanoines réguliers de Sainte-Geneviève, qui chassés de leur monastère lors de l'invasion des Normands, en 843, puis de nouveau réunis en communautés, furent, en 1148, remplacés par des religieuses de Saint-Victor envoyées par le pape Eugène III,

qui érigea leur maison en abbaye. Ces religieux, qui portèrent toujours dans la suite le nom de Congrégation de France, furent dirigés en 1619 par le cardinal de la Rochefoucault, puis par le V. Charles Faure, qui, lui ayant succédé, parvint à exécuter parmi ses religieux la réforme qu'avait projetée son prédécesseur. Cette pieuse institution, malgré sa distinction et sa célébrité, subit en 93 le sort de tant de maisons religieuses.

GENRE, ce qui est commun à des espèces ; groupe d'objets qui ont entre eux une certaine analogie et se rapprochent par des caractères communs ; lorsque l'on considère ces objets sous le rapport de leurs caractères distinctifs, ils prennent individuellement le nom d'*espèce* ; et quand une espèce ne se rapporte à aucun des genres connus, elle-même constitue un genre.

GENRE, terme de grammaire. Nous avons, dans notre langue, deux genres, le *masculin* et le *féminin* ; ensuite, il y a des substantifs qui sont des deux genres. On en comptait beaucoup autrefois ; mais l'usage en a diminué le nombre. Le mot *équivoque*, regardé par Boileau comme étant des deux genres, est aujourd'hui féminin. — Le mot *automne* avait aussi les deux genres ; on trouvait dans le Dictionnaire de l'Académie : un *bel automne*, et une automne *pluvieuse* et *froide*. L'usage ne permet plus de donner à ce nom que le genre masculin. Le mot *épiderme*, que Molière acmployé au féminin, est du genre masculin : le *simple épiderme*. Voici les noms des substantifs qui ont conservé les deux genres : — *Aide*. Ce mot est du féminin, quand il signifie l'assistance, le secours qu'une personne donne à une autre : *aide prompte*, *aide assurée*. Il est encore du genre féminin quand il exprime la personne même dont on reçoit le secours : *vous êtes toute son aide*. Mais il est du masculin, quand on s'en sert pour désigner des personnes dont l'emploi consiste à être auprès de quelqu'un pour servir conjointement avec lui et sous lui : *un aide de camp* ; *un aide major* ; *un aide de cuisine*.—*Aigle* est un nom masculin, lorsqu'on l'emploie pour désigner le plus fort des oiseaux de proie : *un aigle noir un aigle fier et courageux*. En termes d'armoiries et de devises, le mot *aigle* est féminin : les *aigles françaises*, pour dire les drapeaux des régiments français, parce que sous l'empire, en haut de ces enseignes, il y avait la figure d'un aigle. — *Amour*, masculin en prose, devient dans les vers ou dans la prose poétique masculin ou féminin, au gré de l'auteur : à l'amour surtout, le féminin paraît avoir de la grâce : *mes premières amours ; de folles amours*. — *Couple* est du genre féminin quand il marque seulement le nombre de *deux* : *une couple d'œufs*, *une couple de pigeons* ; *une couple de livres*, *donnez-m'en une couple*. Mais il est du masculin quand il signifie un homme et une femme unis par le mariage : *beau couple*, *heureux couple*. Il s'emploie encore au masculin, en parlant des animaux, pour exprimer le mâle et la femelle : *un couple de perdrix*, *un couple de tourterelles*. D'après ce que nous venons de dire, il est aisé de comprendre quelle différence il y a entre *un couple de pigeons* et *une couple de pigeons*. La première manière de s'exprimer indique le mâle et la femelle, et la seconde indique seulement le nombre de *deux pigeons* pris dans un plus grand nombre. — *Délice*. Masculin au singulier, et féminin au pluriel : *c'est un délice d'habiter la campagne en été*, les enfants de cette dame *font ses plus chères délices*. — *Écho*. Masculin quand il signifie la répétition du son : *un bel écho*, *l'écho est sourd à ma voix*. Il est féminin quand il désigne la nymphe de ce nom : *Écho était amoureuse de Narcisse*. — *Enfant* est masculin quand on parle d'un garçon : *un bel enfant...* ; il est féminin quand on parle d'une fille : *une jolie enfant*, *la pauvre enfant*. — *Enseigne*. Masculin, lorsqu'il désigne l'officier qui porte le drapeau : *un enseigne monta le premier à l'assaut*. Il est féminin dans toute autre acception : *je le reconnus à l'enseigne qu'on m'en avait donnée* ; venir à bonne

enseigne ; *je loge à telle enseigne;* les Français entrèrent dans Berlin tambour battant, *enseignes déployées.*
— *Exemple* est toujours du masculin, si ce n'est quand il signifie un modèle d'écriture : *donnez de belles exemples à vos élèves.* — *Foudre.* On dit au figuré : *un foudre de guerre,* pour signifier un général qui a remporté plusieurs victoires et donné des preuves d'une valeur extraordinaire. En cette acception, il est toujours masculin ; on dira, semblablement : Mirabeau était *un foudre d'éloquence,* pour dire qu'il était un grand orateur.
— *Garde* est du masculin, lorsqu'il signifie un homme armé : *un garde national;* mais il est du féminin, lorsqu'il présente une réunion d'hommes : *la garde nationale.* — *Gens.* Du genre masculin, lorsqu'il est suivi d'un adjectif : *gens instruits; gens éclairés.* Il est du genre féminin, lorsque l'adjectif le précède : *ce sont de bonnes gens;* voilà *de sottes gens.* Il n'y a d'exception que pour l'adjectif *tout,* qui étant mis devant *gens,* y est toujours masculin : *tous les gens de bien, tous les honnêtes gens.* On ne peut même pas dire : *toutes les bonnes gens,* parce que ce mot *toutes* ne peut être placé devant *gens* avec les autres adjectifs féminins que le substantif *gens* demande. — *Guide.* Quand ce mot indique celui ou celle qui conduit une personne, il est masculin : *cette fille sera un sûr guide.* Il est féminin, quand il signifie la rêne qui sert à conduire un cheval attelé à une voiture : *une des guides s'est rompue.* — *Hymne* est ordinairement masculin : *les hymnes républicains.* Mais en parlant des hymnes que l'on chante dans l'église, il s'emploie au féminin (Académie) : *entonner une hymne, composer de belles hymnes.* — *Manche* est du masculin, quand il désigne la partie d'un instrument par où le prend pour s'en servir : *le manche d'un couteau; un long manche.* Mais il est féminin, lorsqu'il indique la partie du vêtement dans laquelle on met le bras : *la manche d'un habit, les manches sont trop longues.* — *Manœuvre.* Masculin, lorsqu'il signifie un homme qui travaille de ses mains, qui aide les maçons, les couvreurs. On l'emploie au figuré et par mépris pour désigner un homme qui exécute un ouvrage d'art grossièrement et par routine : *ce n'est qu'un manœuvre.* Il est féminin, lorsqu'il exprime ce qui se fait pour le gouvernement d'un vaisseau, ou les mouvements qu'un général fait exécuter à ses troupes : *nos marins firent une manœuvre que leur fit gagner le vent sur les ennemis; par une habile manœuvre, nos troupes ont remporté la victoire.* Il se dit encore au figuré de la conduite bonne ou mauvaise qu'on tient dans les affaires du monde : *vous avez fait une manœuvre qui a gâté vos affaires;* il fait *une étrange manœuvre.* — *OEuvre* est féminin, quand il signifie une action, un ouvrage : *la moindre des œuvres de la nature est plus parfaite que toutes celles de l'art.* Mais *œuvre* est masculin en parlant d'estampes, pour dire, le recueil de toutes les estampes d'un même graveur : *avoir tout l'œuvre d'un graveur célèbre.* Il se dit aussi des ouvrages des musiciens : *le premier, le second œuvre de Rossini.* — *Orgue* est masculin au singulier : *un bon orgue; l'orgue de Saint-Étienne-du-Mont est excellent; un orgue portatif.* Mais le mot *orgues,* au pluriel, est du féminin ; *il y a de bonnes orgues à Saint-Roch; des orgues portatives.* — *Parallèle.* Féminin, lorsqu'il signifie une ligne parallèle à une autre : *tirer une parallèle.* Il est masculin, lorsqu'il désigne un cercle parallèle à l'équateur : *tous ceux qui sont sous le même parallèle, ont la même latitude.* Il est encore masculin lorsqu'il exprime la comparaison de deux choses ou de deux personnes entre elles : *vous ferez un juste parallèle de Charlemagne avec Napoléon.* — *Période* est féminin, lorsqu'on s'en sert pour exprimer la révolution ou le cours que fait un astre pour revenir au même point dont il est parti : *le soleil fait sa période en trois cent soixante-cinq jours et près de six heures; la lune fait sa période en vingt-neuf jours et demi. Période* a le même genre, lorsqu'il se dit de

la révolution d'une fièvre qui revient en certains temps réglés : *toutes les fièvres intermittentes ont leurs périodes réglées.* Enfin, *période* est encore du féminin, quand il signifie la portion d'un discours, arrangée dans un certain ordre, et composé de plusieurs membres qui, pris ensemble, renferment un sens complet : *période longue; période courte.* Mais *période* est masculin, lorsqu'il est pris au figuré pour exprimer le plus haut point où une chose puisse arriver, ou lorsqu'il signifie un espace de temps vague. Démosthène et Cicéron ont porté l'éloquence *à son plus haut période...; dans un certain période de temps; dans le dernier période de sa vie.* — *Personne,* féminin, lorsqu'il signifie un homme ou une femme : *c'est la personne du monde la plus dévouée à ses amis; des personnes très instruit s.* Mais lorsque le mot *personne* signifie *nul, qui que ce soit,* il est masculin singulier, et toujours précédé ou suivi d'une négation : *personne ne sera assez hardi ; il n'y a personne si peu instruit des affaires.* — *Vase* est masculin quand il signifie un vaisseau propre à contenir quelque liqueur : *vase fêlé ; vase précieux.* Il est féminin lorsqu'il exprime la bourbe qui est au fond des rivières, des marais : *ce bateau s'est enfoncé dans la vase.* — Il y a beaucoup d'autres substantifs des deux genres dont l'énumération serait trop longue et que l'usage fait connaître (*Voyez* LOCUTIONS).

GENTIANE. Plante médicinale ; sa racine est de la grosseur du poignet, longue et branchue, très rugueuse à l'extérieur, spongieuse, jaune, d'une odeur forte et tenace, d'une saveur très amère, ses feuilles sont lisses, de couleur vert pâle, ayant cinq nervures comme celles du plantain. Les tiges portent des fleurs verticillées ou rangées par anneaux et par étages dans les aisselles, et qui sont de couleur jaune. Le fruit est une capsule ovale, contenant des semences aplaties, comme feuilletés et de couleur rougeâtre. La racine, qui est la seule partie employée en médecine, est stomachique, tonique et fébrifuge. On croit que *Gentius,* roi d'Illyrie, mit le premier en usage cette plante nommée *depuis grande gentiane,* et qui nous est apportée sèche de l'Auvergne et de la Suisse.

GENTILS. Les Hébreux désignaient sous cette dénomination tous les peuples incirconcis, c'est-à-dire les païens. Depuis l'établissement du christianisme, il n'y a plus de ces antipathies insupportables qui existaient entre le peuple privilégié et les autres nations; les mêmes croyances réunissent tous les hommes et n'en font plus qu'une société de frères. La religion chrétienne, qui est une religion d'amour, a uni par les liens de la charité le chrétien au musulman, l'homme sauvage à l'homme civilisé. Cependant, par une juste compensation sans doute, nous croyons aujourd'hui le juif seul étranger sur la terre. Sans temples. sans lois, il est même un objet d'horreur pour toutes les nations ; comme toutes les nations, avant le christianisme, avaient été un objet d'horreur pour lui.

GENTILHOMME. Homme né de race noble. Du temps de la féodalité, la noblesse du sang était un privilége si grand, qu'un gentilhomme eût été déshonoré aux yeux de ses amis et même de ses proches, s'il se fût allié avec une famille appartenant à la classe roturière; bien plus, fût-il réduit à la dernière indigence, il devait supporter toutes les privations les plus pénibles à la nature, plutôt que de s'avilir en travaillant. Mais le temps amena peu à peu, avec la civilisation, l'égalité des conditions. La noblesse fut renversée. Un gentilhomme ne fit plus alors difficulté comme autrefois, d'apprendre à lire et à écrire. Bien plus, quand les circonstances l'exigèrent, il ne recula pas devant le travail. Il se souvint qu'il était homme, et qu'en cette qualité il devait gagner son pain à la sueur de son front. Il y avait plusieurs espèces de gentilshommes attachés au service de nos rois. Ils occupaient les plus hautes charges de la cour.

et remplaçaient le grand chambellan, en son absence. Sous Henri III, Henri IV et Louis XIV le nombre de ces gentilshommes varia de 45 à 24 et 26. Louis XIII les réduisit à quatre. Quant aux gentilshommes verriers établis par François 1er, ils devinrent le sujet des plaisanteries et des dérisions du peuple, qui prend toujours plaisir à humilier ceux qui, d'une condition élevée, sont forcés par les circonstances de se confondre dans la multitude.

GÉNUFLEXION. Espèce de révérence qui consiste à fléchir le genou devant les choses saintes; les ministres des autels font fréquemment la génuflexion, surtout quand ils passent devant le saint-sacrement. Cette marque de soumission extérieure paraît avoir toujours existé dans l'église, et semble même avoir fait une partie essentielle du culte. Sous la loi ancienne, nous trouvons des exemples de ces signes extérieurs d'abaissement dans la prière. Jacob alla au-devant d'Esaü son frère, et il le calma en s'humiliant plusieurs fois devant lui. Salomon pria prosterné, à la consécration du temple de Jérusalem. Un officier d'Achab fléchit les genoux devant Eli. Sainte Marie-Madeleine se prosterna aux pieds du Sauveur qu'elle baignait de ses larmes. Jésus-Christ lui-même pria à genoux dans le jardin des Olives. Plusieurs rois de France exigèrent que leurs vassaux fléchissent les genoux devant eux en signe de soumission.

GÉODÉSIE de γῆ, terre, δαίω diviser; science qui a pour objet la mesure de la terre et de ses parties, la détermination de sa forme, celle des arcs du méridien, et des parallèles.

GÉOGÉNIE. On donne ce nom à cette partie de la cosmogonie qui embrasse la théorie de la formation de l'univers (*Voyez* GÉOLOGIE).

GÉOGNOSIE, de γῆ, terre, γνῶσις, connaissance. Cette science apprend à connaître la structure, la situation respective et la nature des grandes masses de matières pierreuses ou d'autres substances minérales qui entrent dans la composition du globe terrestre (*Voyez* GÉOLOGIE).

GÉOGRAPHIE, de γῆ, terre, γράφω, je décris. La Géographie est la description de la *surface* de la terre; on distingue la *géographie mathématique* qui détermine les positions et les distances des lieux qui se trouvent à la surface de la terre; la *géographie physique*, dont l'objet est la description de la surface de la terre suivant les divisions naturelles, c'est-à-dire, eu égard aux différentes parties de terre et d'eau que l'on y observe; la *géographie politique* qui considère la terre comme habitée par divers peuples, qui s'en partagent le domaine, et qui forment autant de sociétés séparées. — La terre est cette partie solide, composée de différentes matières et d'eau, et soutenue au milieu d'un fluide, qui est l'air dans lequel elle tourne autour du soleil. Elle a neuf mille lieues de tour, et trois mille d'épaisseur; sa distance à l'astre qui l'éclaire est de 34,506,422 lieues. La figure de la terre est à peu près *sphérique*, c'est-à-dire, à peu près semblable à celle d'un globe ou d'une boule. C'est pour cela qu'on la représente sous la forme d'un globe, et qu'on la désigne souvent sous le nom de *globe terrestre*. L'*axe* de la terre est une ligne qui la traverse en passant par son centre, et sur laquelle on imagine que la terre tourne, comme une roue sur son essieu. — Les *pôles* de la terre sont les deux points auxquels cet *axe* aboutit sur la surface du globe terrestre; ce sont comme les deux pivots qui soutiennent l'axe, et qui servent à faire tourner la terre. — Les *pôles du monde*, ou *les pôles célestes*, sont les deux points du ciel auxquels aboutira l'axe de la terre, si on le conçoit prolongé suffisamment au delà de ses deux extrémités. Le ciel entier nous paraît tourner, dans l'espace de vingt-quatre heures, autour de cet axe ainsi prolongé, qu'on appelle alors l'*axe du monde*. Ce phénomène ne

prouve pas que le ciel ait un mouvement réel, puisque les apparences seront les mêmes, si le ciel demeurant immobile, la terre tourne sur son axe dans le même espace de vingt-quatre heures. L'un des pôles du monde est situé dans la partie du ciel où se trouvent deux constellations désignées par les noms de *grande ourse* et de *petite ourse* : on l'a nommé *pôle arctique*, de ἄρκτος *ourse*. L'autre a été nommé *pôle antarctique*, c'est-à-dire, *opposé à l'ourse*. Le premier s'appelle autrement *pôle septentrional* ou *boréal*; et le second *pôle méridional* ou *austral* : parce qu'ils répondent, l'un au *septentrion*, et l'autre au *midi*. Les mêmes dénominations s'appliquent aux pôles de la terre, suivant qu'ils correspondent à l'un ou à l'autre des pôles du monde. — Le *septentrion* ou *nord* est la partie de la terre que nous avons devant nous, quand nous tournons le dos au soleil à l'heure de midi. Le *sud* ou *midi* est la partie opposée, qui se trouve alors derrière nous. Quand nous tournons le dos au soleil à l'heure de midi, et que le nord se présente à nous en face, nous avons en même temps à droite l'*orient* ou l'*est*, c'est-à-dire la partie de la terre qui est située du côté où le soleil se lève; et à gauche l'*occident* ou l'*ouest*, c'est-à-dire, la partie de la terre qui est située du côté où le soleil se couche. Ces quatre points sont appelés *cardinaux* ou principaux, parce qu'ils servent à déterminer tous les autres. — Parmi les différents cercles qu'on imagine tracés sur le globe terrestre, les uns sont appelés les *grands cercles*, et les autres *petits cercles*. Les grands cercles sont ceux qui partagent la terre en deux parties égales : chacune de ces parties se nomme *hémisphère*, c'est-à-dire moitié de *sphère*. Les petits cercles sont ceux qui coupent la terre en deux parties inégales. Tout cercle se divise en 360 parties égales, que l'on appelle *degrés*. Chaque degré se partage en 60 *minutes*, chaque minute en 60 *secondes*, etc. Ainsi le demi-cercle contient 180 degrés, et le quart en contient 90. Les degrés d'un même cercle sont tous égaux entre eux; mais ils peuvent être plus ou moins grands, selon qu'ils appartiennent à un cercle plus ou moins grand. Le méridien est un grand cercle qui passe par les deux pôles et par le point de la terre où nous sommes placés. Il coupe par le milieu l'arc *diurne*, c'est-à-dire la portion de cercle que le soleil paraît décrire de son lever à son coucher : c'est de là qu'il a pris le nom de *méridien*, parce qu'il détermine pour nous le milieu du jour. Tous les lieux de la terre qui se trouvent dans la même direction en allant d'un pôle à l'autre, ont le même méridien, et par conséquent ont midi en même temps. Au contraire, les lieux qui ne sont pas dans cette même direction, ont des méridiens différents; ainsi nous changeons de méridien toutes les fois que nous avançons de l'orient à l'occident, ou de l'occident à l'orient. (*Voyez* HÉMISPHÈRE, ÉQUATEUR, TROPIQUES, LONGITUDE et LATITUDE.) — Pour représenter sur un plan la surface du globe terrestre, on suppose que ce globe a été coupé suivant le méridien de l'île de Fer, et que les deux hémisphères, placés l'un à côté de l'autre, ont été ensuite aplatis. Telle est la construction de la mappemonde, autrement appelée *planisphère*. Les cercles tracés sur le globe sont également tracés sur la mappemonde, de manière qu'une moitié de chaque cercle se trouve dans l'hémisphère oriental, et l'autre moitié dans l'hémisphère occidental (*Voyez* CARTES GÉOGRAPHIQUES). Sur la mappemonde, comme sur le globe, les degrés de latitude sont marqués le long du méridien de l'île de Fer, et les degrés de longitude sont marqués le long de l'équateur; pour ce qui concerne les autres cartes, les degrés de latitude y sont marqués à droite et à gauche, dans la hauteur des cartes : et les degrés de longitude se marquent dans la largeur, en haut et en bas. Ordinairement, dans les cartes françaises, on marque en haut la longitude du méridien de l'île de Fer, et en bas la longitude du méridien de Paris; la distance de l'un de ces méridiens à l'autre est de 20 degrés.

31

(*Voyez* Sphère). — La surface du globe se compose de terre et d'eau ; cette eau doit, antérieurement à l'existence des créatures actuelles, avoir couvert la terre ; aujourd'hui elle en occupe à peu près les trois quarts. Cette surface se trouve divisée d'un pôle à l'autre, en deux grandes masses de terre, et en deux grands bassins couverts d'eau. On distingue les différentes parties de la terre en continents, îles, presqu'îles ou péninsules, isthmes, caps, côtes, montagnes, plateaux, bassins, vallées, plaines, forêts et déserts. Il y a deux continents : la masse de terre qui est située à l'orient du méridien de l'île de Fer se nomme *continent oriental ;* celle qui est à l'occident du même méridien s'appelle *continent occidental.* Le premier de ces deux continents est aussi désigné par le nom *d'ancien continent,* parce que c'est le premier qui ait été connu des anciens ; il renferme l'Europe et l'Asie au nord, et l'Afrique au sud-ouest ; l'isthme de Suez joint l'Afrique à l'Asie. Le *nouveau continent,* ainsi nommé parce qu'il n'a été découvert qu'à la fin du quinzième siècle, contient l'Amérique. Il a deux parties : l'Amérique septentrionale et l'Amérique méridionale qui sont jointes par l'isthme de Panama. L'Océanie, découverte en 1664, n'a pas encore reçu le nom de continent, quoiqu'on puisse l'appeler ainsi, et qu'on la nomme pour la cinquième partie de notre globe, avec les îles du Grand-Océan qui en dépendent. — Les différentes parties de l'eau se divisent en mers, golfes, anses, détroits, lacs, rivières, fleuves (*Voyez* chacun de ces mots).

Europe. C'est la moins grande des cinq parties de la terre ; mais elle est la plus considérable, tant par sa population et par son commerce, que par la douceur et l'industrie de ses habitants, et par leur amour pour les sciences, les lettres et les arts. L'Europe est bornée au nord par la mer Glaciale, à l'est par l'Asie et la mer Noire ; au sud par la Méditerrannée, qui la sépare de l'Afrique ; et à l'ouest par l'Océan. Son étendue est d'environ 1,200 lieues, depuis le 7e degré jusqu'au 77e de longitude, et 900 lieues depuis le 38e jusqu'au 72e degré de latitude septentrionale. L'Europe se divise en quatorze parties principales : quatre au nord, l'Angleterre, le Danemarck, la Suède et la Russie européenne ; six au milieu : la France, les Pays-Bas (Belgique et Hollande réunies), la Suisse, les états d'Allemagne, l'Autriche et la Prusse : les quatre du midi sont : le Portugal, l'Espagne, les états d'Italie et la Turquie d'Europe. Le gouvernement de ces différents états est monarchique, ou républicain, ou *mixte,* c'est-à-dire composé de deux ou trois sortes de gouvernements, comme en Angleterre. — *Les principaux caps* sont : le cap-Nord, à la pointe septentrionale de l'Europe. — Le cap de la Hogue, au nord-ouest de la France. — Le cap Finistère, au nord-ouest de l'Espagne. — Le cap Saint-Vincent, au sud-ouest du Portugal. — Et le cap Matapan, au sud de la Morée. — *Les montagnes :* les Dophrines, entre la Norwège et la Suède ; les Pyrénées, entre la France et l'Espagne ; les Alpes, entre la France, l'Allemagne et l'Italie ; les Apennins qui traversent l'Italie dans toute sa longueur ; les monts Krapachs (*Carpathes*), au nord de la Hongrie ; et les monts Ourals qui séparent l'Europe de l'Asie. Le mont *Hécla* en Islande, le mont *Vésuve* dans le royaume de Naples, et le mont *Etna,* en Sicile, sont trois volcans. — *Les golfes :* au nord de la Russie, la mer Blanche ; dans la Suède, la mer Baltique, qui forme les golfes de Bothnie et de Finlande ; le golfe de Murray, au nord-est de la Grande-Bretagne ; le golfe de Gascogne, entre la France et l'Espagne ; la mer Méditerrannée, au sud de l'Europe, formant le golfe de Lyon, au sud de la France ; le golfe de Gênes à l'est du précédent ; le golfe de Venise ou *mer Adriatique,* à l'est de l'Italie ; le golfe de Lépante, au nord de la Morée ; l'Archipel, autrefois la *mer Égée ;* la mer de Marmara, autrefois la *Propontide ;* la mer Noire ou *Pont-Euxin,* et la mer

d'Azow ou de Zabache, autrefois les *Palus-Méotides.* — Les *principaux détroits :* celui de Waigats, au nord-est de l'Europe ; le Sund, à l'entrée de la mer Baltique, entre le Danemarck et la Suède ; le canal de Saint-Georges, entre l'Angleterre et l'Irlande ; le Pas-de-Calais, entre la France et l'Angleterre ; le détroit de Gibraltar, à l'entrée de la Méditerrannée ; le phare de Messine ou *détroit de Sicile,* entre la Sicile et l'Italie ; le détroit des Dardanelles, autrefois l'*Hellespont,* entre l'Archipel et la mer de Marmara ; le canal de Constantinople ou *Bosphore de Thrace,* entre la mer de Marmara et la mer Noire ; et le détroit de Caffa ou *Bosphore Cimmérien,* entre la mer Noire et la mer d'Azow. — *Les isthmes :* celui de Corinthe, à l'entrée de la Morée, et l'isthme de Précope, à l'entrée de la Crimée, au nord de la mer Noire. — *Les îles principales :* dans la mer Baltique, le Seeland et la Fionie ; dans l'Océan, l'Angleterre, l'Irlande et l'Islande ; dans la Méditerrannée, les îles Majorque, Minorque et Iviça, la Corse, la Sardaigne, la Sicile, Malte, Candie, Négrepont et l'Archipel de la Grèce. — *Les presqu'îles :* la Norwège et la Suède, au nord ; le Jutland, qui fait partie du Danemarck ; au sud, l'Espagne et le Portugal, l'Italie, la Morée et la Crimée, au nord de la mer Noire. — *Les lacs :* le lac Ladoga et celui d'Onéga, en Russie ; le Wéter, le Wesser et le Meler, en Suède ; le lac de Genève, à l'est de la France ; le lac de Constance, au nord-est de la Suisse ; le Lac Majeur, celui de Côme et celui de Guarda, au nord de l'Italie. — *Les principaux fleuves :* dans la Russie, le Wolga qui se perd dans la mer Caspienne ; le Don ou Tanaïs, qui coule dans la mer d'Azow ; le Dniéper ou *Borysthènes,* qui se jette dans la mer Noire. En Allemagne, le Danube, qui coule de l'ouest à l'est dans la mer Noire, et le Rhin qui se perd dans la mer du Nord.

Asie. L'Asie, située à l'est de l'Europe, est la plus grande des trois parties de l'ancien continent, la plus célèbre dans l'antiquité par les grands événements qui s'y sont passés. C'est en Asie que le premier homme a été créé ; et c'est de là que sont sorties les colonies qui ont peuplé la terre. Elle a été le siége des premières monarchies, le berceau de la religion chrétienne, des sciences et des arts. L'Asie est bornée au nord par la mer Glaciale ; à l'est, par le détroit du nord qui la sépare de l'Amérique, et par l'Océan oriental ; au sud, par la mer des Indes ; et à l'ouest par la mer Rouge, l'isthme de Suez, la Méditerrannée, la mer Noire et l'Europe. Elle s'étend depuis le 34e jusqu'au 206e degré de longitude, et depuis l'équateur jusqu'au 78e degré de latitude nord ; ce qui fait environ 3,000 lieues de l'ouest à l'est, et 1,900 du sud au nord. L'Asie se divise en six parties principales : la Turquie d'Asie, l'Arabie et la Perse, à l'ouest ; l'Inde au sud, la Chine à l'est, et la grande Tartarie au nord. Il faut ajouter un grand nombre d'îles au sud et à l'est. Presque partout le gouvernement y est despotique, à l'exception de l'Arabie, où l'autorité se montre sous des formes plus tempérées. *Les principales presqu'îles de l'Asie* sont, à l'ouest, l'Anatolie et les pays voisins, appelés autrefois *Asie mineure ;* l'Arabie, au sud-ouest ; les deux presqu'îles de l'Inde en-deçà et au-delà du Gange ; la presqu'île de Malaca au sud de la dernière ; la presqu'île de Cambodje au nord-est de Malaca ; la Corée, au nord-est de la Chine ; et le Kamtschatka, au nord-est de l'Asie. — Parmi *les montagnes,* on remarque la chaîne du mont Caucase, entre la mer Noire et la mer Caspienne, à l'ouest ; celle du mont Taurus, qui traverse la Turquie d'Asie et la Perse ; le mont Imaüs entre l'Inde et la Tartarie ; et les monts Gates qui s'étendent du nord au sud dans la presqu'île en-deçà du Gange. — *Les principaux caps :* celui de Bas-al-Gate, au sud-est de l'Arabie ; le cap Comorin, au sud-est de l'Inde en-deçà du Gange ; le cap de Malaca ou Romania, au sud-est de la presqu'île de Malaca ; et le cap Taimour, au nord, vers le 120e degré de longitude. — *Les îles principales :*

bales : on remarque dans la Méditerranée, les îles de Chypre et de Rhodes ; dans la mer des Indes, les Maldives et Ceylan ; dans l'Océan oriental, l'île de Formose et les îles du Japon.—*Les golfes* : la mer Rouge, entre l'Afrique et l'Arabie ; le golfe persique, entre l'Arabie et la Perse ; le golfe de Bengale, entre les deux presqu'îles de l'Inde ; le golfe de Siam, au nord-est de la presqu'île de Malaca ; le golfe de Tonquin, entre ce royaume et l'île de Haïnan ; le golfe de Petchéli, entre la Chine et la Corée ; le golfe ou la mer de Corée, entre la Corée et le Japon ; et le golfe de l'Amur ou la mer de Kamtschatka.—*Les détroits* : celui de Babel-Mandel, à l'entrée de la mer Rouge ; le détroit d'Ormus, à l'entrée du golfe Persique ; et celui de Corée, entre la Chine et le Japon.—*Les lacs* : à l'ouest, la mer Caspienne et le lac d'Aral ; au nord , le lac Baïkal dans la Tartarie russe.—*Les fleuves* : au nord, l'Obi, le Jénisêa et le Léna , qui coulent dans la mer Glaciale ; à l'ouest, le Tigre et l'Euphrate, qui se jettent réunis dans le golfe Persique ; au sud, l'Indus et le Gange, qui coulent dans la mer des Indes ; et à l'est le Kiang, le Hoang qui arrosent la Chine , et l'Amur ou Saghalien, qui se jette à l'est dans le golfe de l'Amur.

Afrique. Grande presqu'île qui n'est jointe à l'Asie que par l'isthme de Suez. Elle est moins peuplée que l'Europe et l'Asie. Ses bornes sont, au nord, la Méditerranée qui la sépare de l'Europe ; à l'est, l'isthme de Suez, la mer Rouge et la mer des Indes ; au sud et à l'ouest, le grand Océan. Elle a 1730 lieues de l'ouest à l'est, depuis le 1er jusqu'au 71e degré de longitude ; et 1800 lieues du nord au sud, depuis le 37e degré de latitude au nord, jusqu'au 35e de latitude méridionale. Comme ce pays est en grande partie dans la zone torride, la chaleur y est excessive. Cependant les côtes et les bords des rivières sont assez fertiles. On y trouve des fruits excellents, des mines d'or, d'argent et de sel. Le milieu, qui est peu connu, est rempli de bêtes féroces qui sont particulières à l'Afrique. Cette troisième partie du monde comprend, de l'ouest à l'est, l'Algérie et la Barbarie, l'Égypte, la Nubie, l'Abyssinie, la Nigritie, la Guinée, le Congo, la Cafrerie et plusieurs îles qui en dépendent. Les habitants sont mahométans ou idolâtres ; les chrétiens y sont les moins nombreux. Ce sont les Portugais qui ont découvert la partie qui est depuis le 16e degré de la ligue jusqu'au cap de Bonne-Espérance ; on y compte vingt royaumes. — *Les principaux caps* : le cap Bon , vis-à-vis la Sicile ; à l'ouest le cap Bojador au sud des îles Canaries ; le cap Blanc, au sud du précédent ; le cap Vert , en face des îles de ce nom ; le cap de Palme et celui des Trois-Pointes , au sud de la côte de Guinée ; le cap de Bonne-Espérance et le cap des Aiguilles, au sud de l'Afrique ; sur la côte orientale, le cap des Courants, le cap Del-Gado et le cap Guarda, qui est la pointe la plus avancée à l'est. — *Les montagnes* : le mont Atlas. qui s'étend de l'ouest à l'est, depuis l'Océan jusqu'à l'Égypte ; le mont Amédede, entre le désert de la Barbarie et la Nigritie ; la Sierra-Léona (montagne des lions), entre la Nigritie et la Guinée ; les montagnes de la Lune, au nord de la Cafrerie ; et le mont Lupata , qui s'étend du nord au sud dans la Cafrerie. — *Les îles* : on distingue , à l'ouest, Madère, les îles Canaries , les îles du cap Vert, les îles de Saint-Thomas , de l'Ascension, de Sainte-Hélène (devenue célèbre par la captivité de Napoléon) ; à l'est, l'île de Madagascar, l'île de Bourbon et l'île de France ; les îles de Comore et de l'Amirauté, et l'île de Socotora, près de l'Arabie. — *Les golfes* : celui de la Sidre, au nord, dans la Méditerranée ; le golfe de Guinée, au sud de la Guinée ; et le golfe de Sofala, à l'ouest de Madagascar. — *Les lacs* : le lac de Bournou dans la Nigritie ; le lac Daembéa , dans l'Abyssinie ; et le lac Maravi, dans la Cafrerie. — *Les fleuves* : le Nil, qui a sa source dans l'Abyssinie, traverse la Nubie et l'Égypte, et vient se jeter ans la Méditerranée ; le Sénégal, qui sort du lac Mabéria , et coule à l'ouest dans l'Océan ; le Niger, qui a sa source près de celle du Sénégal, et se perd dans le lac de Bournou ; le Zaïre, qui arrose le nord du Congo, et se jette dans l'Océan ; et le Zambèze ou Cuama, qui se décharge dans le golfe de Sofala.

Amérique. La plus grande des cinq parties de la terre. l'Amérique est un vaste continent opposé à celui que nous habitons. Il était resté inconnu aux Européens jusqu'en 1492, qu'il fut découvert par Christophe Colomb, géographe génois , qui obtint de l'Espagne des secours pour cette importante expédition. Ce nom d'Amérique vient d'*Améric* Vespuce, navigateur florentin, qui y fit un voyage sept ans après (20 mai 1497). Il en publia une relation, dans laquelle il prétendit avoir découvert la terre ferme ; et il ravit ainsi à Colomb l'honneur que celui-ci méritait, de donner son nom au nouveau continent. On donne quelquefois à l'Amérique le nom d'*Indes occidentales* , par opposition aux *Indes* qui sont à l'orient de l'Europe. L'Amérique est bornée au nord par les glaces du pôle, à l'est par l'Océan atlantique qui la sépare de l'Europe et de l'Afrique, au sud par l'Océan méridional , et à l'ouest par la mer du Sud ou Pacifique qui la sépare de l'Asie. Elle s'étend depuis le 80e degré de latitude nord jusqu'au 56e de latitude sud, ce qui fait environ 3,400 lieues du nord au sud. Sa longitude varie entre le 208e degré à l'ouest, et le 345e à l'est. L'isthme de Panama la divise naturellement en deux parties, septentrionale et méridionale. L'Amérique septentrionale se divise en sept parties principales: le Canada, les États-Unis, la Floride, la Louisiane, le Mexique ou la Nouvelle Espagne, le Nouveau Mexique et la Californie. La division de l'Amérique méridionale forme huit parties : la Terre-Ferme, la Guyane, le Pérou, le pays des Amazones , le Brésil, le Paraguay, le Chili et la terre Magellanique. — *Les montagnes les plus remarquables* sont : les Apalaches, qui traversent les États-Unis, du sud-ouest au nord-est ; dans la partie du midi, les Andes ou Cordilières, qui sont les plus hautes de la terre (*Voyez* MONTAGNES), et s'étendent dans le Pérou et le Chili ; les monts Popayans, dans la Terre-Ferme, et les Cordilières du Brésil, à l'orient. — *Les principaux caps* : dans l'Amérique septentrionale, le cap Breton, dans l'île Royale, à l'est du Canada ; le cap de Floride, au sud de la Floride ; le cap Corrientes ou des Courants, à l'ouest du Mexique ; dans l'Amérique méridionale : le cap Saint-Roch et le cap Saint-Augustin, à la pointe la plus orientale ; et le cap de Horn, au sud, dans la Terre de Feu. — *Les golfes* : celui de Saint-Laurent, à l'est de l'Amérique septentrionale ; le golfe du Mexique, entre les deux Amériques ; la mer Vermeille, à l'est de la Californie. On remarque aussi cinq baies : la baie de Baffin et la baie d'Hudson, au nord ; celle de Panama, près l'isthme de ce nom ; celle de Honduras et celle de Campèche, dans le golfe du Mexique. — *Les îles* : dans l'Amérique septentrionale, on remarque l'île de Terre-Neuve, à l'est ; les Lucayes, les Antilles, dans le golfe du Mexique , dont les principales sont Cuba, la Jamaïque, Saint-Domingue (Colombie), Porto-Rico, la Martinique, la Guadeloupe, la Marguerite et la Trinité. Entre l'Amérique et l'Europe, les Açores, dont la principale est Tercère ; et au sud de l'Amérique, la terre de Feu, et les îles Malouines ou Fakland. — *Les détroits* : celui de Bering ou du Nord, entre l'Amérique et l'Asie, au nord-ouest ; le détroit de Davis à l'entrée de la baie de Baffin ; celui d'Hudson, à l'entrée de la baie d'Hudson ; le détroit de Magellan, au sud de l'Amérique ; et le détroit de Lemaire, entre la Terre de Feu et l'île des États. — *Les presqu'îles* : ce sont l'Acadie, au sud-est du Canada ; la Floride, au nord du golfe du Mexique ; la presqu'île d'Yucatan , dans ce même golfe, et la Californie, à l'ouest. — *Les lacs* : il y en a cinq dans le Canada, qui sont le lac Supérieur, le lac Michigan, le lac Huron, le lac Erié, et le lac Ontario.

Ils communiquent entre eux par le fleuve Saint-Laurent qui le traverse. Le passage entre les lacs Erié et Ontario est interrompu par une chute ou cataracte de 150 pieds de hauteur, qu'on appelle le *saut de Niagara*, et dont le bruit se fait entendre à plusieurs lieues de distance. — *Les fleuves* : au nord, le fleuve Saint-Laurent, qui traverse plusieurs lacs, et se décharge dans le golfe de ce nom ; le Mississipi, qui coule du nord au sud dans le golfe du Mexique. Dans la partie du sud, l'Orénoque, qui arrose la Terre Ferme, et se jette dans l'Océan ; le Marragnon ou la *rivière des Amazones*, la plus grande du monde, qui sort des Cordilières du Pérou, et se jette dans l'Océan, au nord du Brésil, après un cours de plus de 1,800 lieues ; et le Rio-de-la-Plata (rivière d'argent) qui a sa source près de la ville de la Plata au Pérou, reçoit les rivières de Paraguay, Uraguay et Parana, et coule dans la mer au-dessous de Buénos-Ayres.

Océanie. L'Océanie, qui forme la cinquième partie du globe, est un archipel immense, nouvellement découvert, qui s'élève au milieu de l'océan Pacifique, et dont la principale terre semble égaler l'Europe en étendue. Cette nouvelle partie du monde est bornée à l'ouest par la mer des Indes, au nord par le détroit de Malaca et la mer de Chine, et des autres côtés par le grand Océan. L'Océanie s'étend depuis le 110e degré de longitude jusqu'au 240e ; et, du sud au nord, entre les 46e et 32e degrés de latitude. On la divise en trois parties principales : *L'Océanie du nord-ouest*, l'*Océanie centrale* et l'*Océanie orientale* ou *Polynésie* (mot grec qui signifie plusieurs îles). La première partie comprend les îles de la Sonde, les îles Moluques et les îles Philippines. La seconde partie renferme la Nouvelle-Hollande, autour de laquelle sont rangées : la Nouvelle-Guinée, la Nouvelle-Bretagne, la Nouvelle-Irlande, les archipels de Salomon, de la Louisiade, du Saint-Esprit, la Nouvelle-Calédonie, la Nouvelle-Zélande et la Terre de Diémen. Enfin, la troisième partie comprend toutes ces petites îles qui couvrent l'océan Pacifique, depuis les îles Mariannes jusqu'aux îles Sandwich et à l'île de Pâques. Plusieurs détroits séparent ces différentes terres ; on remarque au nord-ouest le détroit de la Sonde, entre Sumatra et Java ; le détroit de Malaca, entre Sumatra et la presqu'île de Malaca, en Asie ; au nord, le canal qui sépare l'île de Formose et les Philippines ; à l'est de Java, le détroit de Bely ; le détroit de Macassar, entre Bornéo et l'île de Célèbes ; celui de Torres ou l'Endéavour, entre la Nouvelle-Guinée, la Nouvelle-Hollande et la Terre de Diémen ; et le détroit de Cook, entre les deux îles de la Nouvelle-Zélande. Cette partie du monde, étant placée en général sous la zone torride, a un climat aussi aride, aussi brûlant que celui de l'Afrique. Cependant la chaleur n'y est jamais insupportable, parce que l'air est sans cesse rafraîchi par les vents légers de terre et de mer qui s'élèvent alternativement le jour et la nuit. La terre y produit l'arbre à pain, l'orange, l'igname, le coco, la banane et mille autres fruits excellents, plusieurs plantes et arbres aromatiques, des bois précieux, des gommes et beaucoup d'arbustes à fleurs qui se distinguent par un brillant coloris et par des formes singulières. Parmi les animaux, on remarque le *kanguroo* aux pattes inégales, et l'*ornithoryneus*. Les habitants sont divisés en deux races d'hommes très distinctes, tant par leur physionomie que par leur langage : les *Malais* ou les *Océaniens jaunes*, et les *Nègres océaniens*. Les premiers ont la couleur basanée, les cheveux noirs, épais et frisés, le nez gros et aplati par le bout et le front un peu bombé. On les reconnaît dans l'Océanie du nord-ouest et dans la Polynésie. Les seconds se distinguent par un teint noir, par le nez épaté, les lèvres épaisses, les cheveux crépus sans être laineux, et par une longueur démesurée des bras, des cuisses et des jambes. Leurs mœurs sont en général sauvages et féroces. Ils professent un paganisme grossier, vivent dans la misère la plus affreuse, et n'ont

guère de l'homme que la figure. Cette race habite dans l'Océanie centrale où elle domine exclusivement. Parmi les îles de la Sonde, il y en a trois principales : *Bornéo*, la plus grande de toutes, qui produit beaucoup de poivre, de camphre et de coton ; on y trouve de l'or, des diamants et le singe nommé *orang-outang* ; des volcans et des tremblements de terre bouleversent souvent cette île ; Bornéo, sa capitale, a un bon port. *Sumatra*, très fertile en épiceries, en or et en argent, renferme aussi beaucoup de volcans ; sa plus grande ville est *Achem*, capitale d'un royaume très puissant. *Java*, où les Hollandais ont fondé *Batavia*, chef-lieu de leur commerce dans l'Inde ; elle produit du poivre, de belles cannes à sucre et une abondance d'excellents légumes. L'île *de Célèbes* est la principale des *Moluques*; elle est fertile en girofle, en coton et en or ; sa capitale est *Macassar*. *Gilolo*, île assez considérable, produit du sagou (moelle de palmier), avec beaucoup de girofles et de muscades ; *Gilolo*, sa capitale, est la résidence du souverain. *Amboine*, où le giroflier croît à la hauteur de 40 à 50 pieds : l'aspect de cette île offre un agréable mélange de montagnes boisées et de vallées verdoyantes, couvertes de nombreux hameaux. *Céram*, où l'on voit des *cassoards*, espèce de gros oiseaux qui peuplent les forêts. *Ternate*, où l'on trouve le serpent *boa*, qui a 30 pieds de longueur, et le *chat-volant* (Voyez ces mots). *Les îles Philippines*, découvertes par Magellan, en 1521, produisent de la casse (plante médicinale), du cacao, de l'indigo et du coton ; les principales sont *Luçon* ou *Manille*, et *Muidanao*, dans la partie méridionale de laquelle est un volcan toujours en éruption, et qui sert de fanal aux voyageurs. La *Nouvelle-Hollande*, découverte en 1620 par les Hollandais, et visitée par Cook en 1774, est une île immense que l'on soupçonne presque aussi étendue que l'Europe entière ; malgré les voyages de plusieurs navigateurs, l'intérieur de cette île est encore inconnu ; les récifs (rochers sous l'eau) qui la bordent presque entièrement, en rendent l'accès difficile. Au sud de cette île est la *Terre de Diémen*, découverte en 1642 par Tasman, navigateur hollandais. La *Nouvelle-Guinée* se trouve au nord-est ; ses habitants se nomment *papous* ; on y rencontre les oiseaux-de-paradis ; elle fut découverte en 1526, par l'espagnol Savédra. À l'est des îles Philippines, on voit les *îles Mariannes* qui sont au nombre de seize. Magellan, navigateur hollandais, qui les découvrit en 1521, les avait appelées *îles des Larrons* à cause du penchant de ses habitants pour le vol. En descendant au sud-est, on rencontre plusieurs autres îles reconnues par Bougainville, et dont la principale est *Otahiti* (île de la société) qui, par sa fertilité, la beauté de son climat et la plus douces de ses habitants, a mérité le titre de *Reine de l'Océan*. Enfin, on voit au nord les *îles Sandwich*, reconnues par Cook. *Owhyhée*, la plus considérable, est célèbre par la mort de cet illustre navigateur, qui y fut tué par les sauvages, en 1799 (*Voyez* LATITUDE).

GRANDES DIVISIONS DU GLOBE.

	Superficie-milles carrés de 60 au degré.	Population relative.	Population absolue.
Europe . . .	2,793,000	180,000,000	227,700,000
Asie. . . .	12,118,000	340,000,000	390,000,000
Afrique . .	8,300,000	70,000,000	60,000,000
Amérique . .	14,873,000	40,000,000	39,000,000
Océanie . .	3,100,000	20,000,000	20,300,000
Partie occupée par les terres. .	41,084,000	650,000,000	737,000,000
Partie occupée par les mers. .	110,649,000		
Total. .	151,733,000		

SUBDIVISION

PAR NATURE DE POPULATION DES PRINCIPAUX ÉTATS POLITIQUES.

NOMS DES ÉTATS ET SUBDIVISIONS.	CAPITALES.	Distance de Paris.	Population des villes.	Population générale des états.	ARMÉE. Soldats.	REVENUS.	Impôt par tête.	Superficie en kilomèt. carrés.
ANGLETERRE.	Londres.	93	1,400,000	12,000,000	102,285	1,588,000,000	68f 90c	312,522
—Écosse.	Édimbourg.	190	162,156	3,200,000				
—Irlande.	Dublin.	185	265,300	8,200,000				
—Îles Ioniennes.	»	»	» »	176,000	4,200	» »	» »	» »
—En Asie, terres de la compagnie.	»	»	» »	80,800,000	210,000	527,256,000	6 44	» »
—Vassaux de la compagnie.	»	»	» »	32,800,000	120,000	185,200,000	3 59	» »
—Îles de Ceylan.	»	»	» »	850,000	» »	» »	» »	» »
—En Afrique, en Amérique.	»	»	» »	2,170,000	» »	» »	» »	» »
—Australie.—Diéménie.	»	»	» »	400,000	» »		» »	
HANOVRE.	Hanovre.	160	28,000	1,550,000	15,054	27,000,000	18 »	» »
HOLLANDE.	Amsterdam.	112	201,000	2,302,000	26,000	85,000,000	36 98	28,618
—Duché de Nassau.	»	»	» »	337,000	3,028	6,000,000	17 80	» »
—En Afrique, en Amérique.	»	»	» »	129,000	» »	» »	» »	» »
—Java, Sumatra, Bornéo.	»	»	» »	500,000	» »	» »	» »	» »
DANEMARCK.	Copenhague.	250	110,000	1,950,000	30,828	35,000,000	16 92	56,743
—En Asie, en Afrique.	» »	»	» »	65,000	» »	» »	» »	» »
—en Amérique.	» »	»	» »	110,000	» »	» »	» »	» »
SUÈDE.	Stockolm.	580	80,000	2,800,000	33,204	41,000,000	14 65	766,518
—Norwège.	»	»	» »	1,050,000	12,000	1,500,000	1 23	
PORTUGAL.	Lisbonne.	380	260,000	3,550,000	29,643	54,090,000	15 34	100,497
—En Asie, en Afrique.	»	»	» »	500,000	» »	» »	» »	» »
—Timor.	»	»	» »	137,000	» »	» »	» »	» »
ESPAGNE.	Madrid.	300	204,000	13,900,000	90,000	178,600,000	12 85	472,285
—En Afrique, en Amérique.	»	»	» »	208,000	» »	» »	» »	» »
—Philippines, Mariannes.	»	»	» »	3,640,000	» »	» »	» »	» »
FRANCE.	Paris.	»	900,000	35,000,000	410,000	1,200,620,000	34 85	550,000
—Martinique.	»	»	» »	110,000	» »	» »	» »	» »
—Guadeloupe et dépend.	»	»	» »	120,239	» »	» »	» »	» »
—Guyane française.	»	»	» »	22,106	» »	» »	» »	» »
—Bourbon.	»	»	» »	97,825	» »	» »	» »	» »
—Sénégal.	»	»	» »	16,593	» »	» »	» »	» »
—Algérie.	»	»	» »	4,870,000	» »	1,402,848	» »	» »
BELGIQUE.	Bruxelles.	69	80,000	3,716,000	45,000	90,000,000	24 22	53,541
—Luxembourg.	»	»	» »	298,000	2,856	» »	» »	» »
SUISSE.	Bâle.	117	20,000	1,980,000	33,758	40,410,000	5 25	58,497
ÉTATS SARDES.	Turin.	167	114,000	5,037,000	46,587	70,000,000	18 51	72,185
—Savoie, Piémont.	»	»	» »	582,000				
—Nice.	»	»	» »	204,000				
—Gênes.	»	»	» »	474,000				
—Sardaigne.	»	»	» »					

NOMS DES ÉTATS. ET SUBDIVISIONS.	CAPITALES.	Distance de Paris.	Population des villes.	Population générale des états.	ARMÉE. Soldats.	REVENUS.	Impôt par tête.	Superficie en kilomèt. carrés.
ITALIE.								
Deux-Siciles.	Naples.	410	564,000	7,420,000	51,510	84,000,000	11f 52c	108,157
— États de l'Église.	Rome.	325	160,000	2,590,000	7,400	45,000,000	17 40	44,685
— Toscane.	Florence.	275	75,000	1,275,000	4,000	17,000,000	13 24	24,757
— Modène.	Modène.	249	27,000	380,000	4,780	5,000,000	13 17	5,596
— Lucques.	Lucques.	265	20,000	445,000	800	2,700,000	» »	- »
— Parme.	Parme.	170	20,000	440,000	1,800	7,500,000	11 85	5,706
ALLEMAGNE. Confédération germanique								
— Saxe.	Dresde.	280	70,000	1,400,000	12,000	28,000,000	20 »	14,922
— Wurtemberg.	Stuttgard.	146	52,000	1,520,000	13,955	20,000,000	13 22	» »
— Bavière.	Munich.	168	80,000	4,070,000	55,800	70,755,000	17 13	76,557
— Bade.	Carlsruhe.	154	19,000	1,150,000	10,000	20,000,000	17 69	13,400
— Hesse (Électorat).	Cassel.	144	26,000	592,000	5,679	11,000,000	18 76	» »
— Grand duché de Hesse.	Darmstadt.	155	20,000	700,000	6,195	13,600,000	18 »	» »
— Petits états indépendants.	»	»	» »	2,998,000	58,620	70,000,000	25 55	» »
PRUSSE.	Berlin.	225	220,000	9,101,000				276,550
— Duché de Posen.	»	»	» »	950,000	162,600	215,000	17 20	» »
— Provinces rhénanes.	»	»	» »	2,489,000				» »
— Holstein et Lanenbourg.	»	»	» »	410,000	3,900	» »	» »	» »
AUTRICHE.	Vienne.	275	500,000	4,257,408		440,000,000		
— Gallicie.	»	»	» »	4,205,488				
— Hongrie.	»	»	» »	8,759,295				
— Bohême.	»	»	» »	5,688,620	271,404		4 51	668,554
— Tyrol.	»	»	» »	765,965				
— Vénise.	»	»	» »	4,957,000				
— Milanais.	»	»	» »	3,680,000				
RUSSIE.	Pétersbourg.	500	425,000	47,057,000				5,598,998
— Lithuanie.	»	»	» »	5,385,000				» »
— Volhynie.	»	»	» »	4,495,000	674,000	400,000,000	7 74	» »
— Podolie.	»	»	» »	1,460,000				» »
— Pologne.	»	»	» »	5,900,000	56,000	54,000,000	8 72	» »
— En Asie, en Amérique.	»	»	» »	3,650,000	» »	» »	» »	» »
GRÈCE.	Athènes.	500	12,000	900,000	11,800	6,000,000	10 »	40,560
TURQUIE.	Constantinople.	556	600,000	7,100,000	52,000	100,000,000	14 28	551,750
— Servie.	»	»	» »	580,000	» »	5,900,000	10 27	» »
— Valachie.	»	»	» »	970,000	» »	13,000,000	13 40	» »
— Moldavie.	»	»	» »	450,000	» »	6,000,000	13 11	» »
— En Asie.	»	»	» »	12,500,000	» »	400,000,000	51 20	» »
ÉGYPTE et ses dépendances.	Le Caire.	620	500,000	4,000,000	90,000	100,000,000	33 50	525,000
CHINE.	Pékin.	»	2,000,000	550,000,000	1,600,000	» »	» »	» »
PERSE.	Téhéran.	»	150,000	12,000,000	70,000	» »	» »	» »
ÉTATS-UNIS.	New-York.	»	200,000	11,800,000	5,779	138,000,000	11 73	» »
Confédération du Mexique.	Mexico.	»	180,000	7,800,000	22,720	75,000,000	98 »	» »
Pérou.	Lima.	»	70,000	1,700,000	7,500	30,000,000	17 72	» »
Colombie.	Quito.	»	72,000	2,800,000	52,570	44,000,000	15 40	» »
Brésil.	Rio-Janeiro.	»	150,000	5,000,000	50,000	60,000,000	12 »	» »

GEÔLIER. Le geôlier est celui auquel est confié la garde extérieure d'une prison. Sa fonction consiste donc à surveiller les prisonniers avec le plus de soin possible, et à les punir même s'il en est besoin. Il est responsable de toute évasion effectuée, soit par ruse soit par adresse, à moins que l'on n'ait à lui reprocher la moindre négligence dans l'exercice de sa charge. Si l'évasion se fait par violence, alors seulement il se trouve déchargé de toute responsabilité.

GÉOLOGIE, de γη terre, λογος discours; science moderne qui ne date que du XVIII° siècle. Cette partie de l'histoire naturelle a pour objet la connaissance du globe terrestre et des différentes matières dont il est composé. — Il est impossible d'assigner une époque fixe à la création du monde; cependant, deux opinions dominent à cet égard. Les uns pensent que le monde est *éternel*, c'est-à-dire qu'il n'a pas eu de commencement et qu'il n'aura pas de fin. Quoique cette idée ait été émise par des hommes de génie et de grands philosophes, il est, pour ainsi dire, certain qu'ils se sont trompés. Ils soutiennent leur opinion en disant : Chaque jour de nouveaux êtres viennent au monde pour remplacer ceux qui meurent; et ils ajoutent : Cela a toujours été ainsi et sera toujours de même. Il est facile de voir combien cette opinion est fausse; en effet, on n'a qu'à examiner tous les bouleversements qui arrivent tous les jours sur la terre, tels que *tremblements de terre*, *volcans*, etc. (*Voyez* chacun de ces mots et RÉVOLUTIONS PHYSIQUES DU GLOBE). De plus, si on creuse la terre, on rencontre différentes couches superposées les unes aux autres, et, dans ces couches, on trouve des *animaux pétrifiés*, dont les races n'existent plus aujourd'hui (*Voyez* FOSSILES). — Les autres disent (cette opinion est la plus répandue) que le monde a été créé et qu'il n'a que 5,849 ans (période Julienne). Cette croyance n'est pas plus exacte que la première, quoique la Bible le dise; ce n'est point la Bible qui s'est trompée, mais ceux qui l'ont expliquée. D'après cette croyance, l'homme aurait été mis sur la terre cinq jours après la création de cette terre : et cela est physiquement impossible. A la vérité, l'homme n'est sur le globe que depuis six mille ans à peu près; mais est-il croyable que des races d'animaux aient vécu seulement trois jours, et que, depuis que l'homme existe, on n'ait pas encore vu une race d'animaux se perdre? — Nous devons donc conclure que les *cinq jours* dont parle Moïse, avant la création de l'homme, doivent être *cinq grandes époques*, et chacune beaucoup plus longue probablement que celle qui date depuis la création de l'homme. D'après une foule d'autres considérations d'un ordre plus élevé, les géologues ont calculé que le globe terrestre pouvait bien exister depuis 300 mille ans. Le globe, considéré géologiquement, se divise en deux parties : 1° *masse interne* ou *centrale*; 2° *masse externe* ou *écorce*. Il paraît constaté que le centre de la terre est en feu, et des recherches récentes ont fait connaître que le centre ne serait pas fluide. D'après nos connaissances actuelles, il n'est guère facile d'admettre l'état d'incandescence sans la fluidité du corps soumis à l'action du feu; cependant, la progression de la chaleur centrale étant un fait, il faut donc admettre que le centre du globe est composé de matières inconnues, et qui ne pourraient devenir fusibles à la plus grande chaleur. Buffon prétend que la terre et les autres planètes ont été formées d'une portion de matière enflammée détachée de la masse du soleil par le choc d'une comète. Il a été jusqu'à calculer combien il a fallu de temps à notre globe pour s'attiédir au point de devenir habitable. Il croit que la terre va toujours en se refroidissant, et qu'un jour elle parviendra à un tel excès de froid que nul être vivant ne pourra plus l'habiter. —Les géologues partagent la longue série de siècles qui se sont écoulés depuis la formation de la terre en *quatre époques principales*. La *première époque* précède l'existence des êtres organisés; c'est l'époque des *terrains primor-*

diaux. La *seconde* est l'époque pendant laquelle la terre fut couverte de *végétaux* et la mer seule peuplée d'animaux; c'est alors que se formèrent les *terrains intermédiaires* ou *secondaires*. La *troisième* est l'époque pendant laquelle les *quadrupèdes* et les autres animaux peuplèrent la terre et les eaux douces du globe; c'est alors que se formèrent les *terrains tertiaires*. La *quatrième* est l'époque de la création de l'homme et d'autres animaux qui remplacèrent les races qui se perdirent pendant le *déluge* qui arriva à cette époque, et qui fit appeler les *terrains* formés, *diluviens* ou *post-diluviens*. *Première époque :* Nous avons dit que la terre était un globe fluide et incandescent; en réfléchissant à cette chaleur excessive de toute la terre, on conçoit facilement qu'aucune des matières qui bouillent facilement, telles que l'eau, le soufre, le plomb, etc., ne devaient se trouver à l'état solide, ni même liquide, mais bien à l'état gazeux, et formaient une immense atmosphère brûlante; conséquemment, des êtres organisés ne pouvaient exister dans un pareil brasier; et comme tous les corps n'ont pas la même pesanteur spécifique, ils n'étaient pas tous confondus dans ce globe : les plus lourds descendaient au fond, et les plus légers allaient à la surface. Le globe, dans son mouvement de translation dans l'espace, perdant à la longue une partie de son calorique, les matières minérales fluides se solidifièrent et formèrent une croûte mince dont l'épaisseur augmente de plus en plus, et que l'on estime être aujourd'hui d'au moins 15 lieues (*Voyez* TERRAIN, MONTAGNE). —*Deuxième époque :* Elle commença quand on vit de l'eau à la surface du globe; il y eut alors des plantes et des animaux; mais, pendant que la surface changeait ainsi de forme, la combustion continuait dans l'intérieur, et des gaz, resserrés par l'enveloppe solide, se formaient sans cesse et tendaient à s'échapper; alors la croûte solide dut éprouver quelques brisures, il dut y avoir quelques *soulèvements* (*Voyez* ce mot), mais point de ces vastes cavités qu'on remarque aujourd'hui après un tremblement de terre, car l'écorce terrestre était mince et élastique à cause de la chaleur : les mers devaient être aussi peu profondes, et les lacs, les étangs très étendus et peu profonds. On doit penser qu'à cette époque, en égard à la chaleur qui régnait alors, la végétation devait être très active; car nous voyons, dans les pays méridionaux, les arbres venir plus gros et pousser plus rapidement que dans les pays froids. Ensuite, comme il n'y avait pas d'animaux destructeurs des plantes, il devait y en avoir prodigieusement entassées dans les marécages où leur décomposition avait lieu. Ceci expliquerait la grande quantité de charbon de terre que l'on rencontre en creusant, dans certains pays. L'atmosphère, en se refroidissant, devait perdre chaque jour de sa hauteur en déposant sur la terre les gaz qui se condensaient; cette atmosphère paraissait plus transparente, et permettait aux rayons du soleil de la traverser. Les modifications nouvelles devaient faire périr les êtres animés qui avaient pu se former et vivre dans cet air épais et chaud; alors des familles nouvelles leur succédaient, et mouraient après une certaine époque. En examinant les différents terrains, on rencontre des animaux pétrifiés qui changent de forme pour chaque terrain. —*Troisième époque :* Les terrains tertiaires forment cette époque remarquable par l'apparition des animaux qui peuplèrent la terre et les eaux douces du globe; car les animaux terrestres qui existèrent précédemment ne devaient être que des reptiles amphibies qui habitaient le rivage des mers. Les nouveaux animaux qui apparurent successivement furent d'abord peu nombreux, mais bientôt il y en eut un grand nombre à la surface du globe. De nouvelles modifications les firent périr comme les premières races. Depuis l'apparition des êtres organisés sur le globe, le nombre des espèces d'animaux et de végétaux a toujours été en croissant, malgré les nombreuses extinctions des races; l'organisation des êtres vivants s'est toujours compliquée de plus en plus. Ainsi, dans les premiers âges du monde, les animaux étaient d'une organisation très simple ; composés seulement d'un tube intestinal , ces animaux n'avaient pour la plupart qu'une très faible puissance d'agir et même de se remuer. Depuis cette apparition des êtres organisés, on vit toujours décroître le nombre des minéraux qui, avant cette époque, couvraient tout le globe, et qui donnèrent lieu aux diverses formations de terrain (*Voyez* ce mot).—*Quatrième époque* : C'est l'époque des terrains diluviens et post-diluviens ; elle est signalée par la présence de l'*homme* sur la terre. Créé au milieu de tous les animaux qui continuent à peupler le globe , il se distingue surtout des autres mammifères en ce que seul il est par son organisation destiné à se tenir et à marcher debout, et par la faculté qu'il a de classer ses idées, de les comparer entre elles, de les lier, de les représenter, de les transmettre par des signes et des sons articulés, et enfin parce qu'il possède au plus haut degré tous les attributs de l'intelligence, tels que la mémoire, le jugement, l'imagination. Cette époque, dans laquelle nous vivons, a commencé par une des plus grandes catastrophes que le globe ait éprouvées. Le grand déluge lui appartient. Les philosophes ont souvent contesté qu'il y ait eu un déluge universel, parce qu'ils n'en concevaient pas la possibilité sans recourir aux miracles. Maintenant, les géologues n'ont aucun doute sur ce sujet. Il est bien certain que le déluge a existé, et qu'il a dévasté la surface du globe. Ce qui prouve le déluge, ce ne sont pas les coquillages que l'on trouve au sommet des montagnes et dans les carrières ; car souvent ces coquillages sont bien antérieurs au déluge, et leur élévation au-dessus du niveau des mers n'est due qu'à des soulèvements. Mais ce qui le prouve, ce sont d'énormes dépôts de cailloux roulés que l'on trouve dans toutes les parties du monde très éloignées des mers. Ces petits rochers, appelés *errants*, n'ont pu être entraînés que par un immense courant d'eau. Ensuite, les vallées sont toutes ouvertes dans la même direction, et annoncent par cette disposition un grand courant d'eau qui a creusé ces vallées dans le même sens. Enfin, une autre preuve du déluge, c'est que l'on trouve encore des ossements d'animaux, faits pour vivre dans les pays chauds, déposés dans les couches glacées des pays froids. Tous ces phénomènes portent à croire que le globe terrestre a subi un retournement bien marqué sur lui-même, c'est-à-dire que la partie qui est actuellement au pôle nord était, avant le déluge, au pôle sud. Jusqu'alors, aucun géologue n'a émis une opinion généralement reçue sur la cause des phénomènes qui ont accompagné le déluge. Outre ce déluge universel, il y a eu un grand nombre de déluges partiels, c'est-à-dire qui n'ont couvert d'eau qu'une partie de la terre. D'après la théorie des soulèvements, il est facile d'expliquer la cause de ces déluges partiels. En effet, on conçoit que si une montagne ou une chaîne de montagnes s'élève rapidement dans la mer, ou dans un lac, ou près d'une rivière, les eaux sont poussées avec violence dans les pays voisins, et forment ainsi des vallées. On pense, avec assez de raison, que les Pyrénées se sont élevées au milieu de la mer, et ont séparé l'Océan de la Méditerranée. Nous avons dit, en commençant cet article, que les *cinq jours* dont parle Moïse devaient être *cinq grandes époques*. En effet, en considérant les jours comme des époques, on verra qu'il existe certainement une concordance frappante entre les faits géologiques que nous avons énoncés et le récit de *la Genèse*. Selon la Genèse « les deux premiers jours furent consacrés « à la création du monde, à la disposition de la matière « et au débrouillement des élémens. » Il n'est nullement question alors d'animaux et d'êtres organisés ; ainsi , on voit que ces deux jours répondent à la première époque. — Au troisième jour, la Genèse rapporte « que « les eaux sont rassemblées, et que la terre, jusque-là « aride, se fertilise et se couvre de plantes créées pour

« l'habiter. » C'est-là le commencement de la seconde époque. — Au quatrième jour, la Genèse dit : « que le « soleil, la lune et les autres astres furent créés. » Ici, Voltaire s'est fort récrié, et n'a pas manqué d'attaquer ce passage de la Bible, en demandant comment la lumière, créée le *premier jour*, a pu l'être avant le soleil. Aujourd'hui, on sait que la lumière nous vient de l'atmosphère, et on ne trouve plus cela étonnant ; on a vu que l'atmosphère devint transparente ou plutôt lumineuse au commencement de la troisième époque.—Le cinquième jour, selon la Genèse, « fut celui pendant lequel Dieu « créa tous les poissons, les oiseaux, les animaux ter- « restres » ; ce cinquième jour répond à la fin de la deuxième époque.— Le sixième jour vit naître l'homme, la créature dont l'organisation est la plus compliquée, et dont l'on ne retrouve aucun vestige dans les terrains qui ont précédé le déluge universel ; c'est là la quatrième époque.

GÉOMÉTRAL. Terme de géométrie qu'on emploie en parlant d'un plan où toutes les lignes d'une figure sont marquées sans aucun raccourcissement.

GÉOMÉTRIE, de γῆ terre, μέτρον, mesure. Cette partie des mathématiques traite de l'étendue et de ses différents rapports. Le véritable objet de cette science est donc l'étendue considérée sous le rapport de ses trois dimensions : longueur, largeur et profondeur. La géométrie a commencé chez les Égyptiens qui l'inventèrent pour remédier au désordre qui arrivait ordinairement dans leurs terres, par le débordement du fleuve du Nil, qui enlevait toutes les bornes et effaçait toutes les limites de leurs héritages ; ainsi , cet exercice, qui pour lors consistait seulement à mesurer les terres pour rendre à chacun ce qui lui appartenait, fut appelé *mesure de terre*, ou géométrie ; mais ensuite les Égyptiens s'appliquèrent à des recherches plus subtiles, et insensiblement, d'un exercice mécanique, ils firent naître cette belle science qui a mérité de tenir un des premiers rangs entre toutes les autres. La géométrie n'est pas utile seulement, mais on peut dire qu'elle est même tout-à-fait nécessaire. C'est par elle que les astronomes font leurs observations, qu'ils connaissent l'étendue des cieux , la durée des temps, le mouvement des astres , le règlement des saisons, des années et des siècles. C'est par ce moyen que les géographes nous font voir d'un seul coup d'œil la grandeur de toute la terre , la vaste étendue des mers, les divisions des empires, des royaumes, etc. C'est par elle que les architectes prennent leurs justes mesures dans la structure des édifices publics aussi bien que des maisons particulières. C'est par son secours que les ingénieurs conduisent leurs travaux, qu'ils prennent la situation et le plan des places, la distance des lieux, et qu'ils portent enfin la mesure jusque dans les espaces seulement accessibles à la vue. Tous ceux qui font profession de dessiner doivent savoir quelque chose de la géométrie, puisqu'ils ne peuvent autrement posséder l'architecture, ni la perspective, qui sont deux parties absolument nécessaires à leur art. On divise la géométrie en trois parties principales, savoir : en l'*isométrie*, qui est l'art de mesurer les lignes ; en planimétrie, qui est l'art de mesurer les surfaces ; en stéréométrie, qui est l'art de mesurer les solides. — *Définition du point* : Le point est ce qui n'a aucune partie; par cette définition, il est aisé de concevoir que le point n'a ni longueur, ni largeur, ni profondeur; qu'il n'est pas même sensible, mais seulement intellectuel, puisque rien ne tombe sous les sens qui n'ait de la quantité, et qu'il n'y a nulle quantité sans parties, ce qui contreviendrait à cette définition. Néanmoins, comme l'on ne peut faire d'opération que par l'entremise de choses corporelles, on représente le point mathématique par le point physique, qui est l'objet de la vue le plus petit et le moins sensible, qui n'a aucune grandeur géométrique divisible à nos sens et se fait d'un coup de pointe de compas, de plume ou de crayon, comme le point noté A. Pl. 1re, fig. 1re.—*Le point central* est celui duquel est décrit un cercle, une circonférence; ou plutôt c'est le milieu d'une figure, comme le point B. Pl. 1re, fig. 2.—Le point sécant est celui où des lignes s'entrecoupent, et que l'on appelle ordinairement *section*. C. Pl. 1re, fig. 3.— *Définition de la ligne.* La ligne est une longueur sans largeur. Il y a autant de sortes de lignes que le point qui en est le principe est susceptible de différents mouvements. Néanmoins, on n'en considère que deux simples et principales, *droite* et *courbe*, et une troisième qu'on appelle *mixte*, parce qu'elle est composée des deux premières. —La *ligne droite* est celle qui est également comprise entre ses extrémités; autrement, c'est celle qui va d'un point à un autre, sans aucun détour, comme A B. Pl. 1re, fig. 4.—La *ligne courbe* est celle qui tourne ou qui s'écarte de ses extrémités par un ou plusieurs détours, C D. Pl. 1re, fig. 5. Lorsque cette ligne est décrite avec un compas, on l'appelle *circulaire.* — La *ligne mixte* est celle qui est droite et courbe, comme la ligne V. Pl. 1re, fig. 6. — La ligne se distingue en *finie* et *infinie*, en *apparente* et *occulte*; la ligne finie est une ligne terminée qui contient ou suppose une longueur nécessaire, comme A B. Pl. 1re, fig. 7.—L'*infinie* est une ligne indéterminée qui n'a aucune longueur précise, comme B. Pl. 1re, fig. 8. — L'*apparente* ou *tracée*, qui est décrite avec encre ou crayon (*Voyez* fig. 7). L'*occulte* ou *blanche*, qui est tirée seulement avec la pointe du compas, ou marquée avec des points, et pour lors on l'appelle *ligne ponctuée.* C. Pl. 1re, fig. 9. — La ligne reçoit encore diverses dénominations selon ses diverses positions et proportions : La *perpendiculaire* est une ligne droite qui tombe ou qui s'élève sur une autre, faisant les angles de part et d'autre égaux entre eux, A B. Pl. 1re, fig. 10 et Pl. 1re, fig. 11. — La *ligne à plomb* est celle qui va de haut en bas, sans incliner ni à droite ni à gauche, et qui passerait par le centre du monde si elle était prolongée à l'infini, C. Pl. 1re, fig. 12. — La *ligne horizontale* est une ligne en équilibre, qui s'incline également de part et d'autre, D E. Pl. 1re, fig. 13.—Les *lignes parallèles* sont celles qui se suivent d'une distance égale, H. Pl. 1re, fig. 14. Pl. 1re, fig. 15. — La *ligne oblique* est celle qui n'est ni horizontale, ni d'aplomb, mais de biais. FG. Pl. 1re, fig. 16.—La *base* est une ligne sur laquelle la figure se repose. IL. Les *côtés* sont les lignes qui renferment une figure INML. Pl. 1re, fig. 17.—La *diagonale* est une ligne droite qui traverse une figure et qui aboutit aux angles opposés, AB. Pl. 1re, fig. 18.—Le *diamètre* est une ligne droite qui traverse une figure circulaire par son centre, et qui se termine à la circonférence, C D. Pl. 1re, fig. 19. — Une *spirale* est une ligne courbe qui part de son centre, et qui s'en éloigne à proportion qu'elle tourne à l'entour, E F. Pl. 1re, fig 20.—Une *corde* ou *sublendant* est une ligne droite qui joint un arc par ses extrémités, G H. Pl. 1re, fig. 21.— L'*arc* est une partie de circonférence. GIH. Pl. 1re, fig. 21.—La *ligne tangente* est celle qui touche quelque figure sans la couper, et sans la pouvoir couper ou traverser, même étant prolongée L M. Pl. 1re, fig. 22. — *Ligne sécante* qui croise, qui coupe ou traverse L O. M O. Pl. 1re, fig. 23.—*Définition de l'angle.* L'angle est le concours indirect de deux lignes à un même point, ou plutôt c'est l'espace renfermé entre le concours indirect de deux lignes, se joignant en un point, comme B A C. Lorsque ce concours est fait de deux lignes droites, l'angle s'appelle *rectiligne*, et lorsqu'il est fait de deux lignes courbes, il s'appelle *courbeligne*; mais quand il est fait d'une ligne droite et d'une courbe, il s'appelle *mixtiligne.* — A angle rectiligne. Pl. 1re, fig. 24. — B. Angle courbeligne ou curviligne. Pl. 1re, fig. 25. — C. Angle mixtiligne ou composé. Pl. 1re, fig. 26. — L'angle est droit quand une des lignes est perpendiculaire sur l'autre, E D F. — L'angle est aigu, lors-

qu'il est moins ouvert que le droit, E D C. — L'angle est obtus lorsqu'il est plus ouvert que le droit. La lettre *d* du milieu F D C D, Pl. 1re, fig. 27, marque l'angle. — *Des surfaces.* On appelle surfaces ou superficies des espaces renfermés par des signes. On distingue deux espèces de surfaces : les planes et les convexes. Les surfaces planes sont celles sur lesquelles on peut appliquer en tout sens une règle bien droite, telle qu'une planche, une feuille de papier. Les surfaces convexes sont celles, au contraire, qui ne touchent une règle droite qu'on y applique qu'en un seul point ou en un petit nombre de points; telles sont une sphère, une boule, etc. — *Du triangle.* Un triangle est une surface comprise entre trois lignes droites. On nomme hauteur d'un triangle la perpendiculaire AD, abaissée du sommet A sur le côté opposé BC, prolongé si cela est nécessaire. Pour mesurer la surface d'un triangle, ou le nombre de mètres, toises, pieds ou pouces carrés que contient sa surface, on multiplie le nombre de mètres que contient la base BC par la moitié de celui que renferme la hauteur AD. Ainsi, un triangle qui aurait pour base 12 mètres et pour hauteur 15 mètres, aurait pour superficie 30 mètres carrés, c'est-à-dire contiendrait dans ses côtés 90 carrés ayant un mètre en tout sens. Pl. 1re, fig. 28; pl. 1, fig. 29; pl. 1re, fig. 30.

Du quadrilatère. Le quadrilatère est une surface comprise entre 4 côtés; le plus simple des quadrilatères est le carré, qui est une surface renfermée entre 4 lignes droites de même longueur, et dont les 4 côtés sont perpendiculaires l'un à l'autre. Pour mesurer la surface d'un carré, il suffit de multiplier un des côtés (qui sont tous égaux) par lui-même. Ainsi, en supposant que B D eût 10 mètres, la surface du carré serait 100 mètres carrés. Pl. 1re, fig. 31.

$$\begin{array}{r} 10 \\ 10 \\ \hline 100 \end{array}$$

Du parallélogramme ou *rectangle.* Le parallélogramme est un carré long dont on obtient la mesure en multipliant un grand côté B D, par exemple, par un petit côté A B. Si B D a 25 mètres et A B 10 mètres, la surface du parallélogramme est de 250 mètres carrés. Pl. 1re. fig. 32.

$$\begin{array}{r} 25 \\ 10 \\ \hline 250 \end{array}$$

Du losange ou *rhombe.* Le losange est une surface comprise entre 4 lignes égales et dont les angles opposés les uns aux autres sont égaux. Il y en a deux grands en A et C, et deux petits en B et D. Les lignes BD, AC. qui joignent les angles égaux, se nomment les diagonales. Pour avoir la mesure du losange, on multiplie une des diagonales, BD par exemple, par la moitié de l'autre, AC. Pl. 2, fig. 33.

$$\begin{array}{rl} \text{B D,} & 100 \text{ mètres.} \\ \text{A. C.} & 25 \text{ id.} \\ \hline & 500 \\ & 200 \\ \hline & 2500 \text{ mètres carrés.} \end{array}$$

Du trapèze. Le trapèze est un quadrilatère qui a deux côtés (AB, DC) égaux ou inégaux, non parallèles a et les deux autres (AD, BC) parallèles et inégaux. L, et les deux autres (AD, BC) parallèles et inégaux. L, ligne AE, perpendiculaire sur la base BC, se nomme la hauteur du trapèze. Pour mesurer un trapèze, on fait la somme des côtés parallèles AD, BC, et on en prend la moitié qu'on multiplie par la hauteur AE. Pl. 2, fig. 34.

A D. 50 mètres.
B C. 60 *id.*

110 mètres.

Moitié. 55 mètres.
A E. 20 *id.*

1100 mètres carrés.

Du polygone.—Un polygone est une surface terminée de tous côtés par des lignes droites; le triangle et les parallélogrammes sont les plus simples des polygones; mais on donne plus particulièrement ce nom à des surfaces qui ont plus de quatre côtés.—Il y a deux sortes de polygones : 1° les polygones réguliers, qui ont tous les côtés et les angles égaux; et les polygones irréguliers, dont les côtés et les angles sont inégaux. On nomme centre du polygone le point O, fig. 35, qui, dans les polygones réguliers, est également éloigné de tous les sommets A B D, etc. Pour avoir la mesure d'un polygone régulier, il faut multiplier son contour A B C D E F par la moitié de la perpendiculaire O G, abaissée du centre O sur l'un des côtés. Tout polygone pouvant être décomposé en autant de triangles qu'il a de côtés, moins deux, il est évident qu'on aura, en mesurant séparément la surface de chaque triangle et en additionnant tous les produits, la surface totale d'un polygone régulier. Un champ très irrégulier en apparence peut, de cette manière, être décomposé en carrés, en rectangles ou en triangles, et être ainsi mesuré avec facilité; par exemple : la pièce de terre fig. 37 pourrait être mesurée en abaissant d'un angle A des lignes sur un certain nombre de points saillants ou rentrants pour en former autant de triangles dont on mesurerait aisément la surface.—Les petites inégalités qu'on néglige dans ce mode de mesurage, soit en plus soit en moins, se trouvent compensées et n'altèrent que fort peu l'exactitude des résultats. Pl. 2, fig. 35. Pl. 2, fig. 36. Pl. 2, fig. 37. — *De la circonférence.* On appelle circonférence une ligne courbe A B C D dont tous les points sont également éloignés d'un point intérieur O qu'on nomme centre. Une droite B D qui joint deux points de la circonférence en passant par le centre O se nomme diamètre. Une droite O C, qui du centre O se rend à la circonférence, s'appelle *rayon.* Le diamètre est toujours le double du rayon. On nomme cercle la superficie renfermée par la circonférence. Pour mesurer l'étendue de la circonférence, on multiplie le diamètre B D par la fraction 22/7, ou plus exactement par le nombre 3,14159. Ainsi une circonférence qui a pour diamètre 25 mètres a pour étendue 78 mètres 54. Pour mesurer le cercle, c'est-à-dire la superficie terminée de toutes parts par la circonférence, on multiplie le rayon par lui-même, puis le produit par 22/7 ou 3,14159. Ainsi le cercle suivant aurait pour surface 490 mètres, 87 centimètres carrés. On peut aussi multiplier la circonférence 78 mètres 54, par la moitié du rayon 6 mètres 25 ; on trouve de même pour la surface 490 mètres carrés, 87. Pl. 2, fig. 38.

B D. 25 mètres.
3,14159

225
125
25
100
25
75

785,3975

B D. 78 m. 54
O C. 6 25

292 70
1570 8
47124

49087 50

Des solides. Un solide est une figure qui a les trois dimensions : longueur, largeur et hauteur. Les principaux solides sont : le cube, le parallélipipède, le prisme, le cylindre, le cône et la sphère. — Le cube est une figure à 6 côtés carrés et égaux. Pour mesurer sa solidité, on multiplie ensemble la longueur C H, la largeur C D et la hauteur C A, ou bien une de ses dimensions 3 fois par elle-même. Ainsi, un cube dont les côtés auraient 12 mètres, aurait pour solidité 1728 mètres cubes, c'est-à-dire 1728 petits cubes égaux en tous sens à un mètre. La surface totale du cube est égale à 6 fois la surface d'un de ses côtés, puisque ces 6 côtés sont égaux entre eux et ont une surface égale. Pl. 2, fig. 39.

A B. 12 mètres.
12

24
12

144
12

288
144

1723 mètres.

Du parallélipipède. Le parallélipipède est un cube allongé, dont la solidité se mesure de même que pour le cube en multipliant ensemble les nombres qui représentent sa largeur, longueur et hauteur. La surface totale du parallélipipède est égale à 4 fois celle d'une grande face, plus 2 fois celle d'une petite. Pl. 2, fig. 40. — *Du prisme.* Le prisme est un solide dont les deux bases opposées sont parallèles et les côtés des parallélogrammes. Pour avoir sa solidité, on calcule d'abord la surface de la base ou du triangle A B C, et on multiplie le nombre obtenu par la hauteur B E. Si le triangle A B C a 22 mètres de superficie, et que la hauteur B E soit de 30 mètres, la solidité du prisme sera de 660 mètres cubes. La surface du prisme est égale au contour de la base multiplié par la hauteur, et on a sa surface totale en ajoutant à ce nombre celle des deux bases. Pl. 2, fig. 41.

A B C. 22 mètres.
B E. 30 *id.*

660 mètres cubes.

Du cylindre ou rouleau. Le cylindre ou rouleau est une surface terminée par deux cercles égaux et parallèles. Pour avoir sa solidité, on mesure la surface d'un des cercles, et on multiplie ce produit par la hauteur E E ou A B. Un cylindre dont les cercles de la base auraient 490 mètres, 87 de surface, et pour hauteur 50 mètres, aurait pour solidité 2454,35 mètres cubes. — La surface du cylindre est égale à la circonférence de sa base, multipliée par sa hauteur. En ajoutant au produit la surface des deux cercles qui la terminent, on a la surface totale du cylindre. Pl. 2, fig. 42.

E E ou A B. hauteur 50 mèt.
B C ou A D. surface 49087 *id.*

2454350

49087
50

2454350

De la pyramide. La pyramide est un solide dont la base est un polygone quelconque et le sommet un point. La plus simple des pyramides est celle dont la base est un triangle A B C. — Pour mesurer la solidité de la pyramide, on multiplie la surface de la base (triangle, quadrilatère ou polygone) par le tiers de la ligne O D, ou perpendiculaire abaissée du sommet O sur la base, et qu'on nomme la hauteur de la pyramide. La pyramide qui aurait pour base 35 mètres carrés, et pour hauteur 24 mètres, aurait pour solidité 840 mètres cubes. La surface de la pyramide est égale au contour de sa base multiplié par la moitié de la hauteur d'un des triangles qui forment ses côtés. Si on ajoute à ce produit la surface de la base, on a la surface totale de la pyramide. Pl. 2, fig. 43.

A B C. 35 mètres.
O D. 24 id.
140
70
830 mètres cubes.

Du cône. Le cône est un solide dont la base est une circonférence et le sommet O un point. Pour mesurer la solidité, on multiplie la surface du cercle de la base par le tiers de la perpendiculaire O C abaissée sur cette base et appelée hauteur du cône. Ainsi un cône qui aurait pour base 28 mèt. carrés, et pour hauteur 15 mèt, aurait 140 mèt. cubes de solidité. La surface du cône se trouve en multipliant le contour de sa base par la moitié de la longueur d'une arête O A ou OB. En ajoutant à ce produit la surface de la base, on a la surface totale du cône. Pl. 2, fig. 44.

A B. 28 mètres.
O C. 15 id.
140 solidité.
420.

Ovale terrestre. La forme de la terre est un ovale. Elle tourne sur son axe d'occident en orient. La différence qui existe entre le rayon de l'équateur et le rayon polaire s'appelle aplatissement. Pl. 2, fig. 45.

B A. rayon de
l'équateur, 3,271,864 toises.
P P. id. pol.
ou axe, 3,261,265 id.
Différence, 10.589 toises.

P P, 3,261,265+10,589=3,271,864 tois.

De la sphère. La sphère ou boule est un solide dont tous les points sont également éloignés d'un point intérieur O qu'on nomme centre. Pour avoir sa solidité, il faut multiplier 3 fois le rayon A O par lui-même, puis le produit par le nombre 4 1/6, ou, plus exactement, 4,1884, ou bien multiplier la surface d'un des cercles A B C ou B C D qui passent par le centre, par 4 fois le tiers du rayon. Ainsi une sphère dont le rayon serait de 12 mèt., 5, aurait pour solidité 8, 178 mèt. cubes. — La surface de la sphère s'obtient en multipliant la longueur d'un des grands cercles qui passent par le centre, par le diamètre ou deux fois le rayon. Dans la sphère précédente, par exemple, la circonférence d'un grand cercle est 78 mèt., 54, et le diam. 25 mèt. La surface totale de cette sphère serait donc 1963 mèt. carrés, 50 cent. La surface de la sphère est égalée 4 fois celle d'un de ses grands cercles. Pl. 2, fig. 46 et dernière.

A B C D. Surface.
A O. 7854
25
29270
15708
19356

A O. 12 5
63
625
630
53
8178 m. cubes.

Solidité.
8178 | 12 5
63
53

— Les géomètres donnent le nom de *proposition* à toute vérité qui a besoin d'être démontrée. Il en est de différentes espèces. Les vérités purement spéculatives s'appellent *théorèmes*; les *problèmes* nous apprennent à faire quelque opération; un *lemme* est une vérité prise seulement pour en démontrer une autre; un *corollaire* est comme le fruit qu'on doit recueillir d'une proposition démontrée; les *axiomes* sont des vérités connues de tout le monde (*Voyez* AXIOME).— *Suppositions* : D'un point quelconque à un point quelconque, on peut tirer une ligne droite.—D'un centre quelconque à un intervalle quelconque, on peut décrire un cercle.—Il n'est point de ligne droite à laquelle on ne puisse tirer une ligne perpendiculaire. — Il n'est point de ligne droite à laquelle on ne puisse tirer une ligne parallèle. — Toute ligne, tout angle, tout arc, etc., peuvent se diviser en deux parties égales. — *Des proportions.* Un *tout* a ses parties *aliquotes* (partie contenue juste dans un tout) et ses parties *aliquantes* (partie qui n'est pas exactement contenue dans un tout). Ainsi 3 est une partie aliquote de 12, et 5 est une partie aliquante de 12.—La *raison* d'une grandeur à une autre est le rapport qu'il y a entre deux grandeurs de même espèce. Il y a une vraie *raison* entre 12 et 6, parce qu'il y a un vrai rapport de 12 à 6. La première grandeur dont une *raison* se compose, se nomme *antécédent*, et la seconde se nomme *conséquent*. La *raison* est *multiple*, lorsque l'*antécédent* est contenu plusieurs fois dans son *conséquent*; la raison de 12 à 2 est *multiple*, et la raison de 2 à 12 est *sous-multiple*. Lorsque l'*antécédent* contient 2, 3 ou 4 fois son *conséquent*, la raison est *double*, *triple ou quadruple*; mais elle est *sous-double*, *sous-triple, sous-quadruple*, lorsque l'*antécédent* est contenu 2, 3 ou 4 fois dans son conséquent. Le chiffre qui marque combien de fois un *antécédent* contient son *conséquent*, ou est contenu dans son *conséquent*, se nomme *exposant* de la *raison*. Le chiffre 2, par exemple, est l'exposant de la *raison* double, et la fraction 1/2 celui de la raison *sous-double*. Deux *raisons* sont égales entre elles, lorsque l'antécédent de la première contient autant de fois son *conséquent*, que l'*antécédent* de la seconde contient le sien; ou bien, lorsque l'*antécédent* de la première est autant de fois contenu dans son *conséquent*, que l'*antécédent* de la seconde est contenu dans le sien. Ainsi la *raison* de 4 à 2 est égale à la *raison* de 20 à 10, et la *raison* de 8 à 16 est égale à la raison de 50 à 100. On nomme *proportion géométrique* le rapport qu'il y a entre deux raisons égales. Il y a proportion *géométrique* entre ces 4 grandeurs, 4, 2, 12, 6, parce que 4 est à 2, comme 12 est à 6, ou, pour marquer les choses à la manière des géomètres, 4 : 2 :: 12 : 6.— Ces quatre grandeurs sont appelées proportionnelles; la première et la dernière de ces quatre grandeurs se nomment les deux *extrêmes*, et la seconde avec la troisième se nomment les deux *moyennes*. Dans toute proportion géométrique, les deux antécédents ont le nom de *grandeurs homologues* (correspondant); il en est de même des deux conséquents; 4 et 12, dans la proportion supérieure, sont deux grandeurs homologues; 2 et 6 le sont aussi. Trois grandeurs sont en *proportion continue*, lorsque la première est à la seconde comme la seconde est à la troisième. 3, 6 et 12 sont en proportion continue, parce que l'on peut dire 3 : 6 : . 6 : 12. La grandeur 6, qui est en même temps *conséquent* de la première *raison* et *antécédent* de la seconde, se nomme *moyenne proportionnelle*. Quatre quantités sont en *raison directe*, lorsque le premier et le troisième *termes* d'une proportion géométrique appartiennent à une *grandeur*, et le second avec le quatrième terme de la même proportion appartiennent à une autre *grandeur*. Supposons que Léon fasse 4 lieues, et Paul 2 lieues en 2 heures; il est évident que la vitesse de Léon : la vitesse de Paul : : 4 lieues : 2 lieues; il est encore évident que le premier et le troisième *termes* de cette *proportion* appartiennent à Léon, et que le second avec le quatrième termes appartiennent à Paul; aussi assure-t-on en physique que deux corps qui parcourent différents espaces dans un même temps ont leur vitesse en *raison directe* des espaces parcourus. Si Léon avait fait 4 lieues en 2 heures, et Paul 1 lieue en 1 heure, on aurait eu la proportion suivante : 4 lieues . 1 lieue : : le carré de 2 heures représenté par le chiffre 4 : au carré de 1 heure représenté par le chiffre 1 ; aussi aurions-nous dit, dans cette occasion, que les espaces parcourus étaient en *raison directe* des carrés des temps employés à les parcourir, ou que les espaces parcourus étaient en *raison directe doublée* des temps employés à les parcourir. Par la même raison, si Léon avait fait 27 lieues en 3 heures, et Paul 1 lieue en 1 heure, les espaces parcourus auraient été en *raison directe* des cubes des temps, ou en *raison directe triplée* des temps employés à les parcourir, parce que le cube de 6 est 27, et le cube de 1 est 1. — Quatre quantités sont en *raison inverse* ou *réciproque*. lorsque le premier et le quatrième termes d'une proportion géométrique appartiennent à une *grandeur*, et le second avec le troisième termes de la même *proportion* appartiennent à une autre *grandeur*. 12 lieues, par exemple, sont-elles parcourues en 3 heures par Léon et en 6 heures par Paul? on aura la proportion suivante : la vitesse de Léon : la vitesse de Paul : : 6 heures : 3 heures. On voit que le premier et le quatrième termes de cette *proportion* appartiennent à Léon, et que le second avec le troisième termes de la même *proportion* appartiennent à Paul ; en conséquence, on émet comme un principe en physique que deux corps qui parcourent le même espace en différents temps, ont leur vitesse en *raison inverse* des temps employés à les parcourir. Si Léon avait parcouru 4 lieues en 1 heure, et Paul 1 lieue en 2 heures, nous aurions dit : l'espace parcouru par Léon : l'espace parcouru par Paul : : le carré de 2 heures représenté par le chiffre 4 : au carré de 1 heure représenté par le chiffre 1 ; aussi pourrait-on affirmer dans cette occasion que les espaces parcourus étaient en *raison inverse* ou *réciproque* des carrés des temps employés à les parcourir. Par la même raison, si Léon avait couru 27 lieues en 1 heure. et Paul 1 lieue en 3 heures, les espaces parcourus auraient été en *raison inverse* des cubes des temps employés à les parcourir. Il n'y a jamais *raison composée* sans multiplication ; par exemple, deux corps inégaux en *densité* et *volume* ont leur *poids* en *raison composée* des *densités* et des *volumes*. On ne connaît leur *poids* respectif qu'en multipliant leur *densité* par leur *volume*. En effet, si l'on veut comparer le *poids* d'une masse d'or dont le *volume* est 2 et la *densité* 19 avec le *poids* d'une masse d'eau dont le *volume* est 6 et la *densité* 1. on doit dire : le *poids* d'or : au poids de l'eau : : 38 : 6.

Axiome premier. Deux *raisons* égales à une troisième sont égales entre elles. En effet,

6 : 3 : : 24 : 12
8 : 4 : : 24 : 12. Ainsi, 6 : 3 : : 8 : 4.

Par le même principe, si, de plusieurs *raisons*, la première est égale à la seconde, la seconde est égale à la troisième, etc., la première sera nécessairement égale à la troisième :

Ex. : 4 : 2 : : 16 : 8
6 : 8 : : 20 : 10. Ainsi : 4 : 2 . : 20 : 10.

Ordinairement les deux premières *proportions* se marquent de cette manière :

4 : 2 : : 16 : 8 : : 20 : 10.

Axiome second. Deux grandeurs égales ont un même rapport ou une même *raison* à une troisième grandeur. Si la grandeur A et la grandeur B sont égales, le rapport de la grandeur A à la grandeur C sera le même que celui de la grandeur B à la grandeur C. Par conséquence évidente, deux grandeurs sont égales entre elles, lorsqu'elles ont un même rapport à une troisième.

Axiome troisième. Deux *tous* sont comme leurs moitiés, leurs tiers, etc.

16 : 12 : : 8 : 6, de même 16 : 12 : : 4 : 3.

Axiome quatrième. Lorsqu'on multiplie deux grandeurs par une troisième, les deux *produits* sont entre eux comme les deux *multiplicandes*. Multipliez par 3 les deux quantités 4 et 8, vous aurez d'un côté 12 et de l'autre 24. Or, 12 : 24 : : 4 : 8.

Axiome cinquième. Divisant deux grandeurs par une troisième, les *quotients* sont entre eux comme les *dividendes*. Les deux quantités 30 et 60, divisées par 5, donnent pour *quotients*, d'un côté 6 et de l'autre 12 ; ainsi, 6 : 12 : : 30 : 60 ; donc les deux *quotients* sont comme les deux *dividendes*.

Proposition fondamentale. Dans toute proportion géométrique le *produit* des *extrêmes* est égal au produit des *moyennes*. S'il ne s'agissait ici que de quatre quantités numériques, il ne serait pas nécessaire de démontrer cette proposition ; elle serait démontrée par l'expérience que chacun en pourrait faire. Mais, comme l'on n'opère pas toujours sur des nombres, nous ne saurions nous dispenser d'en venir à une démonstration universelle. Nous disons donc que si A : B : : C : D, le produit de la *grandeur* A multipliant la *grandeur* D, c'est-à-dire au produit AD, sera égal au produit de la grandeur B, multipliant la *grandeur* C, c'est-à-dire au produit BC. Tout le monde sait qu'on multiplie une lettre par une autre en mettant une lettre à côté de l'autre.

Proposition inverse. Quatre grandeurs sont en proportion géométrique lorsque le *produit des extrêmes* est égal au produit des moyennes. Exemple : On donne les quatre grandeurs A, B, C, D, et l'on suppose que le *produit* AD est égal au *produit* BC; nous dirons donc que A : B : : C : D. — Il ne faut pas confondre *proportion géométrique* avec *proportion arithmétique*; quatre grandeurs sont en *proportion arithmétique* lorsque la quantité par laquelle la première diffère de la seconde est égale à la quantité par laquelle la troisième diffère de la quatrième. Ainsi, les quatre grandeurs 1, 2, 3, 4 sont en proportion arithmétique, et l'on peut dire 1 : 2 : : 3 : 4, parce que, de même que le nombre 1 marque la différence qu'il y a entre la grandeur 1 et la grandeur 2, de même aussi le nombre 1 marque la différence qu'il y a entre la grandeur 3 et la grandeur 4. Nous concluerons de là que dans une proportion arithmétique la somme des *extrêmes* est égale à la somme des *moyennes*, c'est-à-dire que si nous ajoutons d'un côté le premier terme de la proportion arithmétique au quatrième, et de l'autre le second terme au troisième, nous aurons deux sommes égales. En effet, nous servant de l'exemple précédent, et ajoutant d'un côté 1 à 4 et de l'autre 2 à 3, nous aurons deux sommes chacune de 5. Enfin, on se sert de la multiplication pour la proportion géométrique, et de l'addition pour la proportion arithmétique.

GÉOPHAGES. Les géophages ou *mangeurs de terre* sont des peuplades sauvages qui, dans certaines parties de notre globe, ont la manie de se nourrir, à défaut d'une nourriture plus saine, d'argile détrempée. Il est absurde de croire que cette argile soit plus nutritive pour des sauvages que pour des hommes civilisés; ces malheureux, d'un goût moins exquis que le nôtre, se chargent l'estomac de terre pour calmer les ardeurs de la faim qui les dévore; mais ne pouvant trouver dans ce mets, aussi singulier que rebutant, de quoi réparer leurs forces, ils meurent véritablement de consomption.

GÉORAMA. Donnons pour un instant une surface diaphane à la terre; plaçons-nous par la pensée au centre du globe, et de là, considérant la scène imposante du monde qui se déroule majestueusement sous nos pieds et sur nos têtes, nous aurons une idée claire et nette du géorama. Le géorama, en effet, doit, pour principales conditions, représenter la nature avec fidélité, telle enfin qu'elle nous apparaîtrait si nous étions placés, comme nous venons de le supposer, dans le noyau de la terre; ce doit être pour le spectateur comme un tableau vivant, tout à la fois géographique et historique : géographique, puisqu'il lui montre les montagnes, les vallées, les volcans, les fleuves, l'Océan et tous les pays du monde avec la position respective de chacun d'eux par rapport aux autres; historique, puisqu'il lui fait passer en revue tous les faits qui se sont succédés sans interruption de mémoire d'homme : la destruction de l'empire romain, la ruine de Carthage, les batailles, les révolutions, les guerres civiles, les divers gouvernements qui ont régi les peuples; la fondation des villes, les découvertes utiles à la société; le christianisme s'établissant au milieu des persécutions et apportant aux peuples les bienfaits de la liberté et de la civilisation; l'Alcoran, au contraire, ne laissant à ses sectateurs que la barbarie et l'esclavage. Nous ajoutons enfin que le géorama est non-seulement un tableau vivant tout à la fois géographique et historique, mais il est même chronologique, car une date indique les époques où ont eu lieu les événements les plus remarquables qui sont venus animer la grande scène du monde.

GÉORGIQUES, de γῆ terre, ἔργον ouvrage; c'est-à-dire ouvrage qui traite de l'agriculture. L'art de cultiver la terre a exercé non-seulement les plus grands héros, mais encore les plus grands écrivains de l'antiquité. Chez les Grecs, Hésiode, qui vivait un siècle après la guerre de Troie (900 avant J.-C.), a écrit un poème sur l'agriculture : *Opera et Dies*; Démocrite, Xénophon, Aristote, Théophraste en ont traité en prose. Parmi les Romains, Caton le censeur a composé un ouvrage sur l'économie rurale, et a été imité par le savant Varron. L'ouvrage de Columelle est le plus considérable que les anciens nous aient laissé sur ce sujet. Mais parmi ces écrivains, Virgile tient sans contredit le premier rang, même indépendamment de la beauté du style; il employa sept ans à la composition de ses Géorgiques, si bien interprétées par notre Delille.

GÉRANION, *geranium*, plante de la famille des *géraniacées*. Le fruit du géranion est composé de cinq capsules terminées chacune par une arête qui lui donne la forme d'un *bec de grue*, nom sous lequel on désigne quelquefois le géranion. L'*herbe à l'esquinancie*, *l'herbe à Robert*, sont une des nombreuses plantes de cette espèce; elle se distingue du genre précédent par ses fleurs rouges, son odeur forte et désagréable : on en faisait autrefois un grand usage dans le traitement de l'esquinancie; ce géranion est à peu près inusité maintenant.

GÉRANT (*Voyez* Société).

GERBO ou **GERBOISE.** Quadrupède à pieds tétradactyles ou à quatre doigts; le pouce des pieds de devant onguiculé. On le trouve en Égypte, en Arabie, dans le pays des Calmouks et dans la Sibérie méridionale, dans les terrains secs et herbeux. Ce petit animal est un composé de l'écureuil, du lièvre, du rat et du singe. Il est à peu près de la grosseur de l'écureuil dont il a la tête, à cette exception que le bout du nez semble ras; il a assez d'analogie avec le lièvre pour les oreilles et la timidité. Ses pieds de devant sont courts comme ceux d'un rat; il n'en fait point usage pour marcher : ils lui servent à tenir sa nourriture. Sa queue est semée d'anneaux noirs et blancs, et rase comme celle du singe; au bout seulement se trouve un bouquet de poils; les jambes de derrière sont fort longues. Le gerbo est d'une agilité surprenante; il fait des sauts de 6 à 7 pieds. Il se nourrit de racines de gramen, de grains de froment; il dort le jour, mange de nuit et ne boit jamais. Cet animal craint peu l'approche des hommes, quoiqu'il s'apprivoise difficilement; il se terre comme le lapin, mais il travaille avec plus de vitesse. Celui qui habite en Sibérie coupe du foin, en fait des paquets qu'il porte dans son terrier; les Arabes et les Calmouks mangent sa chair. L'*alagtaga* de Buffon paraît en être une variété; cependant il habite des climats beaucoup moins chauds, puisqu'on le trouve même en Sibérie. Le gerbo du Cap est plus grand que le précédent; il se trouve en Afrique : on le chasse en inondant son terroir; sa chair est bonne à manger.

GERME. Le germe est le principe originaire de tout être organisé : ainsi les animaux et les plantes ont un germe indispensable pour leur génération, et chaque espèce a le même. Mais les êtres inorganiques ne s'accroissent que par la cohésion de particules de même nature. Tous les êtres organisés prennent naissance dans une des petites vésicules que contient l'ovaire des femelles de leur espèce, et la graine des plantes et l'œuf des oiseaux ont entre eux beaucoup d'analogie : on retrouve dans l'un et dans l'autre les mêmes parties constituantes. L'homme lui-même renferme les parties essentielles de l'œuf. Toutefois, on ignore si le germe préexiste dans l'ovaire des animaux et des végétaux, ou s'il est le résultat de la fécondation; et, en supposant qu'il soit produit par la fécondation, on ne sait pas s'il provient du mâle ou de la femelle, ou de tous les deux à la fois.— On dit au figuré : le germe des vertus, un germe de maladie, un germe de dissension; en un mot, on emploie le mot *germe* pour signifier tout ce qui est le principe, l'origine, la cause d'une chose.

GERMINATION, premier développement du germe; réunion des phénomènes que présente une graine fécondée. Les agents extérieurs indispensables à la germination sont : la chaleur, le contact de l'humidité et l'action de l'air. Une douce température qui ne dépasse pas 30° accélère l'évolution des différentes parties de l'embryon. L'eau pénètre dans la substance de la graine, ramollit ses enveloppes, et porte au jeune végétal les substances gazeuses ou solides nécessaires à sa nutrition. L'air est aussi utile aux végétaux, pour germer ou s'accroître, qu'il est indispensable aux animaux pour respirer et pour vivre. En effet, une graine mise trop profondément en terre, et privée du contact de l'air, ne se développe pas. La germination est plus ou moins précoce dans les diverses espèces végétales. Le premier effet apparent du développement du germe est le gonflement de la graine et le ramollissement de ses enveloppes; celles-ci se rompent, et de l'extrémité radiculaire de l'embryon sort la radicule (petite racine) qui s'allonge et constitue la racine : presqu'en même temps, la gemmule commence à se développer immédiatement au-dessous du point d'insertion des cotylédons (lobes); il les soulève et les porte hors de terre. Si la gemmule (bourgeon, une des quatre parties essentielles de l'embryon) ne commence qu'au-dessus des cotylèdons, ceux-ci restant cachés sous terre, se flétrissent et disparaissent. Lorsque la gemmule parvient à l'air libre, les folioles qui la composent se déroulent, se déploient et acquièrent promptement tous les caractères des feuilles qui sont les organes principaux de la nutrition dans les plantes (*Voyez* FEUILLES, FLEURS).

GEYSER, source d'eau chaude en Islande. Les geysers sont situés à une quinzaine de lieues du mont Hécla (volcan). Lorsque les eaux chaudes sortent avec la plus grande abondance, on en aperçoit les vapeurs de plus de six lieues. Ces sources occupent un espace d'environ quatre kilomètres (une lieue), en partie au pied d'une petite chaîne de montagnes peu élevées, et le reste sur les flancs ; on en compte plus de cent, mais néanmoins il n'en est que trois ou quatre auxquelles soit donné le nom de geysers. Leurs éruptions sont fréquentes, mais elles durent peu, en sorte que l'observateur peut approcher en toute sécurité ; lorsque le moment d'une explosion approche, on en est averti par un bruit qui précède la sortie des eaux ; elles jaillissent en colonne divisée en milliers de jets.

GESTATION. La grossesse ou gestation est l'état dans lequel se trouve la femme depuis l'instant de la conception jusqu'à celui de l'accouchement. La durée de la gestation est de neuf mois dans l'espèce humaine ; elle est aussi de neuf mois pour la vache, de onze pour la jument, de cinq pour la brebis et la chèvre, de cent huit jours dans l'espèce du lion, de soixante-trois dans celle du chien et de cinquante-six dans celle des chats. Chez la femme, la gestation est appelée plus convenablement *grossesse*. — La *gestation* était un exercice des Romains qui, pour rétablir leur santé, se faisaient porter en litière.

GIBBON, singe à longs bras ; on le trouve dans l'Inde ; il est d'un naturel doux, paresseux, souffrant avec peine la pluie et le froid. Sa face est presque nue, rose incarnat ; il se rapproche plus de l'homme par sa démarche ordinairement droite, que le satyre. Il est noir, s'élève à quatre pieds de hauteur ; on en trouve une variété fauve, haute de deux pieds et demi ; c'est le *petit gibbon*. Ce singe s'éloigne beaucoup de l'homme par la proportion de ses bras qui sont si longs qu'il peut, étant debout, toucher la terre avec ses mains ; aussi, à peine a-t-il besoin de se pencher pour marcher à quatre pattes, il marche le plus souvent sur deux pieds. Il est beaucoup plus velu que l'homme ; son corps est couvert de poils bruns ou gris, selon l'âge, excepté ses fesses qui sont nues et légèrement calleuses ; sa face est plate et assez semblable à celle de l'homme, mais brune et environnée de poils gris ; les oreilles nues, noires et arrondies, les yeux grands et enfoncés, les dents canines, grandes ; il a des abajoues (cavité des joues) comme les quadrumanes (à quatre mains) de ce continent. Si on le transporte dans un autre climat, il ne vit pas long-temps.

GIBBOSITÉ. Saillie résultant de la déviation des os du tronc, et particulièrement de la déformation de la colonne vertébrale. La cyphose générale (courbure du dos), caractérisée par l'incurvation à convexité postérieure de toute l'épine, et surtout de la portion dorsale, constitue la *bosse* proprement dite. La difformité appelée *dos voûté* est produite par la cyphose partielle qui résulte souvent d'une position vicieuse.

GIBELINS. Les gibelins et les guelfes étaient deux partis opposés qui prirent naissance sous Henri IV, empereur d'Allemagne, au sujet des investitures, entre ce prince et le moine Hildebrand qui venait de monter sur le trône pontifical. Le nom de gibelins, que portaient les partisans de l'empereur, fut formé de Wablinga ou Gueibelinga, nom d'un château que ces derniers possédaient. Les Welfs ou Guelfes formaient le parti opposé. Ces deux factions divisèrent l'Italie pendant trois siècles, pendant lesquels elles subirent plusieurs modifica-

tions, et lorsque les Français occupèrent l'Italie, sous François 1er, les noms des guelfes et des gibelins, qui déjà n'avaient plus leur signification primitive, disparurent à peu près eux-mêmes, tandis que les intérêts et toutes les passions qui les avaient créés se laissèrent pas que de subsister toujours depuis.

GIBET. On désigne par ce mot le supplice et l'instrument du supplice. C'est, si l'on veut, la potence réservée à ceux qui sont condamnés à être pendus. Néanmoins, il existe quelque différence entre cette potence et le gibet proprement dit. Ce dernier mot s'applique principalement à une potence où le corps du supplicié restait exposé à la vue du peuple, afin d'inspirer plus de terreur ; ce qui se pratiquait hors de la ville, et dans des lieux élevés. On désigne encore sous le nom de *fourches patibulaires* l'un et l'autre de ces deux instruments de supplice. — Les *lieux patibulaires* étaient l'emplacement que le seigneur haut justicier choisissait pour y faire placer ses gibets. La noblesse seule jouissait du privilège d'avoir la tête tranchée, et la potence était réservée à la classe roturière.

GIBIER, tout ce que l'on prend en chassant, soit oiseaux ou quadrupèdes. — Un pays qui abonde en gibier, c'est un certain endroit où l'on chasse beaucoup soit du gros gibier soit du menu gibier.

GINGEMBRE, plante vivace du genre *amôme*, c'est-à-dire qui appartient à la classe des cardamones (fruits de plusieurs espèces du genre amôme), de la graine de paradis (maniguette) et du zérumbeth (racine d'une espèce d'*amomum*). Le gingembre, originaire des Grandes-Indes, a été transporté aux Antilles et en Amérique, où il croît très bien, ainsi qu'à Cayenne. On doit choisir le gingembre nouveau, sec, bien nourri, difficile à rompre, résineux au-dedans, d'un goût chaud et piquant, et rejeter celui qui est filandreux et quelquefois vermoulu. Son odeur forte et aromatique provoque l'éternument. En Allemagne, on fait beaucoup usage de ce stimulant très âcre.

GINGSENG, plante qui croît à la Chine. On la nomme aussi la *plante humaine*, à cause de la ressemblance que l'on croit trouver entre sa racine et le corps humain. Le gingseng est si estimé par les Chinois, qu'ils donnent sept fois pesant d'argent pour chaque once. Le meilleur se trouve à l'orient de la Tartarie, où il est appelé *orhota*, c'est-à-dire la *reine des plantes*. Les Tartares se servent de ses feuilles en guise de thé ; mais on n'emploie que sa racine dans la médecine. Elle est à peu près épaisse comme la moitié du petit doigt, mais un peu plus longue, et d'un jaune clair. Elle est douce et agréable au goût, quoique ses feuilles soient un peu amères. Elle passe pour des meilleurs cordiaux que l'on ait, et on la prend en décoction. Un missionnaire français rapporte que, en ayant bu, il trouva son pouls plus fort et plus vif, son appétit plus ouvert, et ses forces extrêmement augmentées ; que, se trouvant un jour très fatigué et si faible qu'il ne pouvait se tenir à cheval, il mangea quelque peu de sa racine, et que ses forces revinrent au bout d'une heure. Pour éprouver sa bonté, dit un auteur chinois, on envoie deux hommes dont l'un a du *gingseng* dans la bouche, et l'autre n'en a point. Ils n'ont pas marché pendant une heure, que le premier ne se trouve point du tout fatigué, tandis que le second est hors d'haleine. Les Chinois appellent celui de la meilleure espèce le *doré entouré de pierres précieuses*. Ils lui donnent plusieurs noms qui marquent sa vertu, comme : *le simple spirituaux, le pur esprit de la terre, la graisse de la mer, le remède qui rend immortel*. Introduit en Europe au 17e siècle, le gingseng, précédé par sa haute réputation, s'y est vendu au poids de l'or. Malheureusement des expériences répétées ont prouvé jusqu'à l'évidence son inefficacité ; aussi n'est-il plus usité en médecine.

GIRAFE. Grand quadrupède que l'on trouve

entre l'Egypte et l'Ethiopie, plus rarement dans l'Abyssinie et surtout dans l'Afrique méridionale. La girafe aime les forêts couvertes ; c'est un animal doux, timide, élégant, très agile à la course. Il se couche sur les genoux comme le chameau, il se nourrit des rameaux et des feuilles d'arbres. Grandeur du chameau ; couleur du pelage, blanc mêlé de roux, à taches nombreuses couleur de rouille ; tête du cheval, oreilles assez petites, cou droit, aplati, plus long que celui du chameau, dos convexe garni de l'occiput à la queue d'une espèce de crinière ; queue cylindrique, longue de la moitié des lombes, terminée par un flocon de poils, les jambes cylindriques. Vu de la longueur du cou, l'animal a 17 pieds de haut en devant, et neuf pieds seulement par derrière. La girafe est un bisulce (à pied fourchu) à cornes coniques, simples, droites, pleines, permanentes, longueur d'un pied sur la tête du mâle, plus courtes sur celle de la femelle, recouvertes de la peau de la tête. L'inégalité du train de devant provient de la grandeur des omoplates et des apophyses épineuses des vertèbres du cou. Les taches rousses dont la peau de la girafe est parsemée, deviennent noires à mesure que l'animal vieillit. La lèvre supérieure dépasse l'inférieure de plus de deux pouces. La langue ressemble à celle des gazelles, la structure intérieure est à peu près la même, mais la vésicule du fiel est fort petite. Les yeux sont grands, bien fendus ; il n'y a point de larmier au-dessous. Les deux cornes sont un peu inclinées en arrière ; elles sont osseuses et permanentes comme celles du bœuf, longues de sept pouces, recouvertes d'une peau garnie de poils noirs. On observe au milieu du front un tubercule ou excroissance fongueuse de l'os, de deux pouces de hauteur, d'environ quatre pouces de diamètre. Entre les oreilles et les cornes, on remarque deux protubérances composées de glandes d'un assez gros volume. Les girafes n'attaquent jamais les autres animaux ; elles ne donnent pas des coups de tête, comme les béliers. Le pas de la girafe est un amble (Voyez ce mot). C'est un animal très doux, cependant on ne l'a pas encore apprivoisé. La chair des jeunes est assez bonne à manger, et leur moelle paraît exquise. Le cuir, extrêmement épais, sert à faire des vases pour conserver l'eau. Les girafes habitent uniquement dans les plaines, elles vont en petites troupes ; quand elles se reposent, elles se couchent sur le ventre, ce qui leur donne des callosités en bas de la poitrine et aux jointures des jambes. Un très fort ligament sert à l'animal pour soutenir et diriger son cou ; ce ligament s'étend le long des vertèbres dorsales au-dessus de leurs apophyses épineuses ; il est adhérent à toutes les verticales.

GIRAFE. Cette constellation peu apparente fut formée, en 1679, de quelques étoiles comprises dans l'espace qui sépare les deux Ourses, Cassiopée, Persée et le Cocher.

GIRANDOLE se dit de plusieurs fusées qui partent en même temps, ou de plusieurs tuyaux de fontaine d'où l'eau jaillit simultanément. —Girandole, assemblage de pierreries que les femmes emploient dans leur parure. —Chandelier à plusieurs branches. — Enfin une espèce de plante qui croît dans les marécages porte aussi le nom de girandole.

GIROFLE ou giroflier, arbre de la famille des myrtes. On le cultive particulièrement dans les îles Moluques, d'où il a été porté à l'île Bourbon en 17 0, et à Cayenne en 1772, il s'est naturalisé dans plusieurs îles de l'Amérique. On nomme vulgairement clous de girofle les boutons de fleurs du giroflier. On a remarqué qu'il n'y a point d'arbre qui répande une odeur si suave que les girofliers, lorsque leur fruit commence à paraître. On doit choisir les girofles bien nourris, d'un brun clair, d'une odeur aromatique agréable, d'une saveur âcre et piquante ; ils contiennent 0,18 d'huile volatile, 0,17 matière astringente, 0,13 gomme, 0,06 résine, 0,28 fibre végétale et 0,18 d'eau. — L'huile

essentielle de girofle, introduite, au moyen d'un peu de coton, dans le creux des dents cariées, détruit la sensibilité du nerf dentaire. C'est un stimulant énergique que la médecine emploie dans les circonstances où l'économie animale a besoin d'être excitée.

GIROFLÉE. Fleur crucifère. Il y a plusieurs espèces de ces plantes dont les fleurs ont une odeur des plus suaves. Dans le commerce, la jaune est celle dont on tire le meilleur parti ; c'est une des fleurs printanières.

GIRONDINS, parti qui s'illustra dans la révolution française par la noblesse des sentiments et le patriotisme pur dont étaient animés la plupart de ses membres. Ce parti, après avoir renversé le trône, de concert avec les Jacobins, voulut se borner là et sauver Louis XVI de la mort dont il était menacé. Mais là ses efforts échouèrent contre l'anarchie sanglante qui devait faire tant de victimes. Le 27 mai, jour de triomphe pour le parti jacobin, fut pour les Girondins l'époque de leur ruine et de leur entier anéantissement. Vingt-neuf députés appartenant à ces derniers sont arrêtés et enfermés le 27 juin à la Conciergerie. Condamnés à mort peu après par le tribunal révolutionnaire, ils montent avec calme et dignité sur l'échafaud le 31 octobre 1793.

GIROUETTE (de girer, inusité, qui veut dire tourner). Une girouette est une feuille de métal disposée à l'extrémité d'une verge verticale, de manière à tourner au moindre vent autour de cette verge qui lui sert de pivot. On en place communément sur les toits où elles servent à indiquer de quel côté le vent souffle. Les savants désignent cet instrument sous le nom d'anémoscope.

GISEMENT ou **GISSEMENT** (terme de marine). On applique ce mot soit aux côtes, soit aux écueils d'une île, dont la direction se trouve en rapport avec les différents points de la boussole. Si donc la ligne qui joint les deux points d'une île les plus éloignés l'un de l'autre, prend, d'après la boussole, sa direction du sud au nord, on dit : le gisement de cette île est nord et sud.

GIVRE, petite gelée blanche que l'on voit se former au commencement du printemps sur les vitres des appartements et sur les toits gelés (Voyez Rosée.).

GLABRE. Terme de botanique, pour désigner des surfaces complètement dépourvues de glandes et de poils, ce qui peut arriver sans que pour cela elles soient lisses et unies.

GLACE. Eau solidifiée par la soustraction du calorique qui tenait ses molécules écartées. Quand la température descend de quelques degrés au-dessous de zéro, l'eau commence à se couvrir d'une croûte solide qu'on appelle glace ; cette croûte s'épaissit à mesure que le froid dure. Si toute espèce d'eau exposée au même degré de froid ne se solidifie pas, c'est qu'elle n'est pas également pure. L'agitation ou le repos apportent aussi des modifications dans la congélation de l'eau. Dans un temps froid, trois causes principales concourent à changer l'eau en glace : 1° dans un temps froid, il sort du sein de l'eau une grande quantité de particules ignées qui tendent toujours à se mettre en équilibre avec les particules ignées qui se trouvent dans l'atmosphère. 2° Celles de ces particules qui demeurent dans le sein de l'eau perdent beaucoup de leur mouvement ; cette perte est sans doute occasionnée par les particules salines et nitreuses que différents vents font entrer en ligne droite dans une eau prête à se geler. 3° Ces mêmes particules salines et nitreuses entrent comme autant de coins dans les pores des molécules aqueuses, les bouchent exactement, empêchent les particules ignées de s'y insinuer, et de communiquer aux parties insensibles de l'eau leur mouvement en tout sens, l'eau doit donc perdre sa fluidité et se changer en glace. Les expériences suivantes confirmeront la bonté de ce système : une certaine quantité d'eau, exposée à l'air dans un temps froid, se gèlera et occupera un plus grand espace qu'auparavant. Cette augmentation de volume vient sans doute, non-seulement du grand nombre de particules nitreuses et salines que l'eau reçoit quelque temps avant sa congélation, mais elle vient surtout de la dilatation de l'air intérieur. En effet, l'air renfermé dans la glace ne communiquant plus avec l'air extérieur, et n'étant plus par conséquent en équilibre avec lui, a commencé à se dilater; dilaté, il a soulevé les molécules de l'eau dans le temps qu'elle était sur le point de se geler; ces molécules soulevées ont occupé un plus grand espace, et ont communiqué à la masse entière une augmentation de volume. — Prenez une bouteille de verre, remplissez-la à moitié d'eau; qu'elle soit bouchée exactement et presque hermétiquement; ensuite exposez-la à l'air dans le temps même que le thermomètre se trouve bien au-dessous de zéro. Si la bouteille n'est pas remuée, l'eau acquerra plusieurs degrés de froid au-delà de celui de la congélation ordinaire, sans cependant se geler; mais si vous agitez l'eau contenue dans la bouteille, sur-le-champ cette eau sera parsemée de glaçons. Cette expérience nous prouve évidemment que les molécules sensibles de l'eau ne sauraient s'accrocher les unes avec les autres lorsqu'elles ne sont pas un peu agitées. — Deux morceaux de glace sont égaux entre eux; l'un, que nous désignerons par la lettre A, sera mis dans la machine du vide, et le morceau B sera laissé exposé en plein air; si celui-ci demeure 6 minutes 24 secondes à se dégeler dans l'air libre, celui-là n'emploiera que 4 minutes à se fondre dans la machine du vide. Ce qui fond la glace, c'est la matière ignée contenue dans l'atmosphère; plus cette matière ignée a de force, et plus facilement aussi la glace est fondue. Il est probable qu'il y a plus de matière ignée dans le récipient de la machine pneumatique, après qu'on en a pompé l'air, qu'il n'y en avait avant cette opération. La raison en est sensible : la place qu'occupait l'air pompé est occupé en partie par des particules ignées qui entrent dans le récipient par les pores du verre. Il est encore probable que l'air, par ses spirales et ses rameaux, affaiblit considérablement le mouvement de la matière ignée; donc, la matière ignée a plus de force dans le récipient que hors du récipient; enfin, la glace doit se fondre plutôt dans le récipient de la machine du vide, que lorsqu'elle est exposée en plein air. — Deux morceaux de glace égaux entre eux sont placés, l'un, A, sur un plat d'argent; l'autre, B, sur un plat de bois; quoique l'argent soit plus froid que le bois, cependant le morceau A sera plus tôt fondu que le morceau B. L'argent, il est vrai, est plus froid que le bois; mais il est plus lisse; ce qui ne peut manquer de produire une application plus prompte, un contact plus parfait de la glace qu'on met dessus; et, comme la glace ne se fond que parce qu'elle touche un corps moins froid qu'elle, il n'est pas étonnant qu'elle se fonde plus tôt sur l'argent que sur le bois. — Supposons quatre morceaux de même glace, égaux entre eux; le morceau de glace A sera saupoudré de sel marin bien sec et bien pulvérisé, en sorte que cette poudre fasse tout autour une espèce de croûte; le morceau de glace B sera saupoudré de sel ammoniac; le morceau de glace C de salpêtre, et on laissera le morceau de glace E sans y rien mettre; si ces morceaux de glace sont portés dans un endroit où il règne une chaleur naturelle ou artificielle égale à celle qui règne dans les caves de l'Observatoire de Paris, le morceau de glace A sera fondu dans moins d'une heure; le morceau de glace B, 5 à 6 minutes après; le morceau de glace C sera près de deux heures à fondre; et le morceau de glace pure durera près de cinq heures 1/2. Les pointes des corpuscules salins sont comme autant de coins qui écartent çà et là les particules intégrantes de l'eau glacée; donc les sels doivent précipiter la fonte de la glace; et ils doivent la précipiter d'autant plus, qu'ils ont des corpuscules plus acides. Concluons de là que le sel ma-

rin a des corpuscules plus tranchants et plus aigus que le sel ammoniac, et le sel ammoniac des corpuscules plus aigus que le salpêtre. — Que de l'eau soit mise dans une bouteille dont le verre soit assez mince; que cette bouteille soit plongée dans un vase d'une capacité convenable, et entourée d'un mélange de glace et de sel pilés, bientôt cette eau se glacera. Le mélange de glace et de sel pilés est plus froid que la glace simple, puisque le thermomètre à esprit de vin descend plus bas, lorsqu'il est plongé dans ce mélange, qu'il ne descend lorsqu'il est plongé dans la glace pilée. Quelque froid que soit le mélange de glace et de sel, il n'est pas cependant absolument destitué de matière ignée; ce mélange sert d'atmosphère à l'eau que l'on veut faire glacer; la matière ignée contenue dans cette eau doit donc, pour garder les règles de l'équilibre, sortir en grande partie par les pores du ventre, entrer dans le mélange de glace et de sel, et procurer par son absence la congélation de l'eau renfermée dans la bouteille. Il suit de là que si vous mettez un mélange de glace et de sel dans un verre, et si vous plongez le verre dans l'eau, une partie de l'eau du vaisseau se glacera autour du verre. Il suit encore, qu'en jetant du sel ammoniac pulvérisé dans l'eau, on peut avoir une eau plus froide que la glace. Il suit enfin que si l'on plonge une bouteille d'eau pure moins froide que la glace dans ce mélange d'eau et de sel ammoniac, elle s'y gèlera; et c'est ainsi, en effet, que l'on pourrait parvenir à faire, au milieu de l'été, de la glace sans glace. — Si nous donnons à un morceau de glace la forme d'un verre lenticulaire, et que nous le présentions au soleil, il rassemblera à son foyer les rayons de cet astre presque en aussi grande quantité, et il aura presque autant de force que les meilleures loupes de verre. Ce n'est pas la qualité de la matière qui augmente ou qui diminue la force des rayons solaires qu'elle laisse passer à travers, mais seulement sa forme extérieure, plus ou moins propre à rassembler ces rayons. C'est ainsi que les plantes sont quelquefois brûlées par l'eau même, lorsqu'après la gelée ou un brouillard épais, le soleil vient à donner obliquement sur les gouttes sphériques dont elles demeurent couvertes : car ce sont autant de verres lenticulaires, dont le foyer n'étant qu'à une très petite distance de leur surface, ne peut manquer de porter en plusieurs endroits assez précisément sur la plante, pour l'y brûler.

GLACIER. Amas de montagnes très élevées qui se trouvent dans plusieurs endroits des Alpes et des Cordilières. Après celui de Chamouny, le glacier de Grindelwald est le plus considérable de la Suisse; sa forme est celle d'un immense fer à cheval; tout ce rempart est revêtu dans son pourtour semi-circulaire d'une couche de neige et de glace de plusieurs centaines de toises d'épaisseur. Le fond de ce glacier surtout est effrayant; il semble que ce soient-là les bornes du monde; il donne l'idée de ces effroyables glacières du pôle au-delà desquelles il n'y a plus rien. Tout y est immobile, tout y est mort : c'est le tombeau de la nature. L'affreux silence de ces lieux n'est interrompu que par le bruit affreux des avalanches qui roulent comme des tonnerres sur le flanc du glacier. Les glaciers qui couronnent les cônes des montagnes les plus élevées ont une liaison intime avec les sources, et la même origine. Les neiges accumulées pendant des siècles s'affaissent; il donne l'idée de ces effroyables glacières quelques endroits, elles semblent s'accroître pendant une longue suite d'années, et cela autant par l'évaporation que par l'alternative des fontes et des dégels; mais ces diminutions compensent cet accroissement; il suffit d'une température chaude pendant quelques années pour rétablir l'équilibre.

GLACIS. Certaine étendue de terre couverte de gazons, qui se prolonge en une pente douce et peu sensible. Terme employé dans la peinture pour signifier une couche de couleurs fines et transparentes, appliquée sur les couleurs premières d'un tableau pour en relever l'éclat.

GLADIATEUR. Homme armé qui, chez les Romains, pour le plaisir du peuple, combattait un autre homme, sur l'arène. Les gladiateurs n'étaient d'abord que des esclaves condamnés ou *ad ludum* ou *ad gladium*. Ceux qui étaient condamnés *ad gladium* devaient être mis à mort dans le courant de l'année. Ceux qui étaient seulement condamnés *ad ludum*, pouvaient être délivrés au bout d'un certain temps. On tirait aussi les gladiateurs des captifs, qu'un général d'armée donnait, ou que l'on achetait. Dans la suite, des hommes libres, soit pour gagner de l'argent, soit pour le seul plaisir de se battre, soit enfin par complaisance pour les empereurs, eurent la bassesse de descendre dans l'arène et d'y faire le métier de gladiateurs; mais ce qui est encore bien plus surprenant, des femmes eurent cette fureur; celle de la nouveauté alla jusqu'à vouloir voir des nains se battre les uns contre les autres dans l'arène. Ce genre de spectacle, qui était le plus célèbre, était aussi celui qui plaisait le plus au peuple. Cicéron porta une loi par laquelle il fut défendu de donner au peuple le spectacle des gladiateurs, dans le cours de deux années pendant lesquelles on postulait les charges. Ce spectacle des gladiateurs était appelé *munus* (devoir) parce qu'il se donnait en l'honneur des morts, et que c'était une espèce de devoir qu'on leur rendait. C'est pour cela qu'on appelait *munerarius* et *munerator* celui qui donnait ces jeux. On l'appelait aussi *editor* et *dominus*. Durant le temps de ce spectacle, quoiqu'il ne fût qu'un simple particulier, il avait droit de porter les marques de la magistrature. Les Romains empruntèrent ce spectacle des Étrusques; il tirait son origine des funérailles, parce que, dans les temps anciens, on avait coutume d'égorger des captifs sur le tombeau de ceux qui avaient été tués à la guerre; on croyait par là apaiser leurs mânes (âmes des morts). Ce fut sous ce prétexte que le premier spectacle des gladiateurs fut donné à Rome, par les Brutus, l'an de la fondation 490, aux funérailles de leur père; ce qui ne se pratiquait, dans les premiers temps de la république, qu'aux funérailles des hommes illustres ou d'un rang distingué. Dans la suite, on donna ce spectacle aux funérailles de quelques particuliers, et même de quelques femmes; bientôt après on donna les gladiateurs au peuple, seulement pour le plaisir, et pour gagner son affection. Les jours où cela se pratiquait étaient principalement les *saturnales* et une fête de Minerve, appelée *Quinquatrus*. Souvent on prolongeait les jours de ces fêtes, soit en l'honneur du prince, par l'ordre du prince même, ou par celui du sénat. Trajan, par exemple, quoiqu'il ait été un vertueux empereur, donna au peuple dix mille gladiateurs, dans l'espace de 123 jours. On entretenait et l'on nourrissait à Rome les gladiateurs dans différentes maisons appelées *ludi*, dont l'administration était regardée comme une commission honorable. On les y nourrissait fort bien; aussi Tacite, en parlant de gens de bonne chère, dit, qu'ils étaient nourris comme des gladiateurs. Ils étaient sous les ordres de certaines gens qu'on appelait *lanistæ*, qui les achetaient, ou qui prenaient soin d'élever les enfants exposés, qu'ils destinaient à ce métier. Ils le leur apprenaient comme un art et leur donnaient même sur cela des préceptes par écrit. — Le lieu du combat était quelquefois près du bûcher, lorsque le spectacle se donnait en l'honneur des morts. C'était aussi quelquefois dans la place publique, qui était alors ornée de statues et de tableaux; mais ordinairement c'était dans un amphithéâtre (enceinte avec des gradins). D'abord les amphithéâtres furent de bois, et construits seulement pour le temps que devait durer le spectacle dont il s'agissait; mais dans la suite, l'empereur Auguste persuada à Statilius Taurus d'en faire

construire un de pierre. Le plus grand et le plus magnifique de tous les amphithéâtres des Romains est celui que Trajan commença, que son fils Titus perfectionna, et que l'on appelle aujourd'hui le *Colisée*, par corruption, pour *Colossée*. Car c'est ainsi qu'il s'appelait autrefois, à cause de la statue colossale de Néron, qui était près de cet endroit. On le nommait aussi *Cavea*, à cause de sa forme concave, et *arena*, parce qu'on jetait du sable sur le lieu où l'on combattait. De là vient qu'on donna le nom d'*Arène* à cette sorte de spectacle, et que l'on appelait les combattants *Arenarii*. L'amphithéâtre de l'empereur Titus contenait quatre-vingt-sept mille places, et sa forme était ovale; au milieu de l'arène il paraît qu'il y avait un autel dédié à Jupiter. — Lorsque le jour du spectacle était arrivé, on appareillait les combattants, et on mettait ensemble ceux qui étaient à peu près d'une force et d'une habileté égales. Après cela on visitait leurs épées, et il fallait qu'elles fussent approuvées par celui qui donnait le spectacle : celui-ci observait si la pointe n'était point émoussée. Les combattants préludaient en se frappant avec des épées de bois, et en se lançant les uns contre les autres des javelines avec beaucoup d'art; ce qu'on appela t proprement *ventilare*. Ensuite, la trompette donnait le signal, et aussitôt on en venait aux armes meurtrières. Lorsqu'un gladiateur était blessé, le peuple s'écriait, *hoc habet* (il en tient); alors il baissait ses armes, ce qui était un signe qu'il se confessait vaincu. Il dépendait du peuple, et quelquefois de celui qui faisait les frais du spectacle, de lui accorder la vie. L'arrivée de l'empereur dans le lieu du spectacle sauvait le vaincu, et il était renvoyé. Le renvoi était différent du congé : le renvoi était pour le vaincu, et le congé pour le vainqueur; le renvoi n'était que pour un jour, et le congé pour toujours. Quelquefois le renvoi était refusé, ce qu'Auguste défendit expressément. Si le peuple voulait sauver un gladiateur, il baissait le pouce; s'il voulait qu'il fût mis à mort, il le tournait et le pauvre gladiateur se soumettait à l'arrêt. Il arrivait que les vainqueurs redoublaient les coups, et mettaient leurs mains dans la plaie de peur que le vaincu fît semblant d'être mort. Il ne faut donc pas s'étonner, après tant d'horreurs, s'il y avait des apprêts funèbres dans l'amphithéâtre. Le prix pour les vainqueurs était une palme, de l'argent, et enfin l'épée de bois. La fureur pour ce spectacle alla si loin, qu'il fallut employer l'autorité des lois pour le réprimer, jusqu'à ce que ce spectacle eût été entièrement aboli par Constantin le Grand. Cependant il fallut du temps pour y parvenir; et ce ne fut que sous l'empereur Honorius (395 de notre ère) qu'il fut absolument proscrit.

GLAIRE. Ce nom, peu usité dans le langage médical, est donné à l'humeur visqueuse, blanchâtre et semblable au blanc d'œuf coagulé, sécrétée par les membranes muqueuses. Les accoucheurs désignaient aussi sous le nom de *glaire* les mucosités de même nature qui sont produites par l'irritation de l'utérus et qui se manifestent dans le dernier temps de la grossesse.

GLAIRINE. Cette substance est la même que celle qui a été découverte dans les eaux de Baréges, et qui a été nommée *barégine*. La *glairine*, d'apparence glaireuse, accompagne toutes les eaux sulfureuses de la chaîne des Pyrénées ou celles qui en proviennent. On attribue à cette sorte de principe organique (*glairine* ou *barégine*) la plus grande partie des bons effets produits sur l'économie animale par les eaux des Pyrénées.

GLAISE ou ARGILE. Terre grasse, d'un blanc grisâtre, très ductile, dans la composition de laquelle il entre de la silice, de l'alumine, du carbonate de chaux. La glaise sert à faire des ouvrages de poterie, des modèles de sculpture, ou à retenir l'eau dans les étangs et les réservoirs : les terres absolument argileuses ne sont pas favorables à la végétation.

GLAND. Fruit de chêne. Ces fruits sont engagés

33

dans une petite coupe qu'on appelle *calice* ou *cupule;* ils ont la forme d'une olive, sont couverts d'une écorce dure, luisante, renfermant une amande au goût âpre, verte d'abord et puis jaunâtre. On donne aussi le nom de gland aux fruits du noisetier et du châtaignier. Le gland, quand il est rôti, se dégage de son principe amer, et devient alors nutritif et fortifiant. On a vu, dans certaines contrées, des paysans se nourrir de pain fait avec des glands. La thérapeutique emploie le gland dans la scrofule et l'atonie de l'estomac.

GLANDE. Partie molle qui sécrète les humeurs; les glandes sont composées de vaisseaux, de nerfs et d'un tissu particulier qui unit toutes ces parties entre elles. Les glandes sont au nombre de seize: les deux glandes lacrymales, les six glandes salivaires, les deux glandes mammaires, le foie, le pancréas, les deux reins et les deux testicules. La grosseur et le volume des glandes diffèrent beaucoup. Les inflammations sont fréquentes dans ces parties. Les évacuations sanguines, et surtout l'application des sangsues aux environs de la glande irritée, réussissent en général très bien. — Les botanistes donnent le nom de *glandes* à de petits corps arrondis que l'on remarque sur les feuilles et sur les jeunes pousses de certaines plantes et dont l'usage paraît être de sécréter des fluides particuliers. — On nomme *glandiforme* ce qui a la forme d'une glande.

GLAS. Une coutume très ancienne dans l'église, est celle de sonner *les glas* lorsqu'une personne est à l'agonie ou lorsque même elle a cessé de vivre; on donne donc le nom de *glas* au tintement lent et monotone d'une cloche qui avertit les fidèles de prier pour l'âme d'une personne au lit de mort.

GLAUCOME. Mal d'yeux, obscurcissement de l'humeur vitrée, qui prend une couleur vert-de mer ou gris verdâtre, d'où résulte la perte plus ou moins complète de la vue.

GLAUQUE. (Botanique). Nom donné aux feuilles d'un aspect verdâtre ou d'un bleu blanchâtre; effet produit par une couche pulvérulente formée par une multitude de petits globules de nature cireuse, qui empêchent les parties qu'ils recouvrent d'être mouillées par l'eau.

GLAYEUL. Plante qui croît au milieu des herbes, dans les prés, dans les blés; elle appartient à la famille des iridées; sa racine (oignon) est tubéreuse, charnue; elle entre dans la composition des topiques excitants et maturatifs; ses feuilles sont longues, étroites, pointues et lui ont valu son nom latin (*gladiolus*).

GLÈBE. Terme de droit qui signifie *fonds de terre.* Chez les anciens, les serfs de la glèbe ne formaient qu'une seule et même chose avec la glèbe elle-même, dont ils partageaient le sort. Ainsi donc, quand un propriétaire vendait ou transmettait par succession son domaine à un autre, les serfs attachés à ce domaine devenaient la propriété du nouvel acquéreur. Depuis la révolution, le droit de glèbe a eu le même sort chez nous que tous les autres droits de la féodalité; mais, et il faut le dire à la honte de l'humanité, ce droit existe encore dans nos colonies, et fait même partie de nos lois (*Voyez* Féodalité).

GLIADINE. Un des principes du *gluten,* substance qui se trouve en lames minces d'une couleur jaunâtre dans les pois, les lentilles, les fèves, dont elle est un principe particulier. Elle répand une odeur de miel et est d'un goût fade; l'eau et l'éther ne peuvent la dissoudre, mais elle ne résiste pas à l'action de l'alcool en ébullition, des alcalis et de certains acides.

GLOBE. Corps sphérique (*Voyez* Sphère). — Les physiciens appellent *globule* tout petit corps rond.— En médecine on appelle *globe de l'œil* l'ensemble des parties contenues dans la sclérotique et la cornée: *globe hystérique* la sensation d'une boule qui chez les sujets hystériques semble s'élever de l'abdomen jusqu'au cou où elle

produit un sentiment de suffocation. *Globe utérin,* la tumeur arrondie que forme l'utérus revenu sur lui-même après l'accouchement.

GLOBULAIRE. Genre de plantes de la famille des lysimachies ou *primulacées:* la globulaire est un purgatif indigène très doux.

GLOBULE. Terme d'anatomie. Lorsqu'on examine au microscope le sang de l'homme, des mammifères, des oiseaux, des reptiles, des poissons et même des vers de la classe des annélides (vers à sang rouge, formant la 5e classe de la 3e grande division du règne animal, celle des animaux articulés), on voit qu'il est constamment formé de deux parties distinctes: 1o d'un liquide jaunâtre et transparent; 2o d'une foule de petits corpuscules solides, réguliers et d'une belle couleur rouge, qui nagent dans ce liquide. Ce sont ces corpuscules, beaucoup plus abondants dans le sang artériel que dans le sang veineux, que les anatomistes appellent *globules du sang.*

GLOBULINE. Substance particulière dont la présence est indiquée dans le sang et qui, par sa combinaison avec l'alumine, formerait la matière colorante de ce fluide vital.

GLOSSAIRE. Dictionnaire où se trouve l'explication des mots barbares et obscurs d'une langue corrompue. Parmi les glossaires que nous possédons, on doit citer ceux de Ducange, l'un de la basse latinité, l'autre de la langue grecque du moyen-âge; *un glossaire* de la langue romane, par M. Rochefort, et qui a paru de nos jours.

GLOSE. On nomme ainsi l'interprétation de mots obscurs en d'autres mots plus clairs et plus intelligibles de la même langue, tendant à faciliter à tous les esprits l'intelligence du vrai sens renfermé dans le texte. Mais l'expérience nous a démontré que bien souvent les glossateurs obtenaient un résultat tout autre que celui qu'ils avaient prétendu atteindre, et devenaient diffus. On pourrait en dire autant de la plupart des commentateurs, qui ne diffèrent des premiers qu'en ce qu'ils s'attachent au sens et non à la lettre.

GLOSSOTOMIE. Ce mot signifie *l'amputation de* la langue ou le retranchement d'une portion de cet organe.

GLOTTE. On entend communément par ce mot l'espace compris entre les ligaments supérieurs et inférieurs, et dans lequel se trouvent les ventricules du larynx. Cependant, les anatomistes donnent plus particulièrement le nom de *glotte* à une fente ovale, capable de contraction et de dilatation, placée vers la racine de la langue, au commencement de la *trachée-artère;* c'est elle qui concourt spécialement à la production du son vocal.

GLU. Substance verdâtre, très visqueuse, d'une saveur amère, et d'une odeur analogue à celle de l'huile de lin; l'eau ne la dissout pas. — On retire la glu de la seconde écorce du houx. Pour cela, on fait bouillir cette écorce quatre à cinq heures avec de l'eau; on la retire du bain et on la descend à la cave, où, en pourrissant, elle forme la matière visqueuse dont nous parlons.

GLUCYNE. En 1798, Vauquelin découvrit cet oxyde métallique dans l'émeraude; son poids est de 2,97. La glucyne est insipide, infusible au feu, soluble dans la soude, dans la potasse, insoluble dans l'eau, sans action sur le tournesol et ne rougissant pas le sirop de violettes. Le métal obtenu de la glucyne est appelé *glucynium;* c'est une poudre brune avec des paillettes cristallines.

GLUCINIUM. Métal réduit par Wohler, en 1827. Il est sous forme d'une poudre d'un gris foncé, d'un éclat métallique par le frottement; il brûle dans l'oxygène avec une flamme tellement intense, que l'on ne peut en supporter l'éclat: le résidu de cette combustion est l'oxyde de glucinium.

GLUTEN. Matière particulière, découverte par

Beccaria, chimiste italien ; cette substance entre dans la composition des graines céréales, en proportion différente suivant l'espèce. Elle est essentiellement nutritive, et c'est à sa qualité plus abondante dans la farine de froment, que celle-ci doit la propriété de former avec l'eau une pâte propre à faire du pain. Le gluten du froment est d'un blanc grisâtre, mou, collant, insipide, d'une odeur spermatique, très élastique et susceptible d'être étendu en une couche mince. Cette matière particulière est considérée comme substance végéto-animale, attendu qu'elle contient de l'azote. Le gluten est insoluble dans l'eau à toutes les températures : exposé à l'air, il se durcit, brunit et devient fragile ; il se décompose et subit la fermentation putride à l'air humide, et donne à la pâte la propriété de lever.— Le pain est d'autant plus blanc et plus léger que la farine contient plus de gluten.

GLUTINE, *albumine végétale*, substance incolore, coagulable par la chaleur entre 50° et 60°, et par l'alcool ; le sublimé et la noix de galle la précipitent.

GLYCINE. Matière cristallisée, sucrée, contenue dans le liquide que renferme la noix de coco ; elle a plusieurs propriétés identiques avec la *mannite*, principe abondamment contenu dans la manne.

GLYCYRRHIZINE. Matière sucrée de la racine de réglisse ; cette substance est solide, non fermentescible, en masse d'un jaune sale, d'une saveur analogue à celle de la réglisse, soluble dans l'eau bouillante et l'alcool ; les acides la précipitent de sa solution aqueuse.

GLYPTIQUE. Art de graver en creux et en relief sur des pierres précieuses. Les Égyptiens, les Grecs et les Romains ont cultivé la glyptique, et les antiquaires regardent comme des monuments précieux les pierres gravées par les artistes de ces différents peuples.

GLYPTOGNOSIE. Connaissance des pierres gravées ; leur description se nomme *glyptographie*. On divise les pierres gravées en deux grandes sections : dans la première sont les *intaill s* ou pierres gravées en creux ; dans la seconde les *camées* ou pierres gravées en relief. Indépendamment de ces deux grandes divisions, les pierres gravées reçoivent encore d'autres dénominations qui leur impriment un caractère particulier, selon la forme ou la nature même du sujet. Ainsi, les *scarabées* sont des pierres qui ont la forme de cet insecte posé sur une base aplatie ; les *cabochons*, des pierres convexes, non taillées ; *grylli*, celles dont les sujets sont grotesques ; *caprices*, les sujets groupés d'une manière fantasque ; *chimères*, réunion des parties de divers animaux formant un ensemble purement idéal ; et enfin les pierres où des astres sont figurés sont appelées *pierres astrifères*. Ensuite, quand une pierre porte deux ou plusieurs têtes de profil, ces têtes sont *conjuguées* ; elles sont *affrontées* si les deux têtes se regardent, et lorsque leur face est tournée sur les deux côtés contraires, ce sont des *opposées*.

GNOMES. Peuple fantastique, imaginé par des visionnaires juifs ; les gnômes, si l'on veut en croire les auteurs de cette merveilleuse doctrine, président à tous les événements de la nature. Ils remplissent l'air, le feu, la terre et l'eau. Ils sont les amis de l'homme et les ministres secrets de la divinité. Comme nous, ils ont une ame avec tous ses penchants. Ces génies habitent des roches marines, et résident jusque dans les profondeurs des mines d'or et d'argent dont ils ont la garde. Les Gnomides, leurs femmes, sont remarquables par la délicatesse de leurs traits et la variété des couleurs qui ornent leurs vêtements : elles prennent soin des diamants et des cristaux que la terre recèle dans son sein.

GNOMON, style de cadran solaire ; instrument qui sert à mesurer la hauteur du soleil par la projection de l'ombre ; ce qui fait aussi connaître l'heure du jour. On appelle *gnomonique* l'art de tracer des cadrans solaires (*Voyez* CADRAN).

GNOSTIQUES. Nom donné à ceux qui étudiaient d'une manière toute spéciale des doctrines à la fois religieu es et philosophiques. Le mot *gnose*, d'où gnostique est tiré, signifie en effet *connaissance et science* tout-à-la-fois, et désigne une doctrine philosophique et religieuse plus élevée que celle du vulgaire. Le gnosticisme enfanta bien des sectes diverses, surtout à l'époque de l'établissement du christianisme. Cette religion en effet, toute mystérieuse dans Puchet et dans sa doctrine, donna lieu à un plus grand nombre d'associations mystiques, qui se formèrent en Judée, en Samarie, en Perse, en Egypte. Le premier des gnostiques est Simon-le-Magicien qui se donnait comme possédant une doctrine et une intelligence supérieures. Après lui, Ménandre, Samaritain comme lui, et ses disciples, s'atribuèrent la même puissance et les mêmes prérogatives.

GOBELET. Coupe, vase à boire, timbale. — Service du gobelet ; il comprend : la paneterie-bouche et la chansonnerie-bouche. — Le chef du gobelet : celui qui servait le roi l'épée au côté. — Gobelets (joueur de) : escamoteur. Gobelet (pyrotechnie) : forte enveloppe de carton qui contient la fusée. Tige qui unit à l'arbre le gland et la noisette. — On nomme aussi gobelets certaines fleurs qui en ont la forme.

GOBELINS (manufacture des). Les ateliers des Gobelins sont au nombre de quatre ; l'art d'égaler le pinceau avec des fils de laine y est porté au plus haut degré de perfection. Le nom de Gobelins, s'il faut en croire quelques historiens, est dû à un nommé Gilles Gobelin de Rheims, teinturier, qui vivait sous François 1er. Dès le 14e siècle une compagnie de teinturiers occupait l'emplacement où l'on voit aujourd'hui cette célèbre manufacture ; ils avaient choisi ce lieu, à cause du voisinage des eaux de la Bièvre qui de tout temps ont été réputées les meilleures pour le lavage et la teinture des laines. En 1662, le célèbre peintre Le Brun dirigeait les ateliers des Gobelins qui renfermaient alors la bijouterie, l'ébénisterie, l'horlogerie, la peinture, la sculpture, etc. ; mais sous Louis XIV, on supprima tous les ouvriers autres que ceux qui fabriquaient des tapisseries, et les Gobelins devinrent ce qu'ils sont aujourd'hui.

GOELETTE. Joli navire qui se distingue surtout par l'élégance de ses formes et sa légèreté. C'est aux États-Unis qu'il faut aller chercher les modèles de ce genre de bâtiments : ils semblent moins fendre les flots de la mer que voler à leur surface. Il est probable que le nom de *goëlette* leur vient de l'hirondelle de mer, qui porte ce nom, et auquel sans doute on a dû les comparer.

GOITRE, tumeur de la gorge ; accroissement anormal (hypertrophie) de la glande thyroïde ; le goître est endémique (particulier à un peuple) et héréditaire dans les contrées froides et humides, comme dans les vallées des Alpes, de la Bresse, les montagnes de la Savoie, etc. La thyroïdite (goître) n'est accompagnée ni d'inflammation ni de changement de couleur à la peau ; en général le goître se développe lentement ; des mois, des années même s'écoulent avant qu'il ait atteint un volume remarquable ; alors il peut gêner la respiration et la circulation. Le traitement du goître varie beaucoup. Comme c'est un mal local, on réussit mieux en appliquant des emplâtres de Vigo ou des pommades à l'iode qu'en administrant des médicaments à l'intérieur. Il faut surtout éviter l'humidité. Enfin, si cette maladie tient à la contrée qu'on habite, on s'en débarrasse souvent en émigrant. Cette infirmité affecte plus ordinairement la femme et les personnes d'un tempérament lymphatique, ou celles dont les occupations portent le sang à la tête.

GOLFE (géographie). Un *golfe* est une partie d'eau qui avance dans les terres, et forme une petite mer intérieure, comme *le golfe du Mexique*, entre l'Amérique septentrionale et l'Amérique méridionale. La différence d'une *mer* à un *golfe* est peu marquée : c'est ainsi que la partie d'eau qui sépare l'Arabie de l'Afrique se nomme indifféremment *mer Rouge* ou *golfe Arabique*. Souvent au lieu de golfe, on dit *baie* ; ainsi deux golfes qui se trouvent à l'extrémité septentrionale de l'Amérique, sont appelés la *baie de Baffin* et la *baie d'Hudson*. Cependant une baie est ordinairement de moindre étendue qu'un golfe. Enfin, une *anse* est un très petit golfe.

GOMBETTE (loi). Ce nom lui vient de Gondebaud ou Gombaud, que portait le roi de Bourgogne, son auteur. Elle fut rédigée à Château d'Amberieu, dans le Bugey, et promulguée en 502, à Dijon, capitale de la Bourgogne. Sigismond, fils et successeur de Gondebaud, fit des additions aux 49 articles que contenait cette loi. Dans ces articles, le législateur fixait la majorité à 15 ans ; il défendait aux juges de recevoir de l'argent des accusés, condamnait à la peine de mort les homicides et les voleurs de grands-chemins, déclarait coupable celui qui n'exerçait pas l'hospitalité envers l'étranger, et prononçait la peine du bannissement perpétuel contre quiconque violait les tombeaux. Sous Louis-le-Débonnaire, les anciennes lois bourguignonnes furent remplacées par les capitulaires de Charlemagne, et il n'existe plus aujourd'hui dans l'ancienne Bourgogne que quelques fragments de la loi gombette.

GOMME, suc végétal concret, le plus souvent soluble dans l'eau ; principe immédiat des végétaux, qui se rencontre dans toutes les parties des plantes herbacées, dans tous les fruits, dans un assez grand nombre de racines et de tiges ligneuses ; beaucoup de fécules sont accompagnées de ce principe. La gomme découle naturellement ou par incision de certaines plantes ligneuses comme celles qui croissent sur les bords du Nil et dans l'Arabie, et de deux espèces d'arbres qui forment de vastes forêts sur les bords du Sénégal ; les naturels du pays nomment ces arbres *uerek* et *nebued*. La gomme arabique provient d'une espèce de *mimosa* ; l'uerek et le nébued produisent la gomme du Sénégal ; et l'on nomme *gomme du pays*, celle des arbres fruitiers. Le suc végétal s'épaissit à l'air, devient concret et forme une substance sèche, solide, incristallisable, incolore, translucide, d'un goût très fade, inodore, inaltérable à l'air, soluble dans l'eau à laquelle elle donne une consistance épaisse et visqueuse ; il est insoluble dans l'alcool. L'acide nitrique décompose facilement la gomme et la transforme en partie en acide mucique. *La gomme de Bassora* est regardée comme un principe immédiat particulier que l'on trouve dans l'*assa-fœtida*, l'euphorbe, et le sagapenum. Parmi ses propriétés caractéristiques, on remarque celle qu'elle a de se gonfler extraordinairement dans l'eau, et de devenir très léger sans qu'aucune de ses parties se dissolve ; on donne le nom de *bassorine* à ce principe. La *gomm- adragant* sort spontanément en filets ou bandelettes tortillées des tiges et des rameaux de plusieurs *astragales* (plantes légumineuses) et nous est envoyée en caisses par Smyrne ou Alep. Elle est mate, blanche ou légèrement jaunâtre, inodore et insipide. La *gomme résine* est un produit végétal qui participe de la nature des gommes et de celle des résines, et qui paroît résulter de l'union de ces deux substances.

GOMMITES. On réunit sous cette dénomination générique, la *gomme* proprement dite, la cérasine, la bassorine, le mucilage et la gelée végétale.

GONDOLE. Barque d'une forme amincie et excessivement allongée. Son fond est plat. Sa poupe, reliée au pont, imite la queue d'un poisson fabuleux, et sa proue ressemble au cou recourbé d'un cygne. Cette petite barque, frêle et légère, se voit dans tous les canaux qui forment les rues de Venise. Les gondoliers se placent sur l'arrière, et ayant chacun à la main une longue rame qui sert tout-à-la-fois de nageoire et de gouvernail : ils ne font point usage de voiles.

GONFALON ou GONFANON, bannière tout à la fois civile, religieuse et militaire. Celui qui portait cette bannière se nommait Gonfalonier. Le peuple florentin, humilié par les grands, contraignit chacun de ces derniers qui possédait une seigneurie, à se choisir dans son propre sein un gonfalonier chargé de veiller à l'exécution des lois. Ce gonfalonier, qui, comme on voit, était un officier de justice, commandait un corps de 1,000 hommes enrôlés sous vingt bannières, et bientôt même, ce corps de troupes s'éleva à 4,000 hommes.—En France, l'on désignait plus spécialement sous le nom de Gonfalon, une bannière d'église qu'on arborait pour appeler les princes chrétiens à la défense des biens ecclésiastiques.

GONORRHÉE. On nommait ainsi l'écoulement du sperme et tout flux morbide provenant des parties génitales. Moïse en fait mention et désigne cette maladie sous un nom qu'on a rendu par *fluxus seminalis*, maladies auxquelles étaient particulièrement sujets les Hébreux. Aujourd'hui l'on en est bien fixé sur la nature de cette maladie. La gonorrhée ou blennorrhée se reconnaît aux caractères suivants : quelques jours après un coït impur, on ressent une chaleur brûlante, soit à la base du gland, soit dans toute la longueur du canal de l'urètre ; cette douleur augmente surtout avant, pendant et après l'évacuation de l'urine. La couleur de l'écoulement est d'abord claire, blanc-jaunâtre ou blanc-verdâtre ; l'irritation peut aller croissant, causer de graves et nombreux accidents. Il faut y remédier promptement : 1° par une application de 20 à 30 sangsues au périnée ; 2° par le repos et un peu de diète ; 3° par une tisane de chiendent et de réglisse, une pinte par jour jusqu'à cessation complète de douleurs dans l'émission de l'urine ; 4° si la nuit les érections causaient trop de souffrances, il serait bon, en se couchant, de prendre une des pilules composées avec camphre ; 3 grains ; opium, 1/2 grain pour chaque pilule ; 5) enfin pour arrêter l'écoulement, avoir recours aux préparations de baume de copahu ou de poivre cubèbe. Nous ajouterons que pendant la dernière période de la gonorrhée, on doit prendre deux bains par semaine, et tous les jours des bains locaux : les soins de propreté, l'abstinence de viandes salées ou épicées, de liqueurs fortes et de vin pur sont indispensables pour arriver à la guérison.

GORDIEN (nœud). Affaire difficile. Un fait historique donna lieu à cette expression proverbiale. Un laboureur, nommé Gordien, ayant été élu roi par les Phrygiens, consacra sa charette à Jupiter. Sur le lien qui unissait le joug au timon formaient un nœud si compliqué, qu'il n'était pas possible de le délier. Mais long-temps après, l'Oracle ayant promis l'empire de l'Asie à celui qui délierait le nœud, Alexandre, après bien d'inutiles efforts, éluda ou accomplit l'oracle en tranchant le lien d'un seul coup d'épée.

· **GORGE**. Ce mot, dans son acception la plus ordinaire, signifie le gosier, le pharynx (*Voyez* PHARYNX).

GORGONE (mythologie), divinité païenne. Les gorgones, filles de Phorcus, dieu marin, et de Céto, étaient coiffées de couleuvres, et n'avaient qu'un œil, dont elles se servaient tour à tour. Elles transformaient en pierres ceux qui les regardaient ; elles avaient pour dents des défenses de sanglier, et des griffes de lion aux pieds et aux mains. On en comptait trois : *Méduse*, *Euriale* et *Stenyo* ; Persée les tua.

GOSIER. Le gosier ou l'œsophage est un canal qui se trouve vers la racine de la langue et qui descend jusque dans l'estomac. Son commencement se nomme *pharynx*. C'est par ce canal que passent tous les aliments que nous prenons.

GOTHS. Ancien peuple du nord qui joue un grand rôle dans l'histoire par les conquêtes qu'il fit en venant s'établir dans le midi. On croit que les noms d'Ostrogoths et de Wisigoths qui d'un même peuple en firent deux, leur fut donné à l'occasion de leur établissement sur l'un et sur l'autre côté du Danube. Ceux qui habitèrent la rive gauche de ce fleuve prirent le nom d'Ostrogoths ou Goths orientaux, et les autres qui occupèrent la rive droite, furent appelés Wisigoths ou Goths occidentaux.

GOUACHE (*Voyez.*Peinture).

GOUDRON, *kitran*, mot arabe (poix); produit de la combustion et de la distillation des différentes parties des pins et des sapins, lorsqu'ils sont trop vieux pour donner de la térébenthine par incision. Le goudron est un mélange de résine et d'une huile essentielle *empyreumatique* (matière huileuse produite lorsqu'on décompose par le feu des substances animales ou végétales) qui s'est formée en partie par l'action du feu sur la résine; il est d'un gris noirâtre, demi-liquide, doué d'une odeur forte et désagréable; il est très employé dans la marine. En médecine, on s'en sert à l'intérieur et à l'extérieur. A l'intérieur, il agit comme stimulant dans les catarrhes vésicaux et pulmonaires chroniques. A l'extérieur, on l'emploie uni à la graisse dans le traitement des maladies cutanées et de la gale.

GOUJON, petit poisson gris de rivière. On croyait autrefois, mais fort mal-à-propos, qu'il engendrait l'anguille; et cela n'est pas plus vrai du goujon, que de l'éperlan, de la perche et de l'able, dont on voulait que les anguilles tirassent également leur origine.

GOURME. Dans l'art vétérinaire, on nomme ainsi une maladie particulière aux chevaux, caractérisée par l'écoulement de mucosités par les urines, le gonflement de glandes de la ganache. On désigne aussi, en médecine populaire, sous le nom de gourme, les croûtes laiteuses qui recouvrent la tête de quelques enfants.

GOUSSE. Enveloppe membraneuse et à deux valves, renfermant des graines symétriquement attachées à la suture supérieure, sur une seule ligne. Ainsi douc: les fruits des haricots, des pois, des fèves et de plusieurs autres sortes de légumes, sont des gousses. C'est improprement que l'on a qualifié du nom de gousse d'ail; mais cette expression, maintenant usitée partout, a pris place dans les dictionnaires de la langue française.

GOUTTE. De tout temps, les médecins se sont beaucoup occupés de cette terrible maladie; ils en ont fort bien décrit la marche, les variétés et les symptômes. Mais quelle est sa nature, quelle en est la véritable cause, quel est le remède à appliquer au mal? Aucun n'a résolu ces questions. Après avoir vu échouer les moyens qui leur semblaient les plus énergiques, les plus rationnels, ils ont fini par abandonner la goutte aux seules ressources de la nature. Sydenham, Musgrave, Stahl, Stoll, Hoffmann, Barthez, etc., ont mis en usage tout ce que leur génie leur a suggéré, et ils n'ont pas obtenu le résultat désiré. Leurs travaux, repris par les modernes, donneront sans doute une solution plus satisfaisante. Un médecin de nos jours se livre à l'étude des maladies goutteuses, rhumatismales et névralgiques, dont il croit l'origine commune. Déjà son mode de traitement a été suivi de succès. Des expériences faites dans les hôpitaux de Paris ont prouvé l'efficacité des médicaments qu'il emploie, et lui ont valu, de la part des médecins qui dirigent ces établissemens, de nombreux certificats et des témoignages honorables. Lorsque l'on connaît l'action du quinquina et de ses préparations dans les fièvres intermittentes, celle de l'opium sur le cerveau, celle du vaccin sur le virus variolique, celle enfin de divers autres médicaments, doit-on désespérer de trouver un remède spécial pour le traitement de la maladie dont nous parlons?

GOÛT. Un des cinq sens qui perçoit les saveurs, et dont le principal organe est la langue. La bouche, l'œsophage et l'estomac sont trois parties très distinctes les unes des autres, et qu'on peut néanmoins regarder comme un seul et même organe, par rapport au goût. Ces trois parties concourent ensemble à désirer ou à rebuter un même objet; et l'on remarque constamment que si la bouche nous donne de l'aversion pour un mets quelconque, le gosier se resserre pour lui en refuser l'entrée; mais que, s'il passe malgré cet obstacle, l'estomac le repousse et le rejette. Quoique ces trois parties paraissent concourir ensemble pour ne former qu'un seul et même organe, on ne peut néanmoins disconvenir que la bouche ne soit plus particulièrement le siège du goût; et c'est aussi dans cette partie seule que le plus grand nombre des physiologistes l'établissent. En considérant attentivement tout l'intérieur de la bouche, nous observons que la langue, le palais et le gosier sont parsemés de houppes nerveuses, dont la figure varie: les unes sont plates, les autres coniques, les troisièmes rondes, à peu près semblables à des têtes de champignons. Ces houppes sont ordinairement plus grosses que celles qu'on remarque sur toute l'étendue du corps, et qui sont destinées à la sensation du toucher; elles sont plus spongieuses, et abreuvées d'une très grande quantité de lymphe. On peut donc dire que l'organe du goût est répandu dans toute l'étendue de la bouche: la langue cependant paraît plus particulièrement destinée à cette fonction: car outre que les houppes nerveuses qu'on y remarque, viennent toutes de la neuvième paire, ses mouvements divers contribuer davantage à exprimer les humeurs destinées à faire fondre les sels, qui sont les seuls agents propres à nous faire éprouver les différentes sensations du goût; et quoiqu'on ait plusieurs exemples de personnes qui ont conservé la faculté de juger des saveurs après avoir perdu la langue, on ne peut néanmoins refuser à cette partie la prérogative que nous lui attribuons. Le goût est le premier sens qui se développe chez l'enfant; dès qu'un enfant vient au monde, il commence par ouvrir les yeux, mais ils sont ternes et d'une extrême faiblesse. Il en est de même de tous les autres sens: ce sont des espèces d'instruments dont il faut apprendre à se servir. Il ne rit qu'au bout de quarante jours, on peut bien dire qu'il rit sans sujet: c'est aussi le temps où il commence à pleurer. La douleur, le besoin, la faiblesse, lui eussent arraché auparavant des larmes, s'il eût eu la force de verser. Les sens ne se développent donc point au moment de la naissance, et ils n'entrent ainsi en exercice de leurs fonctions qu'après un certain temps; et c'est par le goût que commence ce développement. Pour mettre cet organe en jeu, il faut que les corps sapides soient portés et appliqués sur les papilles ou les houppes nerveuses de cet organe: et, pour cet effet, il faut que ces corps soient divisés, atténués, ce qui arrive par leur mélange avec la salive qui leur sert, pour ainsi dire, de véhicule. Les sels sont généralement reconnus pour les seuls corps sapides, et l'intensité de l'impression qu'ils font sur la membrane gustative dépend de l'étendue des surfaces des papilles sur lesquelles ils s'appliquent: par conséquent, plus ils seront divisés, plus ils présenteront de surfaces, et plus leur impression sera vive. Aussi remarquons-nous habituellement que les aliments que nous prenons ne nous font éprouver aucune sensation, s'ils ne sont humectés; parce qu'il faut de toute nécessité que les parties salines, qui se fondent dans toute humidité quelconque, soient assez atténuées pour pénétrer jusqu'à l'organe du goût. Si l'imagination entre pour quelque chose dans nos sensations, c'est surtout dans celles qui nous viennent par le goût. Personne n'ignore que la vue seule, ou même le souvenir d'un mets qui nous a incommodés, nous révolte, et excite quelquefois des nausées; on sait également qu'il arrive souvent qu'on s'accoutume à la longue à des mots qu'on ne pouvait originairement supporter.

GOUT (Philosophie morale). Le *goût* est le sentiment éclairé des beautés d'un art. Ce mot goût est peut-être le mot le plus inintelligible de la langue, parce que, fait pour concilier étroitement la nature et l'art, il n'y a pas deux personnes qui envisagent de la même manière l'art et la nature. Il faudrait avoir une idée profonde et juste de l'image réelle et de l'imitation parfaite pour déterminer avec précision le sens de ce mot abstrait. Les peuples civilisés appellent *goût* ce qu'ils imaginent être la perfection de leurs arts, et les individus, ce qui forme la limite réelle de leur talent. L'orgueil de chaque nation a renversé à son avantage ce mot, qu'elles appliquent ensuite à tous les objets, afin de proscrire plus sûrement ce qui n'entre pas dans leurs usages, ou ce qui choque leurs habitudes. Dans leur domaine, les artistes ont imité les nations, parce que chacun veut établir tranquillement sa supériorité sur ses rivaux et fermer la barrière, afin que personne ne vienne le chagriner en lui contestant le triomphe. Ce n'est pas toutefois qu'il n'y ait un goût relatif; ainsi, les tableaux de nos grands maîtres, les ouvrages de nos grands écrivains doivent également plaire aux peuples qui se rapprochent par le même degré de perfectibilité. Le goût qui a la poésie pour objet est, ainsi que le jugement, une qualité acquise. Il présuppose pourtant des dispositions poétiques, présent que la nature refuse à certaines personnes très habiles d'ailleurs. Considéré comme faculté d'esprit, discernement, aptitude à bien juger, le goût se forme par la réflexion; l'étude et les comparaisons l'affermissent.

GOUVERNAIL. Pièce de bois qui sert à diriger un navire à droite ou à gauche au milieu des flots. Le gouvernail tourne sur des gonds auxquels il est adapté; au gouvernail est ajustée la barre du gouvernail, longue pièce de bois que tient toujours le timonier qui est de quart (ou de service). Quand le temps est mauvais, la barre se met dessous, c'est-à-dire qu'on laisse voguer au gré des vents. —Sur presque tous les gros bâtiments on n'a plus de barre de gouvernail: elle est remplacée par une roue qui fait mouvoir le gouvernail.

GOUVERNEMENT (Politique). Principes par lesquels un état est gouverné. Il est difficile de décider quel est le gouvernement qui convient le mieux à une grande nation; être libre et rarement heureux, recevoir ou se donner des maîtres, passer par tous les degrés de la corruption et de la servitude, perdre en même temps les mœurs et l'énergie publiques, tandis que toutes les richesses s'amoncellent dans un petit nombre de mains, arriver au dernier terme de la dégradation politique, balancer long-temps entre l'infamie et le désespoir, reconquérir de nouveau la liberté pour la reperdre encore; voilà l'histoire de tous les peuples du monde. L'homme porte dans toutes ses institutions ce caractère de domination qui distingue essentiellement l'espèce humaine. Le désir de l'emporter sur les autres se rencontre également chez le magistrat qui gouverne une nation, chez le philosophe qui l'éclaire, chez le soldat qui la défend, chez le manufacturier qui l'habille, et chez l'agriculteur qui la nourrit. Cet amour, ce désir des préférences pénètrent dans toutes les familles, et règlent la conduite de tous les individus. Chacun veut commander, personne n'obéit qu'avec répugnance. On nous vante les institutions de *Lycurgue* (législateur de Sparte, 898 av. J. C.), comme le système de législation le mieux combiné qui jamais ait existé. Cependant les terres des Spartiates étaient labourées par des esclaves: non-seulement les malheureux ilotes étaient employés par leurs maîtres aux travaux les plus humiliants, mais on les traitait avec une barbarie sans exemple. Il était permis de tuer leurs enfants nouveau-nés, dans la crainte que leur trop grand nombre ne devînt redoutable; à Sparte on les

fustigeait sans raison à certain temps de l'année, seulement pour leur faire sentir le poids de la servitude. Chacun avait même droit de les tuer, lorsque leur embonpoint était remarquable, et leurs maîtres étaient condamnés à l'amende pour les avoir trop bien nourris, ou pour ne les avoir pas assez surchargés de travail. Lycurgue souffrait, dans les mêmes murs, un peuple libre et un peuple esclave; ses lois, en favorisant la partie du peuple qui gouvernait, faisaient donc le malheur de la partie qui était gouvernée. La république romaine, qu'on a tant vantée, avait aussi ses hommes libres et ses esclaves. Ces derniers n'étaient considérés comme citoyens que quand leurs maîtres les *affranchissaient*. Encore étaient-ils rangés parmi les plébéiens, portaient toujours un bonnet particulier, et ne pouvaient jamais parvenir aux honneurs. Quand le nombre des *affranchis* fut devenu considérable, on s'efforça de mettre des obstacles aux affranchissements. Celui qui avait 20 mille esclaves ne pouvait, dans son testament, en affranchir plus de 600: certaines cérémonies humiliantes, tels que le coup de bâton ou le soufflet donné à l'affranchi, par son maître ou le licteur, accompagnaient cet affranchissement. Le christianisme a fait justice de ces dégradations de l'humanité. —L'homme est né pour être libre. L'avantage de tous les individus qui composent une aggrégation sociale semble devoir se rencontrer de préférence dans la démocratie, où le peuple entier n'obéit qu'aux lois faites par lui-même, et qu'il se réserve de changer lorsqu'il le juge convenable. Mais aussi peut-être est-il plus aisé de célébrer la démocratie que de trouver un pays où la multitude ne soit pas dominée par le petit nombre? Cette forme de gouvernement n'a jamais subsisté long temps dans les pays où les circonstances ont permis de l'adopter. En effet, comment tous les individus qui composent une nation disséminée sur une grande surface, pourront-ils correspondre ensemble pour faire entendre leur vœu; et comment veilleront-ils avec exactitude à ce que cette volonté générale soit perpétuellement et ponctuellement exécutée? On nous parle des comices de Rome: ils furent remplis de troubles aussi longtemps que le peuple romain vécut dans Rome ou dans les campagnes environnantes, et dès qu'il s'étendit au loin, cette forme précipita les Romains sous le joug des empereurs. Les principaux citoyens qui se disputaient la magistrature, le commandement des armées, le gouvernement des provinces, faisaient venir à leurs frais des peuples entiers dans Rome les jours d'élection. Telle était la confusion des assemblées comiciales, que Cicéron nous assure que de son temps on savait rarement si un tel publiciste avait été admis ou rejeté par la majorité. La volonté de quelques ambitieux passait pour la volonté du peuple.—On est réduit au système des représentants; mais toute nation qui se fait représenter marche à grands pas vers l'aristocratie. — L'Aristocratie héréditaire est celui de tous les gouvernements sous lequel la tyrannie se montre sous les formes les plus méthodiques et les plus humiliantes. Quel que soit l'orgueil d'un despote, le sujet en est quitte pour se courber jusqu'à terre lorsqu'il passe auprès de lui, ou pour s'écarter afin de n'être pas écrasé par les roues de sa voiture. En s'éloignant des affaires publiques, on évitera aisément toute contestation avec ses ministres, ses valets, ses maîtresses. Mais dans quel coin de terre, sous un gouvernement aristocratique, pourra-t-on se cacher pour n'être pas perpétuellement froissé par la présence importune de la caste patricienne, dont les individus se prêtant un appui réciproque, non-seulement s'empareront de la fortune publique, mais arrêteront, par la terreur, jusqu'aux plaintes, jusqu'aux murmures? Le despote ne saurait gouverner tout seul; il faut bien qu'il choisisse parmi ses sujets des ministres et des magistrats, des généraux. Cette succession d'intermédiaires lie, en quelque sorte, les gouvernés aux gouvernants. Il n'en est pas ainsi dans un état aristocratique. Le corps de la noblesse se suffit à lui-même ; il établit les lois et les fait exécuter ; il ordonne la paix et la guerre, et choisit dans son sein ceux qui doivent être les organes de ses volontés. Il assied les impôts et se charge de les recevoir ; il est tout, et le peuple n'est qu'un vil troupeau qu'un berger nourrit, vend ou égorge à son gré. Les partisans de ce mode de gouvernement affirment qu'il réunit la stabilité politique à la tranquillité intérieure : c'est très possible. En effet, les nobles qui manient seuls les ressorts de l'État, emploient leurs efforts réunis au maintien d'un ordre de choses dans lequel tous les avantages de la société sont pour eux seuls. Non-seulement ils se servent de la force publique pour arrêter, dans leur principe, les mouvements populaires qui tendraient à troubler l'État, mais leur inquiète jalousie placera bientôt, comme dans Venise, ces bouches de pierre qui, dans cette cité, étaient ouvertes jour et nuit pour recevoir les déclarations, et menaçaient les têtes qui ne se baissaient pas assez pour saluer les patriciens. Le calme dont on jouit sous un semblable gouvernement est l'immobilité des forçats enchaînés sur une galère. Si les circonstances permettent au peuple de secouer un joug si accablant, il se jettera dans les bras d'un monarque, comme firent les Danois au dix-septième siècle. Le gouvernement monarchique est le plus ordinairement adopté.—Dans les gouvernements héréditaires, on a vu certains rois abdiquer. Ce droit d'abdication appartient à tout prince régnant, pourvu toutefois qu'il ne devienne pas préjudiciable à l'héritier présomptif de la couronne, et surtout à l'État. Le XVI⁰ siècle nous montre l'abdication de l'empereur Charles V ; le XVII⁰ celui de la reine Christine de Suède, et sans porter nos regards loin derrière nous, nous voyons dans le seul XIX⁰ siècle deux abdications, celle de Napoléon, et l'autre, plus récente encore, celle de Charles X. Le prince, aussitôt son abdication faite, ne conserve plus que quelques droits honorifiques ; mais il perd tout pouvoir administratif dans le gouvernement : la mort seule de celui en faveur duquel il a abdiqué le remet dans tous les droits qu'il possédait avant sa renonciation. — Les gouvernements des différents peuples ont subi des modifications sur lesquelles il est bon de jeter un coup-d'œil.

GOUVERNEMENT DE LA FRANCE. Si on excepte les quelques années de la république et de l'empire, le gouvernement en France a presque toujours été la monarchie héréditaire, à l'exclusion des femmes. Mais cette monarchie a subi des modifications, avant d'arriver à l'état de constitutionalisme où nous la voyons aujourd'hui. La féodalité dans le moyen-âge usurpa les droits de la souveraineté sur la faiblesse des rois, puis les disputa aux envahissements de la monarchie, et enfin se vit forcée de les abandonner entièrement à l'unité constitutionnelle fondée par la révolution de 1789. (Voyez FRANÇAIS). Le gouvernement tel qu'il est constitué aujourd'hui se compose du roi, dont la personne est inviolable, qui a le droit de faire la paix et la guerre, de sanctionner les lois, de choisir ses ministres, etc., ; et des deux pouvoirs législateurs la chambre des pairs (Voyez PAIRS) et la chambre des députés (Voyez ÉLECTION). Avant 1789, le roi agissait souvent seul, comme législateur et juge souverain ; il faisait des lois, annulait des jugements, évoquait à son gré des affaires pendantes devant des tribunaux compétents, et rendait des arrêts de propre mouvement ; le conseil d'état qui existait alors était à peu près nul. Mais aujourd'hui le conseil d'état est la réunion de magistrats choisis par le roi pour donner leur opinion sur les projets de lois, les ordonnances, et sur tout ce qui intéresse l'administration (Voyez TRIBUNAUX ADMINISTRATIFS). Une loi règle ses attributions. Outre le conseil d'état, le roi a auprès de lui huit ministres, qu'il a le droit de choisir, et qui sont des fonctionnaires responsables chargés de la direction su-

périeure des affaires politiques (Voyez MINISTRES). Ces fonctionnaires, dont le nombre et les fonctions ont varié souvent, ont pour attributions : la justice et les cultes avec présidence du conseil d'état ; l'intérieur ; les finances ; la guerre ; la marine et les Colonies ; les affaires étrangères ; l'instruction publique ; le commerce. Il y a eu sous l'empire, et même pendant quelques années de la restauration, un ministre de la police. Tous ces ministères qui disposent des procureurs du roi, des préfets, (Voyez ce MOT), des inspecteurs des finances, des généraux, des amiraux, des ambassadeurs, du conseil de l'instruction publique (Voyez INSTRUCTION), etc., etc., ont une administration qui embrasse toute la France comme dans un vaste réseau, dont les fils aboutissent à un centre commun.

GOUVERNEMENT DE L'ALLEMAGNE ou CONFÉDÉRATION GERMANIQUE.—La confédération germanique se compose de trente-huit états, différents de grandeur, de forme, de gouvernement, de constitution sociale, de mœurs et même de religion. C'est dans l'histoire du moyen âge qu'il faut chercher la raison de la forme presque burlesque de ce corps d'États. Pendant que les autres peuples sortaient vainqueurs des luttes sanglantes qu'ils avaient eues à soutenir contre les prétentions du clergé et de la noblesse ; pendant que les rois, se ralliant partout à la résistance des classes inférieures, domptaient l'arrogance de leurs grands vassaux, les emprisonnaient dans des limites de puissance très étroites, et rétablissaient l'homogénéité, l'unité et la force de leurs pays, l'Allemagne, malgré la profondeur et la perspicacité de sa philosophie, demeurait stationnaire dans sa politique. Les petits seigneurs, s'arrogeant des droits qui ne leur étaient point dus, arrachant à l'autorité légale des concessions et des titres de souveraineté, rendirent, avec le temps, la position de l'empereur tellement fausse, que, dans les circonstances extraordinaires qui se présentèrent au commencement du XIX⁰ siècle, cette position ne fut plus soutenable. Enfin, l'empereur François II, laissant à ceux qui cherchaient depuis si long-temps à se soustraire à toute obéissance, le soin de se tirer eux-mêmes d'affaire, renonça à l'empire d'Allemagne (1806) et se retira dans ses États héréditaires (l'Autriche, la Hongrie, etc.), dont il fit un empire.—Les petits États détachés se réunirent d'abord pour former la Confédération du Rhin, et reçurent une constitution de la main de Napoléon. D'immenses changements s'opérèrent à cette époque, tant à l'égard du territoire, que dans les titres des divers souverains. Lorsque commença la guerre de l'Europe contre Napoléon, tous les États y entrèrent forcément l'un après l'autre, dans l'intérêt des alliés. Instruits par l'expérience, ils voulurent, au congrès de Vienne, se donner un appui puissant, et comme on ne pouvait rétablir l'empire d'Allemagne, parce que les souverains n'étaient pas disposés à abdiquer en faveur de l'unité de la patrie, et que le peuple n'était pas encore assez fort pour les y forcer, on créa la Confédération germanique, qui se compose d'un empire (Autriche), de cinq royaumes (Prusse, Bavière, Wurtemberg, Hanovre, Saxe) ; sept grands duchés (Mecklenbourg-Schwerin, Mecklenbourg-Strélitz, Bade, Saxe-Weimar, Oldenbourg, Hesse-Darmstadt, Luxembourg) ; un électorat (Hesse-Cassel) ; un landgraviat (Hesse-Hambourg) ; quatre villes libres (Hambourg, Brême, Lubeck, Francfort) ; et dix-neuf duchés (Holstein, Lippe-Drëmold, Schaumbourg-Lippe, Anhalt-Bernbourg, Anhalt-Cœshin, Anhalt-Dessaye, Schwarzbourg-Sondershausen, Schwarzbourg-Rudolstadt, Reus-Schleitz, Reuss-Gera, Reuss-Greiz, Saxe-Altenbourg, Saxe-Cobourg-Gotha, Saxe-Hildbourghausen-Meiningen, Brunswic, Nassau, Hohenzollern-Hechingen, Hohenzollern-Viegmaringen, Lichtenstein). —Tous ces gouvernements se sont réservé le droit de souveraineté, sans autres bornes que celles qui leur sont imposées pour la sûreté de la confédération ; ils ont établi un contingent de troupes que chacun d'eux doit entretenir, et qui, en cas de guerre, se réunissent en une armée confédérée ; ils ont formé une diète permanente, qui tient ses assemblées à Francfort-sur-le-Mein, pour débattre les questions d'un intérêt général. La majorité y fait la loi ; mais pour empêcher que le nombre ne l'emporte sur la puissance réelle, les petits États n'ont chacun qu'une voix, une demi-voix, un quart de voix, etc., pendant que les autres en ont plusieurs. L'équilibre étant ainsi assuré, la présidence de cette diète a été confiée à l'Autriche, et on a adopté comme code fondamental, les déterminations du congrès de Vienne de 1815, et les articles supplémentaires de 1829. De nos jours, la diète, influencée par l'Autriche et la Prusse, s'est rendue odieuse par des lois contre la liberté de la presse, contre les constitutions libérales, etc. Il faut reconnaître cependant que les germes d'amélioration et d'enthousiasme pour le progrès auxquels l'on a dû de pareilles mesures coercitives, et qui sont épars et cachés surtout dans les petits États du midi, font espérer une époque, peut-être très proche, où la nationalité allemande triomphera de la nullité politique qui naît de cet amalgame, et qui s'attache au nom de la *Confédération germanique*, comme suite naturelle des derniers vestiges de la féodalité.—La tendance des gouvernements de ces différents États peut s'exprimer généralement par trois points de comparaison : —1° Le système conservateur.—2° Le système prussien.—3° Le système constitutionnel.—Au premier appartient l'Autriche et la majeure partie des petits duchés. Ils ont conservé toutes les anciennes formes et coutumes. L'administration civile et militaire est étouffée, pour ainsi dire, chez eux, par une infinité de charges et d'emplois qui nuisent à l'ordre et laissent subsister cette foule d'erreurs et d'abus qui ont été si glorieusement battus en brèche et renversés par la révolution française. La noblesse a conservé, dans ces états, une très grande partie de ses prérogatives ; les droits de chasse, les taxes nombreuses, levées par les vassaux médiatisés, la négligence de l'éducation publique existent toujours dans toute leur force. Le catholicisme domine dans les pays ainsi administrés.—Le système prussien est en vigueur dans tous les états qui sont en rapport intime avec la cour de Berlin. Ce système, qui tient le milieu entre les erreurs de l'empire et le véritable progrès, n'a qu'une valeur très relative, parce que ses bonnes inspirations ne sont que des améliorations partielles, qui n'ont pas pour base un principe franc et loyal, et qui sont quelquefois contradictoires avec elles-mêmes. Ainsi, la bonne organisation des finances, de l'administration des villes (staeteordnung), l'établissement des écoles primaires, etc., sont, en partie, neutralisés par l'intolérance religieuse, par l'entretien ruineux de l'armée et la marche rétrograde des universités. Il faut dire pourtant, à l'honneur des états et de la confédération, que très peu d'entre eux se sont ralliés au machiavélisme prussien : ceux qui l'ont suivi sont presque tous protestants.—La plupart, soit par le fait, soit par penchant, ont adopté le système constitutionnel : à leur tête, marchent la Hesse-Cassel, la Saxe, le Grand-Duché de Bade et le Wurtemberg. Cependant on ne doit pas s'attendre à trouver chez eux des institutions aussi pures et aussi bien comprises qu'on les voit naître au sein d'une grande nation : des conditions de territoire ; des engagements de familles princières, etc., s'opposent au progrès sur une vaste échelle, et, d'un autre côté, l'Autriche et la Prusse travaillent si adroitement à saper tous les efforts de la vérité et de l'humanité, que les fruits y mûrissent très lentement. Mais le premier pas est fait, les esprits sont irrités, les exemples des nations voisines sont un encouragement qui devient plus fort d'année en année : espérons ! l'avenir nous réserve la solution de cette grande question.

GOUVERNEMENT DE L'ANGLETERRE. Dans ce pays, la couronne est héréditaire. Elle passe dans l'ordre de primogéniture, d'abord, aux enfants mâles, et à leur défaut, à l'aînée des filles ; la descendance féminine dans la branche aînée est préférée aux enfants mâles de la branche cadette ; il n'y a point d'intervalle entre le roi décédé et son successeur. Le couronnement du roi se fait par les mains de l'archevêque de Cantorbéry ; celui de la reine, par l'archevêque d'York. Le premier principe du droit public anglais est que *le roi ne peut mal faire ;* et d'après ce principe, toutes les actions du roi sont interprétées dans un sens conforme à la loi ; et si ces actions sont contraires aux lois, elles sont présumées être également contraires aux intentions du roi. Quant à une violation manifeste de la loi, c'est sur les conseillers qu'en retombe la responsabilité. Toutefois, une tentative directe contre la constitution est regardée comme une abdication du pouvoir. Les décisions des trois cours principales du royaume d'Angleterre, ont, pour ainsi dire, force de loi. Chacun des membres de la chambre haute, a, comme le parlement, le pouvoir d'adresser au roi des remontrances sur ce qui intéresse le bonheur du peuple ; la puissance du roi est fondée sur les lois dont il n'est lui-même que le protecteur. Il ne peut porter atteinte aux droits d'un simple particulier, ni faire grâce à un fonctionnaire condamné par la chambre des communes pour abus de pouvoir. En général même les grâces que le roi peut accorder aux criminels sont fort restreintes. — Les attributions du parlement ne reconnaissent aucune limite, si ce n'est l'impossibilité (*Voyez* PARLEMENT).

GOUVERNEMENT DE L'ESPAGNE. — L'état actuel de l'Espagne ne peut être esquissé qu'à grands traits : les changements qui s'y sont opérés depuis un certain nombre d'années, et ceux qui s'y opèrent encore rapidement, déplacent et dénaturent les détails. Ce royaume, tombé depuis trois cents ans dans la décadence ou dans un *statu quo* complet, fut constitué en monarchie absolue jusqu'au commencement de notre siècle. Cependant les différentes provinces qui le composent avaient gardé leurs anciens privilèges, qui assuraient à chacune d'elles une forme d'administration distincte, et quelques libertés qui eussent pu être d'un grand poids, si le moteur de la royauté espagnole, *l'église romaine*, dominant les droits particuliers, n'eût pas anéanti ce que la sagesse des anciens législateurs avait introduit de bon dans les institutions. Cette forme de gouvernement était en harmonie avec le caractère des habitants. Imprévoyant, vain et orgueilleux, l'Espagnol aime son pays et les coutumes de ses pères par-dessus tout ; mais il veut aussi que la splendeur entoure la couronne. L'ancienne monarchie s'était conformée à cette double prédilection nationale ; un différent survenu entre le roi Charles IV et son fils aîné Ferdinand VII attira en Espagne les armes de Napoléon. Passant du rôle de modérateur à celui de conquérant, l'empereur brisa le trône des Bourbons, et plaça à Madrid son frère Joseph, avec des lois et des idées étrangères. Ces dernières trouvèrent bien quelque sympathie dans les classes élevées ; mais le titre d'étranger déplut à la majorité.—Une guerre acharnée, et à jamais célèbre par le courage et l'opiniâtreté avec laquelle elle fut soutenue, renversa le nouveau roi, et la constitution qu'il avait apportée s'écroula avec lui. — La nation n'oublia cependant pas totalement le genre de gouvernement qu'on lui avait imposé. Elle essaya, à plusieurs fois, s'il pouvait lui convenir, et une foule de conspirations, d'émeutes, une guerre ouverte même, firent de nouveau chanceler l'ancienne royauté à peine rétablie. Maîtrisé par le mouvement des factions, Ferdinand VII aida un moment les espérances des libéraux, et une nouvelle constitution fut proclamée (en 1821). Mais les premières conséquences de l'adoption de ce principe furent une preuve du peu de sympathie qu'il s'était acquise, et le roi appelant à son aide les Bourbons de France, revendiqua par la force la naissance absolue de ses ancêtres. Plus tard, lui qui pendant sa vie, avait tant combattu contre la liberté, lui prêta la main en mourant, par l'abolition de la loi salique sur la succession au trône, et il assura ainsi à sa fille Isabelle un sceptre que convoitait son frère don Carlos (1832). — Dès lors, il y eut lutte entre deux factions politiques, celle de l'absolutisme et celle du libéralisme. Les partisans de cette dernière se rangèrent du côté de la reine, parce qu'ils assuraient, avec raison, qu'un trône qui n'avait été élevé que par le renversement d'une loi ancienne ferait bon marché des autres institutions vieillies. L'absolutisme, de son côté, se servait de son arme accoutumée, le fanatisme, et s'adressant à la fois à l'orgueil et à la conscience des Espagnols, il prêcha d'un air de mépris contre la prétendue violation de tout ce qu'on avait regardé comme sacré. Isabelle, ou plutôt sa mère, la mère régente Christine, ne pouvait embrasser un meilleur moyen de défense que d'accéder à la constitution. Entraîné malgré elle, elle passa de l'*estatuso real* (première concession libérale) à la constitution de 1821, et de celle-ci à la constitution de 1812. — Le prince don Carlos ayant quitté le champ de bataille, et ses partisans étant tous soumis, il reste pourtant des factions plus terribles pour menacer la royauté, qui, ballotée entre la crainte et l'espérance, ne peut gouverner avec toute la fermeté nécessaire. Loin que les bienfaits de la constitution aient pénétré dans l'administration, ce ne sont jusqu'ici que des mots sans réalité, et le peuple, épuisé par les impôts et les fatigues, succombe sous le poids de la misère. — Suivant la constitution aujourd'hui en vigueur et qui a été proclamée en 1837, la puissance royale est tempérée par deux chambres, celle des sénateurs et celle des députés. Ils doivent payer un certain cens; le mode d'élection est le même qu'en France, excepté que tout citoyen qui paie 10 pizecas (19 francs et demi à peu près) de contribution, est de droit électeur. La justice émane du roi; elle est appliquée par des tribunaux de première, de seconde et de troisième instance, sans intervention des jurés. Cependant toute plainte doit être portée devant le maire, qui, en qualité de juge de paix, cherche à concilier les parties, avant qu'elles puissent plaider devant les tribunaux. Le désordre effroyable qui existe dans les lois, la lenteur des formes, et la presque impossibilité d'appeler en troisième instance, à cause des frais énormes que cela nécessite, nuisent beaucoup à l'observation de la justice. — L'administration civile est dirigée par les gouverneurs des provinces (vice-rois ou capitaines-généraux, selon les prérogatives particulières de chaque province), et se trouve partagée, sous leurs ordres, entre les chefs politiques (*gentes políticas*) et les intendants : ces derniers s'occupent spécialement du recouvrement des impôts. Les maires des villes (*alcaldes*) leur sont subordonnés : les pouvoirs de ceux-ci ont subi divers changements depuis 1833; les commissaires de police (*los comisarios*) sont aujourd'hui chargés d'une grande partie de leurs attributions. — L'administration militaire est exercée par des intendants généraux et des sous-intendants généraux qui ne doivent pas être confondus avec les intendants civils. Elle est également livrée à un désordre complet. — Le mépris qu'on fait des ouvrages étrangers, comme des nations étrangères elles-mêmes, a retardé et retarde toujours les arts, l'industrie et le commerce. — De grands événements se sont accomplis en 1841. La reine mère Marie-Christine a été obligée d'abandonner l'Espagne et de se réfugier en France. Le duc de la Victoire a été investi par les Cortès de la tutelle de la jeune reine Isabelle, et gouverne sous le nom de régent. — En octobre, les provinces navarraises se sont soulevées en faveur de Marie-Christine, mais ce mouvement a été étouffé bientôt, et les chefs de cette insurrection ont été fusillés. Le général O'Donnel qui était à la tête, a pu se réfugier en France. — L'Espagne subit en ce moment l'influence anglaise; mais espérons qu'un peuple qui a laissé un si grand nom dans l'histoire, et qui peut encore occuper une si belle place dans les destinées constitutionnelles de l'Europe, n'est pas fait pour servir longtemps de pâture à à l'insatiable avidité des contrebandiers anglais. L'alliée naturelle de l'Espagne, c'est la France. Cette alliance est la seule qui convienne le mieux à sa dignité et à ses intérêts.

GOUVERNEMENT DE LA RUSSIE. Depuis l'époque où le génie de Pierre-le-Grand tira, il y a 130 ans, la Russie de la barbarie où elle était restée plongée sous le règne de ses anciens souverains, cet empire a grandi considérablement en puissance au dedans et à l'extérieur. Ses frontières, qu'il a poussées vers l'ouest jusqu'aux limites de l'Asie, et au midi jusqu'à la mer Noire, embrassent un territoire beaucoup plus étendu que l'Europe entière, et qui contient une immensité de ressources de tout genre. Tandis que les montagnes du Caucase et celles de la Tartarie lui fournissent de l'or, du platine et presque tous les métaux en abondance, plusieurs de ses provinces, riches et florissantes, versent dans son sein les trésors du midi, et, au nord, les produits des forêts, les bois, les fourrures, etc., sont pour lui des objets d'un commerce actif. A la faveur de sa position géographique, ses flottes parcourent la mer Baltique et les côtes du Bosphore, et apportent dans les bazars d'Odessa et de Saint-Pétersbourg les marchandises de l'Orient et de l'Occident. — Heureusement, la population des vastes contrées de la Russie n'est pas en rapport avec l'étendue de ce territoire; heureusement, la civilisation, ralentie par mille obstacles naturels ou moraux, n'a pas répandu ses lumières avec le même éclat sur les steppes lointains de la Sibérie et sur les provinces intérieures des possessions russes en Europe : si ce retard n'existait pas, le colosse du nord écraserait l'Europe, et les foudres de Moscow éclateraient sur toutes les capitales avec la même fatalité qu'à Varsovie! — Une infinité de populations diverses sont soumises au Czar; mais les conditions de leur soumission se diffèrent entre elles selon l'état d'instruction où elles se trouvent. Une grande partie des habitants des frontières de la Sibérie, et même quelques districts de cette province ne conservé une certaine indépendance; ils sont seulement sous la protection de l'empereur, à qui ils fournissent un tribut annuel de pelleteries, de fourrures et d'autres produits du pays; ils ne peuvent être appelés à faire partie de l'armée que dans des circonstances d'un danger éminent. D'autres provinces payent ce tribut en numéraire, et sont un peu plus assujetties sans être soumises cependant à ce degré d'esclavage où gémissent les possessions européennes qui appartenaient à l'ancienne Russie, ou qu'elle a conquises par les armes ou par la trahison, comme la Pologne, la Livonie, la Courlande, la Lithuanie, l'Ukraine, etc. Comme ces contrées représentent aux yeux de l'observateur la véritable Russie, bien qu'elles ne forment que le tiers de l'empire, je vais dépeindre ici leur forme de gouvernement, et je laisserai de côté la Russie asiatique, me conformant à cette croyance générale que les institutions barbares ne méritent pas une attention particulière. — Le czar est le maître absolu de ses sujets, il réunit en lui la suprématie civile, militaire et religieuse. En qualité de patriarche du culte (catholique-grec), dont il remplit plusieurs fois par an les fonctions, il règne sur les consciences; comme empereur, il dispose à son gré de la vie des citoyens. Nulle loi, nulle puissance ne fait équilibre de son pouvoir; et, quoiqu'à l'étranger, on parle du sénat comme d'un corps qui peut gêner les actions du czar, les Russes savent bien que cette vieille institution n'est depuis un siècle qu'un vain nom, que ses volontés émanent de la bouche de l'empereur, et qu'une résistance de sa part est une chose aussi impossible qu'elle serait inouïe. Les décrets du despote (*ukases*) changent avec une légèreté étonnante, la législation, les coutumes, les mœurs même ; et les cris de désespoir poussés par un si grand nombre d'esclaves sont comprimés par la main de fer qui est continuellement levée sur eux à Saint-Pétersbourg. — Il est naturel que le despotisme qui forme le principe de l'empire se répande dans toutes les branches de l'administration, aussi bien en haut qu'en bas. Depuis l'autocrate jusqu'au paysan, ce ne sont que des esclaves qui se tourmentent les uns les autres, et tous ces princes, ces généraux, ces nobles, ces propriétaires, ces employés, etc., qui composent la grande chaîne des différentes castes de la population, sont les serviteurs les uns des autres. — Le pays est partagé en gouvernements, à la tête desquels sont presque toujours de vieux généraux, qui représentent le czar dans toute l'étendue du mot. Leurs provinces se composent de grandes propriétés des nobles et des maisons titrées ; ces seigneurs disposent de leurs serfs avec le même plein-pouvoir que l'empereur dispose d'eux-mêmes. — Je voudrais parler de la justice ; mais peut-il y en exister ? Nul droit n'est valable devant la volonté supérieure. Les petits sont accablés de coups par les grands, et les grands saisis au fond de leurs palais, sont chargés de chaînes, et vont mourir en Sibérie, pendant que leurs familles, expulsées de leurs biens confisqués, errent à l'étranger. — La peine de la déportation en Sibérie, qui suit toujours les délits politiques et les actes de désobéissance à l'empereur, est appliquée de plusieurs manières ; il y en a trois principales : celle où le coupable est détenu en prison ; celle où il est forcé de travailler dans les mines ou dans les propriétés des habitants qui les louent au gouvernement, enfin, celle où il reçoit en propriété un certain territoire qu'il doit cultiver, et pour lequel il paye un tribut annuel, en produits de sa chasse. Cette dernière sorte de déportation est moins affreuse, surtout dans les provinces fertiles de la Sibérie. Mais le principe étant mauvais, ne peut jamais autoriser même le plus léger châtiment. — Il n'y a point de circonstances où le despotisme se montre sous un aspect plus cruel que dans le mode de recrutement. Le contingent des soldats étant réparti entre les gouvernements, les seigneurs propriétaires font une chasse aux hommes pour le fournir ; tout ce qui tombe entre les mains de leurs commissaires, tous les jeunes gens qui ne s'échappent pas dans les forêts les plus obscures, dans les recoins les plus impénétrables, sont soldats de droit. L'espace destiné à cet article ne me permet pas de dire ce que c'est qu'un soldat russe ; mais le silence en dit quelquefois plus qu'aucune description. — La répartition des impôts est faite avec la même injustice, et elle pèse d'un grand poids sur tous ceux qui y sont soumis ; ils frappent surtout la classe bourgeoise. — Il est dans les vues du cabinet de Saint-Pétersbourg de s'agrandir de plus en plus, et l'empereur actuel a formé dans ce but des plans aussi hardis qu'habilement conduits. L'Allemagne, gagnée par ses largesses, subit son influence jusqu'au sein de la diète ; la Suède s'est soumise à ses exigences ; la Moldavie et la Valachie sont sur le point de tomber entre ses mains ; la Perse voit déjà le danger qui la menace, et les populations éloignées de l'Asie savent que nul rempart ne les protégera désormais contre l'ambition de Nicolas. Actif et rusé, le czar a donné une perfection admirable à son armée et à sa marine ; ses généraux, continuellement exercés dans l'art de la guerre, n'attendent qu'une grande circonstance pour se faire valoir. — Un peuple énergique et valeureux, ai-je besoin de citer son nom ? s'éleva en 1830 contre la domination du Kremlin (château des anciens czars, à Moscou) ; il lutta contre la force supérieure de l'empire, mais en vain ; après des combats

terribles où l'on fit de part et d'autre des prodiges de valeur, les malheureux Polonais succombèrent et aujourd'hui l'aigle russe domine le palais des Piast ; toutes les espérances de cette nation gisent ensevelies sous les remparts de Praga ; la Pologne est une province russe !

GOUVERNEMENT D'ITALIE. — Deux fois l'Italie a donné des lois au monde : Grande sous ses Césars, elle conquit les royaumes les plus lointains, et importa ses mœurs et ses sciences du fond de la Bretagne jusqu'aux contrées qui avoisinent la mer Caspienne ; grande sous ses papes, elle fit fléchir les rois et les empereurs, et devant sa puissance vinrent se briser les efforts des princes et des peuples. Mais, qu'est-elle devenue aujourd'hui ? Les rayons de ce soleil splendide, après s'être reposés quelques instants sur différentes parties de cet état morcelé, comme le dernier sourire d'un beau jour, est devenu une ruine ; ses faibles débris se débattant jour, sont allés se plonger dans la nuit de l'oubli, et l'Italie contre les vents et les éléments, s'il est permis d'appeler ainsi l'ambition et les spéculations des puissances étrangères. — Il est aussi difficile de parler de l'Italie en général que de l'Allemagne ; elle manque entièrement d'un point d'union, de ce centre d'où émane toute nationalité, et portant tout jugement sur cette nationalité. Les états séparés de ce vaste corps sont devenus tout-à-fait différents entre eux ; l'éducation, l'instruction, le patriotisme, les espérances qui existent dans chacun d'eux, ne visent point au même but. Autour de la vieille capitale, sur les ruines de la république classique, sont couchées les possessions du pape. — Le gouvernement du pape est juste, paternel, mais la police y est vigilante contre les menées démagogiques des esprits brouillons et avides d'innovations dangereuses pour le bonheur des peuples. — Les saints y sont toujours très-bien honorés suivant les anciens usages et les respectables traditions des premiers temps du christianisme. — L'année 1830, des troupes suisses furent reçues provisoirement à la solde du gouvernement papal ; mais il paraît qu'elles doivent être congédiées dans très-peu de temps, par suite de l'expiration de leurs engagements. — Les hauts emplois à Rome sont à peu près héréditaires dans les familles nobles. — En un mot, le cachet de l'Église est appliqué partout, et donne à toutes choses un aspect majestueux et solennel qui rappelle le moyen-âge. — Sur ses frontières, le royaume de Naples n'a pu, malgré son vaste et riche territoire, trouver une meilleure organisation ; et, comme par une dérision de la nature qui a magnifiquement doté de ses sublimes beautés le superbe golfe de Messine, la populace est ici fort bornée, les Napolitains sont livrés à la fainéantise, aux préjugés et aux passions ignorantes et superstitieuses. Les idées libérales venues de la France, n'ont laissé que de très-faibles traces. — Voisin de ces deux états, le grand-duché de Toscane fait contraste avec eux comme un diamant parmi des cailloux. Sur les rives pacifiques de l'Arno, dans la belle Florence, on n'a point méconnu la grandeur des souvenirs qui s'y rattachent. C'est dans le palais des Médicis que se sont réfugiés les restes de cette belle et antique Italie, digne de tant d'admiration. De sa propre et entière volonté, le souverain de la Toscane a octroyé à son pays une constitution libre et généreuse. L'indépendance des institutions, la voix sans contrainte de la presse travaillent activement à l'instruction du peuple, et les conséquences de ce double effort se retrouvent dans l'état florissant du commerce et de l'industrie. Sur un antique rocher, nous rencontrons près de ce pays, au sein des états du pape, la république de San-Marino. Vieille par son existence, elle est vieille aussi par sa politique ; l'administration y est confiée à quelques familles aristocratiques. — Les duchés de Parme, Plaisance et Guastalla, réunis sous la main de la veuve de Napoléon, pourraient être heureux, si la bonne volonté de Marie-Louise se manifestait toujours en fait ; mais, aussi mal placée sur le trône de Parme qu'elle l'était aux côtés du grand empereur, elle ne saura jamais saisir le moment opportun, et les véritables moyens de plaire à son peuple. La position qu'on lui a faite, est une satire contre le bon sens. — Son voisin, et son héritier présomptif, le duc de Lucques, n'a point un mérite plus grand. — Plus on avance vers le nord de l'Italie, plus l'amour de la liberté y est ardent; c'est surtout en Lombardie qu'il se fait sentir. Là où se groupent en province autrichienne la riche Venise, Milan la grande, Mantoue la forte et Vérone la charmante, des factions fanatiques de patriotisme minent sourdement le joug étranger. Opulente dans toute l'étendue du mot, par ses fabriques, son agriculture, son commerce de terre et de mer, la Lombardie sait qu'elle est l'ornement de la couronne impériale de Vienne, et cette pensée l'encourage à s'affranchir de la domination tudesque. On traîne sa jeunesse dans des provinces éloignées, sous les drapeaux des Habsbourg, et on lui donne des régiments allemands; mais les soldats rapportent de la Galicie et de la Silésie leurs anciennes rancunes; ce serait tomber dans une étrange erreur, que de croire la Lombardie à jamais inféodée à l'Autriche. La police est d'une sévérité excessive par ses douanes, par sa censure, par ses agents secrets et par mille moyens. Le représentant de l'empereur est un prince du sang (l'archiduc Régnier), qui, sous le titre de vice-roi, réside à Milan; ses pouvoirs sont cependant très restreints : c'est le code autrichien qui gouverne le pays. — Que dire maintenant de la Sardaigne, qui forme au nord-ouest la frontière de l'Italie. Une des provinces, la Savoie, est française; une seconde, l'île de Sardaigne, est sauvage; le reste est en grande partie stérile et d'un aspect désolant. C'est sur cette alliance d'états hétérogènes que règne Charles-Albert. Le penchant vers la liberté n'est point très développé en Sardaigne : les Savoisiens voudraient être Français, les Sardes indépendants; mais jusqu'ici, on n'a encore constaté aucun progrès. — Outre ces différents états, on peut encore mentionner le petit prince de Monaco ; ses états sont trop insignifiants pour qu'on en puisse dire autre chose que ces deux mots : On y fait de très mauvaise monnaie. — Résumons nos observations dans ce jugement : Ceux qui disent que les Italiens sont un peuple abattu, fainéant et arriéré, se trompent pour la partie qui est au nord du Tibre, et ceux qui disent que l'Italie ressemble à un volcan qui tremble sous les pieds, sont dans l'erreur pour ce qui regarde la partie qui est au midi de ce fleuve. Mais, au milieu de tous ces gouvernements absolus de l'Italie, on ne peut s'empêcher d'admirer cette colonne inébranlable du Vatican, c'est-à-dire, de l'Église catholique représentée dans son chef auguste, le pape Grégoire XVI. — Oui, l'action gouvernementale du chef suprême de l'Église catholique est toute providentielle. Uniquement occupé, en la présence de Dieu, du salut de son peuple, sa sollicitude s'étend sur toutes les églises de la chrétienté, et son cœur ne reste point indifférent envers ceux-là même qui sont séparés par le schisme ou l'hérésie de l'unité catholique. Ainsi que Moïse, le pape régnant, souverain pontife, guide le peuple chrétien dans la véritable route de la vérité. Successeur de Pierre par sa chaire apostolique, il confirme tous ses frères en Jésus-Christ dans la foi. Défenseur du dogme catholique, il est spécialement chargé d'en conserver le dépôt intact. A cet effet, nous rappellerons qu'un tribunal ecclésiastique appelé l'index, est établi à Rome pour surveiller toutes les publications de livres qui sont imprimés dans l'univers entier, et pour censurer, pour condamner publiquement ceux qui sont contraires à la foi, ou aux mœurs, et en défendre la lecture par sentence de l'autorité apostolique. Ce tribunal sacré de l'inquisition est composé de cardinaux et de prélats assesseurs et examinateurs. Récemment encore, les éminentissimes seigneurs-cardinaux Mai et Orioli ont été nommés par

S. S. le pape Grégoire XVI juges près ce redoutable tribunal, dont la juridiction spirituelle s'étend sur toute la surface du globe. Nous remarquerons, en finissant cet article sur le gouvernement pontifical, qu'il marche à la tête de la civilisation européenne. Les lettres, les sciences, les arts sont protégés à Rome et dans les états pontificaux, plus que partout ailleurs. On sait qu'une école française de peinture et de sculpture y est entretenue aux frais du gouvernement de la France. Des établissements charitables pour les pauvres, des hôpitaux desservis par des religieux, assurent à tous les malheureux des secours réels contre la misère et les afflictions de la vie; et bien mieux encore, les plus douces consolations de la religion sont prodiguées aux moribonds. — Rome, malgré ses détracteurs, est dans un vrai sens, la ville éternelle, et jamais son souverain auguste ne faillira à sa foi. Rome! reine des cités, puisses-tu conserver longtemps pour ton bonheur spirituel et temporel le pontife illustre et vénéré qui a tant fait pour ton peuple et qui chaque jour mérite d'avantage sa reconnaissance et son amour.

GRABAT, mauvais lit suspendu, étroit, où couchaient les esclaves et les pauvres gens. Aujourd'hui, nous appelons grabat tout lit de quelque forme ou de quelque matière qu'il soit, dont l'état de dénuement indique assez l'extrême indigence de celui qui en est le possesseur. De grabat s'est évidemment formé *grabataires*, nom de sectaires qui attendaient au lit de mort pour se faire baptiser, persuadés qu'ils étaient d'être lavés de toutes leurs fautes.

GRACES, Mythologie. Divinités fabuleuses, filles de Jupiter et de Vénus. Elles étaient trois : Euphrosine, Thalie et Aglaé. Compagnes inséparables de Vénus, elles présidaient à tous les arts de goût et d'agrément. On les faisait aussi compagnes des Muses, et les poètes leur adressaient leurs vœux.

GRADATION. Figure de rhétorique par laquelle plusieurs choses enchérissent les unes sur les autres. (*Voyez* CLIMAX).

GRAIN. Les grains sont la semence des plantes à tige grêle, dites *céréales*, telles que le froment, l'orge, l'avoine, le seigle, etc. — GRAIN, poids : la 72e partie du gros ou la 24e partie du scrupule. (*Voyez* POIDS et MESURES.) — On appelle ordinairement *grains* les petites baies : un *grain* de raisin. — *Grains de santé*, composition d'aloès (arbre des Indes, plante) et d'extrait de réglisse.

GRAINE, partie essentielle du fruit ; celle qui est contenue dans le péricarpe (enveloppe du fruit). La graine, provenant d'un ovule fécondé, renferme un corps organisé propre à devenir un être parfaitement semblable à celui dont elle a tiré son origine. L'*ombilic* ou le *hile* est le point par lequel la graine est fixée au péricarpe; elle est formée de deux parties : l'épisperme (enveloppe) et l'amande. Souvent, ainsi que dans le haricot, la lentille, etc., l'amande contenue dans l'épisperme est formée tout entière par l'embryon, rudiment de la plante future; d'autres fois, outre l'embryon, l'amande renferme un corps accessoire appelé *endosperme*, c'est-à-dire, partie de l'aman de qui forme autour ou à côté de l'embryon, un corps accessoire n'ayant avec lui aucune continuité de vaisseaux ni de tissus.

GRAISSE, substance huileuse disséminée dans un grand nombre de tissus animaux. Cette substance est très-abondante aux environs des reins et dans l'épiploon (membrane antérieure des intestins). La graisse forme environ la vingtième partie du poids du corps de l'homme; elle préserve les organes, qu'elle tient toujours dans une température à peu près égale, et dont elle diminue la sensibilité nerveuse. La consistance de cette matière grasse, sa couleur et son odeur varient suivant les animaux qui la fournissent; chez l'homme, elle est blanche, inodore, fade, huileuse, inflammable, aisée à fondre, presque insoluble dans l'alcool, insoluble dans l'eau, soluble dans les huiles fixes. Exposée au contact de l'air, la graisse se rancit par la fixation de l'oxygène. Elle est fluide dans les cétacés, molle et d'une odeur forte dans les carnivores, solide et inodore dans les ruminants. Les graisses ont des usages très nombreux : la graisse du porc, qui forme sous la peau une couche épaisse, fournit l'*axonge*, vulgairement appelé *saindoux*; on l'emploie comme excipient des préparations onguentacées. On obtient *la graisse oxygénée* en la faisant chauffer avec la dixième partie de son poids d'acide nitrique. La graisse du bœuf et du mouton est employée à faire le suif et le savon.

GRAMEN. Nom générique des plantes dont la feuille est semblable à celle du chiendent. On se sert quelquefois de ce mot comme synonyme de *graminée*.

GRAMINÉES. Ces plantes herbacées, annuelles ou vivaces, ont pour tige un chaume généralement fistuleux, offrant de distance en distance des nœuds pleins d'où partent des feuilles internes, engainantes ; les fleurs sont en épis ou en panicules (bouquet) plus ou moins rameuses.

GRAMMAIRE, de γραμμα, lettre et de γραφω, écrire. La grammaire est l'art de parler, et d'écrire d'une manière correcte et conforme au génie de la langue; elle enseigne à bien décliner les noms, à bien conjuguer les verbes, à bien construire les autres parties de l'oraison, et à bien orthographier. On entend par parties d'oraison les diverses sortes de mots qui composent le discours; les grammairiens en comptent ordinairement huit, savoir : le nom, le pronom, l'article, le verbe, l'adverbe, la préposition, la conjonction et l'interjection. 1° Le nom ou *substantif*, mot qui sert à nommer une personne ou une chose : *Alexandre, palais, livre*. — 2° Le pronom, qui se met à la place du nom ; on distingue les pronoms en *personnels, possessifs, démonstratifs, relatifs, absolus* ou *interrogatifs*, et *indéfinis*. Les pronoms personnels sont ceux qui désignent les personnes ; ils sont des deux genres : masculin si c'est un homme qui parle, féminin si c'est une femme. *Je* ou *moi*, pour la première personne singulier ; *nous*, pluriel ; *tu, vous*, deuxième personne ; *il, elle*, troisième personne singulier ; *ils, elles*, pluriel. — Les pronoms possessifs sont ceux qui marquent la possession d'une chose : le *mien*, la *mienne*, pour le singulier ; les *miens*, les *miennes*, pour le pluriel ; les *nôtres*, les *vôtres*, les *leurs*, des deux genres. Quelques grammairiens regardent mal à propos *mon, ton, son*, etc., comme des pronoms possessifs. Ces mots sont toujours joints à un nom, et il n'y a de véritables pronoms que les mots qui tiennent la place des noms. — Les pronoms démonstratifs servent à montrer les choses : *celui, celle, ceux, celles, celui-là, celle-là, ceux-là*. — Les pronoms relatifs sont ceux qui ont rapport à un nom ou à un autre pronom qui les précède, et qu'on appelle *antécédent* : Napoléon *qui* a remporté tant de victoires ; *qui* se rapporte à Napoléon. Les pronoms *qui, que* sont des deux genres et des deux nombres ; il en est de même du pronom relatif *quoi* : C'est un vice à *quoi* il est sujet ; Ce sont des choses à *quoi* vous ne prenez pas garde. *Le, la, les* sont des pronoms relatifs dans ce sens : Voilà un bon livre, lisez-*le* ; Vous avez lu cette lettre, donnez-*la* moi ; Quand vous aurez des nouvelles, vous me *les* ferez savoir. Lorsque *le* s'emploie pour *cela*, il est alors relatif à un adjectif qui précède, et n'a ni pluriel ni féminin : Ma sœur et ma cousine ont été malades, et *le* sont encore. Enfin, il y a deux mots qui sont encore des pronoms relatifs, savoir : *en* et *y*. Ex. : Cette affaire est délicate, le succès *en* est douteux ; C'est un honnête homme, fiez-vous-*y*. — Les pronoms *interrogatifs* ou absolus sont ceux qui servent à interroger, et l'on connaît que ces pronoms sont interrogatifs quand ils n'ont point d'antécédent : *Qui* parlera ? *Que* faites-vous ? A *quoi* pensez-vous ? — Les pronoms *indéfinis* sont ceux qui ont une signification générale et indéterminée, comme *on, quiconque, chacun*, etc. : *On* frappe à la porte ; *Quiconque* passe par là ; *Chacun* sent son mal. — 3° L'article est un petit mot que l'on met devant les noms communs, et qui en fait connaître le genre et le nombre : *Le* château, *la* ville, *les* (2 genres) villes, *les* châteaux. — 4° Le verbe, qui exprime que l'on est ou que l'on fait quelque chose ; il y a trois temps dans les verbes : le *présent*, qui marque que la chose est ou se fait actuellement : *J'écris* ; le *passé* ou *prétérit*, qui marque que la chose a été faite : *J'ai lu* ; le *futur*, qui marque que la chose sera ou se fera : *Je partirai*. Il y a encore dans les verbes français cinq modes ou manières de signifier : l'*indicatif*, quand on affirme que la chose est, ou qu'elle a été, ou qu'elle sera ; le *conditionnel*, quand on dit qu'une chose serait, ou qu'elle aurait été moyennant une condition ; l'*impératif*, quand on commande de la faire ; le *subjonctif*, quand on souhaite ou qu'on doute qu'elle se fasse ; l'*infinitif*, qui exprime l'action ou l'état en général, sans nombres ni personnes, comme *être, lire, parler*. On appelle *conjuguer* un verbe, écrire de suite ses différents modes avec tous leurs temps, leurs nombres et leurs personnes. Il y a quatre conjugaisons différentes qui se distinguent par la terminaison du présent de l'infinitif :

1re	2e	3e	4e
Aimer.	Finir.	Recevoir.	Rendre.

— Les deux verbes *être* et *avoir* sont nommés auxiliaires, parce qu'ils servent à conjuguer les autres. Les verbes *actifs* sont ceux qui expriment une action dont l'objet est énoncé ou sous-entendu : Obliger ses amis ; Prononcer un discours; obliger, prononcer sont des verbes actifs ; amis, discours sont les objets de l'action que ces verbes expriment, c'est-à-dire les *régimes directs*. — Le verbe *passif* est celui dont le nominatif ou sujet reçoit ou supporte l'action. Nous n'avons qu'une seule conjugaison pour tous les verbes passifs ; elle se fait avec l'auxiliaire *être* dans tous ses temps, et le participe passé du verbe que l'on veut conjuguer : Je suis abandonné; Ils seront vaincus (*voyez* PARTICIPE). — On appelle *neutres* les verbes qui expriment un état, ou une action qui ne tombe point sur un objet ; ainsi les verbes neutres n'ont point de régime direct. Ces verbes sont appelés *neutres*, parce qu'ils ne sont ni *actifs*, ni *passifs*, et la plupart se conjuguent, comme les verbes actifs, avec l'auxiliaire *avoir* : Je dors, j'ai dormi, j'avais dormi, j'aurais dormi, etc. ; mais il y a des verbes neutres qui se conjuguent dans leurs temps composés avec l'auxiliaire *être*, comme *venir, arriver, tomber*, etc. — On appelle verbes *réfléchis* ceux qui expriment l'action d'un sujet qui agit sur lui-même, comme : Se conduire, se défendre; soit une action faite par le sujet, et qui aboutit seulement à lui, comme : Je me fais une loi. Dans le premier cas, les pronoms me, te, se, nous, vous sont en régime direct ; dans le second cas, ces pronoms sont en régime indirect. Les verbes réfléchis se conjuguent comme le verbe *tomber*, c'est-à-dire qu'ils prennent l'auxiliaire *être* aux temps composés. — Les verbes *réciproques* expriment l'action de plusieurs sujets qui agissent respectivement les uns sur les autres de la même manière. Ex. : Ces deux hommes se battaient et se disaient des injures. — On a nommé verbes *pronominaux* ceux qui, se conjuguant avec deux pronoms de la même personne, n'expriment ni l'action qu'un sujet fait sur lui-même, ni une action qui aboutit au sujet, ni même une action faite par le sujet. Si l'on dit : Cette maison se loue trop cher, l'action de louer ne tombe point sur le sujet maison, parce que la maison ne peut se louer elle-même. Cette action n'aboutit pas à maison, puisque se n'est pas pour à soi : elle n'est pas non plus faite par le sujet, puisqu'on ne peut pas dire d'une maison qu'elle loue. Le verbe se louer a donc une signification passive, et la phrase équivaut à celle-ci : Cette maison est louée trop cher. — Le verbe impersonnel, ou mieux unipersonnel, est celui qui ne s'emploie dans tous les temps qu'à la troisième personne du singulier, comme : Il faut, il importe, il pleut, etc. — 5° L'adverbe ; ce mot, qui est invariable, se joint avec les verbes et avec les adjectifs pour en exprimer les manières ou les circonstances. Ainsi, quand on dit : Cet orateur parle distinctement, ce dernier mot fait entendre qu'il parle d'une manière plutôt que d'une autre. Si nous disons : Cet homme est médiocrement riche, l'adjectif riche est modifié par l'adverbe médiocrement, et exprime de quelle manière l'homme dont on parle est riche. Ce mot porte le nom d'adverbe, parce que, dans la phrase, il se trouve ordinairement placé auprès du verbe. — 6° La préposition est un mot invariable qui sert à marquer les rapports que les choses ont entre elles ; ainsi, dans cet exemple : Le livre de mon frère, de marque le rapport qu'il y a entre livre et frère. Si nous disons : Utile à la France, à fait rapporter le nom France à l'adjectif utile. Vous avez reçu de votre mère ; de sert à lier le nom mère au verbe reçu, etc. De, à sont des prépositions. Le mot qui suit la préposition en est le régime. Cette espèce de mots, qui a toujours un régime, s'appelle préposition, parce qu'elle se met immédiatement avant son régime. — 7° La conjonction est un mot invariable qui sert à lier une proposition à une autre proposition. Par exemple, quand on dit : Il chante et il travaille en même temps, ce mot et joint la proposition il chante, avec la seconde il travaille. On appelle encore conjonction composée, ou phrase conjonctive, l'assemblage de plusieurs mots qui servent à joindre des propositions. Exemple : Il n'en fera rien, à moins que vous ne lui parliez ; à moins que est une conjonction, composée ou phrase conjonctive, qui lie la première proposition il n'en fera rien, avec la seconde il faut que vous lui parliez. Les conjonctions f-ment neuf classes : les copulatives, les adversatives, les disjonctives, les explicatives, les circonstancielles, les conditionnelles, les causatives, les transitives et les déterminatives. Les conjonctions copulatives sont celles qui ont pour objet l'union des propositions, ou pour affirmer cette union, ou pour lier, ou pour l'écarter ; on comprend dans cette classe et, que, ni, aussi, etc. — Les conjonctions adversatives sont celles qui marquent une opposition entre une préposition qui précède et celle qui la suit ; telles sont : mais, quoique, bien que, néanmoins, cependant, pourtant, etc. — Les conjonctions disjonctives sont celles qui servent à disjoindre, séparer, désunir des propositions incompatibles entre lesquelles on propose un choix, comme : ou, soit. — Les conjonctions explicatives s'emploient pour donner une explication claire et détaillée de l'objet. Les conjonctions suivantes sont de cette espèce : savoir, c'est-à-dire, comme, etc. — Les conjonctions circonstancielles servent de lien à deux propositions dont l'une dépend de l'autre par quelque circonstance de temps ou d'ordre ; telles sont : lorsque, quand, tandis que, durant que, pendant que, etc. — Les conjonctions conditionnelles expriment la condition moyennant laquelle une proposition peut se joindre à une autre, comme : si, sinon, à moins que, pourvu que, etc. — Les conjonctions causatives servent à expliquer la cause, le motif de quelque chose ; nous en avons un bon nombre : car, puisque, vu que, parce que, etc., etc. — Les conjonctions transitives sont celles au moyen desquelles on passe d'une proposition à une autre qui en dépend ; telles sont : or, donc, par conséquent, en effet, du reste, à propos, ainsi, etc. — Les conjonctions déterminatives sont celles qui lient ensemble deux propositions dont la seconde sert à déterminer le sens de la première, comme dans cette

phrase : Je crois que vous êtes juste. — 8° L'interjection ; on se sert de ce mot pour exprimer un sentiment de l'âme, comme la joie, la douleur, la crainte, etc. : Ah ! bon ! fi ! chut ! On appelle particules quelques conjonctions et quelques interjections d'une seule syllabe, dont la fonction est d'énoncer tantôt un jugement de l'esprit, tan ôt un sentiment de l'âme. Oui, suivant l'Académie, est une particule affirmative ; ne, non, pas, sont des particules négatives ; point est un adverbe de négation ; ô est une particule qui sert à l'apostrophe : O mon Dieu ! O temps, ô mœurs ! — Enfin l'adjectif est un mot que l'on ajoute au nom pour marquer la qualité d'une personne ou d'une chose. On connaît qu'un mot est adjectif, quand on peut y joindre le nom personne ou chose : Personne habile, chose agréable. — On entend par faire les parties du discours, expliquer un discours mot à mot, en marquant sous quelle partie du discours chaque terme doit être rangé, et en rendant raison de la manière dont il est écrit, d'après les règles de la grammaire. Les élèves ne sauraient trop s'exercer à faire par écrit et de vive voix ces sortes de décompositions ou analyses. Elles contribuent beaucoup à faire faire des progrès rapides dans l'étude de toutes les langues. Nous croyons devoir donner ici un court exemple de l'analyse grammaticale du discours : Calypso ne pouvait se consoler du départ d'Ulysse. Dans sa douleur, elle se trouvait malheureuse d'être immortelle. — Calypso (nom propre de femme) ne (particule négative) pouvait (verbe pouvoir, à l'imparfait de l'indicatif, troisième personne du singulier) se (pronom réfléchi) consoler (verbe consoler, au présent de l'infinitif) du (pour un article composé, masculin singulier) départ (substantif masculin singulier) d'Ulysse, pour de Ulysse, de préposition, Ulysse, nom propre d'homme. Dans (préposition) sa (adjectif possessif, féminin singulier) douleur (substantif féminin singulier), elle (pronom de la troisième personne, féminin singulier) se (pronom réfléchi) trouvait (verbe trouver, à l'imparfait de l'indicatif, troisième personne du singulier) malheureuse (adjectif féminin singulier, s'accordant avec le substantif Calypso) d'être (pour de être, de préposition, être verbe auxiliaire être, au présent de l'infinitif) immortelle (adjectif féminin singulier, se rapportant et s'accordant avec le substantif Calypso). — La proposition, analysée grammaticalement, comprend autant de parties qu'elle a de mots ; analysée logiquement, elle n'en contient que trois : le sujet, le verbe, et l'attribut (Voyez SYNTAXE). — Dans toutes les langues vivantes, l'usage est la meilleure règle ; mais dans les langues mortes, telles que le latin, le grec, etc., on est réduit à s'en rapporter aux règles.

GRAMME, unité des mesures de pesanteur ; millième partie du kilogramme (Voyez POIDS ET MESURES).

GRAND-CHIEN, constellation australe. La plus belle étoile du firmament ; Sirius fait partie du grand-chien. Elle est à l'angle supérieur oriental d'un grand quadrilatère dont la base s'étend presque jusqu'à l'horizon de Paris. Cette base se trouve voisine d'un triangle qui touche le navire Argo. Le taureau qui enleva Europe, placé près du grand-chien, a fait supposer que celui-ci était là pour le garder ; on l'appela le chien d'Europe. Quelquefois, comme le petit-chien, on le nomme chien d'Orion, parce qu'il se couche derrière cette belle constellation. — Le petit-chien est remarquable par une étoile de première grandeur, Procyon ; cette constellation australe est située au-dessous des gémeaux, du côté du cancer ; une ligne tirée de l'étoile polaire par la tête de Castor, et prolongée du côté du sud d'environ 32 degrés, rencontrerait à peu près Procyon. Le chien passe pour être le chien d'Orion. Les Latins le désignaient sous le nom de canicula, et lui supposaient beaucoup d'influence sur les ardeurs brûlantes de l'été.

GRAND-LIVRE (commerce). Ce livre, appelé le grand parce qu'il est en effet le plus grand de ceux dont les commerçants font usage, est destiné à recevoir ou à classer les articles extraits du journal, lesquels articles indiquent le débit ou crédit du négociant, avec les comptes débités et les comptes débitifs. Chaque dénonciation inscrite au grand-livre, se compose: 1° de la date de l'opération par mois et par jour, 2° du nom du créditeur ou du débiteur, 3° du motif pour lequel on crédite ou l'on débite le compte, 4° de l'indication du folio du grand-livre où se trouve ouvert le compte du créditeur ou du débiteur dont on vient d'inscrire le nom, 5° de la somme due par le sujet ou au sujet du compte. Si toutes les opérations ont été régulièrement portées sur le journal, puis transportées du journal sur le grand-livre, il doit résulter de l'addition du tout que la somme des débits est égale à la somme des crédits.

GRANGE. Grand bâtiment de forme rectangulaire, exclusivement réservé aux grains. Au temps des récoltes, après que les murs du local ont été recrépis, les trous exactement bouchés, et toute la grange enfin parfaitement nettoyée, le fermier y dispose ses gerbes, le seigle et le froment d'un côté, l'orge et l'avoine de l'autre; ayant bien soin de réserver un troisième emplacement, l'aire destinée à battre le grain.

GRANIT. Le granit, production minérale qui se présente sous la forme de roches compactes et massives généralement très dures, se compose principalement de *quartz*, de *feldspath* et de *mica*, unis et comme fondus ensemble. Quant aux éléments accessoires qui entrent dans la composition du granit, et qui diffèrent selon la qualité du terrain où se forme ce genre de roche, on peut citer: le grenat, la pinite et l'amphibole, le fer oligiste et l'étain oxydé; la chaux fluatée, l'argent natif, la topaze s'y trouvent aussi, mais plus rarement; et c'est de la cristallisation plus ou moins complète de ces divers éléments, que dépend la texture plus ou moins finement grenue du granit. Les Égyptiens employaient le granit dans la construction des plus riches monuments. Le voyageur s'étonne en admirant les pierres d'une grandeur vraiment gigantesque qui composent ces édifices et qui sont non moins remarquables par la diversité de leur nature que par la variété de leurs teintes dues à la prédominance du feld-spath et du mica sur les autres matières granitiques. Plusieurs provinces sont dans l'usage de construire les maisons et même de paver les chemins avec du granit. Les roches de granit les plus précieuses et les plus estimées se trouvent aux environs de Limoges, de Nantes et d'Alençon.

GRANIVORES. Sous cette dénomination, l'on comprend spécialement les oiseaux qui ne se nourrissent le plus ordinairement que de graines. Les caractères les plus distinctifs des granivores sont: un bec fort et robuste, des ailes propres au vol, quatre doigts aux pattes, les trois antérieurs séparés et le pouce libre. Parmi ces oiseaux, il en est qui avalent les graines sans les dépouiller de leur péricarpe, et d'autres qui broient la graine après en avoir séparé l'enveloppe. Ils ont tous un jabot plus développé que celui des autres espèces d'oiseaux; leur gosier est remarquable en ce qu'il se contracte avec tant de force, qu'il brise tous les petits corps durs qui y pénètrent, tels que des morceaux de verre, de cristal et même d'acier. Les granivores aiment l'habitation de l'homme; ils ont des mœurs très douces et un instinct plus varié que ne l'est celui des oiseaux d'espèce différente de la leur.

GRANULATION. Opération par laquelle on réduit les métaux en petits grains plus ou moins fins, en faisant fondre le métal, le faisant passer à l'état liquide à travers une sorte de crible, et le recevant dans un vase rempli d'eau.

GRAPHIE, de γράφω, écrire; description. Dans les beaux-arts, on considère cette science comme indépendante du beau, par cette raison que la *graphie* a pour but l'imitation linéaire par rapport à toutes sortes de formes et d'objets imités, quels que soient l'imperfection ou le mauvais choix de ces objets ou de ces formes. — On entend par *graphie* ce qui est rendu sensible par une figure.

GRAPPE. Assemblage oblong de fleurs ou de fruits disposés en petits groupes et soutenus par un axe commun. Dans *l'épi*, les fleurs sont sessiles ou sans queue; dans la *grappe*, au contraire, elles sont supportées par un pédicelle partant d'un pédoncule commun.

GRAPPIN. Petite ancre à cinq pattes dont font usage les canots et les chaloupes, de préférence aux ancres proprement dites, trop lourdes et trop embarrassantes. Un navire qui veut en accrocher un autre se sert aussi de grappins nommés pour cette raison grappins d'abordage.

GRASSEYEMENT, prononciation vicieuse de la lettre r. Dans les mots où la lettre r se trouve jointe à une autre consonne, les personnes qui *parlent gras* font entendre une sorte de roulement guttural.

GRATIOLE. Genre de plantes scrofulaires dont une espèce, qui croît dans les marais, a une odeur nauséabonde et une saveur très amère. Dans certains pays, les indigents font communément usage de ce purgatif énergique, ce qui lui a fait donner le nom *d'herbe à pauvre homme*. Il est néanmoins assez dangereux de l'employer, à cause de l'irritation violente et des accidents qu'elle peut déterminer.

GRATIS. Ce mot, emprunté du latin pour signifier sans aucune rétribution, est tellement prodigué dans notre siècle, qu'il en est devenu banal. Nous l'entendons prononcer chaque jour avec emphase sur les places publiques, et nous le voyons écrit en gros caractères à tous les coins de rue. Qu'est-ce, le plus souvent? C'est un médecin qui guérit toutes sortes de maladies *gratis*: oui, pourvu toutefois qu'il soit payé par le gouvernement pour guérir *gratis*. Encore convient-il que ceux qui viennent le consulter donnent quelqu'argent pour ne pas paraître tout-à-fait misérables. L'indigent, il est vrai, ne paie pas la consultation du médecin, mais il faut qu'il débourse le peu qu'il a peut-être, afin de se procurer les remèdes indiqués par l'ordonnance, s'il veut être guéri.

GRAVITATION. Effort par lequel tous les corps tendent à se porter, à peser les uns vers les autres (*Voyez* ATTRACTION).

GRAVITÉ, pesanteur des corps. Pour nous rendre intelligibles dans une matière aussi difficile que celle-ci, nous nous bornerons, dans cet article, aux seuls corps sublunaires; ce que nous dirons de ceux-ci par rapport à la terre, pourra facilement s'appliquer aux comètes et aux planètes par rapport au soleil. Tout le monde sait que la même cause qui fait retomber sur la terre une pierre jetée en l'air, précipiterait les planètes et les comètes dans le sein du soleil, si elles étaient abandonnées à elles-mêmes. C'est là une vérité que nous avons déjà avancée en parlant de *l'attraction*, et nous supposons que le lecteur l'a présente à l'esprit. Être *grave* (physiquement parlant), c'est tendre vers un centre; aussi les physiciens regardent-ils comme parfaitement synonymes les termes de *gravité* et de *force centripète*. — C'est *l'attraction* qui est la cause de la gravité des corps; ce point de physique, avant Newton, n'avait été expliqué d'une manière probable par aucun physicien. — Une pierre jetée en l'air retombe sur la terre: celle-ci ayant beaucoup plus de masse que cette pierre, elle doit donc beaucoup plus l'attirer qu'elle n'en est attirée, et par conséquent la pierre doit retomber sur la terre. Mais cette même pierre retombe sur la terre par une ligne perpendiculaire. Les corps sublunaires sont attirés au centre de la terre ; ils tombent donc par une ligne qui passerait par son centre ; et, d'après tous les géomètres, une telle ligne est perpendiculaire à la surface de la terre. — Les corps sublunaires sont attirés au centre et non pas à la surface de la terre ; toutes les parties dont le globe terrestre est composé attirent une pierre qui tombe ; cette pierre ne peut pas aller trouver en même temps chaque partie de la terre prise en particulier , puisque ces parties différentes sont séparées les unes des autres ; elle tendra donc vers un point commun, c'est-à-dire vers le centre de la terre. Il en arrive de même à un corps que l'on pousse en même temps horizontalement et perpendiculairement; il ne suit ni la direction horizontale, ni la direction perpendiculaire, mais il prend une direction commune à toutes les deux , nous voulons dire la direction par la diagonale.—La gravité des corps est en raison inverse des carrés des distances au centre de la terre , c'est-à-dire qu'un corps éloigné du centre de la terre de deux rayons terrestres, ou de trois mille lieues, tomberait quatre fois moins vite qu'il n'en était éloigné que d'un rayon terrestre ou de quinze cents lieues. Puisque la gravité est l'effet nécessaire de l'attraction, elle doit en suivre les mêmes lois ; et l'attraction étant en raison inverse des carrés des distances , il en est conséquemment de même pour la gravité. — Les corps sublunaires sont moins graves sous l'équateur que sous les pôles ; deux causes concourent à cet effet : 1° La terre est un sphéroïde élevé vers son équateur et aplati vers les pôles , comme nous le démontrons dans l'article de la terre; évidemment, les corps sublunaires placés sous l'équateur sont plus éloignés du centre de la terre que lorsqu'ils sont placés sous les pôles ; il s'ensuit donc que sous l'équateur, étant moins attirés, ils sont mo ns graves que sous les pôles ; 2° la terre a, de 24 heures en 24 heures , un mouvement de rotation sur son axe ; tous les corps qui se trouvent dans l'atmosphère terrestre participent à ce mouvement; les corps qui sont placés sous l'équateur parcourent tous les jours l'équateur terrestre , et les corps qui sont placés près des pôles ne parcourent tous les jours qu'un cercle encore plus petit qu'un des cercles polaires ; donc les corps qui sont placés sous l'équateur ont plus de vitesse de rotation, et par conséquent plus de force centrifuge que les corps qui sont placés sous les pôles ; et il s'ensuit donc conséquemment que les corps placés sous l'équateur ont moins de force centripète, moins de gravité que les corps placés sous les pôles. puisque la force centrifuge et la force centripète sont deux forces directement opposées (Voyez Force. La densité , la gravité relative et la gravité spécifique, sont trois mots synonymes.

GRAVOIS. Ce nom, presque synonyme de gravier, désigne ce qui reste des démolitions de plâtre après que les plus gros morceaux, sous le nom de plâtras, ont été enlevés , et que les parties les plus menues ont été passées au panier.

GRAVURE, de γράφω, écrire ; tracer une figure sur un corps dur, sur l'airain. On attribue l'invention de cet art à Mazo Finiguera, orfèvre de Florence ; cet artiste ayant coutume de faire une empreinte de terre de tout ce qu'il gravait sur l'argent pour émailler, et de jeter dans ce moule du soufre fondu, trouva le moyen d'avoir ses dessins sur du papier , en frottant d'huile et de noir fumée cette empreinte de soufre. Ce secret se répandit bientôt, et dans l'espace d'environ deux cents ans, cet art a été porté au point de perfection où on le voit aujourd'hui. Il y a deux principales sortes de gravures : la gravure sur bois et la gravure sur cuivre; la différence entre ces deux gravures est que,

dans la première tous les traits qui doivent recevoir l'encre et paraître à l'impression sont en relief ou saillie, et tout ce qui doit être blanc demeure enfoncé et ne touche point à l'encre ; dans la gravure sur cuivre, on pratique tout le contraire : tout ce qui doit prendre l'encre est enfoncé, et tout ce qui doit rester blanc et sans traits reste plus élevé. L'imprimeur en taille-douce emporte l'encre de dessus les surfaces unies, en essuyant avec soin le tout ; et le papier moite qu'on applique ensuite sur la planche, venant à s'enfoncer dans les traits caves par la force de la presse que l'on fait passer dessus , enlève la couleur qu'il trouve, et reçoit ainsi l'impression. Il y a deux principales manières de graver sur cuivre : 1° La gravure au burin, qui se fait sur une planche de cuivre rouge, polie au brunissoir : on se sert, pour graver, de deux burins, petites verges d'acier, dont l'une est carrée et l'autre faite en losange, et de plusieurs autres petits instruments d'acier. D'abord on calque la planche, c'est-à-dire qu'on l'enduit de cire blanche, et on rougit de sanguine le dessous de l'estampe ou du dessin que l'on veut imiter. On l'étend sur la planche ; on passe une pointe arrondie sur tous les traits de la figure, ce qui applique autant de petits traits rouges; on tranche la cire dans tous les traits marqués en effleurant un peu le cuivre, ensuite on élargit les traits, et on termine l'ouvrage avec les burins. C'est la gravure la plus difficile et aussi la plus estimée. 2° La gravure à l'eau forte : celle-ci est la plus en usage; elle est pratiquée par la plupart des graveurs, pour venir plus facilement et plus promptement à bout de leurs ouvrages, et pour n'être point arrêtés par la ré-istance du cuivre. Pour cet effet, au lieu de cire , on enduit un côté de la planche d'une couche légère d'un vernis composé de térébenthine, de colophane et d'huile de noix. On fait pour cela chauffer le cuivre , on noircit le côté vernissé avec la fumée de grosses bougies filées. Ensuite on calque le dessin comme pour la gravure au burin ; après quoi, avec de la cire rouge ou verte, on fait un rebord à la planche, on verse dessus une certaine quantité d'eau forte que l'on tempère, s'il le faut, avec de l'eau commune. Or, comme l'eau forte ronge le cuivre et ne mord pas sur ce qui est gras , comme la cire et le vernis , elle fait tout ce que ferait le burin. Ensuite on fait fondre sur un feu doux tout le vernis de la planche ; on l'essuie, et avec le burin on achève de le perfectionner. Cette manière de graver est très avantageuse pour les sujets chargés d'une infinité de traits; car l'eau forte en facilite la représentation, ce que le burin ne pourrait faire. La gravure date de tous les arts celui d'une utilité plus générale ; elle ne date que du quinzième siècle ; et celle en bois qui semble avoir fait naître l'imprimerie , ne lui est inférieure que de cinquante ans.

GREFFE, de γράφω, écrire: opération par laquelle on ente sur une plante un bourgeon ou un jeune scion (rejeton flexible) , qui s'y développe et s'identifie avec elle. La greffe ne peut avoir lieu qu'entre végétaux ayant entre eux une certaine affinité; la soudure des greffes s'opère au moyen du cambium ou suc propre des végétaux , de même que, chez les animaux, la lymphe coagulable s'interpose entre les lèvres d'une plaie récente (Voyez AGRICULTURE). — Greffe se dit aussi d'un dépôt public où l'on garde les registres et les actes de justice.

GRÊLE, météore aqueux. La grêle et la neige ne sont que des bulles d'eau qui se congèlent, lorsque les nuages se forment à une température qui est au-dessous de zéro. La neige trempe la terre plus que la pluie ; aussi, dans les années où la neige a long-temps couvert le sol, les fontaines sont-elles plus abondantes qu'à l'ordinaire. La grêle est plus solide et plus rapide dans sa chute : elle arrive presque toujours à l'état de congélation. D'ordinaire, elle précède les pluies d'orage; quelquefois elle les accompagne , presque jamais elle ne les suit. Les grains de grêle se forment par évaporation, par refroidissement ou par une cause quelconque (qui est encore inconnue), entre deux nuages chargés d'électricité différente, qui les attirent et les repoussent tour à tour, jusqu'à ce que la vapeur aqueuse répandue dans cette région de l'atmosphère se condensant à leur surface, leur poids l'emporte sur les forces électriques et les précipite vers la terre. Cette hypothèse est celle reçue par les savants.

GRELIN. Cordage formé de haussières, moins considérable que le câble, mais distingué comme ce dernier par une couleur particulière aux bâtiments de l'État, et qui diffère de celle des mêmes pièces funiculaires employées dans la marine marchande. Le grelin devient câble, si sa longueur dépasse certaines limites qui fixent son étendue.

GRENADIER. Arbrisseau de la famille des myrtes; les fleurs et l'écorce des fruits du grenadier sont astringentes : la pulpe des fruits est rafraîchissante.

GRENADIER se disait autrefois d'un soldat qui lançait des grenades, espèces de petits boulets. Aujourd'hui, par le mot grenadier, on entend un soldat faisant partie d'une compagnie d'élite. Ce ne fut qu'en 1667 que les régiments français commencèrent à avoir des grenadiers.

GRENAT. Pierre précieuse. Substance minérale fusible et d'un aspect vitreux. Le grenat forme quatre espèces différentes : 1° le grenat *almandin*, d'un rouge violet velouté, et quelquefois d'un rouge de feu; 2° le grenat *manganésien*, d'une couleur brune; 3° le grenat *calcarifère* ou *grossulaire*, de couleur verdâtre ou d'un rouge hyacinthe; 4° le grenat *mélanite*, de couleur noire. Le grenat *syrien* des lapidaires, et celui qui est d'un beau rouge de coquelicot, sont d'un prix très élevé.

GRENIER. Lieu où l'on serre les grains. — *Grenier de réserve* à Paris. C'est un édifice immense, de 1,077 pieds de long, situé sur l'emplacement de l'Arsenal. Cinq pavillons carrés liés par quatre grands corps de bâtiments composent ces greniers qui sont destinés à la conservation de 25,000 sacs de farine appartenant aux boulangers de Paris, lesquels en possèdent, outre cela, 78,000 de dépôt obligé chez eux, ou au dépôt de Sainte-Élisabeth.

GRENOUILLE. Reptile batracien qui a la peau lisse et nue, la tête aplatie, la bouche grande, les yeux saillants, le dos vert et marqué de trois lignes brunâtres, l'abdomen jaune et parsemé de taches foncées en couleur. On distingue plusieurs sortes de grenouilles; il en est de très venimeuses, nommées *verdiers*, qui ne croassent point. La grenouille vient d'un œuf. Il s'élève quelquefois avec les vapeurs de la terre quantité de ces œufs, dont les germes se développent dans l'air et retombent formés dans une certaine grandeur; ce que vulgairement on appelle *pluie de grenouilles*.

GRÉSIL. Menue grêle, peu consistante et dont la surface paraît comme saupoudrée de farine. On peut dire qu'il tient le milieu entre la neige et la grêle.

GRÈVE. Pièces d'une armure défensive destinées à envelopper la jambe ou une partie de la jambe, et dont se servaient anciennement les chevaliers, lorsqu'ils s'armaient de pied en cap. La grève était composée de deux pièces qui s'unissaient au moyen de boutons tournants ou de crochets, etc. Cette armure qui d'après l'opinion commune, date de l'an 1330, fut retranchée sous Louis XIII du costume de guerre.

GRIMME, antilope (gazelle), *grimmia*. On le trouve en Guinée; il est grand comme un faon de daine, de deux mois. Le grimme est de couleur cendrée mêlée de jaune, de brun sur le dos, blanc en dessous; cornes (la femelle n'en a point) noires, longues de 18 pouces, annelées, de la longueur de trois pouces vers la base; queue courte, noire en-dessus.

GRIMPEURS. Les oiseaux grimpeurs, c'est-à-dire qui ont le doigt externe porté en arrière comme le pouce, forment le premier ordre de la classification des oiseaux (*Voyez* ORNITHOLOGIE). — Le *perroquet* se reconnaît principalement à son bec gros, solide, arrondi, qui lui donne un air imposant; il est entouré à sa base d'une membrane où sont percées les narines. Ses gros yeux contribuent encore à faire de sa physionomie quelque chose d'intéressant; sous le rapport de l'intelligence, il paraît être le plus favorisé des oiseaux. Depuis très long-temps il s'est rendu célèbre par son habileté et son penchant à imiter la voix des autres animaux et celle de l'homme. Ses ailes sont généralement assez courtes; la queue varie beaucoup dans sa forme et dans sa longueur; les couleurs du plumage sont presque toujours brillantes. Ses doigts, constamment au nombre de quatre, sont opposés deux à deux et armés d'ongles solides et assez crochus, moins cependant que les ongles des oiseaux de proie. Ses jambes sont presque toujours emplumées jusqu'au talon. Généralement, le vert est leur couleur dominante, puis vient le rouge, ensuite le bleu et enfin le jaune. Il est des perroquets dont le plumage est presque totalement gris, d'autres l'ont noir, plusieurs, blanc; certaines espèces présentent aussi les couleurs violette, pourpre, brune ou lilas. Ces oiseaux sont presque tous originaires de la zone torride, tant dans l'ancien que dans le nouveau continent et dans les îles de l'Océanie. Ce sont des animaux éminemment grimpeurs. La plupart se tiennent dans les bois de haute futaie très touffus, et souvent sur les confins des lieux défrichés, dont ils détruisent les produits. Quelques-uns d'entre eux émigrent suivant la saison, et parcourent chaque année plusieurs centaines de lieues. Leur nourriture consiste surtout en amandes. Réduits à l'état de domesticité, quelques-uns prennent un goût déterminé pour les substances animales, et beaucoup s'accoutument à boire du vin ou du moins du pain imbibé de vin. Ils aiment à se baigner, même dans la saison rigoureuse; leur sommeil est très léger; il leur arrive de jeter quelques cris pendant la nuit. Les perroquets vivent très long-temps; on cite des individus qui ont vécu en domesticité plus de cent ans. Ces oiseaux font leurs nids dans des troncs d'arbres pourris ou dans les cavités des rochers, et le construisent avec toutes sortes de débris ou de feuilles sèches. Les œufs sont en petit nombre, ordinairement trois ou quatre par couvée; les petits, en naissant, ont la tête si grosse que le corps semble n'en former qu'un appendice : ce n'est qu'au bout de deux ou trois mois qu'ils sont totalement revêtus de plumes. Les perroquets apportés en Europe sont généralement pris très jeunes dans le nid; cependant on en prend aussi de plus grands lorsqu'ils sont *ivres*, pour avoir mangé de la graine de cotonnier, ou lorsqu'ils ont été atteints par une flèche dont l'extrémité, terminée en bouton, les étourdit sans les tuer. Tous sont susceptibles d'éducation; ils prennent de l'aversion pour la personne qui leur fait éprouver de mauvais traitements, et ils s'attachent à ceux qui ont soin de leur donner les choses qu'ils préfèrent. Le *perroquet à trompe*, originaire d'Asie, a la queue carrée, le bec très fort et très arqué, la tête pourvue d'une huppe composée de plumes étroites, sa face est nue, sa langue petite et supportée par une base cylindrique et allongée. — Le *kakatoès*. Il habite la Nouvelle-Hollande ou les Indes orientales, et vit dans les lieux marécageux : la queue est courte, carrée, le bec très grand, épais et très crochu, le tour de l'œil nu, la tête garnie d'une crête de plumes allongées et susceptibles de se redresser à la volonté de l'oiseau. — Le *jaco* (perroquet gris) est originaire d'Afrique : plumage tout cendré, la queue rouge. Sa douceur et son attachement pour son maître le font rechercher; il apprend très facilement à parler. On nomme *perroquets amazones* ceux qui sont de forte taille, qui ont le corps robuste et le plumage vert. — L'*arableu*. Cet oiseau se voit assez communément en France ; sa longueur est de 32 pouces, toutes les parties supérieures d'un bleu d'azur éclatant ; la poitrine et tout le dessous du corps sont d'un jaune brillant ; un large collier verdâtre entoure la gorge. — La *perruche pavouane*, d'un pied de longueur environ, est comprise dans cette espèce. Elle est d'un beau vert, avec le sommet de la tête d'un bleu verdâtre ; la face inférieure des ailes et la queue d'un jaune verdâtre ; les petites couvertures inférieures de l'aile d'un beau rouge. Cette perruche se trouve aux Antilles et à la Guyane. — La *perruche à collier* est une très jolie espèce de couleur vert-pré uniforme. Le mâle porte un collier couleur de rose ; le jeune mâle est entièrement vert. On confond souvent avec elle la *perruche d'Alexandre*, qui habite les Indes orientales et qui fut, à ce qu'on assure, apportée en Europe par Alexandre le Grand. — La *perruche sinciado*, dont les couleurs sont très agréablement distribuées, est une de celles que l'on apporte le plus communément en Europe ; on la trouve principalement aux Antilles, et surtout à Saint-Domingue. Sa longueur est de 12 à 14 pouces, dont la queue occupe plus de la moitié ; elle parle facilement. Sont comprises dans cette division les espèces nommées *perruches ingambes*, qui ne perchent pas et courent très vite.

GRIPPE. Cette dénomination vulgaire a été donnée à certaines maladies épidémiques, notamment l'angine et le catarrhe pulmonaire. Les moyens employés dans toute inflammation de ce genre conviennent parfaitement dans le traitement de la grippe, tels sont les émollients, les antispasmodiques, les pédiluves sinapisés, les saignées s'il y a lieu à pléthore, les vomitifs s'il y a embarras gastrique. Les légers laxatifs, par exemple une demi-once de manne dans du lait, continués quelques jours le matin ; le soir, une infusion légère, mais chaude, de fleurs de bourrache et de mauve miellée sont autant de moyens propres à faire disparaître les symptômes inflammatoires.

GRIVE, oiseau ; on en compte quatre espèces différentes. La grive mange beaucoup de raisin ; aussi est-elle très grasse et très remplie dans le temps des vendanges ; c'est ce qui a donné lieu à ce proverbe familier : *Soûl comme une grive.*

GROS. La huitième partie de l'once (*Voyez* Poids et Mesures).

GROSEILLIER, arbrisseau. Les groseilles sont des baies d'une acidité agréable, renfermant de l'acide malique et citrique, de la gélatine et un principe mucoso-sucré nourrissant. La variété à fruits rouges doit sa couleur à un principe colorant violet, ainsi qu'à la présence des acides. Le groseillier blanc n'est qu'une variété du groseillier rouge ; les feuilles de la groseillie noire (*cassis*) passent pour être diurétiques et apéritives. On nomme *grossuline* le principe qui existe dans les groseilles et qui leur donne la propriété de former une gelée.

GROSSESSE. État d'une femme enceinte, depuis l'époque de la conception jusqu'à celle des couches. Les premiers signes de grossesse sont assez incertains. Cependant, quand la pâleur du visage se joint à des maux de cœur, à des vomissements fréquents, à la suppression du flux menstruel, on peut présumer la grossesse ; mais il arrive fort souvent qu'aucun de ces signes n'existe ; que ni le visage, ni les digestions n'éprouvent de changement, et que le flux menstruel paraît aussi régulièrement que précédemment. Quant à l'augmentation du ventre, elle est très-peu sensible dans les premiers mois, surtout pour les premières grossesses. Ce n'est qu'au bout de deux ou trois mois qu'on peut l'apercevoir. Les signes certains ne s'obtiennent que par l'auscultation et le ballotement du fœtus. Quand les vomissements sont fréquents et douloureux, ils annoncent d'ordinaire un accouchement laborieux, et peuvent quelquefois occasionner l'avortement ; il est donc important de les arrêter ; on y parviendra, en buvant par jour, deux verres d'une décoction de tilleul, dans lesquels on mêlera une cuillerée à café d'eau de laurier cerise. L'état de grossesse occasionne aussi d'autres maladies et des hémorrhagies de toute espèce, très fréquentes et même assez graves. Les remèdes à employer dans ces circonstances sont : un régime doux et humectant, un air pur, une nourriture très légère dans les premiers mois, et plus succulente dans les derniers : un sommeil plus prolongé que de coutume, l'usage des caleçons de flanelle, et enfin un peu d'exercice à pied pris régulièrement chaque jour (*Voyez* Toxicologie).

GROTTE, du mot italien *grotta*, *crypta*, antre, caverne. Les grottes les plus remarquables sont celles de Pausylippe, promontoire du royaume de Naples et au sud de cette ville : la grotte du Chien, sur la route de Naples à Pouzzoles, et la grotte de Fingal, en Écosse. La grotte de Pausylippe est une grande route taillée de temps immémorial dans le tuf volcanique. Elle a un mille de longueur, 28 pieds de large, et, suivant les endroits que l'on mesure, de 30 à 80 pieds de hauteur. Trois voitures peuvent y passer de front, des dalles de lave en forment le pavé. À l'entrée de la grotte, en venant de la ville, se trouve une tombe romaine creusée dans le roc ; c'est celle de Virgile. — La grotte du Chien doit toute sa célébrité à la présence du gaz acide carbonique (*Voyez* Gaz) ; lorsqu'on y fait entrer un chien, l'animal cherche à fuir, mais la vapeur qu'il respire le fait enfler, entrer en convulsion, et lui donne la mort. Si on le traîne dehors avant qu'il ne soit expiré, il reprend son existence première, gambade et semble jouir de l'air délicieux. Dans cette grotte, un homme debout n'éprouve aucun malaise, parce que le gaz acide carbonique, étant plus lourd que l'air atmosphérique, ne s'élève pas beaucoup au-dessus du sol ; aussi, tire-t-on un pistolet à deux pouces de terre, il ne part pas. — La grotte de Fingal semble une grande église gothique, dont la nef présenterait deux rangées de colonnes qui auraient été brisées et transportées tout debout, mais ayant des hauteurs inégales, à la droite et à la gauche de l'édifice ; le fond de la grotte est ténébreux, et fermé comme le chœur d'une chapelle. — Nous avons dans le Dauphiné la grotte *de la Balme* qui est également célèbre ; elle est située près de la petite ville de Crémieu, à 8 lieues de Lyon.

GROUPE. Assemblage illimité d'individus ou d'objets, soit que ces individus ou ces objets existent dans la nature, soit qu'ils n'existent que dans notre imagination. La musique, la peinture, la sculpture, l'architecture, la poésie et l'histoire, tous les beaux-arts enfin, ont leurs groupes, comme la nature, qui est la mère des arts, a les siens. L'isolement en effet répugne à la nature qui n'est qu'action, que vie, qu'expression. Si nous admirons un paysage, c'est un ruisseau, une maison, une colline sur le penchant de laquelle un berger fait paître son troupeau, qui viennent tout-à-la-fois frapper agréablement nos yeux et notre imagination ; il y a de la vie dans cette eau qui coule, dans ce troupeau qui s'agite ; il y a du sentiment dans ce berger qui caresse un petit agneau. Or, ce qu'il est vrai de dire pour la nature, l'est également pour l'art qui n'est que l'imitation de la nature. Quelle émotion éprouverions-nous devant deux tableaux dont l'un représenterait une femme isolée, et l'autre un petit enfant isolé de même, si les traits de leurs figures que nous aurions devant les yeux manquaient complétement d'expression ? Nous n'en éprouverions aucune assurément ; mais que cette femme soit la mère de cet enfant ; que cette mère, tenant un fils endormi sur son sein, fixe sur lui un regard de tendresse et de satisfaction, nous sommes attendris. Ne reconnaissons-nous pas dans cette scène, en effet, l'image fidèle de la nature qui ne veut pas que

35

l'homme s'isole de son semblable; mais qui, au contraire, lui fait une loi de suivre ce penchant de son cœur, par lequel il est poussé irrésistiblement à s'unir à un autre homme par des liens sociaux (et, pour nous servir de l'expression que nous venons de définir) à se grouper avec lui, dans toutes les circonstances et dans toutes les positions de la vie.

GRUAU. Avoine dépouillée de sa *balle* florale, c'est-à-dire des écailles qui environnent ou renferment ses organes sexuels ; le décocté de gruau, 4 gros pour 3 livres d'eau, appelé *eau de gruau*, convient dans les maladies de poitrine. On la coupe souvent avec du lait, et on l'édulcore avec le sirop de gomme : la fleur de farine de froment prend aussi le nom de *gruau* (*Voyez* BLÉ).

GRUE. Cette constellation australe est au-dessous des Poissons ; elle se compose de trois étoiles, deux de seconde et une de troisième grandeur.

GRUE (du latin *grus*), est un oiseau de grande taille, qu'il ne faut pas confondre avec la cicogne. Il a depuis le bout du bec jusqu'à l'extrémité des pattes près de cinq pieds. Les grues fuient le froid et le chaud extrêmes. Elles se réunissent en grand nombre, se choisissent un chef pour les guider dans leur voyage, et prennent leur essor, se dirigeant vers des climats tempérés. Dans leur course rapide, elles forment un triangle pour fendre l'air plus facilement. — Le mâle se distingue de la femelle par une espèce de plaque formant un croissant derrière la tête. La grue a derrière les yeux deux raies blanches, la gorge et les deux côtés du col sont d'une couleur obscure. Son plumage est généralement cendré, excepté les grandes plumes qui sont noires. — Elle aime les endroits marécageux et se nourrit ordinairement de grains, d'herbe, ou de quelques insectes dont elle détruit un grand nombre. — La grue ne fait ordinairement que deux petits ; l'un mâle et l'autre femelle.

GUACO. Espèce de liane de la famille des syngénèses corymbifères ; plante de l'Amérique méridionale, qui croît dans la Nouvelle-Grenade, aux environs de Santa-Fé, de Bogota. On emploie avec succès les décoctions de cette plante contre la fièvre jaune et les piqûres des serpents à sonnettes : le médecin en chef de l'armée mexicaine a présumé, d'après les prompts effets du *guaco* sur l'organisme, qu'il pourrait arrêter les attaques du choléra. On en a fait l'expérience qui aurait donné les plus heureux résultats.

GUÉ. C'est l'endroit d'un fleuve ou d'une rivière que l'on peut traverser à pied sans qu'il soit besoin de nager. — Chercher cet endroit lorsqu'on ne le connaît pas : c'est ce qui s'appelle *sonder le gué*.

GUÈBRE. Ce mot vient de *geaour*, qui veut dire infidèle ; les musulmans donnent indistinctement cette qualification à tous ceux qui suivent une autre religion que la leur. Les *Guèbres* sont les restes des anciens peuples ignicoles ou adorateurs du feu, et qui, depuis l'établissement de l'islamisme, furent non-seulement traités dans leur patrie comme des étrangers, mais encore persécutés avec plus de rigueur que les juifs et les chrétiens. Le culte du feu fut établi par *Zoroastre* qu'on suppose avoir vécu sous le règne de Darius, fils d'Hystaspe (485 av. J.-C.). Les uns le croient fondateur, les autres seulement restaurateur de la religion des mages ; d'autres prétendent qu'il était juif, ou au moins qu'il fut élevé en Judée. Il enseignait que les vices seuls rendent indignes de la faveur divine. De toutes les vertus, celle qu'il recommandait le plus était ce que les Grecs appellent *philantropie*, et les chrétiens *charité*. Aussi exhortait-il ses disciples à la bienfaisance. Les articles qu'il proposait à leur croyance étaient simples et en petit nombre. Il prétendait avoir reçu du ciel le culte qu'il établissait, auquel, par conséquent, il n'était permis de faire aucune altération. Les mages

étaient partagés en trois classes, au-dessus desquelles était un *archi-mage* : emploi qu'il prit pour lui-même. Il se trouvait dans la ville de Balch, lorsqu'elle fut saccagée. Il y perdit la vie. Le culte du feu se conserva sans altération jusqu'à la conquête de la Perse par les Arabes que conduisait Omar (630 de notre ère). Ce conquérant farouche fit périr un grand nombre de ces malheureux qui refusaient d'adorer le dieu du vainqueur. Depuis cette époque, ceux qui refusèrent de se faire musulmans furent obligés de se cacher, et ensuite de se retirer dans les provinces les plus orientales de la Perse, telles que le Kerusan, le royaume de Cabul et de Sind, où on les toléra. Ils y sont tombés dans un tel état de pauvreté et de misère, que lorsque les musulmans veulent parler d'un homme très pauvre, ils disent *qu'il est gueux comme un Guèbre* ; cela est passé en proverbe chez eux. Toutes les lois civiles et religieuses des Guèbres sont contenues dans le *Zende avesta* apporté par Anquetil du Perron, et déposé à la Bibliothèque royale en 1762. Ce savant en a donné la traduction française. Ils ont encore le *Pazend*, qui est une sorte de commentaire du premier.

GUELFE. Nom du parti opposé aux Gibelins (*Voyez* ce mot).

GUENON (*Voyez* SINGE).

GUÊPE. Insecte de l'ordre des hyménoptères et de la famille des diploptères, c'est-à-dire dont les ailes supérieures sont doublées longitudinalement. Elle vit en sociétés nombreuses composées de mâles, de femelles et d'ouvrières. La guêpe commune construit son nid sous terre, avec une matière semblable à du papier fin, et y place un grand nombre de rayons renfermés dans une enveloppe commune composée de plusieurs couches disposées par bandes. Les guêpes font de mauvais miel ; elles sont d'une grosseur extraordinaire dans plusieurs parties de l'Amérique.

GUÉRETS. Sous cette dénomination, l'on comprend généralement toute étendue de terre, soit labourée, soit ensemencée, soit inculte ou bien couverte de moisson. Il n'est aucun dictionnaire qui donne à ce mot une signification précise et déterminée.

GUÉRIDON. Petit meuble composé d'un plateau de beau bois ou de marbre, et d'un seul pied orné de sculptures, qui soutient ce plateau.

GUERRE, du mot celtique *gerra*, en latin *bellum*. Différend entre deux états, qui se poursuit par la voie des armes. La guerre est défensive, offensive ou civile. Le principal objet de la guerre *défensive* est la résistance aux efforts de l'ennemi pour l'empêcher de faire des conquêtes. La guerre *offensive* est celle où l'on attaque l'ennemi qui n'avait pas dessein d'attaquer. Cette guerre est licite, lorsque le peuple agresseur a un droit certain, et que la nation attaquée refuse opiniâtrement d'y accéder, ou de réparer quelque injure manifeste. La guerre *civile* est celle qui éclate entre les citoyens d'une même nation. De toutes les guerres, celle-là est la plus cruelle et la plus passionnée. — *Guerre de Troie*. Quelque célèbre que soit les poètes la ville de Thèbes, celle de Troie, capitale de la Troade, en Phrygie, l'emporte infiniment par le nombre et la qualité de ses rois, par la durée d'un siège de dix ans, qui fut très fécond en événements mémorables, et par les suites de cette guerre, aussi funeste aux Grecs vainqueurs qu'aux Troyens vaincus. Il semble que cette expédition ne devait être favorable qu'aux poètes grecs, romains et français. Sophocle et Euripide y puisèrent le sujet de leurs plus belles tragédies ; Homère, celui de ses deux poëmes épiques, l'Iliade et l'Odyssée ; Virgile en retrace l'image dans son Énéide, et c'est sur les murs ou dans une même campagnes de Troie, que nos plus grands poètes ont choisi les héros qui furent le plus généralement applaudis sur la scène française. Troie fut prise et saccagée l'an du monde 2070. On ne finirait point si l'on voulait détailler toutes les circonstances de ce siège. Les Grecs en multiplièrent le nombre presque à l'infini, par l'intérêt qu'ils prenaient à la gloire de leur patrie ; mais ils n'ont pu en dissimuler les malheurs. Eux-mêmes nous apprennent qu'il périt dans cette guerre huit cent quatre-vingt-six mille Grecs. Les Troyens avaient perdu six cent soixante-dix mille hommes avant la prise de leur ville. La flotte des vainqueurs vint donner contre le promontoire Capharée, voisin de l'île d'Eubée, et leurs vaisseaux y furent brisés pour la plupart. Ce n'était que le présage des malheurs qui les attendaient, soit pendant leur navigation, soit à leur arrivée dans la Grèce. On sait que la cause de cette guerre fut l'enlèvement d'Hélène. Pâris, fils du roi Priam, ayant été envoyé à Sparte, pour y reprendre sa tante Hésione, enleva Hélène, épouse de Ménélas, roi de Lacédémone. Les princes de la Grèce s'assemblent pour venger cette insulte, et jurent de renverser la ville de Troie. La ville ayant été prise par stratagème, les Troyens se défendent en désespérés, et ne cèdent qu'au nombre qui les accable. Pyrrhus exerce des cruautés inouïes. Il pénètre au palais de Priam, immole ce prince avec toute sa famille, au pied d'un autel où il s'était réfugié. La ville de Troie fut réduite en cendres, et tous ses habitants massacrés. — *Guerres de nation*, chez les Grecs. Darius, roi de Perse, revenant vainqueur d'une expédition contre les Ioniens, que les Athéniens avaient secourus, tenta d'exécuter le projet qu'il avait formé d'envahir la Grèce, et de punir d'une manière effrayante les Athéniens. Il débarqua cent dix mille hommes commandés par l'un de ses lieutenants, qui marchèrent contre Athènes. On leur opposa *Miltiade*, l'un des dix généraux qui furent mis à la tête de dix mille Grecs ; il joignit l'ennemi à *Marathon* où il défit complétement l'armée persane. Athènes eut la gloire de vaincre seule. Les Spartiates n'arrivèrent qu'après la bataille, rejetant leur retard sur une superstition mal entendue, lorsqu'il s'agit du salut commun, de n'avoir pu se mettre en marche que dans la pleine lune. La seconde guerre étrangère que la Grèce eut à soutenir fut celle contre Xerxès, fils de Darius, héritier de la couronne et de la haine de son père contre les Grecs. Les Spartiates conduits par *Léonidas*, leur roi, et les Athéniens sous les ordres de *Thémistocle*, s'unirent pour faire tête à l'ennemi. *Léonidas*, qui n'avait voulu garder avec lui que 300 hommes, fut forcé au passage des Thermopyles ; lui et tout son monde, à l'exception d'un seul, restèrent sur la place. On éleva sur le champ de bataille un monument avec cette inscription : *Passant, va dire à Lacédémone que nous sommes morts ici pour obéir à ses lois*. Mais Thémistocle les vengea par le combat naval de *Salamine*, où il obligea Xerxès de repasser en Asie, laissant Mardonius, son lieutenant, avec 300,000 hommes pour recommencer les hostilités. Les batailles de *Platée* et de *Mycale* en firent raison à la Grèce, qui fut délivrée de l'invasion des Perses. Lacédémone fut la cause de la troisième guerre de nation, par son alliance avec *Cyrus*, fils de Darius Nothus, qui était en guerre avec *Artaxerxes Mnémon*, son frère, roi de Perse. Les Lacédémoniens, pour maintenir leur puissance sur les autres états de la Grèce, fournirent à Cyrus treize mille hommes sous la conduite de *Cléarque*. Cyrus fut tué, et Cléarque fait prisonnier. Dix mille Grecs qui restaient sans chef, des treize mille firent cette fameuse retraite appelée des *dix mille*, à travers un pays ennemi, malgré les obstacles qu'on leur opposa. Après sept mois de marche, de combats et de fatigues, ils rentrèrent dans leur patrie. Leur retour inespéré exalta le courage des Lacédémoniens qui résolurent de rendre la liberté aux colonies grecques de l'Asie que les Perses tenaient sous le joug. *Agésilas*, roi de Lacédémone, eut le commandement de cette expédition, et remporta sur les bords du *Pactole* une victoire qui fit trembler les Perses ; mais il fut rappelé. Les Lacédémoniens, après son départ, eurent des revers, et les colonies asiatiques restèrent sous la domination persane. — *Des guerres*

domestiques chez les Grecs. Thèbes était opprimée par Lacédémone. *Pélopidas* et *Épaminondas*, qui étaient à la tête du gouvernement thébain, attaquèrent la puissance de Sparte et la renversèrent aux journées de *Leuctres* et de *Mantinée*, où les Thébains eurent tout l'avantage, quoiqu'ils ne fussent que six à sept mille contre vingt-six mille Spartiates. Ces deux victoires coûtèrent la vie, la première à Pélopidas, et la seconde à Épaminondas : la liberté qu'ils avaient rendue à leur patrie s'évanouit avec eux. Épaminondas, prêt à expirer, apprit qu'il était vainqueur, et il mourut en s'applaudissant des triomphes de sa patrie (363 av. J.-C.). Le véritable sujet de la guerre du *Péloponèse* fut la rivalité entre Sparte et Athènes ; des plaintes portées par plusieurs états contre les Athéniens n'en furent que le prétexte. Les hostilités commencèrent de part et d'autre avec vivacité, et se poursuivirent avec acharnement ; elles furent enfin terminées par la paix de Nicias, du nom de celui qui la conclut. — *Des guerres sacrées* chez les Grecs. La première guerre sacrée eut pour motif de punir les extorsions des *Chrysséens* et des *Cyrréens*, qui rançonnaient les pèlerins venant au temple de *Delphes*, dont ces profanateurs emportèrent les trésors. Les Phocéens occasionnèrent la seconde guerre sacrée. S'étant rendus maîtres de Delphes, ils en pillèrent le temple confié à la garde des Amphyctions. Ils furent condamnés à une amende qu'ils refusèrent de payer. On leur déclara la guerre ; ils se défendirent longtemps ; mais ils furent contraints de se soumettre. Le temple de Delphes fut pillé une troisième fois : les Gaulois, sous la conduite de *Brennus*, vinrent fondre en grand nombre sur cette partie de la Grèce. Tandis qu'ils étaient occupés à piller le temple, il survint un orage terrible, accompagné d'un tremblement de terre ; il se répandit une obscurité si profonde, que les Gaulois s'entre-tuaient les uns les autres ; saisis de frayeur, ils prirent la fuite en s'écriant qu'*Apollon* et *Pan* protégeaient le temple. De là vient le mot *terreur panique*. Les Grecs en profitèrent pour les poursuivre et les forcer à se rembarquer. Peu de temps après, la guerre sacrée recommença contre les Phocéens. Ces peuples s'étaient de nouveau emparés d'un territoire consacré à Apollon, et le cultivaient à leur profit : à l'instigation de Philippe, roi de Macédoine, qui cherchait à avoir un pied dans la Grèce, on les attaqua. Philippe parvint par ses intrigues à se faire déférer le commandement de cette expédition. Les Phocéens furent réduits ; et cette guerre, avec la première qu'ils avaient essuyée, dura 27 ans. — *Guerre des Romains contre les Sabins*. Tout le monde sait que Romulus eut recours à un artifice pour perpétuer la race de ses sujets. Il invita un jour tous les peuples voisins à assister avec leurs sœurs et leurs filles, à des jeux publics en l'honneur du dieu Neptune ; et il donna ordre en même temps aux Romains d'enlever toutes les filles pour les épouser ; ce qui fut exécuté. Cet injurieux enlèvement occasionna des guerres sanglantes entre les Romains et les nations voisines. La première fut contre les *Ceninenses*, que Romulus défit, et que, pour fruit de sa victoire, il contraignit de devenir citoyens de sa nouvelle ville. Les Romains, dans la suite, usèrent toujours de cette politique à l'égard des vaincus, et ce fut ce qui contribua le plus à élever leur empire au degré de grandeur où il est parvenu. Les *Antemnates* et les *Crustuminiens* eurent le même sort : Romulus les vainquit et en fit ses alliés. La plus rude guerre qu'il eut à soutenir fut contre les Sabins, qui, par la trahison d'une fille nommée *Tarpéia*, s'étant emparés d'un fort bâti sur le mont Tarpéius, attaquèrent les Romains au milieu de leur ville. Mais, à la prière des Sabins qu'on avait enlevées, on posa les armes, et la tranquillité succéda à la fureur. — *Première guerre punique*. Elle commença 262 ans avant J.-C., et dura 25 ans. Ce fut dans cette guerre que les Romains apprirent à combattre sur mer, où ils eurent plusieurs avantages sur les Carthagi-

nois. Régulus , général romain , passa en Afrique et
battit les Carthaginois , mais ayant été vaincu à son tour
et fait prisonnier, il périt dans les plus cruels tourments.
On envoya contre eux le consul Lutatius qui les défit
complétement sur mer ; ils demandèrent la paix aux
Romains , qui ne l'accordèrent qu'à condition que
les Carthaginois abandonneraient la Sicile et donneraient
une somme considérable.— *Seconde guerre punique.* Annibal , général des Carthaginois , avait assiégé et pris, en
Espagne , la ville de Sagonte, qui s'était mise sous la
protection des Romains. Le sénat envoya des ambassadours à Carthage pour se plaindre de ces hostilités ; mais
les Carthaginois ayant répondu avec trop de hauteur,
la guerre fut résolue entre les deux nations. Depuis la
célèbre bataille de *Capoue* , Annibal n'eut plus aucun
avantage sur les Romains ; il fut obligé de quitter l'Italie
pour venir au secours de sa patrie. En arrivant en
Afrique, Annibal eut une entrevue avec Scipion ; mais
n'ayant pu convenir d'un accommodement, les Romains
et les Carthaginois en vinrent aux mains, et ces derniers
furent défaits et obligés de faire la paix quoique à des
conditions très onéreuses : cette seconde guerre avait
duré seize ans. — *Troisième guerre punique* : les Romains voyaient avec peine subsister Carthage ; ils cherchaient un prétexte de rupture, lorsqu'il se présenta.
Les Carthaginois étaient en guerre avec Massinissa,
roi de Numidie. Les Romains prirent son parti ; et,
quelque soumission que montrât Carthage, on envoya
une armée pour faire le siège de cette ville. Elle se
défendit avec un courage égal à son désespoir ; mais
enfin Publius Cornélius Scipion s'en rendit maître, et
elle fut entièrement détruite par le fer et le feu.—Les
villes de la Grèce s'étaient liguées contre les Romains
qui , après plusieurs combats, s'emparèrent de Corinthe
et la détruisirent. Les Espagnols, qui s'étaient également révoltés, furent traités de même ; la prise et la
destruction de Numance amena la réduction de toute
l'Espagne. Entre la seconde et la troisième guerre
puniques, les Romains eurent à soutenir celle de Macédoine contre Philippe, et ensuite contre son fils Persée,
qui perdit la liberté et la vie. La Macédoine fut réduite
en province romaine. Antiochus, roi de Syrie, qui s'était
déclaré contre les Romains, fut aussi obligé de demander
la paix. Ils eurent ensuite plusieurs guerres à soutenir
contre Jugurtha, roi de Numidie, qui fit assassiner ses
deux frères pour s'emparer de ce qu'ils possédaient. Les
Romains le punirent de ses crimes. — *La guerre des
gladiateurs* (*Voyez* ce mot). Spartacus , un d'entre
eux , s'étant échappé de l'école qui était à Capoue, assembla une armée considérable de vagabonds , dont la
devise était *liberté*. Ils battirent plusieurs fois les armées
romaines , mais ils furent enfin taillés en pièces par Lucius Crassus. Spartacus , voyant qu'il n'avait plus
de ressource , se fit tuer pour éviter le supplice que
méritait sa révolte. — *Guerre de trente ans.* Schiller a
écrit l'histoire de la guerre de trente ans qui est une des
plus grandes époques de l'histoire moderne, en ce qu'elle
sépare les sociétés européennes de la féodalité, et commence une ère nouvelle. Elle fut la dernière lutte soutenue par la réforme contre les puissances catholiques,
et surtout contre l'Autriche. Commencée en 1618, elle
ne se termina qu'en 1648, par le célèbre traité de
Westphalie. C'est la France qui eut la gloire de mettre
fin à cette guerre, en forçant, par ses victoires , l'empereur à signer le traité. Condé et Turenne commandaient les armées françaises. — *Guerre de la succession
d'Autriche.* Charles VI, seizième et dernier empereur
d'Autriche, mourut en assurant sa succession à sa fille
aînée Marie-Thérèse, épouse de François de Lorraine,
duc de Toscane, au préjudice des filles de Joseph Ier.
Les époux de ces princesses, Charles-Albert , électeur
de Bavière , et Auguste II , électeur de Saxe, roi de
Pologne, firent valoir leurs droits à la succession d'Autriche. Cette guerre, dite *de la succession* , dura de

1741 à 1748 ; la France et la Prusse combattaient unies
contre l'Autriche ; cette dernière était soutenue par
l'Angleterre. Durant cette guerre , la France porta
surtout ses armes dans l'Italie et les Pays-Bas ; c'est
dans ce dernier pays qu'elle gagna , sous le maréchal
de Saxe , les batailles de Fontenoi (1745) et de Raucoux (1746). — *Guerre de sept ans.* Elle dura de 1756
à 1763 , Frédéric II, roi de Prusse, déploya avec éclat
tout son génie militaire. Allié avec l'Angleterre, il
combattit contre la France , l'Autriche , la Russie et la
Suède. Les victoires de Frédéric à Prague, à Rosback à
Lissa , à Zorndoff , à Torgau , à Liegnitz , mirent fin
à cette guerre ; par le traité de paix de Hambourg,
Frédéric garda ses conquêtes. Ce fut pendant la campagne de 1760 que d'Assas , rencontré dans un avantposte par l'ennemi , au milieu des brouillards qui en
cachaient l'approche aux Français , placé sous les baïonnettes prussiennes , cria le signal à ses compatriotes , et
tomba percé de coups. Malgré quelques succès remportés, les Français furent généralement malheureux
dans cette guerre. — Dans l'espace des cinq derniers
siècles nous avons eu, en France, 75 années de guerre
civile ; 76 de guerre sur le sol de la France ; 178
années de guerre à l'extérieur : en tout, 326 années,
pendant lesquelles se livrèrent 184 batailles rangées. —
Il résulte du tableau suivant que, dans l'espace de 713
ans, la France et l'Angleterre ont été en guerre pendant 262 ans :

La première commença en

1116 et dura	2	ans.	1549 et dura	1	ans
1141 —	11	—	1557 —	2	—
1161 —	25	—	1562 —	2	—
1201 —	15	—	1627 —		
1224 —	19	—	1666 —	1	—
1294 —	5	—	1689 —	10	—
1339 —	21	—	1702 —	11	—
1368 —	52	—	1744 —	4	—
1422 —	49	—	1756 —	7	—
1492 —	1	mois	1778 —	5	—
1512 —	2	—	1793 —	9	—
1521 —	6	—	1803 —	11	—

GUET, soldats qui faisaient la ronde de nuit. En 1363
la sûreté de la ville de Paris exigeait déjà une attention
toute particulière. Les désordres qui s'y commettaient
provenaient de la négligence de ceux à qui l'inspection
du *guet* avait été commise. De toute ancienneté, un certain nombre de bourgeois tirés des corps de métiers
veillaient pendant la nuit dans les différents quartiers de
la ville. Deux inspecteurs avaient la charge de faire remplir ce service en avertissant chaque communauté d'artisans du jour où elles devaient fournir le nombre de
garde nécessaire. Ces inspecteurs étaient appelés les
clercs du guet. Dans la suite, les rois ajoutèrent à cette
garde bourgeoise vingt sergents à cheval et vingt-six
sergents à pied , sous la conduite d'un officier appelé le
chevalier du guet. Ces clercs ou inspecteurs du guet,
pendant les troubles civils , dispensèrent à prix d'argent le service du guet à ceux qui le devaient, et la
prévarication fut poussée si loin que non-seulement les
gens de métier avaient cessé absolument de *monter
leurs gardes*, mais la négligence du devoir avait gagné
jusqu'aux sergents à cheval et à pied, quoique payés
cependant. Les deux clercs du guet furent cassés, et
leurs offices donnés à deux notaires du Châtelet chargés
de rétablir l'ordre pour la garde de la ville, conformément à l'ancien usage. Voici de quelle manière cette
partie de notre ancienne police s'exécutait. L'hiver à
l'entrée de la nuit, et pendant l'été à l'heure du
couvre-feu, qu'on sonnait à Notre-Dame, à sept heures
du soir, les gens de métier nommés pour faire la garde
cette nuit-là se présentaient devant le Châtelet. Les clercs
du guet faisaient l'appel, et les distribuaient ensuite dans

les quartiers où ils étaient obligés de se tenir éveillés et armés jusqu'au point du jour. Alors, celui qui faisait sentinelle au Châtelet sonnait de la trompette, signal qu'on appelait *guette cornée*. Cependant le chevalier du guet, à la tête de ses sergents, tant à cheval qu'à pied, faisait sa ronde dans Paris, visitait tous les postes occupés par le guet bourgeois, et ne se retirait pareillement que lorsque le jour paraissait.

GUEULE. C'est le nom qu'on donne à la bouche d'un grand nombre de quadrupèdes, et de tous les poissons en général; on l'emploie également au figuré pour signifier l'ouverture d'un canon : La gueule d'un canon. — *Gueules*, terme de blason, n'est usité qu'au pluriel, et indique la *couleur rouge*. Un *champ de gueules* formait l'écusson de la maison de Bourbon.

GUI, *viscum album*, de la famille naturelle des loranthées. Son analyse a donné à Henry père beaucoup de cire, de la glu, de la gomme, une matière visqueuse insoluble, de la chlorophylle et plusieurs sels. Le gui vit en parasite sur le tronc des arbres, tels que le chêne, où il est assez rare, sur les pommiers, les poiriers et les peupliers. Il est maintenant tout-à-fait inusité en médecine, et si nous en parlons, c'est à cause de la célébrité dont il jouissait autrefois : il guérissait tous les maux, mais surtout les convulsions, l'épilepsie, la goutte, l'apoplexie, etc., etc.; aussi les anciens y attachaient-ils des idées superstitieuses à tel point, que tous les ans les druides allaient recueillir, avec des serpes d'or, le gui qui se développait sur les chênes : cette cérémonie était accompagnée d'hymnes en l'honneur de la divinité.

GUIDE. Tout ce qui sert à conduire et à diriger s'appelle *guide*. Un général qui fait passer son armée par des lieux inconnus où il court les risques de la voir s'égarer ou même périr, se sert de guides, c'est-à-dire d'hommes habitant sur les lieux, et pour cette raison, plus à même que les autres de choisir les sentiers qu'ils reconnaissent pour les plus fréquentés et offrant le plus de sécurité. Un chien, un simple bâton même, sont des guides pour l'aveugle. — Ces longs cordons en cuir attachés à la bride d'un cheval qu'ils servent à diriger, sont aussi appelés guides.

GUIMAUVE, *althœa officinalis*, de la famille des malvacées. Cette plante a la racine fusiforme, blanche, charnue, branchue, donnant naissance à une tige simple d'un à deux pieds d'élévation; ses feuilles sont alternes, molles, à lobes aigus et crénelés; ses fleurs forment une sorte de panicule. Toutes les parties de la guimauve sont d'un grand usage en médecine; on les emploie journellement comme émollientes dans les phlegmasies. Pour l'intérieur, on obtient une boisson mucilagineuse, en faisant macérer 2 à 3 gros de cette racine dans une livre d'eau : l'infusion se fait avec 1 à 2 gros de fleurs, sur lesquelles on jette 2 livres d'eau bouillante; enfin, avec la décoction des racines et de la gomme, on obtient la pâte de guimauve et le sirop de guimauve. C'est surtout à l'extérieur qu'on emploie la décoction de la racine et des feuilles de cette plante, à la dose de 1 à 2 onces, dans 2 ou trois livres d'eau, pour fomentations, bains, lotions, lavements, injections, etc.

GUINEE. Monnaie que les Anglais firent frapper avec l'or qu'ils trouvèrent sur les côtes d'une province d'Afrique, la Guinée, pays d'où elle tira son nom. Cette monnaie a un peu plus de valeur que celle de nos vieux louis d'or, c'est-à-dire de 26 fr. 47 cent. (*Voyez* MONNAIE).

GUITARE. Instrument dont on joue en pinçant les cordes, et qui a beaucoup de grâce dans les mains d'une femme. On ne connaît pas au juste l'origine de cet instrument. Plusieurs historiens font remonter son existence avant celle de la harpe elle-même, et fondent leur opinion sur ce que David n'aurait pu danser devant l'arche en jouant sur un instrument aussi volumineux que l'est une harpe.

GUTTE. (*Voyez* GOMME).

GUTTIFERES. Arbrisseaux à feuilles ordinairement opposées, coriaces et persistantes. Les guttifères contiennent un suc gommo-résineux qui en découle en larmes et qui jouit de propriétés purgatives.

GYMNASE (du grec, venant de γυμνος nu), était chez les Grecs et les Romains un édifice public et des plus remarquables. On l'appelait ainsi parce que ceux qui s'y rendaient se dépouillaient de presque tous leurs vêtements. — Il était composé de douze pièces; chacune avait un nom particulier, tels que : le *Portique des Philosophes*, l'*Ephebeum*, le *Gymnasterion*, la *Palestre*, etc., etc. — Quatre officiers étaient spécialement chargés de le gouverner. L'un d'eux, que l'on nommait gymnasiarque, était vêtu d'une tunique ceinte au corps, et avait une baguette à la main.

GYMNASTIQUE, de γυμνος. Art des divers exercices du corps. Les exercices gymnastiques se divisent en exercices actifs et exercices passifs : la marche, le saut, la course, la danse, la natation, la chasse et l'escrime sont des exercices actifs; par exercices passifs, on entend la progression en voiture, la navigation. Certains auteurs ont fait une troisième classe d'exercices qu'ils ont appelés *mixtes*, tels sont : l'équitation, la balançoire, etc. La gymnastique est un des puissants modificateurs du corps humain; son immense influence avait été sentie par les anciens, qui en firent une étude et une application particulières. Le colonel Amauroz a propagé chez nous l'art de la gymnastique, qui aujourd'hui entre dans l'éducation de la jeunesse.

GYMNOTES. Poissons électriques. On en trouve un très grand nombre dans les eaux marécageuses de Bara et de Rastro, en Amérique. Les gymnotes ont cinq à six pieds de long, et sont effilées comme des anguilles; leur corps, gluant, parsemé de taches jaunâtres, envoie de toutes parts et spontanément une violente commotion. Tous les poissons fuient l'approche de cette redoutable anguille, assez forte pour tuer les animaux les plus robustes, lorsqu'elle fait agir à la fois et dans une direction convenable ses organes armés d'un appareil de nerfs multipliés.

GYNÉCÉE. Ce mot a plusieurs sens historiques. Il signifiait premièrement appartement ou tente; ce lieu fut ensuite appelé chambre; les femmes de la Grèce y déposaient ce qu'elles avaient de plus précieux. Plus tard, ils furent formés en palais et en maisons de plaisance par les empereurs romains, qui les habitaient lorsqu'ils voyageaient, et y trouvaient une foule de plaisirs. Chaque gynécée avait un intendant chargé de tous les détails de la maison. Ces intendants étaient sous les ordres d'un sorte d'économe appelé *comte des Largesses*. Par la suite, ces maisons devinrent des arsenaux, dans lesquels les armures et les habits des soldats étaient déposés. — Enfin, ces gynécées furent convertis en de grands ateliers, où une foule d'hommes, de femmes, d'enfants travaillaient moyennant un modique salaire. — Comme le temps change les choses ! de l'asile délicieux habité par la beauté, il en fit des arsenaux et des ateliers.

GYPSE, pierre à plâtre. (*Géologie et minéralogie*). Le gypse est une pierre tendre et friable, dans laquelle il entre une grande quantité de sulfate de chaux. Cette pierre, dont on distingue un grand nombre de variétés, compose des couches très-importantes dans certains terrains, principalement aux environs de Paris, ce qui y a fait établir une grande quantité de fours à calciner le gypse. L'industrie emploie beaucoup le gypse. Quand il est calciné, c'est-à-dire quand, à l'aide d'une forte châleur, on l'a privé de son eau de cristallisation, il forme le plâtre dont on se sert dans les bâtiments et dans la moulure, et dont l'agriculture tire aujourd'hui un grand produit pour l'amendement des prairies artificielles. — On se sert aussi du plâtre mélangé avec la colle de peau pour recouvrir certaines parties de bâtiments et leur donner l'aspect du marbre ; le gypse prend alors le nom de *Stuc*. — On emploie aussi une certaine variété de gypse comme albâtre, et on lui a même donné le nom d'albâtre gypseux. L'autre espèce d'albâtre est la chaux carbonatée compacte, pierre qui a presque la dureté et la blancheur du marbre. — Le gypse se rencontre au milieu de différents minéraux : tels que le mica, la stéatite, le fer oxydulé, le soufre, la sélénite, la chaux carbonatée, le quartz, le grenat, etc.

GYROMANCIE vient de deux mots, l'un formé de γυρος, cercle ; l'autre, de μαντεια qui veut dire, divination. Les prêtres du Paganisme exploitaient la crédulité du peuple en lui prédisant sa destinée. La noblesse et les rois même furent longtemps sous leur domination. — C'était au nom des augures qu'ils leur donnaient des conseils, décidaient de la paix et de la guerre et exerçaient ainsi une puissante influence dans l'état. — Le chant des oiseaux, les vents, le tonnerre, l'eau, le feu, etc., étaient ordinairement mis en œuvre. — Mais la *gyromancie*, surtout, était un des moyens les plus puissants et les plus usités. Voici comment on s'y prenait : Le Grand Prêtre traçait sur la terre un cercle ; on choisissait pour cela un terrain plat ; des lettres étaient placées à différents endroits ; alors, celui qui voulait connaître sa destinée, se mettait à marcher en tournant autour de ce cercle jusqu'à ce qu'il tombât étourdi sur l'un de ces caractères insignifiants. Cet exercice se renouvelait plusieurs fois de suite, et à chaque chute, celui qui tombait avait soin de mettre de côté la lettre sur laquelle il était tombé. Lorsque le prêtre jugeait à propos de suspendre ce stupide exercice, l'on mettait à côté les uns des autres les signes sur lesquels on était tombé, et on en tirait de bons ou de mauvais présages. — Le fanatisme et l'ignorance étaient seuls les causes de cette superstition. — Cette bizarrerie de vouloir connaître les secrets de la nature et lire dans l'avenir était poussé à son plus haut période chez les Babyloniens à la cour de *Sémiramis* ; plus tard celles de *Catherine* et de *Henri III* en furent infestées ; et de nos jours il existe encore des tireuses de cartes et des diseuses de bonne aventure, tant il est vrai que de tout temps il y aura toujours des hommes qui exploiteront les autres.

H

HABILETÉ, capacité, disposition à bien faire ce qu'on entreprend et à l'exécuter malgré les difficultés et les obstacles. On ne devient habile, soit dans les sciences, soit dans les arts que par une grande activité, des connaissances variées et profondes acquises par une étude assidue.

HABILLAGE, préparation du poisson, du gibier, de la volaille, etc., pour les faire cuire.

HABITATION, domicile, lieu dans lequel on demeure, — propriété dans une colonie. — Personne n'ignore que l'excès d'humidité dans l'air est une des causes les plus actives d'insalubrité, surtout dans les rez-de-chaussées. Nous ajouterons que cette cause de maladie détériore très vite les murs et les enduits. On peut facilement faire disparaître ces inconvénients en affermissant le sol ; s'il manquait de solidité, au lieu de le tasser à l'aide d'une batte, on formerait une aire plane avec de petites pierres et du mortier. On coule sur cette surface ainsi aplanie une couche de mastic-bitume épaisse de quatre à cinq lignes. Cette matière, absolument imperméable, intercepte toute communication avec l'humidité inférieure. Si une salle ainsi enduite devait être parquetée, on recouvrirait le mastic d'une couche de 8 à 10 lignes de plâtre, mêlé avec son volume de houille ; on peut de même poser sur une couche de bitume un carrelage ordinaire. Dans la construction d'un édifice, lorsqu'on veut prévenir les effets de la porosité des pierres, du plâtre, etc., qui, par la force des capillaires, fait monter dans les murs l'eau du sol humide, on étale sur toute l'épaisseur des murs, à six pouces au-dessus de la fondation et à la hauteur du sol intérieur, une couche de deux lignes de mastic-bitume. On continue sur cette couche l'élévation des murs ; on fait communiquer le mastic qui couvre le sol avec celui qui est ainsi engagé dans l'épaisseur du mur ; en sorte que tout le passage de l'eau du sol est intercepté à l'intérieur de l'habitation, et même dans les enduits extérieurs. — Trois couches d'une dissolution d'alun (sel neutre) sur une poutre de bois, la préserveront de l'incendie. Il faut bien laisser sécher chaque couche. Ainsi, pour la construction d'une maison carrée à cinq étages, la dépense ne dépasserait pas 100 francs. Le bois, ainsi préparé, se charbonnera, deviendra incandescent ; mais il ne s'enflammera pas. — Rien n'est plus dangereux pour la santé que d'habiter une maison nouvellement construite, des chambres nouvellement blanchies, des appartements nouvellement peints ou vernis ; les conséquences les plus graves, telles que douleurs et maladies de poitrine, peuvent être la suite de cette imprudence.

HABITUDE, disposition de l'âme. Aptitude à répéter certains actes. *L'habitude du corps* est l'ensemble des qualités physiques du corps. Tous nos organes se familiarisent avec les causes qui les excitent, et se perfectionnent dans l'exercice de leurs actions, par la réitération des mêmes actes. Ainsi, l'estomac s'habitue aux aliments pour lesquels il a de la répugnance. Les maladies qui ont des retours fréquents deviennent peu dangereuses. L'action des médicaments devient pour ainsi dire nulle par l'effet de l'habitude. Enfin, le plaisir et la douleur mêmes sont réduits à l'indifférence par leur répétition fréquente et soutenue, autrement dit l'habitude. Les indications hygiéniques relatives à l'habitude, sont : de ne pas contracter de mauvaises habitudes, conserver les bonnes, ne pas quitter violemment celles qui sont profondément enracinées ; et, fussent-elles mauvaises, ne s'en défaire qu'avec la plus grande précaution.

HACHE. Gros outil de fer tranchant, dont on se sert pour couper ou pour fendre le bois. — Hache d'armes. Cette hache, dont faisaient autrefois usage les guerriers pour rompre les armes défensives de l'ennemi, était taillée d'un côté en forme de hache, et de l'autre en forme de marteau ou en pointe.

HAIE, du mot allemand *hag*. Clôture d'épines ou de branches entrelacées. Toute *haie* qui sépare un héritage est réputée mitoyenne, à moins qu'il n'y ait qu'un seul des héritages en état de clôture, ou s'il n'y a titre ou possession suffisante au contraire. Les arbres qui se trouvent dans la haie mitoyenne sont mitoyens comme la haie, et chacun des deux propriétaires a droit de requérir qu'ils soient abattus.

HAINE, inimitié, sentiment d'aversion qu'un objet absent ou présent excite au fond de notre cœur, soit à cause du mal qu'il nous fait, qu'il nous a fait ou que nous croyons qu'il peut nous faire, soit parce qu'il choque ou contrarie nos goûts et nos passions. La haine est presque toujours un mouvement aveugle qui nous entraîne et qui prévient tout raisonnement. Ce sentiment poussé à l'excès provoque une si grande irritation dans le système nerveux, qu'il porte quelquefois l'homme le plus modéré à des actes de violence.

HALAGE, de ἕλκειν. *Action de tirer un bateau.* — Les chemins de halage ou marche-pieds, le long des rivières, sont rangés par la loi au nombre des servitudes qui ont pour objet l'utilité publique. Les propriétaires des héritages aboutissant aux rivières navigables doivent laisser le long des bords 7 mètres 79 centimètres (24 pieds) au moins de largeur, pour chemin et trait des chevaux, sans qu'ils puissent planter d'arbres ni tenir clôture ou haie plus près que 9 mètres 74 centimètres (30 pieds), du côté où les bateaux se retirent, et 3 mèt. 24 centim. (10 pieds) de l'autre bord.

HALALI ou **HALLALI**. Vieux air de chasse donné par le son du cor au moment où le cerf épuisé, harassé, est près de succomber et de devenir la proie des meutes avides qui le poursuivent.

HALE. Le hâle est l'action du soleil sur la peau nue, comme il en est aussi la conséquence. En effet, les personnes les plus exposées aux ardeurs du soleil, tels sont les agriculteurs, ont le teint bruni, le visage hâlé : et même, plus les personnes ont la peau fine et blanche, et plus fortement aussi ils reçoivent l'impression du hâle ; les femmes de la campagne nous en fournissent une preuve incontestable.

HALEINE. Air attiré et repoussé par les poumons ; c'est un mélange d'azote et d'acide carbonique, chargé de vapeurs aqueuses tenant en dissolution une matière animale.

HALLE, de ἅλως, aire. Marché couvert. *Halle au blé*, à Paris. La forme circulaire de ce monument, la simplicité de son architecture répondent parfaitement à l'objet auquel il est destiné. Il fut construit en 1767, sur l'emplacement de l'Hôtel de Soissons. La rotonde est percée de 25 arcades de six pieds et demi d'ouverture. Il n'est entré aucun bois dans la construction de cet édifice. En 1782, on le couvrit d'une coupole hémisphérique en charpente, que les flammes dévorèrent en 1802, et qui fut rétablie, de 1811 à 1812, en fer coulé et en cuivre (*Voyez* MARCHÉ). — La colonne qui reste de l'Hôtel de Soissons participe des ordres dorique et toscan. Ses ornements consistent en cannelures où se voient des couronnes, des fleurs de lys, des cornes d'abondance, des miroirs cassés, des lacs d'amour déchirés, des C et des H entrelacés, allégorie à la viduité de la reine Catherine de Médicis, qui, après la mort de Henri III, ne voulait plus plaire à personne. Cette colonne, qui servait à la reine pour l'astronomie, est du dessin de Jean Bullant, et a près de 100 pieds de haut, avec un escalier pour y monter.

HALLEBARDE. Pique garnie par le haut d'un fer large et pointu, traversé d'un autre en forme de croissant. Nous avions anciennement des compagnies de *hallebardiers*, qui étaient des gardes à pied qui portaient la hallebarde.

HALLUCINATION, illusion. erreur des sens par lesquels une personne croit voir, entendre, toucher, etc., des objets qui n'existent pas. C'est ce qu'on nomme vulgairement *vision*.

HALO, de ἅλως, aire. — Les *halos* ou *couronnes* sont des cercles lumineux qui environnent soit le soleil, soit la lune. Ces météores présentent les couleurs de l'arc-en-ciel, mais moins nettement dessinées et moins brillantes. Les *halos* n'ont jamais lieu par un temps serein, aussi sont-ils ordinairement le présage d'une pluie abondante. Ils annoncent que l'eau dissoute dans l'atmosphère commence à se réunir en petites gouttes, et que les vapeurs formeront bientôt des nuages qui se résoudront en pluie. Ce phénomène est produit par la même cause que le phénomène de l'arc-en-ciel.

HALOTECHNIE. Partie de la chimie qui a pour objet les sels ; on nomme *halurgie* l'art de faire des sels.

HAMADRYADE, de ἅμα, ensemble et δρῦς, chêne. Divinité des bois ; mythologie (*Voyez* NYMPHES).

HAMPE, botanique. La hampe est un pédoncule ne portant pas de feuilles ; il part du collet de la racine et se termine par une ou plusieurs fleurs comme dans la jacinthe. Le *pédoncule radical* diffère du *pédoncule* en ce que le premier sort de l'aisselle d'une de ces feuilles comme dans le plantain, et que le second naît du centre d'un assemblage de feuilles radicales.

HANCHE, de ἄγκη, région du tronc formée par les os ilion et ischion que les parties molles recouvrent.

HANNETON, insecte coléoptère (qui a des fourreaux aux ailes). L'Europe seule fournit plus de vingt espèces de ce genre connu aujourd'hui sous le nom de *melolontha*. Ceux qu'on trouve dans les autres parties du globe sont aussi très nombreux. Le hanneton est gros comme le doigt, long d'un pouce, de couleur rougeâtre sur le dessus des ailes ; mais la tête, le dessus du corselet et le ventre sont noirs ; les bords du ventre ou des articulations sont tachetés de points blancs, triangulaires ; le dessous du corselet, de la tête et de la poitrine sont velus. Le hanneton a deux antennes courtes ; une lèvre supérieure ; le mâle a la houppe de la tête longue et feuilletée ; chez la femelle, elle est courte et sans feuillet. Quand la femelle a été fécondée, elle creuse un trou dans la terre avec sa queue, à six pouces de profondeur environ, et y pond des œufs oblongs d'un jaune clair. Ces œufs sont rangés les uns à côté des autres, mais sans aucune enveloppe terreuse. La mère sort de terre où elle se nourrit de feuilles d'arbre. Sur la fin de l'été il sort de ces œufs de petits vers blancs, qui restent deux ou trois ans sous terre, où ils font des ravages et des dégâts immenses, en rongeant les racines. Le corps de ce ver est d'un blanc jaunâtre, transparent, divisé en douze segments. Au bout de quatre ans environ, au mois de mai, le ver pend la forme de chrysalide ; dix à douze jours suffisent pour transformer ces chrysalides en hannetons, qui restent encore quelque temps sous terre, mais qui finissent par en sortir, principalement sur le soir. Il est fâcheux qu'on ne connaisse pas de moyen bien efficace pour la destruction de ce fléau de l'agriculture.

HANSIÈRE (*Voyez* MARINE). Cordage dont fait usage un bâtiment pour venir à bord d'un autre. — La hansière, composée de deux ou trois torons, servait elle-même à former un plus gros cordage nommé grelin.

HAQUENÉE. Espèce de jument de race hâtarde. Autrefois l'on désignait sous cette dénomination toute monture d'allure douce et facile ; on nommait *haquenée* le cheval qui portait le dîner des rois de France, dans les petites tournées qu'ils faisaient hors de la capitale.

HARANGUE. Discours qu'un orateur prononce en public ou qu'un historien met dans la bouche de ses personnages. La harangue peut être préparée ou improvisée. Lorsque les orateurs de Rome ou d'Athènes voulaient instruire le peuple des affaires, ils avaient coutume de le faire dans une harangue préparée ; mais un général d'armée voulait-il animer ses troupes à combattre l'ennemi, il le faisait souvent en parcourant à cheval les rangs des soldats, se contentant d'adresser aux uns et aux autres quelques mots d'encouragement, sans art, sans préparation, mais tellement appropriés à la circonstance, tellement énergiques, qu'ils produisaient toujours plus d'effet que n'en auraient pu produire les plus longs et les plus éloquents discours.

HARAS, de *hara*, étable. Lieu destiné à réunir

des chevaux et des juments ; on emploie aussi ce mot pour désigner les chevaux qui composent le haras.— En Angleterre, des propriétaires opulents consacrent des sommes immenses à former des haras; en France, on peut citer quelques riches particuliers qui ont aussi des établissements de ce genre; mais ils sont moins nombreux et généralement moins beaux, parce que les fortunes sont moins considérables. Aussi, le gouvernement, pour maintenir en France la beauté et la qualité des chevaux, a rétabli les haras que la révolution avait détruits. En 1806, Napoléon reconstitua les haras de Pompadour et du Pin. Plusieurs fois la restauration s'est occupée des haras. Une ordonnance du 16 janvier 1816 a créé un conseil des haras chargé de donner son avis sur tout ce qui concerne ce service ; elle a établi deux haras composés d'étalons, juments et poulains ; trois dépôts d'étalons et poulains , et vingt-quatre dépôts d'étalons. Ces établissements sont divisés en huit arrondissements; il y a huit inspecteurs-généraux , deux agents de remonte. Depuis la révolution de juillet, une ordonnance du 15 décembre 1833 érigea en haras le dépôt d'étalons de Langres; elle supprima celui de Lamballe, et établit celui d'Arles. Dans ces haras on s'efforce de perfectionner les races en les croisant. Aussi a-t-on soin d'y réunir des étalons issus de cheval arabe et de jument anglaise (ce qui constitue le pur sang). Les étalons envoyés des haras dans les dépôts font saillir les juments des propriétaires voisins, qui veulent payer la rétribution de 5 francs par jument. Les juments portent ordinairement onze mois et quelques jours ; elles mettent bas debout, tandis que les autres quadrupèdes se couchent, d'ordinaire, dans cette circonstance. Le poulain tette 5 ou 6 mois, d'abord à l'écurie, puis on le conduit au pâturage. C'est un spectacle vraiment admirable que de voir tous ces jeunes chevaux en liberté prendre leurs ébats, et il peut donner une faible image des haras arabes; car l'éducation du cheval est une des principales occupations de l'Arabe ; il aime son cheval presque autant que lui-même. Quand le cheval a atteint sa deuxième année, on peut le hongrer. Cette opération, pour laquelle on lie le poulain, consiste à ouvrir les bourses et à enlever les testicules. Elle doit toujours être faite au printemps ou en automne —On peut commencer à dresser un cheval à trois ans ; mais on ne doit jamais le monter avant quatre années.

HAREM. Ce mot, en langue orientale, signifie lieu sacré; mais on l'emploie pour indiquer l'ensemble des femmes qui l'habitent. « Il est parti avec son harem,» veut dire que quelqu'un a emmené toutes ses femmes. Les harems sont des corps de logis séparés et entourés de murailles fort élevées, où habitent les femmes et les enfants ; mais ce serait une erreur de conclure de là , comme le croient plusieurs personnes, qu'ils ressemblent à des prisons. Les harems des princes peuvent être comparés à de vrais paradis terrestres; car, outre qu'ils y possèdent un grand nombre de jolies femmes, qui toutes à l'envie s'empressent de leur plaire, ils y rassemblent tout ce que le luxe a de plus recherché en objets d'utilité et d'agrément. Ils sont séparés du corps de logis des hommes par de longues cours , et embellis pour l'ordinaire dans l'intérieur par de beaux jardins, ou , pour mieux dire, par des parterres remplis de fleurs, où les roses et les tulipes dominent; car les Orientaux ont un goût particulier pour ces dernières. Ces jardins sont ombragés par une grande quantité d'arbres fruitiers très touffus, qui donnent d'excellents fruits. Les harems sont très vastes et fort bien distribués. Chaque femme y a sa chambre particulière ; viennent ensuite le logement des enfants, presque toujours en grand nombre, celui des esclaves, les cuisines, la boulangerie, le garde-manger, les magasins , les salles de bains et chambres à coucher des maîtres. C'est dans les harems , et ce n'est réellement que là , que les Turcs ou les Persans sont chez eux

et libres. C'est là qu'au sein de leur famille, ils quittent cette gravité qui les abandonne rarement dans les divans, où ils sont toujours armés de l'étiquette la plus sévère pour leurs inférieurs , et d'une réserve glaciale pour leurs égaux ; ce qui provient de la méfiance qu'ils ont toujours les uns des autres. Quand les Orientaux n'ont pas chez eux d'hôtes de distinction , ils mangent dans les harems avec leurs femmes et leurs enfants, mais cependant servis seuls , et s'il leur arrive d'admettre quelqu'un à leurs plateaux, cet honneur n'est accordé qu'à la première de leurs femmes. On sait que les Turcs ont autant de femmes qu'ils en peuvent doter et entretenir (quoique , d'après le Coran, ils ne doivent à la rigueur en avoir que quatre légitimes) ; sans compter les jeunes esclaves qu'ils achètent et qui sortent de l'état apparent de servitude dès qu'elles ont partagé le lit de leur maître ; elles sont même admises au rang des femmes subalternes, si elles sont assez heureuses pour leur donner des enfants. Toutes les épouses légitimes ont entre elles un certain rang, et à commencer par la première, elles se portent toutes respect ; elles sont même obligées de rendre quelques légers services à celles qui sont au-dessus d'elles, et que ces dernières ne manquent jamais d'exiger devant des étrangères pour leur faire connaître le degré de considération dont elles jouissent parmi leurs compagnes. Les esclaves sont toutes chargées de quelque besogne particulière pour le service du harem, outre leurs obligations à l'égard de chacune des maîtresses auxquelles elles sont attachées et qu'elles servent comme de femmes de chambre , baigneuses, chanteuses et danseuses. Celles qui ont du talent dans les deux derniers genres sont quelquefois choisies pour donner ce divertissement au maître. Dans ces occasions , elles ne manquent jamais de déployer toutes leurs grâces, et mettre en usage toutes les attitudes les plus susceptibles d'attirer les regards, afin de faire sa conquête. Elles y parviennent assez souvent au grand désespoir de leurs maîtresses , qui sont pour la plupart du temps délaissées pour elles. Les femmes des harems sont fort ignorantes ; l'usage est de ne leur rien enseigner, pas même à lire, et encore moins à coudre ; il en est cependant qui font exception à la règle. Jusqu'à l'époque où elles deviennent mères, elles n'ont d'autres occupations que la toilette, et , bien qu'elle soit moins compliquée que celle de nos dames , elles y passent pour le moins autant de temps. Elles demeurent ordinairement le reste de la journée assises sur de fort beaux tapis, devant des fenêtres sous lesquelles il y a des pièces d'eau. Elles y prennent le café, font ou reçoivent des visites jusqu'à l'arrivée de la fraîcheur; elles profitent alors de ce moment pour aller se promener dans les jardins, où elles restent souvent jusqu'à la nuit close. Lorsqu'elles sont mères, il en est peu, chez nous , qui en remplissent les devoirs avec plus de rigueur qu'elles, ne confiant jamais à des étrangères le soin d'allaiter, de soigner et d'élever leurs enfants ; ceux-ci restent entre leurs mains et sous leur direction particulière , jusqu'à l'âge de onze à douze ans , époque à laquelle les garçons sortent du harem pour être circoncis, et les filles pour être mariées , données ou vendues. Néanmoins, rien n'est plus malheureux que le sort des femmes qui gémissent dans les harems, dans ces lieux où les passions , l'intrigue et les fureurs exercent leur empire, pour se disputer le cœur flétri d'un maître. C'est que , des femmes douées d'une imagination ardente divinisent les fantômes de leur délire amoureux. Elles deviennent les amants de leurs compagnes, et souvent le désespoir s'emparant de leurs âmes, la consomption ou le suicide ont été le terme d'une vie qu'elles détestaient. — Le harem des empereurs prend le nom de sérail. Chaque sultane a sa maison montée et ses esclaves particulières ; mais il paraît que, pour le traitement , ces malheureuses filles vivent et habitent en communauté. Leurs maîtresses se rendent entre elles des visites de cérémonie, et donnent quelquefois de petites fêtes auxquelles le sultan assiste. Elles déploient en ces occasions le charme de leur voix, et elles font exécuter, ou elles exécutent elles-mêmes des danses voluptueuses. Quand le sultan honore une femme de sa présence, il se rend ordinairement près d'elle en tête à tête. Qu'on ne croie pas que ce soit après la distinction du mouchoir, fable aussi ridicule que tant d'autres débitées sur les harems; il y vient après s'être fait annoncer par un eunuque noir, qui se prosterne devant la princesse qu'il tyrannise par la surveillance.

HARENG, poisson assez semblable aux petites aloses ou aux grosses sardines. Son lieu natal est l'Océan. Il est remarquable par l'ordre qu'il observe, lorsque, parti des contrées éloignées du nord, il descend sur nos côtes pour aller jusque dans le midi fournir presque à tout le monde une nourriture saine. Le hareng est si abondant dans les mers du Nord, et son passage y est si régulier, qu'il est à croire que les Hollandais, les Écossais, les Danois et les Norwégiens ont connu les premiers l'art de le pêcher. On suppose que cette pêche a commencé en 1163, et qu'elle se faisait alors dans le détroit du Sund, entre les îles de Schoonen et de Zélande. Les Hollandais doivent à Guillaume Buchelez la manière d'apprêter le hareng, de l'encaquer, de le saurer, c'est-à-dire d'apprêter le hareng *saur*, opération qui consiste à suspendre le hareng pendant plusieurs heures au milieu d'une épaisse fumée.

HARICOT. Sorte de fève, plante légumineuse dont les graines réniformes (en forme de rein), marquées d'un ombilic latéral, sont contenues dans une gousse allongée. On appelle *légumine* une substance isolée de ces semences. C'est un principe particulier.

HARMONICA. Cet instrument, tel que nous le possédons aujourd'hui, consiste en lames de verre de différentes dimensions, rangées par demi-ton sur deux fils parallèles, qui sont fixés à l'intérieur d'une caisse plus ou moins longue; et c'est en frappant sur ces lames de verre, avec un petit morceau de liège, que l'on obtient des sons vibrants et suaves. Ce qui donna naissance à l'harmonica furent une certaine quantité de verres inégalement remplis d'eau, sur les bords desquels on passait le doigt après l'avoir mouillé, ce qui produisait également des sons clairs et très suaves.

HARMONIE. En terme de musique, l'harmonie est une succession d'accords selon les lois de la modulation. — Philosophiquement parlant, on entend par harmonie l'ordre qui règne entre les diverses parties d'un tout, ordre en conséquence duquel elles concourent le plus parfaitement qu'il est possible, soit à l'effet du tout, soit au but que l'artiste s'est proposé; on dit l'harmonie des corps célestes, l'harmonie de l'univers, des lois, des peuples, des familles, etc. En littérature, on distingue deux sortes d'harmonies; celle des sons considérés comme sons, et celle des sons considérés comme signes, ou *l'harmonie imitative*. L'harmonie des sons considérés comme sons est l'accord des mots entre eux, abstraction faite des choses qu'ils signifient. Elle demande que les choses se joignent entre elles d'une manière aisée, que les mots s'avoisinent sans se heurter, et qu'à la lecture, les phrases marchent sans secousse, et, pour ainsi parler, sans cahot. L'oreille a peine à entendre tout mot que la langue prononce difficilement. Il faut donc éviter : 1° le concours trop fréquent de voyelles qui s'entrechoquent, comme : *Il a été un temps*; 2° celui des consonnes, qui de part et d'autre, pressent, étranglent une voyelle seule; 3° le grand nombre de monosyllabes, et la répétition de la même syllabe, lorsqu'il en résulte une consonnance désagréable. Enfin, on doit éviter en général l'assemblage de mots où dominent les consonnes fortes, sur lesquelles

on appuie dans la prononciation, ainsi de S, T, P, F, Q. — D'autres consonnes répondent à ces lettres; le son, quoique le même, est beaucoup moins ferme, savoir : Z, D, B, V, G. — Ces dernières consonnes sont plus douces et plus propres à l'harmonie. — L'harmonie imitative consiste à faire concerter les mots avec les choses signifiées, de manière que le son de ces mots imite la nature des objets qu'ils expriment, et en fasse presque deviner la signification à ceux qui ne la connaîtraient pas (*Voyez* MUSIQUE, ONOMATOPÉE).

HARNAIS. On désigne ainsi l'assemblage de toutes les pièces qui servent à harnacher les chevaux, tant de selle que de trait; telles sont : le mors, le licou, la bride, la croupière, les étriers, les traits, etc.; toutes ces diverses pièces du harnais, à peu près de même forme pour tous les chevaux, subissent néanmoins certaines modifications que le goût, le luxe, la mode même font adopter aux particuliers qui les montent.

HARPE. Cet instrument, dont l'origine est tout-à-fait inconnue, bien que l'on donne le même nom à celui sur lequel le Roi-Prophète chantait les louanges du Seigneur *en dansant devant l'arche*, chose qu'il n'eût pu faire assurément avec notre harpe actuelle, est composé de quatre pièces, qui sont : la console, la colonne, le corps suave et la cuvette, qui forme la base de l'instrument. L'assemblage de ces différentes pièces présente la forme d'un triangle. Cet instrument, bien qu'ayant subi plusieurs modifications qui toutes tendent à son perfectionnement, ne laisse pas que d'être trop monotone pour produire de l'effet. — Harpes, en terme d'architecture, se dit des pierres d'attente, dont la longueur dépasse celle des autres, et qui sont destinées à servir de liaison, quand on a dessein de joindre un nouveau mur au mur déjà existant.

HARPIE. Femme méchante et criarde. — Oiseaux fabuleux. Selon la mythologie, les harpies étaient des monstres qui avaient une tête de femme, des oreilles d'ours, le corps d'un vautour, des ailes de chauve-souris et des griffes aux pieds et aux mains. Elles infectaient tout ce qu'elles touchaient : les plus connues s'appelaient *Aello*, *Ocypète* et *Celæno*.

HARPOCRATE. Divinité fabuleuse (mythologie). Le silence, que les Égyptiens appellent *Harpocrate* et les Grecs *Sigallion*, est représenté sous la figure d'un homme ou d'une femme qui tient le doigt sur la bouche.

HARPON. Instrument dont on se sert pour la pêche de la baleine. C'est un fer à deux tranchants qui ressemble à une flèche, et qui est extrêmement pointu. Le manche est de cinq à six pieds de long.

HARO. De *ha! Rollon*, ancien terme de palais dont on se servait pour faire arrêt sur une personne ou sur une chose.

HART. C'est le lien qui sert à attacher un fagot. Ce terme est employé par analogie pour désigner le lien qui tient le criminel suspendu à la potence, et même par extension, *hart* désigne le supplice lui-même, et est ainsi devenu synonyme de *gibet* et *potence*. Ainsi donc, un *criminel condamné à la hart*, c'est un malheureux destiné à être pendu.

HASARD. Ce mot est indéfinissable, et ne se peut concevoir d'une manière claire et précise. On attribue au *hasard* tout événement qui a lieu sans cause apparente, et sans qu'il ait été possible de le prévoir. Le hasard a fait faire bien des découvertes utiles pour la science; le hasard, disons-nous : oui, cela est vrai en quelque sorte pour nous qui avons des yeux peu éclairés, une intelligence peu développée; mais ne serait-il pas raisonnable de penser qu'une intelligence, une sagesse infiniment supérieure à la nôtre préside à tous ces événements qui se succèdent sans cesse autour de nous, et dont nous nous efforcerions en vain de découvrir la cause et le principe! — Les jeux de hasard sont ceux dans lesquels l'adresse

36

ou la combinaison ne peuvent rien, tels sont : les cartes, les dés, etc.

HASTAIRE. Les hastaires formaient une infanterie romaine composée de frondeurs et de gens de traits. Ce nom d'hastaires leur est venu de ce qu'ils lançaient avec la main, le dard et le javelot.

HASTÉ, en forme de javelot. Les botanistes donnent cette épithète aux feuilles comme triangulées et élargies subitement à la base en deux lobes divergents ou transversaux.

HAUBANS (*Voyez* MARINE).

HAUBERT. Ancienne armure, cotte de mailles qui garantissait tout-à-la-fois la gorge, les bras et les cuisses.

HAUSSES. Petits morceaux de papier que les imprimeurs mettent çà et là sur le grand tympan, pour rectifier les endroits où ils reconnaissent que l'impression s'affaiblit. — Hausse, petit morceau de bois placé sous l'archet du violon, de la violoncelle, etc.

HAUSSE-COL. Petite plaque de cuivre en forme de croissant que les officiers militaires portent encore lorsqu'ils sont de service. Ce hausse-col n'est qu'un vestige d'une ancienne pièce d'armure plus considérable nommée hausse-cou, et qui formait la partie antérieure et supérieure du corselet d'infanterie.

HAUT-BOIS. Instrument de musique à vent, à huit trous, et qui donne un son très suave. Le haut-bois plaît surtout à la campagne.

HAUTE-CONTRE. Celle des quatre parties de musique qui est entre le dessus et la taille.

HAUTEUR. Physique. La hauteur est la distance la plus courte du sommet ou du point supérieur d'une figure ou d'un corps quelconque à la ligne horizontale. Ainsi la hauteur d'une tour, d'une montagne (*Voyez* ce mot), est la ligne perpendiculaire abaissée du sommet de la tour ou de la montagne sur la ligne horizontale.

Hauteur de quelques monuments remarquables :

La plus haute des pyramides d'Égypte,	449 pieds
Le clocher de Strasbourg, au-dessus du pavé,	437 —
La tour de St. Étienne, à Vienne (Autriche),	424 —
La tour de Saint-Michel, à Hambourg,	406 —
La coupole de Saint-Pierre de Rome,	405 —
Le clocher de la cathédrale de Chartres,	378 —
La tour de la cathédrale de Malines,	348 —
Saint-Paul de Londres,	338 —
Le dôme de Milan,	335 —
La flèche des Invalides, à Paris, au-dessus du pavé,	324 —
La balustrade des tours de la cathédrale de Reims,	253 —
Le sommet du Panthéon a 335 pieds au-dessus des moyennes eaux de la Seine; — au-dessus du pavé,	244 —
La tour de Saint-Ouen, de Rouen,	250 —
La balustrade de la tour méridionale de Notre-Dame de Paris est de 223 pieds 3 pouces au-dessus des moyennes eaux de la Seine, — au-dessus du pavé,	205 —
Tour de la cathédrale de Troyes,	172 —
La plate-forme de l'observatoire de Paris est au-dessus des moyennes eaux de la Seine de	185 —
Colonne de la place Vendôme, au-dessus du pavé	132 —

On estime que la hauteur d'un vaisseau français de 120 canons est de 225 pieds au-dessus de la quille, et de 200 pieds au-dessus de l'eau. — Les eaux moyennes de la Seine sont 103 pieds au-dessus du niveau de la mer.

HAUTEUR, en *astronomie*, se dit du degré d'élévation d'un astre sur l'horizon dans un moment donné.

On obtient à l'aide du *graphomètre* la hauteur du soleil à un instant quelconque. L'angle que forme avec l'horizon le rayon visuel dirigé au centre de cet astre, s'obtient aussi avec le secours du graphomètre, instrument propre à mesurer cette hauteur. — On estime communément la hauteur de l'atmosphère jusqu'à l'endroit où elle peut réfléchir de la lumière, 15 lieues de 2283 toises chacune ; et jusqu'à l'endroit où elle peut supporter des nuages, deux lieues environ.

HAVRE. Le mot hâvre désignait autrefois tout port de mer, soit créé par la nature, soit créé par la main de l'homme, qui pût servir de refuge aux navires durant les tempêtes. Aujourd'hui, le nom de Hâvre n'est plus donné qu'à certains ports : tel le Hâvre-de-Grâce, etc.

HAVRESAC. Sac que nos soldats portent derrière le dos, et qui renferme leurs provisions. Autrefois, ce sac n'était que de toile ou de coutil, et n'était désigné, par l'infanterie française, que sous le nom de knapp-sack, mot allemand qui se traduisait par besace de queux. Ce nom lui demeura jusque sous le règne de Louis XIV, époque à laquelle le bon sens français crut bien faire que de substituer à knapp-sack, l'expression hâvresac ; plus tard, ce sac, au lieu d'être de toile, fut de peau à poil, tel que nous le voyons aujourd'hui ; et le temps amenant d'autres améliorations, il fut divisé, à l'intérieur, par des planchettes, en petits compartiments, aussi utiles pour la propreté que pour la commodité du soldat.

HEAUME. Nom d'un ancien casque en usage parmi la cavalerie, et qui, dans le principe, simple capuchon de fer, sans aucun ornement, s'embellit par la suite, d'un cimier et d'un panache. Les lambriquins y furent même ajoutés.

HÉBÉ (*Voyez* MYTHOLOGIE).

HÉCATE. Fille de Jupiter et de Latone, sœur d'Apollon ; cette divinité étrange exerçait en même temps sa puissance, dans les cieux sur la terre, et dans les enfers. Tantôt elle présidait aux accouchements et protégeait les enfants ; tantôt elle faisait prior son père d'immoler les étrangers jetés par la tempête sur les rivages de la Chersonèse Taurique ; tantôt elle se présentait sous la forme d'un triple corps, ou bien encore elle tenait en ses mains, des chaînes et un poignard. Selon les diverses fonctions qu'on lui attribuait, on lui donnait les noms de Lucine, Diane ou Hécate.

HÉCATOMBE. Ce mot signifie un sacrifice de cent bœufs, qui dans l'antiquité païenne, étaient immolés en même temps sur cent autels de gazon et par cent prêtres différents. A défaut de bœufs, on offrait également cent bêtes de la même espèce, telles que les brebis ou les chèvres. Cette cérémonie était surtout usitée chez les Lacédémoniens qui chaque année, offraient cent bœufs en sacrifice, un dans chacune de leurs villes au nombre de cent, ce qui formait un Hécatombe. Quelques-uns ont prétendu que le sacrifice de vingt-cinq bêtes, que les anciens substituaient souvent au premier, constituaient un véritable hécatombe, parce que ce nombre de victimes produisait cent pieds : et pour appuyer leur assertion, ils font dériver hécatombe, des deux mots grecs ἑκατὸν πούς (cent pieds), et non de ἑκατὸν, βοῦς (cent bœufs).

HÉDÉRINE. Suc gommo-résineux qui découle du tronc des vieux lierres dans les pays méridionaux. L'hédérine du commerce vient de l'orient. Cette résine est d'un jaune-rougeâtre sans odeur, à moins qu'on l'approche du feu ; car alors elle répand une odeur agréable qui approche de celle de l'encens oliban. Elle entre comme résolutive dans plusieurs onguents.

HÉGIRE. L'on a été fort long-temps avant de s'accorder sur la signification spéciale de ce nom. Cependant, à force de recherches multipliées, il a été bien prouvé que ce mot voulait dire l'époque d'où part l'ère des mahométans, époque à laquelle ils avaient donné le nom (d'Hedjra), mot qui veut dire fuite, et qui a été ensuite traduit à tort par ce mot hégire. (l.'hégire date de l'an 622 de l'ère chrétienne). Les mahométans voulaient dire, par ce mot fuite, que Mahomet avait quitté la Mecque, sa ville natale, pour se soustraire aux Koréïchites ses ennemis, et se refugier chez les Iatribs. Chassé par ses compatriotes comme un imposteur, Mahomet fut considéré parmi les Iatribs comme un prophète. — Les mahométans ne comptent que par années lunaires de 354 jours, 8 heures, 48' 38'' 12'''.

HÉLIADES. Mythologie, Lampétuse, Lampétie et Phétuse, appelées communément les *Héliades*, pleurèrent la mort de Phaëton, leur frère, avec tant de sincérité que, pour les récompenser, Jupiter les changea en peupliers, et leurs larmes en ambre.

HÉLIAN. Montagne consacrée à Apollon et aux muses qui y faisaient leur séjour. La merveilleuse source d'Hippocrène, que le cheval Pégase fit jaillir en entrouvrant du pied la terre, coulait au pied de ce mont, et celui qui était assez heureux pour boire de ses eaux, dès ce moment même, devenait poète. L'Hélicon est voisin du Parnasse également célèbre dans la fable.

HÉLIANTHE. L'un de nos botanistes les plus distingués, Tournefort, avait confondu à tort l'hélianthe et plusieurs espèces connues sous le nom de *corona solis*. Les hélianthes viennent de l'Amérique et sont très reconnaissables, surtout par leurs fleurs, leurs folioles lâches et leurs tiges herbacées; elles ont un réceptacle entouré de paillettes très brillantes; leurs graines sont d'un noir brun, recouvertes par deux espèces de crêtes molles et caduques, en forme de couronne. La feuille de l'héliánthe est très rude au toucher; la couleur de sa fleur est jaune. — Il y a deux espèces principales d'héliánthes; la première se distingue par son caractère nutritif; c'est le topinambour ou poire de terre. Elle est originaire du Brésil. — L'autre espèce d'héliánthe, plante du Pérou, remarquable par la forme de ses fleurs, à la tige très haute et recouverte d'une espèce de poil serré; les fleurs sont jaunes, et la graine qu'elle produit est huileuse: c'est la plante connue vulgairement sous le nom de *soleil*. — L'héliánthe est aujourd'hui très répandue dans nos jardins; sa forme, la hauteur de sa tige, et la couleur de sa fleur, offrent aux curieux un coup-d'œil agréable.

HÉLIAQUE. Épithète que les astronomes donnent au lever et coucher des astres. Chaque année, le soleil, par son mouvement apparent d'Occident en Orient, rencontre les différentes constellations, et par l'état de sa lumière, il les rend invisibles pour nous; c'est le *coucher héliaque*. Lorsque, après avoir traversé une constellation, il en est assez loin vers l'Orient pour se lever environ une heure plus tard, la constellation se voit avant le lever du soleil. C'est ce que les astronomes appellent le *lever héliaque*.

HÉLIOTROPE, de ήλιος, soleil; τρέπω, tourner. Nom générique des plantes dont le disque se tourne du côté du soleil. L'héliotrope est une plante agréable à la vue, et ne l'est pas moins à l'odorat. On en conserve l'hiver dans les terres chaudes ou dans les appartements; elle les décore, et les parfume d'une odeur suave qui approche de la vanille. Si on frotte avec cette herbe les verrues ou les cors, on les guérit.

HELLÉBORE (*Voyez* ELLÉBORE).

HÉMAPHOBE. Mot par lequel on qualifie une personne qui ne peut voir couler du sang sans une vive émotion.

HÉMOSTATIQUE. Cette partie de la physiologie a pour objet les lois de l'équilibre du sang dans les vaisseaux, ainsi que les rapports entre la force d'impulsion et la force de résistance que ce liquide éprouve dans son cours.

HÉMATINE. Le bois de campêche ou bois d'Inde, contient un principe colorant. Ce principe est l'hématine. Il se trouve en petits cristaux aiguillés, d'un rose blanchâtre contenant de l'hydrogène, de l'oxygène, du carbonate, de l'azote. Mêlé aux acides, l'hématine jaunit; elle prend une teinte rose, lorsque les acides sont en trop grande quantité. Les alcalis et les oxydes métalliques qui peuvent former des sels lui donnent une teinte violette.

HÉMATOSE. Transformation du chyle en sang par le moyen de la respiration. Le poumon est l'unique organe de l'hématose; quand le sang sort de cet organe, il a toute sa perfection, et cette perfection, il la doit à l'absorption de l'oxygène atmosphérique quand il se trouve en contact avec l'air dans l'acte respiratoire.

HÉMISPHÈRE, de σφαίρα, demi-globe, la moitié du globe terrestre; les deux hémisphères que détermine chaque méridien, sont distingués par les noms d'*hémisphère oriental* et d'*hémisphère occidental.*—Les physiciens donnent le nom d'*hémisphère de Magdebourg* à deux grandes demi-sphères concaves de cuivre ou de laiton; l'une est garnie d'un robinet par lequel on l'ajuste à la machine pneumatique; l'autre porte un anneau au milieu de sa convexité pour être facilement suspendue. Ces deux demi-sphères jointes ensemble, forment un globe que l'on prive d'air en adaptant le robinet à la machine pneumatique. La pression de l'air extérieur, qui n'est plus contrebalancée par l'air intérieur des hémisphères, est tellement forte qu'on ne peut les séparer l'un de l'autre, à moins d'employer une force d'autant plus considérable que le diamètre des hémisphères est plus grand. — Par extension, les anatomistes appellent *hémisphères* du cerveau, *hémisphères* du cervelet, les deux moitiés latérales de ces organes.

HÉMOPTYSIE. Crachement de sang. Il y a deux espèces d'hémoptysies. L'une n'est tout-à-fait qu'accidentelle, et n'a d'autre cause qu'une chute, une contusion à la poitrine, ou l'irritation de cet organe par une constitution pléthorique, ou une profession qui exige un exercice immodéré de la voix. Cette première espèce d'hémoptysie, dont beaucoup de personnes sont long-temps affectées sans en être gravement incommodées, ne demande d'autre soin que le repos, une boisson mucilagineuse, l'eau d'orge, par exemple ou le petit lait. Quand cette affection est causée par la suppression d'une fluxion habituelle, menstruelle ou autre, une émission sanguine la fait disparaître promptement. L'autre espèce d'hémoptysie, qui tient à la mauvaise constitution du sujet, à la conformation vicieuse de la poitrine, à une disposition à la phthisie pulmonaire, est une maladie dangereuse. On la considère souvent comme le premier degré de la phthisie. Nous parlerons de son traitement à l'article PHTHISIE. — On a vu certains exemples d'une hémoptysie foudroyante, qu'on appelle *apoplexie pulmonaire*. Dans cette affection, le malade est étouffé par un afflux extraordinaire de sang dans la poitrine.

HÉMORRHAGIE. Effusion de sang, due à la rupture de vaisseaux sanguins, ou à l'exhalation. La médecine a établi un grand nombre de divisions et de subdivisions des hémorrhagies par exhalation: 1° hémorrhagies des membranes muqueuses qui comprennent l'épistaxis ou saignement de nez, l'hémoptysie ou crachement de sang, l'hématémèse ou vomissement de sang, les hémorrhoïdes fluentes, l'hématurie ou le pissement de sang; 2° les hémorrhagies du tissu cutané, cellulaire, séreux et synovial. On divise encore les hémorrhagies par exhalation en hémorrhagies actives, c'est-à-dire produites par une surexcitation générale, et en *passives*, c'est-à-dire causées par la débilité. — La cause des hémorrhagies actives, qui sont toujours précédées d'un sentiment d'ardeur, de picotement, est une constitution pléthorique, l'excès de table. Quand les hémorrhagies actives sont peu considérables, il ne faut pas les arrêter ; car elles sont souvent salutaires. Mais quand elles sont trop abondantes ou saignantes, il faut leur opposer des antiphlogistiques, la diète, le repos, l'usage des boissons froides, des émissions dérivatives. On cite des hémorrhagies extraordinaires. Une femme entr'autres qui en une seule année avait perdu 400 livres de sang. — Les hémorrhagies *passives* attaquent ordinairement les constitutions faibles et maladives ; elles se joignent aux défaillances, aux faiblesses de pouls. Dans ce genre d'accès, il faut ranimer les forces par l'emploi des toniques, des fortifiants. — Les hémorrhagies qui proviennent des plaies, des blessures, se nomment hémorrhagies traumatiques, et sont du domaine de la chirurgie. On peut leur opposer la ligature, la compression, ou un autre hémostatique consistant en une poudre composée de colophane 4 parties, gomme arabique 2 parties, et charbon 1 partie.

HÉMORRHOIDES. On entend par ce mot, soit des tumeurs sanguines internes ou externes, ovoïdes, d'une couleur bleuâtre, qui surviennent à l'anus ; soit l'écoulement du sang qui accompagne assez souvent ces tumeurs. Cette affection, très rare dans l'enfance, commune chez les adultes et chez l'homme fait, n'est dangereuse que dans les dégénérescences auxquelles parfois elle donne lieu. Mais elle est fort douloureuse, et empêche souvent ceux qui en sont atteints de marcher, et les force même à garder le lit. Les causes de cette incommodité sont les professions ou les habitudes qui demandent une position assise ou l'approche du feu, la constipation, la suppression des menstrues, l'état de grossesse, l'accouchement laborieux. Le traitement consiste à combattre la cause des hémorrhoïdes par les délayants, l'éloignement du feu, le repos, les bains tièdes, presque froids, quelques frictions sur les tumeurs avec l'onguent populéum. On doit surtout faire des efforts de pression pour faire rentrer les tumeurs. Ce n'est que dans les cas où l'hémorrhagie abondante peut compromettre la vie du malade qu'il faut avoir recours à la saignée. On peut employer, mais rarement, les sangsues ; et il faut éviter de piquer les tumeurs.

HERBAGE. Toute sorte d'herbes. En agriculture on entend par *herbages* des prés qui sont sur le bord des collines ; l'herbe en est meilleure : celle des marais est la pire espèce. *Voyez* PRÉS, PRAIRIES.

HERBE. On nomme ainsi toute plante qui perd sa tige en hiver. Les *simples* sont des herbes recueillies pour les usages de la pharmacie et de la médecine. Ordinairement elles se récoltent avant l'épanouissement des fleurs, mais après le développement complet des feuilles, le matin, par un temps sec, aussitôt la rosée dissipée.

HERBIER. Collection de plantes sèches, classées méthodiquement et placées dans des boites ou dans des livres, afin de les conserver pour l'étude de la botanique. On appelle aussi *herbiers* les ouvrages contenant la description et les figures des plantes d'un pays.

HERCULE. Constellation boréale. La ligne qui va de la lyre à la couronne traverse un quadrilatère composé de quatre étoiles de troisième grandeur. C'est *Hercule* placé dans l'attitude d'un homme *agenouillé*. La *tête* d'Hercule, étoile de second grandeur, se trouve à 75 degrés du pôle. Le *Rameau et Cerbère* est un petit groupe peu visible qu'on rencontre en allant de l'épaule du serpentaire à la lyre. Hercule paraît combattre et écraser sous ses pieds le dragon qui gardait les pommes précieuses du jardin des Hespérides. Hercule se couvre la tête la première, ayant l'air d'être suspendu par les pieds au cercle arctique. Il se lève les pieds les premiers. Sa jambe reparaît avec la Balance, le milieu de son corps avec le Scorpion, sa main gauche et sa tête avec le Sagitaire, de manière à mettre trois signes dans la durée de son développement. (*Voyez* MYTHOLOGIE.)

HÉRÉSIE. Doctrine condamnée par l'Eglise, de αἵρεσις, choix. L'hérésie d'Eutychès, abbé d'un mona-

stère de Constantinople, au cinquième siècle, était de n'attribuer à J.-C., qu'une seule nature, selon lui, la nature humaine ayant été absorbée par la nature divine. Eutychès fut condamné en 445, dans un synode (assemblée ecclésiastique), par Flavien, évêque de Constantinople, et plus tard, en 451, par le concile général de Chalcédoine. L'hérésie des monothélites, dont Sergius, patriarche de Constantinople en 1629 se déclara le chef, constituait, tout en reconnaissant deux natures dans J.-C., à ne lui attribuer qu'une volonté et qu'une action. L'empereur Héraclius fut entraîné par cette hérésie, qu'il autorisa par un édit qu'il nomma *Ecthèse*, c'est-à-dire, exposition de la foi. Toutes ces erreurs furent condamnées dans le sixième concile œcuménique (universel) tenu en 681, et dans plusieurs autres conciles.—Dioscore, patriarche d'Alexandrie, succéda à St.-Cyrille en 444, et défendit les erreurs d'Eutychès, qu'il fit approuver dans le conciliabule d'Ephèse, en 549. De retour à Alexandrie, il osa excommunier le pape saint Léon ; mais il fut déposé, l'année suivante, au concile général de Constantinople. Il fut condamné ensuite au concile général de Chalcédoine, en 452, et mourut misérablement en exil, en 458. — Barsuma, métropolitain de Nisibe, contribua beaucoup à propager, par ses intrigues et ses violences, dans la Chaldée et la Perse le *nestorianisme*, presque anéanti à la mort de Nestorius, son auteur, qui admettait deux personnes en J.-C. Barsuma voulut ajouter encore aux doctrines de Nestorius, et soutint que le mariage devait être permis aux évêques et aux prêtres ; il donna lui-même l'exemple de cette infraction aux lois ecclésiastiques. Appuyé par *Sirous*, roi de Perse, il en vint ensuite à déclarer la guerre ouverte aux fidèles orthodoxes dont il fit périr jusqu'à sept mille. Barsuma mourut en 487. — Il serait trop long de détailler les hérésies qui ont surgi depuis l'origine du christianisme, soit du sein des fidèles, soit parmi les nouveaux convertis. Dans le premier siècle, on compte douze principaux hérésiarques, parmi lesquels Simon le magicien, les Nazaréens, Alexandre, etc.— Dans le 2e siècle, trente-six principaux, parmi lesquels les Gnostiques, les Séleuciens, les Montanistes.— IIIe siècle. Vingt-deux, parmi lesquels les Manichéens, les Donatistes, Privat, Tertullien, Origène, Paul de Samosate, Praxéas. — IVe siècle. Trente-un, parmi lesquels les Ariens, les Eusébiens, les Priscillianistes.— Ve siècle. Dix-huit, parmi lesquels les Pélagiens, les Nestoriens, les Eutychiens, le faux Moïse. — VIe siècle. Quatorze, parmi lesquels les Prédestinatiens et Didier de Burdeau. — VIIe siècle. Onze, parmi lesquels les Mahométans, les Arméniens. — VIIIe siècle. Neuf, parmi lesquels les Iconoclastes et les Albanais.— IXe siècle. Six, parmi lesquels Photius et Jean Scot.— Xe siècle. On ne connaît pas d'hérésie pendant le cours de ce siècle.—XIe siècle. Six, parmi lesquels les Simoniaques, Bérenger et Michel Cérulaire. — XIIe siècle. Dix-sept, parmi lesquels les Vaudois, les Arnoldistes, Abailard, Démétrius de Lampe. — XIIIe siècle. Huit, parmi lesquels les Flagellants et Didier Lombard.—XIVe siècle. Vingt-un, parmi lesquels les Bégars et les Béguines, les Quiétistes, les Illuminés, les Wicléfites, les Frères de la croix, les Templiers. — XVe siècle. Dix-sept, parmi lesquels les Hussites, les Russiens.—XVIe siècle. Trente-trois, parmi lesquels, les anabaptistes, les sociniens, les Episcopaux et les Puritains en Angleterre : Luther, Calvin, Zuingle, Michel Servet, Théodore de Bèze.— XVIIe siècle. Onze, parmi lesquels les Jansénistes, les Presbytériens en Ecosse, les Illuminés en Espagne, les Quakers. — XVIIIe siècle La révolution de 89 donne l'essor à une foule d'hérésies ou de folles conceptions contre le christianisme. — XIXe siècle. Cinq, parmi lesquels la petite église, Saint-Simon, Fourier, l'abbé Châtel.

HÉRISSON, quadrupède. Le hérisson d'Europe se trouve dans les bois et les haies. Il forme son nid de mousse ; l'hiver il se cache dans les forêts. Il chasse la nuit ; se nourrit de crapauds, de vers, de coléoptères (insecte à ailes dures et épaisses), de crabes, d'écrevisses, de petits oiseaux, de fruits, même de cadavres. Il creuse dans la mousse, nage facilement, et il est monogame (aimant être seul). Lorsque le hérisson a peur, il se roule en boule, ses épines dressées et croisées. En domesticité, il chasse les rats. La femelle a de chaque côté cinq mamelles, trois pectorales, deux ventrales ; elle s'accouple au printemps, et met bas au commencement de l'été de trois à cinq petits. Sa chair n'est pas mangeable. La longueur du corps est de dix pouces. Le museau est effilé ; la lèvre supérieure fendue ; les oreilles larges, courtes, velues ; les yeux petits et noirs ; les poils de la tête d'un blanc fauve, mêlé de blanc ; ceux du cou, des pieds, fauves, entremêlés avec les épines ; ceux de la queue plus obscurs, ceux de la gorge d'un blanc cendré, ceux de la poitrine et du ventre les mêmes, mais mélangés de fauve ; les épines d'un jaune cendré aux extrémités, rousse au milieu. Le hérisson d'Asie (histtix brachyura) est celui qui fournit la pierre précieuse appelée *pietra del porco*.

HERMAPHRODITE, de Εϱμης, Mercure et Αϕϱοδιτη, Vénus, parce que la Fable donnait ce nom à un fils de Mercure et de Vénus, lequel on supposait avoir les deux sexes. La nature prévoyante a créé hermaphrodites ou des deux sexes les êtres inactifs, d'un degré au-dessus des algues, des champignons. Ainsi les zoophites, les mollusques, les gastéropodes, sont hermaphrodites. Car l'existence de ces êtres sans mouvement étant très faible, leur race aurait fini par disparaître si chacun d'eux n'eût été capable de se reproduire seul. Quant aux animaux vertébrés, l'hermaphrodisme n'a jamais été parmi eux, et si on a prétendu avoir rencontré ces sortes d'individus, cette opinion n'était le fruit que de l'erreur ou d'observations peu attentives sur des êtres dont les organes sexuels étaient mal conformés ou peu développés.

HERMES. Les Grecs et les Romains donnaient le nom d'Hermès à certaines statues de Mercure, sans bras et sans pieds qu'ils plaçaient sur les grands chemins et dans les carrefours. Selon l'opinion de quelques-uns, l'Hermès était l'emblème de la vérité, parce que cette statue, d'un pied carré, reposait toujours sur une base solide et droite, dans quelque sens qu'on la mît.

HERMÉTIQUEMENT. Boucher *hermétiquement*, un vase, un tube de verre, c'est le boucher en fondant une de ses extrémités à la lampe. C'est à un ouvrier nommé *Hermès* que nous devons cette invention.

HERMINE. Petit animal qui habite les régions septentrionales de l'ancien et du nouveau Continent. Les fourrures que nous fournit la peau de l'hermine sont très recherchées, à cause de leur éclatante blancheur. Ce joli petit animal à l'air vif et fin, est d'une agilité surprenante. Il habite les lieux les plus sauvages, dans des climats froids le plus ordinairement. On parvient, quoique avec beaucoup de peine, à l'apprivoiser. La viande et les œufs sont ses mets favoris.

HERMITE et mieux **ERMITE**, de εϱημος, désert. Solitaire qui s'est retiré dans un désert. Le christianisme venant à se relâcher, quelques dévots personnages, qui voulaient conserver les vertus des premiers chrétiens, résolurent d'abandonner le monde et d'aller se recueillir dans la solitude. De là est né l'état monacal, qui devait être comme le modèle de la perfection. Selon saint Jérôme, un chrétien, fuyant la persécution de Décius (245 de J.-C.) et les embûches de son beau-frère qui voulait le livrer pour avoir son bien, s'alla cacher dans un désert. Il y resta assez long-temps. Tout-à-fait désabusé du monde, lorsqu'il lui fut possible d'y rentrer, il resta volontairement dans la retraite qu'il avait choisie pour se soustraire à l'injustice des hommes. D'autres,

touchés par son exemple, embrassèrent son genre de vie. Saint Antoine, qu'on peut appeler le père des ermites, était né Coma dans l'Egypte supérieure, et avait hérité d'une grande fortune, qu'il quitta pour se livrer à la retraite. Il passa 20 ans dans une cellule solitaire. Sa réputation lui attira des disciples, et bientôt ce désert fut peuplé de monastères. Dans la persécution de Maximin, saint Antoine porta des consolations aux chrétiens d'Alexandrie. Quand l'orage fut passé, il retourna dans sa solitude. Il revint encore à Alexandrie en 335, pour appuyer les orthodoxes contre les Ariens. Il mourut en 356. (*Voyez* MONASTÈRE).

HERNIE, (vulgairement *descente, effort.*) Tumeur formée par une partie de viscère qui a rompu son enveloppe naturelle et vient saillir au dehors. On distingue plusieurs espèces de hernies : hernie du cerveau (encéphalocèle), hernie de l'estomac (gastrocèle), hernie du foie (hépatocèle), hernie de la matrice (hystérocèle), hernie de la vessie (cystocèle), hernie de l'ombilic (exomphale), hernie de l'aine (inguinale), hernie ayant lieu par l'arcade crurale (mérocèle). Cette infirmité est très commune chez les enfants, par suite des cris perçants qu'ils poussent, de leurs sauts et de leurs efforts imprudents. Elle se voit très fréquemment aussi chez ceux qui se livrent à l'exercice de l'équitation, ou dont les professions exigent des efforts violents ; chez les musiciens qui se servent d'instruments à vent. La grossesse y donne quelquefois lieu. Cette maladie guérit assez facilement chez les enfants et même chez les personnes d'un âge plus avancé, mais qui ont de l'embonpoint, quand on se hâte d'y porter remède, en maintenant la hernie avec un bandage qu'on ne doit quitter ni le jour ni la nuit. Mais quand cet accident arrive à des personnes d'un tempérament sec, ou quand on néglige d'y apporter remède, elle est d'une guérison presque impossible, et présente ordinairement de grands dangers. Quand les hernies sont réductibles, c'est-à-dire, quand à l'aide de la pression, on les fait rentrer dans leur cavité naturelle, c'est une chance de plus de guérison ; mais quand elles sont irréductibles, c'est-à-dire quand il est impossible de les faire rentrer, elles donnent souvent lieu à la gangrène, qui est promptement suivie de la mort.

HÉROISME. Grandeur d'âme signalée par les traits éclatants et sublimes qui constituent les héros. L'héroïsme consiste dans la pratique des vertus difficiles. — C'est le nom que nommaient *héros* ou *demi-dieux*, ceux qui descendaient de quelque dieu, soit du côté paternel, soit du côté maternel, ou dont le père ou la mère avait cet avantage ; comme Persée, Hercule, Thésée, Castor et Pollux, Jason, Orphée, Cadmus, Achille, etc. — On appelle *héroïde*, une épître en vers composée sous le nom d'une héroïne ou d'un héros.

HÉRON. Cet oiseau, qui se nourrit de poisson ou, à défaut de poisson, de grenouilles ou de limaces, saisit sa proie en se promenant sur ses longs pieds au bord des lacs ou dans les plaines marécageuses où serpentent mille ruisseaux. Immobile, l'œil en feu, il guette avec anxiété la tanche et le goujon qui se jouent dans l'eau ; quand il trouve l'instant favorable, déployant son cou allongé que surmonte un long bec, il le plonge en un clin-d'œil au fond de l'eau, et l'en retire bientôt assuré de sa conquête.

HÉROS. L'on comprend généralement sous cette dénomination tous les guerriers qui se sont le plus illustrés par leurs hauts faits, dans l'ordre physique ; mais dans un sens différent, on donne ce nom à ces âmes nobles et magnanimes qui se montrent généreuses envers un ennemi, qui savent supporter un affront et recevoir les applaudissements avec un caractère égal, qui enfin dans l'adversité et au milieu même des plus cruels tourments, préfèrent obéir à la voix de leur conscience plutôt que de se soumettre aux ordres injustes d'un homme quelque puissant qu'il puisse être. Combien de héros chrétiens dont les noms sont inscrits dans les Annales de la religion catholique! Ces hommes qui donnèrent leur vie pour la défense de leur foi et qui en mourant, pardonnaient à leurs ennemis à l'exemple de leur divin modèle, Jésus-Christ, ne méritent-ils pas mieux le nom de héros, que ces conquérants de l'antiquité païenne, qui promenaient partout le deuil et la mort? — Le personnage qui joue le principal rôle sur la scène, ou qui est le sujet essentiel de l'action dans une composition littéraire quelconque, se désigne aussi par le nom de héros, si c'est un homme, et celui de héroïne, si c'est une femme.

HERSCHEL ou **URANUS.** Cette planète fut découverte le 1er mars 1781 par *Herschel*, célèbre astronome anglais. (*Voyez* URANUS.)

HERSE. Instrument d'agriculture en forme d'échelle courte et large, garnie de dents de fer, et destiné à briser les mottes de terre.

HESPÉRIDES. Les anciens ne sont point d'accord sur la situation du jardin fabuleux *des Hespérides.* Virgile, suivant l'opinion la plus commune, l'a placé sur les bords de l'Océan, au voisinage du Mont-Atlas; Pline en fixe la position près de *Lixus*, dans la Mauritanie Tingitane. Si l'on en croit le poète Claudien, ce jardin se trouvait dans l'Afrique propre, sur le fleuve *Triton.*

HESPÉRIDINE. Principe cristallisable contenu dans la partie blanche qui recouvre les fruits des *hespéridées* (famille naturelle des orangers). L'hespéridine qui est d'une couleur blanche, brillante, se fond en résine à une température au-dessus de 100°; elle est insoluble dans l'eau et l'éther, mais soluble par les alcalis, etc.; avec les sels de fer peroxydés, elle donne une couleur cramoisie.

HÊTRE. Arbre qui croît naturellement en Europe et dans l'Amérique Septentrionale. Son bois est blanc, dur et sec; il est le plus estimé pour le chauffage. Le hêtre est un bel arbre, gros, grand, touffu, et surtout possédant des proportions régulières. C'est avec du hêtre que les ébénistes fabriquent principalement de petits ouvrages de fantaisie et de décor. Les fruits du hêtre se nomment *faines*, et servent à la fabrication d'une huile dont le prix est modéré, et dont l'usage est assez commun, quoiqu'elle soit loin d'avoir le goût suave de l'huile d'olives.

HIATUS. Bâillement causé par le concours vicieux des voyelles. — Les anatomistes emploient ce mot pour dénommer certaines ouvertures. *Hiatus* de Fallope : ouverture de l'os temporal par laquelle passe une branche du nerf vidien.—*Hiatus* occipito-pétreux, trou déchiré postérieur du crâne.—*Hiatus* de Winslow, ouverture qui donne passage à l'arrière cavité du péritoine.

HIBERNACLE. Terme de botanique, par lequel on désigne toutes les parties d'une plante qui enveloppent les jeunes pousses pour les préserver du froid; les bourgeons, par exemple, sont des hibernacles.

HIÈBLE. Plante de la famille des chèvrefeuilles, d'un usage très fréquent dans l'ancienne médecine, et aujourd'hui presque entièrement abandonnée. Sa racine jouit d'une propriété émétique purgative et diurétique. Ses fleurs sont stimulantes et provoquent la transpiration.

HIÉRARCHIE. De ιερος, sacré; αρχη commandement. Ordre et subordination des neuf chœurs des anges et des divers degrés de l'état ecclésiastique. Ce fut saint Pierre qui commença la hiérarchie; son successeur fut Lin (67 de J.-C) ; à celui-ci succéda Clément, et cette chaîne de pontifes ne s'interrompit plus pendant dix-huit siècles. Le *sacerdoce* et le *diaconat*, deux autres grandes divisions de la hiérarchie, s'établirent avec la dignité épiscopale. Dès le second siècle,

la ville de Lyon est qualifiée, dans les actes civils, de *ville métropolitaine*, et Srédée qui en était évêque, gouvernait toute *l'église gallicane.* Cependant plusieurs auteurs font remonter au temps des apôtres l'origine du *patriarchat.* Le nom de *cardinat* se donna d'abord indistinctement aux premiers titulaires des églises ; ils devinrent peu à peu le conseil permanent des papes, et le droit d'élire le souverain pontife passa dans leurs mains quand le nombre des fidèles devint trop nombreux pour être assemblés. La même cause qui avait donné naissance aux cardinaux près des papes produisit les *chanoines* près des évêques; c'était un certain nombre de prêtres qui composaient le conseil épiscospal. Les affaires du diocèse augmentant, les membres de l'assemblée furent obligés de se partager le travail ; les uns furent appelés *grands vicaires*, les autres *vicaires, etc*, selon l'étendue de leur charge. Le conseil entier prit le nom de *chapitre* et les conseillers celui de *chanoines*, qui ne veut dire que administrateur canonique. De simples prêtres nommés par les évêques à la direction d'une communauté religieuse furent la source des *abbés*. Les évêchés étant devenus d'une très vaste étendue, on éleva des églises dans les campagnes ; de là les *paroisses;* et les ministres attachés à ces temples furent nommés *curés*, du mot latin *cura* qui signifie soin.

HIÉROPHANTE. Nom que l'on donnait à la personne chargée d'enseigner les mystères sacrés aux initiés.

HILE. Terme de botanique, pour désigner la cicatricule observée sur l'épisperme ou tégument propre de toutes les graines. Ainsi la marque noire que présente à l'une de ses extrémités la fève de marais, se nomme le *hile.*

HIPPANTHROPIE. Espèce de monomanie dans laquelle le malade se croit métamorphosé en cheval.

HIPPIATRIQUE. Science qui apprend à connaître et à traiter les maladies des chevaux — Le mot *hippiatre* est synonyme de *vétérinaire.* Nous avons en France trois écoles vétérinaires : celle de Lyon, celle de Toulouse et enfin celle d'Alfort près Paris. Cette dernière a été licenciée en juin 1832 et réorganisée peu après. On fait dans ces écoles des cours d'anatomie, de maréchallerie et de jurisprudence vétérinaires. Les chaires sont données après des concours dont les programmes sont transmis par les préfets aux maires chargés de les publier. Il y a pour chaque école un jury d'examen composé de quatre médecins et de quatre agriculteurs instruits, nommés par le préfet. Ce jury prononce sur la capacité des élèves. Les élèves portent l'uniforme et sont soumis au même régime. La pension est de 360 fr. par an. La durée des études est de quatre ans ; après ce temps, ceux qui sont jugés assez instruits reçoivent, moyennant la rétribution de 100 fr., le diplôme de vétérinaire (*Voyez* VÉTÉRINAIRE).

HIPPOCRAS. Breuvage conseillé souvent par Hippocrate dans ses œuvres. Faites infuser dans du vin sucré, acidulé avec un peu d'eau-de-vie, de la cannelle, des amandes douces, avec de l'ambre et du musc, passez dans une chausse, et vous aurez l'hippocras.

HIPPOCRENE. Mythologie. Fontaine célèbre du mont Parnasse que *Pégase* fit jaillir d'un coup de pied.

HIPPODROME. De δρομος, course; place de Constantinople où l'on faisait des courses de chevaux. Par imitation, nous nommons *hippodrome* la lice pour la course des chevaux.

HIPPOLITHE. Concrétions (amas) qui se forment accidentellement dans les intestins du cheval. Ces calculs sont composés de phosphate ammoniaco-magnésien.

HIPPOPOTAME. Cheval marin ; quadrupède amphibie. On le trouve dans les fleuves d'Afrique.

du Niger jusqu'au cap de Bonne-Espérance, dans les lacs d'Ethiopie que le Nil traverse, dans le Nil supérieur. L'hippopotame vit en société. Le mâle a plusieurs femelles. Il s'éloigne quelquefois de six milles du rivage; dévaste les plantations de riz, de colza, de millet. Il pâture la nuit; se nourrit aussi de racines d'arbres, jamais de poissons. On peut l'apprivoiser; car il est assez doux, mais il devient furieux s'il est blessé; dans ce cas, il attaque avec audace les bateaux chargés d'hommes. Sa marche est lente, mais il nage avec vitesse; il va au fond de l'eau, mais ne peut y rester bien long-temps. Il dort dans les îles des fleuves, couché entre les cannes; c'est là que la femelle met bas un seul petit, qu'elle nourrit cependant, même dans l'eau. Sa voix tient du mugissement du taureau et des cris de l'éléphant. Ses dents, très blanches, sont plus dures que l'ivoire, ne jaunissent pas si facilement; c'est pourquoi on les préfère pour les dents artificielles. Sa chair, quoique dure, peut à la rigueur se manger. Sa peau, très dense, pourrait servir de cuirasse et de bouclier. L'hippopotame est presque aussi grand que l'éléphant, pesant de 4,000, à 5,000 livres. Sa longueur est de 17 pieds; sa hauteur de sept. Sa tête est grosse. Il approche par le port et la forme du tronc, du bœuf; ses pieds ressemblent à ceux de l'ours. Sa peau, très dense, très épaisse, a quelque rapport avec celle du rhinocéros; par la queue, par ses défenses, par le derrière du tronc, par le genre de vie, il se rapproche du sanglier. Sa gueule, ouverte, est très ample; ses oreilles petites, aiguës, ciliées de poils fins et courts; les yeux et les narines petits : on voit sur les lèvres des faisceaux de poils. Les dents canines, quelquefois longues de vingt-sept pouces, pèsent six livres neuf onces. Les dents molaires sont aussi très blanches; on en compte sur chaque côté de chaque mâchoire, de six à huit. La peau est de couleur obscure; les poils sont rares, blanchâtres un peu plus épais sur le dos; la queue, longue à peu près d'un pied, sans poils; les cuisses courtes, épaisses; les lobes des pieds ne sont point liés entre eux.

HIPPOGRIFFE. Monstre moitié cheval et moitié griffon qu'a créé l'imagination des poètes. C'est l'inspection d'une constellation qui fournit aux Egyptiens et aux Grecs l'idée de cet être chimérique; car du langage, ou de l'astronomie est née, comme tout le monde sait, la mythologie. Le soleil, la lune en effet ont été les premières divinités qu'ont chantées les poètes; ces deux astres leur paraissant être les chefs suprêmes qui dominaient dans les cieux, ou sur les autres astres dont ils firent des divinités subalternes.

HIRCINE. Principe que l'on rencontre dans les graisses de bouc et de mouton; il est liquide et très odorant. Par la saponication, il donne un corps gras particulier appelé *acide hircique*.

HIRONDELLE. Cet oiseau recherche la société de l'homme. C'est sous le même toit qu'il habite en effet, au sein des villes les plus peuplées. L'hirondelle se nourrit d'insectes qu'elle saisit en volant. Tantôt elle rase la terre, et tantôt s'élève dans les airs, selon que le ciel est plus pur ou plus chargé. A l'approche de l'hiver, l'hirondelle fuit nos contrées pour y reparaître au printemps. L'opinion commune est qu'elles vont habiter, durant les rigueurs de l'hiver, les contrées lointaines que le soleil échauffe de ses rayons.

HIRUDINÉES. *Annélides* suceurs, ou vers à sang rouge, formant la cinquième classe de la troisième grande division du règne animal, et auxquels la sangsue a donné son nom. Toutes les sangsues dont le corps est dépourvu d'appendices membraneux, sont des *hirudinées*.

HISTOIRE. Narration des choses dignes de remarque; récit fidèle des faits et des événements passés. On divise l'histoire en deux grandes classes : *histoire sacrée* et en *histoire profane* : l'histoire sacrée récite ce qui s'est passé par rapport à la religion et au culte de Dieu, parmi les patriarches et les juifs, ainsi que parmi les chrétiens depuis le commencement du monde jusqu'à présent. L'histoire profane traite des affaires d'Etat et de guerre, des gouvernements, des mœurs, des cérémonies religieuses, des usages, des sciences, des arts, etc. ; des nations anciennes et modernes. Indépendamment de ces deux grandes divisions, l'histoire se compose d'une infinité de sciences partielles : la *chronologie*, qui est la science des événements, des époques ou des dates. La *science des antiquités* qui s'occupe spécialement des institutions, des mœurs, des lois, du culte, etc. L'*archéologie* qui embrasse les objets matériels, tels que l'architecture, les inscriptions, la glyptographie, la numismatique, etc. La *géographie*, ou la description des lieux. Ensuite, les sources de l'histoire sont en partie ou écrites ou monumentales ou traditionnelles. Les sources parlées sont les traditions populaires ou les légendes, les hymnes, fêtes, usages, les témoignages et les étymologies. Les sources écrites sont les archives, les relations, les bulletins, les rapports, les correspondances, les journaux et les ouvrages philosophiques et littéraires. Les sources monumentales sont les monuments d'architecture, les médailles et les inscriptions. Nous allons jeter un coup-d'œil rapide sur l'histoire des peuples les mieux connus, tant anciens que modernes, qui se sont gouvernés par des lois fixes, quelle qu'ait été d'ailleurs la forme de leurs constitutions. Notre but n'est point de faire une histoire universelle, qui présente aux yeux du lecteur, dans un même tableau, les annales de tous les peuples contemporains; nous ne voulons exposer superficiellement l'histoire de chacun de ces peuples, que d'une manière tout-à-fait spéciale et isolée.

HISTOIRE DES JUIFS. — La Genèse nous montre dans un récit d'une simplicité sublime, l'homme sortant des mains de son créateur innocent et pur; bientôt coupable de rébellion, son crime se transmet à sa postérité : l'iniquité est à son comble, Dieu châtie sa créature. Le déluge engloutit les malheureux enfants d'Adam, Noë seul et sa famille survivant au désastre afin de repeupler de nouveau la terre. Mais, les crimes renaissent; le vrai dieu est méconnu, et partout règne l'idolâtrie. Abraham, homme juste, s'établit en Chanaan, l'an 1962. Il est choisi par Dieu pour devenir le père des Israélites (ainsi appelés d'Israël : nom que reçut Jacob, petit-fils d'Abraham, après son combat avec l'ange). Les Israélites se multiplièrent à tel point, que trop resserrés dans le pays qu'ils habitaient, ils étaient près de se mélanger avec leurs voisins, et de perdre ainsi leur indépendance. Joseph, fils de Jacob, premier ministre de Pharaon, use de son crédit pour donner à ses frères une retraite près du désert. — Cependant un roi nouveau monte sur le trône et persécute les Israélites. Moïse, échappé miraculeusement au fer meurtrier, délivre son peuple en opérant plusieurs prodiges, et meurt en 1491. Josué, qui lui succède, introduit les Hébreux dans la terre promise. Les *Anciens* gouvernent d'abord ce peuple, qui, toujours rebelle et inconstant, se dégoûte de ce gouvernement patriarchal, et demande un roi. Saül règne (1068), il est rejeté de Dieu. Un berger le remplace; David, également illustre par les guerres qu'il entreprit et par ses exploits pleins de poésie et d'expression. Salomon, son fils, construit le fameux temple de Jérusalem (1015—975.) Sous Roboam qui lui succède, a lieu la séparation des royaumes de Juda et d'Israël. En 722, les Israélites sont menés captifs en Assyrie par Salmanasar. — Jérémie prédit les soixante-dix années de captivité à Babylone, et déjà Nabuchodonosor (606) roi des Babyloniens exécute la sentence portée par le prophète. Cyrus, roi de Perse, anéantit en 536 la puissance des Chaldéens, et renvoie en Palestine grand nombre de Juifs qui reconstruisent la ville et le temple. Les Samaritains forment une secte à part (336). Alexandre étend son empire sur la Judée. Cette province passe en 320 sous la domination de Ptolémée qui s'empara bientôt après de Jérusalem (312). La Judée, de 301 à 203, devint successivement la conquête de l'Egypte, puis de la Syrie. Sous Antiochus-Epiphane qui s'étant rendu maître de Jérusalem, maltraitait les Juifs, Judas-Machabée et ses frères levèrent l'étendard de la révolte (167—160). En 159, Simon-Machabée obtient de Démétrius II, roi de Syrie qui déjà l'avait décoré du titre d'éthnarque, la remise de l'impôt. La Samarie avec le temple qu'elle renfermait devint la conquête de Jean Hircan qui la détruisit (109). Alors parurent les Pharisiens, les Adducéens et les Sanhédrins ou suprême conseil des Juifs. A Jean Hircan succéda Judas Aristobule. De 79—71, Hircan et Aristobule, fils d'Alexandre Jannée se disputèrent la succession au trône. Ce fut Pompée qui décida pour le premier. Ce prince fit la conquête de Jérusalem (63) et rendit les Juifs ses tributaires. La faiblesse du prince Hircan permit à l'Iduméen Antipater d'usurper le pouvoir. Hérode son fils (40), d'abord contraint de plier devant Antigone, reçut le titre de roi avec l'Idumée des mains d'Auguste ; il extermina les Machabées ; son règne vit naître le Messie. Ses fils Archelaüs, Philippe et Hérode Antipas reçoivent d'Auguste leur part dans la succession de leur père. Des procurateurs romains sont établis sur la Judée et la Samarie. Pontius Pilatus, sous qui eut lieu la mort du Messie, fut exilé l'an 36, par des vues politiques.— Agrippa, petit-fils d'Hérode, reçut successivement la tétrarchie de Philippe avec le titre de roi, la tétrarchie d'Antipas et la part d'Archelaüs. La tétrarchie de Philippe passa seule en succession au fils de ce prince nommé aussi Agrippa ; et quant aux autres provinces, elles furent comme avant, soumises à des procurateurs romains, qui devinrent autant de tyrans. Les Juifs se révoltent contre la cruauté de Gessius Florus. Titus détruit Jérusalem en 70, et meurt vingt ans après ; c'est de cette même époque que datent la fin du règne d'Agrippa et la dispersion des Juifs.

HISTOIRE DES ÉGYPTIENS. L'Egypte, malgré les ténèbres qui enveloppent son berceau, était célèbre du temps même des Pharaons, dont les plus connus de cette époque sont : Ménès qui avait pour aïeul Noë, selon l'opinion commune ; Busiris II qui fonda la fameuse ville de Thèbes, et un troisième qui jeta les fondements de la ville de Memphis. Des rois pasteurs venus de l'Arabie, régnèrent sur cette contrée de 1700 à 1500 avant J.-C. Cette dernière époque vit naître le grand Sésostris aussi illustre par ses gigantesques que par le succès de ses armes. Après Phéron, son fils et son successeur parurent tour à tour, Protée qui fut témoin de la guerre de Troie, Rhampsinit, Chéops et son frère qui élevèrent les pyramides ; Mycerinus qui à de grands défauts unissait un vrai fond de vertu ; enfin Asychis, qui, privé de la vue, fut vaincu et exilé par Sabon, vers 763. L'Egypte, qui, vers 714, avait eu douze gouverneurs, fut réunie un siècle plus tard sous l'unique domination de Psammétique. Psammis, Apriès, Anassis et Psamménit qui fut battu par Cambyse, roi de Perse, se succèdent sur le trône de Nécho, de 594 à 525. L'Egypte n'est plus qu'une province de la Perse ; presque toujours rebelle, cette contrée devint plus tard, avec la Perse, la conquête d'Alexandre, puis elle passa au pouvoir d'un des généraux de ce conquérant, Ptolémée, fils de Lagus (328—284), qui régna également sur l'Arabie, la Phénicie, la Cœlésyrie, sur la Judée, sur Cyrène et sur Cypre. Le gouvernement primitif de l'Egypte était la théocratie ; les prêtres gouvernaient au nom de la Divinité, et formaient la caste privilégiée : les guerriers venaient ensuite. On met sans doute, jusqu'à un certain point, la profonde science qu'on a attribuée à ces prêtres. Les Egyptiens se servaient des hiéroglyphes pour représenter les idées par des images d'objets sensibles. Les pyramides, les obélisques, le lac Mœris, le labyrinthe, les temples du Soleil et de Sérapis à Hé-

liopolis, ceux de Thèbes, sont autant de monuments célèbres dont le souvenir se perpétuera à jamais dans les pages de l'histoire. Sous Ptolémée furent créés le musée et la bibliothèque d'Alexandrie. Ptolémée II Philadelphe joignit par un canal (284-286) le Nil à la mer Rouge : l'on vit fleurir les sciences et les arts. A Ptolémée III Évergète, qui porta ses armes victorieuses en Afrique et en Asie, succéda Ptolémée IV Philopator, prince sanguinaire et efféminé. Ptolémée V Epiphane monta sur le trône à l'âge de cinq ans (204-180), comme pupille des Romains. Ptolémée VI Philométor n'est connu que par les désastres, une guerre qu'il entreprit, à son détriment, contre Antiochus Epiphane, roi de Syrie.— L'Egypte, du moment où les Romains la mirent sous leur tutelle, devint le théâtre de troubles et de séditions continuelles. Le seul appui de Rome put conserver sur le trône Ptolémée VIII Physcou, qui régna en tyran. Appion, son fils, reçut en partage la Cyrénaïque, qu'il transmit aux Romains (96). Ptolémée Alexandre Ier supplanta son frère Ptolémée IX Lathure. Ptolémée Aulètes, qui vint après Alexandre, son frère Ptolémée, cédèrent Cypre aux Romains. Cléopâtre, qui d'abord partagea le trône avec son frère Ptolémée Denys, puis après la mort de celui-ci, avec Ptolémée-le-Jeune, qu'elle empoisonna, s'allia avec Antoine, fut vaincue avec ce prince par Octave en 31, et périt de sa propre main (30). L'Egypte ne fut plus alors qu'une province romaine.

HISTOIRE DES ASSYRIENS ET DES BABYLONIENS. Nemrod passe pour le fondateur de Babylone environ 2000 ans avant Jésus-Christ. Ninive grandissait à cette époque sur les bords du Tigre. Des hordes d'Arabes, qui avaient envahi le pays, furent chassés hors du territoire par Bélu, qui fit Ninive la capitale de l'empire. Ninus, après la conquête de l'Arménie et de la Médie, assujettit toutes les nations de l'Asie-Supérieure jusqu'à la Bactriane. Sémiramis, veuve de ce prince, illustra à jamais son règne par ses conquêtes. Son propre fils, nommé Ninyas, se rendit coupable de parricide, en faisant périr celle qui lui avait donné le jour. L'empire était alors borné d'un côté par le fleuve d'Halys, et de l'autre par l'Inde ; mais une nouvelle race de rois dont Bolatorès fut le chef, ne sut maintenir l'Etat dans sa splendeur, l'empire fut démembré. Arbacès détrôna Sardanapale (802), qui se brûla avec ses femmes et ses trésors pour échapper au glaive de ses ennemis. Trois empires surgissent : ceux de Ninive, de Babylone et de Médie. Babylone voit paraître et disparaître tour-à-tour sur le trône Bélésis et Nabonassar, son fils. Les rois de Ninive étendent bientôt leur avide domination sur Babylone ; Phul, Tiglat-Pileser et Salmanasar, qui conquit le royaume d'Israël et réduisit les habitants en esclavage, furent trois princes puissants qui s'assirent sur le trône de Ninive de 773 à 722. Sanachérib (714) est connu par la terreur de son nom. Assar-Haddon met Ninive sous sa domination. La Babylonie, à l'époque de la ruine de l'empire d'Assyrie, rejette le joug des Chaldéens. S'étant rendu maître de la Phénicie et de la Judée, Nabuchodonosor traîna captifs à Babylone un grand nombre de Juifs (606), fit raser la ville de Tyr, et plus tard celle de Jérusalem. Sous ses faibles successeurs, Ninive se rendit libre ; Cyrus, cependant, roi des Perses, assujettit Ninive et Babylone à sa puissance. Les plus absurdes superstitions, et surtout l'adoration des astres, formaient la base du culte chez les Assyriens et les Babyloniens ; ces derniers se livraient principalement à l'agriculture et au commerce ; ils s'abandonnaient sans frein à tous les plaisirs de la volupté. Les Chaldéens faisaient leur principale étude de l'Astronomie. Le gouvernement, tant des Assyriens que des Babyloniens, était despotique : la polygamie était permise.

HISTOIRE DES PHÉNICIENS. — Aux Phéniciens, qui habitaient les côtes de la Syrie, est due l'invention de la pourpre, du verre, de la monnaie et des caractères de l'alphabet : ils étendirent leur commerce dans toutes les contrées du monde. Sidon en 1130, et Tyr en 1260 avant Jésus-Christ, rivalisèrent de richesse et de splendeur. Abibal (1050), Hiram (1030-1000), Ethbaal I, vers 1000, occupèrent alternativement le trône de Tyr. Carthage doit sa puissance à Didon, princesse de Phénicie. Tyr et la Phénicie deviennent tour à tour la proie des Perses et d'Alexandre.

HISTOIRE DES MÈDES ET DES PERSES. — En 804 Arbacès fonda l'empire des Mèdes, que soumit en 561 Cyrus, fondateur de l'empire des Perses. La Lydie, l'Asie-Antérieure, en 557, et Babylone en 538, furent successivement conquises par ce même Cyrus qui mourut en 529, après avoir soumis les Phéniciens à sa domination. Cambyse, son fils et son successeur, qui passe pour avoir été un prince cruel, se rendit maître de l'Égypte en 523, et mourut en 521. Un mage monta sur le trône sous le faux nom de Smerdis; mais bientôt reconnu, il est forcé de faire place à Darius Ier Hystaspe, qui, après avoir échoué en 512 dans une guerre entreprise contre les Scythes, réussit dans la Thrace et dans la Macédoine (402-497). Les Grecs asiatiques tentent, mais inutilement, de reconquérir leur liberté. En 490 s'élève cette guerre entre les Grecs d'Europe et les Perses, fameuse par la défaite de Xercès Ier (485-465). Artaxercès Ier Longuemain, qui lui succède, est contraint par Cimon (465-423) de donner la liberté aux Grecs asiatiques. Après lui Darius II Nothus s'allie aux Spartiates contre les Athéniens, puis Artaxercès II Mnémon force à la soumission son frère Cyrus révolté contre lui, et amène, en 401, la fameuse retraite des dix mille. La paix d'Antalcidas réunit à la domination des Perses les Grecs d'Asie qui s'en étaient affranchis. A Artaxercès II Mnémon succéda Artaxercès III Ochus, de 362 à 338. Le faible mais vertueux Darius Codoman fut le dernier roi des Perses; il mourut assassiné par le satrape Bessus, son favori, après s'être vu enlever son royaume par Alexandre.

HISTOIRE DES PEUPLES DE L'ASIE-MINEURE. — Les Phrygiens, sous l'autorité des Midas et Cordius, leurs rois, sont les premiers peuples que l'on sache avoir habité dans l'Asie-Mineure. Mœon fonda la dynastie des Atyades, qui régna d'abord sur la Lydie. A cette race succéda d'abord celle des Héraclides ou descendants d'Hercule. La puissance des Lydiens s'accrut plus tard par la conquête du royaume de Phrygie (560), sous le célèbre Crésus, et s'étendit depuis l'archipel jusqu'à l'Halys; mais elle se vit dépouiller par Cyrus. De nombreuses colonies de Grecs s'établirent sur les côtes de l'Asie de 1096-984 avant Jésus-Christ. Smyrne, Lesbos furent occupées par les Éoliens; les Doriens se fixèrent en Carie, à Cos et à Rhodes; les Ioniens bâtirent Milet, Éphèse, Phocée, etc. : c'est parmi ce peuple que prit naissance le grand Homère (l'an 1000 ou environ), le père de la poésie épique. Les Grecs asiatiques furent soumis à la domination des Perses (540), qui obéirent tour à tour à Alexandre, aux successeurs des Perses et aux Romains. Les royaumes de Syrie et de Damas n'offrent que très peu d'intérêt; l'histoire de Troie, sa destruction par les Grecs en 1184, n'est connue que par la Fable.

HISTOIRE DES GRECS. — Les Pélasges s'établirent les premiers dans le Péloponèse, la Grèce centrale et la Thessalie, où ils fondèrent les royaumes d'Arcadie, de Sycione (2100), d'Argos (1850) et de Sparte (1700). Ils en furent chassés par Deucalion, chef des Hellènes, qui se divisaient en Doriens, Serviens et Achéens. Après avoir créé plusieurs petits royaumes, ils se dispersèrent dans la plus grande partie de la Grèce centrale, du Péloponèse, etc., et forcent les Pélasges à adopter leur nom commun d'Hellènes. L'Égyptien Cécrops jette les fondements d'Athènes (1558),

et Cadmus de Phénicie, ceux de Thèbes, vers 1493. En 1400, Minos, roi de Crète, établit des lois sages. Pélops envoie des colons à Argos, et termine les *temps fabuleux*, qui font place aux temps héroïques de l'histoire. Jason, avec le secours des Argonautes, enlève les trésors d'Aétès, roi de Colchos. Prirent part à cette expédition : Hercule, Pélée, père d'Achille; Orphée, Télamus, Castor et Pollux, etc. : ils parcoururent les mers du Pont-Euxin aux Colonnes d'Hercule, et firent des prodiges de valeur. A peu près vers la même époque, des Mysiens vinrent en Thrace, dont ils occupèrent la partie septentrionale, et des Thraces vinrent, d'autre part, s'établir dans la Béotie. Phénée, roi d'Athènes (1200), peut être cité parmi les plus célèbres héros de la Grèce, qui tous le cèdent à Hercule, dont la Fable raconte tant de merveilles. C'est vers 1200 que Thèbes vit deux frères, Étéocle et Polynice, se disputer l'héritage d'OEdipe leur père : cette guerre est connue sous le nom de *guerre des Épigones*. Priam régnait à Troie, ville de l'Asie-Mineure, alors très florissante. La famille de ce prince et celle de Pélops se portaient mutuellement une haine implacable, à laquelle avaient donné naissance d'anciens outrages demeurés jusque-là sans vengeance. L'enlèvement d'Hélène, fille de Ménélas, roi de Sparte, par Pâris, fils de Priam, accrut tellement l'animosité des Grecs qu'ils résolurent de laver cet affront dans le sang de leurs ennemis. Agamemnon, frère de Ménélas et roi d'Argos; Nestor, roi de Pylos; Ulysse, roi d'Ithaque; Ajax, Idoménée, Diomède, Achille, Philoctète, furent les principaux chefs élus pour commander l'armée. Troie, défendue par Hector, fils de Priam, et par ses remparts, résiste pendant dix années entières aux efforts des assiégeants, et ce n'est qu'après ce laps de temps que cette ville s'écroule avec ses temples et ses portiques. Priam est sacrifié avec ses fils à la fureur du vainqueur; Hécube, son épouse, sa fille, Cassandre et Andromaque, veuve d'Hector, sont emmenées en esclavage avec plusieurs autres princesses. On n'est pas d'accord sur l'époque à laquelle eut lieu cette guerre, que chanta Homère; les uns la placent en 1209 à 1199, d'autres en 1280 à 1270; enfin, il en est qui la font arriver de 1194 à 1184. A dater de ce moment, les Grecs ne se considérèrent plus que comme formant un seul peuple. Les états d'Argos et de Mycènes étaient les deux plus puissants parmi ceux qui composaient la Grèce. Les chefs de tous ces petits états, qui étaient héréditaires, étaient à la tête des armées en temps de guerre, et rendaient la justice pendant la paix. Un conseil, formé de sages vieillards, veilla aux intérêts de la nation. Dès cette époque, on remarque de grands progrès dans la civilisation et dans le commerce. Les Héraclides, depuis long-temps chassés du Péloponèse, y rentrèrent vers 1104 avec les Doriens, s'emparèrent du pouvoir à Sparte et à Messène; puis se rendirent maîtres d'Argos, de Corinthe, de Sicyone et de Mégare. Les Ioniens se retirèrent en Attique, et les Achéens en Achaïe. Après Codrus, roi d'Athènes, qui (1071), dans une guerre contre les Doriens, s'était sacrifié pour son peuple, les Athéniens changèrent la forme du gouvernement, ne croyant aucun homme digne de remplacer sur le trône le prince qu'ils venaient de perdre. Ils créèrent une république dont ils firent premier magistrat Médon, fils aîné de Codrus, sous le nom d'archonte. Depuis lors, les autres états adoptèrent successivement la constitution républicaine, et firent plusieurs siècles durant l'essai de tous les genres de gouvernements. Les Éoliens, les Ioniens et les Doriens émigrèrent de nouveau en Asie. — Lycurgue introduisit à Sparte en 886, où, depuis 1104, deux rois régnaient à la fois, une constitution plus républicaine et tout-à-fait guerrière. Les lois sages qu'il établit avaient pour but d'assurer à Sparte une existence aussi longue que possible. Les rois des deux maisons régnantes conservèrent leurs droits de chefs militaires dans la guerre, et de premiers magistrats dans la paix. On attribue à Lycurgue l'établissement d'un sénat composé de vingt-huit membres âgés de soixante ans, et nommés à vie. Le sage législateur fit un nouveau partage des terres, assigna au luxe d'étroites limites, et établit l'usage des repas en commun de tous les citoyens, qu'il voulait par ce moyen rendre tous égaux comme des frères d'une même famille. Les affaires publiques et l'art militaire devinrent désormais les seules occupations permises aux Spartiates ; le reste fut abandonné aux esclaves. L'ère des Olympiades, qui tire son nom des jeux Olympiques qui se célébraient tous les quatre ans, date de l'an 776.—Un certain Caranus passe pour avoir régné en Macédoine vers 813 ; mais plusieurs graves historiens reconnaissent pour premier roi de cette contrée, comme mieux connu, Perdiccas, qui vécut vers 729.—Les Spartiates, ayant terminé les longues guerres qui eurent lieu de 742 à 722 et de 652 à 668, se placèrent par la conquête de la Messénie à la tête des autres états du Péloponèse. Deux hommes qui s'illustrèrent dans ces guerres furent : le premier, Aristomène, chef des Messéniens et issu du sang de leurs premiers rois. Il se rendit redoutable aux Spartiates, qui, affaiblis, demandèrent aux Athéniens un général. Ceux-ci leur envoyèrent le poëte Tyrtée. Vaincus dans trois batailles consécutives par Aristomène, les rois de Sparte voulaient suspendre la guerre : Tyrtée combat leur résolution, et mène les Spartiates, encouragés par ses paroles, à la rencontre du fier Aristomène qu'ils forcèrent à plier dès le premier choc. Le chef des Messéniens se retira avec ses soldats sur le mont Ira, où il se défendit pendant onze ans, faisant souvent de vigoureuses sorties, et ravageant le territoire de Sparte. Une fois, ayant été fait prisonnier, et jeté dans la Céada, il eut le bonheur d'échapper seul de cet abîme profond et infecte où tous ses compagnons périrent. Les Spartiates s'étant définitivement rendus maîtres de la Messénie (668), les vaincus se réfugièrent, pour la plupart, dans la Sicile, où ils donnèrent leur nom à la ville de Messine. Deux partis étaient continuellement en lutte à Athènes, les grands et le peuple. Dracon (622), établit les lois cruelles, mais elles ne produisaient aucun bon effet. Solon les abolit toutes, à l'exception de celles qui punissaient le meurtre. Le peuple fut classé d'après les fortunes, et la division par bourgs ou démes continua d'exister. Les trois premières classes de citoyens pouvaient seules prétendre aux emplois ; mais les assemblées étaient publiques pour toutes. Tous les ans on élisait neuf archontes qui gouvernaient l'État, mais ces archontes n'exerçaient aucun pouvoir militaire. Quatre cents personnes choisies chaque année par le sort dans les trois premières tribus composaient le sénat, et tout ce qui était proposé au peuple devait avoir été précédemment discuté par ce corps. L'aréopage, composé des archontes sortis de leurs fonctions, jugeait les causes capitales. L'assemblée de tout le peuple confirmait les lois, faisait les élections. En 501, Pisistrate, s'étant formé un parti puissant, s'établit chef du gouvernement. Hipparque et Hippias ses fils succédèrent à ce prince modéré (520). Hipparque fut assassiné par Harmodius et Aristogiton ; l'autre s'enfuit chez les Perses qu'il rendit ennemis de sa patrie. Les dures et cruelles lois de Solon continuèrent cependant à être observées. En 513, Darius, roi des Perses, ayant déclaré la guerre aux Scythes, soumit la Thrace et la Macédoine. Les Grecs asiatiques, soutenus des Athéniens (500), ne cessent de faire aux Perses une guerre acharnée. Les Grecs d'Europe, se voyant menacés d'être anéantis par Mardonius, gendre de Darius, furent hors de danger par la dispersion de sa flotte persane dans une tempête. Des ambassadeurs de Darius, envoyés par ce prince pour sommer les villes grecques de se soumettre, sont honteusement mis à mort. Le roi des Perses, irrité

envoie Datis et Artapherne avec une nouvelle flotte, pour ravager l'Eubée. Ceux-ci l'abordèrent heureusement, et pillèrent la ville d'Érétrie. Déjà même les Cyclades s'étaient soumises ; les deux généraux persans passèrent dans l'Attique. Dix mille Athéniens, commandés par Miltiade, Aristide et Thémistocle, remportent une victoire mémorable sur leurs ennemis bien supérieurs en nombre, dans les plaines de Marathon : cette victoire leur valut la domination des mers (490). Miltiade, envoyé pour châtier les Grecs de Paros qui avaient favorisé les Perses, ayant échoué dans cette expédition, est faussement accusé de trahison, condamné à payer les frais de l'entreprise, ce à quoi sa modique fortune ne pouvait suffire ; une prison fut le lieu où le vainqueur des Perses termina sa vie. La mort surprend Darius (485) au milieu de nouveaux apprêts de guerre contre la Grèce. Aristide se brouille avec Thémistocle, et se retire ; alors a lieu l'expédition de Xercès, fils de Darius. Le prince franchit l'Hellespont (480) sur un pont de bateaux avec une armée immense, telle qu'on n'en a jamais vu ; plus de 4,200 navires côtoyaient le rivage. Les tribus des environs du Pinde, de l'Ossa et de l'Olympe, en outre la Béotie, se soumirent ; Thèbes et Platée furent les seules villes qui résistèrent. L'armée des Perses s'avançait vers les Thermopyles : là, elle fut arrêtée par Léonidas, roi de Sparte, qui n'avait gardé avec lui que 400 soldats. Après un combat opiniâtre, accablés par le nombre, ils périrent tous les armes à la main. Thèbes se rangea sous les drapeaux de Xercès. Ce prince entra en Grèce et ravagea le territoire d'Athènes. Thémistocle rendit en ces circonstances de grands services à sa patrie. La flotte de Perses, habilement attirée par les Grecs dans le détroit de Salamine, y fut entièrement détruite. La faim, le froid, faisant d'autre part de grands ravages dans l'armée persane, Xercès fut obligé de se retirer, laissant Mardonius avec 300,000 hommes pour continuer la guerre à sa place ; mais ce général ne fut pas plus heureux que Xercès lui-même, et après avoir vu son armée ravagée par la peste, il périt lui-même avec le restant de ses soldats à Platée, où le défit Pausanias, roi de Sparte, en même temps que Gélon, roi de Syracuse, vainquit les Carthaginois, alliés de Xercès. Enfin, Léotychidès, autre roi de Sparte, et Xantippe, père de Périclès, taillaient en pièces à Mycale, le reste de l'armée des Perses. Cependant la division se met entre les Athéniens et les Spartiates. Thémistocle construit le port du Pirée. Pausanias, roi de Sparte, perd le commandement en chef, qui est transféré aux Athéniens. Il se ligue avec Thémistocle pour supprimer le collége des Éphores (469). Ce dernier, exilé d'Athènes, s'enfuit chez les Perses. Pausanias est condamné à la peine capitale. — Cimon, chez les Athéniens (470), accroît la puissance de sa patrie. En 469, il remporte une victoire complète sur les Perses, près du fleuve Eurymédon. L'aristocratie et la démocratie luttent de nouveau entre elles à Athènes. Périclès, chef du parti démocratique, s'empare du pouvoir et bannit Cimon. Les Athéniens et les Spartiates se séparent par une rupture en 457. Ceux-ci remportent une victoire sur leurs ennemis. Cimon, rappelé de l'exil, a des succès sur mer, termine la guerre par une trêve de cinq années, soutient Amyrtée révolté contre la Perse, en Égypte, et meurt étant sur le point de soumettre l'île de Cypre, en 449. La guerre, bientôt rallumée entre Sparte et Athènes, se termine par un armistice de trente ans (445). En 444, Périclès gouverne seul la république, y fait fleurir et le commerce et les arts, fait des alliances honorables et s'efforce d'affermir la paix dans son royaume. Soixante vaisseaux forts et équipés pour le service de la marine, et les expéditions sur mer de Périclès contre la partie occidentale de la Grèce, ont droit à la gloire. En 436, il y eut entre Athènes et Corinthe une rupture au sujet d'Épidaune, ce qui donna lieu à la défection de Potidée, alliée des Athéniens ; et les Corinthiens, vaincus par les Athéniens, dans un combat livré près de Potidée, après un siège de plusieurs années, implorent la protection de Sparte. Le parti démocratique ou athénien, sans cesse en lutte avec le parti aristocratique ou lacédémonien, amena la fameuse guerre du Péloponèse, qui dura vingt-sept années et décima l'élite des guerriers de la Grèce. Le signal de cette guerre fut l'attaque de Platée par les Thébains (431), attaque qui fut sans succès pour ce peuple; mais, pendant cinq années consécutives, les Spartiates tinrent constamment cette ville assiégée. Archidamus, roi de Sparte, ravage l'Attique; Périclès alors fait ravager le territoire ennemi, en persuadant aux Athéniens d'abandonner leur pays au pillage. Archidamus se retire de l'Attique, et Périclès, après quelques avantages remportés sur les Locriens, désole lui-même les côtes du Péloponèse, prend Egine et dévaste le territoire de Mégare. En 450, Archidamus envahit l'Attique, qui bientôt est ravagée par la peste. Périclès meurt attaqué lui-même de la contagion en 429, après un règne de trente ans. Le trône d'Athènes ne fut plus occupé après la mort de ce grand prince, qui mérita de donner son nom à son siècle. L'autorité fut livrée entre les mains de quelques hommes d'un talent médiocre, qui ne surent point en faire usage, et gouvernèrent au gré de leurs caprices. La guerre se propage par l'alliance des Athéniens avec la Thrace et la Macédoine (428-422). Sparte s'allie aux Perses, et s'efforce, mais en vain, de rompre l'alliance entre Corcyre et les Athéniens ceux-ci, après avoir vu échouer contre le Pirée les efforts réunis de Sparte et de Corinthe, eurent encore la satisfaction d'apprendre la conquête de Pylos dans la Messénie, par l'athénien Démosthène qui vainquit les Lacédémoniens dans cette circonstance, et contraignit de se rendre quatre cents hommes d'élite enfermés dans l'île de Sphactérie; tous ces événements, et la destruction de Platée par les Lacédémoniens avant leur dernier échec, eurent lieu de 425-422. Athènes voyait accroître sa puissance. Mais son triomphe ne fut pas long. Brasidas, chef des Spartiates, délivra Mégare de sa soumission aux Athéniens qu'il battit en accordant une trève d'un an. Cléon amène une rupture entre les deux républiques; il est envoyé par les Athéniens, en Thrace, avec les troupes. Dans un combat qu'il livra à Brasidas, il est vaincu et tué dans la fuite. Brasidas mourut en vainqueur (422). Leur trève de cinquante ans est établie; mais un jeune homme, nommé Alcibiade, qui tout-à-coup prend en main les rênes du gouvernement d'Athènes, ne doit pas la conserver longtemps. Argos est mise à la tête d'une nouvelle ligue dans laquelle entre Athènes. Après une nouvelle rupture (419) la guerre recommença, bien qu'elle ne devînt vraiment générale qu'en 415. Les Egestins, petit peuple de Sicile, attaqués par Sélinonte, demandent le secours des Athéniens. Sur les conseils d'Alcibiade, les Athéniens, profitant de cette circonstance, forment le projet de s'emparer de Syracuse, et d'établir le gouvernement démocratique dans toute la Sicile. Alcibiade, Nicias et Lamachus sont mis à la tête de la nouvelle expédition. Mais, à peine les préparatifs faits, Alcibiade, déjà maître de Catane et de Naxos, et sur le point de l'être aussi de Messine, est accusé, par ses ennemis, de sacrilège, et il s'enfuit chez les Spartiates (414). Nicias et Démosthène, qui, après la mort de Lamachus, venait de prendre sa place, commirent des fautes graves qui permirent à Gylippe, général de Sparte, de fortifier la ville de Syracuse. L'armée tout entière périt en tombant entre les mains des ennemis, et Athènes perdit à la fois sa flotte et ses généraux (413) Cette ville, après un tel désastre, quoiqu'abandonnée de tous ses alliés, ne perdit pas tout espoir. Alcibiade fit négocier les Spartiates avec les Perses. Pharnabase, Satrape de l'Hellespont et Tissapherne, satrape d'Ionie et de Carie, prêtèrent main forte; la flotte des Spartiates et celle des Athéniens se rencontrèrent à Samos. Cependant, l'orateur Antiphon venait de changer le gouvernement d'Athènes en un conseil de

quatre cents personnes; ce pouvoir oligarchique se fit soutenir par une armée formidable; mais la flotte assemblée près de Samos refusa de reconnaître ce gouvernement, et elle se nomma pour chefs Thrasyllus et Thrasybule. Ce fut alors que les Athéniens se souvinrent d'Alcibiade; lui-même, désirant rentrer dans sa patrie, se rendit à leurs vœux. Par son ordre, le conseil des quatre cents fut anéanti sans même le secours de l'armée, et on lui substitua une démocratie tempérée. Les Athéniens, vaincus tout récemment à Erétrie, n'avaient dans toute l'Eubée qu'Oréum; mais deux éclatantes victoires sur mer entre Sestos et Abydos avaient signalé peu de temps après la valeur de Thrasyllus et de Thrasybule, et une troisième victoire avait été remportée à Abydos, par Alcibiade. Ce général poursuivit la guerre avec succès; mais Cyrus, qui avait besoin des Grecs pour seconder ses projets sur le gouvernement de la Perse, soutint les Spartiates. Lysandre, roi des Spartiates, battit les Athéniens d'abord près d'Éphèse, puis enfin à Ægos-Potamos; ces derniers, assiégés par terre et par mer, vendus par Théramène, leur ambassadeur, se rendirent aux plus dures conditions. Conon, leur chef, s'enfuit chez Evagoras, roi de Cypre (404). Athènes perdit ses fortifications, ne put sauver que douze vaisseaux, et trente tyrans s'emparèrent du pouvoir. Les vols, les confiscations et les dangers de tous genres commencèrent dès lors à avoir lieu à Athènes. Théramène fut empoisonné, Alcibiade assassiné. En 403, Thrasybule rétablit l'ancien gouvernement dans cette ville. L'an 400, fut portée la sentence inique qui condamnait Socrate à la mort. Ce grand philosophe fut accusé de ne pas reconnaître les divinités de la nation, d'en introduire de nouvelles, et de corrompre la jeunesse. Il but la ciguë. Agésilas, roi de Sparte, fait la guerre avec avantage contre le roi de Perse Artaxercès (396—394). Une ligue se forme contre Sparte, qui, fière de dominer sur toute la Grèce centrale, la Thessalie, la Thrace et l'Asie-Mineure, accablait les peuples sous le fardeau de son despotisme. Thèbes, Argos, Corinthe, la Thessalie, Athènes, s'unissent et battent les Lacédémoniens, commandés par Lysandre.

Agésilas, autre chef de Sparte, remporte une victoire à Coronée (394); mais sa flotte est battue à Cnide par Conon, qui menace d'écraser Sparte. Les Grecs alors s'empressèrent, Sparte d'un côté et Athènes de l'autre, d'implorer le secours des Perses. Antalcidas, général spartiate, alla même jusqu'à offrir aux Perses un traité par lequel il leur abandonnait toutes les villes de l'Asie-Mineure. Ce honteux traité fut accepté.—Phœbidas, un des généraux de Sparte, envoyé en Thrace pour en faire la conquête, s'empare de Thèbes, à l'aide du parti aristocratique. Une révolution éclate bientôt dans cette ville. Phyllidas, greffier des Polémarques, de concert avec Mellon d'Athènes, résolut de renverser le nouveau gouvernement. Ils surprennent dans un festin les deux polémarques Archias et Philippe, et les tuent, ainsi que Léontiade. Alors parurent Epaminondas, Gorgias et Pélopidas. Les Athéniens s'unissent avec les Thébains qui humilièrent les Spartiates par de nombreux revers. Thèbes est mise à la tête de la ligue, qui se composait en tout, de quatorze villes ayant chacune leurs polémarques (375). Epaminondas remporte la victoire de Leuctres (371) sur les Spartiates, et Thèbes a la suprématie parmi toutes les villes de la Grèce. Les Arcadiens fondent Mégalopolis. Ce fut la cause d'une guerre où Sparte menacée implore le secours d'Athènes qui lui envoie Iphicrate avec une armée. Epaminondas bâtit en Messénie la ville de Messène, et distribue des terres aux alliés. Les Arcadiens envahissent la Laconie, et en viennent aux mains avec les Spartiates près de Midée (367). Archidamus, roi de Sparte, remporte sur eux une victoire complète sans éprouver la plus petite perte de son côté. Thèbes fait alliance avec Artaxercès-Memnon, qui régnait alors sur la Perse.

Sparte renonce à ses prétentions sur Messène. Pour la troisième fois, Épaminondas fait une invasion dans le Péloponèse, et s'empare de l'Achaïe. Il crée ensuite une marine pour Thèbes. Pélopidas, par qui fut formé le célèbre bataillon sacré, veut délivrer la Thessalie de la tyrannie d'Alexandre de Phéres, et est tué à la bataille de Cynocéphale, qu'il livra à cette occasion. La victoire resta cependant aux Thébains, et Alexandre de Phéres périt assassiné. Épaminondas meurt glorieusement dans une action décisive dirigée contre Mantinée, après avoir tenté, mais en vain, de surprendre Sparte en l'absence d'Agésilas (363). La mort d'Épaminondas fut un signal de détresse pour Thèbes, qui déchut de son état de gloire. La Perse employa son influence pour pacifier toute la Grèce, et elle y réussit.

Tachos, roi d'Égypte, est détrôné par Agésilas, roi de Sparte, qui met en sa place Nectanèbus; Agésilas, à son retour de cette expédition, est jeté par la tempête sur une côte de Lybie, et y meurt à l'âge de 84 ans (362). — Cependant Philippe, fils d'Amyntas, devient roi de Macédoine (360). Il bat les Illyriens, et réunit la Thessalie à la Macédoine, (359—357). Les Phocidiens touchent aux richesses du temple de Delphes et donnent par là lieu à la *guerre sacrée*, dirigée contre eux par les Amphictyons (356—34). La mésintelligence des Grecs les affaiblit de plus en plus. Philippe humilie Sparte (344) et dirige ses vues sur la Thrace. Il vainquit à Chéronée les Athéniens et les Thébains unis contre lui, obtient le titre de général des Grecs contre les Perses, et meurt assassiné en 336. — Alexandre son fils lui succède, âgé de vingt ans. Ce prince, doué de bonnes qualités, est à la mort de son père, proclamé par les Thessaliens, chef suprême de leurs gouvernements aristocratiques. Il apaise les troubles de la Grèce, et les cités du Péloponèse lui décernent, avec de grands honneurs, le titre de généralissime. Il soumet les Thraces, les Illyriens et d'autres peuples moins connus (335). Rappelé en Grèce par la défection de plusieurs villes qui le croyaient mort, il traverse l'Illyrie, la Thessalie, et arrive jusqu'à Thèbes en douze jours seulement, rase cette ville dont il vend les habitants à l'encan, mais n'use point de la même rigueur à l'égard d'Athènes et des autres villes. Revêtu du titre de généralissime contre les Perses, il traverse l'Hellespont avec 35,000 hommes pour se rendre en Orient. La bataille du Granit lui valut la première victoire. La Phrygie, Sardes, Milet, Ephèse furent soumises. Darius Codoman, roi de Perse, dans son effroi, fait le Rhodien Memnon généralissime sur terre et sur mer. Mais Alexandre n'en devint pas moins maître, par la soumission de la Carie, de toutes les côtes de la mer Egée. Sans chercher à combattre les Perses sur mer, il s'efforce d'empêcher toute communication entre la Perse et la Grèce. Memnon meurt en fomentant des troubles au sein même de la Macédoine. La Lycie se soumet à la domination d'Alexandre qui, dans sa course rapide, alla jusqu'à la Pamphylie, et de là jusqu'à la vallée du Méandre, dans le but de réunir les mers. Des monts de la Pisidie, il gagne le Pont, la Bithynie, la Paphlagonie, Gordium, où des secours l'attendaient. Puis tournant vers le sud, il vint dans la Silicie où il ne trouva point Darius avec qui il pensait en venir aux mains. Il rencontre l'armée des Perses à Issus (333), la met en pièces et accueille favorablement la famille du roi vaincu. Il venait d'envoyer Parménion en Syrie, pour en occuper les passages. La Phénicie se soumet avec plusieurs autres petits états; Tyr seule résiste pendant sept mois. Alexandre la prend enfin (332). Après cette conquête et la soumission de la Judée, il se rend en Egypte qu'il soumet, et où il fonde Alexandrie. Parvenu jusqu'au temple de Jupiter-Ammon, il fait proclamer par les prêtres, fils de ce dieu. Il marche ensuite vers le roi des Perses, qui avait réuni une armée considérable et avec 50,000 combattants environ, il défait les Perses au pied des monts Arméniens en 341.

Ce prince établit alors à sa cour le cérémonial des Perses. Babylone, Suze tombent en sa puissance; il pénètre jusqu'à la ville sacrée des Perses, dont il voulait enfin anéantir la puissance, et prend Ecbatane (330). Le malheureux Darius, prisonnier de Bessus, Brazas et Narbazane ses sujets, est poignardé par ces traitres que poursuit le vainqueur. Alexandre protège la famille de Darius, et punit par les plus cruels supplices les meurtriers de cet infortuné prince. Il parcourt successivement l'Hyrcanie, le pays des Dranges, la Margiane et le pays des Ariaspes. Une sourde conspiration se forme contre lui dans l'armée macédonienne ; il en punit de mort les auteurs, entre autres Philotas, fils de Parménion, et Parménion lui-même (320). Alexandre, après cet acte de sévérité, franchit l'Arrachosie, le pays de Arimaspes, les monts Paropamisus, et parvint enfin en Bactriane pour punir Bessus qui s'était fait nommer roi sous le nom d'Artaxercès (328). D'immenses communications entre toutes les parties de la Perse sont facilitées par la possession de la mer Caspienne et l'établissement d'une route militaire sur Hérat et Nischapur. Le roi de Macédoine déclare la guerre aux Scythes, qu'il défait, épouse Roxane, fille d'un seigneur du pays des Saces, et jette les fondements d'une civilisation nouvelle. Cependant, ce conquérant, si magnanime en plusieurs circonstances, à l'égard de ses ennemis, fut cruel envers ses meilleurs amis. Il fait mourir Clytus qui lui avait sauvé la vie au passage du Granique, et le célèbre philosophe Callisthène. Au reste, Alexandre n'avait pas même épargné ses propres parents; car sa première action, en montant sur le trône de Philippe, avait été de se débarrasser de ceux qui le gênaient. Toujours dévoré par la soif de l'ambition, Alexandre entreprend la conquête de l'Inde. Aussitôt il franchit l'Indus, s'allie au roi Taxile, passe l'Hydaspe, défait le roi Porus, dont il se fait un allié sincère par sa générosité, et s'arrête sur les bords de l'Hyphase. C'est à ce prince étonnant que l'Asie doit son commerce avec l'Europe. De nouvelles villes s'élèvent, des canaux sont creusés. Néarque, un de ses généraux, fait communiquer l'Indus avec l'Euphrate. Alexandre incorpore les vaincus aux vainqueurs, revient à Babylone dont il augmente la magnificence, fait fleurir les belles-lettres et les sciences. De nouveaux et d'immenses projets de conquête l'occupent nuit et jour; mais déjà affaissé sous le poids de sa gloire et de ses excès, il meurt à l'âge de trente-deux ans et huit mois en 323. Arridée, son frère, d'un esprit faible et voisin de la démence, lui succède conjointement avec un fils de Roxane, sous la tutelle de Perdiccas, auquel le monarque avait légué son anneau en mourant. Mais les généraux du défunt ne tardent pas à démembrer tout son empire pour s'emparer des provinces, et se former chacun un royaume.

Après Alexandre, la Thrace est gouvernée par Lysimaque, qui étend ses conquêtes et soumet les Odryses ; par ce même Lysimaque, par Antipater à qui succède son fils Cassandre, puis enfin par Antigone, qui lutte avantageusement contre les Gaulois et contre Pyrrhus II. — Après la mort d'Alexandre, les Grecs perdent l'espoir de recouvrer leur liberté par la funeste guerre Lamiaque (322) qui les rendit sujets de tous les divers princes de la Macédoine. En 281, Patræ et d'autres villes du Péloponèse reforment l'ancienne ligue achéenne. Les Étoliens se liguent aussi, Sicyone (254), Corinthe, Argos, Athènes, ainsi que plusieurs autres villes, en font autant. Les Macédoniens se rangent du côté des Étoliens.

Les Achéens s'unissent aux Étoliens, qui se défendent contre Démétrius II (243-233). A Sparte, cependant, Agis II s'efforce, mais en vain, de remettre en vigueur les lois de Lycurgue; il meurt étranglé. Aratus remporte une victoire sur les Achéens ; mais il est vaincu lui-même en 227, par Cléomène III, qui met à exécution les projets de réforme d'Agis. — (221) Les Etoliens et les Spartiates entreprirent contre les Achéens et leurs alliés les Macédoniens, une guerre de quatre années. Philippe, roi de Macédoine, se défait d'Aratus et gouverne en Grèce en despote. Les Romains se déclarent contre lui avec les Etoliens, les Illyriens, les Spartiates, etc.; mais les Achéens alliés de Philippe, dictent aux Etoliens (206), des conditions de paix onéreuses. La paix devient bientôt générale. Le tyran Nabis tenait déjà depuis plusieurs années, Sparte en sa puissance. En 203, Attale, roi de Pergame, les Athéniens et les Rhodiens s'unissent de nouveau contre Philippe, dont la flotte est vaincue par ces derniers (202). En 200, Rome, unie aux Etoliens, aux Athéniens, aux Rhodiens et bientôt même aux Achéens, entreprend une seconde guerre contre Philippe, où ce prince perd entièrement sa flotte; tous les états grecs sont déclarés libres. Nabis est battu par Philopœmen, et Sparte se joint à la ligue achéenne. Le sénat de Rome sentait qu'il avait besoin d'un appui pour ne pas être accablé par la ligue achéenne. Philopœmen, qui seul soutenait cette fameuse ligue, est empoisonné, et dès lors il est facile aux Romains de se créer un parti parmi les Achéens eux-mêmes. Les Etoliens échouent dans une entreprise contre Antiochus-le-Grand, roi de Syrie (189). Paul-Emile entreprend la guerre contre Persée, successeur de Philippe en Macédoine, qui s'était déclaré contre les Romains. Persée soutient la lutte pendant deux années, et succombe enfin à Pydna; tous les partisans du vaincu, ou ceux même qui ne sont que suspects aux yeux du fier consul, sont impitoyablement tourmentés et mis à mort. La Macédoine, déclarée libre (166), fut soumise cependant à payer un tribut à Rome. Les Grecs voyant leur liberté leur échapper, font un dernier effort pour la reconquérir. Les Achéens déclarent la guerre aux Spartiates protégés des Romains; mais la ligue n'ayant plus pour chef qu'un pensionnaire des Romains, Callicrates, fut bientôt dissoute; Mummius détruisit Corinthe; et toute la Grèce (146), ne fut plus qu'une province romaine. La république d'Athènes subsista seulement jusqu'à Vespasien qui anéantit enfin, par un décret, la nationalité, et conséquemment, la liberté Hellénique. — En Asie, Antigone prit le titre de roi; Seleucus, Cassandre, Lysimaque et Ptolémée se liguent contre lui, et le défont à Ipsus (. 01), et plusieurs nouveaux royaumes se formèrent. — L'an 278, des colonies gauloises vinrent ravager la Bythinie, puis de là, allèrent s'établir en Galatie. Vers le même temps, les royaumes de Pergame et d'Arménie se forment des débris de l'empire d'Alexandre, qui plus tard, donnent encore naissance au royaume des Parthes.

HISTOIRE ROMAINE. — Rome, fondée par Romulus 754 ans avant l'ère chrétienne, renferma bientôt dans son sein sept collines. Les premiers habitants étaient de diverse origine; mais les lois, les mœurs et la religion n'en firent qu'un même peuple. Les premiers rois de Rome n'étaient que les exécuteurs des lois; le sénat les choisissait, le peuple confirmait l'élection. Romulus vit s'accroître la population jusqu'au nombre de quarante-six mille hommes en état de porter les armes, et de mille qui servaient à cheval. Mais ce qui soutint Rome et la rendit la ville éternelle, c'est la religion. Jamais peuple ne fut plus dévoué au culte des dieux que les Romains; des mœurs pures, une vie simple et sans ambition, toute consacrée à l'agriculture, le goût des plaisirs champêtres, tels étaient les premiers temps de Rome. Les Augures, les Curions, les Flamines étaient autant de classes d'hommes consacrés au culte. Les vestales, d'abord au nombre de quatre, et par la suite au nombre de six, veillaient à la conservation du feu sacré. Les saliens exécutaient des danses dans les solennités religieuses. Au-dessus de ces différents ordres, dominait celui des pontifes. — Chez les Romains, un père

avait droit de vie et de mort sur son fils, quelqu'âge ou quelques dignités qu'il eût. — Les métiers et les arts étaient abandonnés aux esclaves. D'abord gouvernée par des rois, Rome sut se faire respecter des peuples voisins; et par la victoire des Horaces, elle obtint le commandement de la république fédérative du Latium. La tyrannie de Tarquin-le-Superbe fit soulever les esprits contre lui; et dès lors, le consulat fut mis à la place du pouvoir royal (508). On choisit chaque année deux consuls. Mais peu à peu ces consuls aigrirent le peuple par leurs vues ambitieuses, qui les portaient à entreprendre sans cesse de nouvelles guerres pour illustrer leur administration. Les patriciens (les nobles) traitaient avec dureté leurs débiteurs; et s'ils montraient parfois quelque condescendance envers les plébéiens (le peuple), ceux-ci attribuaient cette bonté à leur faiblesse. Plus le sénat usait de modération, plus il paraissait impuissant. Afin donc d'opposer une digue à l'aristocratie, et de contenir dans de justes bornes l'opposition du peuple, on établit le tribunat (488). Le nombre des tribuns fut fixé à dix; et pendant près de quatre siècles, ces représentants du peuple épargnèrent à Rome bien des maux. Peu de temps avant la création du tribunat (493), une nouvelle dignité venait d'être établie : on la nommait la Dictature. Le sénat ne nommait un dictateur que quand la patrie était en péril. Son pouvoir était illimité, et ne pouvait durer que six mois, pendant la durée desquels tout autre pouvoir était suspendu. Cependant, Rome ambitieuse étend de plus en plus les limites de sa puissance. Durant cinquante années, les Samnites luttent courageusement contre les Romains, qui finissent par l'emporter; l'anéantissement de cette nation rend les Romains maîtres de l'Italie entière (290). Pyrrhus, roi d'Epire, redoutant pour lui-même d'aussi puissants ennemis, et voulant secourir les Tarentins, entreprend un coup décisif contre la république Romaine. Mais vaincu par la valeur guerrière des Curius et des Fabricius, il retourne en Grèce, et meurt frappé d'une pierre lancée contre lui au moment où il pénétrait dans Argos, en 280 (284 avant J.-C.). La jalousie qui existait déjà entre Rome et une ville depuis long-temps sa rivale, Carthage (264), amena la guerre punique. Le consul Régulus humilie Carthage, qui fait mourir ce grand homme au milieu des plus cruelles tortures. Mais Rome venge victorieusement la mort de son défenseur. Annibal est mis à la tête de l'armée de Carthage, à peine âgé de vingt-six ans. Nourri dans les camps par son père Hamilcar, qui lui avait fait jurer sur les autels une haine éternelle aux Romains; il prend Sagonte, alliée de ceux-ci, puis passe les Pyrénées, traverse les Gaules, franchit les Alpes et vient fondre sur l'Italie où il gagne quatre grandes batailles (210). Enfin, arrêté par la sage lenteur de Fabius, il se voit enlever par Marcellus la Sicile et Syracuse même que défend en vain Archimède. Scipion subjugue l'Espagne et porte ses armes en Afrique. Annibal, malgré ses efforts courageux, est vaincu (201), et l'abaissement de Carthage met fin à la seconde guerre punique. Rome alors étend partout sa domination (200). Elle fait fléchir à ses pieds Philippe, roi de Macédoine, et Antiochus-le-Grand, roi de Syrie (192). Polybe et Pérennis, qui vécurent vers ce temps-là, préparent à la ville guerrière le chemin de l'éloquence que perfectionnera bientôt son commerce avec la Grèce (167). L'Illyrie, la Macédoine et l'Epire subjuguées, Rome soumet encore la Grèce, et, par les mains de Scipion l'Africain, détruit Carthage et Numance (146). Tibérius Gracchus (136) forme des entreprises séditieuses que renouvelle dix ans plus tard Caïus-Gracchus son frère. Mais Scipion Nasica d'abord, et ensuite le consul Opimius, secourent la patrie menacée. Des essaims innombrables de barbares paraissent sur les frontières de l'Italie. Marius, vainqueur de Jugurtha, les taille en pièces dans plusieurs batailles consécutives. Ce général romain, et un autre nommé Sylla, qui avait triomphé des Italiens révoltés, font ruisseler le sang dans Rome. Ce dernier abdique la dictature, dont il s'était revêtu lui-même, et meurt de ses excès (82). Les rois de Pergame et de Bithynie instituent en mourant les Romains héritiers de leurs états. Catilina forme, en 63, contre sa patrie, de funestes complots, que prévient heureusement la vigilance de Cicéron. Le roi de Pont, Mithridate, qui inquiétait les Romains, est vaincu par Lucullus; Pompée s'appropria le prix de cette victoire, et soumit presque toute l'Asie en-deçà de l'Euphrate. César, dans l'espace de quatorze ans, fait la conquête des Gaules, pénètre jusqu'en Germanie et dans les Iles Britanniques, chasse Pompée de l'Italie et se fait nommer dictateur perpétuel. Mais il est peu après massacré au milieu du sénat. Un triumvirat se forme entre Octave, Marc-Antoine et Lepidus qui se partagent le monde; mais Octave finit par réunir dans ses mains le suprême pouvoir avec le surnom d'Auguste que lui décerna le sénat (29). L'Egypte venait d'être réduite en province romaine. Toutes les nations sont vaincues; la paix règne dans l'univers. Auguste laissa l'empire à Tibère son fils adoptif. Ce prince, en réunissant la Cappadoce à l'empire, fit voir qu'il n'était pas dépourvu de talents militaires; mais il ne tarda pas à se signaler plus encore par ses cruautés que par sa bravoure. Il fait mourir dans les supplices grand nombre de sénateurs et de chevaliers, et immole à sa haine le vertueux Germanicus (40 ans après J.-C.). Caligula et Claude ne mettent aucun frein à leur despotisme, et se livrent à tous les excès du crime; mais Néron surpasse ses prédécesseurs par les horreurs qui eurent lieu sous son règne. Ce monstre, devenu parricide par l'assassinat de sa propre mère, n'épargne ni son frère, ni ses précepteurs, ni ses amis les plus fidèles. Il devient le premier persécuteur de la religion du Christ, en immolant les deux colonnes de l'église naissante, saint Pierre et saint Paul (66), et avec eux une foule de chrétiens de tout âge et de toute condition. Pour jouir d'un beau spectacle, il avait fait incendier une grande partie de la ville de Rome. Sous Vespasien, les Juifs déicides se révoltent contre les Romains, et hâtent sur eux l'accomplissement des desseins de la Providence. Titus, fils de Vespasien, réduit en cendres Jérusalem et son temple; 1,300,000 Juifs sont massacrés, le reste est dispersé dans tout l'empire (70 ans après J.-C.). Domitien persécute l'Église, qui triomphe de tous ses ennemis. Trajan repousse les Parthes, et étend les limites de l'empire du Danube jusqu'à l'Euphrate. Après Antonin-le-Pieux (166) paraît Marc-Aurèle, qui soutient lui seul l'empire chancelant. Sévère écrasa ses rivaux les uns après les autres (198), et sut, sinon empêcher, du moins retarder la décadence de l'empire. Le jeune Alexandre-Sévère est revêtu de la suprême puissance que lui avaient méritée ses vertus; sa mort prématurée laissa l'empire romain en proie à plusieurs tyrans (235), qui se dépouillent successivement les uns les autres. Décius est enseveli avec toute son armée dans les marais en poursuivant les Goths (251). Gallus conclut avec ces derniers une paix honteuse. Aurélius chasse de l'Italie les Allemands, peuple barbare sorti du nord de l'Europe, et meurt (275). Les Goths s'établissent en Dacrie au-delà du Danube, et deviennent bientôt les maîtres de plusieurs hordes septentrionales, telles que celles des Vandales, des Gépides, des Marcomans et des Guades. En 284, Dioclétien, né en Dalmatie, monta sur le trône impérial dont il rehaussa la splendeur, et se donna pour collègue Maximilien-Hercule; il établit d'avance pour son successeur Galérius, qu'il revêtit du titre de César; Maximilien en fit autant à l'égard de Constantius Chlorus. Le sang des chrétiens coule à grands flots, et prépare à l'Église un éclatant triomphe. En 251, Constantin embrassa le christianisme, qu'il place avec lui sur le trône des Césars. Le célèbre con-

cile de Nicée (325), le premier des conciles œcuméniques, condamne l'impie Arius qui niait la divinité de Jésus-Christ (328). Byzance est appelée Constantinople, du nom de l'empereur qui la choisit pour le lieu de sa résidence. Constantin repousse les Goths, les Allemands et les Perses, et meurt en fervent chrétien. Son fils Constant favorise l'arianisme; mais saint Martin, saint Athanase et saint Hilaire soutiennent par leurs écrits la foi de Nicée. En 350, Sapor II, roi de Perse, maltraite les chrétiens. Julien l'Apostat, devenu maître de l'empire en 363, s'efforce d'avilir la religion du Christ et relève les idoles; mais *le Galiléen l'emporte*. En occident (365), Valentinien I triomphe des barbares Saxons et Allemands et de tribus sarmates. Mais bientôt de nouveaux essaims innombrables de Vandales, de Saxons, d'Hérules, d'Alains, de Sarmates, d'Allemands, de Bourguignons passent le Rhin, détruisent sur leur passage Mayence, Worms, Spire, Strasbourg, Reims, Arras, Tournay, les provinces de Lyon et de Narbonne, de la Septimanie et de la Novempopulanie. Les habitants de toutes ces malheureuses villes sont massacrés impitoyablement. Sous Valens, empereur d'Orient, paraissent tout-à-coup des Huns, ayant à leur tête Attila; les Goths battent Valens (378) dans les plaines d'Andrinopie; ce prince, qui était arien, est brûlé dans une cabane, où il s'était réfugié. Gratien et son frère Valentinien II succédèrent à leur père Valentinien I, empereur d'Occident. Bien que ne manquant pas de mérite, Gratien n'était pas aimé de ses troupes; il fut assassiné, à l'instigation de Maximin, qui le remplaça sur le trône impérial. Cet usurpateur chassa de l'Italie le jeune Valentinien qui fut égorgé peu après par Eugène et Arbogaste, deux seigneurs de la cour de Rome; mais Maximin ne jouit pas long-temps de son triomphe: il périt en combattant Théodose, jeune guerrier issu d'une ancienne famille espagnole que Gratien s'était associé à son vivant. Théodose, seul maître de l'empire, vengea la mort de Gratien et de Valentinien. Ce grand prince réunit l'Orient à l'Occident; il protégea l'Église et devient un beau modèle d'humilité chrétienne. Sa mort trop prématurée arriva en 395. Ses fils Arcadius et Honorius portèrent le titre d'empereur, le premier en Orient, et le second en Occident; mais la faiblesse de ces deux princes devint funeste à l'empire. Alaric, chef des Visigoths, porte le fer et la flamme en Italie et jusque dans Rome. Il s'empare de la Campanie, et s'avance jusqu'au détroit de Messine. La mort l'atteignit à Cosenza. Ataulphe, un de ses parents, est élu à sa place, et revient à Rome, qui est de nouveau livrée au pillage. De là, le chef des Visigoths, ayant fait consentir l'empereur Honorius à lui donner la main de sa sœur, il se dirige vers les Gaules. L'Espagne tombe au pouvoir des Vandales qui, chassés de là par les Visigoths, vic nnent encore enlever l'Afrique aux Romains. Les Francs passent le Rhin sous la conduite de Pharamond, et s'établissent dans les Pays-Bas. Telle était la position de l'Empire, lorsqu'à Honorius succéda son neveu Valentinien III; mais, à peine l'empereur d'Orient Théodose II eut-il affermi son jeune cousin sur le trône, que ce dernier perdit l'Afrique. Genséric, prince des Visigoths, implore le secours d'Attila, roi des Huns. Attila, surnommé le *fléau de Dieu*, s'avance en Italie (452) pour saccager Rome; mais le pape saint Léon vient à sa rencontre revêtu de ses habits pontificaux, et le force à retourner sur ses pas. Les peuples fuient devant Attila et se retirent dans les îles de la mer Adriatique, où Venise prend naissance. Aétius, général romain, qui avait plus d'une fois sauvé l'empire, est assassiné par l'ordre de Valentinien. Le sénateur Maxime soulève alors contre Valentinien la garde prétorienne, et, chargé du meurtre de l'empereur, il prend pour épouse sa veuve Euxodie. Celle-ci, instruite par son nouvel époux lui-même du crime dont il s'était souillé, appelle à la vengeance

Genséric, roi des Vandales. Celui-ci s'embarque avec son armée, pénètre à Rome, qu'il livre au pillage ; et quant au perfide Maxime, il est assassiné par les Romains. Cependant, l'empire d'Occident est encore occupé par quelques faibles princes qui pour la plupart trouvent dans la même année le chemin du trône et de la mort. Odoacre, roi des Hérules, s'empare de Rome, et détrône Romulus Momyllus, dernier empereur d'Occident, qui vient déposer au pied du vainqueur ses armes et sa couronne. Le règne d'Odoacre fut le passage du gouvernement romain à celui des barbares. Ainsi finit l'empire d'Occident, 475 ans après Jésus-Christ.

HISTOIRE D'ITALIE. Après la déposition de Romulus-Augustule, dernier empereur d'Occident, un barbare, Odoacre, Hérule d'origine, et chef de la milice, s'empara du trône et prit le titre de roi d'Italie. Mais l'usurpateur, après quatorze ans de règne, fut lui-même détrôné par Théodoric, chef des Ostrogoths, qui, poussé par Zénon, empereur d'Orient, venait de conquérir toute l'Italie, 493. Théodoric avait de précieuses qualités et ne manquait pas d'énergie. Il voulut ne faire qu'un même peuple des deux races d'hommes soumises à son empire, en établissant entre les Italiens et les Goths des traces de parenté qui les fissent se regarder comme des frères. Mais le luxe et la mollesse des Romains l'emportèrent sur l'énergie de leurs vainqueurs, d'abord si belliqueux ; et Totila lutta en vain pendant dix ans contre Bélisaire, qui finit par conquérir l'Italie. Ce pays redevint la propriété de l'empereur d'Orient, qui en confia l'administration à un préfet résidant à Ravenne. Narsès, qui avait partagé la gloire et les périls de Bélisaire dans la conquête de l'Italie, est disgracié par la jalouse défiance de l'impératrice, et ce guerrier appelle à sa vengeance Alboin, roi des Lombards. Ces derniers s'emparent, sous la conduite de leur chef, de tout le pays qui de leur nom s'est appelé depuis la Lombardie. Ce royaume comprenait la haute-Italie, la Toscane et l'Ombrie ; le duché de Bénévent fut fondé également par Alboin, qui en donna l'investiture à Zetto. Les Lombards ne s'allièrent point aux Italiens, comme avaient fait les Goths ; tandis qu'eux-mêmes prospéraient, les Romains dégénéraient de plus en plus. Ils maintinrent jusqu'à la fin de leur monarchie la constitution libre qu'ils s'étaient donnée. Mais la douceur du climat, l'abondance des productions de la terre influèrent enfin sur les Lombards qui se laissèrent envahir à leur tour. Ce qui amena la chute de la monarchie des Lombards, ce fut la longue inimitié qui existait depuis long-temps entre eux et les Grecs. Leur tyran s'était emparé de Ravenne et de la Pentapole. Ses successeurs, Astolphe et Didier, voulurent aussi se rendre maîtres du duché de Rome ; alors les papes eurent recours aux rois francs. En 753, Pépin fut sacré par le pape Etienne III, qui voulait s'en faire un allié puissant contre Astolphe. En 774, Charlemagne, appelé par le pape Adrien, fit prisonnier Didier à Pavie, et s'empara de ses états qu'il réunit à la monarchie française. Ce grand roi réunit l'Italie presque entière sous sa puissance ; reconnu roi des Lombards, il soumit l'exarchat de Ravenne et le duché de Rome à sa domination ; le jour de Noël de l'an 800, il fut couronné empereur d'Occident à Rome, des mains du pape Léon III, au milieu des acclamations d'un peuple nombreux. Après quelques règnes honteux, Charles-le-Gros, le dernier des Carlovingiens, et qui avait régné sur l'Italie, fut déposé (887). Bien que les autres royaumes soumis aux descendants de Charles fussent en proie à des guerres scandaleuses entre les membres d'une même famille, l'Italie cependant ne fut pas aussi malheureuse ; et parmi les princes qui la gouvernèrent avec gloire, on doit citer Louis II, prince vertueux et pourvu de grands talents, dont le règne dura vingt-six ans ; Charles-le-Gros étant déposé (888), Guido, duc de Spolette, et Bérenger, duc de Frioul, firent valoir leurs prétentions à l'empire d'Italie ; mais Guido l'emporta, et

reçut à Rome la couronne impériale. Son fils Lambert lui succéda en 894. Arnoul, roi carlovingien allemand, ne put conserver la couronne impériale que pendant son séjour en Italie. Bérenger, réconcilié avec Lambert, maintint son titre de roi, et mourut en 924. Trois principautés démembrées du duché de Bénévent s'étaient rendues indépendantes. Les rois de Bourgogne s'étaient immiscés aux débats des ducs de Spolette et de Frioul qui se disputaient le trône. Depuis la mort du roi Bérenger Ier, dernier duc de Frioul, ses successeurs n'avaient porté que le titre de rois d'Italie. Au jeune Lothaire II, dont on attribue la mort à son tuteur Bérenger II, marquis d'Ivrée (950), succéda ce même Bérenger qui demanda pour son fils Adelbert, la main d'Adélaïde, veuve de Lothaire ; mais Adélaïde n'accéda point à sa demande ; poursuivie par Bérenger qui voulait venger son affront, elle demanda du secours à Othon Ier, roi d'Allemagne. Othon se rendit en Italie, épousa Adélaïde et prit le titre de roi des Francs et des Lombards, 951). Bérenger s'étant alors reconnu vassal du roi de Germanie, fut conservé dans le gouvernement d'Italie. Mais, dix ans plus tard, ce même prince ayant méconnu ses devoirs envers son suzerain, fut destitué et enfermé dans une prison de Bamberg. Appelé par le pape Jean XII, Othon fut couronné roi d'Italie à Milan ; puis de là allant à Rome, il y fut investi de la dignité impériale. Dès lors, l'empire d'Italie fut réuni à la couronne de Germanie. Deux femmes, Théodora et Marozia ayant excitéé de grands scandales dans Rome, en faisant asseoir sur le Saint-Siège, la première Jean X, la seconde, son propre fils sous le nom de Jean XI, Othon rétablit le calme dans l'Église, en faisant donner la tiare à Léon VIII, puis à Jean XIII (966—972). Othon fit demander pour son fils aîné à l'empereur Nicéphore-Phocas, la main de la princesse grecque Théophanie ; un refus fut le signal de la guerre entre les deux empires. Nicéphore fut déposé, et Théophanie s'unit à Othon II par le mariage. Celui-ci, qui venait de succéder à son père en 973, ne s'occupa que du soin d'étendre ses conquêtes dans le midi du royaume. Sous Othon III son fils, les Romains tentèrent de secouer le joug des Germains ; et le consul Crescentius, qui n'aspirait qu'à réaliser le vœu de ses concitoyens, eut d'abord quelques succès. Mais bientôt assiégé dans le château de Saint-Ange, il est livré prisonnier par Othon, qui le livre à la mort (998). En 1002, Othon III n'existait plus, et l'Italie choisit Hardouin, marquis d'Ivrée, pour son roi. Le couronnement eut lieu à Pavie, ce qui excita la jalousie des Milanais qui se déclarèrent pour Henri II. d'Allemagne ; des troubles s'ensuivirent, et durèrent jusqu'à la mort d'Hardoin qui arriva en 1015 ; alors seulement Henri fut reconnu pour roi sous le nom de Henri Ier d'Italie. Conrad Ier, qui lui succéda, établit l'hérédité des fiefs ; cependant, le clergé, les nobles offraient le spectacle de dissensions de plus en plus acharnées. Henri II d'Italie, qui succéda à Conrad en 1046, déposa trois papes qui avaient usurpé la pourpre pontificale, mit à leur place Clément II, et mourut en 1056. Sous Henri III d'Italie, son fils, les papes, par une politique éclairée, firent alliance avec les princes des Normands qui, dès l'an 1016, étaient venus s'établir dans la Pouille et la Calabre. Léon IX, qui avait voulu les chasser de l'Italie, avait lui-même été fait leur prisonnier (1053). Nicolas II, entendant mieux ses intérêts et par conséquent ceux de l'Église, investit Robert-Guiscard du duché de la Pouille et de la Sicile, moyennant l'hommage, et s'en fit par ce moyen un puissant renfort contre la puissance impériale. Tandis que dans le midi de l'Italie, les petits états se fondaient en un seul plus puissant, dans le nord, au contraire, le royaume se démembrait et s'affaiblissait de jour en jour. Les villes de la Lombardie commençaient à prendre de l'importance, et trois républiques naissantes, Venise, Gênes et Pise consolidaient leur indépendance. Gênes et Pise eurent à combattre les Sarrasins jusque sur leur propre territoire. Elles s'emparèrent de l'île de Sardaigne, qui servait d'asile aux musulmans. Les Pisans la conquirent deux fois, et la possédèrent définitivement en 1050. Les Génois fixèrent leur établissement dans la Corse. Grégoire VII fulmine l'excommunication contre Henri IV qui ne voulait pas renoncer à l'investiture par l'anneau et par la crosse (1077). Urbain II poursuit l'œuvre de Grégoire VII, et lance de nouveau les foudres du Vatican. Conrad, fils aîné de Henri IV, que l'influence de Mathilde avait armé contre son père, fut couronné roi d'Italie en 1093; Henri, qui était le second, entreprit, après la mort de son frère, de détrôner son père, et réussit. La mort de la grande comtesse Mathilde amène de nouveaux troubles. Cette princesse avait légué ses domaines au Saint-Siège; mais Henri V les réclame tous comme étant le plus proche héritier de la comtesse de Toscane. Enfin, cette déplorable querelle se termine par le concordat de Worms signé en 1122. Les prétentions de Lothaire II et de Conrad III furent l'origine de la guerre des *Guelfes* (partisans du pape) et des *Gibelins* (partisans de l'empereur) (V. ces deux mots). Frédéric Barberousse descend en Italie, ravage le Milanais (1154), détruit Tortone, et se fait couronner à Rome et à Pavie. Il s'empare de Milan, qu'il détruit de fond en comble en 1162. Une confédération de villes se forme dans la Vénétie pour l'affranchissement de l'Italie. Alors le pape Alexandre III revient à Rome. Les confédérés élèvent sous les auspices de la ville d'Alexandrie, et reconstruisent Milan. Frédéric fait de vains efforts pour réduire les villes confédérées, et perd tout espoir de rétablir son autorité par la bataille de Lignano, où il fut défait par les Milanais en 1176. Une paix définitive est conclue à la diète de Constance, en 1182. Le parti guelfe triomphe; mais les hostilités recommencent. Les républiques conservèrent leurs podestats, dont elles firent leurs juges et leurs généraux ; mais elles demeurèrent vassales de l'empereur. En 1197, la ville de Brescia remporta contre toutes les troupes réunies des villes confédérées de la Lombardie la fameuse bataille d'Oglio, désignée sous le nom de la *mala morte*. Pendant la minorité de Frédéric II, Innocent III, tuteur de ce jeune prince, rétablit la puissance temporelle du Saint-Siège à Rome, anéantit l'autorité des empereurs, fait élire après Philippe de Souabe, successeur de Henri VI, Othon IV de Brunswick, qu'il excommunie bientôt, et meurt après avoir assuré le trône impérial à son pupille. Frédéric renonce aux allodiaux de Mathilde, prend la croix, et se fait couronner empereur par Honorius III ; mais le peu d'empressement que ce prince mit à exécuter ses promesses réveille le parti guelfe d'Italie. Les Milanais et quinze communes de la Lombardie forment une nouvelle confédération : à son retour de la Palestine, l'empereur d'Allemagne combattit les villes guelfes et le pape Grégoire IX qui l'avait excommunié, et remporta une grande victoire sur les Milanais à Corte-Nova (1235); Frédéric donna ensuite la couronne de Sardaigne à son fils Entius. Innocent IV dépose l'empereur en 1245, et la couronne passe au dernier landgrave de Thuringe, puis à Guillaume, comte de Hollande. Après un moment de triomphe à Florence, l'empereur échoue au siège de Parme (1248) ; Entius est battu par les Bolonais, et un autre fils de Frédéric est défait en Allemagne. Frédéric se retire dans ses états de Naples, et meurt de chagrin (1250). Charles Ier d'Anjou est élu roi de Naples par la faveur du pape. La querelle des Guelfes et des Gibelins change alors d'objet, et devient une lutte entre les nobles et le peuple. En vain Grégoire X s'efforce par sa médiation de rétablir le calme, Nicolas III y réussit un peu mieux. Mais Martin IV, entièrement dévoué à Charles, poursuit les Gibelins encore plus que par le passé (1280). Cependant Corfou, Candie, la plupart des îles de l'Archipel, et bientôt même Constantinople, passèrent sous

la domination des Vénitiens; mais les Génois, leurs plus redoutables ennemis, animés par des rivalités de commerce, se mirent aux prises avec eux en 1264. Enfin, les Génois finirent par s'assurer l'empire des mers, par l'anéantissement de la puissance de Pise (1294) et par l'entière défaite des Vénitiens (1298). Florence devient le centre d'activité des Guelfes qui ont pour eux les papes, les rois de France et les princes de la maison angevine de Naples. Les deux factions se dissimulent sous les noms de *noirs* et de *blancs*. Les Gibelins reçoivent une protection vague des empereurs d'Allemagne qui ne sert qu'à pallier les usurpations des tyrans ; mais le peuple de la Lombardie secoue le joug de ses oppresseurs, qui sont bannis de presque toutes les villes (1302). Les Visconti, qui s'étaient emparés des seigneuries de Milan possédées par la maison Della Torre, sont également proscrits. En 1310, Henri VII paraît en Italie, et trouve la paix parfaitement établie. Florence seule conserva sa liberté sous la protection de Robert de Naples, ennemi déclaré de l'empereur Henri ; le reste de l'Italie abandit en tyrans. Robert de Naples, nommé vicaire impérial d'Italie par le pape Clément V, acquit pour son fils Charles de Calabre la souveraineté de Florence et de Sienne, et mourut en 1328. Louis de Bavière, en guerre contre la maison d'Anjou et les Guelfes (1327), eut aussi à combattre contre les Gibelins qu'il s'était aliénés par de mauvais procédés. En 1330 paraît en Italie Jean de Bohême, qui, accueilli par le pape et les habitants de Brescia, et élevé à la souveraineté de Lucques, eût réussi à réunir entre ses mains la suprême domination de l'Italie si les Florentins n'eussent fait opposition de concert avec Mastino de la Scala, Azzo Visconti et Robert de Naples ; ils parvinrent à renverser non seulement Jean de Bohême, mais aussi son allié Bertrand de Poiet, le légat du pape, qui déjà s'était rendu maître du gouvernement de Bologne. Mastino della Scala possédait déjà la moitié de la Lombardie quand les Florentins lui élevèrent une guerre fédérative. Un peu plus rassurés, ils élurent pour dictateur, en 1342, Gauthier de Brienne, qu'ils déposèrent bientôt. En 1347, Nicolas de Rienzi, nommé tribun du peuple, déplaît à la noblesse qui l'exile : sept ans après, il est assassiné. Les Génois chassèrent en 1359 les principales familles qui appartenaient à la faction des Guelfes et des Gibelins. Simon Boccanigra est choisi par eux pour premier doge. À Pise, les Bergolini (parti gibelin) chassent les Raspanti (autre parti gibelin), sous Andrea Gambacorti (1348). La famine et la peste faisaient vers ce même temps d'affreux ravages en Italie; tandis que des hordes de scélérats commettaient dans le pays toute sorte de brigandages, 1348-1354. Jean Visconti, archevêque de Milan, et ses successeurs n'eurent point de plus redoutables ennemis que les républiques, mais surtout Florence. L'empereur d'Allemagne, Charles IV, fit succéder à Pise Gambacorti aux Raspanti, et à Sienne, au lieu des *neuf* celui des *douze*, en 1355. Mais la fermeté des citoyens de ces deux villes sauva leur liberté menacée. Le pape Innocent VI envoie en Italie le légat Albornoz pour ramener à l'obéissance du Saint-Siège tous les états de l'Église. Albornoz comprime les factions, et réduit les vassaux et les villes rebelles de la Romagne. Robert de Genève (depuis Clément VI) ne put mettre fin au grand schisme d'Occident qui désolait l'Église (1377). Ce schisme dura quarante ans. On vit pendant ce temps l'Église gouvernée par deux pontifes à la fois, l'un siégeant à Avignon et reconnu par la France et l'Espagne, l'autre résidant à Rome, et tenant sous sa domination les autres états de la chrétienté. Le concile de Constance assemblé en 1417, parvint à faire cesser ce scandale par l'élection de Martin V, qui fut universellement reconnu. — Les Visconti ne songent qu'à accroître leur puissance, excitaient contre eux toutes les forces de l'Italie à la résistance ; Gênes se soumit à Visconti en 1353, et Bologne en 1358; mais les républiques soutinrent leur indépendance. Les Guelfes de Florence renouvellent les scènes sanglantes des *noirs* et des *blancs* sous les nouveaux noms des Ricci et Albizi, mais le Gonfalonier Michel di Lando parvient à réprimer ces troubles. Cependant J. Galeas-Visconti envahit les états de Della Scala et de Carrara; ce dernier fut anéanti en 1406 par les Vénitiens qui d'ennemis des Visconti, étaient devenus leurs alliés. Jean Galeas fut investi par l'empereur Wenceslas du duché de Milan, soumit Sienne et Bologne; Florence seul maintint sa liberté. Galeaz étant venu à mourir en 1402, plusieurs petits états se hâtèrent de secouer le joug, ce qui leur facilitait en outre la minorité des fils du défunt. Ladislas de Naples profite de ces divisions pour s'emparer des états de l'église, Florence résiste encore; mais les Visconti reparaissent. Le duc Philippe Marie, aidé du célèbre Carmagnole, était rentré dans la possession de presque tous ses états de la Lombardie. Gênes se rangea sous sa domination. Florence s'unit à Venise, et Carmagnole, qui s'était rangé de leur côté, conquit tout le pays qui s'étend jusqu'à l'Adda, et dont un traité de paix conclu à Ferrare, en 1428, assura la possession aux Vénitiens. La ville de Verugia, toute l'Ombrie, et Rome même étaient tombées au pouvoir du parti des Baglioni (1416). En 1450, François Sforza gouvernait le Milanais; Parme et Plaisance, que les Visconti de Milan avaient subjuguées dans le quatorzième siècle, cédées au pape en 1512 par l'empereur Maximilien Ier, furent enlevées à la cour de Rome, par François Ier (1515) qui reprit le duché de Milan : mais les Français ayant perdu le Milanais en 1521, le pape reprit la possession de Parme et de Plaisance. Les Médicis jouissaient à cette époque d'une haute considération dans la république de Florence. Les papes, les rois de Naples, les ducs de Milan et les républiques de Venise et de Florence, étaient les principales puissances qui se partageaient la domination en Italie vers la fin du quinzième siècle. Le pape Alexandre VI s'efforçait de pousser son fils César Borgia, et pour arriver plus sûrement à sonbut, il recherchait l'alliance des Français; mais César Borgia vit ses espérances frustrées par la mort de son père qui arriva en 1503; peu de temps après, Jules II acheva de soumettre au pouvoir du Saint-Siége les Etats de l'Église. Le crédit des Médicis leur suscita des envieux, et les fit exiler à différentes fois de Florence. Le pape Clément VII (1523 qui, ainsi que son prédécesseur, appartenait à cette illustre famille, obtint qu'ils seraient rétablis dans cette même ville. Les Florentins s'y opposaient; mais leur ville assiégée et forcée de se rendre, et Alexandre de Médicis fut déclaré chef du gouvernement de l'Etat; bientôt après, ce prince est assassiné par Laurent de Médicis, un de ses proches parents (1537). Cosme, qui lui succéda, réunit au duché de Florence le territoire de l'ancienne république de Sienne, dont l'empereur Charles-Quint fit la conquête et en investit son fils Philippe II (1554). Gênes, soumise aux Français depuis 1499, dut sa liberté à André Doria, qui y fonda une puissante aristocratie, en 1523. Cet André Doria était un noble Génois, qui d'abord au service de François Ier, avait, au bout d'une année, abandonné le parti de la France, où il avait de nombreux ennemis, pour embrasser celui de Charles-Quint. — Venise, par la découverte de la nouvelle route maritime aux Indes, perdit son commerce de l'Orient qui était la principale ressource de ses richesses et de la supériorité de sa marine. Ce qui surtout hâta sa ruine, ce fut la puissance toujours croissante des Ottomans qui lui enlevèrent ses meilleures possessions. La guerre de Charles-Quint contre ces derniers lui fit perdre quatorze îles de l'Archipel, et l'île de Chypre devint elle-même la proie des Turcs. Enfin, le traité que cette république, naguère si florissante, fit avec la Porte et par lequel, en lui laissant la possession de l'île Chypre, elle consentait à lui payer une somme de cent mille ducats en échange de ses anciennes limites de la Dalmatie, la mit dans un état

d'épuisement dont elle ne se releva jamais. Depuis que les Florentins, cédant à la force, avaient courbé le front sous le joug des Médicis; il n'y avait plus de politique ni de nationalité dans l'Italie. La Savoie, le Piémont et la Sardaigne, furent constituées en royaumes en 1718. A la mort du dernier des Farnèses, l'infant Carlos obtint la possession de Parme et de Plaisance, qu'il échangea bientôt à l'Autriche contre le royaume des deux Siciles. Le 19 frimaire an VII, le roi de Sardaigne est contraint par les Français, maîtres de Turin, de renoncer à la possession du Piémont qui devient avec la Savoie une propriété de France. Mais après la chute de Napoléon, ils repassèrent comme royaumes, sous la domination de l'ancienne famille. Les Médicis de Florence, qui depuis le milieu du XVIIIe siècle, étaient grands-ducs de Toscane, s'éteignirent en 1737 dans la personne de Gaston. Le grand duché, réclamé par l'empereur d'Allemagne, Charles VI, comme fief de l'empire, fut donné au duc de Lorraine, son gendre, qui parvint depuis à la couronne impériale, puis cédé à la France. Après la mort de Charles VI, Léopold, son second fils, devint grand-duc et succéda à son frère l'empereur Joseph II. La souveraineté du grand-duché passa des mains de Ferdinand, fils et successeur de Léopold, au fils du duc de Parme, qui prit le nom de roi d'Etrurie (1801). Mais les Français s'emparent du royaume d'Etrurie en 1807; Elisa, sœur de Napoléon, est proclamée grande-duchesse de Toscane en 1809. L'étoile des Français pâlit bientôt; les désastres qu'ils essuyèrent réunirent le duché de Toscane sous la domination de ses anciens souverains. — Naples et la Sicile étaient restés entre les mains des Espagnols jusqu'en 1700, époque où s'éteignit la branche d'Autriche. — Don Carlos, proclamé roi des deux Siciles en l'échange de Parme et de Plaisance, qu'il avait cédé à l'Autriche, se voit contester la possession de Naples; mais, après des hostilités sanglantes entre la France et l'Autriche, Naples lui est enfin adjugée d'un commun consentement. Appelé à la couronne d'Espagne en 1759, don Carlos transmit celle de Naples à Ferdinand IV, son troisième fils, au préjudice de l'aîné, jugé incapable de régner, et dont les droits à la couronne d'Espagne passèrent au second. Ferdinand IV est défait par les Français dans une bataille qu'il leur livra le 24 nivôse an VII. Aidé des Russes, des Anglais et des Turcs, il recouvre son royaume; mais l'infraction d'un traité qu'il venait de conclure en 1807 lui devint funeste : il fut déposé par l'empereur Napoléon, qui mit à sa place son frère Joseph, puis son beau-frère Murat. Ce dernier paya ce bienfait d'ingratitude et fut déchu du trône en 1815, Naples rentra dans la possession de ses anciens souverains. Au milieu de tous ces bouleversements politiques, la seule république de Saint-Marin et le seul prince de Monaco se sont maintenus intacts. Voy. GOUVERNEMENT D'ITALIE.

HISTOIRE D'ALLEMAGNE. — Tandis que les peuples de la Germanie, exécutant les décrets immuables de la Providence, faisaient crouler l'empire d'Occident et sur ses ruines proclamaient Odoacre roi d'Italie, les Allemands, les Saxons, les Frisons et les Thuringiens demeurés sur le sol Germanique, cherchaient à se dérober à la suzeraineté que les Francs déjà établis dans la Gaule, faisaient peser sur leur pays natal. Sous la race des Mérovingiens, ils obtiennent quelque succès : mais les Carlovingiens étant montés sur le trône en 752, Charles-Martel parvint à les contenir, sans cependant les soumettre entièrement. Les Saxons, surtout, faisaient d'opiniâtres efforts pour maintenir leur indépendance. Charlemagne, petit-fils de Charles-Martel, entreprit de réduire ces différents peuples et de leur donner une constitution avec un chef suprême. La guerre qu'il fit à cet effet, dura trente-trois ans (772 à 805); peu après, Witikind, duc des Saxons, reçut le baptême avec son peuple; ainsi fut formée la monarchie des Francs qui comprenait alors la Gaule, l'Italie et l'Allemagne. De sanglants combats entre les fils de Charlemagne amenèrent par le traité de Verdun le partage de la monarchie (843); d'après ce traité, Louis (dit le Germanique) fut fait premier roi d'Allemagne, et son royaume comprenait toute la Germanie au-delà du Rhin; et de l'autre côté de ce fleuve, Worms, Spire et Mayence. En 884, l'empire de Charlemagne fut un instant réuni par Charles-le-Gros qui, trop faible pour supporter un si lourd fardeau, fut déposé (887) par les Allemands. Dès-lors trois nouveaux royaumes se formèrent : ceux de Lorraine, de Bourgogne et de Navarre. Arnoul, neveu de Charles-le-Gros et fils naturel de Carloman, avait été élevé sur le trône d'Allemagne (888); mais, malgré ses vertus guerrières, ce prince ne put mettre fin aux troubles qui agitaient l'empire d'Occident, et il laissa à son fils Louis-l'Enfant, une domination chancelante (899). A la mort de Louis IV (912), en qui s'éteignit la race Carlovingienne en Allemagne, les Allemands élurent pour leur roi Conrad Ier, et depuis cette époque, ils maintinrent le gouvernement électif jusqu'à l'abdication de François II, où l'empire d'Allemagne fut dissous. Pendant une période de neuf cent soixante-dix années, l'Allemagne est en proie à l'anarchie et au despotisme des nobles : la féodalité accable de tout son poids le peuple trop faible pour résister : c'est, en un mot, le droit du plus fort qui domine. En 1024, est établie la trève de Dieu, qui ralentit la fureur de résoudre toute question embarrassante l'arme au poing. Conrad II à qui est due cette sage institution, réunit la Bourgogne à l'empire. Malgré les efforts de Henri III, successeur de Conrad II (1039) pour humilier la cour de Rome, les papes n'en eurent pas moins, sous Henri IV et ses successeurs, une grande influence sur l'Allemagne. Du moment où Grégoire VII monta sur la chaire de Saint-Pierre (1073), la lutte des investitures, préparée de loin, éclata tout-à-fait entre le pontife et les empereurs d'Allemagne (Voyez l'histoire d'ITALIE). Les croisades (Voyez ce mot) donnèrent une impulsion nouvelle à cette époque, et avancèrent la civilisation de l'Allemagne en particulier et de l'Europe toute entière. Sous Frédéric Ier Barberousse (1152), furent institués les chevaliers de l'ordre Teutonique qui soumirent la Prusse encore païenne. Frédéric II, quatrième successeur de Frédéric Ier, publia une loi sur la paix publique, qu'il fit jurer à la plupart des villes, mais qui ne fut pas long-temps exécutée. Déposé par le pape Innocent IV, battu au siége de Parme (1248), ce prince meurt en 1250. — Un long interrègne eut lieu à cette époque en Allemagne, et dura jusqu'à l'élection de Rodolphe Ier de Habsbourg (1272). Ce prince rasa les châteaux de la noblesse et fonda une dynastie encore régnante. Albert d'Autriche, successeur de Rodolphe (1298), tenta vainement de subjuguer les peuplades Suisses qui habitaient le voisinage de ses terres patrimoniales. Sous Henri VII de Luxembourg (1308), les partis Guelfes et Gibelins sont encore aux prises. L'empereur met au ban de l'empire Robert d'Anjou, roi de Naples, qui occupait la cité Léonine avec les Guelfes; mais Clément V fulmine une excommunication contre Henri VII qui meurt bientôt sous le poids de l'anathème. Frédéric d'Autriche et Louis de Bavière se disputent l'empire avec acharnement durant huit années. Enfin, Louis resta vainqueur de la victoire de Muhldorf (1322). Il se rendit ensuite en Italie où les prétentions du pape Jean XXII et la résistance de Robert, roi de Naples, lui suscitèrent de grands embarras; ce prince obtint cependant du souverain pontife la couronne impériale; mais l'Allemagne ne tarda pas à être frappée d'interdit. Louis mourut subitement (1347), au moment où les électeurs de Mayence, de Cologne, de Trèves et de Saxe venaient de le déposer pour lui substituer Charles de Luxembourg, roi de Bohême, petit-fils de Henri VII. Ce prince accrut les revenus de l'empire, en vendant à la noblesse certains titres et priviléges, publia en 1356 la fameuse Bulle d'Or qui légi-

timait le gouvernement électif des Romains, et anéantissait complétement le droit du plus fort. Charles VI avait fait élire, de son vivant, un fils Wenceslas roi des Romains. Parvenu à la puissance souveraine (1378), ce prince commença son règne d'une manière qui déplut également au clergé et aux séculiers. Les trois électeurs ecclésiastiques et le comte Palatin prononcèrent sa déchéance, à laquelle il acquiesça sans peine en l'an 1400. Wenceslas eut pour successeur le sage Robert, qui mourut en 1410. Sigismond, frère de Wenceslas, réunit sur sa tête les suffrages des électeurs, et reçut des mains du pape la couronne impériale. Sous son règne eut lieu la condamnation des doctrines de Jean Huss dans le Concile de Constance, et celle de Jean Huss lui-même, qui fut exécuté (1416). La mort de ce théologien schismatique arma les Hussites ses sectaires, en Bohême, en Bavière, en Franconie; et cette guerre dura dix-huit ans. Les successeurs de Sigismond furent impuissants dans les efforts qu'ils firent pour rendre à l'empire son ancienne opulence et sa première grandeur. Albert II d'Autriche (1437), fut enlevé par la mort au bout de deux ans d'un règne qui faisait naître les plus belles espérances. Frédéric III (1439), dernier empereur dont le couronnement eut lieu en Italie, vit son règne illustré par la découverte de l'Amérique, découverte importante pour l'Allemagne et pour toute l'Europe dont elle activa le commerce et l'industrie. Cependant, Maximilien Ier (1500) fils et successeur de Frédéric, prince doué d'excellentes qualités, et surtout rempli d'énergie, abolit définitivement le droit du plus fort, qui jusqu'alors, faiblement réprimé, n'avait pas cessé de se perpétuer. L'empire fut divisé en six, puis en dix cercles confiés chacun, à l'inspection d'un capitaine-général qui poursuivait tout perturbateur du repos public. En outre, des cours de justice furent établis, et le corps militaire subit une organisation nouvelle. Charles-Quint d'Autriche, roi d'Espagne, d'origine allemande, fut choisi de préférence, par les électeurs, à François Ier qu'il redoutait, pour succéder à Maximilien, mort en 1519. Une capitulation fut imposée à ce prince qui ne fit nulle difficulté de la violer quand bon lui semblait d'en agir de la sorte. La capitulation n'en fut pas moins renouvelée depuis à chaque nouvelle élection d'un empereur, et cette dignité, de plus en plus restreinte dans son pouvoir, ne fut plus réduite bientôt qu'à un vain titre. Martin Luther prêchait depuis 1517 une nouvelle doctrine, et prétendait réformer l'église. Les idées nouvelles, promptes à se répandre, furent en très peu de temps de rapides progrès. Calvin, quelques années plus tard (1535), s'annonça comme réformateur de l'église française, et fixa sa résidence à Genève. Une ligue en faveur de la réforme, conclue (1520) entre Philippe de Hesse et l'électeur de Saxe, fit éclater la guerre de Schmalkade en 1546. La dignité électorale fut enlevée à la branche Ernestine de Saxe dans la personne de Jean-Frédéric qui en était le chef. Enfin, en juillet 1552, Charles-Quint accorda aux protestants la liberté de conscience que réclamait l'alliance de l'électeur Maurice avec la France. Jusqu'à l'an 1556, Charles s'occupa de consolider la paix, puis, fatigué des grandeurs et des soucis du trône, il abdiqua la couronne et se retira dans un couvent où il vécut encore deux ans. Sa mort arriva en 1558. Sous Ferdinand Ier, frère de Charles V, fut fermé le concile de Trente (ouvert en 1545), et les troubles de religion furent pacifiés; mais, ce ne fut que pour éclater avec plus d'acharnement encore sous Maximilien Ier (1564), entre les Luthériens et les réformés. Les règnes de Maximilien II et de Rodolphe II ne furent point troublés par les discordes politiques ou religieuses; le peuple était heureux. Ferdinand II, ardent catholique, fut restituer aux ecclésiastiques les biens que les protestants leur avait enlevés; mais l'extrême sévérité dont il usa mal-à-propos rouvrit la plaie à peine cicatrisée. Gustave-Adolphe, roi de Suède, pénètre en Allemagne (1630), s'établit chef de la ligue protestante, et avec l'appui de la France, gagne plusieurs batailles. La paix de Westphalie, en 1648, mit enfin un terme aux hostilités qui pendant 30 ans, avaient affligé l'Europe. Cette paix fut signée sous Ferdinand III, fils et successeur de Ferdinand II, entre la reine Christine de Suède, les États-Généraux des provinces-unies et les princes protestants. Ferdinand III mourut en 1657, et Léopold son fils fut couronné, mais à de bien rudes conditions. L'empereur Joseph Ier, fils de Léopold (1705), continua la guerre d'Espagne; la petite vérole, qui emporta ce prince, mit sur le trône impérial son frère l'archiduc Charles, chassé d'Espagne (1711). La paix d'Utrech fut contraire aux prétentions de Charles VI, qui voulait réunir la couronne d'Espagne à celle d'Allemagne. Ce prince réussit néanmoins, par la pragmatique sanction, à fixer l'hérédité dans la maison d'Autriche. Marie-Thérèse, sa fille, lui succéda après sa mort, malgré l'opposition de l'électeur Charles-Robert de Bavière, qui prit le nom de Charles VII, avec le titre d'empereur d'Allemagne en 1742, et mourut en 1745. L'époux de Marie-Thérèse fut proclamé empereur d'Allemagne sous le nom de François Ier. Ce dernier eut pour successeur dans le gouvernement impérial, son fils Joseph II, en 1765. Ce prince fit fleurir la justice, et établit la liberté des cultes et celle de la presse. La suppression de l'ordre des Jésuites, qui eut lieu dans ses états (1773), ne fut faite qu'à l'instar des autres États Européens d'où cette compagnie célèbre tant persécutée fut expulsée à cette époque. Joseph II rendit le dernier soupir le 20 février 1790, au milieu des inquiétudes que lui donnaient l'Autriche et la guerre contre les Turcs. Léopold II, grand-duc de Toscane, son frère et son successeur, conclut la paix avec la puissance Ottomane, la Belgique se réunit à l'Autriche. François II, après la mort de Léopold, arrivée en 1792, s'empara des rênes du gouvernement, et de concert avec le roi de Prusse, Frédéric-Guillaume, voulut étouffer la révolution française; mais les journées de Valmy, de Jemmapes, de Fleurus rompirent les mesures de la coalition. En 1794, la Pologne devint la proie de la Prusse, de l'Autriche et de la Russie qui se la partagèrent. L'Autriche est contraire, le 17 octobre 1797, de signer du traité de Campo-Formio. Bientôt le traité de Lunéville met la France en possession de toute la rive gauche du Rhin. La bataille d'Austerlitz enlève les états Vénitiens, la Dalmatie et l'Illyrie à François II, qui, s'étant démis de l'empire d'Allemagne, ne conserve que le titre d'empereur d'Autriche (1805). Seize princes allemands, unis par une coalition sous le nom de confédération du Rhin: l'empereur des Français, Napoléon, fut pris pour protecteur de la nouvelle ligue. C'est de cette époque que date la fin de l'empire d'Allemagne après dix siècles d'existence. — En 1814, l'Allemagne recouvra la possession de toutes les provinces que les Français lui avaient enlevées depuis 1793, par un traité passé à Paris le 30 mai de la même année; ce traité décida en outre que les états d'Allemagne seraient indépendants entre et eux et l'un une confédération (*Voyez* GOUVERNEMENT D'ALLEMAGNE).

HISTOIRE D'ESPAGNE ET DE PORTUGAL. L'Espagne, nommée par les anciens, *Ibérie* ou *Hespérie*, prit, du nom des Celtes ou Gaulois qui s'y établirent, celui de *Celtibérie*. Les Carthaginois y fondèrent plusieurs villes, et les Romains, après la guerre punique, s'en rendirent tout-à fait les maîtres. Elle fut dès lors partagée en trois provinces, savoir: la *Tarragonaise*, la *Bétique* et la *Lusitanie*; puis subdivisée en sept provinces qui étaient la *Tarragonaise*, proprement dite, la *Carthaginoise* et les *îles Boréales* que renfermait l'ancienne Tarragonaise, la *Bétique*, la *Lusitanie* et la *Galice*, formées de l'ancienne Lusitanie; enfin la *Tingitane*, située sur les côtes d'Afrique. Au commencement du cinquième siècle, les

Vandales, les Suèves et les Alains passèrent en Espagne. Les Suèves et les Alains seulement, se fixèrent dans la Lusitanie et la Galice, où ils établirent leur domination à la chute de l'empire. Théodoric II, roi des Visigoths, fit la guerre aux Suèves qu'il soumit définitivement en 465. Euric, son successeur, conquit les provinces d'Espagne sur les Romains jusqu'en deçà des Pyrénées (476), et l'Espagne se trouva partagée par les Visigoths, les Suèves et quelques autres peuples que les Romains n'avaient pu subjuguer. Vers l'an 580, Léovigilde, roi des Visigoths, réunit par la soumission des Suèves, presque toute la péninsule espagnole sous son gouvernement. Les rois visigoths, outre l'Espagne, possédèrent encore (710) la Septimanie et la Mauritanie Tingitane; mais les descendants abâtardis des conquérants du nord ne peuvent rien contre la valeur guerrière des envahisseurs arabes qui se rendent bientôt maîtres du détroit de Cadix, gagnent la fameuse bataille de Xérès sur les Goths commandés par Roderic (711), et delà vont attaquer la ville de Tolède qu'ils prennent d'assaut. En 712, l'émir Musa s'empara encore de la Septimanie, mais il ne peut pénétrer plus avant. Après sa mort, l'Espagne est gouvernée par des Walis, vassaux des vice-rois d'Afrique. Différentes provinces de la péninsule sont occupées par des colonies Asiatiques qui font fleurir le commerce et l'industrie. Vers l'an 831, Azuar, comte de la Marche de Navarre, secoua le joug de l'empereur d'Occident, Louis-le-Débonnaire, qui avait succédé à Charlemagne. Les Basques furent détachés dès lors, de l'empire des Francs. L'an 857, Garcin Ximénès se fit reconnaître roi à Pampelune. 150 ans après les comtés d'Arragon et de Castille firent partie du royaume de Navarre. Abdalraman, échappé au massacre des Califes ommiades en Orient, s'enfuit en Espagne, prend le titre de khalife, et enlève cette province aux Arabes. Les Visigoths échappés au joug mahométan fondèrent vers l'an 950, le royaume d'Oviédo ou de Léon. Vers le milieu du onzième siècle, le khalife Hescham, de la dynastie des Ommiades d'Espagne, est détrôné à Cordoue, et avec son règne finit la domination de cette dynastie (1030). Alors se formèrent plusieurs petits royaumes, tels que ceux de Cordoue, Lisbonne, Tolède, Valence, Murcie, Tortose, et autres. Sanche-le-Grand, roi de Navarre, réunit ces différentes souverainetés avec le comté de Castille; Ferdinand Gonzalès avait créé du démembrement de l'empire, ce comté de Castille, qui fut érigé en royaume par le mariage de Ferdinand Ier, fils de Sanche III, avec la sœur du roi de Léon. En 1037 eut lieu la réunion des deux royaumes de Léon et de Castille en un seul. Bermude, qui périt en combattant, fut le dernier des rois d'Oviédo. La couronne de Navarre passa sur la tête de Garcie IV, fils aîné de Sanche III. L'Espagne comprenait (vers 1050), quatre royaumes chrétiens et dix états musulmans. Mais les princes chrétiens, placés aux limites de la France, étaient puissamment secourus par elle contre les musulmans. Il est difficile de lier l'histoire de tous ces petits états. Aussi nous contenterons-nous de jeter un coup-d'œil rapide sur chacun d'eux en particulier. — La Navarre fit partie durant un 1/2 siècle du royaume d'Aragon, mais les provinces de Biscaye, de Guypzcoa et d'Alava, qui lui appartenaient se séparèrent d'elle, et se rendirent indépendantes sous le patronage des rois de Castille (1200). Le comte de Champagne, Thibault IV, à qui passa la couronne de Navarre, est le chef d'une dynastie, qui va se perdre dans la maison royale de France (1284). L'Aragon présagea de bonne heure ses hautes destinées. Sanche Ier avait réuni la Navarre à ses états en 1078; trente ans plus tard, les royaumes de Castille et de Léon furent réunis à l'Aragon. Mais la défaite d'Alphonse Ier à Fraga et sa mort qui la suivit, dépouillèrent pour quelque temps l'Aragon de son éclatante prospérité. (1134), Ramire-le-Moine, un frère d'Alphonse Ier, qui vivait retiré au fond d'un cloître, ne reprit un instant sa place sur le trône que pour abdiquer bientôt après et en exclure à jamais la dynastie aragonaise d'Aznar (1137). — Cependant la ruine du royaume d'Aragon n'est pas si prochaine qu'elle le paraît. Raymond Bérenger, comte de Barcelone, règne sur l'Aragon, et se rend redoutable aux Musulmans. L'acquisition de la Provence et du Roussillon d'un côté, la possession de Marseille et de Barcelone de l'autre, étendent ses limites hors de la péninsule, et lui donnent l'empire sur la Méditerranée occidentale. Les successeurs de Raymond-Bérenger profitent de la défaite des Almohades à Tolosa, en 1212, et préparent un règne glorieux à Jaymes Ier le conquérant. Ce prince sait user avantageusement, de la dépouille des Maures. — Il s'empare de (1229), l'île Majorque, sur les princes Zécrides de Tunis et du royaume de Valence en 1238. Pèdre III le grand, fils de Jacques Ier, accroît sa puissance en joignant la Sicile à ses possessions 1282, et Alphonse III, son successeur, enlève Minorque aux Musulmans. Par le massacre des Pisans la Sardaigne passa sous la domination des Aragonais (1325), à la réserve, pour le Saint-Siège, de la suzeraineté de cette possession. En 1349, Martin se vit possesseur de la Sicile par l'extinction d'une branche aragonaise, mais il mourut en 1410. Enfin s'éteignit la race de Barcelone. — Les royaumes de Léon et de Castille, réunis sous Ferdinand Ier en 1037, et divisés après la mort de ce prince, furent de nouveau réunis sous le règne d'Alphonse VI (1073). La Castille lui dut d'occuper la première place parmi les états chrétiens d'Allemagne, Tolède, de concert avec Mohamed Abad, roi de Séville, de Cordoue et de Malaga; il prit cette ville en 1085. Elle était alors au pouvoir des infidèles. — Comme il n'y avait plus d'héritier mâle dans la maison de Castille (1413), parmi les descendants de Raymond Bérenger, le régent de Castille, Ferdinand-le-Juste, petit-fils de Pèdre IV, est porté sur le trône par une commission électorale de neuf membres. Ce prince fut père d'Alphonse V le magnanime, qui fit passer le royaume de Naples à la maison d'Aragon; de saint-Jean II qui réunit un moment le royaume de Navarre à la même maison. Sous Ferdinand-le-Catholique, son petit-fils, les deux royaumes d'Aragon et de Castille (1474), furent à jamais réunis en un seul. En 1086, les Almoravides d'Afrique, appelés par Ben-Abad contre Alphonse VI, s'élèvent à la dignité de khalife Jousef Ben-Tachfin, fondateur de la ville et de l'empire de Maroc (1069). Les Imans et les Ulemas de Cordoue déclarent la gacie ou guerre sainte aux chrétiens. Le roi de Castille, d'autre part, appelle à lui les seigneurs français et espagnols. Une bataille livrée à Zélacha donne la victoire à Jousef qui n'en sut pas user: et l'Espagne chrétienne fut ainsi sauvée. Les Almoravides reparaissent en Espagne (1090—1108). Jousef détrône Ben-Abed et annihile le royaume de Séville (1091). Il s'empare ensuite successivement d'Alméric, de Grenade, de Maurice, de Murcie et de Valence; Lisbonne et la plus grande partie de la Lusitanie sont soumises par Sehyr-Ben-Aboubekrê son lieutenant. Henri de Bourgogne ravit aux musulmans le comté de Portugal, et le Cid prend Valence (1094), qui bientôt, avec les îles Baléares, est repris par les Almoravides. Alphonse vit effacer ses succès précédents par une défaite. Les chrétiens sont vaincus à Uclès (1108); et les Almoravides étendent leur domination sur toute l'Espagne musulmane. — Un fils de l'infante Urraque de la maison de Bourgogne, implante sous le nom d'Alphonse VIII, une dynastie nouvelle (1126—1504). Les Musulmans de l'Algarve et de l'Andalousie se soulèvent contre l'oppression des Almoravides, dont la puissance s'éteint en Afrique (1145). Mohamed-al-Mahali (1146), fonde la secte des Almohades ou Unitaires. Abdel-Mumen, second khalife prend Maroc (1147), et fait succéder une nouvelle puissance à celle des Almoravides. Il soumet les Maures d'Espagne, bâtit la ville de Gibraltar

pour défendre le détroit qui porte ce nom. Des ordres religieux et militaires sont créés par les rois chrétiens pour exciter le zèle et stimuler la valeur des guerriers qu'ils commandent (1170—1198). A la mort d'Alphonse VIII (1157), le miromolin Jousef, chef des Almohades, dompte l'Espagne orientale (1172). Jousef périt bientôt dans une expédition contre le Portugal (1184). Son fils Jacob poursuit ses conquêtes (1195), assiège Tolède et pénètre dans les Asturies. En 1212, sous Alphonse IX, Mohammed-el-Macer menace toute la chrétienté qui, à l'instigation du pape Innocent III, se prépare à la guerre sainte; l'armée musulmane est battue, et l'avantage reste aux chrétiens; mais bientôt de nouvelles insurrections de Maures sont dirigées contre les Wali du roi de Maroc. — (1217—1252) Enfin Saint-Ferdinand réunit les couronnes de Castille et de Léon (1230); et devient le modèle des vertus chrétiennes unies à la valeur qui fait les héros (1228—1267). Les rois d'Aragon et de Castille s'opposent à l'exécution des projets de Benhoad qui voulait rétablir l'Islamisme en Espagne. Abou-Saïd détrôné est forcé de céder ses droits sur Valence à Jayan Ier; Ferdinand III traite avec le roi de Maroc son allié, pour la liberté des cultes des chrétiens d'Afrique; il s'empare de Cordoue en 1236, et agrandit ses états par l'adjonction du royaume de Murcie et de la ville de Jeën (1245). Mohammed-Ben-Ahmar, fondateur du royaume de Grenade (1238) où l'islamisme trouvait encore asile en Espagne, reste seul chef indépendant des musulmans indigènes, après la mort de Benhoud. Ferdinand III, puissamment secondé par Mohammed, s'empare de Séville et de Cadix, tandis que son fils Alphonse effectue la conquête de l'Algarve, à laquelle Mohammed coopère aussi très activement. Alphonse X, dit le Sage, (1252-1284); illustre son règne par la prise de Nérès et de Mebla (1257) et par la soumission de l'Algarve; ce prince, qui prend le titre d'empereur, anéantit en Espagne la domination d'Almohade; à laquelle avait déjà succédé en Afrique la dynastie des Mérinides, de (1269). 1267-1344, la révolte des Musulmans de Murcie, amène l'expulsion des Castillans qui sont bientôt rétablis. En 1375, Sanche-le-brave, sauve l'Espagne menacée dans ses droits, par l'invasion du roi de Fez, Abou-Jousouf Jacoub, en 1275. En 1276, Sanche prétend à la succession au trône, comme sauveur de la patrie, au préjudice des enfants de son frère aîné. Des débats qui surviennent entre la France et la Castille, au sujet de la protection due à ces enfants par Philippe-le-Hardy, leur oncle, ne mènent aucun résultat.—1284-1344, Alphonse X était mort, au milieu des chagrins que lui causait l'ambition de Sanche, et les soixante années qui précédèrent la prise d'Algésiras, en 1544, marquèrent les derniers temps de la guerre entre les chrétiens d'Europe et les musulmans d'Afrique. Sanche IV, en enlevant Tarifa au miramolin Jousouf, fit avorter les tentatives d'invasions projetées par les Mérinides. Les factions des Cerda, des Hero des Lara affaiblirent la monarchie Castillane, et rendirent par-là, aux Maures de Grenade, l'espoir de rétablir dans la Péninsule l'ancienne puissance des musulmans. Tarifa, assiégée par le Miramolin Aboud-Azan et le roi de Grenade Aboud-Cley-Jedy, résiste en attendant du renfort des rois de Castille et de Portugal. Les Chrétiens sont vainqueurs en 1340, et quatre ans après, Algésiras fut emportée d'assaut. Depuis lors, la paix rendue à l'Espagne, ne sert qu'à exciter partout des séditions qui épuisent ses ressources. Alphonse XI fait d'inutiles efforts pour remédier au mal. La tyrannie de Pierre-le-Cruel excite l'indignation dans la maison royale; il a déjà sacrifié dix victimes, mais Henri de Transtamare, aidé de Duguesclin, venge tant de crimes par la mort du tyran lui-même, qui surnom résume l'histoire. En 1368, le bâtard, Henri II de Transtamare étant monté sur le trône, devint odieux à toutes les maisons royales d'Espagne qui avaient pour elles la légitimité de la naissance. Sanches, qu'enhardit encore la faiblesse de Henri et la tyrannie d'Alvarez de Luna sous Jean II fut aigri davantage. La paix se rétablit enfin par le mariage d'Isabelle de Castille avec Ferdinand d'Aragon (1469). L'Espagne put commencer à respirer. La guerre contre les Maures avait donné naissance au royaume de Portugal. En Italie, des chevaliers normands créent un nouveau royaume, et les musulmans d'Espagne préparent par leur défaite, un apanage à un prince français leur vainqueur. 1094-1139, Henri de Bourgogne signala son courage contre les Maures du Duero, sous les drapeaux d'Alphonse VI de Castille, dans cette partie de la Galice connue depuis longtemps sous le nom de Portugal. Ce jeune héros obtient du roi de Castille, la main de Dona Thérèse, et les pays qu'il parviendrait à conquérir. Henri remporte contre les Sarrasins plusieurs victoires qui lui livrent les terres comprises entre le Duéro et le Minho. Alphonse, hérite après la mort de son père, de sa valeur et de ses conquêtes. 1139. Ce prince se fait proclamer roi avant de livrer la bataille d'Ouri. Il justifie bientôt son élection par la déroute complète de cinq chefs maures. En 1143, le nouveau royaume reçoit des Cortès de Portugal une forme fixe de gouvernement. Après la soumission de Beira et de l'Estramadure, résultat de la bataille d'Ourisque, Lisbonne ne tarda pas à succomber elle-même. En 1147, cette ville devint sous Alphonse, la Capitale du royaume. La victoire de Santarem (1184), vint raffermir le royaume de Portugal menacé par Miramolin Jousef. Sanche Ier agrandit dans le siècle suivant le patrimoine de son père, en y ajoutant la province d'Altentézo (1203), et en étendant son autorité sur les Algarves qu'Alphonse III acheva de réduire, de sorte que le Portugal eut pour limites le royaume de Castille et l'Océan. La nation portugaise, arrivée à l'apogée de sa gloire, n'eut plus qu'à maintenir son indépendance et à s'assurer la paisible possession de ses conquêtes que les Castillans semblaient encore lui disputer. La victoire d'Aljubarotta la fait arriver à ce but, en plaçant sur le trône Jean-le-Grand, qui commença la branche bâtarde d'Avis (1385). La mer ouvrit dès-lors au Portugal resserré sur terre dans d'étroites limites, un champ plus vaste et non moins glorieux à ses guerriers navigateurs, qui poursuivirent les Musulmans jusque sur leurs propres côtes, et prirent possession de plusieurs ports importants, 1434—1521. Henri IV, devenu roi d'Espagne, exaspéra autant le peuple par les impôts qu'il levait à son gré, que les grands par ses débauches et sa fatuité. Son frère, duc Alenzo, encore infant, lui fut opposé par les principaux d'entre les grands qui, après avoir dépouillé des ornements royaux l'effigie du malheureux prince, la renversèrent pour lui substituer celle du duc. Henri se vit totalement abandonné après la bataille (Médina del Campo 1465), et ne put même pénétrer dans Tolède qui lui ferma ses portes. Jean II, frère et successeur d'Alphonse-le-Magnanime, dans les royaumes d'Aragon et de Sicile, retenait la couronne de Navarre au préjudice de don Carlos, son propre fils, qui avait droit à la succession de sa mère depuis 1441. Ce jeune prince mourut, dit-on, de chagrin; d'autres prétendent qu'il fut empoisonné (1461), et ses droits passèrent à sa sœur Dona Bianca. Son père eut la lâcheté de la livrer entre les mains d'Eléonore, sa sœur cadette qui la fit mourir. L'horreur qu'inspira ce double crime souleva la Catalogne; le roi de Castille, l'infant de Portugal et Jean de Calabre sont tour à tour appelés par les Catalans qui se soumettent enfin (1472). Ferdinand, fils de Juan II, gagne la Castille. Isabelle, mariée à l'infant d'Aragon, qui était le plus proche héritier de la couronne (1269) put opposer ses prétentions à celle de Henri IV son frère. Ce prince, qui mourut en 1474 à la suite d'un repas, déclara Dona Juana sa fille légitime. La Ga-

licie et tout le pays depuis Tolède jusqu'à Murcie s'étaient rangés de son parti; Alphonse l'Africain soutenait ses droits. Les Portugais livrent bataille à Toro (1476), aux Castillans qui triomphèrent et se rangèrent du côté de Ferdinand et d'Isabelle. Placés sur le trône de Castille, ils se virent bientôt possesseurs de l'Aragon par la mort de Juan II (1479). (1481-1491) les Espagnols envahirent le royaume de Grenade, et s'emparèrent d'Alhama, de Malaga, de Grenade même, qui soutint vaillamment neuf mois de siège, Isabelle avait fait bâtir en quatre-vingts jours seulement, la ville de Santa-Fé, qui témoignait aux Musulmans de la ferme résolution où étaient les chrétiens de ne jamais lever le siège de devant leur ville. C'est de cette époque que date la découverte du Nouveau-Monde par Christophe Colomb. Les royaumes de l'Espagne étaient réunis, la Navarre exceptée; cependant, cette dernière devait tôt ou tard devenir la proie des Castillans et des Aragonais, lorsque ces deux peuples, longtemps réunis par la force, ne formeraient plus qu'un corps. Les Maures et les Juifs étaient considérés par les uns et les autres comme des ennemis dont il fallait se défaire à tout prix avant de se mettre en campagne. Ferdinand et Isabelle, par une politique adroite, se firent déférer les trois grandes maîtrises d'Alcantara, de Calatrava et de Saniago qui leur procurèrent tout à la fois des soldats et de l'argent (1493-1494). L'établissement de l'inquisition, contraire aux vues des Aragonais, flattait le caractère espagnol; et ce fut l'inquisition qui établit le pouvoir absolu en Espagne. Ce tribunal religieux, qui avait débuté par des persécutions individuelles, fulmine bientôt les décrets les plus rigoureux contre la masse des Juifs auxquels il fut enjoint de se convertir ou de quitter l'Espagne sous quatre mois, avec défense expresse de n'emporter ni or ni argent (1492). Cent soixante-dix mille familles vendirent leurs biens et s'enfuirent en Portugal, en Italie, en Afrique, etc. En Portugal, on ne les reçut qu'à la condition qu'ils paieraient huit écus d'or par tête, et ne demeuraient que pendant un temps fixé: le terme expiré, ceux qui prolongeraient leur séjour dans le royaume devaient être faits esclaves: ce qui fut ponctuellement exécuté. L'inquisition s'implanta à Lisbonne en 1526, puis s'étendit jusqu'aux Indes-Orientales où étaient descendus les Portugais en 1490. Sept ans après l'expulsion des Juifs (1499 1501), le roi d'Espagne entreprit de convertir les Maures de Grenade, auxquels la capitulation permettait le libre exercice de leur religion. Les moyens qu'il employa pour cela furent aussi violents que ceux déjà employés contre les Juifs; mais les Maures de l'Albaycin (quartier le plus élevé de Grenade), se soulevèrent-ils tout d'abord, et leur exemple fut suivi par les habitants des Alpuvarras. Le roi facilita les moyens de s'embarquer pour l'Afrique à ceux qui voulurent passer dans cette contrée; mais le plus grand nombre embrassa le christianisme. En 1503, Naples est conquise, et en 1504 a lieu la mort d'Isabelle. Les Castillans, réduits à fixer leur choix sur des princes étrangers, et mal disposés en faveur de Ferdinand, roi d'Aragon, se déclarèrent pour l'archiduc d'Autriche, Philippe-le-Beau, qui avait épousé Dona Juana, héritière du royaume de Castille comme fille de Ferdinand et d'Isabelle. Philippe modéra les rigueurs de l'inquisition, qui commençaient à soulever l'indignation du peuple. Ce prince mourut en 1506. L'archevêque de Tolède, Ximenès de Cisneros, vénéré comme un saint par les Castillans, obtint pour Ferdinand la couronne de Castille. Le port d'Oran servait de refuge aux Maures qui, forts de leur nombre, croissaient prodigieusement sur les côtes de la Péninsule. Une expédition a lieu contre Oran sous la conduite de Ximenès. La ville fut emportée d'assaut par Pedro de Navarre qui soumit successivement Tripoli, Alger, Tunis et Tlémeen (1509-1310). Enfin, la Navarre, conquise deux ans après, par Ferdinand sur

Jean d'Albret, vient compléter la réunion de tous les royaumes d'Espagne (1512). Léonore s'était assise un mois sur le trône acheté au prix du meurtre de sa sœur; la main de sa fille Catherine fut donnée par le parti Provençal, à Jean d'Albret; ce qui en fit un allié de la France. Ximénès, nommé régent par le roi agonisant, jusqu'à l'arrivée de son petit-fils Charles-d'Autriche, déploya, malgré son grand âge, beaucoup d'énergie, et fit jouer habilement les ressorts d'une politique éclairée sans s'effrayer des obstacles; il s'opposa à la conquête de la Navarre par les Français, organisa une milice nationale, et restreignit certains priviléges accordés aux grands par le feu roi. Les Flamands signalent leur entrée en Espagne, par la disgrâce du vieillard Ximénès, auquel ils donnent pour successeur un jeune homme de vingt ans. Toutes les charges furent vendues pour quelques pièces d'or, et Charles prit de sa propre autorité le titre de roi. Le prince convoqua les cortès de Castille, en obtint par la force tout ce qu'il désirait, et partit pour aller conquérir la couronne impériale. Cependant, des soulèvements ont lieu dans plusieurs villes d'Espagne. Majorque et Valence déclarent une hermandad à la noblesse, Charles fomente la révolte dans ce dernier royaume. Les communéros de Castille furent la mère de Charles-Quint, qu'ils tiennent prisonnière à l'ordésilas, à patroner de son nom tous leurs actes, et assujétissent les terres des nobles à l'impôt. Burgos fait sa soumission au roi qui lui accorde des franchises, et les communéros divisés, n'attendent de secours que de l'armée française qui déjà avait envahi la Navarre. — Alors les armes victorieuses de Charles-Quint couvraient de gloire la nation espagnole; mais sous une apparence de grandeur et de puissance, il n'y avait qu'un fond peu faiblesse. En effet, les impôts de l'Italie, de l'Espagne, de la Flandre et de l'Allemagne, joints aux richesses du Nouveau-Monde, ne suffisaient point à la paie des troupes qui manquaient de vivres, désertaient sans cesse leurs drapeaux. A cette époque, le caractère du soldat espagnol paraît empreint d'une férocité peu commune. Les personnages les plus illustres sont souillés de crimes et de trahisons. L'inquisition, qui avait fait couler tant de sang et banni tant de malheureux, Juifs et Maures, s'acharna contre les chrétiens eux-mêmes, afin qu'aucune innovation ne s'introduisît en Espagne, dans le culte catholique et les principaux dogmes de la foi. Philippe II succède à Charles-Quint son père, dans le gouvernement de l'Espagne. Cette monarchie comprenait alors (1555—1556), les Pays-Bas, les royaumes de Naples, de Sicile, de Sardaigne, le duché de Milan, et les possessions espagnoles en Amérique. En 1559, Philippe II signa, à la suite d'une guerre contre la France, la paix de Cateau Cambrésis. Ce fut vraiment l'époque de gloire et de splendeur de l'Espagne. Le royaume de Portugal, avec ses possessions en Afrique, en Asie et en Amérique, accrurent le patrimoine de Philippe (1580). Le règne de ce prince, si glorieusement commencé, ne se termina pas de même; son despotisme révolta les Belges, et donna naissance à la république des provinces unies. La reine d'Angleterre, Elisabeth, s'allie aux confédérés des Pays-Bas, et excite la vengeance du roi d'Espagne qui fait équiper une flotte de cent-trente vaisseaux d'une force imposante, armés de 1,360 pièces de canon. Cette flotte, appelée l'invincible, fut détruite par les Anglais ou dispersée par la tempête (1588). Depuis cet échec, la monarchie espagnole tomba en décadence (1598). Philippe mourut, laissant à la nation espagnole des dettes immenses. Ses successeurs ne firent qu'aggraver les maux qu'il avait lui-même attirés sur l'état par ses guerres désastreuses. Philippe III (1609 et 1610), chassa du royaume 600,000 Maures, faible reste d'une nation jadis si puissante, et l'Espagne fut ainsi privée d'une foule de sujets industrieux. Les revers de Philippe IV, qui vit la Catalogne passer avec

joie sous la domination française, frappèrent l'Espagne d'un coup d'autant plus funeste que l'exemple des Catalans fut imité par d'autres peuples. Les Portugais rétablirent sur le trône la maison de Bragance, et les Napolitains tentèrent d'établir un gouvernement républicain (1647). Cromwel (1655), dépouilla les Espagnols de la Jamaïque en faveur de la France dont il était l'allié. — Le commerce et la navigation mirent le Portugal vers la fin du seizième siècle, à un haut point de splendeur. Jean II humilia les grands, et affermit par ce moyen, l'autorité royale (1582) les priva de plusieurs priviléges, et abolit le droit de vie et de mort que les seigneurs exerçaient sur leurs justiciables. Il cite devant les tribunaux le duc de Bragance, que les nobles mécontents avaient choisi pour chef, le fait décapiter et fait pendre son frère en effigie: cet acte de sévérité intimida les grands, qui furent obligés de se soumettre. Sous Emmanuel et Jean III (1496—1557), le Portugal atteignit l'apogée de sa gloire; mais Sébastien, son successeur, fut inhabile à maintenir dans cet état de splendeur, une couronne trop lourde pour se front. Ce prince, qui ne fut jamais marié, laissa le gouvernement entre les mains de Henri-le-Cardinal, son grand-oncle paternel, déjà fort avancé en âge. Ce vieillard se conduisit avec beaucoup de sagesse en convoquant l'assemblée des états à Lisbonne pour y régler (1579) la succession, qu'il prévoyait devoir amener des troubles sérieux. Onze juges commissaires furent choisis pour discuter les droits des prétendants à la couronne. Philippe II, roi d'Espagne, sans s'inquiéter de la décision des états, envoya à la première nouvelle de la mort de Henri, le duc d'Albe (1580), à la tête d'une armée pour s'emparer du trône. Antoine, prieur de Crato, qui s'était fait proclamer roi comme fils prétendu légitime de l'infant don Louis, fut forcé de se réfugier en France. Les Espagnols étaient les maîtres; les Portugais perdirent la possession des îles Moluques (1619) que leur enlevèrent les Hollandais, et ne conservèrent plus dans les Indes que les places de Goa et de Diu. La révolte des Catalans, arrivée en l'année 1640, offrit enfin à ces derniers déjà maîtres de Maroc et d'une partie du Maguet, l'occasion de secouer le joug des Espagnols. Le 1er décembre 1640, une conspiration ourdie par les quelques seigneurs, éclata tout-à-coup: et le duc de Bragance fut proclamé sous le nom de Jean IV. Partout, aux Indes et en Afrique, les Portugais chassèrent les Espagnols qui ne purent maintenir leur autorité que dans la seule ville de Lenta en Afrique. En montant sur le trône de Portugal, Jean IV convoqua l'assemblée des états du royaume à Lisbonne pour y faire reconnaître ses droits à la couronne. Les états déclarèrent que le roi Jean ne faisait que rentrer dans les droits dont l'infante Catherine, sa grand-mère, légitime héritière du trône après la mort de Henri-le-Cardinal, en avait été injustement dépouillée par les Espagnols. Rien de remarquable dans l'histoire de l'Espagne depuis 1640 jusqu'à 1665. Philippe IV mourut dans cette dernière année, après avoir vu démembrer toutes ses possessions du Portugal, du Roussillon, du comté d'Artois et plusieurs places des Pays-Bas. Charles II, seulement âgé de quatre ans, fut nommé roi, sous la tutelle de sa mère Marie-Anne d'Autriche et de six conseillers. La paix entre l'Espagne et le Portugal fut signée à Lisbonne en 1668. Philippe IV avait doublé la valeur nominale des pièces d'or et d'argent, dans l'intention de remédier au mauvais état de ses finances, mais il s'était étrangement mépris. Le ministère de Charles II supprima la monnaie de billon, dont la valeur nominale était presqu'au pair de la monnaie d'argent, et diminua des deux tiers la valeur des picas d'or (1680). Le commerce fut entièrement paralysé: quelques particuliers avaient d'immenses richesses concentrées dans leurs mains, tandis que la masse du peuple était plongée dans le plus affreux dénuement. Il fallut procéder à des échanges en nature à défaut d'argent, dans un pays où se trouvaient les plus riches mines du Nouveau-Monde (1682). Une trêve de vingt ans fut signée à Ratisbonne (1684), entre la France et l'Espagne, mais elle ne dura que jusqu'en 1689. Le roi Charles n'avait point eu d'enfants de son mariage avec la nièce de Louis XIV, Marie-Louise d'Orléans, et n'avait aucun espoir d'être père; aussi, Louis XIV et Guillaume, roi d'Angleterre, négocièrent-ils secrètement (1678) à la Haye, un traité de partage de la monarchie espagnole, qui fut signé par les plénipotentiaires des deux couronnes. Ce traité octroyait l'Espagne et les Indes au prince électoral de Bavière; le royaume de Naples et de Sicile avec le Guipuscoa au dauphin; et le duché de Milan à l'archiduc d'Autriche. Charles II, d'un autre côté, institua, par un testament, le prince électoral son héritier universel; mais la mort prématurée de ce jeune prince nécessita un nouveau partage, signé par la France et l'Angleterre, le 3 mars 1700. Le roi Charles fit un nouveau testament en faveur de Philippe, duc d'Anjou, deuxième fils du Dauphin, et mourut un mois après, à l'âge de trente-neuf ans. Louis XIV et le duc d'Orléans son frère, le prince électoral de Bavière, l'empereur Léopold Ier, et le duc Victor-Amédée de Savoie avaient tous des prétentions au trône d'Espagne, à cause des mariages contractés avec des princesses espagnoles, soit par eux ou leurs ancêtres. Pour prévenir une guerre générale que les intérêts de tant de prétendants rendaient probable à la mort de Charles II; Guillaume III fit un traité par lequel le prince électoral de Bavière, petit-fils de la sœur cadette de Charles II, devait être reconnu pour héritier universel du roi d'Espagne, par les puissances contractantes. Ce projet fut dérangé par la mort du prince de Bavière (1699) qui nécessita d'autres arrangements. La Hollande, la France et l'Angleterre se déclarèrent alors pour Charles d'Autriche second: l'empire et les puissances maritimes étaient pour lui: mais la crainte qu'on avait que la maison de Bourbon ne parvint à la monarchie universelle dérangea tous les projets. La ville de Madrid et la Castille se soumirent à Philippe IV; l'Aragon, la Catalogne et les Iles Baléares se déclarèrent pour l'archiduc Charles (1704). Le prince Eugène de Savoie et le général Malborough, vainqueurs des armes de Louis XIV à Blenheim ou Hochstœdt, remportèrent successivement encore sur les Français les trois grandes victoires de Ramilies, d'Oudenarde et de Malplaquet. La France épuisée ne pouvait plus nourrir et vêtir ses soldats. Louis ne se laissa pas abattre par tant de revers, ni par l'arrogance de ses ennemis qui avaient chassé les électeurs de Bavière et de Cologne ses alliés, de leurs états; il sut relever le courage de ses soldats, et les hostilités recommencèrent. Enfin, des négociations de paix eurent lieu à l'occasion de la mort de l'empereur Joseph Ier, successeur de son père Léopold (1705): alors par les traités d'Utrecht, de Rastadt, de Bade, l'Italie et la Flandre furent enlevées à Philippe V, demeuré roi d'Espagne: le Milanais, le duché de Mantoue, le royaume de Naples et les Pays-Bas espagnols furent concédés à l'archiduc Charles, qui prit le nom de Charles VI; la Sicile avec le titre de roi fut le partage de Victor-Amédée de Savoie. L'ordre de succession qui existait en France fut adopté par Philippe V qui, du consentement des comtés, l'établit en en Espagne. Plus tard Gibraltar fut cédé aux Anglais, à la condition que ce port serait interdit aux Maures et aux Juifs. L'Amérique Méridionale resta aux Espagnols; les Anglais, toutefois, se réservèrent le droit d'aborder sur les côtes espagnoles quand besoin serait. Sous Philippe V, les persécutions religieuses prirent un caractère de cruauté dont il n'est pas facile de se faire une idée. L'exil, le bûcher, la potence, furent les peines les plus usitées. L'inquisition fournissait abondamment des victimes aux bourreaux. Philippe, après vingt ans de règne, abdiqua en faveur

de son fils Louis qui mourut bientôt après son élection, et le gouvernement fut de nouveau repris par Philippe (1724). Ferdinand VI, qui mourut sans postérité, fut remplacé sur le trône d'Espagne par don Carlos, roi des Deux-Siciles, qui prit le nom de Charles III (1756). Son fils Charles IV lui succéda en 1789; et ne fit rien de mémorable; tout entier à ses plaisirs, il chassait dans les forêts, tandis que sa femme et ses favoris géraient les affaires de l'état. En 1792, Manuel Godoy, nommé duc d'Alcudia, puis prince de la Paix, favori de Charles IV, introduisit un système de déplorable corruption et de vénalité dans l'administration. En 1795, Charles IV renonça à la partie espagnole de Saint-Domingue. La Grande-Bretagne détruisit la marine du royaume espagnol. Plusieurs places importantes furent enlevées par ses ennemis; il céda à Bonaparte la Louisiane et l'état de Parme (1808). Cette même année, une armée française, sous la conduite de Joachim Murat, marcha vers la capitale. Charles IV abdiqua en faveur de son fils le prince des Asturies, qui prit le nom de Ferdinand VII. Les troupes françaises pénétrèrent dans Madrid. Charles IV fut conduit avec son épouse et le prince de la Paix à Compiègne, puis à Marseille. Ferdinand VII fut enfermé avec ses frères dans le château de Valençay. L'empereur des Français donna le trône d'Espagne à son frère Joseph, déjà roi de Naples. Les cortès d'Espagne, réunis à Cadix, déclarèrent qu'on ne traiterait point avec la France tant que Ferdinand VII serait détenu; et ils établirent une constitution libre, qui, confiant le pouvoir législatif au peuple, laissait le pouvoir exécutif au roi (1812). Ferdinand, de retour dans ses états (1814), annula la constitution de 1812. Une nouvelle révolution surgit en Espagne en 1820; le duc d'Angoulême, en 1823, s'efforça d'y étouffer l'esprit d'insubordination. Après la mort du roi Ferdinand, arrivée le 29 septembre 1833, en vertu de l'abolition de la loi salique, sa fille Isabelle fut proclamée reine, et sa mère régente pendant sa minorité. Mais don Carlos, frère du roi, frustré dans ses espérances, ne put voir sans douleur ni colère la couronne qu'il convoitait passer sur la tête de sa jeune nièce. Alors il réunit quelques mécontents qui le proclament roi à Bilbao, le 4 octobre 1833; ses partisans prennent les armes pour reconquérir des droits perdus, et la guerre civile éclate dans ce malheureux pays. Pendant six ans et neuf mois des bandes sauvages couvrent son sol de sang et de ruines sous le prétexte de rétablir la légitimité. Au moment où nous traçons ces lignes, le dernier acte de la guerre civile vient de se dénouer. Balmaseda et Cabrera, derniers et farouches soutiens de la cause du prétendant, ont été vaincus et repoussés jusque sur le sol français par le général en chef des armées de la reine; Espartero, duc de la Victoire. Balmaseda et Cabrera sont enfermés dans une citadelle du nord de la France, car sans cette sage mesure de précaution, ils ne manqueraient pas de renouveler les scènes déplorables auxquelles se livraient les troupes de scélérats qu'ils avaient réunies sous les drapeaux de don Carlos. Dans la journée du 22 juillet, des troubles graves ont éclaté à Barcelone, où se trouvaient la reine régente et la reine Isabelle. Espartero voulait que la reine ne sanctionnât pas la loi sur les *ayuntamientos*. Les *ayuntamientos* ont une grande analogie avec nos conseils municipaux, mais avec cette différence, qu'ils ont la faculté exorbitante de percevoir les impôts et de lever des troupes. — Le refus de la régente de dissoudre les Cortès et de retirer la loi sur les *ayuntamientos*; le ministère a donné sa démission; un nouveau cabinet, formé sur la mission qui en a été donnée à trois des membres de celui qui venait de le retirer, à l'assentiment d'Espartero et répond de la majorité des Cortès. Tel est l'état des choses en Espagne au moment où nous écrivons ces lignes. Après que la France eut par la paix des Pyrénées, renoncé à la protection du Portugal, l'Espagne reprit des mesures hostiles contre cette dernière puissance. Alphonse V, roi de Portugal, qui avait succédé à Jean IV, son père, sollicita la protection de l'Angleterre qui lui accorda des secours (1661), en échange de la ville de Tanger en Afrique et de l'île de Bombay aux Indes ; le comte de Schemberg passa dans ce royaume, suivi de troupes françaises et rétablit les affaires des Portugais. Lisbonne s'allie de nouveau à la France, et l'Espagne abandonne ses projets sur le Portugal. Alphonse VI, livré à toutes sortes de débauches, est détrôné (1667) ; et la régence du royaume est confiée à l'infant don Pèdre, son père ; ce dernier prend pour femme l'épouse d'Alphonse (1668), qui avait obtenu de la cour de Rome l'autorisation de faire divorce avec son premier mari. Don Pèdre II, qui d'abord avait contracté une alliance avec Philippe V, entra (1705) dans la grande guerre contre la France, relative à la succession espagnole. Les Portugais pénétrèrent jusqu'à Madrid (1706), où ils proclamèrent Charles d'Autriche. — Le traité d'Utrecht (1713), porta formellement restitution réciproque des conquêtes faites pendant la guerre. Le Portugal favorisa la première ligue contre la France, en fournissant 6,000 hommes à l'Espagne, et un certain nombre de vaisseaux à l'Angleterre. La paix de Madrid (1801) réconcilia le Portugal avec la France. Puis, comme durant la guerre de Prusse, les Portugais n'avaient pu dissimuler leur prédilection pour l'Angleterre, leur perte fut résolue : le prince régent s'allia avec la Grande-Bretagne (1807). Le général Junot, après s'être emparé du pays, déclara que la maison de Bragance avait cessé de régner en Europe. Les Portugais, poussés par les Anglais, combattirent la France jusqu'à la paix de 1814. En 1820, un gouvernement provisoire est établi en Portugal. Le roi Jean VI laisse vice-roi du Brésil don Pédro, et revient à Lisbonne ; il meurt empoisonné en 1826. Don Pédro, proclamé roi, abdique bientôt en faveur de dona Maria II, sa fille aînée. Depuis lors jusqu'en 1834, don Miguel, frère de don Pédro, usurpe le trône et règne en tyran. Don Pédro, chassé du Brésil, meurt en défendant les droits de sa fille. En 1833, Dona Maria fut proclamée reine et donna sa main au prince Auguste de Leuchtemberg, fils du prince Eugène, qui mourut bientôt après le 18 avril 1835. En Septembre 1836, une nouvelle révolution éclata en Portugal, à la suite de laquelle la constitution de 1820 fut proclamée à Lisbonne le 16 septembre de la même année par la garde nationale et celle de la garnison. La reine fut forcée de l'accepter, une nouvelle tentative d'insurrection n'amena aucun résultat, et fut promptement réprimée le 14 juin 1838. (Voyez Gouvernement de l'Espagne.)

HISTOIRE DE FRANCE. — Pour les commencements de l'histoire de France, on peut consulter l'art. Français. — L'histoire de France, qui est la nôtre, mérite assez de fixer notre attention, pour que nous ne nous contentions pas de présenter aux yeux du lecteur, une sèche et aride nomenclature des rois qui se sont transmis les rênes du gouvernement. — Soixante-sept monarques ont gouverné la France depuis l'an 420 jusqu'en 1792, époque de la république française. Cette longue série de rois se divise en trois races, qui sont : celle des *Mérovingiens*, celle des *Carlovingiens* et celle des *Capétiens*.—Première race (420-752) dite des Merovingiens ; elle renferme 22 rois, et comprend 331 années d'existence.—Pharamond passe pour avoir le premier dominé sur la totalité des Francs, formant une ligue ou association. Sous son successeur, il ne se passe aucun événement remarquable, ou plutôt nous n'avons aucune notion claire sur ces temps reculés de notre histoire. Les Francs demeurèrent tranquilles dans les possessions qu'ils avaient dans les Gaules ; et les limites de leur établissement étaient, selon toutes les vraisemblances, le Rhin, la Meuse et la Moselle. Ils obéissaient à un chef qu'ils choisissaient ordinairement parmi ceux qui s'étaient illustrés par quelqu'action d'éclat, mais ils n'avaient point encore de monarchie. Pharamond, Clodion, Mérovée, n'étaient donc,

à proprement parler, que les chefs des Francs; encore l'existence du premier est-elle mise en doute. Toutefois, Mérovée, par la défaite des Huns dans les plaines de Châlons, à laquelle il prit une part active, prépara la puissance de la monarchie française. C'est de lui que la première race tire son nom. Déjà les possessions des Francs étaient considérablement accrues quand Childéric, fils de Mérovée, monta sur le trône. Ce prince avait d'excellentes qualités ; il fit plusieurs expéditions contre les Allemands, et épousa la reine Basine, femme du roi de Thuringe, dont il eut trois filles et un fils qui fut Clovis. Le jeune prince n'avait que 15 ans à la mort de son père. Tout le monde connaît l'affaire de Soissons. Un soldat ayant dans sa part du butin, un vase enlevé dans une église de Soissons, fut sommé par Clovis de le lui rendre. Le soldat frappe alors d'un coup de sa hache, le vase qu'il brise, en disant: J'en veux ma part. Un an après cet événement, Clovis, dans une revue générale, remarqua ce même soldat contre qui il avait une haine cachée : feignant alors de trouver ses armes en mauvais état, il lui arrache sa hache et la jette à terre. Le soldat se baisse pour la ramasser, mais dans le même instant, Clovis le frappe de la sienne et lui fend la tête en s'écriant : « Souviens-toi du vase de Soissons. » Cette action suffirait seule pour faire connaître le caractère féroce et sanguinaire du roi des Francs et l'extrême exigeance qu'il mettait dans ses volontés. Mais il eut pour épouse Clotilde, fille de Chilpéric, roi de Bourgogne, assassiné par son frère Goudebaud, qui avait voulu s'emparer de ses Etats. Cette princesse, qui était chrétienne, pressait son époux d'embrasser la religion qu'elle professait, quand la célèbre victoire remportée sur les Allemands à Tolbiac, parut à Clovis une faveur signalée du Dieu de Clotilde qu'il avait invoqué pendant le combat, et un puissant sujet de conversion, il se fit catéchiser par saint Remy, évêque de Reims des mains duquel il reçut le baptême avec trois mille individus hommes et femmes. Clovis, même après sa conversion, se souilla du meurtre de plusieurs rois ses voisins, et même de ses parents, pour réunir entre ses mains les petits Etats dont il leur avait confié l'administration. Mais si l'on considère que la barbarie et l'ambition faisaient encore le fond du caractère franc, on ne sera pas surpris de voir tant de sang répandu par la force ou par la trahison. Le partage que fit Clovis de son royaume, entre ses quatre fils Thierry, Clodomir, Chilpéric et Clotaire, témoigne assez que les batailles, qu'entreprit ce roi belliqueux, produisirent presque toujours des conquêtes. Thierry eut en partage, sous le nom d'Austrasie ou pays d'Orient, toutes les terres au-delà du Rhin, et le pays situé entre la rive opposée de ce fleuve et la Meuse. Clodomir eut dans la partie Orientale ou la Neustrie, la Sologne, la Beauce, le Blésois, le Gatinois, l'Anjou et le Maine ; Childebert : les comtés de Paris, de Melun, de Chartres, le Perche, la Bretagne, la Normandie ; et Clotaire : la Picardie, l'Artois et tout le pays qui s'étendre dans les marais de la Flandre jusqu'à l'Océan. Quant à l'Aquitaine, nom sous lequel étaient comprises toutes les provinces situées au-delà de la Loire, elle ne put être partagée, n'étant point encore entièrement affranchie du joug des Visigoths. Bien que tous ces princes fussent également rois et indépendants les uns des autres, celui qui possédait Paris, portait seul le nom de roi de France. Thierry, qui était né d'un premier lit sur lequel on n'a point de renseignements précis, se retira dans l'Austrasie ; les trois frères, enfants de Clotilde, restèrent dans la Neustrie. La discorde se mit bientôt parmi ces trois jeunes frères, et accusa bien des maux à l'Etat. Cependant, avant de se brouiller, ils venaient de réunir, de concert, la Bourgogne à la France. Clodomir, en cette occasion, tué à la bataille de Voiron, laissant trois enfants qui, selon les règles de l'équité, avaient quelque droit à la conquête de leur père. Les frères de Clodomir, cependant, résolurent de ravir à leurs neveux la seule portion de l'héritage auquel ils participaient eux-mêmes les premiers. Ils envoyèrent en conséquence à Clotilde, leur mère, des ciseaux et un poignard, afin qu'elle décidât entre ces partis extrêmes, ou de voir ses deux petits-fils rasés et enfermés dans un monastère, ou de les voir égorgés. Clotilde, qui comprit bien l'énigme, s'écria dans son indignation : « J'aime mieux les voir morts que tondus. » Cette exclamation irréfléchie fut rapportée aux deux frères dénaturés, Clotaire et Childebert, qui massacrèrent impitoyablement deux de ces infortunés ; le troisième, Clodoald, parvint à s'échapper. Il vécut et se sanctifia dans la retraite dans un ermitage situé aux environs de Paris, qui de son nom a été nommé Saint-Cloud. Thierry ne prit point de part à cet horrible assassinat; il demanda néanmoins sa portion du profit, et obtint l'Anjou. Ce même Thierry étendit sa domination jusqu'au fond de l'Allemagne et vainquit les Saxons, mais ne les subjugua point. Son fils Théodebert avait porté la guerre en Aquitaine, pour conquérir sur les Goths cette portion de la France laissée indivise par Clovis ; c'est dans cette expédition qu'il rencontra Deuterie, dame de Cabrière, dont il devint amoureux. Il l'épousa bientôt après et répudia Visigarde sa première femme. Clotilde était alors à Tours, coulant ses jours dans la retraite. Elle mourut au milieu des pieux exercices de la prière et des austérités de la pénitence, ce qui l'a fait regarder comme sainte. Cependant les Français se rendaient formidables en Allemagne par les victoires qu'ils remportaient sur les Saxons : tandis que d'un autre côté, les Normands faisaient des irruptions en France. Théodebert, roi de Metz, fut envoyé par son père contre les Danois qui venaient de faire une descente sur les côtes de l'Austrasie, et il les força de se rembarquer. Ce prince mourut à l'âge de quarante-trois ans, laissant le royaume d'Austrasie à Théodebald qu'il avait eu de Deuterie. Avant sa mort, il s'était rejoint à sa femme Visigarde, et avait quitté Deuterie. Théodebald semblait destiné à faire le bonheur de son peuple, mais la mort l'enleva aux espérances qu'on avait conçues de lui ; il ne laissa point d'enfants. Clotaire, son grand-oncle, roi de Soissons, épousa sa veuve, et envahit l'héritage de Thierry, son frère, roi de Metz. Le roi de Soissons avait cinq fils qu'il fallait pourvoir; la mort de Childebert, oncle de ces jeunes princes, vint accroître leurs espérances. Clotaire s'empara du royaume de Paris, et mit le premier à exécution la loi salique qui excluait les filles du trône ; puis il renferma ses nièces et leurs mères dans une prison où ces infortunées princesses devaient trouver leur tombeau (558).—Clotaire Ier devenu seul roi, eut à endurer de la part d'un de ses propres enfants d'amers chagrins. Chramne, l'aîné des autres, se révolta plusieurs fois contre lui; mais il obtenait son pardon, puis levait de nouveau l'étendart de la rébellion. Enfin, le rebelle fut pris et remis entre les mains de son père qui le fit expirer dans les supplices, lui, sa femme et ses enfants. Clotaire mourut, craint, mais haï de ses sujets, qui voyaient en lui un prince livré à toutes ses passions. Clotaire est le premier roi qui ait demandé des subsides au clergé. Dans un édit, il ordonna à toutes les églises de ses royaumes de lui fournir le tiers de leur revenu. Quatre fils restaient à Clotaire après la mort de Chramne: Caribert, Gontran, Sigebert et Chilpéric. Sigebert, prince sage et éclairé, n'eut point les mœurs dissolues de ses trois autres frères qui commirent l'inceste et l'adultère, au mépris de toutes les bienséances ; Chilpéric, après avoir entretenu plusieurs femmes dont il faisait les instruments de ses débauches, s'était enfin attaché à Frédégonde, fille d'un simple villageois. Cédant aux remontrances de son frère Sigebert, marié à Brunehaut, fille d'Athanagilde, roi des Visigoths, il s'unit légitimement à Galswinde, sœur de cette même Brunehaut. Mais Frédégonde, par ses intrigues, parvint à supplanter sa rivale, qui fut renvoyée, et même, selon quelques his-

toriens, étranglée par son ordre. Cela explique assez la haine que Brunehaut portait à Frédégonde pour la disgrâce ou le meurtre de Galswinde ; et celle que Frédégonde portait à Brunehaut qui avait cherché à l'exclure du lit et du trône de son mari.—Cependant, après la mort de Clotaire, un partage eut lieu entre ses quatre fils. Caribert, l'aîné, eut Paris et la partie de la Neustrie qui s'étend le long de la Seine et jusque sur la Loire ; Gontran eut la Bourgogne, et choisit pour lieu de sa résidence tantôt Orléans et tantôt Châlons-sur-Saône; Sigebert eut l'Austrasie, qui comprenait tous les pays situés entre la Moselle, le Rhin et au-delà; Chilpéric reçut pour sa part, sous le nom de Neustrie, la Belgique et ce qui en dépendait jusqu'à Soissons. Ce dernier se crut bientôt trop à l'étroit dans son domaine, et il se jeta sur les terres de Sigebert pour s'agrandir. Mais l'Austrasien l'eut bientôt forcé de se retirer ; il s'empara même de Soissons, où il fit prisonnier Théodebert, fils de Chilpéric : et après un an d'une dure captivité, il renvoya son neveu après en avoir obtenu le serment de ne plus prendre les armes contre lui. La mort de Caribert, roi de Paris, vint agrandir les possessions des autres frères. Ce prince ne laissa que des filles qui, en exécution de la loi salique, furent exclues du partage. Toutefois, les partages ne se pouvant faire aisément entre ces princes également ambitieux, chacun d'eux voulait avoir Paris en sa possession. Ils furent donc obligés de s'engager, par serment, à n'avoir qu'en commun la jouissance de cette ville qui jusqu'alors avait donné une sorte de supériorité à celui qui en avait été le possesseur. Un traité arraché par la nécessité ne peut avoir une longue durée. Une querelle s'engage entre Gontran d'Orléans et Sigebert de Metz, pour la possession de quelques villes de Provence. Childéric, plus jaloux de Sigebert que de Gontran, s'unit à ce dernier pour le combattre, et se jette sur l'Austrasie. Sigebert défait enfin ses deux alliés; mais, laissant aller Gontran comme le moins dangereux, il s'attacha à poursuivre Childéric, qui déjà venait de perdre son fils Théodebert dans la mêlée. Celui-ci allait tomber lui-même entre les mains de son ennemi, quand Frédégonde, pour délivrer son mari, fit assassiner Sigebert par deux scélérats qu'elle avait gagnés. Chilpéric marcha droit à Paris où s'était rendue Brunehaut dans l'espoir de participer au triomphe de son mari. Quand cette princesse vit la tournure qu'avaient pris les affaires, elle fit sauver en Austrasie son fils Childebert, âgé de cinq ans, et fut elle-même envoyée à Rouen par Chilpéric, heureuse encore d'échapper à la mort qui semblait si certaine pour elle entre les mains de Frédégonde. Mérovée, fils du roi et d'Audovère sa première épouse, fut épris des charmes de l'illustre prisonnière, âgée alors de vingt-cinq ans, et il ne tarda pas à l'épouser. Chilpéric, à cette nouvelle, se mit à la poursuite des nouveaux époux, et se fait livrer son fils qui fut rasé et confiné dans un couvent. Le captif parvint à s'évader, mais toujours poursuivi, il fut enfin surpris par ses ennemis qui l'assassinèrent sous les yeux même du père.—Tels étaient alors les grands officiers de la couronne et leurs principales fonctions : les ducs étaient gouverneurs des provinces, et avaient ordinairement douze comtes au-dessous d'eux. Les comtes commandaient dans les villes et leur territoire, levaient les troupes et rendaient la justice.—Le comte du palais avait la surintendance sur tous les officiers de bouche du palais, tels que : le grand pannetier, le grand échanson, le grand queux. Le comte de l'étable, ou connétable, avait inspection sur la grande et petite écuries. Le référendaire gardait l'anneau et le cachet du roi, scellait les chartres, et veillait à la conservation des registres et des actes du gouvernement.—Le chambrier levait et couchait le roi, avait soin de la chambre et de tout ce qui concernait le service du prince.—Enfin, le maire du palais avait puissance sur tous les autres officiers ; disposait de tout au-dedans et au-dehors, et était souvent de droit tuteur des rois mineurs. Les maires du palais, enfin, étaient le plus ordinairement élus par le peuple, tandis que les autres officiers de la couronne l'étaient à la nomination du roi et de son conseil.—Il paraît qu'il n'y avait point alors d'officiers chargés des finances. Les impôts étaient peu considérables, chaque seigneur apportant à la guerre de quoi substanter les troupes qu'il amenait.—Frédégonde, par l'affreux service qu'elle avait rendu à son mari, avait acquis un grand empire sur son esprit. Deux fils au berceau lui venaient d'être enlevés par une maladie propre aux enfants en bas-âge. Elle ne craignit pas de persuader au faible Chilpéric que ses enfants avaient péri par les maléfices de Clovis, frère de l'infortuné Mérovée, et Clovis et ses prétendus complices expirent dans les supplices. Ces crimes et bien d'autres encore dont nous ne parlerons point, ne purent ouvrir les yeux à Chilpéric, qui semblait témoigner une indifférence pour les scélératesses de sa femme. Cette coupable apathie eut pour lui les conséquences les plus funestes. Un jour que Frédégonde était occupée à sa toilette, elle se sentit frapper légèrement sur l'épaule : elle pensa que Landry, jeune homme dont elle avait fait son favori, était à ses côtés ; et sans se détourner, elle laissa échapper quelques paroles plus que libres. A peine a-t-elle parlé, qu'elle reconnaît son mari. Celui-ci se retire aussitôt sans proférer un mot, avec des démonstrations de mécontentement qui n'échappèrent point à Frédégonde ; Chilpéric est poignardé le jour même en revenant de la chasse. Le peuple s'émeut, et déjà des menaces retentissent autour des murs du palais. Frédégonde abandonnée de ses propres domestiques, ne doit enfin son salut qu'à son beau-frère, Gontran, roi de Bourgogne, qui fait proclamer le petit Clotaire, âgé de 6 mois, roi de Neustrie, sous la tutelle de sa criminelle mère. Frédégonde n'eut point de reconnaissance envers celui à qui elle devait la promotion de son fils au trône de Paris, et la puissance dont elle-même jouissait au nom de son pupille. En effet, après avoir de nouveau trempé ses mains dans le sang de plusieurs serviteurs qu'elle accusait audacieusement du meurtre de son mari, elle résolut d'embarrasser Gontran dans une nouvelle guerre, afin qu'il la laissât tranquille dans ses relations avec Landry qu'elle avait fait maire du palais. Un jeune homme, nommé Gondebaud, qui se disait fils de Clotaire Ier, s'efforçait de faire valoir ses droits, que peut-être il avait effectivement, et donnait déjà de l'inquiétude aux seigneurs Austrasiens qui gouvernaient sous Sigebert. Frédégonde fit conseiller en secret au prétendant, de porter ses armes en Bourgogne, où elle le favoriserait de tout son pouvoir. Gondebaud la crut ; mais, obligé de céder aux forces de deux royaumes, il fut défait, puis tué bientôt après les armes à la main. Gontran ne fut pas sans s'apercevoir des manœuvres de Frédégonde, et il s'en vengea en serrant plus étroitement ses liens avec son neveu et son fils adoptif. Gontran mourut regretté du peuple, qui lui donna le surnom de Bon. Childebert suivit de près son oncle au tombeau, et ce trépas précipité fut attribué tant à Brunehaut qu'à Frédégonde qui avaient l'une et l'autre intérêt à se défaire de ce prince. Cette dernière mourut deux ans après (614), de maladie, dans son lit : quant à sa rivale, chargée de mille imputations vraies ou fausses, elle devint odieuse et méprisable aux yeux des Austrasiens qui la chassèrent honteusement. Retirée à la cour de Bourgogne, près du son petit-fils Thierry II, elle sema la mésintelligence entre ce prince et Théodebert l'Austrasien, son autre petit-fils, contre lequel elle avait juré une haine mortelle. Elle parvint à persuader à Thierry que Théodebert n'était point son frère, mais un enfant supposé. De là une guerre à outrance entre ces deux princes. Théodebert fut vaincu et pris : dépouillé de ses ornements royaux, puis rasé et assassiné au bout de quelques jours. Deux petits enfants faits prisonniers avec leur père, furent horriblement mis à mort par l'ordre de

leur arrière-grand'mère. Thierry, bientôt convaincu qu'il avait été trompé par Brunehaut, et d'ailleurs fatigué des remontrances un peu vives de cette dernière, lui reprocha les crimes atroces auxquels elle l'avait poussé par des insinuations perfides, et la menaça même, dans un transport de colère, de la frapper de son épée. Deux jours après, Thierry est attaqué d'une maladie qu'on traita de dyssenterie, et meurt laissant quatre enfants en bas-âge. Brunehaut se trouvait tutrice de ses quatre arrière-petits-fils, héritiers du royaume de Bourgogne, patrimoine de leur père, et de celui d'Austrasie qui se trouvait sans prince. Elle résolut aussi d'y joindre le petit royaume de Clotaire qu'elle ne croyait pas capable de lui résister. Mais une lettre qu'elle écrivit à Alboëme, son confident, contre Varnachaire, maire de Bourgogne, découvrit une noire trahison qui tourna contre elle les armes de son ennemi et celles de ses propres généraux. Elle s'aperçoit qu'elle est trahie à son tour, et pour se concilier Clotaire, elle lui envoie les quatre enfants de Thierry pour en disposer à son gré. Clotaire fait massacrer deux des malheureux orphelins, et fait grâce de la vie au plus jeune, son filleul : l'aîné s'était sauvé ; on ignore ce qu'il devint ; mais c'est surtout à sa grand'mère qu'il en voulait, et il se la fit livrer pour exercer sur elle une terrible vengeance proportionnée sans doute aux crimes dont cette malheureuse reine s'était rendue coupable. Il la fit promener dans le camp, liée sur un vieux chameau, et couverte de haillons : traitement ignominieux qui se renouvela durant trois jours consécutifs. Enfin, il la fit attacher par les cheveux et par une jambe à la queue d'un cheval indompté qui traîna son corps ensanglanté parmi les ronces et les cailloux. Brunehaut était âgée de soixante-dix ans. Quel contraste entre la mort de deux femmes souillées l'une et l'autre des mêmes crimes ! Clotaire resta seul maître de la monarchie. Jusqu'alors les maires du palais avaient été nommés par les rois ; mais les seigneurs commencèrent dès-lors à revendiquer ce droit. Le maire ne fut plus l'homme du roi, mais celui du royaume.—Clotaire avait deux fils, Dagobert et Aribert ou Caribert. Dagobert, l'aîné, fut cédé par son frère aux Austrasiens qui le demandaient pour roi. Berthould, duc des Saxons, prit de l'occasion de refuser à Clotaire l'hommage qu'il lui rendait, prétendant que les Saxons ne devaient rien à son fils en faveur duquel il s'était démis. La bataille s'engage sur les bords du Veser : Clotaire traverse le fleuve, suivi de ses braves, il poursuit Berthould qui a bientôt la tête fendue d'un coup de hache. La déroute fut complète. Sous Dagobert Ier, commença la puissance des maires du palais. La gloire des princes Mérovingiens s'éclipse à la mort de ce prince, et Clovis II commence le règne des rois fainéants. Ces rois sont ainsi nommés, parce qu'étant montés sur le trône à peine sortant du berceau, pour disparaître, les plus âgés finissant l'adolescence, ils n'ont pu gouverner eux-mêmes, mais ont laissé ce soin aux grands, et principalement aux maires, dont la puissance s'accrut sur les débris de la royauté. Le règne de Clovis II, fils de Dagobert, n'offre aucun événement remarquable ; la Neustrie échut à ce prince en partage, l'Austrasie fut donnée à son frère Sigebert III. Pépin, maire d'Austrasie, exerce les fonctions de sa charge avec une probité qui lui fit honneur ; son fils Grimoald le remplace ; premier exemple de succession dans cette place, qui devint héréditaire. Le règne de Clotaire III fut rempli de troubles que fit naître le caractère intrigant d'Ébroin, créé maire du palais de Neustrie. Ce seigneur força Bathilde, mère de Clotaire et régente du royaume, de se retirer dans un couvent où elle vécut dans les austères pratiques de la pénitence : ce qui a mérité à cette princesse le titre de sainte. Childéric II succéda à son frère Clotaire qui ne laissait point d'enfant. Ébroin fut disgracié ; mais Childéric tomba bientôt avec toute sa famille sous le fer meurtrier d'un seigneur nommé Bodilon, qui en voulait au roi pour avoir été traité par lui comme esclave(674).Ceci eut lieu dans la forêt de Livry. La mort de Childéric rendit à Ebroïn la liberté. Il en fit usage pour aller attaquer Thierry qui venait d'être recouru roi de Neustrie, et il remporta sur lui la victoire près de Maxence ; il ne le détrôna pas cependant, seulement il exerça l'autorité la plus absolue comme maire du palais de Neustrie. Il mourut assassiné. A peine Ebroïn était-il mort, que Pepin d'Héristel, maire d'Austrasie, marcha contre Thierry et le vainquit. Cette victoire assura à Pepin la suprême puissance ; il s'en servit pour placer sur le trône Clovis III, premier des fils de Thierry, qui n'existait plus. Clovis meurt de maladie âgé de quinze ans ; il en avait dix à onze quand il était monté sur le trône. Childebert III, frère et successeur de Clovis III, ne porta, comme son prédécesseur, que le titre de roi : Pepin fit en son nom la guerre aux Suèves, aux Saxons et autres peuples de la Germanie.—Dagobert II est nourri et entretenu avec abondance et respect dans une maison royale ; c'est là toute l'histoire de son règne. Pepin avait gouverné le royaume avec gloire pendant vingt-sept ans. Son fils Charles hérita de sa puissance. Un Clotaire IV, que l'on ne connaît pas bien, est assis sur le trône par la seule volonté du maire du palais, Chilpéric II veut secouer le joug de Charles et est vaincu.Cependant Clotaire meurt. Charles alors offre le trône à Chilpéric qui l'accepte avec empressement, aimant mieux être un roi sans puissance qu'un réfugié. Les Sarrasins avaient conquis l'Espagne et envahi le midi de la Gaule jusqu'à Poitiers. Charles marche à leur rencontre, et remporte sur eux une victoire complète qui fut le prélude d'un grand nombre d'autres actions guerrières qui lui firent donner le nom de *Martel*. Les Sarrasins, les Saxons, les Bavarois sont successivement battus et repoussés avec des pertes considérables. Enfin, Charles-Martel, usé par les fatigues, mourut tranquillement dans son lit, âgé de cinquante-cinq ans (741). Il y avait déjà cinq années écoulées depuis la mort de Thierry IV ; durant cet interrègne, le héros franc avait continué de gouverner la France avec toute la plénitude de l'autorité royale, bien qu'il ne portât que le titre de duc. il laisse à sa mort trois fils : Grifon , Carloman et Pepin ; le dernier de ces trois princes, Pepin, dit *le Bref*, parvint à déposer tous les esprits en sa faveur en intéressant le pape Zacharie à sa cause. Childéric avait pour lui, il est vrai, la naissance et l'ordre de la succession non interrompue dans la ligne masculine des Mérovingiens ; mais sa jeunesse et une incapacité traitée d'imbécillité, éloignaient de lui les Français las de l'espèce d'anarchie dans laquelle ils vivaient. Préférant celui qui exerce les fonctions de la royauté sans en avoir le titre , à celui qui porte ce titre et n'est capable d'en faire aucun exercice, ils reconnurent, avec l'autorisation du pape, Pepin roi de France , et déclarèrent l'infortuné Childéric déchu de la royauté. Ainsi finit la première race des rois de France, nommés Mérovingiens.—*Seconde race, dite des Carlovingiens* (754-987).—Pépin, sacré roi en 754, des mains du Pape Etienne II, fut le premier de la race dite des Carlovingiens. Ce prince, fils de Charles-Martel et père de Charlemagne, conserve, entre ces deux hommes célèbres , un rang distingué dans l'histoire. Les Lombards inquiétaient le pape Étienne, trop faible pour leur résister. Pépin, cédant aux sollicitations du Saint-Siège, dirige une expédition en Italie, où d'ailleurs l'espoir du butin flattait l'humeur guerrière des Francs. Astaulphe est vaincu et dépouillé de l'exarchat de Ravennes ; c'est de cette époque que date l'origine de la puissance temporelle des papes. Pépin mourut d'hydropisie à l'âge de cinquante-trois ans, après avoir fait le partage de ses États entre Charles et Carloman ses fils. Charles n'aspirait qu'à gouverner seul la monarchie. La mort de son frère vint fort à-propos lui faciliter l'exécution de ses vastes et audacieux projets. La guerre

contre les Saxons, qui dura trente-trois ans, eut de quoi exercer le génie de Charles surnommé avec raison le Grand ou Charlemagne, et qui donna son nom à sa race. Toujours vaincus, les Barbares se révoltaient sans cesse , jusqu'à ce qu'enfin Witikind, leur chef, ayant consenti à se faire chrétien, ils suivirent tous son exemple, et se soumirent ainsi au joug de Charlemagne, en 804. Partout où le grand roi portait le glaive, les lumières du christianisme pénétraient à sa suite , et faisaient disparaître les horreurs de la guerre en même temps qu'elles chassaient les ténèbres du paganisme. Didier, roi des Lombards, avait cherché,comme son prédécesseur, à s'emparer des domaines du pape. Charlemagne accourut au secours du souverain pontife, assiégea Didier dans Pavie , et se rendit maître de sa personne. Ainsi finit, en 787, la monarchie des Lombards. En 777, appelé dans la Péninsule contre les Sarrasins, il soumit tout le pays jusqu'à l'Ebre ; mais cette guerre d'Espagne est moins célèbre par ses conquêtes que par la défense de son arrière-garde à Roncevaux. Il y perdit Roland, son neveu, ce héros si célèbre dans les romans chevaleresques. — Ce grand prince porta encore ses armes victorieuses en Allemagne, et soumit successivement la Bavière , l'Autriche et la Hongrie. —Le roi de France pouvait ambitionner un titre que les Grecs soutenaient avec tant de faiblesse. Il eut le bonheur d'y parvenir sans paraître le rechercher. Le pape Léon III, qui venait de succéder à Adrien I , dans la chaire de saint Pierre , était inquiété par des factions. Charlemagne cédant aux instances du souverain pontife, passa en Italie. Le jour de Noël, tandis que Charles, revêtu de son manteau de pourpre, était en oraison devant le tombeau des saints apôtres, le pape, suivi de son clergé, s'approcha de lui, posa le diadème sur sa tête au milieu des applaudissements du peuple (800). L'impératrice Irène, qui venait de faire mourir son fils pour régner seule, désirait s'unir au nouvel empereur d'Orient: celui-ci,de son côté,trouvait cette union extrêmement flatteuse pour lui, et déjà tout était conclu , lorsqu'Irène fut malheureusement détrônée. Charlemagne, malgré les nombreux soucis de la guerre, trouvait encore le temps de régler les affaires de son royaume. Il réforma plusieurs abus que l'ignorance avait laissé introduire dans l'église. Il fonda une académie, et enfin établit des lois qu'on appelle Capitulaires parce qu'elles sont divisées par chapitres. Charlemagne mourut à Aix-la-Chapelle, lieu ordinaire de sa résidence ; il était âgé de soixante-onze ans. De son vivant, il avait fait reconnaître Louis, son fils, pour son successeur au titre d'empereur , et Bernard, son petit-fils, pour roi d'Italie.—Louis 1er, dit le *Débonnaire*, fit crever les yeux à Bernard qui s'était révolté contre lui. Ce qui devint pour ce malheureux prince une source de malheurs et d'humiliations , fut le partage qu'il fit de son vaste empire entre ses enfants. Loin de lui en avoir de la reconnaissance, ceux-ci s'armèrent contre leur père, le vainquirent et l'enfermèrent dans un couvent. Louis remonte sur le trône , mais avili aux yeux de ses sujets qui traitaient d'imbécillité son extrême douceur et sa dévotion mal éclairée. Une dernière révolte de ses enfants hâta la mort de Louis-le-Débonnaire,déjà malade depuis l'apparition d'une éclipse de soleil.—Charles dit *le Chauve*, après un traité que firent tous les enfants de Louis-le-Débonnaire , eut en partage la plus grande partie de la France actuelle ; et le titre d'empereur fut garanti à Lothaire. En 844 , les Normands, barbares venus du Nord, et que Charlemagne avait eu peine à contenir, renouvelèrent leurs incursions sur le territoire français ; Rouen, Paris ne purent leur échapper. Charles-le-Chauve, au lieu de les combattre, leur donna sept mille livres pesant d'argent pour les engager à sortir du royaume. Cette singulière manière de faire la guerre obtint un résultat tout opposé à celui que l'on s'était follement proposé. Attirés par l'appât du gain, les Normands multiplièrent leurs invasions désastreuses, et reçurent pour prix de leurs brigandages de nouvelles sommes d'argent (864). La maison de Charlemagne tomba dans le même état que celle de Clovis sous les derniers Mérovingiens. Tous les grands fiefs absorbèrent en quelque façon la royauté; car les seigneurs, profitant de la faiblesse du gouvernement, s'approprièrent les duchés, les comtés et les marquisats, qui devinrent des États presque indépendants au sein de la monarchie.—Louis II, dit *le Bègue*, fils de Charles-le-Chauve, fut un prince faible qui laissa s'accroître de plus en plus la puissance des seigneurs sur les débris de la royauté. Louis III et Carloman, fils de Louis-le-Bègue, régnèrent ensemble dans une union vraiment fraternelle. Un troisième fils de Louis-le-Bègue, Charles dit *le Simple*, avait été exclu de l'héritage paternel. Après la mort de Louis et de Carloman, la France ayant besoin d'un roi qui pût la défendre contre les Normands, on offrit la couronne à Charles-le-Gros, fils de Louis-le-Germanique, au préjudice de Charles-le-Simple dont les droits à la couronne étaient incontestables, mais n'était âgé que de cinq ans. Les Normands assiégèrent Paris, qui se réduisait alors à ce qu'on nomme aujourd'hui la cité. Eudes, comte de Paris, l'évêque Gozlin et l'abbé Ebble, son neveu, se signalèrent par des prodiges de bravoure. Quant à Charles-le-Gros, intimidé par la contenance des Normands, il leur demanda la paix et l'obtint au prix de sept cents mille livres pesant d'argent. Dès-lors, devenu un objet de mépris à ses sujets, il fut déposé par les Francs (888), et passa le reste de ses jours dans la misère et le chagrin. Le défenseur de Paris, Eudes, fils du duc de France, Robert-le-Fort, qui était mort en défendant la patrie, fut proclamé roi par les évêques et les seigneurs. Il garda les pays situés entre la Seine et les Pyrénées, et céda le reste au jeune Charles, fils de Louis-le-Bègue, dont il venait de se déclarer le tuteur. Charles, bien digne du nom de Simple, n'avait ni courage, ni prudence, ni génie; aussi les Normands parvinrent-ils, sous son règne, à fonder un établissement fixe dans le royaume, dans cette partie de la Neustrie qu'on a appelée *Normandie*. Rollon, leur chef, exigea encore la Bretagne, et il fallut la lui céder. Après s'être fait chrétien, ce grand homme avait épousé Gisèle, fille de Charles-le-Simple.—Les seigneurs, qui disposaient à leur gré de la couronne, deshéritèrent encore une fois la race de Charlemagne, et préférèrent au fils de Charles-le-Simple, Raoul ou Rodolphe, duc de Bourgogne, beau-frère de Hugues-le-Grand. Les exploits de ce prince ne changèrent point la face du royaume. Hugues-le-Grand, comte de Paris, duc de France et de Bourgogne, en état de se faire couronner, fit donner la couronne à Louis IV, fils de Charles-le-Simple, surnommé d'Outremer, parce que sa mère l'avait emmené en Angleterre pendant les troubles. Hugues, qui s'était montré généreux envers le fils de Charles-le-Simple que par ambition, devint tout à coup son ennemi: ce qui donna lieu à plusieurs troubles. Louis-d'Outremer mourut d'une chute de cheval, après avoir eu la précaution d'associer à la couronne Lothaire son fils aîné, du consentement de Hugues-le-Grand qui mourut bientôt après (986). Le fils aîné du comte de Paris, Hugues-Capet, hérita des immenses domaines de son père et de sa puissance. Lothaire avait su réunir les seigneurs, et reprendre sur eux une partie de l'autorité; il formait peut-être de plus grands desseins, lorsqu'il mourut, âgé de quarante-cinq ans. Louis V, son fils, lui succéda pour mourir un an après. C'est le dernier roi de la race de Charlemagne. Ce prince fut surnommé *le Fainéant*, parce qu'il ne se passa rien de remarquable sous son règne, de courte durée d'ailleurs. Le domaine de la couronne ne se réduisait plus à cette époque qu'à la ville de Laon et à son territoire. Louis mourut sans postérité. Une troisième race monta sur le trône, où elle s'affermit malgré les plus violentes secousses.—Charles de Lorraine, frère de Lothaire et oncle du dernier roi,

devait naturellement hériter de son neveu; mais déjà l'ordre de la succession avait été interrompu plusieurs fois. Une révolution inévitable, amenée de loin, devait faire passer le sceptre dans les mains où se trouvait la puissance.—*Troisième race. Capétiens, première branche* (987-1328).—Capet, fils de Hugues-le-Grand, petit-fils de Robert, qui fut sacré roi, petit-neveu du roi Eudes, et arrière-petit-fils du fameux Robert-le-Fort, n'était pas moins illustre que Pépin du côté de ses ancêtres. Le nouveau roi se fit sacrer et couronner à Reims sans aucun obstacle; et pour fixer la couronne dans sa maison, il s'associa son fils Robert, qui fut sacré l'année suivante.—Robert, déjà formé au gouvernement qu'il avait partagé avec son père, avait épousé Berthe, veuve du comte de Chartres, quoiqu'il fût parent au quatrième degré de cette princesse, et qu'il eût tenu sur les fonds de baptême un de ses enfants du premier lit. Grégoire V ordonna dans un concile, que le roi quittât incessamment son épouse; mais Robert n'obéit point. L'excommunication fut aussitôt lancée sur la tête du prince, qui, se voyant un objet d'horreur pour tous ses sujets, se soumit enfin à la pénitence qui lui avait été imposée par le Saint-Siége, répudia Berthe, et épousa Constance. L'empereur Henri étant mort sans enfants, parce qu'une dévotion, mal éclairée peut-être l'avait engagé au vœu de virginité, de concert avec Cunégonde, sa femme, les Italiens offrirent le royaume d'Italie et la couronne impériale à Robert, qui eut la prudence de refuser; le plus essentiel pour lui était en effet de s'affermir dans ses États. Après avoir associé à la couronne Hugues, son fils aîné, qui mourut à la fleur de l'âge, le roi de France mit à sa place Henri, l'aîné des autres enfants, qu'il fit sacrer, malgré l'opposition de Constance, qui lui préférait un cadet. Cette femme ambitieuse, après la mort de son mari renoua ses intrigues contre Henri, qui triompha cependant de tous ses ennemis, et resta paisible possesseur de la couronne. Pour satisfaire son frère Robert, qui avait essayé de la lui disputer, il lui céda le duché de Bourgogne. Henri avait un fils nommé Philippe, qu'il eut soin de faire sacrer de son vivant. Philippe Ier, à la mort de son père, trop jeune encore pour gouverner par lui-même, resta sous la tutelle de Beaudoin, comte de Flandres, qui fut chargé de la régence. Guillaume, duc de Normandie, surnommé le *Conquérant*, entreprit de faire la conquête de l'Angleterre, et il en vint à bout en 1070. Philippe, naturellement railleur, plaisantant un jour au sujet de Guillaume, qui par un excès d'embonpoint, était obligé depuis quelque temps de garder le lit. Guillaume, outré de colère à cette nouvelle, entreprit une guerre dont les suites eussent été sans doute funestes pour la France, si, heureusement pour son rival, Guillaume ne fût mort subitement à Rouen, où il s'était fait transporter après les premières atteintes de la maladie. Philippe s'était dégoûté de Berthe, sa femme, et prétextant un degré de parenté entre cette princesse et lui, il enleva au comte d'Anjou Bertrade, son épouse, qui lui avait inspiré de l'amour. Ce mariage scandaleux excita les plaintes de plusieurs évêques. Urbain II vint en France tenir lui-même à Clermont le fameux concile qui donna naissance aux croisades. Il fulmina l'anathème contre Philippe et contre ses adhérents. Le roi intimidé se soumet et se sépare de Bertrade; mais il n'est pas plus tôt absous des censures de la cour de Rome, qu'il la rappelle et la fait couronner par deux évêques. Pascal II, successeur d'Urbain, envoie des légats en France, qui convoquent un concile à Poitiers. On prononce la sentence d'excommunication contre le roi de France, qui fut une seconde fois absous à condition qu'il jurerait de rompre son mauvais commerce avec Bertrade. Son mariage fut vraisemblablement réhabilité, car ils continuèrent de vivre ensemble sans que l'église les inquiétât. C'est dans ce concile de Clermont, où Philippe fut excommunié par Urbain II, que ce pape inspira l'ardeur des Croisades. Un simple ermite de Picardie, nommé Pierre, fut l'instrument dont se servit le souverain pontife pour échauffer le zèle des princes et des peuples. L'ardent missionnaire y réussit à merveille. Trois cents mille Chrétiens d'Occident se dirigèrent vers l'Orient pour soustraire la Palestine au joug des Musulmans. Ces troupes mal disciplinées périrent avant d'arriver sous les murs de Jérusalem. Une autre armée, sous le commandement de Godefroy-de-Bouillon, fut plus heureuse. Jérusalem tomba au pouvoir des Chrétiens; Godefroy-de-Bouillon, chef de l'entreprise, reçut le titre de roi de Jérusalem. Le roi de France ne prit aucune part à cette première croisade.—Le pouvoir royal était si faible à cette époque, que Louis IV, dit le Gros, fils du dernier roi, depuis qu'il commença à régner seul, fut sans cesse obligé de guerroyer avec les seigneurs ses vassaux. Mais à force d'activité et de constance, et grâce à l'habileté de Suger, abbé de Saint-Denis, son ministre, Louis-le-Gros parvint à faire respecter son autorité. Il n'y avait alors d'hommes véritablement libres que les ecclésiastiques et les seigneurs. Le roi, pour mieux consolider sa puissance en affaiblissant celle des grands, permit aux serfs d'acheter la franchise et de se choisir des maires et des échevins; c'est ce que l'on appela l'*affranchissement des communes*. — Louis VII, dit le Jeune, avait épousé Éléonore qui lui apporta en dot le Poitou et l'Aquitaine. Les fruits de la première croisade s'évanouirent de jour en jour. Le pape Eugène III, qui avait été le disciple de saint Bernard, chargea ce dernier du soin de la prêcher. Les prédications du pieux solitaire, l'oracle de la France, allumèrent partout l'enthousiasme. Le monarque reçut la croix de sa main à Vézelai, la plupart des seigneurs, trois évêques, la reine Éléonore se croisent avec la même ardeur. L'Allemagne fut animée du même esprit, et l'empereur Conrad III imita l'exemple du roi. Louis-le-Jeune partit donc à la tête d'une brillante armée, laissant la régence à l'abbé Suger et au comte de Vermandois, qui gouvernèrent le royaume avec une grande sagesse. Cette croisade n'eut aucun succès. Après deux années d'absence, Louis-le-Jeune revint dans ses États. La reine Éléonore avait suivi le roi en Palestine. Une antipathie mutuelle, augmentée par les galanteries de cette princesse, leur faisait désirer une séparation. Suger, prévoyant les suites de ce divorce, qui enlèverait à la couronne toute l'Aquitaine, était venu à bout de suspendre le funeste dessein de son maître. Il mourut, malheureusement pour l'État. Aussitôt Louis eut recours au prétexte ordinaire de parenté contre Éléonore, et répudia la reine. Elle avait deux filles, auxquelles il espérait que la succession pourrait revenir; mais Éléonore ne tarda point à épouser le duc de Normandie en deshéritant ses filles. Henri (c'était le nom du duc), à qui elle apportait pour dot l'Aquitaine, devint dès-lors redoutable à la France. Il le fut bien davantage peu de temps après, le roi d'Angleterre l'ayant déclaré son successeur. Cette couronne, jointe à une partie des plus belles provinces du royaume, formait une puissance qui annonçait d'étranges malheurs aux descendants de Louis-le-Jeune. — Philippe II, Louis-le-Jeune avait eu de sa troisième femme Adélaïde de Champagne, monta sur le trône à l'âge de quinze ans (1180-1223). Surnommé d'abord le Dieu-donné, il mérita par ses exploits les surnoms de Conquérant et d'Auguste. Cependant l'état déplorable des affaires d'Orient attirait l'attention de l'Europe. Le célèbre Saladin, maître de l'Égypte, profita des divisions des croisés pour les détruire; ce qu'il fit sans peine. Il avait repris Jérusalem, où Lusignan était roi sans pouvoir. Cette triste nouvelle ranima l'ardeur des croisades. Richard-Cœur-de-Lion, roi d'Angleterre, et Philippe-Auguste, roi de France, oublièrent leurs querelles pour prendre la croix. La ville de Saint-Jean-d'Acre, cette place importante des infidèles, tomba en leur pouvoir après un siège mémorable, où les deux plus

grands princes de l'Occident se signalèrent l'un et l'autre par des prodiges de valeur. Philippe-Auguste tomba malade, et revint en France. La passion des aventures et l'espérance de fonder quelque royaume, effaçaient le souvenir des anciens désastres. Une quatrième croisade, prêchée par Foulques, curé de Neuilly, fut fatale, non aux Mahométans, mais aux Grecs. Les croisés prirent Constantinople après un long siège, détrônèrent l'empereur grec, et mirent à sa place Beaudouin, comte de Flandre, qui fut le chef de la dynastie latine des empereurs de Constantinople. Philippe-Auguste, qui n'avait point pris part à cette expédition, agrandit ses États en reprenant aux Anglais les provinces dont ils s'étaient emparés. Ainsi il fit rapidement la conquête de la Normandie sous Jean-sans-Peur, successeur de Richard-Cœur-de-Lion, et chassa également les Anglais du Poitou, de l'Anjou, du Maine et de la Touraine. L'empereur Othon IV et le comte de Flandre s'étaient ligués avec l'empereur d'Angleterre pour écraser Philippe-Auguste. Celui-ci, qui n'avait que cinquante mille hommes à opposer à près de deux cents mille, remporta cependant une fameuse victoire à Bouvines, entre Lille et Tournay, non sans avoir couru de grands périls (1214). —Jamais le roi Jean ne s'était vu si près de sa ruine. Au lieu de chercher un appui dans le cœur de ses sujets, il les révolta par la conduite la plus odieuse. On voulut lui faire confirmer les privilèges de la nation contenus dans une charte de Henri Ier, il refusa. On prit les armes; on le força à signer la grande charte, qui est le fondement de la liberté anglaise. A peine eut-il fait le serment de s'y conformer qu'il viola toutes ses promesses. Alors les Anglais le déclarèrent déchu de la royauté, et déférèrent la couronne au fils aîné de Philippe-Auguste, Louis, dont la femme, Blanche de Castille, était petite-fille d'un roi d'Angleterre; mais un an après, les Anglais, jaloux de la nation française, et se reprochant peut-être d'avoir trahi le sang de leurs rois, couronnèrent Henri III, fils de Jean-Sans-Peur. —Louis VIII, le premier roi de cette race qui n'ait pas été sacré du vivant de son père, avait trente-six ans lorsqu'il monta sur le trône. Ce prince vécut trop peu de temps pour faire de grandes choses. Le seul événement remarquable qui eut lieu sous son règne, fut la guerre cruelle faite aux Albigeois ou Hérétiques du midi de la France. Le trouble que la mort prématurée de Louis VIII répandit dans l'état, semblait présager une révolte. Il se soutint cependant, au milieu des plus grands orages, par la fermeté et la sagesse de Blanche de Castille, digne mère de Louis IX dit *saint Louis*, alors âgé de douze ans, et dont le dernier roi l'avait déclarée régente. Les comtes de Champagne, de Bretagne et de la Marche, qui étaient les trois premiers seigneurs de l'état, s'engagèrent par serment à ne recevoir aucun ordre du roi tant qu'il serait en bas-âge. La régente étouffa cette révolte, et les rebelles vinrent d'eux-mêmes se soumettre. De nouvelles factions, qui suivirent, furent pareillement dissipées; car Blanche savait unir la bienveillance pour gagner les cœurs, à la fermeté pour abattre les partis. Tout paraissait tranquille dans le royaume, lorsque l'insolence de Hugues de Lusignan, comte de la Marche, excitée par l'orgueil de sa femme Isabelle, veuve de Jean-sans-Terre, obligea Louis à prendre les armes. Hugues était soutenu dans sa révolte par Henri III, roi d'Angleterre. Louis entre sur les terres des rebelles, et force tout ce qui lui résiste. La Charente séparait les deux armées : il s'élance, pour la passer, sur le pont de Taillebourg défendu par un fort dont les Anglais s'étaient emparés. Le sabre à la main, il se fraie un passage dans les rangs ennemis, qu'il disperse, et remporte une victoire complète, qu'il fait suivre d'une seconde, près de Saintes. Attaqué d'une maladie dangereuse, Saint Louis s'était engagé par vœu à porter la guerre en Palestine. Ce fut en vain que la reine mère, la plupart des seigneurs, l'évêque de Paris surtout, employèrent toutes les raisons imaginables pour le détourner de ce dessein. Il fallut céder : dès qu'il eut recouvré la santé, il s'embarqua pour l'Égypte, suivi de la plupart des grands, et s'empara de Damiette ; mais vaincu dans les plaines de la Massoure, il fut fait prisonnier avec un grand nombre de ses chevaliers. Malade, exténué, sans secours, le roi parut grand dans ses fers aux Musulmans même, qui disaient de lui avec étonnement : « *C'est le plus fier Chrétien que nous ayons vu.* » Saint Louis n'obtint sa liberté, qu'en rendant Damiette aux infidèles. Rappelé en France par la mort de sa mère, il consacra tous ses soins à l'administration du royaume. Il publia une espèce de code, connu sous le nom d'*Établissement de Saint Louis :* lois encore imparfaites, mais précieux monument de la sagesse et du zèle qu'il opposait aux abus. La France, paisible, recueillait les avantages d'un gouvernement approprié aux besoins du peuple ; mais Louis respirait toujours pour la Terre-Sainte. Il forme un nouveau projet de Croisade ; malgré de vives représentations, il convoque les grands du royaume, il déclare sa résolution. Presque tous prennent la croix. Après de longs préparatifs, on s'embarqua sur des vaisseaux génois. Louis débarqua sur les côtes d'Afrique dans l'espoir de s'emparer de Tunis, capitale d'un petit royaume mahométan : cette résolution lui devint fatale. La peste se mit dans son armée. Il voit mourir un de ses fils à ses côtés, et un autre a déjà reçu les atteintes de la maladie. Enfin, il se sent frappé lui-même de la contagion, et meurt avec ces vifs sentiments de religion dont il était pénétré depuis l'enfance. Philippe III, surnommé le Hardi, fils et successeur de saint Louis, de retour en France s'empressa de rendre les derniers devoirs à son père dans l'église de Saint-Denis. C'est sous ce prince qu'eut lieu en Sicile, le massacre général des Français, appelé *Vêpres Siciliennes*, parce qu'il commença dans la ville de Palerme, lorsqu'en allant à vêpres, le lundi de Pâques, un Français, ayant pris ce moment pour insulter une femme en pleine rue, expira sur le champ percé de coups ; ce fut là le signal de l'exécution. Ce qui avait inspiré aux Siciliens cette haine mortelle qu'ils portaient aux Français, était la tyrannie de Charles d'Anjou, frère de saint Louis, qui, maître du royaume de Naples, y gouvernait en despote. Pierre III, roi d'Aragon, n'était pas étranger à ce massacre ; c'est pour le punir que Philippe-le-Hardi lui déclara la guerre. Mais les maladies ravagèrent l'armée ; la flotte française fut détruite par les ennemis, et Philippe, obligé de repasser les monts, alla mourir à Perpignan, après quinze ans de règne. Philippe IV, dit *le bel*, était âgé de dix-sept ans lorsqu'il monta sur le trône. (1286 —1314). Le règne de ce prince est fécond en grands événements. Le premier qui eut lieu, fut la querelle terrible qui s'alluma entre le pape et le nouveau roi. Le premier prétendait commander en maître absolu, à tous les souverains, dans les affaires purement temporelles ; le second était trop fier pour fléchir. Boniface lança l'excommunication sur Philippe, qui, sans respect pour la dignité des souverains pontifes, fit arrêter son rival par ses agents. L'Archevêque de Rheims se permit de faire de sages remontrances à Boniface, qui parut enfin s'adoucir ; le procès des Templiers mit le comble à la célébrité de ce règne. Cet ordre militaire établi à Jérusalem en 1118, s'était prodigieusement accru. Ses priviléges, d'immenses richesses, la valeur de ses guerriers, mais surtout la licence des mœurs (on ne peut se le dissimuler), attirèrent sur les templiers la haine des grands, du clergé et du peuple. Philippe-le-Bel, pour avoir un prétexte de dépouiller les templiers, s'efforça de mettre dans les intérêts du pape Clément V, qui avait succédé à Boniface. On peignit au souverain pontife, sous les couleurs les plus vives, ces moines guerriers, que l'on taxa même d'hérésie. Cinquante-neuf d'entre

eux, avec Jacques Molay, leur grand-maître, furent brûlés vifs : et l'abolition de l'ordre fut prononcée. Le roi ne survécut pas long-temps à ceux qu'il avait fait périr si injustement. Les dernières années de son règne furent extrêmement agitées ; car au mécontentement général qu'excitait le poids onéreux des impôts se joignirent des chagrins domestiques qui le conduisirent au tombeau. Philippe-le-Bel, en réglant que les apanages des enfants de France reviendraient à la couronne, au défaut d'héritiers mâles, avança la ruine du gouvernement féodal, et fit faire, pour la même raison, de grands progrès à l'autorité royale. On lui reproche toutefois l'altération des monnaies. Louis X, dit le *hutin*, était déjà roi de Navarre depuis la mort de sa mère, héritière de ce royaume, lorsqu'il monta sur le trône de son père. Ce prince, avec de bonnes intentions, montra de la faiblesse et de la légèreté dans sa conduite. Enguerrand de Marigni, homme de qualité, sur-intendant des finances, à qui l'on imputait faussement l'altération des monnaies et les malheurs de l'État, paya d'une mort infame les torts de son maître. Il fut pendu au gibet de Montfaucon. Mais bientôt le repentir fit place à la rage aveugle du peuple, qui crut reconnaître dans une maladie grave dont fut bientôt attaqué Louis, un juste châtiment du ciel, qui prenait soin de venger le meurtre du comte de Marigni. Le besoin d'argent porta Louis à avoir recours, pour s'en procurer, à un expédient vraiment utile au royaume. Les bourgeois des villes jouissaient depuis long-temps de la franchise ; mais les habitants de la campagne étaient toujours serfs. Il fut donc, non permis, mais ordonné à tous ces derniers, d'acheter leur affranchissement, par une certaine somme qu'ils durent donner en échange. Déjà le pape Alexandre III avait décidé dans un concile de 1167, que les chrétiens devaient être exempts de servitude. Il convenait d'ailleurs que dans le royaume des Francs, la réalité répondît au nom. Ainsi la nation recouvra le plus précieux des biens. Louis-le-Hutin succomba à la maladie, la seconde année de son règne. Il n'avait point d'enfants mâles ; la reine était grosse quand il mourut, et accoucha d'un fils qu'on nomma Jean, et qui ne vécut que huit jours. Avant ses couches, Philippe, comte de Poitiers, frère de Louis-le-Hutin fut déclaré régent du royaume, si elle accouchait d'un prince, et roi si elle accouchait d'une princesse. Philippe V, surnommé *le Long*, second fils de Philippe-le-Bel, prit définitivement le titre de roi, et gouverna en paix : son règne court et exempt d'orages, offre peu d'intérêt. Il mourut sans laisser d'enfant mâle. Charles IV dit *le Bel*, son frère lui succéda sans opposition. On remarque sous ce règne l'érection de la baronnerie de Bourbon en duché-pairie. Charles-le-Bel ne laissa point d'enfants mâles à sa mort, et ne finit la première branche des Capétiens. — *Deuxième branche des Capétiens, dite première des Valois* (1328-1498). — Philippe VI, déjà régent, fut proclamé et sacré roi, en vertu de la loi salique, qui excluait les femmes du trône. Il rendit généreusement à Jeanne, fille de Louis-le-Hutin, le royaume de Navarre qui lui appartenait selon les lois d'Espagne où les filles succédaient au trône. Edouard III, roi d'Angleterre, et petit-fils de Philippe-le-Bel par sa mère Isabelle, réclamait la couronne de France. Voyant ses prétentions repoussées, il devint dès lors l'ennemi implacable de la France, sur laquelle il attira une foule de désastres. Un des grands défauts de Philippe était de manquer de précaution contre son ennemi toujours prêt à le surprendre. Edouard trouva peu de résistance en Normandie, et s'avança jusqu'à Paris. Mais se voyant bientôt sur le point d'être accablé, il veut se retirer en Flandre ; il passe la Somme, suivi de l'armée française. Le roi, après avoir parcouru trois lieues environ, envoya reconnaître les ennemis. On lui rapporta qu'ils attendaient de pied ferme ; son intention était de faire reposer les troupes ; mais le comte d'Alençon marcha toujours en avant, malgré les ordres du monarque. Cette imprudence entraîne l'armée, l'action s'engage près du village de Créci ; les Français pénètrent jusqu'au centre de la première ligne d'Édouard que commandait le prince de Galle son fils, âgé de quatorze à quinze ans ; mais les arbalétriers génois, qui étaient alors au service de la France, et qui composaient l'avant-garde, lâchent le pied et mettent le désordre partout Philippe, voyant ses troupes en déroute, perdant lui-même son sang par une blessure, s'obstinait à ne point quitter le champ de bataille. Il fut entraîné malgré lui, et les Anglais remportèrent une victoire complète. Cette sanglante journée de Créci fit perdre à la France environ 30,000 hommes et 1,200 princes, seigneurs ou chevaliers. Édouard était trop habile pour négliger les avantages que lui offrait la fortune. Il avait besoin d'un port dans le royaume ; il tourna toutes ses forces contre Calais. Ni la rigueur de l'hiver, ni une irruption du roi d'Écosse, rien ne put faire abandonner le siège à l'Anglais. Philippe se présenta avec 60,000 hommes sans pouvoir attaquer les retranchements. Les assiégés mouraient de faim ; le roi d'Angleterre veut qu'ils se rendent à discrétion. Revenu cependant à des sentiments plus doux, il promet de faire grâce aux Calésiens pourvu que six des plus notables viennent, la corde au cou, lui apporter les clés de la ville, et se dévouer pour les autres. Il fallut se résoudre à accepter d'aussi dures conditions, et six compatriotes illustres se dévouèrent pour sauver le peuple. Philippe de Valois mourut à cinquante-sept ans, consommé par les chagrins, les soupçons et l'inquiétude ; malheureux enfin par la supériorité de son ennemi et par son défaut de politique. — Jean Ier, dit le *bon*, fils du dernier roi, monta sur le trône âgé de quarante ans, exercé aux affaires, mais trop faible pour résister aux orages, et trop fougueux pour gouverner avec sagesse au milieu du trouble et du désordre. Le prince de Galles, surnommé le prince noir à cause de la couleur de son armure, fameux depuis la bataille de Créci, ravagea le Limousin, l'Auvergne, le Berri et le Poitou. Jean rassembla ses troupes, et les deux armées se rencontrèrent à Maupertuis, près de Poitiers. Les Français étaient au nombre de 60,000 hommes, et les Anglais de 8,000 seulement. Cela n'empêcha pas que ces derniers, profitant habilement de l'avantage du terrain, où ils avaient campé, mirent en déroute les deux tiers de l'armée française. Jean se défendit en héros, quoique blessé au visage ; mais enfin, épuisé de fatigues, il eut la douleur de se rendre. Cependant le prince de Galles eut toutes sortes d'égards pour son illustre captif, qu'il servait quelquefois lui-même à table. Pendant la captivité du roi Jean, le dauphin fut chargé de la régence ; mais le roi de Navarre, Charles-le-Mauvais, fomentait partout des troubles, surtout à Paris, où les séditieux parvinrent à s'emparer du maniement des affaires. Le jeune prince, dont la vie fut même menacée, rassembla les États-Généraux et réussit à rétablir l'ordre. Il entama des négociations avec l'Angleterre. Édouard consentit à signer la paix, mais à des conditions très dures. Les principaux articles du traité furent que la Guienne, le Poitou, la Saintonge, le Limousin, demeureraient en toute propriété au roi d'Angleterre, que le roi de France renoncerait expressément à la souveraineté sur ces provinces, et qu'Édouard renoncerait de même à ses prétentions sur la couronne de France, sur la Normandie, le Maine, la Touraine et l'Anjou possédés par ses ancêtres ; enfin, que Jean paierait trois millions d'écus d'or pour sa rançon. Les deux rois confirmèrent le traité à Calais. Le duc d'Anjou, un des fils du roi, était en ôtage à Londres, où il devait demeurer jusqu'au paiement complet de la rançon de son père. Il en partit sans le congé d'Édouard, et protesta qu'il n'y retournerait jamais. Le roi, sourd à toutes les raisons, résolut d'aller lui-même remplacer son fils, et ce fut dans les fers qu'il fut attaqué d'une maladie dont il mourut. — Charles V, dit le sage (1364), qui gouverna

l'État pendant la captivité de Jean son père, était d'une santé faible ; mais sa sagesse suffit à tout. Un chevalier, Bretrand du Guesclin, revêtu par le nouveau roi du commandement des troupes, chassa successivement les Anglais de toutes les provinces qu'ils avaient envahies. — Charles avait été empoisonné dans sa jeunesse par Charles-le-Mauvais, et mourut de langueur en 1380. Ce prince avait réglé la majorité des rois à quatorze ans ; il savait, par expérience, combien une longue minorité nuisait au bien de l'État. Charles VI n'était que dans sa douzième année, quand son père lui fut enlevé. Les ducs d'Anjou, de Berri et de Bourgogne, frères du dernier roi, et le duc de Bourbon, son beau-frère, eurent d'abord des contestations au sujet de la régence ; enfin, après une vive dispute, il fut décidé que le duc d'Anjou gouvernerait en qualité de régent jusqu'au sacre de Charles VI, qui serait déclaré majeur avant l'âge et gouvernerait ensuite en son propre nom par le conseil de ses quatre oncles. Mais ces derniers, jaloux les uns des autres, ne songeaient qu'à leurs propres intérêts, et la France ne tarda pas à être déchirée par des factions. Charles VI, au moment où il se préparait à punir le duc de Bretagne, qui l'avait offensé, passant dans la forêt du Mans, aperçoit tout-à-coup un inconnu couvert d'une robe blanche, qui, s'élança d'un air terrible, lui crie : *N'avance pas davantage ; car on te trahit*. Dans le même moment, un page, qui portait sa lance, la laisse tomber sur le casque d'un autre page. Au bruit du coup, s'imaginant qu'on le trahissait, il fut saisi d'un accès de folie furieuse. Depuis lors, il ne recouvra jamais parfaitement la raison. Les princes s'emparèrent une seconde fois du gouvernement, et se disputèrent le pouvoir. Le duc de Bourgogne méditait la perte du duc d'Orléans, son rival. Des satellites gagnés à prix d'argent, attendirent le frère du roi dans une rue où il devait passer durant la nuit. On l'enveloppa, on l'assomma. *Je suis le duc d'Orléans*, s'écria le prince, *tant mieux, si c'est vous que nous demandons*, répondirent les meurtriers, *c'est ce que nous demandons*. Le fils de la victime, aidé du comte d'Armagnac, voulut venger son père. De là les factions d'Armagnac et de Bourgogne qui ensanglantèrent toute la France. Les Anglais profitèrent de ces querelles, et envahirent le royaume. On les laisse passer la Somme ; on les poursuit dans la plaine d'Azincourt ; on préfère les risques d'une bataille à l'avantage de vaincre sans combat. Les mêmes fautes qu'on avait commises à Créci et à Poitiers produisent le même désastre. L'avantage du terrain, l'adresse des archers anglais, l'habileté et le courage du jeune roi d'Angleterre, lui valurent une victoire éclatante. — Cependant le duc de Bourgogne et le dauphin parurent vouloir se réconcilier. Leur entrevue sur le pont de Montereau semblait annoncer une paix solide, lorsqu'à peine les deux princes s'étaient-ils approchés, que Jean-Sans-Peur, l'assassin du duc d'Orléans, tomba percé de coups. On accusa de ce crime le dauphin. La reine Isabelle de Bavière, prêta l'oreille aux accusations dirigées contre son fils. Elle signa à Troyes un traité par lequel le roi d'Angleterre, qui venait d'épouser la fille de Charles VI, devait hériter de la couronne après la mort du roi. Cet infâme traité reçut un commencement d'exécution. — Réduit à la possession de la ville de Bourges, le fils de Charles VI vivait dans une indolence qu'on a peine à concevoir, et semblait ne régner qu'à regret. Mais Jeanne d'Arc, si connue sous le nom de pucelle d'Orléans, était le principal instrument destiné au salut de la patrie. Cette fille, née de parents pauvres, à Vaucouleurs, village du diocèse de Toul, n'avait que dix-sept ans lorsqu'elle parut sur la scène. Elle se crut inspirée. Elle devait délivrer Orléans et faire sacrer le roi à Reims ; sa mission ne s'étendait pas plus loin. Dirigée par les conseils de Dunois, elle entre dans Orléans, armée de pied en cap, une bannière à la main, conduisant les Français de la part de Dieu. Une terreur panique frappe les Anglais ; toujours battus, ils lèvent le siège. Cette héroïne, après la délivrance d'Orléans, pressa le roi de venir se faire sacrer à Reims. Il fallait traverser quatre-vingts lieues de pays dont les ennemis étaient maîtres. L'autorité de la pucelle entraîna les esprits irrésolus. Les Anglais furent battus à Patai (1429), Auxerre fournit des provisions; Troyes et Châlons se soumirent; Reims reçut Charles VII qui y fut sacré, et la pucelle assista en habits de guerre à une cérémonie si glorieuse pour elle. Croyant sa mission accomplie, elle voulut se retirer; les ordres du roi et les instances des seigneurs la retinrent. Mais le ciel parut l'abandonner tout-à-coup. Blessée et prise dans une sortie en défendant Compiègne, qu'assiégeait le duc de Bourgogne, elle fut livrée aux Anglais qui la brûlèrent toute vive à Rouen, comme magicienne, sans que les Français fissent aucun effort pour sauver leur libératrice. Charles VII rentra enfin à Paris, et parvint à chasser les Anglais de toutes les provinces de France. Le dauphin Louis abrégea les jours de son père. Ce fils dénaturé avait déjà conspiré plusieurs fois contre le roi, à qui on persuada qu'il voulait le faire empoisonner. Cette idée lui troubla tellement l'esprit, qu'il s'obstina à refuser toute nourriture. Il mourut de faim, âgé de soixante ans. — Louis XI, prince bizarre et despotique, commença par affecter une conduite toute opposée à celle de Charles VII. La cour fut entièrement renouvelée. La Pragmatique fut un des prétextes que saisirent les principaux seigneurs pour se liguer contre le roi. Plus il voulait abaisser les grands, dont la puissance lui faisait ombrage, plus il s'était attiré leur haine. Charles-le-Téméraire, fils du duc de Bourgogne, se mit à la tête des mécontents qu'il protégeait de tout son pouvoir. Une bataille, dont le résultat fut douteux, eut lieu dans les environs de Montlhéry, mais Louis XI réussit par de vaines promesses à dissoudre cette ligue. Il disait sans cesse : *Qui ne sait pas dissimuler ne sait pas régner; si mon chapeau savait mon secret, je le brûlerais.* Charles-le-Téméraire étant devenu duc de Bourgogne par la mort de son père, se laissa entraîner dans de folles entreprises. Il fut constamment trompé par Louis XI, le plus rusé et le plus perfide des princes de son temps. Les Suisses, que le duc de Bourgogne avait imprudemment attaqués, le vainquirent à Morat. L'année suivante il fut tué devant Nancy. Louis XI se hâta de faire occuper le duché de Bourgogne par ses troupes. Ce prince, dévoré de soupçons aux approches de la mort, enfermé dans le château de Plessis-les-Tours, agité de plus de terreurs qu'il en inspirait, craignant son propre fils, changeant de domestiques tous les jours, commandant sans cesse de nouvelles exécutions, mourut après vingt-et-un ans de règne, laissant la France florissante et redoutable aux puissances voisines. — Les commencements du règne de Charles VIII, furent troublés par une guerre civile. La dame de Beaujeu, fille aînée de Louis XI, devait gouverner le royaume pendant la jeunesse de son frère Charles VIII; les principaux seigneurs, et en particulier, le duc d'Orléans, premier prince du sang, lui disputèrent la régence : et ce ne fut qu'après la journée de Saint-Aubin, où ce dernier fut vaincu, que les troubles cessèrent. Charles, par le mariage qu'il contracte avec une riche héritière, la fille du duc de Bretagne, vit son royaume accru de cette belle province. Le roi, qui se croyait des droits sur le Milanais et sur le royaume de Naples, part pour cette dangereuse expédition, avec peu de troupes, presque sans argent, malgré les représentations de sa sœur et des meilleures têtes du royaume; il passe les Alpes, soumet le Milanais et entre dans Naples; mais il perd ses conquêtes aussi promptement qu'il les avait faites. Les malheurs devinrent une leçon pour ce prince, qui reconnut ses fautes et songeait à les réparer; mais la mort ne lui en laissa pas le temps. Une attaque d'apoplexie l'enlève dans sa vingt-huitième année. Il avait eu quatre enfants d'Anne de Bretagne, tous morts en bas âge. Le

duc d'Orléans fut son successeur. — *Troisième branche des Capétiens, dite des Valois-Orléans.* 1 roi. (1408-1515). — Louis XII, auparavant duc d'Orléans, semblait né pour le bonheur de la France; il sacrifia ses ressentiments contre les seigneurs qui lui avaient été le plus contraires. *Le roi de France*, disait-il, *ne venge pas les injures du duc d'Orléans.* Louis XII répudia Jeanne de France, fille de Louis XI, sa femme, également difforme et vertueuse, pour épouser la veuve de Charles VIII, la reine Anne qui en mariage, lui assura définitivement la possession de la Bretagne, province qu'il lui importait beaucoup de ne pas perdre. Louis XII avait des droits sur Milan et sur la couronne de Naples; il entreprit donc une expédition en Italie pour soutenir ses prétentions. Mais, malgré les actions héroïques de Bayard et de Gaston, il ne put assurer ses conquêtes; il les perdit toutes, après avoir épuisé la France d'hommes et d'argent. La ligue de Cambrai, qui arma presque toute l'Europe contre la seule république de Venise, menaça bientôt la France elle-même. Le pape Jules II, l'empereur Maximilien et le roi d'Angleterre Henri VIII, se réunirent pour attaquer ce royaume. Les Français furent mis en déroute à Guinegate. C'est ce qu'on appelle *la journée des éperons*, parce que l'on fit peu d'usage des épées. Louis, devenu veuf d'Anne de Bretagne, désirant avoir un fils, et cédant en même temps à la nécessité d'affaiblir une ligue trop formidable, se détermina à un nouveau mariage; il obtint la sœur de Henri VIII promise au prince d'Espagne; mais au lieu de recevoir une dot, il lui en coûta un million d'écus. Il faisait de grands préparatifs de guerre lorsqu'une maladie violente l'emporta dans sa cinquante-troisième année. Sa passion pour la jeune reine abrégea ses jours. Louis XII mourut regretté de ses sujets, qui lui donnèrent le surnom de *Père du peuple.* (*Quatrième branche des Capétiens, dite seconde des Valois.* 5 rois. (1515—1589.) François Ier, comte d'Angoulême, arrière-petit-fils de ce duc d'Orléans, assassiné par le duc de Bourgogne, succéda à Louis XII qui était mort sans postérité. La couronne lui appartenait en qualité de premier prince du sang; son esprit, ses talents, son courage, sa grandeur d'âme le rendaient digne de la porter. Avide de réputation, né avec le génie de la guerre, ce prince devait naturellement se livrer au désir de vaincre et de conquérir. Louis XII avait fait les préparatifs d'une nouvelle expédition dans le Milanais. François Ier résolut d'en profiter. Après avoir signé des traités de paix avec Henri VIII, les Vénitiens, et Charles d'Autriche, qui bientôt menacèrent la France, le jeune roi passa les Alpes et pénétra dans le Milanais. Les Suisses, excités par le cardinal de Sion, vinrent, au nombre d'environ trente-six mille combattants, l'attaquer tout à coup, quoiqu'il négociât avec eux. Ils perdirent la fameuse bataille de Marignan. La victoire fut disputée deux jours. François, armé chevalier par le célèbre Bayard, se fit admirer parmi une foule de héros. Il passa la nuit sur un affut de canon, à cinquante pas d'un bataillon ennemi. Les Suisses laissèrent plus de dix mille hommes sur le champ de bataille, et le Milanais subit en très peu de temps la loi du vainqueur. Cependant, Charles d'Autriche (Charles-Quint) commençait à exciter la jalousie du roi, plus âgé que lui de six ans. Par la mort de l'empereur Maximilien, son grand père, le jeune Charles déjà possesseur des Pays-Bas, et de la couronne d'Espagne, de Naples et de Sicile, se vit encore maître de l'Autriche, et put espérer de se faire élire empereur. François brigua cette dignité. Mais il fallait un empereur qui pût réprimer les Turcs. Charles-Quint fut préféré, parce que l'éloignement de ses états, quoique plus vastes, faisait moins d'ombrage à la liberté Germanique. François ne put pardonner à son rival la préférence qu'il avait obtenue. Son premier soin fut de s'attacher le roi d'Angleterre; et de s'en faire un allié contre l'empereur. Il lui proposa une entrevue près de Calais. On y étala de part et d'autre toute la magnificence possible. Cette entrevue, appelée *le champ de drap d'or*, parce que le monarque français avait une tente de drap d'or, ne produisit que des fêtes et d'inutiles dépenses. Charles-Quint voulut en neutraliser les effets, en passant promptement en Angleterre, où il gagna par des largesses, le cardinal Wolsey, qui gouvernait à son gré Henri VIII. — Si François 1er eût écouté les conseils des meilleures têtes de sa cour, il aurait évité le malheur qui l'attendait en Italie. Le désir de reconquérir le Milanais que Charles-Quint lui avait enlevé, l'entraîna au-delà des monts et lui fit mettre le siège devant Pavie ! Cette funeste bataille ressembla à celles de Poitiers et d'Azincourt. Les impériaux en perdirent, dit-on, que sept cents hommes, et les Français en perdirent huit à neuf mille sans compter les prisonniers. François 1er, fait prisonnier et conduit à Madrid, écrivit à la duchesse d'Angoulême, sa mère, régente du royaume : *Madame, tout est perdu, fors l'honneur.* Cependant, les dangers de la France exigeaient la présence du monarque. Un traité fut conclu à Madrid, par lequel François cédait à l'empereur la Bourgogne et ses droits de suzeraineté sur l'Artois, la Flandre, etc. ; s'engageait à venir reprendre ses fers, si la Bourgogne n'était pas restituée dans six semaines. Avant de signer le traité, François avait pris la précaution inutile de faire une protestation secrète. Il ne tarda guère à montrer publiquement son intention. Sommé d'exécuter sa promesse, il éluda la question en se plaignant des injustices, des violences de l'empereur, et en offrant néanmoins deux millions d'or, au lieu du duché de Bourgogne, pour la rançon de ses deux fils que la régente avait, par une étonnante présence d'esprit, livrés elle-même en ôtage aux Espagnols. Les négociations au sujet du traité de Madrid étant donc inutiles, François 1er et Henri VIII déclarèrent solennellement la guerre à l'empereur. Après une longue alternative de succès et de revers, François 1er signa le traité de Crépy en Laonnais, en vertu duquel l'empereur promit au duc d'Orléans, second fils du roi, les Pays-Bas ou le Milanais avec sa fille. La mort de ce jeune prince le déchargea d'une obligation qu'il eût peut-être violée sans scrupule. 1527. C'est à cette époque qu'une grande révolution religieuse s'opéra. Luther, moine augustin, invectiva contre la cour de France et contre tout le clergé, et cet homme, d'un esprit hardi et entreprenant, finit par attaquer les dogmes consacrés par l'Église. Le schisme fit de rapides progrès, tant l'appât séduisant de la liberté attirait les peuples ; tant l'examen des dogmes reçus flattait l'amour propre ! Ce fut vainement que la diète de Spire rendit un décret en faveur du catholicisme (1529) ; les réformés protestèrent contre ce décret, et prirent de là le nom de protestants. Calvin, ecclésiastique de Noyon, prêcha et répandit à peu près les mêmes opinions en France. Cependant sa doctrine était encore plus incompatible avec la foi et les usages de l'Église, surtout par rapport à la présence réelle et au culte extérieur, qu'il dépouilla de toute cérémonie. Les réformés d'Allemagne, de Suède, de Dannemarck suivirent préférablement le luthéranisme. Le calvinisme, au contraire, s'étendit dans la France, la Suisse, les Pays-Bas, l'Angleterre. (*Voyez* CALVINISME.) — François 1er mourut d'une maladie que lui occasionna son libertinage, à l'âge de cinquante-deux ans. On l'a surnommé *le restaurateur des lettres.* — Henri II, fils de François 1er, monta sur le trône âgé de vingt-neuf ans. Il avait toutes les qualités d'un guerrier plutôt que celles d'un roi. Il continua la guerre contre le puissant empereur d'Allemagne, mais avec plus de succès que sous le règne précédent. Le duc de Guise s'empara de Metz, Toul et Verdun. Charles-Quint ne put reprendre la première de ces villes, qu'il tint assiégée durant soixante-cinq jours. Il se vengea sur Térouane, ville forte des

Pays-Bas. Un de ses généraux la prit et la rasa de fond en comble. — Par un de ces événements qui sont au-dessus de la prévoyance humaine, Charles-Quint, après avoir agité si violemment les nations, voulut vivre en solitaire. Soit dégoût, soit chagrin ou sentiment de piété, il abandonna ses états à Philippe II son fils, qui avait épousé Marie, reine d'Angleterre, et le titre d'empereur à son frère Ferdinand, déjà élu roi des Romains. La reine d'Angleterre, Marie, épouse du roi d'Espagne, ayant déclaré la guerre à la France, Henri II résolut d'assiéger Calais, et de réunir à la couronne une place qu'on regrettait depuis plus de deux cents ans. Il confie toute son autorité au duc de Guise, avec le titre de lieutenant-général du royaume. En huit jours, au mois de janvier 1558, il force Calais qui a coûté onze mois de siège à Édouard III. Guines fut aussi emportée d'assaut. La prise de Thionville mit le comble à la gloire du général. — Le roi d'Espagne, par le traité de Catau-Cambrésis, devait épouser une fille de Henri II. Les fêtes du mariage se changèrent bientôt en deuil. L'usage des tournois, si communs du temps de la chevalerie, subsistait encore, quoique défendu par différents papes. Le roi excellait dans ces dangereux exercices. Après avoir rompu plusieurs lances avec succès, il voulut joûter de nouveau avec le comte de Montgommeri, et fut blessé à l'œil d'un éclat de lance dont il mourut au bout de quinze jours. — Le règne de François II, fils aîné de Henri II, fut aussi court que malheureux. Quelle fut la source de ces malheurs ? Disons-le, la réforme. Toute l'autorité passa entre les mains de Catherine de Médicis, sa mère, et du duc de Guise. Une lutte opiniâtre s'engagea entre les catholiques et les protestants. Ces derniers tramèrent une conjuration dans les environs d'Amboise, d'où elle prit son nom. Les Guise, auxquels les conjurés en voulaient particulièrement, prirent leurs précautions. La Renaudie, chef du complot, fut tué ; la plupart des autres furent surpris, massacrés ou pendus. François II mourut subitement d'un abcès qui perça par l'oreille gauche. Ce prince, alors âgé de dix-sept ans, avait épousé Marie Stuart, reine d'Écosse, qui périt plus tard sur un échafaud par les ordres d'Élisabeth, reine d'Angleterre. — François II était mort sans enfants, Charles IX son frère, âgé de dix ans, lui succéda. Catherine de Médicis, sa mère, presqu'éclipsée sous le dernier régent, parut alors sur la scène pour y tenir le premier rang. Les réformés, aussi intolérants qu'audacieux, commencèrent à renverser les autels, à piller les églises, et, à l'aide du parti féodal, à s'emparer du pouvoir public. Le duc de Guise devint le chef et le défenseur des catholiques, et eut bientôt à lutter contre le prince de Condé et l'amiral Coligny, tous deux protestants. Un événement fortuit, que les écrivains protestants ont appelé *le massacre de Vassi*, amena la guerre civile. Les batailles de Dreux, de Saint-Denis et de Jarnac, où les catholiques eurent l'avantage, ne purent abattre les huguenots. Charles IX, poussé par sa mère, résolut de se défaire des protestants par une horrible exécution. Vers les deux heures du matin, jour de Saint-Barthélemy, commença le massacre général des calvinistes, où beaucoup de catholiques furent enveloppés par leurs ennemis particuliers, et qui coûta la vie, dans Paris, à près de cinq mille personnes (1574). Les lois sanctionnèrent en quelque sorte cette horrible boucherie, qui ne se borna pas à la capitale, mais qui fut imitée dans la plupart des villes du royaume. — Comme il devait arriver, ces flots de sang, loin de ramener à la soumission le parti vaincu, ne firent que l'aigrir davantage. Charles IX, bourrelé de remords, expira au milieu de convulsions effrayantes, à l'âge de 25 ans, sans laisser d'enfants mâles. — La couronne fut dévolue de droit à Henri, frère du roi défunt, qui depuis un an régnait sur la Pologne. Henri III, pour plaire aux catholiques, fit de nouveau la guerre aux Protestants, dont le roi de Navarre s'était déclaré le chef. Une ligue se forma des catholiques les plus exaltés, et le duc de Guise en fut le chef. Le roi, qui d'abord favorisa cette *union sainte*, c'est ainsi qu'elle fut appelée, eut bientôt à s'en repentir ; assiégé dans le Louvre, il fut contraint de chercher son salut dans la fuite. Cependant Henri III avait formé pour la garde spéciale de sa personne une compagnie de quarante-cinq gentilshommes auxquels il distribua lui-même des poignards, avec la recommandation de se presser, de ne pas perdre de vue le chef des rebelles, le duc de Guise. De tous côtés, Guise reçoit des avis sur le sort qui l'attendait ; il ne veut croire à aucun (1588). Enfin, après que le duc de Guise fut assis aux conseils, le roi donna le signal aux *quarante-cinq* qui se précipitèrent sur le duc, le poignard à la main, et le percèrent de coups. Henri, poursuivi par les ligueurs qu'il avait privés de leur appui, est assassiné par Jacques Clément, moine Jacobin, qui, fanatisé par les conjurés, avait cru se rendre agréable à Dieu en immolant son roi. Avec Henri III finit la branche des Valois. — *Cinquième branche des Capétiens, dite des Bourbons* (1589-1830). — Henri de Bourbon-Vendôme, descendant de Robert, fils de saint Louis, n'était parent du dernier roi qu'au vingt-deuxième degré ; cependant il était le plus proche héritier du trône. Les lois l'y appelaient ; il le méritait par ses vertus ; mais sa religion l'en écartait. Les ligueurs méconnaissaient ses droits. Toutefois, divisés sur le choix d'un monarque, les uns destinaient la couronne à Mayenne, d'autres préféraient le cardinal de Bourbon ; un troisième parti, moins nombreux, inclinait pour l'Espagne. Henri IV, qui voulait que son changement parût être le fruit d'une entière conviction, promit de conserver la religion romaine dans le royaume, et de se faire instruire dans le plus bref délai ; mais cet engagement, qui ne rassurait pas tous les catholiques, mécontenta tous les protestants, et bientôt il se vit presqu'également abandonné des uns et des autres. Enfin, il abjura publiquement le protestantisme, et, le dernier obstacle étant levé, il fit son entrée triomphante dans Paris, le 22 mars 1594. — Jean Châtel, jeune débauché, âgé seulement de dix-huit ans, s'imaginant apaiser les remords de sa conscience par le meurtre du roi qu'il regardait *comme un tyran ennemi de l'Église*, pénètre, le 27 décembre, dans la chambre du monarque, et lui porte un coup de couteau, qui ne fit heureusement qu'effleurer la lèvre. Jean Châtel subit le supplice du parricide. Il avait étudié sous les Jésuites ; on attribua faussement son crime à leurs leçons. Un arrêt du parlement les bannit du royaume, et le 8 janvier 1595, ils sortirent de Paris. Cet ordre célèbre fut rappelé en France (1603) par le roi, qui lui rendit ses bonnes grâces. — Henri s'était réconcilié avec les chefs de la ligue. Bientôt le traité de Vervins, ménagé par la médiation de Clément VIII, et signé le 2 mai 1598, acheva de rétablir la tranquillité dans le royaume. Henri IV, père du peuple, avait besoin d'un ami vertueux et d'un grand ministre, autant pour lui confier les peines de son cœur que pour remédier aux maux de ses sujets : il avait eu le bonheur de rencontrer ce double avantage en Sully, homme d'un génie extraordinaire, d'une force d'âme que rien ne pouvait abattre et d'un dévouement qui ne connaissait point de bornes. Sauf quelques conspirations qui furent promptement étouffées, la France, tranquille et florissante au-dedans, était respectée au dehors ; et son heureuse médiation était recherchée des nations étrangères. — Le vendredi, 14 du mois de mai 1610, jour triste et fatal pour la France, le roi, pour dissiper son ennui, sortit sur les quatre heures du soir, accompagné de son écuyer et des principaux seigneurs, tandis que son carrosse entrait de la rue Saint-Honoré dans celle de la Ferronnerie, un scélérat, appelé François Ravaillac, natif d'Angoulême, monte sur la roue du carrosse, et frappe le roi de trois coups de poignard.

Mis à la torture, le régicide soutint qu'il n'avait point de complices. C'était le dix-neuvième complot médité contre Henri IV. Au bruit de ce tragique événement, tout Paris fut dans une consternation extrême. Les mères, embrassant leurs fils, s'écriaient en sanglottant : *Que deviendrez-vous, mes enfants ? vous avez perdu votre père !* Cependant le duc d'Épernon, escorté des gardes françaises et des gardes suisses, se rendit au parlement, où il fit sur-le-champ déclarer régente la veuve du monarque, Marie de Médicis. Le temps pressait, l'anarchie était aux portes. Le parlement rendit un arrêt conforme à la sommation du duc ; et la régence fut confirmée le lendemain 15 mai, dans un lit de justice tenu par Louis XIII, âgé de neuf ans. Marie de Médicis mécontenta les seigneurs de la cour en comblant de faveurs le florentin Concini, homme de basse extraction, qui s'efforça de cacher son obscure origine sous l'éclat des titres et des dignités. Comme des mécontentements on en vint à la rébellion, une lutte s'engagea entre la noblesse et la royauté. Enfin, Louis XIII, devenu majeur, fit assassiner le favori de la reine, devenu maréchal sans avoir jamais porté les armes ! Marie de Médicis fut exilée, et l'auteur de toutes ces disgrâces fut le jeune Albert, mieux connu sous le nom de Luynes, qui de bonne heure, s'était insinué dans les bonnes grâces du dauphin. Ainsi, après le règne de Concini, celui de Luynes commença. L'évêque de Luçon, Richelieu, parvint à ménager un accommodement entre le fils et la mère, et obtint de cette dernière le chapeau de cardinal. Dès lors, Richelieu marcha à grands pas au but où tendaient tous ses désirs. Introduit au ministère (avril 1624), il humilia les grands, abaissa la maison d'Autriche-Espagne, rapprocha par un traité la France de la Hollande. Des complots furent tramés contre son autorité ; mais son génie lui fournit les moyens d'user avantageusement de ses dangers personnels pour le bien de l'État. Il fit tomber sur l'échafaud d'illustres têtes : cette sévérité, quelquefois outrée sans doute, en imposa aux grands qui furent enfin forcés de fléchir devant l'autorité royale. Le mal était grand ; il fallait couper dans le vif pour l'extirper complètement. Ainsi qu'il le dit lui-même dans ses derniers moments, le premier ministre avait d'autres ennemis que ceux de l'État : et ils étaient nombreux alors. Les protestants possédaient plusieurs places fortes qui les rendaient redoutables. Un grand nombre des principaux seigneurs qui avaient embrassé la réforme pour des vues politiques, afin de conserver leurs fiefs et leur indépendance, donnaient de justes et continuelles alarmes à la royauté ; au sein de leurs retranchements, ils semblaient braver sa puissance. La Rochelle était la principale place de sûreté, et, comme on la nommait, le *repaire de l'hérésie*. Richelieu fit investir cette ville par l'armée royale (10 août 1627). Il ferma le port aux Anglais par une digue prodigieuse qu'il fit construire dans l'Océan, et dirigea en personne toutes les opérations du siège, qui dura quatorze mois. Déjà plus de 15,000 des assiégés avaient succombé aux horreurs de la famine, quand Jean Guitan, leur chef, malgré son opiniâtre résistance, fut enfin forcé par ses compatriotes de consentir à une capitulation (18 octobre 1628). Après avoir accru la gloire et la puissance de la France, en humiliant les puissances étrangères, le premier ministre mourut le 4 décembre 1642, âgé de cinquante-huit ans. Le roi le suivit au tombeau, cinq mois après, à l'âge de quarante-deux ans. Louis XIV, fils aîné de Louis XIII, n'était que dans sa cinquième année, lorsqu'il monta sur le trône. Sa mère, Anne d'Autriche, fut nommée régente du royaume, et eut pour confident Mazarin, prêtre italien que Richelieu avait désigné au roi avant de mourir. Ce nouveau ministre s'attira d'abord la haine générale par la levée de nouveaux impôts que nécessitait le gaspillage des finances ; et c'est alors que les ennemis du cardinal, sous le nom de *frondeurs*, commencèrent une guerre à laquelle les pamphlets de l'époque imprimèrent un caractère burlesque. Des chansons, des vaudevilles, des satires amères contre la régente et son ministre inondent la capitale. Paul de Gondi, mieux connu sous le nom de cardinal de Retz, jeune homme d'une imagination ardente et d'une ambition sans bornes, qui était entré dans les ordres sacrés sans vocation, selon son propre aveu, fut le principal auteur des troubles de la fronde, qu'il prépara de loin, dans l'espoir de supplanter Mazarin. Cette guerre, n'aboutit qu'à des traités qui eurent lieu de part et d'autre. La cour, qui avait été obligée de sortir de Paris, y rentra bientôt, et Mazarin, voyant les esprits calmés, reprit, avec le titre de premier ministre, la direction de toutes les affaires publiques. Par ses soins, une paix fut signée entre la France et l'Espagne, le 7 nov. 1659. L'article le plus important de ce traité, connu sous le nom de *paix des Pyrénées*, fut le mariage de Louis XIV avec l'infante d'Espagne, Marie-Thérèse, fille de Philippe IV. Mazarin se préparait à jouir du fruit de son administration, lorsque la mort l'enleva, le 9 mars 1661. Louis XIV déclare alors qu'il veut régner par lui-même, et il tient parole. Son règne forme l'époque la plus brillante de l'histoire. Le désir de conquérir lui fit porter ses armes dans les Pays-Bas espagnols, sur lesquels il prétendait avoir des droits ; la Franche-Comté et la Flandre furent conquises ; mais par un traité qui eut lieu à Aix-la-Chapelle, cette dernière conquête demeura seule à la France, qui rendit la Franche-Comté. Louis XIV avait de graves sujets de plainte contre les Hollandais, qui devant leur existence aux Français, avaient fait frapper une médaille où Josué Van-Beuning était représenté regardant le soleil, avec cette inscription : *In conspectu meo stetit sol: le soleil s'est arrêté en ma présence*, comme pour faire entendre que ce Josué hollandais avait eu le pouvoir de rendre immobile le roi de France désigné sous l'emblème du soleil. Leur pays fut envahi, et les Hollandais ensevelirent leur pays sous les eaux, et le roi fut obligé de reculer. Toute l'Europe se ligue contre la France ; mais Louis XIV, par la force de ses armes, sut en imposer aux puissances ennemies qui négocièrent la paix (1678). Le congrès des plénipotentiaires conclut un traité à Nimègue, d'où il a pris son nom. La Franche-Comté fut définitivement réunie à la France. Guillaume, prince d'Orange, avait détrôné Jacques II, son beau-père, roi d'Angleterre ; Louis XIV refusa de reconnaître le nouveau roi, et fournit à Jacques II tous secours pour conquérir ses États. Toute l'Europe prit les armes contre lui. Louis soutint l'attaque ; ses armées se couvrirent de gloire, et remportèrent des victoires signalées. Mais ces victoires épuisaient la France au lieu de l'enrichir. D'un autre côté, les alliés étaient las de la guerre, et soupiraient après le repos. On résolut de traiter de part et d'autre. Un congrès s'ouvrit au château de Ryswick, en Hollande, et la paix fut signée le 20 septembre 1697, entre l'Angleterre, l'Espagne, les États-Généraux et la France. Louis XIV consentit à reconnaître Guillaume pour roi d'Angleterre. Charles II, roi d'Espagne, n'ayant point d'enfants, désigna pour son successeur le duc d'Anjou, petit-fils de Louis XIV. L'Angleterre, l'Autriche et la Hollande s'opposèrent à l'exécution du testament de Charles II, craignant de voir trop s'accroître la puissance du roi de France. Mais ce dernier défendit par les armes la cause de son petit-fils. En vain les Anglais, que commandait Marlborough, et les impériaux, conduits par le prince Eugène, firent essuyer plusieurs revers aux armées de Louis XIV, l'habileté du général Villars sauva la France au moment où elle était menacée d'une invasion. La paix signée le 11 avril 1713 dans la ville d'Utrecht, mit fin aux hostilités. La France garda Landau, Strasbourg, Huningue, le nouveau Brisach et la souveraineté de l'Alsace. Louis XIV, sentant approcher sa fin, fit un testament par lequel il instituait son petit-fils, le dauphin,

âgé de cinq ans, héritier de la couronne, sous la tutelle du duc du Maine. Son intention était d'éloigner du gouvernement le duc d'Orléans, son neveu, dont les mœurs étaient excessivement dissolues. Ce grand roi, d'une famille naguère encore si nombreuse, ne laissait plus qu'un orphelin, à peine sorti du berceau. D'horribles soupçons, que faisaient naître tant de morts précipitées, planaient sur la tête du duc d'Orléans, et c'est le principal motif pour lequel Louis répugnait de confier à ce dernier les rênes de l'État pendant la minorité de Louis XV. Au lieu de convoquer les États-Généraux, qui n'eussent pas manqué de mettre à l'écart un prince devenu justement suspect à la nation, Louis préféra confier au parlement l'exécution de son testament. Il commit en cela une grande faute ; car c'était rendre certaine l'annulation de ses dernières volontés. Enfin Louis XIV, surnommé à juste titre *le grand*, mourut le 1er septembre 1715, âgé de soixante-dix-sept ans, après un règne de 72 ans, le plus long, le plus glorieux dont il soit fait mention dans les pages de l'histoire. Cette époque fut féconde en grands hommes qui s'illustrèrent soit dans la guerre, soit dans la poésie et les belles-lettres. — Le duc d'Orléans, neveu du feu roi, fut proclamé par ses partisans, qu'il avait gagnés par ses largesses, tuteur et régent du duc d'Anjou, âgé seulement de cinq ans, qui prit en montant sur le trône, le nom de Louis XV. Dès lors le luxe et la corruption des mœurs envahirent la société, qui toujours se modelait sur la cour. Une dette énorme pesait sur la France. On imagina, pour faire face aux nécessités du présent, de faire une refonte générale des espèces, dont la valeur nominale fut augmentée de moitié. Le trésor du gouvernement fut promptement enrichi ; mais les particuliers furent ruinés. On crut alors remédier à ces premiers maux, par d'autres plus grands encore. Jean Law, aventurier écossais, s'offrit à payer en papier la dette de l'État. Une banque royale fut établie au milieu d'un enthousiasme général, et son chef fut créé contrôleur général des finances. On créa 25,000,000 d'actions, et par une ordonnance du conseil de régence, tout paiement en argent ne put point s'élever au-dessus de 600 livres : c'était forcer de recourir aux billets de la banque royale. D'immenses richesses allèrent s'engloutir entre les mains de quelques particuliers. Un édit fut publié pour la réduction graduelle et forcée, de mois en mois, des billets de banque, qui ne furent plus réduits qu'à la moitié de leur première valeur. Enfin le crédit tomba et fut suivi d'une banqueroute générale. Le désordre était au comble, et Law, chargé de l'exécration publique, fut contraint de fuir du pays qu'il avait bouleversé. — Le 26 octobre 1722, fut sacré le jeune Louis XV, qui cinq mois après fut déclaré majeur dans une séance du parlement. Philippe d'Orléans mourut la même année, épuisé par les plaisirs. Ce prince avait quelques bonnes qualités, mais ses vices et ses débauches surpassèrent de beaucoup le quelque bien qu'il y avait en lui. Le cardinal Fleury, précepteur du jeune roi majeur, géra les affaires de l'État en qualité de premier ministre, et sous sa paisible administration la France répara complètement ses pertes. Louis XV avait obtenu la main, en 1725, de Marie Leczinska, fille de Stanislas Leczinski, roi détrôné de Pologne. Auguste II, qui gouvernait ce royaume, étant venu à mourir, Louis voulut replacer son beau-père sur le trône. La France essuya plusieurs revers, qu'elle sut enfin réparer avantageusement. La guerre se termina par le traité de Vienne (3 octobre 1735), en vertu duquel on assigna à Stanislas la Lorraine, qui, après la mort de ce prince, devait être irrévocablement réunie à la France. La succession de Charles V, empereur d'Allemagne, devint la source d'une nouvelle guerre. Un combat sanglant fut livré près du village de Fontenay ; Louis XV et le dauphin, alors âgé de seize ans, y étaient présents. Les Anglais furent complètement battus, et laissèrent près de dix mille morts sur le champ de bataille. Le maréchal de Saxe eut tout l'honneur de cette victoire, qui est le fait le plus glorieux du règne de Louis XV. Les hostilités se terminèrent par la paix d'Aix-la-Chapelle, signée le 17 octobre 1748. Par les clauses du traité, Marie-Thérèse, fille de Charles V, resta en possession des états patrimoniaux. L'Angleterre amena, la première, sans aucune déclaration, la rupture de la paix ; de là, la guerre célèbre connue sous le nom de *guerre de sept ans*. Les troupes anglaises furent battues dans le Canada, tandis que, d'un autre côté, le Port-Mahon, forte place que les Anglais possédaient dans l'île de Minorque, tombait au pouvoir du maréchal de Richelieu. Mais ces succès ne furent pas de longue durée pour la France, qui se vit dépouillée de tous les établissements qu'elle possédait aux Indes, par la *paix* honteuse mais nécessaire *de Paris* (1763). La société des jésuites, cet ordre célèbre qui vit sortir de son sein tant d'hommes illustres par leur science et leurs vertus, fut par d'horribles calomnies décriée auprès du roi comme enseignant des doctrines contraires au véritable esprit de l'Evangile, condamnée et bannie du royaume malgré les plus vives réclamations du clergé de France (9 mars 1764). Louis XV, formé par les leçons du duc d'Orléans, eut la plupart des vices de son maître. On lui doit cependant plusieurs utiles établissements, et aussi la belle église de sainte Geneviève. Ce prince expira à l'âge de soixante-quatre ans (1774), après avoir détesté publiquement ses longs égarements. Louis XVI, petit-fils de Louis XV, duc de Berry, dauphin de France, était déjà marié à Marie-Antoinette, archiduchesse d'Autriche, fille de Marie-Thérèse, lorsqu'il monta sur le trône âgé de vingt ans. Ce prince était animé des meilleures intentions pour ses sujets, qu'il nommait ses enfants. Le rappel du parlement (1774) fut une des premières opérations de son règne. Il s'entoura de ministres sages et éclairés, qui, mettant leurs intérêts personnels de côté, ne songèrent qu'au bien de l'État. Les derniers vestiges du système féodal furent complétement anéantis, et la question judiciaire fut abolie. En 1778, l'Angleterre, ayant voulu imposer des taxes injustes aux colons de l'Amérique du nord, ceux-ci se révoltèrent contre ces actes oppressifs. Une armée française vint à leur secours, et la métropole d'Angleterre fut obligée de reconnaître l'indépendance de la république des États-Unis par un traité de paix signé entre les deux puissances (1783). Louis XVI, pour remédier au mauvais état dans lequel se trouvaient les finances, crut devoir assembler les états-généraux, ce qui eut lieu le 5 mai 1789. Les députés du tiers-état ou de la bourgeoisie dominaient dans cette assemblée, qui prit, malgré le roi, le nom d'*assemblée nationale* ou *constituante*. Cette démarche séditieuse força Louis d'user de sévérité ; il fit interrompre pendant quelques jours les délibérations de l'assemblée. Le tiers-état ne tint pas compte de l'ordonnance du roi, et il se réunit clandestinement au Jeu-de-Paume, où elle fit le serment de ne se séparer qu'après avoir rédigé une constitution. Louis fit alors une grande faute en sacrifiant son autorité à l'excessive bonté de son cœur ; en effet, pour ramener la paix parmi ses sujets, il enjoignit à la noblesse et au clergé l'ordre de s'unir au tiers-état, qui, fier de son triomphe, crut dès lors pouvoir tout entreprendre. Philippe, duc d'Orléans, qui depuis longtemps portait à la famille royale une haine dont les effets furent si funestes à la France, travaillait sourdement à gagner le peuple par ses largesses. Il réussit même à débaucher les soldats de la maison du roi répandus dans Paris. Déjà une populace, uniquement guidée par une rage aveugle, se dirige sur Versailles où se tenaient les assemblées, et force le roi et sa famille à venir habiter le château des Tuileries. Captif et exposé à mille outrages, Louis se décide, plus encore pour les siens que pour lui-même, à prendre la fuite ; mais il est arrêté à Varenne et ramené à Paris ; les comtes de Provence et d'Artois, ses frères,

avaient été assez heureux pour sortir de France. Les séditieux, qui déjà avaient assiégé, pris et démoli la Bastille, se portaient chaque jour à de nouveaux actes de violences. En vain le roi jure d'observer la constitution de l'assemblée nationale de 1791 ; une nouvelle assemblée législative s'efforce, par d'odieuses et de criminelles ordonnances, d'avilir la royauté afin de hâter sa ruine et de propager les principes de la révolution. Louis indigné oppose un *veto* suspensif aux horribles décrets. Mais il avait déjà trop cédé à ses ennemis pour que ceux-ci voulussent se désister de leurs infâmes entreprises. Le 10 août 1792, les *sans-culottes*, qui étaient un ramas de tous les bandits et de tous les malfaiteurs que d'Orléans soudoyait dans la capitale, viennent, armés de fourches et de bâtons, un bonnet de laine rouge sur la tête, investir le palais des Tuileries. Les assassins pénétrent en foule jusque dans les appartements royaux, et au milieu de leurs imprécations contre leurs illustres victimes, mais surtout contre la reine dont ils demandent la tête à grands cris. Enfin, après que les gardes du château eurent été massacrés, et tous les coins et recoins fouillés et pillés, Louis se vit forcé d'aller demander asile au sein même de l'assemblée législative, c'est-à-dire de se livrer entre les mains de ses plus cruels ennemis. L'assemblée proclama la déchéance de l'infortuné Louis XVI, et le retint prisonnier, d'abord au Luxembourg, puis dans la tour du Temple, avec la reine son épouse, madame Élisabeth sa sœur, le dauphin son fils et madame royale sa fille. La convention, poussée par Philippe-*Égalité*, nom que ce prince avait substitué à celui d'*Orléans*, décréta que *Louis Capet* serait mis en accusation, et subirait, trois jours après, un interrogatoire à la barre de l'assemblée. Le 15 janvier 1793, Louis XVI fut déclaré coupable de conspiration contre la liberté publique, et le 17, condamné à la peine de mort, seulement à la majorité de cinq voix. Enfin, le crime allait s'achever. Le 21 janvier 1793, le malheureux Louis XVI eut la tête tranchée sur la place Louis XV, au milieu d'une foule immense. La révolution continue sa marche sanguinaire, partout les échafauds se dressent. Les nobles et les prêtres sont égorgés. Des milliers de citoyens honnêtes, de tout âge, de tout sexe, de toute condition sont horriblement massacrés par des tigres altérés de sang. La hache de la guillotine ne paraît pas assez expéditive au tyran Robespierre et à ses vils suppôts, on invente de nouveaux supplices pour faire de la France un désert, s'il est possible. Marie-Antoinette, épouse de Louis XVI, et madame Élisabeth sa sœur, portent l'une et l'autre leur tête sur l'échafaud avec le même calme et la même dignité que lui-même. Cependant le jeune roi Louis XVII, fils de Louis XVI, dont la mort avait été résolue en secret, languissait sous la tyrannique surveillance du cordonnier Simon, auquel on avait confié l'éducation du rejeton de tant de rois ! En vain les braves Vendéens réclament leur roi légitime, en vain ils se soulèvent tous comme un seul homme pour redresser le trône, Louis XVII, succombe sous le poids des mauvais traitements, d'une dure captivité, et meurt dans sa onzième année, 1775. La Prusse et l'Autriche, effrayées de l'attentat porté à la royauté en France, et redoutant pour elles-mêmes les funestes conséquences de la révolution, font une déclaration de guerre, et mettent leurs troupes sur pied. Mais la France entière se lève contre les ennemis du dehors, qui comptaient s'emparer de la France comme d'une dépouille. C'est alors que surgit cette foule de héros, qui firent l'admiration du monde : Hoche, Dumouriez, Kellermann, Jourdan, Pichegru, Joubert, Marceau, Kléber, Moreau, Masséna, Augereau, Carnot, Championnet, Mac-Donald, Bernadote, Desaix, Davoust, Bonneau, Brune, et enfin Bonaparte, cet homme extraordinaire, qui donna des lois à l'Europe presque entière. —Toutes les forces d'Allemagne, de Prusse, de Hollande, sont contraintes de se retirer devant les armées envoyées par la convention sur les frontières.— Robespierre et les siens portent leurs têtes sur l'échafaud, où tant de victimes les avaient devancés. De nouveaux décrets rédigés par la convention soulèvent les Parisiens contre cette assemblée. Les chefs des insurgés comparaissent devant le tribunal révolutionnaire qui les condamne à mort. La constitution nouvelle établissait deux conseils, celui des cinq-cents et celui des anciens chargés de faire les lois, et un directoire composé de cinq membres, auquel était confié le pouvoir exécutif. Le directoire ne pouvait manquer de subjuguer deux assemblées qui n'avaient pas la constitution à lui opposer. Aussi, à force de manœuvres et d'intrigues, il fit dissoudre les deux conseils accusés de vouloir rétablir la monarchie, et les membres qui composaient ces conseils furent condamnés à la déportation. Après avoir vaincu les sections parisiennes au 13 vendémiaire, Bonaparte, créé général en chef de l'armée d'Italie, gagne sur les Autrichiens les batailles d'Arcole et de Rivoli, en même temps que Moreau et Jourdan les battent en Allemagne. Les deux partis entrèrent en négociation; l'Autriche fut obligée de céder à la France la Belgique et la Lombardie, par un traité définitif signé le 17 octobre 1797, à Campo-Formio. Bonaparte sollicite du directoire une expédition en Égypte. Il part de Toulon le 19 mai 1798, avec une flotte forte de quarante mille hommes, prend Malte sur son passage, débarque en Égypte, est maître d'Alexandrie, remporte successivement les victoires du Caire et des Pyramides, et donne des lois à la Basse-Égypte qu'il vient de conquérir par les armes. Cependant le règne de la terreur semblait renaître en France avec tous ses échafauds. Bonaparte arrive à Paris, dissout à main armée le directoire odieux au peuple, et remplace cette assemblée par trois consuls dont la suprême autorité résidait entre ses mains comme étant le premier consul de la république. Les Russes avaient repris l'Italie. Bonaparte entreprend une seconde campagne qui fut signalée par la célèbre victoire de Marengo. Le Piémont fut le prix de cette glorieuse journée, et le vainqueur imposa le gouvernement républicain au pays conquis. Un congrès se réunit à Lunéville pour signer la paix entre l'Autriche et la France (9 février 1802); par la *paix de Lunéville*, la Belgique et la rive gauche du Rhin furent cédées à la France. Bonaparte est nommé consul à vie, à la majorité des voix, et a en outre le droit de nommer son successeur. L'ambition du consul était loin d'être satisfaite : elle ne fit au contraire que s'accroître de jour en jour, à mesure que sa puissance augmentait. Entre plusieurs illustres victimes que Bonaparte sacrifia, les regardant comme autant d'obstacles à son élévation, l'on doit citer le duc d'Enghien, dernier rejeton de la race du grand Condé. Saisi sur le territoire français, où il avait mis le pied, ce prince, dont la haute naissance était un crime aux yeux de Bonaparte, fut fusillé la nuit du 21 mars 1804, dans les fossés de Vincennes. La voie au trône était enfin aplanie par ce dernier forfait. Le 18 mai 1804, Bonaparte fut proclamé *empereur* par le tribunat, le corps législatif et le sénat. Cette dignité fut déclarée héréditaire dans sa famille, à l'exclusion des femmes, et le gouvernement républicain fut aboli. Le 2 décembre 1804, le pape Pie VII consentit à venir sacrer et couronner en l'église Notre-Dame de Paris *Napoléon* (c'est le nom que prit désormais Bonaparte) et Joséphine son épouse. La paix dont jouissait l'Europe ne pouvait être de longue durée. L'Angleterre, l'Autriche et la Russie, auxquelles la puissance de Napoléon portait ombrage, s'unirent contre la France. L'empereur marche contre les Autrichiens et les Russes, et la mémorable victoire d'Austerlitz, en Moravie, met fin à cette guerre. Napoléon dicte lui-même les conditions de paix. Mais les puissances ennemies ne pouvaient rester longtemps en repos, en voyant Napoléon disposer à son gré des couronnes en faveur des princes de sa famille. La Prusse et l'Autriche forment une nouvelle coalition.

L'avide conquérant passe en Allemagne, entre dans Berlin, et par la seule bataille d'Iéna, ravit au roi de Prusse ses forces et la majeure partie de ses états (10 octobre 1806). La bataille d'Eylau (8 février 1807) faillit être funeste à la France; mais la journée de Friedland (14 juin 1807), vint affermir les conquêtes de Napoléon. Le 8 juillet 1807, le vainqueur dicte les conditions du *traité de Tilsitt*, par lequel la Saxe est érigée en royaume, et la majeure partie des états du roi de Prusse cédée à la France. Napoléon songe alors à placer son frère Joseph sur le trône d'Espagne, où régnait Ferdinand ; mais il trouve une longue et opiniâtre résistance, à laquelle il dut enfin céder. Le roi Joseph fut lui-même défait à la bataille de Talavera. L'empereur ne respecta pas davantage les états de Pie VII, qu'il fit envahir par ses troupes. Le souverain pontife proteste contre cette spoliation, et lance les foudres de l'excommunication contre l'usurpateur. L'auguste vieillard va expier dans les fers son héroïque fermeté (11 juin 1809). L'Autriche déclare encore une fois la guerre à la France. Le 9 avril, la lutte s'engage, et Napoléon vainqueur à Essling, à Raab et à Wagram, fait décider la paix de Vienne (13 oct.), qui donne à la France les provinces illyriennes, et à Napoléon la main de Marie-Louise, fille de François II. Le divorce entre l'empereur et Joséphine fut prononcé par le sénat et l'officialité de Paris. Un fils naquit à Napoléon de son second mariage ; il reçut en naissant le nom de *Roi de Rome*. Sous de nouveaux prétextes, Napoléon se prépare à une nouvelle expédition dans la Russie. A la tête d'une immense armée, il remporte sur les Russes la victoire de la Moscowa. Moscou est incendié par les Russes, qui, pillant et ravageant tout ce qu'ils rencontrent, ne laissent aux Français que des racines. En proie à la famine et horriblement décimée par les rigueurs excessives du froid, cette belle armée française est presque complètement détruite, perdue au passage de la Bérésina, dont le dégel, survenu tout à coup, avait rompu la glace. Dès lors, l'étoile de l'empereur pâlit. Toutes les puissances de l'Europe attaquent ensemble leur ennemi commun, et le 18 nov. 1813, Napoléon est défait à Leipsick. Il ne peut même plus protéger les frontières de la France, qui est enfin envahie par une armée de trois cents mille hommes. Napoléon lutte vainement pour ressaisir la fortune qui lui échappe. Paris est forcé de capituler le 30 mars, et d'ouvrir ses portes aux vainqueurs. Le 3 avril, la déchéance de Napoléon est proclamée par ce même sénat, qui naguère votait sans mot dire ses innombrables levées d'hommes et d'impôts. Napoléon se retira à l'île d'Elbe, après avoir signé en faveur de son fils son abdication à Fontainebleau. Louis XVIII, frère aîné de Louis XVI, exilé depuis vingt-cinq ans, revient en France et fait son entrée solennelle dans Paris le 3 mai 1814, accompagné de Madame, duchesse d'Angoulême, et des princes du sang. La paix fut signée avec les souverains alliés (30 mai 1814), qui laissèrent à la France toute l'étendue du territoire qu'elle possédait avant 1792. Une charte constitutionnelle fut octroyée par le roi le 3 juin 1814, et acceptée par les représentants du peuple français. La transition subite d'une conflagration générale à un état de paix profonde ne pouvait s'opérer sans de grandes difficultés, sans faire une multitude de mécontents, de gens inactifs ou dont la position se trouvait tout à fait changée. Ces circonstances, quelques mesures imprudentes contre la liberté de la presse, quelques menaces contre les propriétaires de biens nationaux, aliénèrent un grand nombre d'esprits au gouvernement, et firent naître à l'exilé de l'île d'Elbe la pensée de rentrer en France. Le peuple, l'armée, et ceux même qui étaient placés à la tête de l'administration, commencèrent à le regretter. Napoléon, voyant les esprits préparés en sa faveur, après avoir saisi tout ce qui pouvait favoriser son évasion, débarque subitement en France, où l'armée le reçoit avec acclamations ; il entre à Paris le 20 mars, et dès le 22 du même mois, publie aux Tuileries son *acte additionnel* aux constitutions de l'empire. Le roi, trahi et abandonné des siens, sort de la capitale et va fixer sa résidence à Gand avec sa famille. Cependant plusieurs villes se soulevèrent pour défendre les droits de la légitimité. La Vendée reprend les armes comme elle avait fait sous la république, et voit revivre ses soldats. Les puissances de l'Europe se liguent contre Napoléon. Alors la guerre des cent-jours fut pour la France une source de nouveaux désastres. La bataille de Waterloo termina cette lutte terrible entre nos armées et celles des puissances européennes. Accablé par le nombre (15 juin 1815), Napoléon revint à Paris, où il fut une seconde et dernière fois contraint d'abdiquer. Prisonnier des Anglais, il est relégué dans l'île Sainte-Hélène, où il mourut le 5 mai 1817.—Louis XVIII rentre à Paris, (8 juillet 1815). Il signe un traité de paix par lequel ils s'engage à payer aux alliés une contribution de guerre de sept cents millions. Une nouvelle chambre (4 novembre) fut substituée à celle surnommée l'*Introuvable*, et l'on adopta un nouveau mode d'élection. Le 17 mai 1817 fut célébré le mariage du duc de Berri avec Marie-Caroline, princesse des Deux-Siciles; de cette union naquit en 1820, le 29 septembre, Henri-Charles-Ferdinand-Dieudonné d'Artois, duc de Bordeaux. Toutefois, la naissance de ce prince fut postérieure à l'horrible attentat de Louvel, sur la vie du duc de Berri, qui, le 13 février de la même année, avait été poignardé par ce scélérat au moment où il sortait de l'Opéra.—Ferdinand VII, sur ces entrefaites, est dépouillé du gouvernement d'Espagne par ses sujets rebelles. Louis XVIII envoie une forte armée dans la Péninsule, sous les ordres du duc d'Angoulême, son neveu. qui rétablit le prince déchu sur le trône, 1823. Louis XVIII était en proie depuis longtemps d'infirmités qui ne devaient se terminer qu'avec sa vie. Ce fut le 16 sep. 1824 que mourut le monarque, âgé de soixante-neuf ans. — Le comte d'Artois, troisième frère de Louis XVI, monte sur le trône sous le nom de Charles X (27 septembre), et est sacré de l'onction royale, à Reims, le 29 mai 1825. Ce règne est remarquable par l'émancipation de Saint-Domingue, par la médiation de la France, de l'Angleterre et de la Russie dans la guerre terrible entre les Grecs et les Turcs; par la destruction de la presse et le jury; des massacres de Missolonghi, de Chio, et par le fameux combat naval de Navarin, où la marine française s'est couverte de gloire. C'est sous ce règne qu'eut lieu la brillante expédition d'Afrique , qui mit Alger en notre puissance (3 juillet 1830); mais plusieurs mesures aliénèrent au gouvernement une grande partie de la nation : telles sont : l'indemnité pour les émigrés; la loi sur le droit d'aînesse; diverses lois contre la presse et le jury; des créations fréquentes de pairs; enfin les ordonnances rendues le 25 juillet, qui suspendaient la liberté de la presse, changeaient le mode d'élection et substituaient une nouvelle chambre à l'ancienne, soulevèrent les esprits, et devinrent la signal de la révolution de 1830. Pendant trois jours consécutifs, le 27, le 28 et le 29 juillet, un combat terrible eut lieu entre les troupes royales et le peuple. Ce dernier, maître de l'Hôtel-de-Ville, se porte en masse aux Tuileries dont il forme le siège. L'infortuné Charles X est déclaré déchu du trône. Son abdication en faveur de l'héritier légitime du trône, le duc de Bordeaux, n'est pas même acceptée, et il est contraint de fuir dans l'exil avec toute sa famille (9 août). Les chambres se rassemblent et votent une nouvelle charte à laquelle le duc d'Orléans prête solennellement le serment de fidélité, après quoi il est proclamé *roi des Français*, sous le nom de Louis-Philippe Ier. La prise d'Anvers, l'occupation d'Ancône, de la Morée, de Mascara, de Constantine, de St-Jean d'Ulloa, etc., ont déjà signalé les neuf années qui se sont écoulées depuis la révolution de 1830 (nous renvoyons là à table chronologique, page 97 de cet ouvrage.)

HISTOIRE DE RUSSIE.—Les commencements de l'histoire de Russie sont très peu connus. On confondait souvent les Russes sous les noms de Warègues, de Slaves, de Novogorodiens, de Normands, de Vesses, de Tchoudes.—Rurick , fondateur de la monarchie russe, régna 17 ans et mourut en 879.—Les Warègues, conduits par deux hommes pleins de courage, entreprirent un voyage sur la mer Noire et le Bosphore, et portant l'effroi dans la ville de Constantinople, s'emparèrent ensuite de Kiew.—Oleg fit plus tard une seconde expédition importante en 904. Il régna 33 ans.—Igor, son successeur marcha à la tête d'une flotte contre Constantinople. Il voulut ensuite imposer un tribut aux Drevliens, mais il fut massacré par eux.—Olga, sa veuve, femme d'une rare beauté, régna long temps, punit le meurtre de son mari, embrassa la religion chrétienne et mourut très âgée vers 969. Sviatoslaw, son fils, fut un homme extraordinaire ; il se nourrissait de chair d'animaux sauvages, vivait errant, couchant soit dans les forêts, soit dans le creux d'un rocher. — Sviatoslaw, encouragé par Nicéphore-Phocas de Constantinople , déclara la guerre aux Bulgares. Il livra plusieurs combats sanglants contre les Grecs , et les força à demander la paix. Les Petchenègues, jaloux de sa puissance, jurent de l'assassiner. Ils l'attendirent un jour et le tuèrent au moment où il sortait de son palais. Alors éclatèrent une foule de dissentions intestines. Oleg, son fils, lui succéda, mais il fut poursuivi par son frère Jaropolk, et massacré par une troupe d'hommes armés. Viadimir, succédant à son frère Oleg, fait arrêter Jaropolk et le fait tuer par deux Warègues. Maître de la Russie, il rassemble une armée formidable, pénètre en Crimée et la ravage. De retour il se fait chrétien, en 988, et partage son empire entre ses enfants. Forcé ensuite de prendre les armes contre l'un d'eux, il succomba pendant la guerre, après avoir régné 35 ans.—Jaroslaw succéda à Viadimir. Il fit bâtir à Kiew une église nommée Sainte-Sophie, propagea l'instruction dans toute la Russie, et se fit aimer et chérir de son peuple. Henri Ier, roi des Français, épousa l'une de ses filles, Anne de Jaroslaw.—(1034) Isiaslaw, son successeur, après avoir deux fois été détrôné, mourut sur le champ de bataille en voulant secourir son frère. —(1090) Vsevolod mourut à l'âge de 64 ans, après en avoir régné 15. Il n'y eut rien de remarquable pendant tout le temps qu'il resta sur le trône. —(1113) Sviatopolk succéda à Vsevolod. Un congrès fut formé dans le but de satisfaire les princes mécontents ; mais il ne fit au contraire qu'exciter la haine des partis.—(1125) Viadimir-Vsevolodovitch, fut un prince affable et humain.—Viadimir II était plein de courage et de vertus; il laissa huit enfants, et mourut à l'âge de 74 ans. Son fils aîné Mstislaw eut la principauté de Kiew ; il eut beaucoup de peine à concilier les intérêts de sa famille avec les siens.—(1132-1139) Jaropolk, frère de ce dernier, lui succéda, et mourut en 1135, après avoir excité des désordres jusque dans le sein de la Russie.—(1139) Viatcheslaw, son frère, voulut monter sur le trône, mais ses efforts furent vains, et il se trouva très heureux qu'on lui laissât ses biens et sa liberté. Wsévolod II fit tous ses efforts pour apaiser les dissensions qui régnaient en Russie; il sut par son habileté se rendre maître de toutes les provinces qui s'étaient éloignées de lui ; mais succombant bientôt sous l'intrigue de la noblesse et n'ayant point une armée assez forte pour tenter un coup d'état, il se vit forcé de céder. Quelque temps après , il échoua encore dans une expédition qu'il entreprit en Pologne. — Alors la principauté de Kiew passa à la branche qui l'avait possédée autrefois, et dont Isiaslaw faisait partie. Celui-ci s'empara du prince régnant, Igor, et le fit jeter en prison (1147). Igor prit ensuite l'habit de moine. — *Monomaque Jouri*, prince de Souzdal, s'associant avec Sviatoslaw, frère d'Igor, jurent de l'arracher du cloître et de le replacer sur le trône. Une conspiration est organisée, Sviatoslaw se met à la tête des conjurés et se dispose à marcher. Le peuple, apprenant cette nouvelle, se porte en masse au couvent, brise les portes et massacre le malheureux Igor. Isiaslaw mourut dans sa 58e année, après avoir eu constamment les armes à la main. — (1154) Bientôt des divisions éclatèrent dans le sein de la branche cadette. Isiaslaw, fils de David, chef de la maison des Olgovitchs, tente un coup hardi ; il se met à la tête des mécontents et marche contre Kiew. Isiaslaw III ne jouit pas longtemps de sa puissance ; le redoutable Jouri lui déclare la guerre et le détrône. Isiaslaw III se retire dans ses propriétés. — (1156). Alors Jouri remonta sur le trône, mais son règne fut de courte durée ; il perdit la vie dans l'une des gu rres continuelles qu'il avait soutenues contre ses nombreux ennemis. Cet homme embellit plusieurs villes par les travaux immenses qu'il y fit faire. — (1187-1174). André Novogorod succéda à Jouri. Attaqué par les Suédois, conduits par un nommé Eric leur roi, il les culbuta et remporta une brillante victoire ; mais ses beaux-frères formèrent un complot contre lui et l'assassinèrent. Après plusieurs guerres civiles, Mstislaw (1175) monta sur le trône. Ce prince s'attacha à rétablir la paix dans ses états, et y réussit. Il mourut en (1177).—Vsevolod monta sur le trône ; son règne fut malheureux. Enfin après mille calamités il succomba à l'âge de 63 ans. Les fils de Vsevolod ne tardèrent pas à se désunir ; Constantin, l'aîné de tous ses frères, homme jaloux, organise une armée, détrône Jouri qui avait été élu roi et l'exile (1216). — Quelques années après, Constantin, mortellement malade, rend le trône à Joury en lui recommandant ses enfants. Il mourut quelques jours après. (1218) Tout change sous le règne de Jouri. Gengis-Khan, à la tête d'une redoutable armée, pénètre dans la Russie. Ce coup inattendu ôte toute réflexion à Jouri ; il ne songe même pas à se porter sur Kiew. (1230) Il abandonne Vladimir : et cherche en vain à rallier des troupes ; la torpeur est dans les rangs de ses soldats. Tentant un dernier effort, il se met à la tête de 20,000 hommes et marche à la rencontre de Gengis-Kan ; mais son armée, succombant sous le nombre des Tatars, est mise en déroute, et lui-même est tué dans le combat meurtrier. L'histoire de Russie jusqu'au seizième siècle n'offre qu'une série de guerres contre les Tatars-Mongols, dont les Russes étaient tributaires ; contre les Suédois, les Novogorodiens, les Lithuaniens, les Livoniens, les Hongrois, guerres qui ne sont interrompues que par celles auxquelles donnent lieu les apanages, cette source de dissentions qui armait si souvent les princes russes les uns contre les autres. Pour épargner au lecteur le récit fatigant de ces règnes sans intérêt, nous nous contenterons de donner la nomenclature des princes qui ont gouverné la Russie, avec l'indication des époques où ils ont régné.-1240, Joraslaw.— 1247, Mikhail.— 1249. Sviatoslow.— 1250, André.— 1252, Alexandre.— 1269, Joraslaw III.— 1271, Vassili.— 1276, Dmitri. 1274, André II.— 1304, Mikhail II.— 1320, Jouri.—1326, Alexandre.— 1328, Iwan Ier.— 1341, Sémen. — 1355, Iwan II.— 1360, Dmitri.— 1389, Wassili II.— (1462-1505). Nous allons voir bientôt la puissance de la Russie s'étendre et inquiéter les étrangers. Ivan III, homme d'une haute intelligence, semble prévoir le rôle imposant que sa nation doit jouer un jour. Il commence par forcer le Kan Ibrahim à lui payer un tribut. Les Novogorodiens se révoltèrent et se réunirent à la Pologne, ils en furent sévèrement punis. — Ce fut sous le règne d'Ivan III que les Russes allèrent en Sibérie, où ils entrèrent sans éprouver de la part des habitants la moindre résistance. — Ivan fut l'un des hommes les plus remarquables de son temps ; il anima les arts et les sciences, et les fit répandre parmi la noblesse russe. Il épousa Sophie, fille de Thomas Paléologue, et prit pour arme l'aigle qui était celle des empereurs grecs. Il mourut en 1505. —(1505-

1534) Wassili IV succède à son père ; il marcha sur Khasan pour tâcher d'y établir l'ordre, mais il fut repoussé, et perdit dans cette affaire un grand nombre de soldats. Après sa mort du roi Alexandre de Pologne, Wassili chercha à prendre les rênes de l'État. Cette résolution fut cause d'une guerre qui dura de longues années et pendant laquelle le sang ne cessa de couler. S'étant emparé de la ville de Smolensk, les Polonais jurèrent de s'en venger, et une sanglante bataille livrée par eux à Wassili dans les plaines d'Orschka lui fit payer cher son audace et son ambition : il laissa plus de 20,000 des siens sur le champ de bataille, et se vit forcé pour rétablir cet échec de demander la paix. Elle fut signée en 1528. — Bientôt Wassili entreprit encore la guerre contre Khasan, dont le peuple avait banni le prince qu'il leur avait donné pour les gouverner. Les Russes les massacrèrent en partie, s'emparèrent des objets les plus précieux et rentrèrent dans leur pays. Wassili mourut en 1533. — (1534). Le fils de Wassili, Iwan IV, étant trop jeune à la mort de son père, sa mère Hélène fut nommée régente. Entourée de courtisans, elle se laissa aller à leurs flatteries et à leur haine pour le peuple. Après sa mort, Iwan, qui n'avait alors que 7 ans, fut dirigé par ces misérables qui le couvrirent de ridicule et agirent envers lui non comme envers leur prince mais envers leur esclave. — Mais Iwan tout jeune montrait déjà de grandes dispositions ; élevé parmi les grands, il sut les connaître et les apprécier. A 14 ans, il avait une résolution inébranlable et un courage à toute épreuve. Il lève le glaive, s'empare du gouvernement et met Schowiski son tuteur à mort. Plus de 3,000 habitants périssent dans une incendie, et la ville de Moscou est presque réduite en cendres. Ce fut à peu près à cette époque qu'Iwan changea l'armement de ses troupes ; elles avaient pour armes ordinaires des piques et des massues, il les remplaça par des armes à feu ; après quoi il se mit de nouveau en campagne, et marcha contre les Tatars d'Astrakan. Iwan tourne ensuite ses armes contre le roi de Suède. Les Suédois sont vaincus et abandonnent des Livoniens ; la contrée de Livonie est donnée au roi de Pologne (1562).—Une coalition est formée contre Iwan. Les calamités viennent soudainement l'accabler ; il perd son épouse, l'objet qui lui était le plus cher au monde ! Abreuvé de douleur, et dégoûté du trône, il se retire dans la retraite ; mais quelques années après, étant remonté sur le trône, il fait massacrer les habitants de Novogorod qu'il croyait avoir voulu se donner à la Pologne. Il porte partout la terreur et l'épouvante, armé de sa redoutable épée : Moskou devient le théâtre des massacres. Lui-même, pour encourager le meurtre, se fait bourreau. Il fait périr dans l'eau et dans les flammes un nombre considérable d'hommes et d'enfants, et pousse la cruauté jusqu'à assassiner son propre fils à coups de bâton (1581). — Malgré ce caractère féroce, Iwan rendit de grands services à sa patrie : il fit faire plusieurs réformes, et composa un code remarquable par les lumières qu'il renfermait. Il introduisit l'imprimerie en Russie, fit faire les routes, fonda la ville d'Archangel, donna un grand essor au commerce, et appela chez lui les étrangers de toutes les nations. — C'est lui qui ouvrit le premier des relations commerciales avec la France, la Grande-Bretagne et les provinces russes. —(1584). Phœdor Iwanowitch, son fils, monta sur le trône à l'âge de 37 ans ; ce prince était faible de corps et avait l'intelligence très bornée. Un de ses conseillers d'origine tatare ambitionna le trône et se débarrassa peu à peu de ceux qu'il redoutait le plus. Il fit assassiner ensuite Dmitri, fils d'Iwan Wassiliewitsch. Cet homme cruel et ambitieux perdit Phœdor par les injustices et par la haine qu'il avait contre tout ce qui pouvait lui porter ombrage. Ce malheureux roi mourut chargé du mépris des hommes de bien, que son ministre sanguinaire avait accumulé sur sa tête. —Phœdor fut le dernier de la race des Rurick qui occupèrent le trône pendant huit siècles. Godounow, étant monté sur le trône par l'intrigue et par des moyens lâches et honteux, chercha à se faire un puissant parti parmi le peuple. Il était naturellement cruel, mais il fit beaucoup d'aumônes pour déguiser son caractère. — Le règne de ce roi fut bien funeste à la ville de Moscou. La famine vint enlever plus de 120 mille habitants. Elle s'étendit ensuite dans toute la Russie et la couvrit d'un long deuil ! — Les Romanow devinrent l'objet de la jalousie de ce prince qui était d'origine tatare. Accusés de meurtre sur la personne du tzar, ils furent jetés dans les prisons ; quelques-uns d'entre eux condamnés à mort. Phædor Romanow, retiré dans un monastère, se vit arracher cruellement son fils Mikhaïl qui fut jeté dans les prisons dont il ne sortit plus tard que pour monter sur le trône. C'est de cette race qu'est sortie la dynastie qui gouverne aujourd'hui la Russie. — Un nommé Grégoire Outrépieff, du monastère de Spaki, à Moscou, se fit passer pour le prince Dmitri, massacré quelques années avant, tant il y avait de ressemblance entre ces deux hommes. Ce moine, à l'aide de cette ressemblance frappante, gagna beaucoup de villes, se mit à la tête des troupes qu'il avait réunies sur plusieurs points, et marcha hardiment sur Moscou, mais il fut vaincu par les troupes de la ville et se vit forcé d'abandonner ses projets ambitieux. Godonow méditait une vengeance contre ce moine : il mourut, avant que de l'avoir pu entreprendre, un jour en sortant de table. La rumeur publique publia qu'il avait été empoisonné. Nul doute que cet homme audacieux n'eût maintenu sa race au pouvoir, sans cette mort prématurée. Tous les historiens qui rapportent quelques faits d'armes de ce prince s'accordent à dire que c'était un des génies les plus grands de l'époque. — (1605-1616) Phædor, son fils, âgé de seize ans, monta sur le trône et fut nommé tzar. — La noblesse et l'armée proclamèrent le moine Outrépieff sous le nom de Dmitri V. Le peuple lui-même s'arme, et tue tous les partisans de Phædor ; arrêté lui-même pendant qu'il fuyait, il fut immédiatement exécuté. — (1605). Le but de Dmitri était de se faire reconnaître par la veuve du tzar ; il s'y prit avec tant d'adresse qu'il y parvint. Dès qu'il fut nommé tzar de Russie, se rappelant la promesse qu'il avait faite aux Polonais de leur ouvrir les trésors de l'état, il la mit à exécution, et épouse Marine, fille d'une des premières familles des Boyards. Mais le prince Schowiski, ennemi de Dmitri, sème la haine dans le cœur de la population ; il l'excite à la révolte ; soudain une multitude d'hommes armés parcourent les rues de la ville en poussant des vociférations plus terribles les unes que les autres ; elle se porte en masse au palais de Dmitri dont elle enfonce les portes, pénètre jusque dans l'intérieur, se saisit du tzar, le massacre, met le feu au palais et se retire en tuant tous les Polonais qu'elle trouve sur son passage, dévastant toutes les maisons des riches. — (1605-1610) Schowiski, après avoir été reconnu tzar de Russie, chassa de Moskou le patriarche que la nation ne considérait plus. Il crut pouvoir donner à son règne une longue durée en cherchant l'appui du peuple et en le caressant par mille belles promesses. Les grands, justement blessés de se voir ainsi oubliés, jurèrent d'en tirer vengeance. Ils se réunirent pendant la nuit dans un lieu écarté de la ville, formèrent un complot dans lequel les premières familles de Moskou entrèrent, et réunissant toutes leurs forces, après s'être bien comptés et avoir pris toutes les mesures pour être sûrs du succès, ils tentèrent un coup de main. L'un de leurs chefs, qui s'était fait passer pour être le fils du tzar Phædor, se porta en Ukraine (1607) à la tête d'une bande de mécontents, qui se livrèrent à toutes sortes de désordres et commirent d'horribles cruautés dans plusieurs villes de la Russie. — Le tzar, apprenant cette révolte, se met à la tête d'un détachement de cavaliers et vole au secours des habitants de Moskou. Il fond sur les révoltés avec une telle vigueur qu'ils sont bientôt mis en déroute et fuient çà et là, cherchant un refuge

pour éviter une mort certaine. Plus de trois cents soldats d'Ukraine furent tués dans cette sanglante affaire. Les principaux chefs qui furent faits prisonniers moururent dans les supplices les plus affreux ! — Bientôt un autre intrigant se disant Dmitri échappé à la mort, réunit autour de lui tous ceux qui avaient des griefs contre le tzar ; il battit ses troupes ; plusieurs généraux polonais se réunirent à lui et lui donnèrent de nouvelles forces. L'hetman Bresginski, Sapieha et plusieurs autres prirent part à l'action, une foule de soldats de part et d'autre furent tués ou blessés, et le carnage ne cessa que vers les 4 heures du matin après trois jours de combat. Cependant rien n'était encore décidé ; chaque parti s'était retiré à quelque distance pour réorganiser ses troupes, et une trève eut lieu pendant laquelle une famine vint jeter l'alarme dans les camps ; elle causa des ravages affreux jusque dans le fond des provinces de la Russie. Déjà la terreur se répandait dans les rangs ; les chefs eurent une peine infinie à contenir la discipline ; et une guerre civile aurait éclaté parmi eux si un événement inattendu n'était venu les forcer à reprendre les hostilités. Marine, épouse du premier faux Dmitri, affirma reconnaître celui-ci pour son époux ; Schowiski, réduit à ses dernières ressources implora le secours des Suédois. Aussitôt un corps de 5,000 hommes, d'autres disent de 10 fut envoyé à Schowiski par Charles IX. Ce corps d'armée fut conduit par un gentilhomme, le comte Jacques Lagardie d'origine française ; mais ces troupes mal disciplinées firent plus de mal que de bien à l'armée de Schowiski, elles s'abandonnèrent au pillage et ne voulurent plus obéir à leurs chefs. — (1609). Les Polonais, se voyant trompés, abandonnèrent le faux Dmitri. Alors la discorde renaît dans leur sein. Les partis divisés cherchent à ressaisir les rênes du gouvernement. Les Russes s'insurgent et veulent nommer le fils de Sigismond Wladislas tzar de Russie. — L'usurpateur instruit à temps va retrouver le corps d'armée de Sapieha et se hâte de reparaître sous les murs de Moskou (1610). Dès que cette nouvelle est répandue parmi le peuple, il se soulève aussitôt en masse et accuse le tzar de toutes les calamités qui viennent fondre sur la patrie. Les Boyards profitent de cette circonstance, se joignent aux assiégeans. Mais après plusieurs batailles, les partis se confondent et décident comme en un seul corps de livrer l'imposteur à la justice des lois ; ils se réunissent et s'emparent du tzar, qui fut bien heureux de pouvoir terminer ses jours dans un cloître. — Plusieurs boyards qui s'étaient emparés du gouvernement provisoire tombèrent d'accord pour faire monter sur le trône de Russie Wladislas, fils de Sigismond. Dmitri, après plusieurs vaines tentatives se réfugia à Kalunga, contrée des tatars qui lui avait juré fidélité. Mais le khan de Kazimoff s'entendit avec Ouroussoff pour le mettre à mort ; Dmitri, informé à temps, des danger qu'il courait, fait assassiner le khan par un de ses fidèles serviteurs. Ouroussoff, furieux de cet acte de cruauté, se déguisa, accompagné de plusieurs des siens, et saisissant le moment où Dmitri était à la chasse, l'arrête et lui fait trancher aussitôt la tête devant lui. — C'est alors qu'une guerre civile éclata dans le sein de la Russie et dura plusieurs mois. Les Polonais jaloux de la Russie, étaient pour beaucoup dans cette crise terrible ! Ils portèrent leur vengeance jusqu'à faire massacrer une grande partie des habitants de Moskou (1611). Un nouveau Dmitri reparut encore, excita plusieurs villes à prendre les armes, et après avoir réuni un grand nombre de troupes, il se fit proclamer tzar de Russie, et marcha incontinent sur la ville de Moskou ; mais attaqué tout-à-coup par les Russes, il fut arrêté et pendu aussitôt. — Les Polonais ne cessaient pourtant d'inquiéter les Russes ; ceux-ci, épouvantés et vaincus sur plusieurs points, rendaient leurs armes et n'opposaient plus aucune résistance, lorsqu'un homme du peuple, nommé Kosma Minin, exerçant l'état de boucher, s'élance aussitôt dans un groupe de Russes ; les harangue , leur fait voir les dangers auxquels sa patrie est exposée ; les supplie d'apporter tous leur argent et leurs bijoux pour organiser des corps francs ; leur fait un tableau tellement frappant des cruautés que ne cessent de commettre les Polonais, que soudain l'enthousiasme se réveille partout. Chaque ville apporte son offrande ! Des milliers d'habitants s'arment de toutes parts, se réunissent, et bientôt une armée de 200,000 hommes, pleine d'ardeur et de courage, vient offrir ses services à Kosma Minin qui, se mettant à leur tête, culbute les Polonais, s'empare des villes prises par eux et les chasse de la Russie. Cette bataille fut tellement sanglante et acharnée que plus de 150,000 Polonais y perdirent la vie. Jamais les Russes n'avaient déployé plus de valeur et montré plus de courage que dans cette immortelle journée ! Après avoir rendu la liberté à sa patrie, Minin assembla les principaux chefs de la noblesse pour donner un souverain à la Russie ; ils élurent Mikhaïl, fils du boyard Phœdor Nikitisch, le même qui fut persécuté par Godounow en 1598.— Mikhaïl Romanow était alors renfermé dans un monastère avec sa famille, lorsqu'il reçut avis de se rendre à Moskou pour monter sur le trône. Il était Prussien d'origine. — (1613). Les Suédois harcelèrent longtemps les Russes ; ils eurent recours à l'Angleterre qui apporta sa médiation. Il fut signé un traité de paix le 26 janvier 1616, d'après lequel Novogorod resta à la Russie.—— (1618). La paix fut signée aussi avec les Polonais. Les prisons furent ouvertes, et chaque prisonnier put rentrer dans sa patrie. —(1632) Mikhaïl voulut, après la mort de Sigismond, reprendre Smolensk ; mais malgré tous ses efforts, il resta au pouvoir des Polonais, qui surent en tirer d'immenses avantages. Mikhaïl, doux de caractère, généreux et humain, évita constamment la guerre ; ses qualités le firent chérir, et pleurer de son peuple, lorsqu'il mourut. Un cortège immense, plongé dans le recueillement et la douleur, accompagnait ses funérailles.— Sous Alexis tout jeune encore, la Russie prit une attitude ferme et imposante ; un nommé Morozoff, ambitieux et cupide, y causa quelques troubles ; mais la prudence d'Alexis sut les étouffer. Les Polonais furent vigoureusement inquiétés par Alexis qui ne cessait de les harceler et de les battre en partie, lorsqu'il en trouvait l'occasion. Mais voyant qu'il ne pouvait le vaincre qu'en rase campagne, il leur déclara la guerre : elle fut longue et terrible, il les refoula jusque dans leurs anciennes limites. D'autre part, il s'empara de Narva et de Dorpat, villes très peuplées qui appartenaient aux Suédois, et qui renfermaient d'immenses richesses.—C'est alors qu'on vit éclater la rébellion parmi les troupes. Un nommé Stenka-Bazin, chef de Cosaques, ayant sous les ordres plus de 250,000 paysans, s'empare d'Astrakan ; il porte la désolation dans tout le pays ; à son nom seul les populations se courbent sous son joug ! Chacun lui apporte ses bijoux et lui offre son bras. Stenka-Bazin en profite et se voit possesseur d'immenses richesses ; la fortune lui sourit partout, et ses armes triomphantes lui donnent une puissance considérable ; mais après plusieurs guerres dans lesquelles le bonheur sembla l'abandonner après l'avoir soutenu si long-temps, il se voit obligé de fuir ! Arrêté par les ordres du tzar, il est écartelé et jeté dans une fosse. — Sous son règne des querelles entre les Turcs et les Russes finissent par unir le tzar avec les Cosaques zaporaviens.—Alexis, homme intelligent, fit venir tous les principaux chefs des nations voisines, reçut des ambassadeurs, fit traduire en plusieurs langues des ouvrages de sciences, appela les artistes les plus distingués qu'il payait largement, rendit de grands services à la culture, et s'attacha particulièrement à soulager le peuple. Enfin de tous les rois qui régnèrent avant lui, aucun ne rendit de plus grands services à sa patrie. Guerrier et législateur, il montra constamment un courage rare, des connaissances nécessaires à un monarque véritable-

ment grand et belliqueux. —La seule chose qu'on puisse reprocher à ce prince, c'est d'avoir établi une espèce de Cour prévôtale qui mettait les plus honorables citoyens sous le coup d'une injuste vengeance. Il mourut en 1676, regretté et pleuré de tous les citoyens (1676-1682). Alexis avait laissé en mourant plusieurs enfants des deux sexes ; l'aîné, étant monté sur le trône à l'âge de dix-neuf ans, ne put long-temps en supporter le fardeau. Il voulut, mais en vain, suivre l'exemple de son père ! faible, énervé, et peu versé dans la politique, il ne fit que paraître et mourut jeune encore en 1676. — (1676-1682). Le plus jeune des frères, Pierre, robuste et doué d'une organisation forte, réveilla les espérances de la noblesse ; Ivan, le second frère, faible comme Alexis, et peu désireux du trône, abandonna la couronne à son frère Pierre, qui sut, par ses manières insinuantes, sa grâce et sa beauté, gagner la noblesse et le clergé, qui l'élurent. — Cependant un obstacle puissant s'opposait sourdement au succès de Pierre ; sa sœur Sophie, qui convoitait la couronne, excite l'armée à la révolte, et y réussit ; les soldats s'insurgent, massacrent les oncles de Pierre, rétablissent Ivan et nomment Sophie régente.— (1682). Sophie, secondée par un homme fin et adroit, qu'elle prit pour ministre, fit plusieurs traités avec les Cours de Pologne, de Vienne et la république de Venise, au détriment des Turcs. Pierre, voulant régner seul, s'oppose à ces traités et menace hautement sa sœur et le ministre. Mais elle le force à s'éloigner en le menaçant de la mort. Pierre se retire, mais il reparaît bientôt, plus redoutable que jamais. Il rentre dans Moskou, fait emprisonner sa sœur Sophie et bannit son ministre Galitzin. — (1689-1725). Pierre 1er avait l'âme belliqueuse et une haine invétérée contre les Strelitz ; il se décida à une longue guerre, organisa plusieurs régiments et forma une marine. Il assistait aux travaux et y prenant même quelquefois part. Lorsque sa flotte fut créée, il s'embarqua et s'empara d'Azow. Lorsqu'il fut de retour de sa conquête, il résolut de changer les mœurs de son peuple et de donner à la Russie tout l'éclat et la magnificence possibles. Son but était de réunir dans la Russie toutes les connaissances des autres nations. Ce projet était vaste et digne du grand homme ; il quitta Moskou et alla visiter l'Allemagne, la Hollande, Amsterdam et différentes villes peuplées de manufacturiers et d'industriels ; il descendit ensuite dans un petit village habité en partie par des ouvriers, auxquels il s'associa ; et caché sous les habits du peuple, Pierre étudia parmi eux la construction des vaisseaux. Vif, actif et d'une bonne santé, Pierre devint bientôt l'un des meilleurs et des plus habiles pilotes de son temps. Après avoir séjourné pendant plusieurs années mêlés dans la sein de la classe ouvrière, il passa en Angleterre, toujours observant les différents usages, visitant les hommes d'art et de science, prenant des notes et enrôlant tous ceux qui voulaient le suivre en Russie. Pendant son séjour en Angleterre, il se lia étroitement avec plusieurs familles de distinction, étudia la langue et chargea un savant de traduire en russe l'histoire de cette grande nation. Pendant qu'il s'instruisait ainsi, une conspiration s'organisait à Moskou même, et avait des ramifications dans différentes villes de la Russie. Les Strelitz, excités par Sophie, troublèrent encore la ville et inquiétaient la haute noblesse par leur pouvoir croissant de jour en jour. Pierre, apprenant ce qui se passait en Russie, s'embarqua ; aussitôt arrivé, il fait venir devant lui les principaux fauteurs de troubles, les menace, en fait massacrer plusieurs, et pour assouvir sa vengeance, lui-même se fit bourreau. Il fit tomber sous sa redoutable hache plus de 20 têtes strélitz. Une partie de ceux qui échappèrent à la mort furent envoyés en Sibérie ; l'autre s'enfuit épouvantée, et alla se réfugier en Pologne. De leur corps, composé de près de 60,000 hommes, il ne resta pas 6,000. — Le tzar débarrassé de ces conspirations, se livra de nouveau au plan qu'il s'était tracé ; il stimula la jeunesse russe par un ordre qu'il institua sous le nom de Saint-André. Cet ordre, dont le but était de répandre l'émulation parmi le clergé et la noblesse, atteint tout le succès qu'il pouvait désirer au milieu de toutes ces entreprises hardies, de tous ces travaux glorieux pour la Russie. Il était inquiété de la puissance des Suédois; il leur déclara la guerre, n'ignorant pas toutefois qu'il avait un cruel ennemi à combattre dans la personne de leur roi, l'intrépide Charles XII. Pierre fut souvent battu et repoussé jusqu'à ses frontières par l'armée vaillante et pleine de courage que le nom seul de Charles XII rendait invincible. Charles disait souvent qu'à force de les vaincre, il formait les Russes au grand art de la guerre. En effet, ses sinistres prévisions se réalisèrent; Pierre remporta sur les Suédois une victoire éclatante près de Pultava dans les steppes d'Ukraine (1709). Charles XII perdit dans cette malheureuse affaire les trois quarts de son armée et se retira désespéré d'avoir été aussi cruellement battu par un homme qu'il avait toujours vaincu (1100). — Voyant son ennemi complétement dérouté et sachant bien par les pertes immenses que Charles XII avait faites qu'il ne pourrait de long-temps inquiéter ses états, il profita de cette circonstance pour conquérir la Finlande, la Livonie, l'Ingrie et la Poméranie suédoise. C'est Pierre 1ᵉʳ qui jeta les premiers fondemens de la ville de Saint-Pétershourg. — Le malheureux roi de Suède, qui s'était réfugié chez les Turcs, engage la Porte à attaquer la Russie. Le tzar faillit en marchant contre les Turcs être fait prisonnier; mais Catherine 1ʳᵉ, son épouse, entra en négociation aussitôt, et sut par là donner le temps à son époux de se débarrasser des mains des Turcs. — Le tzar, toujours préoccupé de rendre sa patrie l'une des plus florissantes de l'Europe, la paix rétablie dans la Russie, entreprit bientôt un second voyage (1715); cette fois, ce ne fut plus sous le simple habit d'ouvrier qu'il parcourut Hambourg, Copenhague, la Hollande, le Hanovre; ce fut avec éclat et grandeur. Il se rendit ensuite en France, où il fut accueilli comme devait l'être un monarque aussi extraordinaire que puissant; il y fut charmé de la politesse et de la douceur des mœurs des habitants. Après avoir séjourné quelque temps en France, il rentra dans sa patrie. Alexis son fils, ne goûtant point du tout les nouvelles institutions de son père, et ne pouvant se faire aux habitudes étrangères que son père avait introduites à la cour de Russie, ne craignait pas de manifester hautement la répugnance qu'elles lui causaient. Pierre, irrité, furieux contre son fils, le fit arrêter, juger et mettre à mort. Quelque temps après, Pierre reçut de la nation les titres de grand, de père de la patrie et d'empereur de toutes les Russies. — Pierre-le-Grand a laissé dans la postérité un nom à jamais immortel; et aujourd'hui la Russie le place encore parmi les génies les plus grands de l'Europe. Il mourut à l'âge de cinquante-trois ans, emporté par une rétention d'urine qui lui causa tout le temps de sa vie d'horribles douleurs. — Il eut trois filles appelées, Anne, Elisabeth et Natalie. Elisabeth régna seule dans la suite. — (1725). Mentschikoff et Catherine s'emparent, à la mort du tzar, du trône vacant. Possédant la confiance de ce grand homme, Catherine était initiée dans les secrets de l'état, et sut, à l'aide de Mentschikoff son ancien amant, gouverner avec habileté. C'est sous son règne que la Georgie fut soumise à la Russie. — Anne, fille de Pierre et de Catherine, épousa le duc de Holstein Catherine espérait lui donner le Danemark; mais elle mourut avant de pouvoir exécuter ce hardi projet; elle tomba dangereusement malade et se donna la mort par l'excès des vins chaleureux et des liqueurs fortes qu'elle ne cessait de boire chaque jour. Elle mourut à l'âge de trente-huit ans, le 27 mars 1727. — Catherine avait fait un testament dans lequel elle désignait pour son successeur Pierre, fils du malheureux Alexis; Anne devait lui succéder si ce prince mourait sans enfants. — Catherine fonda une

Académie des sciences. — D'après le testament de sa mère, Pierre âgé de douze ans devait demeurer dans une maison de plaisance avec un gouverneur jusqu'à l'âge de seize ans. Cette maison était habitée par un conseil de régence composé de princesses et de cinq sénateurs. Mentschikoff, plein d'ambition, voulant donner au jeune empereur une de ses filles, força la duchesse à s'éloigner. — Néanmoins un homme dangereux, redoutable, prenait le plus grand empire sur Pierre; il s'était insinué dans les secrets de son cœur et le dirigeait sans que celui-ci s'en aperçût: c'était le fameux Iwan Dolgorouki, lequel au point à la misère Mentschikoff, qui finit ses jours au fond de la Sibérie et montra jusqu'à la fin de sa vie un courage et une résignation à toute épreuve. — Le jeune tzar était sur le point d'épouser la fille d'un des princes Dolgorouki lorsqu'il fut emporté par la petite vérole, et mourut le 29 janvier 1730, à l'âge de quinze ans. — Dolgorouki sut faire revivre le commerce et l'industrie. C'est à lui qu'on doit l'achèvement du canal de Ladoga. Lorsque Pierre II mourut, les états généraux ne suivirent point exactement le testament de Catherine Iʳᵉ. Comme nous l'avons fait remarquer précédemment, elle appelait au trône, à la mort de Pierre, la duchesse de Holstein. Mais les personnages plus influents prirent la résolution d'élever à la couronne la branche aînée, c'est-à-dire à Anne, fille d'Iwan V, frère de Pierre Iᵉʳ; Anne adhéra à cette proposition flatteuse; ils demandèrent une forme de gouvernement aristocratique, elle y consentit. Mais elle ne fut pas plus tôt dans les murs de la ville de Moskou, qu'elle foula aux pieds les traités et se fit proclamer reine de toutes les Russies. — Un favori nommé Biron, qui se faisait passer pour appartenir à la famille française des Biron, exerça une grande influence sur Anne. Il la fit haïr des Russes par les exils et les cruautés qu'il lui laissa faire. Plus de 30,000 familles furent obligées de quitter leur patrie. Il se fit reconnaître duc de Courlande (1737) par ceux qui, plusieurs années auparavant lui avaient refusé le titre de gentilhomme. — L'impératrice intrigua fortement à la mort du roi de Pologne en 1733. Sachant que la France prêtait un grand appui à Stanislas, elle leva aussitôt un corps de 20,000 hommes, qu'elle fit entrer en Pologne avec ordre de s'emparer de Varsovie. Stanislas se voyant perdu, quitta la Pologne et se réfugia en France, où après plusieurs années de chagrin et d'humiliation, il finit ses jours. Alors les Russes, à la tête desquels était le fameux Munich, mirent sur le trône de Pologne l'électeur de Saxe, connu sous le nom d'Auguste III. Ils prêtèrent leur appui à Charles VI contre les Turcs, et battirent presque tous les tatars de Crimée. — Anne, qui ne s'était jamais mariée, avait appelé près d'elle la fille de sa sœur aînée et l'adopta. Cette belle et jeune princesse avait épousé en 1739 le prince Brunswick-Lunebourg, dont elle eut un fils nommé Iwan VI. C'est cet enfant qu'Anne nomma pour le remplacer au trône et auquel elle donna Biron pour régent. Anne mourut âgée de 47 ans. — (1740-1741). Biron, ce prince détesté, et d'une morgue insupportable, traitait indignement le duc et la duchesse de Brunswick. — Un des généraux les plus distingués, Munich, dont le dévouement au parti des parents de l'empereur était très connu fit arrêter le régent Biron. Cependant il ne put-anéantir tous les infâmes complots qui se tramèrent dans la Russie, et dont les membres de la famille d'Anne Mecklembourg fut par la suite victime. — Elisabeth, fille de Pierre-le-Grand, femme d'une rare beauté avait une grande influence sur toute la jeune noblesse. Quoique légère et aimant les plaisirs, elle n'avait point perdu de vue le trône qu'elle convoitait depuis long-temps; des menées sourdes et bien dirigées lui laissaient entrevoir un résultat prochain à son ambition. Soutenue par l'ambassadeur de France, elle sut captiver la confiance de la duchesse de Mecklembourg. — Le 6 décembre 1741, à minuit précis, la duchesse, son époux, les principaux partisans de Bruns-wich, le maréchal Munich, et même le jeune Iwan furent arrêtés par des soldats, et immédiatement exilés, excepté neutre Iwan, qui fut jeté dans les forteresses de Schlusselbourg. — La fière Elisabeth, qui était montée sur le trône à l'aide d'intrigues, causa une révolution dans laquelle le sang coula à flots ; mais craignant d'être renversée par une contre-révolution, comme le fils de sa sœur, le duc de Holstein, devait de droit régner sous elle, Elisabeth, pour conserver et sa couronne et la paix, le fit venir auprès d'elle en 1742 ; car il était désigné pour son successeur. — Elisabeth maria son neveu avec la fille du prince régnant d'Anhalt-Zerbst, princesse qui devint impératrice sous le nom de Catherine Alexiévan, et donna naissance à Paul Ier. — La guerre étant déclarée entre les Français et les Anglais en 1756, l'Europe ne pouvait rester neutre entre les deux puissances. Elisabeth, qui conservait une haine implacable contre le roi de Prusse, parce qu'il s'était hautement déclaré pour l'Angleterre, prit chaudement les intérêts de la France, avec laquelle elle fut toujours alliée pendant tout le temps que la guerre dura. La mort d'Elisabeth causa une crise momentanée en Russie. Elle mourut à l'âge de cinquante-deux ans, le 29 décembre 1761, après un règne de 21 ans. Elisabeth fonda à Moskou une Université, et une Académie des beaux-arts à Pétersbourg. — Pierre III, de Holstein, fut reconnu grand duc de toutes les Russies. Il avait conservé le souvenir des mauvais traitements qu'il avait supportés de la part de courtisans de sa tante. Il jura d'en tirer vengeance ; mais naturellement bon et généreux, dès qu'il fut parvenu au faîte des grandeurs, il oublia le mal qu'on lui avait fait, et combla d'honneurs et de richesses ceux qui l'avaient persécuté. Il chercha à donner aux Russes le goût des mœurs des Prussiens ; mais les Russes n'aimant point les innovations dans ce genre, Pierre se fit de redoutables ennemis. Il y avait peu d'union entre Pierre et son épouse ; il eut l'idée de la faire enfermer avec un de ses enfants, nommé Paul, qu'il voulait déclarer illégitime. Catherine, inquiète des menaces de Pierre, se lia, s'associa avec beaucoup d'hommes influents dans le sénat, parmi les ambassadeurs, dans la haute noblesse et dans l'armée. Un complot fut organisé et devait éclater le jour même de la fête de l'empereur. Pierre III, apprenant aussitôt qu'une révolution s'opérait en Russie dans plusieurs villes, et que Catherine triomphait à Pétersbourg, fut frappé de stupeur ; il ne savait quel parti prendre. Catherine, profitant du temps qu'il lui donnait par son irrésolution, le renversa et le livra aux injures de la populace. Jeté ensuite en prison, il y fut étranglé.—(1762-1796). Catherine II reçut avec empressement les meurtriers de Pierre son époux ; elle répandit l'or à pleines mains à tous ceux qui l'avaient servie, chassa de Russie les partisans de Pierre III et fit assassiner le chétif Iwan qui était toujours enfermé dans sa prison de Schusselbourg.— La mort d'Auguste II livra la Pologne aux partis : Catherine, qui convoitait ce royaume, et dont la haine pour ce pays était profonde et irréconciliable, crut enfin le moment venu d'assouvir sa rage ; elle eut l'air d'abord de donner aux Polonais la facilité de se choisir un roi. D'accord avec l'Autriche et la Prusse, elle envoya en Pologne une armée considérable sous prétexte d'y soutenir leur roi que les partisans opposés cherchaient à renverser : les Polonais, s'apercevant des intentions cachées de Catherine, cherchèrent mais en vain à secouer le joug ; c'est alors qu'ils se perdirent tout-à-fait. Leur révolte amena le démembrement d'une partie de la Pologne.— Catherine, sans s'immiscer à la guerre célèbre qui avait lieu à cette époque entre l'Angleterre et les États-Unis, organisa une nombreuse armée sous les ordres de Potemkin, s'empara de la Crimée et du Kouban. Ses succès allant toujours croissant, Catherine en profita et voulut conquérir la Turquie, ou du moins lui arracher ses

possessions européennes ; les Turcs battus partout furent obligés d'abandonner à la Russie une grande partie de son territoire. —(1793). Il entrait dans les vues du cabinet de Saint-Pétersbourg d'anéantir la Pologne ; ce projet fut définitivement résolu. Une déclaration de guerre mit la diète en alarme. Le sort des armes allait régler la destinée d'un peuple malheureux. En vain l'intrépide Kosciusko mit son épée dans la balance ; ses héroïques efforts ne purent que retarder de quelques jours le triomphe de Suwarow. Tout le monde se rappelle le siège de Varsovie ; le sac sanglant de Praga, l'infortune des Jagellons ont éveillé la sympathie dans tous les cœurs. — Partout on rencontrait la bannière de Catherine arborée par la victoire ; la Courlande se trouvait réunie à son empire ; elle venait de s'associer à la ligue de l'Europe contre la France, quand la mort couvrit d'un crêpe ses lauriers ensanglantés. Elle avait régné 34 ans. —(1801). Proclamé empereur, le grand duc Paul Ier signala les premiers jours de son règne par une singulière cérémonie. On exhuma par ses ordres le cadavre de Pierre, qui fut placé sur un catafalque pour y recevoir de nouveau les honneurs funèbres ; et ses deux assassins, qui vivaient encore, furent condamnés à conduire le convoi. — L'empereur Paul persista dans la coalition contre la France ; mais l'armée russe avait fait des pertes considérables dans les combats que Suwarow avait eus à soutenir, et des renforts étaient devenus nécessaires ; quatre armées nouvelles furent ajoutées aux troupes de la coalition. L'empereur voulait, de concert avec l'Angleterre, envahir la France et reconquérir la Hollande. Mais les triomphes de Masséna, ceux de Moreau, d'Augereau et de Brune, et surtout la mémorable bataille de Marengo, à l'issue de laquelle Napoléon victorieux renvoya neuf mille prisonniers russes sans rançon, avait changé les vues de Paul ; il fut forcé de renoncer à ses projets. Le succès des armes françaises fit pressentir que bientôt l'Europe entière allait se courber sous le joug de Napoléon ; il se disposait à s'unir à la France contre l'Angleterre, lorsqu'il fut frappé à mort, victime d'une conjuration dont voici les détails : Dans la nuit du 23 août 1801, un des derniers favoris de Catherine, le nommé Platon Zouboff, après avoir gagné les gardes du tzar, était parvenu à s'introduire dans le palais Saint-Michel, suivi de 60 conjurés. Leur intention, en pénétrant auprès de l'empereur, n'avait pour but apparent que de le forcer à abdiquer la couronne en faveur d'Alexandre, son fils aîné.— Ils le surprirent au lit. Mais Paul, repoussant cette demande, leur reprocha leur audace avec toute l'énergie que donne l'indignation. Alors le frère du chef des conjurés se rejette sur lui et casse le bras droit de son empereur ; encouragés par cet exemple, les autres scélérats frappent à leur tour ; il est assailli par le nombre. Bientôt il tombe baigné dans les flots de sang, en s'écriant plusieurs fois Constantin, Constantin, venge-moi ! Mais un de ses aides-de-camp, du nombre des sicaires, ayant détaché l'écharpe, insigne de sa dignité, la lui passa autour du cou et mit fin à son supplice en l'étranglant.—Paul fut regretté malgré son caractère ombrageux et despote ; car, sans être un politique habile, il était homme d'économie, de modération et de mœurs pures, quoiqu'élevé à la cour de Catherine où la dépravation n'avait pas de bornes ; d'ailleurs ses défauts trouvaient leur excuse dans le vice de son éducation première et dans la contrainte où il avait été forcé de vivre à cause de l'aversion que sa mère avait toujours montrée pour lui (1805). Le règne d'Alexandre est trop connu pour que nous insistions sur le détail et sur des événements qui sont encore pleins d'actualité et de vie. Cependant il est nécessaire de rappeler qu'une troisième coalition, formée par l'Angleterre et dans laquelle les armées russes avaient pris une part active, vint essuyer une défaite nouvelle près du village d'Austerlitz. 30,000 Russes, 50 pièces de canon et un matériel immense sont engloutis dans les giaces des lacs de Monitz et d'Augerd, où ils cherchaient à fuir (1806). Les Français remportèrent de nouveaux triomphes dans les batailles successives d'Iéna, de Lubeck, de Pultusk, de Breslaw, d'Eylau, d'Heilsberg, de Friedland. Enfin le fameux traité de Tilsit fut conclu; il devait assurer la paix entre la France, la Russie et la Suisse.—(1809). Alors Alexandre tourna ses armes contre les Turcs. Sur ces entrefaites, eut lieu, sous différents prétextes l'expédition gigantesque de 1812. On sait quels furent ses résultats. — Après la paix de 1815, l'empereur Alexandre fut appelé le père de la patrie, et fit tout son possible pour mériter l'amour de ses sujets. Un grand nombre d'institutions utiles furent fondées par ses soins; il fit construire des théâtres et des monuments publics; enfin, il fit de son règne une époque de gloire pour la Russie.—Mais au lieu d'intervenir comme on l'attendait de sa générosité, dans l'émancipation de la Grèce, il est resté spectateur égoïste du malheur des Hellènes. C'est là une tache à sa mémoire. Il est vrai qu'il mourut pendant son voyage en Crimée.—(1825). Alexandre étant mort sans postérité, le trône appartenait à Constantin; mais on fit valoir la renonciation qu'il avait faite de ses droits. Le grand duc Nicolas fut proclamé czar à sa place. Alors la malignité publique se fit jour; des bruits malveillants circulèrent; on présuma que la mort d'Alexandre pouvait être le résultat d'un crime. — Une vaste conspiration fut découverte: les conjurés avaient pour but l'affranchissement des serfs; ils voulaient donner une constitution libérale à la Russie; mais l'autocrate Nicolas fit bientôt rentrer ses sujets dans le devoir. Tout le monde comprime les élans de la liberté (Voy. Gouvernement de la Russie).

Histoire d'Angleterre. — L'Angleterre, qui reçut des Romains le nom de Britannia (Bretagne), fut d'abord habitée par les Galles. Les Galles furent rejetés dans le nord de l'île (Calédonie) par les Kimris ou Cambriens, qui s'établirent dans la partie méridionale, et depuis d'autres peuples se mélangèrent avec les Cambriens. Le druidisme était la religion de ces peuples. Jules César rendit la Bretagne tributaire (54 ans avant J.-C.). Agricola, gouverneur envoyé par Néron, la soumit complètement, et dès-lors elle fut partagée en trois provinces. Agricola soumit encore Galgac, chef des tribus du Nord; cependant, les Galles de la Calédonie (Ecosse) et de l'Hibernie (Irlande) restèrent indépendants. Quand l'Italie fut menacée de toute part par les Barbares, les Calédoniens, nommés aussi Scots et Pictes, profitant de l'éloignement des armées romaines qui couraient défendre leurs conquêtes, secouèrent le joug. De la domination romaine ils passèrent à celle des Saxons, peuple belliqueux et féroce sorti de la Germanie, et qui ne subsistait que des fruits de ses brigandages. Les Bretons se réfugièrent dans l'Armorique, province de France, qui prit dès-lors le nom de Bretagne. Les Anglo-Saxons donnèrent à leur nouvelle conquête le nom d'Angleterre.—Sept royaumes élevèrent alors en Angleterre et formèrent ainsi l'Eptarchie. Ces sept royaumes étaient: au sud, Kent, Sussex, Wessex, Essex, Est-Anglie, et dans le nord, Mercie, Northumberland. L'histoire de la plupart des rois qui se succédèrent à cette époque, n'offre aucun événement remarquable. Les Saxons, à la voix du moine Augustin, se convertirent au christianisme (598). Sous Ossa, roi de Mercie, fut établie la taxe appelée le denier de Saint-Pierre, au bénéfice des papes. En 827, l'eptarchie ne forma qu'un royaume par l'habileté politique d'Egbert qui prit le titre de roi des Anglais. Exilé de sa patrie dans sa jeunesse, Egbert avait appris de Charlemagne l'art de la guerre, et l'Angleterre, sous son règne, commençait à inspirer de la terreur à ses voisins, quand tout à coup les Danois ou Normands (hommes du nord), d'origine saxonne, vin-

rent attaquer à leur tour leurs frères les Saxons qu'ils ne regardaient plus que comme leurs ennemis; Egbert les battit deux fois, mais il ne les put soumettre. Sous le règne d'Ethelwolf son successeur, ils exercèrent toutes sortes de brigandages, et incendièrent Londres (838); leur fureur ne se ralentit point sous les règnes suivants. Ethelred Ier obtint quelques succès, qui n'eurent point de suite; et trop faible pour résister à ces ennemis infatigables, il laissa les Danois fondre, au nombre de cinquante mille, sur le Northumberland, et portant partout le fer et la flamme, s'avancer presque sur les frontières du Wessex. En 871, Alfred-le-Grand, qui monta sur le trône à l'âge de vingt-deux ans, défendit pendant sept années consécutives les bords de la Tamise contre les Danois, dont l'opiniâtre résistance décourageales les Saxons, qui abandonnèrent leur roi. Alfred demeura six mois caché chez un paysan; mais ayant surpris les plans des Saxons, il rassembla quelques partisans, et mit ses ennemis complétement en déroute (880). Les vaincus, gagnés par sa clémence, se firent chrétiens. Alfred les établit dans les provinces désertes de l'Est-Anglie et du Northumberland; il espérait les opposer aux autres invasions, mais les événements qui suivirent ne répondirent pas à son attente.—Un pirate nommé Hastings, pénétra dans l'Angleterre (883) à la tête de hordes danoises. Les Danois déjà établis dans l'intérieur du pays s'unirent à leurs compatriotes. La vengeance éclata bientôt. L'armée d'Hastings fut détruite, et Alfred fit pendre les prisonniers pour inspirer la terreur aux autres. Le vainqueur jouit enfin paisiblement des fruits de ses exploits. Il fit fleurir les arts, le commerce et l'agriculture, et favorisa le progrès des sciences en fondant l'université d'Oxford. Il mourut âgé de 52 ans, et sa mort anéantit tout son ouvrage. En 901 les Danois se révoltèrent de nouveau. Édouard Ier, fils d'Alfred, les tint en respect comme avait fait son père; Athelstan (925), fils et successeur d'Édouard, défit plusieurs fois ces sauvages ennemis, qui s'étaient unis aux Écossais. Edmond Ier, frère d'Athlestan, porta le fer et la flamme dans les provinces qu'ils occupaient. Sous le règne d'Edred, qui vit naître et grandir l'ordre de Saint-Benoît auquel est due l'introduction du célibat dans le clergé, un abbé intrigant, qui n'était pas dépourvu de talents, gagna la confiance d'Edred, et gouverna à la place de ce prince et de plusieurs de ses successeurs. Dunstan se servit de son pouvoir pour protéger les moines (955). Edwy, qui prit la place d'Edred dans le gouvernement, ne voulut point conserver ses faveurs aux moines; il fut déposé par le peuple. Edgar, son frère, fit de riches présents aux monastères (960). Édouard II (975), dit le martyr, suivit la marche de son prédécesseur; Dunstan, à l'aide de prétendus miracles, sut conserver le pouvoir. Le vertueux Édouard, après quatre ans de règne, périt assassiné par sa mère qui le fit poignarder dans une partie de chasse (978). La faiblesse d'Ethelred II encouragea les Danois à recommencer leurs incursions. Sweyn, roi de Danemark, et Olaw, roi de Norwège, obtinrent plusieurs avantages sur les Anglais. Un honteux traité, où l'on accordait aux Danois une indemnité de 1000 livres, les engagea à s'éloigner. Ce singulier moyen de chasser des ennemis les fit revenir un peu plus tard. Ethelred, qui voulait gagner l'amitié des Normands établis en France depuis 60 ans; pour en tirer profit contre les Danois, épousa Emma, fille de Richard II leur duc. Ethelred, dans une invasion de Danois, fit un jour un massacre général de ces barbares. Sweyn en tira une terrible vengeance, et le sang anglais coula à grands flots. Ils firent leur soumission au roi de Danemark. Après la mort de Swein, Canut, son fils, affermit la couronne sur sa tête par son mariage avec la veuve d'Ethelred. La Norwège, dont il fit la conquête, lui fut soumise. Harold, son fils du premier lit, et Hardicanute, fils du second (1035), se partagèrent ses états après sa mort; Hardicanute qui régna seul, à la mort de son frère, accabla d'impôts les Anglais, impatients de secouer le joug danois. Hardicanute n'existant plus, un Anglais, le duc Godwin, gendre de Canute (1041), fit élever à la royauté Édouard III, dernier des fils d'Ethelred. Ce prince, qui mérita le surnom de Confesseur, ayant fait vœu de chasteté, promit sa succession à Guillaume-le-Bâtard, duc de Normandie, son parent, et qui l'avait accueilli dans sa jeunesse; mais la prédilection d'Édouard III pour les Normands, qui seuls obtenaient les charges et les dignités, déplut fort aux Anglais. Godwin entretint leur mécontentement, et à la mort d'Édouard, Harold, son fils, qui s'était fait un parti, monta sur le trône (1066). Guillaume, duc de Normandie, ayant formé le projet de soumettre l'Angleterre, traversa la Manche avec deux cents vaisseaux et soixante mille hommes. Harold vint à sa rencontre, et lui livra bataille près d'un village nommé Hastings. Après des prodiges de valeur de part et d'autre, Guillaume parvint à vaincre les Anglais; Harold fut tué dans le combat : Londres se soumit au vainqueur. Après la bataille de Hastings, Guillaume reconnu roi établit d'abord de sages règlements (1070) ; mais il ne dissimulait pas aux Anglais la préférence qu'il accordait sur eux aux Normands. Guillaume, ayant fait un voyage en Normandie, les Anglais tentèrent de secouer le joug, et ne firent au contraire que le rendre plus lourd qu'il ne l'était d'abord; car Guillaume, de retour dans son royaume, accabla d'impôts ses sujets rebelles. Pour affermir son despotisme plus sûrement encore, il introduisit en Angleterre le régime féodal alors répandu par toute la France. Il partagea donc le pays en cent cents baronneries ou *fiefs de chevaliers*, et en soixante mille arrière-fiefs ; les uns et les autres, à l'exception de quelques arrière-fiefs, furent exclusivement livrés aux Normands. Les barons prêtaient serment de fidélité au roi, et à leur tour recevaient le même serment de leurs vassaux. La féodalité s'étendit même aux terres ecclésiastiques, qui, ainsi que les autres, fournissaient un certain nombre d'hommes au souverain, sous peine de félonie. C'est sous le règne de Guillaume que vint en Angleterre le premier légat du pape. — Robert, l'aîné des fils de ce prince, voulut, avec l'appui de Philippe Ier roi de France, se rendre maître de la Normandie. Guillaume envoya contre lui une armée. Les exploits de chevalerie étaient alors à la mode ; dans une sortie le fils rencontra son père et l'allait frapper d'un coup mortel sans le reconnaître, lorsque la voix de ce dernier vint heureusement arrêter le bras de Robert. Guillaume accorda aux larmes de la reine le pardon de son fils repentant. Il mourut au milieu des préparatifs de guerre qu'il faisait contre Philippe. Ce prince laissa trois fils : Robert, Guillaume et Henri. (1087) Guillaume II avait été désigné par son père pour lui succéder. Les dernières volontés du mourant étaient consignées dans une lettre à Lanfranc, primat de Cantorbéry. Quelques barons, possesseurs de fiefs en Normandie, voulaient mettre Robert sur le trône. Mais ce prince partit bientôt pour les croisades, laissant le duché de Normandie à Guillaume, qui l'acheta, ainsi que plusieurs autres terres abandonnées par leurs seigneurs. Guillaume II s'empara des revenus de plusieurs évêchés laissés vacants, et s'attira ainsi la haine du clergé. L'anglais Anselme qui avait succédé à Lanfranc sur le siège primatial, s'opposa de tous ses efforts aux usurpations du roi, et défendit avec fermeté les droits temporels de l'Église. Guillaume II, dit le Roux, mourut à quarante-quatre ans, percé d'une flèche, dans une partie de chasse, emportant la haine d'un grand nombre de ses sujets. (1100) Henri, son frère, monta sur le trône et s'y maintint en accordant aux barons une charte qui augmentait leurs privilèges. Il promit au clergé de ne pas toucher aux revenus des évêchés vacants. Il rappela Anselme, pour s'attirer par son moyen la bienveillance du clergé. Robert, revenu de la terre sainte, redemanda, mais en vain, une couronne à

laquelle, disait-il, il avait droit de succession. Le droit d'aînesse n'était point alors reconnu en principe par les Anglais. Ce prince infortuné, dépouillé même par Henri de son duché de Normandie, languit durant vingt-six années dans une prison, et la mort seule mit fin à sa captivité. Son fils, nommé Guillaume, implora le secours du roi de France Louis-le-Gros, pour reconquérir le duché ; il périt en combattant. Henri Ier avait eu le malheur de perdre son fils Guillaume, qui périt dans les flots en traversant la Manche. Il avait donc institué son héritière Mathilde, épouse de Geoffroy Plantagenet, comte d'Anjou. Les barons mécontents refusèrent obéissance à Mathilde, et se rangèrent du parti d'Étienne, prince du sang royal, qui se fit couronner par le primat. L'usurpateur fut vaincu et fait prisonnier par la reine. Mais celle-ci, ne voulant point accepter la charte de son père, fut chassée bientôt après par les barons, qui replacèrent Étienne sur le trône. C'est alors que ce roi, croyant pouvoir user librement de tout son pouvoir, voulut contenir la puissance des seigneurs et des barons. Le mécontentement presque général qu'excita une telle résolution, devint favorable au fils de la reine déchue, Henri Plantagenet, qui aborda en Angleterre avec de nombreuses troupes. Pour éviter une bataille sanglante, on convint qu'Étienne garderait le trône jusqu'à sa mort, et qu'Henri lui succéderait. (1154) Étienne étant mort un an après, Henri effectua ce que son prédécesseur n'avait fait qu'entreprendre. Les grands furent soumis, et la paix fit enfin oublier les maux qu'avait engendrés la guerre civile. Ce prince fit fleurir l'agriculture et le commerce. Il possédait diverses provinces de France : la Touraine, le Maine, la Normandie, la Guienne, le Poitou, etc. Il fit la conquête de l'Irlande, et civilisa ce pays encore sauvage. — Cependant, des démêlés s'élevèrent entre Henri et le clergé touchant la juridiction de l'église. Thomas Becket, que ce prince nomma archevêque de Cantorbéry, soutint énergiquement la cause de l'église, et son zèle lui valut la couronne du martyre. — Henri II, irrité de l'opposition inflexible qu'il trouvait dans Thomas Becket, s'écria, dans un accès de colère : *Quoi ! aucun de mes serviteurs ne me vengera-t-il d'un prêtre ingrat qui trouble mon royaume !* Aussitôt quatre gentilshommes coururent assassiner l'archevêque, qu'ils trouvèrent au pied des autels. Henri, qui n'avait pas désiré ce meurtre, fut transporté de colère, et fit honorer la mémoire de Becket, qu'on vénéra sous le nom de saint Thomas de Cantorbéry. La fin du règne de Henri II ne fut qu'une suite de contestations contre le Pape. — Ses enfants se révoltèrent aussi contre lui, et se liguèrent secrètement avec Philippe-Auguste, roi de France. Pour ajouter à ces chagrins, un légat du pape excommunia Henri, comme mettant obstacle aux croisades. Ce monarque succomba dans sa 58e année, après un règne de 34 ans. — Richard Ier, son fils et son successeur, fit peser les impôts sur le peuple, et partit avec le roi de France pour la Terre-Sainte. Il prit Saint-Jean d'Acre; à son retour, jeté par un naufrage entre les mains du duc d'Autriche qui le haïssait personnellement, et le racheta. Puis après s'être brouillé avec le roi de France, il mourut percé d'une flèche en faisant le siège du château de Châlus, dans le Limousin, dans sa 42e année. On l'avait surnommé *Cœur-de-Lion*, à cause de sa valeur (1199). — Jean Sans-Terre, ainsi nommé parce qu'il n'avait point reçu d'apanage de son père, voulant s'assurer le trône de Bretagne, se souilla du meurtre de son neveu Arthur, qui était fils de Geoffroy, duc de Bretagne. Ce crime le fit détester des Bretons qui se choisirent pour roi Philippe-Auguste. Jean Sans-Terre, condamné à la cour des pairs de France, se vit confisquer par Philippe la Normandie, la Touraine et le Poitou. Un autre événement, qui eut pour Jean des suites plus funestes encore, fut l'interdit lancé sur son royaume par Innocent III, qui, voulant élever au siège de Cantorbéry Langton, sa créature, voyait ce prince s'opposer à son projet. Les églises furent fermées aux laïques; les autels furent dépouillés de leurs ornements, les images, les statues, les reliques couchées par terre et les sujets relevés du serment de fidélité envers leur roi. Jean, pendant longtemps opposa une inflexibilité opiniâtre, et punit tous ceux qui se soumirent à l'interdit; mais enfin il fut contraint de se soumettre au saint siége dont il se reconnut le *vassal* : il s'engagea même à lui payer un tribut annuel de mille marcs, et stipula que si lui ou ses successeurs manquaient à son engagement, ils perdraient leurs droits à la couronne. Puis il prêta serment à genoux au prélat assis sur un trône. Les barons, enhardis par l'humiliation que Jean venait d'essuyer, forcèrent ce prince à signer la grande charte. Ce fameux acte est le fondement des libertés anglaises. En voici les principaux articles : La liberté des élections assurée au clergé; le droit de succession aux fiefs confirmé pour les héritiers des barons; l'abolition des impôts sur les barons, à moins qu'ils ne soient consentis par une assemblée générale ; la permission à tous les hommes libres de sortir du royaume et d'y rentrer, etc. Jean ne tarda pas à se rétracter; soutenu par le pape Innocent III, qui condamna la grande charte, et par des hordes de Brabançons qu'il avait enrôlés; mais il fut déclaré, par les barons, déchu du trône, et à sa place fut élu roi Louis, le fils aîné de Philippe-Auguste. Les Anglais furent bientôt mécontents de ce nouveau monarque. Jean, qui allait remonter sur le trône, fut surpris par la mort, laissant une mémoire odieuse. L'aîné de ses fils, Henri, âgé seulement de huit ans, fut appelé à régner sous la régence du comte de Pembroke, qui le fit couronner à Glocester. La grande charte fut maintenue avec quelques modifications(1216). —Après la mort de Pembroke, un nommé Desroches, natif du Poitou, se trouva en possession de toute l'autorité; mais bientôt Henri III mécontenta les grands en prodiguant toutes ses faveurs aux compatriotes de son nouveau ministre. Un Français, Simon de Montfort, se mit à la tête d'une révolte, et ayant rassemblé trente mille Gallois, battit plusieurs fois les troupes du roi. Une nouvelle forme fut donnée à la constitution; quatre chevaliers députés par chaque province, devaient être les représentants de la nation dans l'assemblée générale, qui s'appela *Parlement* : c'est de cette manière que fut instituée la *chambre des communes* (1272). Édouard Ier, fils de Henri III, entreprit une expédition contre les Gallois : il les tailla en pièces, et fit pendre Léolyn, leur chef. Les *Bardes*, poètes de cette nation qui chantaient les exploits des guerriers, furent passés au fil de l'épée. Depuis cette époque, le titre de *prince de Galles* fut porté par les fils aînés des rois d'Angleterre. Édouard, appelé comme arbitre entre Bruce et Baliol qui se disputaient la couronne d'Écosse, se déclara d'abord en faveur de Baliol ; mais ne pouvant parler en maître à ce prince comme il l'avait espéré, il fit ravager l'Écosse par ses troupes, puis mourut lorsqu'il se préparait à entrer lui-même dans ce royaume. Édouard II (1307), prince débauché, se reposa du soin du gouvernement sur un courtisan nommé Gaveston, gentilhomme de Guienne, qui fut bientôt éloigné de la cour par les seigneurs. Spenser, qui le remplaça, devint odieux aux grands qui le traitèrent de la même manière qu'ils avaient traité Gaveston. Cette fois, Édouard, irrité, déchargea sa colère sur les barons, qu'il fit expirer au milieu des tortures. Cependant la reine, Isabelle de France, jalouse du grand crédit dont jouissait Spenser, passa, à son retour de la Guienne, en Angleterre; et ayant soulevé le peuple, elle fit déposer son mari et pendre les ministres (1327). — Le fils aîné d'Édouard, alors mineur, prit en main les rênes du gouvernement sous la régence de Mortimer, l'amant de la reine Isabelle, et régna sous le nom d'Édouard III. Ce nouveau prince, en sa qualité de neveu de Charles-le-Bel par sa mère, pré-

tendit avoir des droits à la couronne de France. En vertu de la loi salique, Philippe de Valois, qui la lui disputait, l'emporta, et ce fut ce qui arma les deux royaumes l'un contre l'autre. Édouard, vainqueur au combat naval de l'Écluse, livré entre la flotte française et les flottes combinées d'Angleterre et de Flandres, remporta bientôt après une seconde victoire à Crécy, où trente mille Anglais battirent cent mille Français. Les Anglais firent la première fois usage d'artillerie dans cette bataille. Ils avaient six pièces de canon, et l'effroi qu'elles inspirèrent acheva de déterminer la victoire en leur faveur. Calais se rendit après onze mois de siége, et resta plus de deux cents ans sous la domination britannique. 1351. — Philippe de Valois, roi de France, venait de mourir ; Jean II, dit le Bon, lui succéda. — Édouard sut profiter des embarras que suscitait au roi de France la révolte de Charles-le-Mauvais, roi de Navarre. Le prince de Galles partit de la Guienne, alors soumise aux Anglais, ravagea l'Auvergne, le Limousin, le Berri, et se voyant atteint par l'armée française, supérieure en nombre, il sut prendre près de Poitiers une position aussi avantageuse qu'à Crécy ; et l'imprudence des Français lui fit remporter une victoire aussi brillante. Un grand nombre de Français perdirent la vie dans cette journée, et le roi Jean fut fait prisonnier. Édouard, de son côté, mit le siége devant Rheims, où il se proposait de se faire sacrer ; il se disposait à marcher sur Paris, lorsqu'un orage effrayant ayant crevé sur son armée, l'engagea à signer la paix à Brétigny, petit village près de Chartres. Cette paix valut aux Anglais le Poitou, la Saintonge et le Limousin; ce qui, joint à la Guyenne et à leurs possessions en Picardie, les rendit maîtres du tiers de la France. La rançon du roi fut fixée à trois millions d'écus d'or ; mais le malheureux Jean mourut dans les fers, ne pouvant en achever le paiement. — Charles V, qui avait succédé à Jean, avec l'appui de Duguesclin, enleva aux Anglais les possessions qu'ils avaient en France, et Édouard, livré aux plaisirs, mourut après avoir signé une paix honteuse pour lui. Richard II, son petit-fils, satisfait d'être roi, laissa la conduite du royaume à Robert de Vère ; les frères d'Édouard II, les ducs de Glocester, d'York et de Lancastre voyaient avec peine le pouvoir leur échapper. Le premier leva l'étendard de la révolte, et se donna lui-même la mort qu'on lui préparait. Henri, fils de Lancastre, sut gagner le peuple, après la mort de son père, par des manières affables et insinuantes ; et prit le titre de roi. Richard, dernier descendant de Plantagenet, périt d'une mort violente. —L'avènement au trône de la famille de Lancastre donna lieu à des conspirations qu'Henri sut habilement réprimer. Il réduisit au devoir Thierry, comte de Northumberland, et fit prononcer la peine de mort contre l'archevêque d'York. Henri V, fils et successeur d'Henri IV, anéantit la secte des Wiclésites ou lollards qui réclamait la liberté religieuse, excitaient depuis longtemps des troubles dans le royaume. Deux factions, les Bourguignons et les Armagnacs ou orléanistes, profitant de la démence de Charles VI, désolaient la France à cette époque. Henri crut la circonstance favorable pour satisfaire son ambition. Il demanda la main de la fille de Charles, et pour dot les provinces que Philippe-Auguste avait autrefois enlevées à l'Angleterre. On lui en offrit la moitié, mais Henri n'accepta point, il fit une descente en Normandie, et remporta sur les Français la bataille d'Azincourt, plus funeste encore que celle de Crécy et de Poitiers. La famine obligea le vainqueur de se retirer ; mais deux ans après il reparut, tandis que le royaume était en proie aux troubles de la guerre civile; il s'empara de Rouen et de Pontoise, épousa Catherine de France et reçut le serment de fidélité des États-Généraux. Il mourut, laissant un fils encore au berceau (1422). — Le parlement établit le duc de Bedfort, prince habile et courageux, frère du feu roi, régent du royaume. Bedfort remporta une victoire sur Charles VII, qui avait succédé à Charles VI sur le trône de France. La bataille de Verneuil mit le comble aux malheurs des Français ; mais tout-à-coup la fortune abandonne les Anglais qui sont battus à leur tour par Dunois, Lahire, Xintrailles qui firent des prodiges de valeur à la défense d'Orléans, dont la célèbre Jeanne-d'Arc fit lever le siége. Charles, de concert avec le duc de Bourgogne, bat les Anglais à Patay, à Chinon et les expulse du territoire français. Bedfort meurt ; Henri VI épouse, à l'instigation du cardinal Vincester, Marguerite d'Anjou. Cette princesse, de concert avec le même Vincester, fait assassiner le duc de Glocester, oncle du roi. Mais bientôt le duc d'York se présenta comme un adversaire redoutable à la reine et au cardinal. Ce nouvel antagoniste, après avoir obtenu le renvoi de Sommerset, premier ministre, battit l'armée et fit le roi prisonnier. Marguerite réussit à faire rendre le trône à son mari. Mais la guerre ne tarda pas à se rallumer entre les partisans de la maison de Lancastre et les partisans d'York. Ces derniers firent une seconde fois le roi prisonnier, et le Parlement décida que le duc d'York régnerait, mais que la couronne resterait cependant à Henri VI tout le temps que ce prince vivrait. Marguerite n'accepta pas cette décision. A la tête d'une armée écossaise, elle battit le duc d'York qui fut trouvé mort sur le champ de bataille. Son fils, qui conserva les mêmes prétentions, aidé de Warwik, humilia les royalistes à leur tour. Les deux factions de la rose blanche, qui combattait pour la maison de Lancastre, et celle de la rose rouge, pour la maison d'York, inondèrent de sang tout le royaume. Le peuple rejeta Henri de Lancastre et se déclara en faveur d'Edouard d'York. Le Parlement ratifia cette élection. — Edouard IV (1461), après avoir battu les troupes de Marguerite, se voyant affermi sur le trône, méconnut les services de Warwick, à qui il devait sa haute fortune. Louis XI, roi de France, qui avait toujours secondé Marguerite, ménagea une réconciliation entre la reine et Warwick. Celui-ci rassembla des troupes, battit le roi et remit la couronne sur la tête de Henri VI, qui était resté caché dans la tour de Londres. Ses succès n'eurent point de durée. Edouard, secouru du duc de Bourgogne, Charles-le-Téméraire, livra bataille à son tour à Warwick, qui n'ayant pas voulu attendre les renforts que Marguerite devait lui envoyer, fut tué dans le combat. Henri fut assassiné, et un fils que cet infortuné prince avait eu de Marguerite, fut immolé par les ducs de Clarence et de Glocester. Edouard ne signala la fin de son règne que par ses cruautés : son frère, le duc de Clarence, fut livré à la mort pour s'être rangé pendant quelque temps du parti de Warwick. On lui laissa le choix de son supplice. Il voulut être noyé dans un tonneau de Malvoisie. — Une guerre avec la France devait avoir lieu à cette époque. Une armée avait été levée, et les subsides votés par le Parlement : cette armée même débarqua à Calais ; mais Louis XI, qui allait à ses fins par des voies plus sûres que par celles des armes, sut faire signer à Edouard le traité de Pecquigny, qui éloigna les Anglais du continent. Dans ce traité on stipula la délivrance de Marguerite, dont Louis XI paya la rançon. Cette malheureuse princesse termina ses jours en France en 1482. Cette même année, Edouard IV mourut. Edouard V, son fils, ne régna que deux mois, et périt par la perfidie du duc de Glocester, qui se fit proclamer roi, sous le nom de Richard III ; mais il ne jouit pas longtemps de son usurpation. Le duc de Buckingham, qui avait soutenu son élévation, ne s'étant pas trouvé assez récompensé, intrigua pour faire monter sur le trône Henri, petit-fils d'Owen Tudor et comte de Richemond. A la tête d'une armée que lui fournit le roi de France Charles VIII, Henri Tudor marcha contre Richard qui ne put soutenir l'attaque. Sa défaite et sa mort livrèrent le

trône au vainqueur, qui fut reconnu roi légitime par le Parlement réuni à Westminster et par la cour de Rome, sous le nom de Henri VII. Ce prince sut réprimer habilement deux révoltes que les partisans de la maison d'York suscitèrent sous son règne. Il conclut un traité de paix avec Charles VIII, qui consentit à lui payer un tribut annuel. La mort l'enleva à l'âge de cinquante-deux ans. Sa fille, Marie, épousa Jacques IV, roi d'Ecosse ; son fils cadet reçut la main de Catherine, fille de Ferdinand d'Aragon, déjà veuve de l'aîné qui portait le nom de Verther. 1509. — Henri VIII, couronné roi à 18 ans, laissait apercevoir déjà ces passions funestes qui, avec l'âge, devaient se fortifier en lui et jeter de profondes racines : il épousa Catherine d'Aragon qui cimenta son alliance avec l'Espagne. A l'instigation du pape Jules II, qui combattait contre Louis XII, roi de France, Henri VIII se rangea dans les rangs des ennemis de ce dernier, qui fut obligé d'abandonner le Milanais et toutes ses conquêtes en Italie. Henri échoua devant Térouane, mais fut vainqueur à Guinegate, où la cavalerie française prit la fuite avec tant de rapidité, qu'on nomma cette bataille la journée des éperons. Jacques II, roi d'Ecosse, était l'allié de la France. Henri lui déclara la guerre, et le défit à Flodden, où le malheureux Jacques perdit la vie. — On vit alors paraître le célèbre Thomas Wolsey ; fils d'un boucher, et simple ecclésiastique, il sut par son esprit, ses talents et ses lumières, parvenir aux premières dignités de l'Eglise et de l'Etat. — Mécontent de Ferdinaud, roi d'Espagne, avec lequel il avait fait la guerre à la France, Henri fit la paix avec Louis XII, et lui donna la main de sa sœur Marie. Cependant cette paix ne fut pas de longue durée, et les intrigues de Wolsey rendirent Henri VIII tantôt l'allié et tantôt l'ennemi de la France, de l'Autriche et de l'Espagne. Léon X (Médicis) gouvernait alors l'église, et fut en butte aux attaques de Luther. Henri VIII s'efforça d'étouffer les premières semences de l'erreur ; et reçut de Léon X le titre de défenseur de la foi. Mais les passions étaient déjà mises en jeu par la nouvelle doctrine qui fit dès lors de rapides progrès. Henri, qui d'abord avait paru si zélé pour la défense de l'Eglise, et qui même avait écrit un ouvrage en sa faveur, devint bientôt un ennemi acharné à sa ruine, dès qu'il sentit que l'autorité pontificale mettait un frein à ses passions. La cause d'un changement dont les effets devaient être si funestes pour tout le royaume, fut le divorce de ce prince avec Catherine d'Aragon, princesse vertueuse, plus âgée que lui de six ans et qu'il n'aimait plus. Voulant épouser alors Anne de Boleyn qu'il n'avait pu séduire, il désirait avoir pour ce mariage l'approbation du pape Clément VII ; mais le pontife ne put sanctionner une conduite que l'Eglise avait de tout temps considérée comme criminelle. Le ministre Wolsey, soupçonné d'avoir une intelligence avec le pape, est disgracié ; on nomme à sa place Thomas Morus, chancelier. Wolsey, dans son chagrin, est atteint d'une dysenterie qui le mène au tombeau. Henri se fait nommer par le Parlement chef de l'Eglise d'Angleterre ; crée Cranmer primat, et couronne Anne de Boleyn en 1533. Excommunié par le pape, il se fit nommer chef suprême de l'Eglise anglicane, et se mit ainsi à la tête d'un schisme. Il rédigea lui-même des articles de foi qu'il fit admettre par le Parlement et la majorité du clergé ; confisqua les biens qui avaient appartenu aux monastères ; et contraignit tous ses sujets, sous peine du gibet ou de la prison, à observer fidèlement la nouvelle religion (1539). Le roi n'aimait déjà plus Anne de Boleyn, qui s'opposait à ses innovations ; il la fit condamner comme infidèle, puis décapiter. Thomas Morus eut le même sort ; homme intègre, il ne pouvait faire plier sa conscience à son intérêt. — Une nouvelle bulle d'excommunication lancée par Paul III, successeur de Clément VII, ne put arrêter Henri VIII dans sa persécution

(1536). — Le lendemain de l'exécution d'Anne Boleyn, il épousa Jeanne Seymour, dame d'honneur de la reine. Elle mourut peu après lui avoir donné un fils, que nous verrons sur le trône. Henri s'unit alors à Anne de Clèves, qui appartenait à une des premières familles protestantes d'Allemagne. Mais à peine ce mariage conclu, il songea au divorce. Anne y consentit, moyennant une rente de 3,000 livres sterling. Catherine Howard prit sa place, d'où elle passa quelque temps après sur l'échafaud pour infidélité. Enfin Catherine Parr, veuve du lord Latimer, fut la sixième femme que prit ce roi ombrageux, et il eût traité très probablement cette dernière comme les précédentes si la mort lui en eût laissé le temps. — Sur la fin de son règne, Henri fit la guerre à l'Ecosse, puis à la France, conjointement avec Charles-Quint ; mais ayant échoué contre plusieurs places fortes, il se hâta de faire la paix (1547). — Edouard VI, fils de Henri VIII et de Jeanne Seymour, mourut six ans après le décès de son père, encore sous la tutelle de Sommerset, son oncle, qui avait été nommé protecteur. Ce dernier, ardent protestant, favorisa de tout son pouvoir la nouvelle doctrine, et resserra les catholiques dans des bornes très étroites, malgré les efforts de Gardiner, leur chef. Sommerset avait l'intention d'unir l'Ecosse à l'Angleterre, par le mariage d'Edouard et de Marie Stuart, reine d'Ecosse. A la tête de 10,000 hommes, il marcha sur l'Ecosse, et remporta à Pinkey une grande victoire, dont il ne profita pas, à cause des conspirations que Dudley, comte de Warwick, tramait contre lui à Londres. La France fournit des secours à l'Ecosse. Elle sut résister longtemps aux efforts de l'Angleterre. Edouard fit avec la France un traité de paix qui fit rendre à Henri II la ville de Boulogne, et le dispensa de payer les énormes tributs annuels que l'Angleterre avait imposés à ses prédécesseurs. Les intrigues de Dudley, comte de Warwick, ayant fini par perdre Sommerset, ce dernier fut incarcéré et puis exécuté. Parvenu au suprême pouvoir et revêtu du titre de duc de Northumberland, Warwick maria un de ses fils avec Jeanne Gray, nièce de Henri VIII, que ce prince avait appelée au trône après ses enfants Edouard VI mourut dans sa 16e année (1553). Marie, fille de Henri VIII, monta sur le trône malgré l'opposition de Dudley, qui voulait proclamer Jeanne Gray. Dudley, Jeanne Gray et son mari portèrent tous les trois leurs têtes sur l'échafaud. Marie était d'un caractère sombre, mélancolique, opiniâtre et d'autant plus susceptible des impressions d'un faux zèle, qu'en l'inquiétant sur sa religion, on l'avait plus animée contre le protestantisme. Son zèle à rétablir le catholicisme la porta à des excès qui firent d'un règne de peu de durée une scène continuelle de supplices atroces et d'exécutions sanglantes de protestants. — Marie songea bientôt à se choisir un époux ; l'ambitieux Charles V, contre le despotisme duquel l'Allemagne était révoltée, et qui venait d'échouer devant Metz, contre le duc de Guise, désirait réparer ses pertes en mariant Philippe son fils, avec la reine d'Angleterre. Il réussit dans ce projet. Le mariage donna lieu à quelques révoltes, dont les meneurs furent exécutés. Les principaux chefs des protestants furent en butte à une cruelle persécution. Roger, ministre respectable, Hooper, évêque de Glocester, Sanders et Taylor, simples pasteurs, Ridley, évêque de Londres, Latimer, ancien évêque de Worcester, le fameux primat Cranmer, et une foule d'autres protestants, furent brûlés vifs. La fin du règne de Marie fut marquée par une guerre avec la France. Victorieux à St.-Quentin, les Anglais furent vaincus à Calais, que le duc de Guise leur enleva en huit jours. On entrait en négociation quand la mort de Marie vint les interrompre (1558). — Marie n'avait point eu d'enfants ; la couronne passa donc à Élisabeth, sa sœur, que Marie avait persécutée. A l'âge de 25 ans, Élisabeth passa, pour ainsi dire, de la prison sur le trône. Son premier

soin fut de pardonner à ses ennemis, et de rétablir le protestantisme. Elle avait pour cela besoin de quelques années de tranquillité. Elle signa donc avec Henri II, roi de France, le traité de Cateau-Cambrésis, qui assurait à la France la possession de Calais. — Marie-Stuart, reine d'Ecosse, nièce des Guise, qui avait épousé le dauphin de France, cherchait à lui disputer la couronne, et prenait le titre de reine d'Angleterre. Après la mort de François II, son époux, cette rivale puissante fit à Elisabeth d'inutiles propositions d'alliance. Marie-Stuart, pour se rendre aux vœux des lords écossais, s'unit par le mariage à Darnley, petit-fils de Henri VII. Marie-Stuart avait pour favori un nommé Rizzio ; le roi le fit assassiner, et périt lui-même d'une mort violente (1569). — Après l'assassinat du roi, Marie Stuart épousa le comte de Bothwel, son ravisseur. L'indignation qu'excita parmi les seigneurs écossais une telle conduite ne tarda pas à les soulever contre Marie qui, vaincue et faite prisonnière par les rebelles à Edimbourg, se vit contrainte de renoncer à la couronne en faveur de Jacques VI, son fils. Echappée de sa prison, la reine leva des troupes, essuya une seconde défaite et vint demander un asile à Elisabeth. Le comte de Murray, nommé régent du royaume, se porta pour son accusateur ; mais Elisabeth retint sa rivale prisonnière. Plusieurs négociations furent faites en faveur de Marie, et n'obtinrent aucun résultat. En 1572 le Parlement demanda qu'elle comparût en jugement ; Elisabeth feignit de n'y pas consentir. Un gentilhomme, Robington, attenta aux jours de cette dernière pour sauver Marie ; son projet fut découvert grâce à l'habileté de François Walsingham, ministre d'Elisabeth, homme adroit et plein de talent. La condamnation de Robington ne se fit point attendre. Alors le Parlement, craignant que sa proie ne lui échappât, prononça l'arrêt de mort de Marie, qu'Elisabeth signa en plaignant *sa chère cousine*. Cette infortunée princesse fut exécutée en 1587, et montra un courage qui ne se démentit pas un instant. — Jacques VI essayait alors de régner en Ecosse, et par ambition, sut maîtriser l'indignation que lui causait la mort de sa mère. — Elisabeth battit, près de Plymouth, la flotte espagnole que Philippe II, excité par le pape Sixte V, venait d'équiper pour la combattre. Après avoir vaincu les Espagnols, les Anglais firent une descente en Portugal, s'emparèrent des faubourgs de Lisbonne, et se retirèrent après avoir ravagé le pays. Quelques années plus tard, Elisabeth attaqua de nouveau l'Espagne : sa flotte, sous la conduite du lord Effingam et du comte d'Essex s'empara de Cadix. Henri IV, roi de France, venait de signer avec l'Espagne la paix de Vervins. Elisabeth ne voulut pas en faire autant. Malgré le conseil de ses ministres, elle continua la guerre avec Philippe, et chassa les Espagnols de l'Irlande où ils avaient envoyé des troupes. L'Irlande fut soumise presque entièrement par les soins de lord Montjoie, qui répara dans ce pays les fautes qu'y avait commises le comte d'Essex. Les revers de ce favori d'Elisabeth servirent de prétexte à ses ennemis pour le perdre. On le mit en jugement, et il fut exécuté dans la tour de Londres. Sa mort plongea la reine dans une tristesse qui la conduisit au tombeau (1603). — Elisabeth mourut à l'âge de soixante-neuf ans, après en avoir régné 45. Le défaut d'héritiers de la maison de Tudor donnait à Jacques VI, roi d'Ecosse, un droit au trône. Celui-ci prit en main les rênes du gouvernement sous le nom de Jacques Ier, et en lui commença à régner la race des Stuarts. Ce faible prince ne put faire observer, comme il le désirait, aux puritains la liturgie de l'église épiscopale. Il aimait à briller dans la discussion théologique. — Un complot connu sous le nom de *conspiration des poudres*, fut découvert au moment où il allait s'exécuter. Catesby et Piercy, les deux chefs de cette conspiration catholique, avaient exposé 36 barils de poudre sous la salle des séances, dans le but de faire sauter le Parlement. Ils furent tous deux exécutés. Sully, ministre de Henri IV, proposa au roi d'Ecosse une ligue contre la maison d'Autriche. Mais le pacifique Jacques refusa l'offre et se contenta de donner quelques secours aux Hollandais. Jacques n'était pas aimé des Anglais, parce qu'il leur préférait les Ecossais. Il lutta longtemps, mais en vain, contre les refus de subsides que ses dépenses insensées mettaient toujours dans le besoin. Ce prince, qui eut la gloire de rétablir la paix en Irlande, ne put empêcher la guerre d'éclater entre le royaume d'Espagne et l'Angleterre, par la rupture du mariage déjà conclu entre le prince de Galles avec l'infante d'Espagne. Ce qui occasionna cette rupture fut l'orgueil de Georges Villiers de Buckingham, favori que Jacques laissait régner à sa place. Ce prince eut la douleur de voir s'unir contre son vœu les royaumes d'Angleterre et d'Ecosse. Cherchant une alliance qui pût l'aider à soutenir la guerre contre l'Espagne, il tourna ses yeux vers la France, où Richelieu commençait à dominer. Henriette, fille de Henri IV, sœur de Louis XIII, fut accordée au prince de Galles (1624). Jacques mourut l'année suivante, dans sa cinquante-huitième année. C'est sous ce règne que vécurent les célèbres Bacon et Shakespeare. — Charles Ier, fils de Jacques VI, lui succéda. Ce prince porta sur le trône (1625), une ambition qui ne connaissait pas de bornes, et une opiniâtreté qui ne voulait céder à aucun obstacle. La confiance qu'il accorda à Buckingham, son favori, aliéna les esprits contre lui. Le Parlement ne voulut accorder aucun secours pour la guerre d'Espagne, et fut dissous (1626). Buckingham fut mis en accusation : mais le roi s'opposa à ce qu'on donnât suite à cette affaire, et ordonna seulement au Parlement de voter les subsides qu'il lui demandait, ajoutant la menace à ses ordres. Ces menaces ne firent qu'aigrir les esprits : on refusa les subsides. Charles cassa de nouveau le Parlement, un des chefs du parti protestant en France, sollicitait en Angleterre des secours pour les calvinistes de France. Le duc de Buckingham, aussi mauvais soldat que diplomate, eut l'imprudence de se mettre à la tête d'une flotte anglaise avec 7,000 hommes de débarquement, destinée à soutenir les Rochelais assiégés par Richelieu ; mais il échoua devant l'île de Rhée. Buckingham préparait une nouvelle expédition en faveur des Rochelais, quand il fut assassiné à Portsmouth, par un fanatique. — Il fallait des subsides ; un troisième parlement fut convoqué ; un discours que Charles y prononça fut interrompu par des cris de liberté, dans la Chambre basse. Les chevaliers Seymour, Philippe Wentwort, répondirent au roi d'une manière très acerbe ; enfin, un acte nommé pétition de droits fut dressé pour l'abolition des taxes non autorisées du Parlement : l'Assemblée est encore rompue par Charles, qui semblait vouloir fermer les yeux sur le nombre toujours croissant de ses ennemis. — Les efforts qu'il fit pour soumettre les Ecossais à la liturgie anglicane échouèrent contre l'opiniâtre résistance des puritains qui dominaient dans ce royaume ; il avait envoyé aux Ecossais les canons qui devaient fixer le culte et la juridiction ecclésiastique. Mais quand le doyen d'Edimbourg voulut commencer le service selon la liturgie de Charles, des cris séditieux : Un pape ! un pape ! partirent de toutes parts : le tumulte fut à son comble. Les chefs de la révolte signèrent en cette occasion le Covenant ou alliance solennelle par laquelle ils s'engageaient à repousser le papisme, à attaquer sans ménagement les prélats, à rechercher et à combattre l'hérésie. Charles n'eut pas la prudence de renoncer à son projet, et il n'avait pas la force de résister aux rebelles. Voyant les embarras que lui suscitait le Parlement, Charles prononça la dissolution de ce corps, et assembla le long parlement, tandis que 22,000 Ecossais à la solde de Richelieu s'étaient déjà emparés de Newcastle. — L'Irlande ne voyait pas sans murmurer la tyrannie brutale de l'Angleterre. Le peuple opprimé voulut secouer ce joug qui lui était odieux. Il égorgea indistinctement, en une seule nuit, 40,000 Anglais, et on attribua à Charles la gloire de ce massacre. Charles repoussa une si odieuse accusation ; mais voyant chaque jour pâlir son étoile, il quitta Londres et se réfugia à Yorck. Là il se prépara à soutenir son droit et son autorité chancelante par la force des armes. — Aux premiers préparatifs de guerre, la Chambre des Communes publia une déclaration qui défendait aux citoyens d'obéir à Charles, convaincu, disait-elle, d'avoir voulu anéantir les privilèges et les droits de la nation. — Les Anglais se divisent, l'armée royale était nombreuse ; celle du Parlement, au contraire, n'avait que quelques poignées d'hommes, mais tous résolus à mourir pour le triomphe de leur cause ; et d'ailleurs que pouvaient Charles et son armée contre la bouillante ardeur du chevalier Fairfax, puissamment secondé par Cromwell ? — Cromwell, homme d'origine noble, mais pauvre, sans instruction, d'un fanatisme et d'un bigotisme excessifs, avait passé presque toute sa jeunesse dans la débauche et avait atteint l'âge de 44 ans sans sortir de l'humble condition de fermier où ses désordres et son ignorance l'avaient réduit. La haine et la fureur qu'il affichait contre la cause royale furent la source de sa fortune. Nommé député au Parlement par la ville de Cambridge, il s'attacha d'abord à gouverner l'esprit de ses collègues dont il fit des victimes ou des instruments pour satisfaire son ambition effrénée. Il n'était point orateur, mais il avait du courage, une audace peu commune, et il fut parfaitement servi par les circonstances. Fairfax, nommé général, demanda au Parlement qu'on lui adjoignit Cromwell. Hypocrite et rusé, celui-ci supplanta bientôt, Fairfax homme consciencieux et probe, mais trop confiant et trop faible. Fondant sur de nouveaux principes la gloire britannique, Cromwell fixe la victoire sous ses drapeaux. Charles n'éprouve que des revers et des défaites, et bientôt une régicide ternit les lauriers du vainqueur. Charles périt sur un échafaud. L'ambitieux Cromwell l'accuse de tyrannie et de trahison, et un tribunal composé de quelques créatures dévouées à ce parvenu, prononça la sentence de mort contre le roi (1649). En vain quatre seigneurs amis du prince s'offrirent à sa place, assumant en leur qualité de conseillers la responsabilité des mesures qu'on lui reprochait comme crimes. Trois jours après sa condamnation, Charles eut la tête tranchée. Un homme masqué prit ce sanglant trophée, et le montrant au peuple, il s'écria : Voilà le traître ! meurent ainsi tous les tyrans ! (1649) —Après l'exécution de Charles, la Chambre haute fut supprimée, et les communes déclarèrent la royauté abolie. Le prince de Galles, alors à la Haye, de son autorité privée, prit le titre de roi sous le nom de Charles II, et s'avança pour combattre le Parlement les armes à la main. Mais battu par Cromwell à Dumbar et à Worchester, il repassa promptement la mer. Cependant le féroce vainqueur n'est pas encore satisfait ; il veut tout soumettre à ses lois ; rien ne lui résiste : il dissout le Parlement, place sur les ruines du trône qu'il a renversé, le simulacre de la liberté, et sous le titre de Protecteur, il impose ses volontés despotiques à l'Angleterre ; il fait reconnaître son pouvoir des puissances voisines ; il déclare la guerre, fait des traités de paix, équipe de nombreuses flottes, fonde des colonies, donne au commerce une extension prodigieuse, encourage les arts, assemble de nouveaux parlements, les compose de ses créatures, obtient ainsi d'eux tout ce qu'il veut, appelle tour à tour à l'appui de sa politique le fanatisme, la terreur. Mais dévoré de noirs chagrins, détesté par ses plus proches parents, craignant pour ses jours, il ne sort plus sans être couvert d'une cuirasse et armé, environné de gardes, changeant de lit chaque nuit, poursuivi par ses remords, et croyant sans cesse voir

42

à ses côtés le spectre de Charles Ier. Miné par une fièvre lente, tous les secours de la médecine furent impuissants pour lutter contre la gravité du mal. Les médecins ayant annoncé sa fin prochaine, une députation du conseil se présenta pour savoir ses volontés à l'égard de son successeur. Cromwell désigna son fils Richard et mourut quelques instants après. Il était âgé de 58 ans. — Richard, fils de l'usurpateur, incapable de soutenir l'éclat et la grandeur du poste éminent auquel il était appelé, avait été élevé en province dans des goûts simples, loin des intrigues et des affaires, d'une indolence extrême, il se livra avec excès aux plaisirs, leur sacrifiant les intérêts de son royaume, il ouvrit la porte aux abus. L'armée, excitée par Flettwood, gendre d'Olivier Cromwell, et par le fanatique républicain Lambert, se plaignit amèrement des chefs nommés par Richard et en demanda de nouveaux. Le nombre des mécontents s'accrut, des factions se formèrent sous les yeux mêmes du roi. Alors les indépendants devinrent les maîtres ; ils imposèrent des conditions ; Lambert força Richard d'abdiquer (1659). La division était plus que jamais dans l'armée ; les royalistes luttèrent contre le despotisme militaire, et finirent par l'emporter. Monk, d'abord au service de Charles Ier, et qui ensuite était passé sous les drapeaux de la république, gouvernait alors l'Écosse. Désirant replacer les Stuarts sur le trône, il feignit de vouloir rétablir le parlement qui avait condamné Charles Ier. La plus grande partie des troupes se déclara dès lors en sa faveur. Arrivé à Londres, il manifeste ses intentions, et Charles II est proclamé (1660). — L'armée fut licenciée, les régicides punis. Mais ce prince, né catholique, mécontenta, par une déclaration de tolérance, la faction protestante qui était alors la plus considérable. La conversion éclatante du duc d'York, frère de Charles, au catholicisme, rendit hostile au trône le Parlement lui-même, dont les membres professaient, pour la plupart, la religion réformée. Charles restitua Dunkerque au roi de France et reçut la main de Catherine, infante du Portugal, avec une riche dot. — Dans la guerre qu'il déclara à la Hollande, Monk soutint dignement la gloire de la marine anglaise (1664) ; mais Londres n'en fut pas moins menacée par l'amiral Ruyter dont la flotte pénétra jusque dans la Tamise. Le traité de Bréda conclu en 1674 ne put mettre fin aux hostilités qui durèrent encore jusqu'à la paix de Nimègue conclue six ans après. Charles prononça la dissolution du Parlement qui contrariait les projets ambitieux qu'il formait de réunir entre ses mains le pouvoir absolu. Il dépouilla de leurs privilèges Londres et les villes les plus signalées d'insubordination. Deux républicains, Russel et Sydney, animés du désir de conquérir la liberté, attentèrent aux jours du roi. Le complot fut découvert, et les auteurs périrent sur l'échafaud. Charles mourut peu après à l'âge de 52 ans. C'est de son règne que date la loi d'*habeas corpus*, qu'on regarde, en Angleterre, comme un rempart de la sûreté des citoyens. Cette loi porte expressément que le geôlier produira devant les tribunaux, dans le délai requis, tout prisonnier confié à sa garde, afin que la cause de son emprisonnement soit certifiée. Le prisonnier doit être accusé et jugé au terme prescrit, et s'il est acquitté, on ne peut jamais le reprendre pour le même sujet. A cette même époque, furent usités pour la première fois, les noms des *Whigs* et des *Tories*. Le premier désignait les adversaires de la cour, le second s'appliquait au parti royaliste. Le duc d'York monta sur le trône et prit le nom de Jacques II (1685). Le prince résolut de relever par la force, le catholicisme en Angleterre, et de détruire l'œuvre de Henri VIII. — En vain le pape Innocent XI s'efforça de le faire changer de résolution en lui mettant sous les yeux les funestes conséquences de cette audacieuse tentative. La convocation du Parlement fut indéfiniment prorogée, et le clergé anglican dut se soumettre à une

sorte d'inquisition (1688). Guillaume, prince d'Orange, gendre du roi. témoigna le plus vif mécontentement et prit chaudement la défense des protestants anglais. Jacques sévit tout-à-coup ; abandonné des siens, il prit la fuite, et se réfugia à la cour de Louis XIV qui lui fit l'accueil le plus généreux et le traita avec une bienveillance marquée. — Guillaume entra à Londres le jour même où le Parlement, réuni en *Convention*, déclarait à la majorité de sept voix, le trône vacant, et disposait de la couronne en faveur du prince d'Orange conjointement avec Marie sa femme. En même temps une décision appelée *bill des droits* fixait les bornes de la prérogative royale. Guillaume III (1689), né calviniste, tenta, mais en vain, de détruire l'acte qui déclarait les non-conformistes inhabiles aux affaires publiques. Cependant Jacques, avec l'appui de Louis XIV, prenait les armes pour reconquérir le trône. Accueilli à *Dublin*, aux acclamations du peuple, il ne jouit pas longtemps de son triomphe. Guillaume vint lui livrer bataille sur les bords de la Boyne. Jacques fut battu, et Dublin tomba au pouvoir du vainqueur. La ligue d'Augsbourg avait armé l'Europe contre Louis XIV. Fourville avait battu les flottes anglaises et hollandaises réunies. Guillaume abandonna la conquête de l'Irlande à ses généraux, et passa dans les Pays-Bas pour ranimer l'enthousiasme des confédérés (1691). La reine Marie venait de mourir à l'âge de 32 ans. Un complot tramé contre la vie du roi fut découvert, et les auteurs punis. La prise de Namur fit oublier à Guillaume les chagrins que lui causaient ses ennemis du dedans, et ce prince eut enfin la satisfaction de se voir reconnu de Louis XIV; par le traité de Ryswick Louis abandonna toutes ses conquêtes, et Guillaume vit son trône affermi. Le Parlement lui adressa des félicitations, mais s'opposa constamment à ses desseins. L'ancienne compagnie des Indes fut rétablie malgré le roi. — L'entrée des Chambres fut interdite par un bill à tout individu tenant un traitement du roi. Louis XIV, en conservant une partie considérable de ses troupes, semblait mettre les autres puissances dans la nécessité d'en faire autant. Néanmoins, le Parlement ne conserva que 10,000 hommes. On établit ensuite que la duchesse de Hanovre, petite-fille de Jacques Ier, arriverait au trône après la princesse Anne (1701). Le trône d'Espagne était alors vacant par la mort du roi qui ne laissait point d'héritiers : une nouvelle lutte se préparait contre Louis XIV, et l'Angleterre devait y prendre part. Guillaume allait mettre pied à terre sur le continent, lorsqu'il tomba de cheval et mourut des suites de cette chute (1702). Anne Stuart poursuivit contre la France les préparatifs de guerre de Guillaume, et le comte de Malborough fut chargé de conduire l'expédition. Cet habile guerrier remporta sur les Français les victoires de Ramillies, d'Oudenarde et de Malplaquet. Louis XIV, épuisé par dix-huit années de guerres, allait renoncer à défendre son petit-fils, lorsque deux ans plus tard, le maréchal de Villars remporta à Denain une victoire signalée, et sauva ainsi la France qui était à deux doigts de sa perte. Malborough fut rappelé et disgracié. On produisit contre lui plusieurs chefs d'accusation ; mais il est vraisemblable que la cause principale de sa disgrâce fut la haine que lui portaient les torys par cela seul qu'il s'était rendu agréable aux wighs. La reine Anne résolut de fondre l'Écosse et l'Angleterre en une seule monarchie, et elle y réussit au bout de quatre ans de persévérance. Il n'y eut plus qu'un seul parlement pour deux peuples différents de mœurs et d'intérêts. Anne mourut en 1714. De son consentement, la tête de son frère, le prétendant, fils de Jacques II, avait été mise à prix. Georges de Brunswick, électeur de Hanovre, arrière-petit-fils de Jacques Ier, fut proclamé selon l'acte de succession (1714) Georges Ier parvint à réduire les jacobites qui avaient proclamé Jacques III en Écosse. Le prétendant, demeuré sans appui par la mort de

Louis XIV, fut défait à Dumblain, et ses partisans périrent presque tous dans les plus horribles supplices. L'Ecosse était sur le point de passer sous la domination de Charles XII, roi de Suède, lorsque ce prince mourut. Des démêlés s'élevèrent alors entre l'empereur Charles VI et le roi d'Espagne, Philippe V, au sujet de quelques provinces. Georges embrassa la querelle de Charles, conclut avec lui un traité dans lequel intervinrent la France et la Hollande : ce traité avait pour but de maintenir la paix d'Utrecht. A peine la guerre fut-elle déclarée, que l'amiral Bing battit la flotte espagnole près de la Sicile, et Philippe se soumit à la décision des confédérés (1719). Georges mourut à soixante-huit ans. Sous Georges II (1727) eut lieu la guerre de *la succession d'Autriche*. Marie-Thérèse, reine de Hongrie, fille de Charles VI, se voyait disputer le droit de succéder à son père, par Charles Albert, électeur de Bavière. La France prêtait les mains aux prétentions de ce prince, et Frédéric, roi de Prusse, promit également son appui. L'Angleterre, la Hollande et la Russie embrassèrent le parti de Marie-Thérèse. Georges vainquit les Français à Dettingen (1744); mais l'année suivante, les Français vengèrent dignement cette défaite à la fameuse bataille de Fontenoy, où les Anglais et leurs alliés furent battus et mis en fuite (1745). La paix fut signée à Aix-la-Chapelle, après la mort de l'électeur. Cependant, les hostilités continuaient dans et dans l'Amérique. Les Anglais échouèrent dans les tentatives qu'ils firent pour s'emparer de la Louisiane et du Canada. Une flotte française prit Minorque mal défendue par l'amiral Bing. Cet amiral fut rappelé en Angleterre et fusillé. — En 1757, la France, l'Autriche et la Suède se liguèrent pour dépouiller le roi de Prusse : ce fut pour les Anglais une occasion favorable de satisfaire la haine qu'ils portaient à la France, en secourant Frédéric. Mais l'honneur des victoires de Prague et de Rosbach ne leur appartient pas ; c'est à Pitt, leur vaillant allié, qu'on doit le rapporter en entier. Georges II mourut sur ces entrefaites : le peuple, écrasé d'impôts, commençait à murmurer. Le prince de Galles, mort en 1751, avait laissé un fils qui succéda à son aïeul, sous le nom de Georges III (1760). — Le nouveau roi, qui connaissait tout le prix d'un homme tel que Pitt, le maintint à la tête des affaires. Louis XV venait de demander la paix à l'Angleterre, lorsqu'il conclut avec l'Espagne le *pacte de famille*. A cette nouvelle, l'Angleterre rompit toute négociation, mais le traité de Paris suspendit les hostilités qui recommençaient de part et d'autre. Ce traité assura aux Anglais la possession de presque toutes leurs conquêtes (1763). — L'émancipation des colonies américaines fut un événement d'une haute importance pour l'Angleterre et pour les autres puissances qui y prirent toutes une part plus ou moins active. Ces colonies, soumises à des lois presque républicaines, repoussèrent le joug des impôts que les ministres anglais voulurent leur imposer pour soulager l'Angleterre de sa dette toujours croissante. Le Parlement fit passer un bill qui établissait une taxe sur le thé. Les Américains réclamèrent et formèrent bientôt une ligue redoutable. Les députés de treize provinces, dans une *déclaration de droits*, s'engagèrent à rompre tout commerce avec l'Angleterre. Le fameux acte d'indépendance fut une seconde fois proclamé par le congrès, et Washington reçut le titre de général en chef (1775). La France, la Hollande, l'Espagne se déclarèrent contre l'Angleterre. L'amiral anglais Rodney se rendit maître de quelques vaisseaux espagnols en Europe ; en vint aux mains avec la flotte française dans les Indes, et prit Saint-Eustache aux Hollandais. Les *insurgés* s'emparèrent de Boston et de Philadelphie en Amérique. Lafayette, qui était allé combattre en faveur des Américains, parvint, de concert avec Washington, à enfourer le général anglais Cornwallis qui fut contraint

de se rendre avec sa troupe. La révolution de France, qui fit tomber en 1793 la tête de Louis XVI sur l'échafaud, fut hautement désavouée par le ministère anglais : aussitôt la guerre fut déclarée à l'Angleterre par la Convention qui envoya ses onze armées défendre les frontières menacées par la coalition de Pilniz. La république triompha de ses ennemis (1793). — Une expédition française fut envoyée en Irlande pour soutenir les catholiques qui supportaient impatiemment le joug de l'Angleterre. Après quelques avantages remportés par les Français, ces derniers mettent bas les armes, et les Hollandais imitent cet exemple. Le parlement s'incorpora alors à celui d'Irlande, qui depuis cette époque fut représentée au Parlement britannique par 32 pairs et cent membres des communes (1798). — Le traité d'Amiens mit fin aux différends qui divisaient l'Angleterre et la France (1802). Pitt excita la haine de l'Europe contre l'empereur Napoléon, et Nelson porta un coup terrible à la marine française et espagnole. Mais Napoléon ne tarda pas à mettre l'Angleterre aux abois en subjuguant l'Autriche et la Russie. Il entra victorieux à Berlin où fut signé ce fameux décret, représailles du blocus continental formé par l'Angleterre (1806). — Le ministère cependant n'avait pas complètement perdu l'espoir d'abattre la puissance de Napoléon. L'Angleterre achetait au poids de l'or une nouvelle coalition en Europe. L'empereur de Russie déclara la guerre à Napoléon en 1812, et après les grands désastres qu'eurent à essuyer nos armées dans cette funeste campagne, l'Angleterre recouvre la plupart de ses anciennes colonies (1814). Georges III mourut après soixante années de règne ; son fils, le prince de Galles monta après lui sur le trône, sous le nom de Georges IV (1820). — Sous ce nouveau règne, l'Irlande est en proie tout-à-la-fois, à la sédition, à la famine et à une foule de maladies. Le Parlement, pour remédier à tant de maux produisit un bill en faveur des catholiques, et ce bill fut soutenu par une imposante majorité. Alors les réunions radicales commencèrent à demander la réforme électorale ; et cette question a toujours été débattue jusqu'au mois de juin 1830, époque où mourut Georges IV. Un mois après éclata en France la révolution de juillet. Ce grand événement produisit un effet prodigieux dans toutes les parties de l'Angleterre. Quelques radicaux profitèrent de cette effervescence pour faire de nouveau retentir les cris formidables de la réforme et de la liberté. Les torys et les wigs se séparèrent, les diverses fractions du parti tory se rallièrent et se rangèrent sous la bannière du duc de Wellington qu'elles traitaient naguère de *sergent-major sans esprit et sans cœur*. Mais dépassé par les événements, le duc échoua dans sa fameuse déclaration à la chambre des Pairs, et Wellington céda le pouvoir à lord Grey. Le bill de réforme fut rejeté le 9 octobre 1831. Guillaume IV, fils de Georges III, avait succédé au roi Georges. Destiné dès sa plus tendre jeunesse à la carrière maritime par la volonté de son royal père Georges III, William Henri fit ses premières armes en qualité de simple midshipman à bord du *Prince Georges* ; il n'avait alors que 14 ans ; il assista au grand combat naval qui eut lieu entre la flotte anglaise sous les ordres de l'amiral Rodney et la flotte espagnole commandée par don Juan de Langara. En 1783, c'est-à-dire à 18 ans, il visita successivement le Cap français, la Havane et les Antilles. L'année suivante il se rendit à Québec ; c'est là qu'il connut l'amiral Nelson. En 1787, il devint lieutenant, et en 1788 capitaine de vaisseau ; le 20 mai 1789, il devint duc de Clarence, et peu de temps après vice-amiral d'Angleterre. Le 11 juillet 1818, il épousa la princesse Adélaïde Louise de Saxe Méringen dont il n'eut pas d'enfant ; enfin le 26 juillet 1830 il fut proclamé roi de la Grande-Bretagne et fut couronné le 8 septembre 1831. Du 1er mars 1831 au mois de juin 1832 la question de la réforme ne fit aucun pas ; l'Angleterre resta partagée en deux camps, les réformistes et les anti-réformistes. Le roi regardait comme un danger toute atteinte à la constitution ; il consentit pourtant à laisser présenter un bill et à dissoudre la chambre des communes qui voulait modifier ce bill. Une nouvelle chambre s'étant prononcée pour l'adoption du bill tout entier à une majorité de 120 voix, Guillaume rappela lord Wellington qu'il regardait comme plus dévoué à la constitution que lord Grey ; mais il était trop tard...—A l'aide des radicaux, le ministère Grey avait dompté le roi, soumis la chambre des lords et fait triompher la réforme ; mais il avait contre lui sir Robert Peel et M. Stanley. — En proie à mille intrigues, le ministère wigh, personnifié dans lord Grey, touchait à sa fin. — Lord Melbourne, jadis tory, mais alors plus libéral que les wighs, fut appelé au ministère en juillet 1834. Chaque jour il s'attachait à s'éloigner davantage des destructeurs pour se rapprocher des conservateurs. Cependant le roi Guillaume, peu prévoyant, saisit le premier prétexte qui se présenta pour renvoyer ce ministère, et lord Wellington fut chargé de reconstituer le cabinet. Robert Peel, qui se trouvait à Rome, fut mandé, et vint prendre les rênes du pouvoir.—De nouvelles élections eurent lieu, et les conservateurs gagnèrent cent voix. Après une lutte parlementaire admirable, Peel succomba, et le roi dut rappeler lord Melbourne. Le 20 juin 1837, Guillaume IV mourut sans enfants. — D'après la constitution de l'état, la couronne d'Angleterre et d'Irlande revint de droit à la princesse Victoria, née le 24 mai 1819, fille de feu Edouard Auguste duc de Kent et Strathern, frère des deux rois Georges IV et Guillaume IV. — Les cérémonies du couronnement de la jeune reine eurent lieu le 28 juin 1838 avec une pompe merveilleuse. — A l'avénement de Victoria, le duc de Cumberland Ernest Auguste, devint par suite des constitution de l'état, souverain indépendant et roi de Hanovre. Ce royaume, sous les rois Georges et Guillaume, n'était qu'une vice-royauté administrée par le duc de Cambridge. Le 16 juillet 1837, la reine publia deux proclamations pour dissoudre le parlement, en convoquer un nouveau, et appeler 16 pairs d'Ecosse dans la chambre des lords. Elle a diverses fois témoigné de sa détermination invariable de maintenir la religion réformée telle qu'elle est établie par la loi, et la liberté religieuse dans toute son étendue. — Depuis Henri VIII, le roi est le chef de l'Eglise anglicane. La reine Victoria est par conséquent à la tête de la hiérarchie religieuse comme elle est à la tête de la hiérarchie politique. Elle commande aux évêques comme aux ministres. — C'est en vertu de l'autorité spirituelle du roi Guillaume IV, qu'en mai 1837, le conseil de la reine délibéra la formule d'une prière publique pour le repos de l'âme du feu roi. Il ne faut pas induire de là, ainsi que l'ont fait à tort certains publicistes, que le gouvernement de la reine d'Angleterre est absolu. Le gouvernement républicain de Rome n'a jamais passé pour absolu, et cependant ce n'était pas chose rare sous ce gouvernement que l'un des consuls fût souverain pontife, et par conséquent eût toute autorité en matière de religion et de mœurs, absolument comme le pape dans la chrétienneté. A Athènes, à Argos, à Thèbes, dans toutes les républiques de l'ancienne Grèce et même chez les Juifs, avant l'établissement de la royauté, les choses ne se passaient pas autrement. En 1840, la reine Victoria a épousé le prince Albert de Saxe-Cobourg, neveu du roi des Belges. La reine s'est fortement prononcée pour les wighs. Il n'est pas probable toutefois qu'il y ait de longtemps fusion générale des wighs et des torys, mais il est à désirer, pour le bien général et la paix de l'Europe, que l'Angleterre reste à l'abri d'une révolution qui porterait l'incendie sur tout le globe. Victoria aime son peuple et en est chérie. Son règne sera glorieux et prospère. Déjà l'année 1839 s'est terminée pour son royaume par des succès importants dans l'Inde. Son influence s'est étendue avec ses armes autour de ses possessions. L'expédition de l'Afghanistan a parfaitement réussi. La politique anglaise a abattu Dost-Mohammed, prince qui lui était hostile, et restauré le shah Soodja qui lui est entièrement dévoué. Maintenant la Grande-Bretagne a des forces dans le Caboul ; elle s'est même avancée jusqu'à Hérat et a fait la paix avec la Perse : ce sont là des résultats considérables. — Oui, la jeune reine d'Angleterre conservera précieusement l'amour de son peuple. Elle lui donnera des lois protectrices, des lois égales pour tous ; elle sauvera le peuple de ses propres excès et assurera son bonheur. C'est une tâche longue encore et difficile aujourd'hui, nous ne pouvons le dissimuler, car le gouvernement de la Grande-Bretagne présente un amas étrange de rouages de toute sorte, de pièces de rapport dont la plupart sont aussi vieilles que le moyen âge et ont été vingt fois raccommodées. A considérer cette machine en théorie, elle paraît singulièrement défectueuse, et l'on aurait peine à concevoir comment d'une heure à l'autre elle ne s'écroule pas sur la tête de la nation anglaise. Mais en pratique il en est autrement. Ces antiques rouages fonctionnent sans trop d'encombre, les idées et les mœurs publiques y sont accoutumées ; le peuple y tient par ses habitudes comme par ses souvenirs, et le plus sage parti à prendre sera de réparer peu à peu la constitution, de n'en élaguer que le mauvais, de n'y ajouter que ce qui est strictement nécessaire, et d'obtenir par ce moyen de solides perfectionnements sans se mettre en souci des clameurs de certains publicistes de cabinet qui croient que l'humanité s'arrange et se transforme au gré de leurs vaines utopies. La reine comprendra les devoirs de la royauté ; elle saura les remplir dignement et affermir ainsi le bonheur de la nation.

HISTOIRE DE LA BELGIQUE. Si l'on en croit Jules César, une grande partie des Belges étaient déjà établis dans la Belgique, 120 ans avant J.-C. Il cite à l'appui de cette version, une invasion de Cimbres et de Teutons qui fut vigoureusement repoussée par eux à cette époque. Mais l'opinion la plus accréditée, c'est que les Belges vinrent habiter en 280 le pays qui était auparavant occupé par les Celtes, depuis appelés Gaulois. Ce pays comprenait toute la partie du territoire qui s'étend le long du Luxembourg, du pays de Trèves, des villes de Toul, de Metz, de Verdun, du duché des Deux-Ponts, et d'une partie de l'ancien Palatinat, du Cambrésis, du Hainaut, de l'Artois, des deux Flandres, de la province d'Anvers et du Brabant septentrional. Les Celtes qui ne suivirent pas leurs compatriotes dans leur émigration prirent le nom de Wallons. Quant aux peuples qui occupèrent primitivement la Belgique, les auteurs anciens s'accordent à les classer ainsi qu'il suit : Les Tréviriens, qui étaient établis dans le pays de Luxembourg et de Trèves ; les Eburons, dans les provinces de Limbourg et de Liége ; les Atuatiques, dans les provinces de Liége et de Namur ; les Nerviens, dans le Hainaut et dans le Brabant méridional ; les Ménapiens, dans la Flandre orientale et la Campine ; les Morins, dans la Flandre occidentale ; enfin les Cérésiens, les Pœmanieus, les Condrusiens, les Segniens, les Centrons, les Grudiens, les Lévaques, les Pleumoniens, les Gorduniens, les Ambivarites, les Atrébates et les Toxandres disséminés dans les provinces. — Les anciens Belges étaient d'une taille élevée, d'une constitution robuste ; probes, hospitaliers, fort braves, mais joueurs, buveurs et surtout querelleurs, d'où leur est venu le nom de Belges, de *Belguen, quereller*. Ils étaient divisés en trois classes : les nobles, les hommes libres, les esclaves ; leur chef prenait le titre de duc ou de roi et ne régnait qu'un an. A l'expiration de ce temps, la nation se réunissait dans de vastes campagnes, et là au milieu des fêtes et des plaisirs, on élisait le nouveau chef. Ceux qui administraient la justice étaient décorés du titre de prince ; leur gestion était facile , car leurs lois peu nombreuses étaient toutes établies sur l'antique usage et observées d'après les traditions reçues. On pendait les lâches, on noyait les traîtres ; les autres crimes, même l'assassinat, pouvaient être rachetés par des amendes. Ainsi, il est à remarquer que chez tous les peuples , à leur enfance , le crime le plus sévèrement puni , est la lâcheté : et cela devait être , car ils avaient besoin d'hommes de cœur pour repousser les agressions sans cesse renaissantes des peuplades voisines qui avaient quelque intérêt à s'opposer à leur établissement. Quant à ce qui touche leurs croyances, les Belges consacraient au feu, au soleil, à la lune et à beaucoup d'autres dieux. Ils leur immolaient des animaux, et même des victimes humaines. Tacite prétend qu'ils avaient foi dans un être suprême qu'ils appelaient Hésus ; ils croyaient également à l'immortalité de l'âme et à une vie de récompenses et de châtiments éternels. Leur morale enfin se réduisait à adorer les dieux, à ne jamais faire le mal et à être brave en toute circonstance. Malgré cette bravoure à toute épreuve , ce sang-froid dans le danger, cette énergie qui caractérisaient les Belges, ce ne fut qu'après une période de 1380 ans qu'ils parvinrent à se déclarer indépendants, et qu'ils prirent rang parmi les nations. Dix puissances se partagèrent tour à tour l'honneur de gouverner ce pays si riche et si fertile : c'est probablement à cette circonstance que nous devons la variété curieuse qu'on remarque dans l'histoire de la Belgique. On conçoit que successivement Romains, Francs, Lorrains, Bourguignons, Autrichiens , Français et Hollandais , les Belges ont dû nécessairement retenir une teinte des mœurs, des coutumes et presque du langage et du costume de leurs maîtres successifs. — Du temps de Jules César, 50 ans environ avant J.-C., les provinces de la Belgique formaient la troisième partie des Gaules ; elles furent soumises aux Romains jusqu'en 409 après J.-C. A cette époque , les Belges se réunirent aux Francs sortis de la Scandinavie, pour secouer le joug de leurs possesseurs. Les victoires de Pharamond, de Khlodion, de Mérovigh et de Khlovigh (1) sur les Romains ne servirent qu'à faire passer les Belges d'une domination sous une autre. En 638 , ils furent soumis à l'Austrasie par les maires du Palais , alors tout puissants sous le règne de ces monarques surnommés rois fainéants, puis au bout de 217 ans, incorporés à la Lotharingie. Vers l'an 912, ce dernier royaume ayant été converti en duché, et gouverné par des ducs qui relevaient du roi de France leur suzerain, il finit par être partagé en deux grandes provinces (959), en haute Lotharingie et en basse Lotharingie. La basse Lotharingie, qui comprenait presque toutes les provinces belges, fut gouvernée jusqu'en 1106 par des ducs de la maison d'Ardennes. Ainsi les Belges furent 194 ans sous la dépendance des ducs bénéficiaires de la Lotharingie. Ce fut pendant cette période que la Flandre fut désolée d'abord par une inondation qui arriva en 1014 , puis par une famine horrible qui eut lieu en 1030, et pendant laquelle Wazon, évêque de Liège , rendit de grands services à son pays. Cette époque vit aussi commencer les guerres des Croisades auxquelles prirent part les principaux chefs de la Belgique, Godefroi de Bouillon qui s'empara de Jérusalem , Baudoin et Eustache ses frères, Robert II, comte de Flandre et Baudoin II, comte de Hainaut. — De 1106 à 1406, les Belges furent gouvernés par la maison de Louvain ; cependant ils commençaient à supporter impatiemment cette longue dépendance ; les principales villes voulurent secouer le joug de la noblesse. Bruxelles, Anvers, Malines, virent s'élever de graves collisions entre le peuple et les fa-

(1) Clodion, Mérovée, Clovis. Les noms que nous donnons plus haut, sont ceux adoptés par M. de Chateaubriant, et qui ont dû réellement être ceux de nos rois.

milles nobles. Le duc Jean, qui régnait alors, eut besoin de toute son habileté pour calmer ces sanglantes émeutes. Ce fut à cette occasion qu'il donna au peuple , en décembre 1312 , les privilèges connus sous la dénomination de Lois de Cortemberg , et qui furent confirmées plus tard par le duc Jean III, son fils et son successeur. Les provinces de Namur et de Liège, la Flandre, avaient aussi leurs troubles ; mais, comme si elle ne s'était pas encore sentie capable de se gouverner elle-même, la Belgique ne profita de sa victoire que pour passer sous la domination de la maison de Bourgogne, qui l'avait aidée à vaincre. — Charles-le-Téméraire, dernier duc de Bourgogne , ayant été tué près de Grandson, dans une bataille qu'il livrait contre les Suisses en 1477, Marie sa sœur, qui n'avait que 20 ans, lui succéda. Louis XI, roi de France, essaya de profiter de son inexpérience pour s'emparer de la Belgique sur laquelle, déjà depuis longtemps, il avait des vues ambitieuses. Pour résister à un ennemi si redoutable, Marie épousa (1477) le prince Maximilien, fils de l'empereur Frédéric III, et ce mariage fit passer à l'Autriche les états de Bourgogne, et conséquemment la Belgique qui en faisait partie. La princesse Marie périt cinq ans après des suites d'une chute de cheval. Ce fut sous la domination de la maison d'Autriche qu'eurent lieu en Belgique les événements les plus remarquables de son histoire. Pour résister à un ennemi si redoutable, Marie épousa (1477) le prince Maximilien, fils de son histoire. — Charles d'Autriche , depuis Charles-Quint, prit à 15 ans les rênes du gouvernement belge ; roi d'Espagne en 1517, puis empereur d'Allemagne en 1519, il n'oublia jamais son pays natal, et le dota de lois sages et de privilèges avantageux. Il n'en fut pas de même de Philippe II, son fils , qui lui succéda en 1555, lorsque le grand empereur , se dépouillant tout à coup de son immense pouvoir, abdiqua volontairement et se retira au couvent de Saint-Just , en Espagne, où il mourut trois ans plus tard (1580), sous le nom modeste de frère Arsène. — Philippe II ne voulut pas se donner la peine de distinguer le caractère des Belges d'avec celui des Espagnols ; fier , absolu et intraitable, il sévit avec une cruelle vigueur contre les mécontents qu'il soulevait de toutes parts ; aussi pendant 80 ans, la Belgique fut-elle accablée par des calamités innombrables. Le cardinal de Granvelle , l'inquisition et le duc d'Albe , surtout, furent les agents de l'implacable Philippe. Le sang le plus pur des Belges coule sur les places publiques ; le conseil des troubles, surnommé conseil de sang, émousse chaque jour la hache des bourreaux espagnols, tant le nombre de leurs victimes est grand. Bruxelles garde encore le douloureux souvenir du 5 juin 1568 ; les comtes d'Egmont et de Hoorn , les soutiens de leur parti, les idoles du peuple, sont décapités, et par là se trouva satisfait le désir que Philippe II avait exprimé en ces termes : J'aimerais mieux, avait-il dit, en apprenant les nombreuses mais obscures exécutions ordonnées par le féroce don Alvarès de Tolède, duc d'Albe : J'aimerais mieux deux têtes de Saumon, que toutes les grenouilles d'un marais. — Les mécontents s'organisent sous le nom de gueux de mer ; favorisés par quelques avantages décisifs , ils entraînent dans leur révolte plusieurs provinces du nord qui secouent le joug du duc d'Albe que le roi rappela à Madrid. Plusieurs gouverneurs, Béquésens. don Juan d'Autriche, Alexandre Farnèze , duc de Parme , l'archiduc Mathias vinrent successivement après cet homme de sang, et tous eurent à lutter contre les prétentions généreuses des Belges qui étaient fatigués d'avoir si longtemps courbé le front sous le joug despotique de l'Espagne. Enfin, sur les instances du prince d'Orange , les états généraux réunis à Anvers en 1580 , déclarèrent Philippe II déchu de tous ses droits sur la Belgique, et ils les transmirent à François de Valois, duc d'Anjou, frère du roi de France. — Jusqu'en 1793, la Belgique qui, divisée en deux gouvernements, avait pris le nom de Provinces-Unies, joua un rôle fort important dans plusieurs guerres sans parler de celles qu'elle eut à soutenir dans sa lutte contre l'Espagne. Ce fut un Belge, le comte de Bucquoi, qui, à la tête de l'armée autrichienne contraignit Frédéric V, élu roi de Bohème à la place de Ferdinand II, à abandonner l'Allemagne, et l'on sait que cette défaite fut l'origine de cette guerre si fameuse dite *guerre de trente ans* (1620), et qui arma l'une contre l'autre l'Allemagne catholique et l'Allemagne protestante. Condé soumet à Louis XIV une partie des provinces unies (1675). En 1695 les Français assiégent et bombardent Bruxelles. En 1700, une nouvelle ligue presque européenne se forme contre Louis XIV, qui voulait s'emparer des provinces méridionales des Pays-Bas. La bataille de Malplaquet en 1709 fut fatale à la France, mais celle-ci sut se relever de cette sanglante défaite, et la journée de Denain, la prise de Douai, de Quesnon et de Bouchain amènent honorablement la paix d'Utrecht signée en 1713.— La guerre fut rallumée en 1750 à l'occasion de la mort de l'empereur Charles VII ; car à chaque possesseur qui disparaissait de ce monde, les prétentions ambitieuses s'élevaient plus pressantes qu'auparavant. Cependant Marie-Thérèse parvint à se maintenir dans le gouvernement des provinces unies ; son règne rappela celui du bien-aimé Charles-Quint, et maintenant encore le nom de cette princesse, qui a laissé après elle de nobles institutions, est prononcé avec amour et respect. Mais comme s'il avait été écrit dans l'histoire de la Belgique qu'un joug pesant succéderait toujours à un pouvoir facile et aimé, à Marie-Thérèse succéda Joseph II dont la tyrannie souleva les provinces unies qui décrétèrent sa déchéance. Le grief le plus violent qu'on lui imputait était d'avoir violé la *joyeuse entrée*, cette charte éminemment constitutionnelle donnée en 1288 par Jean Ier. On la nomma joyeuse entrée, parce que les souverains avaient coutume d'en jurer l'observation lorsqu'ils entraient pour la première fois sur le territoire de la Belgique. Il ne sera pas inutile d'en donner les principaux articles : « Le souverain jure d'être bon, équitable et loyal seigneur; il ne peut gouverner ni par force, ni par volonté, mais par droit et sentence. Tout citoyen doit être jugé par ses juges ordinaires, la guerre ne peut être faite sans le consentement du pays. Le conseil de Brabant avec 17 membres, le chancelier garde des sceaux en fait partie de droit, mais il devra posséder le latin, le wallon et le flamand ; quatorze autres membres doivent être nés Brabançons, et les deux derniers sont au choix du souverain, mais ils doivent savoir le flamand. Un prisonnier arrêté dans le Brabant ou le Limbourg ne peut être extrait du pays. On ne pourra battre monnaie sans le consentement des états. Tout membre peut exprimer librement son avis sans encourir la disgrâce du souverain ou de tout autre. Si moi ou mes successeurs contrevenions à la joyeuse entrée, je veux et consens que nos sujets ne me rendent aucun service et ne me soient obéissans en aucune chose dont je pourrais avoir besoin, ou désirer et requérir d'eux, tant et si longtemps que je n'aurai pleinement réparé et me serai déporté de l'infraction. » — Léopold II, frère de Joseph II ne régna que deux ans; il mourut en 1792, prévoyant avec douleur la tourmente qui allait mettre la Belgique en feu. Le 6 novembre de la même année, le général Dumouriez, vainqueur à Jemmapes, inondait en effet la Belgique de troupes françaises, et en 1793 la convention nationale proclamait à Paris la réunion de la France aux provinces unies. Ces temps sont trop rapprochés pour que nous n'ayons pas encore présentes à la mémoire les batailles qui se livrèrent successivement sur ce pays entre les armées alliées du Nord et les armées républicaines d'abord, puis les armées impériales. Ce fut en Belgique que commença cette série de grandes victoires qui étonnèrent le monde entier ; ce fut en Belgique que l'épée du savant capi-

taine se brisa ; les journées du Mont-St.-Jean et de Waterloo (1815) devaient faire le triste pendant des journées de Jemmapes (1792), de Fleurus (1794), de Ligny et de Charleroi (1815). — Attachée à la fortune de la France, la Belgique la suivit dans ce tourbillon rapide qui fit un empire d'une république ; la Belgique, qui était devenue la république batave, devint un royaume confié à Louis Napoléon. Lorsqu'en 1810 la Hollande fut réunie à l'empire français, la Belgique composa avec elle le royaume des Pays-Bas. Enfin vint l'époque dont nous avons parlé. Napoléon alla mourir sur le rocher anglais, et les puissances alliées qui avaient réuni leurs efforts pour abattre ce colosse, reconstituèrent les royaumes et les souverainetés que nos armées avaient enclavés dans le cordon territorial de la France. La Belgique demeura avec la Hollande sous la domination de la maison d'Orange-Nassau, et alors commencèrent de nouveaux mécontentements; les Hollandais préférés aux Belges pour les emplois publics ; la langue flamande délaissée pour la langue hollandaise, tels furent les principaux griefs des Belges, qui voyaient s'évanouir tout espoir de nationalité. Cette fois encore ce fut la France qui donna l'exemple, et les quatre journées de septembre 1830 eurent à Bruxelles le même résultat que les trois journées de juillet à Paris. Depuis cette révolution, les Belges se sont donné en 1831 la constitution la plus libérale peut-être qui soit en Europe ; le congrès national éleva au trône un prince de la maison de Saxe-Cobourg, qui règne encore aujourd'hui sous le nom de Léopold Ier. — Résumons en quelques lignes les phases diverses du pays dont nous venons de nous occuper :

Domination des Romains 50 ans av. J.-C. à 409 après
— des Francs	de 409 à 638
— de l'Austrasie par les maires du Palais	de 638 à 855
— de Lorraine	de 855 à 912
— des ducs de Lotharingie	de 912 à 1106
— de la maison de Louvain	de 1106 à 1406
— de la maison de Bourgogne de 1106 à 1477
— de la maison d'Autriche	de 1477 à 1795
— de la France	de 1795 à 1814
— de la Hollande	de 1814 à 1830

Nous ne terminerons pas sans dire que la Belgique a eu aussi ses gloires artistiques. On sait quelle célébrité fut acquise à ses écoles de peinture, et les noms de Rubens, de Van Dyck, Teniers, Rembrandt et de bien d'autres, peuvent être placés à côté des grands peintres italiens. — Philippe de Comines, ce spirituel auteur des Mémoires de Louis XI et de Charles VIII, que nos historiens consultent encore aujourd'hui avec fruit et avec intérêt, naquit en 1509 au château de Comines sur la Lys, à deux lieues de Menin. P. Bertins, né en 1565 au village flamand de Deveren, fut nommé géographe de Louis XIII. Fr. Romain, né à Gand en 1646, exécuta le Pont-Royal à Paris, où l'avait appelé Louis XIV, qui le fit architecte et inspecteur des ponts et chaussées. Nic. Renkin, né à Liége en 1648, fut un célèbre mathématicien à qui nous devons la fameuse machine hydraulique de Marly. — Enfin l'impression s'honore des noms de Plantin (1514), de Martin ou Mertens (1533); l'architecture cite les Pierre Coeck (1496), architecte de Charles-Quint ; Pierre de Witte (1548) qui fit élever le superbe palais de Munich; la médecine, les Vésal (1506), Lambert Dodoens (1518), Paul Sorbait (1621), Verheyen (1648), Jean Polfin (1649). — Pour la poésie et la littérature, Francon (821), van Maerlant (1235) surnommé le père de la poésie flamande ; l'historien Froissart (1337), Bochius (1555) dit le Virgile de la Belgique, et le savant Fr. de Feller (1735). — Pour la musique, Hubert de Liége (1110), Jean le Teinturier (1460), Simon van der Eycken (1518), André Grétry de Liége (1741) appelé le Molière de la musique. — Pour la théologie, Dridoens (1480), Cornelius Janséhius (1510), Pierre Simoens (1510), Daelman (1660). — Dans les armes, Ch. de Lannoy (1481), Beaulieu (1726), J. Chasteler (1750), J. B. Dumonceau (1760). — Enfin, parmi les jurisconsultes, on cite surtout Stockmans (1608) et Math Louvrex (1665) que les avocats étrangers venaient consulter, et dont les décisions étaient suivies comme des règles certaines.—Avec de pareils titres le Belgique ne pouvait manquer d'arriver à tenir sa place parmi les nations libres, et ce qu'elle a fait alors qu'elle était soumise à un pouvoir étranger est un garant de ce qu'elle doit produire maintenant qu'elle travaille pour sa gloire nationale.

HISTOIRE DE POLOGNE. Les Polonais descendent, selon l'opinion commune, des Slaves ou des Eslavons. Leck Ier paraît être le fondateur du royaume de Pologne. Ce prince, qui prit le titre de duc vers l'an 330, prit un aigle pour armes, parce que l'on prétend que, cherchant un lieu propre pour y bâtir un fort, il trouva plusieurs nids d'aigles. Après l'extinction de sa famille, les Polonais adoptèrent le gouvernement républicain et nommèrent douze gouverneurs ou palatins. Mais la désunion qui survint entre eux, obligea le peuple de reprendre le gouvernement monarchique. Cracus, duc élu en 700, fut le protecteur des lois et le père du peuple qui le chérissait. Sous son règne qui dura environ cinquante années, eut lieu la soumission des Bohémiens que la sagesse de ses lois, et la douceur de son administration lui avaient gagnés. Leck II, fils de Tracus, se souilla du meurtre de son frère aîné pour s'emparer du trône; mais l'horreur que ce crime inspira à ses sujets le fit dépouiller de son autorité. Ce prince paraît être mort sans enfants. Venda, fille de Tracus, fut élevée par les suffrages du peuple à la dignité royale en 750. Un prince allemand nommé Rittiger, n'ayant pu obtenir sa main, qu'il sollicitait, lui déclara la guerre pour venger cet affront. Venda le vainquit, et au retour à Cracovie, elle se précipita dans la Vistule pour honorer ses dieux. Elle avait régné dix ans.—Pendant cet interrègne, le gouvernement fut remis entre les mains de douze palatins. La Pologne était alors ravagée par les Moraves. Przémislas, homme d'origine obscure, mais d'un courage et d'une adresse peu communs, réunit quelques centaines d'hommes déterminés comme lui à sauver leur patrie ou à mourir pour elle; il allume des feux sur une hauteur. Dans l'obscurité de la nuit, ces feux apparaissent tout à coup, trompent l'ennemi, qui croit une nombreuse armée campée dans ces lieux et s'avance avec précaution pour la débusquer. C'était précisément ce qu'avait prévu Przémislas : pendant que l'ennemi croit surprendre les Polonais, lui se glisse avec les siens dans le camp des Moraves, égorge facilement tout ce qui s'y rencontre, fond sur les derrières des troupes avancées, en fait un grand carnage et revient triomphant. La couronne de Pologne qu'il venait de délivrer fut le prix de son dévouement (760). La sagesse du gouvernement de Przémislas Ier ou Lesko Ier le fit aimer de ses sujets : sa mort arriva en 804; il n'eut point d'enfants. Le règne de Lesko II fut des plus glorieux pour la Pologne qui commença à devenir dès lors redoutable à ses ennemis. On assure qu'il périt les armes à la main dans une bataille que lui livra Charlemagne, et qu'il fut vaincu. Lesko III, qui succéda à son père en 810, hérita de ses vertus et de sa valeur. Il demanda et obtint la paix de Charlemagne. Sa mort arrivée en 815, laissa le trône à son seul fils légitime, Popiel Ier qui fut duc depuis 815 jusqu'en 830. Ce prince s'adonna aux plaisirs et mourut sans avoir pu illustrer son règne : après le gouvernement de plusieurs ducs, sans importance, Micislas, le dernier de ces ducs, laissa en mourant un fils, nommé Boleslas Chobri Ier (ou l'intrépide) qui fut le premier roi de Pologne (999). Ce titre de roi lui fut donné par Othon III, qui voulut ainsi le récompenser de la magnifique réception qu'il lui avait faite, à l'occasion

de son pélerinage à Guesne, pour honorer le martyr saint Adalbert, archevêque de cette ville, à l'intercession duquel il attribuait le recouvrement de la santé qu'il avait perdue quelque tem s auparavant. Boleslas chasse de la Pologne le duc de Bohême qui venait d'y faire une invasion, et à son tour pénètre dans la Bohême. Il assiégea et prit la ville de Prague, unit à sa couronne la Bohême et la Moravie, et remit bientôt ces états à Albric, second fils du duc de Bohême, à condition qu'il s'engagerait à payer un tribut à la Pologne. Des succès aussi éclatants inquiétèrent l'empereur qui, aidé de Jaromir, fils aîné du duc de Bohême, marcha contre la Pologne. Boleslas fait faire une proposition de paix; mais l'empereur ayant de nouveau déclaré la guerre à la Pologne, Boleslas pénètre dans le duché de Magdebourg, et s'empare de quelques villes. Les Allemands mettent bas les armes. Les Russes fournissent alors à Boleslas une nouvelle occasion de guerre. Ce dernier, voulant défendre Suantopelck, un des enfants de Wolodomir qui avait imploré sa protection contre les poursuites de Jaroslas son frère, duc de Nowogorod, passe le fleuve Bog, se rend maître de Riovie dont il donne la souveraineté à Suantopelck, fait massacrer durant la nuit les soldats polonais et se soustrait par la fuite, à la vengeance de Boleslas, qui, furieux à cette nouvelle, était venu incendier la ville de Kiovie. Jaroslas l'attaque, tandis qu'il s'en retourne chargé de butin, et est vaincu. L'empereur assiégea en 1012 la ville de Glogaw, dans la Silicie où Boleslas s'était retiré, et fut contraint de lever le siège. Boleslas l'année suivante s'empara de Lebuff, ville de Brandebourg. Il subjugua ensuite la Misnie, le Magdebourg, la ville d'Hildisheim, le Mecklembourg; le Pleswig. Joroslas, duc de Russie, s'étant avancé vers la Pologne, combattit ce prince qui fut forcé de prendre la fuite. Micislas II succéda à son père en 1025, et n'eut pas la force de résister à la révolte des Russes, des Bohémiens, des Saxons, qui secouèrent le joug. Cependant il recouvra la Poméranie, forcé qu'il y fut par des instances des seigneurs polonais, et donna la main de sa fille à Béla, prince hongrois. Il passa le reste de sa vie dans la débauche et la mollesse, et laissa le trône en mourant, à son fils Casimir, encore en bas-âge, sous la tutelle de sa mère Richza qui fut déclarée régente (1035). Richra excita le mécontentement des Polonais. Forcée de se retirer, elle se sauva en Saxe avec son fils, et prit ensuite le voile dans l'abbaye de Brunwiller. Le jeune prince Casimir, d'abord envoyé à Paris pour s'y former, se retira dans l'abbaye de Clugni, où il devint profés; mais on le rappela d'un consentement unanime, Casimir Ier, qui déjà était engagé dans les liens du diaconat. Le pape leva cet obstacle (1041) moyennant un tribut appelé le denier de Saint-Pierre. Casimir Ier, surnommé le pacifique, à cause de la tranquillité de son règne, s'allia avec Joroclas dont il épousa la sœur. Les Prussiens recherchèrent sa protection et s'offrirent à lui payer un tribut, et ce prince mourut au milieu des efforts qu'il faisait pour établir solidement dans son royaume la religion et les arts. Boleslas II, son fils aîné, lui succéda en 1058. Ce prince se vit bientôt en guerre avec Wratislas II, duc de Bohême, pour avoir donné asile à Jaromir frère de ce dernier : mais Wratislas, redoutant les forces de son ennemi, demanda la paix à Boleslas. Les Prussiens refusèrent de payer le tribut, mais Boleslas les soumit à main armée. Isaslaw lui dut aussi rétablissement dans le duché de Kiovie, à la condition, toutefois, qu'il serait tributaire et dépendant de la Pologne. Le séjour de Kiovie, ville de mœurs effféminées, avait tant d'attraits pour Boleslas et ses troupes, que les femmes polonaises, se croyant oubliées, contractèrent de nouveaux amours avec leurs esclaves. Boleslas à son retour en Pologne fit inhumainement mettre à mort une foule de ces malheureuses avec les enfants qu'elles avaient eus de leurs nouveaux époux. L'évêque de Cracovie lança les foudres de l'Église sur le prince souillé du sang de ses sujets. Celui-ci envoie des sicaires pour mettre à mort le prélat tandis qu'il célébrait le saint sacrifice ; mais ces hommes, frappés de vénération à la vue du noble vieillard dont les traits étaient calmes et imposants, n'osèrent porter la main sur lui, et Boleslas remplit les fonctions lui-même de bourreau en allant frapper sa victime. Le pape, à cette nouvelle, lança l'anathème sur le prince sacrilège , interdit son royaume : devenu dès lors un objet d'horreur pour tous ceux qui l'approchaient, Boleslas s'enfuit en Hongrie, puis abandonna cet asile pour en chercher un autre, et il finit par se donner la mort après être tombé en démence. Quelques-uns prétendent qu'il coula le reste de ses jours dans la retraite du cloître, y exerçant les plus viles fonctions pour racheter ses crimes. — Uladislas Herman, son frère, prit après lui les rênes du gouvernement (1082); mais n'osant porter le titre de roi qui était devenu odieux au pape, il se contenta de celui de *duc de Pologne*. Il envoya à Rome une ambassade, et pour faire lever l'interdit qui pesait sur ses États, et obtint ce qu'il désirait. Uladislas s'allia avec Wratislas qui venait d'être fait roi de Bohême par l'empereur Henri IV, et il épousa Judith, fille de ce prince. Après la mort de la princesse, il obtint la main de Sophie, sœur de Henri IV dont il s'assura dès lors la protection. Micislas son neveu, fils de Boleslas dont la nation admirait les vertus, fut par son ordre,'enfermé dans une prison. Plusieurs villes de Russie se révoltèrent, les Prussiens et les Poméraniens jugèrent l'occasion favorable pour secouer le joug, mais Uladislas, vainqueur dans plusieurs combats, les fit tous rentrer dans le devoir à l'aide de Sieciech, palatin de Cracovie. En 1093, Brzetislas, roi de Bohême, vint ravager la Silésie ; Sieciech, à son tour, entra dans la Moravie avec le jeune Boleslas, fils d'Uladislas ; pendant ce temps-là, les Poméraniens voulurent forcer les Polonais à abandonner la Moravie. Boleslas les défit et les força de capituler. Uladislas réprima une révolte de son fils Shignée, le vainquit et lui fit grâce. Il fit entre ses deux fils le partage de ses États. Il destina à Boleslas la Silésie, les provinces de Cracovie, de Sandomir et de Siradie : à Shignée, les palatinats de Lenini, de Cujavie et de Mensovie avec les conquêtes de ses prédécesseurs dans la Poméranie. Boleslas et Shignée, indignés de l'attachement de leur père pour Sieciech, ministre hautain et injuste , s'emparèrent du vivant même de leur père, de l'héritage qu'il leur avait assigné. L'archevêque de Guesne parvint à réconcilier ces deux princes avec Uladislas qui mourut peu de temps après , en 1102. — Boleslas III surnommé *Bouche-torse* , cinquième roi, venait de déjouer de nouvelles tentatives des Poméraniens et des Russes contre la Pologne, lorsqu'il parvint au trône ; il s'unit en mariage à la princesse Zbislava, fille de Suantopelk, duc de Kiovie ; et cette union excita la jalousie de Shignée qui créa un ennemi à son frère, dans la personne du duc de Bohême, Borzivoie. Boleslas mit la Moravie à feu et à sang, dompta les Poméraniens et sut contenir la Bohême et la Prusse. Boleslas, irrité des trahisons incessantes de son frère Shignée, le vainquit en plusieurs occasions et le chassa de Pologne. Glogaw, ville considérable sur l'Oder, fut assiégée en 1109 par l'empereur Henri V qui obtint des habitants la promesse de se rendre dans cinq jours, si le duc de Pologne ne leur donnait du secours ; et il reçut en même temps les enfants des principaux de cette ville en otage. Mais, sur un ordre de Boleslas qui leur mandait de l'attendre au-delà de cinq jours, les assiégés refusèrent de se rendre après le délai écoulé. L'empereur fit mettre alors une partie des enfants qu'il avait en otage, à la tête des troupes qui montaient à l'assaut, s'imaginant que la vue de ces innocentes victimes, exposées les premières à leurs coups, ôteraient aux habitants de Glogaw la force de faire plus longue résistance. Il se trompa, les assiégés en devinrent plus furieux, et les impériaux furent repoussés , au moment où les Polonais apportaient du secours. Boleslas poursuivit l'armée ennemie qui fut complètement taillée en pièces dans la plaine de Hundsfeld : il fit ensuite la paix avec l'empereur dont il épousa la sœur Adélaïde. Sobieslas, chassé de ses états par Uladislas, son frère, duc de Bohême, eut recours à Boleslas qui le prit sous sa protection et le rétablit bientôt après. Ce fut à cette occasion que Boleslas s'illustra en combattant corps à corps contre un Bohémien d'une taille et d'une force gigantesques qui défiait les Polonais et qu'il eut l'adresse et le bonheur de terrasser. Boleslas rappela Sbignée de l'exil; mais ce prince toujours aussi orgueilleux, au milieu de ses humiliations, mourut assassiné tandis qu'il conspirait contre son royal bienfaiteur. Boleslas fit plusieurs glorieuses expéditions en Russie: il chassa Abel qui avait usurpé le trône de Danemark et trempé ses mains dans le sang d'Henri, son frère et son roi. Jaropelk, duc de Kiovie, s'était ligué avec les plus puissants seigneurs de Russie contre Boleslas. Le comte Wloscezowies, Polonais, s'attira la confiance du duc en feignant d'être disgracié, et il le trahit par ce stratagème. Wasilkon, fils de Jaropelk, employa le même moyen contre Boleslas qu'il parvint à faire envelopper par les Russes au milieu desquels il l'avait adroitement attiré. Le terrible échec qu'éprouva le duc en cette circonstance, et qu'il dut plutôt encore à la timidité du palatin de Cracovie qu'à la supériorité du nombre de ses ennemis, lui causa un tel chagrin, que sa mort ne parut en être que la conséquence. Il laissa cinq enfants auxquels il assigna différentes provinces en partage. Le cinquième fut seul exclu de la succession, quant aux apparences du moins ; car il semblait déjà prévoir qu'il serait un jour seul chargé du gouvernement : c'est en effet ce qu'il donna à entendre à ceux qui lui demandaient pourquoi il ne donnait rien au plus jeune de ses enfants (il se nommait Casimir ; c'est, répondit Boleslas, qu'un char soutenu sur quatre roues a besoin d'un conducteur pour bien aller. Uladislas II, fils de Boleslas, fut proclamé son successeur au trône (1140), dans l'assemblée des états-généraux à Cracovie. Uladislas, mal conseillé par Christine son épouse, voulut s'emparer des gouvernements de ses frères ; mais vaincu par eux, il se retira près de Conrad empereur d'Allemagne où Christine et ses enfants vinrent le rejoindre. — Boleslas IV prit possession du trône de Pologne (1147), et après avoir lutté longtemps et avec gloire contre l'empereur Barberousse , successeur de Conrad, il mourut en 1174 après avoir légué à son fils Lescko les duchés de Masovie et de Cujavie. Son frère Micislas lui succéda et fut déposé environ quatre ans après être monté sur le trône, par les seigneurs polonais que sa tyrannie avait révoltés. — Casimir II, le plus jeune des enfants de Boleslas III, fut élu en sa place (1178). Prince doux et généreux, il voulut rappeler son frère sur le trône, mais il fut menacé d'être lui-même déposé. Micislas ayant marié sa fille à Mening , riche seigneur, se rendit maître de Guesne et de la Basse-Pologne. Puissamment secondé par Casimir, il marcha rapidement de conquête en conquête ; mais extrêmement ambitieux, il ne sut pas vivre en paix, il voulut reconquérir la partie de ses États qui lui avait été enlevée ; alors Casimir, pour mettre Lesko, fils de Boleslas, à l'abri des poursuites de Micislas, institua ce jeune prince son héritier. — En 1189 le roi de Hongrie Bela , à la tête de nombreuses troupes bien armées et bien disciplinées , commença à ravager les frontières de Pologne. Casimir, usant de représailles, se porta rapidement sur plusieurs points de la Hongrie. Alors Bela se hâta de proposer un armistice qui fut accepté, et une trêve de trois ans fut conclue entre les deux royaumes. A la même époque un différend grave s'étant élevé entre deux princes russes, on s'en référa à l'arbitrage de Casimir qui se rendit à cet effet en Russie. Habile à exploiter les circonstances, favorables, Micislas s'empressa de répandre le bruit de la mort de ce prince que tout semblait confirmer ; mais Casimir, de retour dans ses États, chassa Micislas et fit son fils prisonnier ; néanmoins il se montra généreux envers le vaincu et le renvoya avec tous les égards dus à sa position. Casimir mourut peu de temps après ; son fils aîné, Lesko V, surnommé *le Blanc*, à cause de la blancheur de ses cheveux, lui succéda : mais trop jeune pour gouverner par lui-même, il fut mis sous la tutelle de sa mère qui fut déclarée régente du royaume. Micislas, qui cherchait tous les moyens de remonter sur le trône, parvint à persuader à la régente qu'il adopterait ses enfants au préjudice des siens. Trompée par cette promesse, elle força son fils à abdiquer la couronne. Micislas parvenu au comble de ses vœux, ne songea qu'à assurer le trône à sa dynastie. Son fils aîné, Uladislas III, fut reconnu roi de Pologne (1203), au préjudice des enfants de la duchesse. À peine assis sur le trône, il fut obligé de céder sa place à Lesko, fils de la duchesse, qui venait de remporter sur le duc d'Halits une victoire éclatante, ce qui fut cause que les Polonais le rappelèrent. Lesko, ayant livré bataille, à la tête d'une armée polonaise, à Suantopelk qui venait d'usurper le titre de duc de Poméranie dont il était gouverneur, périt dans la mêlée (1227). Son fils, Boleslas V, n'était âgé que de sept ans lorsqu'il monta sur le trône de son père. Conrad, son oncle, duc de Masovie, et Henri, duc de Silésie, son cousin, réclamèrent, l'un et l'autre, la tutelle du jeune prince. Conrad s'empara par surprise de la personne de Henri, qu'il força de renoncer à la régence de la Pologne. La mère du jeune Boleslas voulut faire déclarer son fils majeur : mais Conrad fit enlever la princesse et son fils qu'il retint prisonniers. Les deux illustres captifs profitèrent d'une absence de Conrad qui alla porter la guerre en Russie, pour s'évader du monastère de Siécieckow, et demander un asile à Henri duc de Silésie. Par ses soins, Boleslas fut déclaré majeur , et Henri gouverna l'état en qualité de premier ministre. — Boleslas se ménagea un appui contre Conrad, dans la personne de Béla, roi de Hongrie, dont il épousa la fille, Cunégonde. — Les barbares, voyant le royaume de Pologne démembré par le partage des provinces que les souverains faisaient à leurs enfants, passèrent le Boristhène pour soumettre ce pays. Après avoir ravagé la Russie, Badu, chef de ces barbares, entre en Pologne : Cracovie est attaquée. Boleslas , trop faible pour conjurer l'orage, se sauve dans un monastère de Citeaux. Cracovie devint la proie des flammes ; Breslaw fut incendiée par les habitants. Les Tartares cependant abandonnèrent la Pologne tout-à-coup , pris d'une terreur panique, Henri le Pieux, duc de Breslaw, se mit à la tête d'une armée pour combattre les barbares contre lesquels le Pape faisait prêcher une croisade. Les armées ennemies se rencontrèrent ; Henri périt dans le combat, et les Polonais furent mis en déroute. La Moravie et la Hongrie furent ravagées par les vainqueurs. — Boleslas fut rappelé par ses sujets ; mais peu après, il s'enfuit encore une fois en Hongrie à l'occasion d'une nouvelle irruption des Tartares dans la Pologne. A son retour, il extermina les féroces Jaczwinges qui commettaient toute sorte de brigandages dans la Pologne. — Boleslas mourut en 1278, laissant le trône à Lesko VI, *le noir*, petit-fils de Conrad, duc de Moravie, qu'il avait désigné pour son successeur. Lesko dompta les Lithuaniens qui avaient repris les armes : il vainquit Conrad, et se fit livrer l'évêque de Cracovie qui intriguait contre lui. Une fois libre, ce prélat souleva , contre Lesko, le palatin de Sandomir et celui de Cracovie. Conrad, chef des rebelles, marcha sur la capitale qui ne fit point de résistance. La forteresse soutint l'attaque , et Lesko, avec les secours qui lui vinrent de Hongrie, mit en fuite les rebelles. Une nouvelle irruption de Tartares dans la Pologne (1287), força Lesko de se réfugier en Hongrie.

La défaite et la mort du palatin de Siradie, son favori, qu'il avait envoyé contre Conrad , causa un tel chagrin à ce prince, qu'il en mourut. Plusieurs prétendants à la couronne de Pologne, fomentèrent toute espèce de troubles, afin de s'assurer des partisans, et arriver ainsi au pouvoir. — Uladislas, Loketek, duc de Siradie et frère de Lesko, et Przémislas , duc de Posnanie , furent successivement élus rois et déposés presqu'aussitôt après leur élection. Przémislas II , à qui fut enfin donnée la couronne (1292), périt assassiné quatre ans après, victime d'un affreux complot que les marquis de Brandebourg avaient tramé contre lui. Uladislas IV, monta sur le trône (1296). Ce prince se livra sans retenue à la fougue de ses passions et se porta à des violences qui le firent excommunier par l'évêque de Posnanie. Sa déposition suivit de près, et Wenceslas, roi de Bohême, fut élu en sa place, en l'an 1300. Le trône de Hongrie étant venu à vaquer , on l'offrit à Wenceslas qui en disposa en faveur de son fils âgé de 12 ans. — Cependant les Polonais , fatigués d'obéir à un prince étranger, rappelèrent Uladislas Loketeck qui fut rétabli en 1306. En vain , après la mort de Wenceslas , son fils tenta-t-il de s'emparer de la Pologne : il ne put y réussir. Ce royaume fut le théâtre de nouveaux troubles suscités en grande partie par les brigandages des chevaliers Teutoniques qui avaient pris Dantzick. Uladislas réduisit les duchés de Posnanie et de Kalsich, et accusa ensuite, auprès du peuple , Clément V, les chevaliers Teutoniques que leurs cruautés rendaient odieux. Des commissaires furent chargés par le Saint-Siége de prendre des informations. Mais, sur ces entrefaites, Uladislas ayant eu à subir de nouvelles vexations , réitéra plus vivement ses plaintes auprès du souverain pontife, alors Jean XII, qui ordonna à l'archevêque de Guesne et à l'évêque de Posnanie, d'obliger l'ordre teutonique à restituer la Poméranie. Sur le refus des chevaliers , ils furent condamnés par les commissaires à payer une amende considérable, et furent excommuniés, eux et tous les lieux de leurs dépendances. jusqu'à ce qu'ils eussent donné satisfaction. Mais les chevaliers Teutoniques s'embarrassèrent peu d'exécuter ces ordres. Ils offrirent à Jean , roi de Bohême, le royaume de Pologne , et appuyés des forces de ce prince , ils subjuguèrent le district de Dorbzin, la ville d'Uladislaw et le duché de Varsovie. Uladislas avec des renforts qu'il reçut du roi de Hongrie, entra dans la Prusse et porta le ravage dans les possessions de l'ordre teutonique. Les chevaliers demandèrent la paix, et rendirent le district de Dorbzin ; ils s'en rapportèrent à la décision d'un congrès au sujet de la Poméranie qu'ils avaient vendue au roi de Bohême , avant même de l'avoir conquise. — Casimir , fils du roi de Pologne, avait usé de violence pour faire consentir Claire , fille du baron Félician dont il était amoureux, à céder à sa passion. Félician voulut laver cet affront ; il demanda justice et ne l'obtint pas. Il voulut alors se venger lui-même en assassinant le roi. Il manqua son coup, et fut massacré sur-le-champ : on fit aussi mourir sa fille et son fils. — Uladislas donna la souveraineté de la grande Pologne qui qu'en fut chassé par les chevaliers teutoniques : mais Uladislas les défit. L'armée du roi, victorieuse, passa ensuite en Silésie, où Casimir fit des prodiges de valeur. Ce dernier hérita peu après du trône de Pologne , que la mort d'Uladislas, venait de laisser vacant (1333). — Le premier soin de Casimir III, dit le Grand, fut de rétablir la paix dans son royaume. — La mort de Boleslas , duc de Russie, qui fut empoisonné par ses propres sujets, offrit à Casimir les moyens de rendre à la Pologne sa souveraineté dans cet état. En conséquence, ce prince s'empara de Léopold et de la Volhynie. Il fut si épris des charmes d'une jeune juive nommée Esther, qu'en sa seule considération, il accorda de nombreux priviléges aux Juifs qui les possèdent encore aujourd'hui dans la Pologne. En 1344, il fit rebrousser chemin aux Tartares qui étaient venus, en pillards, jusque sur les bords de la Vistule. Il fit prendre la fuite à Jean, roi de Bohême, qui se préparait à pénétrer dans son royaume. Il dicta des lois à la nation, et fonda des villes et des établissements publics et d'utilité, tels que des hospices, des collèges et un grand nombre d'universités. Casimir sut mettre à profit l'épuisement où étaient les Lithuaniens, et s'empara, presque sans surmonter d'obstacle, des provinces de Volhynie, de Chelm et de Brzescie. Ce prince aimait les plaisirs et la bonne chère, et un ecclésiastique ayant un jour osé lui reprocher ses excès, il le fit jeter dans la Vistule. — Louis, neveu de Casimir, et désigné pour son successeur, reçut, de la part des seigneurs, une députation qui lui fit promettre pour lui et ses successeurs, de ne plus lever, sur la nation, aucune taille, aucune contribution. C'est là l'origine du gouvernement républicain qui subsistait en Pologne, dans le siècle dernier. Casimir périt d'une chute de cheval. — La maison de Piast, ou des princes Polonais, s'éteignit par la mort de ce prince, et la Pologne passa sous une domination étrangère (1370). — Louis, roi de Hongrie, neveu de Casimir, craignant que les époux des deux filles de son prédécesseur, ne fissent valoir des prétentions au trône, les fit déclarer illégitimes; puis il transporta sa cour en Hongrie, laissant la régence à sa mère Élisabeth. Des désordres causés par l'éloignement de Louis qui n'y apporta aucun remède, portèrent le peuple à la révolte. Louis feignit de n'avoir point connaissance de la révolte des Polonais : il marcha contre les Lithuaniens et les battit. Puis il assembla les grands, en 1381, remit l'administration entre les mains de trois membres de la noblesse, et mourut l'année suivante. Sigismond, qui lui succéda, fut déposé par les Polonais à cause de sa fierté. — Hedwige, fille de Louis, fut choisie pour reine; Jagellon, duc de Lithuanie, fut choisi pour son époux. Comme il n'était pas chrétien, et que pour cette raison il ne convenait point à Hedwige, il consentit à se faire baptiser, et prit le nom d'Uladislas V (1386). Ce prince incorpora à la Pologne la Lithuanie, la Samogitie, et toutes les possessions qu'il avait en Russie. Après son mariage, il travailla de concert avec son épouse à faire fleurir le christianisme dans la Lithuanie. A la mort d'Hedwige, qui arriva en 1399, Uladislas, croyant qu'il n'avait plus de droits à une couronne qu'il tenait de sa femme, ce prince se retira en Russie, mais, bientôt rappelé par les vœux de la nation, il s'assura des droits au trône de Pologne, en épousant la princesse Anne, mère du feu roi Casimir. La Bohême, révoltée contre son souverain, lui offrit la couronne qu'il n'accepta point. Les chevaliers teutoniques violaient à toute occasion, les traités de paix qu'ils avaient conçus. Uladislas les combattit. — Les Polonais furent vainqueurs, et tous les pays qui avaient appartenu aux chevaliers se rangèrent sous leur domination. La paix fut conclue avec les chevaliers auxquels le roi de Pologne cédait toutes ses conquêtes, moyennant 200,000 florins. Ils renouvelèrent bientôt après toutes les atrocités qu'ils avaient déjà commises. Uladislas soumit une partie de la Prusse : puis accorda une trêve de deux ans au nonce du pape Jean XXIII qui la lui demandait. Vitolde, duc de Lithuanie, n'ayant pu parvenir à prendre le titre de roi, en mourut de chagrin. Suidrigelon s'allia aux chevaliers teutoniques et renouvela les hostilités. Il fut déposé, et Sigismond Starudufski, fut élu en sa place. Uladislas mourut en 1434, et son fils aîné monta sur le trône sous le nom de Uladislas VI. Un parti s'était d'abord formé contre ce jeune prince, mais le calme fut bientôt rétabli. Il fut décidé qu'il y aurait un régent dans chaque province. Albert, duc d'Autriche, parvient à supplanter Casimir, frère du roi de Pologne, qui venait d'être placé sur le trône par les vœux de la nation même. Uladislas venait d'être déclaré

majeur; les Hongrois lui proposèrent alors d'épouser Élisabeth, leur reine, et d'accepter le trône qu'ils lui offraient. Mais un fils qu'Élisabeth mit au monde amena la rupture de l'alliance projetée. Sur ces entrefaites, Casimir, frère du roi, fut appelé à gouverner le duché de Lithuanie; le grand Sigismond Starudufski venait d'être assassiné par son peuple, impatient de secouer le joug de la tyrannie. Élisabeth mit la couronne de Hongrie sur la tête de son fils, mais Uladislas, déjà maître de Bade, allait bientôt entrer en possession d'un trône qu'il ambitionnait depuis longtemps. L'archevêque de Strigonie le proclama roi, avec l'agrément des Hongrois qui étaient dans ses intérêts. Élisabeth eut recours à l'empereur Frédéric; mais elle ne put reconquérir le trône. Il fut arrêté qu'Uladislas épouserait la fille aînée d'Élisabeth et cette princesse fut forcée d'adhérer à ces conditions. Uladislas battit les Turcs qui avaient fait une descente en Hongrie (1443); plus tard, Uladislas reprit les armes contre les Turcs, et périt sur le champ de bataille, près d'un village de Moldavie, Casimir, son frère, lui succéda, et ainsi fut réunie à la Pologne la Lithuanie dont il était duc (1447). — Casimir IV tenta de détacher du royaume la Lithuanie et la Podolie; mais la crainte de se voir déposé, le retint et lui fit abandonner son projet. Casimir soutint la révolte des Prussiens contre les chevaliers teutoniques (1453), et il chassa ces derniers de la Prusse; bientôt après les chevaliers s'engagèrent à abandonner le duché de Poméranie, et tout le pays qui forme aujourd'hui la Prusse royale : ils ne conservèrent l'autre moitié de la Prusse qu'à titre de fief de la Pologne. Dans la diète générale qui fut convoquée à cette époque, chaque Palatinat envoya des députés qu'on décida d'admettre à l'avenir dans les assemblées de la nation; ils furent appelés nonces terrestres. Uladislas, fils aîné de Casimir, fut fait roi de Bohême, malgré le roi de Hongrie. Casimir mourut en 1492. Jean-Albert, son second fils, lui succéda sur le trône de Pologne, au préjudice d'Uladislas, déshérité par son père. — Le nouveau roi fit alliance avec Uladislas, son frère, et rentra en possession de la Lithuanie qui s'était soumise à Alexandre, un des fils de Casimir. Albert, cédant aux instances des Phéniciens, organisa une armée considérable qu'il fit marcher contre les Turcs et engagea le Valaque Étienne à embrasser sa cause. Étienne feignit d'y consentir, et traita secrètement avec le sultan Bajazet. Indigné de cette trahison, Albert assiégea Sokzowa, capitale de la Valachie, mais il eut le malheur de se laisser surprendre, et ses troupes furent complétement battues. Une nouvelle bataille qu'il livra sur les bords du Pruth racheta ses premiers désastres; les Turcs pénétrèrent la même année jusqu'aux sources du Niester, au nombre de 70,000 hommes; mais un froid excessif leur causa plus de pertes que ne l'eussent pu faire les armes des Polonais : 40.000 périrent de froid et de disette. Le roi chassa ensuite les Russes qui assiégeaient la capitale du duché de Smolensko. Albert méditait encore une autre expédition contre Frédéric, grand-maître de l'ordre teutonique; la mort l'empêcha de l'exécuter. Alexandre, grand duc de Lithuanie, succéda à Albert, son frère; il conclut une trêve de six ans, avec les Russes. Les Tartares de Crimée envahirent la Podolie, la Russie et la Lithuanie. Alexandre, devenu paralytique, parut au milieu de l'armée, porté agonisant, dans une litière; l'armée polonaise gagna la bataille, et le roi expira en rendant grâces au ciel de ces succès. Son frère, Sigismond, prit les rênes du gouvernement. Glinski, gouverneur de Lithuanie, d'une ambition démesurée, souleva la Lithuanie. Il assassina le palatin de Troki qui l'avait cité devant le sénat, et attira les Moscovites sur les frontières de la Pologne. Sigismond poursuivit et mit en déroute l'armée des Moscovites; Basile, czar des Moscovites, s'était fait reconnaître souverain de Dleskaw, duché appartenant à la Pologne. Engagé par l'empereur Maximilien à rentrer dans la Lithuanie, il assembla une armée nombreuse qui, sous les ordres de Glinski, assiégèrent Smolensko. — Cette ville soutint le siège, mais l'année suivante elle tomba au pouvoir des Moscovites qui pénétrèrent jusques dans la Lithuanie. L'année suivante (1514), les Polonais remportèrent une célèbre victoire sur les Moscovites, en 1518 ; Sigismond épousa la fille de Jean Galéas, duc de Milan. Maximilien mourut cette même année, et Charles V fut proclamé empereur. Une nouvelle guerre eut lieu entre la Pologne et les chevaliers teutoniques; ces derniers furent vaincus, et Sigismond fit avec eux une trève de quatre ans. A cette époque le luthérianisme faisait chaque jour des progrès dans la Pologne. Un traité de paix fut conclu avec le grand-maître de l'ordre teutonique. Sigismond-Auguste, fils unique du roi de Pologne, âgé de 10 ans seulement, fut nommé pour succéder à son père, du vivant duquel il fut couronné. En 1531, Tarnowski, palatin de Russie et grand-général de l'armée polonaise, marcha contre les Valaches et contre le régent de Moscovie, qui, après la mort de Bazile, avait fait une irruption en Lithuanie : sa victoire fut complète. Sigismond mourut à l'âge de 82 ans, et laissa des regrets mérités. Sigismond-Auguste lui succéda (1548). Les habitants de Dantzick, qui s'étaient révoltés d'abord, rentrèrent sous l'obéissance de Sigismond, dont la clémence les avait gagnés. Guillaume de Furstemberg, grand-maître de l'ordre teutonique, suscita la guerre civile en Livonie, en s'opposant au choix de l'archevêque de Riga, qui avait pris pour coadjuteur, le prince Christophe, duc de Mecklembourg. Auguste délivra l'archevêque et le duc de Mecklembourg tombés entre les mains de leurs ennemis : Furstemberg mourut dans les fers ; le grand maréchal et trois commandants de l'ordre teutonique eurent la tête tranchée. Le parent du grand-maître des chevaliers, Gottard Kettler, demanda à la Pologne des secours contre les Russes ; il en obtint, mais on exigea qu'il renonçât à tous les droits attribués à son titre : déclaré duc héréditaire de Courlande et de Sémigalle, il devint feudataire du duché, et l'ordre teutonique fut ainsi aboli. En 1562, les Suédois, ayant tenté de s'emparer de plusieurs places dans la Courlande furent défaits Dans une diète assemblée deux ans après, à Brzescie, on convint de ne faire des Lithuaniens et des Polonais qu'une même nation; les Lithuaniens firent d'abord des difficultés, mais finirent par s'accorder. Auguste, dernier rejeton de la branche des Jagellons, mourut en 1572. Le roi de Suède, Jean III ; le czar Basilide ; Albert-Frédéric, duc de Prusse; l'électeur de Saxe ; le marquis d'Anspack et l'archiduc Ernest, fils de l'empereur Maximilien, étaient autant de prétendants au trône de Pologne. Les factions de ces divers concurrents donnèrent lieu à des troubles sans fin, après l'élection de Henri de Valois, duc d'Anjou, que sa renommée fit préférer à tous ses rivaux, dans une diète tenue le 20 avril (1573), Henri, pour se rendre en Pologne, leva le siège de la Rochelle, boulevart des protestants, et approuva les conventions qui accordaient aux protestants le libre exercice de leur religion. Henri ne sut point se faire aimer des Polonais, négligeant les soins importants du gouvernement, et ne s'occupant que de ses plaisirs. A la nouvelle de la mort de Charles IX, roi de France, il s'enfuit pendant la nuit, et quitta même le royaume. Neuf mois après, on élut en sa place, Étienne Batthori, prince de Transylvanie, (1576). Ce prince eut à soutenir la guerre contre les Moscovites; Batthori fit le siège de Plocsko, ville frontière de la Livonie, qui ne tarda pas à se rendre. Les Polonais assiégèrent Pleskow, où les Moscovites s'étaient retirés jusqu'à ce que le czar eut demandé une entrevue au roi de Pologne; et la paix fut conclue pour dix ans. La ville de Riga s'étant soulevée, les Suédois furent s'en emparer. Des troupes furent aussitôt en-

voyées contre les rebelles qui, redoutant la vengeance du roi, envoyèrent vers lui des députés pour implorer leur grâce ; ces députés ayant osé mettre des conditions à leur soumission, le prince entra dans une telle colère, qu'il en mourut (1587). — Le sénat élut pour roi Sigismond III, prince de Suède. Maximilien disputa la couronne au nouveau roi, qui envoya contre lui Zamoski. Maximilien fut vaincu, et se réfugia à Vitzen en Silésie. Zamoski le poursuivit, le fit prisonnier, et le remit entre les mains de Sigismond. Ce prince lui donna la liberté, après lui avoir fait jurer de ne plus aspirer à la couronne. Zamoski défit ensuite les Tartares, qui portaient la dévastation presque aux environs de Léopold, capitale de la Russie Polonaise; le succès de ses armes effraya les Turcs qui étaient en Valachie, et les obligea à se retirer. Sigismond alla prendre possession du trône de Suède, alors vacant; mais le vice roi Charles se hâta de s'en emparer. Il attaqua la Livonie qui fut promptement secourue par les Polonais, en 1605. La Pologne devint, l'année suivante, le théâtre de la guerre civile. Sigismond parvint, par sa conduite ferme et vigoureuse, à rétablir l'ordre dans son royaume ; il entra ensuite en Moscovie, s'empara de Smolensko, de la province de Severie ; mais il ne sut point conserver ses conquêtes. A la tête de 300,000 hommes, le sultan Osman, se porta sur la Moldavie; il fut repoussé et fit la paix. Gustave-Adolphe, roi de Suède, pénétra de son côté, dans la Livonie et prit Riga. Deux ans après, il s'empara de plusieurs places de la Prusse, entre autres d'Elbing et de Marienbourg. Le roi de Pologne eut recours à la médiation des rois de France et d'Angleterre, et obtint une trève de dix ans. Par ce traité, il cédait presque toutes ces conquêtes à Gustave. Il éprouva tant de chagrin de toutes ces pertes, qu'il en mourut (1632). — Uladislas VII, son fils aîné, lui succéda. Ce prince repousse les attaques des Moscovites et des Turcs, et les force à se retirer. En 1635, il conclut une trève de 26 ans, avec la reine de Suède, Christine, qui lui restitua les conquêtes de la Prusse. Les cosaques prirent les armes pour sauver leur liberté menacée par la noblesse polonaise. On fit avec eux plusieurs traités qui furent méconnus ; ils se soulevèrent encore et s'unirent aux Tartares. Les Polonais essuyèrent plusieurs défaites, et ne durent leur salut qu'à la division qui se mit entre leurs ennemis. Uladislas mourut le 27 mai 1648, et ne laissa que d'enfant. Les prétendants au trône se présentèrent en foule. Ce fut Casimir, frère d'Uladislas qui l'emporta; il fut proclamé roi le 20 novembre 1648, sous le nom de Jean-Casimir V. Le nouveau souverain voulut entrer en accomodement avec les cosaques; mais il éprouva une violente opposition dans la noblesse polonaise, qui combattit les cosaques, qui, bien inférieurs en nombre, remportèrent cependant la victoire, et s'emparèrent de la ville de Kiow. Un second combat fut suivi des mêmes résultats. Enfin Casimir marcha lui-même contre les cosaques, qu'il défit près de Zborow. La reine de Suède, Christine, avait abdiqué en faveur de Charles-Gustave, son cousin, et celui-ci déclara la guerre aux Polonais, s'empara de la Grande-Pologne, de la ville de Cracovie; Casimir s'enfuit dans la Silésie. Le vainqueur tourna ses armes contre la Prusse : Dantzick résiste; alors Casimir se met à la tête de ses sujets. Il taille en pièces les Suédois; Gustave abandonna la Pologne, et Casimir renonça à ses prétentions sur la Suède. Les Polonais firent la guerre aux Moscovites et remportèrent plusieurs victoires auxquelles mirent un terme leurs discordes intestines. Une partie des Polonais se déclara contre Casimir et choisit pour général le prince Lubormiski. Casimir abdiqua la couronne et demanda un asile à la France. Michel Coributh fut élu d'un unanime consentement (1669), malgré sa répugnance à accepter une dignité dont il redoutait le fardeau. Le grand duc de Moscovie poussa les cosaques à renouveler leurs hostilités contre la Pologne. Dororenki, leur général, s'engagea par serment envers le Sultan, à le rendre maître de l'Ukraine, s'il voulait lui en accorder le gouvernement, et faire cause commune avec les cosaques. Le sultan y consentit. Les Turcs marchèrent sur la Podolie, et le roi de Pologne fut contraint d'abandonner la Podolie aux cosaques, et il s'engagea à payer au sultan un tribut énorme. Le sénat refusa de sanctionner un traité aussi honteux. Jean Sobieski, grand-maréchal de la couronne, tailla en pièce l'armée des Turcs, et le jour même de la bataille mourut le roi Michel Coributh, qui ne laissa point d'enfants. Le grand maréchal Sobieski fut appelé à lui succéder (1674). Les Turcs s'étaient emparés de Diskin, de Toczin, d'Human. Sobieski les battit dans plusieurs rencontres; ils demandèrent alors la paix; et un traité abolit le tribut auquel s'était engagé le roi Michel Coributh. Une révolte des Hongrois contre l'empereur Léopold-Ignace, entraîna les Turcs dans le parti des rebelles, et l'Autriche fut menacée d'un grand danger. Sobieski prêta secours à Léopold contre les Turcs. Le grand-visir, Kara-Mustapha vint jusque sous les murs de Vienne à la tête de 200,000 hommes. Sobieski courut à la défense de Vienne. A la vue de l'armée polonaise, Mustapha se retira, abandonna son camp et d'immenses richesses. Les vainqueurs poursuivirent les Turcs jusque dans la Hongrie; mais faisant volte face, ceux-ci fondirent avec impétuosité sur les Polonais qui succombèrent en grande partie sous leurs coups. Sobieski lui-même, abandonné, faillit perdre la vie. Ce prince ne tarda pas à réparer cet affront. Il battit les Turcs près de Barkan, leur tua 12,000 hommes, et s'empara de Gran. En retournant dans ses États, il prit Zetkin, et tailla en pièces les Turcs et les Tartares assemblés aux environs de Tilgrotin. Sobieski mourut en 1696. Le cardinal Radzieiswki, archevêque primat du royaume, fut chargé de la régence pendant l'interrègne. Deux factions opposées se formèrent et élurent rois, l'une, le prince de Conti, l'autre Frédéric-Auguste, électeur de Saxe; ce dernier força son rival à rentrer en France, et fut reconnu dans une diète tenue à Lowitz, en 1697. Il conclut ensuite une alliance avec le czar de Moscovie, pour reprendre cette province. Cette alliance fut suivie d'un traité de paix perpétuelle entre la Porte et la Pologne, par lequel le grand-seigneur s'engagea à restituer toutes ses conquêtes sur ses Polonais; et ceux-ci abandonnèrent la Moldavie aux Turcs. Frédéric conclut encore à Birzen un traité avec le czar Alexiowitz, par lequel il s'engageait à fournir 30,000 hommes de troupes allemandes, et le czar, de son côté, s'engagea à faire passer en Pologne 30,000 Moscovites, pour y être formés à la discipline militaire, et à fournir, 9,000,000 de livres dans l'espace de deux ans; ce traité n'obtint pas l'approbation de la noblesse polonaise. Charles XII, roi de Suède, marcha sur Varsovie dans l'intention de détrôner Frédéric. 12,000 Saxons venus pour secourir le roi de Pologne, furent vaincus, et Charles XII fit son entrée triomphale à Cracovie; la ville de Thorn tomba en son pouvoir: Frédéric fut déposé et s'enfuit à Sendomir, Stanislas Lecksinski, palatin de Posnanie, réunit tous les suffrages (1704). Cependant, Frédéric, que Charles XII continuait de poursuivre, ayant eu l'adresse de tromper son ennemi, se rendit à Varsovie, qui lui ouvrit ses portes. Stanislas Ier se sauva avec sa famille. Après de nombreux succès remportés par les Saxons, Auguste ne perdait pas espoir; la victoire qu'il remporta sur 10,000 Suédois avec l'aide du prince Menzicoff, généralissime du czar, confirmait ses espérances quand il reçut communication du traité de paix qui le détrônait. Néanmoins, le czar souleva les principaux sénateurs de Pologne qui déclarèrent le trône vacant. Stanislas marcha sur la Pologne à la tête de 16 régiments suédois. Charles XII, qui le soutenait, voyait ses troupes épuisées et manquant de vivres; après un échec au siège de Pultava, vaincu une seconde fois par

les Moscovites, il se retira chez les Turcs. Auguste revint en Pologne où il fut reçu avec enthousiasme, tandis que Stanislas, abandonné, fut contraint de se retirer en Poméranie. Frédéric-Auguste II, rétabli (1710,) ne tarda pas à exciter le mécontentement des nobles qui se révoltèrent. Le comte de Flemming, confident d'Auguste, conçut le projet de faire enlever Stanislas dans son palais et de le conduire prisonnier à Dresde, mais il échoua dans ce complot. Stanislas, loin de châtier les conspirateurs, les renvoya après quelques reproches pleins de bonté. Charles XII mourut au siège de Friderikshall, et Stanislas se retira à Veissembourg, dans l'Alsace Française. Un traité de paix fut conclu en 1719, entre Auguste et la reine de Suède. Auguste dans un voyage qu'il fit en 1733, par la plus rude saison de l'année, pour assister à une diète qui devait s'ouvrir à Dresde, se foula le pied gauche où la gangrène se mit bientôt, et causa sa mort. L'archevêque de Guesne fut proclamé régent de toute la Pologne et du grand-duché de Lithuanie. Stanislas fut élu de nouveau; mais l'empereur Charles VI, de concert avec la Russie, fit faire une nouvelle élection en faveur de l'électeur de Saxe, Frédéric-Auguste III, son neveu par alliance. Stanislas, forcé de renoncer à l'autorité royale (1733), se retira à Dantzik, dont il fit sa place d'armes. Assiégé par une armée de Russes, il s'enfuit en Prusse. Par un traité entre la cour de Vienne et le roi de France, il fut décidé que le roi de France abdiquerait, mais qu'il rentrerait dans la jouissance de ses biens et de ceux de la reine, son épouse; que l'électeur de Saxe serait reconnu roi de Pologne et grand duc de Lithuanie par toutes les puissances qui accéderaient au traité: qu'en ce qui touchait Stanislas, il aurait pleine jouissance du duché de Lorraine; mais qu'à sa mort ce duché serait réuni à la couronne de France. Auguste III étant mort, Stanislas-Auguste IV, Poniatowsky, grand panetier de Lithuanie, fut élevé au trône par l'influence des cours de Pétersbourg et Berlin (1764). L'animosité qui existait depuis longtemps entre les catholiques et les protestants devint une source de troubles et de discordes, dont les cabinets étrangers profitèrent habilement. La lutte commença par la proclamation de l'acte célèbre de la confédération de Bar, que fit en 1768 le parti national, à la tête duquel se trouvaient les membres les plus notables du clergé catholique. Cette lutte pour le maintien de la religion et de l'indépendance nationale, contre l'envahissement et l'oppression des cabinets étrangers, dura cinq années. La Russie, pour protéger les protestants, inonda la Pologne de ses troupes. Des confédérations se formèrent de toutes parts dans le but d'annuler les actes de la diète qui étaient en faveur des dissidents. Profitant du désordre, la Prusse s'empara d'une partie de la Grande-Pologne jusqu'à Notec, et d'une partie de la Prusse Royale; l'Autriche s'adjugea la Russie-Rouge et une partie de la Podolie, c'est-à-dire l'ancienne Galicie, la Lodomérie; enfin, la Russie fit sa part de tous le pays compris entre le Dnieper, le Droulz et la Dwina. Cependant, l'accroissement rapide de la Russie donna de l'inquiétude à l'Angleterre et à la Prusse. Celle-ci proposa à la Pologne une alliance contre les tentatives envahissantes de la Russie. La diète accepta ce traité le 3 mai 1791. Une nouvelle constitution fit disparaître les abus existants, régla les divers pouvoirs, et établit l'hérédité dans la personne de Frédéric-Auguste, électeur de Saxe, fils du dernier roi de Pologne. Les affaires prenaient une tournure favorable qui permit d'espérer enfin, pour la Pologne, un avenir plus heureux; mais l'ambition du cabinet russe vint tout gâter. Des Polonais ambitieux se laissèrent séduire et prirent les armes contre leur patrie, à la tête d'une armée. Ils firent irruption sur le territoire de la Pologne. La nation polonaise fit de prodigieux efforts pour repousser cette injuste agression. Le gouvernement prussien, loin de prêter son assistance en exécution du traité conclu en 1790, s'empara du reste de la Grande-

Pologne (1793). L'Autriche prit possession de la Petite-Pologne, dont elle changea le nom en celui de *Nouvelle Galicie*, et la Russie recula ses frontières jusqu'au centre de la Lithuanie et de la Volhynie.—La révolution de 1794 avait eu en Pologne un but différent de celui qui avait motivé la révolution de France ; elle fut toute en faveur de la royauté. Les Polonais accusés de trahison résolurent d'en tirer vengeance. Une insurrection générale éclate dans la capitale. Kosciuszko bat les Russes ; mais attaqué en même temps par les armées prussiennes, il est forcé de céder au nombre qui l'accable. Le 10 octobre 1794, eut lieu la bataille de Macieowice : ce fut la dernière pour la Pologne. Kosciuszko tomba entre les mains de l'ennemi. Le faubourg de Praga fut emporté d'assaut ; Varsovie capitula, et le 18 novembre l'armée polonaise fut dissoute. Enfin, un dernier partage eut lieu entre la Russie, la Prusse et l'Autriche, et la Pologne cessa de compter au nombre des États indépendants. Le roi Stanislas-Auguste, qui avait eu la lâcheté d'accéder aux prétentions des ennemis en 1790, reçut l'ordre de quitter la ville de Varsovie (1795), et de signer l'acte de son abdication. — Une victoire remportée à Friedland, le 14 juin 1807, par l'armée française, où servaient d'intrépides légions de réfugiés Polonais, réhabilita dans ses droits, par le traité de Tilsit, la nation polonaise. La Prusse renonça aux provinces polonaises qu'elle avait reçues en partage depuis le premier janvier 1772, à l'exception néanmoins de quelques provinces situées à l'ouest de vieille Prusse, à l'est de la Poméranie et de la Nouvelle-Marche. Frédéric-Auguste, roi de Saxe, reçut à titre de duché de Varsovie, la portion de la Pologne qui recouvrait sa nationalité, et qui, en 1809, fut agrandie, par la reprise sur les Autrichiens, de la Nouvelle-Galicie ou Petite-Pologne, ainsi que d'une portion de terres sur la rive droite de la Vistule ; la moitié du produit des salines de Wieliczka, lui fut de plus concédée. Le 20 juin 1815, le nouveau royaume de Pologne fut proclamé à Varsovie ; mais ce pauvre royaume tout démembré n'était plus que le grand-duché de Varsovie ; la république de Cracovie n'en faisait plus partie ; les salines de Wieliczka avaient été enlevées par l'Autriche, et le grand-duché de Posen faisait partie des propriétés de la Prusse, de telle sorte que ce n'était en réalité qu'une province russe. Mais de nouveaux impôts pesèrent sur la nation; la liberté individuelle fut violée ; les mesures tyranniques se succédèrent, et alors le mécontentement devint général. L'empereur Alexandre s'efforça de prévenir l'orage qui grondait de toutes parts ; mais ce fut en vain ; le mal avait fait trop de progrès, et le grand duc Constantin, vice-roi et frère de l'empereur, ne fit que l'aggraver encore par son despotisme et sa brutalité. Une diète fut convoquée en 1825, dans le but de calmer les esprits par la promesse de réunir au royaume les anciennes provinces polonaises ; mais cette promesse ne fut jamais réalisée. La mort d'Alexandre et l'avénement de Nicolas, n'amenèrent aucune amélioration, aucun résultat favorable. — La révolution de Paris en 1830 réveilla dans le cœur des Polonais indignés de subir le joug de la Russie, un puissant désir de reconquérir leur indépendance. La Pologne entière soutint pendant dix mois une lutte glorieuse contre cette redoutable puissance, dix fois plus forte en nombre, disposant de plus de ressources en tout genre. Après de sanglants combats, remplis de traits héroïques, Varsovie fut prise le 8 septembre 1831. Aujourd'hui, le royaume de Pologne est une partie intégrante du territoire moscovite.

HISTOIRE DE PRUSSE. Nous n'avons que des notions incertaines sur les premiers habitants de cette contrée qu'entourent la mer Baltique, le Niémen, la Pologne, la Saxe, et quelques petites principautés occidentales. Tout porte à croire que lors des grandes migrations scandinaves, elle aura servi de camp passager à ces immenses peuplades du nord qui se précipitaient à l'envi

sur le vieux colosse de l'empire romain. De là, elle aura passé sous la domination des Slaves, cette nombreuse tribu asiatique qui occupe encore la Pologne et la Hongrie, puis sous celle des Saxons et des Angles qui du temps de Witikind étaient maîtres de toute l'Allemagne, puis enfin sous celle des Pruczi, ou les Borassiens, peuple mixte, d'origine tartare ou scandinave, qui passe généralement pour la souche primitive de la nation actuelle. — Quoi qu'il en soit, l'histoire ne fait mention des Pruczi ou Prussiens que vers la fin du dixième siècle, lorsque quelques missionnaires catholiques pénétrèrent dans leur pays sauvage, pour essayer d'y répandre la foi. Cette tentative ne fut pas heureuse. Les Pruczi étaient superstitieux et cruels. Leur religion se composait de polythéisme germanique et de fétichisme indien ; leurs sacrifices se faisaient à l'ombre des forêts, au pied d'un chêne révéré, et souvent le sang des prisonniers de guerre coulait sur les autels de leurs farouches divinités. Il fallait bien des efforts et des prédications pour jeter à travers ces coutumes barbares la semence précieuse d'une religion plus humaine. Le martyre féconda l'œuvre. Saint Aldeberg, évêque de Prague, et ses courageux compagnons, furent sacrifiés au terrible dieu Pikollos, sous les rameaux verdoyants du fameux chêne de *Romow*.— Boleslas régnait alors sur la Pologne, dont il était le premier roi chrétien. Enflammé d'un zèle ardent pour la foi, il voulut venger la mort des saints martyrs. Une guerre de massacre et de rapines continua dès lors presque sans interruption entre les Pruczi et les Polonais jusqu'au commencement du 13e siècle. A cette époque, les succès désastreux des Pruczi menacèrent tellement l'indépendance de la Pologne, que Conrad, duc de Masovie, de la maison des Piast, ne trouva d'autre moyen de se soutenir que d'appeler à son secours les chevaliers teutoniques, et de leur abandonner sans réserve toutes les conquêtes qu'ils pourraient faire sur la Prusse. — Cet ordre, tout à la fois religieux et militaire, devait, comme celui des Templiers, son origine aux Croisades, et comme lui, il faisait rude guerre aux ennemis de la religion chrétienne. Chassé tout récemment de la Syrie par la conquête des Musulmans, il n'hésita pas à s'emparer d'un nouveau domaine en échange de l'ancien qu'il avait perdu. Herman de Balk, le grand-maître, suivi de cent chevaliers de l'ordre et de tous les aventuriers que l'espoir attira sous ses drapeaux, s'empara d'abord de la ville de Thorn, dont il fit le centre de ses opérations les plus importantes. Soit trahison, soit habileté, soit discipline bien entendue de ses troupes, il vit toutes les provinces de la Prusse tomber l'une après l'autre sous sa domination : et partout il faisait fleurir le commerce et les arts ; il implantait une autre langue, une autre religion. Un nouveau peuple se forma insensiblement, qui adopta cette religion et ces mœurs. Un petit nombre de seigneurs Pruczi consentirent à entrer dans l'ordre dont ils partagèrent les priviléges, et la forteresse imprenable de Marienbourg fut fondée par les chevaliers vainqueurs, pour devenir le chef-lieu de leur ordre et la résidence du grand-maître souverain. — De cette époque seulement commence l'histoire de la nation prussienne. On était en 1302. — Les nouveaux conquérants se trouvèrent bientôt à l'étroit dans leurs principautés d'hier. Ils enviaient la Poméranie de Dantzick ou Poméranie orientale qui appartenait à la Pologne. Une longue guerre se déclara entre les deux peuples, tout à l'avantage des chevaliers : une seconde Dantzick fut fondée et agrandie, qui éclipsa bientôt la première, et le traître de Kalisch (1343), en confirmant au grand-maître la possession de la Poméranie, lui valut de plus l'abandon du territoire de Michailow. — Les Lithuaniens étaient encore engagés dans les ténèbres du paganisme ; une nouvelle guerre fut résolue. Elle dura près d'un siècle, et fut féconde des deux côtés en succès et en revers ; mais la fortune des chevaliers triompha enfin , et le traité de paix de Raciunz, en 1404, ajouta à leurs états l'importante province de Samogitie. — Dans le même temps , les chevaliers *porte-glaive* , ordre également militaire et religieux, maîtres de l'Estonie et de la Livonie, renonçaient volontairement à leur indépendance , pour se placer sous l'autorité du grand-maître de l'ordre teutonique. — Tant de prospérités devaient éblouir. Les chevaliers ne purent résister à leurs prestiges. Ils s'abandonnèrent à leur vanité sauvage , à ces habitudes de débauche qui sont le caractère distinctif de toutes les milices religieuses du moyen-âge. Le joug qu'ils faisaient peser durement sur les Prussiens, devint intolérable à ces derniers : ils voulurent le secouer. Les Lithuaniens se réunirent aux Polonais pour les attaquer , et le roi Jagellon prit lui-même le commandement de son armée. Les suites de cette guerre furent fâcheuses pour l'ordre teutonique. Après plusieurs défaites successives, ils furent obligés de restituer la Samogitie et la Sudavie. Leurs injustices et leurs exactions avaient exaspéré un grand nombre de villes, telles que Dantzick, Elbing et Thorn. Toute la Prusse orientale se souleva ; les chevaliers, affaiblis, transférèrent le chef-lieu de leur ordre à Kœnisberg , et le traité de Thorn, en 1466, confirma aux Polonais la possession des provinces rebelles sous le nom de Prusse royale ou polonaise. — Depuis cette époque, l'histoire de la Prusse ne présente rien de remarquable jusqu'à la promotion d'Albert de Brandebourg à la dignité de grand-maître en 1511. — L'Allemagne alors se faisait luthérienne ; une fièvre de réforme et d'indépendance , circulait dans toutes les veines de ce grand empire. Le jeune électeur, ardent et avide de nouveautés, rêva la couronne ducale sur sa tête et l'anéantissement de l'ordre teutonique en Prusse. Par un traité définitif signé à Cracovie en 1525, il prit l'engagement de prêter à la Pologne la foi et l'hommage qu'il lui avait toujours refusés , et le roi Sigismond Ier , qui était son oncle maternel, lui accorda la Prusse teutonique à titre de duché et de fief héréditaire et indivisible, tant pour lui et ses descendants mâles , que pour ses frères de la branche de Brandebourg en Franconie. — Dégagé de ses vœux religieux, Albert professa la religion réformée, et épousa la même année, une fille du roi de Danemark. Le pape l'excommunia ; mais diverses circonstances combattirent pour lui, et il put, dès lors, s'occuper activement des affaires de la Prusse. Il donna toutes sortes d'encouragements à l'agriculture et au commerce ; il favorisa l'extension du luthéranisme ; il protégea l'étude des sciences et des lettres dont le goût commençait à se répandre dans le nord ; il fonda enfin l'université de Kœnisberg , et mourut le 20 mars 1568 en laissant le trône ducal à son fils Frédéric qui n'avait encore que 15 ans. — A peine le jeune prince eut-il pris le gouvernement de son état, qu'il devint fou. Trois tuteurs de la famille de Brandebourg se succédèrent pendant 50 ans dans l'administration du duché. Ce ne fut qu'à la mort d'Albert Frédéric, arrivée en 1618, que Jean Sigismond de Brandebourg, son dernier tuteur, qui lui succédait à double titre , réunit sous une même domination le duché de Prusse et l'électorat de Brandebourg, qui depuis passèrent toujours ensemble à ses descendants, avec le duché de Clèves et les comtés de la Marche et de Ravensberg. — A l'époque dont nous parlons, la Prusse pouvait déjà jouer un grand rôle dans le nord. La guerre de *trente ans* le prouva ; sa prospérité intérieure lui fournit les moyens d'y paraître avec éclat. Malheureusement, le règne de Georges-Guillaume, fils de Jean Sigismond , fut une très grande calamité ; il la laissa dévaster pendant 21 ans, tantôt par la Suède, tantôt par l'empire. Il fallut tout le génie de Frédéric-Guillaume, son fils et son successeur, pour la relever, la repeupler et l'enrichir. — Frédéric Guillaume fut

peut-être le plus grand politique de son siècle. Son premier acte , en montant sur le trône , en 1640, fut l'acquisition de la Poméranie ultérieure en échange de la ville de Stellier et de l'île de Rugen. Il parvint en suite , à force d'habileté et d'adresse , à faire reconnaître successivement par la Pologne et par la Suède, l'indépendance absolue de son duché de Prusse; puis , s'étant mêlé à la guerre qui éclata entre la France et la Hollande , il remporta sur les Suédois la victoire décisive de Ferbellin, les contraignit à évacuer le Brandebourg qu'ils avaient envahi, et acquit, par le traité de Nimègue , l'archevêché de Magdebourg, qui fut sécularisé en sa faveur et réuni à ses états. — Mais ce qui occupa surtout l'attention de ce prince, ce fut de repeupler son duché, et de donner une grande impulsion au commerce. La révocation de l'édit de Nantes lui fût très utile sous ce rapport. Elle lui amena plus de 20,000 citoyens qui facilitèrent beaucoup ses projets. Il fonda des manufactures importantes ; il introduisit la culture et la fabrication du tabac ; il ne négligea pas l'instruction de son peuple, et l'université de Duysburg lui doit son existence. S'il se trompa parfois dans ses ordonnances et dans ses desseins , c'est que les lumières lui manquèrent plutôt que la bonne foi ; il fut plein de charité et de tolérance ; il fut juste, et ses lois assuraient enfin à ses sujets le libre exercice de la religion de chacun d'eux. — Frédéric Ier, son fils, d'un caractère faible et superstitieux, eut cependant l'ambition de porter le titre de roi. Les circonstances étaient favorables. L'empereur Léopold allait se trouver engagé dans la guerre de la succession d'Espagne. Frédéric lui offrit dix mille hommes et l'abandon du cercle de Schwibus, et Léopold eut l'inexplicable folie d'élever, pour de si faibles avantages, une puissance rivale de la sienne au nord de l'Allemagne. — Ce fut le 18 janvier 1700, que le duc de Prusse, électeur du St.-Empire , marquis de Brandebourg, reçut à Kœnisberg le titre de roi de l'empereur germanique. Le 8 du mois de mai de la même année, il recevait à son château de Berlin les ambassadeurs des cours étrangères, envoyés pour le complimenter , et il les invitait à souper avec la reine , la spirituelle et charmante Sophie de Hanôvre. A cette soirée se trouvaient lord Raby, envoyé de la Grande-Bretagne, le général Obdam, député de la république de Hollande , et André Petrowich Ismaïlow, ambassadeur du czar Pierre. C'était la première fois qu'un envoyé russe se montrait dans une cour européenne : coïncidence remarquable qui jetait au même jour , dans la balance des monarchies, deux contrées septentrionales et voisines. — Le règne de Frédéric Ier fut une époque d'agrandissement pour la Prusse. Son luxe et sa prodigalité le poussèrent à contracter des dettes considérables. Elles servirent cependant, à encourager les manufactures que son prédécesseur avait fondées. La vanité le porta aussi à protéger les sciences et les lettres, et à fonder à Berlin , devenu la capitale de la Prusse, une académie qui devint plus tard une célébrité méritée. — Frédéric-Guillaume, son fils, avait 25 ans lorsqu'il monta sur le trône en 1713. Il y porta autant d'avarice son père y avait déployé de prodigalité. Le caractère de ce prince fut un mélange de bizarreries , de formes repoussantes , et de grandes qualités. Il ne prit que fort peu de part aux affaires de l'Europe; mais toutes les fois qu'il y intervint, il montra une certaine habileté. Sans coup férir, il obtint , de la Suède , la cession de Stattin et de la plus grande partie de la Poméranie citérieure. Il prépara, par son économie et son administration, le règne si brillant de Frédéric II , et il donna à la Prusse , par les soins qu'il prit d'entretenir une armée puissante cette physionomie militaire qu'elle conserve encore aujourd'hui , et qui lui vaut en Europe une influence comparativement plus grande que ne pourraient le comporter son étendue, ses liaisons et ses richesses.

Frédéric II vint après lui, porta la Prusse au plus haut point de gloire et de puissance. Ses écrits, en français, lui avaient déjà fait, du vivant de son père, une réputation de prince philosophe. Les privations de sa jeunesse, l'isolement dans lequel il vécut, lui avaient donné de bonne heure le goût de l'étude et de la réflexion. Il usa noblement de ses facultés par les réformes qu'il tenta d'introduire dans la législation, dans l'industrie, dans l'instruction publique, et même dans l'administration. Mais c'est principalement comme homme de guerre qu'il s'éleva véritablement au-dessus de ses contemporains. Il fit faire à cet art des progrès étonnants qui n'ont été dépassés depuis que par Napoléon. La conquête de la Silésie, enlevée à l'Autriche, doubla les forces de son royaume et le plaça d'un seul coup au rang des premières puissances. Dès lors, il put se mêler avec activité à toutes les affaires européennes, et y deploya cette énergie de volonté, cette profondeur de calcul, ce courage à l'épreuve du malheur, qui lui ont valu l'admiration de ses ennemis, et même le suffrage de la postérité. Tour à tour, allié de la France, ou de l'Autriche, de l'Angleterre ou de la Suède, il vit un jour toute l'Europe coalisée contre lui, et malgré les revers les plus décourageants, il sortit de cette lutte inégale avec l'intégrité de son royaume conservé et avec la réputation du plus habile général qui fût alors. L'histoire a enregistré la victoire fameuse de Czalau (1742), de Hohenfriedberg (1745), de Soor, de Lowositz, de Prague (1767), de Pissa, de Zoendorff, de Freyberg, gagnées contre les troupes de Marie Thérèse, assistée quelquefois de toute l'Europe, et surtout cette bataille désespérée de Rosbach, si fatalement célèbre dans les fastes de notre France. — Il est fâcheux pour la mémoire de Frédéric qu'on ait à lui reprocher ainsi qu'à Catherine II et à Marie Thérèse d'Autriche, le partage injuste et odieux de la Pologne, dont le traité formel fut conclu à Saint-Pétersbourg par les ministres des trois puissances, le 5 août 1772. — Dix ans après, fut signé à Berlin, entre l'empereur et l'électeur palatin, le traité d'échange qui donna naissance à la fameuse confédération germanique. Ce fut la dernière intervention de Frédéric dans les affaires de l'Allemagne. Il mourut le 17 août 1786, après avoir jeté sur la Prusse un éclat inouï et l'avoir élevée par ses institutions et sa politique au premier rang parmi les puissances du nord. — Malheureusement, son neveu et son successeur, Frédéric-Guillaume II était loin de posséder sa volonté ferme et son coup-d'œil sûr. Trop jaloux de l'autorité royale pour en laisser le conseil que lui donnaient ses ministres, il se jeta tête baissée dans les entreprises inconsidérées qui ruinèrent son trésor, démoralisèrent ses troupes, et détruisirent la haute influence que son oncle lui avait léguée. Tour à tour, opposé à la révolution française et à l'insurrection polonaise, on le vit diriger du congrès de Pilnitz pour la délivrance de Louis XVI, et étouffer dans les murs dévastés de Varsovie, les généreux efforts du noble Kosciusko. C'est ainsi qu'il acquit à la Prusse, avec la grande Pologne, la ville de Danzick, de Torn et de Czentoschau, tandis que d'un autre côté, il souscrivait à Bâle, à la république de 1793, le sacrifice humiliant de tous ses états de la rive gauche du Rhin. — Lorsque deux ans après, son fils, Frédéric Guillaume III, lui succéda, l'Europe se trouvait lancée contre la France dans cette suite prodigieuse de guerres qui devaient aboutir aux traités de 1814 et de 1815. Guillaume fut entraîné fatalement dans la cause de la coalition. Réuni aux Autrichiens et aux Russes, il fut vaincu à Saalfeld, à Iéna, à Hall, à Rentzlow, à Eylau, à Lubeck, à Friedland; vit avec douleur son royaume et sa capitale occupés par les armées de l'empire, et fut contraint de signer à Tilsit une paix malheureuse qui effaçait, pour ainsi dire, la Prusse de la carte des monarchies européennes. — Cet état d'humiliation dura jusqu'en 1812, au retour

de la campagne désastreuse de Moscou. On ne sait quel souffle d'indépendance nationale agitait alors la vieille Allemagne jusque dans ses fondements. La Prusse se joignit à l'immense torrent qui devait déraciner deux fois le colosse impérial. On connaît la large part qu'eut le général Blücher dans les triomphes de la coalition. Entré deux fois à Paris avec l'empereur de Russie, et d'Autriche, Frédéric-Guillaume recouvra, par le traité de Vienne, toutes ses anciennes possessions, et replaça la Prusse victorieuse au rang des puissances du premier ordre. — Depuis cette époque, l'influence prussienne n'a fait qu'augmenter dans les affaires d'Allemagne. Admirablement gouvernée par des ministres heureux, cette monarchie jouit depuis 25 ans d'une prospérité croissante que l'Autriche et la Russie lui envient. L'impulsion libérale de 1812 n'a point étouffé dans son sein le sentiment de l'ordre, et elle a donné lieu à quelques réformes modérées dont tous les esprits justes s'applaudissent. Des états provinciaux ont été organisés dans toute l'étendue du territoire; la presse a vu élargir le cercle de ses libertés; l'académie de Berlin s'est peuplée de savants illustres; le commerce intérieur et l'exportation ont multiplié les ressources de l'état; un vaste système de fusion religieuse s'est étendu dans toutes les parties du royaume; et lorsque le vieux roi s'est éteint, au mois de juillet de cette année 1840, il a dû emporter avec lui dans la tombe, la prévision consolante d'un immense avenir pour son peuple. Tout porte à croire que Frédéric-Guillaume IV, qui lui a succédé, saura accomplir les vœux ardents de son père, et continuer, pour le bonheur de la Prusse, ce système modéré d'innovations progressives qui le préserveront longtemps des secousses révolutionnaires. — Le gouvernement prussien a, durant l'année 1839, peu agi au dehors : il a été absorbé par ses démêlés intérieurs avec l'archevêque de Posen, M. de Dunin, qui fut écroué dans la forteresse de Colbert, pour la question des mariages mixtes. Cette querelle politique et religieuse, tout à la fois, vient de recevoir sa solution. Le roi Guillaume a rendu Mgr. de Dunin à ses fonctions épiscopales, et l'a réintégré dans tous ses titres et honneurs.

HISTOIRE D'AMÉRIQUE ET DES ÉTATS-UNIS. — Les anciens ne connaissaient point l'Amérique, ou du moins, depuis les temps historiques, tout souvenir s'était effacé des relations qui avaient pu exister à une époque très reculée, entre ses populations et celles du grand continent. Jusqu'à la fin du XIVe siècle, les Açores et les îles du cap Vert étaient les terres les plus occidentales que visitassent les Européens. Défendus par cette mer immense, sur laquelle aucun navire n'osait s'aventurer, l'Amérique semblait devoir échapper toujours aux recherches de ces hardis aventuriers que l'ardeur des découvertes conduisait sur tous les rivages de l'ancien monde. Car, pour s'en aller sur un frêle vaisseau à travers l'*Océan Ténébreux*, dans les régions où la superstition plaçait les plus terribles mystères de ses croyances religieuses, chercher un port hospitalier; pour aller interroger cette mystérieuse étendue que la crédulité peuplait d'anthropophages, de géants, de monstres et d'êtres surnaturels et malfaisants, il fallait plus que de l'ardeur et de l'audace; il fallait du génie, et presqu'une prédestination. — Le fils d'un cardeur de laine d'une bourgade des environs de Gênes, pauvre, seul, sans autre guide que sa pensée, sans autre appui que sa conviction et sa persévérance obstinée, fut choisi par la Providence, ou comme le dit son fils, « fut l'élu de Dieu pour accomplir ses impénétrables desseins. » Christophe Colomb s'était fait marin, et il avait de bonne heure parcouru toutes les mers connues. Puis il avait étudié la cosmographie et il avait vu que nul ne savait ce qui existait au-delà des côtes occidentales d'Espagne et d'Afrique. Alors, il avait interrogé tous les cosmographes et philosophes anciens, tous les voyageurs modernes ; il avait lu : dans l'un, que la terre est ronde, et que deux voyageurs partant du même point, en sens opposé, se rencontreraient inévitablement à la jonction des deux demi-circonférences ; dans un autre, que la terre est petite et que la mer n'en occupe que la moindre partie ; dans presque tous, que l'extrémité du continent asiatique, encore inconnue, s'étendait fort loin, ou qu'elle n'était séparée de l'Espagne que par une étendue de mer indéterminée. Sur ces assertions si vagues et si douteuses, son génie s'enflamme, sa conviction se forme, sa résolution est prise : il ira aux Indes, c'est-à-dire en Asie, par l'Occident. Mille obstacles se présentent et se renouvellent sous toutes les faces ; l'ignorance, la jalousie, l'apathie, l'incrédulité, s'unissent contre lui ; rien ne le rebute ni le décourage. Pendant huit années entières, il sollicite en Portugal, en Espagne, en Angleterre, un navire et quelques hommes, en échange desquels il promet un monde, des mines d'or, des cargaisons d'épices et de pierres précieuses ; toutes les humiliations le poursuivent, la misère l'accable, et il persiste ; on le traite de fou, et il persiste, et il n'a à opposer que sa conviction aux doutes méprisants qui l'accueillent. Sa patience, sa fermeté, triomphent enfin ; la reine d'Espagne, Isabelle, obtient de son auguste époux qu'il sera donné à Colomb trois navires pour tenter ses découvertes, et le 3 août 1492, il sort du port de Palos, et confie sa voile et ses destins aux brises d'occident troublées pour la première fois dans leur antique domaine. — Colomb n'avait pas encore subi ses plus dures épreuves. Il allait par les mers avec une sécurité, une foi au succès qu'aucun doute ne venait ébranler. Mais ses compagnons épouvantés de l'espace immense qu'ils laissaient derrière eux, n'envisageaient qu'avec angoisses le sort qui leur était réservé, si la terre promise ne leur apparaissait bientôt. Dix fois, ils voulurent revenir sur leurs pas, et leur insubordination et leurs menaces même devenaient de jour en jour plus violentes, lorsqu'enfin, le 12 octobre 1492, ils virent la terre, et mouillèrent à l'île de *Guanahani*, « l'une des Lucayes, qu'il nomma *San Salvador* », aujourd'hui la *Grande Saline*, suivant les uns, ou suivant d'autres, *San Salvador grande*. — Après cette île, Colomb découvrit successivement plusieurs des petites îles groupées en cet endroit, et bientôt après l'*Espagnola* (Saint-Domingo), d'où il revint en Espagne annoncer le succès de son voyage. — Colomb fit encore trois voyages de découvertes dans ces contrées, et c'est à sa troisième expédition, dans les premiers jours d'août 1498, qu'il aborda à la côte de *Paria*, c'est-à-dire à la côte de la terre-ferme ou du continent américain. Pendant son quatrième et dernier voyage, il visita la plus grande partie des côtes qui ferment à l'occident la mer des Antilles. — Parti dans le dessein de chercher les Indes par une route nouvelle, Colomb ne douta pas qu'il ne fût arrivé à l'extrémité de l'Asie, dont donna-t-il à ces pays le nom d'*Indes Occidentales*. Il mourut sans savoir qu'il venait d'ajouter une quatrième partie au monde des cosmographes anciens. — Comme presque tous les hommes qui ont rendu à l'humanité les plus grands services, l'illustre navigateur termina sa vie dans la disgrâce, persécuté et calomnié par ses envieux, et par ceux-là même auxquels il avait donné un monde. On voulut lui reprendre les titres qu'on lui avait donnés ; on lui contesta les récompenses qu'on lui avait promises, la haine et l'injustice s'efforcèrent de ternir sa conduite, et son nom fut à peine inscrit dans les annales de l'histoire, tandis qu'on donnait au nouveau continent le nom d'un intrigant de Florence. Aujourd'hui, c'est un fait accompli et sanctionné par l'habitude ; il n'y a plus de remède à cette perfide substitution ; il n'y a plus qu'une tardive justice et d'inefficaces protestations. Les supercheries et les mensonges d'Améric Vespuce et de ses amis l'ont doté éternellement d'une gloire usurpée. En tronquant des dates, en supposant des voyages qu'il n'a pas faits, et

dont il rédigeait les relations d'après les relations même de Colomb ; en s'attribuant, dans les expéditions dont il a fait partie, un commandement dont il n'a jamais été investi, Vespuce a pu faire croire qu'il avait abordé la terre ferme avant le navigateur génois ; un imprimeur de Saint-Dié, en Lorraine, en publiant ces faux documents, eut l'idée de baptiser les terres nouvelles du nom d'America ; des lettres supposées de Vespuce, soit à un Gonfalonnier de Florence, soit à un Médicis, et dans lesquelles il s'attribuait la découverte, accoutumèrent bientôt l'opinion générale à lui accorder dans ces événements une part qu'il n'y a jamais prise. L'homme de génie avait accompli son œuvre et s'était tu ; l'intrigant avait rempli l'Europe de ses impudentes prétentions ; l'indifférence publique pour une question qui s'intéressait que la gloire de Colomb a fait le reste. — De nos jours, les hommes les plus distingués dans les sciences géographiques, ont entrepris, comme par un mouvement unanime de venger le héros du nouveau monde d'une injustice de trois siècles. Les journaux de voyages, retrouvés tout mutilés dans les archives d'Espagne, ont été publiés ; les impostures de Vespuce ont été mises au jour avec une évidence qui ne permet plus de doute ; des monuments durables transmettront à l'avenir l'œuvre de réhabilitation dont M. de Navarète, à Madrid, M. de Santarem, à Paris, ont été les plus infatigables ouvriers ; mais le nom d'*Amérique* restera comme une éternelle iniquité. — L'Amérique se divise en deux parties : *méridionale* et *septentrionale* ; sa superficie est de 1.964,506 lieues carrées, et sa population de 34,317,000 habitants, sans y comprendre les îles qui en dépendent. L'Amérique méridionale comprend la Colombie, le Pérou, le Haut-Pérou, le Chili, Buénos-Ayres ou provinces unies de Rio-de-la-Plata, le Paraguay, le Brésil, la Guyane dont une partie, Cayenne, appartient à la France, Stabrock, aux Anglais et Paramaribo, aux Hollandais ; l'Araucanie et la Patagonie indépendantes et sauvages. — L'Amérique septentrionale comprend le Groënland, l'Inde indépendante, la nouvelle Bretagne, la Russie américaine, Guatimala ou provinces unies, le Mexique et les États-unis. — La république de Colombie est de formation toute récente. Ce fut le 17 décembre 1819 que la réunion des deux républiques de la nouvelle Grenade et de Venezuela fut proclamée, et cette confédération prit le nom de *république de Colombie*. L'installation du congrès eut lieu le 6 mai 1821, à Rosario-Cucutta. On s'occupa dès lors, d'une constitution, et l'on convint que les États connus antérieurement sous les noms de vice-royauté de Grenade, et l'autre de Capitainerie de Venezuela, sous la domination des Espagnols, ne formeraient plus désormais qu'une seule nation sous un gouvernement représentatif populaire. — La constitution libérale du Pérou fut proclamée le 20 novembre 1823. — Le haut Pérou, qui avait d'abord fait partie du Pérou, fut compris, en 1778, dans le Buénos-Ayres, et suivit le sort de ce gouvernement qui secoua le joug des Espagnols en 1810. Le 5 août 1825, il se déclara république indépendante. — Le Chili, l'état oriental de l'Uragay et Haïti sont des républiques dont les formes sont calquées sur celle des États-Unis. Toutes ont un congrès divisé en deux chambres, les *représentants* et les *sénateurs*. — Le Brésil forme un empire ; c'est une monarchie constitutionnelle dont le pouvoir législatif réside dans l'empereur, le sénat et les représentants. Le Paraguay est une véritable monarchie despotique. Le *directeur* est en même temps chef de l'Église et de l'État. — La constitution actuelle des États-Unis date de 1788. Ces États ne contiennent pas moins de 24 républiques particulières et distinctes ; les 24 États réunis forment une république fédérative, appelée aussi *Union*. — Il ne nous paraît pas sans importance de donner ici un précis de l'histoire de cette république célèbre. Les premiers établissements formés par l'Angleterre dans la Virginie et sur toute la côte orientale de l'Amérique durent leur origine à quelques colonies errantes, forcées, par les persécutions, de chercher un refuge sur le sol étranger. L'esprit d'association, des intérêts communs rapprochèrent peu à peu ces exilés; ils s'organisèrent pour se livrer avec plus d'ardeur et d'avantages à des opérations industrielles et commerciales; ils se soumirent à des lois : d'utiles et sages institutions ne tardèrent pas à éclore sous l'heureuse influence des libertés civiles et religieuses. — Les colonies anglaises acquirent, par la suite, un développement tel qu'en 1765, elles offraient, à la métropole, un débouché important pour toutes les branches de son commerce. Alors l'Angleterre se contentait de faire payer des droits équitables sur les exportations de l'Amérique. Mais lorsqu'à la fin de la guerre avec la France, le parlement voulut faire peser des impositions sur les colonies, sous prétexte d'aider à payer les dépenses que cette guerre avait occasionnées, les Américains qui y avaient puissamment contribué, réclamèrent vivement et contestèrent au parlement le droit de les imposer, puisqu'il ne leur était pas permis de s'y faire représenter; leurs réclamations ne furent pas écoutées, et en mars 1765, les Chambres publièrent une loi qui obligeait les Américains à faire usage, pour tous leurs contrats de ventes et d'achats, de papier timbré au sceau de l'Angleterre et taxé par le gouvernement. Les Américains rejetèrent cet impôt. Le mécontentement se manifesta dans toute l'étendue des provinces; mais le gouvernement n'en persista pas moins dans sa résolution. Un congrès réuni à New-York par l'Assemblée du Massachusetts discuta les droits que le gouvernement anglais prétendait avoir de lever des taxes sur les colonies (1765), et il y fut décidé que les provinces seules avaient le droit de s'imposer. La ferme résistance des Américains eut son effet; la loi fut révoquée; mais l'année suivante, le gouvernement mit un impôt sur le verre, les couleurs et le thé. Nouvelles réclamations de la part des colonies; mais ce ne fut qu'en 1769 que tous ces impôts furent abolis, à l'exception de celui du thé. Cependant les Américains n'étaient point encore satisfaits : le célèbre Franklin fut chargé par les habitants du Massachusetts, sa province, de présenter une pétition au gouvernement anglais; tous ses efforts échouèrent. Les réponses qui lui furent faites exaspérèrent ses concitoyens. L'indignation devint telle que les colonies qu'on proposa dès-lors de s'abstenir absolument du thé, qui de tout temps avait été la boisson habituelle. Le ministère anglais, loin de s'attacher à calmer les esprits, suivit une conduite toute opposée, une loi fut proclamée qui avilissait la magistrature américaine en la mettant tout-à-fait sous la dépendance du monarque anglais. A peine ces deux lois furent-elles promulguées, que les autres provinces s'unirent à celle du Massachusetts pour repousser ces actes d'oppression, et le 1er juin, jour où ces lois devaient commencer à être mises en vigueur, un jeûne général et des prières publiques furent prescrits pour implorer l'aide du Tout-Puissant. Un congrès, où chaque province fut représentée et eut une voix, se réunit à Philadelphie le 5 septembre 1774. Washington y fut député par la Virginie. Le congrès nomma des commissaires chargés de faire des représentations respectueuses au gouvernement anglais; mais on n'en tint aucun compte, et dès-lors, les Américains durent se préparer à soutenir la lutte. L'hiver s'écoula sans amener aucun changement à l'état des choses. Les Américains le souffraient impatiemment. L'orage devenait de plus en plus menaçant; des armes et des munitions de guerre avaient été déposées à Concordi, ville éloignée d'environ dix-huit milles de Boston; le général Gage envoya dans la nuit du 18 au 19 avril un détachement de neuf cents hommes, dans le but de s'en emparer. Les Anglais arrivèrent à cinq heures du matin, à Washington, où un courrier, envoyé de Boston par Waren, avait déjà donné l'alarme. Soixante miliciens seulement défendaient ce dépôt d'armes; sommés de se rendre, ils refusèrent, et aussitôt une décharge étendt morts huit de ces braves; plusieurs furent blessés. Le détachement ennemi continua sa marche sur Concordi, où il arriva bientôt. Tous les habitants des communes voisines, hommes et femmes, jeunes et vieux, accourent en foule au combat; les troupes royales, malgré leur nombre, sont repoussées jusqu'à Lexington ou poursuivies jusqu'à Charlestown par les Américains; elles entrèrent le lendemain à Boston; le congrès leva alors des troupes pour défendre le territoire, le colonel américain Prescot à la tête d'un détachement de mille hommes s'avança jusque sur la hauteur de Breed'shill, position formidable. Le général Howe fu envoyé avec un corps de trois mille hommes pour s'emparer de cette position qui dominait Boston; mais deux généraux américains amenaient de leur côté du renfort à leurs compatriotes qui se virent alors au nombre de quinze cents. Le 17 juin 1775, Charlestown fut incendiée à la vue des habitants de Boston, tandis que les troupes anglaises s'avançaient pour attaquer les Américains. Cent pas au plus séparaient ces derniers de leurs ennemis; les Anglais, après trois attaques successives, parvinrent à détruire les fortifications des Américains. Alors le congrès lève une nouvelle armée, et Washington est unanimement proclamé général en chef; son premier soin fut d'établir l'ordre et la discipline militaire; il confia au colonel Arnold la conduite d'un détachement qu'il envoya à Quebec; Arnold arriva en cette ville, après une marche pénible de trente-deux jours. Cependant la fermentation allait toujours croissant dans les provinces du sud. Lord Dunmore, gouverneur de la Virginie, venait d'attaquer Norfolk, lorsqu'un régiment de troupes régulières accourut à la défense de cette place, et fit éprouver aux Anglais des pertes considérables. Cela n'empêcha pas Dunmore, repoussé jusque sur ses vaisseaux, d'incendier la ville de Hampton. Le général Clinton, qui devait commander les forces anglaises dans le sud, marcha sur Charlestown, où il était attendu de pied ferme par les habitants qui avaient élevé des barricades dans toutes les rues; la flotte anglaise commandée par Peter Parker, commença l'attaque du fort Moultrie, dans la matinée du 28 juin, la canonnade dura trois heures. Mais la garnison riposta si vigoureusement que les vaisseaux ennemis furent forcés de se retirer avec dommage. Enhardi par ce succès inespéré, Washington, dans l'intention de forcer le général Howe à évacuer Boston, envoya un fort détachement d'Américains pour s'emparer des hauteurs de Dorchester, et en une seule nuit, il éleva des retranchements assez solides pour soutenir le feu de l'ennemi. Une flotte anglaise chargée de troupes descendit la baie, et fit mine de vouloir chasser les Américains de ces hauteurs; mais une tempête dispersa leurs vaisseaux, et l'entreprise échoua. Howe évacua Boston et prit la route de New-York. Alors les Américains conçurent le projet hardi de se séparer de la métropole et de se déclarer indépendants. Le 1er juin 1776, ce parti, approuvé de plusieurs assemblées provinciales, fut proposé au congrès qui tenait alors ses séances à Philadelphie, par Richard Zee, et appuyé par John Adams. Après une longue délibération, les treize colonies autorisèrent leurs représentants à adhérer à cette proposition, que le congrès adopta, enfin, le 27 juillet, elle fut encore discutée pendant trois jours; mais le 4 juillet, les Américains prirent définitivement rang parmi les nations et se constituèrent en *États* indépendants. Tous les membres présents à Philadelphie signèrent cette célèbre déclaration. Sur ces entrefaites, le frère du général Howe arrivait à Staten-Island, avec une flotte forte d'environ vingt mille hommes, qui occupa Long-

Island, l'île du gouvernement, celle d'York et Paulus-Hook ; l'armée Américaine n'avait que treize mille combattants. Washington fit ce qu'il put pour animer ses troupes au combat, mais la première attaque fut fatale aux Américains. Ils ne durent leur salut qu'à un épais brouillard qui déroba leur marche aux ennemis. Washington, s'apercevant que les Anglais se préparaient à cerner New-York, où son armée s'était retirée, crut prudent d'abandonner cette ville, d'où il avait déjà fait éloigner les femmes et les enfants. Le 13 septembre, la ville tomba au pouvoir de l'ennemi. Washington, qui observait attentivement les manœuvres de l'ennemi, étant parvenu à occuper une position avantageuse sur des hauteurs près de White-Plains, dans l'état de New-York, présenta la bataille aux Anglais. Howe la refusa, et descendit l'Udron pour pénétrer dans le New-Jersey. Washington envoya alors des troupes garder les forts qui défendaient le passage des Highlands, et, sans perdre un instant, se dirigeant vers la Delaware, il fit transporter les malades et les blessés à Philadelphie. Cette ville lui fournit un renfort de quinze cents hommes. Cependant, le général Lee avait eu l'imprudence de passer la nuit dans une ferme à trois milles de son armée et à vingt de l'ennemi. Il fut fait prisonnier par un détachement anglais. Le général Sulivan prit le commandement de ses troupes. Cornwallis, manquant de bateaux pour passer la Delaware, mit ses troupes en quartier d'hiver ; car les rigueurs de la saison se faisaient déjà sentir. Washington, voyant que l'armée de Cornwallis était dispersée, conçut un plan hardi pour la surprendre ; il divisa ses troupes en trois parties : l'une, commandée par lui-même, devait passer la Delaware, et aussitôt après se séparer et marcher sur Prenton par deux routes différentes. La seconde division, sous les ordres du général Irvine, devait passer la rivière en face de Prenton, occuper le pont et s'opposer à la fuite de l'ennemi. La troisième enfin, dont Calwalader avait le commandement, devait combattre à Burlington. — A l'entrée de la nuit (c'était la nuit de Noël), Washington parvint avec sa division, au rivage de New-Jersey où sa troupe se sépara en deux corps, dont l'un suivit le cours de la rivière et l'autre prit la route de Pennington. A huit heures Washington arriva à Trenton. Il tomba sur les avant-postes de l'ennemi. Le colonel anglais Rawle, blessé mortellement, fut forcé de mettre bas les armes : les deux autres divisions n'avaient pas franchi le fleuve ; Washington repassa la Delaware, avec ses prisonniers et des approvisionnements de guerre qu'il avait enlevés. Le succès ranima l'ardeur des Américains qui se préparèrent avec enthousiasme à la campagne suivante. Un évènement qui contribua à augmenter la joie des Américains fut l'enlèvement du général anglais, Prescot, par un officier de milice, nommé Barton ; les Anglais consentirent à échanger le général Lee pour le général Prescot. Tandis que Washington s'avançait vers la rivière d'Elk, dans le Maryland, les Anglais débarquaient au nombre de dix-huit mille hommes ; l'armée américaine ne se montait qu'à environ onze mille combattants. Washington s'empara des hauteurs qui s'étendent de Chad's-Ford, vers le sud, déterminé à périr pour sauver Philadelphie. Mais ses efforts n'eurent aucun succès, Cornwallis s'empare de cette ville, le 26 septembre. Le marquis de Lafayette, jeune officier français, qui avait quitté sa patrie pour passer en Amérique, se trouvait à la bataille de Brandywine, où il fut blessé. Il s'établit par la suite entre celui-ci et Washington, une amitié qui ne se démentit jamais, et à laquelle la mort seule put mettre un terme. Le général anglais Burgoyne vint, dès le 1er juillet 1777, attaquer le fort Ticondéroga, ayant à son service quelques poignées d'Indiens féroces et sanguinaires. Le général Saint-Clair, qui commandait ce fort, peu confiant en ses forces, battit en retraite. Burgoyne, divisa

son armée en plusieurs corps, qu'il fit marcher en diverses directions. Un détachement de six cents hommes envoyés à Bermington fut complètement battu par le général Starke, qui défit également un autre corps auxiliaire ; Gates, général américain, d'un autre côté, attaqua le 19 septembre, Burgoyne à Stillwater ; la perte fut égale de part et d'autre ; mais la désertion des Indiens fit tourner l'avantage du côté des Américains. Gates, empêcha Burgoyne de remonter l'Hudson. Burgoyne alors capitula. Washington résista aux sollicitations du peuple qui l'engageait à marcher sur Philadelphie, et resta sur la défensive ; pendant ce temps, une femme nommée Lydia Darrah, qui demeurait à Philadelphie, surprit les paroles de deux officiers anglais, qui logeaient chez elle, et apprit que les troupes anglaises, sous la conduite du général Howe, devaient faire une sortie et surprendre, le 4 décembre, Washington dans son camp. Ce dernier, instruit du projet de l'ennemi, se prépara à le recevoir, et le général Howe, voyant son plan déjoué, reprit le chemin de Philadelphie. Cependant un décret du parlement, qui amnistiait les Américains, sans vouloir reconnaître leur indépendance, fut remis par le gouverneur de New-York, à Washington. Le général en fit part au congrès ; mais toute offre du parlement fut unanimement refusée jusqu'à ce que l'indépendance des États-Unis fût reconnue. A cette même époque eut lieu entre la France et l'Amérique, un traité qui intimida le ministère anglais. En conséquence, Clinton, qui venait de remplacer Howe, reçut l'ordre du gouvernement britannique d'évacuer Philadelphie, pour aller à New-York. Washington, informé du mouillage d'une flotte française, près des côtes de la Virginie, convint avec l'amiral français d'un plan d'attaque contre les Anglais, alors à New-York. Le général Sullivan commença sans retard le siège de cette ville, sans attendre l'arrivée de la flotte alliée, qui cependant parut bientôt ; mais la flotte anglaise ayant quitté New-York, les deux flottes se rencontrèrent au moment où une tempête les dispersa. L'amiral français d'Estaing ne put seconder Sullivan ; et celui-ci, après avoir soutenu un combat opiniâtre avec les Anglais, leva le siège, quoiqu'à regret, et regagna le continent. Ce fut alors que les troubles qui déjà fermentaient en Europe, y rappelèrent M. de Lafayette. Washington fit hiverner ses troupes, une partie dans le Connecticut, et le reste sur les deux rives de l'Hudson. L'année 1780 était arrivée, les Américains étaient dans un dénuement complet ; le général qui commandait les troupes royales à New-York, instruit de cet état de choses, et croyant le moment favorable pour vaincre leur résistance, envoya contre eux le général Knyphausen avec cinq mille hommes ; mais les Américains le repoussèrent avec vigueur. Quelques années plus tard le retour de Lafayette aux États-Unis, combla de joie Washington et ranima l'enthousiasme du peuple. Lafayette annonçait qu'une flotte française appareillerait très-prochainement pour les États-Unis, et une banque, dont le capital se montait à trois cent mille livres sterling, fut créée pour la première fois, par les habitants de Philadelphie, qui engagèrent par écrit leurs biens et leur crédit pour subvenir aux frais de la guerre ; la flotte française arriva ; Washington résolut d'attaquer, et de prendre New-York avec ses secours. Mais avant le jour fixé pour cette expédition, une nouvelle flotte anglaise vint se joindre à celle qui était déjà dans la baie de New-York : et on résolut d'attaquer la flotte française. Washington ne se déconcerta point, sachant que Clinton était allé chercher un renfort de troupes de terre, il proposa à l'amiral français d'attaquer New-York en l'absence du général anglais. Mais son plan fut encore déjoué par le changement de résolution de Clinton, qui, instruit des moyens de défense qu'avait New-York, venait de rebrousser chemin. Le général en chef des États-Unis eut une entrevue avec l'amiral français à Hart-Ford, pour s'entendre sur les moyens à prendre dans ces circonstances. Cependant le général Arnold avait reçu le commandement de Philadelphie. Mais il abusa de cette autorisation et se servit de son pouvoir pour satisfaire sa vanité et ses débauches. Cette indigne conduite fut bientôt connue du congrès, qui, après avoir entendu les dépositions des nombreux témoins, condamna l'accusé à recevoir la réprimande de Washington. Cette humiliation inspira à Arnold un tel ressentiment, qu'il devint de ce moment, traître à sa patrie ; pour mieux réussir dans l'infâme vengeance qu'il méditait, il usa de dissimulation, et sous les apparences du repentir, il parvint à recouvrer la confiance de Washington, qui crut devoir céder à ses sollicitations en lui confiant le commandement de West-Point. Arnold se voyant en main ce qu'il désirait, écrivit à Clinton qu'il était prêt à rentrer dans la soumission qu'il devait au roi, dont il implorait la grâce, et qu'en conséquence il lui proposait de poster ses troupes de manière à ce qu'il pût facilement les tailler en pièces ou les faire prisonnières quand bon lui semblerait. Le major André, envoyé par Clinton, pour concerter un plan d'attaque avec le traître, parvint sur une corvette anglaise, le plus près possible de West-Point, et se rendit sain et sauf au lieu indiqué ; au point du jour la corvette avait disparu. André fut obligé de se rendre à New-York par terre, muni d'un passe-port qu'il avait reçu d'Arnold, sous le nom de John Anderson, allant à White-Plains, pour affaires importantes. Heureusement pour les Américains, l'officier anglais fut surpris en route par des jeunes gens qui se saisirent de ses papiers et le conduisirent devant un officier. Le traître Arnold se sauva en Angleterre, où il employa tous ses efforts pour faire le plus de mal possible à sa patrie. Quant au major André, il fut par un conseil de guerre condamné comme espion à la peine de mort, et exécuté aussitôt. — Le général Green se dirigea vers Hillsborough, alors capitale de la Caroline du nord, où Cornwallis s'était retiré. Un combat terrible s'engagea entre les deux armées, et la victoire fut long-temps disputée. Enfin Cornwallis, dont les forces étaient bien supérieures à celles des Américains, gagna la bataille non sans avoir perdu un grand nombre de soldats. Sur ces entrefaites, eut lieu la réunion des différents États en une seule nation : et les articles de cette confédération furent adoptés par le congrès en février 1781, au milieu de vives démonstrations de joie. Washington, informé de la situation critique où se trouvaient les États du sud, par l'invasion de l'infâme Arnold, devenu général de l'armée anglaise, envoya dans la Virginie un corps d'armée dont il confia le commandement au général Lafayette. Arnold et Cornwallis mirent tout en œuvre pour forcer les Américains à accepter le combat ; mais Lafayette, malgré sa jeunesse, déploya tant d'habileté dans ses manœuvres, que l'ennemi cessa de le poursuivre, désespérant de le surprendre. Washington médita alors un coup qui devint décisif quant à l'indépendance de la république ; il entreprit de passer lui-même en Virginie secrètement et avec célérité. Il instruisit Lafayette du plan qu'il avait conçu, lui recommanda de surveiller Cornwallis. Cette belle entreprise, il faut le dire, n'eût pu avoir lieu sans argent, et ce fut Morris, membre de l'administration de la guerre, qui tira Washington d'embarras en lui payant pour 1,400,000 dollars (environ 7,000,000 francs), de son propre papier ; somme qui lui fut plus tard entièrement remboursée par la nation. Le général en chef de la république trompa l'ennemi, en feignant, par diverses manœuvres de vouloir marcher sur New-York. Ce fut en vain que le général anglais, se voyant dupé, envoya Arnold attaquer le Connecticut ; Washington n'en continua pas moins sa marche vers la Virginie, son pays natal. Il était à Chester, quand il apprit l'arrivée de la flotte française dans le Chesapeake. Il se rendit près de l'amiral français, qu'il informa de son plan d'attaque contre Cornwallis. Celui-ci s'était fortifié dans Yorktown et le colonel anglais Tarlton occupait avec mille hommes, la pointe de Gloucester qui est en face de la ville et sur la rive gauche de la rivière d'York. Les généraux Lafayette et Rochambeau, étaient venus avec leurs troupes rejoindre Washington : et l'habileté de l'un, l'activité de l'autre, mais surtout le talent du général en chef, assuraient déjà la victoire aux républicains. Le comte de Grasse, qui commandait la flotte française, ne contribuait pas peu de son côté, par ses savantes manœuvres, au succès de l'expédition ; les fortifications construites aux environs de Yorktown par les ordres de Cornwallis, furent entièrement détruites ; et les troupes anglaises, chassées hors de leurs retranchements. Cornwallis chercha son salut dans la fuite, et durant la nuit il était parvenu à traverser la rivière, dans le dessein de passer à Gloucester-Point, sans que les nombreux vaisseaux anglais dont il était suivi, éveillassent l'attention des Américains. Un vent violent ayant dispersé ses bateaux dès la pointe du jour, le général anglais fut forcé de s'en retourner avec son monde à Yorktown, où il fit demander à Washington une suspension d'armes de vingt-quatre heures. Mais Washington lui fit répondre qu'il ne pouvait lui accorder que deux heures seulement : il lui imposa en même temps pour conditions, de livrer, armes, munitions, vaisseaux de guerre avec leurs équipages ; en un mot, tout ce qui lui appartenait ; en outre, il exigeait que l'armée entière, y compris quelques officiers, restât en Amérique, prisonnière de guerre, et que les autres officiers qui auraient liberté de retourner en Europe fissent le serment de ne plus servir contre l'Amérique ou ses alliés. Cornwallis se vit forcé d'adhérer à d'aussi dures conditions, et le 19 octobre 1781, plus de dix mille hommes, vingt-deux drapeaux et deux cents pièces de canons furent, par droit de conquête livrés aux États-Unis. La joie des Américains était complète, puisqu'ils venaient de s'assurer un rang parmi les nations indépendantes. Le Dieu des armées reçut, dans son temple, de solennelles actions de grâces. John Adams, Jay, Laurens et Franklin, alors chargés des affaires d'Amérique à Paris, reçurent une ambassade extraordinaire du gouvernement anglais, qui reconnaissait l'indépendance des treize provinces, et offrait des conditions de paix. Cette paix, fut acceptée et signée le 30 novembre 1782. Cependant, la confédération qui avait uni les États pendant la guerre, était impuissante pour maintenir cette union pendant la paix. Une convention fut chargée, en conséquence, d'établir une forme de gouvernement stable et appropriée aux besoins de la nation ; tous les États, excepté celui de Rhode-Island, y envoyèrent des membres. Washington, qui était rentré dans la vie privée, fut au nombre des représentants de la Virginie. Ce fut le lundi de mai 1787, que la convention, après avoir choisi Washington pour président, visa aux moyens d'établir une constitution qui satisfît également tous les États. Mais les opinions divergentes empêchèrent l'assemblée de prendre une résolution définitive ; elle fut obligée de se séparer pour implorer les lumières de l'Esprit-Saint. Lorsqu'elle eut repris ses délibérations, la sagesse de Washington et l'habileté de Franklin parvinrent à réunir toutes les opinions, et les représentants des douze États votèrent unanimement cette constitution, qui, depuis cinquante ans, répand ses heureuses influences dans toute l'étendue des États-Unis. — Washington fut élu président à l'unanimité des voix, le 14 avril 1789, après avoir prêté serment de fidélité entre les mains du chancelier de l'État de New-York ; il entrait alors dans sa cinquante-huitième année. Après l'expiration des quatre années pour lesquelles il avait été élu, il fut maintenu dans sa charge par le peuple, malgré son opposition. Il eut besoin de tout son génie pour faire garder la neutralité aux provinces de l'Amérique, quand la France fut en guerre avec l'Angleterre.— Le commerce et l'industrie, loin de ralentir, reprirent, par ses soins, une nouvelle activité. Arriva enfin l'époque d'une nouvelle élection. En vain les vœux de la nation se réunirent-ils une troisième fois en sa faveur ; il refusa positivement d'y acquiescer, et il termina sa glorieuse carrière dans les douceurs de la vie privée.

HISTOIRE NATURELLE. Science qui a pour objet l'étude de tous les corps qui composent l'univers en y comprenant le globe terrestre lui-même, tous les astres qui gravitent à l'entour, tous les animaux, tous les végétaux qui vivent à sa surface. A cette science aussi se rattache, bien entendu, la connaissance des lois auxquelles tous les corps de la nature sont soumis. Mais prise dans toute l'étendue de sa définition, l'histoire naturelle serait une science immense, infinie, puisqu'à elle seule elle formerait pour ainsi dire l'encyclopédie de toutes les sciences. Or, la vie de l'homme est trop courte, son esprit est trop borné pour embrasser un sujet aussi vaste. Il a donc fallu en restreindre le domaine, établir les divisions et les subdivisions. Il a été nécessaire d'assujétir la nature à des lois qu'elle n'a jamais connues et qu'elle ne connaîtra jamais ; cependant cette manière méthodique d'envisager séparément chaque science a beaucoup contribué à leurs progrès ; car si la méthode est un aveu tacite de notre ignorance, il faut convenir aussi qu'elle est bien propre à la dissiper en partie : en effet, présenter avec ordre et successivement tous les corps de la nature, n'en considérer qu'un seul à la fois et l'envisager sous toutes ses faces avant de passer à un autre, était un moyen excellent d'éviter la confusion et d'apprendre à les bien connaître. Le naturaliste doit donc principalement étudier l'origine, les formes extérieures, l'organisation interne, le mode de formation et d'accroissement de tous les corps de la nature ; il appréciera aussi tous les signes qui peuvent servir à les caractériser et à les distinguer : car tous les corps ne se ressemblent pas. Les uns sont *simples* et les autres *composés*. Les corps simples sont ordinairement les produits de l'art ; rarement ils existent dans la nature ; presque toujours on les trouve à l'état de combinaison, avec d'autres corps. Dans l'état actuel de la science on a admis 55 *corps simples*. Le nombre des *corps composés* est incalculable. Ils constituent la masse du globe terrestre et se rencontrent dans presque tous les êtres. Mais, outre leur composition, les corps présentent des différences par rapport à leur mode de formation, à leur accroissement et à leur durée. Les molécules sont fixes et dans un état d'inertie indéfinie ; elles augmenteraient sans cesse de volume si des causes fortuites ne venaient mettre un terme à leur développement. Chaque partie qui compose la masse de ces corps est homogène ; elle peut exister seule et à part : elle jouit de propriétés tout-à-fait analogues à celles que possède la masse entière. L'attraction, aidée du temps et de l'espace, a présidé à leur formation fortuite. Ils cristallisent à leur état de pureté et revêtent des formes géométriques régulières. Leur accroissement est toujours soumis aux lois physiques et chimiques ; il se fait par la juxta-position de molécules superposées. Ces corps ne se reproduisent point et n'ont par conséquent ni organisation originaire ni forces vitales. Il est d'autres corps au contraire qui sont toujours engendrés par des êtres de la même figure et de la même espèce qu'eux. Leur existence n'est en quelque sorte qu'un anneau de cette chaîne continuelle d'existences successives d'individus dont l'origine remonte à la création première. Ils s'accroissent par intus-susception, c'est-à-dire qu'ils s'assimilent à l'intérieur les diverses substances dont ils se nourrissent ; leurs molécules se meuvent et varient sans cesse, leurs formes sont arrondies et irrégulières ; ils sont doués

d'une propriété, qu'on appelle *irritabilité*, source du mouvement et de la vie. De là, la grande division de tous les êtres, en corps *anorganiques* ou bruts et en corps *organiques* ou vivants. Les corps *anorganiques* sont toutes les substances minérales ; les terres, les métaux.... Les corps organiques ou organisés comprennent tous les animaux et tous les végétaux. L'histoire naturelle se divise donc en plusieurs branches, dont les trois principales sont : 1o la Minéralogie, 2o la Botanique, 3o la Zoologie (Voy. ces mots). Chacune de ces branches constitue une science à part qui a aussi ses divisions et ses subdivisions.

HIPPOGRIFFE. Monstre, moitié cheval et moitié griffon, qu'a créé l'imagination des poëtes. C'est l'inspection d'une constellation qui fournit aux Égyptiens et aux Grecs l'idée de cet être chimérique.

HISTORIOGRAPHE. Les historiographes datent d'une époque très-reculée ; cette dénomination s'appliquait aux gens qui faisaient profession d'écrire l'histoire. Plus tard les rois de France eurent des historiographes brevetés et pensionnés, pour écrire l'histoire de leur règne. Louis XIV, Louis XV, eurent chacun leur historiographe. Mais il était rare de voir un historiographe parler avec impartialité du prince qui le pensionnait, au point de dire le mal comme le bien, en courant les risques d'une disgrace. Aujourd'hui, ce genre n'existe plus, bien que certains historiens écrivent comme de véritables historiographes, pour rendre service à ceux dont ils attendent un salaire.

HIVER, du latin *hibernum*, l'une des quatre saisons de l'année. L'hiver commence lorsque le soleil est arrivé à sa plus grande distance du lieu de l'observateur qui est toujours au solstice et à sa moindre hauteur méridienne, et que les jours sont les plus petits possibles. Ainsi, pour les habitants de l'hémisphère boréal, l'hiver commence lorsque le soleil est arrivé au solstice du capricorne, ce qui a lieu le 21 ou 22 décembre ; cette saison finit lorsque le soleil est arrivé à l'équinoxe du printemps, c'est-à-dire, lorsqu'il passe sur l'équateur, ce qui a lieu le 21 ou le 22 mars. Dans l'hémisphère austral ou méridional, l'hiver commence lorsque le soleil est arrivé au solstice opposé, c'est-à-dire, au premier du signe du cancer, ce qui a lieu le 21 ou le 22 juin ; il finit lorsque le soleil est arrivé à l'équinoxe, c'est-à-dire, lorsqu'il passe sous l'équateur, ce qui arrive le 22 ou le 23 septembre. Ordinairement on attribue le froid de l'hiver à la plus grande distance du soleil à la terre et à la plus grande obliquité de ses rayons. Quoique ces deux causes puissent y influer, la diminution de la chaleur du sol, acquise pendant l'été, est une autre cause du froid.

HIVERNAGE. Saison pluvieuse qui règne périodiquement dans les régions équinoxiales. L'hivernage s'annonce par d'épais nuages avant-coureurs des tempêtes. Durant cette saison, règnent toutes sortes de maladies qui, pour les Européens sont mortelles. A un certain jour désigné comme le premier de l'hivernage, tout le commerce cesse tout-à-coup, les habitants se retirent à la campagne. En un mot, là où naguère régnait le mouvement et la vie, il n'y a plus que silence et tristesse.

HOBBISME, doctrine systématique de Thomas Hobbes, célèbre philosophe anglais, né à Malmesbury en 1588. Son père était ministre. Sa mère effrayée par la nouvelle de l'expédition infructueuse tentée par l'Espagne à l'aide de la flotte invincible, le mit au monde avant terme ; circonstance qui n'a pas empêché Hobbes de pousser sa carrière jusqu'à sa 92e année et d'y déployer une grande énergie des facultés intellectuelles. Jeune encore avant de quitter l'école de Malmesbury, il traduisit *en vers latins*, la *Médée*, d'Euripide. Les systèmes de Hobbes sont trop connus pour qu'il soit nécessaire d'en donner dans cet ouvrage analytique une exposition détaillée. Toute la philosophie de Hobbes est employée à légitimer la force, à la diviser même, à justifier tout par la force seule. Ce ressort terrible, suivant lui, régit seul le monde moral, dans les diverses sphères qui la composent : la justice n'est que la puissance ; la loi n'est que la volonté du plus fort ; le devoir que l'obéissance du faible ; la divinité elle-même pour punir justement l'innocent ; une nécessité de fer gouverne ses ouvrages et même les déterminations des créatures raisonnables. La société commence par le droit de chacun sur toutes choses et par conséquent par la guerre qui est le choc de ces droits. Machiavel avait servi le despotisme en lui fournissant des instruments avec une odieuse habileté : Hobbes est bien autrement coupable, car il en consacre ses droits. Terminons cet article sur les systèmes de Hobbes en rappelant qu'ils ont été condamnés et réprouvés à la fois et par l'église protestante d'Angleterre et par l'église catholique.

HOBEREAU. Ce mot, dont il est difficile de découvrir l'étymologie, sert à désigner un oiseau peu estimé. Selon l'opinion de quelques-uns, hobereau viendrait de *goba*, vieux mot latin qui signifiait *une propriété rurale peu étendue*, d'où l'on a donné le nom de Hobereau à un petit propriétaire de campagne. *Hobereau* est un des termes souvent employés dans la fauconnerie.

HOLOCAUSTE. (Sacrifice consommé.) C'est le nom qui, chez les Israélites surtout, désignait le sacrifice offert à l'Éternel, dans le temple, après que la victime avait été entièrement consumée par les flammes.

HOMÉLIE. Le mot homélie tire son origine de l'idiome grec. Primitivement, il signifiait *assemblée*, et plus tard, on l'a employé pour désigner les exhortations familières des pasteurs de l'église. — Ce mot, dit M. Fleury, signifie un discours familier, un discours simple et sans apparat. Ainsi, il faut bien distinguer une homélie d'un sermon. Un sermon est une harangue prononcée en chaire, à l'instar des anciens orateurs profanes. C'est un plaidoyer en faveur de la religion chrétienne, composé suivant toutes les règles de la rhétorique ; en un mot, un sermon est un discours relevé de tous les ornements du style, une thèse préparée avec soin, tandis qu'une homélie est un entretien familier et sentimental, une conférence sur le dogme ou la morale ; c'est un colloque sur les matières religieuses, tel que les entretiens moraux qu'un père éclairé et pieux peut avoir, chaque jour, avec ses enfants. Finalement, c'est une courte exhortation, une paraphrase, un petit commentaire du texte de l'Évangile. De nos jours, tous les dimanches, les prêtres de l'Église catholique font, à la grand'messe, une homélie appelée communément *Prône*. — Les homélies ont été en usage dans l'Église catholique dès les premiers siècles du christianisme : mais elles étaient faites en chaire à cette époque, exclusivement par les évêques. Cependant par un privilège spécial, il fut permis à saint Jean Chrysostôme, à saint Augustin et à Origène de faire des homélies, en chaire. au peuple, alors qu'ils n'étaient que prêtres, et cela, à cause de leurs talents supérieurs. Saint Augustin, saint Léon, saint Grégoire, saint Jean Chrysostôme, saint Jérôme, saint Bernard, saint Hilaire, saint Cyprien, saint Ambroise, saint Fulgence, saint Basile, le vénérable Bède, prêtre, et une infinité d'autres évêques ou de prêtres, ont laissé des homélies pleines de science et de piété, qui sont restées comme des modèles de la plus haute, comme aussi de la plus onctueuse éloquence. Ces homélies composent une portion du livre appelé *Bréviaire*, que lisent journellement les ministres de l'Église catholique.

HOMÉOPATHIE. Cette dénomination est vicieuse, car on devrait dire *Homoiopathie*, puisqu'on a fait dériver ce mot du grec ὅμοιον semblable , et πάθος maladie. Ainsi, comme on le voit, les homéopathes ont

commencé par une faute d'étymologie. Serait-ce la seule erreur qu'ils aient commise ? Quoi qu'il en soit , cette méthode thérapeutique, qui pourtant n'est pas nouvelle , a été érigée en doctrine et publiée en Allemagne, en 1810, par le docteur Samuel Hanhemann, et comme il est arrivé à toutes les doctrines anciennes et nouvelles, elle a eu et a encore ses partisans et ses antagonistes. Voici comment les homéopathes procèdent : Ils traitent les maladies en administrant aux malades des substances médicamenteuses qui sur une personne saine seraient douées de la propriété de produire des symptômes semblables à ceux qu'il s'agit de combattre. — Les homéopathistes ont pris pour axiome : *similia similibus curantur* , par opposition à cet autre axiome du père de la médecine : *contraria contrariis curantur*. De là, le nom d'allopathie (de ἄλλος autre et πάθος maladie) donné par les disciples d'Hanhemann à la doctrine d'Hippocrate et de ses partisans. — Mais déjà et bien avant le docteur Hanhemann, les médecins faisaient tour à tour et selon l'occurrence intervenir à leur aide , tantôt les *similia* , tantôt les *contraria*. Ils opposaient aux dérangements de la santé, tantôt des moyens semblables, tantôt des moyens contraires à leur nature. Ainsi on retranchait sans scrupule et surtout sans contradiction, une certaine quantité de sang à ceux que le sang incommodait. On combattait par une irritation artificielle, une irritation maladive en pratiquant des exutoires à la peau. — Mais l'esprit des hommes est ainsi fait , qu'il faut qu'ils se précipitent dans les extrêmes.

.... *dum vitia vitant in contraria currunt.*

HORACE.

Ils veulent éviter un écueil et se jettent dans un autre. — Chacun veut avoir son camp , chacun veut arborer sa bannière ; de là les schismes , de là les hérésies , l'amour de la renommée est un mobile si puissant ! .... — Il serait difficile ou du moins hasardeux de se prononcer pour Hippocrate plutôt que pour Hahnemann , mais l'on peut dire de l'un et de l'autre ce que le philosophe disait de Platon : *Amicus Hippocrates , amicus Hahnemann , sed magis amica veritas*. Hippocrate est mon ami, Hanhemann, aussi, est mon ami, mais j'aime encore mieux la vérité. — Ainsi d'après les homéopathes , deux maladies semblables ne pouvant exister au même degré dans un organe , la maladie artificielle qu'ils produisent avec leurs médicaments détruit la spontanée ; puis, ils font , disent-ils , cesser la maladie artificielle en suspendant l'emploi du médicament qui l'a produite. — Sans s'occuper des maladies internes , si souvent obscures, ils ne combattent que les symptômes avec lesquels, au moins à ce qu'ils prétendent, doit s'évanouir toujours la cause interne qui y est identifiée ; ils substituent les symptômes du remède aux symptômes du mal , pour arriver à la guérison ; et pour cela ils administrent leurs substances médicamenteuses à des doses infinitésimales ! — A quoi bon le dissimuler ? agir de la sorte, n'est-ce pas, pour la plupart du temps , s'en rapporter absolument aux forces médicatrices de la nature ? On abandonne la nature à elle-même, est-ce bien remplir la mission du médecin ? Ne doit-on pas plutôt lui venir en aide après avoir été l'interprète de ses besoins. — Confessons-le : dans tous les temps , dans tous les lieux , toutes les doctrines poussées jusqu'à l'exagération devront nécessairement s'engloutir dans l'abîme creusé par leur manie exclusive ; et quand la mode capricieuse les aura délaissées , la réprobation inscrira l'épitaphe de leur tombeau. — Le favori de Mécène avait raison :

In medio tutissimus ibis.

Le milieu de la route est le chemin le plus sûr.

HOMICIDE, action de tuer un homme. Pour que l'homicide soit un crime, il faut qu'il soit volontaire.

S'il est tel, il est qualifié *meurtre* et puni par la loi, des travaux forcés à perpétuité, si le jury écarte toute circonstance atténuante ; si le meurtre a été commis avec préméditation ou guet-à-pens, la loi le qualifie *assassinat*, et il est puni de *mort*. Le duel, le suicide, le parricide, l'infanticide, ne sont que des modifications du meurtre. (*Voy.* ces mots.) — L'homicide fut commis dès les premiers temps du monde, puisque Caïn s'en rendit coupable sur la personne de son frère Abel. La Genèse nous dépeint les remords qui tourmentèrent le coupable, et la malédiction qui s'attacha à sa race. — La loi que Moïse donna au peuple hébreu dans le désert de Madian, défend expressément toute espèce de violence capable de blesser ses semblables et de procurer la mort. La peine du *talion* fut décrétée par ce grand législateur, et un principe d'équité naturelle, remarqua excellemment à ce sujet M. l'abbé Bergier, dans son Dictionnaire de théologie, a fait comprendre à tous les peuples de l'univers que cette peine était juste et nécessaire pour arrêter l'effusion du sang parmi les hommes. — S'il était vrai, comme le pensent les naturalistes, que l'homme n'est qu'un peu de matière organisée et qu'il ne tient à ses semblables que par le besoin, il n'y aurait plus alors d'autre loi, ni d'autre droit que celui du plus fort ; on ne voit pas pourquoi celui qui tuerait un autre homme serait plus coupable que celui qui tue un animal.

HOMME. Les traditions anciennes que la Bible a recueillies nous présentent la *race humaine* descendant d'un couple fortuné qui eut le paradis pour séjour. — D'abord éparse, indépendante et sauvage sous les bocages enchantés de l'Asie et de l'Afrique, elle s'est avancée depuis dans les différentes régions qu'elle habite aujourd'hui. Après avoir quitté l'ombre protectrice des palmiers, l'homme, éprouvant des besoins nouveaux à mesure qu'il marchait vers le nord, est devenu plus industrieux ; son génie grandissant à la rencontre des obstacles, il apprit à se garantir contre les rigueurs des climats qu'il devait subir. Ainsi, naquirent, d'une souche commune, plusieurs races, différentes par le physique, les mœurs, les habitudes, les affections maladives ; mais toujours en rapport avec le sol occupé par elles. Devenu cosmopolite, l'homme s'est montré sous toutes les latitudes, modifiable à l'infini. On l'a vu danser nu aux sons bruyants du tam-tam et du balafo, par une chaleur de 40 degrés. Revêtu de la fourrure des animaux, il s'est endormi sur les rivages d'une mer de glace en mangeant du poisson cru. — Les hommes des anciens jours apparaissent divisés sous trois types bien distincts : *la race blanche*, *la race olivâtre* et *la race nègre*. Après la malédiction de Noé, *Cham*, son fils, fut condamné à être l'esclave de ses frères ; il devint la tige malheureuse d'un peuple brûlé par le soleil et les sables ardents des déserts de l'Afrique. — *Sem* engendra *la race olivâtre* ou *Mongole*. Enfin *Japhet*, dont les nations d'occident ont gardé le souvenir, est considéré comme le père de la race arabe européenne. Mais depuis que les communications des nations entr'elles sont devenues aussi fréquentes que faciles, les races se sont croisées et recroisées à l'infini. De jour en jour, elles se mêlent, se confondent et s'éloignent de plus en plus de leurs types primitifs dont les différences se perdent pour ainsi dire les unes dans les autres, par tant de nuances, par tant de transitions insensibles, qu'elles ne peuvent donner lieu qu'à des divisions arbitraires. Ainsi Linnée désignait toutes les différentes races d'hommes qui habitent la terre, sous la dénomination générale de *homo sapiens* (homme raisonnable ou sage) ; l'épithète pouvait fournir matière à contestation ; on ne l'a pas conservée. — Certains naturalistes, *Cuvier* entr'autres, n'ont admis que trois races d'hommes primitives, subdivisées en rameaux secondaires, qui, tout en conservant les principaux caractères des races auxquelles elles appartiennent, en diffèrent cependant tantôt par la couleur, tantôt par la forme ou les proportions. D'autres savants ont admis quatre races primitives, d'autres cinq, d'autres six, d'autres huit, d'autres enfin dans ces derniers temps en ont porté le nombre jusqu'à seize. Vraiment quand on réfléchit à toutes ces dissidences dans les opinions, on s'aperçoit bientôt combien est grande l'anarchie parmi les hommes de la science. Il semble que dans cette république chacun ait pris tâche de formuler une manière de voir particulière, et qu'il s'efforce de faire prévaloir *quand même*. Au milieu d'un pareil chaos, l'esprit embarrassé s'arrête irrésolu... Cependant, à moins de vouloir rester nul ou neutre, il faut appartenir à un parti, il faut choisir une bannière. Eh bien, nous diviserons, comme quelques-uns l'ont fait, le monde en six races qui sont : 1° *La race caucasique* ou *arabe européenne*, dont la peau est blanche : elle habite l'Europe et quelques parties de l'Asie et de l'Afrique ; 2° *La race hyperboréenne*, qui a la peau rembrunie ; elle habite le voisinage des cercles polaires, au nord des deux continents et paraît être un mélange de la race mongole et de la race caucasique. 3° *La race mongole*, dont la peau est d'un brun rougeâtre ; les pommettes saillantes ; le crâne prolongé en cône ; elle habite l'Australasie, la Chine, la Tartarie. 4° *La race américaine*, à peau rouge de cuivre, à visage large ; elle habite l'Amérique méridionale. 5° *La race Malais*, qui paraît tenir à la fois de la race éthiopienne et de la race caucasique ; elle habite les îles de la mer Pacifique, les Philippines, les Moluques, la péninsule de Malaca. 6° *La race éthiopienne* ou *nègre*, à la peau noire, aux cheveux crépus, au visage large, aux lèvres saillantes ; elle habite l'Ethiopie. Mais quel soit le lieu de sa demeure, à quelle nation qu'il appartienne, l'homme peut toujours être défini « *Une intelligence servie par des organes.* » Comme tous les animaux, il possède en lui-même tous les principes constituants de son espèce. — Placé au plus haut degré de l'échelle des êtres, l'homme présente l'organisation la plus complexe ; c'est en lui surtout que la vie étale tous ses trésors. Considérez son front superbe, ses yeux expressifs où se reflètent tour à tour ce que les passions ont de plus séduisant et de plus terrible ; son port majestueux, son attitude sublime n'indiquent-ils pas assez qu'il n'attend que du ciel les ordres qu'il reçoit. Quand il parle, fidèle interprète de la pensée, sa parole éloquente vous attendrit et vous captive. Tout ce que l'esprit invente, tout ce que ses sens perçoivent, il l'exécute par l'adresse de ses mains. L'homme est vraiment le roi de la terre, le chef-d'œuvre de la création. Il dispose de la nature entière et la façonne à son gré ; il s'est approprié un droit sur tout ce qui respire : il dompte les quadrupèdes et les attèle à son char ; il charge les uns de fardeaux et impose le joug à d'autres. Il exploite à son profit la force de l'éléphant et la sagacité du chien : il tire de la terre le fer qui doit sillonner ses entrailles ; les pierres précieuses sont façonnées pour sa parure. Monté sur les vaisseaux qu'il a construits, il brave la furie de l'ouragan et le courroux des flots. Intrépide, il parcourt les routes inconnues de l'océan, guidé par une étoile ! Maître dans la plaine, il commande aussi sur la montagne. Le cours des fleuves, détourné par ses soins, va fertiliser ses domaines. Il crée pour ainsi dire une autre nature dans la nature même. Tels sont les dehors magnifiques sous lesquels l'homme apparaît d'abord ; mais pour être bien connu, il doit être examiné sous les différents points de vue de son organisation, des fonctions de la vie et de son intelligence. Il est important de savoir que l'homme a été petit et faible, que de tous les animaux, c'est celui dont l'enfance se prolonge le plus, celui auquel les dents viennent le plus tard, celui qui apprend avec le plus de peine à se tenir sur ses pieds, celui enfin qui a besoin de plus de temps pour être en état de reproduire son espèce. Cependant proportionnellement à sa grandeur corporelle, assez médiocre, si on la compare à celle de certains autres mammifères, il est susceptible d'atteindre un âge assez avancé. — Quant aux fables dont les hommes ont souillé l'histoire naturelle de leur espèce, elles n'ont plus aujourd'hui de crédit. Les centaures et les sirènes qui effrayaient la crédulité de nos ancêtres, aussi bien que les hommes à queue, dont parle Demaillet, s'il est vrai toutefois qu'ils aient existé, ne doivent être considérés que comme des monstruosités individuelles et nullement comme des types de races à part. Il est douteux que l'espèce humaine ait dégénéré : ainsi les prétendus géants patagons ont diminué peu à peu dans les relations des voyageurs depuis 12 pieds jusqu'à 6 pieds et demi ; de sorte que les Patagons, réduits à leur véritable taille, seraient encore les hommes les plus grands de la terre. Mais il n'existe pas de peuples de géants ; seulement il y a des races plus grandes les unes que les autres. Ainsi les habitants des îles Sandwich (les Germains d'autrefois), les habitants de la Pologne et de l'Ukraine, les Belges sont en général d'une taille élevée. Les hommes les plus petits sont les Samoyèdes, les Lapons, les Bochismans dont la taille, à ce qu'il paraît, varie de 3 pieds neuf pouces à quatre pieds. — Quant aux *Quimos* de Madagascar, que Commerson a pris pour un peuple de nains, ce ne sont que des aberrations de la nature. Pour la plupart, ce sont des espèces de crétins, de malheureux imbéciles, avec de grosses têtes et de grands bras ; comme on en trouve dans quelques villes de France, dans les pays de Salzbourg, dans celui de Vaud, et surtout en Piémont. Les *Albinos*, ou nègres blancs, sont aussi des êtres disgraciés par la nature, et leur histoire appartiendrait plutôt à la pathologie qu'à l'histoire naturelle : cependant nous allons en dire quelques mots :

Albinos, nom espagnol, mais d'origine portugaise (*albino*), de *albus*, blanc. On a donné ce nom à des individus qui, ne présentant pas la coloration propre à chacune des races auxquelles ils appartiennent, en diffèrent surtout par la rougeur des pupilles, par la coloration blanche de la peau, des cheveux et des poils. Ces êtres singuliers existent dans tous les pays et parmi toutes les races humaines. Selon le lieu de leur naissance, ils ont reçu des noms différents. On les a appelés *Dondos* en Afrique, *Beelas* à Ceylan, *Chaerelas* ou *Kakerlaques*, à Java ; ce dernier nom leur a été donné à cause de leur aversion pour la lumière et parce qu'on les a comparés au kakerlaque (*blacta americana* de Linnée) espèce d'insecte orthoptère et lucifuge qui ne sort que la nuit ; les Latins les désignaient sous les noms d'*Æthiopi albi* ou *Leucœthiopi*. En France on les a décrits sous le nom de *blafards*, *nègres blancs* ou *albinos*. On les appelle nègres blancs, parce que c'est chez les nègres qu'on les a observés pour la première fois. — Les Albinos sont en général des êtres faibles ; ils sont pour la plupart atteints de myopie et quelquefois de strabisme ; le clair de lune est plus favorable à leurs yeux que la lumière solaire : c'est pourquoi on les a appelés yeux de lune. — Leur peau est d'un blanc fade, souvent bouffie, quelquefois rude, ou semée de taches et de taches. On a présenté à la Faculté de Médecine une femme albinos qui avait la peau bleuâtre. Il y avait à Bicêtre, un jeune Albinos dont la peau douce et d'une blancheur éblouissante était çà et là azurée par le réseau des veines superficielles ; ses joues étaient rosées, ses cheveux étaient rectilignes, fins , soyeux, brillants comme de l'argent. — L'iris de leurs yeux est quelquefois rouge , sanguinolent, quelquefois rose pâle, bleu rosé , ou bleu clair, mais les pupilles présentent toujours une rougeur foncée caractéristique. Toutes les différentes colorations des yeux, de la peau, des poils et des cheveux, dépendent de l'absence plus ou moins complète de la matière colorante appelée *pigmentum*. L'albinisme peut être tour à tour considéré comme une maladie organique, tantôt comme une simple anomalie : elle frappe indistinctement toutes les races humaines, mais il n'est que le résultat d'une modification individuelle et accidentelle; car les albinos peuvent naître de parents blancs. L'albino vraie et congéniale est toujours incurable. La vie des Albinos est de courte durée. Ils sont aptes à engendrer, mais leurs enfants ne sont pas Albinos. — L'état de faiblesse intellectuelle, physique, dont les Albinos sont en général frappés, les a exposés, comme on conçoit, à des traitements fort différents de la part des hommes parmi lesquels ils vivent. A Ceylan, à l'isthme de Panama, dans plusieurs villes de la mer du Sud et dans quelques parties de l'Afrique, on les accable de mépris et de mauvais traitements. Dans certaines parties de la Guinée, on considère leur apparition comme l'annonce d'un malheur dont on croit se préserver en les immolant. A Loango, ils vivent à la cour , entourés de considérations et de respects : on les regarde comme sorciers. En France, ils ne sont guère qu'un objet de curiosité, auquel succède bientôt un sentiment de pitié. Tels sont à peu près les caractères assignés aux Albinos dans le Dict. des Dictionnaires.

Des Nains. — Les nains sont des hommes en miniature : leur organisation , la taille exceptée , peut être aussi parfaite que celle des autres hommes. Mais il paraît qu'ils ne donnent pas naissance à des nains, comme quelques-uns l'ont prétendu : leurs enfants atteignent la taille des hommes ordinaires. — Il existe un fait digne de remarque : c'est que quand il y a un nain dans une famille , l'enfant qui suit est de taille ordinaire, et l'enfant qui vient après, se trouve encore un nain. — L'intelligence des nains ne le cède en rien à celle des autres hommes. Pour vous le prouver, il me suffit de vous raconter l'histoire de trois d'entr'eux, dont les annales de la science ont conservé le souvenir. 1° Histoire de Jeffery Hudson.—Ce nain avait huit ans quand la duchesse de Buckingham le présenta dans un pâté à la reine d'Angleterre Henriette Marie, femme de Charles Ier; un peu plus tard on le voit sortir, à la grande surprise des spectateurs, de la poche d'un employé du Palais, d'une taille assez gigantesque, et qui l'avait ainsi apporté pour égayer une fête de la cour. Le poète Davenant a composé en son honneur un poème intitulé : la Jefféride, dans lequel il célèbre, entr'autres exploits, la grande victoire remportée par Jeffery, contre un coq-d'Inde. En 1744, Jeffery accompagnait en France la reine Henriette, lorsqu'un Allemand nommé Crofts, s'étant permis sur son compte des plaisanteries qui lui déplurent , il le provoqua en duel. Mais Crofts s'étant présenté sur le terrain avec une seringue, le nain entra dans une fureur terrible et força son adversaire à un combat sérieux à cheval et au pistolet. L'Allemand fut tué. — A trente ans, Jeffery n'avait encore que 17 pouces de hauteur : mais il commença alors à grandir, et dans sa vieillesse, il avait atteint la taille de 3 pieds 6 pouces. Il mourut en 1682, dans la prison de Westminster où on l'avait renfermé sous le poids d'une accusation politique. — Le second nain dont je vais vous parler, s'appelait Borwilawski; c'était un gentilhomme polonais. Il s'est vraiment rendu célèbre par la variété de ses talents. Du reste, il a écrit lui-même son histoire , et sa réputation est alors devenue européenne. Comme Jeffery , il présente l'étonnant phénomène de l'accroissement dans la vieillesse. Enfin, écoutez l'histoire de Bébec dont on a conservé le squelette au muséum d'histoire naturelle et dont la statue en cire se voit encore au cabinet de l'École de Médecine, revêtu des mêmes habits qu'il a portés, dit-on, de son vivant. Il était si petit quand il vint au monde, qu'on le présenta au baptême dans une assiette garnie de coton. Un sabot rembourré lui servit de berceau. A 5 ans, il était déjà formé comme un homme de 20 ans, et il pesait 4 kil. 507 grammes environ. On le conduisit en Pologne, à la cour du roi Stanislas, auquel il s'était sincèrement attaché, et qui l'avait pris en affection. Mais ce fut en vain que ce prince essaya de lui faire donner de l'éducation Bébée ne sut jamais que danser et battre la mesure ; jamais il ne put parvenir à apprendre à lire. — Jusqu'à 15 ans, il avait toujours été d'un caractère vif et enjoué ; mais à cet âge, sa gentillesse l'abandonna ; une sorte de vieillesse prématurée l'avait surpris. Il mourut à 22 ans ; il avait alors 33 pouces. On l'avait fiancé à une autre naine, Thérèse Souveray, dont la taille était aussi de 33 pouces. La veuve de Bébée vécut 73 ans ; elle est morte à Paris en 1823.

Des Eunuques. — Le mot *eunuque*, dérivé du grec εὐνή, *lit*, et ἔχειν, *garder*, signifie *gardien du lit*. C'est aux *eunuques* que les Orientaux confient la garde des femmes.— On appelle *ennuque* tout individu privé d'un ou de plusieurs organes de la génération. — Il y en a quatre espèces : 1° les eunuques imparfaits (spadones) qui, n'ayant perdu qu'un testicule, sont encore capables d'accomplir l'acte de la génération ; 2° les eunuques, dont les deux testicules ont été atrophiés dans l'enfance par un froissement accidentel ou volontaire ; ceux-là conservent la faculté d'engendrer quand par hasard il leur reste quelques vaisseaux séminifères à l'état d'intégrité ; 3° les eunuques à qui on a enlevé les deux testicules et qui, incapables d'engendrer, peuvent encore se livrer à l'acte extérieur de la génération. C'était avec de pareils êtres, qu'autrefois les matrones romaines se livraient sans réserve à leurs penchants libertins. C'est pourquoi, pour prévenir tous les abus de ce genre avec les femmes des harems, les sultans veulent des eunuques absolument privés de toutes les parties extérieures de la génération.. Ceux-là constituent la quatrième espèce. Ils se rapprochent beaucoup de la nature de la femme et de l'enfant par la mollesse et la flaccidité de leurs muscles, par le développement du système lymphatique, par le défaut de poils et de barbe, et par le son aigu de la voix. — Chez les eunuques soumis à la castration après l'époque de la puberté, la voix reste grave et les désirs vénériens persistent ; mais ces facultés ne tardent pas à s'affaiblir, et bientôt l'économie a revêtu tous les dehors d'une vieillesse anticipée. — Un eunuque est en général un être annulé sur la terre. Privé de la faculté d'engendrer, il est pour les hommes un objet de mépris, et son impuissance en fait un objet de haine pour les femmes dont il se constitue le tyran. Serré des plaisirs dont il est le témoin, en proie à des désirs qu'il ne peut assouvir, l'eunuque est sans contredit le plus malheureux des êtres. Dans son existence ambiguë, il subit à la fois les tourments de Tantale et le supplice de Prométhée.—Les eunuques ont tous les vices des esclaves ; leur faiblesse les rend craintifs, sombres et dissimulés. Ils sont flatteurs et remplis de vanité ; continuellement en guerre avec les femmes dont ils sont les geôliers, il paraît qu'ils rivalisent avec elles de ruses et de finesses pour déjouer leurs tromperies.— En Perse, on trouve des eunuques presque dans toutes les maisons ; on les emploie, soit à garder le harem, soit à élever la famille ; soit enfin aux affaires domestiques. Les eunuques noirs, comme étant les plus hideux, sont toujours ceux qu'on choisit pour garder les femmes ; car les eunuques blancs conservent quelquefois un embonpoint, une fraîcheur et une beauté qui les font rechercher même des hommes, dans ces climats ardents où la facilité des jouissances fait désirer leur variété. Aussi bien souvent c'est au prix de leurs complaisances que les eunuques parviennent aux emplois les plus élevés dans les cours de l'Asie. — Maintenant que nous connaissons l'homme dans les variétés de son espèce, nous allons examiner les différentes périodes de sa vie. —Pour avoir une idée exacte et complète de l'organisation, il faudrait voir un cadavre sur la table d'un amphithéâtre. Mais peu de personnes se décident aux recherches laborieuses d'une aussi pénible étude ; car

c'est dans le livre de la mort qu'il nous faut apprendre les secrets de la vie. C'est le fer à la main qu'on procède à l'analyse de l'organisation humaine. — Il faut arracher tous les ornements de l'édifice pour en apercevoir le dessin et le plan ; il faut déchirer des contours gracieux, diviser des formes élégantes, pour contempler la charpente qui les soutient ; pour suivre le cours des liquides qui les arrosent ; pour examiner le mouvement des nerfs qui les animent ; pour étudier la structure des laboratoires où se fabriquent les éléments de la force et de la beauté. — C'est seulement après avoir accompli cette tâche qu'on peut au moins, en idée, recomposer par l'analyse l'existence de ses débris. — Mais déposons le scalpel de l'anatomiste qui vous effraie, et envisageons l'homme sous d'autres points de vue. Rien n'est vraiment plus capable de nous donner une idée de notre faiblesse que l'état où nous sommes immédiatement après la naissance. L'enfant nouveau-né a besoin de secours et de soins de toute espèce : c'est une personification de misère et de douleur. Il n'a pas, comme la plupart des autres animaux, la force de se lever et de marcher ; sa tête, énorme en proportion du reste du corps, l'empêche de se soulever quand ses jambes seraient assez fortes pour le supporter. On l'emmaillotte, on l'entoure de linges et de bandages qui ne lui donnent pas même la latitude de changer de situation ; puis viennent les douleurs de la dentition. C'est une chaîne de peines et d'ennuis dont tous les anneaux se ressemblent à peu près. Cependant, il faut l'avouer, Azaïs a raison, tout a ses compensations ici-bas ; car cette première période une fois passée, arrive l'âge heureux de l'innocence où tout s'obtient sans travail, au prix d'un sourire. Exemples d'inquiétudes et de soucis, les années sont lentes à s'écouler. Il semble que le temps les caresse de son aile. Cependant de jour en jour l'enfant grandit et se développe. Bientôt il s'ennuie d'un bonheur monotone : l'horizon de ses idées s'élargit ; il commence à réfléchir, il médite des projets à peine réalisables. L'avenir est à ses yeux couleur de rose, et il lui tarde de devenir *grand* comme il le dit. Enfin la puberté arrive : un nouveau mode d'existence va commencer pour lui.

Puberté. Jusqu'ici la nature n'avait accordé à l'enfant que ce qui lui était nécessaire pour croître et se nourrir ; mais les principes de la vie se sont multipliés, une surabondance de force et de santé s'est manifestée tout-à-coup. Le temps de la puberté est venu. La loi reconnaît comme pubères les jeunes filles qui ont atteint l'âge de 12, et les jeunes garçons qui en ont quatorze. Mais c'est seulement dans les climats chauds que la puberté a lieu à cet âge, elle est plus tardive de 2 ou 3 ans dans nos climats tempérés. — La puberté est le printemps de la vie et la saison des plaisirs. Ne pouvant plus être contenue au-dedans, la nature a fait un effort pour paraître au-dehors. Chez les jeunes garçons, les testicules sont descendus à leur place. Chez la femme, l'éruption des règles a eu lieu et les seins se sont développés. Pour tous deux un changement s'est opéré dans le son de la voix ; car, il existe des phénomènes sympathiques, dont nous constatons les effets, mais dont nous ignorons la cause entre la gorge et les organes de la génération. Ainsi les eunuques n'ont pas de barbe ; leur voix, quoique forte et perçante, n'a jamais un ton grave ; chez les jeunes garçons le son de la voix est naturellement plus aigu. On assure que les femmes qui ont la voix forte ont aussi un penchant plus fort aux plaisirs de l'amour. — Quand le flux menstruel apparaît (*tunc mulier est apta viro*), la femme est bonne à marier. Observez quelle métamorphose s'est opérée en elle ; comme elle est animée, combien ses yeux auparavant muets ont aujourd'hui d'expression et d'éclat.

Grossesse. — A l'instant où la conception s'est accomplie, la femme a éprouvé un tressaillement universel, indéfinissable, inaccoutumé, puis des spasmes involontaires, de légers frissons sont survenus ; le région ombilicale est devenue douloureuse, le flux périodique a cessé. Des lassitudes spontanées, des nausées, des vomissements se manifestent; le goût et l'appétit se dépravent, une espèce de langueur arrive, les yeux se cernent et perdent leur éclat; des céphalalgies, des vertiges, se font sentir. Mais tous ces signes ne sont appréciables que pour la femme elle-même, et son aveu seul peut nous les communiquer. Cependant, à mesure que la grossesse avance, tous ces phénomènes finissent par devenir sensibles, non seulement au toucher, mais encore à la vue. La main trempée dans l'eau froide et immédiatement appliquée sur la région de l'utérus parait un moyen certain pour exciter les mouvements de l'enfant. — On observe des enflures et des varices des jambes, occasionnées par la stagnation du sang et de la lymphe, gênés dans leur marche quand ils reviennent des extrémités inférieures vers l'abdomen. — Les mamelles, considérablement gonflées, sont douloureuses; les veines bleuâtres qui les sillonnent sont fortement dilatées, et la secrétion du lait commence à se faire. — Enfin vers le cinquième mois, c'est-à-dire, environ vers le milieu de la grossesse (*exultavit infans in utero*) la femme grosse a senti son enfant remuer. — Il y a bien encore une multitude de phénomènes dépendants des modifications que subit l'utérus; mais comme ils ne peuvent être bien compris que par les personnes de l'art, nous n'en parlerons pas. —Supposons que la grossesse soit arrivée à son terme, et que l'accouchement soit heureusement terminé; l'existence se divise en trois périodes distinctes : celle de l'accroissement, celle de la reproduction, et celle du décroissement.—Dans les climats tempérés, l'homme met vingt-cinq ans à se former, pendant vingt-cinq ans, il conserve toute la vigueur de son tempérament et de son intelligence; il mettra vingt-cinq ans à décroître.— Les femmes arrivent plus tôt à l'âge de puberté, et leur accroissement, qui au total est moindre que celui des hommes, se fait aussi en moins de temps; le corps d'une femme de vingt ans, est aussi parfaitement formé que celui de l'homme l'est à trente ans.

Age viril. — C'est donc vers trente ans environ que le corps de l'homme a acquis toutes les perfections de la forme; c'est aussi à cet âge que son intelligence est à l'apogée de son développement. — Les rêves enchanteurs de la jeunesse et de l'amour se sont envolés à l'approche de la vie positive..... Mais ils seront remplacés par d'autres, qui bien souvent ne sont pas moins frivoles; l'homme va traverser la carrière de l'ambition qui vient de s'ouvrir. — Les exigences qu'entraînent avec eux les besoins de la famille, l'amour de la renommée, la soif des honneurs et des richesses le circonviennent de toutes parts. Les illusions fascinatrices projettent sur lui les reflets de leurs promesses. pour lui, elle soulèvent le voile du sanctuaire; dans l'avenir lointain il entrevoit le bonheur.—Mais, hélas! quelque long que vous supposiez le pélérinage, il ne marchera jamais assez pour arriver jusqu'à lui; car il est dans l'âge où il doit subir toute l'influence de son tempérament; l'énergie de son caractère se manifeste par des actions qui toutes ont un but pour résultat: infatigable, il doit poursuivre en dépit des obstacles, la réalisation de ses projets.—Capable d'exécuter de grandes choses, s'il savait imposer un frein à ses désirs et s'il était docile aux conseils de la raison, l'homme devient, par malheur, le plus souvent égoïste et méchant.— Laissons-le donc tout seul parcourir la carrière. Quant à la femme, toute son ambition consiste dans le desir de plaire, elle met tout son bonheur à aimer et à être aimée; car la vie d'une femme est toute amour. Dans l'enfance c'est l'amour des parents; plus tard c'est celui du mari; ensuite vient l'amour des enfants; et enfin arrive l'amour de Dieu, dernière étincelle d'une flamme qui ne peut s'éteindre.

Vieillesse. — Parce que l'univers est votre domaine, parce que la nature vous fait un holocauste de ses productions, parce que vous possédez des richesses, parce que vous êtes entouré d'adulations et d'hommages, mortels, ne vous enivrez pas! Tout change, tout s'altère, tout périt; tel est l'arrêt du sort. — Vous êtes parvenus au faite des honneurs, mais vous êtes parvenus au bout. Après avoir dompté les hommes, soumis les animaux, épuisé les choses, le moment viendra où vous n'aurez plus rien à faire, parce que tout sera fini. Alors, désabusés des pompes de la gloire, vous vous replierez sur vous-même, et, méditant sur l'instabilité des choses de ce monde, vous jeterez vos regards en arrière; heureux si votre imagination, errant à l'aventure, s'arrête encore bercée au fil azurée de quelques souvenirs ; car tantôt avec le front menaçant des furies, tantôt avec le sourire gracieux des anges, les esprits du passé reviennent errer autour du chevet des vieillards. — Et quand vous aurez conscience de votre faiblesse, les temps seront accomplis. En vain vous agiterez dans votre désespoir l'écharpe indécise de l'espérance; il vous entraîne avec lui;..... toujours l'espérance abandonne le vieillard. dites adieu à l'amour qui vous quitte. L'aspect des cheveux blancs l'effarouche. Comme les Parthes perfides, les heures vous ont blessé en fuyant; et cependant, les erreurs, en riant, vous bercent encore; et vous jouez avec les hochets de l'enfance. A force de vivre, vous vous étiez crus immortels. Semblable à ce fou qui, quand il passait devant une glace, ignorant que c'était lui qu'il voyait, s'écriait, en haussant les épaules : *Oh le pauvre vieillard !* Vous êtes comme ces *cadrans* qui ignorent l'heure qu'ils vous montrent ; tout le monde, excepté vous, sait où en est la journée de votre vie. Vous reconnaitriez-vous en contemplant le portrait d'un vieillard? regardez l'homme que les infirmités ont assailli, comme il dépérit insensiblement; comme peu à peu son appétit diminue; chez lui, les mouvements deviennent plus lents et plus difficiles; la circulation se fait avec moins d'activité, la digestion des aliments est lente et laborieuse; les sucs nourriciers diminuent et ne peuvent plus pénétrer dans les fibres musculaires qui se sont solidifiées; les dents se gâtent, les cheveux tombent, le visage se déforme, la peau se dessèche, les rides se dessinent, le corps se courbe ; la mémoire devient mauvaise, l'oreille est sourde, la vue s'affaiblit. Enfin, par une série de nuances successives, la santé a été détruite; et la mort ne sera que le dernier degré d'une existence qui s'éteint. — Alors, dégoûté de la vie dont les trésors ne s'ouvrent plus pour lui, le vieillard n'aspire plus qu'après le repos de la tombe. — Quand elle n'est plus un plaisir, la vie ne tarde pas à devenir un supplice. Heureux est le vieillard qui souhaite de mourir ! ce vœu est un éloge de sa vie passée.

HONORAIRES. Les honoraires sont une rétribution accordée par reconnaissance pour des services rendus : c'est en quoi ils diffèrent du salaire, qui n'est que le prix mérité d'un travail quelconque, abstraction faite de toute idée de gratitude. — Les honoraires des avocats sont donc un don gratuit qui leur est gratuitement et librement fait par la partie qui a gagné son procès contre celle qui succombe. Comme un don n'est pas une chose due, il ne peut être non plus exigible : aussi les avocats, jaloux de conserver l'honneur de leur patronage, ne sont-ils que conséquents lorsqu'ils rayent du tableau celui d'entr'eux qui forme une pareille demande. Les notaires donnent aussi le nom d'honoraires à ce qui n'est, à proprement parler, que des droits réglés à l'amiable entr'eux et les parties, sinon par le tribunal civil de la résidence du notaire, sur l'avis de la chambre et sur simple mémoire. Ces honoraires se divisent ainsi : 1° honoraires proprement dits, qui sont dus pour la rédaction des actes ordinaires; 2° vacation, qui s'entend du temps que le notaire a employé à la confection d'un procès-verbal, tel qu'un inventaire, une comparation des parties; 3° droits d'expédition dus pour la délivrance de l'expédition d'un acte, indépendamment de la minute, et que la loi tarife à tant par rôle ; 4° frais de voyage , indemnité accordée au notaire lorsqu'il est appelé pour instrumenter hors du lieu de sa résidence ; et 5° droits qu'on peut appeler *divers*, parce qu'ils sont accidentels et s'appliquent à des objets différents.—On qualifie d'*honoraire* le magistrat ou l'officier judiciaire qui est admis à la retraite ou a vendu sa charge. On dit un *président honoraire*, un chanoine honoraire.

HOPITAL, lieu où l'on reçoit les malades. De tous les établissements fondés par le gouvernement pour soulager le peuple , il n'en est pas de plus honorables pour une nation civilisée et de plus salutaires en même temps que ceux des hôpitaux · De toutes les villes de France , Paris , particulièrement, offre sous le rapport de la misère, un tableau affligeant. On compte dans les hospices près de 12,000 vieillards et infirmes, et les hôpitaux reçoivent chaque année 76.000 malades ; ce qui fixe la population journalière à 4,800 environ. Elle reçoit aussi par an plus de 4,600 enfants trouvés, dont un nombre considérable est employé à la culture des champs ou mis en apprentissage. De plus, cette administration secourt plus de 32,000 familles indigentes. — De tous les arrondissements, le 12e fournit plus de malades que trois autres arrondissements réunis. On a remarqué que la mortalité était plus grande parmi ceux qui travaillent dans les fabriques que chez ceux qui sont exposés à l'air. — L'administration des hôpitaux civils de Paris est composée d'un conseil formé de 17 membres ; le préfet de la Seine et le préfet de police en font partie. Le roi nomme les autres membres à son choix. Il y a une commission administrative , laquelle est composée ordinairement de cinq membres , d'un caissier et d'un secrétaire général. — Toutes les semaines, le conseil-général s'assemble pour délibérer sur les mesures à prendre relativement au service de l'intérieur. Chaque membre du conseil est chargé de veiller aux intérêts de l'un ou de plusieurs de ces établissements administratifs. Cette place de membre de conseil est purement honorifique. Il y a aussi quelques chefs et sous-chefs d'administration ainsi que plusieurs employés , dont le nombre est de 108. Le personnel de chaque hôpital se compose d'un directeur administratif, d'un économe et de quelques commis. Pour les malades il y a un médecin en chef pour chaque service ; plusieurs internes qui font le service à tour de rôle , secondés par quelques externes ; puis, un élève en pharmacie ; des sœurs pour soigner les malades , et des infirmiers , hommes de peine. — Les médecins et chirurgiens des hôpitaux sont choisis parmi les membres du bureau central , et sont nommés pour 5 ans , par le ministre de l'intérieur sur une liste de trois candidats. — La pharmacie centrale des hôpitaux de Paris est située quai de la Tournelle ; c'est là que se préparent tous les médicaments employés dans les hôpitaux : il existe aussi une cave spécialement destinée à recevoir les vins pour les hôpitaux. La boulangerie de Scipion, située dans le quartier St.-Marcel, fournit le pain pour tous les hôpitaux et hospices de Paris.

Régime des infirmeries, des hospices et des hôpitaux. Il y a deux régimes dans les hôpitaux, l'un gras et l'autre maigre. Les aliments sont donnés par portion : il y a le quart de portion, la moitié, les trois quarts et la portion entière. — Régime gras pour les hommes : portion entière 43 décagrammes de pain blanc . 37 décagrammes pour la soupe, 11 pour la soupe, 25 de viande désossée, 18 de légumes frais : les aliments que l'on donne ne sont pas assez nourrissants pour les convalescents ; aussi l'administration s'occupe-t-elle aujourd'hui d'en introduire de meilleurs.

Hôpitaux généraux. L'on entend par hôpitaux généraux, les établissements destinés aux deux sexes affectés de maladies chirurgicales, aiguës, ou atteints de blessures. Voici le nom de ces hôpitaux : l'Hôtel-Dieu, la Pitié , la Charité, Saint-Antoine, Beaujon , Cochin, Necker.

Hôtel-Dieu. De tous les hôpitaux l'Hôtel-Dieu est, sans contredit, le plus connu. Quelques auteurs prétendent qu'il fut fondé vers l'an 660 ; ce qui le rendrait l'un des plus anciens de l'Europe. Ce fut Saint-Landry, évêque de Paris, qui en fit poser la première pierre. Ainsi qu'Erchinoald, maire du Palais, Philippe Auguste, Saint-Louis , Henri IV et beaucoup de personnes de distinction concoururent à l'achèvement de cet établissement. Cet hôpital a été fondé pour recevoir tous les malades, de quelque sexe ou de quelques nations qu'ils fussent. Ses portes étaient ouvertes à toute heure du jour et de la nuit pour les malades. — Dans les premiers temps, l'Hôtel-Dieu était loin de renfermer le nombre des malades qu'il aurait dû contenir. On dit que sous le règne de St.-Louis, il n'en renfermait que 900 ; sous celui de Henri IV, 1.229 environ ; sous Louis XII, 1,795 , et sous Louis XIV 1,900. Néanmoins, il y a eu des époques où cet hôpital était tellement encombré que l'on comptait jusqu'à huit et neuf malades dans chaque lit. Il n'y avait alors que 1,000 lits en tout. On lit dans un écrit de ce temps, qu'ils étaient encombrés quelquefois, au point que l'on mettait des morts avec des vivants. La disposition intérieure des salles était tellement étroite que l'air que l'on y respirait asphyxiait quelquefois. Ces malheureux, couchés, pour ainsi dire, les uns sur les autres, étaient souvent obligés de se lever pour aller aux fenêtres respirer l'air et reprendre des forces. Au milieu de ce gouffre, l'on n'entendait çà et là que des cris et des gémissements La salle des opérations était placée au centre même de l'hôpital, où une foule de malheureux attendaient patiemment qu'on les opérât, mêlés avec ceux que l'on venait d'opérer. Puis les chirurgiens et leurs aides calmes, impassibles, au milieu de ce spectacle déchirant ! Tel était l'Hôtel-Dieu à cette époque ; c'est-à-dire quelques années avant la révolution de 89. Lorsque l'on se reporte à ce temps, et que l'on compare l'Hôtel-Dieu d'alors à l'Hôtel-Dieu en 1840 , l'on éprouve un bien être indéfinissable de satisfaction et d'orgueil national ! En effet, qui n'a pas admiré cet établissement ? En le visitant qui n'a pas admiré l'ordre et la propreté qui y règnent ? Depuis cet heureux changement, la mortalité a diminué progressivement , et l'on peut affirmer que sous tous les rapports, l'hôpital de l'Hôtel-Dieu est le premier hôpital de la ville de Paris. Le nombre des malades de l'Hôtel-Dieu est fixé à 750. — Depuis que l'on doit abattre cet édifice pour prolonger les quais, un plan tracé par un habile architecte est déjà déposé à l'Hôtel-de-Ville ; il contiendra, dit-on, 800 lits.

Hôpital-de-la-Pitié. Cet hôpital, situé près du Jardin des Plantes, était connu autrefois sous le nom de maison des orphelins du faubourg St.-Victor. Les réparations successives que l'on eut fut obligé de faire à l'Hôtel-Dieu déterminèrent le conseil des hôpitaux de Paris à transformer cette maison en un hôpital auquel on donna le nom de la Pitié En 1810, le nombre des malades s'élevait à 2,235 ; pendant l'année 1837, on a reçu à la Pitié, 4 697 hommes et 2,772 femmes. Chaque malade coûte à l'hôpital environ 1 fr. 47 c. par jour. Cet hôpital, placé sur une élévation, entouré d'un côté par le Jardin des Plantes, et de l'autre par des rues bien aérées, offre de grands avantages pour le prompt rétablissement des malades. Il contient 600 lits.

Hôpital de la Charité. Cet hôpital, autrefois sous la direction de la congrégation de St-Jean de Dieu, était dirigé par elle. Le nombre des lits en 1790 n'était que de 208 ; Marie de Médicis y fit venir d'Italie, vers l'an 1600, plusieurs membres de cette congrégation. Les trois quarts des lits avaient été donnés par la charité de quelques personnes riches et bienfaisantes, qui ne voulurent point se faire connaître publiquement. Aujourd'hui le nombre des lits est de 426 seulement. La mortalité moyenne est d'environ 1 sur 7. Chaque malade coûte par jour 1 fr. 67 c.

HÔPITAL SAINT-ANTOINE, *rue du faubourg St.-Antoine.* — Cet hôpital fut établi en 1786 dans l'ancienne abbaye de Saint-Antoine, fondée au 12e siècle. Plus tard, des religieuses de l'ordre des Cîteaux en devinrent les propriétaires. Cet établissement fut connu pendant très longtemps sous le nom de l'hospice de l'Est. Mais à la révolution de 1789, un décret de la Convention nationale arrêta qu'un nouvel établissement serait fondé dans cette maison sous le nom de Saint-Antoine, et aurait 155 lits au moins. — Cet hôpital est loin de satisfaire au soulagement de la classe ouvrière du faubourg Saint-Antoine, classe laborieuse, mais très pauvre, et sujette par les privations de tous genres, à faire de longues maladies.

HÔPITAL NECKER. L'hôpital Necker situé rue de Sèvres, fut d'abord longtemps occupé par les Bénédictines. Plus tard, le roi en 1779 alloua une somme assez considérable pour agrandir cette maison. Mme Necker prit le soin de satisfaire à la volonté de sa Majesté. Elle loua l'ancienne maison des religieuses située presqu'à l'extrémité de la barrière de Sèvres. Cet établissement prit alors le nom d'hospice des paroisses de St.-Sulpice et du Gros-Caillou. Durant la révolution de 93, on le nommait hospice de l'Ouest; on le nomme aujourd'hui Hôpital-Necker; nom de celle qui surveilla la fondation de cet établissement. Il contient 400 lits environ.

HÔPITAL COCHIN. Le fondateur de cet établissement s'appelait Cochin et y a laissé son nom. Cet homme vénérable était curé de Saint-Jacques du Haut-Pas, et très honoré à cause de ses vertus; les pauvres le désignaient sous le nom du *Bon Pasteur.* Cet hôpital ne contenait alors que 38 lits; aujourd'hui il en contient plus de cent.

HÔPITAL BEAUJON, *rue du faubourg du Roule.* — Ce fut quelque temps avant la révolution de 1789 que cet hôpital fut fondé pour recevoir 24 orphelins de la paroisse du Roule. Mais à la mort du fondateur tout fut annulé; et bientôt, de cet hospice on fit un hôpital pour les malades. — L'assemblée nationale décida en 1795 que Beaujon serait considéré comme hôpital; depuis ce jour il n'a cessé de l'être. Cet établissement est remarquable par sa disposition intérieure et par sa situation. Le nombre des lits est de 300.

HÔPITAUX SPÉCIAUX. On entend par hôpitaux spéciaux ceux qui sont destinés à une espèce spéciale de maladies. Presque tous ces établissements sont fondés depuis la révolution de 89. — Avant cette époque, il y avait l'hôpital St.-Louis, la maison connue vulgairement sous le nom de Maison des Teigneux, et l'hospice de Vaugirard, lequel ne recevait que ceux qui étaient atteints de la maladie vénérienne. Les hôpitaux spéciaux sont: l'hôpital des enfants malades, la Clinique, St.-Louis, la maison d'Accouchement, Lourcine, et l'hôpital du Midi.

HÔPITAL SAINT-LOUIS. Cet établissement remonte au règne de Henri IV. Il fut fondé à l'extrémité du faubourg du Temple en 1602; c'est un des plus remarquables de tous ceux que nous avons aujourd'hui en Europe. — L'hôpital Saint-Louis, comme l'Hôtel-Dieu, conserva longtemps l'usage dangereux de mettre plusieurs malades dans un même lit: usage barbare et dont les conséquences ne pouvaient être que funestes. Chaque jour la mortalité était grande, et sur dix, à peine deux échappaient à la mort. Cet hôpital fut destiné à recevoir les maladies contagieuses, telles que dartres, ulcères, fièvres, cancers, gale et quelques autres aussi dangereuses. Primitivement, le nombre des lits était porté de 6 à 700; ensuite, il fut de 300 seulement. Les

commissaires de l'Académie, frappés de cet encombrement, et voulant soulager autant qu'il était en leur pouvoir ces malheureux, fixèrent ce nombre, et obtinrent d'heureux résultats pour la salubrité. Chaque malade eut alors son lit. — Aujourd'hui, le nombre des lits est de 800. Les maladies cutanées et certaines affections chroniques, telles que rhumatisme, scrofules, y sont spécialement traitées. Ce quartier étant devenu très populeux, força le conseil-général des hôpitaux à établir un service où l'on reçoit chaque jour tous les blessés. L'hôpital Saint-Louis se fait remarquer par une consultation gratuite très suivie. On y délivre beaucoup de médicaments, et l'on y donne des bains de vapeurs, des douches, des fumigations. Il s'y prend quelquefois, par année, jusqu'à 50,000 bains, 40,000 fumigations et 2,000 douches.

HÔPITAL DES CLINIQUES, *rue de l'Ecole de Médecine.* — A peine si cet hôpital compte quelques années d'existence. Placé en face l'Ecole de Médecine, il est d'un précieux avantage pour tous les jeunes étudiants, où presque tous subissent leur cinquième examen sur la clinique médicale et chirurgicale. Il y a trois cliniques: la première, clinique de pathologie interne; la seconde, de pathologie externe, et la troisième, d'accouchements et de maladies des femmes. On compte dans cet hôpital 135 lits. Les femmes enceintes y sont reçues et soignées avec beaucoup d'égards et de soins. Le nombre des malades a été d'environ 2144 en 1837. Depuis cette époque il a peu varié.

HÔPITAL DES VÉNÉRIENS. Cet établissement est situé dans le faubourg-Saint-Jacques. Il fut destiné en 1781 aux nourrices et aux enfants atteints de syphilis. Plus tard l'on y reçut tous les malades des deux sexes attaqués de ce mal. Cette maladie, qui fait tant de ravages encore aujourd'hui, ne fut connue que sous le règne de Charles VIII vers 1493. Un arrêt du Parlement s'explique positivement sur ce sujet et nous montre jusqu'à quel point il était répandu en France et particulièrement à Paris. L'arrêt ordonne que tous les étrangers qui viendront à Paris seront immédiatement visités et renvoyés chez eux s'ils en sont atteints. Toutes les personnes syphilitiques, étaient considérées comme des bêtes nuisibles à la société; le lieu où on les renfermait pour les guérir était plutôt une espèce de cachot infect, qu'une maison de santé. Il en mourait chaque jour un nombre considérable dans les douleurs les plus atroces; comment, en effet, pouvaient-ils se guérir? Ces malheureux étaient couchés quatre ou cinq ensemble, et étaient obligés au milieu de la nuit de céder le lit à d'autres malades. — La maison où on les tenait renfermés était singulièrement construite. Des chambres longues et étroites, divisées en deux par des planches qui formaient une espèce de soupente; puis des petites lucarnes grillées. Les malades attendaient pendant plusieurs mois que leur tour de passer en traitement arrivât. Encore avant d'entrer dans ces salles d'attente fallait-il qu'ils subissent une fustigation; châtiment qu'on répétait à leur sortie de l'hôpital. — Louis XVI jeta tout d'abord ses regards bienfaisants sur la classe ouvrière. Il fit mettre ces infortunés dans des lits séparés. Aujourd'hui, cette maison est tout à fait changée; l'on a séparé les sexes. Les hommes seuls habitent cet hôpital qui renferme 400 lits. L'on a aussi divisé les femmes en deux catégories; les filles publiques sont traitées à la maison de St.-Lazare, située au faubourg St.-Denis; l'hôpital de Lourcine renferme celles qui ne sont point inscrites à la police, et en général toutes les femmes atteintes de cette maladie.

HÔPITAL DE LOURCINE, *rue de Lourcine.* — Cet hôpital, que nous venons de citer plus haut, a été par les ordres de M. de Belleyme, disposé pour y recevoir les femmes attaquées de la maladie vénérienne.

MAISON ROYALE DE SANTÉ. Cet hôpital est situé rue du faubourg St.-Denis : il fut longtemps connu sous le nom d'hospice Dubois qui en était le chirurgien en chef ; l'on ne reçoit dans cet hôpital que les personnes capables de payer 2 fr. 50 c. à 6 fr. par jour, selon la salle où l'on est. Cet établissement se fait remarquer des autres par le luxe qui règne dans l'intérieur, et par la nourriture qui est plus délicate.

HÔPITAL DES ENFANTS MALADES. C'est en 1802 que fut créé cet établissement dans lequel on reçoit les enfants des deux sexes âgés de 2 à 15 ans. L'on y traite particulièrement les maladies chirurgicales et chroniques. Il contient aujourd'hui 560 lits. 491 sont pour la médecine, et 69 pour la chirurgie. La maison est disposée de manière à pouvoir isoler les enfants atteints de maladies contagieuses. Un corps de bâtiment placé dans le fond d'un jardin exprès pour eux, met ces jeunes innocents à même de pouvoir se guérir et leur ôte la honte et les chagrins que pourrait leur causer l'isolement dans lequel les autres enfants les laisseraient. Il n'y a pas très longtemps que les enfants sont classés à part. Autrefois ils étaient dans les hôpitaux, parmi des hommes quelquefois vicieux qui les corrompaient. La France peut s'enorgueillir d'avoir donné un bel exemple à l'Europe en créant pour les enfants un hôpital spécial. La mortalité dans cet hôpital l'emporte sur tous les autres hôpitaux, et le nombre des malades s'élève encore aujourd'hui à 3,631 par an.

HOSPICE DE LA MATERNITÉ OU D'ACCOUCHEMENT; rue de la Bourbe. — Cet édifice est spécialement destiné aux femmes ou filles enceintes. Lorsqu'une femme est enceinte de huit mois, elle peut s'y présenter ; elle y sera immédiatement reçue. Des mesures très sévères sont prises afin qu'aucun étranger ne puisse entrer dans les salles, et leur séjour et leur accouchement y sont gardés sous le secret. Il y a 433 lits dont 150 pour celles qui sont près d'accoucher, 200 pour celles qui sont enceintes et 25 ou 26 pour les enfants nouveau-nés, 8 pour les nourrices qui résident dans la maison et 150 pour les femmes qui se livrent à l'étude de l'accouchement et qu'on appelle élèves-sages-femmes. — Cette maison est parfaitement bien tenue ; l'ordre et la décence y règnent partout ; les dortoirs sont aérés et tenus avec une propreté extrême. Enfin, les femmes enceintes y trouvent un grand soulagement par tous les égards que les employés ne cessent d'avoir pour elles.

Autrefois, c'était à l'Hôtel-Dieu que les femmes accouchaient. On y avait mis 60 grands lits disposés exprès pour elles. Mais ces malheureuses femmes étaient quelquefois trois ou quatre ensemble ! Il s'en trouvait parmi elles qui n'étaient point saines, et cependant elles étaient obligées de rester ensemble. L'humanité doit se féliciter aujourd'hui de voir ces femmes placées dans une position plus convenable dans ce moment critique.

HOSPICE DES ENFANTS TROUVÉS, ou D'ALLAITEMENT. Cet hôpital, dont le fondateur a laissé un nom immortel (Saint Vincent de Paul), était autrefois situé auprès de Notre-Dame. Après la révolution, il fut transféré rue d'Enfer, quartier du Luxembourg. Dans le commencement de 1793, tout enfant qu'on apportait dans cette maison était reçu de suite par le portier, sans qu'il fît la moindre question. L'administration active et clairvoyante s'étant aperçue des querelles suscitées dans les ménages, et ayant remarqué que l'égoïsme tirait partie de la facilité avec laquelle on pouvait présenter un enfant, changea bientôt de manière de procéder. Elle ordonna que nul enfant ne serait reçu sans qu'un commissaire de police du quartier du nouveau-né n'eût constaté par un procès-verbal que cet enfant a été laissé par la mère ou exposé. — La mortalité dans cette maison est malheureusement très considérable. Les causes les plus fréquentes de mort sont l'endurcissement du tissu cellulaire, le muguet et l'ictère.

HOSPICE DE LA VIEILLESSE (Femmes) SALPÉTRIÈRE, boulevart de l'Hôpital. — Cet hospice, un des plus grands de France, est aussi l'un des plus remarquables de l'Europe. Il fut fondé sous le règne de Louis XIV. Connu d'abord sous le nom d'Hôpital-Général, il ne renfermait alors que peu de monde. mais ensuite on l'agrandit et il devint l'un des plus beaux bâtiments dans ce genre. Ses belles cours, ses promenoirs, ses salles, sont admirables à voir. Cette maison est divisée en différentes parties : 1° pour les femmes âgées de 70 ans ou atteintes de cécité ou de cancers ; 2° pour les indigents aliénés, épileptiques ou hystériques. L'on y reçoit de même les femmes indigentes que fournissent les douze bureaux de charité de Paris. Le nombre de lits pour elles est de 5,000. Ce nombre est divisé en différentes classes. La première est pour les anciennes employées des hospices incapables de servir. La quatrième division, entièrement séparée des autres par une cour immense, est une infirmerie de 400 lits. Il y a une grande salle de bains ainsi qu'un cabinet pour les bains de vapeur. Il n'y a pas une femme dans cette maison qui n'ait au moins 70 ans ; avant cet âge nulle n'est admise. — La cinquième division de cet hospice renferme les idiotes ou aliénées, et se divise en trois sections qui se subdivisent ensuite en plusieurs petites parties. Quoique cet établissement soit classé au nombre des hospices de Paris, il est très difficile d'y entrer ou d'y faire entrer quelque pauvre vieille femme ; il faut beaucoup de protections, et souvent même elles sont inutiles, attendu que plus de 4,000 malheureuses âgées de plus de 70 ans sollicitent une place vacante. — De toutes les divisions que renferme la Salpêtrière, la cinquième est, sans contredit, la plus belle et la plus commode depuis les réparations que l'on y a faites, et les soins que l'on prend chaque jour pour la rendre agréable à ceux qui l'habitent en ont fait un des hospices les plus beaux de l'Europe.

HOSPICE DE BICÊTRE. Cet hospice est à une demi-lieue environ de la barrière de Fontainebleau, près Paris ; on n'y admet que des hommes. — Il comprend deux sous-divisions, les vieillards et les aliénés. Bicêtre est situé au milieu d'une plaine et par conséquent le mieux placé de tous les hôpitaux et hospices. Néanmoins, cette maison a offert longtemps, comme l'Hôtel-Dieu et St.-Louis, un spectacle déchirant. Les sexes, hommes, femmes et enfants y étaient confondus. Pour avoir un lit à soi, il fallait payer 150 fr. par an. Notez que la prison se trouvait alors avec l'hospice, et que malades et criminels, tout était ensemble. — Une sage administration a donné à cette espèce de repaire un aspect imposant. Plus de 2,000,000 ont été dépensés pour l'amélioration de cet établissement. — Les hommes aliénés, ceux qui sont atteints de maladies incurables et les indigents, tous sont classés comme à la Salpêtrière, c'est-à-dire par division et subdivision. — Il y a encore d'autres hospices dont voici les noms : Hospice des Incurables (hommes) rue du faubourg Saint-Martin, n° 50. — Hospice des Incurables (femmes), rue de Sèvres, n° 154. Hospice des Ménages, rue de la Chaise, n° 28. — Hospice de Larochefoucauld. Petit-Mont-Rouge. — Hospice St.-Michel, situé à St.-Mandé. — Hospice de Ste-Périne, rue de Chaillot, n° 99. — Hospice de Villas, rue du Regard, n° 17.

HÔPITAUX MILITAIRES. La création des premiers hôpitaux militaires date de l'année 1597. Avant cette époque, on recevait les officiers et les soldats malades dans des espèces d'hospices desservis par des ordres religieux, et que l'on nommait des maladreries. En 1597, Henri IV fonda à Amiens un hôpital militaire dans le genre de l'Hôtel des Invalides. Le nombre des hôpitaux militaires s'accrut successivement sous les règnes suivants.

Les derniers documents officiels pour les hôpitaux en général datent de 1853. On comptait à cette époque

1329 hôpitaux et hospices. Au premier janvier ils servaient d'asile à 154,253 individus, et jusqu'à l'année suivante, 425,649 personnes y furent admises. Le budget de leurs recettes montait alors à 51,222,063 fr., c'est-à-dire au vingtième environ du budget que réclame l'état pour acquitter la dette publique, assurer la défense du territoire, rénumérer tous les services, entretenir en un mot la vie sociale. En 1837, Paris seulement pouvait offrir 4,484 lits pour les malades, et 10,129 places pour les vieillards, les incurables et les enfants. Il paraît que bientôt de nouvelles dispositions porteront le nombre des lits à 17,000. Chaque année des dons volontaires ajoutent en propriétés foncières, meubles, rentes ou argent, une valeur de quelques millions au patrimoine des institutions secourables ; de 1814 à 1835, ou 22 ans, le capital donné tant aux hospices qu'aux bureaux de bienfaisance, s'est élevé à 75,077,464f. Encore, ce chiffre est-il seulement le total des sommes données par acte public, et dont l'acceptation doit être délibérée en conseil d'état, et il serait beaucoup grossi par l'adjonction de petites sommes qui peuvent être reçues sans autorisation.

HOQUET (*singultus*, λύγξ ou λυγμός), c'est une contraction spasmodique et subite du muscle diaphragme déterminant une secousse brusque des cavités thorachique et abdominale ; l'inspiration est alors interceptée par un resserrement subit de la glotte et au même instant, un bruit rauque caractéristique se fait entendre. Quand il est simple et passager, le hoquet est une indisposition très légère ; mais quand il dure longtemps, il constitue une maladie d'une opiniâtreté souvent excessive. — Le hoquet peut être périodique ; ses retours sont indéterminés et sa durée incertaine. Il y a des intermittences d'un jour, d'un mois, d'une année ; Lieutaud dit qu'on l'a vu durer pendant 30 ans. — Il varie en intensité et devient quelquefois si violent qu'on peut l'entendre même de fort loin. Il semble alors que le malade va être suffoqué et que ses côtes vont se briser. — Les individus qui mangent avec gloutonnerie et ceux qui boivent beaucoup, les enfants, les hypochondriaques, les femmes hystériques sont particulièrement sujets au hoquet accidentel ou habituel. — La suppression des évacuations ordinaires, la répercussion de la goutte, la rentrée de l'érysipèle et des autres maladies de la peau peuvent donner lieu au hoquet habituel. — Les aigreurs de l'estomac, les émétiques, les purgatifs drastiques, les poisons peuvent occasionner le hoquet habituel, ou accidentel. — Le hoquet peut être occasionné par plénitude ou par une très forte évacuation (Hipp. Aph. vj). L'inflammation de l'estomac ou de quelque autre viscère peut aussi déterminer le hoquet (Hipp. Aph. v). — Le hoquet occasionné par l'hépatite est de mauvais présage (Hipp. Aph. vij). Il est aussi très fâcheux lorsqu'il se joint à l'aphonie (Hipp. Præd. jiij). Le hoquet est de mauvais augure après une hémorrhagie (Hipp. Aph. v). Il est aussi très mauvais chez les vieillards après une purgation excessive (Hipp. Aph. v). Il en est de même de celui qui succède au vomissement (Hipp. Aph. vij). Les affections de la tête avec douleur à l'anus, et aux parties génitales, occasionnent de la faiblesse, de l'engourdissement et ôtent la parole. Ces symptômes ne sont pas mauvais, mais le neuvième mois, les malades tombent dans un état comateux avec du hoquet et la parole leur devenant libre, ils retombent dans leur état primitif (Coac. ij). — Dans le *valvulus*, le vomissement, le hoquet, les spasmes ou le délire sont de fâcheux symptômes (Hipp. Aph. vij) — Ceux qui éprouvent des lassitudes après le hoquet, et une stupeur profonde, sont dans un état fâcheux (Coac j). Ceux qui dans les fièvres, éprouvent de fortes pulsations des artères temporales, avec un visage coloré et dureté dans les hypochondres seront encore longtemps malades, et ils ne guériront qu'après une

forte hémorrhagie nasale, ou le hoquet, ou une convulsion, ou une douleur de sciatique (Coac. j). Dans une affection soporeuse avec délire, stupeur, variation dans l'état des hypochondres, tuméfaction de l'abdomen, répugnance pour les aliments, constipation et petites sueurs, observez bien si la difficulté de respirer et des urines qui prennent la couleur de la liqueur séminale, n'annoncent pas le hoquet (Præd. j. xij. 2 Coac ij). Dans l'aliénation d'esprit, le hoquet avec oppression est mortel (Coac. j. 131). — Après l'accouchement, les femmes tourmentées par l'acrimonie des pertes blanches, sont en danger de mort s'il leur survient un hoquet, avec chute de l'utérus (Coac. iij 442 et suiv.). — Après avoir lu toutes ces sentences d'Hippocrate, on arrive tout naturellement à cette conclusion: que le hoquet peut être tour à tour une maladie à part, ou le symptôme d'une affection concomitante ; que fort souvent il constitue un symptôme fâcheux et de mauvais augure ; que dans quelques cas, plus rares à la vérité, il peut être le signe d'une guérison prochaine, et qu'enfin, on peut aussi par fois le considérer comme un signe avant-coureur de la mort. Donc, les circonstances qui ont précédé le hoquet ou qui l'accompagnent, devront faire varier le traitement à employer pour le combattre.

Le hoquet accidentel peut se dissiper de lui-même ; du reste, qu'il n'est pas à redouter, mais il devient quelquefois important par sa durée. On peut alors le faire cesser en buvant un verre d'eau froide, d'un seul trait, ou en suspendant la respiration pour quelque temps. L'application ou la contention qu'on donne à quelque objet, la surprise, et d'autres affections subites de l'âme peuvent aussi faire cesser le hoquet accidentel. — Le hoquet habituel peut être avantageusement traité par la saignée, les émétiques, les purgatifs et les lavements laxatifs. Les délayants, tels qu'une boisson abondante de thé, de petit-lait, ou bien encore les émulsions, l'eau de riz et l'huile d'amandes douces, peuvent produire de bons effets. — Après ces remèdes généraux, on pourra recourir aux stomachiques et aux absorbants ; comme la menthe, l'anis, l'aneth, le quinquina, le cachou, le diascordium, etc. La rhubarbe, les martiaux, le vinaigre scillitique ont aussi été dans quelques cas employés avec succès. Les antispasmodiques et les calmants, comme le safran, le castoréum, le laudanum, le sirop diacode, etc., ont aussi produit des effets salutaires. On a eu recours aux sudorifiques, au lait, aux eaux minérales de Forges, de Passy. On peut ordonner les bains, les fomentations, les épithèmes avec la menthe, la sauge, la rhue, l'absinthe, le gérofle, le camphre, etc. Autrefois, on prescrivait des liniments avec la graisse humaine, la graisse d'ours et autres animaux. — Les ventouses sèches, appliquées à l'estomac et au dos, réussissent très bien. Enfin, l'éternuement provoqué à l'aide d'une poudre sternutatoire, ou en châtouillant la muqueuse nasale avec la barbe d'une plume, détermine souvent une révulsion qui fait cesser le hoquet. L'éternuement réitéré fait cesser le hoquet (Hipp. Ap. vj. 13). Comme on le voit, c'est encore à Hippocrate qu'il faut faire hommage de la découverte de ce remède. — M. Cruveilher recommande de faire battre la mesure aux malades affectés du hoquet. Il est évident qu'on pourra combattre le hoquet symptomatique des maladies aiguës, avec la plupart des remèdes qu'on administre contre le hoquet habituel.

HORIZON. L'horizon est le cercle qui borne notre vue : il est d'autant plus étendu qu'il s'élève davantage au-dessus de la surface, et la moitié du globe serait visible si l'on était placé à une assez grande distance. Il en résulte deux espèces d'horizon : l'horizon *sensible* qui ne laisse apercevoir qu'une partie de la surface et l'horizon *rationnel* que l'on peut se figurer par la pensée, et qui couperait la terre en deux parties égales.

L'horizon n'est pas le même pour tous les lieux de la terre. Chaque lieu a son horizon particulier et on ne saurait faire un pas sans en changer. — Les deux points où l'horizon et le méridien se coupent, s'appellent le nord et le sud ; les deux points où l'horizon et l'équateur se coupent s'appellent l'orient et l'occident.

HORLOGE. Machine qui sert à diviser le temps en parties égales. Les premiers moyens usités paraissent avoir été les horloges d'eau et les cadrans solaires. — Quelques auteurs attribuent aux Égyptiens les horloges d'eau pour mesurer le temps ; ces instruments furent, par la suite, remplacés par les sabliers. Ce fut un astronome chaldéen nommé *Berosus* qui vivait en l'an 640 avant J.-C., auquel les Grecs durent l'art de diviser le jour en 12 heures et la construction des cadrans solaires. Un demi-siècle après, Anaximandre appliqua l'aiguille au cadran. Puis on fit des cadrans portatifs. En 991, un moine de Sorillac, nommé Gerbert, qui plus tard fut précepteur d'Othon III, et qui devint pape sous le nom de Sylvestre II, inventa les horloges à roues. Au 13e et 14e siècles, on fit des horloges à roues dentées, réglées par un balancier avec un poids pour force motrice, et sonnantes. Henri de Vick, horloger allemand, exécuta, par ordre de Charles V, la première grosse horloge connue à Paris. En 1370, elle fut placée sur la tour du Palais. L'an 760 de l'ère chrétienne, le pape, Paul Ier, en avait envoyé une grossièrement travaillée, mais non sonnante, à Pépin-le-Bref, et les historiens parlent avec admiration d'une autre horloge donnée en présent à Charlemagne par le calife Haroun-al-Raschid, en 786. Au 15e siècle, on construisit des horloges à balancier et marquant les secondes de temps. Au 16e siècle, on substitua au poids servant de force motrice, un ressort formé par une lame fortement pliée en spirale et renfermée dans un tambour. Cette invention amena celle des montres. Huygens appliqua le pendule aux horloges en 1647. — Les horloges citées pour leur construction remarquable sont celles de l'église de Saint-Jean, à Lyon ; celle de la cathédrale de Lubeck, en Allemagne, dont le mécanisme ingénieux est calculé de manière à ce que les circonstances astronomiques soient mises en évidence avec une précision admirable ; cette horloge fut terminée en 1405.

HORLOGE DE FLORE. Le célèbre Linnée ayant remarqué l'épanouissement constant de certaines fleurs à des heures fixes du jour, inventa cette horloge qui lui indiquait avec beaucoup de justesse et de régularité la distribution du temps de la journée.

HOROSCOPE. C'était dans les astres que les Grecs cherchaient à lire leur destinée. La différence qui existe entre l'horoscope et la divination, c'est que la première tirait son origine des cieux, tandis que l'autre était imaginaire, bizarre et n'était basée sur rien. Lorsque les Grecs et les Latins voulaient lire dans l'avenir, c'était au firmament qu'ils regardaient, et en déduisaient de bons ou de mauvais augures selon les signes qu'ils croyaient y voir. — Les prêtres chaldéens et égyptiens exercèrent longtemps une puissante influence sur le peuple et sur les grands qui n'étaient point exempts de cette croyance superstitieuse. Par la suite, cet orgueil si commun aux hommes de vouloir pénétrer les secrets de la nature, se propagea de siècle en siècle jusque chez nous. L'on vit bientôt une foule de devins, de sorciers, de magiciens, d'astucieux imposteurs enfin, s'emparer de certains esprits et les exploiter habilement, à leur profit ; la haute noblesse, les grands seigneurs, les monarques y crurent sincèrement, et eurent, plus d'une fois, recours à eux avant de prendre une décision. — Albert le Grand, Cardan furent les plus fervents disciples de l'horoscopie. Marie-Stuart, Elisabeth, s'y adonnèrent avec fureur.

HORRIPILATION. L'horripilation est cette impression vive et spontanée, qui agit sur les nerfs dans certaines circonstances, et fait hérisser les poils. Le frisson, lorsqu'il est porté à son plus haut point d'intensité, produit l'horripilation.

HORTICULTURE. L'horticulture embrasse la culture des jardins proprement dits, comme l'agriculture celle des champs. Il existe une différence marquée entre ces deux expressions, qui tout d'abord sembleraient signifier la même chose. Dans l'agriculture, en effet, l'homme travaille tout à l'aide de machines que des animaux, tandis que dans l'horticulture, il agit par lui-même ; il manie seul la bêche et le râteau. L'un et l'autre de ces deux genres de cultures rentrent dans le domaine des sciences agronomiques, dont elles forment les principales branches.

HORTENSIA. L'hortensia est de la famille des plantes vivaces. Ses feuilles sont ovales et dentelées ; ses fleurs sont d'une couleur rougeâtre disposées en corymbes terminaux. L'hortensia a deux sortes de fleurs, les premières ont le calice très coloré et très large. Les secondes, qui sont intérieures, ont aussi le calice coloré, mais petit. — Cette plante est commune au Japon, et les Chinois en décorent leurs tapisseries, sur lesquelles cette plante est peinte. — L'hortensia ne peut se multiplier par graine ; mais ses marcottes, ses boutons, ses œilletons, ses racines donnent des moyens infaillibles de le reproduire. On le met ordinairement dans la terre de bruyère, où il se plaît beaucoup. — L'hortensia, mis dans un pot, doit être renouvelé deux fois par an de terre fraîche. Pendant l'été on l'expose à l'air, dans un endroit chaud et toujours ombragé et arrosé souvent. L'hiver, on le renferme dans une serre, et on a le soin de ne l'arroser que très rarement. — Lorsque l'on veut avoir de belles fleurs de cette plante, on emploie un mode de culture aujourd'hui répandu chez presque tous les jardiniers fleuristes. Il consiste à couper au mois de février, les pousses les plus grosses et les plus droites, et ayant trois paires d'yeux. Les boutures croissent bientôt d'une manière extraordinaire, les tiges deviennent grosses comme le doigt, leurs feuilles larges comme deux mains, et leurs têtes et leurs fleurs une fois aussi grosses que celles produites par la culture ordinaire. Si l'on veut augmenter de beaucoup cette grosseur de tête et cette largeur de fleurs, l'on n'a qu'à coller les premiers boutons qui apparaissent et ceux qui viendront ensuite et qui sont au nombre de trois ou quatre sur une même tige ; ils donneront une tête qui aura plus d'un pied de diamètre et qui produira des fleurs d'un pouce de long et d'une beauté remarquable. — L'hortensia pourrait s'élever à une grande hauteur ; mais on n'obtiendrait que de petites fleurs, pâles et peu vivaces. — Sa couleur varie beaucoup dans toutes les nuances de rose ; l'on en rencontre cependant, parfois, à fleurs bleues. Cette dernière espèce ne se rencontre que dans une terre ferrugineuse.

HOSANNA. Cri d'allégresse et de bénédiction emprunté de l'hébreu, et dont l'église fait usage dans quelques-uns de ses chants. Hosanna correspond à ces mots français : *gloire à vous*. Les Juifs donnèrent aussi le nom d'*hosanna* aux prières qu'ils récitaient le septième jour de la fête des tabernacles, tenant dans leurs mains des branches de feuillages qu'il agitaient en signe de réjouissance.

HOSPODAR. On appelle hospodars les souverains de la Moldavie et de la Valachie. Ces hommes dépendent tous du grand seigneur, qui les établit et auquel ils sont forcés de payer un énorme tribut. Cette dignité s'accorde à ceux qui ont beaucoup d'argent et qui le répandent à pleines mains aux grands de la Porte. La naissance et la capacité ne sont point nécessaires pour l'acquérir ; elle est dévolue à celui qui offre le plus d'argent.

HOSTIE. Par hostie l'on désigne tout ce qui doit être offert en sacrifice. Les Hébreux, et même tous les autres peuples de l'antiquité offraient des hosties à l'être suprême dont ils voulaient apaiser la colère ou obtenir des bienfaits. Pour les chrétiens, la véritable hostie est Jésus-Christ lui-même, qui s'est offert une fois sur le calvaire en sacrifice à son père, et qui continue de s'offrir chaque jour sur l'autel, pour mériter aux hommes leur droit à l'héritage des cieux, dont le péché les avait rendus indignes. On dit encore *hostie*, en parlant du pain, qui doit être consacré au sacrifice de la messe ; enfin, l'on donne au figuré le nom d'hostie soit aux prières, soit aux bonnes œuvres, en un mot, à tout ce qui se fait dans l'ordre de la sanctification.

HÔTEL, maison d'une construction vaste, et appartenant d'ordinaire à des personnes d'un rang distingué. — On appelle hôtel certains monuments publics. Ainsi l'on dit : *Hôtel-de-Ville, Hôtel des Invalides, Hôtel des Monnaies*.

HÔTEL-DE-VILLE DE PARIS. Le 15 juillet 1533, Pierre de Viole, prévôt des marchands, posa la première pierre de ce monument, un de ceux qui rappellent le plus de souvenirs ; l'Hôtel-de-Ville fut commencé d'après les dessins d'une architecture gothique, qui, à cette époque de la renaissance, n'était plus en usage ; aussi fut-il suspendu. En 1549, un architecte italien, Dominique Boccarde, dit Cortone, présenta à Henri II un nouveau plan qui fut adopté, mais dont l'exécution ne put être terminée qu'en 1605, sous Henri IV. La façade de l'Hôtel-de-Ville est un modèle du passage de l'architecture sarrazine à l'architecture grecque. L'ordre corinthien a été employé dans l'étage inférieur ; l'ensemble a le défaut d'être trop surchargé de petits détails et d'ornements inutiles. Il vient de recevoir des accroissements considérables qui en font un des beaux plus monuments de l'Europe.

HÔTEL DES INVALIDES, situé sur les bords de la Seine. Ce refuge des braves guerriers vieux ou mutilés, tel qu'il est bâti, doit sa création à Louis XIV, qui posa la première pierre des fondations le 30 novembre 1670. En 1674, l'édifice pouvait être déjà habité par les officiers et les soldats. Mais avant Louis XIV, Henri IV avait essayé de mettre les soldats invalides à l'abri du besoin. En 1597, 1600 et 1604, il leur donna l'hospice de l'Ourcine pour y être logés, nourris et soignés. En 1634, Louis XIII érigea Bicêtre en *commanderie de Saint-Louis*, et y plaça les vieux militaires infirmes. L'Hôtel des Invalides est immense ; il y a cinq cours. Dans celle du milieu, entourée de deux rangs d'arcades, a été inaugurée le premier août 1834, la statue de Napoléon. Le dôme, couronné à l'extérieur de 40 colonnes d'ordre composite, orné de 18 côtes dorées et d'une lanterne à colonnes, qui soutient une pyramide surmontée d'une boule, est couvert en plomb, et a été entièrement doré en 1812 ; il a 36 pieds de hauteur et 50 de diamètre. Le pavé du dôme est en mosaïque précieuse. L'architecture du dôme est du dessin de Jules Mardouin. La coupole a été peinte par Charles Delafosse. Deux salles sont décorées des portraits en pied des maréchaux de France. La bibliothèque est placée dans le pavillon du milieu. Elle contient 25,000 volumes. Cet hôtel peut donner asile à 7,000 soldats ou officiers. Avant la restauration, le dôme était décoré de 1400 drapeaux pris sur l'ennemi. (*Voyez* INVALIDES).

HÔTEL DES MONNAIES. C'est un fort curieux monument. On y trouve un cabinet précieux de minéralogie, formé en 1790, avec la collection de *Lesage*. Deux cents personnes peuvent aisément trouver place dans l'amphithéâtre. On y voit en fort bon ordre toute espèce de minéraux, et de modèles de machines. Des colonnes et des figures allégoriques ornent la façade de cet édifice

dont la construction remonte à 1771. Il fut bâti sur l'emplacement de l'ancien hôtel de Nesle. L'abbé Terray, contrôleur-général des finances et ministre d'État, fut délégué par le roi pour en poser la première pierre. Tous les canons d'Austerlitz ne servirent pas à la confection de la colonne Vendôme. Vingt pièces d'artillerie furent accordées par Napoléon, sur la demande du duc de Gaëte, ministre des finances, pour remplacer les balanciers de tous les hôtels de monnaies, par d'autres exécutés sur un modèle mieux entendu et plus convenable. Les balanciers qui furent fabriqués avec les canons servent encore aujourd'hui à frapper la monnaie.

HOTELS GARNIS. Logements des voyageurs ou de toutes personnes qui n'ont point de domicile fixe et de local meublé. La législation de ces refuges, dépend en quelque sorte de la préfecture de police ; tout individu, quel qu'il soit, qui y cherche un abri, doit déposer entre les mains du maître de l'établissement des pièces authentiques justifiant les noms, qualité et profession qu'il déclare ; le propriétaire de l'hôtel en fait mention sur un registre établi chez lui à cet effet, et le soumet ensuite au commissaire de police ou à ses délégués à la première réquisition. Il est aussi d'usage que celui qui loge en hôtel garni se fasse délivrer un permis de séjour, signé par le commissaire du quartier qu'il habite. Il y a nombre de ces établissements dans toutes les villes et provinces de l'Europe où le pauvre va cacher sa misère ; il en est aussi où la richesse et le luxe se manifestent sous les dehors les plus brillants.

HOUBLON, plante sarmenteuse et grimpante dont on fait un emploi immense dans la fabrication de la bière. Elle est amère, dépurative et stomachique. Sa tige est garnie d'écailles obtuses, portant à leur base de petits grains pulvérulents, agglutinants et aromatiques. Cette plante est propre à garnir les treillages ; sa végétation est rapide, et n'exige pas de soins ; on la multiplie par semence ou par ses pieds.

HOUE, instrument de fer qui sert à remuer la terre, certaine espèce de bêche renversée. On l'emploie principalement pour la culture de la vigne.

HOULETTE. Bâton d'une longueur de 4 à 5 pieds dont les bergers se servent pour rassembler leurs troupeaux. Les poètes, dans les récits pastoraux, ne manquent jamais de célébrer la houlette et le chien des Chloé et des Amaryllis.

HOUILLE. La houille est une substance minérale connue ordinairement sous le nom de *charbon de terre*, opaque et d'un noir luisant, très lourde, s'enflammant avec facilité et donnant une chaleur beaucoup plus intense que le bois. — La fumée que la houille produit en brûlant, est noire, épaisse, d'une odeur fortement sulfureuse. Lorsque la substance bitumineuse est consommée, il reste un charbon poreux, léger, d'un éclat métallique qu'on appelle *coke* du mot anglais *coak*. — Les formations houillères commencent la série des terrains secondaires qu'elles lient aux terrains de transition. Il y a trois espèces principales de houille : la houille *compacte*, la houille *grasse* et la houille *maigre*. — C'est en Angleterre que se fait la plus grande consommation de ce combustible. On évalue à 80 millions de quintaux métriques la houille qu'on extrait chaque année dans les îles britanniques. — En France, on exploite des mines de houille dans trente-trois départements. Toutefois cette industrie n'a d'importance réelle que dans les départements de la Loire, du Nord, de Saône-et-Loire et de l'Aveyron. Viennent ensuite le Calvados, le Gard, la Haute-Loire, la Haute-Saône, la Loire-Inférieure, le Tarn, le Bas-Rhin etc. — On compte, en France, 209 mines de houille. La quantité extraite s'élève à 17 millions de quintaux métriques, et la valeur à 19 millions de fr. Les travaux d'extraction occupent environ 15 mille ouvriers. C'est de la houille qu'on extrait le gaz hydrogène carbone qui sert à l'éclairage. — L'usage de la houille remonte à 1189. On attribue la découverte de ce combustible à un nommé Hullos, maréchal-ferrant du village de Plenevaux qui vers l'an 1049, aurait employé, le premier, le charbon de terre. Quelques étymologistes prétendent que le mot houille vient du nom de cet ouvrier auquel ses concitoyens l'empruntèrent, par reconnaissance, pour désigner à l'avenir le produit végétal dont il leur avait désigné l'emploi.

HOURA ou HOURRA, cri de guerre, exclamation de joie, adopté par presque tous les peuples de l'Europe. L'étymologie de ce mot n'est pas connue d'une manière positive ; néanmoins, il paraîtrait que *ra*, qui dans la langue mogole signifie rivière, et *hou* qui dans cette même langue et dans celle des Slaves est employée comme exclamation de joie, ont seuls servi à composer ce mot. En effet, dans ces temps heureux où l'or et l'argent étaient inconnus, où de nombreux troupeaux composaient seuls les richesses des hommes, que fallait-il à ces pasteurs qui dressaient leurs tentes dans un lieu, puis les transportaient dans un autre ? il leur fallait de gras pâturages pour leurs bestiaux, de l'eau pour les désaltérer et s'y désaltérer eux-mêmes. Aussi, dès qu'ils apercevaient une rivière, ils criaient houra ! ce qui signifie : voilà la rivière. Ce cri fut adopté plus tard pour les combats, lorsque les hommes, poussés par la soif des honneurs et des richesses, versèrent le sang les uns des autres ; Houra fut le signe de ralliement.

HOURIS. Ce sont des femmes que les Mahométans appellent ainsi, et qui sont destinées aux plaisirs des fidèles croyants que Mahomet, le grand prophète, leur a promis lorsqu'ils iront dans le Paradis. Rien ne pourra égaler les plaisirs de tous genres qu'ils auront avec ces femmes qui, seront toujours jeunes, fraîches, et pleines de grâces ; et les caresses les plus douces, les voluptés les plus enivrantes du sérail ne sont point comparables aux délices éternels qu'ils doivent goûter un jour avec les houris.

HOUX, *ilex*, arbuste épineux de la famille des nerpruns. Il acquiert dix à douze pieds de hauteur ; ses feuilles sont toujours vertes, quelquefois vergetées de jaune. On leur attribue des propriétés toniques et fébrifuges. Le houx croît lentement dans les terrains médiocres et secs ; son bois est d'une grande dureté. Il est fort employé dans le midi de la France pour former les haies, mais on le mêle avec d'autres arbrisseaux.

HUGUENOT. Il y a diversité d'opinions sur l'origine de ce mot, et il est étrange, dit Ménage, dans son Dictionnaire étymologique de la langue française, que ceux même qui l'ont vu naître, n'aient pas su d'où il est venu. Le maréchal de Montluc, au commencement du livre V de ses Commentaires, dit encore en parlant des Huguenots : « Ainsi les appelle-t-on, je ne sais pourquoi ; » et encore aujourd'hui, on ne sait pas bien l'origine du surnom huguenot donné aux Calvinistes et autres protestants. Quelques-uns ont cru qu'on les avait ainsi nommés à cause de *Hugues-Capet*, dont la maison de Valois, sous la protection de laquelle ils s'étaient placés contre celle de Guise, est descendue, et de cette opinion est Coquille, dans son dialogue sur les causes de la misère de la France. D'autres prétendent qu'on les a appelés de la sorte, à cause d'un certain *Hugues*, chef hérésiarque-sacramentaire. — Un Espagnol qui a écrit l'histoire des papes, en sa langue, affirme que les Huguenots furent appelés ainsi à cause d'un fameux sectaire nommé *Hugo*. Au reste, ajoute Ménage, il est surprenant que de tant de gens ont glosé sur ce surnom donné aux réformés de France, vers l'an 1560, pas un n'ait su le nom de *Hugue-*

not était connu dans ce temps-là, pour le nom d'une famille domiciliée à Chaumont, en Bassigny. L'auteur des notes françaises insérées en marge du grand coutumier, dit que Huguenot est un diminutif de *Hugues*, comme *Janot* de Jean, et *Philippot* de *Philippe*, de sorte, continue le même auteur, qu'il y a lieu de supposer que ce surnom fut donné aux réformés vers le temps d'Amboise, par rapport à Hugues-Capet, dont ils soutenaient les droits en la personne de ses successeurs. — A tant d'opinions plus ou moins sérieuses, touchant l'origine et l'étymologie du mot *Huguenot*, ajoutons-en une dernière de Guillaume de Reboul. Cet écrivain, pages 39 et suivantes de la satyre contre le synode tenu à Montpellier, en 1598, suppose d'après un livre composé par des Luthériens et intitulé *la diablerie calvinienne*, que Calvin avait habité longtemps avec un *insube* (sorte de démon) appelé *Nox* : que Calvin disait souvent dans ses chaleureuses fureurs à sa maîtresse *Huc-nox* ; et que Calvin donna le nom de *Huc-nox* à un enfant qu'il avait eu, et que c'est de ces mots *Huc-nox*, qu'on a appelé *Huguenots* ceux qui reconnaissaient Calvin comme ayant été l'auteur et le promoteur de leur première réformation. Enfin nous ferons observer que c'est aux Calvinistes français et régnicoles *seuls*, qu'on donna pendant longtemps le surnom de Huguenots ; mais aujourd'hui, on appelle *Huguenots* toute personne appartenant au parti du Protestantisme ou de la Réforme.

HUILE, liqueur grasse et onctueuse qu'on extrait de certaines graines. La découverte et l'usage de l'huile remonte à la plus haute antiquité. Les patriarches s'en servaient dans les premiers âges du monde. Comme on ne connaissait pas les pressoirs, on pilait les olives dans des mortiers. Quoiqu'il y ait une infinité de graines oléagineuses, on préfère avec raison l'huile d'olives. Ce fut Cécrops qui en apporta le secret aux Athéniens. Ce prince, venant de Saïs, ville de la Basse-Égypte, apporta dans l'Attique des plans d'oliviers qui réussirent parfaitement. Sous Charlemagne, la France tirait l'huile de l'Afrique et de l'Orient ; et elle était encore si rare, qu'à un concile tenu à Aix-la-Chapelle, il fut permis aux moines de se servir d'huile de lard. L'huile d'œillette ou huile de pavot est malsaine et irritante ; celle d'olive est saine et adoucissante. On reconnaît le mélange que les épiciers ont généralement l'habitude de faire de ces deux huiles, en versant l'huile d'en haut dans un verre, ou en agitant la carafe qui la contient : l'huile d'olives garde sa surface pure et unie, tandis que l'œillette écume et mousse. — Au figuré : *jeter de l'huile sur le feu*, signifie exaspérer quelqu'un déjà irrité. *C'est tache d'huile*, façon de parler proverbiale veut dire : *affront indélébile*. — La plus grande consommation des huiles a lieu pour l'éclairage. On emploie surtout à cet usage l'huile de noix. On extrait aujourd'hui de l'huile, comme du charbon, un gaz propre à l'éclairage. — Le procédé suivant permet de conserver fort longtemps toute espèce d'huile et l'empêche de rancir : on met sur une bouteille d'huile environ deux pouces de la meilleure eau-de-vie, et on la bouche ensuite avec soin.

HUILES-SAINTES. Il est dans l'usage de l'Église catholique d'oindre d'huile les personnes pour leur donner un caractère sacré. Cette huile est consacrée par l'évêque le Jeudi saint. On l'emploie dans les sacrements de baptême, de confirmation, d'ordre et d'extrême-onction ; elle prend différents noms : tels que l'huile des catéchumènes, huile des malades, selon qu'elle est employée soit pour le baptême, soit pour l'extrême-onction. On ne comprend même sous la dénomination de *saintes-huiles* que les deux dernières. — *Quant au saint chrême dont sont oints au sommet du front, ceux qui sont baptisés ou confirmés*, c'est un mélange d'huile d'olive et de baume consacrés par les évêques.

HUITRE. Coquillage marin, bivalve, mollusque acéphale, hermaphrodite, c'est-à-dire réunissant les deux sexes dans un même être. L'huître est un mets très recherché des gourmets; il s'en fait, en France, un commerce considérable. On a construit au Hâvre un très beau parc aux huîtres En mai, juin, juillet et août, époque de sa reproduction, l'huître a un goût putride; elle est molle et flasque. — Paris absorbe aujourd'hui près de six millions de douzaines d'huîtres par an, ce qui représenterait 7 douzaines par individu. Malheureusement cette moyenne n'a pas grande valeur, car les classes inférieures n'en consomment guère, bien que la claie de paille, enseigne classique de l'écaillère, figure à la porte de beaucoup de marchands de vins. L'eau renfermée dans l'huître contient l'hydrochlorate de soude, du sulfate de magnésie et de chaux. Les écailles ont les propriétés du carbonate de chaux et sont composées en grande partie de carbonate calcaire.

HUIS-CLOS, terme employé pour signifier certains actes judiciaires auxquels le public ne peut prendre part, et qui ont lieu dans des assemblées secrètes, tel que cela se pratique encore dans certains pays de l'Europe. Le huis-clos, employé autrefois en France, pour tous les procès au criminel, n'est plus d'usage aujourd'hui que pour les causes qui intéressent les mœurs particulières.

HUISSIERS. Les huissiers sont des officiers ministériels institués dans chaque arrondissement pour faire toutes les citations, notifications et significations nécessaires pour l'instruction des procès, et tous exploits requis soit pour l'exécution des ordonnances de justice, jugements, arrêts et actes authentiques, soit pour l'exercice ou la conservation des droits des parties intéressées. Autrefois on désignait plus ordinairement par huissier, l'officier qui faisait le service des audiences. Dans la maison du roi et les ministères, on appelle aussi huissiers les personnes chargées d'annoncer ceux qui se rendent à une audience, ou bien encore celles qui, à la Chambre des Pairs et à celle des Députés, veillent au maintien de l'ordre dans la salle des tribunes, et exécutent les ordres du président. Les huissiers sont fonctionnaires publics, et jouissent, par suite, dans l'exercice de leurs fonctions, de la protection accordée par la loi à ces fonctionnaires. Pour être nommé huissier, il faut: 1° être Français ou naturalisé Français, et jouir des droits civils; 2° être âgé de 25 ans accomplis; 3° avoir satisfait aux lois du recrutement; 4° avoir travaillé au moins pendant deux ans, soit dans l'étude d'un notaire ou d'un avoué, soit chez un huissier, ou pendant trois ans au greffe d'une cour royale ou d'un tribunal de première instance; 5° avoir obtenu de la chambre de discipline un certificat de moralité, de bonne conduite et de capacité. Les huissiers sont nommés par le roi, sur la présentation d'un huissier démissionnaire, ou de sa veuve ou de ses héritiers, après avoir été agréé par le tribunal de première instance dans le ressort duquel ils doivent exploiter.

Aux termes de la loi, la taxe des huissiers est de:

Pour l'original de chaque citation contenant demande, à Paris. . . . . 1 fr. 50

Dans les villes où il y a un tribunal de 1re instance. . . . . 1 fr. 25

Dans les autres villes et cantons ruraux. 1 fr. 25

De signification de jugement. . . . . . . 1 fr. 25

De sommations de fournir caution, ou d'être présent à la réception et soumission de la caution ordonnée. . . . . 1 fr. 25

D'opposition au jugement par défaut, contenant assignation à la prochaine audience. . 1 fr. 50

HULOTTE ou **HUETTE.** Oiseau nocturne, espèce de hibou de la grosseur d'une poule, qui se retire dans le creux des arbres, dans les trous des murailles, des clochers. On confond assez souvent sous les noms de *hulotte, huette, duc, chat-huant, hibou, effraie, chouette, fresaie, chevêche*, un grand nombre d'oiseaux de proie et nocturnes. Tous ces animaux ont l'œil fixe et immobile; ils se clignent en faisant descendre la paupière supérieure sur celle d'en bas. Ils jettent la nuit un cri lugubre et effrayant. Ils se nourrissent de souris, de petits oiseaux, et même de petits lapins; l'effraie même attaque les cadavres humains. Le vol de ces oiseaux est silencieux et pour ainsi dire culbuté; ils semblent s'abandonner au gré des vents. La plupart de ces animaux, le hibou et la chevêche exceptés, ont des cornes ou bouquets de plumes aux oreilles.

HULLANS, ᴜᴏᴜʟᴀɴs ou ʜᴜʟᴀɴs. C'est le nom d'une milice asiatique qui vint s'établir dans le nord de l'Europe. Le roi de Pologne sut les attirer à son service en leur accordant certains priviléges. Ces hulans polonais formaient une cavalerie qui avait la même manière de combattre que les hussards. Outre le sabre et le pistolet, ils portaient une lance de 6 pieds, surmontée d'une petite flamme de taffetas; une veste courte, recouverte d'une simarre, une culotte à la turque, composaient leur habillement; la couleur en était ou rouge ou verte, ou bleue, ou jaune. En 1734, il y eut, en France, un régiment de hulans formé de 1,000 hommes; mais ce corps fut licencié à la mort du maréchal de Saxe, son créateur. Ces hulans français n'étaient armés que d'une lance de 9 pieds et d'un pistolet. Aujourd'hui, il n'existe de hulans que dans l'Autriche, la Prusse et la Russie.

HUMANITÉS (les). C'est un nom que l'on donne, de nos jours, à l'étude des langues grecque et latine, de la grammaire, de l'histoire, de la poésie et de la rhétorique. Longtemps, en France, le mot humanités n'a servi qu'à désigner la classe de seconde; mais lors de la renaissance des études, sous l'empire, les cours d'études furent divisés en trois branches dont la première se composait de deux classes élémentaires (septième et sixième); la seconde, de deux années de grammaire (cinquième et quatrième), la troisième branche, de deux années d'humanités (troisième et seconde). La rhétorique et la philosophie venaient enfin perfectionner tout l'édifice déjà établi sur des bases solides.

HUMIDITÉ (l') est cet état particulier que présentent les corps solides quand ils sont imprégnés d'eau. Par conséquent, un corps sera plus ou moins humide, selon qu'il sera saturé d'une quantité d'eau plus ou moins grande. Mais, comme l'observe M. Pelletan, pour qu'un corps soit dit humide, il est nécessaire que l'eau qu'il contient s'y trouve en excès, et qu'il soit susceptible de mouiller les autres corps qui se trouveront en contact avec lui. Il faut que cette eau soit libre en quelque sorte et toujours prête à se combiner avec d'autres corps ou à se déposer sur eux. — Les gaz aussi peuvent, comme les corps solides, être appelés humides: mais alors seulement qu'ils seront dans les conditions susdites. Ainsi, l'air par exemple, pourrait contenir beaucoup d'eau sans être humide, si l'eau qu'il contient s'y trouvait à l'état de vapeur. Mais supposez que cet air chargé d'eau en vapeur vienne à se refroidir, l'air alors deviendra humide, parce que cette eau en vapeur passera à l'état liquide et se condensera sous l'influence du refroidissement. — Les sels déliquescents seront humides s'ils ont absorbé beaucoup d'eau à l'atmosphère qui les entoure. Il est donc important de bien comprendre ce que c'est que l'humidité pour expliquer les phénomènes qui se présentent. Voici un exemple qui développe cette assertion. L'expérience a prouvé que les gaz se dilataient tous d'une manière uniforme quand ils ne contenaient pas d'humidité; donc le plus ou moins d'humi-

46

dité des gaz établit et décide les différences de dilatation qu'ils sont susceptibles d'éprouver sous l'influence du calorique.

HUMORISME, système médical dans lequel on attribue la cause des maladies à l'altération primitive des humeurs. On appelle humeur toute substance fluide d'un corps organisé, tel que le sang, le chyle, la lymphe, etc.

HUPPE. Cet oiseau, de la grosseur d'un merle, a sur la tête une aigrette de deux rangs de plumes très égaux et semblables entre eux. Les premières et les dernières sont les plus courtes, celles du milieu sont les plus longues. Lorsque cet oiseau redresse cette espèce de couronne, elle forme alors un ovale dont les extrémités se trouvent tout-à-fait réunies. Lorsque la queue est épanouie, elle présente la forme d'un croissant. Aux approches du printemps, la huppe arrive en Europe, et ne la quitte à l'automne que pour aller passer l'hiver en Afrique. Dans l'état de liberté, il se nourrit d'insectes, de vers, de substances végétales; en captivité, il aime les viandes crues. Lorsqu'il a soif et qu'il veut boire, il enfonce subitement son bec dans l'eau, pompe et avale aussitôt et en une seule fois, la quantité qui lui est nécessaire. Cet oiseau ne vit pas longtemps; le terme moyen de sa vie est de quatre ans.

HUSSARDS. L'organisation des compagnies de hussards en France, est due à Louis XIV, bien que sous son prédécesseur, des compagnies de hussards étrangers, connues sous le nom de cavalerie hongroise, servissent dans nos armées, comme troupes auxiliaires. Cependant le nombre des déserteurs de cette nation grossissant de jour en jour, il fallut songer à employer tant de bras inutiles. Jusqu'alors on avait refusé de les enrôler, parce que l'inconstance et l'infidélité de ces troupes étaient reconnues. Mais une action d'éclat de l'un d'eux, leur mérita enfin, de Louis XIV, la grâce qu'ils sollicitaient depuis si longtemps. Ils furent divisés par compagnies qui s'accrurent à un tel point dès l'année suivante, qu'on fut obligé d'en créer un régiment. (1692.) Ces corps, au nombre de six, en 1789, de douze à quatorze, sous la république et sous l'empire, et de six sous la restauration, s'est maintenu dans ce dernier nombre jusqu'à ce jour. On employait plus particulièrement les hussards pour aller à la découverte de l'ennemi, et pour harceler les convois: ils maniaient très adroitement leurs chevaux. Presque tous les souverains ont aujourd'hui dans leurs milices un ou plusieurs régiments de hussards.

HYACINTHE. Plante bulbeuse, dont on ne fait plus usage en médecine.

HYACINTHE. mythologie. Apollon, jouant au palais avec son ami Hyacinthe, eut le malheur de le tuer. Il le métamorphosa en une fleur qui porte le même nom, et regretta longtemps son ami fidèle.

HYADES. Constellation formée de sept étoiles qui apparaissent sur le front du Taureau. La fable en fait sept sœurs, filles d'Attilas et d'Ethra. Elles pleurèrent si amèrement Hyas, leur frère, qui avait été déchiré par une lionne, que les dieux leur donnèrent la place qu'elles occupent. Elles n'y cessent jamais de pleurer. Les Grecs les appelaient les pluvieuses.

HYBRIDE. Ce mot signifie, dans le sens propre, métis: un être né de deux espèces différentes comme le mulet. — En botanique, le nom d'hybride se donne aux fleurs qui produisent, soit naturellement, soit artificiellement, des fruits qui tiennent du mélange qui s'est fait de la poussière des étamines d'une espèce de plante avec le pistil d'une autre plante, soit que celle-ci soit du même genre que la première, soit qu'elle soit d'un genre différent. Hybride, signifie aussi un mot scientifique tiré de deux langues différentes.

HYDRATES. Ce sont des corps composés dans lesquels l'eau tout entière entre comme élément néces-

saire et se trouve toujours en rapport constant relativement à l'oxygène de l'oxyde; les hydrates de chaux, de magnésie, d'albumine contiennent une quantité d'eau, dont l'oxygène est égal à celui de ces bases. La présence de l'eau apporte de grands changements dans la couleur des oxydes et des sels: ainsi l'oxyde de cuivre, naturellement noir, devient bleu à l'état d'hydrate, et le sulfate de nickel est vert.

HYDRAULIQUE(l'). de ύδωρ eau et αύλος tuyau, est la science qui nous apprend à connaître quels sont les moyens à employer pour élever les eaux, les conduire et les diriger; de là, les noms de presse hydraulique, machine hydraulique : c'est-à-dire machine que l'on fait mouvoir par le moyen de l'eau. L'hydraulique était connue des anciens, et ce n'est pas, comme on l'a prétendu, au siècle de Louis XIV qu'on doit l'art des eaux jaillissantes. Archimède fut le premier qui posa les lois fondamentales de l'hydrostatique. Les machines hydrauliques les plus remarquables, sont celle de Marly, la pompe Notre-Dame, la machine à feu de Londres, le bélier hydraulique de Montgolfier, la pompe à feu de Chaillot. M. Genesteix, mécanicien de l'empereur d'Allemagne, inventa en 1762, une machine hydraulique fort simple, qui, placée sur un marais où il y aurait douze pieds de profondeur, éléverait à chaque révolution 1640 pieds cubes d'eau à 26 pieds de hauteur. Pour faire mouvoir cette machine, on peut employer des bœufs, ou des chevaux, le vent, un ruisseau, etc.

HYDROCÈLE. de ύδωρ, eau, et κηλη, tumeur. Par ce nom, qui pourrait être donné à toutes tumeurs aqueuses, on désigne particulièrement les tumeurs formées par la sérosité qui s'accumule dans les bourses, ou les membranes enveloppant le testicule. On reconnaît deux espèces d'hydrocèle : l'hydrocèle interne ou par épanchement, et l'hydrocèle externe ou par infiltration. L'hydrocèle interne est formée par un amas de sérosité dans la tunique vaginale. L'hydrocèle externe est occasionnée par une infiltration aqueuse du tissu cellulaire des bourses; on peut la considérer comme une variété de l'œdème. L'hydrocèle de la tunique vaginale ou hydrocèle proprement dite, peut être congéniale ou accidentelle. Il est important de ne pas la confondre avec les autres amas d'eau qui se trouvent dans les kystes, accidentellement développés sur le trajet du cordon des vaisseaux spermatiques, ou dans un sac herniaire ancien. Les médecins d'autrefois, qui pourtant avaient bien observé la hernie congéniale des enfants, ne paraissent pas avoir connu l'hydrocèle congéniale; cependant cette dernière affection est beaucoup plus fréquente; car on conçoit que la sérosité s'échappe plus facilement que l'intestin et que l'épiploon, pour descendre dans le prolongement péritonéal. L'hydrocèle congéniale apparaît sous la forme d'une tumeur oblongue plus ou moins considérable et plus grosse en bas qu'en haut. On peut toujours la reconnaître à la fluctuation qu'elle présente; si on comprime cette tumeur, le liquide refoulé remonte dans la cavité de l'abdomen; mais comme il est facile de le concevoir, la réduction ainsi opérée par le taxis est toujours éphémère. — Dans l'hydrocèle accidentelle, la tunique vaginale est elle-même le kyste qui renferme le liquide; cette membrane est alors toujours plus épaisse que dans l'état sain, et quand l'hydrocèle est ancienne et volumineuse, on la voit s'épaissir de plus en plus et contracter une dureté, pour ainsi dire, cartilagineuse; quelquefois même elle s'ossifie. Mais quand les tissus se durcissent ainsi, le testicule est ordinairement malade. Il peut même arriver que la tunique ulcérée fournisse une matière pruriforme, qui, se mêlant à la sérosité, en altère la transparence. — Très rarement une hydrocèle arrive sans que le testicule soit ou moins malade; presque toujours elle est compliquée par l'irritation de cet organe. — Les hydrocèles peuvent être consécutives à des maladies des testicules, comme le circocèle ou le sarcocèle, par exemple. — On a distingué en *internes* et *externes* les causes qui pouvaient donner lieu à l'hydrocèle. — *Les causes internes* tiennent à la dépravation des humeurs, tout aussi bien qu'à la faiblesse des parties affectées. — *Les causes externes* sont les coups, les chutes, les froissements du testicule, toutes les compressions qui, pouvant gêner les vaisseaux des bourses et du cordon, apportent un obstacle au retour du sang veineux. Les efforts violents dans l'émission des urines, occasionnés par un obstacle quelconque dans l'urètre, peuvent donner lieu à l'hydrocèle. Souvent aussi une hydrocèle peut survenir sans qu'on en connaisse la cause : elle peut attaquer les personnes les mieux portantes, les hommes les plus sains et les plus robustes. — Lorsqu'une hydrocèle se forme lentement et sans qu'aucun symptôme d'inflammation l'ait précédée, on n'est averti de son existence qu'alors qu'on aperçoit la tuméfaction du scrotum. C'est ordinairement à la partie inférieure des bourses que le gonflement se manifeste d'abord, et il n'y a qu'un tact très exercé qui puisse reconnaître la présence du liquide. Cependant la tumeur va croissant de jour en jour et de bas en haut ; progressivement elle parvient jusqu'auprès de l'anneau inguinal. Mais ce n'est qu'au bout de 6 à 18 mois qu'elle arrive à cette hauteur. Alors la tumeur présente une forme oblongue qui la fait ressembler à une calebasse. Les rides du scrotum s'effacent par la distension de la tumeur, le raphé (sorte de couture qui divise le scrotum) est déjeté du côté opposé à la tumeur. On aperçoit la transparence du liquide, si on regarde la tumeur vis à vis la lumière d'une bougie. Cependant cette transparence peut varier selon la nature du liquide épanché, et selon le plus ou moins d'épaisseur des parois du sac qui le renferme. Quand l'hydrocèle est très ancienne, les membranes sont quelquefois si épaisses et si dures, qu'on n'aperçoit pas du tout de transparence. — Quand le liquide que renferme la tumeur apparaît opaque et blanchâtre, c'est le signe que du pus s'y trouve mélangé, et cela indique ordinairement l'*ulcération* de la tunique vaginale, presque toujours concomitante à une affection du testicule. Quand le liquide apparaît *noirâtre*, c'est le signe qu'il y a une blessure récente, ou qu'il y a une blessure ancienne de quelque vaisseau. Le volume de l'hydrocèle est ordinairement relatif à l'ancienneté de la tumeur. Quand le testicule reste trop longtemps environné d'eau, il peut arriver des accidents très graves : Guy de Chauliac, Fallope et Fabrice d'Aquapendente, prétendent qu'alors le testicule peut tomber en pourriture ou devenir carcinomateux. Fabrice de Hilden, Skenkius, la Vauguyon, Heister et Bertrandi, sont à peu près de cet avis. Le testicule environné par un fluide qui le presse de toutes parts doit être en effet gêné dans ses fonctions, et ce serait vouloir détruire cet organe que de le laisser trop longtemps exposé à cette espèce de macération. Ajoutée à tous ces dangers, la *gène considérable*, occasionnée par une hydrocèle volumineuse, met le malade dans la nécessité d'une cure radicale. Cependant les *hydrocèles sympathiques* ne peuvent se dissiper que par la guérison des maladies qui les ont occasionnées. Les hydrocèles *idiopathiques* (c'est-à-dire dont la cause est dans la partie même) doivent être traitées différemment, selon leurs espèces. Quand l'hydrocèle par épanchement est simple et sans complication, elle n'est pas une maladie dangereuse ; seulement elle cause une grande incommodité par son volume et par son poids. Le malade se trouve dans la nécessité de faire un usage habituel de suspensoir pour éviter les tiraillements douloureux du cordon spermatique ; de plus, les frottements continuels de la tumeur contre la partie interne des cuisses, peuvent donner lieu à des excoriations souvent difficiles à guérir. — Presque toujours l'hydrocèle par épanchement résiste à l'action des topiques. Il faut donc la traiter palliativement ou tenter la cure radicale. — La *cure palliative* consiste à faire écouler le liquide en pratiquant sur le scrotum une ponction que l'on répétera chaque fois que la poche de l'hydrocèle sera de nouveau remplie. On recouvre ensuite les bourses avec des compresses imbibées d'eau-de-vie ou de gros vin astringent, et on soutient le tout avec un suspensoir convenablement adapté. Autrefois on opérait l'hydrocèle avec la lancette, aujourd'hui on se sert du trocart. — Pour obtenir la cure radicale de l'hydrocèle, on a inventé une foule de procédés qui ont tous pour but de détruire le sac qui renfermait les eaux, et de déterminer l'adhérence des parties, afin d'empêcher la récidive de la maladie ; mais comme il serait trop long d'énumérer tous ces procédés, nous nous contenterons de rappeler la méthode usitée aujourd'hui, et qui consiste : 1° à évacuer le liquide à l'aide du trocart muni de sa canule ; 2° à injecter dans la poche des eaux un liquide irritant afin de déterminer l'union de ses parois par le secours de l'inflammation adhésive. — Les liquides qu'on emploie aujourd'hui de préférence sont : le vin ou la teinture d'iode. — Pour le traitement des *hydrocèles par infiltration*, on emploiera les sudorifiques et les purgatifs hydragogues, ainsi que les topiques résolutifs, stimulants et confortatifs ; comme les fomentations d'eau-de-vie camphrée, de vin aromatique ou seulement de gros vin, dans lequel on a fait infuser et cuire des roses rouges et de l'écorce de grenade. Ou mieux encore, on emploiera les cataplasmes faits avec des plantes ou des farines résolutives cuites dans du vin ou de la lessive de cendres. En général, on préfère ces cataplasmes aux fomentations, parce qu'ils conservent plus longtemps leur chaleur et leur activité.

HYDROCÉPHALE, mot dérivé du grec ύδωρ, eau, et κεφαλὴ, tête, signifie littéralement une *hydropisie de la tête*, quels que soient du reste le siège de l'épanchement, la nature de la cause qui l'a produit, et la variété des symptômes auxquels cette maladie peut donner lieu ; mais l'hydrocéphale proprement dite est une affection particulière aux enfants ; car on ne doit pas donner ce nom aux *hydropisies du cerveau* qu'on rencontre si souvent chez les adultes et les vieillards, parce que dans ces maladies il n'y a pas augmentation du volume de la tête, tandis que l'hydrocéphale, chez les enfants, est une tumeur aqueuse de toute la tête ; elle est demi-transparente, et devient si monstrueuse quelquefois, que son poids excède celui du reste du corps. La contusion occasionnée par un accouchement laborieux ; la dentition, les vers, les convulsions et quelques autres causes encore, peuvent y donner lieu. L'hydrocéphale peut être *interne* ou *externe*, c'est-à-dire que l'accumulation d'eau peut exister tantôt sous le péricrâne ou cuir chevelu, tantôt entre la dure-mère et les os du crâne, tantôt dans la grande cavité de l'arachnoïde, le plus souvent dans les ventricules du cerveau ; on l'a vue aussi renfermée dans les kistes développés entre les méninges ou dans le tissu même du cerveau et du cervelet. — L'hydrocéphale peut être *aiguë* ou *chronique* ; mais nous ne parlerons que de l'hydrocéphale chronique. Fort souvent elle existe avant la naissance ; d'autres fois elle se développe chez les très jeunes enfants, sans qu'il soit possible de s'apercevoir de son début. On ne la reconnaît ordinairement qu'alors que le volume de la tête et l'état des facultés intellectuelles sont déjà les indices de son existence. — Les enfants, attaqués de cette maladie, sont toujours pâles, faibles et languissants, assoupis et comme stupides ; l'éruption de leurs dents est tardive ; leurs yeux sont saillants, la prunelle dilatée ; en outre, de légères convulsions de la bouche et des paupières, quelquefois accompagnées de grincements de dents, se manifestent. Les enfants, attaqués d'hydrocéphale, dans le ventre de leur mère, périssent fort souvent au passage. Quand ils survivent et que le cerveau est inondé, il est presque toujours impossible de remédier à cette maladie. Mais si la tumeur aqueuse a son siège hors du crâne, on peut espérer de la guérir ; car, comme la maladie a ordinairement une durée très longue, on a tout le temps nécessaire pour la combattre. — Le traitement à employer contre l'hydrocéphale est celui que l'on emploie contre les hydropisies.

HYDROGRAPHIE. Dérive de ὕδωρ eau et γραφὴ je décris ; science qui fait connaître le cours des eaux, la position des fleuves, des mers, et qui apprend à tracer les cartes marines. Cet art est fort important, et rend chaque jour les plus grands services aux navigateurs en les dirigeant sûrement dans leurs voyages.

HYDRE. L'Hydre est une constellation australe. Elle représentait le Nil chez les Égyptiens, et les trois signes du Zodiaque : le Lion, le Cancer et la Vierge qui se trouvent au-dessus de l'Hydre, sont les signes sous le règne desquels avait lieu l'inondation. Quand elle est entièrement déployée, l'Hydre occupe le quart de l'horizon.

HYDRE. Serpent fabuleux. La mythologie parle d'un animal de cette espèce, qui vivait près d'Argos, dans les marais de Lerne. Il avait sept têtes, et aussitôt qu'on en coupait une, il en naissait une seconde à la place. Hercule les abattit toutes sept d'un seul coup de massue. — On appelle encore hydre une sorte de petit insecte qui se trouve dans les ruisseaux, les étangs, et qui n'est guère perceptible qu'à l'aide d'une loupe.

HYDROCHLORATES. Ce sont des sels dans la composition desquels entrent l'acide hydrochlorique et une base. Les sels résultant de la combinaison de l'acide hydrochlorique, avec les oxides métalliques sont regardés comme les *chlorures*. Et quand les alcalis végétaux sont combinés avec l'acide hydrochlorique, ou considère comme des hydrochlorates les sels produits par cette combinaison.

HYDRODINAMIQUE. Partie de la physique, dont l'objet est de traiter des lois du mouvement des fluides. L'application de ses principes à la conduite des eaux constitue l'hydraulique.

HYDROGALE, mot dérivé du grec ὕδωρ, eau, et γαλα, lait : c'est le nom qu'on a donné à une boisson rafraîchissante. Elle se compose d'eau et de lait, à peu près parties égales.

HYDROGÈNE. C'est au commencement du XVIIe siècle qu'eut lieu la découverte de ce corps, appelé d'abord *air inflammable*. En 1777. seulement, ses propriétés furent soumises à l'analyse sérieuse des savants. L'hydrogène combiné avec l'oxigène, le carbone et presque toujours l'azote, constitue la matière organisée des animaux et des végétaux. A l'état pur, ce fluide est incolore, inodore, insipide, plus léger que l'air atmosphérique. Le gaz hydrogène, étant 13 fois $^1/_2$ plus léger que l'air atmosphérique, a la propriété d'enlever des poids très lourds, lorsqu'il est enfermé dans une enveloppe mince. (*Voyez* AÉROSTATS.) Le gaz hydrogène deuto-carboné forme ce gaz aujourd'hui employé pour l'éclairage. C'est l'Angleterre qui donna à ce mode l'extension et les perfectionnements qui font notre admiration. Il est vrai que Lebon, en 1801, avait tenté de l'introduire à Paris, mais il fut forcé d'abandonner son appareil que l'Angleterre, mieux avisée, mit bientôt à profit. L'union de l'hydrogène et de l'oxigène constitue l'eau.

HYDROMANIE. De ὕδωρ eau et μανια manie, c'est le docteur Strombi qui le premier a donné ce nom à une espèce de folie, qui porte les malades à se noyer.

HYDROMEL, de ὕδωρ, eau, et μελι, miel. C'est le nom d'une boisson préparée avec du miel. L'hydromel peut-être simple, vineux, ou composé. L'hydromel simple ou vineux est d'un usage assez fréquent en médecine.

Formule de l'hydromel simple :

℞ Sirop de miel,   60 gram.

Eau froide,   1 kilog.
                    M. S. A.

Cette boisson est adoucissante et laxative. Mais l'hydromel vineux qu'on désigne aussi sous le nom d'*œnomel* (du grec οινος, vin, et μελι, miel, ne se prépare pas avec du vin comme son nom semblerait l'annoncer.

Formule de l'hydromel vineux :

℞ Miel blanc,   une livre.
  Levure de bière,   12 gram.
  Eau tiède,   2,500 gram.

Dissolvez et laisser fermenter le mélange à la température de 20° centig., jusqu'à ce qu'il ait acquis une odeur vineuse. Soutirez alors la liqueur, et vous aurez l'hydromel vineux. — On se sert souvent de l'hydromel vineux pour imiter les vins sucrés du midi. On peut aussi faire avec cette liqueur des vinaigres très agréables ; il suffit pour cela de la laisser aigrir. — Cette boisson est connue depuis la plus haute antiquité. — Les peuples du nord, et les Polonais en particulier, en font un usage habituel.

HYDROMÈTRE. Ce mot vient du grec ὕδωρ, eau, et μετρον, mesure. Instrument employé pour mesurer la pesanteur, la force, la densité, la vitesse de l'eau et autres liquides. Un industriel de Nantes a inventé un hydromètre universel, à l'aide duquel on peut mesurer sans calcul le poids spécifique des liquides en raison de l'unité de volume des lests. Il se lie avec le système métrique, et est destiné à servir d'étalon à tous les pèse-liqueurs usités aujourd'hui.

HYDROMPHALE, mot dérivé du grec ὕδωρ, eau, et ομφαλος, nombril. Il signifie *hydropisie de l'ombilic*. L'hydromphale est une tumeur qui se forme à l'ombilic chez les personnes affectées d'une ascite, alors qu'une partie de la sérosité contenue dans l'abdomen, passant à travers l'anneau ombilical, s'accumule sous les téguments de la peau. — On désigne encore par ce nom, la tumeur qui se développe à l'ombilic par suite d'un amas de sérosité dans le sac d'une hernie ombilicale. Elle constitue alors une complication de cette maladie. — L'hydropisie de l'ombilic, quand elle n'est pas trop considérable, peut se dissiper sous l'influence des remèdes résolutifs. On applique, sur la tumeur, une éponge imbibée de vin, dans lequel on a fait bouillir des fleurs de sureau, de camomille et de roses ; de l'écorce de grenade, des baies de laurier et du sel marin. — Si l'application de ce topique demeurait inefficace, il faudrait se décider à faire une ponction à l'ombilic.

HYDROPHITES, de ὕδωρ, eau, et φυτον, plante, c'est-à-dire plantes d'eau ou plantes aquatiques. Les hydrophytes, que l'on désigne très souvent sous le nom d'*algues*, constituent la première famille du système naturel de Jussieu. Ces plantes ont été divisées en deux tribus : 1° la tribu des *conferves*, qui croissent dans les eaux douces ; ce sont les algues d'eau douce ; 2° la tribu des *thalassiophytes* (de θαλασσος, mer, et φυτον, plante) ou *fucacées*. Ce sont les algues marines, qui croissent dans les eaux salées. Ces végétaux acotylédonés sont d'une structure très simple. Les conferves sont formés de filaments simples plus ou moins déliés, tantôt rameux, tantôt articulés ; quelquefois ce sont des lames minces, diversement découpées. Les thalassiophytes ou fucacées se rencontrent tantôt sous forme de lames élargies, tantôt sous forme de lanières étroites et comme cartilagineuses. La famille des fucacées ne contient pas de plantes vénéneuses, quelques unes, les *ulva*, sont employées comme aliment. La mousse de Corse, qui, comme on sait, est anthelmintique, n'est autre chose qu'un mélange de *ceramium* et de *varec*, plantes de la tribu des fucacées. L'iode s'extrait des diverses espèces de varecs. Les hydrophites constituent une famille de transition entre le règne animal. Quelques-unes sont des êtres mixtes qui tiennent de la plante par leur forme et leur structure, et qui semblent appartenir à l'animal.

par les mouvements qu'ils exécutent, et leur mode de fécondation. — Les organes de la fructification sont des *sporanges* ou espèces de capsules déhiscentes ou indéhiscentes, qui renferment dans leur intérieur des *sporules* très petites. Les sporules sont des corpuscules reproducteurs de la plante.

HYDROPHOBIE, ὕδωρ, eau, et φόβος, crainte. On confond généralement ce mot avec *rage*. La *rage* est un délire furieux, une maladie terrible et toujours mortelle, tandis que l'hydrophobie est seulement un symptôme de cette maladie. L'hydrophobie est dans la simple acception du mot, une aversion pour l'eau, une répugnance extrême pour les liquides en général (*Voyez* Rage).

HYDROPHTHALMIE. Ce mot dérivé du grec ὕδωρ, eau, et ὀφθάλμος, œil, signifie *hydropisie de l'œil*. Cette affection est assez rare heureusement. Elle est occasionnée par une surabondance de l'humeur vitrée, quelquefois, et plus fréquemment, par une trop grande quantité de l'humeur aqueuse, ou enfin par une surabondance de ces deux humeurs à la fois. Cette surabondance est déterminée par suite d'une augmentation de la sécrétion des humeurs, ou bien par l'inertie des vaisseaux absorbants. — Dans l'hydrophthalmie, l'œil acquiert un volume et une dureté extraordinaires, et les paupières ne pouvant le recouvrir, il devient saillant hors de l'orbite. — Quand la maladie est parvenue à ce degré, on l'appelle *buphthalmie* (qui veut dire œil de bœuf), la cornée transparente est alors plus élevée que dans l'état naturel ; la situation de l'iris plus profonde ; la pupille tantôt plus, tantôt moins dilatée que de coutume, présente peu de mobilité. La vue s'affaiblit insensiblement, les douleurs sont vives, tensives et obtuses vers le fond du globe de l'œil et vers le côté de la tête qui correspond à l'œil affecté. Le malade éprouve une espèce de stupeur, et un emphysème se manifeste dans la moitié du visage. Puis surviennent des insomnies, des douleurs de dents, un larmoiement involontaire et un renversement de la paupière inférieure accompagné de chassie. La fièvre est quelquefois continuelle. — L'hydrophthalmie est une maladie très difficile à guérir, même quand on la traite à son début. Si elle a pris beaucoup d'accroissement, la désorganisation des membranes et des humeurs de l'œil existant, tout espoir de rétablir la vue est perdu. Il faudrait donc chercher à la guérir au premier indice de son existence. Mais malheureusement on ne la découvre que lorsque le mal a déjà fait des progrès sensibles, et les malades ordinairement ne se décident à consulter un médecin qu'alors que la guérison est devenue à peu près impossible. Il en est même qui attendent que l'œil enflammé et ulcéré par l'impression de l'air se soit rompu spontanément et tout à fait vidé. Cependant les malades pourront quelquefois obtenir de bons effets des évacuations sanguines, et des applications répétées de sangsues à la région temporale. Ils pourront aussi employer les exutoires de toutes espèces ; sétons, vésicatoires, ventouses sèches ou scarifiées, etc. Les collyres résolutifs, les fomentations tièdes faites avec du bon vin rouge, dans lequel on aura mis infuser des aromatiques ; les frictions faites sur les sourcils avec l'onguent napolitain, ou un liniment éthéré ammoniacal, pourront aussi quelquefois arrêter la maladie ou au moins retarder ses progrès. Les purgatifs réitérés ne devront pas non plus être négligés. — Enfin, quand tous les médicaments administrés à l'intérieur et à l'extérieur seront reconnus inefficaces, il faudra que le malade se décide à subir une opération chirurgicale, et il fera bien de ne pas s'y décider trop tard.

HYDROPISIE, *hydrops* ; mot dérivé du grec ὕδωρ, eau, et ὄψις, aspect, apparence. — On a donné ce nom à tous les épanchements ou infiltrations de sérosité qui se font dans les mailles du tissu cellulaire, ou dans la cavité des organes. — L'hydropisie peut être générale ou partielle. — Selon la forme qu'elle revêt, selon le siège qu'elle occupe, selon l'organe qu'elle affecte, cette maladie a reçu des noms qui la qualifient : Ainsi, on dit que l'hydropisie est enkistée (*hydrops saccatus, sive incarceratus*), quand les eaux qui constituent la maladie sont enfermées et circonscrites par les parois d'une poche (plus ou moins grande).

On appelle *hydrocéphale* ⎱ de la tête.
— *hydrophthalmie* ⎰ de la poitrine.
— *hydrothorax* │ hydropisie │ du péricarde.
— *hydropéricarde* ⎱ des yeux.
— *hydrocèle* ⎰ du scrotum.
— *hydrarthrose* │ des articulations.

On a admis aussi des hydropisies du péritoine, du sac lacrymal, etc. — Quand l'hydropisie est partielle, et qu'elle n'est pas considérable, on lui a donné le nom d'*œdème*. Enfin on a appelé *anasarque* ou *leuco-phlegmatie*, l'hydropisie qui est générale. La plupart des teurs ont considéré ces deux affections comme n'étant qu'une seule et même maladie ; cependant on est convenu de lui donner spécialement l'un ou l'autre de ces deux noms, selon le mode d'invasion qu'elle affecte. On appelle *leuco-phlegmatie*, l'hydropisie qui se manifeste à la fois et en même temps dans toute l'économie. Quelques auteurs, Tulenne et Linné, entre autres, ont fait de ce mot un synonyme d'emphysème ; ils désignaient par *leuco-phlegmatie*, un gonflement flatueux de tout le corps. L'*anasarque*, mot dérivé de ανα, entre, et σαρξ, σαρκος, chair, et qui signifie une accumulation d'eau entre les chairs, n'est autre chose que cette hydropisie générale du tissu cellulaire qui commence toujours par l'infiltration séreuse des extrémités inférieures.

Symptômes.

La peau qui recouvre l'infiltration séreuse présentera un aspect différent, selon que l'anasarque sera plus ou moins considérable, plus ou moins ancienne. Ainsi, la peau de rosée qu'elle était au début de la maladie, finira par devenir d'un blanc mat. Elle s'amincira, se dessèchera à la surface, deviendra tendue et luisante ; alors les veines sous-cutanées qui rampent au-dessous apparaîtront comme des cordons bleuâtres ; le réseau muqueux de la peau se gerçant, on verra se dessiner des lignes blanchâtres pareilles à celles qu'on observe sur le bas-ventre et les cuisses des femmes qui ont eu des enfants ; et quand la maladie persiste, la circulation capillaire se trouve interrompue, la peau marbrée et livide se fendille, se gangrène et donne enfin issue au liquide qui la distendait. Tels sont à peu près les symptômes observés par M. Bouillaud. — Les hydropisies sont dites *actives* (hydrophlegmaties), quand elles sont dues à l'accroissement de l'action sécrétoire. *Passives*, quand elles sont le résultat d'un obstacle au cours du sang ou à l'absorption du liquide infiltré. — Les femmes paraissent plus sujettes aux hydropisies que les hommes ; les ivrognes, ainsi que les personnes qui habitent des lieux humides et qui mènent une vie trop sédentaire, y sont plus particulièrement exposés. — L'*anasarque* peut succéder à une modification du tissu cellulaire de la peau ; on la voit quelquefois survenir après le cours d'une fièvre éruptive (*la scarlatine, la rougeole, la petite vérole et l'érysipèle*). L'anasarque peut être aussi symptomatique d'une altération dans le parenchyme du rein. Portal, en signalant les causes de l'anasarque, mentionne l'interception complète de l'influx nerveux. — Enfin, l'anasarque peut être causée par l'altération ou la quantité du sang, selon qu'il est ou trop abondant, ou trop riche, ou trop pauvre. — *Pronostic.* Quand l'hydropisie a revêtu une forme passive, il est tout à fait impossible de fixer le terme de sa durée ; si la maladie dépend de lésions organiques profondes, sa durée sera subordonnée à celle de ces lésions, de sorte que si elles sont incurables, comme cela arrive malheureusement trop souvent, l'anasarque alors sera aussi incurable. — *Traitement.*

Avant d'entreprendre le traitement de cette maladie, il est indispensable de bien reconnaître les causes qui l'ont produite, car il serait peu rationnel de combattre l'anasarque occasionnée par la pléthore, avec les mêmes moyens qu'on aurait opposés à celle qui dépend d'un état d'asthénie. Il faudra donc commencer par remédier aux altérations organiques, ou aux dérangements fonctionnels qu'on présume devoir être la cause de la maladie, avant de s'occuper des indications à remplir pour dissiper la sérosité contenue dans les mailles du tissu cellulaire.

HYDROSCOPIE, art de découvrir le gisement de l'eau. L'hydroscopie est plutôt une perception intime des sens qu'une science qui s'acquiert et se communique. Bleton fut le premier qui essaya de mettre en pratique ce don de la nature; mais il obtint peu de résultats avantageux. Dans ces derniers temps, deux hommes du département du Lot, MM. l'abbé Paramelle et Faurie, ont parcouru plusieurs départements de la France, annonçant des merveilles, faisant jaillir des sources sur des terrains incultes et qui paraissaient entièrement dépourvus d'eau. Les journaux ont rendu compte des diverses opérations des deux hydroscopes en termes qui ne laissent point de doute sur la réalité des faits qu'ils indiquent. Celui qui écrit ces lignes a été lui-même témoin de plusieurs expériences vraiment extraordinaires, tentées par l'un de ces hydroscopes. Une personne honorable possède dans une ville du midi, une campagne à laquelle il ne manquait, pour perdre son affligeante stérilité. que quelques pouces d'eau. L'hydroscope, M. Faurie, est mandé; il arrive près d'un champ, sans descendre de cheval, et à une grande distance, par une espèce d'intuition, il signale une source abondante; il précise le volume, la nature des diverses couches de terrain qu'on trouvera en creusant avant d'arriver à la source. On suivit ses indications, et pas une ne fut en défaut. Aujourd'hui, la propriété dont il est question, est fort bien arrosée. La source nouvellement découverte est très abondante. Elle fournit environ 50 litres d'eau à la minute. ce qui équivaut à 4 pouces cubes. Les préfets de vingt départements ont donné à ces Messieurs, qui opèrent chacun de leur côté, des témoignages flatteurs d'intérêt, en les recommandant aux fonctionnaires de leurs ressorts qui auraient besoin d'utiliser l'hydroscopie. Il nous semble que ce don, ou cet art, comme on voudra l'appeler, offre assez davantages pour que les géologues y prêtent un peu plus d'attention qu'ils ne l'ont fait jusqu'à ce jour. Il ne tient qu'à eux de s'assurer des faits de visu; la science pourrait du moins en tirer des inductions utiles.

HYDROSTATIQUE, vient des mots grecs ὕδωρ, eau, et σταστικὴν, se tenir. Le principal objet de cette partie de la physique consiste à reconnaître la pesanteur des liquides, leur équilibre et la manière dont se comportent les corps qu'on y plonge. Voici les cinq règles de l'hydrostatique: 1° Si un corps solide a autant de gravité spécifique que le fluide dans lequel on le plonge, il ne surnagera pas; 2° quand un corps solide a plus de gravité spécifique que le fluide, il doit tomber au fond; 3° un corps solide ayant moins de gravité spécifique que le fluide dans lequel on le plonge, surnagera; 4° lorsqu'un solide plongé dans le fluide vient à surnager, la gravité spécifique du fluide est à la gravité spécifique du solide, comme toute la hauteur du solide est à la hauteur de la partie submergée; 5° le poids que perd un corps solide plongé dans un fluide, en tout ou en partie, est toujours égal au poids du volume du fluide qu'il a déplacé.

HYÈNE. Ce quadrupède habite en Orient, en Perse, en Afrique. Sa hauteur se rapproche de celle du loup et ne l'égale pas. Son poil est droit et raide sur l'épine du dos jusqu'au sommet de la tête. Sa peau est semée de taches de différentes couleurs. L'hyène n'a point de col, de sorte que, quand elle veut regarder derrière ou à ses côtés, elle est obligée de se tourner tout entière. Elle n'a pour dents que deux os continus dans toute la longueur des deux mâchoires. Elle établit ordinairement sa demeure dans des cavernes au bord des fleuves. Là, elle est à portée de fondre sur les voyageurs qui prennent terre sur des rivages déserts, ou sur les bêtes fauves qui viennent boire ou se baigner; mais elle préfère la chair humaine, et c'est ce qui a donné lieu aux anciens de dire qu'elle en faisait son unique aliment.

HYERONIMITES ou **JÉRONIMITES**, religieux qui embrassaient le genre de vie qu'avait mené Saint Jérôme à Béthléem. Les monastères de ces ermites, que l'on divisait en quatre ordres, acquièrent de l'importance et de la célébrité dès le XIVe siècle. Dans le siècle suivant, le pape Benoît XIII exempta de la juridiction des évêques, une abbaye de jéronimites de Castille. Les jéronimites faisaient des aumônes considérables à Notre-Dame-de-Guadeloupe. Ils avaient des armes distinctives pour chacun de leurs ordres, et les prieurs de ces abbayes jouissaient ordinairement de certains pouvoirs épiscopaux.

HYGIE. Les Grecs avaient fait d'*Hygie* la déesse de la santé. Elle devait le jour à Esculape et à Épione. On adorait Hygie à Sycione où Esculape surtout avait un temple magnifique. Chaque année les femmes venaient offrir leurs vœux dans ce temple, coupaient leurs chevelures, et les suspendaient à une statue de la bonne déesse, qui avait à ses pieds un serpent, symbole de la santé.

HYGIÈNE, de ὑγιεία, santé, est l'art de conserver la santé. Cette science est vaste et embrasse tous les détails de l'existence. Sa pratique est de tous les temps, de tous les lieux, de tous les jours, on pourrait même dire de tous les instants. Elle nous apprend à éviter les choses nuisibles et à faire un bon usage des choses utiles à la santé; par elle aussi nous connaissons l'influence que peuvent avoir sur nos organes et sur les fonctions qu'ils remplissent tous les agents destinés par la nature à satisfaire nos besoins. L'hygiène est l'ange gardien qui physiquement nous protège. Aussi, elle était adorée des anciens; chez presque tous les peuples de la terre, l'encens de la reconnaissance brûlait sur les autels de la déesse Hygie. Les Grecs avaient gravé le code de ses préceptes sur les murailles du temple d'Esculape. Presque toute la médecine d'autrefois consistait dans leur observation. Mais il faut être physiologiste avant de se livrer à son étude; car comment comprendre les relations qui peuvent exister entre l'homme et le monde extérieur, si l'on n'a pas une connaissance parfaite des fonctions qui constituent la vie? Cependant les législateurs de tous les pays avaient compris son importance; elle formait la base de presque toutes les constitutions religieuses. Le Sastha des Indiens, qui est peut-être le plus ancien livre du monde, le Sanchoniaton des Chaldéens, l'Hermès trismégiste, sont remplis de règles hygiéniques. La philosophie de Pythagore, les lois de Moïse, de Confucius, de Solon, de Lycurgue, ne sont pour la plupart que des applications de l'hygiène. — La séquestration des lépreux, la circoncision, les bains, les lotions fréquentes, la gymnastique, l'abstinence du vin et des liqueurs fortes, l'interdiction de certaines viandes, n'étaient autre chose que des mesures d'hygiène. — Franklin, cet homme remarquable, qui avait toujours en vue l'amélioration de l'espèce humaine, avait fait de la propreté une vertu, et considérait la tempérance comme la première des qualités sociales. — L'hygiène est donc la partie physique de la philosophie; mais elle peut, comme l'a dit M. Ratier, contribuer beaucoup à la morale, en corrigeant et en adoucissant les mœurs. Et, en effet, nourrissez d'aliments stimulants un homme dont les passions sont ardentes, vous le verrez bientôt se porter aux plus coupables excès. Mais soumettez le même individu aux lois d'une hygiène sévère, peu à peu ses passions deviendront moins tumultueuses , et bientôt la raison reprendra sur lui son empire. L'hygiène ne doit pas s'occuper seulement de la santé d'un individu, il faut qu'elle veille aussi à la conservation des masses. Il faut, conformément aux vœux de Cabanis, que l'hygiène aspire non-seulement à conserver, mais encore à perfectionner la nature humaine. — De là deux sortes d'hygiène : l'hygiène privée et l'hygiène publique. — A ce propos, il faut en convenir, on a jusqu'ici beaucoup discouru et beaucoup écrit sur cette matière; mais malgré les excellents livres des anciens, malgré les travaux remarquables du XIXe siècle, un traité bien complet d'hygiène privée et d'hygiène publique reste encore à faire.

HYGROMÈTRE. Ce mot vient du grec (ὕδωρ eau et μετρόν mesure). Il désigne un instrument qui sert à mesurer et à marquer l'état de l'atmosphère en précisant les degrés de sécheresse ou d'humidité de l'air. On pense que nous sommes redevables aux Anglais de cette découverte ; l'hygromètre inventé par le père Lana n'est pas autre chose qu'une simple corde à boyaux. Cette corde, qu'un poids tend fortement, se dilate ou se resserre, selon que l'air est plus ou moins sec. Un petit marteau attaché à cette corde frappe sur un petit timbre, et le bruit qu'il produit avertit du changement de la température. Deluc, en Angleterre, et Saussure à Genève, ont presque en même temps perfectionné l'hygromètre. Le premier a employé une bandelette de baleine d'une extrême ténuité, tendue d'une part à un point fixe, et de l'autre à un ressort qui, faisant mouvoir une aiguille, marque avec précision le temps vrai sur un cadran adapté à ce mécanisme. L'hygromètre de Saussure est composé d'un cheveu préparé et d'un instrument qui diffère de celui de Deluc, en ce que le cheveu est maintenu par un poids, au lieu d'un ressort. Il y a peu de temps qu'on a tenté de substituer au cheveu et à la baleine un fil de platine très mince ; mais les résultats n'en sont pas meilleurs. L'hygromètre marque rarement cent degrés. même quand il pleut. L'indication moyenne est de 72 dans toutes les saisons.

HYMEN, HYMÉNÉE. Divinité du paganisme qui présidait aux noces ; selon les uns, ce dieu était fils de Bacchus et de Vénus, et selon d'autres, d'Apollon et de Calliope. On emploie le mot hymen en langage poétique, comme synonyme de mariage. C'est encore un terme usité en anatomie, pour désigner une pellicule, un voile léger d'une partie du corps de la femme.

HYMÉNOPTÈRES. Les hyménoptères sont des insectes à ailes nues, membraneuses ; ils se divisent en deux sections. La première comprend les cynops, que l'on range parmi les térébrants, et la seconde, les porte-aiguillons , parmi lesquels figurent les guêpes, les abeilles, les fourmis, etc.

HYMNES. Chant d'action de grâce, qui, d'abord, élan naïf du cœur de l'homme en contemplation devant les œuvres de son créateur, revêtit par la suite les formes de l'art, l'éloquence et le luxe des pensées Les Hébreux chantaient en chœur. des hymnes à Jéhova dans le temple de Jérusalem. Les Grecs s'emparèrent de l'hymne hébraïque, pour chanter les louanges d'une multitude de dieux ; mais les hymnes perdirent alors leur gravité, et leur caractère essentiellement religieux. Le christianisme parut et rendit à ces chants dédiés au seul vrai Dieu toute la dignité qui leur convenait. Le zèle de la gloire du Seigneur, inspira des psaumes dont la mémoire se perpétuera d'âge en âge parmi les nations qui rediront leurs cantiques dans les pompes et les solennités du culte du Très-Haut. — Pline dans une lettre écrite à Trajan, dit : que les chrétiens s'assemblaient le jour du soleil ou le dimanche, pour chanter des hymnes à Jésus-Christ, comme à un Dieu. Les hymnes furent défendues pendant un assez long temps. Mais en 633, l'usage en fut permis. — Parmi les auteurs qui

ont composé des hymnes remarquables, au 4e siècle. l'on cite S. Ambroise qui en fit plusieurs pour l'église de Milan. Depuis la renaissance des lettres, Santeuil, chanoine régulier de S. Victor, s'est immortalisé par celles qu'il fit, et qui sont encore aujourd'hui célèbres.

HYPERBOLE. Du mot grec ὑπερβολὴ qui signifie excès. C'est une figure de rhétorique fort usitée. Lorsque notre imagination nous représente quelque chose vivement, et que nous trouvons trop faibles les termes ordinaires, afin d'exprimer notre idée, alors nous avons recours aux exagérations, c'est-à-dire aux mots qui vont au-delà de la vérité ; c'est ce que l'on nomme hyperbole. La personne qui nous entend sait réduire à sa juste valeur les termes que nous employons hyperboliquement — L'écriture sainte abonde d'hyperboles. Dans la Genèse il est dit : Je multiplierai tes enfants comme les grains de poussière de la terre. — Une terre où coulent des ruisseaux de miel et de lait pour une terre fertile. Cette manière de s'exprimer est très familière aux Orientaux.

HYPERBORÉENS. Voyez PYGMÉES.

HYPERMENESTRE. Hypermenestre était l'une des cinquante filles de Danaüs. Un jour Danaüs ordonna à toutes ses filles d'égorger leur mari. Une seule, Hypermenestre n'obéit point à cet acte sanguinaire et sauva de la mort Lyncée, son époux. Celui-ci, furieux de tant de cruauté, tua lui-même Danaüs.

HYPERTROPHIE, de la préposition grecque ὑπὲρ, qui indique un excès, et τροφη, nutrition, nourriture. Ce mot est très fréquemment employé pour désigner l'accroissement considérable ou excessif d'un organe ou même d'une portion d'organe. La texture de l'organe hypertrophié n'éprouve véritablement aucune espèce d'altération; seulement le poids et le volume sont plus ou moins augmentés. — Ainsi une nutrition anormale ou trop active peut déterminer l'hypertrophie. Car l'hypertrophie peut envahir indifféremment un organe sain ou malade. L'anévrisme actif du cœur, par exemple, n'est autre chose qu'un épaississement anormal ou une hypertrophie des parois du cœur. Et l'embonpoint excessif ou l'obésité est ordinairement occasionnée par une hypertrophie du tissu graisseux.

HYPOCONDRIE. L'hypocondrie est une maladie dont le siège est dans l'estomac selon les uns et dans le cerveau selon les autres. Les anciens la plaçaient dans les hypocondres qui sont en deux parties latérales supérieures de l'abdomen. Ce mal est plutôt moral que physique, quoiqu'il rende les digestions laborieuses. Ceux qui en sont affectés sont d'une pusillanimité, d'une versatilité d'opinions, d'une crainte méticuleuse portées à l'extrême, surtout pour tout ce qui a rapport à la santé. Ce sont vraiment des malades imaginaires. Cette maladie peut être causée par une trop forte nourriture, la lecture des livres de médecine, l'abus de soi-même, la vie sédentaire , ou les malheurs qui frappent tout à coup l'homme qui essuie un revers de fortune. — Les personnes atteintes de l'hypocondrie ont généralement l'haleine forte, désagréable, les aliments, séjournant trop longtemps dans l'estomac, s'y putrifient et y causent cette exhalaison fétide. — Les remèdes les plus efficaces contre l'hypocondrie, sont : le chocolat, le cachou , les sirops, les vins amers , la rhubarbe, et les lavements.

HYPOPHASIE. On appelle hypophase ou hypophasie, un clignotement particulier des paupières auquel certaines personnes sont sujettes. Dans cette espèce de tic, les paupières se ferment presque entièrement, de sorte que très peu de rayons lumineux parviennent au fond de l'œil. Beaucoup d'individus ont cette habitude sans s'en douter et ferment les yeux à demi quand ils veulent distinguer aisément des objets éloignés, et ne laisser entrer dans l'œil que la quantité de rayons lumineux nécessaire pour produire une vision plus distincte. Ce rapprochement des paupières est en effet fort avantageux pour modérer la vivacité des rayons de la lumière. C'est pourquoi les personnes affectées d'hypophasies sont ordinairement celles dont les bords des paupières sont frangés par des ulcères survenus à la suite de la petite vérole, et dont les cils manquent pour cette raison.

HYPOPYON, de ὑπὸ, sous, et πυον, pus. C'est le nom qu'on a donné à une espèce d'abcès qui survient à la suite d'une inflammation violente des membranes internes de l'œil. Cette maladie est caractérisée par un épanchement de matière puriforme qui se fait entre les chambres antérieure ou postérieure de l'œil, ou entre les lames de la cornée transparente. Cette matière puriforme s'amasse ordinairement dans la partie inférieure de la cornée, forme un croissant dont les cornes sont tournées en haut et augmentent de jour en jour en étendue et en épaisseur, finit quelquefois par obstruer entièrement la pupille qui alors n'exerce plus qu'avec peine ses mouvements ordinaires de dilatation et de resserrement. — Quand les choses en sont là, l'impression de la lumière est douloureuse pour le malade; la vue est obscurcie et nébuleuse; à peine s'il peut distinguer le jour des ténèbres. La cornée devient saillante au dehors; il éprouve des douleurs pulsatives et lancinantes dans l'œil, dans la tête du côté malade, et dans l'occiput. Il survient aussi des nausées, une fièvre symptomatique et même des convulsions. Quelquefois même la vie du malade peut être en danger. — Il est important d'observer que la matière purulente qui constitue la maladie, de blanche qu'elle était, finit par devenir jaune, et que plus elle est jaune, plus il est à craindre qu'elle ne corrode la cornée et même l'iris. — L'hypopyon n'est presque jamais une maladie essentielle, mais un symptôme de l'ophthalmie intense et une de ses terminaisons fatales. Toutes les affections internes, principalement les maladies vénériennes et la petite vérole, déterminent des ophthalmies qui peuvent se terminer en hypopyon. — Donc pendant qu'on s'occupera du principe de l'opthalmie dont l'hypopyon sera la terminaison, il faudra en même temps avoir recours aux moyens consacrés pour combattre cette espèce d'abcès. Les violences externes, les piqûres, les incisions dans la cornée, tous les corps étrangers qui présentent des aspérités, pourront occasionner l'hypopyon. Mais de quelque cause qu'il vienne, l'hypopyon pourra être combattu avec avantage par les saignées, les sangsues, les exutoires (vésicatoire et sétons), les bains de pieds, les lavements, les purgatifs, le régime sévère et rafraichissant, etc. Mais c'est à la sagacité du médecin consulté qu'il appartiendra de décider le temps favorable pour administrer ces remèdes avec avantage, et de juger en même temps les circonstances dans lesquelles ils seraient plus nuisibles qu'utiles; car tout le succès d'un traitement consiste dans l'appréciation du moment convenable à son administration. — Pourtant, si malgré tous les médicaments et le traitement le mieux dirigé, la maladie persistait, et que les douleurs continuassent, il faudrait, sans retarder davantage, pratiquer, à la partie inférieure de la cornée et le plus près possible de la sclérotique, une incision de largeur convenable pour donner au pus une issue complète. Le malade alors éprouvera du soulagement, et pourra concevoir l'heureuse espérance de voir bientôt rétablies les fonctions de l'œil momentanément suspendues par la présence du pus épanché.

HYPOSPHAGMA. Ce mot vient du grec ὑπόσφαγμα, qui signifie littéralement un œil poché. Ainsi que tout le monde le sait, cet accident arrive après un coup violent, appliqué sur le globe de l'œil, avec le poing ou quelque instrument obtus. Il peut cependant aussi avoir lieu quelquefois naturellement après un exercice immodéré. — Cette maladie, qui se manifeste par l'espèce

d'ecchymose ou tache noire qu'elle présente, est occasionnée par l'épanchement du sang sous la conjonctive, lorsque des vaisseaux sanguins de cette membrane ont été rompus. Ordinairement quand le coup n'a pas été trop violent et quand les parties internes de l'œil n'ont pas été désorganisées, l'hyposphagma n'a pas de suite funeste. — Mais si malheureusement le coup a été assez violent pour déterminer un mélange et une confusion des humeurs internes de l'œil, la vue est totalement perdue et sans aucune ressource. — Quand la maladie donc sera légère, on pourra employer avec avantage des fomentations faites avec une infusion légère de fenouil, de rhue et de fleurs de sureau qu'on fera chauffer fortement, mais sans les laisser bouillir, dans du bon vin rouge. Ces fomentations devront toujours être employées tièdes. Le malade observera en outre une diète légère et prendra quelques lavements à l'eau de son.

HYPOTHÈQUE, droit d'un créancier sur les immeubles affectés à sa créance; l'hypothèque est indivisible, et subsiste en entier sur tous les biens affectés, sur chacun et sur chaque portion; en quelques mains qu'ils passent, l'hypothèque est ou *légale* ou *judiciaire* ou *conventionnelle*. — L'hypothèque légale est celle qui résulte de la loi; les droits et créances auxquels l'hypothèque légale est attribuée, sont ceux des femmes mariées sur les biens de leur mari : ce sont encore les droits des mineurs et interdits sur les biens de leur tuteur : ceux de l'État, des communes et des établissements publics sur les biens des receveurs et administrateurs comptables. — L'hypothèque judiciaire résulte des jugements, soit contradictoires, soit par défaut, définitifs ou provisoires en faveur de celui qui les a obtenus. Elle peut s'exercer sur tous les immeubles que le débiteur possède et sur tous ceux qu'il pourra acquérir, sauf les modifications déterminées par la loi. Les hypothèques conventionnelles ne peuvent être consenties que par ceux qui ont la capacité d'aliéner les immeubles qu'ils y soumettent Les biens des mineurs, des interdits et ceux des absents tant que la possession n'en est déférée que provisoirement, ne peuvent être hypothéqués que pour les causes et dans les formes établies par la loi, ou en vertu de jugement. — L'hypothèque conventionnelle ne peut être consentie que par acte passé en forme authentique devant deux notaires ou devant un notaire et deux témoins. — Les contrats passés en pays étrangers ne peuvent donner d'hypothèque sur les biens de France, s'il n'y a des dispositions contraires à ce principe dans les lois politiques ou dans les traités. — Entre les créanciers, l'hypothèque, soit légale, soit judiciaire, soit conventionnelle, n'a de rang que du jour de l'inscription prise par le créancier sur les registres du conservateur, dans la forme et de la manière prescrite par la loi, en faveur des mineurs, des interdits et des femmes mariées, pour raison de leur dot et conventions matrimoniales, sur les immeubles de leur mari, et à compter du jour de leur mariage. Les conservateurs des hypothèques sont tenus de délivrer à tous ceux qui le requièrent copie des actes transcrits sur leurs registres, et celle des inscriptions subsistantes, ou certificat qu'il n'en existe aucune. Il ne leur est point dû de salaire pour des communications simplement verbales, faites afin d'éclairer sur la fortune du débiteur. Cependant les conservateurs sont dans l'usage de demander, s'ils font quelques recherches, 1 fr. par chaque recherche; cette taxe est trop élevée, puisqu'un certificat négatif d'inscriptions ne donne lieu, selon le décret du 21 septembre, qu'au salaire de 1 fr. — Le conservateur des hypothèques ne doit pas comprendre, dans les certificats qu'il délivre, les inscriptions périmées, sinon il est tenu de les supprimer et de restituer les droits perçus à raison de ces inscriptions. On ne peut prendre d'hypothèques que dans le bureau du conservateur situé dans l'arrondissement où est l'immeuble que l'on veut hypothéquer.

HYPOTHÈSE, supposition que l'on fait de certaines choses pour rendre raison de ce que l'on observe, bien qu'on ne soit pas en état de démontrer ces suppositions. Les physiciens regardent l'hypothèse et la supposition comme deux termes synonymes. On ne nie l'hypothèse que lorsqu'elle renferme des choses impossibles.

HYPOTHYPOSE (ὑπο τίθημι, placer dessous), figure de rhétorique par laquelle celui qui parle semble mettre sous les yeux de ses auditeurs les choses dont il fait le récit. On peut la définir peinture vive et animée d'un objet.

HYPOTHOROS, chant exécuté par les Grecs à l'époque de l'accouplement des chevaux.

HYPPALLAGE (ὑπαλλάγη) figure de rhétorique indiquant une transposition ou un changement de construction dans la phrase que la vivacité de l'imagination ne permet pas toujours de conserver dans sa forme habituelle et naturelle. Cette figure est d'un bel effet, et on la retrouve fréquemment en poésie.

HYSSOPE. C'est un arbrisseau de la famille des labiées. Cette plante est classée parmi les espèces aromatiques et entre dans la composition du faltranch, ou thé de Suisse. Il y en a de plusieurs espèces, l'hyssoppe à fleurs blanches, à fleurs rouges, à feuilles velues, à feuilles de myrthe, à feuilles panachées. L'hyssope se multiplie de couchage et par graines. L'infusion des sommités de ses fleurs est employée avec succès dans les affections de poitrine.

HYSTÉIQUE, épithète que l'on donne aux personnes affectées d'hystérie. — L'hystérie (υστερα utérus), est, quoi qu'on en ait dit, une maladie particulière aux femmes. Elle consiste dans une lésion nerveuse de l'appareil utérin, et présente des paroxysmes ou des accès qui n'ont pas de terme fixe, ni dans leur durée, ni dans leur retour ; elle se manifeste par un sentiment de suffocation, et de strangulation accompagné de phénomènes convulsifs et spasmodiques, avec perte de connaissance plus ou moins complète. Cette maladie, qui peut attaquer les jeunes filles, non encore menstruées, et les femmes qui ont passé le temps critique, se manifeste surtout depuis l'époque de la puberté, jusqu'à la cessation des règles. — *Siége*. Les auteurs, après avoir donné à l'hystérie une foule de dénominations différentes, ont émis aussi à propos de son siége, une multitude d'opinions contradictoires. Cependant, aujourd'hui, on s'accorde à placer le siége principal de cette maladie dans le système nerveux de l'appareil utérin. *Causes.* — L'hystérie est causée par un mode spécial d'excitation ou de perversion du système nerveux de l'appareil utérin, réagissant sympathiquement sur tout le système nerveux en général ; et cette excitation peut avoir pour origine, soit une irritation locale, soit une irritation sympathique, résultant tantôt d'une cause morale, tantôt d'un état pathologique d'un ou de plusieurs organes avec lesquels la matrice a des rapports d'action. Les causes de l'hystérie peuvent être divisées en *prédisposantes*, et en *déterminantes*. Ainsi l'hérédité, l'oisiveté, une sensibilité nerveuse excessive, une idiosyncrasie érotique, etc... sont *des causes prédisposantes* à l'hystérie, et parmi les *causes déterminantes*, on peut ranger l'aménorrhée, et la dysménorrhée, la continence forcée, les plaisirs solitaires de l'onanisme, un accès de colère, ou une frayeur ; les peines amoureuses, l'impression d'une musique sombre, le spectacle d'une tragédie, l'imitation, etc.— *Symptômes*. Ils sont aussi variés que les causes qui les produisent. Un volume entier ne suffirait pas pour les décrire tous. Aussi J. Hoffmann disait-il, en parlant de l'hystérie, *non est morbus unus, sed potius morborum cohors.* — Voici les phénomènes les plus constants qu'elle présente : la malade éprouve le sentiment d'*une boule* (globe hystérique), qui sem-

ble s'élever de la matrice vers l'estomac, tantôt accompagné d'une chaleur vive, tantôt d'un froid glacial, qui se porte jusqu'au cou, où elle détermine une espèce de constriction violente à la gorge, qui, quelquefois, fait craindre la suffocation. Il y a aussi dépression et sensation de l'abdomen ; la malade accuse le sentiment d'un cercle qui comprime les fausses côtes. Le cou et la poitrine se gonflent spontanément, les extrémités se raidissent, et se tordent convulsivement; le visage est rouge ou pâle ; on observe un resserrement tétanique des mâchoires, des grincements de dents ; des douleurs locales, appelées (*clavi hysterici*), *clous hystériques*, se manifestent à la tête, et particulièrement au sinciput, à l'hypogastre, à l'épigastre, etc. Les narines sont largement ouvertes, le corps se raidit, et se tord, se porte en avant et en arrière , à droite et à gauche, etc., et pendant la durée de l'accès, la tête est toujours renversée en arrière. La malade porte souvent la main sur la région laryngienne, qu'elle presse et égratigne comme si elle voulait en écarter un obstacle , et elle fait des efforts pour mordre et saisir les objets qui l'environnent. Il y a des malades qui, pendant l'accès, conservent leur connaissance et leurs facultés intellectuelles; d'autres, au contraire perdent absolument connaissance, et une suspension apparente de toutes les fonctions se manifeste ; la pâleur, l'insensibilité sont telles quelquefois qu'elles simulent la mort. — Ambroise Paré , et autres, racontent qu'une femme de qualité, attaquée de syncope hystérique, allait être ouverte par Andréa Vésalius (médecin de Philippe II, roi d'Espagne), lorsqu'au premier coup de scalpel, elle poussa des gémissements qui annoncèrent qu'elle était vivante. — Le plus souvent, pendant l'accès, les malades poussent des cris et des hurlements affreux qu'on a comparés à ceux du loup ; elles ont aussi un hoquet répété qui parfois semble imiter l'aboiement d'un chien. —De plus, on remarque des éclats de rire immodérés, et comme convulsifs, quelquefois suivis de pleurs abondants. Vers la fin de l'accès, les hystériques rejettent par la bouche une salive écumeuse. Après chaque secousse violente, occasionnée par les mouvements convulsifs des muscles et les soubresauts des tendons, il y a ordinairement émission de gaz inodores par la bouche, qui parfois sont précédés de borborygmes bruyants et accompagnés de vomissements. La respiration est laborieuse, entre-coupée, etc.— Voici un aperçu de la conduite à tenir dans le *traitement*. Quand une femme est prise de convulsions hystériques, il faut avant tout, la débarrasser de sa ceinture, de son corset, de ses jarretières, de son collier, etc., et, en un mot, de tout ce qui pourrait gêner la respiration et la circulation, on s'opposer au gonflement du cou, à l'élévation de la poitrine et du ventre. Ensuite, on la placera sur un lit, ou sur un canapé large, en ayant soin que toujours la tête soit plus haute que le tronc et les membres inférieurs. On lui procurera la respiration d'un air frais en ouvrant les fenêtres ; on éloignera les assistants; on maîtrisera les mouvements convulsifs, et on la contiendra de sorte qu'elle ne puisse se mordre, s'arracher les cheveux, tomber ou se blesser la tête. On lui fera aussi respirer des odeurs fortes et pénétrantes, telles que l'éther, l'acide acétique, l'ammoniaque liquide, etc. On administrera ensuite des boissons calmantes, des lavements narcotiques , des fumigations aromatiques, etc., et quand l'accès sera très long, et très violent, on pourra avoir recours à la saignée, aux bains et demi-bains tièdes. La terminaison de l'hystérie s'annonce par la diminution progressive du nombre et de l'intensité des accès. Mais tous les remèdes seront inutiles, s'ils ne sont secondés par un régime convenable, et si on ne parvient pas à dissiper l'effervescence des sens et à rendre le calme à l'esprit en le récréant.

I

I. 3e des voyelles et 9e lettre de l'alphabet français. Autrefois on employait deux I pour écrire certains mots, par exemple : *citoïen, moïien.* L'usage y a substitué l'Y. Le point placé sur l'*i* ne date que du 14e siècle. Cette lettre donne à l'*a* le son d'un *é* ouvert ou fermé : *J'aimais, j'aimai,* et à l'*o* le son de *oua : Voir. Mettre les points sur les i,* signifie être très exact, ou très minutieux. — I est la marque distinctive des pièces de monnaie fabriquées à Limoges. Comme lettre numérale I vaut un, et placé devant le V ou devant le X , il diminue les nombres d'une unité. IV indique le chiffre 4, IX le chiffre 9.

IAMBE. Une syllabe longue précédée d'une brève, constitue un *Iambe.* Six *Iambes* mis à la suite les uns des autres pour former les six pieds d'un vers produisent aussi l'*Iambe* proprement dit, ou, ce qui est la même chose, le vers *iambique.*

IBEX. L'ibex des Latins est le bouquetin des modernes, mammifère ruminant du genre des chèvres. On en connaît plusieurs espèces.

IBIS. L'Ibis est un oiseau d'Égypte, imitant une petite cigogne. Il se nourrit des serpents et des grenouilles qu'il rencontre sur les bords du Nil. Son plumage est ordinairement d'un blanc roux; il a le bec gros et légèrement crochu à l'extrémité. Les Égyptiens professaient pour l'ibis une telle vénération, qu'ils l'embaumaient avec le plus grand soin après sa mort, et le conservaient précieusement.

ICHOR ELEPHANTIASIS. Le mot ichor, ιχωρ, qui appartient à plusieurs langues, désigne en médecine un pus âcre, séreux , qui corrode quelquefois les tissus voisins et qui est le produit d'une inflammation de mauvais caractère. Lorsque ce pus s'échappe dessous de petites écailles dures et noirâtres, comme la peau d'un éléphant, on l'appelle *ichor elephantiasis.* Tel était l'un des caractères de la fameuse maladie de *Job.* Quelques commentateurs ont cru d'abord que cette maladie était la lèpre, à cause des écailles qui couvraient le corps du serviteur de Dieu. Mais l'Ecriture fait observer que ces écailles étaient noires et rugueuses , et qu'il s'en échappait une suppuration infecte accompagnée de cuisantes douleurs. Or, c'est ainsi que les médecins ont défini jusqu'à présent l'*ichor elephantiasis.*

ICHNEUMON. Genre d'insecte qui détruit les chenilles. Les naturalistes désignent aussi sous ce nom un quadrupède de la grosseur d'un chat appelé par d'autres : *rat de Pharaon* ou *d'Égypte.*

ICONOCLASTES (du grec κλαστω je brise, et εικων image).Hérétiques qui, au VIIIe siècle, portèrent le trouble dans l'Église et firent une guerre ouverte au culte des images qualifiant ce culte d'*idolâtrie.* Mais la qualification est, fausse. Car les catholique n'*adorent* point les images , mais les *vénèrent* comme un fils vénère le portrait d'un père chéri, d'un protecteur, d'un ami. Ils établissent une grande distinction entre le culte dû seulement à Dieu, et l'honneur, le respect dus aux saints. Les iconoclastes d'ailleurs n'ont pu soutenir longtemps la lutte terrible que leur ont livrée de doctes et zélés théologiens, et l'Église encore a triomphé de ces ennemis.

ICONOLATRE. Terme par lequel les luthériens et les calvinistes désignent injurieusement les catholiques. *Iconolâtre* dérive des mots grecs εικων image, et λατρις adorateur. Ainsi qu'il a été dit au mot *iconoclaste,* les catholiques savent établir une distinction entre le culte de Dieu et celui des saints. Ils *adorent* Dieu et *vénèrent* les images des saints. L'épithète d'*iconolâtre*

n'a donc plus rien d'exact dans son application.

ICTÈRE. (*Voyez* JAUNISSE.)

ICTHYOCOLLE. (*Voyez* ESTURGEON.)

ICTHYOPHAGE (des mots ιχθύς poisson, et φαγω je mange). On nomme ainsi des peuplades voisines des côtes maritimes qui se nourrissent principalement de poissons. Le poisson étant une nourriture moins alimentaire que la viande, ne peut qu'énerver ceux auxquels il sert d'aliment habituel. Aussi est-il à remarquer que les ichthyophages sont moins robustes et plus mous que les carnivores.

IDÉE. Les différentes significations de ce mot et l'acception tout-à-fait vague dans laquelle on l'emploie quelquefois, mettent, pour ainsi dire, dans l'impossibilité de le définir. Les anciens appelaient ainsi ce que nous nommerions , nous, *idée générale* ou *principe.* Nous nous servons indifféremment de ce terme pour désigner des notions, des connaissances, des impressions intellectuelles fixes ou momentanées. Il n'est pas d'opération morale, quelque multiple , quelque compliquée qu'elle soit, qui n'ait adopté le nom simple d'idée et qui ne lui ait donné par là une signification générale en dehors de son sens logique et absolu. — Philosophiquement parlant, l'idée est la représentation intérieure des êtres physiques ou moraux, existant ou possibles ; c'est le produit simple et immédiat de la plus noble et de la plus précieuse de nos facultés, l'intelligence. Cette définition est générale. Elle embrasse aussi bien les objets imaginés que les objets simplement *idées.* Pour la rendre rigoureuse, il faudrait ajouter que cet exercice de l'entendement humain reproduit dans l'âme les objets extérieurs non d'une manière figurative, mais d'une manière abstraite. — On peut diviser les idées en différentes classes selon la nature des êtres qu'elles représentent. Il y a des êtres réels, jouissant d'une existence positive dans le monde matériel ou dans le monde moral ; tels sont les corps, les esprits, Dieu et, les hommes. Il y a des êtres de raison, existant non comme faits ou objets réels, tels que la couleur, la forme, la puissance, la sagesse, et en général, toutes les personnifications de ce genre. Il y a en outre des êtres fictifs ou possibles, produits simplement par une fausse combinaison de modifications vraies appartenant aux objets réels et que l'esprit adopte et conçoit comme pouvant se produire sans contradiction dans un ordre de choses différent du nôtre. On pourrait ranger dans cette dernière catégorie les nymphes et les génies de l'antiquité, les êtres surnaturels créés de tous temps par le délire, les fictions des poètes, des astronomes, des navigateurs et même des mathématiciens, toutes choses enfin qui outrepassent les bornes de la création sans être contraires à ses principes, telles qu'une montagne d'or, une fleuve de miel, etc. — Il résulte évidemment de cet exposé que la plupart des objets sur lesquels notre intelligence s'exerce présentent deux faces à l'observation : l'une, individuelle, qui les représente avec leurs formes, leurs qualités, leurs modifications spéciales; l'autre, générale ou abstraite, qui ne les comprend pour ainsi dire que par leur différence avec d'autres objets. La première de ces faces appartient à l'imagination, la seconde appartient à l'idée pure ou à l'entendement. La conception corporelle d'un ange ou d'une montagne est *imaginée* ; la conception philosophique ou géologique d'un esprit céleste ou d'une élévation terrestre est une conception *idée.* De là vient que la plupart de nos vraies idées sont des idées abstraites ou des idées de genre; la forme spéciale de l'individu est du ressort de la faculté imaginative. — Il est encore une différence sensible entre la conception et l'idée proprement dite. L'idée est un fait intérieur, résultat de la faculté intelligente de l'homme, jouissant de certaines propriétés ou modifications; la conception n'est que l'opération particulière par laquelle l'âme aperçoit ce fait en elle-même. La conception est à l'idée ce que le sentiment intérieur est à la sensation. L'un peut exister sans l'autre. Nous avons des idées habituelles dont la conception ne nous vient pas par intervalles, comme aussi nous éprouvons des sensations très fortes dont le sens intime nous échappe par mille circonstances journalières. — L'idée peut être claire ou obscure, distincte ou confuse selon que l'objet qu'elle nous représente nous est plus ou moins connu, ou selon que nous apprécions avec plus ou moins de justesse les rapports et les différences de son espèce. Nous avons encore des idées simples, telles que celle de Dieu, et des idées composées, telles que celle d'un *triangle;* des idées de rapport et de similitude; des idées générales ou absolues, des idées de genre et de famille; et plusieurs autres divisions semblables résultant toutes de la nature des êtres représentés. — Une des questions les plus débattues entre les philosophes anciens et modernes est celle de l'origine des idées. Déjà dans l'antiquité grecque deux sectes célèbres se partageaient l'opinion. L'académie et le lycée, Aristote et Platon sont les points du départ de ces deux grands systèmes philosophiques. Les *idées innées* de Platon sont connues; elles attribuaient à l'âme la faculté ou la puissance de concevoir les objets extérieurs sans rapports préalables avec ces objets. C'était mettre en doute l'existence du monde corporel, et faire reposer la certitude sur le seul sentiment intellectuel. Aristote le péripatéticien se basa au contraire tout entier sur l'observation et ne fit de l'âme humaine que le miroir de la nature. Le principe d'Aristote prévalut jusqu'au 17e siècle dans l'enseignement de l'école. Le doute cartésien le renversa et fut le signal de nouvelles disputes. Mallebranche alla plus loin que Platon tout en niant son hypothèse. Il soutint que l'âme n'ayant pas la puissance créatrice, et ne recevant pas des impressions de tous les objets, ne pouvait jouir de la conception de ses idées qu'en les apercevant dans Dieu même. Spinosa créa des idées infinies et répandues partout comme des modifications nécessaires de sa divinité universelle. Locke, Condillac, Cabanis relevèrent le principe aristotélique en le modifiant, et furent les chefs principaux de l'école matérialiste moderne. De nos jours enfin l'éclectisme s'est emparé de chacun de ces systèmes absolus, et il s'est fait une espèce de fusion générale qui est loin d'avoir satisfait à toutes les difficultés. Tant que la nature de l'âme nous sera inconnue, tant que nous ne pourrons expliquer le mode réel de nos sensations, le mystère de la création intellectuelle demeurera pour nous un livre fermé.

Des idées justes en politique. — Quand nous disons idées justes, que l'on nous comprenne bien, nous ne voulons pas dire *idées nouvelles.* — Il n'y a pas *d'idées nouvelles* en politique, et s'il y en avait, elles ne seraient pas susceptibles d'une application immédiate: car toute *idée nouvelle,* c'est-à-dire qui n'aurait pas filiation dans le passé, serait subversive de l'ordre et de la tranquillité dans le présent. Il n'y a que les esprits superficiels qui puissent confondre les unes avec les autres. — Il y a dans la vie des nations, à la suite de tout paroxisme, des moments de calme pendant lesquels elles se reposent des révolutions, des guerres et des pestes: ces moments sont ceux où elles enfantent les idées justes: elles naissent pour calmer les passions, juger les choses, réhabiliter les hommes. — Le propre des idées justes, c'est leur étendue, leur élévation et leur audace. — C'est une manière de se poser devant l'obstacle, de le mesurer, de le franchir; — c'est une sûreté d'aplomb qui met tout leur ensemble dans un parfait équilibre. — A l'encontre de ces idées, il y a dans la po-

litique de la vieille presse, quelque chose qui trébuche et qui branle, quelque chose qui manque de solidité dans sa base, et de sûreté dans son attitude: on y voit sous une apparence de virilité la vieillesse qui chancelle: sous un semblant de rigorisme, la corruption qui fait son œuvre. — C'est aux *idées justes* que nous devons l'impartialité envers les partis: ce sont elles qui ont ouvert avec la même clef les grilles du château de Ham, et les portes du fort Saint-Michel. Ce sont elles qui ont reconduit la duchesse de Berry en Italie, et Louis Bonaparte en Amérique. — Ce sont elles qui ont fait pardonner au régicide Meunier et sauvé la tête de Barbès. — Ce sont elles enfin qui depuis longtemps ont maintenu la paix au-dedans, fait respecter l'honneur national au-dehors, qui donnent au commerce et à l'industrie les encouragements et les récompenses, qui rendent la France florissante et heureuse.

IDÉOLOGIE. Partie de la philosophie qui traite des idées. Cette science est opposée à la physique. *L'idéologie* ou *métaphysique* s'occupe des faits qui ne tombent pas sous l'observation sensible, tandis que la physique traite de la matière. — On la nomme aussi *psycologie,* dénomination plus vaste et mieux appropriée à son objet.

IDES. Du mot étrusque, *iduare* diviser. Chez les anciens Romains, le jour des ides était le 15 de mars, mai, juillet et octobre; et le 13 des autres mois.

IDIOME. C'est la langue propre d'une nation ou le jargon particulier d'une province.

IDIOTIE. Ce mot vient du grec *ίδιος, proprius, privatus;* il exprime très bien l'état d'un homme qui, inhabile à raisonner, est en quelque sorte seul, isolé, solitaire, détaché du reste de la nature. L'idiotie est l'état dans lequel les facultés intellectuelles ne se sont jamais développées. La cause de cette infirmité est, selon Pinel, une forte convulsion, une secousse violente qu'aurait éprouvée la mère pendant la gestation, et qui aurait empêché le développement complet du cerveau de l'enfant. Les idiots sont généralement rachitiques, scrofuleux, épileptiques. Ils sont sourds ou entendent mal; ils sont muets ou articulent avec difficulté; ils voient mal; leur goût, leur odorat ne s'exercent qu'avec peine. Ils ne distinguent point les qualités des corps sapides, et mangent tout ce qui tombe sous leurs mains. Plusieurs n'ont pas même les facultés instinctives des animaux qui obéissent à la voix de l'homme. Honneur aux âmes charitables qui prennent soin de leur triste existence!

IDIOTISME. Manière de s'énoncer, tour de phrase particulier à une langue. Un idiotisme est contraire aux règles de la grammaire, mais appartient au génie de la langue.

IDOLATRIE. Culte rendu aux images et à tout objet sensible, animé ou inanimé. Avant que le flambeau du christianisme fût venu éclairer les hommes sur leur véritable origine, tous les peuples, à l'exception des Juifs, rendaient leurs hommages à des êtres qui, sous le nom de *génies du bien* et *génies du mal,* présidaient aux événements de la nature. Mais il fallait donner une forme sensible harmoniée avec la puissance attribuée à la divinité que l'on voulait représenter. Ainsi donc, le génie de la fécondation eut pour symbole de sa puissance le soleil, dont la chaleur bienfaisante donne la vie et la croissance aux plantes et nourrit les moissons. Le génie de la culture fut représenté par le bœuf qui trace péniblement le sillon dans nos champs, etc., etc. Peu à peu ces divinités se multiplièrent, et, avec elles, les symboles et les attributs. Ces symboles mêmes et ces attributs varièrent selon les mœurs et les localités: ainsi, telle divinité fut représentée sous différentes formes. Puis, chaque plante qui portait en elle une vertu salutaire pour quelque maladie, était divinisée et avait des adorateurs. Les hommes qui répandirent des bienfaits sur leurs semblables furent, après leur mort, placés au nombre des dieux ; les conquérants qui firent couler le sang humain eurent aussi leurs autels : car tout ce qui étonnait, tout ce qui frappait d'effroi ou d'admiration, semblait l'effet d'une puissance surnaturelle. Quand le fils de Dieu vint habiter parmi les hommes, l'idolâtrie régnait dans tout et partout : les passions et même les vices les plus honteux avaient leurs temples et leurs prêtres qui célébraient par toutes sortes d'orgies le culte de leurs divinités. Enfin, les ténèbres de l'erreur firent place à la lumière de la vérité, les idoles au vrai Dieu. Les peuples, esclaves du péché, devinrent libres. Les grands furent abaissés, les petits furent élevés ; et devenus ainsi égaux par le bienfait de l'Évangile, les hommes apprirent qu'ils étaient tous frères, et qu'ils n'avaient tous qu'un même dieu, comme ils n'avaient tous qu'un même père (Voy. Mythologie).

IDYLLE. Petit poëme, dont le sujet est ordinairement pastoral. Il nous reporte, par ses descriptions et par les couleurs qui l'animent, aux premiers âges du monde, à ces temps où les bergers chantaient en gardant leurs troupeaux, les champs et les plaisirs si purs qu'on y goûte. Il y a peu de différence entre l'idylle et l'églogue (*voyez* ce mot). Dans celle-ci il y a plus d'action, plus de mouvement ; dans celle-là, on trouve plus de tendres sentiments et de plus douces émotions. Les plus anciennes idylles que nous ayions sont celles de Théocrite, Bion et Moschus.

IF. Arbre fort commun, qui appartient à la famille des conifères, tels que le sapin, le cyprès, le genévrier, le cèdre du Liban, le mélèze, le pin, et qui croît dans les endroits arides et sablonneux, dans les pays chauds, comme en Languedoc, en Provence et en Italie. On le rencontre aussi en Suisse, en Angleterre et en d'autres pays. On en trouve sur les hautes montagnes et dans d'épaisses forêts. Sa tige est grosse, dure et profonde ; elle pousse un tronc élevé qui forme un arbre toujours vert. Son bois est fort dur, rougeâtre, incorruptible et propre à faire des meubles. Ses feuilles sont plus faibles, plus pointues que celles du sapin, et disposées comme les dents d'un peigne, d'un vert luisant noirâtre. Ses fleurs, qui paraissent au printemps, sont des chatons d'un vert pâle, taillés en champignons et recoupées en quatre ou cinq canelures ; ces chatons ne laissent aucune graine après eux. Les fruits naissent sur le même pied, mais dans des endroits séparés ; ces fruits, qui mûrissent en automne, sont des baies molles, rougeâtres, pleines de suc. On ne connaît qu'une espèce d'if, mais qui donne une variété à feuilles panachées. L'if vient de marcotte ou de graine ; mais elle reste plus d'un an en terre sans lever. On prétend qu'il dure plus d'un siècle. Plusieurs naturalistes assurent que l'if a une vertu narcotique. Le *Mercure de France* de 1776 parle de trois enfants empoisonnés en Angleterre, pour avoir pris d'une tisane d'if qu'un charlatan avait conseillée comme vermifuge. Les oiseleurs font, avec l'écorce de cet arbre, une glu pour la pipée. Mais on a reconnu que certains climats seulement, communiquent à l'if cette qualité, et rendent même ses fruits vénéneux. Tous les conifères contiennent un principe résineux stimulant et diurétique.

IGNAMME. Plante de la Nigritie, dont les Nègres et quelques sauvages de l'Amérique se nourrissent. L'ignamme est regardée à la Guyane, comme une liane. Sa racine est longue d'un pied et demi dans les bonnes terres. On connaît sa maturité lorsque les feuilles se flétrissent ; on la coupe en morceaux ; on la mange rôtie sous la braise ; ou bien, quand elle est d'une grosseur moyenne, on la fait bouillir entière avec le bœuf salé ; elle sert quelquefois de pain ; on en fait aussi des bouillons agréables.

IGUANE. Animal amphibie ou espèce de lézard qui se trouve en plusieurs endroits de l'Amérique aux Indes-Orientales. On mange sa chair et ses œufs. Ce lézard ne siffle point et ne fait aucun mal. L'iguane a environ un mètre et demi de long ; sa peau est grise et chargée d'écailles rudes, tuilées ; il porte sur le dos une rangée de pointes. Les mâles ont une posture hardie, un regard vif et terrifiant ; ils sont d'un tiers plus gros que les femelles, qui sont toutes vertes et ont un regard plus doux. Ils s'accouplent au mois de mars ; alors il est dangereux d'en approcher. Le mâle, pour défendre sa femelle, s'élance sur les personnes qui s'en approchent. Comme il n'a pas de venin, sa morsure ne met dans aucun péril, mais il ne lâche prise que quand on l'égorge, ou qu'on le frappe rudement sur le nez. C'est vers le mois de mai que les femelles descendent des montagnes et viennent pondre leurs œufs au bord de la mer, à la manière des tortues ; ces œufs sont toujours en nombre impair, depuis treize jusqu'à vingt-cinq ; elles les pondent tout à la fois ; ils ne sont pas plus gros que ceux de pigeons, mais, un peu plus longs. L'iguane est difficile à tuer à coups de fusil ; mais on peut le faire mourir promptement, en introduisant un petit bâton ou un poinçon dans ses naseaux.

IGNIVORE. On désigne ainsi les charlatans et les baladins qu'on voit souvent sur les places publiques introduire du chanvre ou des tampons de linge dans leur bouche avec un morceau d'amadou, et en font sortir de la fumée et des étincelles, de telle sorte qu'aux yeux de beaucoup de personnes crédules, ces hommes paraissent réellement manger du feu.

IGNITION. État d'un corps rougi par le feu. Toutes les substances combustibles, excepté les gaz, deviennent lumineuses lorsqu'elles sont soumises à 600 degrés centigrades de chaleur. Outre la chaleur cerise, l'ignition peut être portée au rouge vif et au blanc, c'est-à-dire à l'incandescence. On dit *fluide igné* pour calorique, *fusion ignée*, pour indiquer celle produite par la chaleur.

IGNORANTINS. Le peuple désigne souvent par ce nom, les *frères des écoles chrétiennes*, qui, en effet, sont destinés par état *à instruire les ignorants*. L'ordre des frères des écoles chrétiennes a été fondé par un chanoine de la ville de Reims, M. de La Salle, en 1679. D'abord simple confrérie, cette institution reçut une organisation tout-à-fait religieuse en 1725, sous le pontificat du pape Benoit XIII, qui fournit les statuts de l'ordre. Ils sont soumis aux trois vœux d'humilité, de chasteté et d'obéissance. Les services importants que ces hommes, mus par la charité, et sans autre ambition que celle de gagner le ciel, ont rendus et rendent tous les jours à la société, en répandant les bienfaits de l'instruction parmi les enfants des classes indigentes, ont maintenu leur ordre, malgré les bouleversements politiques qui en ont détruit tant d'autres. L'institution des frères des écoles chrétiennes possède aujourd'hui plusieurs maisons concédées par les gouvernements, dans presque toutes les principales villes de l'Europe. Ne peuvent y être admis, ni les personnes engagées dans les ordres sacrés, ni les individus estropiés ou infirmes. L'habit d'Ordre des frères consiste en une grande robe noire à moitié fendue sur le devant, avec un grand rabat blanc et un ample manteau noir à manches pendantes, qu'ils prennent lorsqu'ils marchent dans les rues ou qu'ils vont à l'église. Tout le costume est de grosse bure ; ils n'y changent rien, ni dans les froids les plus rigoureux, ni dans les chaleurs les plus excessives. Ils portent des bas de drap, de gros souliers toujours faits d'avance ; et se coiffent d'un tricorne semblable, pour la forme, à celui que portent les ecclésiastiques, mais plus haut et plus large. Les frères des écoles chrétiennes, faisant partie d'un corps enseignant, sont exemptés du service militaire.

ILE. Certaine étendue de terre moins grande que le continent, entièrement entourée d'eau. Il est des îles d'une étendue immense, telles que Madagascar, Haïti, Bornéo, Java, l'Angleterre, l'Irlande, la Sicile ; d'autres ont une étendue moins grande, comme la Corse ; et enfin il en est qui ont à peine une lieue de diamètre. Les îles, îlots et atterrissements qui se forment dans le lit des fleuves ou des rivières navigables ou flottables, appartiennent à l'état s'il n'y a titre ou prescription contraire. Les îles et atterrissements qui se trouvent dans les rivières non navigables et non flottables appartiennent aux propriétaires riverains du côté où l'île s'est formée ; si l'île n'est pas formée d'un côté que de l'autre, elle appartient aux propriétaires riverains des deux côtés, à partir de la ligne qu'on suppose tracée au milieu de la rivière. Si une rivière ou un fleuve, en se formant un bras nouveau, coupe et embrasse le champ d'un propriétaire riverain et en fait une île, ce propriétaire conserve la propriété de son champ, encore que l'île soit formée dans un fleuve ou dans une rivière navigable ou flottable. —Les îles qui appartiennent à l'Europe sont en très grand nombre. Dans l'Océan glacial on remarque l'Archipel du *Spitzberg*, la *Nouvelle-Zemble*, l'île *Vaïgatz*, les *Loffoden* le long des côtes de Norwège. — Dans l'Océan Atlantique les îles *Britanniques*, l'*Irlande*, les groupes des îles *Shetland*, des *Orcades* et des *Hébrides*. Au nord des îles *Britanniques*, les îles *Feroer* ou *Fœrœ*. L'archipel des Açores, dépendant du Portugal. Dans la mer Baltique, l'archipel *Danois*, les îles *Bornholm*, *Gottland*, *Aland*, *Dago*, *OEsel*. — Dans la Méditerranée, les îles *Baléares*, la *Corse*, la *Sardaigne*, la *Sicile*, *Malte*, *Pentellaria* que Balbi place en Afrique, les îles *Ioniennes*. L'archipel *Illyrien*, *Candie*, et l'archipel *Grec*.

ILIADE. (*voyez* Épopée.)

ILLÉGITIME. (*Voyez* Légitimité).

ILLUMINÉS, société secrète fondée en 1776, sur le plan de la franc-maçonnerie, par *Adam Weishaupt*. Elle fit de rapides progrès, surtout en Allemagne, où elle eut de nombreux et puissants adeptes ; mais sa ruine fut presque aussi rapide que l'avaient été ses progrès ; car dès l'année 1785, la secte des *illuminés* fut dissoute en vertu d'un décret du gouvernement bavarois qui voyait dans cette société secrète la ruine de la société. Malgré les accusations de tous genres qu'on a fait peser sur les membres de cette secte, il paraît certain, néanmoins, que le but des illuminés était louable en lui-même, puisqu'il tendait à unir tous les hommes dans un même esprit d'ordre et de bien public, sans porter atteinte aux opinions de chacun. Mais quelle institution pourrait survivre aux dissentions intestines quand l'intérêt dirige les chefs? c'est ce qui eut lieu dans la société des illuminés, et cela était infaillible. Elle voulut entreprendre trop de choses à la fois avant même d'avoir reçu une organisation fixe et solide. Une foule d'individus de toute profession et de tout rang, savants ou ignorants, furent admis aux différents degrés de l'initiation, sans avoir subi les opérations nécessaires. Il arrivait de-là, que parmi tous ces nouveaux illuminés, les uns tendaient à un but, les autres tendaient à un autre, persuadés cependant les uns et les autres, qu'ils possédaient chacun le véritable esprit de la société. Il n'y avait plus d'unité ; dès-lors la ruine de la société devint certaine ; elle ne tarda pas à s'accomplir. Le 2 mars 1785, un décret de prohibition vint frapper d'interdit cette secte qui devenait menaçante et que dès-lors il importait de détruire. C'est à tort qu'on a prétendu que les illuminés avaient exercé quelque influence sur la révolution française de 1789. (*Voyez* Franc-Maçonnerie.)

ILLUSION. Induction volontaire des sens extérieurs et intérieurs qui conduit à l'erreur. Apparence trompeuse qui agit sur nos sens avec une force telle qu'elle nous fait paraître comme réelle une chose qui ne l'est point. Ainsi, quand une personne tenant à la main un tison allumé, le tourne circulairement avec rapidité, nous croyons voir un cercle de feu. Ce n'est qu'une illusion.

ILOTES ou **HILOTES**, peuple du Péloponèse réduit en esclavage par Agis Ier, roi de Lacédémone. Il serait difficile de donner une idée exacte de l'état d'avilissement où Sparte tenait ces malheureux. C'était au point qu'ils enviaient la condition des bêtes de somme. Les fouets et les chaînes étaient l'unique moyen qu'employaient leurs maîtres et qu'étaient tenus d'employer leurs maîtres pour les faire travailler à la terre. Fallait-il des spectacles au peuple ? les ilotes étaient les *bêtes noires* sur lesquelles on pouvait impunément exercer les outrages les plus révoltants et les plus indignes. Ce troupeau d'esclaves donnait-il quelque crainte à la république par son accroissement ? alors on leur enlevait le seul bien qu'ils possédassent, leurs enfants, les plus beaux et les mieux faits ; puis on les massacrait impitoyablement sous les yeux de leurs pères.

IMAGE. C'est le nom que l'on donne à l'imitation d'un objet quelconque existant dans la nature, et pris dans un sens général : *L'image de la vie*, *l'image de l'enfance*, etc. ; soit que cette imitation vienne frapper nos yeux, soit qu'elle dérive d'un travail littéraire, en prose ou en vers. Cependant, le mot image s'emploie plus spécialement pour désigner la représentation d'un personnage que l'on ne connaît pas et dont on ne peut tracer les traits véritables. Ainsi, on dit les *images des Saints*, *l'image de la Vierge*. Dans ce sens, *estampe* est synonyme d'image. M. Ambroise Rendu, président de la société des salles d'asile, regarde comme d'une utilité incontestable la distribution des images dans les écoles. « Les œuvres du génie, dit-il, et les découvertes de la science, aussi bien que les inspirations d'une tendre piété, ont leur culte des images. On a parfaitement compris, et de tous côtés on applique avec succès le précepte d'Horace, qui recommandait de parler beaucoup par les yeux aux hommes qu'on voulait instruire. Mais si les hommes d'un âge mûr entendent le langage qui s'adresse aux yeux, assurément ce langage est surtout intelligible et convenable pour les jeunes enfants. Aussi le plus grand nombre des comités supérieurs qui ont proposé des règlements particuliers pour les écoles primaires de leur ressort, n'ont pas manqué d'y insérer une disposition qui prescrit de placer dans la salle de l'école, au-dessus de l'estrade de l'instituteur et en face des élèves, un Christ et un buste de roi. Dans les écoles des frères, on ajoute une autre image dont l'aspect rappelle à ces dignes maîtres de l'enfance des souvenirs qui sont pour eux-mêmes une continuelle et salutaire leçon : le portrait du vertueux abbé de la Salle est toujours là. Plus les enfants sont jeunes, plus ils sont étrangers aux tristes réalités de la vie, et plus ils sont frappés des images que leur représentent les prodiges de l'histoire sainte, les œuvres de la charité, les actions louables de toute espèce, les monuments de tout genre. Avec leur mémoire encore si neuve, leur imagination déjà si vive, leur curiosité, ils saisissent, ils répètent dans le sein de la famille les scènes dont ils ont vu le dessin appendu dans la classe. Dans les salles d'asile, où sont réunis des centaines d'enfants de l'âge de deux à six ans, tout ce que nous avons dit jusqu'à présent des services essentiels que peuvent rendre les images, acquiert une bien autre force ; car leur jeune imagination, plus vive et plus impressionable, sera attirée et occupée d'une manière agréable et instructive par la vue des tableaux historiques. Il faut mettre sous leurs yeux la représentation de la création, de la faute d'Adam et d'Ève, de Noé sauvé du déluge, Joseph pardonnant à ses frères, Moïse et la mer Rouge et le serpent d'airain, Daniel debout et tranquille au milieu des lions ; montrez-leur le Sauveur du monde naissant dans une étable, recevant les hommages des bergers et des rois, puis guérissant l'aveugle-né, rendant à la veuve de Naïm son fils unique, etc., et, après tous ces prodiges de puissance et de bonté, expirant entre deux voleurs, dont l'un se repent et obtient sa grâce ; saint Pierre convertissant 3,000 Juifs, saint Paul prêchant dans Athènes le Dieu inconnu, saint Charles Borromée, la corde au cou, distribuant aux pestiférés de Milan la sainte Eucharistie, saint Louis rendant la justice au pied du chêne de Vincennes, Henri IV laissant entrer du pain dans la ville qu'il assiége, Louis XVI écrivant son testament de grâce et de miséricorde ; un roi pleurant comme les autres hommes sur la tombe précoce de sa fille chérie. En parlant ainsi aux yeux des enfants, leur âme comprendra, et ces hauts enseignements, réfléchis dans leur mémoire, s'y fixeront ineffaçablement : c'est aussi dans les images qu'ils étudieront utilement quelques faits choisis de l'histoire générale, quelques éléments de botanique ou de zoologie, sciences si effrayantes quand elles ne sont que dans les livres. Il est à souhaiter que le tact et le goût président toujours au choix des images qu'on exposera aux regards des enfants. Si, de bonne heure, en même temps que leurs oreilles s'accoutumeront à entendre des chants simples, mais réguliers et harmonieux, leurs yeux sont habituellement fixés sur des représentations honnêtes, morales, religieuses, et autant que possible irréprochables sous le point de vue de l'art, ce sera certainement un des plus grands moyens de civilisation et d'amélioration qu'on puisse employer dans l'instruction publique comme dans l'éducation privée. — *Portrait* ne se dit que des traits ressemblants d'une personne qu'un peintre trace sur un tableau ; *effigie* signifie la représentation inexacte d'une personne ; ainsi, l'on dit : *l'effigie du roi est empreinte sur les pièces de monnaie.*

IMAN ou ULÉMA, titre par lequel les Musulmans désignent leurs prêtres. Ce titre correspond à celui de curé chez les chrétiens. Leurs fonctions sont de desservir les mosquées qui leur paient un traitement à cet effet. Ils font des prêches, des prières publiques ; ils lisent le Koran et se livrent en un mot à tous les exercices prescrits par les règles du culte de Mahomet. La seule distinction dans leur costume consiste en un turban plissé différemment et plus élevé que celui du peuple ; ils laissent croître démesurément leur barbe. Les imans jouissent d'une haute considération, et la vénération que les Turcs professent pour eux est sans bornes. Le sultan, comme souverain pontife du mahométisme, prend aussi le titre d'iman.

IMBÉCILLITÉ. Premier degré de l'IDIOTIE (*Voyez* IDIOTIE).

IMBRIQUÉ. Disposé comme les tuiles sur une maison. Telles sont les écailles des poissons. En botanique, *imbriqué* se dit de la partie des fleurs et des plantes recouverte par de petites lames, ou espèces de feuilles formant calice.

IMITATION. Représentation artificielle d'un objet, empreinte du style que l'on puise dans les écrits de quelques auteurs. L'imitateur qui veut traduire dans une langue les œuvres d'un auteur étranger à cette langue, ne doit point imiter servilement et à la lettre, l'original qu'il a sous les yeux : de cette manière, en effet, il rendrait bien les expressions, les tours de phrases de l'auteur, mais non l'élégance et la portée de son style. Chaque langue a ses beautés, des couleurs qui lui sont propres et qu'on ne saurait rendre dans une autre langue sans les dénaturer complétement ; ce qui convient à l'un ne convient pas à l'autre. On doit donc se contenter d'imiter, mais imiter avec art, finesse et talent ; s'attacher à reproduire les beautés du style original, par des beautés analogues de la langue que l'on emploie.

IMMACULÉE-CONCEPTION. Bien que le dogme de l'*immaculée-conception* ne soit point un article de foi, cependant l'Église engage tous les fidèles à adhérer fortement à cette pieuse croyance, que saint Augustin déclare être la vérité la plus authentique après les articles de foi. La fête de l'immaculée-conception, déjà ancienne dans l'Église, et qui maintenant est établie dans tout le monde chrétien, ne peut, en effet, être vaine dans son motif ; or, il en serait ainsi, si la conception de la Sainte-Vierge n'était pas sainte. L'Église ne célèbre que la mort des saints ; et seulement la naissance de saint Jean-Baptiste qui fut sanctifié dans le sein de sa mère. Il est clair, par conséquent, que, si elle célèbre la conception de la Vierge mère, elle croit que Marie fut sainte dès l'instant de sa conception.

IMMERSION. Action de plonger un corps quelconque, en entier ou en partie, dans un liquide. — En astronomie, le point de l'immersion d'astre est l'instant où il se cache par rapport à nous.

IMMEUBLES. On appelle ainsi généralement des biens fonds qui ne peuvent être transportés d'un lieu à un autre, tels que des bois, terres, prés, maisons, vignes, etc., ou de certaines choses qui leur sont assimilées par une fiction de la loi, comme des rentes immobilières et autres biens de ce genre. Cette seconde classe d'immeubles est considérable; elle comprend tous les instruments de labourage, tous les appareils de manufactures ; etc., qui semblent immobilisés par leur destination dans le lieu où ils se trouvent. La loi en a ordonné ainsi pour faciliter son application sur tous les genres de richesses que renferme la société.

IMMONDICES. Quoique, absolument parlant, il n'y ait rien d'immonde sur la terre, on a donné le nom d'immondices, par comparaison, aux saletés entassées dans les maisons, dans les rues, dans les lieux enfin où leur présence est en désharmonie avec l'ordre matériel. L'endroit destiné à recevoir les immondices se nomme *cloaque;* le canal qui les transporte d'un lieu à un autre s'appelle *égout. Les égouts* des Romains, comme toutes leurs constructions, ont une vieille renommée de grandeur et de solidité que peut-être nous n'avons pas atteintes; mais notre civilisation a trouvé, d'un autre côté, des mesures de salubrité publique et de police matérielle qui laissent bien en arrière toutes les civilisations anciennes.

IMMORTALITÉ. Qualité de ce qui n'est point sujet à la destruction et à la mort. Nous sommes tous mortels : riches et pauvres, grands et petits, rois et sujets. Dès l'instant où notre premier père fut condamné à la mort en punition de sa désobéissance, tous ses descendants furent, comme lui, frappés de cette terrible condamnation. Toutefois, la religion, dans laquelle nous puisons les vérités de la foi, nous enseigne que tout dans nous, n'est point mortel. Le corps seul se détruit, rentre dans la poussière dont il a été formé ; mais l'âme, émanation même de Dieu, image de Dieu, c'est-à-dire esprit comme Dieu lui-même, infiniment moins parfait sans doute, est, de sa nature, immortelle ; elle ne peut mourir et elle doit, au contraire, vivre dans l'éternité, bienheureuse ou malheureuse, selon que ses œuvres auront été jugées bonnes ou mauvaises. Le corps lui-même, mortel dans cette vie, ressuscitera au jour du jugement et partagera la destinée immortelle de l'âme dont il aura été l'instrument sur la terre.

IMMORTELLE. GNAPHALIUM. Plante dont la fleur ne se fane point et conserve durant de longues années, à cause de sa sécheresse naturelle, tout le brillant de sa couleur. On a pour habitude d'en déposer sur les tombes, et les souvenirs qu'elle rappelle doivent, en effet, consoler toute âme chrétienne que la mort a séparée d'un parent, d'un ami, etc. Cette fleur est pour elle le symbole de l'immortalité. On en cultive de plusieurs espèces : immortelle *gnaphalium eximium,* haute d'un pied, fleurs jaunes très belles ; immortelle puante, *gnaphalium fœtidum,* deux pieds de haut; fleurs très nombreuses en bouquets. On peut mettre les plantes en pleine terre au printemps, pour les retirer en automne ou les laisser, en les couvrant.

IMMUNITÉ. On appelait ainsi, au temps de la féodalité principalement, certains priviléges dont jouissaient les seigneurs et le clergé. Le *Droit d'asile* qui arrachait aux poursuites des tribunaux séculiers, le coupable réfugié dans une église, était une des principales immunités religieuses.

IMPENETRABILITE. On entend par ce mot la propriété qu'ont les corps d'occuper un certain espace, de manière que là où se trouve un corps un autre ne puisse s'y trouver sans déplacer le premier, par laquelle, en un mot, deux corps ne peuvent en même temps occuper la même place. Cette propriété est commune à tous les corps, et même aux gaz. Que l'on plonge perpendiculairement, par exemple, un vase renversé dans un liquide, le liquide s'élève à une certaine hauteur dans ce vase, jusqu'à ce que l'air que contient ce même vase soit suffisamment comprimé; puis, que l'on continue d'enfoncer le vase, la colonne d'air comprimé foule le liquide sans que celui-ci puisse jamais le déplacer.

IMPENITENCE. C'est le contraire de *pénitence*. Or, pour bien connaître la première il faut d'abord avoir une juste idée de la seconde. L'église nous enseigne que la pénitence peut seule nous sauver. Nous avons tous péché en notre premier père, nous devons tous porter la peine de notre désobéissance. Mais il ne suffit pas de souffrir pour faire pénitence, il faut souffrir volontairement puisque nous avons péché volontairement. Devant Dieu, l'intention seule fait le mérite. Il ne fait donc pas pénitence, celui qui, dénué de fortune, n'aspire cependant qu'à se créer des jouissances ici-bas par toutes sortes de moyens. Il ne trouve pas son bonheur sur la terre, mais il voudrait le trouver; ses souffrances sont sans prix devant Dieu. Sans doute, nous ne pouvons mériter par nous-mêmes; ce n'est qu'en unissant nos mérites à ceux que nous a acquis Jésus-Christ sur la croix, que nous obtenons le pardon de nos fautes. Bien plus, l'Eglise, l'interprète de Jésus-Christ, nous oblige à faire un aveu de nos fautes aux pieds d'un prêtre, afin de nous humilier par cette pénible, mais salutaire expiation. D'ailleurs Jésus-Christ ayant dit à ses apôtres : *Ce que vous lierez sur la terre sera lié dans le ciel, et ce que vous délierez sur la terre sera délié dans le ciel*; il fallait bien, pour que les apôtres et leurs successeurs *liassent* ou *déliassent* les péchés, qu'ils les connussent d'abord; et comment les connaîtraient-ils sans la confession ? L'*impénitence* est donc un grand péché dans l'Eglise, puisqu'il résume en lui tous les autres péchés; puisqu'il rend inutiles les sacrements. Mais l'*impénitence finale* est le plus grand de tous les péchés, puisqu'elle cause, sans rémission, la mort éternelle du pécheur. Ce péché est appelé *péché contre le Saint-Esprit*. L'homme, après sa mort, ne peut plus mériter ni démériter; si donc il meurt pénitent, il est justifié; s'il meurt impénitent, Dieu le condamne.

IMPERATIF. (*Voyez* GRAMMAIRE).

IMPERATOIRE. Plante que l'on trouve communément dans les Alpes, les Pyrénées et sur le Mont-d'Or. Sa racine est fort employée en médecine; elle est de la grosseur du pouce, et très garnie de fibres, brune en dehors, blanche en dedans, très âcre, aromatique, un peu amère et piquante. Les feuilles sont composées de côtes, arrondies, vertes, grandes, partagées en trois, et découpées à leurs bords. La tige s'élève à la hauteur de deux pieds. Elle est cannelée, creuse, et porte des fleurs roses, disposées en parasol ; il leur succède des fruits formés de deux graines aplaties, presque ovales, un peu rayées et bordées d'une aile très mince. L'*impératoire* qu'on cultive dans les jardins a moins de force que celle des montagnes. Lorsqu'on fait une incision dans la racine, les feuilles et la tige de l'impératoire, il en découle une liqueur huileuse et très âcre. La racine et la graine donnent, dans la distillation, beaucoup d'huile essentielle, qui surpasse par son odeur et par ses vertus, celle de l'angélique. La racine est sudorifique, dissipe les vents de l'estomac et des intestins; elle aide la digestion et facilite la respiration; on l'administre en antidote.

IMPERIALE. Jeu de cartes qui a pris son nom de l'empereur Charles-Quint qui l'aimait beaucoup.

IMPERMEABILITE. Tous les corps impénétrables aux fluides sont *imperméables*. Bien que, cependant, l'on soit convenu de qualifier ainsi les corps solides, tels que les métaux, les minéraux, il est vrai de dire, rigoureusement parlant, qu'il n'y a pas de corps imperméables. Tous les corps, en effet, sont plus ou moins poreux, même ceux qui nous paraissent les plus durs et les plus polis. Ainsi, le verre, l'acier, l'or, le diamant même ne sont pas imperméables, puisque, s'il est vrai qu'ils s'opposent, d'une manière sensible du moins, à l'écoulement des liquides , ils admettent certainement le calorique : les expériences multipliées de la physique nous le démontrent assez sans qu'il soit besoin d'insister sur ce sujet.

IMPERTINENCE. On se sert de ce mot pour caractériser une vanité dédaigneuse qui méconnaît toutes les règles de la bienséance. Cette sorte de vanité est fort commune. L'homme sage et sensé en est plus le martyr que le frondeur. L'impertinent dit des choses offensantes sans s'inquiéter ni des lieux où il se trouve, ni des personnes à qui il parle, ni des circonstances présentes. C'est un fat outré que l'on prend en pitié et que l'on fuit.

IMPIETE. L'*impiété* est une dénégation des perfections de Dieu ou des principes de la religion admise par l'église catholique. — Le roi David dans un de ses psaumes a écrit ces mots : *Dixit impius in corde suo : non est Deus*. L'impie s'est écrié dans le fond de son cœur : non, il n'y a pas de Dieu. La signification du mot *impiété* et du mot *athéisme* n'est pas la même. L'athée est nécessairement *matérialiste*, l'impie ne l'est pas. Il admet l'existence d'un être suprême; mais il est incliné à lui refuser certains attributs inséparables de sa divine essence ou à nier contrairement à la vérité historique la divinité du Christ. — Aussi, voit-on souvent dans le monde des hommes qui, par ignorance ou mauvaise foi, nient la providence de Dieu. Dieu, disent-ils, est trop élevé pour s'occuper des choses d'ici bas; ils blasphèment l'action paternelle de Dieu sur tout ce qui a été créé par lui. Nous croyons inutile d'entrer ici dans de plus longs raisonnements; car il n'est pas de pires aveugles que ceux qui ne veulent pas voir, de pires sourds que ceux qui ne veulent pas entendre. (*Voyez* les mots DIEU et PROVIDENCE).

IMPONDERABLES (corps). Cette expression, qui signifie sans poids, est employée pour qualifier en physique certains corps impalpables qui nous paraissent privés de pesanteur. Tels sont la lumière, le calorique, l'électricité et quelques autres fluides. Quoique ces fluides *semblent* privés de pesanteur, il est à croire cependant qu'ils ne sont pas absolument impondérables, puisque des corps d'espèce différente agissent sur eux par une certaine force d'attraction; en effet, cette propriété d'attraction que possèdent tous les corps étant une tendance qui les porte vers le centre de la terre, on peut juger de leur volume et, conséquemment de leur poids, par la plus ou moins grande rapidité avec laquelle ils se précipitent vers ce centre.

IMPORTATION. C'est l'action de faire venir de pays étranger des produits pour la consommation directe, et pour servir de matières premières à des objets fabriqués. Ainsi, en France, le coton, l'indigo, la cochenille, le sucre, le café, le tabac sont des marchandises d'importation. Les *exportations* ont lieu dans un sens inverse ; ce sont des produits recueillis sur le territoire Français, que nous échangeons contre des marchandises exotiques. (*Voyez* DOUANE).

IMPOSTEUR , IMPOSTURE. L'imposture est le mensonge public commis par acte ou par parole. Il est peu d'hommes qui ne puissent s'accuser de ce genre de délit. C'est même un des caractères spéciaux de notre époque que cette fureur qui porte toutes les existences à sortir de leur sphère, pour imposer à la multitude par un caractère ou un extérieur d'emprunt. Le mal est d'autant plus grave qu'il s'est communiqué aux femmes et qu'il a descendu tous les degrés sociaux. Nul ne veut plus paraître ce qu'il est. Chacun s'applique un masque, l'ambition et la vanité stimulent le mensonge, et l'imposture se trouve être ainsi un rouage important du monde positif. — Ce n'est pas cependant dans cette première acception que ce terme est ordinairement employé. On appelle en général *imposteur* tout homme qui proclame hautement comme vérité ce qu'il sait lui-même n'être que le produit de l'erreur. Zoroastre et ses mages, le grand Bouddha et ses lamas, Mahomet et ses séïdes ne furent que des imposteurs heureux qui ont appliqué à leur profit l'imagination ardente des peuples méridionaux. La magie et l'astrologie judiciaire ne furent que longues et terribles impostures. Les charlatans de nos jours qui débitent leur orviétan sur nos places publiques promettant à tout venant de merveilleuses cures ne sont que les personnifications abâtardies des sorciers et des enchanteurs du moyen-âge, qui, au moyen de quelques paroles cabalistiques, abusaient la multitude épouvantée, et obtenaient ainsi de la crédulité publique un respect et une vénération intéressés. — On donne encore le nom spécial *d'imposteur* à ceux qui usurpent un nom et des titres qui ne leur appartiennent pas pour parvenir ainsi à une position plus élevée que celle dont ils jouissent. L'ordre qui règne dans la société actuelle ne permet plus guère à ce genre d'imposture de se produire. Cependant nous avons vu une douzaine de ducs de Normandie venir revendiquer l'héritage de Louis XVI. La manière dont ils ont été accueillis découragera sans doute ceux qui voudront les imiter dans la suite et rendra par là impossibles toutes ces suppositions obscures de famille qui ne peuvent que porter le trouble dans un état.

IMPOTS. L'état prélève, pour faire face aux dépenses publiques, une portion de la fortune des particuliers, c'est ce qu'on appelle impôts. — Les impôts ne peuvent être établis qu'en vertu d'une loi; ils se partagent généralement en impôts *directs* et impôts *indirects*. La perception des premiers est faite par des receveurs-généraux, des receveurs-particuliers et des percepteurs. Les Contributions indirectes subissent plusieurs variations dans leurs différentes espèces, quant au mode de perception et de paiement. Nous renvoyons pour le complément de cet art. au mot (CONTRIBUTION). — Il existe, encore aujourd'hui, une sorte d'impôt additionnel qui s'applique à beaucoup de perceptions déterminées et qui est né des besoins de la longue guerre que la France a soutenue contre toutes les puissances européennes. C'est ce qu'on appelle le *décime de guerre*. Établi temporairement par une loi du 6 prairial an VII (25 mai 1799), cet impôt a été maintenu depuis, bien que la guerre n'existe plus, par toutes les lois de finances, excepté pour certains droits de timbre mentionnés dans la loi du 28 avril 1817. Le décime par franc, établi à titre de subvention de guerre, doit être perçu au profit du fisc, même sur les amendes attribuées aux particuliers; mais les confiscations et dommages-intérêts ne sont pas sujets au décime.

Répartition de l'impôt foncier entre les départements de la France. — La loi du 3 juin 1791, en abolissant une foule d'impôts arbitraires, porta la contribution foncière à 240,000,000, ordonna que cette contribution fût répartie entre tous les propriétaires de France, sans distinction, au marc le franc du revenu net de leurs propriétés. Le revenu net de toute la propriété foncière était alors évalué à 1,200,000,000. — Il n'existait en 1791 aucun document pour constater le revenu exact de chaque province. On additionna la somme des impôts divers dont chacune était chargée, et le total fut subdivisé entre les départements formés de l'ancienne province. Or, comme toutes les parties de la France n'é-

taient pas soumises alors aux mêmes impôts, il en résulte que le but de la loi n'a pas été complètement atteint, et que 59 départements, tels que la Charente inférieure, l'Hérault, l'Aube, l'Oise, l'Aisne, le Calvados, le Cantal, l'Eure, les Ardennes, la Somme, la Seine-Inférieure, la Mayenne, la Sarthe, Seine et Marne, Seine et Oise, Lot et Garonne, Tarn et Garonne, etc., etc., sont depuis près de 50 ans proportionnellement plus imposés que les autres. Leur surimposition, dans cet espace de temps, ne monte pas à moins de 600,000,000. — Cet état de choses devait cesser au moyen de l'opération du cadastre ordonnée par Napoléon et restée inachevée. Cette opération peut seule mettre le gouvernement en état d'arriver à une répartition générale et proportionnelle de la contribution foncière au marc le franc du revenu net. Mais on conçoit que les départements moins imposés ne soient pas pressés de voir achever le cadastre. — La propriété foncière paie aujourd'hui 253,000,000 de contributions, y compris les centimes additionnels, au lieu de 240,000,000 qu'elle payait en 1791. Son revenu net est aujourd'hui d'environ 2,000,000,000, au lieu de 1,200,000,000 qu'il était alors. L'impôt serait donc alors d'un huitième seulement, s'il était également réparti entre tous les propriétaires fonciers, chose que l'achèvement du cadastre, nous le répétons, permettrait seul de faire. — La taxe qui se lève sur les boissons s'appelle *accise*. — Le mot *capitation* désigne une taxe établie sur chaque tête. Tout citoyen imposé aux rôles des contributions est contribuable. L'imposition par cote de chaque nature de redevance s'appelle *cotisation*. — Le citoyen Français ne peut faire un pas, tousser, cracher, éternuer, sans payer une taxe à raison de ces faits. — Quand il naît : on l'envoie à la mairie, — droit d'extrait de naissance. — Quand il arrive à l'âge adulte : droit universitaire. — Quand il sort du collège et qu'il choisit son état : droit d'examen, droit de grades, droit de thèses. — Quand il a 21 ans : impôt du sang, ou droit de rachat de services moyennant finances. — Quand il se marie : droit sur le contrat et droit de municipalité. — Quand il acquiert : droit d'enregistrement. Quand il hérite : droit de succession. — Quand il consomme : droit d'octroi. — Quand il commerce : droit de patente. — Quand il tire des marchandises de l'étranger : droit de douane. — Quand il en transporte à l'extérieur : droit de circulation. — Quand il voyage lui-même : droit de passeport. — Quand il est de la milice citoyenne : droit sur le temps de ses travaux, et obligation d'acheter un uniforme. — Quand il meurt : droit de pompes funèbres. — La taxe entoure le Français depuis le berceau jusqu'au cercueil. — Elle se glisse dans ses habits sous la forme de laine. — Elle est dans sa chemise sous le prétexte de coton. — Elle s'introduit dans ses bottes sous les apparences de cuir. Elle frappe ses doigts à propos de bagues d'or contrôlées par la Monnaie. — Elle est dans son gousset déguisée en montre d'or marquée par le contrôle. — Elle est sur le lieu qu'il habite par l'impôt foncier. — Elle est sur le canapé où il repose par les contributions mobilières. — Elle est sur lui dans les éléments qui l'entourent : — Dans l'air, à propos des portes et fenêtres. — Dans le feu, à propos des droits sur le chauffage et l'éclairage. — Dans l'eau, à propos des plaques et permis de porteurs. — Dans la terre, à propos des droits payés pour le cimetière. — Il paie encore des taxes de toute sorte sur ce qu'il lit. — Des taxes de timbre sur ce qu'il contracte. — Des taxes d'octroi sur ce qu'il boit. — Des taxes de contributions indirectes sur ce qu'il mange. — Des taxes sur les sauces qui le rendent malade et sur les drogues qui le guérissent. — Des taxes sur les matières brutes et sur les matières ouvrées. — Des taxes sur ce qui entre dans sa bouche, lui couvre le dos ou résiste sous ses pieds. — Des taxes enfin sur tout ce qui flatte les sens, est agréable à voir, à sentir, à goûter, à toucher et à entendre. — Bref, le Français à l'agonie, sur un lit qui a été taxé, avale une potion qui a payé des droits, dans une cuiller qui a été contrôlée. et expire dans les bras d'un docteur patenté, assisté d'un pharmacien patenté ; est porté en terre avec un convoi taxé, et paie encore après sa mort la taxe imposée au marbre qui indique l'endroit où repose sa dépouille. Bienheureux encore quand, sept à huit ans après, ses os tirés de leur cercueil, ne servent pas à fabriquer du noir d'ivoire dans une usine justiciable du droit de timbre, de taxe et de patente. — Les impôts en Angleterre se paient généralement d'après le rang et la fortune, et beaucoup sont établis sur des objets de luxe. — C'est ainsi que des taxes sont assises sur les domestiques de tous genres : cuisiniers, grooms, valets de chambre, sur les armoiries, sur les chevaux de selle, sur les chiens de chasse, et que, par exemple : Un individu qui a un domestique paie un impôt de 60 francs par an. — Dix domestiques sont imposés 191 francs. — Une armoirie sur une voiture coûte 60 francs. — Et il faut payer 29 fr. 30 c. pour avoir le droit de mettre de la poudre à ses cheveux. — L'impôt seul sur les chiens de chasse est de 4,500,000 fr. — Et celui sur les domestiques, poudrés ou non poudrés, de 7,000,000 de francs. — Quelque peu habitués que nous soyons à la nomenclature de cette répartition d'impôts, nous devons la trouver de toute justice, et surtout dans un pays où l'on voit de si grandes fortunes et de si prodigieuses sinécures ; — Dans un pays où le clergé anglican seul (nous laissons de côté le clergé catholique) jouit d'un revenu de 9,459,565 livres sterling, ce qui fait en argent français 236,489,125 ; c'est-à-dire que le clergé anglican reçoit à lui seul plus d'argent que n'en reçoit le clergé chrétien du monde entier ; — Dans un pays où 612 pairs, membres ou non du parlement touchent sur le budget de l'état une somme de 96,596,000 fr., ce qui, à raison de 800 francs par an, suffirait pour l'entretien de 120 familles ; — Dans un pays enfin où les propriétés sont si peu divisées que, dans le seul territoire de Birmingham, 183 individus possèdent à eux seuls 375,000,000 livres sterling ou 9,375,500,000 francs, c'est-à-dire presque la moitié de la fortune entière de la contrée de Birmingham (*Voyez* BUDGET DE FRANCE).

IMPRESSION. Action par laquelle un objet appliqué sur un autre, y laisse une empreinte ; — résultat de cette action ; empreinte laissée sur la surface d'un objet quelconque ; — épreuve faite sur le bois, la pierre, le papier, le cuivre, etc. ; — exemplaire de lithographie, de gravure, d'imprimés, et en général toute reproduction de signes ou de caractères obtenus par la pression de deux corps l'un contre l'autre. — Au moral, le sens est le même, sauf les modifications exigées par la nature de notre double existence. Les objets extérieurs agissent sur nos organes ; nos organes éprouvent des sensations ; ces sensations se communiquent à l'âme, et l'âme en est émue, attendrie, enflammée, ravie, désespérée, adoucie, consolée ou brisée, selon la nature et la force spéciale de l'*impression* soufferte. Le mot *impression* n'est point ici un abus de langage. Les êtres physiques se peignent en nous. Ils y laissent une empreinte vivante plus ou moins durable, plus ou moins fugitive. Notre âme n'est qu'un miroir qui réfléchit tour à tour les tableaux qui se déroulent à nos regards. Elle les perçoit en dedans d'elle-même par sa conscience, et elle trouve en eux le principe de ses plaisirs, comme aussi la source unique de ses douleurs. — On emploie encore souvent le mot *impression* dans le sens d'*édition*. On dit : Ce livre est d'une belle *impression*. C'est à dire que la typographie en est bien exécutée. — Il serait curieux de suivre l'historique des belles impressions qui ont illustré depuis Gutenberg les presses françaises et étrangères, et qui sont aujourd'hui si fort recherchées par les amateurs. Tout le monde sait que la beauté absolue d'une impression dépend de plusieurs circonstances diverses qu'il est presqu'impossible de trouver réunies.

— En anatomie, les impressions digitales sont de légères dépressions de la surface interne des os du crâne et qu'on attribuerait à l'impression des doigts. Elles sont formées par les circonvolutions de la substance cervicale des lobes antérieurs du cerveau.

IMPRIMERIE. Pour ce mot et pour tous ceux qui y ont été renvoyés. *Voyez* TYPOGRAPHIE.

IMPROVISATION. L'improvisation est l'art de composer, sans préparation, et de réciter sur-le-champ une pièce de vers ou de prose, un discours. un sermon, une harangue sur un sujet quelconque. En musique, improviser c'est composer et exécuter impromptu un morceau vocal ou instrumental. Dès la plus haute antiquité, il y eu des improvisateurs célèbres, et qui enfantaient, comme par enchantement, des œuvres qu'on eût pu attribuer à un long travail. Les Égyptiens et les Hébreux en ont donné de beaux modèles. Homère, Tirtée, les Bardes, les Trouvères n'étaient que des improvisateurs. De tous temps l'Italie a possédé un grand nombre d'improvisateurs extraordinaires, et de nos jours plusieurs sont venus se faire applaudir à Paris. Le souvenir des étonnantes improvisations de M. Eugène de Pradel est encore présent à tous les esprits, et tous les jours la chaire, le barreau, la tribune offrent à l'admiration des improvisations remarquables.

IMPUDENCE. Manque de pudeur pour soi-même et de respect pour les autres, hardiesse insolente à commettre des actions blâmables. L'impudent brave tout, il méprise les préjugés et franchit avec assurance tous les usages reçus. Ce vice est l'indice d'une mauvaise éducation.

INALIÉNABILITÉ. L'inaliénabilité est la privation légale du droit de transférer à autrui une propriété. Au premier rang des biens inaliénables figurent les droits naturels et inhérents à l'organisation de l'homme, et particulièrement sa liberté. Toutefois, la liberté n'est pas absolue ; s'il n'est jamais permis de l'abdiquer entièrement, on peut du moins la restreindre, par des contrats, pour des intérêts publics ou privés. Les droits facultatifs de l'homme (tels que pouvoir de disposer, de contracter, de se marier, de choisir un domicile) sont inaliénables comme sa liberté. Toutefois, ces facultés peuvent, dans certaines circonstances, éprouver des restrictions, lorsqu'elles s'exercent sur des droits susceptibles de démembrement.

INAMOVIBILITÉ. Qualité de certaines fonctions dont ne peuvent être dépouillées que par consentement ou flétrissure, les personnes qui les exercent. L'inamovibilité reconnue dans un lit de justice tenu le 28 mai 1359, et par une ordonnance de Louis XI en 1467, existe aujourd'hui en vertu des lois, pour certaines charges de magistrature.

INCANDESCENCE. État d'un corps naturellement opaque qui, pénétré de chaleur jusqu'à un certain degré, devient blanc jusqu'à produire une lumière plus ou moins éclatante. Les corps solides sont plus aptes que les corps liquides, à devenir incandescents. Ainsi le fer, par exemple, fortement chauffé au foyer d'une forge, devient incandescent au point de projeter, en rayonnant, de brillantes étincelles.

INCARNATION. Action de se faire chair, de prendre un corps humain. Ce mot se dit que du fils de Dieu, le verbe : *et verbum caro factum est (et le verbe s'est fait chair)*, est-il dit dans l'évangile selon saint Jean, que la prêtre récite tout bas à la fin de la messe. Lorsque l'ange vint, de la part du Très-Haut, saluer Marie *pleine de grâce*, et lui annoncer qu'elle avait été *choisie* entre toutes les femmes pour porter dans son sein le Messie promis, le désiré des nations, cette vierge soumise répondit : *Qu'il me soit fait selon votre parole*, et ce fut à ce même instant que le fils de Dieu descendit dans ses entrailles et se fit chair comme les enfants des hommes, par l'opération mystérieuse du St.-Esprit.

48

INCENDIE. Embrasement. Le crime d'incendie est un de ceux qui portent le plus grand préjudice à la tranquillité publique et à la fortune des citoyens. Ce crime est d'autant plus terrible dans ses effets qu'il s'étend souvent jusqu'aux propriétés de ceux auxquels on n'a pas eu l'intention de nuire. L'incendie peut compromettre l'existence de plusieurs familles, dévorer en un instant les fruits, les récoltes, et réduire à l'indigence tout un village, même un canton. La loi frappe l'incendiaire des mêmes peines que l'assassin.

Incendie (Assurance contre l'). L'origine des assurances contre l'incendie vient des Juifs. Lorsqu'ils furent chassés de France, sous Philippe-Auguste, en 1182, ils inventèrent ce mode, qu'ils renouvelèrent en 1321 quand ils furent encore chassés de France sous Philippe le Long. Les compagnies d'assurances n'ont commencé à être en usage en France que peu de temps avant la révolution de 93. Elles étaient en pleine voie de prospérité en Allemagne et en Angleterre vers le milieu du XVIIIᵉ siècle.— Depuis 1820, mais surtout durant ces trois dernières années, le nombre des sociétés d'assurances contre l'incendie s'est prodigieusement accru. On en compte aujourd'hui près de 80, et les valeurs qu'elles sont appelées à garantir s'élèvent à la somme énorme de 30 à 35 milliards. Chaque jour les feuilles publiques annoncent de nouvelles constitutions de compagnies, et le gouvernement a préparé depuis deux ans un projet de loi qu'il importe de voir bientôt porté aux Chambres. — C'est, on peut le dire, un mouvement étrange et curieux, de la propriété qui se cherche des sauve-gardes contre toutes les chances de destruction, et qui achète, au prix de quelques concessions dans le présent, la sécurité dans l'avenir. L'histoire offrirait des exemples analogues de cette soif de garanties dont la propriété est en quête maintenant. C'est un sentiment noble et légitime que cet amour de conservation, puisé dans sa nature même, qu'il faut encourager, étendre et satisfaire. — La propriété représente, dans sa généralité, la richesse amassée par le travail des générations ou des individus. C'est un effet qui a pour cause la fatigue et l'économie. Il est donc juste que les efforts de l'homme et ses soins et ses peines, et ses angoisses et ses privations qui se métamorphosent un jour, au bout d'une longue carrière, et qui prennent la forme de la propriété, s'entourent de cette inviolabilité qui est le caractère des récompenses méritées. — Les diverses compagnies d'assurances qui se sont organisées et qui s'organisent chaque jour, sont l'expression de ce besoin et de cette prudence. Nous les croyons destinées à prendre un accroissement beaucoup plus vaste encore et à envelopper la propriété toute entière dans toutes ses conditions, d'un réseau de garanties qui l'empêchent de périr jamais.—Plus la propriété s'appuiera sur les compagnies d'assurance, plus il est nécessaire que les compagnies soient solides pour soutenir son poids et pour ne pas l'entraîner dans leur ruine. — Il est donc fâcheux que plusieurs écrivains se soient laissés entraîner à parler avec trop peu de connaissance de la matière, des diverses compagnies d'assurance déjà formées ou étant à même de se former. Les éloges donnés sans discernement aux mauvaises choses, nuisent aux bonnes; car l'expérience démêle toujours la droiture de la fourberie, et le mensonge découvert met en garde contre la vérité. — Nous disions qu'un projet de loi sur les compagnies d'assurances serait probablement bientôt présenté aux Chambres. Ce projet, depuis longtemps élaboré, est connu, et quoique nous y trouvions un travail assez consciencieux et des vues que la raison approuve, il s'y rencontre bien des lacunes et il ne nous semble pas tracer d'une main assez ferme les droits des compagnies envers la propriété. Espérons que la discussion à laquelle il donnera lieu fournira les moyens de combler les lacunes qu'on y remarque. Il y a aujourd'hui en France, deux sortes de compagnies d'assurance contre l'incendie: les compagnies *anonymes* et les compagnies *en commandite.* Elles sont *mutuelles* ou *à primes fixes.* Les *anonymes* ont des statuts approuvés par le conseil d'État, et sont fondées par ordonnance royale. Les compagnies *en commandite* opèrent avec des fonds appartenant à des actionnaires et sont constituées en vertu de la loi. — Les principales compagnies d'assurances existant sont: la *Compagnie d'assurances générales*, la *Compagnie royale*, le *Réparateur*, le *Phénix*, l'*Union*, la *Salamandre*, la *France*, la *Sécurité*, l'*Urbaine*, l'*Alliance*, l'*Indemnité*, le *Soleil*, etc., etc. — Certainement le public ne peut que gagner à la concurrence de ces établissements rivaux qui s'élèvent de toutes parts; en effet, la conséquence immédiate de ces rivalités sera un abaissement proportionnel dans les anciens tarifs, qui ne pourra qu'être avantageux au commerce, et à la propriété tant mobilière qu'immobilière ; toutefois, un autre intérêt se trouve en jeu dans cette grande question, qui va nécessairement jaillir d'une pareille situation, celle de l'abaissement des tarifs ; cet intérêt, on le comprend, c'est celui des actionnaires qui ont confié leurs capitaux à ces entreprises. Attendons.— Plusieurs mécaniciens se sont occupés des moyens de sauvetage pour les incendies; tout le monde connaît les échelles de MM. Regnier, Audibert et Desaudray. Mais la découverte la plus importante et la plus utile, est, sans contredit celle de M. Aldini, en 1829. Des pompiers revêtus d'un habillement en réseau de fil de fer, coiffés d'un bonnet d'amiante et portant des gants de la même matière, peuvent affronter les flammes et rester au milieu du plus vaste incendie sans courir de danger. — On a fait aussi plusieurs essais dans le but de mettre les maisons à l'abri du feu. En 1786 le docteur Arfiad fit des expériences dans ce but. Il doubla une petite maison, construite exprès, de cartons incombustibles. On y mit le feu, mais aucun carton ne fut brûlé. En 1798, dans les jardins de l'Élisée-Bourbon, on fit l'expérience d'une maison de bois enduite d'une certaine liqueur. Un feu continuel nourri pendant plusieurs heures ne put l'endommager. Dans ces derniers temps, on s'est beaucoup occupé d'une expérience faite à Londres, dans le but de mettre les édifices à l'abri de l'incendie. La maison, qui était petite, se trouvait adossée à une autre ; il y avait un rez-de-chaussée et un étage supérieur; MM. Davies et Witt, inventeurs de l'enduit incombustible, l'appliquèrent sur le plancher, le plafond, l'escalier, et sur tous les bois découverts. La composition ressemble à un mortier de chaux hydraulique un peu gris; elle s'applique très facilement, devient très dure en séchant, n'éprouve aucune contraction ou dilatation par les variations de la température, et conserve jusqu'à la fin ses propriétés adhésives. Lorsqu'elle est sèche, elle est susceptible d'un beau poli et reçoit parfaitement la peinture qu'on y applique. La chambre du rez-de-chaussée fut garnie de meubles comme à l'ordinaire, pour faire voir que tout l'ameublement d'une chambre pouvait s'y consumer sans que le reste de la maison en souffrît. Effectivement, on commença par l'étage supérieur; la chambre était vide de meubles, mais tout le plancher était couvert de copeaux très secs et de morceaux de bois. Tout ce combustible brûla avec une grande rapidité, sans que les murs ou le plancher en aient souffert. On opéra ensuite dans la pièce d'en bas, garnie de tous ses meubles, lit, chaises, tables, etc. Le plancher était couvert de copeaux à dix-huit pouces d'épaisseur, outre une quantité de planches. En un moment tous les copeaux furent en feu et le communiquèrent au lit et aux autres meubles. Les fenêtres n'ayant point de châssis, le vent qui soufflait activait le feu au plus haut degré; bientôt les flammes sortirent par les fenêtres en volumes immenses : c'était la représentation, au naturel, de ce qu'on appelle, à Londres, un horrible feu. Quand tout fut consumé, on vit, à la grande surprise des nombreux spectateurs, qu'aucune des pièces adjacentes au même étage ou au-dessus, n'avait ressenti la moindre atteinte: On a répété la même expérience dans toutes les pièces de la maison et toujours avec le même succès : on ajouta même du bois au plus fort de l'incendie, et l'on pouvait dire que, la flamme ayant cessé, la chambre représentait un four très échauffé. Pour s'assurer que, pendant une si active conflagration, quelque fissure inaperçue n'avait pas laissé pénétrer le feu dans l'intérieur entre le plafond et le plancher supérieur, on avait placé çà et là de petits paquets de poudre ; aucune explosion n'a eu lieu. Dès qu'on a pu entrer dans la maison, on en a examiné l'état avec l'attention la plus scrupuleuse : rien n'avait souffert, et l'enduit était partout intact et dans son état primitif. L'efficacité du moyen paraît incontestable ; restera à savoir ce qu'il en coûte pour avoir une sécurité parfaite. Il paraît qu'une maison composée de dix chambres ne coûterait pas plus de 500 fr. pour résister à tous les feux qui pourraient s'allumer dans son intérieur. Toutes les notabilités de la science étaient présentes à cette belle expérience. — M. Schwickardy, à Passy, près Paris, est l'inventeur de charpentes incombustibles. Ces charpentes, faites en tôle battue, sont, dit-il, capables de remplacer avec avantage les charpentes les plus fortes. Outre qu'elles mettent les maisons à l'abri de l'incendie, elles permettent d'établir des jardins et des terrasses au-dessus des maisons, car ces charpentes sont également inaccessibles à l'humidité. Plusieurs archivistes en ont déjà adopté l'usage.

INCESTE. Conjonction illicite entre proches parents. La parenté est de trois sortes : 1° parenté purement naturelle, qui unit les enfants naturels et leurs descendants à leurs père et mère, et aux parents de ceux-ci ; 2° parenté naturelle et civile, appelée aussi *parenté mixte* : elle existe entre les enfants légitimes, leurs père et mère et tous les parents de ces derniers ; dans ces deux cas, la parenté s'appelle aussi consanguinité ; 3° parenté purement civile, ouvrage de la loi seule, résulte de l'adoption ; elle a lieu entre l'adoptant, l'adopté et les descendants de celui-ci, entre les enfants légitimes ou adoptifs de l'adoptant. La proximité de parenté, s'établit par le nombre des générations ; chaque génération s'appelle un *degré*. La suite des *degrés* forme la ligne ; on appelle *ligne directe* la suite des degrés entre personnes qui descendent l'une de l'autre ; *ligne collatérale*, la suite des degrés entre personnes qui descendent d'un auteur commun. On divise la ligne *directe* en ligne directe *descendante*, et ligne directe *ascendante*; la première lie le chef avec ceux qui descendent de lui ; la deuxième lie une personne avec ceux dont elle descend. En ligne *directe*, on compte autant de degrés qu'il y a de générations entre les personnes ; ainsi, le fils à l'égard du père est au premier degré ; le petit-fils au second, et réciproquement du père et de l'aïeul à l'égard du fils et du petit-fils. En ligne *collatérale*, les degrés se comptent par les générations, depuis l'un des parents jusques et non compris l'auteur commun, et depuis celui-ci, jusqu'à l'autre parent ; ainsi, deux frères sont au deuxième degré, l'oncle et le neveu au troisième, les cousins-germains au quatrième, etc. L'alliance ou affinité est le lien qui unit des époux aux parents de l'autre époux. — En ligne directe, le mariage est prohibé entre tous les ascendants et descendants légitimes ou naturels et les alliés dans la même ligne. Il résulte de là que l'affinité même naturelle est un empêchement dans toute la ligne. Dans l'ancien droit, lorsque deux personnes avaient commis ensemble une fornication, il naissait de cette union illicite une espèce d'affinité entre l'une de ces personnes et les parents de l'autre, qui empêchait le mariage. Le concile de Trente restreignit l'empêchement au premier et deuxième degré. Nos lois comprennent dans la prohibition de mariage, les alliés naturels aussi bien que les alliés légitimes ; pourvu, toutefois, que ces individus soient unis par une affinité ou une parenté constante et légalement établie : ainsi, un père ne peut pas s'opposer au mariage de sa fille avec l'amant de sa femme, sous prétexte qu'il existe entre eux une affinité naturelle. Il est indifférent, quant à la prohibition, que la parenté d'où vient l'alliance, soit adultérine, incestueuse ou naturelle simple ; la loi ne distingue pas. — L'adoption imite la nature. Le mariage est donc prohibé entre l'adoptant, l'adopté et ses descendants ; entre les enfants adoptifs du même individu ; entre l'adopté et les enfants qui pourraient survenir à l'adoptant ; entre l'adopté et le conjoint de l'adoptant, et réciproquement. Il n'est pas décidé si les ascendants de l'adoptant pourraient s'unir à l'adopté. En ligne collatérale, le mariage est prohibé entre le frère et la sœur légitimes ou naturels et les alliés au même degré. Il n'y a aucune différence, à cet égard, entre les consanguins et les utérins par rapport aux germains et les germains entre eux. Depuis la loi de 1832, le mariage entre beau-frère et belle-sœur, peut être autorisé par le roi. Après la dissolution du mariage, s'il en reste des enfans, l'affinité existe ; lorsqu'il n'y en a pas eu, ou s'ils sont morts, elle n'est pas détruite ; l'affinité subsiste ainsi que la prohibition de mariage. Le mariage est aussi prohibé entre l'oncle et la nièce, la tante et le neveu. Néanmoins, il est loisible au roi de lever, pour des causes graves, les prohibitions portées par la loi à ces mariages. Les enfants nés d'une conjonction illicite entre proches, autrement dit, les enfants *incestueux*, ne sont point reconnus, et ne peuvent jouir d'aucun droit.

INCIDENT. Événement fortuit qui survient dans le cours d'une affaire, d'une entreprise. — En terme de jurisprudence, on nomme ainsi toute contestation qui survient dans le cours d'une instance principale. L'incident élevé par un tiers contre l'une des parties figurant au procès, prend le nom d'*intervention*; l'incident élevé par l'une de ces parties contre un tiers, est appelée : *action en déclaration de jugement commun*; et l'on désigne plus spécialement par *demande incidente*, l'incident qui survient entre les parties elles-mêmes. — *Proposition incidente* (terme de grammaire) : c'est un membre de phrase lié à un mot qu'il explique et détermine, et que l'on pourrait retrancher sans que le sens principal de la phrase en fût moins clair et moins complet.

INCLINAISON. État non perpendiculaire d'une ligne. Une ligne est inclinée sur un plan, lorsqu'elle penche plus d'un côté que d'un autre. Celui des deux angles qui se trouve aigu, s'appelle angle d'inclinaison. — L'astronomie moderne range les *causes* de l'inclinaison des orbites des planètes à l'égard de l'écliptique, au nombre de *celles* du mouvement, c'est-à-dire, elle en calcule les effets sans en déterminer les causes. Si nous observons les planètes dans leur révolution périodique en remarquant leur distance des étoiles fixes auprès desquelles elles passent, nous nous apercevons qu'elles ne répondent pas exactement aux mêmes points du ciel, lorsqu'elles repassent à la même longitude et proche des mêmes étoiles. Une planète qui, dans une de ces révolutions aura passé au nord ou au-dessus d'une étoile, pourra, dans la révolution suivante, passer au sud ou au-dessous de la même étoile, et être plus ou moins éloignée de l'écliptique. Ceci prouve, d'une manière évidente, que leurs orbites ne sont pas dans le plan de l'écliptique, mais qu'elles lui sont inclinées, et ces plans forment avec celui de l'écliptique, des angles plus ou moins grands appelés *inclinaison des orbites planétaires*. — Dans notre climat, l'aiguille aimantée, suspendue par son centre de gravité, ne se place pas horizontalement ; elle s'incline fortement, l'extrémité nord passe au-dessous de l'horizontale, l'extrémité méridionale au-dessus, et l'angle compté à partir de cette horizontale, s'appelle *inclinaison de l'aiguille* (*Voyez* AIMANT). Cet angle varie selon les différentes régions du globe ; l'inclinaison augmente toujours à mesure que, s'approchant de l'un des pôles, on s'éloigne de l'équateur.

INCLINATION. Penchant, disposition de l'âme

à une chose. Les corps étrangers font sur les organes de l'homme des impressions agréables ou désagréables. Le plaisir ou la douleur que la nature attache à ces impressions, portent l'homme à rechercher les moyens de se les procurer ou de les faire cesser. Il y a donc dans l'homme des inclinations ou des aversions qui naissent de sa sensibilité ou de son organisation, et qui sont par conséquent des inclinations ou des aversions naturelles.

INCOMMENSURABLE. État de ce qui ne peut être mesuré. En mathématiques, cette expression est employée pour qualifier des lignes et des surfaces qui ne peuvent avoir de mesure commune.

INCOMBUSTIBILITÉ. Qualité de ce qui est incombustible ; c'est à dire non susceptible de se combiner avec l'oxygène, principe de toute combustion (*Voy. ce mot.*)

INCOMPRESSIBILITÉ. Propriété que possèdent plusieurs corps, et en vertu de laquelle ils ne sont pas susceptibles de diminution de volume sous l'influence d'une action mécanique extérieure. (*Voyez* COMPRESSIBILITÉ.)

INCONVENIENT. Espèce de difficulté qui se présente dans la conclusion d'une affaire. Il n'y a rien dans le monde qui n'ait ses avantages et ses inconvénients. Tout système politique a du bon et du mauvais ; toujours il y a un côté qui laisse à désirer et qui prête à la malice des passions humaines. L'homme sage ne s'effraie pas des inconvénients ; il cherche à les aplanir, mais il y aurait de l'imprudence à tendre vers une perfection chimérique que l'on ne doit pas se promettre dans les institutions des hommes.

INCORRECTION. Vice dont une composition est entachée. L'incorrection du style accuse une trop grande rapidité, ou de la négligence ou des connaissances incomplètes. On dit d'un discours qu'il est *incorrect* quand il pêche contre les règles grammaticales.

INCUBATION. On nomme ainsi l'acte par lequel les oiseaux font éclore leurs œufs lorsqu'ils ont été fécondés par le germe du mâle. La durée de cet acte n'est pas à beaucoup près égale dans toutes les espèces d'oiseaux. On peut dire qu'elle varie en général depuis 10 jours jusqu'à 40. Les causes de cette variation seront expliquées dans l'article *OEufs* ainsi que les procédés des couveuses dans le phénomène de l'incubation (*Voyez* OEufs.) — Par analogie on a donné le même nom aux moyens artificiels qui ont été imaginés pour faire éclore les œufs sans le secours des oiseaux. On sait que les Égyptiens ont employé, de temps immémoriaux, certains fours chauffés progressivement, où des milliers d'œufs s'animaient à la fois comme par enchantement. Ce procédé est très peu connu en Europe. Il paraît même que le climat s'opposerait à une réussite complète. Cependant des tentatives et des expériences nombreuses ont été faites en France et ailleurs pour obtenir un semblable résultat. Le 18ᵉ siècle vit employer un calorifère à circulation d'eau dont le succès fut incontesté. Dès 1777, M. Bonnemain, l'auteur de cet appareil, approvisionnait de poulets, en toute saison, la cour de France et les marchés de Paris, lors même que les fermiers en manquaient, et il était facile d'obtenir mille poulets par jour dans une seule de ses étuves. Nous croyons que cette industrie est appelée à se développer encore davantage.

INDEMNITÉ. Ce mot a de nombreuses acceptions. Il exprime en général le *dédommagement* accordé par la loi ou par la volonté du donneur, à un individu ou à une société, pour le relever du préjudice qu'ils auraient éprouvé d'une manière quelconque. L'état se sert de ce genre de dédommagement nommé indemnité, dans tous les cas d'expropriation pour utilité publique, et des lois spéciales fixent le taux, le mode de cette mesure. V. EXPROPRIATION. — Il est une espèce d'indemnité poli-

tique et exceptionnelle dont nous avons eu un exemple en France sous le ministère de M. de Villèle. Les biens des émigrés avaient été vendus pendant la révolution, et la charte de 1814 garantissait les nouveaux possesseurs contre toute réclamation. Pour dédommager les royalistes, M. de Villèle imagina de leur distribuer 30 millions de rente sur le grand livre au capital d'un milliard. La loi passa. La plupart des anciennes familles retrouvèrent une partie de leur fortune perdue, et les possesseurs des terres ne furent pas inquiétés. C'est ce qu'on appelle le *milliard de l'indemnité*.

INDÉPENDANCE. État de l'homme libre de toute sujétion. Bien que la liberté et l'indépendance, semblent être deux choses semblables, il y a cependant une différence à établir. La liberté n'est que le pouvoir de faire ou de ne pas faire telle ou telle chose ; tandis que l'indépendance, c'est la volonté de l'homme unie à la faculté de pouvoir. Encore, ce pouvoir lui serait-il ravi pour un temps, s'il a la volonté ferme de le ressaisir bientôt, il peut se dire indépendant. Celui qui n'est que libre use de cette liberté même avec une certaine retenue, et sans outrepasser les limites qui la séparent de la licence ; l'indépendant peut, au sein de la plus dure captivité, s'élever au-dessus des terreurs du vulgaire, et nourrir dans son âme, forte de sa propre vertu, la ferme et inébranlable volonté de secouer, dans l'occasion, les liens qui retiennent son corps dans l'oppression. Ce qui s'applique à un homme pris à part peut également trouver une application dans tout un peuple. Ainsi, qu'un gouvernement juste et équitable protège les arts, encourage l'industrie, rende le commerce florissant, les peuples soumis à ce gouvernement sont heureux ; ils sont libres, puisqu'ils ne subissent pas le joug de la tyrannie ; mais on ne peut pas affirmer pour cela qu'ils soient indépendants, s'ils ne doivent cette paix et cette prospérité qu'à l'ordre naturel des choses et non pas à eux-mêmes. Au contraire, que l'oppression et la tyrannie pèsent sur une nation éclairée, cette nation toute entière se lèvera comme un seul homme pour reconquérir ses droits, et il sera vrai de dire que, même sous le joug, elle conservait son indépendance. Les colonies américaines de la Grande-Bretagne, poussées à bout par les injustes prétentions de la métropole, repoussèrent la force par la force, et cette guerre fut appelée *Guerre de l'indépendance.* (*Voyez* HISTOIRE DES ÉTATS-UNIS.)

INDÉPENDANTS. Secte religieuse sortie du sein du protestantisme, et qui prit naissance en Angleterre et en Hollande. Les indépendants ne voulaient reconnaître aucune juridiction, aucune autorité, tant en affaire de religion qu'en politique. Ils se rapprochaient beaucoup des presbytériens, mais ils avaient une doctrine encore plus relâchée que ces derniers, plus large et plus facile ; en un mot, comme leur nom l'indique assez, ils faisaient profession ouverte d'*indépendatisme.* Un parti de cette nature ne pouvait qu'exciter troubles et anarchie dans un gouvernement quelconque : aussi prirent-ils la part la plus active dans toutes les révolutions d'Angleterre.

INDEX. On désigne par ce mot la table des matières d'un livre. A Rome, l'*index* est un catalogue des livres dont la lecture est prohibée et qui sont condamnés par le saint-siège. Le premier index connu des livres défendus fut publié à Venise en 1543. — On appelle encore *index* le doigt le plus proche du pouce.

INDICATEUR. Qui indique, qui fait connaître. On donne ce nom à de petits livres ou tableaux destinés à servir de guides au voyageur qui veut connaître les rues, les places, les monuments d'une ville, et qui, en lui traçant les lieux qu'il doit parcourir pour arriver dans tel ou tel endroit, lui évite un chemin inutile ou l'empêche de s'égarer. Dans les villes d'Italie, il y a des gens qui font métier de promener les étrangers et de leur faire connaître les monuments d'art et d'antiquité : ils portent le nom de *cicerone*.

INDICATIF. (*Voyez* Grammaire).

INDICTION. Le cycle de l'*indiction* est l'espace de 15 années. Les Romains établissaient le chiffre du budget tous les 15 ans, espace de temps pendant lequel les contributions restaient les mêmes. S'il survenait quelque changement pendant cet intervalle, on disait alors : *indiction nouvelle.*

INDIGENCE. Extrême pauvreté sans bassesse. Cette définition établit entre l'indigence et la mendicité une ligne de démarcation assez marquée, pour qu'on ne puisse confondre l'une avec l'autre, puisque la mendicité est l'indigence avec toute sa honte ; mais il arrive malheureusement trop souvent que l'une conduit à l'autre (*Voyez* Mendicité).

INDIGESTION. Mauvaise coction des aliments dans l'estomac, irritation de la membrane muqueuse gastro-intestinale ; ce trouble passager et subit des fonctions digestives survient ordinairement quelques heures après l'ingestion d'aliments trop copieux ou de mauvaise qualité, ou sous l'influence d'une cause étrangère, telle que l'action du froid ou une vive affection morale. La régularité de la digestion se rétablit au moyen d'une légère infusion de thé sucré, et aromatisé avec quelques gouttes de fleurs d'oranger. V. Digestion.

INDIGNITÉ. Qui n'est pas digne. En jurisprudence, indignité se dit de celui qui, ayant manqué à quelques devoirs envers la personne défunte, est privé de la succession.—Indignité est synonyme des mots outrage, affront ; on dit : on lui a fait subir mille indignités.

INDIGO. Fécule de couleur bleue, extraite d'une plante cultivée en Amérique et aux Indes, et connue sous le nom d'*indigotier*. Cette plante croît ordinairement dans le terrain plat, humide et très gras. L'indigo se sème en temps humide, dans des trous alignés à un pied de distance, lesquels on donne trois pouces de profondeur. Les nègres mettent dix graines dans chaque trou, qu'ils recouvrent soigneusement avec leurs pieds. On voit ordinairement sortir la plante six mois après. Ils ont grand soin de sarcler les mauvaises herbes ; au bout de deux mois l'indigo est bon à être coupé, ce qui se connaît par la facilité avec laquelle les feuilles se cassent, et par leur couleur vive foncée. On coupe l'indigo par un temps humide. La plante peut durer deux ans. L'indigo coupé avant sa maturité donne une plus belle couleur, mais il rend beaucoup moins ; s'il est coupé trop tard, on perd encore plus, et on a un indigo de mauvaise qualité. Cette plante, dit M. de Préfontaine, est sujette à une espèce de chenille qui vient par vol comme une nuée, et la mange totalement dans peu de temps. Cet insecte est commun, surtout à Saint-Domingue. La seule ressource de l'habitant est de couper son indigo dans l'état où il l'est : on le jette dans l'eau avec les chenilles qu'on en sépare par ce moyen. Voici comment on fabrique l'indigo : on a trois cuves posées les unes sur les autres, à des hauteurs différentes, et près d'un réservoir d'eau. C'est dans la troisième de ces cuves que le produit des deux autres se ramasse, et que l'indigo s'achève. Cette opération se réduit à macérer la plante dans la première cuve où elle fermente, à décanter l'eau devenue bleue dans la seconde cuve, et à agiter l'eau, à force de manivelle, jusqu'à ce que la partie colorante et errante s'agglomère en petits grains. L'adresse de l'ouvrier consiste à saisir l'instant convenable. A cet effet, tandis que les nègres battent, il tire de l'eau de la batterie, dans une tasse de cristal, et il examine si la fécule se précipite, ou si elle est encore errante. Dans le premier cas, il fait cesser le battage ; dans l'autre cas il laisse continuer. L'opération terminée, l'eau s'éclaircit, la fécule se précipite ; on lâche l'eau, et la fécule ou matière boueuse tombe dans la troisième cuve, où elle se rassied. Dans cet état on la prend avec une cuiller et

l'on en emplit des chausses de forme conique, de quinze à vingt pouces, afin que l'humidité s'évaporant, l'indigo acquière la consistance de pâte. On vide alors ces chausses dans des caissons carrés ou oblongs, d'environ deux à trois pouces de profondeur. On fait sécher l'indigo à l'air et à l'ombre. Une trop grande humidité ne lui est pas moins contraire, car il se corromprait ; au soleil il perdrait sa couleur. Enfin on le coupe en petits pains carrés pour le livrer au commerce. — Avant la découverte de l'indigo, on faisait usage du pastel, et on le cultivait dans toute l'Europe ; on en faisait un commerce considérable. Ce ne fut qu'au XVIIe siècle que l'indigo commença à paraître. Pendant la révolution française, les difficultés des communications par mer fournirent aux chimistes l'occasion de substituer à l'indigo américain l'indigo du pastel, et leurs efforts furent couronnés du succès. Le gouvernement fonda alors trois établissements pour l'exploitation de cette industrie. L'un à Albi, l'autre en Toscane, et la troisième près de Turin. Mais les événements politiques de 1813 firent abandonner cette importante entreprise dont les résultats promettaient de devenir si fructueux.

INDIGÈNE. Se dit de tout ce qui est né dans un pays, par opposition à ce qui provient de pays étrangers et qu'on appelle *exotique*.

INDIVIDU. Terme didactique. Se dit de chaque être organisé. Un individu est un être isolé, seul, par exemple, Pierre, Paul, Adolphe, si l'on parle d'hommes ; Azor, Fidèle, s'il est question de chiens ; la rousse, la noire, si l'on parle de vaches ou de bœufs. On assimile très souvent les êtres inanimés aux animaux. Ainsi, tel être, tel caillou, tel outil, sera regardé comme un individu. Un groupe, au contraire, est la collection de deux ou plusieurs choses semblables ou dissemblables. Ici les groupes ne réunissent que des individus censés semblables ; là le groupe est comme un cadre qui renferme plusieurs individus.

INDIVISIBILITÉ. Qualité de ce qui ne peut être divisé. Mais, mathématiquement et physiquement parlant, tout peut être divisé dans la nature jusqu'à l'infini. Ainsi, toute quantité peut être divisée en une infinité de quantités plus petites, qui, toutes pareillement, peuvent être divisées en d'autres quantités bien plus petites encore, et ainsi de suite. Cependant on dit qu'un nombre ne peut être divisé par un autre nombre, lorsqu'il ne le contient pas exactement un certain nombre de fois.

IN-DIX-HUIT. Livre dont la feuille est pliée en dix-huit feuillets.

IN-DOUZE. Format d'un livre. On emploie ce mot pour désigner la longueur et la largeur d'un volume composé d'une ou plusieurs feuilles pliées douze fois, et formant douze feuillets.

INDULGENCE. Les théologiens désignent sous ce nom la rémission de la peine temporelle due au péché en ce monde et en l'autre, accordée aux pénitents par le pape et les évêques, en vertu du pouvoir que Jésus-Christ leur a donné de *lier* et *délier*. Le sacrement de pénitence remet bien la peine éternelle, mais il faut que la justice de Dieu soit satisfaite par une expiation quelconque, proportionnée à l'énormité de la faute. Or, cette peine expiatoire est imposée au pécheur par le prêtre sous le nom de *pénitence*. Les pénitences, dans la primitive Église, étaient extrêmement sévères, duraient plusieurs années, et même toute la vie ; car la foi était alors plus vive que de nos jours. Peu à peu l'Église, comme une bonne mère, dans la crainte d'avoir trop à sévir contre ses enfants qui commettaient déjà le mal avec plus de facilité qu'aux premiers jours, eut recours à l'indulgence, c'est-à-dire qu'elle affranchit complétement, ou en partie, les pécheurs des peines qu'ils avaient encourues par leurs offenses, en leur appliquant les mérites des martyrs, des confesseurs, et même de Jésus-Christ et de la sainte Vierge, sauf quelque condition à remplir pour cela. Les papes seuls ont le droit, comme ayant juridiction sur toute l'Église, d'accorder des indulgences *plénières ;* les indulgences *non-plénières* peuvent être attachées, par les évêques, à certaines prières, bonnes œuvres et pratiques pieuses, prescrites par les lois canoniques.

INDULT. Autorisation octroyée par le pape aux évêques, ou même aux princes séculiers, de nommer à certains bénéfices. — On nomme encore *indult* l'impôt prélevé par le roi d'Espagne sur les produits de l'Amérique importés dans ses états.

INDUSTRIALISME. Frère bâtard de l'*industrie*, et son plus mortel ennemi. Toujours, mauvais plagiaire, il gâte ce qu'elle fait de beau ; spéculateur éhonté, il ne cherche que des dupes, et il en trouve aisément, parce qu'il met tout au rabais. Il sait que le bas prix, chez nous est un aimant irrésistible pour le plus grand nombre, et il agit en conséquence. De là ces mauvais draps, ces soieries cotonneuses, ces mousselines, ces toiles grossièrement tissées ; de là ces vins falsifiés, ces denrées frelatées, ces comestibles de qualités inférieures ; de là, enfin, mille drogues qui nous empoisonnent, mille fraudes qui nous mystifient. Au milieu de cette décadence générale, il est cependant quelques honnêtes industriels qui résistent à la contagion de l'exemple. Ceux-là préfèrent leur vieille réputation de probité à toutes les chances d'une fortune plus rapide.

INDUSTRIE. On entend par industrie tout ce qui consiste à faire subir aux matières premières des modifications qui les rendent propres aux divers usages et nécessités de la vie. L'industrie est l'âme de la société ; on ne peut concevoir un état sans industrie. Après l'instruction, indispensable à l'homme, après l'agriculture, qui est le fondement des richesses d'une nation, l'industrie est l'intérêt qui mérite le plus d'être étudié et encouragé ; car, bien que la France ait, sous ce rapport, fait de grands progrès, nous sommes loin encore de rivaliser avec les nations les plus avancées dans les arts ; et, comme le fait observer M. Say, nos ouvriers n'ont pas encore l'habitude d'un travail qui joigne tout le fini à la solidité. Il manque à nos classes industrielles des connaissances plus approfondies, un plus haut degré d'instruction, et l'habitude d'un travail perfectionné, qui assure encore aux Anglais, sur beaucoup de points, dans les arts, une supériorité marquée. — Les connaissances que l'industrie réclame sont de deux espèces : celles relatives à l'emploi du mouvement ou la mécanique, et celles qui ont pour objet l'influence que les corps peuvent exercer les uns sur les autres, ou la physique et la chimie. — La mécanique ne peut se passer du secours des mathématiques et du dessin. — La physique et la chimie supposent quelques notions d'histoire naturelle.— Un plus haut degré de connaissances théoriques et pratiques, joint à une culture étendue et variée de leurs facultés pratiques, sera, pour les ouvriers, une garantie contre la misère à laquelle peuvent les exposer les chances du commerce, et les caprices de la mode ; il leur permettra de passer plus aisément, si le cas le requiert, de l'état qu'ils exercent à quelque autre branche d'industrie. Les jeunes gens qui sont destinés à l'industrie et au commerce peuvent se passer de grec et de latin. Les connaissances nombreuses que leur vocation réclame actuellement, ne leur laisseront pas assez de loisir pour une étude qui ne leur serait d'aucune utilité directe ; mais les langues vivantes doivent être l'objet de leurs études, ne fût-ce que comme moyen de perfectionner leur mode de travaux, par la comparaison qu'ils en feront avec celui pratiqué à l'étranger. — Aux connaissances théoriques doivent toujours être jointes les connaissances pratiques. Un essai d'exécution inspire souvent des idées heureuses, et met l'esprit sur le chemin de nouvelles découvertes. Le dessin forme alors un intermédiaire précieux entre les combinaisons de la pen-

sée et les opérations sur la matière. — L'inventeur d'une machine, par exemple, peut se trouver dans un grand embarras pour la faire exécuter, lorsqu'il n'est pas capable de la dessiner — La pratique, à son tour, réclame le secours de la théorie. Celui qui exécute sans posséder les règles de son art, et sans comprendre la raison de ses opérations peut être assimilé à une machine organisée : en mettant un élève dans le cas de se rendre compte de ses opérations, la théorie lui permet de faire des progrès plus rapides. — Le désir de procurer aux enfants pauvres une éducation industrielle plus étendue, plus complète ; de suppléer le mieux possible à la négligence des familles pauvres, a fait concevoir et créer, en Allemagne, des institutions où les enfants reçoivent en commun, sous des maîtres habiles, l'éducation de travail, et d'où ils sortent en état de pouvoir se présenter pour le noviciat de professions plus avantageuses, et de n'avoir plus à subir un apprentissage aussi prolongé. Les enfants fréquentent les écoles d'industrie dans l'âge de 6 à 14 ans. Elles sont distinctes des écoles d'instruction, mais connexes avec elles, et ordinairement placées sous le même toit ; les mêmes élèves passent le même jour, mais à des heures différentes, du travail à l'instruction, et réciproquement. Les deux genres d'exercices marchent parallèlement l'un à l'autre. A leur arrivée, comme avant leur départ, les enfants sont réunis par la prière et associent ces chants, ces hymnes. qui, en Allemagne, jouent toujours un rôle si essentiel dans l'éducation populaire. Partagés ensuite en divisions, ils se rendent dans leurs classes respectives. Tandis que l'une de ces divisions est occupée au travail des mains, l'autre étudie, lit, écrit, calcule ; d'heure en heure, ces divisions alternent et changent de rôle. Ces écoles sont des institutions préparatoires destinées à commencer l'éducation industrielle des enfants, à les former, à leur donner un premier degré d'aptitude, à diriger l'usage de leur œil, de leur main. On les emploie aux opérations les plus simples, à filer, tisser, carder, tresser, coudre, éplucher, polir, tricoter, faire des balais, travailler le bois et le cuir. On saisit cette occasion pour leur donner quelques explications utiles, quelques connaissances usuelles. Les enfants obtiennent, sur le produit de leur travail, de petites rémunérations pécuniaires, de 10 centimes à 2 fr. par semaine. Ces établissements ne pouvant couvrir les frais, on y pourvoit par des caisses destinées aux secours publics ou par les communes, ou par des souscriptions, ou par ces divers modes combinés. Des maîtres se chargent de ce genre d'enseignement pour 50 francs par an et moins ; les honoraires les plus élevés sont de 200 à 500 francs par année, et les parents non indigents acquittent une rétribution pour leurs enfants. En Allemagne, ces établissements sont ordinairement en régie ; l'administration achète les instruments et outils, les matières, cherche à débiter les ouvrages confectionnés. Quelquefois les enfants travaillent pour leur propre compte, et sont distribués chez des particuliers qui en occupent un certain nombre. C'est une combinaison qui a été adoptée dans un grand nombre de communes, et qui a offert des moyens d'exécution très faciles.

Les denrées forment aujourd'hui, par leur importance, la principale branche du commerce et de l'industrie en France, et particulièrement à Paris. Le coton, originaire de l'Inde, et maintenant indigène partout, est plus difficile à filer que toutes les autres matières utiles, c'est ce qui explique pourquoi, connu depuis des siècles en Europe, il n'y a cependant été cultivé que fort tard. L'Italie fabriqua des cotonnades au commencement du XIVe siècle ; mais c'est aux Anglais que nous devons rapporter l'honneur d'avoir vulgarisé, pour ainsi dire, à l'aide de machines aussi ingénieuses qu'expéditives, ce produit du pauvre, inconnu de nos pères. L'importation du coton a principalement lieu des États-Unis, du Brésil, de l'Inde et de l'Egypte. Ce qu'il y a de remarquable dans cette industrie, c'est que depuis quarante ans, le prix de la matière première a diminué de moitié, et cette circonstance, jointe aux autres progrès de l'industrie, a amené une baisse considérable dans le prix des produits fabriqués. La production anglaise l'emporte sur la nôtre, dont les deux tiers sont en imprimés élégants et de luxe. L'industrie cotonnière peut se diviser en trois grandes classes. La première comprend la filature, la seconde le tissage, la troisième les impressions. Il en est une quatrième encore que nous ne ferons que citer, c'est celle qui comprend les divers opérations de la bonneterie, du tricotage, de la passementerie, etc. L'industrie du coton est nouvelle encore parmi nous; et n'a pris quelqu'importance que depuis trente ans; elle est toute entière dans la filature. Le département de la Seine-Inférieure et ceux qui l'avoisinent, produisent à peu près le tiers de la fabrication totale; ces départements n'ont pas amélioré leur filature. Dans le département du Haut-Rhin, la qualité du fil est de beaucoup supérieure à celle des précédents. — Une grande révolution se prépare dans le travail du coton; le tissage mécanique tend à prendre chaque jour de nouveaux développements. Le tissage à la main est préférable pour les tissus fins; l'autre offre d'importantes économies pour les étoffes ordinaires : calicots, petit teint, etc. Les progrès de l'industrie du tissage ont été subordonnés à ceux de la filature; elle pourra lutter avec succès toutes les fois qu'elle aura des filés égaux en qualité et en prix, à ceux de ses concurrents. Les ouvriers tisserands, ordinairement disséminés dans les villages, travaillent en famille et n'ont aucun frais généraux : aussi gagnent-ils fort peu. L'impression ne s'est établie en France qu'après avoir traversé la Suisse, l'Allemagne et l'Angleterre; mais elle n'a fait que passer dans ces pays avant d'aller se fixer à Lyon, à Mulhausen et à Rouen. Cette industrie s'exécute de diverses manières : à main d'homme, sur une table, telles que mousselines, jaconats et autres; par des machines plates, pour les indiennes bon et grand teint; et au moyen de rouleaux de cuivre gravés, pour les étoffes ordinaires, les rouenneries petit teint. Ce dernier mode est exclusivement employé en Angleterre. Il y a en France une industrie vraiment nationale et supérieure; c'est sans contredit l'industrie des soies. Le commerce compte une variété infinie de soies : les soies françaises, les soies italiennes, les soies espagnoles, les soies grecques, les soies du Bengale, de la Chine et de la Cochinchine. Chacune de ces variétés a un emploi spécial, ses qualités et ses défauts. Les unes servent à la fabrication des étoffes, des rubans, des gases, des barèges; les autres dans la passementerie et la bonneterie, la broderie; celles-ci pour la tapisserie; celle-là pour les dentelles et les blondes. Les soies françaises font les deux tiers de la consommation de nos manufactures; un tiers seulement vient de l'étranger, et sur ce tiers les soies italiennes entrent pour les neuf dixièmes. — Les principaux centres de la fabrication française sont : Lyon, Avignon, Nîmes, Saint-Chaumond et Saint-Étienne. La consommation annuelle des soies en France est de deux millions cinquante mille kilogrammes. Les progrès de cette industrie en font d'autres, sont dus aux métiers Jacquard. — Les questions qui se rattachent à la production, au traitement et commerce des laines, sont depuis longtemps d'un grand intérêt pour l'agriculture et le commerce. La laine est la matière première la plus ancienne et la plus universellement connue. En France, on peut placer ce genre d'industrie au second rang, immédiatement après le coton, et à peu près sur la même ligne que la soie. Les laines sont partagées en deux grandes familles, les laines longues et les laines courtes ou feutrables; ces dernières servent particulièrement à la fabrication des draps, flanelles, casimirs, castorines, couvertures, etc. Les laines longues ou de peigne varient de trois à dix pouces; on dispose leurs fils parallèlement avec un peigne d'acier, et on ne peut les feutrer après le tissage. Les plus courtes servent à

la bonneterie; les autres sont filées tors pour les chaînes, les tapis, les gilets, les étoffes à meubles, les étoffes mélangées. La laine courte proprement dite ou soutenable n'a guère plus de quatre pouces, et lorsqu'elle dépasse cette dimension, on la coupe pour la carder et la filer ensuite. Dans l'état actuel de notre industrie, la classe des étoffes feutrées est bien plus importante que celle de l'estame ou laine longue. L'industrie de la filature des laines longues est toute moderne et à peine établie en France. — Il y a peu d'industrie sur lesquelles nous possédions moins de renseignements que sur celles des toiles et du lin. Cela vient, sans doute, de ce que ces deux industries n'ont pas, comme les autres, des centres de fabrication, et qu'elles sont éparpillées par petits ateliers dans les villes et les campagnes. Les lins les plus renommés en France, sont ceux d'Anjou, de Haute-Normandie, de Picardie, de Dieppe, de Fécamp, de Douai, de Lille; ceux de quelques localités de Belgique sont aussi fort estimés. La Russie ne fournit guère que des lins très durs pour la fabrication des grosses toiles ou des cordages. Nos batistes n'ont pas de rivales en Europe; mais quant à la filature des lins, pour les plus beaux tissus, nos voisins d'outre-mer ont sur nous la prépondérance que leur a assignée leur génie mécanique. — L'industrie parisienne occupe un rang distingué dans l'industrie française. Elle est, en effet, comme l'école normale, ou si l'on veut, l'école polytechnique des ouvriers français. On peut placer en tête de toutes les industries de la capitale, celle des meubles, qui a exclusivement son siège dans le faubourg Saint-Antoine. — Les plus beaux châles se confectionnent à Paris. L'industrie des couvertures de laines et de coton conserve la supériorité qu'elle a acquise depuis longtemps. Elle ne peut guère espérer de progrès futurs que par l'emploi de nouvelles matières, ou par une réduction dans le prix de main-d'œuvre. La fabrication des instruments de musique, originaire d'Allemagne, est devenue française par le talent de nos fabricants. Les instruments sont de plusieurs espèces : les instruments à cordes, pianos, harpes, guitares, etc; les instruments à archet : violons, altos, basses, contre-basses; les instruments à vent : clarinettes, flageolets, hautbois et bassons, orgues expressives; les instruments en cuivre : cors, trompettes, ophicléides, trombonnes, cornets, etc. L'industrie des papiers peints a fait d'immenses progrès, et notre supériorité sur les papiers de tenture étrangers s'est accrue en proportion. — Les arts chimiques sont la gloire de l'industrie française; depuis quarante ans, des milliers de découvertes ont naturalisé dans notre patrie des arts inconnus à nos pères. — Les bronzes, la marbrerie, les armes, le plaqué, la bijouterie, l'horlogerie, la lithographie, la chapellerie, les fleurs artificielles, la cordonnerie, la tabletterie, quelques autres industries, sont arrivées aujourd'hui à un degré de perfection tel, qu'il semble impossible d'atteindre plus haut, du moins quant à la main-d'œuvre. Toutefois, il y a encore d'autres progrès à attendre, soit dans le prix de ces divers produits industriels, soit dans les matières employées. Nous citerons encore, comme aliments accessoires du commerce et de l'industrie, diverses espèces de machines, cristaux, tapis, librairie, appareils culinaires, cartes géographiques, reliures, papeteries, peignes, boutons, brosseries, coutellerie, quincaillerie, fer creux, serrurerie, instruments de chirurgie, pyrotechnie, bretelles, jarretières, biberons, ouvrages en cheveux, œillets métalliques, chauffe-pieds, cribles, instruments de pêche et de chasse, etc. Sur trente-deux millions d'individus existant en France, vingt-quatre millions se livrent à l'agriculture, six millions à l'industrie et deux millions seulement au commerce. La France exporte deux tiers environ de produits agricoles, et un tiers de produits manufacturiers. Son numéraire est de 4,000,000,000 fr. Sur ces quatre milliards, un milliard est employé en objets d'arts, un milliard est enfoui, et deux milliards circulent. Trois quarts sont en argent ; un quart seulement est en or. 18,000 ouvriers sont employés à extraire 2,500,000 tonnes de houille. La France consomme 180,000 tonnes de fer, à 320 et 350 francs la tonne. Elle a plus de 500 lieues de canaux et chemins de fer. 121 bateaux à vapeur, dont 84 appartiennent à des particuliers et 37 à l'État. En 1836, on a importé en France 80 millions de kilogrammes de sucre, et 22 millions de kilogrammes de café ; et la consommation qui se fait de ces comestibles va toujours croissant, ce qui témoigne des progrès dans l'industrie et le bien-être des habitants. — L'industrie de nos pères était plus sage que la nôtre : elle exigeait un labeur journalier, ce labeur était suivi d'un repos qu'augmentait la sécurité du lendemain ; il n'y avait point de gain immense à espérer, mais il n'y avait point de faillites à craindre. On comptait pour beaucoup la vie future ; cet espoir allégeait la peine, il épurait le bonheur. — La première exposition des produits de l'industrie française eut lieu au mois de septembre 1798, au champ de Mars , sous le ministère de François de Neufchâteau. Cent dix industriels seulement, tous du département de la Seine et des lieux circonvoisins, envoyèrent des produits. On distribua douze prix et douze mentions honorables. — La deuxième exposition eut lieu au Louvre, sous le ministère Chaptal , en 1801. Bonaparte , alors premier consul , décerna douze médailles d'or, douze d'argent, et de nombreuses mentions furent faites au sujet de cette exposition beaucoup plus importante que la première. — L'année suivante, il y eut une troisième exposition au même lieu. — La quatrième fut ouverte sur l'esplanade des Invalides, en 1806. 96 exposants obtinrent des médailles d'or, 118 en obtinrent d'argent ; d'autres médailles en bronze vinrent encourager divers industriels. A chaque exposition le nombre des exposants s'accrut considérablement , et les récompenses en proportion. En 1819, 1823, 1827, 1834 et 1839, ont eu lieu de brillantes expositions. En 1839, on a admis 3,348 exposants ; quelques-uns ont reçu la décoration de la légion d'honneur, et un très grand nombre des médailles. A l'exemple de la France, les autres États de l'Europe ont ouvert des concours pour l'industrie, et beaucoup de villes de province ont organisé des expositions particulières. On conçoit aisément , en effet , quelle émulation doit exister parmi les fabricants, et quels avantages résultent infailliblement des expositions des produits de l'industrie indigène. — Les objets destinés à l'exposition générale à Paris, sont d'abord soumis à l'examen d'un jury départemental ; puis, un jury central, nommé par le ministre du commerce, prononce sur le mérite des produits envoyés , et désigne ceux qui peuvent avoir droit à des récompenses.

INERTIE. Impuissance où sont les corps de résister par eux-mêmes au changement d'état qu'on leur fait subir, d'où il résulte que, si on les met en mouvement, ils continuent de se mouvoir jusqu'à ce qu'une force quelconque les fasse s'arrêter. — La résistance que tous les corps opposent aux efforts qui tendent à les faire passer du mouvement au repos, et du repos au mouvement, est appelée *force d'inertie* (*Voyez* FORCE).

INFAILLIBILITÉ. L'infaillibilité est le privilége de ne pouvoir se tromper soi-même ni tromper les autres. Or, après cette définition, où peut se trouver l'infaillibilité ? Est-ce un homme qui sera favorisé de ce don précieux ? mais , tous les hommes sont de même nature ; ils ont tous leurs faiblesses , plus ou moins il est vrai ; mais puisqu'ils sont tous faibles et sujets à l'erreur, nul d'entre eux n'a le droit de se dire infaillible. L'infaillibilité ne peut donc appartenir qu'à Dieu seul, et c'est en effet à ce premier principe de tout bien, qu'il faut remonter pour trouver la vérité. Mais Dieu, et les saintes Écritures l'apprennent, a conversé avec les hommes ; il a donc pu les rendre dépositaires de la vérité ; or, non-seulement il l'a pu, mais il l'a fait, puisqu'il a envoyé sur la terre , son fils , Dieu comme lui , enseigner aux hommes le chemin qui mène au vrai bonheur. Le christianisme est l'œuvre de Dieu même , et nous sommes tous les jours témoins des bienfaits qu'il répand sur les hommes. Puisqu'il y a une religion révélée , puisqu'il ne peut y en avoir plusieurs , comment reconnaître , parmi tant de sectes différentes, tant de doctrines opposées, la seule et unique doctrine qui doive nous apprendre nos vrais devoirs de chrétiens et d'imitateurs fidèles de Jésus-Christ notre chef ? ne faut-il pas une marque à laquelle on puisse distinguer la vérité de l'erreur ? cette marque, cette preuve, existent : c'est l'infaillibilité. Il eût manqué un point d'appui, le point fondamental à la religion si son chef ne lui eût fourni son assistance divine, son infaillibilité. Lorsque Jésus-Christ, s'adressant à Pierre, son apôtre, lui dit : *tu es Pierre, et sur cette pierre je bâtirai mon église, et les portes de l'enfer ne prévaudront point contre elle*, n'est-ce pas dire assez clairement que cette Église sortira toujours triomphante des attaques de l'erreur, et que jamais elle ne faillira ? Et quand, envoyant ses apôtres annoncer la bonne nouvelle dans toutes les parties du monde , il leur dit : *Enseignez toutes les nations ; baptisez-les au nom du Père, du Fils et du Saint-Esprit ; apprenez-leur à observer tout ce que je vous ai enseigné : je suis tous les jours avec vous jusqu'à la consommation des siècles*, que promet-il encore à cette Église représentée par ses douze apôtres ? En leur disant qu'il sera avec eux jusqu'à la consommation des siècles, il ne parle pas assurément de sa personne en chair et en os , telle qu'ils le voyaient alors, puisqu'il monta au ciel en leur présence ; puisque sa présence sur nos autels est cachée sous les symboles mystérieux du pain. Cependant ce n'est pas une vaine promesse qu'il leur fait, mais il parle de son esprit divin , de son appui tout-puissant ; il dit qu'il sera avec eux, c'est-à-dire qu'il leur donnera ses inspirations divines, qu'il leur communiquera ses lumières , sa grâce, sa sagesse. Et, peu de temps après son ascension , il exécute ostensiblement cette promesse, en leur envoyant le Saint-Esprit. Or, on ne dira pas que cette promesse a été faite aux apôtres individuellement et d'une manière exclusive. Ces douze hommes ne devaient pas vivre jusqu'à la fin des siècles ; ils moururent comme les autres hommes. La promesse s'adressait donc à tous ceux dont ils étaient les représentants , à tous leurs successeurs. Ainsi, les papes qui siégent depuis dix-huit siècles, sans interruption, dans la chaire de saint Pierre , et tous les évêques dont ils sont les chefs, sont aujourd'hui, comme il y a dix-huit siècles l'étaient les apôtres , assistés de l'esprit de Dieu, de la vérité ; par conséquent et comme la vérité est infaillible, ils ont pour eux l'infaillibilité. Chaque membre de ce corps privilégié n'est pas individuellement infaillible ; mais tout le corps l'est dans son ensemble. Les conciles, qui représentent toute l'Église, sont infaillibles dans leurs décrets. Le pape lui-même, comme homme, pourrait se tromper sur certains points de discipline ; mais comme organe de l'Église entière, il ne se trompera jamais en prononçant sur un dogme fondamental de la religion , parce que jamais il ne prononce sur ces matières que d'après les décisions des conciles dont il est le représentant.

INFAMIE. Châtiment qui flétrit le coupable sur lequel il s'exerce , et le rend incapable de remplir un emploi dans la société. La fin de toute pénalité est le maintien de l'ordre dans la société, la protection du droit. C'est vers cette fin de la peine que tendent à la fois, et par des efforts instantanés, l'intimidation qu'elle inspire, l'expiation qu'elle proclame, la réforme qu'elle s'efforce d'opérer. Pour atteindre leur but social, il est nécessaire que les peines soient exemplaires, c'est-à-dire qu'elles doivent intimider ceux qui seraient tentés d'intimider les coupables ; réformatrices, c'est-à-dire capables d'améliorer l'état normal des condamnés ; personnelles , c'est-à-dire qu'elles doivent le moins possible blesser, par leurs effets indirects, les familles des coupables; divisibles, c'est-à-dire susceptibles de plus ou de moins, afin que le juge puisse les proportionner à la gravité du délit, les graduer d'après la culpabilité et la sensibilité qu'il rencontre dans ceux auxquels il les inflige; réparables, à cause de la faillibilité de la justice humaine. Les peines afflictives et infamantes, en général, sont : la mort, les travaux forcés, la détention et la réclusion. Les peines infamantes seulement sont : le bannissement à temps ou à perpétuité et la dégradation civique. On appelle encore infamie toute action contraire aux lois de l'honneur.

INFANT. Titre des enfants puînés des rois d'Espagne, de Portugal et de Naples. On a fait usage de ce mot depuis l'année 999.

INFANTERIE. Troupes qui marchent et combattent à pied. L'armement du *fantassin* (c'est le nom par lequel on désigne individuellement tout soldat d'un régiment d'infanterie) se compose simplement d'un fusil avec sa baïonnette; son équipement : d'une giberne, d'un sac de peau, d'un schako, d'un bonnet de police et du linge de corps prescrit. Les sous-officiers et les soldats d'élite ont seuls le droit de porter le sabre-poignard; les soldats dits du centre n'en portent pas. Comme dans la cavalerie, le chef du corps prend le titre de colonel. Viennent ensuite les chefs de bataillon dont le grade correspond à celui de chef d'escadron dans la cavalerie, les capitaines, les lieutenants, les sous-lieutenants, les sous-officiers composés de sergents-majors, sergents-fourriers, caporaux. — L'infanterie se compose de divisions, de brigades, de régiments, de bataillons et de compagnies. Au commencement de 1610, l'infanterie française avait un effectif de 10,300 hommes; mais Henri IV, ayant compris le besoin de porter l'armée sur un pied respectable en cas de guerre, avait arrêté, dans les derniers mois qui précédèrent sa mort, que l'infanterie serait portée à 29.000 hommes. Sous le directoire, la France comptait 388.900 hommes d'infanterie, y compris l'artillerie à pied; sous le consulat, le chiffre était de 467,616. Au commencement de 1813, la France pouvait opposer à ses ennemis 726,000 (antassins; sous Louis XVIII) 162,712; sous Charles X 134,903; sous Louis-Philippe l'infanterie peut être aisément portée de 250 à 300,000 hommes. Il y a deux sortes de régiments d'infanterie, les régiments d'infanterie *légère* et l'infanterie *de ligne*. La différence entre ces troupes consiste dans la couleur des collets et parements des habits et dans la forme des boutons. En 1793, les régiments d'infanterie légère et de ligne prirent la dénomination de demi-brigades qu'ils conservèrent jusqu'en 1804. Ils reprirent à cette époque leur ancienne désignation. (*Voy.* TROUPES.)

INFANTICIDE. L'article 300 du Code pénal définit l'infanticide le meurtre d'un enfant nouveau-né; la morale et la religion, qui vont plus loin que le Code, accusent d'infanticide toute mère qui fait périr son enfant, que cet enfant ait vu le jour ou qu'il en ait été empêché par quelque moyen criminel. — Les anciens n'en jugeaient pas ainsi. On connaît le mépris de quelques peuples pour les enfants faibles ou difformes, et la manière atroce dont ils les sacrifiaient à leurs préjugés. Il a fallu que le christianisme vînt révéler au monde tout ce que le titre d'homme a de précieux en lui, pour que le monde stigmatisât sans réserve le meurtre d'un enfant, comme une violation révoltante de toutes les lois divines et de tous les instincts sociaux. Malheureusement, l'infanticide n'en est pas pour cela devenu plus rare. Tant que la société aura des idées étroites de l'honneur; tant qu'elle n'offrira pas à la jeune fille pauvre aucun refuge contre la faim et contre la séduction, tant qu'elle fera de l'or le Dieu suprême de sa conscience et le régulateur des vertus, l'infanticide s'attachera à elle comme un fléau inévitable que nul remède ne pourra guérir. On se fait illusion en général sur le nombre des crimes de ce genre qui se commettent seulement dans Paris; il est immense : les 9/10 des avortements volontaires échappent à la justice humaine. Peut-être fait-elle bien de ne pas fouiller trop avant dans ces tentatives occultes dont la révélation entière l'épouvanterait elle-même et lui ferait croire que nous sommes revenus à la barbarie ancienne. La répression d'ailleurs serait inutile; le mal est dans l'organisation sociale. Il faut tout changer ou se taire. — On a inventé dans tous les temps divers moyens d'y remédier, entr'autres les *tours*. Il est fâcheux que le gouvernement ait cru devoir les supprimer dans un grand nombre de localités. C'était le seul remède digne de la philanthropie chrétienne, le seul qui fût fondé sur une connaissance profonde du cœur humain, et qui fût en rapport direct avec l'état de transition et de crise où se trouve aujourd'hui l'organisme des sociétés. (*Voy.* TOUR.)

INFECTION. Puanteur excessive causée, soit par des corps en putréfaction, soit par une eau croupissante, soit même par des matières fétides de leur nature, soit enfin par un air vicié. Rien ne contribue tant à engendrer les maladies épidémiques que l'infection. Or, la malpropreté des appartements où l'air n'est jamais renouvelé, une agglomération d'immondices, sont les causes premières de l'infection. Il est donc bien important, pour les personnes faibles principalement, de se tenir en garde contre la malpropreté. Les mœurs pures sont les gardiennes de la santé; et il est à remarquer que, lorsqu'une maladie contagieuse survient, c'est ordinairement dans les villes les plus populeuses et les plus civilisées qu'elle se répand tout d'abord, et sévit surtout contre les dernières classes de la société, plongées le plus ordinairement dans le vice et les débauches. D'ailleurs les infortunés qui composent ces classes croupissent, pour la plupart, dans la fange et la vermine. D'autres, nourrissant de mets grossiers et malsains, et deviennent ainsi les premières victimes sur lesquelles le fléau destructeur exerce ses terribles ravages. Aussi, exige-t-on dans les hôpitaux une grande propreté dans le linge et les vêtements des malades, des salles bien aérées, une vie uniforme et réglée, la sobriété, etc.

INFÉODATION. Le devoir de fidélité formait l'essence des fiefs. Aussi, suivant les principes du droit allemand observés dans le pays de Porentruy, il n'y avait point de bail à fief sans une clause expresse qui obligeait le preneur au devoir de fidélité envers le concédant, alors même que les termes de fief, d'inféodation se trouvaient dans l'acte de concession. La rente féodale et seigneuriale, stipulée prix d'un fonds dont le propriétaire ou seigneur déclare expressément vouloir faire un fief roturier, a été supprimée comme féodale, par les lois de 1792 et 1793. Cette déclaration de faire péage ou convertir un domaine en fief, devait être expresse et ne pouvait s'établir par simples inductions. Une redevance qualifiée féodale ou créée avec mélange de droits qui pouvaient appartenir à la féodalité, n'a pas été abolie par les lois de 1793, si l'effet de stipulations féodales qui se trouvent dans l'acte constitutif était subordonné à une érection de fief qui n'a pas eu lieu. (*Voy.* FÉODALITÉ.)

INFERNAL. Qui tient de l'Enfer. Action noire et perfide. *Machine infernale*. — La voix publique, toujours expressive dans ses dénominations, a stigmatisé de ces noms un appareil meurtrier dont les effets terribles ont de loin en loin effrayé les populations. On ignore quel a été le premier inventeur de ce genre de machine; mais l'on sait qu'il en a paru une ou deux dans le 16e siècle, au milieu des troubles politiques de la France. Les deux plus célèbres, comme aussi les deux dernières, appartiennent à notre époque. L'une d'elles fut préparée dans la rue St-Nicaise, au mois de décembre 1800, contre le premier consul Bonaparte dont elle devait faire sauter la voiture au moment où il se rendait à l'opéra. L'explosion eut lieu, mais trop tard ; le premier consul était hors d'atteinte. La secousse ébranla plusieurs maisons, tua une dixaine de personnes, et jeta dans tout Paris une terreur inexprimable. Cette malheureuse tentative fut funeste au parti jacobin. Elle devint le prétexte de nombreuses déportations et d'inexcusables injustices, de la part du pouvoir naissant qui ne voyait dans les chefs de la révolution que les ennemis jurés de sa grandeur. — La machine infernale de Fieschi ne date que de 1835 ; elle était dirigée contre le roi Louis-Philippe qui n'y échappa que par une espèce de miracle, et qui fut même légèrement blessé au front. Fieschi, l'un des auteurs et l'exécuteur du complot, s'était établi boulevard du Temple, et il avait disposé son terrible appareil derrière les volets d'une fenêtre du troisième étage ; le 28 juillet, jour où le roi devait passer la revue de la garde nationale, était le jour choisi pour l'explosion. L'effet en fut épouvantable : le brave maréchal Mortier fut tué ; des généraux, plusieurs officiers et un grand nombre de spectateurs eurent le même sort ; les deux fils mêmes de Sa Majesté furent blessés, et ce qu'il y eut de p us singulier dans cette affaire, c'est que le meurtrier lui-même eut la figure déchirée par plusieurs balles. L'inspection de la machine fit voir qu'il devait périr avec ses victimes, et qu'il n'avait été que l'instrument du crime. Pépin et Morey, ses deux complices, montèrent avec lui sur l'échafaud.

PIERRE INFERNALE. Nitrate d'argent fondu, journellement employé en chirurgie comme caustique, et qui a tiré son nom peu attrayant de l'espèce de cuisson ou brûlure qu'il fait éprouver à la partie du corps, avec laquelle elle est en contact. Les principaux usages de cette pierre sont pour exciter certains ulcères atoniques, réprimer des chairs, cautériser des plaies, en un mot, pour imprimer aux surfaces ulcérées le degré de vitalité nécessaire à leur cicatrisation. On l'emploie aussi dans plusieurs maladies contagieuses, telles que la rage ou la syphilis.

INFILTRATION. C'est l'action par laquelle un fluide pénètre dans les pores d'un corps solide. L'eau s'infiltre dans la terre et la féconde. En médecine, on donne ce nom à un engorgement mou, peu inflammatoire formé par la sérosité répandue dans les aréoles du tissu cellulaire. (Voy. HYDROPISIE.)

INFINI. L'infini n'a pas de limites et ne peut en avoir ; or, l'infini est de l'essence de Dieu même, puisqu'il n'y a que Dieu qui, étant sans commencement et sans fin, puisse être Infini. Nous ne pouvons comprendre l'infini ; mais nous sommes cependant forcés de l'admettre. En effet, où sont les bornes de l'espace ? — Jusqu'où s'étendent tous ces mondes roulant sur nos têtes ? Quelles sont, en un mot, les limites de la création ? Nous l'ignorons, nous nous perdons dans ces abîmes sans fond que creuse notre pensée, et notre orgueilleuse raison est cependant forcée de reculer devant cette immensité. Il nous serait en effet plus difficile, il nous répugnerait davantage d'admettre des bornes à l'espace que de n'en pas admettre. Car enfin, quelles sont ces bornes elles-mêmes ? le vide. Mais le vide est aussi l'espace, le vide est partout où il n'y a rien ; or, le vide ou le rien ne peuvent avoir de limites. Supposez un instant qu'ils en aient : qu'y a-t-il par delà ces limites ? rien encore,... le vide, l'espace,... l'immensité,... l'éternité,... Dieu, Dieu partout, dans tout. Le rien lui-même est une chimère que notre intelligence bornée est obligée d'admettre dans ces calculs effrayants. Le rien ne peut exister ; car s'il existait il serait quelque chose. Dieu, l'être par excellence, est tout, et le tout est dans tout. L'athée lui-même (s'il s'en trouve encore) est forcé d'admettre l'infini : donc il est forcé de croire en Dieu, c'est naturel et logique.

INFINITIF. Voyez GRAMMAIRE.

INFIRMERIE. Lieu où sont rassemblés les malades pour être soignés, dans les établissements religieux, civils ou militaires. C'est au christianisme que nous devons cette institution charitable qui rend tous les membres d'une grande famille comme responsables des douleurs de leurs frères. C'est dans les anciens monastères que nous en voyons les premiers exemples. Le titre d'infirmier devint même plus tard une haute dignité monacale qui conférait de grands privilèges et qui donnait droit à une redevance annuelle en nature et en argent. Les fameuses maisons de Saint-Jean de Jérusalem et du Temple ne furent dans le principe que des hôtelleries ou plutôt des infirmeries, où d'illustres pénitents accueillaient les pèlerins de la Terre-Sainte et les guérissaient des maladies pestilentielles que le voyage d'Orient causait presque toujours aux Occidentaux. Si plus tard ils échangèrent leur humble destinée contre l'agitation et la gloire des combats, ce fut lorsque les succès des musulmans eurent rendu leurs premières fonctions impossibles, et lorsque les malheurs de la cause chrétienne en Syrie réclamèrent de nouveaux défenseurs. — Aujourd'hui les infirmeries sont devenues partie essentielle de tout établissement sérieux. C'est un progrès qu'il faut noter dans l'histoire des améliorations sociales.

INFLAMMATION (de inflammare, enflammer). C'est un mot générique employé pour désigner une classe nombreuse de maladies. Ce qui caractérise principalement l'inflammation, c'est une augmentation de chaleur dans tout le corps (dans la partie affectée surtout) accompagnée de douleur, de rougeur, de tension et de gonflement. — La fièvre est une compagne fidèle de toutes les inflammations, cependant, il faut le dire, il en est où elle est peu sensible ; car la fièvre paraît être un effet de la douleur le plus souvent. — Dans toutes les inflammations le mouvement du sang est toujours accéléré, plus ou moins, dans tout le corps, et particulièrement dans les parties affectées. Le battement des artères y est remarquablement augmenté, de là résulte une espèce de fièvre locale. — Quand la fièvre qui survient à la suite de l'inflammation est violente, elle entraîne avec elle la soif, les inquiétudes, les maux de tête, le délire, et tous les autres accidents qui l'accompagnent ordinairement. — On distingue les inflammations en internes et externes, suivant qu'elles ont leur siège dans des parties intérieures ou extérieures du corps. — Les inflammations extérieures se divisent en phlegmoneuses et érysipélateuses. Sont dites phlegmoneuses les inflammations qui se manifestent sous la forme d'une tumeur dure et circonscrite, avec accompagnement de rougeur et de douleur variable en intensité, mais presque toujours pulsative : ces furoncles sont des inflammations de ce genre. — On appelle érysipélateuses les inflammations qui ont pour caractère une chaleur brûlante, une coloration rouge tirant tantôt sur le rose et tantôt sur le jaune, une douleur aiguë et une tumeur superficielle plus ou moins étendue sans circonscription ni résistance, qui disparaît facilement sous la pression du doigt, pour reparaître aussitôt et presque toujours compliquée d'œdème. — Les inflammations qui affectent les organes intérieurs sont plus spécialement désignées sous le nom de phlegmasies, et chacune d'elles a reçu un nom particulier le plus ordinairement formé de l'étymologie grecque, du nom de l'organe affecté auquel on ajoute la désinence ite, quelquefois, mais plus rarement la désinence ie : ainsi la phlegmasie de l'estomac a été appelée gastrite, celle des intestins, entérite etc., et on a donné le nom de pneumonie à l'inflammation des poumons, celui de pleurésie à l'inflammation des plèvres, etc.... — Il existe encore un mode particulier d'inflammation employé par la nature pour la guérison des plaies, on l'appelle inflammation *adhésive*, parce qu'elle a pour but de réunir les parties accidentellement divisées. — Les inflammations peuvent se terminer de quatre manières différentes : 1° par *résolution*, 2° par *suppuration*, 3° par *induration*, 4° par *mortification de la partie*. La *résolution* est le mode de terminaison le plus heureux de l'inflammation, et celui que l'on doit toujours favoriser ; elle arrive lorsque l'inflammation se dissipe peu à peu, sans aucune altération sensible des vaisseaux qui en ont été le siége. — La *suppuration* n'est à beaucoup près un mode de terminaison aussi avantageuse que la résolution, cependant on peut la conduire à bonne fin, surtout quand elle se manifeste à l'extérieur ; elle survient lorsque le sang, arrêté dans les vaisseaux engorgés, se métamorphose en *pus*. Il y a alors un *abcès* à la place de l'inflammation. — L'*induration* laisse ordinairement après elle une tumeur dure, indolente, lymphatique, occasionnée par l'endurcissement des tissus qui étaient le siége de l'inflammation. — La *mortification de la partie* enflammée arrive quand on observe sous le siége du mal une couleur plombée, livide, noirâtre, un sentiment obtus et une odeur cadavéreuse. Ce sont les caractères de la gangrène dont le sphacèle est le dernier degré. — Les *causes de l'inflammation* sont : les exercices violents surtout quand ils sont suivis d'un passage subit du chaud au froid, l'intempérie des saisons, des variations brusques de l'atmosphère, la colère, la haine et l'amour, les écarts de régime et surtout l'abus des boissons alcooliques, la suppuration des excrétions (sanguines surtout), les veilles fréquentes et prolongées, l'application extérieure de tous les corps irritants, les coups, chutes, contusions, compressions, luxations, fractures, etc., les morsures et piqûres d'animaux ou d'instruments pointus, la contention d'esprit, les excès des plaisirs vénériens, l'action trop vive du calorique, soit qu'il vienne du soleil ou des corps inflammables en combustion. — L'*inflammation* n'épargne ni âge, ni sexe, ni tempérament ; personne n'est à l'abri des atteintes d'une maladie dont les causes extérieures sont si multipliées ; les enfants et les jeunes gens y sont plus particulièrement sujets ; les femmes y sont aussi plus exposées que les hommes. — Le *siége des inflammations* varie suivant les âges. C'est principalement à la tête, aux yeux, aux oreilles, au cou, qu'elles se manifestent *chez les enfants*. — Chez les *adultes* les maladies inflammatoires attaquent particulièrement la gorge, la poitrine, les viscères abdominaux. — *Chez les vieillards*, ce sont les parties inférieures du corps, les entrailles, les veines, la vessie, les lombes, les jambes, les pieds, et surtout les articulations qui sont les plus exposées aux inflammations. — Le tempérament sanguin y prédispose, le tempérament bilieux aussi. — L'inflammation peut établir son siége sur toutes les parties du corps indistinctement. — Nous ne rappellerons pas les théories émises pour l'explication des inflammations. Cela nous demanderait plus d'espace que n'en présente notre cadre rétréci. — Le traitement des inflammations consiste principalement dans la saignée et dans l'emploi des émollients et des antiphlogistiques.

INFLUENCE. Vertu qui, suivant les anciens astrologues, découlait des astres sur les corps sublunaires. Aussi le vulgaire ignorant et superstitieux s'imaginait-il sottement que la lune influait sur la crue des cheveux, la plénitude des huîtres et des écrevisses, la réussite des semailles et plantations. L'expérience nous apprend que la lumière de la lune, rassemblée au foyer du meilleur miroir concave, ne donne pas le moindre degré de chaleur, et que par conséquent elle ne peut exercer aucune influence ; car il n'y a jamais d'effet sans cause.

IN-FOLIO. C'est un livre dont les feuilles sont pliées en deux. Le *folio recto* signifie la première page du feuillet ; le *folio verso* le revers.

INFORMATION. En général, on nomme ainsi toute recherche faite sur un individu, tout renseignement pris sur son compte pour connaître, sans erreur, sa qualité ou ses vices, sa position sociale ou sa fortune, ses relations ou sa famille. Ce genre d'information est très-commun dans le monde. Il n'est presque pas d'acte important qui ne l'exige. Les éléments sociaux, par leur mélange et leur multiplicité, donnent trop de prise à l'intrigue et au charlatanisme, pour qu'un homme prudent s'aventure jamais dans une spéculation ou dans une alliance avant d'avoir pris de nombreuses informations nécessaires à sa sécurité.

En terme de légiste, on nomme information, ou *enquête*, un acte judiciaire qui contient les dépositions des témoins sur un fait en matière criminelle, comme aussi la recherche qui est faite par les agents de l'autorité pour découvrir à force de témoins, toutes les circonstances réelles du crime qui a été commis.

En matière civile, l'information est une *enquête* qui se fait pour connaître les avantages ou les inconvénients qui pourraient résulter d'une mesure ou d'un changement projeté dans quelque établissement ou lieu public. — Sous l'ancien régime, ces sortes d'informations étaient communément ordonnées par les cours de justice, avant d'enregistrer les lettres patentes qui permettaient le changement demandé. Aujourd'hui, elles se font administrativement, et précèdent toujours la loi qui autorise ou ordonne les actes dont elles sont l'objet. — Avant la révolution il existait encore une *information de vie et de mœurs*, ou espèce d'*enquête* que les procureurs royaux faisaient faire sur la conduite et les mœurs de celui qui se présentait pour être reçu dans quelques-unes des charges qui obligeaient de prêter serment entre les mains du juge.

INFORTUNE. L'infortune est une suite de malheurs qui ne proviennent nullement du fait de l'homme et qui n'alarment pas sa conscience. Quelquefois nous attirons sur nous le malheur ; mais l'infortune y vient d'elle-même. Ce n'est pas l'argent dont les infortunés ont le plus grand besoin ; les conseils, les amitiés, les soins, les consolations sont le baume qui leur est le plus précieux. Il n'y a que les infortunés qui sentent le prix des âmes bienfaisantes.

INFLAMMABILITÉ. Production mobile de flamme, combustion d'une substance gazeuse. On nomme *corps inflammables* les substances qui se combinent rapidement avec l'oxygène en produisant un dégagement de lumière.

INFRACTION. Contravention à une loi, transgression, violation d'une règle, d'une ordonnance, d'un privilége, d'un traité ou d'un autre acte de ce genre. — Les acceptions de ce mot sont trop multipliées et trop usuelles pour qu'il soit nécessaire de les détailler.

INFUSION. (*Infusio*, de *infundere*, verser dessus.) C'est une opération à l'aide de laquelle on extrait au moyen de l'eau chaude ou bouillante les principes de la substance que l'on veut infuser. — L'infusion peut se pratiquer de deux manières : ou bien on verse de l'eau bouillante sur la substance à infuser ; ou bien on se contente de plonger la substance dans l'eau bouillante, après quoi on retire le vase qui la renferme après l'avoir bien bouché pour empêcher l'évaporation. — Que l'on ait mis en pratique l'un ou l'autre de ces procédés, il est toujours important de savoir que l'infusion est faite quand la température du liquide s'est abaissée au point de se trouver en équilibre avec celle de l'atmosphère. — Il ne faudrait pas prolonger une infusion trop long-temps, car alors que l'infusion est terminée la macération commence. — On a recours à l'infusion quand on veut extraire d'une substance des principes susceptibles de s'évaporer par la *décoction* ou insolubles à froid. — On pratique l'infusion sur le thé, le tilleul, les feuilles d'oranger, la violette, etc.

INFUSOIRES. On appelle ainsi de petits êtres qu'on ne peut apercevoir qu'avec le microscope. C'est pourquoi quelques auteurs les ont désignés sous le nom d'*animalcules microscopiques*. — Ces animalcules fourmillent dans les eaux dormantes et dans les eaux où l'on a mis infuser des débris de cadavres, de végétaux ou d'animaux. Les fluides qui circulent dans les corps organisés vivants en renferment. On n'en trouve pas dans les corps gras. Ils circulent avec le sang, nagent dans le mucus, s'échappent avec l'urine, animent le sperme, etc. L'organisation de ces petits êtres est souvent si simple, que quelques-uns, comme les *monades*, semblent n'être, pour ainsi dire, qu'un point animé; d'autres sont *filiformes*, comme les *vibrions*. Les prétendues *anguilles* que l'on trouve dans le vinaigre sont des animalcules de cette classe. Les infusoires paraissent dépourvus d'organes des sens, excepté pourtant celui du toucher dont leur peau contractile est le siège. Une queue et des cils semblent être les seuls organes de leurs mouvements. — On a rapporté toutes les espèces d'infusoires à deux classes principales : d'abord les *rotateurs* ou *rotifères*, dont l'organisation est assez compliquée. Leur corps ovale et gélatineux est muni d'une bouche, d'un estomac, d'un intestin, d'un anus apparent, d'une queue bifurquée et articulée; ils portent en avant deux petites couronnes de cils qui produisent par leurs vibrations l'image de deux petites roues tournant avec rapidité autour de leur axe. On a rangé dans la deuxième classe les *animalcules homogènes*, dont le corps est gélatineux et contractile; mais sans apparence de bouche et sans organes extérieurs. De ce genre sont les animalcules spermatiques qui, par leur forme, ressemblent aux têtards de grenouille. Ces animalcules sont si petits, que 50.000 d'entre eux, au dire de Leuwenhoeck, peuvent à peine égaler la grosseur d'un grain de sable. — Les infusoires *polygastriques* présentent, dans leur intérieur, plusieurs petites cavités qui paraissent remplir les fonctions d'estomacs. Quelques naturalistes ont divisé les animalcules microscopiques en deux sections, parce que les uns sont fixés à des corps solides et les autres sont libres. — Les *vorticelles*, les *trichodes*, les *hydres*, aussi nommés polypes à bras, vivent dans les eaux dormantes, attachés sur des corps solides. Si l'on vient à les couper en plusieurs parties, chacune d'elles devient un animal vivant. On les a retournés, dit M. Duméril, de manière que leur estomac devint leur peau extérieure et réciproquement; ils n'en ont pas moins continué de vivre. — Les trichodes ont des espèces de poils qui les soutiennent et les font mouvoir dans l'eau. Les rotifères (espèce de vorticelles) sont pourvus de poils disposés en cercle, et ils les font mouvoir comme les rayons d'une roue. On les rencontre dans les eaux croupissantes; ils se meuvent avec une excessive rapidité et changent de forme à chaque instant. On a observé qu'un de ces petits animaux, après être resté immobile et desséché pendant des années entières, s'est mis à se mouvoir de nouveau aussitôt qu'il a été humecté.

INGÉNIEURS. L'académie définit les ingénieurs, des officiers qui inventent et qui tracent ou qui conduisent des travaux pour la défense, l'attaque et la fortification des places. — Cette définition n'est point exacte, en ce qu'elle ne regarde que les officiers du génie militaire, sans s'occuper du génie civil ou des ponts et chaussées. — Le mot ingénieur vient d'*engin, machine* et *talent*, et cette étymologie exprime seule la fonction de cet officier public. — La différence de leurs attributions a fait distinguer trois classes d'ingénieurs, qui forment en réalité trois corps bien distincts. On a donné le titre d'ingénieurs-géographes à des officiers spécialement chargés des cartes civiles et militaires. Leur première institution remonte au règne de Louis XV. Elle fut illustrée pendant la révolution par les *Laplace*, les *Delambre*, les *Borda*, etc., et elle devint dès-lors le propagateur des nouvelles méthodes géodésiques. Un décret en

1809 constitua ces corps militaires, fixa le nombre des ingénieurs à 90, et prescrivit qu'à l'avenir ils se recruteraient, par voie de concours, des élèves sortants de l'école polytechnique. Depuis cette époque jusqu'à nos jours, l'institution impériale a subi de nombreuses modifications ; mais elle n'a point dégénéré des utiles travaux qui l'avaient rendue indispensable au pouvoir. — Les ingénieurs militaires sont destinés à projeter et à faire exécuter tous les travaux militaires, savoir; en temps de paix, les fortifications de places, les bâtiments militaires et toute espèce de constructions de ce genre; en temps de guerre, les travaux de siége, attaque et défense, les retranchements et tous les travaux nécessaires dans les combats et pour la marche des armées. — Jusqu'à la fin du XVIIᵉ siècle, les ingénieurs militaires ont été dans toutes les armées ce que sont les ingénieurs dans les entreprises industrielles, qui, suivant certaines vocations, se chargeaient de diriger l'exécution des travaux de fortification. C'est du milieu des ingénieurs libres que sont sortis Fabre, Deville, Vauban, Valore, et beaucoup d'autres de tous les pays dont les noms mériteraient d'être cités. C'est à Louvois que l'on doit la réunion de ces ingénieurs en corps. (*Voyez* PONTS ET CHAUSSÉES; INSTRUCTION.)

INGRATITUDE. Oubli, méconnaissance des bienfaits reçus. Ce vice est contre nature; c'est le plus lâche et le plus odieux. Souvent il émane de l'insensibilité, souvent aussi de l'intérêt et de l'orgueil. Les ingrats, dit Cicéron, *s'attirent* la haine générale parce que leurs procédés découragent les personnes généreuses ; il en résulte un mal auquel chacun ne peut s'empêcher de prendre part.

INGRÉDIENT. Toute substance qui entre dans la composition d'un médicament ou d'une mixtion quelconque est un ingrédient; dans l'art culinaire, le poivre, le sel, l'ail ou tout autre épice ou aromate sont des ingrédients.

INHUMATION. Action de mettre en terre un cadavre avec les cérémonies et les pompes funèbres que prescrivent les lois de l'État et de l'Église ou qu'autorisent les usages établis. Dans une grande partie de l'Europe, on procède avec les plus grandes précautions à l'inhumation, pour éviter les graves inconvénients qu'entraîne malheureusement trop de précipitation. On citerait une foule d'exemples de personnes réputées mortes et qui ne l'étaient pas. — On lit dans *la Quotidienne* qu'un jeune médecin bavarois, à la suite d'un vomissement de sang, mourut ou du moins parut mort ; ses confrères eux-mêmes le crurent, et le prétendu mort fut mis dans la bière. Selon les lois de la Bavière il dut rester exposé pendant quarante-huit heures dans sa chambre. Vers le milieu du second jour, pour corriger la mauvaise odeur, le cadavre fut aspergé d'eau aromatique, et soudain le corps fit quelques mouvements. Aussitôt l'ami du mort supposé, le docteur Schmith Muller est appelé, il lui prodigue ses soins et le rappelle à la vie. — En France, il est probable qu'il eût été enterré après vingt-quatre heures et par conséquent enterré vivant. — « Par quelles raisons croyez-vous » que les funérailles se font si tard?.. Pourquoi trou» blons-nous le repos des pompes funèbres par tant de » gémissements, de pleurs, de hurlements, si ce n'est » que souvent on a vu revenir à la vie ceux à qui l'on » était près de rendre les derniers devoirs ? » — C'est ainsi que s'exprimait Quintilien ; mais aujourd'hui, s'il vivait en France, il s'écrierait avec indignation : Pourquoi sommes-nous donc si empressés à abandonner celui qui semble privé de la vie? Pourquoi ne prenons-nous pas de plus grandes précautions pour constater sa mort; cependant, nous n'ignorons pas que son apparence peut être trompeuse ; nous avons une foule d'exemples de gens ensevelis et même inhumés avant leur mort. Et c'est dans un siècle de lumières, chez la nation la plus philantrope, qu'un membre de la société est exposé à l'affreux supplice d'être enterré vivant? Peut-on sans frémir d'horreur, songer à la position épouvantable d'un père de famille qui, reprenant ses sens, se sent enfermé dans un étroit cercueil dont il lui est impossible de sortir? On peut se faire une idée de la douleur des orphelins qui ont vu déposer dans la tombe ce père si chéri, leur unique soutien; mais comment peindre le désespoir, la rage impuissante de ce malheureux, vivant dans son tombeau, où il attend que les angoisses de la faim terminent ses souffrances!.. — Et c'est en France, au XIXe siècle, que ce tableau peut se réaliser!.. Il se réalise peut-être en ce moment... Voyez ce respectable vieillard, ce jeune et tendre époux, cette bonne mère de famille, cet enfant adoré, leurs pompes funèbres s'avancent à la fois: on les conduit à leurs tombes, ils y sont renfermés; mais sont-ils morts?.. Oserez-vous l'affirmer!.. Non, non, vous n'aurez point cette audace; vous n'avez pris aucune précaution pour vous en assurer; les moyens que vous avez employés sont insuffisants, et prouvent votre inhumaine insouciance..... Paix!.... N'entendez-vous pas des soupirs, des gémissements, des cris sourds et plaintifs? Oui! sous ces marbres qui portent en lettres d'or l'expression de vos regrets, les malheureux que votre barbarie a fait si promptement inhumer sont encore vivants et vont périr longuement assassinés. — Vous repoussez cette image déchirante! elle est si horrible, si révoltante, que vous cherchez à douter de son exactitude; elle est pourtant vraie: mille faits remarquables l'ont prouvé depuis long-temps; à chaque instant de nouveaux faits fournissent de nouvelles preuves et vous persistez dans votre barbare insouciance, vous vous obstinez à laisser enterrer des êtres dont la mort n'est pas évidemment constatée; vous ne voyez donc pas que le même sort vous menace? — En Bavière les lois exigent un délai de quarante-huit heures entre la mort et l'enterrement, et pourtant un évènement terrible est venu naguère servir d'exemple des dangers qui peuvent résulter des inhumations précipitées. — Le baron Hortein tombe en léthargie: on le croit mort; ses funérailles ont lieu, et la bière qui le renferme est provisoirement descendue dans le caveau destiné à la sépulture de la famille, en attendant que le corps soit déposé dans la tombe. — Deux jours après les funérailles, des ouvriers entrent dans le caveau, et voient à leurs pieds le corps du malheureux baron tout couvert de sang: — La léthargie du baron a cessé, l'infortuné a repris ses sens; il est parvenu à soulever le couvercle de son cercueil; mais désespéré, furieux, en voyant l'impossibilité de sortir du caveau, il a mis fin à son supplice en se brisant la tête contre les angles de son tombeau. — Dans diverses villes d'Allemagne, il est des établissements spéciaux pour recevoir les personnes dont on suppose que la mort n'est qu'apparente. A Hambourg, on laisse passer six à huit jours avant d'enterrer les morts, à moins que la putréfaction ne se manifeste. Il est certaines villes où l'on établit des loges d'attente lesquelles à l'une dépose le cadavre, à l'une des mains duquel on fixe le cordon d'une sonnette qui correspond à la demeure du fossoyeur. En France, les lois veulent qu'il ne soit procédé à aucune inhumation sans autorisation préalable délivrée sur papier libre et sans frais, par l'officier d'état-civil qui lui-même ne peut la délivrer qu'après le rapport du médecin vérificateur, lequel s'est transporté auprès de la personne décédée pour s'assurer de la mort réelle, et seulement 24 heures après le décès, hors les cas prévus par les règlements de police. Ceux qui, sans une autorisation préalable de l'officier d'état-civil, auraient fait inhumer une personne décédée, seraient punis de six jours à deux mois d'emprisonnement et d'une amende de 16 à 50 fr. Mais ces prescriptions sont-elles toujours bien rigoureusement observées? nous en doutons. — M. Bourgeois a écrit un mémoire sur le danger des inhumations précipitées; ce mémoire qui a produit sensation a soulevé une foule de méditations. L'Académie des sciences s'est occupée souvent de cet objet et la solution de la question ne peut manquer d'être bientôt soumise au jugement du public. Le docteur Donné a publié récemment dans le journal de Paris une lettre où se trouvent consignés des faits et des démonstrations qui tendent à rassurer le public, et nous aimons à penser que désormais les mesures les plus convenables seront prises pour éviter toute erreur. Déjà, à Paris, ces mesures sont en vigueur; les inhumations n'ont lieu qu'après un sérieux et minutieux examen et après constatation bien formelle du décès de l'individu; mais dans les départements, et surtout dans les campagnes, malgré le vœu de la loi, combien n'y a-t-il pas encore à craindre, et quelle sollicitude l'autorité ne doit-elle pas porter sur cet état de choses! Les honneurs de la sépulture ont de tout temps été en usage chez toutes les nations qui le regardaient comme un devoir sacré dont l'inobservance était réputée crime. Mais les ténèbres du paganisme ayant obscurci la raison, ce devoir pieux et raisonnable dégénéra en une véritable superstition, et chacun s'arrangea des cérémonies particulières, presque toutes fondées par l'erreur où on était relativement à la vie future. Les anciens avaient grand soin d'ensevelir les morts, dans la conviction où ils étaient que les âmes dont les corps demeuraient sans sépulture n'étaient point admises dans le séjour des bienheureux, ou du moins qu'elles étaient errantes sur les bords du Styx, avant de pouvoir passer de l'autre côté de ce fleuve. Aussi, lorsqu'on apprenait qu'un mort n'avait pas été inhumé, et qu'on ne pouvait trouver son corps, on lui élevait un cénotaphe qui était un tombeau vide. L'endroit où l'on élevait ce tombeau n'était cependant pas regardé comme sacré. Si l'on trouvait le corps on l'enterrait aussitôt: celui qui manquait à ce devoir était regardé comme coupable, et immolait une truie à Cérès pour expier son crime. La crainte qu'ils avaient de demeurer sans sépulture faisait qu'ils n'appréhendaient aucun genre de mort plus que le naufrage, et que pendant leur vie, ils avaient grand soin de choisir des endroits particuliers pour servir à leur inhumation. La plupart des cérémonies usitées dans nos funérailles nous viennent des Romains qui, au commencement de la République, enterraient les morts, quoique cela ne se fît pas toujours, puisque nous lisons dans l'histoire de ce peuple que l'on brûla quelques cadavres dès l'an 323. — Dans les premiers temps du Christianisme, les fidèles enterraient les morts avec l'espérance de la résurrection. Avant les empereurs chrétiens leurs cimetières étaient hors des villes. Lorsqu'il leur fut permis d'avoir des temples, ils inhumèrent leurs morts tout proche des édifices religieux. Constantin 1er fut enterré à la porte de Saint-Pierre, à Constantinople. D'abord on transporta dans les églises le reste des martyrs, ensuite les corps des fidèles qui avaient demandé avec instance d'être enterrés auprès de ces glorieux athlètes. La superstition, fille de l'ignorance et de l'enthousiasme, persuadait à plusieurs que l'inhumation dans les saints lieux, et l'ensevelissement dans les nappes qui avaient servi à la célébration des saints mystères suffisait pour effacer les plus grands péchés. L'un et l'autre furent défendus dans les conciles. Celui qui se tint à Auxerre ajouta qu'on ne donnerait point l'Eucharistie ni le baiser aux morts; mais cette sage défense fut éludée par les riches. Avant le quatrième siècle, les nobles et les grands avaient leur sépulture dans l'église, ensuite on enterra toutes sortes de personnes. A l'imitation des Romains on lavait le corps du défunt, on l'embaumait, on l'enveloppait dans des linceuls fort blancs, souvent dans des draps très-précieux. On le portait en terre sur une civière, dans un cercueil couvert d'un voile, le clergé et le peuple chantaient des hymnes et des cantiques d'allégresse, quelques-uns portaient des cierges et des flambeaux. Le corps étant arrivé dans l'église, on célébrait la messe pour le repos de l'âme du défunt; et s'il était recommandable par ses vertus et par sa condition, un prêtre l'honorait d'une harangue funèbre. On étendait de riches tapis sur la tombe des grands, et l'on entourait de balustrades les sépultures des martyrs et autres saints. Ceux des personnes qui avaient fait du bien pendant leur vie étaient couverts de fleurs; on mettait sous leur tête des branches de laurier et d'autres arbres toujours verts, comme symbole de l'immortalité. Le tombeau des vierges était couronné d'une guirlande de fleurs. On enterrait le corps la face tournée vers le ciel du côté de l'orient. Les sépulcres des martyrs se reconnaissaient à la palme gravée sur la pierre comme marque de leur victoire. On enterrait avec soin une fiole remplie de leur sang et les instruments de leur passion. Les tombes des confesseurs étaient désignées par des chiffres et des symboles. —Aujourd'hui les enterrements comprenant les cérémonies et les prières de l'Église, le convoi. sont fixés par les règlements des fabriques des églises approuvés par les évêques. Il y a des enterrements de plusieurs ordres selon le rang ou la fortune du décédé. Les droits à payer pour aller reposer en terre sont tarifés et les indigents seuls en sont affranchis.

INITIATION. C'est l'action par laquelle un individu était admis à prendre part à la célébration des mystères que l'on célébrait à Rome en l'honneur de certaines divinités. On célébrait ordinairement la nuit ces fêtes qui empruntaient leur nom du secret auquel on était tenu par serment. On donne le nom d'*initiés* à ceux qui font partie de quelque société secrète, comme celle de la franc-maçonnerie. (Voy. ce mot). Le mot *adepte* ne diffère de celui d'*initié*, qu'en ce que ce dernier ne rappelle que l'idée d'admission, tandis que l'autre est employé pour qualifier les individus privilégiés qui font depuis long-temps partie de la société mystérieuse.

INITIATIVE. Ce mot, qui signifie commencement, est employé pour exprimer, en jurisprudence, l'action première qui précède la publication des lois, c'est-à-dire la proposition de loi. A Rome, sous les consuls, l'initiative appartenait au corps entier des magistrats, et les suffrages du peuple adoptaient ou rejetaient les lois proposées. A Athènes, chaque citoyen avait droit d'initiative. Sous le directoire, l'initiative appartenait au corps des cinq-cents, et le conseil des anciens sanctionnait la loi proposée. Sous le consulat et l'empire, la sanction du chef de l'État n'était pas nécessaire, le corps législatif était obligé de voter ou de refuser le projet présenté par le gouvernement, tel qu'il était; de sorte que le gouvernement seul avait l'initiative. Sous la charte constitutionnelle de 1814, le pouvoir exécutif conserva l'initiative; mais depuis le 7 août 1830, l'article 15 de la charte a dévolu l'initiative aux trois pouvoirs, indistinctement, au Roi, à la Chambre des pairs et à celle des députés.

INJURE. L'injure, comme la *calomnie* et la *diffamation*, est comprise sous le mot générique *outrage*. Le mot outrage s'applique à tout ce qui peut porter atteinte à l'honneur et à la considération des individus ou des corps. Les outrages envers les magistrats ou fonctionnaires publics furent, de tout temps, punis de peines correctionnelles, dans une juste proportion entre la sévérité de la peine et le plus ou moins de gravité du délit. Quant aux outrages envers les particuliers, ils sont qualifiés par le Code de calomnie ou d'injures. — Il y a calomnie lorsque, soit dans les lieux ou réunions publics, soit dans un acte authentique et public, soit dans un écrit imprimé ou non, qui a été affiché, vendu ou distribué, on impute à un individu quelconque *des faits* qui, s'ils existaient, exposeraient celui contre lequel ils sont articulés à des peines criminelles ou correctionnelles, ou seulement au mépris et à la haine des

citoyens. L'injure consiste en des expressions outrageantes qui ne renferment l'expression d'aucun fait précis, mais celle d'un vice déterminé.

INJECTION. s. f. *Injectio*, de *injicere*, jeter dedans, introduire. C'est une opération par laquelle on fait pénétrer, à l'aide d'une seringue, un liquide quelconque dans une cavité naturelle ou accidentelle du corps, elle que l'urètre, la vessie, les ulcères, les fistules, les artères, les veines, etc...... — On désigne aussi par le mot *injection* le liquide injecté. — Les *injections* peuvent être, suivant la prescription du chirurgien, selon la nature du liquide que l'on injecte, *astringentes, caustiques, émollientes* ou *sédatives*. — On fait des injections en anatomie, afin de pouvoir suivre avec plus de précision, le trajet des vaisseaux que l'on rend ainsi plus apparents. — Depuis l'invention de cet art ingénieux, l'anatomie a fait des progrès considérables. Andrea Vesalius est, dit-on, l'inventeur de cet art. Le célèbre Ruysch passe pour avoir été un des plus habiles à le pratiquer. Pendant long-temps on a fait un mystère de sa méthode. Aujourd'hui, pour injecter les artères, on se sert d'un mélange composé d'essence de térébenthine et de noir de fumée, en consistance de bouillie claire, avec addition d'un quart de suif fondu; en été on ajoute un peu de cire blanche à la composition. —Pour injecter les artères, on adapte la seringue à une ouverture faite à la partie inférieure de la crosse de l'aorte. Introduit de cette manière, le liquide bouillant pénètre jusque dans les ramifications capillaires des artères. Pour injecter les veines, on est obligé de pousser le liquide des rameaux vers les troncs de l'arbre veineux, à cause des valvules dont elles sont garnies. C'est pourquoi les injections veineuses ne peuvent être faites que partiellement. On se sert pour cela du même liquide que pour les artères. Mais quand on injecte les veines et les artères d'un même sujet, on colore en rouge, par le vermillon, le liquide destiné à remplir les artères, et on introduit du bleu de Prusse dans le liquide qu'on doit injecter dans les veines. On se sert du mercure purifié pour injecter les vaisseaux lymphatiques.

INNERVATION. Le mot *innervation*, *innervatio*, dérivé de *in*, dans, et *nervus*, nerf, signifie influence nerveuse. Car on a désigné sous ce nom collectif (innervation) la propriété active et tout-à-fait spéciale du système nerveux, auparavant désignée sous des dénominations différentes, de *force nerveuse, puissance nerveuse, influence nerveuse*, etc. L'*innervation*, se manifeste par les fonctions du système nerveux. Mais en quoi consiste-t-elle? Quelle est l'essence de cette première condition de la vie? Quelle en est la source? On en est réduit aux conjectures pour la solution de ces questions. L'esprit irrésolu s'égare embarrassé dans le labyrinthe des hypothèses. Nous aurions en main le fil d'Ariane que peut-être nous n'en sortirions pas. Toujours parce que la cause et le principe des choses nous demeurent inconnus.—Ce *quelque chose*, que l'antiquité même a reconnu dans le système animal, cet ἔμφυτον d'Hippocrate, cet *impetum faciens* de Boerhaave, ce *nervous power* de Cullen, cette *puissance galvanique* de quelques physiciens, cette *archée* de Basile Valentin, de Paracelse et de Van-Helmont, cette *puissance invisible* enfin qui a été multipliée et présentée sous tant de formes différentes, qui tour à tour a été admise et rejetée, et à laquelle cependant on a été forcé de revenir, est un *être* difficile à connaître, car il est *insaisissable*. Contentons-nous donc, faute de mieux, d'observer ses effets sans nous embarrasser de la cause qui les produit. Tout est mystère dans la nature, et toutes les fois que les Prométhées anciens et modernes ont voulu, dans leur présomption téméraire, essayer de percer le voile qui la couvre, ils n'en ont que mieux connu combien elle est impénétrable. Les modes d'action de l'innervation sont toujours simultanés, et ce n'est que par un effort de la pensée qu'on parvient à les isoler et à les distinguer. La vie ressemble au Nil, ce grand fleuve qui féconde les sables de l'Egypte et dont l'origine se cache aux recherches les mieux dirigées des savants naturalistes. — Comme l'a dit avec beaucoup de raison M. Richerand : « Les propriétés vitales sont » des moyens d'existence. » Voilà tout ce que nous en savons. — L'innervation, beaucoup trop restreinte par ceux qui la bornent à la sensation et à la volition, tient sous sa dépendance, d'une manière plus ou moins directe, tous les phénomènes de la vie. Voici, d'après Béclard, le résumé des opinions des physiologistes : Le système nerveux a, en général, d'autant plus d'influence sur le reste de l'organisme, que l'animal est plus élevé dans la série et qu'il a ce système plus développé. — Dans l'espèce humaine, par exemple, le système nerveux a d'autant plus d'influence sur les fonctions que l'individu est plus éloigné de l'état d'embryon et qu'il a ce système plus perfectionné. — L'influence de l'innervation est d'autant plus marquée que cette fonction s'éloigne davantage du but des fonctions végétatives. — L'influence du centre nerveux sur le reste du système est d'autant plus grande et plus nécessaire que le centre est plus développé, plus volumineux, relativement au reste du système, et surtout lorsque les diverses parties de la masse centrale sont plus exactement rassemblées en un point unique, et c'est surtout sous ce rapport que le système nerveux de l'homme diffère de celui des animaux. — Les phénomènes d'irritation, c'est-à-dire l'impression ressentie et le mouvement involontaire sont eux-mêmes plus ou moins dépendants de l'action nerveuse. — L'influence nerveuse n'est pas limitée aux seuls organes ou parties solides; le sang aussi en éprouve les effets. — Les fonctions nutritives et génitales, la digestion, la respiration, la circulation, la sécrétion, l'absorption, dépendent de l'influence nerveuse. — Maintenant l'innervation a-t-elle un seul centre, soit la moelle allongée, soit l'encéphale? Ou bien en a-t-elle deux, savoir un centre cérébral et un centre ganglionaire? Ou bien enfin, y a-t-il pour l'innervation autant de centres distincts qu'il y a d'organes principaux ou de grandes fonctions? Ces diverses opinions, toutes fondées sur des observations, sont toutes vraies, par conséquent, mais dans de certaines limites. Quelques auteurs, et M. Broussais en particulier, ont pensé que, outre l'influx nerveux fourni par les centres, chaque nerf avait le pouvoir de sécréter par lui-même le fluide, quel qu'il soit, qui constitue l'influx nerveux. — Quoi qu'il en soit, la force nerveuse s'affaiblit et s'épuise par les opérations intellectuelles, par le travail des sens, des muscles et de l'encéphale, et plus encore par la douleur; elle se répare par le repos, l'alimentation et le sommeil. — Son énergie, en général et en particulier, est relative à la masse du système nerveux tout entier et de ses parties, relative à la masse de la substance grise qui est la plus vasculaire; elle est relative aussi à l'étendue des surfaces. Elle persiste quelque temps après la mort dans les nerfs et dans les muscles. — Cette force semble résulter de l'action d'un fluide subtil formé par l'action organique de la substance nerveuse arrosée par le sang artériel; il paraît que ce fluide est formé partout, mais surtout là où la substance nerveuse grise et vasculaire est amassée. Ce liquide subtil semble parcourir l'intérieur et la surface des nerfs, leur former une atmosphère, et au delà de leurs extrémités pénétrer ou imprégner tous les organes et les humeurs elles-mêmes. Le sang, particulièrement, paraît être pénétré du même fluide et lui devoir les propriétés essentielles que le distinguent pendant la vie. — L'action nerveuse est mise en jeu par des stimulants internes ou externes.

INNOCENCE. Les âmes pures peuvent seules bien comprendre la valeur de ce mot. L'innocence est l'assemblage de toutes les vertus et l'exclusion de tous les vices. En jurisprudence, l'innocent est celui qui est reconnu non coupable d'un crime.

INOCULATION. (inoculatio, dérivé de inoculare, greffer, enter en écusson). On désigne par ce mot l'opération par laquelle on introduit artificiellement dans l'économie le principe matériel d'une maladie contagieuse. Mais quand le mot inoculation est employé seul, on entend désigner l'inoculation du virus variolique; car on appelle spécialement virus l'agent de transmission des maladies contagieuses. Comme dans les conversations, il est souvent question du virus variolique, et qu'on parle aussi beaucoup de virus syphilitique, il nous paraît à propos de faire ici l'histoire de leur inoculation. — Avant la découverte de la vaccine, on avait recours à l'inoculation du virus variolique, judicieusement considéré comme un moyen de dépouiller la variole de ses effets les plus funestes, en ne la communiquant que dans des circonstances favorables. La variole ainsi communiquée par inoculation avait, en effet, le précieux avantage d'être très-bénigne comparativement à la variole spontanée. Mais bien qu'elle mitigeât singulièrement les ravages de la petite vérole naturelle, l'inoculation n'était pas absolument sans danger; cependant, en l'absence d'un meilleur préservatif, force était bien de s'en contenter. Rabaut-Pommier, habitant de Montpellier, remarquant un jour avec surprise que dans nos provinces méridionales on confondait sous un nom commun la petite vérole de l'homme, le claveau des moutons et les pustules qui se développent sur le trayon des vaches, imagina que ces maladies pouvaient bien être identiques. Bientôt il demeura convaincu qu'il serait avantageux de substituer l'inoculation du vaccin à l'inoculation du virus variolique. Rabaut-Pommier exposa au jour sa manière de voir à ce sujet, en présence d'un négociant de Bristol nommé Irland et d'un médecin anglais, le docteur Pew. Celui-ci répondit qu'aussitôt qu'il serait de retour dans sa patrie, il proposerait à son ami Jenner d'essayer ce nouveau genre d'inoculation. 19 ans après, les journaux annoncèrent que, sur les vaches du Devonshire et du Sommerset, on avait trouvé un préservatif contre la petite vérole. Rabaut-Pommier se rappela alors la conversation qu'il avait eue avec les deux étrangers et qu'ils avaient si bien mise à profit; mais comme c'était un homme fort modeste, il ne revendiqua pas l'idée première d'une découverte que, dans l'opinion commune, on regarde généralement comme d'origine anglaise. — L'inoculation de la vaccine est, du reste, une opération facile. — Pour vacciner un enfant, il suffit d'ouvrir un bouton de vaccin avec la pointe de la lancette, de recueillir la gouttelette du fluide qui s'en échappe sur la lame de l'instrument, et de l'introduire sous l'épiderme au moyen d'une légère piqûre. — Il est nécessaire que la lancette d'inoculation soit très-aiguë, car si elle ne pénétrait sous l'épiderme qu'avec effort, il pourrait en résulter une inflammation qui empêcherait l'opération de réussir. Comme il faut un temps d'évolution pour que la pustule variolique se développe, on divise la durée de son existence en plusieurs périodes. — Ainsi, on appellera première période, ou si l'on veut période d'inertie, le temps qui s'écoule avant qu'aucun symptôme de travail morbide apparaisse dans la partie vaccinée. — Mais à dater du troisième ou quatrième jour, le développement du point inoculé commence à devenir sensible, et vers le huitième jour on a un bouton s'est formé, circonscrit par une auréole rougeâtre qui va s'irradiant autour d'un bourrelet argenté et grisâtre qui renferme le fluide (inoculable en cet instant seulement). On observe en outre une dépression centrale dont la teinte est un peu plus foncée que celle du bourrelet. Cette deuxième période s'appelle la période d'inflammation ou de progrès. — A partir du onzième jour, le bourrelet jaunit, bientôt il ne renferme plus que du pus à la place du fluide vaccin. L'auréole pâlit, le bouton s'affaisse, et la dessication survient, marchant du centre à la circonférence; la croûte saillante se détache peu-à-peu et tombe vers le vingt-troisième ou vingt-quatrième jour. C'est la troisième période. — Telle est la marche de la *vraie* vaccine. Différente de celle-ci par la rapidité de sa marche, la *fausse vaccine* disparaît 8 jours après l'inoculation. Cette différence est ordinairement essentielle à noter, parce qu'elle sert à distinguer la vaccine vraie de la vaccine fausse. — *Pour être inoculable, le fluide vaccin* doit être parvenu à sa maturité; il est alors transparent et légèrement visqueux. — *Il n'est pas encore bon à inoculer* quand il est limpide comme des larmes et sans consistance. — *Il n'est plus inoculable* quand il est devenu jaune et purulent.—Maintenant quel est l'âge et quelle est la saison qu'il convient de choisir pour vacciner? — On peut vacciner à tout âge. Inoculé dans les premiers jours après la naissance, le fluide vaccin est aussi efficace que dans tout autre moment. Seulement il convient d'attendre que l'ictère des nouveau-nés soit dissipé. On choisit d'habitude les journées douces du printemps et de l'automne pour éviter l'acuité que la chaleur ou le froid rigoureux impriment à l'inflammation des pustules. Cependant, si la petite vérole était aux portes d'une habitation, il ne faudrait tenir aucun compte de l'inopportunité de la saison, et ce serait un devoir de vacciner l'enfant pour éviter une plus terrible chance. — Quant à l'inoculation artificielle du virus syphilitique, remise en vigueur par M. Ph. Ricord, comme moyen de diagnostic pour savoir si le pus sécrété par une ulcération quelconque est virulent ou non, elle présente à peu près les mêmes caractères apparents : — Ainsi, pendant les premières 24 heures, le point piqué par la lancette d'inoculation imprégnée de pus virulent devient rouge comme dans la vaccine; dans l'intervalle du deuxième au troisième jour une auréole circonscrit la piqûre; on voit sortir une petite papule au sommet de laquelle quelques globules de sang apparaissent comme pour indiquer la porte par laquelle le virus est entré. — Du troisième au quatrième jour la papule prenant conique, le liquide plus ou moins trouble qu'elle contient, soulève l'épiderme de cette papule qui affecte quelquefois la forme vésiculeuse. Elle présente à son sommet un point noir, résultat des globules de sang desséchés. — Du quatrième au cinquième jour la sécrétion morbide augmente et devient purulente; on voit se dessiner une pustule dont le sommet, par degrés, s'ombilique, ce qui lui donne l'aspect de la pustule ecchymateuse de la petite vérole. — Du cinquième au sixième jour s'effectue l'engorgement dur de la base; à la même époque, l'auréole, vaguement limitée, dont l'étendue s'était accrue, se circonscrit et commence à pâlir, surtout si la maladie ne doit pas continuer ses progrès. — Vers le sixième jour ordinairement, le pus a une tendance à s'épaissir dans les couches les plus extérieures et les plus superficielles. La pustule se ride, se dessèche, forme des croûtes déprimées qui, lorsqu'elles tombent ou qu'on les enlève, laissent voir à nu un ulcère qui présente tous les caractères du chancre. — En lisant cette courte mais exacte description, le lecteur a dû apercevoir combien est grande l'analogie dans les résultats de l'inoculation de la vaccine avec ceux qui surviennent à la suite de l'inoculation du virus syphilitique; et peut-être que, conduit par l'analogie d'un fait à un autre, il lui est venu à l'idée que l'inoculation du virus variolique ayant eu pour effet de diminuer la violence de la variole, il se pourrait que l'inoculation du virus syphilitique eût aussi pour résultat de diminuer la violence de la syphilis. Malheureusement, il paraît que les essais qu'on en a fait autrefois n'ont pas eu de succès. Cependant, dans ce siècle incrédule où l'on remet tant de choses en question, serait-ce donc une tentative insensée que de recommencer des expériences!

INONDATION. Débordement d'eaux. C'est ce qui a lieu lorsque les eaux d'un lac, d'un fleuve, d'une rivière, s'enflent au point de franchir les rives qui les tiennent encaissées et inondent les terrains qui avoisinent leurs bords. Comme on le voit par cette définition, le mot inondation s'applique aux terrains couverts d'eaux accidentellement, et débordement, aux eaux qui, chassées de leur lit par une crue excessive, recouvrent les terrains. — Le déluge s'entend de la submersion complète d'une contrée, d'un pays tout entier et indéterminé, et par un accident rare et imprévu. Ainsi l'on ne dira pas le *déluge* du Nil, parce que le Nil déborde à des époques fixes et uniformes, depuis un temps immémorial, et par une admirable sagesse de la providence, pour fertiliser la terre. L'idée du déluge rappelle le plus ordinairement cette mémorable catastrophe qui bouleversa la terre, et dont parle Moïse, dans ses livres vénérés des Juifs et des Chrétiens. Toutes les recherches qui ont été faites, et que continuent de faire tous les jours les naturalistes, prouvent qu'il y a dû y avoir un temps où la terre, en partie ou en totalité, fut couverte d'une masse d'eau assez forte pour bouleverser tout ce qui se trouvait à sa surface. — On appelle *débâcle* une rupture subite, suivie de l'écoulement des glaces d'une rivière, causée par le dégel. Les travaux qui ont pour objet d'opposer un obstacle aux inondations d'un fleuve, d'une rivière, et afin de garantir les propriétés riveraines, sont désignés sous le nom de travaux *d'endiguement*. On donne encore au déluge le nom de *cataclysme*.

IN-OCTAVO. Format d'un livre; c'est la longueur et la largeur d'une feuille pliée en huit, c'est-à-dire formant huit feuillets.

INORGANIQUE. *Privé d'organes.* Tout corps qui n'appartient ni au règne animal, ni au règne végétal, est *inorganique*, tels sont les minéraux, les cristaux, les métaux, etc. Tous les corps, en effet, ne se propagent pas comme l'homme, la plante. Ils n'ont pas d'organisation distincte, spéciale; les parties qui les composent n'offrent pas dans leurs dispositions un ensemble d'action qui concourt à un même but; on peut les séparer les unes des autres sans qu'il en résulte d'inconvénient.

IN-QUARTO. Livre dont chaque feuille est pliée en quatre feuillets.

INQUIÉTUDE. Trouble, agitation de l'esprit ou du corps, mécontentement de l'âme qui naît de l'opposition qui se trouve entre notre état et nos désirs : on est inquiet lorsqu'on est obligé de faire une chose pour laquelle on n'éprouve pas de goût, lorsqu'une entreprise a manqué, ou quand on ne peut posséder un bien que l'on désire.

INQUISITION. Tribunal tout à la fois ecclésiastique et séculier, élevé pour rechercher et châtier les individus dont les pratiques et les sentiments religieux étaient contraires à la foi catholique, apostolique et romaine. L'inquisition, établie pour maintenir par des moyens modérés la discipline dans l'Église, dégénéra peu à peu, à la faveur des passions et des intérêts de quelques-uns, en véritable tyrannie. La politique employa souvent ce moyen spécieux pour se défaire des hommes qui lui portaient ombrage. D'ailleurs, dans ces temps d'ignorance, une foule de prêtres qui avaient embrassé leur état sans vocation, mais par des vues mondaines, déshonoraient leur saint ministère par une ambition effrénée. L'inquisition ne se maintint pas longtemps en France; elle a eu plus de consistance en Italie, où, il faut le dire, elle fut bien moins rigoureuse que parmi nous; c'était plus par des moyens persuasifs que par les *auto-da-fé*, sacrifices pacifiques où l'on brûlait des hommes à la suite, qu'on ramenait dans le sein de l'Église ceux qui en étaient séparés. Mais en Espagne l'inquisition prit un caractère tout-à-fait terrible et effrayant, il n'y a pas de tortures qu'on n'y ait inventées, pas de supplices qu'on n'ait fait endurer aux infortunées victimes de la proscription. Les ennemis du catholicisme n'ont pas manqué de se déchaîner contre la religion et ses ministres, avec une fureur assez égale : comme si la religion était responsable du mauvais usage qu'en font les hommes, et des crimes qui se commettent en son nom. Enfin l'inquisition, qui existait encore dans le gouvernement vénitien au siècle dernier, a disparu depuis cette époque, comme disparaissent peu à peu toutes les mauvaises institutions.

I. N. R. I. C'est l'inscription que Pilate fit placer au sommet de la croix de Jésus-Christ. — **I. N. R. I.** signifie *Jesus nazarenus rex Judœorum : Jésus de Nazareth roi des Juifs*. Les quatre lettres qui figurent sur le crucifix ne sont, on le voit, que les initiales de l'inscription précitée.

INSCRIPTION. *Inscription*, indication, note écrite sur les édifices publics en mémoire d'un évènement. L'inscription placée sur un tombeau prend le nom d'*épitaphe* : sur une médaille, celui de *légende*. *Inscription en face*, terme de pratique, acte par lequel on soutient en justice qu'une pièce est fausse. — *Prendre ses inscriptions*, est une formalité que tout étudiant en droit ou en médecine est tenu de remplir et qui constate qu'il suit réellement et exactement les cours. Il faut avoir pris douze inscriptions pour pouvoir être reçu avocat, et seize pour obtenir le diplôme de docteur en médecine. — L'inscription de rente est un titre qui constate la propriété d'une rente sur le trésor public.

INSCRIPTIONS ET BELLES-LETTRES. (*voyez* ACADÉMIE).

INSCRIPTION HYPOTHÉCAIRE. L'inscription hypothécaire est la déclaration faite par le créancier sur un registre public, de l'hypothèque ou du privilège qu'il a sur les biens de son débiteur. — Le droit de prendre une inscription hypothécaire appartient à ceux des créanciers à qui la loi reconnaît le droit d'hypothèque. L'inscription doit être prise en leur nom. — L'hypothèque sans l'inscription est un vain titre vis-à-vis des tiers, c'est l'inscription qui fixe le rang entre les divers créanciers, qui confère le *jus in re*; sans elle l'hypothèque ne donne pas même un droit de préférence sur les chirographaires dans la distribution du prix de l'immeuble.—Il n'y a de dispensé de l'inscription, quant au rang entre les créanciers, que l'hypothèque légale des femmes mariées, des mineurs et des interdits. Les inscriptions prises dans le délai pendant lequel les actes faits avant l'ouverture des faillites sont déclarés nuls, demeurent sans effet. Les inscriptions se font au bureau de la conservation des hypothèques dans l'arrondissement duquel sont situés les biens soumis au privilège ou à l'hypothèque. L'inscription doit faire connaître le créancier et le débiteur; à cet effet, le bordereau d'inscription doit contenir : 1o les nom, prénoms, domicile du créancier, sa profession, s'il en a une; 2o les nom, prénoms, domicile du débiteur, sa profession s'il en a une connue ou une désignation individuelle et spéciale, telle que le conservateur puisse reconnaître l'individu grevé d'hypothèque.

INSECTE, *Insectum* du grec Εντομον, *section*, d'où on a fait *entomologie*, science des insectes. Les insectes dont le corps est coupé par des anneaux qui en divisent la longueur, forment une classe nombreuse d'animaux articulés. Les chenilles, par exemple, et les vers à soie, sont de vrais insectes qui se changent en *chrysalide*, et qui deviennent ensuite *papillons*. Le nom de *chrysalide* leur vient sans doute de la couleur d'or dont quelques endroits de leur corps brillent dans ce nouvel état. Le ver à soie métamorphosé en *chrysalide* n'a presque plus aucune apparence d'animalité, nul mouvement, nul besoin de nourriture, nul signe de vie ; pour se garantir des accidents qui

pourraient lui arriver dans cet état de faiblesse, il se file une coque dont la matière est une richesse pour nous. Quelque temps après il perce la coque, et sort en forme de papillon; c'est la troisième métamorphose. On peut donc assurer que les vrais insectes passent leur vie dans trois états bien différents : dans celui d'*insecte*, de *chrysalide* et de *papillon*. Généralement, presque tous les insectes qui subissent des métamorphoses sont ceux qui ont des ailes, et, d'après leur métamorphose, on les divise en trois sections : 1o ceux qui n'en éprouvent pas ; 2o ceux qui ont des nymphes agiles et semblables à leurs larves; 3o ceux qui ont des nymphes immobiles. Le corps se divise en *tête*, *thorax* et *abdomen*. La tête porte les yeux, les antennes, et un appareil buccal plus ou moins compliqué. Le thorax se confond quelquefois avec l'abdomen; mais néanmoin des insectes ailés, il en est séparé et se compos de trois anneaux soudés entre eux et portant chacun une paire de pattes. Des segments nombreux forment l'abdomen; ces segments sont plus ou moins mobiles et sans appendices. L'abdomen n'est souvent attaché au corselet que par une partie étranglée nommée pédicule; quand il est uni à la poitrine, on dit qu'il est sessile. Le nombre des anneaux de l'abdomen varie de 14 à 15; chacu d'eux est percé de chaque côté, et d'après lui l'on rifice des trachées.—Les membres, ou appendices, ont une structure analogue à celle du tronc de l'animal; ils se composent de tubes solides ou de lames creuses placées bout à bout, et renfermant dans leur intérieur les muscles et les nerfs destinés à les mouvoir. La bouche est différemment conformée, suivant que les insectes se nourrissent d'aliments liquides ou solides. Parmi ceux qui vivent de substances liquides, les uns ne font que pomper les sucs à la surface des corps, et sont munis d'une trompe charnue formée d'un tube contractile, et le plus souvent terminée par un disque qui fait l'office de ventouse, ou bien d'une langue composée de plusieurs lames droites ou roulées en spirale. On remarque dans les insectes qui se nourrissent d'aliments solides, deux lèvres, l'une supérieure, l'autre inférieure : elles closent l'orifice de la bouche dans l'état de repos; plus, deux mâchoires, une de chaque côté, qui se meuvent au travers; la supérieure est appelée *mandibule*; l'inférieure est ordinairement munie d'appendices articulés qui semblent destinés à l'organe du toucher et de l'ouïe : ce sont les *antennes*. Les yeux ont une structure toute particulière, et sont de deux sortes : les yeux simples ordinairement réunis en groupe, au nombre de trois au sommet de la tête, et les yeux composés, ou yeux à facettes, formés d'une multitude de petits yeux, ayant chacun une cornée transparente, un corps vitré de forme conique, un enduit de matière colorante, et un filament nerveux particulier. Les pattes sont toujours par paires symétriques, et au nombre de six, dans le plus grand nombre des insectes; quelques-uns en ont huit, et d'autres plusieurs centaines. Elles sont terminées par des ongles ou des crochets conformés suivant le besoin des espèces. Les ailes sont des membranes à l'aide desquelles les insectes s'appuient sur l'air, et se transportent dans l'atmosphère. Il en existe, en général, deux paires qui naissent des deux derniers anneaux du thorax, jamais du premier. On nomme *élitres*, celles de la première paire, épaisses, dures, opaques et constituant des espèces distinctes, dans lesquelles l'autre paire, toujours membraneuse, se ploie et se couche pendant le repos. Il y a des insectes sans ailes; mais la plupart jouissent de la faculté de voler. Ceux qui ne prennent jamais d'ailes et ne subissent pas de métamorphose forment l'ordre des *aptères*; tels que l'araignée, le cloporte, etc. Les insectes ailés subissent des transformations ; tantôt ils n'ont que deux ailes, et sont nommés *diptères*, comme les mouches, les cousins, etc. Il paraît que c'est par imbibition que le chyle traverse les parois du canal digestif pour se mêler au sang. Les voies digestives des insectes présentent d'abord un appareil buccal, dont nous avons parlé plus haut, un pharynx, un œsophage, un jabot, un gésier, un ventricule chylifique, un intestin grêle, un cœcum et un rectum. Le système nerveux se compose d'une double série de ganglions, en nombre égal à celui des anneaux et réunis par des cordons nerveux. La respiration s'effectue au moyen d'une multitude de canaux nommés *trachées*, dont les stigmates (orifices) s'ouvrent à l'extérieur sur les parties latérales et supérieures de chaque anneau du tronc. La reproduction des insectes n'a lieu qu'à l'époque de leur entier développement; leur sexe est toujours distinct, et généralement la femelle est plus grosse que le mâle. Dans quelques genres, il y a des individus qui n'ont point de sexe; les organes de la génération sont ordinairement placés dans l'anus. Le plus souvent la femelle pond des œufs qui éclatent dans l'intérieur du corps, et les petits naissent tout formés; certains insectes naissent avec la forme qu'ile doivent conserver toute leur vie. Les naturalistes ont adopté le nouvel ordre de classement des insectes publié par M. Latreille. Il en a éloigné les crustacés et les arachnides qui, jusqu'alors, avaient été regardés comme appartenant à l'entomologie. Cette division en douze ordres a pour base les différences que présentent l'appareil buccal, les organes locomoteurs et les métamorphoses.

A trois paires de pattes et subissant des métamorphoses.	Bouche conformée pour la mastication.	Quatre ailes, les deux antérieures en élitres, les postérieures pliées transversalement.	Coléoptères.
		Quatre ailes, les antérieures élitrées, les postérieures pliées en long ou dans les deux sens.	Orthoptères.
	Bouche conformée pour la succion.	Quatre ailes, toutes membraneuses et réticulées.	Névroptères.
		Quatre ailes, toutes membraneuses, transparentes, divisées en grandes cellules, membibules distinctes.	Hyménoptères.
		Quatre ailes couvertes d'une poussière colorée; bouche armée d'une trompe en spirale.	Lépidoptères.
		Quatre ailes, les antérieures en demi-élitre, buconique, droit ou coudé.	Hémiptères.
		Seulement deux ailes plissées en éventail.	Rhipiptères.
		Seulement deux ailes non plissées. Point d'ailes.	Diptères. Suceurs.
A trois paires de pattes et ne subissant pas de métamorphoses.		Sans ailes ni autres appendices.	Parasites.
		Sans ailes, mais ayant l'abdomen garni de fausses pattes propres au saut.	Thysanoures.
		A vingt-quatre paires de pattes.	Myriapodes.

Coléoptères, de ce nombre sont les scarabées, les humetères; on les divise en cinq sections : pentamères, hétérimères, tétramères, trimères.—*Orthoptères* divisés en deux sections : coureurs, sauteurs, et dont font partie les blattes, les sauterelles, les forficules.—*Névroptères*, divisés en trois sections ; sublicornes, planipennes, plicipennes ; on compte parmi ceux-ci les demoiselles, les éphémères.—*Hyménoptères*, divisés en deux sections : térébrants, porte-aiguillons, du nombre desquels sont les guêpes, les abeilles.—*Lépidoptères*, divisés en trois familles : diurnes, crépusculaires, nocturnes, qui comprennent les papillons. *Hémiptères* divisés en deux sections : hétéroptères, hotoptèmes, du nombre desquels sont les punaises, les cigales, les pucerons et les puces.—*Rhipiptères* comme les tépules et les taons.—*Diptères*, distribués en cinq familles : ménocères, fanisternes, notapanthes, sthécicères, pupiparies, comme les morules et les cousins.—*Suceurs* ayant six pieds et la bouche composée d'un suçoir.—*Parasites* ayant six pattes, l'abdomen sans appendices.—*Thysanoures*, ayant six pattes, l'abdomen garni de pièces mobiles en forme de pattes ou d'appendices propres au saut.—*Myriapodes*. Tous les insectes ayant plus de six pattes dans nos climats.—Les plus formidables d'entre les insectes sont, d'abord la guêpe, puis la demoiselle et les sauterelles qui, volant par masses opaques, peuvent nous causer des dommages immenses. Cependant, on peut dire que si les insectes sont très-malfaisants, ils sont aussi très-utiles, l'un nous donne la cochenille, un autre nous donne la soie, un troisième le miel, et enfin ils absorbent toute cette matière végétale dont la putréfaction répand la peste, et dont la trop grande abondance rendrait la terre inhabitable. Quand les moucherons déposent leurs œufs dans l'eau croupie, les nymphes qui y éclosent absorbent tout ce qui s'y trouve de pourriture. La vermine multiplie prodigieusement sur la tête des enfants galeux; mais elle leur est avantageuse en ce qu'elle détruit le superflu des humeurs. Les scarabées, pendant l'été, emportent tout ce qu'il y a d'humide et de visqueux dans les excréments des troupeaux; de sorte qu'il n'en reste plus qu'une poussière que les vents dispersent sur la terre, ce qui n'est pas un médiocre avantage; car sans cela, bien loin d'engraisser les plantes, ce fumier rendrait stériles tous les lieux où il se trouverait. Parmi les insectes, plusieurs meurent à l'entrée de l'hiver; d'autres, qui sont d'un naturel plus chaud, tels que les abeilles et les cantharides, passent l'hiver dans les crevasses : les uns vivent en troupes sous terre et mangent l'herbe; d'autres vivent dans les bois et mangent les feuilles des plantes, ou sont solitaires et sucent le sang des animaux; ce qui produit sans doute les différentes odeurs qu'ils répandent. En quel endroit ne trouve-t-on pas des insectes! On en rencontre dans la laine, les habits, la vieille cire, le papier, les livres : la plupart des *gallinsectes* et *progallinsectes*, dont la durée de la vie est fixée à un an, habitent ordinairement dans la bifurcation des plantes qui passent l'hiver.—Parmi les insectes, comme chez tous les autres animaux, règnent les antipathies, les inimitiés, les rixes et les combats. Les plus gros font la guerre aux petits; ceux-ci, plus faibles deviennent la proie et les victimes des plus forts. Tous ces animaux sont zoophages et se mangent réciproquement ou se détruisent d'une autre manière. Malheur à celui qui perd ses ailes et ses aiguillons dans une bataille! car ces membres ne reviennent plus, et l'insecte s'affaiblissant sans cesse, meurt bientôt. Les insectes sont armés de pied en cap; ils sont en état de faire la guerre, d'attaquer et de se défendre. Des dents en scie, un dard ou aiguillon, pinces, cuirasses, ailes, ressort dans les pattes; chacun sait trouver son salut. L'araignée entortille par la contexture admirable de ses fils l'insecte qu'elle attend pendant une journée pour en faire sa proie; mais elle tombe à son tour entre les griffes de l'ichneumon, son ennemi mortel. L'émerobe, ou phryganée, dans son premier âge, se trouve parmi les poissons, ses plus cruels ennemis; mais il se couvre tout le corps d'atomes sablonneux et de feuilles pour tromper l'avidité de ses ravisseurs; en le voyant étendu sur les eaux, on le prend pour un très-petit morceau de bois pourri, et non pour un animal vivant qui devient mouche sur le soir. D'autres insectes savent se raccourcir ou paraître au besoin plus grands qu'ils ne le sont effectivement, parce que leur corps est composé de pattes qui s'allongent en se dépliant, ou se raccourcissent en rentrant les unes sur les autres, comme les brassarts et les cuissards dans nos anciennes armures. — La tortue et la chrysomèle, qui a le col comprimé, marchent sous le masque, tout couverts de leurs excréments, pour n'être pas reconnus des oiseaux; les petites cigales se cachent sous leur propre écume. — La punaise à museau pointu a le corps tout couvert de brins de toute espèce, et pour mieux se déguiser, marche tantôt d'une façon, tantôt d'une autre, de sorte qu'à force de se masquer ainsi, de fort bel insecte qu'elle était, elle devient plus hideuse qu'une araignée. — Le phalène, ou papillon nocturne, se loge dans le tissu le plus fin des tapisseries, des étoffes, afin de les ronger à son aise, et comme il est très-susceptible d'accroissement, il sait élargir sa demeure aux dépens de l'étoffe. — La pince marine, pour n'être pas dévorée par le polype à huit pattes, loge dans sa coquille un petit cancre rond, appelé *pinnotère*; ce satellite est pourvu de très-bons yeux, et va à la picorée pour son hôtesse et pour lui-même, et dès qu'il aperçoit le polype, il jette un cri pour avert'r la pince marine de fermer ses valves. — Le *formica-leo* demeure dans le sable, vit sans boire, se contente d'une très-légère nourriture, se cache dans la terre par la crainte qu'il a des oiseaux, et se tient au centre d'une petite fosse, qu'il creuse dans un sable sec et mobile, et qu'il façonne en forme de cône renversé. Les fourmis qui passent par là tombent dans le trou et deviennent la proie de l'animal qui s'y tient caché. Le pou pulsateur se tient dans les bois et dans les livres; il y entre par les trous, que les vers ont faits, et bat comme une montre de poche. L'on ne peut considérer sans étonnement la guerre formidable du scorpion et l'adresse avec laquelle il met en mouvement ses rames, lorsqu'il s'agit de se battre, de se défendre ou de s'enfuir. Le puceron, qui se nourrit de plantes, est dévoré par certaines mouches; le taon détruit ces mouches; les demoiselles font la guerre aux taons, et celles-ci sont la proie des araignées. Le perroquet d'eau, qui se plaît dans l'eau corrompue, sert de nourriture aux mouche-rons; ceux-ci aux grenouilles. Le papillon nocturne est mangé par la chauve-souris. — La blatte, nommée *packerlack* à Surinam court la nuit pour butiner; dévore les souliers, les habits, les viandes et surtout le pain, dont elle ne mange que la mie. Cet animal, qui se trouve aussi à la Martinique, y est appelé la *rave*; il ronge les livres, les tableaux et les hardes; il gâte par ses ordures et sa mauvaise odeur, tous les endroits où il se niche. Comme il vole partout, et plus la nuit que le jour, il se prend dans les toiles de la grosse araignée. Celle-ci fond sur les blattes d'une manière surprenante, les lie avec des filets et les noue de telle manière, que quand elle les

quitte il ne reste rien que leur peau et leurs ailes entières à la vérité, mais sèches comme du parchemin. — Tel est le coup d'œil général qu'on peut jeter sur l'histoire des insectes, dont l'étude, si méprisée du commun des hommes, a rendu à jamais célèbres plusieurs savants naturalistes, assez connus pour que nous nous dispensions de citer ici leurs noms. — *Insectes pétrifiés.* Sous ce nom on comprend les zoophytes, les insectes volatiles, les différentes productions à polypier, les coquilles et les crustacés, que l'on trouve dans la terre, conservés dans différents états, et moins celles qui sont en empreinte ou en relief, que celles qui sont en nature. Les zoophytes fossiles nous donnent des trochiques et entrocques. Les productions à polypiers fossiles donnent des lithophytes, des coraux, différentes madrépores. Les coquilles fossiles, ou testacites, donnent différentes espèces dans les univalves, les bivalves et les multivalves. Les crustacés fossiles donnent des crabes, des homards. Les insectes volants donnent des empreintes de mouches à ailes nerveuses, à étuis; on trouve aussi des vers marins fossiles, c'est-à-dire des vermiculites.

INSECTIVORES. Division systématique introduite dans la zoologie pour désigner les animaux qui vivent ou qui sont censés vivre d'insectes. Cette dénomination ne doit pas se prendre à la lettre. Il y a des insectivores qui boivent le sang avec délice et qui pourtant mangent quelquefois de l'herbe; tandis que des bêtes qui vivent de grosse proie, se délectent aussi avec des mouches, et que des hommes vivent de sauterelles et même d'araignées. — Cuvier subdivise l'ordre des mammifères en cinq familles, dont la seconde est celle des insectivores. Elle comprend les genres *Hérisson*, *Musaraigne*, *Desman*, *Scalope*, *Chrysochlore*, *Tanrecs* et *Taupe*, qui ont comme les chéiroptères, ou chauve-souris, des mâchelières hérissées de pointes coniques, et une vie nocturne et souterraine pour la plupart. Il est encore d'autres mammifères insectivores qui n'appartiennent pas à la seconde famille: ce sont particulièrement quelques *Makis*, quelques petits singes et plusieurs rongeurs; parmi les oiseaux, les insectivores forment un ordre très-nombreux dans lequel on remarque, les *fourmiliers*, les *gobe-mouches*, les *fauvettes*, les *traquets*, et les *bergeronnettes*.

INSENSIBILITÉ. État de ce qui n'est point perceptible par l'action des sens. *Insensible* se dit des parties vivantes qui n'éprouvent aucune impression de la part des agents qui, dans l'état normal, déterminent des sensations ou des actions organiques particulières. — En philosophie, on entend par *insensibilité* l'endurcissement du cœur.

INSIGNE. (*Voyez* ORIFLAMME.)

INSINUATION. L'insinuation est, dans le style oratoire, la partie du discours où l'orateur s'efforce de gagner adroitement la confiance des auditeurs. C'est dans l'exorde qu'est le plus souvent employée l'insinuation. L'avocat qui veut attirer la bienveillance des juges sur un accusé, fait tout ce qui est en lui pour les prévenir contre les accusateurs : il parle de la considération dont jouit la famille de l'accusé, des services qu'elle a rendus, ou bien encore il s'attendrit sur la grande jeunesse de son client, et il s'efforce de convaincre les juges qu'il a plutôt été entraîné par la fougue de ses passions, qu'il n'agi avec préméditation, sang-froid. Tel est cet artifice appelé insinuation. Cicéron en fait un grand usage, et il la prescrit dans les cas où la cause se présente sous des couleurs peu favorables. Racine a fait une très heureuse application de l'insinuation dans la scène admirable de Narcisse et de Néron, au quatrième acte de *Britannicus*.

INSIPIDE. Un corps insipide est celui qui n'a aucune saveur. L'insipidité provient de l'absence de sel. *Insipide* dans toute autre acception signifie ennuyeux.

INSOLUBILITÉ. Qualité d'un corps qui ne peut se dissoudre.

INSOLVABILITÉ. Impuissance absolue de payer ses dettes. L'état d'insolvabilité d'un individu, quelle que soit la cause qui l'a produit, prend le nom de *déconfiture*. Le nom de *déconfiture* diffère de la *faillite* sous des rapports essentiels : celle-ci ne convient qu'au commerçant de profession ; celle-là à tout particulier non négociant dont les biens sont insuffisants pour désintéresser ses créanciers, quand même il se serait livré passagèrement à des opérations de commerce qui l'auraient conduit à sa ruine. La faillite ne constitue pas toujours l'insolvabilité ; l'insolvabilité, à l'inverse, est ce qui constitue la déconfiture. (*Voyez* CE MOT).

INSPECTEURS GÉNÉRAUX, ET D'ACADÉMIE. (*Voyez*) INSTRUCTION PUBLIQUE.

INSPECTEURS MILITAIRES (*Voyez* TROUPES.)

INSPIRATION. *Inspiration*, action par laquelle l'air entre dans les poumons. Pendant l'inspiration, l'air engorge les vésicules bronchiques, et les poumons se dilatent ; pendant l'expiration, les poumons sont comprimés, ils se resserrent, et l'air est expulsé. (*Voyez* EXPIRATION). Au figuré, inspiration *signifie* une pensée qui se révèle tout-à-coup en nous, et nous pousse à une action quelconque.

INSTANCE. Sollicitation pressante pour obtenir quelque chose d'une personne. *Faire des instances*; c'est supplier ; *être en instance*, signifie demander un jugement à un tribunal.

INSTITUT. (*Voyez* ACADÉMIE, INSTRUCTION.)

INSTINCT. Sentiment naturel, irréfléchi, qui pousse et guide les animaux dans leurs actions. Facultés intellectuelles propres à leur conservation. Aussi, la brute elle-même boit et mange, fuit le péril dont elle se croit menacée, est saisie d'effroi aux approches de la mort. Tous les animaux, mêmes les plus féroces, tels que la lionne, l'ourse, etc., veillent avec sollicitude à la conservation de leur progéniture. Essayez de ravir son nouveau-né à cette lionne devenue mère : déjà elle nous a compris; elle fait de son corps un rempart à son lionceau. Elle ne cherche pas même à éviter les coups que vous menacez de lui porter ; elle se laisserait plutôt percer de coups que d'abandonner le fruit de ses amours. Si enfin vous avez été assez habile et assez audacieux pour tromper sa vigilance, alors vous l'entendrez exprimer sa douleur par des hurlements lugubres, allant, revenant sans cesse autour de son antre; mais si elle vous prenait sur le fait, si les cris du lionceau attiraient sur vous l'attention de cette mère désolée : malheur à vous ! vous seriez broyé sous sa dent.

INSTITUTION. Les nombreuses acceptions de ce mot nécessitent des exemples qui les déterminent. — On nommait autrefois institution canonique le *visa* donné par l'évêque aux pourvus de la cour de Rome, pour occuper des bénéfices ecclésiastiques. Aujourd'hui on désigne ainsi l'autorisation papale qui permet à un évêque nommé de jouir des droits épiscopaux. — L'institution contractuelle est le don irrévocable d'une succession ou d'une partie de succession fait par contrat et en faveur de mariage, par les parents des mariés ou par des étrangers, au profit des enfants qui doivent naître du mariage. — L'institution d'héritier est la nomination que quelqu'un fait de celui qu'il choisit pour son successeur universel. — Dans un sens plus général, institution veut dire création d'un établissement, d'une société, quel que soit le but qu'on se propose : il y a des institutions religieuses, civiles, militaires, philosophiques, charitables, savantes, selon la pensée du fondateur et la direction imprimée à son œuvre. Les couvents, les séminaires, les écoles, les académies, les hôpitaux, les théâtres mêmes sont tout autant d'institutions publiques qui ne diffèrent que par leur but et par l'influence qu'ils exercent sur la société.

INSTRUCTION. Enseignement. Préceptes qu'un maître donne à ses élèves dans le but de les instruire. L'*instruction* est le premier des besoins, car l'homme est toujours avide d'apprendre : riches et pauvres, tous ont besoin d'instruction ; mais ces derniers surtout ne sauraient s'en passer sans aggraver les peines qu'entraîne avec lui le paupérisme. En effet, pour l'homme sans fortune, elle devient une sorte d'intelligence ; elle abrège pour lui tous les moyens de travail ; elle facilite, dans les arts industriels, l'application de tous les principes qu'il emploie. Elle apprend aux hommes à vivre d'une vie moins restreinte, moins animale ; elle leur donne le goût de l'économie par le désir d'un meilleur bien-être ; elle éloigne l'oisiveté, le vice, et elle les rend de bons citoyens. — *Instruction publique.* L'instruction publique se divise en *instruction primaire*, en *instruction secondaire*, et en *haute instruction*. L'instruction primaire est *élémentaire* ou *supérieure*. L'instruction primaire élémentaire comprend nécessairement l'instruction morale et religieuse, la lecture, l'écriture, les éléments de la langue française et des calculs, le système légal des poids et mesures. L'instruction primaire supérieure comprend, en outre, les éléments de la géométrie et ses applications usuelles, spécialement le dessin linéaire et l'arpentage; des notions des sciences physiques et d'histoire naturelle applicables aux usage de la vie, le chant, les éléments de l'histoire et de la géographie, et surtout de l'histoire et de la géographie de France. L'*instruction primaire* dans les écoles de filles est également *élémentaire* ou *supérieure*. L'instruction primaire élémentaire comprend l'instruction morale et religieuse, la lecture, l'écriture, les éléments du calcul, les éléments de la langue française, le chant, les travaux d'aiguille et les éléments du dessin linéaire. L'instruction primaire supérieure comprend, en outre, des notions plus étendues d'arithmétique et de la langue française, et particulièrement de l'histoire et de la géographie de la France. — Après l'instruction primaire vient l'*instruction* secondaire. Les objets dont elle s'occupe sont : l'étude des langues mortes, les mathématiques, la géographie ancienne, l'histoire, la logique, l'histoire naturelle, la physique, la chimie, l'économie politique, les sciences agricoles, la composition française, les langues vivantes, etc. Les quarante et un collèges royaux actuellement existant en France, sont divisés en huit classes pour le traitement des professeurs, et pour le prix des bourses et pensions. Le traitement fixe des pensionnaires varie dans les collèges de Paris, de 1,500 à 5000 fr., suivant le rang des professeurs ; de 1,200 à 4000 fr. dans les collèges de première classe ; de 1000 à 3,500 fr. dans ceux de deuxième classe, et de 900 à 3000 fr. dans ceux de troisième classe. Le traitement éventuel, appelé *boni*, est généralement de 800 à 1000 fr. dans les collèges de moyen ordre ; de 1200 à 1500 fr, dans ceux de première classe, et à l'aris il s'élève jusqu'à 2,500 fr. — 1,050 bourses sont réparties entre plus de 1600 élèves ; le nombre total des élèves qui, au commencement de 1830, était de 11,319, s'est trouvé réduit à 10, à la fin de la même année. En 1835, ce nombre se trouvait reporté à 14,464; il est en ce moment de 17,000 environ. Les cinq collèges de Paris y comptent seuls pour 4,526 élèves dont 1,060 du collège Louis-le-Grand. — Les collèges communaux sont divisés en trois classes. Dans la première, l'instruction secondaire est complète ; dans la deuxième, l'enseignement s'étend à la rhétorique ; dans la troisième, il s'arrête aux classes d'humanités. Il est à remarquer que le nombre des collèges du premier degré s'est continuellement accru depuis la fondation de l'université ; il n'était que de 24, et on en compte maintenant 42. On sait que l'uniformité dans l'instruction publique fut établie par l'empeteur Napoléon. Le nombre des pensionnaires a été constamment de 1700 à 2000, et la moyenne de leur traitement, de 1000 à 1200 fr. Le nombre des élèves, qui en 1830 était de 29,786, est réduit à 27,114, par suite de l'établissement d'écoles primaires supérieures. On compte 108 institutions et 1,002 pensions. Le nombre total des établissements d'instruction secondaire, non compris les écoles ecclésiastiques, est de 1,474, recevant 75,444 élèves. — Nul ne peut avoir une maison d'éducation sans être autorisé par l'Université. — Toute maison d'éducation est à la nomination et sous la surveillance spéciale de l'université, excepté cependant les écoles ecclésiastiques et les pensions de demoiselles qui ont un espèce de caractère mixte quoiqu'elles aient beaucoup de rapport avec le corps enseignant. — Aucun membre de l'université ne peut accepter une place salariée, sans une autorisation. — Le costume des membres consiste dans un habit noir et une palme brodée en soie bleue, qu'ils portent sur le côté gauche. — Nul ne peut obtenir une place supérieure s'il n'a préalablement passé par des places inférieures. — Tout membre de l'instruction publique qui se voue à l'enseignement pendant dix ans, les élèves de l'Ecole normale, les frères des Ecoles chrétiennes et les jeunes gens qui ont remporté le prix d'honneur, sont exempts de droit du service militaire. — Les fonctionnaires de l'Université ont droit à une pension. — Ils ont en outre un costume particulier qui est déterminé par les membres de l'université. On compte autant d'universités qu'il y a de cours royales. — Les écoles appartenant à chaque académie sont rangées ainsi : facultés pour les sciences approfondies, collèges royaux, collèges communaux, institutions particulières, pensionnats et écoles primaires. — Les préfets peuvent, s'ils le veulent, surveiller les établissements placés dans le cercle de leur département. — Le grand maître (aujourd'hui ministre) de l'instruction publique nomme aux places administratives, aux chaires des collèges et à toutes les places universitaires; il a un pouvoir absolu sur l'administration en général. — Le conseil se réunit deux fois par semaine ; sa réunion a pour but les questions relatives à la comptabilité, à l'administration des établissements et au budget : il connaît des griefs, des réclamations, etc.; discute les questions relatives au degré d'instruction de chaque école; propose les réformes ; approuve et fait publier tout livre qu'il juge utile à l'enseignement. — *Inspecteurs généraux.* Les inspecteurs généraux sont nommés par le ministre parmi les officiers de l'université. Ils sont partagés en cinq ordres comme les facultés ; ils visitent les académies, sur l'ordre du ministre, pour reconnaître l'état des études et de la discipline dans les facultés et collèges, pour s'assurer du mérite des maîtres, examiner les élèves et surveiller l'administration et la comptabilité. Le ministre peut, en outre, envoyer dans les académies, pour des inspections extraordinaires, des membres du conseil non inspecteurs. Le décret de 1808 avait créé vingt inspecteurs généraux ; l'ordonnance du 27 février 1815 les a réduits à douze ; celle du 12 mars 1819 les porte à quinze, dont un pour l'instruction primaire, enfin, un rapport au roi, du 24 août 1830, reconnaît que douze inspecteurs suffiront aux besoins du service. — Un système particulier d'inspecteurs a été établi, d'après la loi du 23 mai 1834, pour l'instruction primaire ; il y a un inspecteur spécial pour chaque département ; dans les chefs-lieux de département, ces fonctions sont remplies par l'un des inspecteurs ordinaires. — *Recteur.* Chaque académie a un recteur qui la gouverne. — Ce recteur est nommé par le ministre ; il a le droit de faire ou d'inspecter lui-même les écoles de son académie ; il délivre les diplômes, dirige l'administration et se fait dresser le registre des membres de l'université. — *Inspecteurs d'académie.* Dans chaque académie un ou deux inspec-

teurs particuliers sont chargés, par ordre du recteur, de la visite et de l'inspection des écoles de leur ressort ; ils sont nommés par le ministre, sur la proposition des recteurs, ces derniers sont chargés de veiller à tout ce qui concerne les inspections. — Tout professeur qui proférerait dans sa chaire quelques attaques contre le gouvernement sera poursuivi conformément à loi. *Faits des élèves.* — L'étudiant qui prend pour un autre une inscription perd toutes ses inscriptions. — Celui qui répond à l'appel pour un autre perd une inscription. — *Des réclamations et des plaintes.* Toute réclamation et plainte contre un membre de l'université devra être portée devant le recteur de l'académie. — Elle doit être faite par écrit et signée par le plaignant. — Tous inspecteurs généraux et inspecteurs des académies doivent, quand la nécessité l'exige, signaler les abus, contraventions et délits qu'ils ont remarqués. — *Des facultés en général.* — L'université renferme cinq ordres de facultés : les facultés théologiques, de droit, de médecine, des sciences mathématiques et physiques et des lettres. — L'administration est dirigée par le doyen des professeurs et le chef de chaque faculté. — Le roi règle le nombre des facultés dans chaque académie. — Les diplômes sont délivrés par le grand maître après que les grades sont conférés par examens et actes publics. — Il y a trois grades dans la faculté savoir : le baccalauréat, la licence et le doctorat. — Un décret du 26 novembre 1811, portait autorisation de prendre des grades dans plusieurs facultés. En 1814 ce décret a été renouvelé, mais il n'a pas reçu d'exécution. — Dès qu'une chaire de professeur est vacante, on ouvre un concours public. — Nul étudiant ne peut être admis dans les facultés s'il n'a 16 ans révolus. — La première inscription doit être prise dans les premiers jours de l'année. — Les leçons des facultés sont publiques. — L'étudiant qui manque deux fois au cours ne peut obtenir de certificat d'assiduité. — *Des facultés de théologie.* — Il y a six facultés catholiques en France, la première à Paris, la deuxième à Aix, la troisième à Bordeaux, la quatrième à Lyon, la cinquième à Rouen, et la sixième à Toulouse ; de plus une pour le culte réformé à Montauban, et une autre à Strasbourg pour le culte luthérien. Il y a dans chaque faculté trois professeurs, le premier pour l'histoire, le deuxième le dogme, et le troisième la moralité évangélique. — Il y a un doyen dans chacune de ces facultés. — Les élèves des séminaires sont admis à subir les épreuves du grade de bachelier. — Il existe une maison centrale des études classiques qui remplace l'ancienne Sorbonne. *Faculté de droit.* — Il y a neuf facultés de droit où l'on enseigne le droit romain, le droit des gens, les codes français, le droit administratif et l'histoire du droit. — Les professeurs ainsi que les suppléants sont nommés à vie. — Il faut quatre inscriptions pour être admis à l'examen de capacité. — Le cours des études est de trois ans. Il faut douze inscriptions, subir quatre examens, et soutenir une thèse. Les inscriptions sont de 15 fr., les deux premiers examens de chacun 60 fr. ; les deux derniers de 90 fr. ; la thèse de 120 fr. ; le diplôme de bachelier de 80 fr. ; celui de licencié de 80 fr. ; en total 730 fr. — Les élèves sont examinés par les professeurs de l'école. — On ne peut être admis au grade de bachelier qu'après avoir obtenu celui de bachelier ès-lettres. — Les professeurs de l'école doivent être docteurs en droit. — Les aspirants au certificat de capacité, c'est-à-dire d'aptitude aux fonctions d'avoué, suivent pendant une année seulement le cours de code civil et de procédure civile. Les frais d'examen et d'inscription sont de 130 fr. *Des facultés de médecine.* — Il y a trois facultés de médecine établies à Paris, à Montpellier et à Strasbourg. — Pour être admis à prendre des inscriptions, il faut être bachelier ès-lettres. — Il y a dans la faculté plusieurs grades qui sont : ceux de chirurgien, docteur en chirurgie, d'officier de santé et de docteur. Les aspirants au grade d'officier de santé seulement, sont dispensés du bacca-lauréat. *Des facultés des sciences.* — Pour être reçu docteur en médecine ou en chirurgie, il est exigé quatre années d'études accomplies; elles se constatent par les seize inscriptions de trois en trois mois. Quatorze cours sur les matières suivantes comprennent toutes les études : 1° anatomie, 2° anatomie pathologique, 3° physiologie, 4° chimie médicale, 5° physique médicale, 6° l'histoire naturelle médicale, 7° pharmacie, 8° hygiène, 9° pathologie chirurgicale, 10° pathologie médicale, 11° opération et appareils, 12° thérapeutique et matière médicale, 13° médecine légale, 14° accouchements, maladies des femmes en couches et des enfants nouveau-nés. — L'aspirant au doctorat subit cinq examens, et soutient une thèse. Les docteurs en médecine qui veulent obtenir le grade de docteur *en chirurgie*, ou les docteurs en chirurgie qui veulent obtenir celui de docteur *en médecine*, ne sont tenus que de subir un cinquième examen et de soutenir une nouvelle thèse sur un sujet chirurgical ou de médecine. Les frais sont de 100 fr. pour le cinquième examen, 120 fr. pour la thèse, et 100 fr. pour le droit de sceau du diplôme : total 320 fr. Nul ne peut subir le cinquième examen pour le doctorat en chirurgie avant d'avoir obtenu sa thèse en médecine *et vice versa.* Le temps d'études exigé pour être admis à subir les examens d'officier de santé, est de six ans sous des docteurs ou cinq ans dans un hospice, ou 18 trimestres dans une école secondaire, ou douze inscriptions dans une faculté. Les élèves en médecine sont reçus officiers de santé par des jurys médicaux; un officier de santé ne peut exercer que dans le département où il a été examiné par le jury. Les frais d'inscription, de thèse et d'examen pour les docteurs en médecine sont de 1,100 fr. — Nous n'avons en France que sept facultés qui sont, Paris, Dijon, Strasbourg, Toulouse, Caen, Grenoble, Montpellier. — Les facultés se composent à Paris de deux professeurs du collège de France, de deux de l'école Polytechnique et de deux du musée de l'histoire naturelle. — Les professeurs des sciences physiques, les recteurs, secrétaires d'académie, etc., doivent être licenciés ès-sciences.

ÉCOLES DE PHARMACIE. Un grand nombre de rapports essentiels lient les écoles de pharmacie aux facultés de médecine; ces écoles sont établies par une disposition expresse de la loi dans les mêmes villes que les trois facultés. Ces écoles ont le droit d'examiner et de recevoir pour tout le royaume, les élèves qui se destinent à la pratique de cet art; elles sont plus chargées d'en enseigner les principes et la théorie dans des cours publics. Les examens et les réceptions des pharmaciens sont faits, soit par les écoles de pharmacie, soit par les jurys établis dans les départements. — Les examens sont au nombre de trois : deux de théorie, dont l'une sur les principes de l'art, et l'autre sur la botanique et l'histoire naturelle des drogues simples; le troisième, de pratique, consiste dans une série d'opérations chimiques et pharmaceutiques. Lorsque les examens sont satisfaisants, le candidat reçoit des écoles ou des jurys un diplôme de pharmacien; ce diplôme est légalisé par les autorités compétentes. Les pharmaciens reçus dans une des écoles de pharmacie peuvent s'établir et exercer leur profession dans toutes les parties du royaume; les pharmaciens reçus par les jurys ne peuvent s'établir que dans l'étendue du département où ils sont reçus. — Aucun élève ne peut prétendre à se faire recevoir pharmacien sans avoir exercé pendant huit années au moins son art dans des pharmacies légalement établies. Les élèves qui ont suivi pendant trois ans les cours donnés dans une des écoles de pharmacie ne sont tenus pour être reçus que d'avoir résidé trois années dans ces pharmacies. — *Des facultés des lettres.* La faculté des lettres dans les académies de province se compose d'un professeur de belles lettres au collège royal et de deux autres professeurs; parmi eux est choisi un doyen;

il y en a outre un proviseur et un censeur. — A Paris, trois professeurs composent la faculté des lettres; ils appartiennent au collège de France, de plus, trois professeurs des collèges royaux. — Dans les facultés, on enseigne la littérature grecque, latine et française, l'histoire ancienne et moderne, l'histoire de la philosophie etc., etc. — Nul ne peut être admis à l'examen de bachelier s'il n'a atteint l'âge de seize ans. — Les candidats sont examinés sur la rhétorique, la philosophie, les auteurs grecs et latins, l'histoire et les mathématiques.

ÉCOLE NORMALE. Cette école est destinée à former des élèves dans les sciences et dans les lettres pour tous les établissements de l'Université de France. Les élèves reçus au concours sont considérés comme boursiers royaux; un petit nombre obtient seulement la demi-bourse et paie 485 francs pour complément de pension. — Le concours d'admission a lieu tous les ans pour le nombre des places déterminées par le ministre sur l'avis du conseil royal et d'après les besoins de l'enseignement. Les candidats doivent être âgés de dix-sept ans au moins et de vingt-trois ans au plus; ils se vouent pour dix ans à l'instruction publique. L'enseignement de l'école normale comprend trois années. Les élèves se partagent en deux sections, celle des lettres et celle des sciences. — Il faut être bachelier depuis au moins un an, et savoir composer en latin et en français pour subir l'examen de licence. — Pour le doctorat, il faut d'abord avoir son titre de licencié, et soutenir deux thèses : la première sur la littérature ancienne; la deuxième sur la rhétorique.

DES COLLÉGES ROYAUX. Ces établissements sont spécialement établis pour enseigner les langues anciennes, les lettres, l'histoire, la rhétorique, la philosophie, les mathématiques et la physique. — L'administration des collèges royaux se compose d'un proviseur, un censeur des études et un économe. — Dans chaque collège royal il y a un aumônier et une bibliothèque. — Tout économe est responsable des dégâts causés dans le collège par les élèves. — Les traitements des fonctionnaires sont fixés d'après un tableau divisé en trois classes. — Nul ne peut être reçu comme maître d'étude s'il n'est au moins bachelier ès-lettres. — Ils peuvent concourir ensemble pour l'agrégation au professorat des collèges royaux. Chaque agrégé a un traitement de 400 francs. — Nul ne peut être professeur dans les collèges royaux s'il n'est choisi parmi les agrégés d'un de ces collèges. — Les agrégés sont nommés par les recteurs, et sont employés dans les collèges communaux et autres maisons du ressort. — L'on reçoit dans les collèges royaux des pensionnaires et des externes. — La pension dans les collèges royaux s'élève de 500 à 750 francs; elle est de 900 francs à Paris. — Il y a dans chaque collège des bourses spécialement employées pour exciter l'émulation des élèves et pour subvenir aux besoins de ceux qui sont reçus gratuitement dans ces collèges. — Ces bourses sont ordinairement à la charge de l'État. — Il y a des bourses entières, des trois quarts et des demi-bourses, c'est-à-dire que les uns paient la moitié de la pension, d'autres les trois-quarts, tandis que d'autres ne paient rien. Les collèges royaux sont au nombre de quarante-un; ils sont divisés en trois classes dans les départements; ceux de Paris forment une classe particulière; ces derniers sont au nombre de cinq. Ils sont établis dans les villes suivantes : Amiens, Angers, Auch, Avignon, Besançon, Bordeaux, Bourges, Caen, Cahors, Clermont, Dijon, Douai, Grenoble, le Puy, Limoges, Lyon, Marseille, Metz, Montpellier, Moulins, Nancy, Nantes, Nismes, Orléans, Pau, Poitiers, Pontivy, Rennes, Rheims, Rhodez, Rouen, Strasbourg, Toulouse, Tournon, Tours, Versailles et cinq à Paris.

COLLÉGES COMMUNAUX. Chaque collège communal est fondé et entretenu par les communes. On y enseigne le latin, le français, la géographie, les mathématiques et l'histoire. — Ils ne peuvent prendre le titre de collèges royaux que par un ordre du grand maître et après la délibération du conseil royal. — Les préfets surveillent constamment les colléges communaux. — Les maires surveillent les écoles, et ceux-ci sont surveillés par le sous-préfet et le préfet. Les colléges communaux sont divisés en deux classes; ils sont au nombre de 316.

Des écoles primaires. Depuis la révolution de Juillet, les Chambres ont donné plus d'extension aux écoles primaires en les autorisant à enseigner diverses matières qu'elles ne pouvaient aborder sous la restauration.

De l'instruction primaire et de son objet. L'instruction primaire se divise en deux classes. La première comprend l'instruction morale et l'instruction religieuse, la lecture, l'écriture, la langue française, les éléments de la grammaire latine et le calcul. La seconde, qui est supérieure, comprend non-seulement tout ce qu'enseigne la première classe; mais encore les éléments de la géométrie, le dessin linéaire, l'arpentage, la physique et l'histoire naturelle, le chant, l'histoire et la géographie.

Des écoles primaires privées. Nul individu ne peut exercer la profession d'instituteur des écoles primaires s'il n'a un brevet de capacité. — On entend par écoles primaires toute réunion habituelle d'un certain nombre d'enfants dans le but de s'instruire. — Aucune personne ne peut tenir une de ces écoles s'il ne peut justifier par tous les renseignements exigibles que sa moralité est bonne. Celui qui ouvrira une école primaire sans autorisation sera passible d'une amende de 50 à 200 francs et de plus son école sera fermée. — La différence qu'il y a entre un instituteur latiniste et celui qui tient une institution, c'est que le premier ne peut exercer sans un diplôme obtenu de l'université, tandis que l'autre n'a besoin que d'une simple autorisation du grand maître de l'université. La loi n'a point encore limité le nombre des écoles privées.

Des écoles primaires publiques. Les écoles primaires et les écoles normales primaires sont entretenues par les communes des départements. — Tout individu, après un examen préalable, peut fonder et tenir une école primaire. — Il y a deux sortes de brevets de capacité. Le premier pour l'instruction élémentaire; le second pour l'instruction primaire supérieure. — Tout français ou étranger peut obtenir un brevet de capacité s'il a satisfait à l'examen exigé. Un étranger, quoique n'étant point naturalisé, peut être instituteur privé en se conformant toutefois aux conditions voulues. — Un candidat qui n'aurait point été reçu ne peut se représenter pour subir un nouvel examen que six mois après. — *Nombre des écoles.* Chaque commune est tenue d'entretenir une école primaire. Si elle n'est point assez riche, elle fait un appel aux autres communes voisines pour l'aider à en fonder une.

Logement, traitement de l'instituteur. 1° Un logement convenable, disposé convenablement, exprès, doit être affecté à l'instituteur. 2° Son traitement doit s'élever à 200 au moins pour les écoles secondaires, et à 400 francs pour une école primaire supérieure. — Lorsque l'école ne peut loger son instituteur, la commune se charge de lui trouver un logement convenable et à proximité de l'école. — Si une commune peut réunir deux écoles en une seule, elle choisit et nomme l'un des deux instituteurs pour la diriger.

Écoles normales primaires. Chaque département est tenu d'entretenir une école normale primaire. — Les préfets et les recteurs sont obligés de préparer tous les ans un aperçu des frais auxquels donne lieu l'école normale. — La surveillance et l'administration des écoles normales primaires appartiennent à l'administration centrale.

Des autorités préposées a l'instruction pri-MAIRE. Il doit y avoir près de chaque école un comite de surveillance. — Le maire et l'adjoint feront parti du comité. — Lorsque le maire ou le juge de paix ne pourront se rendre aux réunions du comité ils devront être remplacés par les plus anciens maires et juges de paix de la commune.

Commission d'instruction primaire. Il y a dans les départements plusieurs commissions d'instruction primaire pour examiner les aspirants au brevet de capacité.

Inspecteurs spéciaux de l'instruction primaire. Chaque département a un inspecteur spécial de l'instruction primaire. Cet inspecteur exerce sa surveillance sur tous les établissements de l'instruction primaire, y compris les salles d'asile et les classes d'adultes, et conformément aux instructions qui lui sont transmises par le recteur de l'Académie et le préfet du département, d'après les ordres du ministre de l'instruction publique. Nul ne peut être nommé inspecteur de l'instruction publique s'il n'a rempli des fonctions dans les colléges royaux ou communaux, ou s'il n'a servi avec distinction dans l'instruction primaire pendant au moins cinq années consécutives, ou s'il n'a été pendant le même nombre d'années membre de l'un des comités institués conformément à la loi du 22 juin 1833. — Dans chaque chef-lieu de département est une commission, dont trois membres sont pris parmi les fonctionnaires de l'instruction publique. — Les examens ont lieu publiquement et sont présidés par un inspecteur d'académie ou par un inspecteur spécial de l'instruction publique. — Un membre du clergé est appelé aux examens et fait partie du corps des examinateurs, lequel se compose de quatre membres. — La commission d'instruction primaire est chargée de l'examen d'entrée et de sortie des élèves de l'école normale. — Le ministre de l'instruction publique nomme les inspecteurs que le conseil royal a désignés. — Les instituteurs communaux sont nommés par les comités d'arrondissement. — Tout instituteur frappé d'une révocation pourra en appeler au ministre de l'instruction publique. — Tout instituteur qui sera révoqué ne pourra plus exercer à partir du jour même où sa révocation lui aura été signifiée. La société en ouvrant des écoles n'accomplit pas une charité, mais un devoir. Cependant les sacrifices qu'elle s'impose gratuitement doivent être comptés au nombre de ceux qui ont pour but le soulagement des classes souffrantes. Rappelons donc ici que 54,000 écoles primaires reçoivent 1,553,000 garçons et près de 1,100,000 filles. Que les frères de la doctrine chrétienne, au nombre de 1600, donnent l'instruction élémentaire à plus de 101,000 écoliers, que sur 18000 dames ou sœurs engagées dans les congrégations religieuses, près de la moitié se consacrent aux fonctions de l'enseignement et joignent à l'apprentissage intellectuel celui d'un état utile; que l'instruction est gratuitement offerte à tous les âges, à toutes les classes, même en dépit des obstacles naturels, puisque, par exemple, la France seule possède 32 écoles de sourds-muets sur les 147 qu'on connaît dans le monde.

Des colléges particuliers, institutions et pensions. Les institutions bien dirigées et qui possèdent la confiance des familles, peuvent devenir des colléges et jouissent des mêmes droits et des mêmes avantages. — Le collége Stanislas et le collége Rollin à Paris appartiennent à ce genre d'établissement. Nul ne peut ouvrir une maison d'institution ou un pensionnat, ou devenir chef de l'un de ces établissements sans avoir été examiné et autorisé par le conseil royal. — Tout chef de pension ou institution tenue dans les villes où il y a un collége royal ou communal est obligé d'envoyer les pensionnaires aux leçons du collége.

Des écoles secondaires ecclésiastiques. Les archevêques ont toute autorité sur l'instruction, dans les séminaires de leur diocèse. — A l'intérieur, ces écoles ecclésiastiques sont dirigées comme les institutions en général; il y a des maîtres d'étude, des professeurs, des proviseurs ou supérieurs. — Il y a à Strasbourg un séminaire protestant pour ceux qui se destinent au ministère évangélique; il est aujourd'hui connu sous le nom de collège mixte.

DES ÉCOLES DE FILLES. Jusqu'à présent l'éducation des filles semble avoir été bien négligée par les législateurs; cependant aujourd'hui l'on s'en occupe activement et bientôt elles pourront, comme les jeunes gens, se livrer à des études plus vastes et plus profondes. — *Autorisation des écoles des filles en général.* Toute maîtresse de pension ne peut ouvrir une école primaire sans être autorisée par le préfet du département; les sous-maîtresses sont également soumises à cette autorisation. — Le préfet a le droit, comme dans les institutions et collèges, de visiter les écoles de filles. — Il peut aussi les faire fermer si elles ne se conforment pas en tout au règlement prescrit.

DES ÉCOLES PRIMAIRES DES FILLES. Dans une commune il ne peut y avoir qu'une école primaire, on tolère qu'une institutrice réunisse des filles et des garçons; mais alors elle est tenue de les séparer par une cloison dont la hauteur suffise pour empêcher toute communication entre les deux sexes.—Les classes sont assimilées à celles des garçons (pour l'école normale).— Les écoles tenues par des sœurs dépendent spécialement du préfet; il peut les faire ouvrir ou fermer sans en avertir le ministre de l'instruction publique. — Toute institutrice qui appartient à une communauté religieuse n'a besoin ni de brevet, ni d'autorisation; elle n'est soumise à aucune surveillance spéciale. — L'influence qu'exercent chaque jour les maîtresses de pension a déterminé le préfet à surveiller ces maisons. Sept membres se réunissent à certaines époques et délibèrent sur les moyens d'amélioration à porter dans l'état de ces jeunes filles; la même commission examine les maîtresses ou sous-maîtresses qui demandent des diplômes. — Nulle ne peut ouvrir une maison d'école sans avoir obtenu son diplôme. — Les pensionnats sont visités par des dames nommées par le préfet et choisies parmi les mères de familles les plus distinguées.

ÉCOLE DE DEMOISELLES DE LA LÉGION D'HONNEUR (*Voyez* LÉGION D'HONNEUR.)

ÉCOLES DE L'ENFANCE, ou SALLES D'ASILE. Les salles d'asile, ou écoles du premier âge, sont des établissements charitables où les enfants des deux sexes peuvent être admis jusqu'à l'âge de six ans accomplis, pour recevoir les soins de surveillance maternelle et de première éducation que leur âge réclame. Il y a dans les salles d'asile des exercices qui comprennent les premiers principes d'instruction religieuse et les notions élémentaires de lecture, d'écriture et de calcul verbal, des travaux d'aiguille et ouvrages de mains. — Aujourd'hui, 350 salles d'asile reçoivent en France plus de 30,000 enfants. Le département de la Seine seul en recueille plus de 4,000 dans 27 maisons, et s'impose pour chacun d'eux une dépense annuelle de 20 fr. Il n'y a guère qu'une quinzaine de départements retardataires, et tout porte à espérer que bientôt la France ne sera pas moins généreuse que l'Angleterre qui compte déjà plus de 1,000 *écoles en antines*, et qui à Londres seulement reçoit plus de 2,000 enfants dans plus de 400 maisons. — Déjà, au siècle dernier, un pasteur des Vosges, M. Oberlin, touché de l'abandon des petits enfants pendant les heures de travail, eut l'idée de les réunir autour de son presbytère et de les confier à la garde de sa femme et de sa servante. Un autre essai fut tenté par madame la marquise de Pastoret, au commencement de notre siècle, dans le faubourg Saint-Honoré. Les premières réalisations de ce vaste plan furent essayées à Londres, en 1820. En 1826, madame Millet, aujour-

d'hui inspectrice des salles d'asile, secondée par mesdames Nau de Champlouis et Julie Mallet, firent connaître chez nous le plan, le mécanisme et les promesses brillantes de ces établissements. En 1837, le gouvernement, tout en s'en réservant la direction suprême, les a rattachés par une loi à notre système d'instruction élémentaire.

État de l'instruction primaire en 1839. — La loi du 18 juillet 1836 prescrit de publier tous les ans un état présentant, par département, l'indication des recettes et dépenses allouées pendant l'année précédente pour l'instruction primaire. Nous extrayons ce qui suit de l'état qui a été publié pour l'année 1839. — Le nombre des communes imposées d'office diminue d'année en année : il était de 20,961 en 1834; il n'est plus que de 4,786 en 1839. — Tous les conseils généraux ont voté les sommes nécessaires pour acquitter les dépenses mises à la charge du département. — Vingt départements ont, comme en 1838, reçu des subventions sur les fonds de l'État pour acquitter ces dépenses. Tous ces départements ont voté l'imposition de 2 cent. additionnelle au principal des quatre contributions directes prescrites par la loi. — Dix-sept de ces départements ont affecté la totalité du produit de l'imposition de 2 cent. aux dépenses obligatoires. Ce sont les départements ci-après : Ain, Aisne, Basses-Alpes, Hautes-Alpes, Ardèche, Ariége, Aveyron, Corse, Creuse, Drôme, Gers, Landes, Lozère, Marne, Basses-Pyrénées, Hautes-Pyrénées, Deux-Sèvres. — Dans les trois autres, l'Aude, la Corrèze et les Pyrénées-Orientales, on a autorisé le prélèvement sur le produit de l'imposition de 2 cent. de quelques allocations pour écoles de filles, classes d'adultes, salles d'asile, achat de livres pour les indigents, achat de mobilier, etc. Elles se sont élevées, pour ces trois départements, à 8,000 fr. seulement, et elles s'appliquaient à des dépenses d'une telle nature, qu'il a paru nécessaire de tolérer encore pour cette dernière fois une disposition tout-à-fait exceptionnelle. D'ailleurs, en ce qui concerne les Pyrénées-Orientales, ces dépenses avaient été primitivement imputées sur les centimes facultatifs, et ce n'est qu'après qu'elles ont été effectuées, que le conseil général a modifié son vote en ce qui concerne l'imputation de la dépense. — Les départements de l'Ardèche et du Gers avaient des dépenses arriérées de 1837, qu'ils ont acquittées avec les fonds restés disponibles de cet exercice. — Les conseils généraux de l'Ain, de la Corse, de la Marne et des Basses-Pyrénées, ont voté, indépendamment de l'imposition de 2 cent. additionnels, un prélèvement sur les centimes facultatifs, qu'ils ont appliqué, les uns en totalité, les autres en partie, à des dépenses extraordinaires. — Le montant des subventions allouées sur les fonds de l'État, pour compléter le paiement des dépenses ordinaires des trois écoles primaires communales en 1839, s'est élevé à 423,630 fr. 02 cent. Il n'avait été que de 387,860 fr. 19 cent., en 1838. Cette augmentation de 35,769 fr. 83 cent. provient de la création de nouvelles écoles dans des communes qui en étaient jusqu'alors dépourvues. — Les allocations sur les fonds de l'État pour les dépenses des écoles normales primaires, qui avaient été, pour 1838, de 287,087 fr. 02 cent., ne sont plus, pour 1839, que de 208,189 fr. 93 cent. Cette diminution de 78,897 fr. 09 cent., vient de ce que le nombre des départements qui ne possèdent pas encore de maison pour l'école normale primaire, et ceux auxquels il faut donner une subvention pour leur fournir les moyens d'en acquérir une, est d'année en année moins considérable. — Les dépenses extraordinaires votées par les conseils généraux, s'élèvent à 1,315,203 fr. 30 cent. La somme qu'ils avaient affectée à cette dépense en 1838, n'était que de 1,226,239 fr. 80 cent. Cette augmentation et l'emploi qu'en ont fait les conseils généraux, prouvent toute l'importance qu'ils attachent à la propagation et à l'amélioration de l'instruction primaire. — Les subven-

Planche Ire.

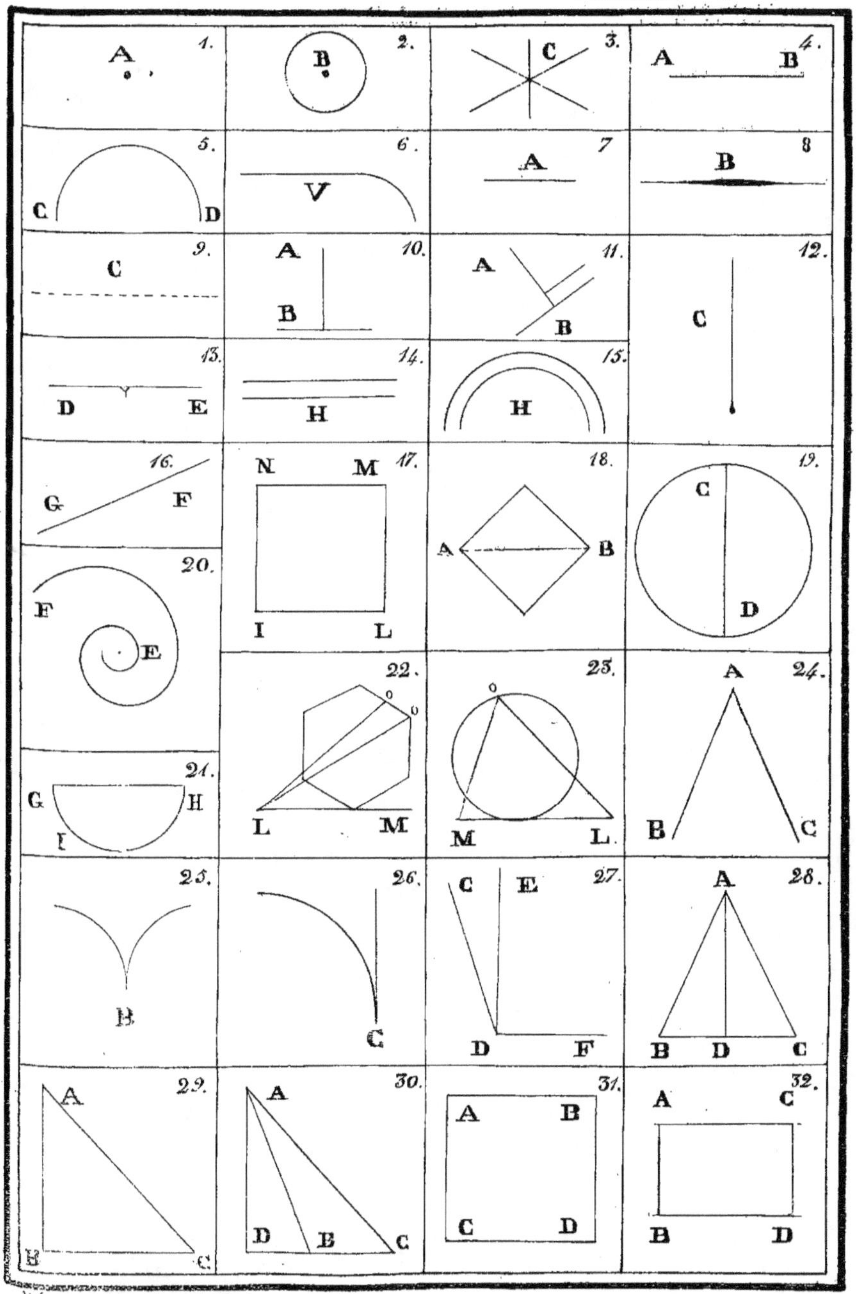

lith. garousse Rue St Victor, 77.

A 33.
B D
C

A D 34.
B E C

A G B 35.
F C
O
E D

E 36.
B C
o
A D

37.
A

A B 38.
o
D C

E F 39.
A B
H G
C D

40.

D F 41.
E
A C
B

A E D 42.
B E C

O 43.
C
A D
B

O 44.
A C B

P 45.
B C A
E
P

A 46.
B O D
E
C

www.ingramcontent.com/pod-product-compliance
Lightning Source LLC
Chambersburg PA
CBHW050744030726
47505CB00002B/397